袖珍西漢詞典／李多, 林方仁, 梁德潤編. -- 臺灣
二版 . -- 臺北市：臺灣商務, 2011.07
　　面 ； 公分
　ISBN 978-957-05-2629-5(精裝)

　1. 西班牙語　2. 字典

804.732　　　　　　　　　　　　100010838

U0006631

袖珍西漢詞典
DICCIONARIO DE BOLSILLO
ESPAÑOL—CHINO

編　者◆李多　林方仁　梁德潤
發行人◆施嘉明
總編輯◆方鵬程
責編◆劉秀英

出版發行：臺灣商務印書館股份有限公司
10660 台北市大安區新生南路三段十九巷三號
電話：(02)2368-3616
傳真：(02)2368-3626
讀者服務專線：0800056196
郵撥：0000165-1
E-mail：ecptw@cptw.com.tw
網路書店網址：www.cptw.com.tw
網路書店臉書：facebook.com.tw/ecptwdoing
臉書：facebook.com.tw/ecptw
部落格：blog.yam.com/ecptw

局版北市業字第 993 號
香港初版：1991 年 9 月
臺灣初版一刷：1992 年 7 月
臺灣二版一刷：2011 年 7 月
臺灣二版二刷：2013 年 5 月
定價：新台幣 370 元
本書經商務印書館(香港)有限公司授權出版

袖珍西漢詞典

DICCIONARIO DE BOLSILLO
ESPAÑOL-CHINO

李　多·林方仁·梁德潤 編

臺灣商務印書館發行

目　　錄

目 錄

前　言

　　《袖珍西漢詞典》是一本選詞精當、實用、便於隨身攜帶的小型工具書,主要供學習西班牙語的學生和自學者、從事西班牙語教學和翻譯的工作者以及日常生活需要使用西班牙語的讀者,在閱讀、翻譯、會話時查尋詞義之用。

　　本詞典收詞條約兩萬九千個(其中用 * 號標明的最常用詞條近六千個),除政治、經濟、文化藝術、法律、科技、商貿、醫學衛生、軍事、體育等方面的基本詞彙和複合詞彙外,還收有相當數量的短語、成語和諺語,以及適量的外來語和拉丁美洲方言詞彙。在詞的釋義方面,考慮到查閱的需要,除多收常用詞義和一般詞義外,還注意收入一部分新義。

　　本詞典在正文之後,收有《動詞變位表》、《數詞表》、《計量單位表》、《世界地名簡表》等四種附錄,可爲讀者的查閱提供方便。

　　本詞典在編寫過程中,曾參考海內外出版的多種西班牙語詞典、西漢詞典、西英詞典、西法詞典、西日詞典及有關的專業工具書等。

　　編寫者期望本詞典能達到盡善盡美的境地,但主觀願望與實際成果之間,難免有無法克服的差距。因此,讀者在使用中如發現本詞典有不足乃至謬誤之處,務祈不吝賜教。

編寫者
1990年 4 月

體例説明

一、詞條一般小寫，專有名詞第一個字母大寫，按字母順序
排列(形容詞和可以用作名詞的形容詞以陽性單數形式
列出，附陰性詞尾，中間用逗號分開)，用黑體印刷。
例如：

a

Febo

abacero, ra

abandonado, da

二、拼法相同但詞源不同的詞，分立詞條，並在該詞右上肩用
小數碼註明序號。例如：

banda^1

banda^2

bomba^1

bomba^2

三、一個詞有不同拼法時，按字母順序排列，排在同一詞條
内，中間用分號分開。例如：

abetal; abetar *m.*

abotagarse; abotargarse *r.*

aniquilación *f.*; **aniquilamiento** *m.*

四、每一個詞條都用斜體外語略語註明詞類和詞性；該詞義
的釋義分屬不同的詞類和詞性時，分別註明，並標以黑體
羅馬數字。相同的釋義分屬不同的詞類和詞性時，詞類
和詞性的外語略語之間用連字號(-)連接。例如：

a *prep.*

ababa *f.*

ababol *m.*

abacial *a.*

abanderar **I.** *tr.*... **II.** *r.*...

chino, na *a.-s.*

五、同一詞條的不同釋義用黑體**1.**, **2.**, **3.**…等數碼分開。短
　語、習語、諺語等排在全部釋義之後, 而短語、習語、諺語
　的不同釋義則用①, ②, ③…等數碼分開。

六、幾種符號的用法:

　～　　　用於代替短語、習語、諺語中出現的詞目原形。

　/　　　用以隔開兩個短語、習語、諺語。

　◇　　　用於短語、習語、諺語的開頭。

　( )　　用於詞條中各種必要的補充說明。

　(大寫)(小寫)　標明第一個字母大寫或小寫。

　【 】　用於學科術語的略語。

　＊　　　標明最常用詞條。

略 語 表

a.	adjetivo	形容詞
ad.	adverbio	副詞
amb.	sustantivo ambiguo	兩可性名詞
Amér.	americanismo	美洲方言詞彙
art.	artículo	冠詞
aux.	verbo auxiliar	輔助動詞
conj.	conjunción	連接詞
f.	sustantivo femenino	陰性名詞
impers.	verbo impersonal	無人稱動詞
interj.	interjección	感歎詞
intr.	verbo intransitivo	不及物動詞
m.	sustantivo masculino	陽性名詞
pl.	plural	複數
pref.	prefijo	前綴
prep.	preposición	前置詞
pron.	pronombre	代詞
r.	verbo reflexivo	人稱代詞補語動詞
s.	sustantivo	雙性名詞
suf.	sufijo	後綴
tr.	verbo transitivo	及物動詞

【集】總稱,集合名　【攝】攝影　　　　【化】化學,化工
　　　詞　　　　　　【天】天文學,航天　【海】航海,船舶
【法】法律,法學　　【數】數學　　　　　【空】航空,飛機
【邏】邏輯學　　　　【地】地理　　　　　【建】建築
【軍】軍事,兵器　　【質】地質　　　　　【測】測繪
【商】商業,貿易,財　【動】動物,動物學　【印】印刷,書業
　　　政　　　　　　【植】植物,植物學　【技】工業技術
【宗】宗教　　　　　【生】生物,生物學　【機】機械
【神】神學　　　　　【醫】醫學,醫藥　　【冶】冶金
【希神】希臘神話　　【轉】引申義　　　　【礦】礦業,礦物
【羅神】羅馬神話　　【哲】哲學　　　　　【紡】紡織
【劇】戲劇,劇場　　【解】解剖學　　　　【泥】泥瓦工術語
【樂】音樂,樂器　　【理】物理學　　　　【石】石工術語
【體】體育　　　　　【電】電學,電工,無　【木】木工術語
【美】美術　　　　　　　線電,電訊　　　【農】農業,農機

說明: 有些學科術語用全稱或接近全稱,如【語法】、【鐵路】、
　　　【氣象】、【神話】,其義自明,不列入本表。

西班牙語字母表

A	a	F	f	L	l	P	p	U	u
B	b	G	g	LL	ll	Q	q	V	v
C	c	H	h	M	m	R	r	W	w
CH	ch	I	i	N	n	(rr)		X	x
D	d	J	j	Ñ	ñ	S	s	Y	y
E	e	K	k	O	o	T	t	Z	z

A

a¹ *f.* 西班牙語字母表的第一個字母

*a² *prep.* (與冠詞 el 連用時縮寫成 al)
1. 到，向，朝 2. 在，位於 3. 以，按照，以…
方式 4. 在…時候，在…同時 5. 按…計
6. 靠近，在…的旁邊 7. 距…遠 8. 根
據，依照 9. 由於，為了 ◇ de…~…從
…到…

a- *pref.* 1. 不，非，無 2. 使名詞或形容
詞動詞化 3. 類似

ab- *pref.* 背離，分離

ababol *m.* 見 amapola

abacá *f.* 【植】蕉蔴 2. 馬尼拉蔴

abacería *f.* 食品雜貨店

abacero, ra *s.* 食品雜貨店主

abacial *a.* 1. 修道院的 2. 修道院院長
的

ábaco *m.* 1. 算盤 2. (圓柱的)頂板

abad *m.* 修道院院長

abada *f.* 【動】犀牛

abadejo *m.* 1. 腌鱈魚 2.【動】戴菊
(鳥) 3.【動】芫菁(蟲) 4.【動】鲬魚

abadengo, ga *a.* 修道院院長管轄的

abadesa *f.* 女修道院院長

abadía *f.* 1. 修道院院長職位 2. 修道
院，教堂

ab aeterno 自古以來

*abajo *ad.* 1. 在下面，在底下 2. (倒)
在地上 3. 向下 ◇ ¡…! 打倒/más ~
後面，下文

abajote *ad.* 在很下面，在很底下

abalanzarse *r.* 衝向，撲向

abalear *tr.* (揚場時)掃去(穀皮禾稈等)

abaleo *m.* 掃帚草

abalizar *tr.* 設置航標

abalorio *m.* 玻璃串珠

abanderado *m.* 1. 旗手 2. 先鋒，倡導
者

abanderamiento *m.* 船籍登記

abanderar **I.** *tr.* 1. (給船舶)登記，註冊

2. (給船舶)發國籍證書 **II.** *r.* (船舶)登
記，註冊

abanderizar *tr.* 分成小派別

abandonado, da *a.* 1. 被遺棄的，被拋
棄的 2. 邋遢的 ◇ tener *algo* ~ 無心
過問，不注意

*abandonar **I.** *tr.* 1. 放棄，抛棄 2. 放
鬆，放開，放下 3. 離開 4. 不顧 **II.** *r.* 1.
灰心，自暴自棄 2. 邋遢 3. 沉溺於

abandono *m.* 1. 放棄，抛棄 2. 放鬆 3.
離開 4. 邋遢 5. 懶散 ◇ ~ de destino
失職

abanicar *tr.* 搧

abanicazo *m.* 1. 扇子的擊打 2. 猛搧

abanico *m.* 1. 扇子 2. 扇形物 ◇ en ~
(成)扇形，扇狀

abaniqueo *m.* 來回搧

abaniquero, ra *s.* 製扇子的人，賣扇子
的人

abanto *m.*【動】1. 王鷲 2. 禿鷲 3. 兀
鷲

abaratar *tr.* 降價，減價

abarca *f.* 1. 粗製皮涼鞋，輪胎底涼鞋
2. 肥大的鞋

*abarcar *tr.* 1. 摟，抱 2. 包含，包括 ◇
Quien mucho abarca, poco aprieta 貪
多嚼不爛

abaritonado, da *a.* 像男中音的

abarquillado, da *a.* 彎曲的，翹棱的

abarquillar *tr.* 使彎曲，使翹棱

abarraganarse *r.* 同居，姘居

abarrancadero *m.* 1. 難以通行的地方
2.【轉】困境，難關

abarrancar **I.** *tr.* 使陷入困境 **II.** *intr.*
-r. 擱淺

abarrotar *tr.* 塞滿，填滿

abarrote *m.* 1. 墊艙物 2. *pl. Amér.* 小
商品，食品

abastecedor, ra *a.-s.* 供應的；供應者

abastecer   *tr.* 供應,提供

abastecimiento   *m.* 供應,提供

abasto   *m.* 給養,口糧 ◇ dar ～ a (或 para) 足以

abatanar   *tr.*【紡】縮(呢,絨)

abate   *m.* (法,意等國的)牧師,教士

abatido, da   *a.* 1. 萎靡不振的 2. 信譽不好的

abatimiento   *m.* 1. 萎靡不振 2.【海】偏航角

abatir   I. *tr.* 1. 降下;放倒 2. 摧毀,拆除 3. 使氣餒 II. *intr.*【海】偏航 III. *r.* 撲下,俯衝 2. 屈致 3. 氣餒,消沉

abazón   *m.*【動】頰囊

abdicación   *f.* 1. 退位,讓位 2. 放棄 3. 辭職

abdicar   *tr.* 1. 辭去,退(位) 2. 放棄

abdomen   *m.* 腹,腹部

abdominal   *a.* 腹的,腹部的

abecé   *m.* 1. 字母表 2. 基礎知識

abecedario   *m.* 1. 字母表 2. 字母體系;字碼

abedul   *m.*【植】歐洲白樺,垂枝樺

abeja   *f.* 1.【動】蜜蜂 2. 勤勞的人 ◇ ～ obrera 工蜂/ ～ reina 蜂王

abejar   *m.* 養蜂場

abejarrón   *m.* 見 abejorro

abejaruco   *m.*【動】蜂虎(一種食蜂鳥)

abejera   *f.* 1. 養蜂場 2.【植】蜜蜂花

abejero   *m.* 見 abejaruco

abejón   *m.*【動】1. 雄蜂 2. 熊蜂

abejorro   *m.*【動】1. 熊蜂 2. 鰓角金龜子

abelmosco   *m.*【植】黃葵

abellotado, da   *a.* 像橡實的

abemolar   *tr.*【樂】1. 使柔和 2. 加降號,使降半音

abenuz   *m.*【植】烏木樹

aberenjenado, da   *a.* 茄色的,茄形的

aberración   *f.* 1.【理】像差 2.【天】光行差 3.【生】畸變 4. 愚蠢的言行 ◇ ～ cromática 色差/ ～ de esfericidad 球面像差

aberrar   *intr.* 迷路

abertura   *f.* 1. 開啓(遺囑) 2. 裂縫,縫隙 3. 門窗口

abesón   *m.*【植】蒔蘿

abetal; abetar   *m.* 樅樹林

abete   *m.* 見 abeto

abetinote   *m.* 樅樹脂

abeto   *m.*【植】樅樹,冷杉 ◇ ～ blanco 樅樹/ ～ falso (或 rojo)雲杉

abey   *m.*【植】藍花楹

abiar   *m.*【植】粗莖菊

abiertamente   *ad.* 1. 公開地 2. 坦率地

abierto, ta   *a.* 1. 開着的,張着口的 2. 張開着的 3. 開闊的,一望無際的 4. 不設防的 5. 沒有甲板的 6. 坦率的

abietáceo, a; abietíneo, a   *a.-f. pl.*【植】冷杉科的;冷杉科

abigarrado, da   *a.* 1. 五顏六色的 2. 雜亂的,混雜的

abigarramiento   *m.* 1. 色彩混雜 2. 雜亂無章

abigarrar   *tr.* (用不同顏色)胡亂塗抹

abigeato   *m.* 偷竊牲畜

ab intestato; abintestato   *ad.* 無遺囑的

abirritante   *a.*【醫】緩和劑

abisal   *a.* 深淵的

abisinio, nia   *a.-s.* 阿比西尼亞(Abisinia, 即今埃塞俄比亞)的;阿比西尼亞人

abismal   *a.* 1. 深淵的;深海的 2. 深不可測的

abismar   I. *tr.* 把…投入深淵,使陷於困境 II. *r.* 沉浸於,陷於

abismo   *m.* 1. 深淵;深海 2. 内心深處 3. 極大 4. 鴻溝,分歧

abizcochado, da   *a.* 像餅乾一樣鬆脆的

abjuración   *f.* 背棄

abjurar   *tr.* 背棄

ablación   *f.* 1.【質】消融作用 2.【醫】摘除,切除

ablandamiento   *m.* 1. 軟化 2. 緩和

ablandar   I. *tr.* 1. 使軟 2. 使(癤子)熟透 3. 平息(怒氣等) 4. 打動,感動 5.

毆打 **II.** *intr.* (天氣)轉暖; (雪)消融 **III.** *r.* **1.** 變軟 **2.** (心腸)軟下來, (態度)緩和下來

ablande *m.* (汽車)尚未跑足規定里程

ablativo *m.* 【語法】奪格

ablución *f.* **1.** *pl.* 洗漱, 沐浴 **2.** 【宗】沐浴儀式 **3.** 沐浴儀式用的水和酒

abluente *a.* 洗淨的, 潔淨的

ablusado, da *a.* 寬大的(衣服)

abnegación *f.* 忘我, 自我犧牲

abnegadamente *ad.* 忘我地, 奮不顧身地

***abnegado, da** *a.* 忘我的, 奮不顧身的

abobado, da *a.* 獃笨的, 愚蠢的

abobar *tr.* **1.** 使愚鈍 **2.** 使茫然失措

abobra *f.* 【植】瀉根

abocado, da *a.* 臨近…的, 有…危險的

abocar *tr.* **1.** (容器口對口地)倒入, 灌入 **2.** 使靠近

abocardado, da *a.* 喇叭狀的

abocardar *tr.* 加大(管子的)口部

abocetado, da *a.* 草稿式的

abocetar *tr.* 畫草稿, 畫輪廓

abocinado, da *a.* 喇叭口形的

abocinar **I.** *tr.* 使成喇叭口形 **II.** *intr.* 撲倒

abochornar **I.** *tr.* **1.** 使感到悶熱 **2.** 使着愧 **II.** *r.* **1.** 着愧 **2.** 枯萎

abofetear *tr.* 打耳光

abogacía *f.* 律師工作, 律師職業

abogadete *m.* 蹩脚律師

abogadil *a.* 律師似的

abogadillo *m.* 蹩脚律師

***abogado, da** *s.* **1.** 律師, 辯護人 **2.**【宗】守護神 **3.** 【轉】調解人 ◇ ~ del Estado 維護國家權益的律師

abogar *intr.* **1.** 支持 **2.** 辯護

abolaga *f.* 【植】荆豆

abolengo *m.* **1.** 祖先 **2.** 祖業

***abolición** *f.* 廢除, 取消

abolicionismo *m.* 廢除主義; 廢奴主義

abolicionista *a.-s.* 廢除主義的, 廢奴主義的; 廢除主義者, 廢奴主義者

***abolir** *tr.* 廢除, 取消

abolsar **I.** *tr.* 使成口袋形 **II.** *r.* (牆)凸起

abollado, da *a.* **1.** 癟的 **2.** 泄了氣的

abolladura *f.* 弄癟; 癟

abollar *tr.* **1.** 使癟, 弄癟 **2.** 飾以凹凸花紋

abollonar *tr.* 衝壓出凹凸花紋

abombar *tr.* 使鼓起

abominable *a.* 討厭的, 可惡的

abominación *f.* **1.** 厭惡, 憎惡 **2.** 令人厭惡的事情

abominar *tr.* **1.** 厭惡, 憎惡 **2.** 咒罵, 抱怨

abonable *a.* 可信賴的

abonado, da **I.** *a.* 受到信賴的, 受到信任的 **II.** *s.* 訂户, 用户

abonador, ra *a.-s.* 保證的, 擔保的; 保證人, 擔保人

abonanzar *intr.* (風暴)停止, (天氣)轉好

***abonar** *tr.* **1.** 擔保, 證明…是好的 **2.** 施肥 **3.** 支付 **4.** 記入貸方 **5.** 入眼 **6.** 訂購

abonaré *m.* 期票

***abono** *m.* **1.** 擔保, 保証 **2.** 訂購 **3.** 長期票, 訂購券 **4.** 肥料 **5.** 施肥 ◇ ~ en verde 綠肥/de ~ 可信賴的

abordable *a.* **1.** 好接近的 **2.** 可着手處理的

abordaje *m.* 【海】(船舶)接舷, 碰撞

***abordar** *tr.* **1.**【海】(船舶)接舷, 碰撞 **2.**【海】碇泊, 停靠 **3.**【轉】上前與…攀談 **4.**【轉】着手處理

aborigen *a.-s.* 土著的; 土著居民

aborrascarse *r.* **1.** 起風暴 **2.**【轉】勃然大怒

aborrecer **I.** *tr.* **1.** 憎惡, 厭棄 **2.** 不再愛(某人) **3.** 遺棄(幼仔) **II.** *r.* 厭煩

aborrecible *a.* 可惡的, 討厭的

aborrecimiento *m.* **1.** 憎惡 **2.** 厭煩

aborregado, da *a.* 佈滿捲積雲的(天空)

aborregarse *r.* (天空)佈滿捲積雲

abortar I. *intr.* 1. 流產,早產 2. 夭折, 失敗 3. (病程)中斷 4.【植】發育不全 II. *tr.* 引出(怪誕的事物)

abortivo, va I. *a.* 1. 流產的,早產的 2. 墮胎的 II. *m.* 墮胎藥

aborto *m.* 1. 流產,早產 2. 夭折,失敗 3. 夭折的事物 4. 怪物

aborujarse *r.* 1. 結成硬塊 2. (用衣物) 裹緊,裹嚴

abotagarse; abotargarse *r.* 腫脹,肥胖

abotinado, da *a.* 1. 高勒兒的(鞋) 2. 緊口的(褲子)

abotonador *m.* (鞋)的扣襻

abotonar *tr.* 扣,扣上紐扣

abovedado, da *a.* 蓋有拱頂的

abovedar *tr.* 給…加蓋拱頂

aboyar¹ *tr.* 租(帶耕牛的莊園)

aboyar² I. *tr.* 設置浮標 II. *intr.* 漂浮

abozalar *tr.* (給牲畜)上口絡

abra *f.* 1. 小海灣 2. 山谷 3. 地震裂縫 4. 扇(量詞,用於門、窗等)

abracadabra *m.* (用字母排成三角形的)符籙

abracadabrante *a.* 1. 奇妙的 2. 可怕的,令人毛骨悚然的

abrasador, ra *a.* 熾熱的,燃燒的

abrasar I. *tr.* 1. 燒,燒毀 2. 使枯萎 3. 使焦躁 II. *r.* 衝動

abrasión *f.* 1.【質】磨蝕,浪蝕 2.【醫】擦破,磨損

abrasivo, va I. *a.* 有研磨作用的 II. *m.* 研磨料,磨蝕劑

abrazadera *f.* 1. 箍 2.【印】括號

abrazador, ra I. *a.*【植】包莖的(葉) II. *m.* 箍

*****abrazar** I. *tr.* 1. 抱,擁抱 2. 包括,包含 3. 包圍 4. 信奉,信仰 II. *r.* 緊緊抱住

*****abrazo** *m.* 抱,擁抱

abrecartas *m.* 拆信刀

ábrego *m.* 南風;西南風

*****abrelatas** *m.* 開罐頭刀,開聽刀

abreojos *m.*【植】刺芒柄花

abrepuño *m.*【植】1. 矢車菊 2. *pl.* 野毛茛

abrevadero *m.* (牲畜)飲水處,飲水槽

abreviación *f.* 1. 縮略,節略 2. 縮寫,摘要

abreviado, da *a.* 簡要的,節略的

*****abreviar** I. *tr.* 1. 縮略,節略 2. 加快,縮短(時間等) II. *intr.* 節省時間

*****abreviatura** *f.* 縮寫,縮略語

abridero, ra *a.* 容易掰開的(水果)

abridor *m.*【醫】開胃劑

abrigadero *m.* 避風處

abrigado, da *a.* 1. 不受風寒侵襲的,避風的 2. 穿得暖和的,蓋得暖和的

abrigaño *m.* 避風處

abrigar I. *tr.* 1. 禦寒,保暖 2. 保護,庇護 3. 抱有,懷有(希望等) II. *r.* 防,避

*****abrigo** *m.* 1. 大衣,外套 2. 避風處;(船舶的)避風港 3. 藏身處 4. (原始人的)洞穴 ◇ al ～ de 在…庇護下 /de ～ 須提防的(人)

*****abril** *m.* 1. 四月 2. (少女的年齡)歲,芳齡

abrileño, ña *a.* 四月的

abrillantar *tr.* 1. 磨光,擦亮 2. 琢磨(寶石) 3. 使更有價值

*****abrir** I. *tr.* 1. 開,打開,張開 2. 開放 3. 開啟,撑開 4. 裁開(書頁等) 5. 開辦,開設 6. 開始 7. 開鑿,挖 II. *r.* 1. (天)放晴 2. (花)開放 3. 展現,呈現 4. (肢體、關節等)受傷 5. (門窗、陽台等)朝向,通向 6. 推心置腹,講心裏話 ◇ en un ～ y cerrar de ojos 轉瞬間

abrochador *m.* (鞋)的扣襻

abrochadura *f.* 扣上,扣緊 2. 扣眼

abrochamiento *m.* 扣上,扣緊

*****abrochar** *tr.* 1. 扣上,扣緊 2. *Amér.* 逮住,捉住

abrogación *f.*【法】廢除,取消

abrogar *tr.* 廢除, 取消 (法律等)

abrojal *m.* 蒺藜叢生的地方

abrojín *m.* 【動】一種骨螺

abrojo *m.* 1.【植】蒺藜 2.【植】毛矢車菊 3. 鐵蒺藜, 三角釘

abroma *m.* 昂天蓮

abroncar I. *tr.* 1. 斥責 2. 鬧, 起鬨 3. 使難堪, 羞辱 II. *r.* 1. 害羞, 羞愧 2. 生氣, 發怒

abroquelar I. *tr.* 1. 保護 2.【海】使 (船) 搶風轉向 II. *r.* 1. 用盾防護 2. 以…作掩護 3. 堅持

abrótano *m.* 【植】香蒿 ◇ ～ hembra 香苦菊/ ～ macho 香蒿

abrotoñar *intr.* 發芽; 長新芽

abrumado, da *a.* 1. 被壓得喘不過氣來的 2. 受煩擾的

abrumador, ra *a.* 1. 繁重的; 壓倒的 2.【轉】令人難以忍受的

abrumar *tr.* 1. 壓倒, 壓垮, 壓得喘不過氣來 2. 使茫然失措 3.【轉】使難以忍受

abrupto, ta *a.* 陡峭的

abrutado, da *a.* 粗野的

absceso *m.* 【醫】膿腫

abscisa *f.* 【數】橫座標

abscisión *f.* 【醫】截去, 切除

absentismo *m.* 1. (地主的) 外居, 不在 2. 曠工, 缺勤

absentista *s.* 外居地主, 不在地主

ábside I. *amb.* (教堂後殿的) 半圓形室; 半圓形拱頂建築 II. *m.* 【天】拱點

absintio *m.* 【植】洋艾, 苦艾

absolución *f.* 1. 赦免, 免訴 2.【宗】寬恕, 赦罪

absoluta *f.* 1. 斷言, 斷定 2.【軍】退役

absolutamente *ad.* 絕對地, 完全地, 絕不

absolutismo *m.* 專制制度, 專制主義

absolutista *a.-s.* 專制制度的, 專制主義的; 專制主義者

absoluto, ta *a.* 1. 絕對的 2. 純的 3. 完全的 4. 專制的, 獨裁的 5.【語法】獨立的 (結構等) ◇ en ～ 絕對地, 完全地, 絕不

absolutorio, ria *a.* 赦免的, 宣告無罪的

absolvederas *f. pl.* 過分寬容

absolver *tr.* 1. 赦免, 宣告無罪 2. 寬恕, 原諒 3. 解決 (疑難)

absorbente *a.* 1. 能吸收的, 有吸收能力的 2. 不容他人介入的, 包攬一切的

*****absorber** *tr.* 1. 吸收, 攝取 2.【轉】消耗, 消費 3.【轉】吸引, 使全神貫注 4.【機】承受, 減緩 (震動等)

absorbible *a.* 可被吸收的, 容易吸收的

absorbimiento *m.* 吸收

absorción *f.* 吸收, 吸收作用

absorto, ta *a.* 專心的, 全神貫注的

abstemio, mia *a.-s.* 戒酒的; 戒酒的人

abstención *f.* 1. 戒除 2. 不參與, 迴避 3. 棄權

abstencionismo *m.* 不介入主義, 棄權主義

abstencionista *s.* 不介入主義者, 棄權主義者

*****abstener** I. *tr.* 使 (某人) 不做某事 II. *r.* 1. 戒除 2. 不做, 不參與 3. 棄權

abstergente I. *a.* 【醫】洗滌 (創口) 的 II. *m.* (創口) 洗淨劑

absterger *tr.* 【醫】洗滌 (創口)

abstersión *f.* 【醫】洗滌 (創口)

abstersivo, va *a.* 【醫】用來洗滌 (創口) 的

abstinencia *f.* 1. 戒除 2. 吃素, 吃齋 3. 禁慾

abstinente *a.* 1. 吃素的, 吃齋的 2. 禁慾的 3. 飲食有節制的

abstracción *f.* 1. 分離, 析出 2. 抽象 3. 出神, 心不在焉

*****abstracto, ta** *a.* 1. 抽象的 2. 抽象派的 3. 難懂的, 深奧的

abstraer I. *tr.* 使抽象化 II. *intr.* 擺脫, 置於不顧 III. *r.* 出神, 心不在焉

abstraído, da *a.* 出神的, 凝思的

abstruso, sa *a.* 難懂的, 深奧的

absurdez *f.* 荒謬

absurdidad *f.* 荒謬

***absurdo, da** I. *a.* 荒謬的, 不合理的 II. *m.* 荒謬的事, 謬論

abubilla *f.*【動】戴勝(鳥)

abuchear *tr.* 噓, 起閧

abucheo *m.* 起閧

***abuela** *f.* 1. 祖母; 外祖母 2. 老太太 ◇¡ Cuénteselo a tu ~! 誰聽你那一套 /no necesitar (或 tener) ～ 自吹自擂

abuelastro, tra *s.* 繼祖母, 繼祖母; 繼外祖父, 繼外祖父

***abuelo** *m.* 1. 祖父; 外祖父 2. *pl.* 祖父母; 外祖父母 3. 老人, 老爺爺 4. (彩票中的)90號 5. *pl.*【轉】頸後短髮

abuhardillado, da *a.* 頂樓式的

abuje *m. Amér.* 一種蟎蟲

abulia *f.*【醫】意志缺失, 喪失意志

abúlico, ca *a.-s.* 意志缺失的; 意志缺失的人

abulón *m.*【動】鮑魚

abultado, da *a.* 1. 龐大的, 體積大的 2. 誇大的

abultamiento *m.* 1. 龐大; 誇大 2. 隆起; 腫塊

abultar I. *tr.* 1. 使體積變大 2. 誇大 II. *intr.* 鼓起, 體積大

abundamiento *m.* 見 abundancia ◇ a mayor ～ 以防萬一, 爲了更加穩妥

***abundancia** *f.* 1. 豐富, 富足 2. 大量 3. 優裕, 富裕 ◇ en ～ 大量的, 豐富的 /en la ～ (生活)極爲優裕

abundancial *a.*【語法】指多的 (形容詞)

***abundante** *a.* 豐富的, 大量的

abundantemente *ad.* 富裕地; 大量地

***abundar** *intr.* 1. 豐富; 盛產, 富有 2. 堅持

abundoso, sa *a.* 1. 豐富的, 大量的 2. 肥沃的, 富饒的

abur *interj.* 再見

aburguesado, da *a.* 資產階級化的

aburguesamiento *m.* 資產階級化

aburguesarse *r.* 資產階級化

***aburrido, da** *a.* 1. 感到厭倦的 2. 煩人的, 乏味的 3. 不討人喜歡的

aburrimiento *m.* 1. 厭倦, 厭煩 2. 令人厭煩的事

***aburrir** I. *tr.* 1. 使厭煩 2. 消磨, 浪費 (時間, 金錢) 3. 丟下, 拋棄 II. *r.* 厭煩

aburujarse *r.* 見 aborujarse

abusante *a.* 損人利己的(人)

***abusar** *tr.* 1. 濫用, 亂用 2. 強姦

abusivamente *ad.* 過分地, 不適當地

abusivo, va *a.* 過分的, 濫用的

***abuso** *m.* 1. 濫用, 亂用 2. 過分的行爲 ◇ ～ de autoridad 濫用職權 / ～ de confianza 監守自盜 / ～ de deshonesto 強姦罪

abusón, ona *a.* 損人利己的

abutilón *m.*【植】苘麻

abuzarse *r.* 趴着(喝河水)

abyección *f.* 卑鄙下流

abyecto, ta *a.* 1. 卑鄙下流的 2. 鼠竊狗偷的

***acá** *ad.* 1. 這裏, 在這裏 2. 到此刻 ◇ ～ y allá 零零散散地 /de ～ para allá 東奔西走

acabable *a.* 可完成的, 可完結的

acabadamente *ad.* 完全地, 完美地

acabado, da I. *a.* 1. 完成了的, 告竣的 2. 衰老的, 瘦弱的 3. 破舊的 II. *m.* 最後加工

acaballadero *m.* 1. (馬、驢的)配種站 2. (馬、驢的)交配期

acaballado, da *a.* 似馬頭的

acaballonar *tr.* 起壟, 打田埂

acabamiento *m.* 1. 結束, 完成 2. 死亡

***acabar** I. *tr.* 1. 完成, 結束 2. 用完, 耗盡 3. 進行最後加工 II. *intr.* 1. 結束 2. 死 3. 毀壞; 消滅 4. 剛剛 5. 終於 III. *r.* 1. 用完, 耗盡 2. 結束 3. 死 ◇ Acabáramos 原來如此/para ～ de arreglarlo 更有甚者/Se acabó 到此爲止

acabose *m.* 頂點; 完結 ◇ ser el ～ (某事)完蛋了

acacia *f.*【植】金合歡 ◇ ～ blanca (或 falsa) 刺槐; 洋槐

*__academia__ *f.* 1. 科學院, 研究院 2. 院士會議, 學術會議 3. 學院, 專科學校 4. 學會 5.【美】裸體習作

académicamente *ad.* 學院式地, 學究式地

academicismo *m.* 1.【美】學院風格 2. 學究習氣

*__académico, ca__ I. *a.* 1. 科學院的 2. 學院派的 3. 學術的 4. 學究式的, 刻板的 5. 學院的, 專科學校的 II. *s.* 院士; 學會會員; 大學教師, 大學生 ◇ ～ correspondiente 通訊院士 / ～ en número 院士

acaecedero, ra *a.* 可能發生的

acaecer *intr.* 發生, 出事 (只用不定式, 過去分詞, 副動詞和單複數第三人稱)

acaecimiento *m.* 事件

acafresna *f.*【植】花楸果樹

acahual *m. Amér.* 向日葵

acajoiba *f.*【植】腰果樹

acajú de nueces *m.* 見 acajoiba

acalambrarse *r.* 痙攣, 抽筋

acalefo *a.-m.pl.*【動】水母綱的; 水母綱

acalenturarse *r.* 發燒

acalia *f.*【植】藥用蜀葵

acaloradamente *ad.* 熱烈地, 激烈地; 熱情地

acalorado, da *a.* 1. 激動的, 激怒的 2. 激烈的

acaloramiento *m.* 1. 燥熱, 灼熱 2. 熱情, 熱心 3. 激動, 興奮; 激烈

acalorar I. *tr.* 1. 使熱, 使臉紅 3. 鼓動, 激勵; 激怒 4. 使激烈 II. *r.* 1. 渾身發熱 2. 激動, 發怒 3. 變得激烈

acaloro *m.* 1. 見 acaloramiento 2. 發火, 動怒

acallar I. *tr.* 1. 使安靜, 使不出聲 2. 平息 (某人的憤怒) 3. 減緩, 減輕 (痛苦等) II. *r.* 安靜下來

acamar *tr.* 使 (莊稼) 倒伏

acampada *f.* 1. 野營, 露營 2. 露營地

acampamiento *m.* 1. 紮營, 駐紮 2. 軍營, 駐營地

acampanado, da *a.* 鐘形的

acampar *intr.* 1. 紮營, 駐紮 2. 野營, 露營

acanalado, da *a.* 1. 經過渠道的 2. 有凹槽的

acanalador *m.*【木】槽刨

acanaladura *f.* 槽, 凹紋

acanalar *tr.* 1. 開槽 2. 使成槽形

acantáceo, a *a.-f.pl.*【植】爵床科的; 爵床科

acantilado, da I. *a.* 1. 台階狀的 (海底) 2. 陡峭的 (海岸) II. *m.* (海邊的) 懸崖, 峭壁

acantio *m.*【植】蘇格蘭菜薊

acanto *m.*【植】莨荔花

acantonado, da *a.* 駐紮在…的

acantonamiento *m.* 1. 駐紮 2. 營地, 駐地

acantonar *tr.* 使 (軍隊) 駐紮

acantopterigio, gia *a.-m.pl.*【動】棘鰭目的; 棘鰭目

acaparador, ra *a.-s.* 囤積居奇的; 囤積居奇的人

acaparamiento *m.* 囤積

acaparar *tr.* 1. 囤積 2. 獨佔, 獨享

acápite *m. Amér.* 段落, 自然段

acapullado, da *a.* 蓓蕾狀的 (花)

acaracolado, da *a.* 蝸殼狀的

acaramelado, da *a.* 1. 糖漬的, 蘸了糖的 2. 親昵的

acaramelar I. *tr.* 1. 蘸糖, 用糖漬 2. 做成糖果 II. *r.* 親昵, 親熱

acardenalar *tr.* 使出現瘀斑

acariciador, ra *a.* 撫愛的

acariciante *a.* 撫愛的, 輕拂的

*__acariciar__ *tr.* 1. 撫愛, 撫弄 2. 輕拂 3. 懷有, 抱有 (希望, 計劃等)

acárido *m.* 見 ácaro

áraro *m.*【動】1. 蜱蟎 2. *pl.* 蜱蟎目 ◇ ～ de la sarna 疥蟎 / ～ doméstico (或 del queso) 乾酪蟲, 粉蟎

acarreador, ra *a.-s.* 搬運的;搬運的人

acarreamiento *m.* 見 acarreo

acarrear *tr.* 1. 運送;搬運,帶 2. 造成,引起(不快、麻煩等)

acarreo *m.* 1. 運送,搬運 2. 運費 ◇ ～ de ～ 沖積的,風積的

acartonarse *r.* 1. 變得像紙板一樣僵硬 2.【轉】變得枯瘦乾癟

***acaso** I. *m.* 偶然,意外 II. *ad.* 1. 也許,或許 2. 難道,莫非 ◇ al ～ 聽其自然/por ～ 偶然/por si ～ 以備萬一/si ～ ①如果 ②即使

acatable *a.* 值得尊敬的;應該遵從的

acatamiento *m.* 尊敬;遵從

acatar *tr.* 1. 尊敬,尊重 2. 服從,遵從

acatarrarse *r.* 傷風,感冒

acatéchili *m.* (墨西哥的)一種燕雀

acato *m.* 見 acatamiento

acaudalado, da *a.* 有錢的,富有的

acaudalar *tr.* 積蓄(錢財)

acaudillar *tr.* 統率,帶領

acaule *a.*【植】無莖的,短莖的

acceder *intr.* 1. 同意,贊同 2. 放棄己見

accesibilidad *f.* 1. 可及,可達到 2. 易接近 3. 可理解性

accesible *a.* 1. 可及的,可達到的 2. 易接近的 3. 可理解的

accesión *f.* 1. 同意,答應 2. 附屬物 3.【法】歸併 4. 交媾 5.【醫】間歇熱發病

accésit *m.* 二等獎

***acceso** *m.* 1. 到達,靠近 2. 入口,通道 3. 可以進入,可以會見,可以聯繫 4.【醫】發作,發病 ◇ ～ carnal 性交

accesorio, ria I. *a.* 1. 附屬的,附加的 2. 次要的 II. *m.* 1. 附件,配件 2. *pl.* 成套用品

accidentado, da I. *a.* 1. 動亂的,動盪的 2. 崎嶇不平的 II. *s.* 事故的受害者

accidental *a.* 1. 非本質的,次要的 2. 偶然的,意外的 3. 臨時的

accidentalidad *f.* 非本質的屬性

accidentalmente *ad.* 1. 非本質地 2.

偶然地,意外地 3. 臨時地

accidentarse *r.* 突然發病,昏厥

***accidente** *m.* 1. 意外的事;事故 2. 昏厥,發病 3.【醫】偶發症候 4. 非固定不變的現象 5.【宗】聖餐的色、香、味 6.【樂】(升降還原的)臨時符 7. 地形 ◇ ～ del trabajo 工傷事故/ ～ geográfico 地形/por ～ 偶然

***acción** *f.* 1. 行動,活動,舉動 2. 作用,影響 3. 戰鬥,軍事行動 4. (文學作品的)情節 5. 行動能力,活動能力 6.【法】訴訟權 7.【美】(模特兒的)姿勢 8.【商】股票;股份 ◇ ～ de armas 戰鬥/ ～ de gracias 感恩;感謝/ ～ de presencia【化】催化作用/ ～ directa 直接行動(如罷工、抵制商品等)/ ～ dramática 劇情/entrar en ～ 行動起來/mala ～ 惡劣行徑/medir sus ～es 行動審慎/poner en ～ 起動

accionado *m.* 表情,動作,姿勢

accionar I. *intr.* 1. 做手勢 2. *Amér.* 起訴 II. *tr* 起動

accionista *s.* 股東,股票持有者

accípiter *m.* 猛禽

acebo *m.*【植】枸骨葉冬青,聖誕樹

acebuche *m.*【植】野生油橄欖樹

acecinar I. *tr.* 製成腌肉乾 II. *r.* 變得枯瘦乾癟

acechar *tr.* 暗中窺視,窺探;窺伺

acecho *m.* 窺探;窺伺 ◇ al ～ 埋伏,窺伺

acedera *f.*【植】酸模

acederaque *m.*【植】楝

acederilla *f.*【植】1. 小酸模 2. 白花酢漿草

acederón *m.*【植】巴天酸模

acedía¹ *f.*【動】鰈魚

acedía² *f.* 1. 酸味 2. 胃酸 3. 胃酸過多,燒心,胃酸水

acedo, da I. *a.* 1. 酸的,酸味的 2. 粗魯的 3. 粗糙的 II. *m.* 酸汁,酸液

acéfalo, la *a.* 1. 無頭的 2. 無首領的

aceitar *tr.* 給…塗油,給…上油,在…中

加油

*aceite m. 1. 油, 食油 2. 油類, 油料, 油脂 ◇ ～ de abeto 樅樹脂/ ～ de anís 茴香油/ ～ de hígado de bacalao 鱈魚肝油, 魚肝油/ ～ de parafina 石蠟油/ ～ de ricino 蓖蔴籽油/ ～ de vitriolo濃硫酸/ ～ esencial (或 volatil) 揮發油/ ～ secante 乾性油

aceitera f. 油瓶, 油罐兒, 油壺

aceitero, ra I. a. 油的, 製油的 II. m. 1. (牧人盛油的) 牛角罐 2.【植】鼠耳地洋桃

aceitoso, sa a. 1. 含油的, 多油的 2. 油狀的

*aceituna f. 油橄欖

aceitunado, da a. 油橄欖色的, 茶青色的

aceitunera f. 油橄欖收穫季節

aceitunero, ra I. a. 油橄欖的 II. s. 收摘, 運送或出售油橄欖的人 III. m. 貯存油橄欖的地方

aceitunillo m.【植】毒果山茱萸 (一種用材樹)

aceituno m.【植】油橄欖樹 ◇ ～ silvestre 見 aceitunillo

*aceleración f. 1. 加快, 加速 2. 急忙, 倉促 3.【理】加速度

aceleradamente ad. 1. 快速地, 加速地 2. 倉促

acelerado, da I. a. 加速的 II. m. (電影) 快鏡頭, 慢速攝影

acelerador, ra I. a. 加快的, 加速的 II. m. 1. (汽車的) 加速踏板 2. 加速器

aceleramiento m. 1. 加速, 加快 2. 急忙, 倉促

*acelerar I. tr. 加快, 加速 II. r. 匆忙, 急忙

aceleratriz a. 加快的, 加速的 (用於形容陰性名詞)

acelga f.【植】甜菜, 糖蘿葡

acémila f. 1.【動】騾子 2. 笨蛋, 愚蠢的人

acemilería f. 1. 騾圈 2. 御馬官的職務

acemilero, ra I. a. 騾子的, 騾圈的 II. m. 騾夫

acendrado, da a. 純潔的

acendrar I. tr. 1. 在坩堝中精煉, 提純 2.【轉】使純潔 II. r. 磨練

acensar; acensuar tr. 徵稅

*acento m. 1. 口音, 方言 2. 重音 3. 重音符號 4. 韻律 5. 聲調 ◇ ～ de intensidad 重音/ ～ fonético 口音/ ～ métrico 韻律/ ～ ortográfico 重音符號/ ～ tónico 朗讀重音/poner el ～ en 強調, 突出

acentuación f. 1. 重讀 2.【轉】強調

acentuado, da a. 1. 重讀的 2. 明顯的

acentual a. 重音的

*acentuar I. tr. 1. 重讀 2. 給…加重音符號 3.【轉】強調, 着重指出 II. r. 增大, 增強

aceña f. 水磨, 水磨房

aceñero m. 水磨房工人

acepar intr. 生根, 扎根

acepción f. 詞義 ◇ ～ de personas 偏袒

acepilladora f. 1.【機】刨床 2.【木】電刨

acepilladura f. 刨屑, 刨花

acepillar tr. 1. 刨, 刨光 2. 刷 3.【轉】擦亮, 擦光

aceptable a. 1. 可接受的; 可信的 2. 過得去的

aceptación f. 1. 接受, 接納; 同意 2. 贊同, 歡迎 3.【商】(票據等的) 承兑 ◇ ～ de personas 偏袒

*aceptar tr. 1. 接受, 接納 2. 同意, 認可 3.【商】承兑 (票據)

acepto, ta a. 令人喜歡的, 被欣然接受的

acequia f. 1. 水溝, 水渠 2. Amér. 小河

*acera f. 1. 人行道 2. (街道兩側成排的) 臨街房屋 ◇ de la otra ～ 或 de la ～ de enfrente 另外一種想法

aceráceo, a a.-f.pl.【植】槭科的; 槭科

aceración f. 鋼化; 煉鋼

acerado, da *a.* 1. 鋼的, 鋼製的 2. 含鋼的 3. 似鋼的 4.【轉】鋼鐵般的, 强有力的 5.【轉】辛辣的, 尖刻的

acerar¹ *tr.* 鋪人行道

acerar² *tr.* 1. 鋼化, 煉鋼 2. 給…包上鋼 3.【轉】鍛鍊, 使變强

acerbo, ba *a.* 1. 澀的 2. 嚴酷的, 尖刻的

*****acerca** : ～ de 關於

*****acercamiento** *m.* 靠近, 接近

*****acercar** I. *tr.* 靠近, 放近 II. *r.* 1. 靠近, 移近 2. 臨近, 即將來臨

ácere *m.* 見 arce

acerería; acería *f.* 鋼廠, 煉鋼車間

acerico; acerillo *m.* 1. 小枕頭 2. 針插

*****acero** *m.* 1. 鋼 2.【轉】白刃武器 3.【醫】鐵劑 4. *pl.* 勇氣, 勇敢 ◇ ～ inoxidable 不銹鋼 / ～ magnético 磁鋼, 永磁材料 / ～s especiales 特殊鋼

acerola *f.* 山楂

acerolo *m.*【植】山楂樹

aceroso, sa *a.* 澀的

acérrimo, ma *a.* 非常堅定的, 倔强的

acertadamente *ad.* 準確無誤地

*****acertado, da** *a.* 準確的, 正確的 ◇ poco ～ 不正確的

*****acertar** I. *tr.* 1. 擊中, 命中 2. 找到 3. 猜中 II. *intr.* 1. 恰巧 2. 做對, 選對 3.【農】生長良好

acertijo *m.* 謎, 謎語

acervo *m.* 1. 堆 2. (集體或幾個人的) 共有財產 3.【轉】(文化, 精神) 財富

acetato *m.*【化】醋酸鹽 ◇ ～ de cobre 醋酸銅 / ～ de plomo 醋酸鉛

acético, ca *a.*【化】醋的; 醋酸的

acetileno *m.*【化】乙炔

acetona *f.*【化】丙酮

acetosa *f.*【植】酸模

acetosilla *f.*【植】小酸模

acetre *m.* 小水桶

acezar *intr.* 喘, 喘氣

aciago, ga *a.* 不幸的, 不祥的

aciano *m.*【植】矢車菊

acíbar *m.* 1.【植】蘆薈 2. 蘆薈脂 3.【轉】痛苦, 不快

acibarar *tr.* 1. 加蘆薈, 加蘆薈脂 2.【轉】使痛苦, 使不快

acicalado, da I. *a.* 非常整潔的 II. *m.* 磨光, 擦亮

acicalamiento *m.* 1. 磨光, 擦亮 2. 裝飾, 打扮 3. 激勵, 振奮

acicalar *tr.* 1. 磨光, 擦亮 (武器等) 2. 裝飾, 打扮 3. 激勵, 使振奮

acicate *m.* 1. 馬刺 2.【轉】刺激; 激勵

acicatear *tr.* 刺激; 激勵

acicular *a.* 針狀的

acidarse *r.* 酸化

acidez *f.* 酸性, 酸度 ◇ ～ de estómago 胃酸過多

acidificación *f.* 酸化

acidificar *tr.* 使酸化

*****ácido, da I,** *a.* 1. 酸的, 酸味的 2.【化】酸的, 酸性的 3.【轉】生硬的, 粗暴的 II. *m.*【化】酸 ◇ ～ acético 醋酸 / ～ bórico 硼酸 / ～ carbónico 碳酸 / cianhídrico 氫氰酸 / ～ cítrico 檸檬酸 / ～ clorhídrico 鹽酸 / ～ fluorhídrico 氫氟酸 / ～ láctico 乳酸 / ～ nítrico 硝酸 / ～ pícrico 苦味酸 / ～ salicílico 硅酸 / ～ sulfúrico 硫酸 / ～ tánico 單寧酸, 鞣酸 / ～ úrico 尿酸

acidular *tr.* 使有酸味

acídulo, la *a.* 帶酸味兒的

acierto *m.* 1. 擊中, 命中 2. 猜中 3.【轉】熟巧, 靈巧 4.【轉】恰巧

ácimo *a.* 未經發酵的 (麵包)

acimut (*pl.* acimuts) *m.* 1.【天】平經, 地平經度 2. 方位角

acimutal *a.* 1.【天】平經的, 地平經度的 2. 方位角的

acinesia *f.*【醫】運動不能

ación *f.* 馬鐙皮帶

acirate *m.* 1. 土埂 2. 園中小徑

acitrón *m.* 蜜餞香橼

aclamación *f.* 喝彩, 歡呼 ◇ por ～ 用歡呼或鼓掌表示同意

aclamar *tr.* 1. 爲⋯歡呼，爲⋯喝彩 2. 擁戴

aclaración *f.* 1. 澄清，闡明，解釋

***aclarar** I. *tr.* 1. 澄清，闡明，解釋 3. 稀釋；使稀疏 4. 漂洗，漂淨 (衣物) 5. 【礦】複洗 (礦石) II. *intr.* 1. 天轉晴 2. 天亮

aclaratorio, ria *a.* 說明性的，解釋性的

acle *m.* 【植】1. 紅褐木 2. 木果綠花豆 (一種硬木樹)

aclimatación *f.* 1. 服水土 2. 適應環境

alimatar *tr.* 1. 使服水土，使適應氣候條件 2. 【轉】採納，引進 (外來的習俗、語言等)

acné *f.* 【醫】痤瘡，粉刺

acobardar I. *tr.* 恐嚇，使害怕 II. *r.* 害怕，膽怯

acocear *tr.* (馬等用後腿) 踢，尥蹶子

acocote *m.* (墨西哥的) 一種長葫蘆

acochinar *tr.* 宰，殺

acodar I. *tr.* 用肘支撐 2. 使彎成肘形 3. 【農】壓條

acodillar *tr.* 使彎成肘形

acodo *m.* 1. 【農】壓條 2. 【建】(門、窗口的) 線腳

acogedor, ra *a.* 1. 殷勤好客的 2. 令人愉快的 (地方) 3. 和藹可親的

acoger I. *tr.* 1. 收留，收容 2. 接待，款待 3. 【轉】庇護，保護 4. 【轉】歡迎，接受 (消息等) II. *r.* 1. 躲避，躲藏 2. 以⋯爲藉口

acogida *f.* 1. 接待，款待 2. 藏身處，避難地 3. 歡迎，接受 4. 庇護，保護

acogido, da I. *a.* 受歡迎的 II. *s.* 被 (慈善機構等) 收容者

acogimiento *m.* 接待，款待

acogollar *intr.-r.* (蔬菜) 長心兒；(樹木) 發芽

acogotar *tr.* 1. 砍脊頸致死 2. 抓住後頸打倒 3. 【轉】制服 (某人) ◇ tener acogotado a 制服，嚇唬 (某人)

acolchado *m.* 1. 棉套，被套 2. (護堤的) 草墊，葦簾

acolchar *tr.* (用棉花、羊毛等) 絮，填塞

acolitado *m.* 侍僧職務，輔祭職務

acólito *m.* 1. 侍僧，輔祭 2. 追隨者，信徒

acollar *tr.* 1. (給樹等) 培土 2. 【海】拉緊牽索

acollarar *tr.* 1. (給動物) 套頸圈 2. 用頸圈把⋯栓在一起

acomedirse *r. Amér.* 自願効勞，獻殷勤

acomedor, ra *a.* 1. 攻擊的 2. 有進取心的

acometer *tr.* 1. 攻擊，襲擊 2. 試圖制服 3. 着手，從事 4. (疾病、情緒等) 突然發作

acometida *f.* 1. 攻擊，進攻 2. (疾病的) 發作 3. (支管和幹管的) 匯合處

acometimiento *m.* 支管

acometividad *f.* 1. 攻擊性，好鬥 2. 進取心

acomodable *a.* 能適應的

acomodación *f.* 1. 安放，安頓 2. 適應，適合 3. 調解，調和

acomodadizo, za *a.* 遷就的，隨和的

acomodado, da *a.* 1. 合適的，適宜的 2. 富裕的 3. 價格適中的

***acomodador, ra** *s.* (影、劇院的) 引座員

acomodamiento *m.* 1. 妥協，協議 2. 舒適，方便

***acomodar** I. *tr.* 1. 安放，安頓 2. 使適合，使適用 3. 雇用 4. 提供，供給 II. *intr.* 合適，適宜 III. *r.* 1. 適應，遷就 2. 安置好 3. 當 (傭人)

acomodaticio, cia *a.* 1. 合適的 2. 遷就的，隨和的

acomodo *m.* 職業，傭工

acompañado, da *a.* 1. 隨行的，陪伴的 2. 熱鬧的，人來人往的

***acompañamiento** *m.* 1. 隨行，陪伴 2. 隨行人員 3. 羣衆演員 4. 【樂】伴奏，伴唱

acompañante *a.-s.* 隨行的，陪伴的；隨行人員

*acompañar tr. 1. 陪同, 陪伴 2. 隨有, 附有 3. 分享, 分擔 4. 【樂】伴奏

acompasadamente ad. 有節奏地

acompasado, da a. 1. 有節奏的 2. 慢條斯理的, 不慌不忙的

acompasar tr. 1. 使有節奏 2. 使相等, 使協調

acomplejar intr. 複雜化, 變複雜

aconcharse r. 1. (船) 傾側 2. (兩船) 相靠

acondicionado, da a. 1. 條件好的 2. 有…條件的 3. 狀況好的 ◇ aire ~ 空氣調節, 空調

acondicionador m. (空氣) 調節器

acondicionar tr. 1. 安排, 準備; 使適合 …條件 2. 調節 (空氣、濕度等)

acongojar tr. 使憂傷, 使痛苦

aconitina f.【化】烏頭鹼

acónito m.【植】烏頭

aconsejable a. 適宜的, 可取的

aconsejado, da a. 謹慎的, 明智的

*aconsejar I. tr. 1. 勸告, 啓發 II. r. 請教

aconsonantar tr. 使…和…押韻

acontecedero, ra a. 可能發生的

*acontecer intr. 發生 (只用原形和單、複數第三人稱)

*acontecimiento m. 1. 發生的事 2. 重大事件

acopiamiento m. 見 acopio

acopiar tr. 收集, 積存, 儲存

acopio m. 收集, 積存, 儲存

*acoplar I. tr. 1. 拼接, 聯接; 裝配 2. 使合適, 改裝 3.【電】耦合 II. r. 1. 相愛 2. (航天器) 對接

acoquinar I. tr. 威嚇, 嚇唬 II. r. 害怕

acorazado, da I. a. 1. 裝甲的 2. 堅强的, 硬心腸的 II. m. 裝甲艦

acorazar tr. 爲…安裝鐵甲 II. r. 1. 防備, 戒備 2. 心腸變硬

acorazonado, da a. 心形的, 心臟形的

acorcharse r. 1. 變得像軟木, 變皮, 變得咬不動 2. 麻木

acordadamente ad. 1. 一致同意地 2. 理智地

acordado, da a. 1. 一致同意的 2. 理智的, 慎重的

*acordar I. tr. 1. 一致同意, 商定 2. 決定 3. 使協調 4. 使記起, 提醒 5.【美】使 (色調) 和諧 6.【樂】調音 II. intr. 協調一致 III. r. 1. 達成協議 2. 記起, 想起; 記住

acorde I. a. 1. 一致的, 協調的 2.【樂, 美】和諧的 II. m.【樂】和弦, 諧音

*acordeón m. 手風琴

acordeonista s. 手風琴手

acordonar tr. 1. (用帶子) 繫, 綁, 紮 2. 包圍, 用警戒線封鎖

acornear tr. (牛、羊等用頭或角) 抵, 頂, 撞

ácoro m.【植】菖蒲, 白菖 ◇ ~ bastardo (或 palustre) 黄菖蒲

acorralar tr. 1. 圈起, 把…關進畜欄 2. 禁閉, 圍困 3.【轉】使失措, 使窘 4.【轉】恐嚇, 使畏懼

acortamiento m. 1. 弄短, 縮短 2.【天】(星體的) 距離視差

acortar I. tr. 弄短, 縮短, 縮小 II. intr. 變短

acosar tr. 1. 追趕, 追捕 2. 逼迫, 糾纏 3. 迫害

acoso m. 1. 追趕, 追捕 2. 追逼 3. 迫害

*acostar I. tr. 1. 使躺下 2. 靠攏 II. intr. 1. (船) 靠岸 2. 傾斜 3. 傾向 III. r. 1. 就寝, 躺下, 睡下 2. 同居 3. 傾斜 傾向 ◇ ~se juntos 同居

acostumbrado, da a. 習慣於…的, 有…習慣的

*acostumbrar I. tr. 使習慣於 II. intr. 有…習慣 III. r. 1. 養成…習慣

acotación f. 1. 旁註, 眉批 2. (劇本中的) 人物動作和場景説明 3.【測】標高

acotado, da a. 禁獵的 (地區)

acotar¹ tr. 1. 立界標; 標定界限 2. 限定用途

acotar² tr. 1.【測】標出高度 2. 批註, 加

眉批

acotiledóneo, a   *a.*【植】無子葉的

acotillo   *m.* (鐵匠等使用的)大鐵錘

acoyundar   *tr.* (給牲口)上軛，上套

acracia   *f.* 無政府主義

ácrata   *a.-s.* 無政府主義的；無政府主義者

acre¹   *m.* 英畝(合0.4047公頃)

acre²   *a.* 1. 辣的，酸的，刺鼻的 2. 有腐蝕性的 3. 粗暴的 4. 灼燙的(高燒)

acrecencia   *f.*【法】1. 附加繼承權 2. 附加繼承的財產

acrecentamiento   *m.* 增加，增長，增大

acrecentar   *tr.* 增加，增長，增大

***acrecer**   I. *tr.* 增加，增長 II. *intr.-r.*【法】附加繼承

***acreditado, da**   *a.* 1. 有信譽的，有名氣的 2. 被委任的，被派駐的

acreditar   I. *tr.* 1. 證明，證實 2. 委任，派駐 3. 使出名著 4. 入賬，記入貸方 II. *r.* 獲得信譽，出名

acreedor, ra   I. *a.* 1. 債權的，債權人的 2. 配得上的，當之無愧的 II. *s.* 債權人

acremente   *ad.* 粗暴地

acribar   *tr.* 1. 篩 2. 使遍體鱗傷

acribillar   *tr.* 1. 使千瘡百孔，使遍體鱗傷 2.【轉】難為，糾纏

acriminar   *tr.* 1. 控告，告發 2. 歸罪，歸咎 3. 誇大(錯誤、罪狀)

acrimonia   *f.* 1. 酸，辣 2.【轉】粗暴

acriollarse   *r. Amér.* 染上當地習俗

acrisolar   *tr.* 1. (用坩堝)精煉，提純 2.【轉】使純潔；使經受考驗

acristianar   *tr.* 施洗禮

acritud   *f.* 1. 酸，辣 2.【轉】粗暴 3.【冶】脆性

acrobacia   *f.* 1. 雜技 2. 驚險動作 3. *pl.* 圓滑

acróbata   *s.* 雜技演員

acrobático, ca   *a.* 1. 使升高的 2. 雜技的

acromático, ca   *a.* 1. 無色的 2.【理】消色差的

acromatismo   *m.*【理】消色差性

acromegalia   *f.*【醫】肢端肥大症

acrópolis   *f.* (古希臘城邦的)衛城

acróstico, ca   *a.* 離合體的(詩)

acrotera   *f.* 山牆飾物

acroterio   *m.* 女兒牆

***acta**   *f.* 1. 記錄，文書 2. 證書 ◇ constar en ~ 記錄在案 /levantar ~ 做記錄

actinia   *f.*【動】海葵

actinio   *m.*【化】錒

actinismo   *m.* 射線化學

actinomices; actinomiceto   *m.*【醫】放線菌

actinota   *f.*【礦】陽起石

***actitud**   *f.* 1. 態度，姿態 2. 姿勢 ◇ en ~ de 以…態度

activación   *f.* 1. 活躍，活動 2.【化】活化，活化作用

activar   *tr.* 1. 使活躍；加快 2.【化】使活化

***actividad**   *f.* 1. 活動性，能動性 2. 勤奮，積極性 3. 敏捷 4. 活動 5. 職業，工作 ◇ ~ profesional 職業 /en ~ 在活動的

activista   *s.* 活躍分子，積極分子

***activo, va**   I. *a.* 1. 活躍的，積極的 2. 現役的；在職的 3. 速效的 4. 勤快的 5. 在活動中的，現行的 II. *m.* 資產，財產 ◇ en ~ 現役的；在職的

***acto**   *m.* 1. 行動，行為，動作 2. 儀式，典禮 3.【劇】幕 4.【法】決議，法令 ◇ ~ carnal 交媾/ ~ instintivo 本能的動作/ ~ público 儀式，典禮/ seguido 隨即，緊接著 /en el ~ 立即 / hacer ~ de presencia 露面，到場，出席

actor, ra¹   *a.-s.*【法】原告的；原告

***actor, triz**²   *s.* 1. 演員 2. (文學作品中的)人物 3. 當事人 ◇ ~ bufo 丑角/ ~ cómico 喜劇演員 / ~ dramático (或 trágico) 悲劇演員 /primer ~ 男主角 /primera actriz 女主角

actuación   *f.* 1. 活動，表現；表演 2. *pl.*

【法】訴訟
*actual a. 1. 目前的,現在的,當代的 2. 現實的
*actualidad f. 1. 目前,現時;當代 2. 現實,現狀 3. 時事,新聞 ◇ de ~ 現在的,現時的/en la ~ 現在
actualizar tr. 1. 使成爲現實 2.【哲】使現實化
actualmente ad. 現在
*actuar intr. 1. 行動,活動 2. 擔任,充當 3. 起…作用 4. 表演,演出 5. 進行答辯 6. 起訴,進行訴訟
actuario m. 法院書記員 ◇ ~ de seguros 保險統計員
acuarela f. 水彩畫
acuarelista s. 水彩畫畫家
acuario m. 1. 魚缸;水族池 2. 水族館 3. (大寫)【天】寶瓶座;寶瓶宮
acuartelamiento m. 1. 紮營;營地,營房
acuartelar tr. 1. 使(部隊)紮營 2. 使(部隊)集結待命 3. (把一塊地)分爲四等分
acuático, ca a. 1. 水的;水中的,水上的 2. 水生的,水棲的
acucia f. 1. 急忙 2. 熱望,渴望
acuciamiento m. 1. 催促 2. 緊迫 3. 熱望,渴望
acuciar I. tr. 1. 催促 2. 熱望,渴望 II. intr. 緊迫(只用第三人稱單數)
acuciosamente ad. 1. 緊急地,急迫地 2. 渴望
acucioso, sa a. 1. 緊迫的,急迫的 2. 勤勉的
acuchillado, da a. 開衩的(衣服)
acuchillar tr. 1. (用刀)砍,切,殺 2. 開衩 3. (用刀等)刮光,磨光 4. 間苗
*acudir intr. 1. 到,趕到 2. 臨頭,發生 3. 常去,常到 4. 求助於,藉助 5. 回答;回贈
acueducto m. 導水管,渡槽
ácueo, a a. 1. 水的 2. 像水的
*acuerdo m. 1. 協議,協定;決議 2. 決

心,決定 3. 意見一致 4. 看法,見解 5. 諧調,和諧 6. 回憶,記憶 ◇ de ~ 同意 /de ~ con 根據,按照/de ~ común 同意,意見一致/poner de ~ a 使取得一致/ponerse de ~ 取得一致/volver de su ~ 食言,打退堂鼓/volver en su ~ 恢復知覺
acuidad f. 1. 尖銳,劇烈 2. 敏銳
acuífero, ra a. 帶水的,含水份的
acular tr. 1. 使(車,馬等)向後退 2. 逼得走投無路
acullá ad. 那裏,那邊
acumulación f. 1. 積累,積蓄 2. 堆積,堆積物
acumulador, ra I. a. 積累的 II. m. 儲存器;蓄電池
*acumular tr. 1. 積累,積蓄 2. 堆積 3. 歸咎
acunar tr. 搖動(搖籃裏的孩子)
acuñación f. 1. 鑄造硬幣;衝製獎章 2. 使用新詞語
acuñar¹ tr. 1. 鑄造(硬幣);衝製(獎章) 2. 使用(新詞語)
acuñar² tr. 打楔子
acuosidad f. 多水
acuoso, sa a. 1. 水的,像水的 2. 含水的,多水的
acupuntura f.【醫】針刺,針刺療法 ◇ ~ y cauterización 針灸
acure m.【動】豚鼠
acurrucarse r. 蜷縮,縮成一團
*acusación f. 1. 歸咎 2. 罪狀,罪名 3. 起訴書 4. 責備,指責
acusado, da I. a. 1. 被告發的,被指責的 2. 明顯的 II. s.【法】被告
acusador, ra I. a. 控告的,指責的 II. s. 1.【法】原告 2. 譴責者
*acusar I. tr. 1. 歸罪 2. 告發,控告 3. 責備,指責 4. 顯示出,表現出 5. 亮出(牌) II. r. 坦白,認罪
*acusativo, va a.-m【語法】對格的;對格
acusatorio, ria a. 1. 控告的,起訴的

2. 指責的

acuse *m.* 1. 通知 2. 通知書 ◇ ～ de recibo 回執

acusica *s.* 見 acusón

acusón, na *a.-s.* 愛告狀的; 愛告狀的小孩

acústica *f.* 聲學

acústico, ca *a.* 1. 聽覺的 2. 聲學的

acutángulo *a.* 銳角的

achabacanar *tr.* 使粗俗, 使不文雅

achacar *tr.* 1. 歸咎 2. 推諉

achacoso, sa *a.* 有小病的, 常患小病的

achaflanado, da *a.* 有斜角的

achaflanar *tr.* 斜切, 斜截; 削角

achampañado, da *a.* 仿香檳酒的

achantar I. *tr.* 嚇退, 打掉 (某人的) 威風 II. *r.* 1. 躲避 2. (態度) 軟下來

achaparrado, da *a.* 1. 粗矮的 (樹) 2. 短矮的, 矮胖的 (人)

achaparrarse *r.* 1. (樹) 長得粗矮 2. 長得短粗, 長得矮胖

achaque *m.* 1. 慢性小病 2. 月經 3. 懷孕 ◇ con ～ de 藉口 / en ～ de 在…方面

achatado, da *a.* 扁平的

achatar *tr.* 壓扁, 打扁

achicar *tr.* 1. 縮小, 縮減, 弄小 2. 貶低, 使自卑 3. 汲出, 戽出 (船艙、礦井裏的水)

achicoria *f.*【植】菊苣

achicharradero *m.* 很熱的地方

achicharrar *tr.* 1. 炸焦, 烤焦, 煎焦 2. 灼熱 3. 纏擾, 過分麻煩

achiote *m.*【植】胭脂樹

achique *m.* 1. 縮小, 弄小 2. 貶低 3. 汲水

achisparse *r.* 喝得微醺

achocolatado, da *a.* 巧克力色的, 赭色的

achuchado, da *a.* 困難的; 複雜的

achuchar *tr.* 1. 唆使, 挑唆 2. 推, 搡 3. 擠壓

achuchón *m.* 1. 推搡 2. 擠壓

achulado, da *a.* 無賴的, 無恥的

achulapado, da *a.* 見 achulado

adacilla *f.* 一種小粒高粱

adagio¹ *m.* 格言, 箴言

adagio² *m.*【樂】柔板

adalid *m.* 首領, 頭領; 軍事首領

adamantino, na *a.* 像鑽石的

adamascado, da *a.* 仿花緞的, 仿錦緞的

adamascar *tr.* 織成仿花緞, 織成仿錦緞

Adán *m.* 1. 亞當 (《聖經》人物, 即人類始祖) 2. (小寫) 懶惰的人, 邋遢的人

adaptación *f.* 1. 適合, 適應 2. 改編, 改寫 3. 改編本, 改寫本

*adaptar I. *tr.* 1. 使適合, 使適應 2. 改編, 改寫 II. *r.* 適合, 適應

adaraja *f.*【建】待齒接

adarga *f.* 橢圓形皮盾

adarme *m.* 少量, 一丁點

adarve *m.* 1. 城牆上的通道 2. 防衛

adaza *f.*【植】高粱

ad calendas graecas 絕不會, 永遠不會有那一天

addenda *m.* 補遺, 增補 ◇ ～ et corrigenda 補遺和勘誤

adecentar *tr.* 使整潔, 使體面

adecuación *f.* 適當, 適合

*adecuado, da *a.* 適當的, 適合的

adecuar *tr.* 使適應, 使適合

adefesio *m.* 1. *pl.* 胡說八道 2. 滑稽可笑的服裝 3. 衣着滑稽的人, 樣子滑稽的人

adehala *f.* 1. 小費, 賞錢 2. (工薪之外的) 補貼

*adelantado, da *a.* 1. 已經有相當進展的, 已經完成相當部分的 2. 預付的 3. 早熟的 4. 先進的, 優秀的 5. 厚臉無恥的 ◇ llevar (或 tener) ～ 佔優勢 / por ～ 提前, 預先 (支付)

adelantamiento *m.* 1. 提前 2. 進步, 好轉

*adelantar I. *tr.* 1. 向前移動 2. 超過, 勝過 3. 撥快 (鐘錶) 4. 提前 5. 預支,

預付 II. *intr.* 1. 前進 2. 得到好處 3.
提前到達, 提前完成 4. (鐘錶)走快 III.
r. 1. 提前, 搶先 2. 走向前, 迎向(某人)
3. 伸出; 突出

*adelante   I. *ad.* 1. 向前, 迎面 2. 以
後, 將來 II. *interj.* 1. 前進 2. 請進 3.
請繼續下去 ◇ en ～ 今後, 以後/más
～ ① 再過一會兒 ② 見後, 往下

*adelanto   m. 1. 前進 2. 進步, 成就 3.
預付款項

adelfa   f.【植】夾竹桃

adelfilla   f.【植】1. 桂葉芫花 2. 柳葉
菜 3. 柴胡

adelgazar   I. *tr.* 1. 使瘦; 使細, 使薄 2.
使儘可能少, 剋扣 3. 推敲, 仔細考慮 II.
intr.-r. 消瘦; 變細, 變薄

*ademán   m. 1. 動作, 手勢, 表情 2. *pl.*
舉止, 風度 ◇ en ～ de 表現出…的樣
子

*además   ad. 此外, 還, 而且 ◇ ～ de
除…之外

adenitis   f.【醫】淋巴結炎, 腺炎

adensarse   r. 1. 濃縮 2. 凝結, 液化

adentrarse   r. 1. 進入, 深入 2.【轉】鑽
研

*adentro   I. *ad.* 1. 向裏面, 向內部 2.
在裏面, 在內部(與某些名詞連用) II.
m.pl. 內心深處 III. *interj.* 請進

adepto, ta   a.-s. 1. 加入(某團體)的;
(某團體)的成員; 擁護…的; 信徒, 追
隨者

aderezar   tr. 1. 準備, 安排 2. 調味 3.
配製(飲料) 4. 烹調 5. 裝飾, 打扮 6.
(給布)上膠, 上漿

aderezo   m. 1. 裝飾; 佈置 2. 烹調 3.
配製飲料 4. 布匹上膠 5. 調味品 6. 首
飾 ◇ medio ～ 耳環; 別針

adestrar   tr. 見 adiestrar

adeudar   tr. 1. 欠(債) 2. 繳納(關稅)
3.【商】記入貸方

adeudo   m. 1. 債 2. 欠債 3. 關稅

adherencia   f. 1. 粘 2.【醫】粘連 3. *pl.*
聯繫, 親戚關係

adherente   a. 1. 粘的 2.【醫】粘連的 3.
連着的 4. 附屬的

*adherir   I. *tr.* 粘, 粘住 II. *intr.* 依附,
追隨 III. *r.* 1. 粘附, 粘連 2. 贊同, 擁護
3. 加入

adhesión   f. 1. 粘連 2. 擁護

adhesivo, va   a. 粘的, 粘性的

ad hoc   特別的, 專門的

adición¹   f. 1. 添加 2. 補充, 增補 3. 附
錄 4.【數】加法

adición²   f.【法】接受(遺產)

adicional   a. 附加的, 添加的

adicionar   tr. 附加, 添加; 加

adicto, ta   a. 1. 信奉…的, 尊崇…的 2.
專心於…的, 醉心於…的 3.【醫】成癮
的

adiestramiento   m. 訓練

adiestrar   tr. 訓練

adinerado, da   a. 有錢的(人)

adinerarse   r. 發財致富

adintelado, da   a. 用過梁建的

*adiós   I. *m.* 告別, 告辭 II. *interj.* 1. 再
見, 再會 2. 天啊 ◇ decir ～ a 告別, 告
辭

adiposidad   f. 1. (過度的)肥胖 2. 過
多的脂肪

adiposo, sa   a. 1. 脂肪的 2. 脂肪多的
3. 過於肥胖的

aditamento   m. 1. 增添物, 附加物 2.
附件, 附屬品

adive   m.【動】胡狼

adivinación   f. 1. 占卜 2. 猜測, 推測
3. 猜中

adivinador, ra   a.-s. 1. 占卜的; 占卜者
2. 猜測的, 推測的; 猜測者, 推測的人

adivinanza   f. 謎語

adivinar   tr. 1. 占卜 2. 猜測, 推測 3. 猜
中(謎語) 4.【轉】隱約看到

adivinatorio, ria   a. 1. 占卜的 2. 猜測
的

adivino, na   s. 1. 占卜者, 預言者 2. 猜
測者

adjetivación   f. 形容

adjetivar *tr.* 形容,用形容詞修飾

*****adjetivo, va** I. *a.* 1. 不能獨立存在的,從屬的 2. 形容的,形容詞的 II. *m.* 【語法】形容詞

adjudicación *f.* 1. 判給,判歸 2. 佔有

adjudicar I. *tr.* 判給,判歸 II. *r.* 1. 侵佔,佔有 2. (在比賽中)獲勝,獲獎

adjudicatorio, ria *s.* 被判定該得(某物)的人

adjunción *f.* 1. 附加,添加物 2.【法】(財産的)歸併

adjuntar *tr.* (隨信)附寄,附發

adjunto, ta I. *a.* 1. 附上的,附發的 2. 助理的 II. *s.* 助手,副手

ad líbitum 任意,隨意

adminículo *m.* 1. 輔助物 2. 零用必需品 3. *pl.* 應急用品

*****administración** *f.* 1. 管理,經營;治理 2. 行政職務,公職 3. 行政機關 4. 政府 ◇ ～ de correos 郵政局/ ～ municipal 市政府;市政管理/ ～ pública 民政局;民政

administrador, ra *s.* 經營者;管理人員

*****administrar** I. *tr.* 1. 管理,經營;治理 2. 給藥,用藥 3. 施行(洗禮) 4. 給予(打擊) II. *r.* 善於管理;善於經營

administrativo, va *a.-s.* 行政管理的;行政管理人員

*****admirable** *a.* 令人欽佩的,令人贊美的

admirablemente *ad.* 極好地,出色地

*****admiración** *f.* 1. 欽佩,贊美 2. 驚歎,感歎 3.【語法】驚歎號 ◇ no salir de su ～ 贊歎不已

admirado, da *a.* 1. 受到贊美的 2. 感到驚訝的

admirador, ra *s.* 欽佩者,贊美者,崇拜者

*****admirar** I. *tr.* 1. 欽佩,贊美 2. 使驚奇,使驚訝 II. *r.* 感到驚奇,感到驚訝 ◇ ser de ～ 值得欽佩;值得驚奇

admirativo, va *a.* 1. 欽佩的,贊美的 2. 驚奇的

*****admisible** *a.* 可接納的,可接受的

*****admisión** *f.* 1. 接納,接受 2. 准許,允許 3. 承認,認可 4. 容納

*****admitir** *tr.* 1. 接納,接受 2. 准許,允許 3. 承認,認可 4. 容納

admonición *f.* 告誡,勸告

admonitorio, ria *a.* 告誡的,勸告的

adobado *m.* 腌肉

adobar *tr.* 1. 腌製 2. 烹調 3. 鞣製 4.【轉】耍手腕,弄虛作假

adobe *m.* 坯,磚坯

adobera *f.* 坯模子,磚坯模子

adobo *m.* 1. 腌製 2. 鞣製 3. (腌製用的)鹵汁 4. 鞣料 5. 美容,修面

adocenado, da *a.* 平庸的

adocenarse *r.* 變得平庸

adoctrinar *tr.* 教導,指教

adolecer[1] *intr.* 1. 患病;患慢性病 2. 有…缺點,有…毛病

adolecer[2] *intr.* 生長,長大

adolescencia *f.* 青少年期,少年期

adolescente *a.-s.* 青少年的;青少年

*****adonde** *ad.* 1. 到那裏,向那裏 2. 到哪裏,向哪裏(用於疑問句時,帶書寫重音,爲 adónde)

*****adondequiera** *ad.* 無論什麼地方,不管到哪裏

adonis *m.*【轉】美少年

adopción *f.* 1. 採用,採取 2. 收養(子女)

*****adoptar** *tr.* 1. 採用,採取,採納 2. 收養,收…爲養子女 3. 通過

adoptivo, va *a.* 1. 被收養的,過繼的 2. 選取的,採用的

adoquín *m.* 1. 路面石,鋪路方石 2.【轉】傻瓜,笨蛋

adoquinado, da I. *a.* 用方石鋪的(路面) II. *m.* 1. 方石路面 2. 用方石鋪路

adoquinar *tr.* 用方石鋪(路)

adorable *a.* 1. 值得崇拜的 2. 可愛的

adoración *f.* 1. 崇拜,敬慕 2. 寵愛,酷愛

adorador, ra *a.-s.* 1. 崇拜的,敬慕的;

崇拜者, 敬仰者 2. 愛戀的; 愛戀者, 鍾情者

*adorar I. tr. 1. 崇拜, 崇敬 2. 熱愛; 喜愛 3. 愛戀, 鍾情於 II. intr. 1. 祈禱 2. 崇拜

adoratorio m. 1. 活動祭壇 2. 美洲印第安人的廟宇

adormecer I. tr. 1. 催眠, 使入睡 2. 鎮靜, 止住(疼痛), 麻痹(意志) II. r. 1. 入睡 2. (肢體)麻木 3. 沉湎, 沉溺

adormecimiento m. 1. 催眠, 使入睡 2. 麻醉 3. 沉睡 4. (肢體)麻木 5. 瞌睡, 睏倦

adormidera f. 1.【植】罌粟 2. 罌粟果

adormilarse; adormitarse r. 打瞌睡, 打盹兒

*adornar tr. 1. 裝飾, 裝點, 佈置 2. (美德等)集中於(某人身上)

adornista s. 裝飾師

*adorno m. 1. 裝飾, 裝飾品 2. pl.【植】鳳仙花 ◇ de ～ ① 裝飾用的 ② 形同虛設的

adosar tr. 使倚着, 使靠着

adquirente s. 獲得者

adquiridor, ra s. 獲得者; 買主

*adquirir tr. 1. 獲得, 取得 2. 買到, 換得

adquisición f. 1. 獲得 2. 獲得物 3. 便宜, 好處

adquisitivo, va a. 1. 用以獲得的 2. 購買的

adral m. (車輛的)攔板

adrede ad. 1. 故意, 蓄意 2. 專門, 特意

adrenalina f.【生】腎上腺素

adriático, ca a. 亞得里亞海(mar Adriático) 的

adscribir I. tr. 1. 把…歸於, 認爲…屬於 2. 安置, 安排 II. r. 參加, 加入

adscripción f. 1. 歸屬 2. 安置 3. 參加

adsorción f. 吸附, 吸附作用

*aduana f. 1. 海關 2. 關税

aduanero, ra I. a. 1. 海關的 2. 關税的 II. s. 海關人員, 海關檢查員

aduar m. 部落村

aducar m. 1. 粗絲 2. 粗絲製品

aducción f.【動, 醫】内收, 内收作用

aducir tr. 引證, 援引

aductor m.【解】内收肌

adueñarse r. 1. 據爲己有, 佔有 2. (情緒等)控制, 支配, 擺佈

adufe m. 1. 鈴鼓 2.【轉】笨蛋

adulación f. 阿諛, 奉承

adulador, ra s. 阿諛奉承者, 馬屁精

*adular tr. 阿諛, 奉承, 拍…馬屁

adulón, ona s. 馬屁精

adulteración f. 1. 攙假 2. 通姦

adulterador, ra a.-s. 攙假的, 僞造貨的; 攙假的人, 造僞貨者

adulterar I. tr. 攙假, 作假 II. intr. 通姦

adulterio m. 通姦, 私通

adúltero, ra I. a. 1. 攙假的 2. 通姦的, 私通的 II. s. 通姦者

adulto, ta a. 1. 成年人的 2. 成熟的

adunar tr.-r. 聯合; 統一, 一致

adusto, ta a. 1. 灼熱的 2. 嚴肅的, 嚴厲的

advenedizo, za a.-s. 外來的, 外地的, 外國的; 外地人, 外國人

advenimiento m. 1. 發生, 來臨, 降臨 2. 即位, 登基 ◇ esperar el (或 al) santo ～ 心不在焉 /esperar como el (或 al) santo ～ 期待

advenir intr. 1. 發生, 來臨, 降臨 2. 即位, 登基

adventicio, cia a. 1. 偶然的, 外來的 2.【生】偶發的, 不定的

adverbial a.【語法】副詞的

adverbialmente ad. 起副詞作用

*adverbio m.【語法】副詞

adversamente ad. 1. 倒霉地, 不幸地

*adversario, ria s. 1. 對手, 敵手 2. 反對者, 持異議者

adversativo, va a.【語法】反義的

adversidad f. 1. 壞, 不好, 不利 2. 倒霉, 不幸 3. 逆境, 困境

adverso, sa *a.* 1. 逆的, 相反的, 不利的 2. 對立的

advertencia *f.* 1. 提醒；警告, 忠告 2. 警惕, 警覺 3. 前言, 説明 4. 公告, 通知

advertido, da *a.* 精明的, 警覺的；老練的

*****advertir** I. *tr.* 1. 提醒；警告, 忠告 2. 發覺, 注意到 II. *intr.* 1. 明白 2. 警惕

adviento *m.*【宗】基督降臨節

advocación *f.* (教堂、廟宇、聖徒、聖事等的)名稱

adyacente *a.* 鄰近的, 鄰接的

aeración *f.* 1.【醫】曝氣 2.【化】充氣；吹氣 3. 通氣, 換氣

*****aéreo, a** *a.* 1. 空中的, 航空的 2. 輕的, 薄的

aerífero, ra *a.* 通氣的, 通風的

aerobio, bia *a.-m.*【生】需氧的；需氣的；需氧生物, 需氣生物

aerodeslizador *m.* 氣墊船

aerodinámica *f.* 空氣動力學

aerodinámico, ca *a.* 1. 空氣動力學的 2. 流線型的

*****aeródromo** *m.* 飛機場

aerofagia *f.*【醫】吞氣症

aerofaro *m.* 飛機場燈標

aerofobia *f.*【醫】高空恐怖

aerógrafo *m.* 噴漆槍

aerograma *m.* 航空郵簡

aerolito *m.* 隕石

aerometría *f.* 氣體測定學

aerómetro *m.* 氣體比重計

aeromodelista *s.* 航空模型運動員

aeromodelo *m.* 航模, 航空模型

aeronato, ta *a.* 飛機上出生的

aeronauta *s.* 飛艇駕駛員, 氣球駕駛員；飛艇乘員, 氣球乘員

aeronáutica *f.* 航空學, 航空術

aeronáutico, ca *a.* 航空的, 航空學的

aeronaval *a.* 1. 海空的 2. 海軍航空兵的

aeronave *f.* 飛行器；飛艇, 氣球

aeroplano *m.* 飛機

aeropostal *a.* 航空郵寄的, 航寄的

aeropuerto *m.* 飛機場

aerosol *m.*【醫】氣霧劑；氣溶膠

aerostación *f.* 浮空學, 氣球航空

aerostática *f.* 空氣靜力學

aerostático, ca *a.* 空氣靜力學的

aeróstato *m.* 浮空器, 高空氣球

afabilidad *f.* 和藹, 親切

*****afable** *a.* 和藹的, 親切的

afaca *f.*【植】黄花山黧豆

afamado, da *a.* 有聲望的, 著名的

afamar *tr.* 使出名, 使聞名

*****afán** *m.* 1. 勤奮, 努力, 刻苦 2. 渴望, 熱望 3. *pl.* 辛勞, 勞累

afanar I. *intr.* 1. 勤奮, 努力 2. 幹重活 II. *tr.* 1. 使勞累 2. 偷, 偷竊 III. *r.* 1. 苦幹, 操勞 2. 努力

afaníptero, ra *a.-m.pl.*【動】微翅目的；微翅目

afanoso, sa *a.* 1. 繁重的, 勞累的 2. 勤奮的, 努力的 3. 熱切的, 渴望的

afasia *f.*【醫】失語症

afear *tr.* 1. 使難看, 使變醜 2. 使減色 3.【轉】指責, 譴責

afección *f.* 1. 病, 疾病 2. 影響 3. 愛好, 傾向

afectable *a.* 1. 易受影響的 2. 易受感動的

afectación *f.* 假裝, 做作

afectado, da *a.* 1. 假裝的, 做作的 2. 受影響的, 被波及的 3. 用於…的

afectar I. *tr.* 1. 假裝 2. 成爲, 呈現出…的形狀 3. 影響到 4. 適用於 5. 損害, 損傷 6. 感動, 使難過 7.【語法】與…有關聯 8. 加上, 加到…的上面 9. 使合併, 使從屬 10. 擔任 II. *r.* 動感情

afectividad *f.* 1. 易動感情性 2. 情感, 感情

afectivo, va *a.* 1. 感情方面的 2. 易動感情的, 富於感情的 3. 親切的

*****afecto** *m.* 1. 情感, 感情 2. 好感, 喜歡 3. 情分 4.【美】表情

afecto, ta *a.* 1. 對…有感情的, 傾慕

的 2. 隸屬於…的 3. 應繳納…的,應承擔…的 4. 感染…的

afectuosamente *ad.* 深情地,親切地,溫柔地

afectuoso, sa *a.* 深情的,親切的,溫柔的

afeitado, da I. *a.* 刮了臉的;剃了毛的 II. *m.* 刮臉;剃毛

*__afeitar__ *tr.* 1. 刮臉,剃鬚,剃毛 2. 裝飾;打扮 3. 截斷(牛角尖) 4. 修剪,修整(馬鬃、植物枝葉等)

afeite *m.* 1. 修飾;打扮;裝飾 2. 化妝品

afelio *m.*【天】遠日點

afelpado, da *a.* 像長毛絨的

afelpar *tr.* 使像長毛絨

afeminado, da *a.* 像女人的,女人氣的

afeminar *tr.* 1. 使失去男子氣質 2. 使像女人

aferente *a.*【解】輸入的,傳入的

aféresis (*pl.* aféresis) *f.*【語法】詞首字母省略

aferrado, da *a.* 固執的

aferramiento *m.* 1. 握緊,抓牢 2. 固執

aferrar *tr.* 1. 握緊,抓牢 2.【海】(船)碇泊 3.【海】收,捲(帆、旗等) II. *intr.* 拋錨 III. *r.* 1. 緊緊抓住 2. (船和船)掛在一起 3. 固執,堅持

afgano, na *a.-s.* 阿富汗(Afganistán)的,阿富汗人

afianzar I. *tr.* 1. 為…擔保 2. 加固,加強 3. 抓住,抓緊 II. *r.* 1. 變牢固,變穩固 2. 確信,堅信

*__afición__ *f.* 1. 愛好,喜好 2. 好感 3.【集】愛好者 4. 勤奮,努力 ◇ de ~ 業餘的/por ~ 出於愛好

*__aficionado, da__ *a.-s.* 1. 愛好…的;愛好者 2. 業餘的;業餘愛好者

aficionar I. *tr.* 1. 使喜歡,使愛好 II. *r.* 1. 愛好,熱衷 2. 愛上,喜歡

afijo *m.*【語法】詞綴

afiladera *f.* 磨刀石

afilado, da I. *a.* 1. 瘦削的;細長的 2.【轉】尖刻的,刻薄的

afilador *m.* 1. 磨刀剪的人 2. 磨刀石,鋼刀布

afilalápices (*pl.* afilalápices) *m.* 削鉛筆刀,捲鉛筆刀

afilamiento *m.* 瘦削;細長

*__afilar__ I. *tr.* 磨快,削尖 II. *r.* 消瘦,變瘦削

afiliado, da *a.-s.* 加入…的,參加…的;參加者

*__afiliar__ I. *tr.* 使參加,使加入;接納 II. *r.* 參加,加入

afiligranado, da *a.* 1. 金銀絲細工的 2.【轉】精巧的

afiligranar *tr.* 1. 用金銀絲細工裝飾 2. 修飾,精雕細刻

afilón *m.* 鋼刀布

afín I. *a.* 1. 鄰近的,接近的 2. 相近的,相似的 II. *s.* 近親

afinador *m.* 1. 調音師 2.【樂】調音配子

afinar I. *tr.* 1. 使柔軟,使柔和 2. 使變細,弄尖 3. 使完美,最後加工 4. (裝訂時)對正,對齊 5. 精煉,提純 6. 使有教養 7. 使精確;調準,校準 II. *r.* 變得文雅

afincar *intr.* 購置地產,購置產業

afinidad *f.* 1. 近似,類似 2. 親戚關係;姻親關係 3.【理,化】親和力,親和性

afino *m.* 精煉,提純

*__afirmación__ *f.* 1. 固定 2. 肯定,斷言

*__afirmar__ I. *tr.* 1. 固定,使牢固 2. 肯定,斷定,斷言 3. 說明,表明 II. *r.* 1. 牢固,穩固 2. 確定,肯定 3. 確信

*__afirmativo, va__ *a.* 肯定的

aflautado, da *a.* 像笛聲的,尖聲的

aflechado, da *a.* 箭狀的

aflicción *f.* 苦惱,傷心,難過

aflictivo, va *a.* 折磨人的,令人傷心的

afligir I. *tr.* 1. 折磨,使苦惱 2. 使難過,使傷心 II. *r.* 悲傷

*__aflojar__ I. *tr.* 1. 鬆開,放鬆 2. 掏出,拿出(錢) II. *intr.* 1. 減弱,緩和 2. 鬆勁,鬆懈 3. 退讓,讓步

aflorar *intr.* 1.(礦體)露頭;(地下水)

冒出 2.【轉】顯露, 出現; 微露

afluencia *f.* 1. 匯集, 流入 2. 大量, 豐富 3.【轉】健談, (説話) 滔滔不絕

•**afluente** I. *a.* 1. 匯集的; 流入的 2.【轉】健談的 II. *m.* 支流

afluir *intr.* 1. 匯集 2. 流入, 注入 3. (街道) 通向

aflujo *m.*【醫】流動, 充溢

afollar I. *tr.* 1. 用風箱鼓風 2. 把…摺成一層一層的 3.【泥】砌牆 II. *r.* (牆) 砌得凹凸不平

afonía *f.*【醫】失音症, 發音不能

afónico, ca; afono, na *a.*【醫】失音的

aforador *m.* 1. 計量員 2. 海關税官 3. 統計員

aforar *tr.* 1. 測定 (水的) 流量 2. 計算…的容量 3. 盤點 (倉庫) 4. (海關) 估價

aforismo *m.* 格言, 警句

aforístico, ca *a.* 格言的, 警句的

aforo *m.* 1. 測定, 計算, 估價 2. (劇場等的) 容量

aforrar I. *tr.* 1. 加襯裹; 加封皮 2. 纏包 (纏繩) II. *r.* 1. 穿得很多 2. 吃 (或喝) 得很多

a fortiori *ad.* 理由充足地

•**afortunadamente** *ad.* 幸運地, 僥倖地

•**afortunado, da** *a.* 1. 幸福的, 幸運的, 走運的 2. 及時的 3. 風狂雨暴的

afrancesado, da *a.* 1. 像法國人的 2. 法國式的, 法式的 3. 親法國的

afrecho *m.* 麩子

afrenta *f.* 1. 羞辱, 侮辱, 凌辱 2. 恥辱

afrentar I. *tr.* 羞辱, 侮辱, 凌辱 II. *r.* 羞愧

afrentoso, sa *a.* 1. 侮辱性的 2. 可恥的

•**africano, na** *a.-s.* 非洲 (África) 的, 非洲人的; 非洲人

afrodisíaco, ca *a.-m.* 激發性慾的; 春藥

afrontar *tr.* 1. 使面對面 2. 正視, 面對, 迎着 3. 使對質, 使對證

afta *f.*【醫】口瘡

aftoso, sa *a.* 口瘡的, 生口瘡的

•**afuera** I. *ad.* 向外, 向外面, 在外面 II. *f.pl.* 1. 郊區, 郊外 2. 城堡外的開闊地 II. *interj.* 滾開, 滾出去

afusión *f.*【醫】澆水療法

agachadiza *f.*【動】沙錐 (一種水禽)

agachar I. *tr.*【口】彎下 (腰), 低下 (頭) II. *r.*【口】彎腰, 彎身, 蹲下

agalla *f.* 1. (樹上的) 蟲癭 2. 魚鰓 3. *pl.*【醫】扁桃腺 4. (鳥的) 頭側 5. *pl.* 勇氣, 膽量

agamí *m.*【動】南美喇叭鳥

agamitar *intr.* 學小鹿叫

ágamo, ma *a.* 1.【動, 植】無性器官的 2.【植】隱花的

ágape *m.* 宴會, 盛宴

agar-agar *m.* 石花菜; 瓊脂, 凍粉

agárico *m.* 傘菌, 蘑菇

agarrada *f.* 爭論, 爭吵

agarradero *m.* 1. 柄, 把手 2. 靠山, 後台 3. 藉口

agarrado, da *a.* 1. 抓住的, 抓緊的 2. 緊摟着的 (舞) 3. 有靠山的, 有後台的 4. 吝嗇的, 小氣的

agarrador *m.* 1. (熨斗的) 把手布墊 2. 法警

agarrar I. *tr.* 1. 抓住, 握緊 2. 得到, 弄到手 3. 開始得, 開始染 (疾病) 4. 捉住, 逮住 II. *intr.* 1. 生根 2. (螺釘等) 擰緊, 扒牢 3. (接穗) 成活 III. *r.* 1. 抓住, 抓牢 2. (在社會上) 自立, 站住脚 3. 爭吵, 打架 4. 粘鍋 5. 利用 (時機等)

agarre *m.* 1. 柄, 把手 2. 靠山, 後台

agarrochar *tr.* (鬥牛時) 刺傷 (牛)

agarrón *m.* 1. 拉, 拽 2. *Amér.* 爭吵, 吵架

agarrotar I. *tr.* 1. 絞緊 (貨包) 2. 捆緊, 綁緊; 勒緊 3.【轉】束縛, 約束 II. *r.* 1. 麻木, 僵硬 2. (機器部件) 滯澀, 運轉不暢

agasajar *tr.* 1. 熱情招待, 款待 2. 饋贈 3. 留宿

agasajo *m.* 1. 熱情招待, 款待 2. 饋贈;

禮品

ágata f. 瑪瑙

agavanza f. 犬薔薇的果實

agavanzo m. 【植】犬薔薇

agave m. 【植】龍舌蘭

agavillar tr. 1. 捆(稻, 麥等) 2. 【轉】糾集, 結成幫夥

agazaparse r. 1. 躲藏, 隱藏 2. 【轉】潛伏

*__agencia__ f. 1. 機構, 企業, 社 2. 代理處, 代辦處 3. 代理, 代辦 4. 勤快, 勤勉

agenciar I. tr. 找到, 謀取, 物色 II. r. 設法

agenda f. 記事本, 備忘錄(本)

*__agente__ m. 1. 動因, 力量 2. 代理人, 代辦商 3. 中間人 4. 警察 5. 【化】劑 ~ de aduanas 海關官員 / ~ de policía 警察

agerasia f. 老健, 矍鑠

agérato m. 【植】藿香薊

agigantado, da a. 1. 身材高大的, 魁偉的 2. 巨大的, 卓越的

*__ágil__ a. 敏捷的, 靈活的, 輕巧的

agilidad f. 敏捷, 靈活, 輕巧

ágilmente ad. 敏捷地, 靈活地, 輕巧地

agio m. 1. 【商】貼水 2. 買空賣空 3. 證券交易

agiotaje m. 見 agio

agiotista s. 投機商, 股票經紀人

agitación f. 1. 搖動, 攪動 2. 【轉】騷動 3. 【轉】激動

agitador, ra a. 1. 攪動的 2. 鼓動的 II. s. 鼓動者, 煽動者 III. m. 攪棒

agitanado, da a. 像吉卜賽人的, 吉卜賽式的

*__agitar__ tr. 1. 搖動, 攪動; 揮動 2. 使不平静, 使不安 3. 鼓動, 煽動

aglomeración f. 1. 聚集, 堆積 2. 堆積物; 人羣 3. 凝聚

aglomerado m. 煤磚

aglomerar I. tr. 1. 使凝聚, 使結成團塊 2. 集聚, 堆積, 匯集 II. r. 聚集, 聚攏

aglutinación f. 1. 黏結, 黏合 2. 【醫】

凝集 3. 匯集

aglutinante I. a. 黏的, 黏結的 II. m. 1. 黏合劑 2. 【醫】橡皮膏

aglutinar tr. 1. 黏, 黏住 2. 用橡皮膏黏合 3. 【醫】凝集 4. 統一, 集合

agnación f. 父系親屬關係, 宗族關係

agnocasto m. 【植】淡紫花牡荆

agnosticismo m. 【哲】不可知論

agnus; agnusdéi m. 上帝的羔羊

agobiador, ra a. 1. 累人的, 使疲憊的 2. 難以忍受的

agobiar I. tr. 1. 彎曲, 彎下 2. 壓彎腰 3. 累壞, 使疲憊 4. 使感到壓抑, 使無法忍受 II. r. 工作繁多

agobio m. 1. 彎腰 2. 疲憊 3. 壓抑, 苦悶

agolpamiento m. 1. 聚集 2. 湧出

agolpar I. tr. 聚集, 匯攏 II. r. 1. 聚集, 羣集 2. 湧出 3. 湧現

agonía I. f. 1. 鬥爭; 戰鬥 2. 垂死掙扎 3. 喪鐘 4. 末日 5. 極端痛苦 II. m.pl. 懦弱悲觀的人

agónico, ca a. 垂死的; 末日的

agonizante a.-s. 垂死的, 臨死的; 垂死的人

agonizar I. tr. 1. 送終 2. 催促, 催逼 II. intr. 1. 臨死, 垂危 2. 行將結束, 即將消失 3. 渴望, 極想 4. 爲…痛苦, 受苦

ágora f. (古希臘) 城邦中心廣場

agorar tr. 預卜, 預測

agorero, ra a. 1. 預卜吉凶的 2. 凶兆的

agorgojarse r. (種子) 生蟲

agostar I. tr. 1. 使乾枯, 使枯萎 2. 使凋零, 使消亡 3. 八月耘(田) II. intr. (旱季) 放牧

agosteño, ña a. 八月的

agostero m. 收穫季節的短工

agostizo, za a. 1. 八月的 2. 易枯的

*__agosto__ m. 1. 八月 2. 收穫季節 3. 收穫, 收成 ◇ hacer su ~ 撈好處, 發橫財

agotable a. 可枯竭的; 能耗盡用完的

***agotamiento** *m.* **1.** 排氣 **2.** 用盡, 耗盡 **3.** 疲憊, 精疲力盡 **4.** 枯竭

***agotar** *tr.* **1.** 排乾…的水, 使乾涸 **2.** 用盡, 耗盡 **3.** 透徹地論述 **4.** 使精疲力盡

agracejo *m.* 【植】 **1.** 小蘗 **2.** 肥豬果樹

agraciado, da *a.* **1.** 受到獎賞的; 中獎的, 中彩的 **2.** 有幾分姿色的

agraciar *tr.* **1.** 使著色, 使顯得好看 **2.** 獎賞, 賞賜

***agradable** *a.* 令人愉快的, 愜意的

agradar *intr.* 令人愉快, 使人高興

***agradecer** *tr.* **1.** 感謝, 感激 **2.** 報答

agradecido, da *a.* **1.** 感謝的, 感激的 **2.** 感恩的

agradecimiento *m.* **1.** 感謝, 謝意 **2.** 感激 **3.** 報答

agrado *m.* **1.** 愉快, 高興 **2.** 和藹, 親切

agramadera *f.* 搗蘇機

agramar *tr.* 搗碎, 揉碎(蘇等)

agramiza *f.*【紡】落纖, 短蘇屑

agrandar *tr.* 擴大, 增大, 誇大, 使變大

agranujado, da *a.* **1.** 顆粒狀的 **2.** 長疙瘩的

***agrario, ria** *a.* 土地的, 耕地的; 農村的

agravación *f.* 惡化, 加劇; 加重

agravamiento *m.* 見 agravación

agravante *a.* 使惡化的, 使加劇的; 使加重的

agravar *tr.* **1.** 使惡化, 加劇 **2.** 增加, 加重 **3.** 誇大(嚴重性)

agraviador, ra *a.* 侮辱性的

agraviar **I.** *tr.* **1.** 侮辱, 冒犯 **2.** 傷害, 損害 **II.** *r.* 感到受辱, 因受辱而生氣

agravio *m.* **1.** 侮辱, 冒犯 **2.** 傷害, 損害 **3.** 上訴理由

agraz *m.* **1.** 生葡萄, 青葡萄 **2.** 青葡萄汁 **3.** 青葡萄汁飲料 **4.** 煩惱, 不快 ◇ en ～ ① 還在準備中 ② 還在學習的

agrazón *m.* **1.** 野葡萄 **2.** 不能成熟的葡萄 **3.** 煩惱, 不快

agredir *tr.* 襲擊, 攻擊; 侵犯, 侵略 ◇ ～

de palabras 辱罵

agregación *f.* **1.** 增加, 添加 **2.** 補充 **3.** 委派

***agregado** *m.* **1.** 混合物, 集合體 **2.** 補充, 添加部分 **3.** (外交)隨員, 助手 **4.** 衛星城

agregar **I.** *tr.* **1.** 增加, 添加 **2.** 補充 **3.** 委派 **4.** 劃歸, 併入 **II.** *r.* 加入, 參加

agremán *m.* 帶狀花邊

agremiar *tr.* 組成行會, 組成同業公會

***agresión** *f.* **1.** 襲擊, 攻擊; 侵犯, 侵略 **2.** 侵犯人權

agresividad *f.* 侵略性

***agresivo, va** *a.* **1.** 侵略的, 侵略成性的 **2.** 好鬥的 **3.** 挑釁性的

***agresor, ra** *a.-s.* 侵略的; 侵略者

agreste *a.* **1.** 農村的; 田野的 **2.** 荒蕪的, 雜草叢生的 **3.** 野生的, 未馴服的 **4.**【轉】粗俗的

agriamente *ad.* **1.** 尖酸刻薄地 **2.** 辛酸地

agriar *tr.* **1.** 使變酸 **2.** 使暴躁

***agrícola** *a.* 農業的, 從事農業的

agricultor, ra *a.-s.* 從事農業生產的; 農民, 農業工人

***agricultura** *f.* 農業

agridulce *a.* **1.** 酸甜的 **2.** 使人又喜歡又討厭的

agrietar *tr.* 使裂開, 使龜裂

agrimensor *m.* 土地測量員

agrimensura *f.* 土地測量(術)

agrimonia *f.*【植】龍牙草

***agrio, ria** **I.** *a.* **1.** 酸的, 酸味的 **2.** 尖刻的, 刻薄的 **3.** 暴躁的 **4.** 崎嶇的, 坎坷不平的 **5.** 不和諧的(色彩) **II.** *m.* **1.** 酸味 **2.** 酸果汁 **3.** 酸味水果, 酸甜水果

agrisado, da *a.* 灰白色的

agro *m.* 農田; 農村

agronomía *f.* 農學, 農藝學

agronómico, ca *a.* 農學的, 農藝學的

agrónomo, ma *a.-s.* 研究農學的, 研究農藝的; 農學家

agropecuario, ria *a.* 農牧業的

agrumar *tr.* 使凝結,使凝結成塊

agrupación *f.* 1. 分類;聚集 2. 堆,組,羣 3. 團體,協會

agrupar *tr.* 1. 歸類,分類,分組 2. 聚集,集中

agrura *f.* 1. 酸,酸味;酸性 2. *pl.* 【集】酸酸水果;酸甜水果

*•**agua** *f.* 1. 水 2. 雨水,雨 3. 飲料,汁,露 4. 眼淚 5. 尿 6. *pl.* 河,江 7. *pl.* 泉水,礦泉水 8. 海潮,潮水 9. *pl.* 領海,領水 10. *pl.* 海流,洋流 11. *pl.* 航迹 12. (屋頂的)坡面 13. *pl.* 色澤,光澤,紋路 ◇ ~ bendita 聖水/ ~ blanda (或 delgada) 軟水/ ~ carbonatada 含碳酸氣的水/ ~ de colonia 花露水/ ~ de cristalización 【化】結晶水/ ~ de fregar 清潔窠水/ ~ de mesa 瓶裝礦泉水/ ~ de olor 香水/ ~ de Seltz 蘇打水/ ~ dulce 淡水/ ~ dura (或 gorda) 硬水/ ~ fuerte 硝酸/ ~ lustral 【宗】净水/ ~ medicinal 藥用礦泉水/ ~ natural 泉水/ ~ nieve 雨夾雪/ ~ pesada 【化】重水/ ~ pluvial 雨水/ ~ potable 飲用水/ ~ regia 【化】王水/ ~ salada 鹹水/ ~ sucia 質量不好的湯/ ~ termal 溫泉水/ ~ viva 泉水/ ~s artesianas 自流井水/ ~s bautimales 【宗】洗禮水/ ~s inmundas 污水/ ~s jurisdiccionales 領海,領水/ ~s llenas 滿潮/ ~s madre 【化】母液/ ~s mayores ① 大潮 ② 大便,屎/ ~s menores ① 小潮 ② 小便,尿/ ~s muertas ① 死水 ② 弦月小潮/ ~s residuales 污水/ ~s territoriales 領海/ ~s vivas ① 活水 ② 新月大潮,滿月大潮/ ~ abajo 順流,順水/ ~ arriba 逆流,逆水/ ~s arriba ① 逆流,逆水 ② 艱難地/bailar el ~ a *uno* (向某人)獻殷勤/bañarse en ~ de rosas 幸災樂禍/claro como el ~ 一清二楚,一目瞭然/cubrir ~s蓋房頂/echar ~ al vino 和稀泥,調和/echarse al ~ 冒風險/entre dos ~s 脚踩兩隻船/estar con el ~ al cuello 陷於困境/hacer ~ ① (船)漏水 ② 【轉】(某事)要糟糕/hacer ~s 解手/llevar el ~ a su molino 近水樓台/quedar en ~ de cerrajas 無最後結果/romper ~s (生孩子時)破水/sacar ~ de las piedras 石頭裏搾出油來/sin decir ~ va 冷不防,出其不意/tomar el ~ (或 las ~s) (船)下水/tomar las ~s 洗礦泉浴/volver las ~s por donde solían ir 恢復正常/Agua pasada, no muele molino 良機已失 /De esta ~ no beberé 此水勿喝,此事勿說

aguacate *m.* 1. 【植】鱷梨樹 2. 鱷梨

aguacero *m.* 陣雨,暴雨

aguachirle *m.* 次酒,次飲料,次湯

aguada *f.* 1. 有水的地方,供水的地方 2. (船上的)淡水供應 3. 水彩顏料;水彩畫 ◇ a la ~ 用水彩顏料畫

aguaderas *f.pl.* (運水用的)馱架

aguadija *f.* (創口等流出的)膿水

aguado, da *a.* 1. 不喝酒的 2. 攙水的 3. 水份過多而無味的(水果)

aguador, ra *s.* 分配水的人,賣水的人

aguaducho *m.* 茶水攤

aguafiestas (*pl.* aguafiestas) *s.* 使人掃興的人

aguafuerte *f.* 1. 硝酸 2. 蝕刻畫,蝕刻版

aguagoma *f.* (畫家調色用的)膠水,阿拉伯膠溶液

aguaje *m.* 1. 海潮 2. 潮水 3. 潮汛 4. (船的)航迹 5. (動物的)飲水處 ◇ ~ del timón 船尾的漩渦/hacer ~ (海流)洶湧

aguamala *f.* 【動】水母

aguamanil *m.* 1. (倒洗手水用的)水罐 2. 洗手盆 3. 臉盆架

aguamanos (*pl.* aguamanos) *m.* 1. 洗手水 2. (盛洗手水用的)水罐

aguamar *m.* 【動】水母

aguamarina *f.* 海藍寶石

aguamiel *f.* 蜂蜜水

aguanieve *m.* 雨夾雪

aguanoso, sa *a.* 含水份多的, 含水多而無味道的

aguantable *a.* 可以容忍的, 可以忍受的

aguantaderas *f. pl.* 見 aguante

***aguantar** I. *tr.* 1. 支撐, 支住, 承受 2. 容忍; 忍受, 忍住 3. 等着(鬥牛衝過來) II. *intr.* 還可以堅持, 還能使用 III. *r.* 忍受, 克制

aguante *m.* 1. 忍受, 忍耐 2. 耐性, 耐心 3. 承受能力, 耐力

aguar I. *tr.* 1. 攙水 2. 干擾, 破壞(娛樂活動等) II. *r.* 落空, 無法實現

aguardar *tr.* 1. 等候 2. 期待, 盼望

aguardentoso, sa *a.* 1. 含燒酒的 2. 像燒酒的

***aguardiente** *m.* 燒酒, 白酒

aguardillado, da *a.* 像屋頂樓的

aguarrás *m.* 松節油

aguatar *tr.* 填絮(棉花)

aguaturma *f.* 【植】菊芋, 洋薑

aguaverde *f.* 【動】綠水母

aguaviento *m.* 暴風雨

aguavientos (*pl.* aguavientos) *m.* 【植】大花糙蘇

aguazal *m.* (積存雨水的) 水坑, 窪地

aguazar I. *tr.* 使積水 II. *m.* 見 aguazal

agudeza *f.* 1. 尖利, 鋒利 2.【轉】靈敏, 敏銳 3.【轉】機智, 機敏 4.【轉】尖刻的言詞

agudizar I. *tr.* 使加劇; 使尖銳 II. *r.* 1. 加劇 2. (病情) 惡化

***agudo, da** *a.* 1. 尖利的, 鋒利的 2. 銳角的 3. 敏銳的 4. 機智的, 機敏的 5. 急性的 (疾病) 6. 劇烈的 (疼痛) 7. 刺激性的 8.【語法】最後一個音節重讀的

agüero *m.* 預兆, 徵兆

aguerrido, da *a.* 1. 有戰鬥經驗的 2. 有經驗的, 老練的

aguerrir *tr.* 使(新兵)適應戰爭環境

aguijada *f.* 1. (趕牲口的)刺棒 2. (犁的)刮泥鏟

aguijar I. *tr.* 1. 用刺棒趕(牲口) 2.

【轉】驅使, 鞭策 II. *intr.* 加快步伐

aguijón *m.* 1. 刺棒鐵頭 2. (蟲、蠍等的)螫刺 3. (植物的)刺 4.【轉】刺激, 激勵

aguijonear *tr.* 1. (用刺棒) 趕, 驅趕(牲口) 2.【轉】催促 3.【轉】鼓勵, 激勵

***águila** I. *f.* 1. 鷹 2. 機警的人 3. 鷹旗, 鷹徽 4. 鷹洋(美國金幣, 合10美元) 5. (大寫)【天】天鷹座 II. *m.* 鰻魚 ◇ ～ pescadera 鶚

aguileña *f.*【植】普通樓斗菜

aguileño, ña *a.* 1. 鷹的 2. 瘦長的(臉), 瘦長臉的(人) 3. 鷹鈎狀的(鼻子)

aguilucho *m.* 幼鷹

aguín *m.*【植】偃松

aguinaldo *m.* 聖誕節賞錢

agüista *s.* 接受水療的人

***aguja** *f.* 1. 針, 指針; 針狀物 2. 方尖碑; 塔尖 3. 羅盤 4. (鐵路) 道岔 5. 肉捲 6.【農】接穗 ◇ ～ de marear 航海羅盤/buscar una ～ en un pajar 海底撈針/conocer la ～ de marear 善於經營

agujazo *m.* 針扎, 針刺

agujerar; agujerear *tr.* 穿孔, 在…上打眼兒

***agujero** *m.* 1. 孔, 洞, 眼兒 2. 針插

agujeta *f.* 1. 兩端有金屬包頭的鞋帶 2. *pl.* 酸痛

agujón *m.* 簪子

agur *interj.* 再見

agusanado, da *a.* 長了蟲的, 被蟲蛀了的

agusanarse *r.* 長蟲, 被蟲蛀蝕

agustiniano, na; agustino, na *a.* 聖奧古斯丁教派的

agutí *m.*【動】豚鼠

aguzado, da *a.* 尖的, 尖利的, 尖銳的

aguzanieves (*pl.* aguzanieves) *f.*【動】白鶺鴒

aguzar *tr.* 1. 削尖, 磨快 2.【轉】使敏銳, 使靈敏

ah *interj.* 啊, 呀

ahechaduras *f. pl.* 穀皮, 穀糠

ahechar *tr.* 篩(穀物)

aherrojar *tr.* 1. 給戴上鐐銬 2.【轉】壓迫, 奴役

aherrumbrarse *r.* 生銹

*****ahí** *ad.* 1. 那裏, 在那裏 2. 在這方面, 在這裏 3. 隨信 ◇ ～ mismo 就在這裏 /de ～ ① 從那裏 ② 由此/de ～ que 因此, 由此/por ～ ① 附近 ② 差不多

ahijado, da *s.* 1. 養子, 養女 3. 教子, 教女

ahijar **I.** *tr.* 1. 收養, 過繼 2. (動物)代哺 3. 歸咎, 歸罪 **II.** *intr.* 産仔

ahilarse *r.* 1. (植物)長得細長, (樹)長得細高 2. 消瘦 3. 餓薯

ahincadamente *ad.* 滿腔熱忱地, 全力以赴地

ahincar **I.** *tr.* 懇求 **II.** *r.* 急忙, 匆忙

ahínco *m.* 1. 熱忱, 全力以赴 2. 懇切

ahitar **I.** *tr.* 1. 立界標 2. 使消化不良 **II.** *r.* 吃得過飽

ahíto, ta *a.* 1. 吃得過飽的 2. 消化不良的 3.【轉】富足的, 富裕的

aho *interj.* 喂, 哎

ahocinarse *r.* (河水在峽谷中)奔流

ahogadero, ra **I.** *a.* 使人窒息的 **II.** *m.* 1. 絞索 2. 擁擠不堪的地方

*****ahogado, da** *a.* 1. 悶死的; 溺死的 2. (忙得)喘不過氣來的 3. 狹窄的, 狹窄得不通風的

*****ahogar** **I.** *tr.* 1. 使窒息, 淹死, 悶死 2. 使喘不過氣來 3. (水)泡死(植物) 4. 浸泡 5. 使變成熟石灰 6.【轉】煩擾 7.【轉】撲滅; 止息, 鎮壓 **II.** *r.* 1. 窒息 2. 氣悶 3.【海】(船首)没人水中

ahogo *m.* 1. 氣悶 2.【轉】煩悶 3.【轉】窘迫, 困難

ahondar **I.** *tr.* 加深, 挖深, 使更深 **II.** *intr.* 1. (植物的根)深扎, 伸人 2.【轉】深入, 透徹研究

ahonde *m.* 1. 加深, 挖深 2. 深入, 透徹研究

*****ahora** *ad.* 1. 現在, 此刻, 目前 2.【轉】剛才 3.【轉】立刻, 馬上 ◇ ～...～ 時而…時而/ ～ bien 但是/ ～ mismo 立即, 馬上/ ～ que ① 然而 ② 既然/ ～ sí que 這回可真的/de ～ 現在, 如今 /de ～ en adelante 從今以後/por ～ 眼前, 眼下, 暫時

ahorcado, da *a.* 被處以絞刑的(人)

ahorcar *tr.* 1. 絞死 2. 擱置; 抛棄

ahormar *tr.* 1. (用楦子)楦 2.【轉】規勸

ahornagarse *r.* (植物因炎熱而)乾枯, 枯萎

ahorquillar *tr.* 1. 使成叉形 2. 用叉形棍支撑住(果樹枝杈)

*****ahorrar** *tr.* 1. 積攢, 儲蓄 2. 節省, 節約 3.【轉】使避免, 使免除 ◇ hasta no ～ 不怕, 不惜

ahorrativo, va *a.* 節儉的

*****ahorro** *m.* 1. 節省, 節約 2. 儲蓄, 存款

ahoyar *intr.* 挖坑

ahuchar *tr.* (把錢)投人撲滿

ahuecar *tr.* 1. 挖空, 掏空; 使成凹狀 2. 弄鬆, 使蓬鬆 **II.** *intr.*【轉, 口】走開, 離開 **III.** *r.* 1. 變蓬鬆 2. 變空 3.【轉, 口】驕傲, 自負

ahumada *f.* 烽火, 烟火信號

ahumado, da *a.* 1. 烟熏過的; 燻製的 2. 烟色的 3.【轉】喝醉的

ahumar **I.** *tr.* 1. 用烟燻, 使充滿烟 2. 燻製 **II.** *intr.* 冒烟 **III.** *r.* 1. 滿是烟, 烟霧彌漫 2. 帶烟味 3. 喝醉

ahusado, da *a.* 紡錘形的, 紗錠形的

ahusar *tr.* 1. 使成紡錘形 **II.** *r.* 變細成紡錘形

ahuyentar **I.** *tr.* 1. 趕走, 嚇跑 2. 排除(想法、念頭等) **II.** *r.* 逃走, 躲開

ailanto *m.*【植】臭椿

aimará *a.-s.* 阿伊馬拉人的; 阿伊馬拉人(南美洲的喀喀湖地區的土著人)

aindamáis *ad.* 見 además

airado, da *a.* 怒氣衝衝的, 生氣的

airarse *r.* 發怒, 生氣

*aire *m.* 1. 空氣,大氣 2. 風 3. 空洞,不實在 4. 外表,神態;式樣 5. 姿態,風度 6. 步態 7. 旋律 8. 民歌;民間舞蹈 ◇ ～ de suficiencia 自高自大/～ popular 民歌;民間舞蹈/buen ～ 靈巧,敏捷/al ～ 無把握,無根據/al ～ libre 在室外,在露天/coger ～ 着涼,感冒/dar ～ a ① 揮霍,浪費 ② (給某人)打扇 ③ (爲某人)打氣,鼓勵/dar un ～ 癱瘓/darle a uno el ～ de 得到關於某事的風聲/darse ～ 急忙/darse ～s 自負,自高自大/de buen ～ 情願/de mal ～ 不情願/dejar en el ～ 擱置不解決/echar al ～ 裸露/echar (或 lanzar, tirar) al ～ 向上抛/en el ～ ① 不牢靠 ② 懸空/estar en el ～ ① 放不下心,擔心 ② 正在播音/hacer ～ ① 颳風 ② (走路)帶起風來/lleno de ～ 腦空空/llevarle a uno el ～ 迎合,附和/mantenerse de ～ 挨餓,喝西北風過日子/mudar (或 cambiar) de ～s 更換住處/躲避危險/mudarse ～ 改變運氣/quedar(se) al ～ 一 (使)懸而不決/tomar el ～ 一 散步,透透空氣

aireación *f.* 通風,通氣

aireado, da *a.* 通風的(地方)

airear I. *tr.* 1. 晾,讓…吹風 2. 使通風 3. 【轉】宣揚,張揚 II. *r.* 1. 散步,透透空氣 2. 着涼,受風

airón *m.* 1.【動】蒼鷺 2. (鳥的)冠羽 3. 羽毛裝飾

airosidad *f.* 優雅,瀟灑

airoso, sa *a.* 1. 優雅的;瀟灑的 2. 【轉】細長柔軟的 3.【轉】成功的,得意的

aislacionismo *m.* 孤立主義

*aislado, da *a.* 1. 單獨的,個別的 2. 孤立的,孤零零的

aislador *m.* 絕緣子

aislamiento *m.* 1. 與世隔絕 2.【理】絕緣

*aislar I. *tr.* 1. 隔離,使隔絕;切斷聯繫 2. 孤立 3. 分離 4.【理】使絕緣 II. *r.*

與世隔絕

ajá *interj.* 見 ajajá

ajada *f.* 蒜泥醬

ajajá *interj.* 啊哈,好啦

ajar¹ *m.* 蒜地

ajar² *tr.* 1. 弄舊,用舊 2. 使衰老,使憔悴

ajedrea *f.*【植】塔花 ◇ ～ blanca 蕓味草/～ hedionda 臭藜

*ajedrecista *a.-s.* 國際象棋的;國際象棋棋手

*ajedrez *m.* 國際象棋

ajedrezado, da *a.* 雙色方格的,棋盤格的

ajenjo *m.* 1.【植】洋艾 2. 洋艾酒

*ajeno, na *a.* 1. 別人的,他人的 2. 陌生的 3. 對…一無所知的 4. 與…無關的,没有參與…的 5. 没有…的,缺乏…的 6. 與…不相符的

ajete *m.* 有蒜的調味汁

ajetrear *tr.* 使勞碌,使操勞,使忙碌

ajetreo *m.* 勞碌,操勞,忙碌

ají *m. Amér.* 辣椒;辣椒粉

ajiaceite *m.* 蒜油(用蒜和油製的調味汁)

ajilimoje; ajilimójili *m.* 1. 蒜製調味汁 2. *pl.*【轉,口】附屬物

ajimez *m.* (有中柱的)拱頂窗

ajipuerro *m.* 大頭蒜,南歐蒜

*ajo¹ *m.* 1.【植】蒜,大蒜 2. 蒜頭,蒜瓣 3. 加蒜的調味汁 4.【轉,口】粗話 5.【轉】陰謀,詭計 ◇ estar en el ～ 知道内情/más tieso que un ～ 自負,神氣活現/tieso como un ～ 筆挺/Quien se pica ～s come 作賊心虛

ajó; ajo² *interj.* (逗引嬰兒用語)啊,噢 ◇ hacer ～ ① 引逗(嬰兒) ② (嬰兒)咿咿作聲

ajoaceite *m.* 見 ajiaceite

ajoarriero *m.* 蒜燒鱈魚

ajobar *tr.* 揹,扛

ajobo *m.* 1. 揹,扛 2. 重負,負載

ajobilla *f.*【動】1. 櫻蛤 2. 斧蛤

ajonje *m.* 粘鳥膠

ajonjolí *m.* 芝麻

ajorca *f.* 鐲子

ajornalar *tr.* 雇用(短工)

ajuar *m.* 1. 嫁妝 2. 家當, 全部傢具、衣物

ajuiciado, da *a.* 明智的, 理智的

ajuiciar I. *tr.* 1. 使明智, 使理智 2. 評判

ajumarse *r.* 喝醉

ajuntar I. *tr.* (兒童用語)與…要好 II. *r.* 1. 結夥 2. 姘居 3. 要好

ajustado, da *a.* 1. 公正的, 公平的 2. 合適的, 正好的

*ajustador, ra I. *a.* 調整的 II. *m.* 1. 裝配工 2. (女用)緊身上衣

ajustamiento *m.* 見 ajuste

*ajustar I. *tr.* 1. 使正合適, 使(衣服)合身 2. 調整, 調節 3. 商定, 議定 4. 結算, 清算 5.【印】拼版 II. *intr.* 合適, 正好

ajuste *m.* 1. 調整, 調節 2. 使合適 3. 商定, 議定 4. 協議, 協定 5.【印】拼版

ajusticiado, da *m.f.* 被處決的(人)

ajusticiamiento *m.* 處決

ajusticiar *tr.* 處決, 處死

al 1. 前置詞 a 與定冠詞 el 構成的縮寫詞 2. (用於動詞不定式前前) 當…的時候, 在…同時 3. (用於動詞不定式前)因爲, 由於

*ala¹ *f.* 1. 翼, 翅膀 2. 翼狀物; 帽簷, 屋簷, 鼻翼, 機翼; 配櫻; (螺狀螺母的)耳子 3.【軍】側翼 4. *pl.*【轉】勇氣, 膽量 5. *pl.*【轉】放肆 ◇ ahuecar el ～【轉、口】走掉, 離去/cortar las ～s a【轉】煞(某人的)威風, 挫(某人的)銳氣/dar ～s a 助長(某人的)氣焰

ala² *interj.* 1. 快, 加油 2. 走開, 閃開

Alá *m.* (伊斯蘭教的)真主, 阿拉

alabable *a.* 值得讚頌的

alabado *m.* 聖餐讚歌

alabancioso, sa *a.* 誇口的, 吹牛的

alabanza *f.* 頌揚, 讚美 ◇ en ～ 稱頌

*alabar I. *tr.* 頌揚, 讚美 II. *r.* 自誇, 誇

口

alabarda *f.* 戟

alabardero *m.* 1. 持戟的士兵 2.【轉】(劇院裏看白戲的)捧場者

alabastrino, na *a.* 1. 雪花石膏製的 2. 像雪花石膏的

alabastro *m.* 雪花石膏 ◇ ～ oriental 條紋大理石

álabe *m.* 1. (水輪機的)葉片, 輪翼 2. (齒輪的)齒

alabeado, da *a.* 翹棱的, 捲曲的

alabear I. *tr.* 使翹曲 II. *r.* 翹棱, 捲曲

alabeo *m.* 翹棱, 捲曲

alacena *f.* 食櫥

alacrán *m.* 1.【動】蝎子 2. 金屬環扣 ◇ ～ cebollero 螻蛄

alacrancillo *m.*【植】天芥菜

alacridad *f.* 興高采烈

aladierna *f.* ; **aladierno** *m.*【植】意大利鼠李

alado, da *a.* 1. 有翼的, 有翅膀的 2.【轉】飛快的

alamar *m.* 1. (手工編結的)紐襻 2. 繐飾

alambicado, da *a.* 1. 一點一點地給的 2. 有節制的 3. 雕琢的

alambicar *tr.* 1. 蒸餾 2. 推敲, 雕琢 3. 減少到最低限度

alambique *m.* 蒸餾器

alambrada *f.* 鐵絲網

alambrar *tr.* 用鐵絲網圍…

*alambre *m.* 金屬絲, 電纜, 導線

alambrera *f.* 1. 鐵紗 2. 鐵紗罩

alameda *f.* 1. 楊樹林 2. 楊樹林蔭道

*álamo *m.*【植】楊樹 ◇ ～ blanco 銀白楊 / ～ negro 黑楊 / ～ temblón 歐洲山楊

alancear *tr.* 1. 用矛刺, 用矛扎 2. 刺傷

alangiáceo, a *a.-f.pl.*【植】八角楓科的; 八角楓科

alano *m.* 丹麥種猛犬

*alarde *m.* 顯示, 炫耀 ◇ hacer ～ ① 顯示, 炫耀 ② 巡視(蜂箱)

alardear *intr.* 炫耀, 誇耀

alargadera *f.* **1.** (器物的)加長部分 **2.** (曲頸甑的)玻璃接管

alargador, ra *a.* 加長的, 放長的

alargamiento *m.* 放長, 延長

***alargar** **I.** *tr.* **1.** 放長, 加長 **2.** 延長, 拖延 **3.** 伸展, 展開 **4.** 遞給 **5.** 增加(工資, 口糧等) **II.** *r.* **1.** 變長; 拖延 **2.** 詳細述説 **3.** 過分 **4.** 去, 到(附近地方)

alargue *m.* (衣服的)可接長部分

alarido *m.* 喊叫, 喊叫聲

***alarma** *f.* **1.** 警報 **2.**【轉】驚慌, 不安

alarmado, da *a.* 驚慌的, 驚恐不安的

***alarmante** *a.* 令人驚恐不安的

***alarmar** *tr.* **1.** 使驚恐不安 **2.** 發警報

alarmista *s.* **1.** 危言聳聽者, 製造引起恐慌消息的人 **2.** 好大驚小怪者

a látere **1.** 親信 **2.**【口】夥伴

alazán, na *a.* 棗紅色的, 栗色的(馬)

alazor *m.*【植】紅花

***alba** *f.* **1.** 黎明, 拂曉 **2.** (黎明時分天際的)魚肚白色 **3.** 晨鐘 **4.** (教士的)白袍 ◇ rayar el ～ 天亮, 破曉

albacea *遺囑執行人*

albaceazgo *m.* 遺囑執行人的身份和職能

albacora *f.* 一種金槍魚

albahaca *f.*【植】羅勒

albaida *f.*【植】絨毛花

***albanés, esa** *a.-s.* 阿爾巴尼亞 (Albania) 的, 阿爾巴尼亞人的; 阿爾巴尼亞人

albañal *m.* **1.** 陰溝, 下水道 **2.**【轉】骯髒的地方

***albañil** *m.* 泥瓦匠, 泥水匠

albañilería *f.* **1.** 泥瓦工技術, 泥水工行業 **2.** 磚石結構

albar **I.** *a.* 白色的 **II.** *m.* 旱地, 坡地

albarán *m.* 招貼

albarda *f.* 駄鞍 ◇ ～ sobre ～ 疊床架屋, 無謂的重複

albardar *tr.* 給…放上駄鞍

albardero *m.* 製造或賣駄鞍的人

albardilla *f.* **1.** 馴馬鞍 **2.** (羊的)背毛 **3.** 屋脊瓦, 牆脊瓦 **4.** 墊肩

albardón *m.* 大馬鞍

***albaricoque** *m.* 杏

albaricoquero *m.* 杏樹

albariza *f.* 鹹水湖

albarizo, za **I.** *a.* 發白的 **II.** *m.* 抹布

albarrada *f.* **1.** (乾壘的)石牆 **2.** 梯田 **3.** 掩體

albarrana *f.*【植】錦棗兒海葱

albatros (*pl.* albatros) *m.*【動】信天翁

albayalde *m.*【化】鉛白, 碳酸鉛粉

albear *intr.* 發白

albedrío *m.* 意志, 意願 ◇ libre ～ 自由意志/al ～ de 按照…的意願

albéitar *m.* 獸醫

alberca *f.* **1.** 蓄水池 **2.** 浸蔴池 **3.** 渠道的加寬部分 ◇ en ～ 未上頂的(房屋)

albérchigo *m.* **1.** 一種桃 **2.** 杏

alberchiguero *m.* **1.** 桃樹 **2.** 杏樹

albergar **I.** *tr.* **1.** 提供住宿, 接納 **2.** (建築物)容納 **3.** 收留 **4.**【轉】懷有, 懷着 **II.** *intr.* *-r.* 投宿, 住宿

albergue *m.* **1.** 住宿 **2.** 投宿處; 樓身處

albinismo *m.*【醫】白化病

albino, na *a.* **1.** 患白化病的 **2.**【動, 植】白化的, 白的

albo, ba *a.* 白色的

albohol *m.*【植】**1.** 田旋花 **2.** 粉葉瓣鱗花

albóndiga *f.* 肉丸子, 魚丸子

albondiguilla *f.* **1.** 肉丸子, 魚丸子 **2.** (小孩的)鼻涕嘎渣兒

***albor** *m.* **1.** 黎明, 拂曉 **2.** 白, 白色 **3.** *pl.* 開始階段, 初期 ◇ ～ (或 ～es) de la vida 青春, 青少年時期

alborada *f.* **1.** 黎明, 拂曉 **2.** 晨曲 **3.**【軍】起床號 **4.**【軍】拂曉時的軍事行動

***alborear** *intr.* **1.** 天明, 破曉 **2.**【轉】開始出現, 顯露

alborga *f.* 草鞋

albornoz *m.* **1.** 一種帶風帽的斗篷 **2.** 毛巾浴衣

alborotadizo, za *a.* 容易激動的;易煩躁的

alborotado, da *a.* 激動的,煩躁的

alborotador, ra *a.* 搗亂的(人);起鬨的(人)

***alborotar** I. *tr.* 1. 弄亂,攪亂 2. 使不安,引起騷動 3. 激起願望 II. *intr.* 喧嘩

alboroto *m.* 1. 喧鬧,喧鬧聲 2. (表示抗議的)噓聲,踩腳聲 3. 騷亂,動亂

alborozar *tr.* 使興高采烈,使大笑

alborozo *m.* 興高采烈

albricias *f.pl.* 喜錢,賞錢

albufera *f.* 濱海湖

***álbum** (*pl.* albumes, albums) *m.* 影集,集郵冊,簽名簿,粘貼簿

albumen (*pl.* albúmenes) *m.*【植】胚乳

albumina *f.*【生化】白朊,白蛋白

albuminuria *f.*【醫】蛋白尿

albur *m.* 1.【動】歐鮊 2.【轉】運氣,風險 ◇ ~ 憑運氣/correr un (或 el) ~ 擔風險

albura *f.* 1. 潔白 2. 蛋清,蛋白 3. 白木質,邊材

alburno *m.* 白木質,邊材

alcabala *f.* (古代的)商業稅 ◇ ~ del viento (外國商人納的)外商商業稅

alcacer *m.* 青大麥

alcací; alcacil *m.*【植】1. 野生洋薊 2. 野生刺菜薊

alcachofa *f.* 1.【植】洋薊 2. (淋浴的)蓮蓬頭,花灑 3. (抽水機的)鐵花籃

alcachofera *f.*【植】洋薊

alcahuete *s.* 1. 拉皮條者,作淫媒者 2.【轉】撥弄是非者 3.【轉】掩蓋陰謀的人

alcaide *m.* 要塞長官

alcaldada *f.* (地方長官的)橫行霸道

***alcalde** *m.* 1. 市長 2. 鎮長 ◇ ~ de barrio 區長

alcaldesa *f.* 1. 女市長;女鎮長 2. 市長夫人;鎮長夫人

alcaldía *f.* 1. 市長職位;鎮長職位 2. 市政府;鎮政府

alcalescencia *f.*【化】微鹼性

álcali *m.*【化】鹼,強鹼

alcalinidad *f.*【化】鹼性,鹼度

alcalino, na *a.*【化】鹼性的,含鹼的

alcaloide *m.*【化】生物鹼

***alcance** *m.* 1. 可及範圍,可達距離,射程 2. (要追上已發出的郵件的)特別郵件 3. (報紙的)最後消息 4. 重要性,意義 5. 虧空,赤字 6. *pl.*【轉】本領,才能 ◇ al ~ de 在…可及的範圍內/al ~ de la mano 在手邊;近在眼前/dar ~ 追上/irle a uno a los ~s 或 ir a los ~s de uno 盯梢,跟蹤

alcancía *f.* 撲滿,積錢罐

alcándara *f.* (獵鷹的)棲息架

alcanfor *m.* 樟腦

alcanforero *m.*【植】樟樹

alcantarilla *f.* 1. 涵洞 2. 下水道 3. (下水道的)排水口

alcantarillado *m.* 下水道工程,下水道系統

***alcanzar** I. *tr.* 1. 追上,趕上 2. 到達,達到 3. 拿到,取 4. (在某個方面)優於,超過(某人) 5. 獲得,得到 6. 正趕上,正遇上(某個時期) 7. 領悟,明白 II. *intr.* 1. 夠到,夠得着 2. 能够,可以 3. 足够,足以 III. *r.* 會合,相接

alcaparra *f.*【植】刺山柑,老鼠瓜

alcaparrón *m.* 刺山柑果

alcaraván *m.*【動】一種石鴴

alcaravea *f.*【植】芷蒿

alcarraza *f.* 陶水罐

alcarria *f.* 光禿的台地

alcatraz[1] *m.* 1. 圓錐形紙包 2.【植】疆南星

alcatraz[2] *m.*【動】鰹鳥

alcaucí; alcaucil *m.*【植】1. 野生洋薊 2. 野生刺菜薊

alcaudón *m.*【動】伯勞(鳥)

alcayata *f.* 彎釘,角釘

alcazaba *f.* (城內的)炮樓,碉堡

alcázar *m.* 1. 城堡,碉堡 2. 皇宮,王宮 3.【海】(船的)後甲板

alce *m.*【動】駝鹿

alcino *m.*【植】漬荊芥

alción *f.* 1.【動】翠鳥,魚狗(鳥) 2. (大寫)【天】昴宿六

alcista *s.*【商】買空的證券投機商,多頭

*****alcoba** *f.* 臥室

*****alcohol**[1] *m.* 1. 酒精,乙醇 2. 烈性酒 ◇ ～ absoluto 無水酒精/ ～ desnaturalizado 變性酒精/ ～ etílico 乙醇/ ～ metílico 甲醇

alcohol[2] *m.* 眉墨

alcoholar[1] *tr.* 1. 提取酒精 2. 用酒精洗

alcoholar[2] *tr.* (用眉墨)描,畫(眼眉、眼瞼)

alcoholato *m.* 醇化物,乙醇化物

alcoholera *f.* 酒精廠

alcoholero, ra *a.* 酒精的

*****alcohólico, ca** *a.* 1. 含酒精的 2. 飲酒過度的(人) 3. 飲酒過度而引起的

alcoholímetro *m.* 酒精比重計

alcoholismo *m.* 1. 酗酒 2. 酒精中毒

alcoholizado, da *a.* 酒精中毒的

alcoholizar I. *tr.* 1. 加入酒精 2. 使醇化 II. *r.* 酒精中毒

alcor *m.* 小山,小丘

alcorán *m.* (伊斯蘭教)古蘭經

alcornocal *m.* 栓皮櫧林

alcornoque *m.* 1.【植】栓皮櫧 2.【轉】笨蛋,蠢貨

alcornoqueño, ña *a.* 栓皮櫧的

alcorque *m.* (樹根部的)澆水坑

alcorza *f.* 1. 甜澱粉糊 2. 帶糖衣的糖果

alcorzar *tr.* 1. 裹以糖衣 2.【轉】裝扮

alcotán *m.*【動】燕隼

alcotana *f.* 刨鎬

alcubilla *f.* 水塔,(水塔的)配水池

alcurnia *f.* 門第,家世 ◇ de ～ 貴族出身的,出身高貴的

alcuza *f.* 1. 油壺,加油器 2. *pl. Amér.* 調味瓶架

alcuzcuz *m.* 蜜糖麫糰

aldaba *f.* 1. 門環 2. (門窗的)插銷 3.

(門窗的)掛鈎 4. 碰珠,碰簧銷 5. *pl.*【轉,口】靠山,後台

aldabada *f.*; **aldabazo** *m.* 1. 敲擊門環 2.【轉】突如其來的驚恐

aldabilla *f.* 1. 小門環 2. (門窗的)插銷

aldabón *m.* 大門環

aldabonazo *m.* 敲擊門環

*****aldea** *f.* 村,村莊

aldeanismo *m.* 1. 農村習氣,農民意識 2. 鄉下土話

*****aldeano, na** *a.-s.* 農村的,村莊的; 農民,村民

Aldebarán *m.*【天】畢宿五(金牛座 α 星)

aldehído *m.*【化】乙醛;醛 ◇ ～ acético 醋醛,乙醛/ ～ fórmico 甲醛

aldehuela *f.* 小村莊

aldeorrio; aldeorro *m.* 貧窮的小村莊

aldorta *f.*【動】夜鷺

aleación *f.* 1. 熔合 2. 合金

alear[1] *intr.* 1. 撲打翅膀 2. (病人)恢復體力

alear[2] *tr.* 合鑄,熔合

aleatorio, ria *a.* 憑運氣的,沒有把握的

aleccionador, ra *a.* 1. 有教益的 2. 儆誡性的

aleccionar *tr.* 教訓,教育; 教授

alecrín[1] *m.*【動】斑鯊

alecrín[2] *m.*【植】小葉馬纓丹

alechugado, da *a.* 熨成皺褶狀的

aledaño, ña I. *a.* 1. 連在一起的,毗連的 2. 附屬的 II. *m.pl.* 附近地區,周圍地區

alegación *f.* 1. 引證,辯解 2.【法】辯護詞

alegar *tr.* 1. 引證,援引; 辯解 2.【法】辯護

alegato *m.*【法】辯護詞

alegoría *f.* 1. 隱喻,諷喻 2. 寓言,寓意作品

alegórico, ca *a.* 隱喻的; 寓言的

*****alegrar** I. *tr.* 1. 使高興,使快樂 2.

【轉】使有生氣, 使活躍 3.【轉】撥旺
(火) II. r. 1. 高興, 愉快 2. 感到滿意
3. 微醉

*alegre a. 1. 高興的, 快樂的 2. 令人愉
快的, 使人高興的 3. 鮮艷的(顏色) 4.
大賭注的 5. 輕率的, 輕信的 6. 輕浮
的, 不正派的(女人)

alegremente ad. 1. 高興地, 快樂地 2.
輕浮地, 輕率地

alegreto m.【樂】小快板

*alegría f. 1. 高興, 快樂 2. 令人高興
的事 3. 歡樂的情緒, 快樂的氣氛 4.
(天氣的)美好 5. (房間的)明亮 6.
【植】芝麻 7. pl. 節慶活動 ◇ ～ de
vivir 生活樂趣/loco de ～ 非常高興的
/una ～ loca 狂喜

alegro m.【樂】快板

alegrón m. 狂喜

alejado, da a. 1. 遠的, 遙遠的 2. 疏遠
的

alejamiento m. 1. 遠離, 離開 2. 遠方
3. 疏遠

alejandrino, na a. 亞歷山大式的

*alejar I. tr. 1. 使遠離, 使離開 2.【轉】
打消, 排除 II. r. 1. 離開, 遠離 2. 疏遠

alelado, da a. 獃傻的

alelamiento m. 發獃, 獃傻

alelar tr. 使變癡呆, 使發獃

aleluya I. amb. 1. 哈利路亞(基督教和
猶太教的歡呼語, 意為“讚美上帝”) 2.
上帝讚美歌 II. f. 1. 小畫片 2. 快樂,
歡樂 3. 很瘦的人 4.【植】白花酢漿草
5. pl. 拙劣的詩

*alemán, ana I. a.-s. 德國人; 德國的
II. m. 德語

alentada f. 一口氣, 一下子 ◇ de (或
en) una ～ 一口氣, 一下子(做完某事)

alentado, da a. 勇敢的, 果敢的

alentador, ra a. 令人鼓舞的, 使人振奮
的

*alentar I. intr. 1. 呼吸 2.【轉】活着 3.
〔轉〕存在, 有(某種感情) II. tr. 鼓舞,
鼓勵 ◇ no ～ ① 不作聲 ② 一動不動

alerce m.【植】落葉松

alérgeno m.【醫】變態反應原

alergia f.【醫】變態反應, 過敏

alérgico, ca a.【醫】變態反應性的, 過
敏性的

alero m. 1. 屋簷 2. (車輛的)擋泥板 ◇
estar en el ～ 成敗未定

alerón m. (飛機的)副翼

*alerta ad. 警惕著, 警覺著

alertar I. tr. 使警惕, 使注意 II. intr. 警
惕

alesnado, da a. (像錐子一樣)尖的

aleta f. 1. 鰭 2. 鼻翼 3. (汽車的)擋泥
板

aletargar tr. 使昏睡

aletazo m. (鳥)振翅, 用翅拍擊

aletear intr. 1. (鳥)振翅, 撲搧翅膀 2.
(魚)擺動鰭 3.【轉】揮動手臂 4.【轉】
(病人)開始復原

aleteo m. 1. 振翅 2. 擺動鰭 3.【轉】
(心臟的)劇烈跳動

aleto m.【動】鶚

aleve a. 見 alevoso

alevosamente ad. 背信棄義地

alevosía f. 1. 狡猾, 狡詐; 犯罪前的準
備 2. 背叛, 背信棄義

alevoso, sa a. 1. 狡猾的, 狡詐的 2. 背
信棄義的

alfa f. 阿爾法(希臘語字母 A, α 的名
稱) ◇ ～ y omega ① 首尾, 全部, 始終
② 耶穌基督

alfabéticamente ad. 按字母順序

*alfabético, ca a. 字母的, 字母表的,
按字母順序的

*alfabetización f. 1. 按字母順序排列
2. 掃盲, 識字運動

alfabetizar tr. 1. 按字母順序排列 2.
掃盲, 使學會讀書寫字

*alfabeto m. 1. 字母, 字母表 2. 通訊
符號; 電碼 3. 識字課本 ◇ ～ fonético
語音表; 音標/ ～ Morse 摩爾斯電碼

alfalfa f.【植】苜蓿

alfalfal; alfalfar m. 苜蓿地

alfaneque m. 【動】紅隼

alfanje m. 1. 大刀, 彎刀 2.【動】箭魚

alfaque m. 河口的沙洲

alfaquí m. (伊斯蘭教的)法學博士

alfar m. 陶器作坊

alfarería f. 1. 陶器作坊 2. 製陶業

alfarero m. 陶器工人

alfazaque m.【動】金龜子

alféizar m. 1. 門窗口 2.【口】窗台

alfeñicarse r.【轉, 口】1. 消瘦, 變瘦
2. 矯揉造作

alfeñique m.【轉, 口】瘦弱的人

alferecía f. 癲癇

alférez m. 1. 陸軍少尉 2. 掌旗官 ◇
～ de fragata 海軍中尉 / ～ de navío
海軍上尉

*alfil** m. (國際象棋中的)象, 相

*alfiler** m. 1. 別針 2. 大頭釘, 大頭針
3. 飾針, 胸針 4. pl. (給妻女的)脂粉錢
5. pl. 小費 6. (晾曬衣物用的)夾子 7.
【植】芹菜太陽花 ◇ de veinticinco
～es (200)盛裝的 / para～es (供)零
用的(錢) / prendido con ～es【轉, 口】
不完善的

alfilerazo m. 1. 別針扎 2.【轉】挖苦話

alfiletero m. 針盒

*alfombra** f. 1. 地毯 2.【轉】(似地毯
的)覆蓋層

alfombrado, da I. a. 鋪地毯的 II. m.
1. 鋪地毯 2.【集】地毯

alfombrar tr. 鋪上地毯

alfombrilla f. 風疹, 紅疹

alfóncigo; alfónsigo m.【植】阿月渾
子

alforfón m. 蕎麥

alforja f. 1. 褡褳 2. pl.【轉, 口】肥大的
衣服

alga f. 1. 水藻, 海藻 2. pl. 藻類植物
◇ ～ silícea 矽藻

algaida f. 灌木林地

algalia[1] m. 1. 麝貓香, 靈貓香

algalia[2] f.【植】黄葵

algara f. 1. (侵擾敵境的)馬隊 2. 馬隊

的侵擾[1]

algarabía[1] f. 1. 阿拉伯語 2.【轉, 口】
難懂的語言 3.【轉, 口】嘈雜; 喧鬧

algarabía[2] f.【植】多齒小米草

algarada f. 1. 馬隊的侵擾 2. (侵擾敵
境的)馬隊 3. (街上的)鬧鬧

algarroba f.【植】1. 野豌豆 2. 長角豆

algarrobal m. 1. 野豌豆地 2. 長角豆
地

algarrobilla f.【植】野豌豆

algarrobo m.【植】長角豆

algavaro m.【動】一種天牛

algazara f. 1. 喊殺聲, 衝殺聲 2. 歡鬧
聲

*algebra** f. 1. 代數學 2. 正骨術

algebraico, ca; algébrico, ca a. 代數
學的

algidez f.【醫】寒冷狀

álgido, da a.【醫】發冷的

*algo** I. pron. 1. 某物, 某事 2. 某些, 若
干 3.【轉】了不起的事物, 了不起的人
物 II. m. 財富 III. ad. 一些, 一點 ◇
～ así (como) 大致, 大約 / ～ de 一些 /
～es ～ 或 más vale ～ que nada 有
總比沒有強, 有一點是一點 / creerse (或
ser) ～ 自以爲重要, 自以爲了不起 /
～ aparte 又當別論

*algodón** m. 1. 棉; 棉花 2. (塞耳朵
的)棉球 ◇ ～ en rama 原棉 / ～ hi-
drófilo 脱脂棉, 藥棉 / ～ pólvora 火棉
/ criado entre ～es 嬌生慣養的

algodonal m. 棉田

algodonero, ra I. a. 棉花的 II. m.
【植】棉

algodonoso, sa a. 像棉花的

algorín m. 油橄欖堆放處

algoritmia f. 算法

algoritmo m. 算法; 演段

algoso, sa a. 長滿藻類植物的

alguacil m. 1. 法警 2. (市政府的)下級
官吏

*alguien** pron. 1. 某人, 有人 2.【口】大
人物 ◇ creerse ～ 自認爲是了不起的

人物/ser ～ 是大人物

*algún *a.* alguno 的短尾形式, 用於陽性名詞之前 ◇ ～ tanto 一點, 一些

*alguno, na I. *a.* 1. (用在名詞之前) 某一, 某些 2. (用在不可數名詞之前) 相當的, 一定數量的 3. (在否定句中, 用在名詞之後) 任何, 完全沒有 II. *pron.* 某人, 一些 ◇ ～ que otro 不多的, 少量的

*alhaja *f.* 1. (貴重的) 首飾, 珠寶 2. 【轉】珍品, 珍寶 3. 【轉, 口】出色的人物 ◇ ～ con dientes 苛刻的人

alhajar *tr.* 1. 用貴重首飾打扮 2. 佈置, 陳設 (房間)

alharaca *f.* 大驚小怪, 小題大作

alharma *f.*【植】歐駱駝蓬

alhelí (*pl.* alhelíes) *m.*【植】1. 桂竹香 2. 澀薺

alheña *f.* 1.【植】歐洲女貞 2. 歐洲女貞的花 3. 女貞葉粉末 4.【植】星果澤瀉 5. (植物的) 銹病

alholva *f.*【植】葫蘆巴

alhucema *f.*【植】薰衣草

alhucemilla *f.*【植】多裂薰衣草

aliáceo, a *a.* 蒜的, 有蒜味的

*aliado, da I. *a.-s.* 1. 同盟的, 結盟的; 同盟者 2. 有親戚關係的; 親戚 II. *m.pl.* 1. (第一次世界大戰時的) 協約國 2. (第二次世界大戰時的) 同盟國

aliadófilo, la *a.* 1. (第一次世界大戰中) 擁護協約國的 2. (第二次世界大戰中) 擁護同盟國的

*alianza *f.* 1. 聯盟, 同盟 2. 聯姻 3. 結婚戒指 ◇ ～ matrimonial 聯姻

aliar I. *tr.* 使結合 II. *r.* 1. 結合 2. 聯合, 結盟 3. 聯姻

aliaria *f.*【植】藥用蒜芥

alias I. *ad.* 別名叫, 化名爲 II. *m.* 綽號

alible *a.* 有營養的

alicaído, da *a.* 1. 耷拉著翅膀的 2.【轉】體弱的 3.【轉】垂頭喪氣的

alicántara *f.*【動】1. 蝰蛇 2. 一種意壁虎

alicante *m.*【動】蝰蛇

alicantina *f.*【口】詭計

alicanto *m.*【植】梅花, 蠟梅

alicatado *m.* 鋪瓷磚

*alicates *m.pl.* 鑷子, 鉗子

aliciente *m.* 1. 誘惑, 魅力 2. 刺激

alicuanta *a.* 不能整除的

alicuota *f.* 能整除的

alidada *f.* 照準儀

alienación *f.*【醫】精神錯亂

alienado, da *a.* 精神錯亂的

alienista *s.* 精神病醫生

*aliento *m.* 1. 呼吸; 氣息 2. 哈氣, 嘴裏呼出的氣 3.【轉】勇氣, 魄力 ◇ ～ vital ① 元氣 ② 精力, 魄力

alifafe *m.* 1. (馬的) 飛節腫瘤 2. 小病痛

aligación *f.* 聯合, 聯結, 結合

aligátor *m.* 鱷魚

aligeramiento *m.* 1. (重量、病痛等) 減輕 2. 急速, 匆忙

*aligerar *tr.* 1. 減輕, 減少 2. 加快, 加速

alijar¹ *tr.* 1. 減輕 (船的負荷), 卸 (船) 2. 轉運 (走私物品)

alijar² *m.* 1. 荒地, 處女地 2. 莊園 3. 山地

alijarar *tr.* 分配 (荒地)

alijarero *m.* 墾殖荒地的人

alijo *m.* 走私; 走私品

alimaña *f.* 害獸

alimañero *m.* 捕獵害獸的人

*alimentación *f.* 1. 飲食 2. 食品 3. 營養 4. 供給

*alimentar I. *tr.* 1. 養活, 撫養 2. 供給養分, 供給原料, 供給動力 3. 使滋長, 助長 4. 懷有, 抱有 II. *r.* 1. 吃, 以…爲生 2. 吸收營養

*alimento *m.* 1. 食物, 食品; 飲食 2. 養分, 養料 3. 食糧 4. *pl.* 贍養費 ◇ de mucho ～ 營養豐富的/de poco ～ 營養不豐富的

alimón *m.* : al ～ 共同, 合作

alindar I. *tr.* 標明界限 II. *intr.* 接壤,
毗鄰

alineación *f.* 1. 列隊,成直線 2.【轉】
結盟

alineado, da *a.* 1. 排成隊的,成直線
的 2.【轉】結盟的

alinear I. *tr.* 使成一行,使成直線 II. *r.*
與…結盟

aliñar *tr.* 1. 加調料,加佐料 2. 裝飾

aliño *m.* 1. 調味,調料,佐料

alioli *m.* 蒜泥

aliquebrado, da 【轉,口】萎靡不振的

alirrojo, ja *a.* 紅翅膀的

alisar¹ *m.* 檞木林

alisar² *tr.* 弄平,使平滑

alisios *m. pl.* 信風,貿易風

alisma *f.*【植】毛茛澤瀉

aliso *m.*【植】檞木 ◇ ～ negro【植】歐
鼠李

alistado, da *a.* 1. 入伍的 2. 有條紋的

alistamiento *m.* 1. 登記造冊 2.【集】
(每年應徵的)新兵

alistar I. *tr.* 把…編入名冊 II. *r.* 1. 報
名,登記 2. 志願入伍

aliviadero *m.* 溢水口,溢洪道

aliviar I. *tr.* 1. 減輕 2. 偷,盜 3. 加
速,加快 4. 托起 II. *r.* 1. 感到輕鬆 2.
病情好轉

alivio *m.* 1. 減輕 2. 寬慰 3. (病情)好
轉 ◇ ～ de luto 輕喪服/de ～ ①巨大
的,極爲嚴重的 ②愛惹是生非的(人)

alizar *m.* 瓷磚

alizarina *f.*【化】茜素

aljaba *f.* 箭筒

aljama *f.* 摩爾人或猶太人的集會【集】
摩爾人;猶太人

aljamía *f.* 阿爾哈米亞文(用阿拉伯語
字母拼寫的西班牙文)

aljez *m.* 天然石膏

aljibe *m.* 1. 貯水池,雨水池 2. 供水船;
油船 3. (船上的)水箱

aljófar *m.* 1. 異形珍珠 2.【轉】珍珠狀
物;露珠,淚珠

aljofifar *tr.* 用墩布拖(地板)

alma *f.* 1. 靈魂,心靈 2. 精神 3. 生命
4. 精力,熱情 5. 人 6. 核心,中心人物
◇ ～ de cántaro 蠢人/～ de Dios 菩
薩心腸的人/～ en pena ① 鬼魂 ② 陰
鬱孤獨的人/～ viviente 人,活人/
arrancar el ～ a 殺死/arrancársele a
uno el ～ con algo 打動某人的心
/caérsele el ～ a los pies 失望,灰心
/clavarse en el ～ ①感到痛心 ②同情
/como ～ que lleva el diablo 沒魂似
地,匆忙地/como ～ en pena 孤獨地
/con ～ y vida 非常願意,非常高興
/con el ～ 衷心地,心甘情願地/con
toda el ～ ① 深切地 ② 衷心地/de mi
～ 心愛的/doler el ～ de 對…感到厭
倦/en el ～ 深深地,深切地/entregar
el ～ (a Dios) 死/estar con el ～ en
un hilo 提心弔膽/irsele el ～ detrás
de 渴望得到/llegarle a uno al ～ algo
使痛心/ni un ～ 沒有人/no poder con
su ～ 很累/no tener ～ 沒良心
/paseársele a uno el ～ por el cuerpo
麻木不仁/recomendar el ～ 替死者禱
告/sentir en el ～ 痛心/sin ～ 殘酷
/tener el ～ en un hilo 提心弔膽
/tener su ～ en su almario ① 有能力
② 有勇氣

almacén *m.* 1. 倉庫 2.【印】字模箱 3.
批發店 4. *pl.* 百貨公司 ◇ grandes
～es 百貨公司

almacenaje *m.* 1. 貯藏 2. 倉儲,庫存
物資 3. 倉儲費,倉租

almacenar *tr.* 1. 把…存入倉庫 2. 儲
藏,貯藏 3.【轉】收集,收存

almacenista *m.* 1. 倉主,貨棧主 2. 批
發商

almáciga¹ *f.* 苗圃

almáciga² *f.* 乳香,瑪琦脂

almácigo *m.*【植】乳香黃連木

almádena *f.* 長柄鐵錘

almadía *f.* 木筏,木排

almadiar *intr.* 暈船

almadiero *m.* 撐木筏的人; 放木排的人

almadraba *f.* 1. 捕金槍魚 2. 金槍魚漁場 3. 金槍魚網

almadreña *f.* 木鞋

almagrar *tr.* 1. 用紅赭石染 2.【轉】標上記號 3.【轉】毆傷

almagre *m.* 1. 紅赭石 2.【轉】記號, 標記

*****almanaque** *m.* 曆書, 年曆; 年鑑

almarjal *m.* 1. 含鹼植物叢 2. 含鹼植物生長地 3. 沼澤地

almarjo *m.* 1. 含鹼植物 2. 蘇打灰

almazara *f.* 油坊

almazarero *m.* 油坊主; 搾油工

almazarrón *m.*【礦】代赭石

almeja *f.* 蛤蜊

almena *f.* 堞, 雉堞, 城垛

almenado, da *a.* 1. 有堞的 2.【轉】有雉堞形邊飾的

almenaje *m.*【集】堞堞, 城垛

almenar *tr.* 築雉堞, 修雉堞

almenara *f.* 狼煙, 烽火

*****almendra** *f.* 1. 巴旦杏, 扁桃 2. 巴旦杏仁 ◇ ~ amarga 苦杏仁/ ~ garapiñada 巴旦杏仁糖

almendrada *f.* 1. 巴旦杏仁飲料 2. 巴旦杏仁甜食

almendrado *m.* 巴旦杏仁甜食

almendral *m.* 1. 栽植巴旦杏樹的地方 2. 巴旦杏樹

almendrera *f.* ; **almendrero** *m.* 見 almendro

almendrilla *f.*【集】1. 鋪路碎石 2. 碎煤

*****almendro** *m.*【植】巴旦杏 ◇ ~ amargo【植】苦巴旦杏

almendruco *m.* 1. 青巴旦杏 2. 巴旦杏核

almete *m.* 頭盔

almez *m.*【植】朴, 歐洲朴

almeza *f.* 朴樹果實

almiar *m.* 乾草垛

almíbar *m.* 1. 糖漿, 糖汁 2. 過甜的東西

almibarado, da *a.*【轉】過分殷勤的

almibarar *tr.* 蘸上糖漿, 塗上糖

*****almidón** *m.* 澱粉 ◇ dar ~ 漿 (衣物)/planchar de ~ 熨燙 (漿過的衣物)

almidonado, da *a.* 1. 漿過的 (衣物) 2. 過分講究穿戴的 (人) 3. 有點驕傲的

almilla *f.* 1. 緊身背心 2. 榫頭

alminar *m.* (伊斯蘭教寺院的) 尖塔

almiranta *f.* 副旗艦

almirantazgo *m.* 1. 海軍上將衔 2. 艦隊司令職務 3. 高級海事法庭

*****almirante** *m.* 1. 海軍上將 2. 艦隊司令

almirez *m.* 研鉢, 臼

almizcle *m.* 麝香

almizcleña *f.*【植】麝香虬牛兒苗

almizcleño, ña *a.* 有麝香味兒的

almizclera *f.* 食蟲獸

almizclero, ra I. *a.* 有麝香味兒的 II. *m.*【動】麝, 香獐

almocafre *m.* 鋤頭

almogávar *m.* 在敵後進行騷擾的士兵

*****almohada** *f.* 1. 枕頭 2. 枕套 ◇ consultar con la ~ 反覆思考

almohadilla *f.* 1. 小枕頭 2. 小墊子 3. 針墊 4. 熨斗墊 5. 印台芯, 海綿池芯

almohadillar *tr.* 填, 絮

almohadón *m.* 1. 大枕頭 2. 坐墊 3. 拱脚石

almohaza *f.* 馬梳, 馬櫛

almohazar *tr.* 梳理 (馬)

almoneda *f.* 1. 拍賣 2. 甩賣

almorejo *m.*【植】金色狗尾草

almorrana *f.* (常用 *pl.*) 痔瘡

almorta *f.*【植】草香豌豆

almorzado, da *a.* 吃了午飯的

*****almorzar** I. *tr.* 午飯時吃 II. *intr.* 吃午飯

almuecín; almuédano *m.* (伊斯蘭教的) 禱告報時人

*****almuerzo** *m.* 1. 午餐, 午飯 2. 午餐食品 3. (農村的) 早飯

alo; aló *interj.* (打電話用語)喂

alocado, da *a.* 1. 發瘋的 2. 慌亂的

alocución *f.* 訓諭, 指示

áloe; aloe *m.* 1.【植】蘆薈 2. 蘆薈汁 3.【植】沉香

aloja *f.* 見 alondra

alojamiento *m.* 1. 住宿, 留宿 2. 住宿 處

alojar *tr.* 1. 提供住宿, 留宿 2. 放入, 置入

alón *m.* 煺去羽毛的翅膀

alondra *f.*【動】雲雀

alópata *a.* 施行對抗療法的

alopatía *f.*【醫】對抗療法

alopático, ca *a.* 對抗療法的

alopecia *f.* 禿髮病, 脫髮

alopecuro *m.*【植】大看麥娘

aloque I. *a.* 淡紅色的 II. *m.* 淡紅色葡萄酒

alotropía *f.*【化】同素異形

alotrópico, ca *a.*【化】同素異形的

alpaca[1] *f.* 1.【動】羊駝 2. 羊駝毛 3. 羊駝呢 4. 仿羊駝線呢

alpaca[2] *f.* 鎳銀, 德銀(鋅鎳銅合金)

alpargata *f.* 蔴鞋, 草鞋

alpargatería *f.* 蔴鞋作坊, 蔴鞋店

alpargatero *m.* 1. 編蔴鞋的人, 編草鞋 的人 2. 賣蔴鞋的人

alpechín *m.* 油橄欖堆漚出來的臭水

alpestre *a.* 1. 阿爾卑斯山的 2. 高山的 (植物)

alpinismo *m.* 登山運動

alpinista *s.* 登山運動員

alpino, na *a.* 1. 阿爾卑斯山的 2. 高山 的(植物) 3. 登山的, 登山運動的

alpiste *m.*【植】齒草

alquequenje *m.*【植】燈籠果

alquería *f.* (遠離村鎮的)農舍, 農場住 房

alquilado, da *a.* 租來的

alquilador, ra *s.* 1. 出租者 2. 租用者

alquilar *tr.* 1. 出租, 出賃 2. 租用, 租 賃 3. 雇用

alquiler *m.* 1. 出租 2. 租用 3. 租金 ◇ de ～ 供出租的

alquilón, na *a.* 出租的

alquimia *f.* 煉金術, 煉丹術

alquimista *a.-s.* 煉金的, 煉丹的; 煉金 術士, 煉丹術士

alquitara *f.* 蒸餾器

alquitrán *m.* 瀝青, 柏油

alquitranado *m.* 1. 柏油防水布 2. 瀝 青碎石路

alquitranar *tr.* 塗柏油, 澆瀝青

alrededor I. *ad.* 1. 周圍, 四周 2. 將 近, 大約 II. *m.pl.* 近郊, 附近

álsine *f.*【植】鵝不食

alta *f.* 1. 加入, 參加 2. (病人的)出院 通知 3. 營業登記, 註冊 ◇ causar ～ ①參加(國家機構)②參軍, 入伍/dar de ～ ①接納, 接收 ②准許(病人)出院 /darse de ～ 加入(團體、黨派)

altamente *ad.* 非常, 很

altanería *f.* 1. 高, 高空 2. (鳥)高飛 3. 【轉】高傲, 傲慢

altanero, ra *a.* 1.【轉】高傲的, 傲慢的

altar *m.* 1. 祭壇, 聖壇 2. 牧師職業 3. (大寫)【天】天壇座 ◇ ～ mayor 主祭 壇/llevar *a una mujer* al ～ 娶(某女 子爲妻)

altavoz *m.* 擴音器, 揚聲器

altea *f.*【植】蜀葵

alterable *a.* 可變的, 易變的

alteración *f.* 1. 改變, 更動 2. 動亂, 騷 亂 3. 驚恐, 不安 4. 爭吵

alterar *tr.* 1. 改變, 更動 2. 擾亂, 破壞 3. 使驚恐, 使不安 4. 使變質

altercado *m.* 爭辯, 爭吵

altercador, ra *a.* 愛爭辯的, 愛爭吵的

altercar *intr.* 爭辯, 爭吵

álter ego 知心朋友, 知己

alternador *m.* 交流發電機

alternancia *f.* 1. 交流, 交往 2. 動流 3. 【生】交替

alternar I. *tr.* 使輪換, 使交替 II. *intr.* 1. 輪流; 交錯, 交替 2. 交往, 來往

alternativa f. 1. 輪流, 交替 2. 抉擇, 取捨 3. 供選擇的可能 4. 變化

alternativamente ad. 輪流地, 交替地

alternativo, va a. 輪流的, 交替的

alterno, na a. 1. 間隔的 2. 輪流的, 交替的 3. 【植】互生的(葉)

alteza f. 1. 崇高, 高尚 2. (大寫)殿下 (直接稱呼時爲 Vuestra Alteza, 間接提及時爲 Su Alteza)

altibajo m. 1. pl. 高高低低的地面, 坎坷不平的地方 2. pl. 【轉】浮沉, 起落

altilocuencia f. 誇誇其談; 誇張

altilocuente a. 誇誇其談的; 雄辯的

altillo m. 1. 小山丘 2. Amér. 頂樓, 屋頂樓

altimetría f. 測高學, 測高法

altimétrico, ca a. 測高學的

altímetro m. 測高計

altiplanicie f. 高原

altiplano m. 見 altiplanicie

Altísimo m. 上帝

altisonante; altísono, na a. 誇誇其談的, 唱高調的

altitud f. 1. 高度, 海拔高度 2. 高處, 高地

*__altivez__ f. 高傲, 傲慢

altivo, va a. 高傲的, 傲慢的

*__alto__[1] I. m. 中斷, 停頓 II. interj. 1. 【軍】立定 2. 站住 ◇ dar el ~ 叫人站住/hacer (un) ~ 停住; 止步

*__alto, ta__[2] I. a. 1. 高的, 高聳的, 高大的 2. 樓上的, 高層的 3. 地勢高的 4. 内心的, 内地的 5. 地位高的, 重要的 6. 高尚的, 崇高的 6. 水位高的(河流), 洶湧的(海洋) 7. 昂貴的(價格) 8. 響亮的, 尖的(聲音) 9. 發情的 II. m. 1. 高度 2. 樓上 3. 高處, 山丘 4. 中提琴 III. ad. 1. 在上面 2. 大聲地 ◇ ~s y bajos 權貴與老百姓/en ~ 在高處; 在空中/lo ~ ①頂部, 頂端②上面③蒼天/por ~ ①從上面(拋過)②忽視/por todo lo ~ 大肆, 極奢豪華

altoparlante m. Amér. 擴音器, 揚聲器

altozano m. (平原上的)小丘

altruismo m. 利他主義

altruista a.-s. 利他主義的; 利他主義者

*__altura__ f. 1. 高, 高度 2. 頂部, 山頂 3. 天空, 高空 4. 海拔 5. 【天】高度, 地平緯度 6. 【轉】(聲音的)強度 7. 【轉】崇高, 高尚 8. 【轉】要職 ◇ a la ~ de 與…一樣高/a estas ~s 到了這個時候; 到了這步田地/estar a la ~ de 比得上; 勝任/rayar a gran (或 mucha) ~ 成績卓著; 幹得出色

alubia f.【植】菜豆

alucinación f. 幻覺, 錯覺

alucinar tr. 1. 使産生幻覺, 引起錯覺 2. 迷惑, 迷住

alucinógeno, na a. 致幻的, 使産生幻覺的

alud m. 1. 雪崩 2.【轉】(雪崩似的)衝擊, 壓下

aluda f.【動】羽蟻

aludido, da a. 被影射的, 被提到的 ◇ darse por ~ 做賊心虛/no darse por ~ 裝聾做啞

*__aludir__ tr. 1. 影射, 暗指 2. 提到, 提及

*__alumbrado, da__ I. a. 1. 照亮的, 照明的 2. 微醉的 II. m. 照明, 照明系統

alumbramiento m. 1. 照明 2.【轉】分娩

*__alumbrar__[1] I. tr. 1. 照亮, 照明; 照 2. (從地下)發掘, 開發 3. 使(盲人)恢復視力 4. 開導, 啓發; 使覺悟 II. intr. 分娩 III. r.【口】喝醉

alumbrar[2] tr. 用明礬處理

alumbre m. 明礬

alumina f.【化】礬土, 氧化鋁

aluminio m.【化】鋁

alumnado m.【集】學生

*__alumno, na__ s. 學生

alunizaje m. 登月, 月面着陸

alunizar intr. 登月, 在月面着陸

*__alusión__ f. 影射; 提到 ◇ ~ personal 人身攻擊

alusivo, va a. 影射的; 與…有關的

aluvial *a.* 1. 洪水的 2. 沖積的, 淤積的

aluvión *f.* 1. 洪水, 洪水泛濫 2.【轉】大量 ◇ de ～ ①沖積的, 淤積的②【轉】兼收並蓄的

álveo *m.* 河床

alveolar *I. a.* 1. 蜂窩狀的 2. 牙槽的 3. 肺泡的 4. 齒齦的(音) *II. m.* 齒齦音

alveolo; alvéolo *m.* 1. 蜂窩 2. 牙槽 3. 肺泡

alverja *f.*【植】野豌豆

alverjón *m.*【植】草香豌豆

alvino, na *a.*【解】腹的, 下腹的

alza *f.* 1. 漲價; 上漲 2. (武器上的)表尺 ◇ en ～ 增長/jugar al ～【商】做多頭, 買空

alzacuello *m.* (教士的)領巾

alzada *f.* 1. 馬的高度 2.【法】上訴, 起訴

alzado, da *I. a.* 1. 欺詐性破產的 2. 規定的(價格) *II. m.* 1. 高度 2. (機器、建築等的)正視圖 3.【印】配頁

alzamiento *m.* 起義, 叛亂

alzapaño *m.* 窗簾鈎 2. 窗簾繩

alzaprisma *f.* 1. 槓桿 2. 木塞, 金屬墊

alzar *I. tr.* 1. 竪起, 竪直 2. 舉起, 抬起(身體的某個部位) 3. 抬高, 提高 4. 揭開, 掀起 5. 修建, 建造 6. 煽動, 策動 7. 建立, 創建 8. 倒(牌), 簽(牌) 9. 收割和運回(莊稼) 10. 收藏 11.【印】配頁 12. 撤銷, 取消(處分) *II. r.* 1. 起來, 站起 2. 聳立, 高聳 3. 起義, 造反 4. 欺詐性破產 5. 上訴 6. 侵吞, 捲逃 7. (天氣)放晴, (雲霧)消散

allá *ad.* 1. 那裏, 在那裏 2. 遠在, 在遙遠處 3. 早在…的時候 ◇ el más ～ 陰間/hacerse ～ 躲開, 閃開/hasta ～ 很不錯的/más ～ 在…那邊, 超出…/no muy ～ 不是太好

allanamiento *m.* 1. 弄平, 平整 2. 清除(障礙等) 3. 倒塌 4. 強行闖入 5.【法】服從判決 ◇ ～ de morada 侵犯私宅

allanar *I. tr.* 1. 弄平, 使平整 2. 鏟平, 夷平; 拆除 3. 踐踏 4. 強行闖入(私宅)

allegado, da *I. a.* 1. 靠近的 2. 有親戚關係的 3. 追隨的

allegar *I. tr.* 1. 收集, 收起 2. 積累, 積攢 3. 補充, 追加 *II. r.* 1. 靠近, 接近 2. 贊成, 附和

allende *ad.* 1. 在那一邊, 在…的那一邊 2. 此外, 除…之外

***allí** *ad.* 1. 那裏, 在那裏 2. 那時, 在那時候 ◇ ～ donde 無論哪裏/hasta ～ 很不錯的

***ama** *f.* 1. 主婦, 女主人 2. 女管家 3. 乳娘, 奶媽 ◇ ～ de casa 家庭主婦/～ de cría 乳娘, 奶媽/～ de gobierno (或 llaves) 女管家/～ seca 保姆

***amabilidad** *f.* 和藹, 親切

***amable** *a.* 1. 可愛的 2. 和藹可親的

amacayo *m. Amér.*【植】火燕蘭

amadrigar *I. tr.* 收留, 收容 *II. r.* 1. 鑽進洞穴 2. 隱居

amadrinar *tr.* 1. 當(某人的)教母 2. 並拴在一起 3. 庇護

amaestrado, da *a.* 受過訓練的, 馴服的

amaestrar *tr.* 訓練, 馴服

amagar *I. tr.* 1. 顯出, 流露出 2. 威脅 *II. intr.* 1. 有…迹象, 將要發生… 2. (軍隊)佯攻

amago *m.* 1. 徵兆, 迹象 2. 威脅

amainar *I. tr.* 1. 收起(船帆) 2. 弔起, 提起(桶具) *II. intr.* (風等)平息, 減弱

amalgama *f.* 1.【化】汞膏化, 汞齊 2.【轉】混合

amalgamar *tr.* 1. 使汞齊化 2.【轉】使湊合, 混合

amamantamiento *m.* 哺乳, 餵奶

amamantar *tr.* 哺乳, 餵奶

amancebamiento *m.* 姘居

amancebarse *r.* 姘居

***amanecer** *I. impers.* 天亮, 天明 *II. intr.* 1. 趕上天亮 2. 黎明時到達 3. 新生 4. 開始出現, 開始表現出來 *III. m.* 1. 黎明, 天亮 2. 初期, 早期 ◇ al ～ 黎

明時, 天亮時

amanecida *f.* 黎明

amanerado, da *a.* 1. 矯揉造作的(語言) 2. 陳舊的, 呆板的(文體)

amaneramiento *m.* 1. (語言的)矯揉造作 2. (文體的)陳舊, 呆板

amanerarse *r.* 1. 矯揉造作 2. (文藝作品)單調, 呆板

amansar I. *tr.* 1. 馴養, 馴服 2. 平息 3. 制服 II. *intr.* 1. 平靜 2. 變溫和, 變恭順

*amante *a.-s.* 1. 愛的; 愛人, 情人 2. 愛好…的; 愛好者

amanuense *s.* 抄寫員, 記錄員, 口述執筆者

amañado, da *a.* 1. 機警的, 狡詐的 2. 假造的 3. 安排好的

amañar I. *tr.* 精心設計, 巧妙安排 II. *r.* 1. 精於, 善於 2. 相處 ◇ amañárselas ①精於, 善於 ②相處

amaño *m.* 1. 機智, 才幹 2.【轉】計謀, 陰謀 3. *pl.* 器具

*amapola *f.*【植】虞美人

*amar *tr.* 1. 愛 2. 喜愛 3. 熱愛

amaraje *m.* 濺落, 在水面降落

amarantina *f.*【植】千日紅

amaranto *m.*【植】莧

amarar *intr.* 濺落; 在水面降落

amargado, da *a.* 1. 傷心的, 痛苦的 2. 不滿的, 怨恨的

*amargar I. *intr.* 有苦味 II. *tr.* 1. 使有苦味 2.【轉】使痛苦, 使傷心 III. *r.* 傷心

*amargo, ga I. *a.* 1. 苦的, 苦味的 2. 痛苦的, 傷心的 3. 粗暴的 II. *m.* 苦, 苦味

amargor *m.* 1. 苦味 2. 痛苦, 傷心

amarguera *f.*【植】灌木柴胡

amargura *f.* 痛苦, 傷心

amarilis *f.*【植】孤挺花

amarillear *intr.* 發黃, 變黃; 變成黃色

amarillecer *intr.* 發黃, 變黃

amarillento, ta *a.* 發黃的, 呈黃色的

amarillez *f.* 1. 黃, 黃色 2. 臉發黃

*amarillo, lla I. *a.* 1. 黃色的 2. 黃種的, 黃皮膚的 3. 蒼白的, 沒有血色的(臉) II. *m.* 黃色

amariposado, da *a.* 蝶形的, 蝶狀的

amaro *m.*【植】南歐丹參

amarra *f.* 1. (繫船、錨的)纜, 索 2. *pl.*【轉】靠山, 後台 ◇ soltar las ~s 解纜, 起錨②擺脫依賴

amarradero *m.* 1. (繫拴東西的)柱, 椿, 環 2. 繫纜柱

amarrado, da *a.* 1. 非常用功的, 功課好的(學生) 2. 有靠山的, 有後台的

amarrar I. *tr.* 1. 拴住(船) 2. 捆上, 拴上 II. *intr.*【轉, 口】(考試前)緊張學習

amarre *m.* 拴, 捆, 繫

amartelado, da *a.* 1. 熱戀著的 2. 親熱的

amartelarse *r.* 1. 愛上 2. 熱戀, 相愛 3. 喜歡, 喜愛

amartillar *tr.* 1. (用錘子)敲擊 2. 打開(槍的)保險機

amasadera *f.* 和麵盆

amasadura *f.* 1. 和麵 2. 一次和好的麵團

amasamiento *m.* 和麵

amasar *tr.* 1. 揉, 和(麵) 2.【轉】策劃, 謀劃 3.【醫】按摩, 推拿

amasijo *m.* 1. (一次和好的)麵團 2. 灰漿, 灰泥 3. 混雜, 混亂 4.【轉】合謀, 謀劃

amateur *m.* 業餘愛好者

amatista *f.*【礦】紫晶, 紫水晶

amatorio, ria *a.* 1. 愛情的 2. 色情的

amazacotado, da *a.* 1. 絮得過厚的(墊子等) 2.【轉】冗長的, 雜亂的(文藝作品)

amazacotar *tr.* 1. 絮得過厚 2. 使冗長, 使雜亂

amazona *f.* 1. (希臘神話中的)亞瑪宗女戰士 2. 巾幗英雄 3. 女騎手 4. 女式騎馬裝

ambages *m.pl.*【轉】(說話)轉彎抹角 ◇ sin ~ 直截了當

*ámbar *m.* 琥珀 ◇ ~ gris (或 pardillo) 龍涎香/ ~ negro 煤玉, 煤精

ambarina *f.* 1. 黃葵 2. *Amér.*【植】山蘿蔔

ambarino, na *a.* 琥珀色的, 像琥珀的

*ambición *f.* 1. 志向, 抱負 2. 野心, 慾望

ambicionar *tr.* 渴望; 對…懷有野心; 希冀

ambiciosamente *ad.* 有雄心地; 野心勃勃地

*ambicioso, sa *a.* 1. 渴望的 2. 有雄心的, 有抱負的 3. 野心勃勃的

ambidextro, tra *a.* 兩隻手同樣靈活的(人)

ambientar *tr.* 1. 佈置環境 2. 製造氣氛

*ambiente I. *a.* 周圍的, 環境的 II. *m.* 1. 空氣 2.【美】立體效果 3.【轉】氣氛 4.【轉】聲譽, 聲望 ◇ dar ~ 佈置環境; 製造氣氛/haber ~ para 有某種效果/hacer ~ a uno 有好聲望/hacer buen (或 mal) ~ a uno 為…製造有利的(或不利的)輿論

ambigú *m.* 1. 便飯, 便餐 2. 便餐館

ambiguamente *ad.* 模稜兩可地, 含糊不清地

ambigüedad *f.* 模稜兩可, 含糊不清

*ambiguo, gua *a.* 1. 模稜兩可的, 含糊不清的 2.【語法】兩可性的(名詞) 3.【轉, 口】女人氣的(男人)

ámbito *m.* 1. 界線 2. 範圍 3. 領域, 界

amblar *intr.* 1. (四蹄動物)溜花蹄, 側對步 2. 扭擺

ambo *m.* (彩票中的)雙彩

*ambos, bas I. *a.* 雙, 兩 II. *pron.* 兩人, 雙方 ◇ ~ a dos 兩個, 二者

ambrosía *f.* 1. (神話中的)神仙食品 2.【轉】美味, 佳餚

ambulacro *m.* 1. 綠樹成行的地方 2. (地下墓穴的)通道, 過道

*ambulancia *f.* 1. 流動醫院 2. 擔架

3. 救護車 4. (某些列車上的)郵政室

*ambulante *a.* 流動的, 經常變換位置的 ◇ ~ de correos (某些列車上的)郵政辦事員

ambular *intr.* 流動, 東奔西走

ambulatorio, ria I. *a.* 1. 用於行走的(器官) 2. 門診的, 不需要住在醫院的 II. *m.* 門診所

ameba *f.*【動】變形蟲, 阿米巴

amedrentado, da *a.* 被嚇住的

amedrentar I. *tr.* 使害怕, 嚇住, 嚇倒 II. *r.* 害怕, 膽怯

amelga *f.* 地壟, 田埂

amelo *m.*【植】紫菀

amén *m.* 阿門(意為"但願如此") ◇ ~ de 除…之外/decir (a todo) ~ 完全贊同/en un decir ~ 頃刻間, 剎那間/Muchos ~es al cielo llegan 懇求再三, 定能如願

*amenaza *f.* 1. 威脅 2. 威脅的話

amenazador, ra *a.* 威脅性的

*amenazar I. *tr.* 1. 威脅 2. 將要發生, 有…的危險 II. *intr.* (某事)即將臨頭

amenguar *tr.* 1. 減少, 縮小 2. 誹謗, 詆毀

amenidad *f.* 1. (風景)秀麗 2. 風趣

amenizar *tr.* 1. 使變得秀麗 2. 使有趣

ameno, na *a.* 1. 秀麗的, 宜人的(風景) 有趣的, 令人愉快的

amento *m.*【植】葇荑花序

ameos *m.*【植】大牙簽草

amerengado, da *a.* 1. 像蛋糕的 2. 過分殷勤的 3. 平庸的, 平淡的(文藝作品)

*americana *f.* 男式上衣

americanismo *m.* 1. 對美洲事物的愛好, 美洲熱 2. 美洲方言詞彙

americanista *s.* 美洲學者者

*americano, na *a.-s.* 1. 美洲 (América)的; 美洲人 2. 美國的; 美國人

americio *m.*【化】鎇

amerindio, dia *a.-s.* 美洲印第安人的; 美洲印第安人

ameritar I. *tr. Amér.* 獎賞；贊揚 II.
intr. Amér. 做出成績，建立功勞

*ametralladora *f.* 機關槍，機槍

*ametrallar *tr.* 用機槍掃射

amianto *m.* 石棉，石絨

amigable *a.* 友好的，朋友般的

amigacho, cha *s.* 狐朋狗友

amigarse *r.* 姘居

amígdala *f.*【解】扁桃體，扁桃腺

amigdalitis *f.*【醫】扁桃腺炎

amigaloide *a.* 巴旦杏仁狀的(火成岩)

*amigo, ga I. *a.* 1. 有交情的 2. 友好
的 3.【轉】愛好…的 II. *s.* 1. 朋友 2.
姘頭 3. 支持者，擁護者

amigote *m.* 1. 狐朋狗友 2. 密友

amiláceo, a *a.* 澱粉的，含澱粉的

amilanar I. *tr.* 使害怕，嚇住 2.【轉】使
氣餒

amílico, ca *a.*【化】戊基的

amillaramiento *m.* 1. 資產登記 2. 資
產登記冊

amillarar *tr.* 登記(資產)，(給資產)造
冊

aminoácido *m.*【化】氨基酸

aminorar *tr.* 減縮，減少，縮小

*amistad *f.* 1. 友誼，友情 2. 姘居 3.
pl. 朋友，友好關係 4. *pl.* 恩惠 ◇ estar
en buena ~ (或 buenas ~es) 友好相
處/hacer ~ con 交朋友/romper
la ~ (或 las ~es) 絕交，斷絕往來

amistar I. *tr.* 與…交好，與…成爲朋友
II. *r.* 1. 成爲朋友；和好 2. 姘居

amistosamente *ad.* 友好地

amistoso, sa *a.* 友好的

amito *m.* (神甫袍彌撒時披在肩上的)
長方形白麻布披肩

amnesia *f.*【醫】遺忘症，記憶缺失

amnícola *a.* 生長在河邊的(動、植物)

amnistía *f.* 大赦，赦免

amnistiar *tr.* 大赦，赦免

*amo *m.* 1. 主人，莊園主 2. 家長，户主
3. 業主 4. 工頭，監工 ◇ hacerse el ~
① 稱王稱霸 ② 霸佔/ser el ~ (dei

cotarro) 主事，做主

amodorrarse *r.* 昏睡

amohinar I. *tr.* 煩擾，打擾 II. *r.* 生氣

amojamar I. *tr.* 腌製 II. *r.* 變乾瘦

amojonar *tr.* 立界標，立界石

amolador *m.* 磨刀人，磨工具人

amolar I. *tr.* 1. 磨快，磨鋒利 2.【轉，
口】煩擾，打擾 II. *r.* 忍受

amoldar I. *tr.* 1. 用模子做，照樣子做
2.【轉】使適應，使符合 II. *r.* 適應，習慣

amomo *m.*【植】豆蔻

amonarse *r.* 喝醉

amonedar *tr.* (把金屬)鑄成錢幣

amonestación *f.* 1. 告誡，勸誡；責備
2. *pl.* 結婚公告

amonestar *tr.* 1. 告誡，勸說；責備 2.
(教堂)公佈(將要結婚者姓名)

amoniacal *a.* 氨的，含氨的

amoníaco, ca; amoníaco, ca I. *a.* 1.
氨的 2. 銨的 II. *m.*【化】氨

amonio *m.*【化】銨

amonita[1] *f.* 阿芒炸藥

amonita[2]; **amonites** *f.* 菊石(古生物化
石)

amontarse *r.* 逃往山上

amontonado, da *a.* 雜亂地堆着的

amontonamiento *m.* 1. 堆放，堆積 2.
雜亂的一堆

amontonar I. *tr.* 1. 堆放，堆積 2. 收
集，積累 II. *r.* 1. 聚集 2. 姘居 3.【轉，
口】發火，發怒

*amor *m.* 1. 愛，熱愛 2. 愛情 3. 愛人，
情人 4. 愛好 5. 熱愛 6. 溫柔，溫和 7.
情願，樂意 8. *pl.* 戀愛 ◇ ~ al uso 木
芙蓉/ ~ de hortelano【植】① 豬殃殃
② 輪生狗尾草/ ~ mío 親愛的/ ~
propio 自尊，自愛/al ~ de la lumbre
靠近爐火烤火/en ~es 非常高
興，十分願意/en ~ y compaña 親熱地
/hacer el ~ (向女人) 表示愛情/por
(el) ~ de Dios 看在上帝的份上/re-
querir de ~es (向女人) 求愛/Amor
con ~ se pega 以德報德，以眼還眼

amoral *a.* 非道德的,無道德觀念的

amoratado, da *a.* 呈青紫色的

amoratarse *r.* 呈青紫色,發青

amorcillo *m.* 小愛神像

amordazar *tr.* 1. 堵住…的嘴 2. 使緘默

amorfo, fa *a.* 1. 無定形的 2. 非結晶的 3. 沒有生氣的,死氣沉沉的

amorío *m.*【口】1. 不甚嚴肅的戀愛 2. 不正當的男女關係

amormío *m.*【植】海濱全能花

amoroso, sa *a.* 1. 愛情的 2. 親熱的 3.【轉】風和日麗的(天氣) 4.【轉】易耕作的(土地)

amorrar I. *intr.*【口】低頭 II. *r.*【口】1. 低頭 2. 低頭不語

amorronar *r.*【海】升旗求援

amortajar *tr.* 纏裹屍布,給穿壽衣,裝裹

amortiguador, ra I. *a.* 減弱的;緩和的 II. *m.* 緩衝器,緩衝裝置

amortiguamiento *m.* 1. 減弱;緩和 2. 緩衝

amortiguar *tr.* 1. 減弱,緩和 2.【美】使柔和

amortizable *a.* 1. 可償還的 2. 可收回的(投資、貸款等) 3. 可贖回的

amortización *f.* 1. 償還(債務) 2. 收回(投資) 3. 取消(缺額)

amortizar *tr.* 1. 償還(債務) 2. 收回(投資) 3. 取消(缺額) 4. 使成爲永久財產

amoscarse *r.*【口】生氣,厭煩

amostazar I. *tr.*【口】使生氣,使發怒 II. *r.* 惱怒

amotinado, da *a.* 參加暴亂的,參加暴動的

amotinar I. *tr.* 煽動暴亂,煽動暴動 II. *r.* 發生暴亂,叛亂

amovible *a.* 1. 可移動的 2. 可撤職的,可罷免的

amparado, da *a.* 憑藉…的,依靠…的

amparar I. *tr.* 1. 保護,庇護 2. 幫助,照顧 II. *r.* 1. 憑藉,依靠,以…爲保護

2. 躲避

amparo *m.* 1. 保護,庇護 2. 保護人,靠山 ◇ al ~ de 依靠,在…的庇護下 /ni (或 ni para) un ~ 什麼也沒有

ampelografía *f.* 葡萄栽培學

amperaje *m.* 電流强度,安培數

ampere *m.* 見 amperio

amperímetro *m.* 電流計,安培計

amperio *m.*【電】安培

amplexicaulo, la *a.*【植】抱莖的

ampliación *f.* 1. 擴大,擴展;放大 2. 放大複製品 3. 擴展增加部分

ampliamente *ad.* 廣泛地,充分地

ampliar *tr.* 1. 擴大,擴展 2. 放大(照片等)

amplificación *f.* 1. 擴大,增强 2.【修辭】發揮

amplificador, ra I. *a.* 擴大的,放大的 II. *m.* 1. 放大器 2. 擴音機

amplificar *tr.* 1. 擴大,增强,加大 2.【修辭】發揮

amplificativo, va *a.* 放大的,有放大作用的

amplio, plia *a.* 1. 寬敞的 2. 寬廣的,遼闊的 3. 廣泛的,肥大的(衣服等)

amplitud *f.* 1. 寬敞;寬廣,遼闊 2. 寬度 3. 廣度,範圍 4.【理】振幅 ◇ ~ de horizontes (胸懷)寬廣

ampo *m.* 1. 雪白,潔白 2. 雪花

ampolla *f.* 1. 水疱;氣泡 2. 安瓿 3. 細頸玻璃瓶

ampollar I. *a.* 水疱的;氣泡的 II. *tr.* 使起水疱;使起泡

ampolleta *f.* 沙鐘,沙漏

ampulosidad *f.* 虛誇,浮誇

ampuloso, sa *a.* 虛誇的,浮誇的

amputación *f.*【醫】(肢體、器官等的)截斷,切除

amputar *tr.* 1.【醫】截斷(肢體),切除(器官) 2.【轉】删除,砍掉

amuchachado, da *a.* 孩子氣的,像孩子的

amueblar *tr.* 陳設傢具,佈置傢具

amugronar I. *tr.* (給葡萄) 壓蔓 **II.** *r.* (馬鈴薯等) 長芽

amuleto *m.* 護身符

amurallar *tr.* 砌圍牆, 用牆圍上…

amurriarse *r.* 憂傷, 憂鬱, 悲哀

amusgar (*tr.*) 1. (牛、馬等) 竪起 (耳朵) 2. 眯起(眼睛)

anabaptismo *m.* (新教的) 再洗禮派

anabaptista *s.* 再洗禮派教徒

anabolismo *m.* 【生】組成代謝

anacardiáceo, a *a.-f.pl.* 【植】漆樹科的; 漆樹科

anacardo *m.* 1. 腰果; 2.【植】腰果樹

anacoluto *m.* 【語法】前後不一致

anaconda *f.* 一種大蟒蛇

anacoreta *s.* 隱士, 隱居者

anacorético, ca *a.* 隱士的; 隱居的

anacrónico, ca *a.* 犯時代錯誤的; 不合時代潮流的

anacronismo *m.* 時代錯誤; 不合時代潮流

ánade *amb.* 鴨

anadear *intr.* (像鴨子般) 一跩一跩地走

anadón *m.* 小鴨, 雛鴨

anaerobio, bia *a.* 厭氧的, 厭氣的 (微生物)

anafilaxis (*pl.* anafilaxis) *f.* 過敏性

anáfora *f.*【修辭】重疊, 排比

anagrama *m.* 拆拼法組詞, 重組法組詞

anal *a.* 肛門的

analectas *f. pl.* 論文集, 文選

anales *m. pl.* 1. 編年史 2. 學會年刊

*****analfabetismo** *m.* 1. 文盲 2. 沒有文化

*****analfabeto, ta** *a.-s.* 文盲的; 文盲, 無知的人

analgesia *f.*【醫】痛覺缺失

analgésico, ca *a.-m.* 止痛的, 鎮痛的; 止痛劑

*****análisis** (*pl.* análisis) *m.* 1. 分析 2. 分解 3.【醫】化驗 ◇ ~ clínico【醫】化驗 / ~ cualitativo【化】定性分析 / ~ cuantitativo【化】定量分析 / ~ espec-

tral 光譜分析 / ~ gramatical 語法分析 / ~ matemático 數學分析

analista[1] *s.* 編年史作者

analista[2] *s.* 1. 分析員 2. 化驗員

analítico, ca *a.* 1. 分析的 2. 分解的, 解析的

analizador, ra I. *a.* 分析的 **II.** *m.* 1. 分析者 2. 分析器 3. 檢偏振器

*****analizar** *tr.* 1. 分析 2. 分解, 解析

analogía *f.* 1. 類似, 相似 2. 類比, 類推 3.【語法】詞法

*****análogo, ga** *a.* 類似的, 相似的

ananá; ananás (*pl.* ananaes; ananases) *m.*【植】鳳梨, 菠蘿 (植株和果實)

anaquel *m.* 擱板

anaquelería *f.*【集】擱板

*****anaranjado, da** *a.* 橙色的, 橘黃色的

anarquía *f.* 1. 無政府, 無政府狀態 2. 混亂, 無秩序

anárquico, ca *a.* 無政府狀態的; 混亂的

anarquismo *m.* 無政府主義

anarquista *a.-s.* 無政府主義的; 無政府主義者

anastigmático, ca *a.*【理】消像散的

anastomosis *f.*【醫】1. 吻合 2. 交織

anatema *amb.* 1.【宗】革出教門 2. 詛咒 3. 譴責

anatematizar *tr.* 1.【宗】革出教門 2. 詛咒 3. 譴責

*****anatomía** *f.* 1. 解剖 2. 解剖學 3. 解剖模型

anatómico, ca *a.-s.* 解剖的, 解剖學的; 解剖學家

anatomista *s.* 解剖學家

anatomizar *tr.* 解剖

anay *m.*【動】白蟻

anca *f.* 1. (動物的) 臀, 股 2. *pl.* (馬的) 臀部 3. *pl.* 屁股 ◇ a las ~s 坐在騎手後面

ancestral *a.* 1. 祖先的, 祖傳的 2. 返祖的

ancianidad *f.* 老年, 晚年

*anciano, na *a.-s.* 年老的;老人

*ancla *f.* 錨 ◇ echar el ∼ (或 las ∼s) (船)拋錨/levar ∼s (船)起錨

ancladero *m.* 錨地,拋錨處

anclaje *m.* (船)拋錨

*anclar *intr.* 拋錨,停泊

anclote *m.* 小錨

ancón *m.* 1. 小海灣 2. 箬板托座

áncora *f.* 1. 錨 2.【轉】(危難時的)依靠 3. (鐘錶的)擒縱叉 ◇ ∼ de salvación 危難時的依靠(或靠山)

ancusa *f.*【植】牛舌草

anchicorto, ta *a.* 寬而短的

*ancho, cha I. *a.* 1. 寬的 2. 過寬的 3. 寬大的,肥大的 4.【轉】輕鬆的 5.【轉】自得的,自滿的 6. *pl.* 不擠的 II. *m.* 1. 寬度 2. (布的)幅面 ◇ doble ∼ 雙幅(布)/a lo ∼ 橫着,寬/a mis (或 tus...) ∼as 隨心所欲地/a todo lo ∼ 橫跨/venir ∼ *a algo a uno* 超出某人的能力,力所不及

anchoa *f.* 鯷魚

*anchura *f.* 1. 寬,寬度 2. (胸、腰等的)圍 3. (孔、洞的)內徑,孔徑

anchuroso, sa *a.* 寬敞的,寬闊的

andado, da *a.* 1. 走過的 2. 行人多的

andador, ra I. *a.* 1. 善走的 2. 愛走動的 II. *m.* 1. (幼兒)學步車,學步簧 2. *pl.* 學步帶

andadura *f.* 走,步行

andaluz, za I. *a.-s.* (西班牙)安達盧西亞 (Andalucía) 的;安達盧西亞人 II. *m.* 安達盧西亞方言

andaluzada *f.* 1. 安達盧西亞的事物 2. 誇張,誇大

andamiada *f.*; **andamiaje** *m.*【集】脚手架

andamio *m.* 1. 脚手架 2. 臨時看台

andana[1] *f.* llamarse ∼ 食言

andana[2] *f.* 1. 列,行,排,層 2.【海】舷側炮

andanada *f.* 1.【軍】舷側炮火 2. 斥責,指責 3. (公共場所的)看台

andante I. *a.* 行走的,運轉的 II. *m.*【樂】行板

andantino *m.*【樂】小行板

andanza *f.* 1. 旅行,跋涉 2. 事件,事情

*andar[1] I. *intr.* 1. 走,行走,步行 2. 運行 3. 移動,轉動 4. 在,正處在(某種狀態) 5. 進行,進展 6. 行事,做事 7. 交往 8. 參與 9. 將要 II. *tr.* 走過,走遍 III. *r.* 着手進行,忙於 ◇ ¡∼! ①(表示驚奇)啊②(表示失望)哎呀,唉③(表示不滿或不信任)行了,好啦/∼ a una 一致行動,齊心協力/∼ con 交往/∼ de...a (或 en, para) 從(某地)到(另一地方)/∼ derecho 行為端正/∼ tras de①跟踪②追求(異性)③追捕/∼ en①從事②參與/∼ tras 見 ∼ detrás de/echar a ∼①開始行走②(小孩)開始走路/Dime con quién andas y te diré quién eres 觀其友而知其人/Quien mal anda mal acaba 惡有惡報/Todo se andará①什麼事情都要有個時機②別着急,會好的

*andar[2] *m.* 1. 行為,舉止 2. 步態

andariego, ga *a.* 善走的(人),擅長走路的(人)

andarín, ina *a.* 經常東奔西走的(人)

andarivel *m.* 渡河纜索,渡船纜索

andas *f. pl.* 擔架 ◇ llevas en ∼ 敬重,尊敬

*andén *m.* 1. (鐵路)站台,月台 2. 碼頭 3. 橋上的人行道 4. 走廊,通道

andino, na *a.* 安第斯山 (los Andes) 的

andolina *f.*【動】燕子

andorga *f.*【口】肚子

andorrano, na *a.-s.* 安道爾 (Andorra) 的;安道爾人

andrajo *m.* 1. 破布 2. 破爛衣服

andrajoso, sa *a.* 衣衫襤褸的

androceo *m.*【植】雄蕊,雄蕊羣

andrógino, na *a.* 雌雄同體的(動物);雌雄同株的(植物)

androide *m.* 機器人

andromina *f.* 謊言,詐騙

andurriales *m.pl.*【口】偏僻的地方

anea *f.*【植】1. 水燭 2. 寬葉香蒲

anécdota *f.* 趣聞,軼事

anecdótico, ca *a.* 趣聞的,軼事的

anegadizo, za *a.* 易淹沒的,經常被淹的

anegar *tr.* I. 1. 淹沒 2. 淹死 II. *r.* 1. (船隻)沉沒 2. 沉浸在…之中

anejo, ja[1] *a.* 附屬的,附加的

anejo[2] *m.* 1. 附屬物,附加部分 2. 居民點

anélido, da *a.-m.pl.* 環節動物的;環節動物綱

anemia *f.*【醫】貧血

anémico, ca *a.-s.* 貧血的;貧血病人

anemometría *f.* 風速測定法

anemómetro *m.* 風速計

anémona; anemona; anemone *f.* 1.【植】銀蓮花 2.【動】海葵

aneroide *a.-m.* 無液的,不用液體的;空盒氣壓表

anestesia *f.*【醫】1. 感覺缺失,麻木 2. 麻醉

anestesiar *tr.* 麻醉,使失去知覺

anestésico, ca *a.-m.* 麻醉的;麻醉劑

anestesiología *f.* 麻醉學

anestesista *s.* 麻醉師

aneurisma *amb.*【醫】1. 動脈瘤 2. 心臟擴大

anexar *tr.* 1. 使附屬於,使從屬於 2. 併吞,兼併

anexión *f.* 1. 併吞,兼併 2. 併吞物

anexionar I. *tr.* 見 anexar II. *r.* 併入

anexionismo *m.* 兼併主義

anexionista *a.-s.* 兼併主義的;兼併主義者

anfetamina *f.*【醫】安非他明

anfibio, bia I. *a.* 1.【生】兩棲的 2.【轉】水陸兩用的 II. *m.* 1. 兩棲動物;兩棲植物 2. *pl.*【生】兩棲綱

anfibol *m.*【礦】閃石

anfibología *f.* 模稜兩可,語義含糊

anfibológico, ca *a.* 模稜兩可的,語義含糊的

anfictión *m.* (古希臘)近鄰同盟議員

anfictionía *f.* (古希臘)近鄰同盟;近鄰同盟議員會議

anfisbena *f.* 1.【動】蚓蜥 2. (神話中的)兩頭蛇

anfiscio, cia *a.-s.* 赤道的,熱帶的;赤道居民,熱帶居民

*****anfiteatro** *m.* 1. (古希臘)圓形劇場 2. (劇場的)半圓形階梯座位 3. 階梯教室

anfitrión *m.* 東道主,主人

ánfora *f.* 1. 雙耳細頸瓶 2. 投票箱

anfractuosidad *f.* 1. 崎嶇,高低不平 2.【解】腦溝

anfractuoso, sa *a.* 崎嶇的,高低不平的

angarillas *f.pl.* 1. 抬物的架子 2. 馱架 3. 調料瓶架

*****ángel** *m.* 1. 天使 2.【轉】可愛的孩子,可愛的人 3. 可愛之處 ◇ ~ bueno (或 de luz) ①吉祥之神②隨時準備給人以幫助的人/ ~ custodio (或 de la guarda) 守護神/ ~ malo (或 de tinieblas) 惡魔/ ~ patudo 偽善的人/mal ~ 令人討厭的人

angélica *f.* 1. 聖星期六唱的宗教歌曲 2.【植】當歸

angelical *a.* 天使的,天使般的

angélico, ca *a.* 見 angelical

angelote *m.* 1. 天使像 2. 胖孩子 3. 質樸溫和的人

ángelus *m.* 1. 奉告祈禱 2. 奉告祈禱詞 3. 奉告祈禱鐘

*****angina** *f.*【醫】咽峽炎 ◇ ~ de pecho 心絞痛

angiología *f.* 血管淋巴管學

angioma *m.*【醫】血管瘤

angiospermo, ma *a.-f.pl.* 被子植物的;被子植物

anglicanismo *m.* 英國聖公會,英國國教

anglicano, na *a.-s.* 英國聖公會的;英國聖公會教徒

anglicismo *m.* (其它語言中的)英語詞彙,英語表達方式

***angloamericano, na** **I.** *a.* **1.** 英美的 **2.** 英裔美國人的 **3.** 美國人的 **II.** *s.* 美國人

anglófilo, la *a.* 親英的,崇英的

anglófobo, ba *a.* 反英的,仇英的

anglosajón, ona *a.-s.* 盎格魯撒克遜的;盎格魯撒克遜人

angolán *m.* 【植】十瓣八角楓

angosto, ta *a.* 窄的,狹窄的

angostura *f.* **1.** 狹窄 **2.** 狹窄的河道,狹窄的通道

anguiforme *a.* 蛇形的

***anguila** *f.* 鰻魚

angula *f.* 鰻魚苗

angular **I.** *a.* **1.** 角的 **2.** 角狀的 **II.** *m.* 角鋼

***ángulo** *m.* **1.** 角,角度 **2.** 角落 **3.** 牆角 **4.** 角鋼 ◇ ~ agudo 銳角/ ~ curvilíneo 曲線角/ ~ diedro 二面角/ ~ entrante 凹角/ ~ esférico 球面角/ ~ facial 顏面角/ ~ obtuso 鈍角/ ~ óptico 視角/ ~ plano 平面角/ ~ recto 直角/ ~ visual 視角

anguloso, sa *a.* 帶角的,有棱的

angustia *f.* 痛苦,苦惱

angustiar *tr.* 使痛苦,使苦惱

angustioso, sa *a.* **1.** 痛苦的,苦惱的 **2.** 使人痛苦的,使人苦惱的

anhelante *a.* **1.** 呼吸困難的 **2.** 渴望的

***anhelar** **I.** *intr.* 呼吸困難 **II.** *tr.* 渴望

anhélito *m.* 呼吸困難

***anhelo** *m.* **1.** 渴望 **2.** 呼吸困難,氣喘吁吁

anheloso, sa *a.* **1.** 渴望的 **2.** 氣喘吁吁的

anhídrido *m.* 【化】酐

anhidro, dra *a.* 【化】無水的

anhidrosis *f.* 【醫】無汗症

anidar **I.** *intr.* **1.** 築巢,築窩 **2.** 居住 **3.** 有着,存在 **II.** *tr.* 懷有,抱有(某種感情)

anilina *f.* 【化】苯胺

anilla *f.* 環,圈

anillado, da *a.* **1.** 環狀的 **2.** 鬈曲的(頭髮) **3.** 繫有金屬環的(鳥)

anillar *tr.* **1.** 裝上環 **2.** 使成環狀

***anillo** *m.* **1.** 環,圈 **2.** 環狀,環形 **3.** 戒指 **4.** 環形飾 **5.** 【動】環節 ◇ ~ de boda 結婚戒指/ ~ del Pescador 羅馬教皇的璽/ ~ de Saturno 土星光環/ ~ pastoral 主教戒指/caérsele *a uno* los ~ s 逃避,解脱/venir *algo* como ~ al dedo 正合適,正好

***ánima** *f.* **1.** 靈魂 **2.** 膛,槍膛,炮膛 **3.** *pl.* 晚禱鐘 **4.** *pl.* 打晚禱鐘的時刻 ◇ ~ bendita (或 del Purgatorio) 在煉獄中贖罪的幽魂/en mi (或 su 等) ~ 在我(或他)内心深處

***animación** *f.* **1.** 使有生氣 **2.** 鼓舞 **3.** 生氣勃勃,振奮 **4.** 歡快,興奮 **5.** 活躍 **6.** 熱鬧 **7.** 動畫片製作

***animado, da** *a.* **1.** 有靈魂的 **2.** 有興致的,有勇氣的 **3.** 受到…鼓舞的 **4.** 振奮的,有生氣的 **5.** 熱鬧的

animador, ra **I.** *a.* 鼓舞人心的,鼓舞人的 **II.** *s.* **1.** (咖啡館的)歌舞演員 **2.** 鼓動者,鼓舞者

animadversión *f.* **1.** 敵意 **2.** 責備

***animal** **I.** *a.* **1.** 動物的 **2.** 愚蠢的;粗野的 **II.** *m.* **1.** 動物 **2.** 粗壯的人;蠢人 **3.** 畜生(罵人話) ◇ ~ de bellota ①豬 **2.** 蠢笨的人/ ~ doméstico 家畜/ ~ fabuloso 神話動物

animalada *f.* **1.** 愚蠢言行 **2.** 獸行

animalidad *f.* 獸性

***animar** **I.** *tr.* **1.** 賦予生命,使有生命 **2.** 鼓舞,鼓勵 **3.** 使生動 **4.** 使活躍,使熱鬧 **II.** *r.* **1.** 敢於,鼓起勇氣 **2.** 振奮,振作

anímico, ca *a.* 靈魂的,心靈的;心理上的

animismo *m.* 泛靈論,萬物有靈論

***ánimo** *m.* **1.** 精神,情緒 **2.** 勇氣,精力 **3.** 意願,打算 **II.** *interj.* 加油 ◇

hacer ～ de 拿定主意/hacerse el ～ 想得到, 想得出

animosidad *f.* 1. 勇氣 2. 敵意

animoso, sa *a.* 有勇氣的, 有膽量的, 果敢的

aniñado, da *a.* 孩子氣的

anión *m.*【電】陰離子

***aniquilación** *f.* 消滅, 殲滅

***aniquilar** *tr.* 1. 消滅, 殲滅 2.【轉】毀滅, 摧毀 3.【轉】使傷元氣; 使垂頭喪氣

***anís** *m.* 1.【植】茴芹, 茴香 2. 茴芹油 3. 茴芹籽糖 4. 茴芹酒 ◇ ～ de la China (或 de las Indias, 或 estrellado) 八角, 大茴香

anisado, da I. *a.* 帶茴芹香味的 II. *m.* 茴芹酒

anisar¹ *tr.* 加茴芹, 加茴芹香精

anisar² *m.* 茴芹地

anisete *m.* 茴芹甜酒

***aniversario, ria** I. *a.* 週年的, 一年的, 週年紀念的 II. *m.* 週年, 週年紀念

ano *m.*【解】肛門

anobio *m.*【動】1. 鞘翅昆蟲 2. *pl.* 鞘翅目

***anoche** *ad.* 昨晚

***anochecer** I. *impers.* 天黑, 入夜 II. *m.* 黃昏, 傍晚 ◇ al ～ 黃昏時分, 傍晚

anochecida *f.* 黃昏, 傍晚 ◇ a la ～ 黃昏時分, 傍晚

anochecido *ad.* 黃昏時分, 傍晚時分

anodino, na I. *a.* 1. 鎮痛的, 止痛的 2. 平庸的, 乏味的 II. *m.* 鎮痛劑, 止痛劑

ánodo *m.*【電】正極, 陽極

anofeles (*pl.* anofeles) *a.-m.*【動】按蚊的; 按蚊, 瘧蚊

anomalía *f.* 1. 不正常, 異常; 異常現象 2.【天】近點角; 近點距離

anómalo, la *a.* 不正常的, 異常的

anón¹ *m.*【植】番荔枝(樹)

anona *f.*【植】番荔枝(樹) ◇ ～ de la India 圭亞那三葉膠 / ～ de Méjico 刺果番荔枝 / ～ del Perú 南美番荔枝

anonadar *tr.* 1. 消滅, 殲滅 2.【轉】使

大大減少 3.【轉】壓倒(對方)

***anónimo, ma** I. *a.* 1. 匿名的, 不知姓名的 2. 不出名的 II. *m.* 1. 匿名信 2. 無名氏 3. 無名氏作品

anorak *m.* 帶風帽的防寒服, 帶雨厚外套的防雨厚外套

anormal *a.* 1. 不正常的, 變態的 2. 智力發育不全的(人)

anormalidad *f.* 1. 異常, 變態 2. 反常的事物

***anotación** *f.* 1. 批注, 注解 2. 記錄, 登記 ◇ ～ preventiva【法】預防性登記

anotadora *f.*【電影】場記員

***anotar** *tr.* 1. 批注, 注解 2. 記錄, 登記

anquilosar I. *tr.* 使僵化 II. *r.* 1. 關節強硬 2.【轉】僵化, 停滯

anquilosis (*pl.* anquilosis) *f.* 關節強硬

anquilostoma *m.*【動】鈎蟲

ánsar *m.*【動】1. 鵝; 灰雁 2. 豆雁, 大雁

ansarino; ansarón *m.* 小鵝; 雛雁

ansia *f.* 1. 呼吸急促 2. 焦慮, 憂慮 3. 渴望, 熱望

ansiar *tr.* 渴望, 熱望

ansiedad *f.* 1. 熱切, 急切 2. 焦慮 3. 病痛

ansiosamente *ad.* 熱切地; 焦急地

ansioso, sa *a.* 1. 渴望的, 熱望的 2. 貪心的

anta *f.*【動】駝鹿

antagónico, ca *a.* 對抗的, 敵對的

antagonismo *m.* 對抗, 敵對

***antagonista** *s.* 對抗者, 對手; 對立面

antaño *ad.* 1. 去年 2. 從前, 往昔

antañón, ona *a.* 非常古老的

***antártico, ca** *a.* 南極的, 南極區的

ante¹ *m.* 1.【動】駝鹿 2. 鹿皮 3. 鹿皮色 4. 水牛

***ante**² *prep.* 1. 在…面前, 面對 2. 與…相比, 關於

antealtar *m.* 祭壇前廳

***anteanoche** *ad.* 前天晚上

anteanteanoche ad. 大前天晚上

anteanteayer ad. 大前天

*__anteayer__ ad. 前天

*__antebrazo__ m. 1. 前臂 2. (動物的)前肢

antecámara f. 1. 前室 2. 接待室

antecedente I. a. 前面的, 在先的 II. m. 1. 前因, 背景 2. pl. 經歷, 履歷 3. 【邏】前提, 前件 4. 【語法】先行詞 5. 【數】前項 ◇ ～s penales 【法】前科 / estar en ～s 熟知, 了解(某事的經過) / poner en ～s 使了解(某事的經過)

anteceder tr.-intr. 在前, 在先

antecesor, ra s. 1. 前任 2. pl. 祖先

anteco, ca a. 居住在赤道兩側同一子午線上的(人)

antecocina f. 餐具室

antecolombiano, na; antecolombino, na a. 哥倫布發現美洲大陸之前的

antedata f. (書信, 文件上面的)比實際書寫日期早的假日期

antedicho, cha a. 上述的

antediluviano, na a. 1. 《聖經》記載的大洪水前的 2. 【轉】古老的, 過時的

antefirma f. 1. 信件落款前的套話 2. 信件的落款頭銜

anteguerra f. 戰前, 臨戰期間

antehistórico, ca a. 史前的

antelación f. 提前

*__antemano__ ad. 事先, 預先 ◇ de ～ 事先, 預先

antemeridiano, na a. 上午的, 午前的

*__antena__ f. 1. (三角帆的)帆桁 2. 【動】觸角 3. 【電】天線

antenupcial a. 婚前的

anteojera f. (馬的)眼罩

*__anteojo__ m. 1. 望遠鏡 2. pl. 雙筒望遠鏡 3. pl. 眼鏡 4. pl. (給易受驚的馬戴的)眼罩

antepalco m. 劇院包廂後面的休息室

*__antepasado, da__ I. a. 前面的 II. m. (常用 pl.)祖先, 先輩

antepecho m. 1. 欄杆, 扶手 2. 窗台

antepenúltimo, ma a. 倒數第三的

anteponer tr. 1. 放在前面 2. 使處於優先位置

anteportada f. (圖書扉頁前的)書名頁

anteproyecto m. (土木工程等的)草圖

antera f. 【植】花藥

anteridio m. 【植】雄器

*__anterior__ a. 在先的, 在前的, 前面的

anterioridad f. 先, 前 ◇ con ～ 預先, 在前

anteriormente ad. 預先, 在前

anterozoide m. 【植】隱花植物的雄性配子

*__antes__ ad. 1. 從前, 先前, 早先 2. 剛才, 剛剛 3. 在…以前 4. 寧可, 寧願 ◇ ～ bien 而是; 相反 / ～ con ～ 儘快地, 儘早 / ～ de nada 首先 / ～ que nada ①最重要的②首先 / cuanto ～ 儘快地, 儘早 / de ～ 前面的

*__antesala__ f. 1. 前廳, 接待室 2. 前階段 ◇ hacer ～ 等候接見

antevíspera f. 前兩天, 兩天前

*__antiaéreo, a__ a. 防空的; 對空的

antiafrodisiaco, ca a.-m. 【醫】制慾的; 制慾劑

antialcohólico, ca a. 1. 解酒的 2. 禁酒的

antiartrítico, ca a.-m. 抗關節炎的; 抗關節炎藥

*__antibiótico, ca__ a.-m. 抗菌的, 抗生的; 抗菌素, 抗生素

anticanónico, ca a. 反教規的

anticátodo m. 【理】對陰極

anticatólico, ca a. 反天主教的

anticiclón m. 【氣象】反氣旋, 高氣壓區

anticipación f. 1. 提前, 提早 2. 預付, 預支

anticipadamente ad. 提前, 預先

anticipado, da a. 提前的, 提早的 ◇ por ～ 預先

anticipar I. tr. 1. 提前, 提早 2. 預付, 預支 3. 預言 II. r. 搶先

anticipo m. 預支款, 預付款

anticlerical *a.* 反教權主義的

anticlinal *a.-m.* 【地】背斜的; 背斜

anticoncepcional *a.* 避孕的

anticonceptivo, va *a.-m.* 避孕的; 避孕器具, 避孕藥物

anticongelante *a.-m.* 防凍的; 防凍劑

anticonstitucional *a.* 違反憲法的

anticresis (*pl.* anticresis) *f.*【法】(不動產) 典押收益權

anticristiano, na *a.* 反基督教的

anticristo *m.* 1. (大寫) 基督的死敵 2. 【轉】邪惡的人

anticuado, da *a.* 過時的, 廢棄不用的

anticuar I. *tr.* 廢棄 II. *r.* 過時, 變陳舊

anticuario, ria *s.* 1. 古董收藏家; 古董商 2. 文物工作者

anticuerpo *m.*【生】抗體

antideportivo, va *a.* 違反體育道德的

antideslizante *a.-m.* 防滑的; 防滑裝置

antidetonante *a.-m.* 抗爆的; 抗爆劑

andídoto *m.* 1. 解毒劑 2.【轉】預防措施

antielectrón *m.*【理】反電子

antiescorbútico, ca *a.-m.*【醫】防治壞血病的; 抗壞血病藥

antiespasmódico, ca *a.-m.*【醫】鎮痙的, 解痙的; 鎮痙劑

antiestético, ca *a.* 違反美學的

antifaz *m.* 面罩, 假面具

antifeminista *a.* 反婦女運動的, 反女權運動的

antiflogístico, ca *a.-m.* 退熱的, 解熱的; 退熱劑, 解熱劑

antífona *f.* 1. 對唱讚美詩 2.【轉, 口】屁股

antifonal; antifonario *m.* 1. 對唱讚美詩集 2.【轉, 口】屁股

antifrasis (*pl.* antífrasis) *f.*【修辭】反話法

antifricción *f.* 減摩擦金屬, 減摩擦合金

antigás *a.* 防毒氣的

antígeno, na *a.-m.*【醫】抗原的; 抗原

antigualla *f.* 1. 古物, 古董 2. 舊聞 3. 老生常談 4. 舊風俗

antiguamente *ad.* 從前, 古時

*antigüedad *f.* 1. 古老 2. 古代 3. 古物 4. *pl.* 古迹 5. 資歷, 資格 ◇ ~ clásica 古希臘, 羅馬時代

*antiguo, gua *a.* I. *a.* 1. 古老的 2. 古代的 3. 舊的, 過時的 4. 資歷長的, 資格老的 II. *m.* 1. 古人 2. 老生, 老成員 ◇ a la ~a 按照古代方式 / chapado a la ~a 按舊時習慣, 按老習慣

antihelmíntico, ca *a.-m.*【醫】驅蛔蟲的; 驅蛔蟲藥

antihigiénico, ca *a.* 不衛生的, 有害於健康的

antijurídico, ca *a.* 違法的, 違背法律形式的

antilegal *a.* 違法的

antilogía *f.* 互相矛盾, 不相符

antilógico, ca *a.* 不合邏輯的

antílope *m.*【動】羚羊

antillano, na *a.-s.* 安的列斯羣島 (las Antillas) 的; 安的列斯羣島人

antimateria *f.*【理】反物質

antimilitarismo *m.* 反軍國主義, 反黷武主義

antiministerial *a.* 反政府的, 反內閣的

antimonio *m.*【化】銻

antimoral *a.* 不道德的, 違反道德的

antinatural *a.* 非自然的, 不自然的

antineutrón *m.*【理】反中子

antinomia *f.* (法律中兩種表面上合理原則的) 自相矛盾

antipalúdico, ca *a.*【醫】抗瘧的

antipapa *m.* 偽教皇

antiparras *f. pl.*【口】眼鏡

*antipatía *f.* 1. 反感, 厭惡 2. 相反, 相抵觸

*antipático, ca *a.* 令人反感的, 使人厭惡的

antipatriótico, ca *a.* 不愛國的, 對國家有害的

antipedagógico, ca *a.* 違反教育學的

antipirético, ca *a.-m.* 【醫】退熱的; 退熱劑

antipirina *f.*【醫】安替比林

antípoda *a.* 對蹠的, 在地球相對反面的(人) ◇ estar en los ∼s 針鋒相對, 截然相反

antiprotón *m.*【理】反質子

antiquísimo, ma *a.* 極古的, 遠古的

antirrábico, ca *a.*【醫】抗狂犬病的

antisemita *a.-s.* 排猶的, 反對猶太人的; 反猶太人者

antisemitismo *m.* 排猶, 反猶太人主義

antisepsia *f.* 抗菌法, 防腐法

antiséptico, ca *a.-m.* 防腐的, 滅菌的; 防腐劑, 滅菌劑

antisocial *a.* 1. 反社會的 2. 有害社會的

antitanque *a.* 反坦克的

antítesis (*pl.* antítesis) *f.* 1. 對照, 對立面 2.【哲】反命題

antitético, ca *a.* 1. 對立的 2. 反命題的

antitóxico, ca *a.*【醫】抗毒素的

antitoxina *f.*【生】抗毒素

antitrago *m.*【醫】對耳屏

antituberculoso, sa *a.*【醫】防治結核病的

antófago, ga *a.* 食花的(動物)

antojadizo, za *a.* 任性的

antojarse *r.* 1. 突然想, 突然想要 2. 覺得 ◇ hacer lo que se le antoja 爲所欲爲

*__antojo__ *m.* 1. 任性, 突然產生的念頭, 一時的興致 2. (孕婦的) 嗜欲反應 3. *pl.* 胎記, 痣 ◇ a mi (或 tu, su...) ∼ 任性地, 隨心所欲地

*__antología__ *f.* 文選, 選集

antónimo, ma *a.-m.* 反義的; 反義詞

antonomasia *f.*【修辭】代稱, 換稱

antorcha *f.* 火炬, 火把

antozoario, ria; antozoo, a *a.-m.pl.*【動】珊瑚蟲綱的; 珊瑚蟲綱

antraceno *m.*【化】蒽

*__antracita__ *f.* 無烟煤, 硬煤

antracosis *f.*【醫】炭末沉着病, 炭肺

ántrax (*pl.* ántrax) *m.*【醫】癰; 炭疽

antro *m.* 1. 洞穴, 巢穴 2.【轉】令人厭惡的陰暗地方 ◇ ∼ de perdición 使人墮落的所在

antropofagia *f.* 食人肉

antropófago, ga *a.-s.* 食人肉的; 食人肉者

antropografía *f.* 人種學

antropoide *a.-m.* 像人的, 有人的特徵的; 類人猿

antropología *f.* 人類學

antropológico, ca *a.* 人類學的

antropólogo, ga *s.* 人類學學者

antropometría *f.* 人體測量學

antropomorfo, fa *a.* 有人形的, 像人的

antropopiteco *m.* 猿人

antu *m.*【化】安妥

*__anual__ *a.* 1. 一年一度的, 每年的 2. 一年生的(植物)

anualidad *f.* 1. 一年期限 2. 年金

anualmente *ad.* 每年, 一年一度地

anuario *m.* 年刊, 年鑑

anubarrado, da *a.* 1. 佈滿雲的, 有雲的 2. 畫有雲彩的

anublarse *r.* 1. 佈滿雲 2.【轉】黯然失色 3. (植物) 枯萎

anudar Ⅰ. *tr.* 1. 打結, 結上 2.【轉】使結合 3.【轉】繼續 Ⅱ. *r.* 停止發育

anuencia *f.* 同意, 贊同

anuente *a.* 同意的, 贊同的

anulación *f.* 1. 廢除, 取消 2. 剝奪權力 3. 失效

*__anular__[1] Ⅰ. *tr.* 1. 廢除, 取消 2. 剝奪權力 Ⅱ. *r.* 無能爲力

anular[2] Ⅰ. *a.* 1. 環形的 2. 無名指的 Ⅱ. *m.* 無名指

Anunciación *f.*【宗】1. (天主教的) 聖母領報 2. 聖母領報節

*__anunciar__ *tr.* 1. 通知, 通告, 通報 2. 做廣告

*anuncio m. 1. 通知, 通告, 通報 2. 廣告 3. 預兆, 迹象

anverso m. (錢幣、獎章等的)正面

*anzuelo m. 1. 魚鈎 2. 一種炸糕 3.【轉】引誘, 誘餌 ◇ caer en el ～ 上當 / echar el ～ 設圈套 / morder (或 picar en, tragar) el ～ 上鈎, 上當

añada f. 1. 年景, 年成 2. 輪休地塊

añadido, da I. a. 增加的, 追加的 II. m. 1. 增加物, 追加物 2. 假髮

añadidura f. 1. 增加物, 追加物 2. (買東西時賣方給的)饒頭 ◇ por ～ 而且, 更有甚者

*añadir tr. 1. 增加, 追加 2. 補充 3. 加大, 放大

añagaza f. 1. 誘餌, 圈子 (捕鳥時用作誘引同類鳥的鳥) 2.【轉】圈套, 詭計

añejarse r. 變陳舊

añejo, ja a. 1. 陳年的 2. 陳舊的 3. 積年的

*añicos m.pl. 碎片 ◇ hacer ～ ①打碎, 撕碎②使精疲力竭

añil m. 1.【植】木藍 2. 靛, 靛藍 3. 深藍色

*año m. 1. 年; 年度 2. pl. 年歲, 年紀 3. pl. 年代 ◇ ～ bisiesto 閏年 / ～ civil 民用年 / ～ de gracia 公元年 / ～ de la nana 很久以前 / ～ mil 世界末日 / ～ nuevo 新年 / ～ sidéreo (或 verdadero) 恒星年 / de ～ y vez 有大小年的(植物) / de buen ～ 健壯的, 壯實的 / entrado en ～s 上了年紀的 / no pasar ～s para (或 por) 不顯老, 不見老 / por los ～s de 大約在…年 / Año de nieves, ～ de bienes 瑞雪兆豐年

añoranza f. 懷念, 思念

añorar tr.-intr. 懷念, 思念

añoso, sa a. 多年的(樹木)

añublo m. 1. 霧 2.【植】銹病 3.【植】黑穗病

aojar tr. 1. (巫師)用目光傷害(人) 2. 弄糟

*aorta f.【解】主動脈

aortitis (pl. aortitis) f. 主動脈炎

aovado, da a. 卵形的

aovar intr. 産卵, 下蛋

apabullar tr.【口】使惶惑, 使無言以對

apacentar I. tr. 1. 放牧 2. 供養, 飼養 3. 培養, 哺育 4. 助長, 激起 II. r. 充滿, 滿懷

*apacible a. 1. 温和的, 平和的 2. 平静的 3. 和煦的(風) 4. 安逸的(生活)

*apaciguar tr. 1. 安撫, 平息 2. 使和好, 使和解 3. 緩和, 減輕(痛苦)

apadrinar tr. 1. 做…的教父 2.【轉】支持, 贊助 3. 陪伴(馴馬人)

apagadizo, za a. 易滅的, 不易燃的

*apagado, da a. 1. 熄滅的 2. 没有生氣的, 缺乏熱情的 3. 不響亮的, 低沉的(聲音)

apagador, ra I. a. 滅火的 II. m. 1. 滅燭器 2. (鋼琴的)制音器

*apagar tr. 1. 熄滅 2. 解除, 消除(飢, 渴等) 3. 壓制, 平定; 壓住(敵方火力等) ◇ Apaga y vámonos (或 Entonces apaga y vámonos) 到此爲止了

apagón m. 停電, 突然斷電; 燈光突然熄滅

apaisado, da a. 横向寬、豎向窄的

apalabrar tr. 約定, 商妥

apalancar tr. 撬開, 撬起, 撬動

apalear tr. 1. 揚簸(穀物) 2. 擁有(大量金、銀) 3. 棒打, 棍打 4. 打落(樹上的果實)

apaleo m. 1. 揚場 2. 棒打, 棍打

apandar tr. 把…據爲己有

apañado, da a. 1. 合適的, 適宜的 2. 精明的 3. 理財有方的 ◇ estar (或 ir) ～ 搞錯, 弄錯 / estaríamos ～s 可能錯了

apañar I. tr. 1. 拿, 取 2. 據爲己有 3. 打扮, 裝扮 4. (用衣服)裹, 蓋 5. 修補 II. r. 1. 維持生活 2. 處理, 料理 ◇ Apañárselas 處理, 料理

apaño m. 1. 修補 2. 機智, 計謀 3. 姘

居

*aparadór *m.* 1. 碗櫥, 餐具櫃 2. 衣櫃
3. 櫥窗

aparar *tr.* 1. 接住 2. 鋤 3. 削, 剝 (果
皮) 4. 準備

*aparato *m.* 1. 器材, 器具, 器械 2. 儀
器 3.【解】器官 4.【轉】機關, 機構 5.
排場, 豪華, 壯觀 6. 禮儀 ◇ ~ recep-
tor-reproductor 電話手機 (包括聽筒和
受話器) / al ~ (接電話用語) 我就是 /
estar (或 ponerse) al ~ 接電話

aparatoso, sa *a.* 1. 排場的, 豪華的 2.
壯觀的 3. 虛誇的

aparcamiento *m.* 汽車停車場

aparcar *tr.* 1. 堆置 (戰爭物資) 2. 停放
(車輛)

aparcería *f.* 分成制租佃契約

aparcero, ra *s.* 分成制租佃農

aparear *tr.* 1. 把…配成對, 使一致 2.
使交配

*aparecer *I. intr.* 1. 出現 2. 出版 3.
開始流行 4. 具有…的樣子, 像…的樣
子 5. 找到, 發現 6. 推斷 *II. r.* 呈現在
眼前

aparecido *m.* 幽靈

aparejado, da *a.* 1. 合適的 2. 能勝任
的 ◇ llevar (或 traer) ~ 帶來…結果

aparejador *m.* 施工技術員

aparejar *tr.* 1. 準備 2. 裝備 (船船)

*aparejo *m.* 1. 準備 2. 馬具 3. (船的)
索具; 艤裝 4. (船上的) 滑輪組 5. 砌磚
法

aparencial *a.* 表面上的

*aparentar *tr.* 1. 裝作, 假裝 2. 像有

aparente *a.* 1. 直觀的 2. 表面上的, 外
表的 3. 合適的 4. 好看的

*aparición *f.* 1. 出現 2. 幻影, 幻像 3.
鬼

apariencia *f.* 1. 外表, 外貌 2. 表面現
象 3. *pl.* 迹象 ◇ cubrir (或 guardar)
las ~s 顧全面子 / de ~ 表面上的

aparrar *tr.* 使 (樹枝) 橫長

apartadamente *ad.* 遠離人羣地

apartadero *m.* 1. (公路、橋梁等的) 安
全島 2. (鐵路的) 會讓線 3. 羊毛分類
車間

*apartado, da *I. a.* 1. 偏僻的, 偏遠的
2. 孤僻的 3. 不同的 *II. m.* 1. 分開 2.
郵政信箱 3. (法律文件的) 章, 節 ◇ ~
de correos 郵政信箱

apartamento *m.* 成套住宅, 整套公寓住
房

*apartar *I. tr.* 1. 移開, 挪開 2. 分開,
使離開 3. 使放棄 4. 分類, 分揀 *II. r.*
1. 離開 2. 不與人來往 3. 離婚 4. 斷絕
往來 ◇ Apártate 閃開, 滾

*aparte *I. ad.* 1. 分開地, 分別地 2. 在
另處, 在一邊 3. 單獨地 4. 另外的,
單獨的 *III. m.* 1. (戲劇的) 旁白 2. (文
章的) 節, 段 ◇ ~ de (que) ①除…之
外②不但…而且 / ~ de eso 除此之外
/ dejar ~ ①暫時放下②撇開 / eso ~
除此之外

apasionadamente *ad.* 熱情地, 熱烈地

*apasionado, da *a.* 1. 熱情的, 熱烈的
2. 熱衷於…的, 對…入迷的 3. 感情用
事的, 不公正的 4. 患病的 (部位)

*apasionar *I. tr.* 引起激情, 使入迷 *II.
r.* 1. 激動 2. 熱衷於; 熱戀

*apatía *f.* 1. 冷漠, 麻木 2. 死氣沉沉

apático, ca *a.* 1. 冷漠的 (人), 麻木的
(人) 2. 死氣沉沉的 (人)

apátrida *a.* 無國籍的 (人)

apea *f.* (馬的) 腿絆

apeadero *m.* 1. 上馬石 2. (旅客的) 歇
脚處, 歇脚點 3. (鐵路的) 乘降所 4. 臨
時住處

*apear *I. tr.* 1. 搬下, 移下, 拆下 2. 止
住 (車輛) 打滑 3. 說服, 勸阻 4. 克服
(困難) 5. 拴住 6. 丈量 (土地) 7.【建】
支住, 撐住 *II. r.* 1. 下車, 下馬 2. 放棄
己見

apechugar *intr.* 1. 被迫承受, 勉强接受
2. 用胸膛推撞

apedazar *tr.* 1. 打補釘 2. 弄碎

apedrear *I. tr.* 1. 向…扔石頭 2. 用石

頭砸死 II. *impers.* 下冰雹 III. *r.* 受雹災

apegado, da *a.* 1.【口】粘住的, 貼住的 2. 信守(某種習俗)的 3. 與…親昵的

apego *m.* 親昵; 喜愛

apelación *f.* 1.【法】上訴 2. 會診 3. 援引, 引證

apelante *s.*【法】上訴人

*__apelar__ *intr.* 1.【法】上訴 2. 求助, 藉助, 訴諸 3. 提起, 援引

apelativo, va I. *a.* 另加的 (稱號) II. *m.* 稱呼

apelmazar *tr.* 使硬結, 使密實

apelotonar I. *tr.* 使成球形 II. *r.* 擠成一圈

apellidar I. *tr.* 1. 點着名叫 2. 給…取姓名 II. *r.* 姓, 名叫

*__apellido__ *m.* 1. 姓 2. (某些東西的)特定名稱 3. 綽號

apenar *tr.* 使痛苦, 使悲傷

*__apenas__ *ad.* 1. 幾乎沒有, 幾乎不 2. 剛剛 3. 剛…就 4. 艱難地 ◇ ～ si 同 apenas

apencar *intr.*【口】勉強接受, 被迫承受

*__apéndice__ *m.* 1. 附屬物, 附加物 2. 附錄, 補遺 3. 隨從 4.【解】闌尾 ◇ ～ cecal (或 vermicular, vermiforme) 闌尾 / ～ nasal 鼻子

*__apendicitis__ (*pl.* apendicitis) *f.*【醫】闌尾炎

apeo *m.* 1. 丈量, 勘定 2. 地界證書, 支撐 4. 支柱

apeonar *intr.* (禽類)疾走

apepsia *f.*【醫】消化停止

apercibir I. *tr.* 1. 準備 2. 提醒, 提請注意 3. 警告, 告誡 4. 威脅 5.【法】講明後果 II. *r.* 1. 準備 2. 察覺, 看出

apergaminado, da *a.* 1. 像羊皮紙的 2. 乾瘦的

apergaminarse *r.* 變成乾瘦

aperitivo, va I. *a.* 開胃的 II. *m.* 1. 開胃藥 2. 開胃酒 3.【醫】輕瀉劑

*__apero__ *m.* 1. 農具 2. 工具

aperreado, da *a.* 勞累的, 辛苦的

aperrear I. *tr.* 1. 嗾狗咬(人) 2. 使勞累不堪 II. *r.* 1. 勞累過度 2. 固執

aperreo *m.* 勞累, 辛苦

apersonarse *r.* 1. 會見 2. 親臨 3.【法】出庭

*__apertura__ *f.* 1. 開口 2. 開幕; 開始 3. 開學, 開業 4. (遺囑的)開啓

apesadumbrar I. *tr.* 使痛苦, 使難過 II. *r.* 悲傷

apestar I. *tr.* 1. 使傳染上瘟疫 2. 使厭煩 3. 充滿, 充斥 II. *intr.* 發臭 III. *r.* 瘟疫蔓延

apestoso, sa *a.* 1. 惡臭的 2.【轉】令人厭煩的

apétalo, la *a.*【植】無瓣的(花)

apetecer I. *tr.* 1. 渴望, 想望 2. 追求 II. *intr.* 想做; 激起慾望

apetecible *a.* 令人羨慕的, 誘人的

apetencia *f.* 1. 食慾 2. 想望

apetitivo, va *a.* 1. 慾望的 2. 鮮美的, 好吃的

*__apetito__ *m.* 1. 慾望 2. 情慾 3. 食慾 ◇ ～ sexual (或 venéreo) 性慾/buen ～ 胃口好

apetitoso, sa *a.* 1. 引起食慾的, 鮮美的 2. 令人羨慕的, 誘人的

apiadar *tr.* 引起憐憫, 使人同情

apicararse *r.* 變成流氓無賴

ápice *m.* 1. 尖端, 尖部, 頂端 2. 舌尖 3. 山頂 4. 頂點 5.【轉】(用於否定句)一點兒

apícola *a.* 養蜂的

apicultor, ra *s.* 養蜂人

apicultura *f.* 養蜂業

apilar *tr.* 堆積; 積累

apiñar I. *tr.* 堆積; 使擠在一起 II. *r.* 聚集

apio *m.* 芹菜 ◇ ～ caballar 馬芹 / ～ de ranas 毛茛

apiolar *tr.*【轉, 口】殺死

apiparse *r.*【口】吃飽, 喝足

apirético, ca *a.*【醫】無熱的, 不發燒的

apirexia *f.*【醫】無熱, 不發燒

apisonadora *f.* 壓路機; 砸石機

apisonar *tr.* 碾壓; 夯砸

apitonar I. *intr.* 1. (動物) 長角 2. (樹木) 發芽 II. *tr.* 啄芽 (蛋殼)

apizarrado, da *a.* 深藍灰色的, 石板色的

aplacar *tr.* 安撫, 緩和, 減輕

aplanadera *f.* 平整土地的工具

aplanar I. *tr.* 1. 弄平, 壓扁 2. 壓垮, 使頹喪 II. *r.* 1. 倒塌 2. 精神不振

aplastar *r.* 1. 壓扁, 砸爛 2. 弄皺 3.【轉】壓垮, 壓倒 4.【轉】打垮, 鎮壓

aplatanarse *r.* 懶惰, 心灰意懶

aplaudir *tr.* 1. 鼓掌 2.【轉】贊成

aplauso *m.* 1. 鼓掌, 掌聲 2. 稱贊 ◇ digno de ~ 值得贊揚的

aplazar *tr.* 推延, 延期

aplebeyarse *r.* 變得鄙俗

aplicación *f.* 1. 執行 2. 運用, 應用 3. 用途 4. 勤勉

aplicado, da *a.* 1. 勤勉的, 勤奮的 2. 應用的

aplicar I. *tr.* 1. 放在…之上 2. 使用, 運用, 採用 3. 實行, 執行 4. 歸因 5. 使從事 II. *r.* 1. 勤奮, 刻苦努力 2. 專心, 專注

aplique *m.* 壁燈

aplomado, da *a.* 1. 鉛色的 2. 沉着的, 鎮静的

aplomar I. *tr.* 1. 使增加重量 2. 用鉛錘檢測 3. 使垂直 4. 壓住 II. *r.* 1. 變重 2. 倒塌 3. 冷靜下來

aplomo *m.* 1. 垂直 2. 沉着, 冷靜

apnea *f.*【醫】呼吸暫停

apocado, da *a.* 1. 怯懦的, 膽怯的 2. 變小的

apocalipsis (*pl.* apocalipsis) *f.*【轉】恐怖場面

apocalíptico, ca *a.* 1. 恐怖的, 可怕的 2. 恐怖場面的

apocamiento *m.* 怯懦, 膽怯

apocar *tr.* 1. 減少, 使變小 2. 使膽怯,

使怯懦

apocináceo, a *a.-f.pl.*【植】夾竹桃科的; 夾竹桃科

apocopar *tr.* 使成爲短尾形式, 省略詞尾

apócope *f.* 詞尾省略

apócrifo, fa *a.* 僞撰的, 不真實的

apodar *tr.* 起綽號

apoderado, da *a.* 被授權的

apoderar I. *tr.* 授權 II. *r.* 1. 據爲己有 2. 支配, 控制

apodo *m.* 綽號

apófisis (*pl.* apófisis) *f.*【解】骨突

apogeo *m.* 1.【天】遠地點 2.【轉】極盛時期, 頂點

apógrafo *m.* 抄本

apolillar *tr.* 蛀蝕

apolíneo, a *a.* 1. 阿波羅神 (Apolo) 的 2. 美男子的

apologético, ca *a.* 1. 辯護的 2. 稱贊的

apología *f.* 1. 辯護 2. 辯護詞 3. 稱贊

apólogo *m.* 寓言

apoltronarse *r.* 變懶惰

apomazar *tr.* 用浮石磨擦

aponeurosis (*pl.* aponeurosis) *f.*【解】腱膜

apoplejía *f.*【醫】中風

apoplético, ca I. *a.* 中風的 II. *s.* 中風患者

apoquinar *tr.* 勉强付 (錢)

aporcar *tr.* 用土覆蓋蔬菜 (使之白嫩)

aporreado, da *a.* 拮据的, 貧困的

aporrear I. *tr.* 1. 用棍棒打 2. 胡亂彈奏 (鋼琴) II. *r.*【口】忙碌

aportación *f.* 1. 貢獻 2. 貢獻物 3. 股份

aportar ¹ *tr.* 1. 貢獻, 捐獻 2. 入股, 投資 3. 提出 (證據、理由等)

aportar ² *intr.* 1. 進港 2. 來, 到 3.【轉】(迷路後) 意外地到達

aposentar *tr.* 1. 提供住宿 2. 安排 (軍隊) 宿營

aposento *m.* 1. 房間 2. 住宿
aposición *f.*【語法】同位語
apósito *m.* 1.【醫】外敷 2. 外敷藥物
aposta *ad.* 故意地
apostadero *m.* 駐紮地
apostar I. *tr.* 1. 配置(兵力等) 2. 打賭 II. *r.* 埋伏 ◇ apostár selas con *uno a algo* 在某些方面可以和某人較量
apostasía *f.* 放棄信仰;脫黨
apóstata *s.* 放棄信仰者;脫黨者
apostatar *intr.* 放棄信仰;脫黨
apostilla *f.* 批注
apostillar *tr.* 批注
apóstol *m.* 1. (基督教)使徒 2. 佈道者,傳教士
apostolado *m.* 1. 傳教,佈道 2. 衆使徒
apostólico, ca *a.* 1. 使徒的 2. 羅馬教皇的
apostrofar *tr.* 辱罵,責罵
apóstrofe *amb.* 1. 呼語 2.【轉】咒罵
apóstrofo *m.* 撇號,省字號(')
apostura *f.* 1. 温文爾雅 2. 舉止,神態
apotegma *m.* 格言,箴言
apotema *f.*【數】邊心距
apoteósico, ca *a.* 1. 奉若神明的,神化的 2. 狂熱的
apoteosis (*pl.* apoteosis) *f.* 1. 奉若神明,神化 2. 崇拜 3. 精彩結局
apoteótico, ca *a.* 見 apoteósico
apoyadura *f.* 乳房脹脈
*apoyar I. *tr.* 1. 靠,攔,依 2. 依據,支持,支援 3. 保護,保衛 II. *intr.* 安放,依托 III. *r.* 依靠
apoyatura *f.*【樂】倚音
*apoyo¹ *m.* 1. 支持 2. 支撐物,支柱 3. 依靠 ◇ en ～ de 支持
apoyo² *m.* 乳房脹脈
apreciable *a.* 1. 相當大的,可觀的 2. 可估量的 3. 明顯的 4. 尊敬的
apreciación *f.* 1. 估價,評價 2. 尊重,賞識
*apreciar *tr.* 1. 估價,評價 2. 測定 3.

尊重,賞識 4. 察覺;分辨
aprecio *m.* 重視,賞識
aprehender *tr.* 1. 抓住,捉住 2. 逮住;查獲 3. 理解,領會
aprehensión *f.* 1. 抓住,捉住 2. 領會
apremiar I. *tr.* 1. 催促 2. 强迫,强制 II. *intr.* 急需
apremio *m.* 1. 催促 2. 强迫,强制 3. 滯納金 4. 拮据
*aprender *tr.* 1. 學習,學會,掌握 2. 記住
aprendiz, za *s.* 學徒
aprendizaje *m.* 1. 學徒,學藝 2. 學徒期
aprensión *f.* 1. 反感;疑慮 2. 擔心 3. 謹小慎微 4. 猜疑
aprensivo, va *a.* 1. 多疑的 2. 謹小慎微的
apresar *tr.* 1. 抓住,捉住 2. 逮捕
aprestar *tr.* 1. 準備 2.【紡】上漿
apresto *m.* 1. 準備 2.【紡】上漿 3.【紡】上漿料
apresuramiento *m.* 1. 加速 2. 趕快
*apresurar *tr.* 1. 加快,加緊 2. 催促
apretado, da *a.* 1. 緊的 2. 密實的 3. 難解開的 4. 艱難的,困難的 5. 拮据的
*apretar I. *tr.* 1. 抱緊,弄緊 2. 使密實 3. 加快 4. 催促,迫使 5. 折磨 6. 嚴格要求 II. *intr.* 1. 加緊努力,加緊進行 2.【轉】加劇 ◇ ～ a correr【口】撒腿就跑
apretón *m.* 1. 緊握 2. 衝刺 3. (急於大便的)緊迫感 ◇ ～ de manos 熱烈握手
apretura *f.* 1. *pl.* 擁擠 2. 狹窄的地方 3. 拮据 4. 窘迫
aprieto *m.* 1. 窘迫,困境 2. 擁擠
a priori I. *ad.* 先驗地,事前 II. *a.* 先驗的
*aprisa *ad.* 急速地,快速地
aprisco *m.* 畜欄
aprisionar *tr.* 1. 給…上腳鐐 2. 監禁 3. 逮住 4. 壓住 5. 束縛住

*aprobación f. 1. 贊同 2. 許可, 批准

*aprobado m. 合格, 及格

*aprobar tr. 1. 贊成, 同意 2. 通過, 批准 3. 給予及格, 認爲合格 4. 通過考試

aprontar tr. 1. 迅速準備 2. 立即提供

apropiado, da a. 適當的, 合適的

*apropiarse r. 據爲己有

apropósito m. 活報劇

aprovechado, da a. 1. 用功的 (學生) 2. 精明的

aprovechamiento m. 1. 勤奮, 用功 2. 利用 3. pl. 出產, 收益

*aprovechar I. tr. 利用 II. intr. 1. 有用 2. (學業等方面) 進步, 有長進 III. r. 1. 從中漁利 2. 佔 (女人的) 便宜

aprovisionar tr. 提供, 供給

aproximación f. 1. 接近 2. 近似, 大約 3. (彩票的) 副獎

*aproximar I. tr. 1. 使靠近, 移近 2. 使接近 II. r. 相像

áptero, ra a. 無翼的 (禽鳥)

*aptitud f. 1. 才幹, 能力 2. 習性

*apto, ta a. 1. 能幹的, 有能力的 2. 適合的

apuesta f. 1. 打賭 2. 賭注

apuesto, ta a. 衣着時髦的; 年輕漂亮的 (青年男子)

*apuntación f. 1. 削尖, 弄尖 2. 記錄, 筆記 3.【樂】記譜

apuntador, ra s.【劇】提白員, 提詞員

apuntalar tr. 支撐

apuntamiento m.【法】報告書

*apuntar I. tr. 1. 削尖, 弄尖 2. 朝着, 朝向 3. 瞄準 4. 針對, 指向 5. 登記; 記錄 6. 暗示 7. 給…提詞 8. 下 (賭注) II. intr. 顯現, 顯露 III. r. 1. 報名 2. 獲勝, (在比賽中) 得分 3. (酒) 變質

*apunte m. 1. 筆記, 札記 2. pl. 教案, 講稿 3. 畫稿, 草圖 4. 提白員, 提詞員 ◇ tomar ~s 記筆記

apuntillar tr. 用劍刺 (鬥牛)

apuñalar tr. 用匕首刺

apuñear tr. 拳打

apuñuscar tr. Amér. 擠, 捏 II. r. 擁擠

apurado, da a. 1. 耗盡的, 用完了的 2. 窘迫的 3. 精疲力竭的 4. 拮据的

apuranieves m. 見 aguzanieves

apurar I. tr. 1. 使純淨, 使純潔 2. 弄明白; 窮究 3. 用完, 耗盡 5. 使窘迫, 使爲難 6. 催促, 催逼 II. r. 1. 憂慮, 焦急 2. Amér. 急忙, 趕快

*apuro m. 1. 困難, 窘境, 爲難 2. pl. 拮据 3. 難爲情, 尷尬

aquebrazarse r. (皮膚) 裂口子, 皴裂

aquejado, da a. 患…病的

aquejar tr. 1. (病痛等) 折磨 2. 使憂傷, 使煩惱

*aquel, aquella, aquello; aquellos, aquellas a.-pron. 那個, 那些 (形容詞不帶重音, 代詞帶重音)

aquel m. 魅力

aquelarre m. 1. 妖魔夜會 2. 喧嘩, 嘈雜

aquende ad. 在這邊

aquenio m.【植】瘦果

*aquí ad. 1. 這裏, 到這裏, 到這裏來 2. 這個 3. 那時 4. 這個, 那個 5. 這位 ◇ ~ mismo 就在這裏 /de ~ a 從現在起到 /de ~ para allí 東奔西走 /de ~ que 因此, 以致 /hasta ~ 到現在

aquiescencia f. 同意, 贊同

aquiescente a. 同意的, 贊同的

aquietar tr. 1. 安撫, 使安静 2. 減輕 (疼痛等)

aquifolio m. 聖誕樹

aquilatar tr. 1. 檢定成色 2.【轉】鑑定, 評定 3.【商】儘可能降低 (價格)

aquilón m. 1. 北極 2. 北風

ara f. 1. 祭壇 2. (大寫)【天】天壇座 ◇ en ~s de 爲了

*árabe I. a.-s. 阿拉伯 (Arabia) 的, 阿拉伯人的; 阿拉伯人 II. m. 阿拉伯語

arabesco m. 阿拉伯式建築裝飾

arábigo, ga a.-m. 阿拉伯的; 阿拉伯語

arabista *s.* 阿拉伯語學者

arable *a.* 可耕的

arabo *m.* 【植】古柯

arácnido, da *a.-m.pl.* 蜘蛛網的; 蜘蛛網

aracnoides (*pl.* aracnoides) *f.* 蛛網膜

arada *f.* 1. 耕田 2. 耕作, 農活 3. 耕過的地

*****arado** *m.* 犁

arador, ra I. *a.* 耕作的, 犁地的 II. *m.* 1. 耕地的人 2. 疥癬蟲

aragonito *m.* 【地】文石, 霰石

araguato *m.* 【動】吼猴

aralia *f.* 【植】多刺楤木

arancel *m.* 關稅率

arancelario, ria *a.* 關稅率的, 關稅的

arándano *m.* 【植】越橘

arandela *f.* 1. 蠟燭盤 2. 墊圈 3. (安在樹幹上的) 防蟻水盤

*****araña** *f.* 1. 【動】蜘蛛 2. *pl.* 蛛形綱 3. 枝形弔燈 4. 【植】黑種草 ◇ ~ de agua 一種水蟲/ ~ de mar 蟹, 海蟹

*****arañar** *tr.* 1. 搔, 抓 2. 抓破, 抓傷 3. 劃出痕迹

arañazo *m.* 1. 搔痕 2. 抓傷

arañuela *f.* 1. 【植】黑種草 2. 蟲子, 幼蟲

*****arar**[1] *tr.* 耕, 犁

arar[2] *m.* 【植】1. 落葉松 2. 歐洲刺柏

araticú *m.* 【植】一種番荔枝

araucaria *f.* 【植】南美杉

arazá *f.* 【植】番石榴

arbitraje *m.* 1. 公斷, 仲裁 2. 裁決

arbitral *a.* 仲裁人的

arbitrar I. *tr.* 1. 武斷決定 2. 裁決, 仲裁 3. 裁判, 充當裁判 II. *r.* 想出辦法

arbitrariedad *f.* 任意, 武斷, 專橫

arbitrario, ria *a.* 1. 專斷的, 武斷的 2. 非法的 3. 無根據的

arbitrio *m.* 1. 決斷, 裁決 2. 意志, 抉擇 3. 解決辦法 4. 公益稅 ◇ estar al ~ de 聽憑, 取決於

arbitrista *s.* 亂出主意的人

*****árbitro, tra** *s.* 1. 公斷人, 仲裁人 2. 【體】裁判員

*****árbol** *tr.* 1. 樹, 喬木 2. 軸 3. 桅 ◇ ~ de la ciencia del bien y del mal 《聖經》中的知善惡樹/ ~ de Navidad 聖誕樹/ ~ del pan 麪包果樹/ ~ del paraíso 楝樹/ ~ de pie 實生樹 (由種籽萌發並長成的樹)/ ~ frutal 果樹/ ~ genealógico 世系圖, 家譜 /A quien a buen ~ se arrima buena sombra le cobija 大樹底下好乘涼/Del ~ caído todos hacen leña 牆倒衆人推

arbolado, da *a.* 多樹的, 長滿樹木的

arbolado *m.* 【集】樹, 樹林

arboladura *f.* 【集】桅, 檣

arbolar *tr.* 1. 給 (船) 裝桅杆 2. 舉起, 立起; 升起

arboleda *f.* (河邊的) 樹叢, 樹林

arbóreo, a *a.* 1. 樹的, 喬木的 2. 樹狀的

arborescencia *f.* 1. 樹狀; 樹枝狀 2. 樹狀結晶

arborescente *a.* 樹狀的; 樹枝狀的

arboricultor *m.* 栽植樹木的人

arboricultura *f.* 樹木栽植

arbotante *m.* 【建】拱扶垛

*****arbusto** *m.* 灌木

*****arca** *f.* 1. 箱子 2. 水箱, 水塔 ◇ ~ cerrada 嘴緊的人/ ~ de agua 水箱, 水塔/ ~ de la alianza 《聖經》中的約櫃/ ~ del cuerpo 人體的軀幹/ ~ de Noé 挪亞方舟

arcabucear *tr.* 1. 用火槍射擊 2. 用火槍處決

arcabucero *m.* 火槍手

arcabuz *m.* 火槍

arcabuzazo *m.* 1. 火槍射擊 2. 火槍傷

arcada *f.* 1. 連拱 2. 橋洞 3. 胃痙攣

arcaduz *m.* 1. 水管, 管道 2. 水車葉片

*****arcaico, ca** *a.* 1. 古的, 陳舊的 2. 【質】太古的

*****arcaísmo** *m.* 1. 古語 2. 仿古

arcaizante *a.* 仿古的

arcángel *m.* 大天使, 天使長

arcano, na *a.-m.* 秘密的; 秘密, 神秘

arce *m.*【植】槭樹

arcediano *m.*【宗】副主教

arcedo *m.* 槭樹林

***arcilla** *f.* 黏土 ◇ ～ figulina 陶土

arcilloso, sa *a.* 含黏土的, 多黏土的

arcipreste *m.*【宗】總本堂神父, 總司鐸

***arco** *m.* 1. 弧 2. 拱 3. 弓 4. 桶箍 5. 琴弓 ◇ ～ adintelado 平拱 / ～ alveolar 牙槽弓 / ～ apuntado 尖拱 / ～ de iglesia 難辦的事 / ～ iris 彩虹 / ～ triunfal (或 de triunfo) 凱旋門 / ～ voltaico 電弧

arcón *m.* 大箱子

archiducado *m.* 大公爵位, 大公領地

archiduque *m.* 大公, 大公爵

archimillonario, ria *s.* 億萬富翁

archipámpano *m.* 高官顯爵; 妄自尊大的人˙

***archipiélago** *m.* 1. 羣島 2. 多島的海域

archivador, ra I. *a.-s.* 管理檔案的; 檔案管理人 II. *m.* 檔案櫃

archivar *tr.* 1. 歸檔, 存入檔案 2.【轉】擱置, 束之高閣

archivero, ra *s.* 檔案館館長; 檔案專家

archivístico, ca *a.* 檔案的

***archivo** *m.* 1. 檔案館 2. 檔案

archivología *f.* 檔案學

archivolta *f.*【建】拱門飾

***arder** *intr.* 1. 燃燒 2. 滿懷, 充滿, 抑制不住 3. 激烈, 頻繁 4. (糞肥)發酵 ◇ estar que arde ①發燙, 灼熱②發火, 發怒③激列

***ardid** *m.* 計策, 詭計

ardiendo *a.* 灼熱的

***ardiente** *a.* 1. 灼熱的 2. 發熱的 3. 熱心的, 熱情的 4. 火紅的 5. 慾火中燒的, 易動情慾的

***ardilla** *f.*【動】松鼠

ardimiento *m.* 1. 燃燒 2.【轉】勇氣; 熱情

ardite *m.* 1. 一種古代小錢幣 2.【轉】不值錢的東西

ardor *m.* 1. 熱, 炎熱, 灼熱 2. 熱心, 熱情 3.【轉】勇敢

ardoroso, sa *a.* 1. 炎熱的, 灼熱的 2.【轉】熱烈的, 熱情的 3. 發熱的

arduo, dua *a.* 艱難的, 艱巨的, 艱苦的

***área** *f.* 1. 面積 2. 方面, 領域 3. 公畝

areca *f.*【植】檳榔; 檳榔樹

***arena** *f.* 1. 沙 2. 礦砂 3. 競技場; 鬥牛場 4. 競爭場所 5. *pl.* 膀胱結石

arenal *m.* 1. 沙地 2. 流沙地

arenga *f.* 演說, 動員報告

arengar *tr.* 鼓動, 動員

arenilla *f.* 1. 細沙 2. 沙狀物 3. 吸墨粉 4. 眼睛中的磨擦感 5. (刺綉的)沙粒狀針脚

arenisca *f.* 砂岩

arenisco, ca *a.* 含沙的, 沙質的

arenoso, sa *a.* 多沙的; 像沙的

arenque *m.*【動】鯡魚

areola; aréola *f.* 1. (傷口周圍的)紅暈 2. 乳暈

areolar *a.* 乳暈的

areómetro *m.* 液體比重計

areópago *m.* 古希臘雅典的最高法院

areotectónica *f.*【軍】工事學, 工事修築技術

ares y mares 很多, 很多事情

arete *m.* 小環; 耳環

argamandijo *m.*【集】小件用品

argamasa *f.* 泥灰, 灰漿

***argelino, na** *a.-s.* 1. 阿爾及利亞 (Argelia)的; 阿爾及利亞人 2. 阿爾及爾 (Argel)的; 阿爾及爾人

argemone *f.*【植】薊罌粟

argentado, da *a.* 1. 鍍銀的 2. 銀白色的

argénteo, a *a.* 1. 銀的 2. 像銀的

argentero *m.* 1. 銀匠 2. 金銀首飾商

argentífero, ra *a.* 含銀的(礦石)

argentinismo *m.* 阿根廷方言詞彙

***argentino, na** I. *a.-s.* 阿根廷 (Argentina) 的; 阿根廷人 II. *a.* 1. 像銀的 2. 銀白色的 3. 清脆悅耳的(聲音) III. *m.* 阿根廷金幣

argolla *f.* 1. 鐵環, 金屬環 2. 木球穿環遊戲

árgoma *f.*【植】荊豆

argón *m.*【化】氬

argonauta *m.* 1. (希臘神話中) 覓取金羊毛的阿爾戈英雄 2.【動】船蛸

argos *m.*【轉】機警的人

argot (*pl.* argots) *m.* 隱話, 行話

argucia *f.* 詭辯, 狡辯

argüir I. *tr.* 1. 推斷, 推論 2. 證明 3. 申辯, 分辯 II. *intr.* 提出理由; 爭辯, 反駁

argumentación *f.* 爭論, 論據, 理由

argumentar *intr.* 推斷, 推論 2. 反駁

*__argumento__ *m.* 1. 論據, 理由 2. (影片, 劇本等的) 情節 3. 梗概

*__aria__ *f.*【樂】詠歎調

aridez *f.* 1. 乾旱; 荒蕪 2.【轉】枯燥無味

*__árido, da__ I. *a.* 1. 乾旱的 2. 荒蕪的, 貧瘠的 3.【轉】枯燥無味的 II. *m.pl.* 穀物

Aries *m.*【天】白羊座; 白羊宮

ariete *m.* 1. (古時的) 攻城車, 攻城衝車 2. (足球) 中鋒 3. (在辯論或角鬥中) 擊中要害的人

arimez *m.*【建】(房屋外部的) 凸起部分

ario, ria *a.-s.* 雅利安人的; 雅利安人

arísaro *m.*【植】地中海天南星

arisco, ca *a.* 不合群的(人); 不馴的(動物)

arista *f.* 1.【植】芒 2.【數】交點, 交叉點 3. *pl.*【轉】難點 4. *pl.*【轉】粗暴, 粗魯

aristocracia *f.* 1. 貴族統治 2. 貴族身分 3. 高貴, 尊貴 4. 貴族; 上流社會

aristócrata *s.* 貴族

*__aristocrático, ca__ *a.* 1. 貴族的 2. 高貴的

aristoloquia *f.*【植】馬兜鈴

aristón *m.* 手搖風琴

aristotélico, ca *a.-s.* 亞里士多德 (Aristóteles) 的; 亞里士多德學說的; 亞里士多德學派的人

*__aritmética__ *f.* 算術

aritmético, ca *a.* 算術的

arlequín *m.* 1. 丑角, 滑稽角色 2.【轉, 口】不拘禮節的人

*__arma__ *f.* 1. 武器, 兵器 2. (動物的) 防禦器官 3. 鬥爭工具, 鬥爭手段 4. 軍種, 兵種 5. *pl.* 紋章; 紋章圖案 6. *pl.* 盔甲 7. *pl.* 軍隊 ◇ ~ arrojadiza 投射武器 / ~ blanca 白刃武器 / ~ de dos filos【轉】可能產生相反效果的方法 / ~ defensiva 防禦性武器 / ~ de fuego 火器, 槍炮 / ~ homicida 兇器 / ~ ofensiva 進攻性武器 / acudir a las ~s ①拿起武器準備戰鬥②訴諸武力 / alzarse en ~s 起義 / de ~s tomar【口】堅決果斷的 / hacer ~s 打仗 / hacer sus primeras ~s 初試鋒芒 / llegar a las ~s 動起武來 / medir las ~s 公開較量 / pasar por las ~s 槍決 / presentar ~s【軍】行持槍禮 / rendir las ~s ①繳槍②投降, 認輸 / sobre las ~s ①嚴陣以待 ②【轉】做好一切準備 / tomar las ~s 準備戰鬥

armada *f.* 1. 海軍 2. 艦隊

armadía *f.* 木排

armadijo *m.* 陷阱, 陷坑

armadillo *m.*【動】犰狳

armado, da *a.* 1. 武裝的, 武力的 2. 帶鋼筋的 3. 配備…的, 安有…的

armador *m.* 船主, 船東; 置辦船隻的人

armadura *f.* 1. 盔甲 2. 框架, 骨架 3. 屋架 4. 電樞

*__armamento__ *m.* 1. 軍備 2. 裝備, 武器裝備

*__armar__ I. *tr.* 1. 武裝, 裝備 2. 裝上彈藥 3. 裝配 4. 策劃 5. 組織安排 6. 產生, 引起 II. *r.* 1. 武裝, 裝備, 裝配 2. 發生 ◇ ~la ①吵鬧②(打牌時) 搞鬼

*armario m. 櫃子, 立櫃, 書櫃 ◇ ~ de luna 帶穿衣鏡的立櫥/ ~ empotrado 壁櫥/ ~ ropero 衣櫃

armatoste m. 1. 笨重的器物 2. 個子大而窝囊的人 3. 架子

armazón amb. 支架, 架子

armella f. 羊眼圈, 窗鈎

*armenio, nia I. a.-s. 亞美尼亞 (Armenia) 的; 亞美尼亞人 II. m. 亞美尼亞語

armería f. 1. 武器商店 2. 武器博物館 3. 武器製造術 4. 紋章學

armero m. 1. 武器製造工人 2. 武器商 3. 武器保管人

armilar a. 環形的 ◇ esfera ~ 渾天儀

armiño m. 【動】貂

*armisticio m. 停戰, 休戰

armón m. (炮的)前輪架

*armonía f. 1. 協調, 和諧 2.【樂】和聲 3.【轉】融洽, 和睦 ◇ ~ imitativa 模擬音/en ~ 和睦

armónica f. 口琴

armónico, ca a. 1. 協調的, 和諧的 2. 和聲的, 悦耳的

armonio m. 簧風琴

armonioso, sa a. 1. 悦耳的 2. 和諧的

armónium m. 見 armonio

armonizable a. 可以調和的

armonizar I. intr. 協調, 和諧 II. tr. 1. 調和 2. 使融洽, 使和睦

armuelle m.【植】1. 榆錢菠菜 2. 甜菜

arnés m. 1. 盔甲 2. pl. 馬具

árnica f. 1.【植】山金車 2. 山金車花酊

*aro¹ m. 1. 環, 圈, 箍 2. 桌框 3. 戒指 ◇ pasar por el ~ 被迫去做

aro² m.【植】斑葉阿若母 ◇ ~ de Etiopía 馬蹄蓮

*aroma I. m. 香味, 香氣 II. s. 1. 金合歡花 2. 香味樹膠

aromático, ca a. 芳香的; 有香味的

aromatizar tr. 使芳香; 使有香味

aromo m.【植】金合歡

aron m. 見 aro²

arpa f. 竪琴 ◇ ~ eolia 風鳴琴

arpado, da a. 1. 有鋸齒邊的 2. 啼聲婉轉動聽的(鳥)

arpar tr. 1. 抓, 搔 2. 撕碎

arpegio m.【樂】琶音

arpella f.【動】白頭鷂

arpeo m. 傘形錨

arpía f. 1. (大寫)(神話中的)鷹身女妖 2.【轉】品行不端的女人 3.【轉】乾癟醜陋的女人

arpillera f. 粗麻布, 蔴袋布

arpista s. 竪琴手

*arpón m. 魚叉

arponar; arponear tr. 用魚叉叉(魚)

arponero m. 用魚叉捕魚的人

arquear¹ I. tr. 測量(船的容積) II. intr. 核賬

arquear² tr. 使呈弓形

arqueo m. 船的容積

arqueolítico, ca a. 石器時代的

*arqueología f. 考古學

arqueológico, ca a. 考古學的, 考古的

arqueólogo, ga s. 考古學家

arquero m. 弓弩手

arquetipo m. 1. 原型 2. 典型, 典範

arquibanco m. 坐櫃

arquimesa f. 桌櫃

*arquitecto, ta s. 建築師

arquitectónico, ca a. 建築的, 建築學的

*arquitectura f. 1. 建築學 2. 建築風格 3. 建築, 建築物 ◇ ~ funcional 實用建築學/ ~ hidráulica 水利工程建築學/ ~ militar 軍事建築學/ ~ naval 造船學/ ~ orgánica 實用建築學

arquitrabe m. 柱上楣; 柱頂過樑

*arrabal m. 郊區, 衛星城鎮

arrabalero, ra I. a. 郊區的; 郊區居民 II. s. 無教養的人

arracada f. 耳環

arracimarse r. 1. 成串, 成簇 2.【轉】聚集

arraclán m.【植】歐鼠李

arraigado, da *a.* 1. 根深蒂固的 2. 悠久的, 有根基的 3. 有不動產的

arraigar I. *intr.* 1. 生根, 扎根 2. 根深蒂固 3. 定居 II. *r.* 1. 定居 2. 扎根

arraigo *m.* 1. 定居 2. 產業, 不動產 3. 聲望

arramblar I. *tr.* (洪水)沖刷 II. *intr.* 蓆捲 III. *r.* (洪水過後地上)積滿砂石

arrancaclavos (*pl.* arrancaclavos) *m.* 起釘器

arrancada *f.* 1. 起動 2. 突然加速

arrancado, da *a.* 【轉、口】破了產的 (人)

*****arrancar** I. *tr.* 1. 拔, 連根拔起 2. 撕, 揭, 拆 3. 奪, 搶 4. 根除 5. 取得, 得到 6. 博得, 引起 7.【轉】強迫, 硬要 II. *intr.* 1. 開動, 啟動 2. 起身, 動身, 起跑 3.【轉、口】突然開始 III. *r.* 1. 突然開始 2. 被迫離開

arranque *m.* 1. 拔, 撕, 揭, 拆 2. 開始, 起點 3. 勇氣, 決心 4. 突然決定 5. 突然動作, 一時衝動 6. 奇妙想法

arrapiezo *m.* 1. 毛孩子 2. 卑微的人

arras *f.pl.* 抵押品, 保證金 2. (結婚時新郎給新娘的)十三枚錢幣 3. 聘禮, 彩禮

*****arrasar** I. *tr.* 1. 使平, 弄平 2. 灌滿, 注滿(容器) 3. 推倒, 夷平 4.【轉】使淚水盈眶 II. *intr.* 天氣放晴

arrastrado, da *a.* 1. 窮苦的, 困苦的, 艱苦的 2. 討厭的 3. 拉長的, 拖長的 4. 跟著別人打出牌的 5. 缺錢的

*****arrastrar** I. *tr.* 1. 拖, 拉 2. 使拖拉著, 使擦著 3. 說服, 打動; 帶動 4. 吸引 5. 引起, 造成 6. 承受 II. *intr.* 1. 第一個出牌 2. 匍匐前進 III. *r.* 身躬屈膝

arrastre *m.* 1. 拖, 拉, 牽引 2. 拖運木材 ◇ de ~【質】流動的 /estar para el ~ (累得或老得)幹不了活, 不能動

arrayán *m.* 【植】香桃木 ◇ ~ brabán-tico 香楊梅

arre *interj.* 駕(趕馬用語)

*****arrear¹** *tr.* 趕(馬)

arrear² *tr.* 1. 上馬具 2. 裝扮

arrebañaderas *f.pl.* (從井中打撈器物用)錨鉤

arrebañadura *f.* 1. 收拾乾淨 2. *pl.* 食物殘渣, 殘羹剩飯

arrebañar *tr.* 1. 蓆捲 2. 收拾乾淨

arrebatado, da *a.* 1. 倉促的 2. 莽撞的 3. 發火的, 暴怒的 4. 臉紅的

arrebatar *tr.* 1. 搶, 奪 2. (風、水等)捲走, 沖走 3. 使(植物)發育過快 4. 使(食物)燒糊, 使燒焦 5.【轉】激怒 6.【轉】吸引, 博得

arrebatiña :a la ~ 搶奪, 搶拾, 爭搶

arrebato *m.* 1. 衝動 2. 狂怒 3. 入迷 ◇ ~ y obcecación 由於衝動而失去理智

arrebol *m.* (彩霞的)紅色

arrebolar *tr.* 使變紅; 使臉紅

arrebujar *tr.* 1. 把(衣物)揉成一團 2. 裹緊 II. *r.* 裹緊, 蓋嚴

arreciar *intr.* 加劇, 加大, 加強

arrecife *m.* 1. 石鋪路 2. 路基 3. 礁石, 暗礁

arrechucho *m.*【口】1. 衝動, 發作 2. 小病, 不適 3. (一時的)念頭, 主意

arredrar *tr.* 1. 使後退 2. 使離開 3. 恫嚇

arregazar *tr.* 撩起(裙子)

arreglado, da *a.* 1. 按照…的 2. 有條理的 3. 會當家的 4. 整理好的

*****arreglar** I. *tr.* 1. 整理, 收拾 2. 佈置, 裝點 3. 扮扮 4. 安排, 商定 5. 使複原 6. 修改 7. (用藥劑等)懲罰, 整治 II. *r.* 1. 梳理 2. 變好 3. 遵照 4. 料理生活 5. 同意, 贊成 6. 和睦相處 ◇ Arreglárselas【口】應付

*****arreglo** *m.* 1. 整理, 收拾 2. 梳洗打扮 3. 修理 4. 調料 5. *pl.* 器材 6. 一致 ◇ ~ personal 梳理, 梳洗打扮 /con ~ 差不多, 大概如此 /con ~ a 根據, 依據

arrellanar I. *tr.* 平整(土地等) II. *r.* 1. 舒舒服服地坐著 2.【轉】(對職務)感到滿意

arremangar I. *tr.* 捲起(袖子、褲腿) II. *r.* 下決心

arremeter *tr.* 1. 猛烈攻擊 2. 使(馬)猛衝

arremetida *f.* 攻擊, 進攻

arremolinarse *r.* 擁擠, 聚集

arrendador, ra *s.* 1. 出租人 2. 承租人

arrendamiento *m.* 1. 出租, 佃租 2. 租約 3. 租金

*arrendar** *tr.* 1. 出租 2. 租用, 承租

arrendatario, ria *s.* 承租人, 佃户

arreos *m.pl.* 1. 裝飾 2. 馬具 3. 附屬物 4. 器具

arrepentido, da *a.* 後悔的

*arrepentimiento** *m.* 後悔

*arrepentirse** *r.* 後悔; 翻悔

arrequesonarse *r.* (奶)凝結, 結塊

arrequives *m. pl.* 1. 多餘的裝飾 2. 【轉, 口】煩瑣的手續

*arrestar** *tr.* 1. 關禁閉 2. 逮捕

arresto¹ *m.* 1. 禁閉, 關禁閉 2. 逮捕

arresto² *m.* 勇敢

arriar¹ *tr.* 1. 降下(旗、帆等) 2. 鬆開, 放開(繩、纜等)

arriar² *tr.* (洪水)淹沒

arriate *m.* 花壇

*arriba** I. *ad.* 1. 在上面, 在高處 2. 向上 3.【轉】地位高, 在社會上層 II. *interj.* 起來 ◇ ～ de 多於, 超過 / ～ y abajo ①反覆折騰②69號彩票/de ～ 從上帝的 / de ～ abajo ①從上到下②從頭到腳, 上下③完全, 徹底/para ～ …以上/que si ～ que si abajo 這個那個

arribada *f.* 1. 抵達港口 2. 到達 ◇ de ～ (forzosa) 被迫進港

arribar *intr.* 1. 抵達港口 2. 到達; 達成

arribazón *m.* (魚羣)洄游

*arribista** *a.-s.* 有野心的; 野心家

arribo *m.* 到達

arriendo *m.* 1. 出租; 承租 2. 租金

*arriero** *m.* 趕牲口人, 腳伕

arriesgado, da *a.* 1. 危險的, 冒險的 2. 大膽的, 勇敢的

*arriesgar** *tr.* 1. 冒…風險, 冒着…危險 2. 賭, 下賭注 3. 冒昧地提出

arrimadero *m.* 依靠, 支撐物

arrimar *tr.* 1. 移近, 拿近 2. 使貼近, 使靠在一起 3. 移開, 挪開 4.【轉】擱置; 放棄 5.【轉】革職 6.【轉, 口】打 II. *r.* 1. 靠近, 接近 2. 依靠

arrimo *m.* 1. 支撐, 依靠 2. 隔斷牆 ◇ al ～ de 依靠, 仰仗

arrinconar I. *tr.* 1. 放到一邊, 放到牆角 2. 迫使…走投無路 3.【轉】擱置, 棄置 4.【轉】革除職務 5.【轉】不理睬 II. *r.* 離羣索居

arriscado, da *a.* 1. 冒險的, 危險的 2. 崎嶇的 3. 大膽的, 勇敢的

arritmia *f.* 1. 無節奏 2.【醫】心律不齊

arroba *f.* 阿羅瓦(西班牙重量單位, 約合11.5公斤)

arrobamiento *m.* 入迷, 神魂顛倒

arrobar *tr.* 迷住, 使神魂顛倒

arrobo *m.* 見 arrobamiento

arrocero, ra *a.* 水稻的; 稻米的 II. *s.* 1. 稻農 2. 米商

arrodillar I. *tr.* 使跪下 II. *r.* 1. 跪下 2. 卑躬屈膝

arrodrigar; arrodrigonar *tr.* (給植物)搭架

arrogancia *f.* 1. 傲慢, 高傲 2. 勇敢 3. 瀟灑

arrogante *a.* 1. 傲慢的, 高傲的 2. 瀟灑的

arrogarse *r.* 擅自行事

arrojadizo, za *a.* 投擲的

arrojado, da *a.*【轉】勇敢的, 大膽的

*arrojar** I. *tr.* 1. 投, 擲, 扔, 拋 2. 驅逐, 趕走 3. 辭退, 解雇 4. 散發(氣味) 5. 長出(幼芽) 6. 冒出(烟) 7. 吐出, 嘔吐出 8. 計算出 II. *r.* 1. 衝出 2. 撲向

*arrojo** *m.* 勇猛, 無畏

arrollar *tr.* 1. 捲 2. 捲走, 蓆捲 3. 軋壞, 壓壞 4. 擊敗, 擊潰 5. 無視, 不尊重 6. 克服, 超越

arropar *tr.* 蓋, 裹

arrope *m.* 1. (熬過的)葡萄汁 2.【醫】糖漿

arrostrar *tr.* 1. 正視, 面對 2. 勇於承擔

***arroyo** *m.* 1. 小溪, 小河 2. 溪谷 3. (街道上的)車道 4. 街道 5. 大量

arroyuela *f.* 千屈菜

***arroz** *m.* 1. 稻 2. 稻米

arrozal *m.* 稻田

***arruga** *f.* 1. 褶子 2. 皺紋

***arrugar** **I.** *tr.* 使起皺紋, 弄皺 **II.** *r.* 畏縮

***arruinar** **I.** *tr.* 1. 使破産 2. 使成爲廢墟 **II.** *r.* 破産

arrullar *tr.* 1. (雄鴿求愛時向雌鴿)咕咕叫 2.【轉】竊竊私語 3.【轉】用催眠曲哄(小孩入睡)

arrullo *m.* 1. (鴿子等的)咕咕叫聲 2.【轉】潺潺聲 3.【轉】催眠曲 ◇ al ～ de 在…聲中

arrumaco *m.*【口】1. 愛撫, 溫存 2. *pl.* 過分的裝飾

arrumbamiento *m.* (船的)航向

arrumbar *tr.* 1. 棄置不用 2.【轉】不理睬

arrurruz *m.*【植】竹芋 2. 竹芋粉

arsenal *m.* 1. 造船廠, 船塢 2. 軍火庫 3.【轉】寶庫

arseniato *m.*【化】砷酸鹽

arsénico, ca *a.* 砷的 **II.** *m.*【化】砷

***arte** *amb.* (單數多用陽性, 複數多用陰性) 1. 藝術 2. 藝術品 3. 技藝, 技術, 技巧 4. 人工, 手工 5. 擅長, 才幹 6. 機智, 手腕 ◇ ～ abstracto 抽象藝術/ ～ bella 美術/ ～ de magia 魔術/ ～ de pesca 漁具/ ～ figurativo (或 imitativo) 形象藝術/ ～ métrica 韻律學/ ～ poética 詩學/ ～s decorativas 裝飾藝術/ ～s liberales 腦力勞動/ ～s menores 工藝美術/ ～s plásticas 造型藝術/bellas ～s 美術/malas ～s ①欺騙, 奸詐②圈套/con ～ 熟巧地; 巧妙地/el ～ por el ～ 純藝術觀點/no ser (或 no tener) ～ ni parte en 沒有參與/por ～

de birlibirloque 神奇地, 莫名其妙地 /sin ～ 笨拙地

artefact *m.* 器械, 裝置

artejo *m.* 1. 指關節 2. 指節 3. (節肢動物的)節

artemisa *f.*【植】艾蒿

***arteria** *f.* 1.【解】動脈 2. 交通幹線 ◇ ～ celíaca 腹腔動脈/ ～ coronaria 冠狀動脈/ ～ económica 經濟命脈/ ～ subclavia 鎖骨下動脈

arterial *a.* 動脈的

arteriola *f.* 小動脈

arteriosclerosis *f.* 動脈硬化

arteritis (*pl.* arteritis) *f.* 動脈炎

artero, ra *a.* 狡猾的, 有手腕的

artesa *f.* 揉麵槽, 木槽, 木盆

artesanado *m.*【集】手工藝匠人, 手工業者

artesanía *f.* 1. 手工藝; 手工業 2. 手工藝品

***artesano, na** *s.* 手藝人, 手工業者

artesiano, na *a.* 自動流出的

artesón *m.* 1. 見 artesa 2.【建】鑲板, 嵌板

artesonado *m.* 鑲板式平頂

artesonar *tr.* 用鑲板裝飾

***ártico, ca** *a.* 北極的, 北極區的

articulación *f.* 1. 接合, 連接 2.【解】關節 3. 發音; 發音部位 4.【植】節

articulado, da **I.** *a.* 1. 有節的 2. 有關節的 3. 形成音節的 4. 環節動物的 **II.** *m.* 1. 條款, 條文 2. 證詞 3. *pl.* 環節動物

articular[1] *tr.* 1. 連接, 接合 2. 清晰地發出…音來 3. 一字一句地講 4. 分成條款

articular[2] *a.* 關節的

articulista *s.* 報刊的撰稿人

***artículo** *m.* 1. 條款 2. (詞典的)條目, 詞條 3. 文章 4. 商品, 物品 5.【語法】冠詞 ◇ ～ de fe 信條/ ～ de fondo 社論/ ～ de primera necesidad 生活必需品/hacer el ～ 有意誇揚

artifice *s.* 1. 藝術家 2. 製作人, 創作者 3. 肇事人

***artificial** *a.* 1. 人造的, 人工的 2. 不自然的, 虛假的

artificio *m.* 1. 技巧, 技藝 2. 計謀 3. 裝置, 機械 4. 虛假

artilugio *m.* 簡陋的裝置

artillar *tr.* 架設炮

***artillería** *f.* 1. 炮兵 2. 炮 3. 炮學; 炮術

artillero *m.* 炮兵, 炮手

artimaña *f.* 1. 詭計 2. 陷阱

***artista** *s.* 1. 藝術家; 演員 2. 能手

***artístico, ca** *a.* 1. 藝術的 2. 精巧的

artritis (*pl.* artritis) *f.* 關節炎

artritismo *m.* 關節病素質, 關節炎質

artrópodo, da *a.-m.pl.* 節肢動物的; 節肢動物門

arveja *f.* 見 algarroba

arvense *a.* 栽植的

arzobispado *m.* 1. 大主教職位 2. 大主教轄區

arzobispo *m.* 大主教

arzolla *f.* 1.【植】矢車菊 2.【植】木紅花 3. 青巴旦杏

arzón *m.* 鞍架

as[1] *m.* 1. (紙牌的)A牌 2. 能手, 高手

as[2] *m.* 阿斯(古羅馬銅幣, 合12盎司)

***asa**[1] *f.* 把手, 柄 ◇ verde y con ～s 不容置疑

asa[2] *f.* (傘形植物的)汁液 ◇ ～ dulce 安息香膠/ ～ fétida ①【植】阿魏 ② 阿魏漿

asado *m.* 烤肉

asador *m.* 烤肉鐵叉

asadura *f.* 烤雜碎, 雜碎(心、肝、肺等)

asaetear *tr.* 1. 用箭射 2.【轉】不斷煩擾, 糾纏不休

asalariado, da 領工資的, 受雇的

asalariar *tr.* 給…確定工資

***asaltar** *tr.* 1. 攻擊, 襲擊 2. 攔劫 3. 反覆盤問 4.【轉】突然產生, 突然發生

***asalto** *m.* 1. 攻擊, 襲擊 2. 攻城棋

***asamblea** *f.* 1. 會議, 大會 2. 議會 3.【軍】集結

asambleísta *s.* 出席大會者; 議員, 大會成員

***asar** **I.** *tr.* 1. 烤 2.【轉】使煮得難受 3.【轉】使厭煩, 折磨 **II.** *r.* 熱, 感到熱

asargado, da *a.* 像嗶嘰的

asarina *f.*【植】美洲紫花參

ásaro *m.*【植】歐洲細辛

asaz *ad.* 相當, 很

asbesto *m.* 石棉

asbestosis *f.* 石棉沉着病

áscari *m.* (摩洛哥)步兵

ascáride; ascaris *f.* 蛔蟲

ascendencia *f.* 1. 祖輩; 血統 2. 影響, 權勢

ascendente *a.* 上升的, 向上的

***ascender** **I.** *intr.* 1. 上升, 登高 2. 升高 3. 達到 4. 晉升, 升級 **II.** *r.* 提升

ascendiente **I.** *a.* 上升的 **II.** *s.* 祖輩, 父母 **III.** *m.* 影響, 權勢

ascensión *f.* 1. 上升, 升高, 增高 2. 晉升, 升級 3. (大寫)【宗】基督升天(節)

ascensional *a.* 向上的, 上升的

***ascenso** *m.* 1. 上升, 升高, 增高 2. 晉升, 升級 3. (地位的)提高 4. 增加, 上漲

***ascensor** *m.* 電梯, 升降機

ascensorista *s.* 電梯工人

asceta *s.* 禁慾主義者

ascética *f.* 禁慾主義, 苦行

ascético, ca *a.* 禁慾主義的, 苦行的

ascetismo *m.* 1. 禁慾主義

ascio, cia *a.* 赤道地區的, 熱帶的(人)

***asco** *m.* 1. 噁心 2. 厭惡, 令人厭惡的東西 3. 害怕, 恐懼 4. 厭煩, 厭倦 ◇ dar ～ 令人氣憤/estar hecho un ～ 非常骯髒/ hacer ～s a 故作厭惡/ no hacer ～s 不挑揀(食物)/ser un ～ 令人討厭

ascua *f.* 1. 火炭 2. 火紅 ◇ arrimar el ～ a su sardina 爲自己打算/estar (或 tener) en ～s 焦躁不安

aseado, da a. 整潔的

asear I. tr. 使整潔 II. r. 1. 梳洗 2. 打扮整潔

asechanza f. 圈套, 詭計

asediar tr. 1. 包圍, 圍困 2.【轉】糾纏, 煩擾

asedio m. 1. 包圍, 圍困 2.【轉】糾纏, 煩擾

asegurado, da I. a. 1. 牢固的; 有保障的 2. 保了險的 II. s. 投保人, 參加保險的人

asegurador, ra a.-s. 保險的; 保險人, 承保人

*asegurar I. tr. 1. 固定, 使牢固 2. 肯定, 保證 3. 給…保險 II. r. 1. 確信 2. 天氣變好

asemejar I. tr. 使相像, 使相似 II. r. 像, 相似

asendereado, da a. 1. 經常走的(路) 2.【轉】疲於奔命的 3.【轉】老練的

asenderear tr. 使疲於奔命

asenso m. 同意, 贊成

asentada : de una ~ 一下子, 一口氣

asentaderas f.pl.【口】臀部

asentado, da a. 位於…的, 坐落在…的

asentar I. tr. 1. 使就坐 2. 使就位, 使就職 3. 使固定 4. 安放, 奠定 5. 磨快 6. 記入 7. 簽定 II. intr. 平穩, 穩固 III. r. 1. 坐 2. 就職, 就位 3. 沉澱, 附着 4. 不消化 5. 坐落, 位於 6.【建】沉降

asentimiento m. 1. 贊同 2. 答應

asentir intr. 1. 贊同 2. 答應

asentista s. 軍隊給養的承包商

*aseo m. 1. 整潔 2. 打扮 3. 衛生間

asepsia f.【醫】1. 無菌 2. 無菌操作

aséptico, ca a. 無菌的, 消毒的

asequible a. 1. 可及的, 可達到的 2. 平易近人的 3. 可以理解的

aserción f. 斷言, 主張

aserradero m. 鋸木廠

aserrar tr. 鋸

aserrín m. 鋸末

aserto m. 斷言, 主張

*asesinar tr. 1. 暗殺, 行刺 2.【轉】折磨

asesinato m. 暗殺, 行刺

*asesino, na I. a. 1. 殺人的 2.【轉, 口】令人討厭的 II. s. 殺人者, 行刺者

asesor, ra s. 顧問

asesorar I. tr. 提供意見, 給…當顧問 II. r. 咨詢

asesoría f. 1. 顧問職務 2. 顧問辦公室

asestar tr. 1. 瞄準, 對準 2. 投, 射, 擊, 打

aseveración f. 肯定; 斷言

aseverar tr. 肯定; 斷言

asexuado, da a. 無性的, 無性徵的

asexual a. 無性的, 無性生殖的

asfaltar tr. 鋪瀝青

asfalto m. 瀝青, 柏油

asfixia f. 1. 窒息而死 2. 窒息

*asfixiar tr. 使窒息

asfódelo m.【植】白阿福花

*así I. ad. 1. 如此, 這樣 2. 同樣, 也 3. 即使, 儘管 II. a. 這樣的 ◇ ~ ~ ①不怎麼好②馬馬虎虎 / ~ como①正如, 同樣②剛…就③以及 / ~ ... como 不管, 不論 / ~ como ~ 輕率地 / ~ mismo 同樣, 也 / ~ o asá 隨便怎麼樣 / ~ pues 因此 / ~ que ①立即, 剛一…就②因此, 所以 / ~ y todo 即使這樣 / no es ~ 不是這樣

*asiático, ca a.-s. 亞洲 (Asia) 的; 亞洲人

asidero m. 1. 柄, 把手 2. 靠山, 依靠 3.【轉】藉口; 理由

asiduidad f. 恒心, 勤奮

asiduo, dua a. 1. 常到某地方的(人) 2. 勤奮的, 持之以恒的

*asiento m. 1. 座位 2. 所在地 3. 椅, 凳 4. 位子 5. (物體的)底座 6. 沉降 7. 消化不良 8. 沉澱 9. 眼目 10. 供貨合同 11. 穩固 12. 定居 13. 理智, 明智 ◇ de ~ ①定居的②理智的, 明智的 / hacer ~ ①安放好②沉降 / tomar ~ 就坐

asignación f. 1. 分配 2. 指定 3. 委派 4. 分配到的金額, 撥款

asignar tr. 1. 分配 2. 指定, 確定 3. 委派, 任命

*****asignatura** f. 課程, 科目

asilar tr. 1. 收容 2. 庇護

*****asilo¹** m. 1. 收容所, 救濟院 2. 收容, 收留 3. 避難所, 庇護所 4. 避難權 5. 保護, 庇護

asilo² m. 【動】食蟲虻

asimetría f. 不對稱

asimétrico, ca a. 不對稱的

asimilación f. 1. 吸收 2. 同化

*****asimilar** tr. 1. 使相同, 同化 2. 一視同仁 3. 吸收 4.【轉】領會

*****asimismo** ad. 這樣, 同樣, 也

*****asincronismo** m. 1. 不同時 2.【電】異步

asíndeton m.【語法】連接詞省略

asíntota f.【數】漸近線

asir I. tr. 抓緊, 抓住 II. intr. 扎根 III. r. 1. 抓住; 利用 (藉口等) 2. 吵架

asirio, ria a.-s. (古代) 亞述 (Asiria) 的; 亞述人

*****asistencia** f. 1. 出席, 參加 2. 出席者, 參加者; 參加人數 3. 救助 4. 醫療, 護理

asistenta f. 女僕

*****asistente** I. a. 1. 出席的, 參加的 2. 助理的, 輔助的 II. s. 1. 出席者, 參加者 2. 助手, 助理 3. 隨從 4. 勤務兵

*****asistir** I. intr. 1. 出席, 參加 2. 經常去, 經常到 3. 跟着打出同花牌 II. tr. 1. 伴隨, 護理 2. 護理 3. 在⋯一邊 4. 幫助, 救助

asistolia f.【醫】心力衰竭

asma f. 氣喘, 哮喘

asmático, ca a. 哮喘的, 患哮喘病的 2. 老的

asna f. 母驢

asnal a. 1. 驢的 2. 牲畜般的

*****asno** m. 1. 驢 2. 愚魯的人, 笨伯

*****asociación** f. 1. 聯合, 聯結 2. 團體, 聯合會, 協會

asociar I. tr. 使聯合, 使聯結 II. r. 1. 聯合 2. 合作 3. 聯繫在一起

asolar¹ I. tr. 摧毀 II. r. 沉澱

*****asolar²** tr. 使焦枯, 使枯萎

asolear I. tr. 曬 II. r. 1. 曬黑 2. (動物) 喘息

*****asomar** I. tr. 露出, 伸出 II. intr. 顯露, 出現 III. r. 1. 探身, 探頭 2. 露面

asombradizo, za a. 易受驚的, 膽小的

*****asombrar** tr. 1. 遮蔽 2. 使 (色彩) 暗淡 3. 使驚奇 4. 使驚恐

*****asombro** m. 1. 驚奇, 驚訝 2. 令人驚奇的人或事

*****asombroso, sa** a. 1. 令人驚奇的 2. 不可思議的

asomo m. 1. 迹象, 徵兆 2. 懷疑 ◇ ni por ~ 絕不, 根本不是那麼回事

asonada f. 騷亂

asonancia f. 1. 音韻的相似 2. 諧和 3. 一致

asonantar I. intr. 押近似韻 II. tr. 使押近似韻

asonante m. 與其它詞形成準押韻的詞

asonar¹ tr. 1. 組織騷亂 2. 糾集

asonar² intr. 諧和; 押近似韻

aspa f. 1. 叉形標記 (X) 2. 叉形物 3. 繞線架 4. 風車翼

aspar I. tr. 1. 釘到十字架上 2. 繞 (線) 3.【轉】折磨 II. r.【轉】表示極度憤怒, 表示極度痛苦

aspaviento m. 大驚小怪

*****aspecto** m. 1. 面貌, 外表 2. 臉色 3. 方面, 方位 4.【天】相對位置 ◇ al primer ~ 乍一看

aspereza f. 1. 粗糙 2. 崎嶇不平, 坎坷 3.【轉】粗暴, 生硬

asperjar tr. 噴灑

áspero, ra a. 1. 粗糙的 2. 崎嶇不平的 3.【轉】刺耳的, 難聽的 4.【轉】澀的 5.【轉】粗暴的, 生硬的

asperón m. 砂岩

aspersión f. 噴灑, 灑水

aspersorio *m.* 噴灌器

áspid *m.* 毒蛇

aspidistra *f.*【植】蜘蛛抱蛋

aspillera *f.* (牆或堡壘的)槍眼

*__aspiración__ *f.* 1. 呼吸, 吸氣 2. 願望, 志向 3. 渴望

*__aspiradora__ *f.* 吸塵器

aspirante I. *a.* 吸入的 II. *s.* 申請人; 候補者

aspirar I. *tr.* 1. 吸入 2. 抽(氣, 液) 3. 發成送氣音 4. 渴望, 追求 II. *intr.* 呼吸

*__aspirina__ *f.*【醫】阿司匹靈

asqueado, da *a.* 感到噁心的; 感到厭惡的

asquear *tr.* 使感到厭惡; 使噁心

asquerosidad *f.* 污穢, 骯髒

asqueroso, sa *a.* 1. 污穢的, 骯髒的 2. 令人厭惡的

*__asta__ *f.* 1. 桿 2. 把, 柄 3. 長矛, 矛桿 4. 旗杆 5. (動物的)角, 犄角 ◇ de ~ 長桿的, 長柄的/dejar en las ~s del toro 坐視不救, 使處於困難

ástato *m.*【化】砹

astenia *f.*【醫】無力, 虛弱

asterisco *m.* 星號(*)

asteroide *m.* (軌道在木星和火星間的)小行星

astigmatismo *m.* (眼睛)散光

astil *m.* 1. (某些工具的)把, 柄 2. 羽毛管 3. 天平秤

*__astilla__ *f.* 1. 碎屑 2. 劈柴

astillar I. *tr.* 使成碎屑 II. *r.* 1. 撕裂 2. 起毛刺

astillero *m.* 1. 木材場 2. 船廠

astilloso, sa *a.* 易碎裂的

astracán *m.* 一種羔皮

astracanada *f.* (荒誕的)鬧劇

astrágalo *m.* 1.【建】(柱端的)環帶 2.【建】半圓飾 3.【解】距骨 4.【植】黃蓍

astral *a.* 星的

astreñir *tr.* 見 astringir

astricción *f.* 1. 收縮 2.【轉】束縛, 約束; 逼迫

astringir *tr.* 1. 使收縮 2.【轉】束縛, 約束; 逼迫

*__astro__ *m.* 天體, 星

astrofísica *f.* 天體物理學

astrolabio *m.*【天】星盤, 等高儀

astrología *f.* 星占學, 占星術

astrólogo, ga *s.* 占星術士

astronauta *s.* 航天員, 宇航員

astronáutica *f.* 航天學, 宇航學

astronomía *f.* 天文學

astronómico, ca *a.* 1. 天文學的 2.【轉】極大的(數字)

astrónomo, ma *s.* 天文學家

astroso, sa *a.* 1. 衣衫襤褸的 2. 破破爛爛的(衣服)

*__astucia__ *f.* 1. 狡猾 2. 精明 3. 詭計

asturiano, na *a.-s.* 阿斯圖里亞斯(Asturia)的; 阿斯圖里亞斯人

*__astuto, ta__ *a.* 1. 狡猾的, 詭計多端的 2. 精明的

asueto *m.* (一天或半天的)假期, 休假

asumir *tr.* 1. 呈現 2. 承擔, 擔任

asunción *f.* 1. 呈現 2. 承擔, 擔任 3. (大寫)【宗】聖母升天 4. 登基

*__asunto__ *m.* 1. 事情, 事務; 問題 2. (作品的)情節, 主題 3. 生意, 買賣 ◇ ~ de trámite 例行公事/ el ~ es que 問題在於; 但是 /el ~ despachado (或 terminado) 就算完了, 妥了

asustadizo, za *a.* 易受驚的, 膽小的

*__asustar__ I. *tr.* 1. 使害怕, 嚇唬 2. 嚇跑, 趕跑 3. (對某人)不道德 II. *r.* 1. 害怕 2. 害怕地逃創; 感到震驚

atabal *m.* 1. 銅鼓 2. 小鼓

atabalear *intr.* 1. (手指)篤篤地敲 2. (馬蹄)得得響

atacable *a.* 1. 易受攻擊的 2.【化】易腐蝕的

*__atacar__ *tr.* 1. 繫好, 繫緊 2. 裝填, 填實 3. 攻打, 襲擊, 進攻 4.【轉】攻擊, 抨擊, 指責 5.【化】腐蝕 6. (疾病)發作 7. 開始進行, 着手幹

atadero *m.* 1. 捆紮用品 2. 被捆紮的部

位 3. 鈎, 環

atadijo m. 1. 小捆, 小包 2. 捆紮用物

atado m. 捆, 束, 包 ◇ encontrarse ～ 不知所措

atadura f. 1. 捆, 紮, 繫 2. 捆紮物

atajar I. intr. 1. 抄近路 2. 搶時間 II. tr. 1. 抄小路攔截 2. 截斷, 截住 3. 【轉】打斷(說話) III. r. (因害羞、懼怕等)驚慌得說不出話來

atajo m. 1. 近路 2. 【轉】捷徑 3. (牲畜的) 小羣 4.【轉】一大堆謊言 5. 幫, 夥 ◇ echar por el ～ 走捷徑, 抄近路/No hay ～ sin trabajo 沒有不花氣力的事情

atalaya f. 1. 瞭望塔 2. 可以瞭望的高處

atalayar tr. 1. 瞭望 2.【轉】窺測

atañer intr. 1. 與…有關, 牽涉 2. 輪到, 落到 ◇ por lo que atañe a 至於, 關於

*__ataque__ m. 1. 抄襲, 攻擊 2. 進攻, 攻擊 3. (疾病)發作 3. 昏厥 4. 精神上失去控制 ◇ ～ de nervios 精神上失去控制

*__atar__ I. tr. 1. 捆, 紮, 繫, 拴 2.【轉】束縛, 妨礙 3.【轉】聯繫, 聯結 II. r. 1.【轉】做繭自縛 2.【轉】聯繫在一起 ◇ ～ corto 强制, 强迫/no ～ ni desatar 不置可否

atarantado, da a. 1. 不知所措的 2. 吵鬧的

atarantar tr. 使不知所措, 使茫然

ataraxia f. 1. 冷漠 2. 平静

atarazana f. 1. 船塢 2. 工棚

*__atardecer__ I. impers. 時近黄昏 II. m. 黄昏, 傍晚 ◇ al ～ 黄昏時, 傍晚時

atarear I. tr. 派給任務 II. 使忙, 使忙碌 II. r. 1. 忙, 忙碌 2. 匆忙

atarjea f. 1. 管道 2. 下水道, 污水溝

atarugar I. tr. 1. 打入楔子 2.【轉】填滿, 塞滿 3.【轉】讓吃飽喝足 4.【轉】使惶惑, 使茫然 II. r. 1. 張口結舌 2. 惶惑, 茫然

atascadero m. 交通阻塞的地方

atascar I. tr. 1. 填塞 2. 堵塞 3.【轉】

阻礙, 妨礙 II. r. 1. 陷入泥濘 2. 堵塞 3. 中斷, 停住

atasco m. 1. 阻塞 2. 障礙

*__ataúd__ m. 棺材

ataujía f. 鑲嵌飾品

ataurique m.【建】石膏花葉裝飾

ataviar tr. 裝飾, 打扮

atávico, ca a. 隔代遺傳的, 有返祖現象的

atavío m. 1. 裝飾, 打扮 2.【轉】服裝, 衣着 3. pl. 裝飾品

atavismo m.【生】隔代遺傳; 返祖現象

ateísmo m. 無神論

atemorizar tr. 使害怕, 嚇唬

atemperar tr. 1. 緩和, 減輕 2. 使適應

atenacear tr. 1. 鉗住 2.【轉】折磨, 使痛苦

atenazar tr. 折磨, 使痛苦

*__atención__ f. 1. 注意 2. 關心 3. 殷勤, 照顧 4. pl. 事務 ◇ en ～ a 考慮到, 鑑於/llamar la ～ ①引起注意②提請注意/no prestar ～ 不理睬

*__atender__ tr.-intr. 1. 注意, 關注 2. 聽從, 聽取 3. 滿足 4. 照顧, 照料 5. 接待, 招待 6.【印】讀校 ◇ ～ a todo 無所不管

atendible a. 值得注意的

ateneo m. (科學、文學等的)協會; 協會會址

atenerse r. 1. 依附, 依賴 2. 遵守, 依照 3. 恪守 4. 承受 5. 堅持

ateniense a.-s. 雅典 (Atenas) 的; 雅典人

*__atentado__ m. 1. 謀害, 危害 2. 濫用職權 3. 反抗, 對抗

*__atentar__ I. tr. 圖謀不軌 II. intr. 謀害, 危害, 侵害 III. r. 1. 克制 2. 謹慎小心

atentatorio, ria a. 危害的, 侵犯性的

atento, ta a. 1. 注意的, 全神貫注的 2. 有禮貌的

atenuación f. 1. 減輕, 減弱 2.【修辭】間接肯定法

atenuante a. 1. 減輕的, 減弱的 2.

【法】減輕罪過的(情節)

atenuar *tr.* 1. 使減薄,使細 2. 減輕,減弱

*ateo, a *a.-s.* 不信神的;無神論者

aterciopelado, da *a.* 像絲絨的,像天鵝絨的

aterido, da *a.* 凍僵的,凍麻木的

aterirse *r.* (只用不定式和過去分詞)凍僵,凍麻木

aterrar¹ I. *tr.* 1. 放到地上 2. 打倒 3. 堆放礦渣 4. 用土覆蓋 II. *intr.* 1. (飛機)着陸 2. (船舶)靠岸

aterrar² *tr.* 1. 使害怕,使恐懼 2. 凌辱

*aterrizaje *m.* 着陸,降落 ◇ ~ forzoso 強行降落,迫降

*aterrizar *intr.* 着陸,降落

aterrorizar *tr.* 使恐怖,使害怕

atesorar *tr.* 1. 珍藏 2. 蘊藏 3.**【轉】**具有,擁有

atestado¹ *m.* 證明,證明材料

atestado², da *a.* 擠滿了人的

atestar¹ *tr.* 證明,證實

atestar² *tr.* 1. 塞滿 2. (人)擠滿

atestiguar *tr.* 證明,作證,證實

atezado, da *a.* 1. 黝黑的 2. 黑色的

atezar I. *tr.* 1. 使光滑 2. 使變黑 II. *r.* 曬黑

atiborrar *tr.* 1. 填塞,塞滿 2. 使吃飽

aticismo *m.* 文雅,典雅,優美

ático, ca I. *a.* 文雅的,典雅的 II. *m.* 1. 屋頂樓,頂樓 2. 屋簷飾

atigrado, da *a.* 1. 虎紋的 2. 有黑色斑紋的

atildar *tr.* 1. 加腭化符號(ñ的~或重音´) 2.**【轉】**收拾,打扮

atinado, da *a.* 正確的,恰當的

atinar *intr.* 1. 摸到 2. 找到 3. 擊中,猜中,猜對 5. 做得對

atinente *a.* 與⋯有關的,關於⋯的

atiplado, da *a.* 尖的,最高的(音)

atiplar *tr.* 調到最高音

atirantar *tr.* 1. 綳緊 2.**【建】**用繫樑固定

atisbar *tr.* 1. 觀察,注視;監視 2. 隱約看見

atisbo *m.* 1. 注視;監視 2. 隱約看見 3. 迹象,苗頭 4. 痕迹

atizar I. *tr.* 1. 撥旺(火) 2.**【轉】**激起,挑起 3.**【轉】**給(一拳、一脚、一耳光等) II. *r.* 暴食,暴飲

atlante *m.* 男像柱

atlántico, ca *a.* 大西洋的

*atlas (*pl.* atlas) *m.* 1. 地圖集 2. 插圖 3. 大張繪圖紙(65×85cms) 4.**【解】**寰椎,第一頸椎

*atleta *m.* 1. 競技者 2. 田徑運動員 3. 大力士,强壯的人

*atlético, ca *a.* 1. 競技的,田徑運動的 2. 田徑運動員的 3. 强壯的,有臂力的

atletismo *m.* 田徑運動

*atmósfera *f.* 1. 大氣,大氣層 2.**【轉】**環境 3.**【轉】**氣氛 4.**【理】**大氣壓(壓强單位)

atmosférico, ca *a.* 1. 大氣的,大氣層的 2. 大氣壓的

atocha *f.***【植】**細莖針茅

atolón *m.***【質】**環礁

atolondrado, da *a.* 慌忙的,欠考慮的

atolondrar I. *tr.* 1. 使發懵,使征忡 2. 使不知所措

atolladero *m.* 1. 泥潭;難以通行的地方 2.**【轉】**困境,窘境

atollar I. *intr.-r.* 陷入泥潭 II. *tr.* 填塞

*atómico, ca *a.* 原子的

atomizador *m.* 噴霧器

atomizar *tr.* 1. 使分成微粒 2. 噴成霧狀

*átomo *m.* 原子

atonía *f.* 1.**【醫】**無張力,弛緩 2.**【轉】**無精打彩

atónito, ta *a.* 驚訝的,驚獸的

átono, na *a.***【語法】**不重讀的(音)

atontar *tr.* 使發懵,使驚愕

*atormentar *tr.* 1. 拷打 2. 折磨 3. 使煩惱

atornillar *tr.* 1. 擰住(螺絲釘) 2. 用螺絲釘固定

atortolar *tr.* 使驚獸,使不知所措

atosigar *tr.* 1. 使中毒 2.【轉】使疲於奔命

atrabiliario, ria *a.* 暴躁的

atracadero *m.* 停泊處,碼頭

atracador *m.* 攔路搶劫者

atracar[1] I. *tr.* 1. 使靠岸,使傍靠 II. *intr.* 靠岸

atracar[2] *tr.* 攔路搶劫

atracar[3] *tr.* 使吃飽喝足

atracción *f.* 1. 引誘,吸引 2.【理】引力 3. *pl.* 娛樂,消遣 ◇ ～ molecular 分子引力/ ～ universal 萬有引力

atraco *m.* 攔路搶劫

atracón *m.*【口】飽餐,吃飽

atractivo, va I. *a.* 有吸引力的 II. *m.* 魅力,誘惑力

*__atraer__ I. *tr.* 1. 吸引 2. 引誘 3. 使有好感,使迷上 4. 取得支持 II. *r.* 1. 博得好感 2. 得到,受到(同情,支持)

atrafagar *intr.-r.* 繁忙,忙碌

atragantar I. *tr.* 1. 強咽,硬呑 II. *r.* 1. 噎住,哽住 2.【轉】使反感,使感覺困難 3.【轉】(講話中)停頓,卡住

atraillar *tr.* 用皮帶拴住(狗)

atrancar I. *tr.* 1. 閂上(門、窗) 2. 堵塞 (管道) II. *r.* 阻塞

atrapamoscas (*pl.* atrapamoscas) *f.* 【植】捕蠅草

atrapar *tr.* 1. 捉住,捕獲 2.【轉】搞到,弄到,撈到

*__atrás__ *ad.* 1. 向後,向後邊 2. 在後邊,在後部 3. 落後 4. 從前,以前 ◇ de ～ 從前的,以前的

atrasado, da *a.* 1. 落後的;不發達的 2. 負債的,缺錢的 3. 過時的,陳舊的;過期的 ◇ ir (或 llegar) ～ ①落在後面 ②遲到

*__atrasar__ I. *tr.* 1. 延期,推遲 2. 撥慢 (鐘、錶) II. *intr.* (鐘、錶) 走慢 III. *r.* 1. 遲到 2. 落後;不發達

*__atraso__ *m.* 1. 落後;不發達 2. (鐘、錶) 慢 3. 拖延,未完成 4. 剩餘,剩餘物 5.

pl. 欠款 ◇ ～ mental 智力發育遲緩

atravesado, da *a.* 1. 橫著的,橫放的 2. 斜眼的(人) 3.【轉】心術不正的 4. 雜交的(動物) ◇ tener ～ a uno 對某人反感

*__atravesar__ I. *tr.* 1. 橫放 2. 橫貫,橫跨 3. 穿過,越過,橫穿 4. 刺穿 5. 使痛苦 6. 下賭注 II. *r.* 1. 橫在中間 2. 發生意外

*__atreverse__ *r.* 1. 敢,敢於 2. 開始顯露 3. 傲慢無禮 4. 不怕,敢於承擔 ◇ ～ con 不怕,敢於承擔;敢於面對

*__atrevido, da__ *a.* 1. 大膽的,勇敢的 2. 冒風險的 3. 傲慢無禮的 4. 有傷風化的

atrevimiento *m.* 1. 大膽,無畏 2. 冒失 3. 傲慢無禮 4. 厚顏無恥

atribución *f.* 1. 歸屬,歸因 2. 職權,權限

*__atribuir__ I. *tr.* 1. 把…歸因於,把…歸咎於 2. 認爲具有 3. 授予 4. 委派 II. *r.* 1. 把…歸於自己 2. 獨攬

atribular *tr.* 使痛苦

atributivo, va *a.* 歸屬的,屬性的

atributo *m.* 1. 屬性 2. 象徵 3.【語法】表語

atrición *f.* 悔罪

atril *m.* 樂譜架,書刊閱讀架

atrincherar I. *tr.* 在…構築塹壕;憑藉塹壕保衛 II. *r.* 1. 進入塹壕 2. 憑藉(某物)防衛;以…爲掩護

atrio *m.* 1. 門廊 2. (修道院的)內院

atrito, ta *a.* 悔罪的

*__atrocidad__ *f.* 1. 殘暴,殘忍 2. 暴行 3. 愚蠢的言行 4. 過分

atrofia *f.* 1.【醫】萎縮 2. 缺乏

atrofiarse *r.*【醫】萎縮

atronar *tr.* 1. 轟鳴,震響 2. 震耳欲聾 3. 宰殺(牲畜)

atropar *tr.* 1. 召集 2. 捆,垛

atropellado, da *a.* 1. 匆忙的,慌亂的 2. 倉促的 3. 年老體衰的

atropellaplatos *a.* 毛手毛脚的(女人)

*atropellar *tr.* 1. 軋 2. 推倒, 推開 3. 【轉】踐踏, 蹂躪 4. 草率進行, 忽忙去做 ◇ ～ por todo 不顧一切

atropello *m.* 1. 軋人事故 2. 踐踏, 蹂躪 3. *pl.* 忽忙

atropina *f.*【醫】阿托品

*atroz *a.* 1. 殘忍的 2. 難以忍受的 3. 極壞的 4. 非常大的, 不尋常的 5. 頑皮的

atuendo *m.* 1. 豪華, 華麗 2. 服裝和服飾

atufar I. *tr.* 1. (用煤氣等)燻, 使中毒 2. 激怒, 觸怒 II. *r.* 1. (煤氣等)中毒 2. 生氣

atún *m.* 金槍魚

aturdido, da *a.* 1. 茫然的 2. 慌忙的

aturdimiento *m.* 茫然, 精神恍惚

aturdir *tr.* 1. 使發懵 2. 使精神恍惚 3. 使茫然, 使不知所措

aturrullar *tr.* 使促慌, 使張惶失措

atusar *tr.* 1. 剪齊(頭髮) 2. 輕輕梳理(頭髮)

*audacia *f.* 1. 勇敢, 大膽 2. 放肆, 厚顏無恥

*audaz *a.* 1. 勇敢的, 大膽的 2. 放肆的, 厚顏無恥的

audible *a.* 聽得見的

audición *f.* 1. 聽 2. 聽力, 聽覺 3. 音樂會, 朗誦會

audiencia *f.* 1. 接見 2. 審訊 3. 法庭, 法院

audífono *m.* 助聽器

audiovisual *a.* 視聽的

auditivo, va *a.* 1. 有聽力的 2. 聽覺的

auditor *m.* 1. 軍事法庭法官 2. *Amér.* 審計員 ◇ ～ de guerra 軍法顧問

*auditorio *m.* 1. 聽衆 2. 音樂廳

*auge *m.* 頂點, 高潮; 極盛時期

augurar *tr.* 1. 預卜 2. 預言, 預示

augurio *m.* 預言, 預示, 預兆

augusto, ta I. *a.* 威嚴的 II. *m.* 丑角

*aula *f.* 教室, 課堂

aulaga *f.*【植】荊豆

áulico, ca *a.* 宮廷的

aullador, ra I. *a.* 嗥叫的 II. *m.*【動】吼猴

aullar *intr.* 1. 嗥叫 2. (風等)怒號, 怒吼

aullido *m.* 嗥叫聲

*aumentar *tr.-intr.* 增加, 提高

aumentativo, va *a.* 1. 增加性的, 提高性的 2.【語法】指大的(詞)

*aumento *m.* 1. 增加, 提高 2. *pl.* 增加部分, 增大部分

*aun *ad.* 1. 甚至 2. 雖然, 儘管 ◇ ～ cuando 雖然, 儘管/ni ～ 甚至…也不; 即使…也没能

*aún *ad.* 1. 還, 仍, 尚 2. 更加

aunar *tr.* 使一致, 使統一; 使聯合

*aunque *conj.* 雖然, 儘管 ◇ ni ～ 甚至…也不; 即使…也没能

aupar *tr.* 1. 舉起, 托起 2. 扶上, 攙扶 3. 提拔

aura[1] *f.* 1. 微風, 清風 ◇ ～ epiléptica (或 histérica) 癲癇先兆

aura[2] *f.*【動】兀鷲

áureo, a *a.* 1. 金的, 黄金的 2. 像金的 3. 金色的

aureola *f.* 1. 光環 2. 名望 3. 日冕 4.【氣象】暈輪

aureolar *tr.* 1. 使有光環 2. 使有名望

aurícula *f.*【解】1. 耳廓 2. 心耳

*auricular I. *a.* 1. 耳的; 聽覺的 2. 心耳的 II. *m.* 耳機

aurífero, ra *a.* 含金的

auriga *m.* 1. 御者, 車夫 2. (大寫)【天】御夫座

aurívoro, ra *a.* 有拜金狂的

aurochs *m.*【動】歐洲野牛

*aurora *f.* 1. 曙光, 霞霓 2. 黎明 3.【宗】晨曲 ◇ ～ austral 南極光 / ～ boreal 北極光

auscultación *f.* 聽診

auscultar *tr.* 聽診

*ausencia *f.* 1. 缺席, 不在 2. 出神, 走神 3. 缺乏 4. 懷念, 思念 ◇ buenas

(或 malas) ～s (説某人的)好(或壞)話 /brillar por su ～ 不在應在的地方/en ～ de 背着(某人), 在…不在場的情況下

ausentarse *r.* 離去, 離開(定居地)

ausente **I.** *a.* **1.** 缺席的, 不在的 **2.** 出神的, 走神的 **II.** *s.* 下落不明的人

auspicio *m.* **1.** 兆頭, 預兆 **2.** 贊助; 主辦

austeridad *f.* **1.** 酸, 澀 **2.** 簡樸 **3.** 嚴厲

austero, ra *a.* **1.** 酸的, 澀的 **2.** 簡樸的 **3.** 嚴厲的

austral *a.* 南極的; 南半球的

*austr**aliano, na** *a.-s.* 澳大利亞 (Australia)的; 澳大利亞人

*austr**iaco, ca** *a.-s.* 奧地利 (Austria)的; 奧地利人

austro *m.* **1.** 南 **2.** 南風

autarcía *f.* 自給自足, 閉關自守

autarquía¹ *f.* 自給自足, 閉關自守

autarquía² *f.* 絕對主權

autenticar *tr.* 證實

autenticidad *f.* 真實性, 可靠性

auténtico, ca *a.* 真的, 真實的; 可靠的

auto¹ *m.* **1.** 判决 **2.** 審訊, 審訊記錄 ◇ constar de (或 en) ～s 證實, 證明屬實 /estar en ～s 知道, 了解/poner en ～s 告知, 使了解

*auto²** *m.* 汽車, 小汽車

autobiografía *f.* 自傳

*autob**ús** (*pl.* autobuses) *m.* 公共汽車

autocamión *m.* 載重汽車

autocar *m.* 旅遊汽車

autoclave *m.* 消毒蒸鍋; 高壓鍋

autocracia *f.* 獨裁, 專制

autócrata *s.* 獨裁者

autóctono, na *a.* 土著的, 本地的(人)

*autod**eterminación** *f.* 自决, 民族自决

autodidacto, ta *a.* 自學的

autódromo *m.* 汽車賽車場, 汽車試驗場

autógeno, na *a.* 氣焊的

autogiro *m.* 旋翼機

autógrafo, fa *a.-m.* 親筆寫的; 手稿

autoinducción *f.* 【電】自感應

autómata *f.* **1.** 機器人 **2.** 自動裝置

*autom**ático, ca** **I.** *a.* **1.** 自動的, 自動化的 **2.** 【轉】無意識的, 機械的 **II.** *m.* 子母扣, 按扣

automatizar *tr.* 使自動化

*autom**óvil** **I.** *a.* 自動的, 機動的 **II.** *m.* 汽車, 小汽車

automovilismo *m.* **1.** 汽車運動 **2.** 汽車業

automovilista *s.* 汽車運動員

autonomía *f.* **1.** 自治, 自治權 **2.** (飛機的)續航時間, 續航里程

autopista *f.* 高速公路

autopropulsión *f.* 自動推進

autopsia *f.* **1.** 屍體解剖 **2.** 剖析

*autor**, ra** *s.* **1.** 肇事者; 製造者, 創造者 **2.** 作者 **3.** 罪犯 ◇ ～ anónimo 無名氏作者

*autor**idad** *f.* **1.** 權力, 職權 **2.** 威望, 威信 **3.** 權威, 有權威的人 **4.** 當局, 官方

autoritario, ria *a.* **1.** 有權威的 **2.** 霸道的

*autor**ización** *f.* **1.** 授權 **2.** 批准 **3.** 承認, 認可 **4.** 授權證書

*autor**izar** *tr.* **1.** 授權 **2.** 批准 **3.** 承認, 認可 **4.** 使有權威

autorretrato *m.* 自畫像

autoservicio *m.* 顧客自理, 自助, 無人售貨

autostop *m.* 沿途搭乘, 攔車搭乘

autosugestión *f.* 【心理】自我暗示

autosugestionarse *r.* 【心理】自我暗示

autovía *f.* 柴油機軌道車

auxiliar¹ *m.* **1.** 幫助, 救助; 援助 **2.** 幫助(臨終的人)做祈禱

auxiliar² **I.** *a.* 輔助的 **II.** *s.* **1.** 助手 **2.** 助教

*auxil**io** *m.* 幫助, 援助, 救助 ◇ pedir ～ 求助, 求救

aval *m.* **1.** (票據等的)背書 **2.** 擔保, 保

證 **3.** 保證書

avalancha *f.* **1.** 雪崩 **2.** 雪崩似的壓下
的事物

avalar *tr.* (簽名)擔保,保證

avalorar *tr.* **1.** 使有價值 **2.**【轉】鼓舞

avaluar *tr.* 估價,定價

***avance** *m.* **1.** 前進 **2.** 進步,發展 **3.** 預
算 **4.** 電影預告片

avanzada *f.* 前哨部隊,先頭部隊

avanzado, da *a.* **1.** 先進的,進步的 **2.**
晚期的 **3.** 深夜的

***avanzar** **I.** *intr.* 前進;進步,發展 **II.**
tr. 使前進,把…向前移

avaricia *f.* 貪婪

avaricioso, sa *a.* 貪婪的;吝嗇的

avariento, ta *a.* 見 avaro

***avaro, ra** **I.** *a.* **1.** 貪心的 **2.** 吝嗇的
II. *m.* 吝嗇鬼

avasallador, ra *a.* 使屈服的

avasallar *tr.* 使屈服,使臣服

avatar *m.* **1.** 化身 **2.** 變化,變形

***ave** *f.* **1.** 鳥,禽 **2.** *pl.* 鳥類 ◇ ~ de
cetrería 獵禽/ ~ del Paraíso 極樂鳥/
~ de paso ①過路的鳥②【轉】過路的
人/ ~ de presa ①猛禽②殘暴的人/
~ Fénix ①【神話】鳳凰②(大寫)【天】鳳
凰座/ ~ fría ①鳳頭麥鶏②死氣沉沉的
人/ ~ lira 琴鳥/ ~ migratoria 候鳥

avecilla *f.* 小鳥 ◇ ~ de las nieves 白
鶺鴒

avecinar *tr.* **1.** 使臨近 **2.** 見 avecindar

avecindar *tr.* 使成爲…的居民

avechucho *m.* **1.** 難看的鳥 **2.**【轉,口】
笨蛋

avefría *f.*【動】鳳頭麥鶏

avejentar *tr.* 使衰老

avejigarse *r.* 起泡

***avellana** *f.* 榛子

avellanal; avellanar[1] *m.* 榛樹林

avellanar[2] **I.** *tr.* 擴(孔),打(埋頭孔)
II. *r.* 乾癟

avellano *m.*【植】榛樹

avemaría *f.* **1.** (祈禱用語)萬福瑪利亞

2. 唸珠 ◇ al ~ 傍晚時

***avena** *f.*【植】燕麥

avenado, da *a.* 瘋瘋癲癲的

avenar *tr.* 開溝排水

avenencia *f.* **1.** 協商,協議 **2.** 一致

***avenida** *f.* **1.** 匯集,一擁而至 **2.** 洪水
3. 林蔭道

avenir **I.** *tr.* 調解,調停 **II.** *r.* **1.** 達成協
議,一致 **2.** 和睦相處 **3.** 適應 **4.** 協調,
和諧 ◇ de buen ~ 容易相處的/de
mal ~ 不容易相處的

aventajado, da *a.* **1.** 傑出的,出類拔萃
的 **2.** 比一般人身材高的

aventajar *tr.* **1.** 勝過,超過 **2.** 使處於優
先地位

aventar *tr.* **1.** 吹散,吹走 **2.** 簸揚 **3.** 分
散,使分散 **4.**【轉】驅趕

***aventura** *f.* **1.** 冒險 **2.** 風險 ◇
embarcarse en ~s (或 una ~) 進行冒
險

***aventurar** **I.** *tr.* 拿…冒險 **II.** *r.* 冒險,
敢於

aventurero, ra **I.** *a.-s.* **1.** 冒險的;冒險
家 **2.** 投機的;投機者 **II.** *m.* 兵痞

avergonzar **I.** *tr.* 使羞愧 **II.** *r.* 羞愧,害
臊

avería *f.* **1.** (機器等的)故障,破損

averiar **I.** *tr.* **1.** 使發生故障 **2.** 使損壞
II. *r.* **1.** 損壞 **2.** 腐爛

averiguación *f.* 調查

averiguar *tr.* 調查

***averío** *m.*【集】家禽

averno *m.* 陰間,地獄

aversión *f.* 厭惡,反感

avestruz *m.* **1.** 鴕鳥 **2.**【轉】不通情理
的人

avetoro *m.*【動】大麻鳽

avezar *tr.* 使習慣,使適應

***aviación** *f.* **1.** 航空 **2.** 空軍

***aviador, ra** *s.* 飛機駕駛員,飛行員

aviar *tr.* **1.** 準備(行裝) **2.** 整理,收拾
3. 打扮 **4.** 提供 **5.** 趕快做

***avícola** *a.* 家禽飼養業的

avicultor, ra s. 飼養家禽的人

avicultura f. 家禽飼養業

*****avidez** f. 1. 貪婪 2. 渴望 3.【化】親和力

*****ávido, da** a. 1. 貪婪的 2. 渴望的

avieso, sa a. 1. 歪的,彎曲的 2.【轉】邪惡的,陰險的

avifauna f. 鳥類

avilantez f. 膽大妄爲,厚顏無恥

avinagrado, da a. 暴躁的

avinagrar tr. 1.* 使變酸 2. 使暴躁

avío m. 1. 準備 2. (牧民等的)乾糧 3. 必需品 4. pl. 一應用品

*****avión**¹ m. 飛機 ◇ ～ nodriza 加油機

avión² m.【動】雨燕

avioneta f. 小型飛機,輕型飛機

avisado, da a. 謹慎的;老練的

*****avisar** tr. 1. 通知 2. 提醒 3. 叫(醫生、出租汽車等)

*****aviso** m. 1. 通知 2. 提醒 3. 傳令艇 ◇ estar sobre ～ 有所準備 /poner sobre ～ 通知 /servir de ～ 提醒 /sin previo ～ 突如其來

avispa f.【動】胡蜂,馬蜂

avispado, da a. 活躍的,機靈的

avispero m. 1. 胡蜂巢 2. 一窩胡蜂 3. 成羣蟎動的東西 4.【轉,口】棘手的問題 5.【醫】癰,有頭癰

avispón m.【動】一種胡蜂

avistar I. tr. 遙望,遠遠地望見 II. r. 會見

avitaminosis (pl. avitaminosis) f. 維生素缺乏

avituallar tr. 供應給養

*****avivar** I. tr. 1. 使活躍,使有生氣 2. 使繁茂 3. 使(火)更旺 4. 加劇,加深 5. 使更敏銳 II. intr. 1. 加緊 2. 成活 3. (蠶子)孵化

avizor a. 注視的,巡視的

avizorar tr. 注視,巡視

avocar tr. (上級把應由下級處理的事)提來自理

avoceta f.【動】反嘴鷸

avutarda f.【動】大鴇,地鵏 ◇ ～ menor【動】小鴇

axila f. 1.【植】腋 2. 腋窩

axilar a. 1.【植】腋的,腋生的 2. 腋窩

axioma m. 公理

axiomático, ca a. 1. 公理的 2. 無可爭辯的

axis m.【解】樞椎,第二頸椎

ay I. interj. 哎呀,哎喲 II. m. 歎息,呻吟聲 ◇ estar en un ～ 不停地呻吟

*****ayer** I. ad. 1. 昨天 2. 從前 II. m. 過去 ◇ ～ (por la) noche 昨晚/el ～ 過去,昔日

ayo, ya s. 家庭教師

ayúa f. Amér.【植】花椒

*****ayuda** I. f. 1. 幫助,援助 2. 幫手,輔助器具 3. 灌腸;灌腸器 II. interj. 救命,救人 ◇ ～ de cámara 貼身僕人 / ～ de costa 補貼;資助 /con ～ de vecino 有外人幫助 /sin ～ de vecino 沒有外人幫助

*****ayudante, ta** s. 副手,助理;助教;副官 ◇ ～ de montes 農林技術員 / ～ de Obras Públicas 土木工程技術員

ayudantía f. 副手,助理,助教,副官的職務

*****ayudar** tr. 幫助,援助,救助

ayunar intr. 禁食;齋戒

ayunas：estar en ～ ①空腹,沒吃過東西②【轉,口】毫無所知

ayuno, na¹ a. 1. 禁食的,齋戒的 2. 沒有的,缺乏的 3. 毫無所知的

ayuno² m. 禁食,齋戒

ayuntamiento m. 1. 市政府,市政廳 ◇ ～ carnal 性交

azabache m. 1.【礦】煤玉 2.【動】煤山雀

azacanear intr. 忙碌

*****azada** f. 鋤,鋤頭

azadón m. 鎬頭,鋤

azafata *f.* 1. (王后的)侍女 2. 空中小姐

azafrán *m.* 1. 藏紅花, 番紅花 2. 藏紅色

azafranado, da *a.* 藏紅色的

azafranar *tr.* 染或藏紅花的

azagaya *f.* 標槍, 投槍

***azahar** *f.* 柑橘花, 橙花

azalea *f.*【植】杜鵑花, 映山紅

azamboa *f.* 酸橙

azamboero; azamboo *m.*【植】酸橙樹

azanahoriate *m.* 1. 糖餞胡蘿蔔 2.【轉, 口】假客氣

azanoria *f.*【口】胡蘿蔔

azar *m.* 僥倖, 偶然 ◇ al ～ 聽其自然 /por ～ 偶然, 湊巧

azarar *tr.* 使惶恐不安, 使緊張

azararse *r.* (事情)搞糟

azaroso, sa *a.* 1. 危險的, 冒險的 2. 交厄運的

ázimo *a.* 未經發酵的(麵包)

azimut (*pl.* azimuts) *m.* 見 acimut

aznacho *m.*【植】南歐海松

azoado, da *a.* 含氮的

ázoe *m.*【化】氮

azofar *m.* 黃銅

azogar I. *tr.* 1. 塗上水銀 2. 鍍(鏡子) II. *r.* 1. 水銀蒸汽中毒 2. 惶恐

azogue *m.* 水銀, 汞

azoico, ca *a.-m.*【質】無生代的; 無生代

azor *m.* 蒼鷹

azorar *tr.* 1. 使驚慌 2. 鼓動, 激怒 3. 恐嚇

azotacalles (*pl.* azotacalles) *s.* 在街頭閑逛的人

azotaina *f.*【口】鞭打

***azotar** *tr.* 1. 鞭打, 抽打 2. 拍打, 衝擊 3. 危害, 打擊

***azote** *m.* 1. 鞭子 2. 鞭打 3. 打小孩屁股 4.【轉】災禍, 災難

azotea *f.* 屋頂平台, 平屋頂

azteca I. *a.-s.* 阿兹特克人的; 阿兹特克人 II. *m.* 阿兹特克語

***azúcar** *amb.* 糖 ◇ ～ cande 冰糖/ ～ cortadillo (或 cuadradillo) 方糖/ ～ lustre 精白糖/ ～ mascabado 黑砂糖/ ～ moreno (或 negro) 紅糖

azucarado, da *a.* 1. 甜的, 含糖的 2.【轉】甜蜜的, 溫柔的

azucarar *tr.* 加糖, 用糖漬

***azucarera** *f.* 糖廠

azucarero, ra I. *a.* 糖的 II. *m.* 1. 糖罐 2.【動】旋木雀

azucarillo *m.* (沖製飲料用的)檸檬糖塊

azucena *f.* 1.【植】白百合 2.【轉】貞潔的人

azud *m.* 1. 堰 2. (以河水爲動力的)水車

azuela *f.* 錛子

azufaifa *f.* 棗子

azufaifo *m.*【植】棗樹

azufrar *tr.* 用硫磺處理

azufre *m.*【化】硫; 硫磺

***azul** *a.-m.* 藍的, 藍色的; 藍色 ◇ ～ celeste (或 cielo) 天藍/ ～ de cobalto 鈷藍/ ～ de metileno 亞甲基藍/ ～ de Prusia 普藍, 普魯士藍/ ～ marino 海藍/ ～ ultramarino 羣青

azulado, da *a.* 藍色的, 帶藍色的

azular *tr.* 着上藍色, 染成藍色

azulear *intr.* 1. 呈藍色 2. 發藍

azulejo *m.* 1. 瓷磚 2.【植】矢車菊 3.【動】蜂虎(鳥) 4.【動】藍胸佛法僧(鳥)

azulete *m.* 1. (衣物的)藍色光澤 2. 藍色增白劑

azulino, na *a.* 帶藍色的

azumbre *m.* 阿松勃雷 (液量單位, 合 2.016升)

azur *a.* 見 azul

azurita *f.*【礦】藍銅礦, 石青

azurronarse *r.* (麥子)不吐穗

azuzar *tr.* 1. 嗾(狗) 2. 唆使, 挑唆

B

b *f.* **1.** 西班牙語字母表的第二個字母 **2.**【樂】降號

baba *f.* **1.** 涎水, 口水 **2.**【動, 植】黏液, 漿液 ◇ caerse la ～ ①入迷, 入神 ②垂涎

babador *m.* 圍嘴

babaza *f.*【動, 植】黏液, 漿液

babear *intr.* **1.** 淌口水 **2.** 迷戀女人

babel *amb.*【轉, 口】嘈雜; 混亂的地方

babeo *m.* **1.** 淌口水 **2.** 迷戀女人

babero *m.* **1.** 圍嘴 **2.** 兒童罩衫

Babia : estar en ～ 心不在焉

babieca *s.* 傻子

babilonia *f.*【轉, 口】嘈雜; 混亂的地方

babilónico, ca *a.* **1.** 巴比倫 (Babilonia) 的 **2.** 豪華淫靡的

babilonio, nia *a.-s.* 巴比倫 (Babilonia) 的; 巴比倫人

babor *m.* 左舷

babosa *f.*【動】蛞蝓, 鼻涕蟲

babosear **I.** *tr.* 弄上口水 **II.** *intr.* 迷戀女人

babucha *f.* 拖鞋

baca *f.* 車頂行李架

bacalao *m.* 鱈魚 ◇ cortar el ～ 處於支配地位

bacanal *f.* **1.** 酒神節 **2.** 縱酒狂歡

bacante *f.* **1.**【希神, 羅神】酒神的女祭司 **2.** 參加酒神節的女人

baceta *f.* 發剩下來的牌

bacía *f.* **1.** 豬食槽 **2.** 鬍渣鉢

bacilar *a.* 桿菌的

bacilo *m.*【生】桿菌 ◇ ～ Calmette-Guérin 卡介苗 / ～ de Koch 結核桿菌

bacín *m.* 便盆, 馬桶

bacinada *f.* **1.** 一盆屎 **2.** 卑鄙行為

bacinete *m.* **1.** 頭盔 **2.** 戴頭盔的士兵

bacinilla *f.* 討飯鉢

bacteria *f.* 細菌

bactericida *a.-m.* 殺菌的; 殺菌劑

bacteriología *f.* 細菌學

bacteriólogo, ga *s.* 細菌學家

báculo *m.* **1.** 手杖, 拐杖 **2.**【宗】牧杖 **3.**【轉】支持, 依靠

bache *m.* **1.** (路面上的) 坑窪 **2.** 水窪

bachear *tr.* 平整 (路面)

*****bachiller, ra** *s.* **1.** 中學畢業生 **2.** 多嘴的人

bachillerato *m.* 中學必修課程

bachillerear *intr.* 多嘴, 饒舌

badajo *m.* **1.** 鐘舌 **2.** 搖擺不定的東西

badana *f.* 熟羊皮 ◇ zurrar la ～ 打 (人)

badén *m.* **1.** (雨水沖出來的) 溝 **2.** 可過水路面 **3.** 人行道的過車口

badián *m.* 八角, 大茴香

badil *m.* 火鏟, 鐵鏟

badulaque *a.* 魯莽的, 愚蠢的

bagaje *m.* **1.** 輜重 **2.** 駄輜重牲口, 輜重車輛 ◇ ～ intelectual 學識

bagatela *f.* 價值不大的東西

bagazo *m.* **1.** 亞麻籽殼 **2.** 甘蔗渣

bagre *m.* (美洲) 鮎魚

bagual *a.* *Amér.* 未經馴化的; 粗野的

bah *interj.* (表示輕蔑、懷疑等) 呸

*****bahía** *f.* 小海灣

bailable *a.* 伴舞的 (音樂)

*****bailar** *tr.-intr.* **1.** 跳舞 **2.** 旋轉 **3.** 搖晃

*****bailarín, ina** *s.* **1.** 跳舞的人 **2.** 舞蹈演員, 舞蹈家

*****baile** *m.* **1.** 跳舞 **2.** 舞蹈 **3.** 舞會 ◇ ～ de disfraces 化裝舞會 / ～ de etiqueta (穿禮服的) 社交舞會 / ～ de máscaras 狂歡節化裝舞會 / ～ de San Vito【醫】舞蹈病 / ～ de sociedad ①社交舞會 ②(營業性) 公衆舞會 / ～ regional 地區性民間舞

bailongo *m. Amér.* 歡樂的民間舞

bailotear *intr.* 狂舞, 亂舞

bailoteo *m.* 狂舞, 亂舞

baivel *m.* 斜角規

baja *f.* 1. 下降, 下落 2. 跌價, 降價 3. 空額, 缺員 4. 歇業手續 5.【軍】傷亡 ◇ causar de ~ 殺傷, 使減員/ dar de ~ 除名, 開除/ darse de ~ ①辦理歇業手續 ②自願退出 (某組織)/ jugar a la ~【商】賣空

bajada *f.* 1. 下降, 下落 2. 下坡 3. 水落管 ◇ ir de ~ 下降, 走下坡路

bajamar *f.* 低潮; 退潮

bajar **I.** *intr.* 1. 下, 下來 2. 減少, 降低; 減弱 3. 降價 4. 垂着, 掛着 **II.** *tr.* 1. 下 2. 放下, 降下, 落下 3. 降低 **III.** *tr.-r.* 低下, 彎下

bajel *m.* 船舶

bajeza *f.* 1. 下流, 卑鄙行徑 2.【轉】卑賤, 低賤

bajío *m.* 沙洲, 沙灘

bajo, ja **I.** *a.* 1. 低的, 矮的 2. (地勢) 低窪的 3. 下面的; 下游的 4. 向下的, 低垂的 (目光) 5. 低廉的 (價格) 6. 低賤的 7. 卑鄙的, 下流的 8. 低沉的, 輕輕的 (聲音) **II.** *m.* 1. 低處, 低地; 窪地 2. 淺灘 3.【樂】低音; 男低音歌手; 低音樂器 4. (樓房的) 底層 **III.** *ad.* 1. 在下面 2. 低聲地 **IV.** *prep.* 在…之下 ◇ por lo ~①低聲地 ②偷偷地

bajón¹ *m.* 鋭減, 猛跌

bajón² *m.* 1. 巴松管, 大管 2. 巴松管吹奏者

bajuno, na *a.* 下流的, 卑鄙的

bala *f.* 1. 槍彈, 炮彈 2. 包, 捆 3.【印】十令 (紙) ◇ ~ perdida ①流彈 ②實體彈/ ~ rasa ①實體彈 ②放蕩的人

balada *f.* 1. 叙事歌謡 2.【樂】叙事曲

baladí (*pl.* baladíes) *a.* 無關緊要的, 瑣碎的

baladro *m.* 叫嚷, 驚叫

baladrón, ona *a.* 吹牛的 (人), 口出狂言的 (人)

baladronada *f.* 大話, 狂言, 吹牛

baladronear *intr.* 說大話, 口出狂言, 吹牛

bálago *m.* 1. 秸稈 2. 肥皂沫

balance *m.* 1. 擺動, 搖動 2. 動盪, 不穩定 3.【商】結算賬目 4.【轉】總結

balancear **I.** *intr.* 擺動, 搖動 **II.** *tr.* 1. 搖晃 2. 用天平稱 3. 使平衡

balanceo *m.* 1. 搖晃, 擺動 2. 猶豫不決 3. 平衡 4. 用天平稱

balancín *m.* 1. 平衡竿 2. 平衡杆 3. 蹺蹺板 4. 搖椅

balandra *f.* 單桅帆船

balandrán *m.* 教士長袍

balandro *m.* (比賽用) 單桅小帆船

balanza *f.* 1. 秤, 天平 2. (大寫)【天】天秤宮; 天秤座

balar *intr.* (羊) 咩咩叫

balarrasa *f.* 1. 烈性燒酒 2. 放蕩的人

balasto *m.*【鐵路】1. 路基 2. 道碴

balaustrada *f.* 欄杆, 扶手

balaustrar *tr.* 裝欄杆

balaustre *m.* 欄杆柱

balazo *m.* 1. 槍彈, 彈擊 2. 槍傷, 彈傷

balbucear *intr.* 說話含含糊糊; 口齒不清

balbuceo *m.* 1. 說話含含糊糊 2. (小兒的) 呀呀學語聲 3. *pl.* 端倪

balbuciente *a.* 口齒不清的, 結結巴巴的

balbucir *intr.* 說話含含糊糊, 結結巴巴

balcánico, ca *a.-s.* 巴爾幹 (Balcanes) 的; 巴爾幹人

balcón *m.* 1. 陽台, 凉台 2. 眺望台 ◇ ~ corrido 貫通陽台

baldadura *f.* 殘廢, 癱瘓

baldaquín *m.* 華蓋, 天篷

baldar *tr.* 1. 使殘廢 2. 損害, 傷害

*balde*¹ : de ~ ①免費地 ②無緣無故地/ en ~ 徒勞地, 白白地

*balde*² *m.* 桶, 帆布桶

baldear *tr.* (用桶) 潑水沖洗

baldés *m.* 細柔羊皮, 手套羊皮

benceno *m.*【化】苯

*bencina *f.* 揮發油, 汽油

*bendecir *tr.* 1. 祝福 2. 贊美, 稱頌 3. 賜福 4. 感謝

*bendición *f.* 祝福 ◇ ~es nupciales 婚禮/ ser una ~ (de Dios) 極好

bendito, ta I. *a.* 1. 神聖的 2. 幸運的 3. 慈厚的 II. *m.* 萬福經

benedictino, na I. *a.-s.*【宗】本篤會的; 本篤會修士 II. *m.* 本篤酒

beneficencia *f.* 慈善機構

*beneficiar *tr.* 1. 做好事, 行善 2. 有益於, 有利於

beneficiario, ria *a.-s.* 受益的; 受益人

*beneficio *m.* 1. 恩惠 2. 利益, 益處 3. 收益 ◇ ~ eclesiástico 教士的有俸聖職/ ~ de inventario 教士的薪俸/ a ~ de 爲…舉行的 (義演)/ a ~ de inventario 有保留地, 慎重地/ en ~ de 爲了, 有益於

beneficioso, sa *a.* 有益的, 有用的, 有利的

benéfico, ca *a.* 有益的, 有用的 2. 慈善的

benemérito, ta *a.* 值得表彰的, 有功勞的

beneplácito *m.* 允許, 許可

benevolencia *f.* 善意, 仁慈

benévolo, la *a.* 善意的, 仁慈的

bengala *f.* 焰火

benignidad *f.* 1. 和善 2. 好心, 寬厚 3. 温和

*benigno, na *a.* 1. 和善的 2. 好心的, 寬厚的 3. 温和的 4.【轉】無害的

benjamín *m.* 最小的兒子

benjuí *m.*【化】安息香, 二苯乙醇酮

benzoico, ca *a.* 苯甲酸的

benzol *m.*【化】苯

beodo, da *a.* 喝醉的

berberisco, ca *a.* 柏柏爾人的

berbiquí *m.* 曲柄鑽

beréber; berebere *a.-s.* 柏柏爾人的; 柏柏爾人

*berenjena *f.* 茄子

berenjenal *m.* 1. 茄子地 2.【轉】困境

bergamota *f.* 1. 香檸檬 2. 洋梨

bergamoto *m.* 1. 香檸檬樹 2. 洋梨樹

bergante *m.* 無恥之徒

bergantín *m.* 雙桅帆船

beriberi *m.* 脚氣病

berilio *m.*【化】鈹

berlina *f.* 1. 四輪雙座馬車 2. 轎車 3. 旅行車的前排座位 ◇ poner en ~ 使處於可笑境地

berlinés, sa *a.-s.* 柏林 (Berlín) 的; 柏林人

bermejizo, za *a.* 發橙黃色的

bermejo, ja *a.* 橙黃色的 (皮膚、頭髮等)

bermellón *m.* 朱砂, 辰砂

bernardo, da *a.-s.* 西斯特爾教派的; 西斯特爾教派修士

berrear *intr.* 1. (幼畜) 叫 2. 喊叫, 哭叫 3. 大聲亂唱

berrendo,da *a.* 1. 雙色的 2. 帶有雜色斑點的 (牛)

berrido *m.* 幼畜叫聲

berrinche *m.* 1. 哭號 2.【口】惱怒, 發火

berro *m.*【植】水田芹

berroqueña *a.* 像花崗岩一樣堅硬的 (石頭)

berza *f.* 捲心菜, 洋白菜

besalamano *m.* (以 B. L. M. 開頭的) 便柬

besamanos *m.* 1. 覲見儀式 2. 吻手禮

besana *f.* 1. 壟 2. 犁地, 耕地

*besar I. *tr.* 吻 II. *r.* 1. 接吻 2. 相連接

*beso *m.* 吻 ◇ ~ de Judas 口蜜腹劍

*bestia I. *f.* 牲畜, 牲口 II. *s.* 1. 粗魯的人 2.【轉】蠢貨, 笨蛋 ◇ ~ de carga ①馱畜 ②幹粗活、累活的人/ mala ~ 居心叵測的人

bestial *a.* 1. 畜類的, 獸性的 2. 巨大的, 非凡的

bestialidad *f.* 1. 獸性 2. 獸行

bestseller　*m.* 暢銷書

besucar　*tr.* 見 besuquear

besugo　*m.* 1.【動】一種海鯛 2.【轉，口】蠢貨

besuquear　*tr.* 連續親吻

besuqueo　*m.* 連續親吻

beta　*f.* 貝塔 (希臘語字母 B, β 的名稱)

*betún　*m.* 1. 地瀝青, 瀝青 2. 鞋油

bezo　*m.* 厚下唇

bezudo, da　*a.* 厚嘴唇的

biberón　*m.* 奶瓶

*Biblia　*f.*《聖經》

*bíblico, ca　*a.*《聖經》的

bibliofilia　*f.* 藏書癖

bibliófilo, la　*s.* 藏書癖好的人

*bibliografía　*f.* 1. 書誌學 2. 書目

bibliomanía　*f.* 藏書癖

bibliómano, na　*s.* 有藏書癖的人

*biblioteca　*f.* 1. 藏書 2. 書架 3. 圖書館 4. 叢書, 文庫

bibliotecario, ria　*s.* 圖書管理員

bicameral　*a.* 兩院制的

bicarbonato　*m.* 碳酸氫鹽

bicéfalo, la　*a.* 1. 有兩個頭的 2. 兩長制的

bíceps　*m.*【解】二頭肌

*bicicleta　*f.*; biciclo　*m.* 自行車

bicoca　*f.* 瑣事, 無價值的東西

bicolor　*a.* 雙色的

bicharraco　*m.* 1. 稀奇的小動物 2. 醜八怪 3.【轉，口】小鬼 (對小孩子的昵稱)

bichero　*m.*【海】弔艇鈎

*bicho　*m.* 1. 小動物 2. 家畜 3. 居心不良的人 4.【轉】醜陋的人 ◇ ～ raro 古怪的人/ mal ～ 居心不良的人/ todo (或 cualquier) ～ viviente 任何一個人, 每一個人

bichoco, ca　*a. Amér.* 老而無用的 (人或牲口)

bidé　*m.* 坐浴盆

bidón　*m.* 大桶

biela　*f.*【機】連桿; 自行車中軸曲柄

bieldo　*m.* 草叉

*bien　I. *m.* 1. 好事 2. 好處, 利益 3. 善, 善良 4. *pl.* 財産 II. *ad.* 1. 好 2. 愜意 3. 很, 非常 4. 身體好 5. 成功, 順利 6. 相當, 很多 7. 大約 8. 明顯地 ◇ ～es comunales 城鎮公産/ ～es de fortuna 財産/ ～es gananciales 夫妻共有財産/ ～es inmuebles 不動産/ ～es muebles 動産/ ～es semovientes 作爲財産的牲畜/ a ～ 和睦/ ～…～…或者…或者/ ～ de 許多, 很多/ ～ que 雖然/ de ～ 正直的, 好 (人)/ estar ～ ①好, 合意 ②富裕 ③身體好 ④足夠 ⑤是對的 ⑥合適, 合身/ más ～ 與其說…不如說/ merecer ～ de 值得, 配得上/ no ～ 剛…就/ por ～ 出於好心/ si ～ (es cierto que) 雖然, 儘管/ tener a ～ 屈尊/ y ～ 那麼/ No hay ～ ni mal que cien años dure 好事與壞事都不是一成不變的

bienal　*a.* 1. 兩年一度的 2. 兩年生的 (植物)

bienandanza　*f.* 福氣, 運氣

bienaventurado, da　*a.* 1. 幸運的 2. 得天獨厚的

bienaventuranza　*f.* 1. 福, 洪福 2. *pl.*【宗】福音

*bienestar　*m.* 1. 舒適, 安逸 2. 富裕 ◇ ～ económico 富裕

bienhablado, da　*a.* 談吐文雅的

bienhechor, ra　*s.* 施主, 施恩惠的人

bienio　*m.* 兩年期間

bienmandado, da　*a.* 順從的, 聽話的

bienquistar　*tr.* 使融治, 使和好

bienquisto, ta　*a.* 受愛戴的, 受敬重的

*bienvenida　*f.* 歡迎

*bienvenido, da　*a.* 受歡迎的人

bies　*m.* 偏, 斜

bifásico, ca　*a.*【電】兩相的

bífido, da　*a.*【植】二裂的

biftec　(*pl.* biftecs)　*m.* 牛排

bifurcación　*f.* 1. 分枝, 分叉 2. 分枝點, 分叉點 3. 岔道

bifurcarse   *r.* 1. 分枝, 分杈 3. 分岔

bigamia   *f.*【法】重婚, 重婚罪

bígamo, ma   *a.* 重婚的 (人)

bigardo, da   *a.* 1. 游手好閑的 (人) 2. 生活放蕩的 (教士)

bigornia   *f.* 雙角鐵砧

***bigote**   *m.* 髭

bigotera   *f.* 1. 護髭罩 2. 兩脚規

bigudí   *f.* 捲髮夾

bija   *f.* 胭脂樹

bikini   *m.* 比基尼, 三點式女泳裝

bilabial   *a.* 雙唇的 (音素)

***bilateral**   *a.* 兩方的, 雙邊的

biliar   *a.* 膽的, 膽汁的

bilingüe   *a.* 雙語的

bilioso, sa   *a.* 1. 膽汁過多的 2.【轉】易動肝火的, 脾氣暴躁的

bilis (*pl.* bilis)   *f.* 1. 膽汁 2. 暴躁

***billar**   *m.* 枱球

***billete**   *m.* 1. 便笺, 便條 2. 車票, 機票; 入場券 3. 鈔票 4. 證券, 票據 ◇ ~ de banco 鈔票

billetero   *m.* 錢夾

billón   *m.* 萬億 (美國, 法國爲十億)

bimensual   *a.* 每月兩次的, 半月的

bimestral   *a.* 每兩個月一次的

binar   *tr.* (播種前) 耕二遍

binario, ria   *a.* 1. 二, 雙, 複 2. 二元的

binóculo   *m.* 雙目鏡, 雙筒鏡

binomio   *m.* 1.【數】二項式 2.【生】雙名法

binza   *f.* 薄膜, 薄皮

***biografía**   *f.* 傳記

biografiar   *tr.* 給…寫傳記

***biógrafo, fa**   *s.* 傳記作者, 傳記作家

***biología**   *f.* 生物學

biológico, ca   *a.* 生物學的

***biólogo, ga**   *s.* 生物學家

biombo   *m.* 屏風

bioquímica   *f.* 生物化學

bípedo, da   *a.-s.* 二足的; 二足動物

biplano   *m.* 雙翼飛機

bipolar   *a.*【電】雙極的

biquini   *m.* 見 bikini

birlar   *tr.* 詐騙

birlibirloque :   por arte de ~ 神不知鬼不覺地

birreme   *m.* 雙排槳的船

birreta   *f.* (大主教的) 紅色四角帽

birrete   *m.* 1. 帽子 2. 禮帽

birria   *f.* 1. 古怪, 醜陋 2. 穿戴可笑的人

bis   **I.** *ad.* 反覆, 重複 **II.** *a.* 重複的, 附加的

***bisabuelo, la**   *s.* 曾祖父、母, 曾外祖父、母

bisagra   *f.* 鉸鏈, 合頁

bisar   *tr.* 再奏, 重演

bisbisear   *tr.* 喊喊喳喳

bisbiseo   *m.* 喊喊喳喳

bisector, triz   *a.-f.* 二等分的; 二等分線

bisel   *m.* 斜截面, 斜面, 斜角

bisemanal   *a.* 每週兩次的

bisexual   *a.* 兩性的, 雌雄同體的

bisiesto   *a.* 閏的 ◇ año ~ 閏年

bisílabo, ba   *a.* 雙音節的

bismuto   *m.*【化】鉍

bisnieto, ta   *s.* 見 biznieto

bisojo, ja   *a.-s.* 斜眼的; 斜眼的人

bisonte   *m.* 美洲野牛

bisoño, ña   *a.* 1. 剛入伍的 2. 生疏的

bisté; **bistec** (*pl.* bistecs)   *m.* 牛排

bistorta   *f.* 拳參

bisturí (*pl.* bisturíes)   *m.* 外科手術刀

bisulfato   *m.* 硫酸氫鹽

bisutería   *f.* 假珠寶

bitácora   *f.* (船舶的) 羅經櫃

bituminoso, sa   *a.* 瀝青的, 含瀝青的

bivalente   *a.*【化】二價的

bivalvo, va   *a.*【生】有二瓣的; 有雙殼的

bizantino, na   *a.* 1. 拜占庭的 2.【轉】沒落的, 衰落的

bizarría   *f.* 大方

bizarro, rra   *a.* 1. 勇敢的, 膽大的 2. 大

方的

bizcar I. *intr.* 1. 斜眼看 2. 眼斜 II. *tr.* 攜弄 (眼睛)

bizco, ca *a.* 斜眼的 ◇ quedarse ～ 吃驚

*****bizcocho** *m.* 1. 餅乾 2. 素燒瓷器

bizcotela *f.* 裹糖餅乾

biznieto, ta *s.* 曾孫, 曾孫女; 曾外孫, 曾外孫女

blanca *f.* 【樂】半音符

*****blanco, ca** I. *a.* 1. 白色的 2. 顏色淺的, 顏色淡的 3. 白種的 (人) 4. 膽怯的 II. *m.* 1. 白色 2. 靶子 3. 【轉】目標; 目的 4. 白色斑點 5. 空白處 III. *s.* 白種人 ◇ ～ de España 西班牙白 (碳酸鉛、鹼式硝酸鉍和白堊的通稱) / ～ del ojo 眼白 / ～ de plomo 鉛白 / dar en el ～ 命中; 達到目的 / en ～ ①空白的 (紙頁) ②無知; 不知道 ③失望, 落空 ④出鞘的 (劍) / estar sin ～a (或 no tener ～a) 沒錢

blancor *m.*; **blancura** *f.* 白

blandear *tr.* 使退讓

blandir *tr.* 揮舞, 揮動

*****blando, da** *a.* 1. 軟的, 柔軟的 2. 心腸軟的 3. 溫和的 4. 【轉】軟弱的 5. 【轉】怯懦的; 膽小的 6. 【轉】嬌弱的

blandón *m.* 1. 粗蠟燭 2. 大燭台

blandura *f.* 1. 軟, 柔軟 2. 柔軟的東西, 柔軟的地方

*****blanquear** I. *tr.* 1. 使白, 漂白, 刷白 2. 粉刷 II. *intr.* 呈白色, 發白

blanquecino, na *a.* 發白的

blanqueo *m.* 1. 漂白 2. 粉刷

blasfemar *intr.* 1. 褻瀆 2. 【轉】辱罵

blasfemia *f.* 1. 褻瀆神明 2. 【轉】詛咒, 辱罵

blasfemo, ma *a.* 1. 褻瀆神明的 2. 侮慢不恭的

blasón *m.* 1. 紋章學 2. 紋章 3. 城徽, 族徽 4. 【轉】榮耀, 光榮

blasonar *intr.* 吹噓, 炫耀

bledo *m.* 【植】野莧

blenda *f.* 閃鋅礦

blindaje *m.* 1. 【軍】盾障 2. 【集】裝甲, 鐵甲

blindar *tr.* 裝上鐵甲, 安裝防彈設施

bloc *m.* 便條本

blocao *m.* 碉堡

blonda *f.* 絲織花邊

*****bloque** *m.* 1. 石料 2. 主體, 總體 3. 建築墊 4. (信、紙等的) 卷, 沓 5. 集團 ◇ ～ de viviendas 居民樓墊 / en ～ 整個地, 一攬子

*****bloquear** *tr.* 1. 包圍; 封鎖 2. 凍結 (款項) 3. (球類運動的) 攔截 4. (無線電) 干擾 5. 煞住 (車輛)

*****bloqueo** *m.* 1. 封鎖 2. (款項的) 凍結 3. (鐘錶擒縱叉的) 叉瓦 4. (無線電的) 干擾

*****blusa** *f.* 帶袖罩衫, 女衫 ◇ ～ camisera 女襯衫 / ～ de marinero 水手衫

boa I. *f.* 【動】王蛇 II. *m.* 女用毛皮圍脖

boato *m.* 奢華, 豪華

bobalicón, ona *a.* 非常笨的, 非常傻的

bóbilis : de ～, ～【口】白白地; 不費力氣地

bobina *f.* 1. 軸線 2. 【電】線圈

bobo, ba *a.* 1. 笨的 2. 傻的 3. 憨厚的 ◇ Entre ～s anda el juego 旗鼓相當, 棋逢對手

*****boca** *f.* 1. 嘴, 口, 口腔 2. 【轉】出入口 3. 【轉】洞, 孔 4. 刃 5. 鰲 6. 【轉】酒兒 7. 【轉】家口數; 牲口數 ◇ ～ de alcantarilla 下水道口 / ～ de dragón 金魚草 / ～ de escorpión 好咒罵的人 / ～ de fuego 槍炮 / ～ de oreja a oreja 大嘴 / ～ de riego 澆水管接口 / ～ de verdades ①心直口快的人 ②好說謊的人 / buena ～ ①味道好 ②適應嚼子的馬 ③忍耐 / a ～ de jarro 貼近地 (射擊) / a ～ llena 坦率地 / abrir la ～ 打呵欠 / andar de ～ en ～ 被人議論 / a pedir de ～ ①如願地 ②確切地 / ～

abajo ①趴着, 口朝下 ②俯首貼耳 ③扣着/ ～ arriba 仰面, 口朝上/ buscar la ～ a 用言語激怒/ callar la ～ ①默不作聲 ②保守秘密/ como ～ de lobo 漆黑的 (夜)/ con la ～ abierta 目瞪口呆/ con la ～ chica 無誠意地/ de ～ ①口頭上, 不誠心地 ②不立即付款的/ de ～ de uno 從某人處 (得知)/ de ～ en ～ 流傳/ decir lo que le viene a la ～ 信口雌黃/ echar por la ～ 說出 (粗話等)/ estar colgado de la ～ de 如飢似渴地聽某人說/ hablar por ～ de otro ①當 (某人的) 傳聲筒 ②隨聲附和/ hacer ～ 喝點開胃的東西/ irse de ～ 說走了嘴/ mentir con toda la ～ 當面撒謊/ meterse en la ～ del lobo 身入虎穴/ no abrir la ～ 一言不發/ no caérsele a uno algo de la ～ 不停地談論/ quitarle algo a uno de la ～ 搶在別人之前說出/ tapar la ～ a uno 使不聲張/ tapar ～s 使緘口/ tener sentado en la ～ 視…為眼中釘/ En ～ cerrada no entran moscas 慎言少失/ Por la ～ muere el pez 言多必失

*bocacalle f. 1. 街口 2. 路岔

*bocadillo m. 1. 夾肉麵包 2. 加餐

*bocado m. 1. 口 (量詞) 2. 小塊食物 3. 咬 4. 咬傷 ◇ ～ de Adán 喉結/ sin hueso 或 buen ～ 好事, 美事/ caro ～ 難得的事物/ con el ～ en la boca 摞下飯碗 (就)/ no haber (或 tener) para un ～ (窮得) 揭不開鍋/ no probar ～ 一點東西不吃

*bocamanga f. 袖口

bocanada f. 1. (量詞, 指水, 酒等) 口 2. (量詞, 指風, 烟, 氣等) 股, 陣 ◇ a ～s 斷斷續續地/ 一股一股地

bocel m. 【建】圓凸花線

bocera f. 唇上的食物屑

boceto m. 草圖, 粗樣; 草稿

bocezar intr. (牲口吃食時) 嘴唇左右移動

bocina f. 1. 喇叭筒 2. 喇叭 3. 螺號

bocio m. 【醫】1. 甲狀腺腫 2. 甲狀腺瘤

bocoy m. 大桶

boche m. (小孩子挖的) 彈球坑

bochinche m. 喧鬧, 混亂

bochorno m. 1. 熱風 2. 悶熱 3. 【轉】羞愧

bochornoso, sa a. 1. 悶熱的 2. 羞愧的

*boda f. (常用 pl.) 結婚, 婚禮 ◇ ～s de diamante 鑽石婚 (結婚 60 週年)/ ～s de oro 金婚 (結婚 50 週年)/ ～s de plata 銀婚 (結婚 25 週年)

*bodega f. 1. 地下儲藏室 2. 倉庫, 棧房 3. 酒窖 4. 酒廠

bodegón m. 1. 小飯館 2.【美】(食物、餐具) 靜物畫

bodoque m. 泥球, 泥彈丸

bodorrio m. 鋪張的婚禮

bodrio m. 做得不好的菜

bóer a.-s. 布爾人的; 布爾人 (南非的荷蘭人後裔)

bofe m. (動物的) 肺, 肺頭 ◇ echar los ～ 苦幹, 拼命幹

*bofetada f. 1. 耳光, 巴掌 2.【轉】侮辱 ◇ dar una ～ a 打耳光/ darse de ～s una cosa con otra 不協調, 不一致

bofetón m. 響亮的耳光

boga f. 1. 划船 2. 流行, 時髦

bogar intr. 划船

bogavante m. 大螯蝦

bogi (pl. bogíes) m.【鐵路】(車輛的) 轉向架

bohemia f.【集】放蕩不羈的人

bohemio, mia I. a. 1. 波希米亞的 2. 放蕩不羈的 (藝術家) 3. 吉卜賽人的 II. s. 1. 放蕩不羈的 (藝術家) 2. 吉卜賽人 III. m. 捷克語

bohordo m.【植】花莖

boicot (pl. boicots) m. 抵制

boicotear tr. 抵制

boicoteo m. 抵制

*boina f. 貝雷帽

boj m.【植】黃楊

bojar I. tr. 測量 (海島、岬角等的) 週長 II. intr. 1. (海島、岬角等的) 週長爲, 週長是 3. 沿島嶼航行, 沿海角航行

*bol m. 碗, 鉢

*bola f. 球, 球體, 球狀物 ◇ ～ del mundo 地球/ ～ de nieve ①歐洲荚蒾 ②滾雪球似地擴大/ dejar que ruede la ～ 聽其自然

bolado m. 一種軟糖

bolazo m. 球擊

bolchevique a.-s. 布爾什維克的; 布爾什維克

bolchevismo m. 布爾什維克派, 布爾什維主義

boleadoras f. pl. Amér. (捕牲口等用的) 套索

bolear tr. Amér. 套獵

bolera f. 擊柱遊戲場地

bolero, ra a. 說謊的 (人)

*boletín m. 1. 入場券 2. 取款單 3. 定單 4. 簡報, 通報

boleto m. 1. Amér. 車票 2. Amér. 入場券 3. 彩票

boliche m. 1. 小球 2. 小拖網

bólido m. 流星

*bolígrafo m. 圓珠筆

bolillo m. 1. 鏇製的木棍 2. 編織棒

*boliviano, na a.-s. 玻利維亞 (Bolivia) 的; 玻利維亞人

bolo m. 1. 球 2. 擊柱遊戲 ◇ ～ alimenticio 已嚼碎的食物

*bolsa f. 1. 囊, 口袋 2. (車輛上的) 物品袋 3.【解】囊 4.【解】陰囊 5. 礦巢 6. 財產 7. 交易所, 證券交易所 ◇ aflojar la ～ 解囊, 出錢/ bajar la ～ 證券跌價/ jugar a la ～ 做證券交易/ subir la ～ 證券漲價

*bolsillo m. 1. 衣袋 2. 錢袋 3.【轉, 口】錢財 ◇ de ～ 袖珍的/ meterse a uno en el ～ 掌握, 控制/ no echarse nada en el ～ 無利可圖/ tener uno a

otro en el ～ 玩弄某人於掌股之中

*bolsista s. 證券經紀人

*bollo m. 1. 一種小麵包 2. (物體表面的) 坑, 窪, 包, 疙瘩 3. (衣物上的) 褶飾 4. 混亂

bollón m. 金色泡釘

*bomba¹ f. 泵, 抽水機 ◇ ～ de incendios 消防唧筒

*bomba² f. 炮彈, 炸彈 ◇ ～ atómica 原子彈/ ～ de hidrógeno 氫彈/ ～ de mano 手榴彈/ ～ incendiaria 燃燒彈/ caer como una ～ 引起震驚, 聲人聽聞/ estar algo echando ～s 熾熱/ estar (或 ir) uno echando ～s 暴跳如雷

bombacho m. 燈籠式的 (褲子)

*bombardear tr. 炮擊; 轟炸

*bombardeo m. 炮擊; 轟炸

bombardero m. 轟炸機

bombardino m.【樂】大號

bombear tr. 1. 炮擊, 轟炸 2. 吹捧, 頌揚

*bombero m. 消防隊員

*bombilla f. 燈泡

bombillo m. 1. 吸管, 抽水管 2. 防臭氣閥

bombín m. (自行車等的) 打氣筒

bombo m. 1.【樂】低音大鼓 2. 吹捧 ◇ a ～s y platillos 大吹大擂地/ dar mucho ～ 大吹大擂

bombón m. 糖果

bombona f. 細頸大肚瓶

*bonachón, ona a. 好心腸的 (人), 老實厚道的 (人)

bonaerense a.-s. 布宜諾斯艾利斯 (Buenos Aires) 的; 布宜諾斯艾利斯人

bonancible a. 寧靜的, 溫和的, 柔和的

bonanza f. 1. 風平浪靜 2. 興隆, 昌盛 ◇ ir en ～ ①順風航行 ②【轉】繁榮

*bondad f. 1. 好 2. 善良, 仁慈 3. pl. 好意, 殷勤, 關心 ◇ ten (或 tenga ...) la ～ 請你 (或您…), 勞駕

bondadoso, sa a. 親切的, 和藹的, 善良的

bonete m. 1. 圓帽 2. (反芻動物的)蜂巢胃 ◇ a tente ～ 固執地

boniato m. 甘薯, 白薯

bonificación f. 1. 改進, 改善, 改良 2. 減價, 打折扣

bonificar tr. 1. 改進, 改善, 改良 2. 記入貸方 3. 減價, 打折扣

bonitamente ad. 1. 舒舒服服地 2. 巧妙地, 麻利地

*bonito, ta** I. a. 1. 好的 2. 好看的 II. m.【動】狐鰹

bono m. 1. 證券, 債券 2. 借據 ◇ ～ del Tesoro 公債

bonzo m. 和尚

boñiga f. 牲口糞

boqueada f. 臨終喘息 ◇ dar (或 estar dando) las ～s ① 奄奄一息 ② (某物) 即將用完

boquear intr. 1. 頻頻喘息 2. 即將斷氣 3. (某物) 即將用完

boquera f. 放水口

boquerón m. (歐洲的) 鯷魚

boquete m. 窟窿, 裂口, 口子

boquiabierto, ta a. 1. 張着嘴的 2.【轉】張口結舌的

boquilla f. 1. (樂器的) 嘴兒, 口兒 2. 烟嘴兒 ◇ de ～ 隨便説説地

boquirroto, ta a. 愛說話的, 嘴碎的

boquirrubio, bia s.【口】1. 自負的青年 2. 自作多情的青年

bórax m.【化】硼砂

borato m.【化】硼酸鹽

borbollar intr. (水) 冒泡, 沸騰

borbollón m. (水的) 冒泡, 沸騰

borborigmo m. 腹鳴

borbotar intr. (水) 冒泡, 沸騰

borbotón m. (水的) 冒泡, 沸騰 ◇ a ～es ①(水) 冒泡 ②大量地 ③(說話) 急急忽忽地

borceguí (pl. borceguíes) m. 1. 高鞋皮鞋 2. 短靴

borda f.【海】1. 大帆 2. 船舷 ◇ arro-jar (或 echar, tirar) por la ～ ①拋到

船外 ②【轉】丟開, 撇開 ③【轉】斷送, 葬送/ fuera de ～ 舷外馬達, 舷外發動機

bordada f. 1.【海】搶風行駛 2.【轉】跑來跑去 ◇ dar ～s (船) 搶風調向

*bordado, da** I. a. 綉花的 II. m. 1. 綉, 刺綉 2. 刺綉品 ◇ ～ a realce 提花綉

bordador, ra s. 綉花工

*bordar** tr. 綉, 刺綉【轉】做得完美

*borde[1]** m. 1. 邊緣, 邊沿 2. 船舷 ◇ al ～ de 瀕於

borde[2] a. 1. 野生的 (植物) 2. 私生的 (子, 女)

bordear tr. 1. 位於…的邊緣 2. 沿着…邊走 (或航行) 3.【轉】瀕於, 接近

*bordo** m. 船舷 ◇ a ～ 在船上 l / dar ～s 搶風調向 / de alto ～ 遠洋的 (船隻) / rendir el ～ sobre (或 en) 抵達 / subir a ～ 上船

bordón m. 1. 長拐杖 2. 口頭禪 3. 領路人 4.【樂】低音弦

boreal a. 1. 北的; 北方的 2. 北風的

bóreas (pl. bóreas) m. 北風

boricado, da a. 含硼酸的

bórico, ca a. 含硼的, 硼的

borla f. 1. 纓, 繐, 流蘇 2. 粉撲 ◇ tomar la ～ 大學畢業

borne m.【電】1. 接線柱 2. 絕緣物

boro m.【化】硼

borona f. 玉米餅

borra f. 1. 棉絨 2. 灰絨, 塵絮 3.【轉】廢話

borrachera f. 1. 酒醉 2.【轉】瀕醉, 陶醉

*borracho, cha** I. a. 1. 酒醉的 2. 酗酒的 3.【轉】陶醉的 II. s. 酒鬼, 好喝酒的人

borrador m. 1. 草稿, 初稿 2. 賬簿 3. 擦字橡皮

borradura f. 1. 擦掉, 抹去 2. 墨迹

borraja f.【植】琉璃苣

•**borrar** tr. 1. 擦掉,抹去 2. 删除 3. 使模糊

borrasca f. 1. 暴風雨 2.【轉,口】爭吵,翻臉 3.【轉,口】危險,危難

borrascoso, sa a. 1. 暴風雨的 2. 動盪不定的 (生活)

borrego, ga s. 1. 羔羊 2.【轉】頭腦簡單的人

borreguil a. 1. 羔羊的 2. 隨大流的

borricada f. 1. 愚蠢言行 2. 固執

borrico, ca I. s. 1.【口】驢 2.【轉】笨人 II. m. (木工的) 三脚木架

borriqueño, ña a. 驢的

borrón m. 1. 墨斑,墨迹 2. 印疵 3.【轉】瑕疵,缺陷 4.【轉】恥辱,不光彩的行動 5.【美】着色草稿 ◇ ~ y cuenta nueva【轉,口】重新開始

borronear intr. 隨手亂寫,亂畫

borroso, sa a. 1. 混濁的 2.【轉】模糊不清的

borujo m. 硬塊,疙瘩

boscaje m.【集】密林

bósforo m.【地】海峽

•**bosque** m. 1. 森林,樹林 2. 濃密的鬍鬚 3. 蓬亂的頭髮

bosquejar tr. 1. 畫草稿,勾輪廓 2. 概述;起草

•**bosquejo** m. 1. 草稿,初稿 2. 概要,提綱

•**bostezar** intr. 打哈欠

bostezo m. 哈欠

bota[1] f. 靴子,高靿皮鞋 ◇ ~ de montar 馬靴 / dar ~ (打牌時) 輸 / ponerse las ~s 發財,發迹

bota[2] f. 1. 皮酒囊 2. 桶

botado, da a. 1. 被遺棄的 (嬰兒) 2. 被驅逐的

botadura f. (船舶) 下水

botalón m. (船的) 下桁,帆桁

botánica f. 植物學

botánico, ca I. a. 植物學的 II. s. 植物學家

botanista s. 植物學家

botar I. tr. 1. Amér. 抛,扔,擲 2. Amér. 趕走 3. (把船) 放下水 II. intr. 彈起,跳起

botarate m.【口】魯莽的人,輕率的人

botasilla f.【軍】備鞍號

bote[1] m. 彈跳,跳躍

bote[2] m. 1. 盒,罐,聽 2. (兒童遊戲的) 彈球坑

•**bote**[3] m. 小艇 ◇ ~ salvavidas 救生艇

bote[4] : de ~ en ~ 擠滿了人的

•**botella** f. 瓶子,瓶

•**botica** f. 1. 藥店,藥房 2. 藥品

•**boticario, ria** s. 藥劑師

botija f. 陶罐

botijero, ra s. 1. 製做陶罐的人 2. 賣陶罐的人

botijo m. 大肚陶罐

botín[1] m. 護踝鞋罩

botín[2] m. 戰利品 ◇ ~ de guerra 戰利品

botiquín m. 1. (急救) 藥品室 2. (急救) 藥箱 3.【集】(急救) 藥品

boto m. 小酒囊

•**botón** m. 1. 芽 2. 花蕾 3. 紐扣 4. 按鈕,電鈕 5. 扣狀物 ◇ ~ de fuego 燒灼療法 / ~ de oro【植】毛茛

botonadura f. 一副紐扣

bou m. 1. 拖網捕魚 2. 拖網漁船

boudoir m. 女梳妝室

•**bóveda** f.【建】拱頂,拱式屋頂 ◇ ~ celeste 蒼穹 / ~ craneal 頭骨 / ~ palatina 上腭

bovedilla f. 梁間拱

bóvido, da a. 有角反芻的 (動物)

bovino, na a. 牛的,反芻動物的

•**boxeador** m. 拳擊手

•**boxear** intr. 拳擊,打拳

•**boxeo** m. 拳擊運動

boy m. 侍者 ◇ ~ scout 童子軍

boya f. 1.【海】浮標 2. (漁網上的) 浮子

boyada f. 牛羣

boyante *a.* **1.** 漂浮的 **2.**【轉】繁榮的 **3.**【轉】富有的

boyar *intr.* **1.** 漂浮 **2.** (船隻擱淺後) 浮起

boyero *m.* **1.** 放牛的人 **2.** (大寫)【天】牧夫座

boyuno, na *a.* 牛的

bozal I. *a.* **1.** 剛被弄出國的 (黑奴) **2.** *Amér.* 西班牙語講得不好的 (人) **II.** *m.* **1.** (牲畜的) 口套, 口絡 **2.** *Amér.* (馬) 籠頭

bozo *m.* **1.** 汗毛 **2.** 嘴 **3.** (馬) 籠頭

bracear *intr.* **1.** 揮臂 **2.** (游泳中手臂) 划水 **3.**【轉】奮力, 努力

braceo *m.* **1.** 揮臂 **2.** (游泳中手臂的) 划水

*****bracero** *m.* **1.** 攙扶別人的人 **2.** 短工 ◇ de ~ 挽著手臂地

bráctea *f.*【植】苞片, 苞

bracteola *f.*【植】小苞片

braga *f.* **1.** (常用 *pl.*) 男褲 **2.** (常用 *pl.*) (女用) 褲衩, 三角褲 **3.** 尿布 **4.** 弔繩, 弔索

bragadura *f.* 褲襠

bragazas *(pl. bragazas) m.* 怕老婆的人

braguero *m.* 疝氣帶

bragueta *f.* 男褲襟門

braguetazo *m.* 理智的婚姻, 圖利的婚姻

brahmán *m.* 婆羅門 (印度封建種姓制度的第一種姓), 僧侶

brahmanismo *m.* 婆羅門教

brama *f.* **1.** 吼, 叫 **2.** (鹿等動物的) 發情; 發情期

bramadera *f.* **1.** 響片 (一種玩具) **2.** 牧笛

bramante¹ *a.* 吼叫的

*****bramante**² *m.* 細麻繩

*****bramar** *intr.* **1.** 吼, 叫 **2.** 咆哮 **3.** 呼嘯

*****bramido** *m.* **1.** 吼叫聲, 呼嘯聲

brandy *m.* 白蘭地

branquia *f.* 鰓

branquial *a.* 鰓的

braquial *a.* 手臂的

brasa *f.* 火炭, 炭火 ◇ a la ~ 直接在火上烤的

braserillo *m.* **1.** 小火盆 **2.** 香爐

brasero *m.* 火盆

brasil *m.*【植】雲實

*****brasileño, ña** *a.-s.* 巴西 (Brasil) 的; 巴西人

brassiere *m.* 乳罩

bravata *f.* **1.** 威脅 **2.** 吹牛

bravear *tr.* 吹牛; 叫好

braveza *f.* **1.** 勇敢 **2.** 兇猛

bravío, a *a.* **1.** 難以馴服的 (動物) **2.**【轉】粗野的, 無教養的

*****bravo, va** *a.* **1.** 勇敢的 **2.** 兇猛的 **3.** 難以馴服的 (動物) **4.** 極好的

bravucón, ona *a.* 說大話的, 嚇唬人的

bravura *f.* **1.** 勇敢; 兇猛 **2.** 威脅

braza *f.* 蛙泳 ◇ a ~ 蛙式的 (游泳)

brazada *f.* **1.** (游泳時) 手臂划動 **2.** (量詞) 一抱

brazado *m.* (量詞) 一抱

brazaje *m.* 海深

brazal *m.* **1.** 袖章, 臂章 **2.** 支流, 支渠

brazalete *m.* **1.** 鐲子 **2.** 臂鎧 **3.** 袖章, 臂章

*****brazo** *m.* **1.** 臂, 手臂, 胳膊 **2.** 前肢, 前腿 **3.** (椅子的) 扶手 **4.** 臂狀物 **5.** 臂力, 投擲力 **6.** 分支; 分叉 **7.**【轉】勇氣, 力量 **8.** 人手, 勞力 **9.** 支桿, 弔桿, 連桿, 橫桿 ◇ ~ de mar 海灣 / ~ derecho 得力助手, 左右手 / buen ~ 好臂力 / a ~ 手工的, 手工製的 / a ~ partido ① 赤手空拳地 ② 拼命地 / al ~ 挎在胳膊上的 / con los ~s abiertos 熱情地, 親切地 / con los ~s cruzados 游手好閒地; 袖手旁觀地 / dar el ~ 伸胳膊讓人挽的 / ~ el ~ 挽着手 / echarse en ~s de 信賴, 聽從…的安排 / en ~s 抱着的 / hecho un ~ de mar 衣着考究的, 衣着華麗的 / no dar su ~ a torcer 堅定不移; 毫不退讓

brazuelo *m.* (四蹄動物的) 前肢

*****brea** *f.* 1. 瀝青, 焦油 2. 防水布 3. (船舶的) 填塞物

brebaje *m.* 1. 難喝的飲料 2. 藥水

brécol *m.* 【植】硬花甘藍

*****brecha** *f.* 1. 豁口, 窟窿 2.【轉】缺口, 突破口

brega *f.* 爭吵, 爭鬥 ◇ andar a la ～ 含辛茹苦

bregar *intr.* 1. 爭吵, 爭鬥 2. 操勞, 忙碌

bregma *m.* 【解】前囟

breña *f.* 荊棘叢生的懸崖峭壁

brete *m.* 1. 腳鐐 2. 監獄 3.【轉】困境, 窘境

bretón *m.* 【植】羽衣甘藍

*****breva** *f.* 1. 第一季大無花果 2.【轉】便宜, 好處 3. 扁而鬆的雪茄烟 ◇ más blando que una ～ 變得通情達理; 變得順從

*****breve** **I.** *a.* 1. 簡短的 2. 短暫的 3. 【語法】短的 (音) **II.** *ad.* 很快, 立刻 **III.** *f.* 大音符, 二全音符 **IV.** *m.* 教皇敕書 ◇ ～ pontificio 教皇敕書/ en ～ 立刻, 馬上

brevedad *f.* 短暫; 簡短

breviario *m.* 1. 摘要, 概略 2. 經常閱讀的書

brezo *m.* 【植】一種歐石南

briba *f.* 不務正業

bribón, ona *a.* 不務正業的 (人)

bribonada *f.* 流氓行徑

brida *f.* 1. 馬籠頭 2. 女帽帽帶 3. (創傷的) 纖維膜 ◇ a toda ～ 全速地

bridge *m.* 橋牌

*****brigada** *f.* 1. 隊 2.【軍】旅

brigadier *m.* 準將

*****brillante** **I.** *a.* 1. 發光的, 閃爍的 2. 【轉】傑出的, 出色的 **II.** *m.* 鑽石

brillantez *f.* 1. 光彩, 光亮 2.【轉】傑出, 出色

brillantina *f.* 髮油, 髮蠟

*****brillar** *intr.* 1. 發光, 閃爍 2.【轉】傑

出, 出衆

*****brillo** *m.* 1. 光澤, 光亮 2.【轉】傑出, 出色

brincar *intr.* 1. 跳, 跳躍 2. 略過 3. 【轉】暴跳如雷 ◇ estar *uno* que brinca 暴跳如雷

brinco *m.* 跳, 跳躍 ◇ dar ～s (或 ～) de alegría 高興得跳起來/ dar (或 pegar) un ～ 跳一下/ en un ～ 轉瞬間

*****brindar** **I.** *intr.* 祝酒, 爲…乾杯 **II.** *tr.* 1. 獻給, 贈與 2. 給予, 提供 **III.** *r.* 自告奮勇

brindis (*pl.* brindis) *m.* 祝酒, 乾杯

*****brío** *m.* 1. 精力, 活力 2. 勇氣, 膽量

briofitas *f.pl.* 苔蘚植物門

brioso, sa *a.* 1. 精力充沛的 2. 堅決的, 果敢的

*****brisa** *f.* 1. 微風 2. 海風

briscado, da *a.* 織有金銀線的

bristol *m.* 優質紙板

*****británico, ca** *a.* 英國 (la Gran Bretaña) 的

briza *f.* 【植】凌風草

brizna *f.* 1. 細絲, 碎屑 2. 一點兒, 極少

broca *f.* 1. 鑽頭 2. 鞋釘

brocado *m.* 錦緞, 花緞

brocal *m.* 1. 井欄 2. 箍 3. 礦井口

brocatel *m.* 絲毛蘇混紡織品

bróculi *m.* 【植】硬花甘藍

*****brocha** *f.* 1. 畫筆 2. 鬍刷 ◇ de ～ gorda ①油漆牆壁、門窗的 ②粗糙的 (油漆工) ③不高明的 (畫家, 作品)

brochazo *m.* (繪畫的) 筆觸, 每一筆

*****broche** *m.* 1. 按扣 2. 別針 ◇ cerrar con ～ de oro 完美地結束

*****broma** *f.* 1. 船蛆 2. 玩笑, 取笑 3. 歡笑, 笑鬧 4. 影響大的小事 ◇ ～ pesada ①過分的玩笑, 惡作劇 ②令人討厭的事/ ～s aparte 閑話少說/ dejar (或 dejaos) de ～s 別開玩笑/ en ～ 開玩笑/ estar de ～ 開玩笑/ fuera de ～ 不開玩笑的, 說真的/ ir de ～ 開玩笑/ medio de ～, medio en serio 半開玩

笑, 半認真/ salir por una ～ 結果非常昂貴/ tomar a ～ ①不重視 ②當兒戲

bromatología *f.* 營養學

bromazo *m.* 惡作劇

bromear *intr.* 開玩笑, 説笑話

bromista *a.* 好開玩笑的(人)

bromo¹ *m.*【化】溴

bromo² *m.*【植】直立雀麥

bromuro *m.*【化】溴化物

bronca *f.* 1. 爭吵, 口角 2. 斥責 3. 起鬨 ◇ busca ～s 好爭吵的人/ buscar ～ 找碴兒, 惹事

bronce *m.* 1. 青銅 2. 青銅器 3. 青銅像, 銅像 4. 堅強, 堅毅

broncear *tr.* 1. 鍍青銅色 2. 曬黑

broncíneo, a *a.* 青銅色的

bronco, ca *a.* 1. 刺耳的 2. 粗糙的 3. 脾氣不好的

bronquial *a.* 支氣管的

bronquio *m.*【解】支氣管

bronquitis (*pl.* bronquitis) *f.*【醫】支氣管炎

broquel *m.* 1. 盾牌 2.【轉】保護, 護衛

brotar *intr.* 1. 發芽, 出土 2. 長葉 3. 湧出, 冒出 4.【轉】出現

brote *m.* 1. 幼芽, 蓓蕾; 新枝 2. 發芽 3. 萌芽, 開端

broza *f.* 1. 豬鬃刷子 2. 枯枝敗葉 3. 灌木雜草叢 4.【轉】廢話

bruces: de ～ 趴着, 臉朝下

bruja *f.* 1. 女巫, 巫婆 2. 醜老太婆 3. 壞女人

brujería *f.* 巫術, 妖術

brujo *m.* 男巫, 巫師

brujo, ja *a.* 迷人的, 有魅力的

brújula *f.* 1. 指南針 2.【海】羅盤

brujulear *tr.* 想方設法

bruma *f.* 1. 霧, 海霧 2. *pl.* 糊塗

brumoso, sa *a.* 1. 有霧的 2.【轉】不清楚的, 模糊的

bruñir *tr.* 磨光, 擦亮

brusco¹ *m.*【植】假葉樹

*brusco, ca*² *a.* 1. 突然的 2. 粗魯的

brusquedad *f.* 1. 突然, 猝然 2. 粗魯, 粗暴

brutal *a.* 1. 粗野的, 野蠻的 2. 殘忍的

brutalidad *f.* 1. 粗野, 野蠻 2. 殘忍 3. 暴行, 獸行 4. 大量

bruto, ta I. *a.* 1. 粗野的 2. 粗糙的, 未經琢磨的 3. 毛的(重量) II. *m.* 野獸 ◇ noble ～ 馬/ en ～ ①未經琢磨的 ②毛的, 非純淨的(重量)

bruza *f.* 豬鬃刷子

bruzar *tr.* 用豬鬃刷子刷

bu (*pl.* búes) *m.* (嚇小孩用語) 妖怪

búbalo *m.* 1. 北非牛 2. 亞洲水牛

bubático, ca *a.* 1. 淋巴腺炎的 2. 腹股溝腺炎的

bubónico, ca *a.* 1. 淋巴腺的 2. 腹股溝腺的

bucal *a.* 口的, 嘴的

bucare *m.*【植】籠牙花

búcaro *m.* 瓷花瓶

bucear *intr.* 1. 潛水, 潛泳 2.【轉】考察, 探究

bucle *m.* 1. 髮鬈 2. 捲兒, 捲狀物

bucólica *f.* 牧歌, 田園詩

bucólico, ca *a.* 1. 牧人的, 田園式的 2. 田園詩的

buche *m.* 1. (禽類的) 嗉囊 2. (某些動物的) 胃 3. (量詞) 一口(水) ◇ guardar (或 tener) en el ～ 保守秘密/ sacar el ～ 套出某人知道的事情

búdico, ca *a.* 佛教的

budín *m.* 布丁(西餐點心)

budismo *m.* 佛教

budista *a.-s.* 佛教的; 佛教徒

buen *a.* (bueno 的詞尾省略形式) 好的

buenamente *ad.* 1. 輕鬆地; 不緊不慢地 2. 好心地

buenaventura *f.* 1. 幸運, 運氣 2. 算命

bueno, na *a.* 1. 好的 2. 適宜的, 合適的 3. 容易的 4. 靈巧的 5. 使人舒服的 6. 善良的, 寬厚的 7. 頭腦簡單的 8. 相當的, 可觀的 ◇ a la ～a de Dios 聽其

自然/ dar una ～a a 狠揍（某人）一頓/ de ～as 樂意地/ de ～a primeras 一開始就/ por las ～as ①樂意地, 自願地 ②輕鬆地/ una ～a 引人發笑的事; 出人意料的事; 使人惱火的事/ venirse a ～as 忍讓

*buey *m.* 閹牛 ◇ ～ marino【動】海牛

búfalo, la *s.* 水牛 ◇ ～ de agua 水牛

*bufanda *f.* 圍巾, 圍脖

bufar *intr.* 1.（牛、馬等）打響鼻 2.【轉】怒氣沖沖

*bufete *m.* 1. 寫字枱 2. 律師事務所 3.【轉】律師的主顧

buffet *m.* 放食品的條案

bufido *m.* 1.（牛、馬等打的）響鼻 2.【轉】怒氣

bufo, fa I. *a.* 滑稽的, 引人發笑的 II. *s.* 丑角, 滑稽演員

bufón, ona I. *a.* 好笑的, 滑稽的 II. *s.* 小丑, 丑角

bufonada *f.* 滑稽可笑的言行

bugle *m.* 軍號

buharda; buhardilla *f.* 1. 天窗 2. 頂樓, 屋頂樓

buharro *m.*【動】長耳鴞

búho *m.*【動】鵰鴞; 貓頭鷹

buhonero *m.* 貨郎, 小販

buitre *m.* 1.【動】兀鷲 2.【轉】野心勃勃的人

bujería *f.*【集】不值錢的物品

*bujía *f.* 1. 蠟燭 2.【理】燭光 3. 火花塞

bula *f.* 1. 教皇鉛璽 2. 教皇訓諭

bulbo *m.*【植】鱗莖 ◇ ～ dentario【解】牙胚/ ～ piloso【解】毛球/ ～ raquídeo【解】延髓

buldog *m.* 叭喇狗

bulevar *m.* 大街

*búlgaro, ra I. *a.-s.* 保加利亞（Bulgaria）的; 保加利亞人 II. *m.* 保加利亞語

bulo *m.* 假消息

*bulto *m.* 1. 體積 2. 包, 疙瘩 3. 包裹 4. 枕心 5. 模糊的物體 6. 主體 7. 半身像, 胸像 ◇ a ～ 粗略地/ buscar el ～ a 尋釁/ de ～ ①明顯的, 嚴重的 ②陪伴着, 壯聲勢地/ escurrir（或 guardar, huir）el ～ 逃避/ hacer ～ 使體積增大

bulla *f.* 1. 喧鬧, 吵鬧 2. 熙攘的人羣

bullanga *f.* 騷動, 騷亂

bullebulle *s.* 好動的人; 愛管閑事的人

bullicio *m.* 1. 喧囂, 嘈雜 2. 騷亂, 騷動

bullicioso, sa *a.* 1. 搗亂的 2. 喧鬧的, 亂鬨鬨的

*bullir *intr.* 1. 沸騰 2. 奔騰, 翻滾 3. 熙攘

buñolera *f.* 做或賣油煎餅的人

buñuelo *m.* 1. 一種油煎餅 2.【轉, 口】粗製濫造的東西

*buque *m.* 1. 大船, 艦 2. 容積, 容量 3. 船身

burbuja *f.* 泡

burbujear *intr.* 起泡

burdel I. *a.* 好色的, 淫蕩的 II. *m.* 妓院

burdo, da *a.* 1. 粗的, 粗糙的 2. 粗魯的

bureo *m.* 消遣, 娛樂

bureta *f.* 玻璃量管

burga *f.* 温泉

burgomaestre *m.*（某些國家的）市長

*burgués, esa *a.-s.* 資產階級的; 資產階級分子

*burguesía *f.* 資產階級

buriel *a.* 暗紅色的, 紅褐色的

buril *m.* 雕刀, 鏤刀

*burla *f.* 1. 玩笑 2. 嘲笑, 嘲弄 3. 愚弄, 戲弄

burladero *m.*（街心的）安全島

*burlar I. *tr.* 1. 欺騙 2. 擺脱, 躲開 3. 使落空 II. *r.* 嘲弄, 愚弄

burlesco, ca *a.* 嘲弄的, 不嚴肅的

burlón, ona *a.* 好開玩笑的, 嘲弄的

*buró *m.* 局; 處; 科

*burocracia *f.* 1. 官僚階層 2. 官僚政

治

*burócrata *s.* 官僚

*burocrático, ca *a.* 官僚的; 官僚主義的; 官僚政治的

burra *f.* 1. 母驢 2.【轉】愚昧無知的女人

burrada *f.* 1. 驢羣 2. 蠢話, 蠢事

*burro *m.* 1. 公驢 2.【轉】蠢笨的人 3.【轉】粗魯的人 4.【轉】固執的人 ◇ con dos albardas 重複, 累贅 / ～ de carga 負擔過重的人 / apearse (或 caer) del ～ 讓步, 服輸 / hacer el ～ 做蠢事, 説蠢話 / trabajar como un ～ 苦幹 / (Una vez) puesto en el ～, buen palo 一旦開始, 就要完成

bursátil *a.* 股票交易的

burujo *m.* 硬塊, 結塊

bus *m.* 公共汽車

*busca *f.* 1. 尋找 2. 撿破爛 ◇ ir a la ～ 撿破爛

buscapié *m.*【轉】暗示, 諷示

buscapiés (*pl.* buscapiés) *m.* 滾地雷 (一種爆竹)

*buscar *tr.* 1. 尋找 2.【轉】尋求, 謀求

buscarruidos (*pl.* buscarruidos) *m.* 1. 好吵鬧的人 2. 好惹事的人

buscón, ona I. *s.* 小偷 II. *f.* 妓女

busilis (*pl.* busilis) *m.* 癥結, 要害

*búsqueda *f.* 1. 尋找 2. 偵察, 偵探

*busto *m.* 1. (人體的) 上半身 2. 胸像, 半身塑像

*butaca *f.* 1. 扶手軟椅 2. (影劇院的) 座位 3. (影劇院的) 門票, 入場券

butadieno *m.*【化】丁二烯

butano *m.*【化】丁烷

butifarra *f.* 一種灌腸

*buzo *m.* 1. 潛水員 2. 潛水服

*buzón *m.* 1. 郵筒的投信口 2. 郵筒, 信箱

C

c *f.* 西班牙語字母表的第三個字母

ca *interj.* 怎麽可能

cabal *a.* 1. 精確的 2.【轉】完美的, 【轉】完整無缺的 ◇ estar en sus ～es 清醒, 神經正常

cábala *f.* 1.【宗】希伯來神秘學説 2. *pl.*【轉】猜測, 猜度 3. *pl.*【轉, 口】密謀

cabalgada *f.* 1. (在敵後搜索、騷擾的) 騎兵隊 2. 搜索, 騷擾

cabalgadura *f.* 坐騎; 馬

*cabalgar I. *intr.* 1. 騎馬 2.【轉】騎, 跨 II. *tr.* (牲畜) 爬跨, 交配

cabalista *s.* 1. 希伯來神秘哲學家 2. 陰謀家

cabalístico, ca *a.* 神秘的

caballa *f.* 一種鯖魚

*caballada *f.* 馬羣

caballar *a.* 馬的

caballeresco, ca *a.* 1. 騎士的 2. 紳士的

caballerete *m.* 自負的青年人

*caballería *f.* 1. 坐騎 2. 騎兵 3. 機械化部隊 ◇ ～ andante【集】游俠騎士

caballeriza *f.* 1. 馬厩, 馬棚 2.【集】(馬厩裏的) 馬; 馬伕

*caballero, ra I. *a.* 1. 乘騎的, 騎着牲口的 2.【轉】固執的 II. *s.* 騎着馬的人 III. *m.* 1. 騎士 2. 騎兵 3. 紳士 4. 先生 5. 貴族 ◇ ～ andante 游俠騎士 / ～ de industria 騙子 / armar ～ a 授予騎士頭衘 / Poderoso ～ es don Dinero 金錢萬能

caballerosidad *f.* 慷慨

caballeroso, sa *a.* 慷慨的, 豪爽的

caballete *m.* 1. 支架, 三脚架 2. 小馬 3. 屋脊 4. 畫架 5. 鼻梁

caballista *m.* 熟悉馬的人;好騎手

caballito *m.* 1. 小馬 2. *pl.* 木馬, 旋轉木馬 ◇ ～ del diablo 蜻蜓/ ～ de mar 海馬

***caballo** *m.* 1. 馬 2. 騎兵 3. 鋸木架 ◇ ～ de batalla ①戰馬 ②專長, 特長/ a ～ 騎在馬上/ a ～ en la tapia 騎牆, 觀望/ montar(se) a ～ 騎上馬

caballón *m.* 壟

caballuno, na *a.* 馬的;像馬的

***cabaña** *f.* 1. 茅屋 2. 牲畜 3. 畜羣

cabañuelas *f.pl.* (根據一月或八月的氣候對其它月份的) 氣候預測

cabaret *m.* (有歌舞表演的) 咖啡館, 酒吧

cabás *m.* (女學生用的) 手提式書包

cabe *prep.* 靠近, 接近

cabecear I. *intr.* 1. 搖頭, 點頭 2. 打瞌睡 3. (車、船) 顛簸, 搖晃 II. *tr.* 1. (給書) 加書頭布 2. (給衣服) 鑲邊

cabeceo *m.* 1. 搖頭, 點頭 2. (車、船的) 搖晃, 顛簸 3. (衣服等的) 鑲邊

cabecera *f.* 1. 床頭; 床頭一側 2. 首席 3. 首府 4.【印】頁首裝飾, 章首裝飾 5. 報頭 ◇ estar a la ～ (de la cama) de 陪伴護理

cabecilla *m.* 頭目

cabellera *f.* 1. 頭髮 2.【天】彗尾

***cabello** *m.* 1. 毛髮; 頭髮 2. 玉米鬚子

cabelludo, da *a.* 1. 頭髮的, 多髮的 2.【植】有毛的

***caber** I. *intr.* 1. 進得去, 通得過 2. 放得下, 容納 3. 有可能 4. 使有, 使感到 5. 分得 II. *tr.* 容納 ◇ ～ en 可能會, 幹得出/ ～ todo en 什麼都幹得出/ no cabe más 到了極點, 無以複加/ no ～ en sí de 抑制不住

cabestrillo *m.* 三角綳帶

cabestro *m.* 1. 繮繩 2. 帶頭牛

***cabeza** *f.* 1. 頭, 頭部; 腦袋 2. 頭像 3. 人數; 頭數 4.【轉】才智, 才能; 頭腦 5. 主體, 主要部分; 上部, 前端 6. 上款 7. (板端的) 防翹板條 ◇ ～ de ajo 蒜頭/

～ de chorlito 心不在焉的人/ ～ de familia 户主, 家長/ ～ de la Iglesia 羅馬教皇/ ～ de linaje 族長/ ～ de olla 一碗湯/ ～ de puente ①橋頭 ②河岸陣地/ ～ de turco 替罪羊/ ～ dura 愚人; 固執的人/ ～ vacía ①不明智的人 ②輕浮的人/ mala ～ ①揮金如土的人 ②沒頭腦的人/ a la ～ ①頂在頭上 ②在前面 ③爲首/ alzar la ～ ①抬起頭 ②揚眉吐氣 ③擺脱貧困 ④病愈復元/ bajar la ～ ①低下頭 ②羞愧 ③屈服, 順從/ caber en la ～ 可以理解/ ～ abajo 頭 朝下/ ～ arriba 頭朝上/ calentarse la ～ ①使焦慮 ②使産生幻想/ cargarse la ～ 頭腦發脹/ con la alta (或 erguida, levantada) 大義凛然/ con la ～ entre las manos 抱頭沉思/ dar en la ～ 故意作對/ darse con la ～ contra la pared (由於失望而) 捶胸頓足/ de ～ ①忙碌, 繁忙 ②記住, 憑記憶/ de mi (或 tu, su 等) ～ 是我 (或你, 他…) 想出來的/ escarmentar en ～ ajena 前車之鑑, 引爲鑑戒/ ir de ～ por 渴望得到/ llevar de ～ a ①使忙碌不堪 ②使來回奔走/ no levantar la ～ de 埋頭於, 專心於/ no tener donde volver la ～ 舉目無親; 走投無路/ obscurecerse (或 ofuscarse) la ～ 昏頭昏腦, 暈頭轉向/ pasarle por la ～ 想出, 想到/ perder la ～ 失去理智/ poner sobre su ～ 贊美/ quitar de la ～ 使放棄/ romperse la ～ 絞盡腦汁/ sacar la ～ 出現, 顯露/ sentar la ～ 清醒, 理智/ subírsele a la ～ ①使頭暈 ②衝昏頭腦/ tener en la ～ una olla de grillos ①頭暈 ②輕率魯莽/ tocado de la ～ 失去理智/ torcer la ～ 死亡/ volver la ～ a ①迴避 ②不理睬

cabezada *f.* 1. 頭撞; 頭部受到的打擊 2. 打瞌睡 3. 點頭招呼 4. 馬籠頭 5.【印】堵頭布 ◇ darse de ～s contra la pared【轉, 口】(由於失望而) 捶胸頓足

/ dar una ～ 打盹兒

cabezazo *m.* 頭撞; 頭部受到的打擊

cabezo *m.* 山頂, 山尖

cabezón, ona *a.* **1.** 頭大的 **2.** 固執的

cabezudo, da **I.** *a.* **1.** 頭大的 **2.** 固執的 **II.** *m.* (節日活動中的) 大頭矮人

cabezuela *f.* **1.** (衣服的) 飛邊 **2.**【植】頭狀花序 **3.** 粗麪粉

cabida *f.* **1.** 容積, 容量 **2.** 面積

cabila *f.* (貝都因人或柏柏爾人的) 部落

cabildada *f.* 濫用職權

cabildear *tr.* 拉攏, 拉選票

cabildo *m.* **1.** 市議會; 市政府 **2.** 市政廳 **3.** 教士會

cabileño, ña *a.* -*s.* (貝都因人或柏柏爾人) 部落的; 部落成員

cabilla *f.* **1.** 定縫銷釘 **2.** 繫索栓, 纜耳

cabillo *m.* 花梗, 葉柄; 果柄

***cabina** *f.* **1.** 操作室; 駕駛室; 駕駛艙 **2.** 電話間 **3.** 電影放映室

cabizbajo, ja *a.* 垂着頭的, 低下頭的

***cable** *m.* **1.** 電纜, 電線 **2.** 纜, 索; 錨鏈 **3.**【海】鏈 (國際海程單位, 合 185.19 米) ◇ echar un ～ a *uno*【轉】給 (某人) 台階下

cablegrafiar *tr.*-*intr.* 發 (海底) 電報

cablegrama *m.* 海底電報

cablero *m.* 海底電纜敷設船

***cabo** *m.* **1.**【軍】班長 **2.** 端, 頭兒; 殘餘部分 **3.**【海】纜索 **4.** (農具等的) 柄, 把兒 **5.** *pl.* (馬的) 蹄, 鼻, 嘴, 鬃, 尾 ◇ ～ de escuadra【軍】班長, 小隊長/ ～ de ronda 緝私隊長/ ～ suelto 懸而未決的問題/ al ～ 最後, 終於/ al ～ de 在…之後/ atar (或 juntar, recoger, reunir, unir) ～s 搜集材料/ de ～ a ～ (或 rabo) 從頭到尾, 完全/ estar al ～ de (la calle) 瞭解, 熟知/ llevar a ～ 實現, 完成

***cabotaje** *m.* 沿岸航行, 沿岸貿易 ◇ gran ～ 西班牙沿岸航行

***cabra** *f.* **1.** 山羊, 家山羊 **2.** 截蟶 ◇ ～ de almizcle 麝/ ～ montés 北山羊, 羱羊/ como una ～【轉】精神失常的/ La ～ (siempre) tira al monte 稟性難移

cabrada *f.* 山羊羣

cabrero, ra *a.*-*s.* 放牧山羊的; 牧羊人, 羊倌

cabrestante *m.* 絞盤

cabria *f.* **1.** 絞車 **2.** 起重機

cabrilla *f.* **1.** 鋸木架 **2.** *pl.* 泡沫狀浪花 **3.** *pl.* (大寫)【天】昴星團 ◇ salta ～ 打水漂兒

cabrillear *intr.* **1.** (海面上) 起泡沫 **2.** (光線在水面上) 泛起閃光 **3.** 漂動

cabrio *m.*【建】椽

cabrío, a **I.** *a.* 山羊的 **II.** *m.* 公山羊

cabriola *f.* **1.** 跳躍 **2.** 尥蹶子 **3.** 善於通權達變

cabriolé *m.* 輕便馬車

cabritilla *f.* 山羊羔皮

cabrito *m.* **1.** 山羊羔 **2.** 烏龜, 縱婦淫亂的人

cabrón *m.* **1.** 公山羊 **2.** 烏龜, 淫婦之夫 **3.** 無恥之徒

cabruno, na *a.* 山羊的

cabujón *m.* 磨而未琢的寶石

cabuya *f.* **1.**【植】龍舌蘭 **2.** 龍舌蘭纖維

caca *f.* (對小孩講話用語) 屎, 屁屁 ◇ hacer ～ (小孩) 拉屎, 拉屁屁

***cacahuete** *m.* 落花生, 花生

***cacao**[1] *m.* 可可樹; 可可豆; 可可粉

cacao[2] *m.* 吵鬧

cacaotal *m.* 可可種植園

cacarear **I.** *intr.* (雞) 咯咯叫 **II.** *tr.* **1.** 吹噓 **2.** 大肆張揚

cacatúa *f.* **1.**【動】白鸚鵡 **2.**【轉, 口】醜八怪 (尤指女人)

cacera *f.* 灌溉溝渠

cacería *f.* 狩獵

***cacerola** *f.* 平鍋, 有柄淺口鍋

cacicato; cacicazgo *m.* 酋長權力; 酋長領地

*cacique *m.* 1. (印第安人的) 酋長, 部
落長 2.【轉】(地方上的) 權貴, 土豪

caciquismo *m.* 1. 酋長制 2. 權貴政治

caco *m.*【轉】小偷, 扒手

cacodilato *m.*【化】卡可酸鹽

cacofonía *f.* 同音重複

cacografía *f.* 錯誤拼寫

*cacto *m.*【植】仙人掌, 仙人球

cacumen *m.*【轉, 口】敏銳, 聰明

cacha *f.* 1. (刀柄等的) 柄面 2. *Amér.*
刀柄 ◇ hasta las ~s 完全地, 深深地

cachalote *m.*【動】抹香鯨

cachano *m.* 魔鬼 ◇ llamar a ~ 徒勞
地要求

cacharrería *f.* 日用器具店

cacharro *m.* 1. 粗糙的器皿 2. 日用器
皿 3. 破爛貨 4. 破盆爛碗

cachaza¹ *f.* 1. 遲緩 2. 冷漠

cachaza² *f.* 甘蔗燒酒

cachazudo, da I. *a.* 遲緩的 II. *m.* 黑
天蛾

cachear *tr.* 搜查 (某人是否私藏武器)

cachemir *m.* 開司米織物

cachete *m.* 1. (頭或臉部挨的) 拳打 2.
耳光, 巴掌

cachetina *f.* 揮拳柄打

cachicuerno, na *a.* 角質柄把的

cachifollar *tr.* 1. 破壞, 打亂 (計劃) 2.
弄糟, 搞壞 3. 使無言以對, 使丟面子

cachimba *f.*【口】煙斗

cachipolla *f.*【動】蜉蝣

cachiporra *f.* 大頭棒

cachivache *m.* 器皿, 家什

cacho *m.* 1. 碎塊, 小片 2. (罐頭裏的)
水果塊 ◇ un ~ de pan 一丁點兒麵包

cachondearse *r.* 嘲笑

cachondo, da *a.* 1. 發情的 (動物) 2.
性慾衝動的 (人)

cachorrillo *m.* 袖珍手槍

*cachorro, rra *s.* 1. (哺乳動物的) 崽
2. 狗崽

cachucha *f.* 小船

cachupín, na *s.* (在美洲定居的) 西班
牙移民

cachupinada *f.* 家庭歡宴

*cada *a.* 每, 每個; 各, 各個 ◇ ~ uno
每個人

cadalso *m.* 1. 台, 壇 2. 斷頭台

*cadáver *m.* 1. 死屍, 屍體 2. 非常憔悴
的人

cadavérico, ca *a.* 1. 屍體的 2. 憔悴的,
蒼白的

*cadena *f.* 1. 鏈子, 鏈條 2. 鏈狀物 3.
pl. 枷鎖, 桎梏 4.【化】鏈 5. 系列 6. 連
續, 連鎖 7. 電視網, 廣播網; 聯播 ◇ ~
de agrimensor【測】測鏈 / ~ de mon-
tañas 山脈 / ~ perpetua 終身監禁 /
sin fin 無端鏈, 循環鏈

*cadencia *f.* 1. 節奏 2. 節拍, 旋律 3.
pl. 樂曲, 音樂

cadencioso, sa *a.* 1. 有節奏的 2. 音調
優美的

cadeneta *f.* 1. (縫紉的) 鎖邊 2. 紙彩
鏈

cadente *a.* 1. 腐朽的, 搖搖欲墜的 2.
有節奏的

*cadera *f.* 臀部, 胯 ◇ a la ~ 馱在胯
部

cadete *m.* 軍校學員, 士官生

cadillo *m.* 1.【植】刺蒼耳 2. *pl.* (織物
上的) 草刺

cadmio *m.*【化】鎘

*caducar *intr.*【法】(合同、文件等) 失
效, 作廢

caduceo *m.* 帶翅雙蛇杖 (羅馬神話中
墨丘利的象徵)

caducidad *f.* 1. (合同、文件等的) 失
效, 作廢 2. 衰老, 老朽

*caduco, ca *a.* 1. 萎謝的, 脫落性的 2.
衰老的, 老朽的

caedizo, za *a.* 易落的

*caer I. *intr.* 1. 掉, 落, 墜 2. 垂下, 耷拉
3. 死; 捐軀 4. 垮台, 倒台 5. 倒下 6. 落
到, 落入, 陷入 7. 衰弱, 衰落 8. (一段
時間) 就要結束 9. 失敗, 受挫 10. (意
外地) 出現, 來到 11. 降臨 12. (某個節

日等) 適逢 **13.** 明白,領會;想起 **14.** 座落 **15.** 撲向 **II.** *r.* **1.** 消沉 **2.** 倒下;脫落 **3.** 出奇,不一般 **4.** 忍不住 ◇ ~ bien ①適合 ②給以好印象/ ~ dentro 在…之內/ ~ mal 給以不好的印象/ ~ muy bajo 卑鄙下流/ ~ pesadamente 討厭/ ~ por 臨近 (某地)/ ~se redondo ①跌個大跤 ②死/ ~se de viejo ①陳舊不堪 ②老態龍鍾/ cayendo y levantando 時起時伏; 時好時壞/ dejar ~ ①失手掉落 ②無意中說出/ dejarse ~ ①跌倒,一下子坐下 ②跳下,從空中跳下 ③自暴自棄 ④偶然露面/ dejarse ~ con 意外地說出,意外做出/ estar al ~ 即將發生/ hacer ~ 使倒下;使垮台

*café (*pl.* cafés) *m.* **1.** 咖啡 **2.** 咖啡館 ◇ ~ cortado (倒在杯中的)咖啡/ ~ expreso soluble 速溶咖啡/ ~ con leche 牛奶咖啡/ ~ natural 原咖啡/ ~ negro 清咖啡/ ~ torrefacto 加糖炒過的咖啡

cafeína *f.* 咖啡鹼,咖啡因
*cafetal *m.* 咖啡園
*cafetera *f.* 咖啡壺
cafetería *f.* 咖啡館
cafetero, ra **I.** *a.* 咖啡的 **II.** *s.* **1.** 採收咖啡豆的工人 **2.** 賣咖啡的人
cafetín *m.* 小咖啡館
*cafeto *m.* 【植】咖啡
cáfila *f.* 【口】羣,隊;堆
cafre *a.* **1.** 東南非洲的 (人) **2.** 野蠻的,未開化的
caftán *m.* (摩爾人的) 長袍
cagaaceite *m.* 【動】槲鶇
cagachín *m.* 庫蚊
cagada *f.* (一次拉出的) 屎
cagalera *f.* 【口】拉稀,瀉肚
cagar **I.** *intr.* **1.** 【口】拉屎 **2.** 【轉, 口】搞糟 **II.** *r.* **1.** 腹瀉,拉肚子 **2.** 怯懦
cagarria *f.* 【植】羊肚菌
cagarruta *f.* **1.** 羊屎蛋兒 **2.** 破爛兒 **3.** 微不足道的小人物

cagatintas *m.* 辦事員
cagón, na *a.* **1.** 大便次數多的 **2.** 膽小的
caguama *f.* 海龜殼
*caída *f.* **1.** 落下,降落 **2.** 傾斜 **3.** 懸掛物 **4.** 倒台,滅亡 **5.** (水的) 落差 **6.** 過錯,墮落 **7.** 瀑布 **8.** 死亡 **9.** 下垂 **10.** 【電】壓降,壓差 ◇ ~ de la hoja ①落葉 ②秋天/ ~ de la tarde 傍晚/ ~ de potencial 【電】電壓降/ ir de ~ ①減弱,下降 ②【轉】走下坡路
caimán *m.* **1.** 【動】凱門鱷 **2.** 【轉】狡猾的人
cairel *m.* **1.** 假髮套 **2.** *pl.* (衣物的) 流蘇,繸子
*caja *f.* **1.** 盒,匣,箱 **2.** 【印】字盤 **3.** 錶殼 **4.** 保險櫃 **5.** 棺材 **6.** (樂器的) 共鳴箱 **7.** 鼓 **8.** 卯眼 **9.** (武器的) 木托 **10.** 出納處;收款處,付款處 **11.** 資金 **12.** 經濟狀況 ◇ ~ de ahorros 儲蓄所/ ~ de cambio (汽車) 變速箱/ ~ de caudales 保險櫃/ ~ de distribución (蒸汽機的) 汽缸罩/ ~ de la escalera 樓梯間/ ~ de muerto 棺材/ ~ de música 八音盒/ ~ de Pandora ①潘朵拉盒子 ②災禍的根源/ ~ de recluta 徵兵處/ ~ fuerte 保險櫃/ ~ negra 黑匣子/ ~ ósea 顱骨/ ~ registradora 現金收入記錄機/ a ~ y espiga 榫卯接合/ echar (或 despedir) *a uno con* ~s destempladas 趕走,攆走/ entrar en ~ ①應徵登記 ②恢復正常生活
*cajero, ra *s.* 出納員
*cajetilla *f.* **1.** (香煙的) 包 **2.** (火柴的) 盒
cajetín *m.* **1.** 彈簧鎖鎖槽 **2.** 空白格章 **3.** (車輛的) 售票箱
cajista *s.* 排字工人
*cajón *m.* **1.** 大木箱 **2.** 抽屜 **3.** 貨亭,貨攤 ◇ ~ de sastre 亂七八糟的一堆東西/ de ~ 很普通的
cajonera *f.* 屜櫃
*cal *m.* 石灰 ◇ ~ apagada 熟石灰/

~ hidráulica 水硬石灰/ ~ viva 生石灰/ ~ y canto 混凝土結構/ de ~ y canto ①混凝土結構的 ②牢固的/ una de ~ y otra de arena 好壞交替, 時好時壞

cala f. 小海灣

calabacear tr. 拒絕

calabacera f. 瓜, 葫蘆

calabacín m. 嫩瓜, 嫩葫蘆

*__calabaza__ f. 1. 瓜, 葫蘆 2. 白癡 ◇ dar ~s ①判考試不及格 ②拒絕(求愛)/ más soso que la ~ 極無趣味的(人)

calabazate m. 糖漬瓜, 蜜餞瓜

calabobos (pl. calabobos) m. 【口】毛毛雨

*__calabozo__ m. 1. 地牢 2. 牢房

calabriada f. 1. 混合酒 2.【轉】摻混

calabrote m.【海】粗纜繩

calado, da I. a. 透雕的 II. m. 1. 抽紗 2. (船) 吃水深度 3. (可航水域的) 深度

calafate m. 船體縫隙填塞工

calafatear tr. 填塞 (船縫)

calamar m. 魷魚, 槍烏賊

calambre m. 1. 痙攣, 抽筋 2. 胃痙攣

calamidad f. 1. 災難, 災害 2. 不幸 3. 倒霉的人, 不幸的人 ◇ ~ pública (波及面廣的) 大災難

calamina f. 1. 菱鋅礦 2. 鋅熔液

calamitoso, sa a. 災難性的, 不幸的

cálamo m. 1. 羽根 2. 翎筆; 鋼筆

calamocano, na a. 微醉的 2. 昏聵的

calandrajo m. 1. (衣服的) 大塊破布 2. 破衣襤褛 3.【轉, 口】滑稽可鄙的人

calandria I. f. 砑光機, 軋光機 II. m.【口】裝病住院的人

calaña f. 1. 貨樣, 樣本 2. 本質

calao m.【動】犀鳥

*__calar__ I. tr. 1. (把漁具) 投入水中 2. 放下, (梳杆等) 3. 使 (船) 吃水 4. (把帽子) 深深地套在頭上 5. 上 (刺

刀) 6. 備好 (武器) 7. 濕透 (衣物) 8. 穿透 9. (用杆子) 探查, 檢查 10. 看透, 看穿 11. 開口查看 II. r. 1. 濕透 2. 漏雨 3. (鳥) 撲向 (獵物) 4. 進入 5. (發動機) 因過載而停轉

*__calavera__ I. f. 1. 頭顱, 顱骨 2.【動】人面天蛾 II. m.【轉】沒有頭腦的人

calaverada f. 糊塗行為

calcáneo m.【解】腳跟骨

calcañar m. 腳後跟

calcar tr. 1. 踩住 2. 描, 摹 3.【轉】摹仿

calcáreo, a a. 石灰質的, 含石灰的

calce m. 1. 輪箍, 輪輞 2. 刃口鋼 3. 楔, 墊

calcedonia f.【礦】玉髓

calceta f. 長襪

*__calcetín__ m. 襪子

calcio, ca a. 鈣的

calcificar tr. 使鈣化, 使石灰化

calcinar tr. 1. 燒成石灰 2. 燒焦 3. 烤

*__calcio__ m.【化】鈣

calco m. 1. 摹, 描 2. 複製品 3. 模仿

calcomanía f. 1. 貼花轉印法 2. (轉印用的) 貼花紙 3. 轉印的圖案

calculador, ra a. 計算的, 會計算的

calculadora f. 計算器, 計算機 ◇ ~ electrónica 電子計算機

*__calcular__ tr. 1. 計算 2. 估計 3. 計劃

calculista a. 工程設計的

*__cálculo__ m. 1. 計算 2. 估計 3. 計劃 4.【醫】結石 5. 慎重 ◇ ~ diferencial 微分學/ ~ infinitesimal 微積分學/ ~ integral 積分學

calda f. 1. 加熱 2. pl. 溫泉浴

caldear tr. 1. 加熱; 燒紅 2. 使激烈

*__caldera__ f. 1. 鍋爐 2. 鍋

calderada f. (量詞) 鍋

caldería f. 1. 鍋爐廠, 鍋爐修理廠 2. 鍋爐製造修理業

calderero m. 鍋爐廠工人

calderilla f. 1. 小硬幣 2.【植】高山茶藨子

caldero m. 1. 小鍋 2. 見 calderada

calderón m. 1.【樂】延長號 2. 延長音 3.【動】巨頭鯨

caldo m. 1. 湯, 肉湯, 菜湯, 魚湯 2. 調味汁 3. 油, 酒 (商業用語) 4. 顯影液 ◇ hacer el ～ gordo 幫助, 協助

caldoso, sa a. 湯多的

calducho m. 1. 清湯 2. 樣子難看的湯兒

calefacción f. 1. 採暖, 供暖 2. 暖氣, 暖氣設備 ◇ ～ central 集中供暖/ ～ individual 分散供暖

calendas f. pl. 過去, 從前

calendario m. 1. 曆, 日曆 2. 月曆, 掛曆 ◇ ～ de pared 掛曆/ ～ eclesiástico 教曆/ ～ gregoriano 格列曆, 公曆/ ～ juliano 儒略曆/ hacer ～s 估計; 推測

caléndula f.【植】金盞花

calentador, ra I. a. 使熱的 II. m. 1. 加熱器 2. 大懷錶

calentar I. tr. 1. 加熱 2.【轉】使活躍 3.【口】刺激性慾 4.【轉, 口】打 II. r. 1. 取暖 2.【轉】激動 3.【轉】愛上

calentón¹ m. 驟熱

calentón, ona² a.【轉, 口】性慾強烈的

calentura f. 1. 熱度, 燒 2. (因發燒) 嘴唇上起的泡

calenturiento, ta a. 發燒的; 有發燒徵兆的

calera f. 1. 石灰石採石場 2. 石灰窯

calesa f. 敞篷馬車

calesero m. (敞篷馬車的) 馬車伕

caleta f. 小海灣

caletre m.【口】才幹

calibrar tr. 1. 測量口徑 2. 定口徑 3. 估計

calibre m. 1. (槍、炮等的) 口徑, 内徑 2. (子彈、炮彈等的) 直徑 3. (金屬板材的) 厚度 4. 程度, 重要性

calicanto m. 灰石結構

calicata f. 探礦

calidad f. 1. 質, 質量, 品質 2. 優質 3. 高貴, 顯赫 4. 資格, 身份 5. 等級, 種類 6. 重要性 7.【美】優美 ◇ de primera ～ 上等的, 第一流的/ en ～ de 以…資格, 以…身份/ por su ～ de 由於, 根據

cálido, da a. 1. 炎熱的 2. 熱烈的 3.【美】暖色的

calidoscopio m. 萬花筒

calientapiés (pl. calientapiés) m. 脚爐

calientaplatos (pl. calientaplatos) m. (飯菜的) 保溫器

caliente I. a. 1. 熱的 2. 發脾氣的 3. 性慾衝動的 4.【美】暖色的 II. ad. 趁熱 ◇ en ～ 立刻, 立即

califa m. 哈里發 (伊斯蘭國家的君主)

califato m. 哈里發的職權

calificación f. 1. 評定, 評價 2. 分數, 成績 3. 資格

calificar tr. 1. 評定 2. 給…評分 3. 表明, 證明

calificativo, va a. 1. 修飾的, 限定性的 (形容詞) 2. 評定性的, 鑑定性的

caligine m. 1. 霧 2. 昏暗

caliginoso, sa a. 1. 有霧的 2. 昏暗的

caligrafía f. 書法

calígrafo, fa s. 書法家

calina f. 薄霧

cáliz¹ m. 1. 聖杯 2. 高脚杯

caliz² m.【植】花萼

caliza f. 石灰岩, 灰岩 ◇ ～ hidráulica 水硬石灰岩

calizo, za a. 石灰的; 含石灰的

calma f. 1. 風平浪静 2. 寧静 3. 冷静 4. 克制 5. 耐心 ◇ ¡ ～ ! 耐心點/ ～ chica 一點風都没有/ en ～ 平静的, 寧静的

calmante m. 鎮静劑

calmar I. tr.-r. 1. 使平静, 平息 2. 減輕, 减緩 II. intr. 平静, 安静

calmoso, sa a. 1. 寧静的 2. 遲緩的

caló m. 吉卜賽語

calofriarse r. 打寒顫

calofrío m. 寒顫, 打顫; 發抖

calomelanos m. pl.【化】甘汞

*calor *m.* 1. 熱 2. 熱能，熱量 3. 熱情，熱心 4. 親熱 5. 最激烈的時刻 ◇ específico 比熱/ ～ latente 潛熱/ radiante 輻射熱/ ahogarse (asarse) de ～ 熱得難受/ al ～ de ①在…烘烤下 ②在…幫助下，在…保護下/ entrar en ～ (受凍之後) 開始感到暖和/ guardar el ～ 保温

*caloría *f.* 卡，卡路里 (熱量單位)

calórico, a *a.*【理】熱質

calorífero *m.* 採暖設施

calorímetro *m.* 量熱器，卡計

calostro *m.* 初乳

calotear *tr. Amér.* 欺騙，詐騙

*calumnia *f.* 誹謗，中傷

calumniador, ra *a.* 誹謗的，中傷的

*calumniar *tr.* 誹謗，中傷

*caluroso, sa *a.* 熱烈的，熱情的

*calva *f.* 1. 禿頂 2. 光板，毛皮的脱毛處 3. 林間空地

calvero *m.* 林間空地

calvicie *f.* 禿頂

calvinismo *m.* (基督教) 加爾文教派

calvo, va I. *a.* 1. 禿頂的 2. 光禿禿的，不長草木的

calza *f.* 1. 襪子；長襪 2. 標記帶 3. 楔，塞 ◇ medias ～s 長襪

*calzado[1] *m.*【集】鞋；鞋襪

*calzado, da[2] *a.* 1. 穿鞋的 2. 蹄子雜色的 (馬) 3. 爪上有毛的 (鳥)

calzador *m.* 鞋拔子

*calzar *tr.* 1. 穿 (鞋) 2. 安 (馬刺) 3. 戴 (手套) 4. 加放塞墊 (以防滑) ◇ ～se *algo* 取得，得到/ ～se *a uno* ① 勝過，超過 ②指揮，操縱

calzón *m.* 1. (男用) 短褲 2. 褲子 3. (高空作業的) 保險帶 ◇ a ～ quitado 肆無忌憚地，不要臉地/ llevar bien puestos los ～es 有權威，有威信/ ponerse los ～es 發號施令

calzonazos (*pl.* calzonazos) *m.* 妻管嚴，軟弱的人

*calzoncillos *m. pl.* 男襯褲，男内褲

*callada *f.* 1. 寂靜，無聲 2. 風平浪静 ◇ a las ～s 不聲不響地，悄悄地/ dar la ～ por respuesta 拒不回答

callado, da *a.* 1. 沉默的；不吭聲的 2. 無聲的，寂静的

*callar I. *intr.* 沉默，不說話；不吭聲 II. *tr.* 不說出，保留 ◇ hacer ～ 使 (某人) 不說話，使 (某物) 不出聲/ Al buen ～ llaman Sancho 慎言成君子/ Quien calla otorga 沉默就是應允

*calle *f.* 1. 街，街道 2. 通道，小道 3. (棋盤的) 道 4.【印】空行 5. 衛星城鎮 ◇ ～ abajo 沿街而下/ ～ arriba 沿街而上/ coger la ～ 突然離開/ dejar *a uno* en la ～ ①辭退，解雇 ②使破産/ echar *a uno* a la ～ ①辭退 ②釋放/ echar por la ～ de en medio 不管不顧，肆無忌憚/ echarse a la ～ 上街鬧事/ ir desempedrando ～s (或 la ～) 疾馳/ llevar (或 traer) *a uno* por la ～ de la amargura 使不快，使煩惱/ llevarse de ～ ①超過，控制 ②說服/ no pisar la ～ 從不出門/ quedarse en la ～ 流落街頭，失業/ rondar la ～ 向女人獻殷勤

callejear *intr.* 閑逛

callejero, ra I. *a.* 1. 在街上閑逛的 2. 街上的，街上發生的 II. *m.* 1. 城市交通圖 2. 居民住址便覽 3. 按街道編排的電話簿

*callejón *m.* 小巷，胡同 ◇ ～ sin salida ①死胡同 ②【轉】絶境

callejuela *f.* 1. 偏僻的小巷 2.【轉】託辭，借口

callicida *amb.* 脱跡藥，鷄眼藥

callista *s.* 脚病醫生，治鷄鷄眼醫生

callo *m.* 1. 跰子，脚鷄眼 2. 骨痂 3. *pl.* 牛羊雜碎

callosidad *f.* (大片的) 跰子

calloso, sa *a.* 有跰的

*cama[1] *f.* 1. 床，舖 2. 床位 3. (動物

的) 窩 4. (牲畜圈的) 墊草 ◇ ～
camera 寬雙人床/ ～ de matrimonio
雙人床/ ～ de uno 單人床/ ～ redon-
da 可睡多人的大床, 通鋪/ ～ turca 沙
發床/ caer en (la) ～ 臥病在床/ en ～
因病臥床/ estar en (la) ～ 或 guardar
(或 hacer) ～ 臥病在床/ hacer la ～
整理床鋪/ hacer la ～ a uno【轉】暗
中損害/ levantar la ～ (起床後) 揭開
被褥/ levantarse de la ～ 起床/
meterse en (la) ～ 上床睡覺/ saltar
de la ～ 起床

cama² *f.* 1. 輪輞材 2. 犁身

camada *f.* 1. (量詞, 狼、兔等的) 一窩
崽子 2. (盜、賊等的) 幫, 夥 3. (平放着
的物體的) 層

camafeo *m.* 1. 玉石上的浮雕 2. 刻有
浮雕的玉石

camaleón *m.* 1.【動】避役, 變色龍 2.
【轉】見風使舵的人, 反覆無常的人

camalote *m.*【植】鳳眼藍, 水葫蘆

camándula *f.* 1. 唸珠 2. 虛偽

camandulear *intr.* 1. 偽裝虔誠 2. 虛
偽

camandulero, ra *a.* 虛偽的 (人)

*****cámara** *f.* 1. 房間 2. 廳, 堂 3. 宮廷
4. 槍膛 5. 車內胎 6.【解】室腔 7. 議
院, 議會 ◇ ～ alta 上議院, 參議院/ ～
anterior de la boca【解】口腔前庭/ ～
baja 下議院, 衆議院/ ～ cinematográ-
fica 電影攝影機/ ～ clara (lúcida) 明
箱, 投影儀/ ～ de gas 毒氣室/ ～ de
los comunes (英國的) 下院, 平民院/
～ de los lores (英國的) 上院, 貴族院
/ ～ fotográfica 照相機/ ～ frigorífica
冷庫, 冷藏庫/ ～ mortuoria 太平間, 停
屍房/ ～ obscura 暗箱, 暗室/ ～ poste-
rior de la boca【解】口腔後庭/ ～ de
proyección 電影放映機/ de ～ 宮廷
的, 御用的

*****camarada** *s.* 同志, 同事, 同學

*****camaradería** *f.* 同志關係, 同志情誼

camaranchón *m.* 屋頂樓, 頂樓

camarera *f.* 宮女; 侍女

*****camarero, ra** *s.* 1. 侍從 2. 侍者, 服務
員

*****camarilla** *f.* 1. 集團 2. 朋黨

camarín *m.* 1. (劇院的) 化裝室 2. 神
龕

camarista *f.* 宮女, 宮中女侍

camarlengo *m.* (羅馬教廷的) 樞密主
教

camarón *m.* 蝦

camarote *m.* (船的) 客艙

camastro *m.* 舖設簡單的床

camastrón, ona *a.*【口】狡猾的, 奸詐
的

cambalache *m.* (小物品的) 交換

cambalachear *intr.* 交換小物品

cámbaro *m.* 蟹, 海蟹

cambiante I. *a.* 變幻不定的 II. *m.pl.*
閃色, 閃光

*****cambiar** I. *tr.* 1. 換, 交換, 變換 2. 改
變, 變更 3. 兌換 4. 搬, 遷 II. *intr.* 1.
變化 2. (風) 變向, (船舶) 轉向 3. (汽
車) 變速 III. *r.* 1. 換 (衣服) 2. 搬家

*****cambio** *m.* 1. 換, 交換 2. 兌換 3. 兌
換率 4.【商】行情 5. 零錢 ◇ ～ a la
par (貨幣的) 等值兌換/ ～ de edad 年
齡變化/ ～ de estado 政變/ ～ de
marcha (汽車) 變速器/ ～ de vía (鐵
路) 道岔/ libre ～ (國際間的) 自由貿
易/ a ～ (de) 換取/ a las primeras de
～ 開門見山, 立即/ en ～ ①回答, 報答
②取代, 換

cambista *s.* 貨幣兌換員

cambray *m.* 細薄布, 麻紗

cambronera *f.*【植】枸杞

cambur *m.*【植】香蕉

camelar *tr.*【口】1. 討好, 向…獻殷勤
2. 引誘, 追求

camelia *f.*【植】山茶

camélido, da *a.-m.pl.*【動】駱駝科的,
駱駝科

camelo *m.* 1. (對異性) 獻殷勤, 追求
2. 假消息 3. 戲言 ◇ dar (el) ～ a 欺

騙/ en ～ 開玩笑地

camella *f.* 1. 母駱駝 2. 輗弓 3. (牲畜的) 食槽

*camello *m.* 駱駝, 雙峯駝 ◇ ～ pardal 長頸鹿

cameraman (*pl.* cameramen) *m.* 攝影師

camerino *m.* 化裝室

*camilla *f.* 1. 擔架 2. 小床 3. (下面安有烤火盆的) 桌子

caminante *s.* 行人

*caminar *intr.* 1. 走, 行走 2. 走行 3. (江河) 流淌 4. (天體) 運行

caminata *f.* 1. 短途旅行 2. 長途跋涉

*camino *m.* 1. 路, 道路 2. 路線 3. 路程, 行程 4. 【轉】方法, 途徑; 方式 5. 【轉】舉止 ◇ ～ de cabras 羊腸小道 / ～ de hierro 鐵路 / ～ derecho (或 directo) ①直路 ②【轉】捷徑 / ～ de ruedas 車道 / ～ provincial 省級公路 / ～ trillado 普通方法, 俗套子 / ～ vecinal 市鎮公路 / abrir ～ 開路, 開闢道路 / abrir (el) ～ 開始 / abrirse (或 hacerse) ～ ①開始流行 ②謀生 / cruzarse en el ～ de 妨礙, 干擾 / de ～ ①旅行用的 ②順路; 途經 / en ～ de 走向, 朝…走 / llevar buen (或 mal) ～ 做得對 (或不對) / llevar ～ de 有…趨勢 / ponerse en ～ 上路, 出發 / por ese ～ 照這樣下去 / quedarse a mitad de ～ 半途而廢 / salir al ～ ①迎上前去 ②攔路搶劫 ③阻攔, 攔截

*camión *m.* 載重汽車

camioneta *f.* 輕型載重汽車

*camisa *f.* 1. 襯衫 2. (果實等的) 衣, 皮 3. 牆皮, 灰皮 4. 黏包皮 5.【印】護封 6. (機器零件等的) 襯, 内襯 ◇ ～ azul 藍衫黨; 藍衫黨黨員 (指西班牙長槍黨及其成員) / ～ de dormir 睡衣 / ～ de fuerza (精神病患者的) 拘束衣 / cambiar (或 mudar) de ～ 改變觀點, 改變看法 / dejar *a uno* sin (或 en) ～ 使 (某人) 徹底破產 / meterse en ～ de

once varas 管閒事 / no llegarle *a uno* la ～ al cuerpo 惶恐不安

camisería *f.* 1. 襯衫店 2. 襯衫廠

camisero, ra I. *a.* 襯衫的 II. *s.* 製男式襯衫的人

camiseta *f.* 汗衫

camisola *f.* 無袖襯衫

camisolín *m.* 護領, 襯領

camisón *m.* 1. 睡衣 2. 睡袍

camomila *f.*【植】母菊

camorra *f.* 爭吵 ◇ buscar ～ 找碴兒吵架

camorrista *a.* 好爭吵的 (人)

campa *a.* 1. 無樹木的 2. 適於耕種的

campal *a.* 田野的, 野外的

*campamento *m.*【軍】1. 野營 2. 駐營地

*campana *f.* 1. 鐘 2. 鐘形物 3. 玻璃罩 4. 晚鐘 5. 互措遊戲 ◇ ～ de buzo (或 inmersión) 潛水鐘 / ～ neumática 氣泵 / echar las ～s a vuelo ①大肆散佈 ②興高采烈 / oir ～s y no saber donde【轉】模模糊糊地知道, 略有所聞

campanada *f.* 1. 鐘聲 2.【轉】醜聞

*campanario *m.* 鐘樓

campanear *intr.* 打鐘, 敲鐘

campaneo *m.* 1. 打鐘, 敲鐘 2.【轉, 口】(走路時的) 扭擺

campanero *m.* 1. 鑄鐘匠 2. 敲鐘人 3. 薄翅螳螂

campanilla *f.* 1. 鈴, 小鐘 2. 鐘形飾物 3. 鐘狀花 ◇ de (muchas) ～s 顯要的; 傑出的

campanillazo *m.* (用力) 打鈴, 敲鐘

campante *a.* 自鳴得意的

campanudo, da *a.* 裝腔做勢的

*campaña *f.* 1. 原野; 田野 2. 運動 3. 戰役

campar *intr.* 1. 紮營; 宿營 2. 突出 3. 出衆

campear *intr.* 1. 野外偵察 2. 進行野戰 3. 到野外吃草 4. 出現 5. 返青

campechano, na *a.* 不拘禮節的, 隨便

的

campeche *m.*【植】洋蘇木

*****campeón** *m.* 1. 戰士,鬥士,維護者 2.【體】冠軍

*****campeonato** *m.*【體】錦標賽,冠軍賽

*****campesino, na** **I.** *a.* 田野的;鄉間的,農村的 **II.** *s.* 農民;鄉下人

campestre *a.* 田野的,野外的

camping *m.* 1. 野營 2. 野營地

campiña *f.* 田野,原野

*****campo** *m.* 1. 田野;原野 2. 農村,鄉村 3. 場地 4. 地面,方面,軍隊 5. 黨派;陣營 7.【轉】界,範圍,領域 8.【美】底色 9.【理】場 ◇ ～ de Agramante 吵鬧的地方／ ～ de batalla 戰場／ ～ de concentración 集中營／ ～ de cultivo 耕地／ ～ del honor 決鬥場／ ～ raso 曠野／ ～ santo 墓地／ ～ visual 視野／ abandonar el ～ 放棄陣地,轉移／ asentar el ～ 紮營／ a ～ raso 露天／ a traviesa 落荒,穿過田野／ dejar el ～ libre (把某事) 讓…去做／ del ～ 農村的／ en ～ abierto (或 libre) 越野 (比賽)／ hacer ～ 清理場地／ levantar ～ ①拔營 ②退出,放棄／ quedar en el ～ 捐軀,喪命／ vivir sobre el ～【軍】就地籌糧

camposanto *m.* 墓地,公墓

camuflar *tr.* 偽裝,掩飾

can¹ *m.* 1. 狗 2.【天】大犬座 3.【建】托座 ◇ Can Mayor【天】大犬座／ Can Menor【天】小犬座

can² *m.* 汗,可汗

cana *f.* 白髮 ◇ echar una ～ al aire 消遣一下／ peinar ～s 上年紀,年老

canadiense *a.-s.* 加拿大 (Canadá) 的;加拿大人

*****canal** **I.** *m.* 1. 溝,渠 2. 運河 3. 海峽 4. 頻道,訊道 **II.** *f.* 1. (港口的) 水道 ◇ ～ de agua 管 ◇ abrir (se) en ～ 一劈兩半／ en ～ 開膛的,淨膛的

*****canalización** *f.* 1. 開運河,挖渠道 2. 管道 3. Amér. 下水道系統

canalizar *tr.* 1. 開運河,挖渠道 2. 疏浚 3.【轉】疏通,引導

canalón *m.* 1. 簷溝,落水管 2. 鄃捲

canalla *m.* 流氓,無賴

canallada *f.* 流氓行徑

canana *f.* (繫在腰上的) 子彈帶

canapé *m.* 長沙發椅

canario, ria **I.** *a.-s.* 加那利羣島 (las Islas Canarias) 的;加那利羣島人 **II.** *m.*【動】金絲雀

canasta *f.* 1. 筐 2.【體】投籃命中

canastilla *f.* 1. 小筐,小籃 2.【轉】嬰兒服裝

canastillo *m.* 小筐

canasto *m.* 大筐

cáncamo *m.* (船上的) 帶環螺栓

cancán *m.* 康康舞,大腿舞

cancel *m.* 1. 門斗 2. 門簾 3. 隔扇,板壁

cancela *f.* 柵門

cancelar *tr.* 1. 取消,撤銷;廢除 2. 了結,結清 (債務) 3.【轉】遺忘

*****cáncer** *m.* 1.【醫】癌 2.【轉】社會弊病 3. (大寫)【天】巨蟹宮;巨蟹座

cancerarse *r.* 患癌症;變成癌

cancerbero *m.* 1. 警覺的門衛 2. 兇悍的守門人

canceroso, sa *a.* 癌的,癌性的

cancilla *f.* 柵門,柴門

*****canciller** *m.* 1. 掌璽大臣 2. (某些歐洲國家的) 總理 3. (某些拉丁美洲國家的) 外交部長

cancillería *f.* 1. 總理職務 2. 外交部長職務 3. (某些拉丁美洲國家的) 外交部

*****canción** *f.* 1. 歌 2. 歌曲 3. 歌詞 4. 歌譜 ◇ ～ de cuna 搖籃曲／ ～ de gesta 史詩／ ～ regional 民歌,民謠／ la misma ～ 老一套,老調子／ poner en ～ a uno de 使嚮往,使產生幻想

cancionero *m.* 歌曲集;詩歌集

cancionista *s.* 歌曲作者;歌唱家

cancro *m.* 1.【醫】癌 2.【植】斑腐病

*****cancha** *f.* 1. 場地 2. 鬥鷄場 3. 球場

canchero *m. Amér.* 運動場場主;運動

場管理員

*candado *m.* 掛鎖

candeal *a.* 精白的 (麵包、小麥等)

candela *f.* 1. 蠟燭 2. 有芯的燈 3. 【理】燭光 ◇ acabarse la ～ (拍賣時) 競買的限定時間已到/ a mata ～ (拍賣時) 競買的限定時間行將結束

candelabro *m.* 多枝燭台

candelaria *f.* 1. 【宗】聖燭節 2. 【植】毒魚草

candelero *m.* 1. 燭台 2. 燭燈

candelilla *f.* 蠟燭

candencia *f.* 白熱, 白熾

*candente *a.* 1. 白熱的, 白熾的 2. 【轉】白熱化的, 緊迫的

*candidato, ta *s.* 1. 候選人 2. 競選人

*candidatura *f.* 1. 競選 2. 【集】候選人 3. 選票

candidez *f.* 誠實, 純樸

cándido, da *a.* 1. 誠實的, 純樸的 2. 天真的, 輕信的

candil *m.* 1. 油燈 2. 【植】馬兜鈴 ◇ ni aun buscándolo con ～ 即使打着燈籠也找不着/ ni buscado con ～ 打着燈籠也找不着再合適不過的, 再合適不過的 (人或物)

candilejas *f.pl.* (劇場的) 腳燈組

candiota *f.* 1. 酒缸 2. 酒桶

candor *m.* 1. 誠實, 純樸 2. 天真, 輕信

candoroso, sa *a.* 1. 誠實的, 純樸的 2. 天真的, 輕信的

caneca *f.* 陶酒瓶

canéfora *f.* 頭頂花籃的少女

canela *f.* 1. 桂皮 2. 佳品 3. 桂皮色 ◇ ～ blanca 白桂皮樹/ ～ en polvo 桂皮粉/ ～ en rama ①桂皮 ②佳品/ ～ fina 佳品

canelo, la I. *a.* 桂皮色的 II. *m.* 1. 桂皮樹 2. 楝樹

canelón *m.* 1. 簷溝, 落水管 2. 麵捲 3. (屋簷上掛的) 冰錐

canesú *m.* (襯衣的) 身

cangilón *m.* 水罐

cangreja *f.* 【海】梯形帆

cangrejero *m.* 1. 捕蟹的人, 賣蟹的人; 捕蝦的人, 賣蝦的人

*cangrejo *m.* 1. 蟹 2. 蝦 3. 【海】帆桁 ◇ ～ de mar 海蟹/ ～ de río 螯蝦

canguelo *m.* 恐懼, 害怕

canguro *m.* 【動】大袋鼠

caníbal *a.* 1. 食人肉的 2. 【轉】野蠻的

canibalismo *m.* 1. 食人肉 2. 【轉】野蠻

canica *f.* 玻璃球, 泥球

canicie *f.* (鬚髮的) 白, 變白

canícula *f.* 1. 伏天, 熱天 2. 【天】伏日 3. (大寫)【天】天狼星

canicular I. *a.* 1. 伏天的 2. 天狼星的 II. *m.pl.* 伏天

cánido, da *a.-m.pl.* 【動】犬科的; 犬科

canijo, ja *a.* 體弱多病的

canilla *f.* 1. 長骨, 四肢骨 2. 脖子 3. (縫紉機的) 梭心 4. 【紡】條狀織疵

canillera *m.* (酒桶上) 安放出酒嘴的洞口

canillita *m. Amér.* 報童

canino, na I. *a.* 狗的; 像狗的 II. *m.* 犬齒, 尖牙

canje *m.* 換, 交換; 兌換

canjear *tr.* 換, 交換; 兌換

cano, na *a.* 1. 白的 (鬚、髮) 2. 白髮蒼蒼的, 年邁的

*canoa *f.* 1. 獨木船 2. 小划子, 小艇

conódromo *m.* 跑狗場

canon *m.* 1. 基準, 準則, 原則 2. 典範 3. 模式 4. 教規 5. 租金

canónico, ca *a.* 符合教規的

canónigo *m.* 受俸牧師

canonización *f.* 1. (聖徒的) 謚封 2. 贊揚

canonizar *tr.* 1. 謚給…聖徒稱號 2. 贊揚

canonjía *f.* 1. 受俸聖職 2. (教士的) 俸祿 3. 肥缺, 美差

canoro, ra *a.* 啼鳴的, 啼聲悅耳的

*canoso, sa *a.* 白髮蒼蒼的

canotier *m.* 扁平的窄邊草帽

*****cansado, da** *a.* 1. 疲勞的, 累的 2. 厭倦的 3. 令人討厭的 4. 肥力耗盡的 (土地) 5. 習慣了的, 不新奇的

*****cansancio** *m.* 1. 疲勞, 疲倦 2. 厭倦, 厭煩 ◇ caerse en ~ 精疲力竭

*****cansar** *tr.* 1. 使疲勞, 使疲倦 2. 使厭煩, 使厭倦 3. 使貧瘠 ◇ no ~se de 不厭其煩地 / sin ~se 堅持不懈地

cansino, na *a.* 疲倦的, 懶散的

cantable *a.* 可以唱的

cantaclaro, ra *s.* 心直口快的人

cantador,ra *s.* 歌手, 民歌手

cantaleta *f.* 1. 起鬨 2. 諷刺歌曲

*****cantante** *s.* 歌手, 歌唱家

*****cantar** **I.** *tr.-intr.* 1. 唱, 唱歌 2. 啼, 鳴 3. 發出 (悅耳的) 聲音 4. 歌頌 5.【樂】演奏 6.【轉, 口】坦白, 招供 7. (打牌時) 報點 **II.** *m.* 歌, 民歌 2. 勞動號子 ◇ ~ de gesta 史詩, 傳奇民謠 / el ~ de los ~es 《聖經》的) 雅歌 / ~ de plano 和盤托出, 全部供認

cántara *f.* 罐, 壜

cantárida *f.*【動】西班牙芫菁

cantarín, ina **I.** *a.* 愛唱的 **II.** *s.* 歌手

*****cántaro** *m.* 罐, 壜 ◇ llover a ~s 傾盆大雨

cantata *f.* 1. 大合唱 2. 老調, 老生常談

cantatriz *f.* 女歌手; 女歌唱家

cante *m.* 民歌

cantera *f.* 採石場

cantería *f.* 石工工藝

cantero *m.* 石工, 石匠

cántico *m.* 1.【宗】贊美詩 2. 頌歌

*****cantidad** *f.* 1. 量, 數量 2. 分量 3. 大量 4. 金額 5.【語音】音量 ◇ en ~ 大量地

cantil *m.* 1. (海邊的) 峭壁 2. 暗礁

cantilena *f.* 1. 詩歌; 民謠 2.【轉】老調, 老生常談

*****cantimplora** *f.* 軍用水壺, 旅遊水壺

*****cantina** *f.* 1. 酒窖 2. (職工、學生的) 食堂

cantinela *f.* 老調, 老生常談

cantinera *f.* 隨軍女酒販

*****canto**[1] *m.* 1. 唱, 演唱 2. 歌聲 3. 歌曲 4. 詩歌 ◇ ~ de cisne 絕唱, 最後的作品 / ~ gregoriano (或 llano)【宗】聖歌

*****canto**[2] *m.* 1. 邊, 緣, 端 2.【印】切口 3. 厚度 4. 牆角 5. 塊, 段 ◇ ~ de pan (麵包兩頭切下的帶皮的) 麵包片 / ~ rodado 圓石, 卵石 / al ~ ①在邊上 ②馬上, 立即 / darse con un ~ en los pechos 喜出望外 / de ~ 立着, 側着 / por el ~ de un duro 幾乎, 差一點

cantón *m.* 1. 牆角 2. (瑞士等的) 地區 3. 兵營

cantonera *f.* (書、本子等的) 包角, 護角

cantor, ra **I.** *a.* 善唱的, 喜歡唱的 **II.** *s.* 1. 歌手, 歌唱家 2. 贊頌者 **III.** *f. pl.* 鳴禽

canturrear *intr.* 哼, 低聲唱

canturreo *m.* 哼, 低聲唱

cánula *f.*【醫】1. 套管, 插管 2. 注射針頭

canutillo *m.* 1. 長形玻璃珠 2. 凸紋

canuto *m.* 1. (植物莖稈的) 節兒 2. 小管, 小瓶 3. 針盒

*****caña** *f.* 1. (禾本科植物的) 莖, 稈 2. 蘆竹 3. 省藤 4. 腳腕 5. 靴筒, 襪筒 6. 柱身, 柱體 ◇ ~ de azúcar 甘蔗 / ~ de cuentas 美人蕉 / ~ de Indias 省藤 / ~ del ancla 錨柄 / ~ del timón 舵柄 / media ~ 半圓材

cañada *f.* 1. 小峽谷 2. 牲畜常走的路

cañamazo *m.* 1. 牧草 2. 刺繡用粗蔴布

cañamelar *m.* 甘蔗田, 甘蔗園

cañamiel *m.* 甘蔗

*****cáñamo** *m.* 1. 大蔴; 大蔴線; 大蔴布 2. 大蔴製品 3. 含纖維植物

cañamón *m.* 大蔴籽

cañar *m.* 甘蔗田

cañaveral *m.* 1. 葦塘 2. 甘蔗田

cañazo *m.* 1. 竿的擊打 2. 甘蔗燒酒

cañería *f.* 管道

cañí *a.-s.* 吉卜賽人的; 吉卜賽人

cañizo *m.* 葦蓆, 蘆蓆

caño *m.* 1. 短管 2. 下水道 3. 水嘴, 出水口

***cañón**¹ *m.* 1. 管, 筒 2. 槍管 3. 烟囱 4. 大炮 ◇ ～ de chimenea 烟道, 烟囱 / ～ de estufa 烟囱

cañón² *m.* 峽谷

***cañonazo** *m.* 1. 炮擊 2. 炮聲

cañonear *tr.* 炮擊

cañoneo *m.* 炮擊

cañonera *f.* (大炮) 射擊孔

cañonero, ra *a.* 炮的, 裝有炮的 (船, 艦)

cañutero *m.* 針盒

cañutillo *m.* 1. 小玻璃珠 2. 金銀絲線 3.【植】地毯草

cañuto *m.* (植物莖稈的) 節兒

caoba *f.* 1.【植】桃花心木 2. 桃花心木材

caolín *m.* 高嶺土, 瓷土

***caos** *m.* 1. 混沌 2.【轉】混亂

caótico, ca *a.* 1. 混沌的 2. 混亂的

***capa** *f.* 1. 斗篷, 披風 2. 層 3. 外皮, 護皮 4.【轉】掩護者, 窩主 5.【轉】階層 6.【轉】幌子 7. (雪茄烟的) 外捲葉 8. (馬等的) 毛色 ◇ ～ aguadera ①斗篷式雨衣 ②椅杆底部的遮雨布 / ～ del cielo 天, 蒼穹 / ～ geológica【質】地層 / ～ superficial 外表 / a la ～ 張帆停泊 / bajo ～ de 以…爲掩護, 以…爲藉口 / de ～ caída ①潦倒, 没落 ②衰弱 / defender a ～ y espada 極力維護 / hacer de su ～ un sayo 隨心所欲 / Debajo de una mala ～ puede (或 suele) haber un buen bebedor 人不可貌相 / La ～ todo lo tapa 一好遮百醜

capacete *m.* 頭盔

***capacidad** *f.* 1. 容量, 容積 2. 能力 3. 才幹

***capacitación** *f.* 1. 使有能力, 使有資格 2. 培訓, 訓練

capacitar *tr.* 1. 使有能力, 使有資格 2. 培訓, 訓練

capacho¹ *m.*【植】蕢芋

capacho² *m.* 1. (蓋水果筐的) 草袋片 2. 淺口帶耳草筐 3. 灰漿筐

capar *tr.* 閹割, 劁

caparazón *m.* 1. 馬衣 2. 遮蓋物 3. 甲殼

caparrosa *f.* 水綠礬, 綠礬

***capataz** *m.* 工頭; 總管; 監工

***capaz** *a.* 1. 能容納…的 2. 有能力的 3. 有才幹的 4. 聰明的

capazo *m.* 大草籃 ◇ a ～s 大量

capcioso, sa *a.* 詭詐的

capear *tr.* 1. 用斗篷引逗 (鬥牛) 2. 搪塞 3. 躲避 (風險等)

capelina *f.* 1. 帽子 2. 帽式繃帶

capelo *m.* 紅衣主教帽

capellán *m.* 牧師, 教士 ◇ ～ mayor del rey 宮廷主教

capellanía *f.* 牧師職務

caperuza *f.* 1. 尖帽 2. (物體尖端的) 護罩

capialzar *tr.* 斜削, 使成斜面

capicúa *f.* 迴讀數字, 迴讀詞, 迴文

capilar I. *a.* 1. 頭髮的 2. 細如毛髮的 3. 毛細管現象的, 毛細管作用的 II. *m.*【解】毛細血管

capilaridad *f.* 1. 毛髮現象 2. 毛細現象, 毛細作用

capilla *f.* 1. 兜帽, 風帽 2. 小教堂 3. 活動祭壇 4. 彌撒室 5.【印】帖, 貞子 6. 幫, 夥 ◇ ～ ardiente 靈堂 / ～ real 宮廷禮拜堂 / en ～ ①(死囚) 等待處决 ②焦急不安地等待結果

capipardo *m.* = campesino

capirote *m.* 1. 兜帽 2. 博士帽

capisayo *m.* 短外衣

***capital** I. *a.* 1. 頭部的 2. 首要的, 主要的 3. 致死的 4. 開頭字母大寫的 II. *m.* 1. 資本, 資産, 資金 2. 資方 3. 學識

III. *f.* 首都, 首府

*capitalismo *m.* 資本主義, 資本主義制度

*capitalista I. *a.* 1. 資本的 2. 資本主義的 II. *s.* 資本家

capitalizar I. *tr.* 使變成資本 II. *intr.* 攢錢, 積蓄

*capitán *m.* 1. 長官 2. 上尉 3. 連長 4. 船長 5. (飛機的) 機長 ◇ ~ de corbeta 海軍少校/ ~ de fragata 海軍中校/ ~ de maestranza 造船廠廠長/ ~ de navío 海軍上校/ ~ general ①上將 ②軍區司令

capitanear *tr.* 指揮, 統率, 領導

capitanía *f.* 上尉軍銜; 艦長職位; 船長職務 ◇ ~ general 軍區司令部

capitel *m.* 【建】 1. 柱頭 2. 塔尖

capitolio *m.* 1. (古羅馬的) 神殿; (古希臘的) 衛城 2. 宏偉建築

capitoné *m.* 傢具車

*capitulación *f.* 1. 投降 2. 協議, 協約 3. *pl.* 婚約

capitular¹ *a.* 1. 教士會的 2. 市政會議的

*capitular² I. *tr.* 指控 II. *intr.* 1. 投降 2. 安排, 解決 3. 協商, 達成協議

*capítulo *m.* 1. (騎士、教士等的) 會議, 會場, 會址 2. 章, 節 3. *pl.* 婚約 ◇ llamar (或 traer) a ~ a uno 盤問, 要某人交待

capón¹ *m.* 閹鷄 ◇ ~ de galera 餅乾湯

capón² *m.* (用指節) 敲腦袋

caporal *m.* 1. 頭兒; 監工 2.【軍】班長

capota *f.* 1. 摺疊式車篷 2. 一種女帽 3. 降落傘布

capotar *intr.* 1. (汽車) 翻車 2. (飛機) 墜落

*capote *m.* 1. 披風, 斗篷 2. 軍大衣 ◇ ~ de monte 毯式套頭斗篷/ decir para su ~ 思索, 自言自語/ echar un ~ 及時幫助

capricornio *m.* 1.【動】天牛 2. (大寫)

【天】摩羯宮; 摩羯座

*capricho *m.* 1. 任性, 反覆無常 2. 怪念頭 3. 獨出心裁 4. 幻景 5.【樂】隨想曲 ◇ a ~ 任性地, 隨意地/ a mi (或 tu,...) ~ 隨心所欲地

*caprichoso, sa *a.* 1. 想法古怪的 2. 反覆無常的, 任性的

caprichudo, da *a.* 見 caprichoso

cápsula *f.* 1.【植】蒴果 2.【解】被膜, 被囊 3.【醫】膠囊 4.【化】蒸發皿 5. 金屬瓶蓋 6. 宇航艙, 太空艙

*captar *tr.* 1. 贏得, 博得 2. 察覺; 理解 3. 接受, 接收

*capturar *tr.* 捕捉, 捕獲

capucha *f.* 1. 兜帽 2. 帶兜帽的圍巾 3. 帶兜帽的斗篷 4. 套, 帽子

capuchina *f.* 1.【植】旱金蓮, 金蓮花 2.【印】規矩

capuchino, na I. *a.* 方濟各會的 (修士、修女) II. *m.* 捲尾猴

capucho *m.* 見 capucha

capuchón *m.* 1. 兜帽 2. 帶兜帽的衣服 3. 囚服 4. 帽兒, 套

capullo *m.* 1. 花蕾, 花苞 2. 繭 ◇ ~ de rosa 【轉】美貌少女/ en ~ 【口】含苞待放的

capuzar *tr.* 把…浸入水中

caquexia *f.*【醫】惡病質

caqui¹ *m.* 1. 草綠色 2. 卡其布

caqui² *m.* 1.【植】柿樹 2. 柿子

*cara I. *f.* 1. 臉, 面貌 2. 臉色, 神情 3. (物體的) 前部, 正面 4. 外觀, 外表; 樣子 II. *ad.* 面對 ◇ buena ~ ①氣色好 ②滿意的表情/ ~ de asco 不滿意的表情/ ~ de circunstancias (裝出來的) 悲傷表情/ ~ de juez 嚴肅的表情/ ~ de pascua 高興的表情/ ~ de perro 敵意/ ~ dura ① 厚顏無恥 ② 厚顏無恥的人/ mala ~ ①壞臉色 ②不高興的臉色/ a ~ y cruz 猜字兒謎兒 (猜硬幣正反面的遊戲)/ a ~ descubierta 公開地/ caérsele a uno la ~ de vergüenza 害羞, 臉紅/ ~ a ~ ①當面, 面對面

② 敵對/ ～ abajo 臉朝下/ ～ arriba
臉朝上/ conocérsele *a uno algo en
la* — 表露在臉上/ cruzar la — 打耳光
/ dar la ～ 正視/ dar la ～ por ①擔保
②祖護/ de ～ 從正面,迎面/ echar en
～ ①揭短 ②提示不要忘記所受的恩惠
/ estar siempre mirando a la ～ de 看
…的臉色行事/ guardar la ～ 隱藏,迴
避/ hacer ～ a 反對,對抗/ lavar la ～
a 使外表好看/ no mirar *a uno a* la
～ 不答理/ no tener ～ para 沒臉 (去
做某事)/ no volver la ～ atrás 勇往直
前/ plantar ～ a 反對/ quitar (或 rom-
per) la ～ 砸爛某人的腦袋/ saltar a la
～ 顯而易見/ verse las ～s 等着瞧,後
會有期/ volver la ～ a 避而不睬

carabao *m.* 印度水牛

carabina *f.* 1. 卡賓槍 2.【轉,口】(陪
伴少女的) 伴媪

carabinero *m.* 1. 卡賓槍手 2. 緝私隊
士兵 3.【動】蝦蛄

cárabo[1] *m.*【動】步行蟲

cárabo[2] *m.*【動】灰林鴞

*****caracol** *m.* 1. 蝸牛 2. 蝸牛殼 3.【解】
耳蝸 4. 短鬈髮 5. (馬的) 迴轉

caracola *f.* 1. 海螺 2. 海螺殼

caracolear *intr.* (馬) 迴轉

*****carácter** (*pl.* caracteres) *m.* 1. 符號,
記號 2. 字體,書寫符號 3. 不可磨滅的
印象 4. 性質,特徵 5. 品性,性格 6. 身
份,資格 7. 風格 8. *pl.* 鉛字 ◇ buen
～ 溫和,憨厚/ ～ adquirido 非遺傳特
性,後天特性/ ～ distintivo 特徵,特點
/ ～ dominante【生】①顯性性狀 ②特
徵/ ～ heredado【生】遺傳特徵,先天
特性/ ～ recesivo【生】隱性性狀/ mal
～ 壞脾氣/ poco ～ 軟弱,懦弱/ con
～ de 以…的身份,以…資格/ dar ～ a
使有特色

característica *f.* 1. 特點,特徵 2.【數】
特徵函數

*****característico, ca** I. *a.* 特有的,獨特
的 II. *s.* 扮演老年人的演員

*****caracterizar** I. *tr.* 1. 使具特點 2. 表
現,描繪 3. 扮演 4. 化裝 II. *r.* 1. 具有
特點 2. 化裝成

caracul *m.* 卡臘庫耳大尾綿羊

caradura *s.* 厚顏無恥的人

*****caramba** *interj.* 好傢伙;他媽的

carámbano *m.* 冰錐,冰柱

carambola *f.* 1. 五斂子,陽桃 2. 僥倖
3. (枱球的) 連擊

carambolo *m.*【植】五斂子樹,陽桃樹

caramelo *m.* 糖果,糖塊

caramillo[1] *m.* 蘆笛

caramillo[2] *m.* 1. 爭執,糾紛 2. 雜亂堆

cárángano *m. Amér.* 虱子

carantoñas *f. pl.* 甜言蜜語

carapacho *m.* 甲,殼

carátula *f.* 1. 假面,面具 2. 戲劇界 3.
【轉,口】古怪的相貌 4.【印】封皮,封
面

*****caravana** *f.* 1. 人羣,人流 2. 商隊,旅
行圈 3. 吉卜賽人羣

caray *interj.* 好傢伙;他媽的

*****carbón** *m.* 1. 煤 2.【化】碳 3.【美】
炭筆 ◇ ～ de piedra (或 ～ mineral)
煤/ ～ vegetal 木炭

carbonato *m.*【化】碳酸鹽

carboncillo *m.* 1.【美】炭筆 2.【農】
黑穗病菌 3.【植】蕈,真菌

carbonería *f.* 煤店,炭舖

*****carbonero, ra** I. *a.* 煤的,炭的 II. *s.*
1. 燒炭工 2. 炭商

carbónico, ca *a.*【化】碳的

carbonilla *f.* 炭末,煤屑

carbonizar *tr.-r.* 1. 碳化 2. 燒焦

*****carbono** *m.*【化】碳

carbunclo *m.* 紅寶石

carbunco *m.*【醫】1. 炭疽病 2. 癰

carbúnculo *m.* 紅寶石

carburación *f.* 1. 滲碳,碳化 2. 汽化

carburador *m.* 1. 汽化器 2. 滲碳器

carburante I. *a.* 滲碳的 II. *m.* 1. 增碳
劑 2. 工業用碳氫燃料

carburar *tr.-r.* 1. 滲碳,碳化 2. 汽化

carburo *m.*【化】碳化物

carcaj *m.* 箭囊

*****carcajada** *f.* 哈哈笑 ◇ ～ homérica 諷刺的笑聲/ reírse a ～s 哈哈大笑

carcajearse *intr.* 1. 放聲笑 2. 付之一笑

carcamal *m.*【口】虛弱多病的老人

carcasa *f.* 1. 燒夷彈 2. 焰火

cárcava *f.* 1. 坑道, 戰壕

cárcavo *m.* (磨坊的) 水輪槽

*****cárcel** *f.* 1. 監獄 2. 固着器 3.【木】夾具

*****carcelero, ra** *s.* 監獄看守

carcinoma *m.*【醫】癌

carcoma *f.* 1.【動】蛀木蟲 2. (蟲蛀的) 木屑 3. 腐蝕, 侵蝕 4. 敗家子

carcomer *tr.* 1. 蛀, 蛀蝕 2.【轉】損耗, 腐蝕

carda *f.* 1.【紡】梳理 2. 梳理機 3.【紡】起絨刺果 4.【轉, 口】斥責

cardamomo *m.*【植】小豆蔻

cardar *tr.*【紡】梳理

cardelina *f.*【動】朱頂雀

cardenal¹ *m.* 紅衣主教

cardenal² *m.* 瘀傷

cardenalato *m.* 紅衣主教職務

cardencha *f.* 1.【植】起絨草 2. 起絨草的刺果

cardenillo *m.* 1. 銅綠 2. 銅綠色, 淺綠色

cárdeno, na *a.* 1. 紫色的 2. 黑白花的 (牛)

cardiaco, ca *a.* 1. 心臟的 2. 患心臟病的

cardias (*pl.* cardias) *m.*【解】賁門

cardillo *m.*【植】西班牙洋薊

*****cardinal** *a.* 主要的, 基本的

cardiología *f.* 心臟病學

cardiólogo, ga *s.* 心臟病科醫生

cardo *m.* 1.【植】刺菜薊 2.【植】鐵蘭 3.【轉】不可交往的人

cardón *m.* 1.【紡】起絨刺果 2. 多刺的植物

cardumen *m.* 魚羣

carear *tr.* 1. 使對質, 使對證 2. 對照, 比較

*****carecer** *intr.* 欠缺, 缺乏

carenar *tr.* 1. 修理 (船體) 2. (給車輛) 裝外殼

*****carencia** *f.* 缺乏, 缺少

careo *m.* 對質, 對證

carestía *f.* 1. 缺乏, 不足 2. 昂貴, 漲價

careta *f.* 1. 面具 2. 面罩 3. 僞裝 4. 標簽

carey *m.* 1.【動】玳瑁 2. 玳瑁殼

*****carga** *f.* 1. 裝載, 裝車, 裝船 2. 裝滿 3. 裝填彈藥 4. 承重 5. 稅, 賦 6. 負擔 7. 裝載物 8. 負荷, 負載 ◇ de ～ 運輸用的/ llevar la ～ de 承擔, 負責/ terciar la ～ 平均分擔/ volver a la ～ 舊事重提

cargadero *m.* 1. 貨場 2.【建】門楣

*****cargado, da** *a.* 1. 裝滿的, 充滿的 2. 悶熱的 (天氣) 3. 混濁的 (空氣) 4. 濃的 (茶, 咖啡等)

*****cargador** *m.* 1. 碼頭工人, 裝卸工 2. 裝填設備

cargamento *m.* (船上的) 貨載

cargante *a.* 令人討厭的

*****cargar** **I.** *tr.* 1. 裝載 (貨物) 2. 裝填, 填 (子彈, 炮彈) 3. 使承擔, 使擔負 4. 歸咎, 推諉 5. 加大, 增大 6. 徵收 7. 記入 (某人的) 賬 8. 衝擊, 進攻 9. 能容納, 可盛 **II.** *intr.* 1. 依托, 依憑 2. 落到 3. 壓在 4. 取走, 帶走 5. 承擔, 負擔 6. 傾斜, 偏向 7. 大量準備 8. 吃得多, 喝得多 9. (樹木) 結果多 **III.** *r.* 1. 充滿 2. 承擔 3. (天氣) 變陰 4. 無法容忍 5. 氣惱 6. 打破 7. 使 (某人) 不及格

cargareme *m.* 收據, 憑單

cargazón *f.* 1. (頭部的) 疲倦, 沉重感 2. (胃) 脹, 不適

*****cargo** *m.* 1. (賬目上的) 借方; 債務 2. 職務; 職責 3. 義務 4. 責難 ◇ alto ～ 重要職務/ ～ de conciencia ①良心的譴責 ②可惜/ ～ representativo 權威性職務/ a ～ de 由…負責/ al ～ de 負

責, 照管, 料理 / hacer ～s a 控告 / hacerse ～ ①承擔, 負責 ②理解, 明白 ③知道 / jurar el ～ 宣誓就職 / tener a su ～ 負責, 承擔

cariacontecido, da *a.*【口】愁眉苦臉的

cariar *tr.-r.* 1. (使) 患骨瘍 2. (使) 患齲齒

cariátide *f.*【建】女像柱

caribe I. *a.-s.* 1. 加勒比的; 加勒比人 2.【轉】野蠻的; 野蠻人 II. *m.* 1. 加勒比方言 2.【動】鋸魚

caricatura *f.* 1. 漫畫像, 漫畫 2. 諷刺

caricaturista *s.* 漫畫家, 漫畫作者

****caricia** *f.* 1. 撫愛, 撫摸 2. 親熱, 溫存 3.【轉】拂弄

****caridad** *f.* 1. 仁愛, 仁慈 2. 樂善, 好施 3. 施捨 ◇ implorar la ～ (pública) 行乞, 乞討

caries *f.*【醫】1. 骨瘍 2. 齲病

carilla *f.* (紙的) 面, 頁

carillón *m.* 1. 鐘組 2. 樂鐘

****cariño** *m.* 1. 親昵, 愛 2. 精心 3. 愛撫 4. *pl.* 問候 5. (稱呼用語) 親愛的

****cariñoso, sa** *a.* 親熱的, 親切的

cariocar *m.*【植】牛油果樹

caritativo, va *a.* 慈愛的, 仁慈的

cariz *m.* 1. 外觀 2. 天色

carlanca *f.* 1. (狗的) 頸圈 2. *pl.*【轉, 口】狡猾, 奸詐 ◇ tener muchas ～s 老奸巨猾

carlinga *f.* 1. (船上的) 桅杆座 2. (飛機) 駕駛艙 3. (飛機) 機艙

carlismo *m.* (西班牙) 王位正統派

carmelita *f.* 旱金蓮花

carmelitano, na *s.* 卡門教派教徒, 聖衣會教徒

carmen *m.* 詩

carmesí (*pl.* carmesíes) *a.* 洋紅的; 洋紅色的

carmín *m.* 1. 洋紅 2. 洋紅色 3. 唇膏

carminativo, va I. *a.*【醫】去氣的 II. *m.* 排氣劑

carnada *f.* 1. 肉做的誘餌 2. 圈套

carnal *a.* 1. 肉的, 肉體的 2. 肉慾的

****carnaval** *m.* 狂歡節, 嘉年華會

carnavalesco, ca *a.* 1. 狂歡節的 2. 不嚴肅的

carnaza *f.* 死獸肉

****carne** *f.* 1. 肉, 肉食 2. 果肉 3. 肉體 4. 肥胖 ◇ ～ blanca 嫩肉 / ～ de cañón ①炮灰, 士兵 ②面臨危險的人 / ～ de gallina 鷄皮疙瘩 / ～ de pelo 毛皮獸肉 / ～ de pluma 禽肉 / ～ magra 精肉, 瘦肉 / ～ sin hueso 便宜事 / ～ viva (傷口愈合時長出的) 新肉, 肉芽 / ～ y uña 手足情 / echar ～ (或 ～s) 發胖 / echar toda la ～ en el asador 孤注一擲 / en ～ viva ①掉了皮的 ②易怒的 ③記憶猶新的 (痛苦往事) / en ～s vivas 裸體 / hacer ～ ①捕殺 ②殺害 ③奏效 / no ser ～ ni pescado 非驢非馬

carnecería *f.* 肉店, 肉舖

****carnero** *m.* 1. 綿羊 2. 公綿羊 3. 羊肉 4. *pl.*【轉】雲團

carnestolendas *f. pl.* 狂歡節

****carnet** *m.* 1. 身份證 2. 證件 3. 記分册 ◇ ～ de identidad 身份證

****carnicería** *f.* 1. 肉店 2. (皮肉的) 損傷 3.【轉, 口】大量傷亡 4.【轉】毀壞

****carnicero, ra** I. *a.* 1. 食肉的 (動物) 2.【口】殘忍的 II. *m.* 賣肉的人

carnívoro, ra *a.* 食肉的 (動物)

carnosidad *f.* 1. 贅肉 2. 過剩

carnoso, sa *a.* 1. 肉質的, 多肉的

****caro, ra** I. *a.* 1. 昂貴的 2. 貴重的 3. 親愛的 ◇ costar (或 salir) ～【轉】後果嚴重

carota *f.*【口】厚顏無恥

carótida *f.*【解】頸動脈

****carpa** *f.*【動】鯉魚

carpelo *m.*【植】心皮; 果片

****carpeta** *f.* 1. 文件夾 2. 活頁夾 3. 玩笑

carpintería *f.* 1. 木工職業 2. 木工作

坊 3. 木工活

*carpintero *m.* 木工 ◇ ～ de armar 或 ～ de obra de afuera 建築木工/ ～ de ribera 造船木工, 船匠

carpo *m.*【解】腕關節

carraca[1] I. *a.* 老朽的 II. *f.* 破船; 破舊 機械

carraca[2] *f.* 卡拉卡 (一種搖動時發出咔 啦、咔啦聲的玩具)

carraca[3] *f.*【動】藍胸佛法僧(鳥)

carrasca *f.*【植】矮聖櫟樹

carrascal *m.* 矮聖櫟樹林

carraspear *intr.* 清嗓子, 乾咳

carraspera *f.*【口】嗓子嘶啞

*carrera *f.* 1. 跑, 跑步 2. 急忙, 趕快 3. 競賽, 比賽 4. 經歷 5. 路徑; (行星的) 軌道 6. 路, 街 7. 行, 列, 排 8.【轉】學 業 9. (針織品) 脱線, 跳線 10.【建】橫梁 ◇ ～ de automóviles 汽車賽/ ～ de consolación 安慰賽/ ～ de entalegados 腿伸在蔴袋中的跳躍比賽/ ～ del Estado 公職的專業培訓/ ～ de obstáculos ①障礙賽馬 ②重重困難/ ～ diplomática 外交職業/ ～ especial 高等技術專業/ ～ pedestre 賽跑/ a la ～ 跑着; 迅速地/ dar ～ 供某人 讀書/ de ～ 一口氣 (説出)/ de ～s 比賽用的/ en una ～ 立即, 即刻/ hacer ～ 學 (某種) 專業/ no poder hacer ～ con (或 de) 對…毫無辦法, 對…無計 可施/ tomar ～ ①助跑 ②準備

carrerilla *f.* 短跑 ◇ a ～ 一口氣 (説 出)/ de una ～ 一下子

*carreta *f.* 木輪大車

carretada *f.* 1. (量詞) 車 2.【口】大量

*carrete *m.* 1. 捲軸, 線軸 2.【攝】膠捲

carretearse *r.* (牛) 埋頭拉車

carretela *f.* 帶篷四座馬車

*carretera *f.* 公路

carretería *f.* 車輛修造廠

carretero *m.* 1. 造車的人 2. 趕車的人 ◇ jurar como un ～ 村夫罵街

carretilla *f.* 1. 獨輪車 2. 嬰兒學步車

3. 滾地雷 (一種滿地跑的小爆竹)

carretón *m.* 1. 小車 2. 砂輪架 3. 嬰兒 學步車 4. (鐵路車輛的) 轉向架

carricoche *m.* 破車

carril *m.* 1. 車轍 2. 鋼軌

carrillo *m.* 1. 滑車 2. 面頰 ◇ comer (或 masticar) a dos ～s ①狼吞虎咽 ②收入豐厚 ③生活優裕

carrizo *m.* 蘆葦

*carro *m.* 1. 車 2. *Amér.* 汽車 3. (打字機的) 機頭 ◇ ～ de asalto 重型坦克/ ～ de combate 坦克/ Carro Mayor 大熊星座/ Carro Menor 小熊星座/ aguantar ～ 對…忍受 忍受; 容忍/ parar el ～ 停止, 中止/ poner el ～ delante de las mulas 變後爲先, 本末倒置/ untar el ～ 行賄, 賄賂

carrocería *f.* 1. (汽車的) 車身, 車箱 2. 車輛製造廠; 車店

carromato *m.* 1. 帶篷大馬車 2. 笨重的車

carroña *f.* 腐肉

carroza *f.* 1. 華麗的四輪馬車 2. 彩車

carrozar *tr.* 裝配車輛

*carruaje *m.* 車輛

carruata *f.*【植】龍舌蘭

carrusel *m.* 1. 騎術 2. 馬術比賽 3.【轉】表演

*carta *f.* 1. 證書 2. 書信 3. 紙牌 4. 憲法, 憲章 5. 地圖 ◇ ～ abierta 公開信/ ～ blanca ①空白委任狀 ②没有分兒的牌/ ～ credencial 國書/ ～ de llamada ①(家庭成員寄來的) 召喚信 ②(駐外人員的) 任命通知/ ～ de marear 海圖/ ～ de naturaleza 所在國國籍證明/ ～ de pago 收據, 付款單/ ～ de vecindad 居住證/ ～ falsa 普通牌, 没分兒的牌/ ～ partida (por ABC) 加蓋連幅印迹的複式文件/ ～ pastoral (主教) 致教民的信/ ～ puebla (君主頒發的) 移民特許證/ ～ vista 明牌/ a ～ cabal 圓滿地; 完美無缺地/ dar ～ blanca 全權委託/ echar las ～s 用紙牌算命/

enseñar las ~s 亮底, 漏底/ jugar bien sus ~s 操持有方/ poner las ~s boca arriba 攤牌/ por ~ de más 過度/ por ~ de menos 不足/ tomar ~s en el asunto 干涉, 干預

cartabón m. 1. (製圖的)三角板 2. (鞋匠用的)量腳尺

cartapacio m. 1. 筆記本, 記事本 2. 書包 3. 拍紙簿

cartearse r. 通信, 書信往來

cartel m. 1. 廣告 2. 有關交換戰俘的信件 3. 教學用掛圖 4. 挑戰書 5. 卡特爾(資本主義壟斷組織) ◇ ~ de desafío 挑戰書/ de ~ 有名望的/ en ~ 廣告上/ tener ~ 有名望, 出名

cartela f. 1. 卡片 2. 斜撑 3. 【建】肘托

cartelera f. 1. 廣告牌 2. (報紙的)廣告欄

cartelón m. 巨幅廣告

carteo m. 通信

cárter m. 1. (自行車的)鏈罩 2. 齒輪箱; 曲柄軸箱

cartera f. 1. 皮夾, 皮錢夾 2. 公文包 3. 部長職務 4.【商】有價證券 5. 衣袋蓋 6. 袖口貼邊 ◇ en ~ ①掌握的, 擁有的(有價證券)②計劃好的, 準備好的

cartería f. 郵局的收發部門

carterista s. 扒手

cartero m. 郵遞員

cartilaginoso, sa a. 軟骨的, 軟骨質的

cartílago m.【解】軟骨

cartilla f. 1. 識字課本 2. 小記事本 3. 手册, 便覽 ◇ ~ de ahorros 存折/ leer la ~ a 【轉】①教訓 ②呵斥/ no saber (ni) la ~【轉】非常無知

cartografía f. 地圖繪製法

cartógrafo, fa s. 地圖繪製員

cartomancia f. 紙牌算命

cartón m. 1. 紙板 2. 畫稿 3. 經分揀歸類後的鷄蛋品種 ◇ ~ piedra 纖維灰漿

cartuchera f. 子彈帶; 子彈匣

cartucho m. 1. 槍彈 2. 炮彈殼 3. 紙筒

cartulina f. 1. 卡片紙 2. 優質紙板

carúncula f. 肉阜; 肉冠; 肉瘤

casa f. 1. 房子, 房屋 2. 住房, 家 3. 主顧 4. 家族 5. 商號 6. 支店, 分店, 分號 7. 棋盤格 ◇ ~ consistorial 市政廳/ ~ cuna ①托兒所 ②育嬰堂/ ~ de banca 銀行/ ~ de baños 公共浴池, 澡堂/ ~ de campo 別墅/ ~ de citas 妓院/ ~ de comidas (便宜的)飯館, 便餐館/ ~ de Dios 教堂/ ~ de empeños 當舖/ ~ de fieras 動物園/ ~ de huéspedes 公寓/ ~ de juego 賭場/ ~ de labor (或 labranza) (農場的)僱工房/ ~ de la moneda 造幣廠/ ~ de lenocinio 妓院/ ~ de locos 瘋人院/ ~ de maternidad 婦產醫院/ ~ de modas 婦女時裝店/ ~ de oración 教堂/ ~ de orates 瘋人院/ ~ de postas 驛站/ ~ de prostitución 妓院/ ~ de recreo 別墅/ ~ de socorro 急救站/ ~ de té 茶館/ ~ de vecindad (或 vecinos) 居民樓/ ~ grande (富户的)大院, 豪門/ ~ matriz 母公司, 總行/ ~ mortuoria 喪家/ ~ non sancta 妓院/ ~ paterna 父母的家/ ~ pública 妓院/ ~ real ①王宮 ②王室/ ~ solariega 祖居/ de ~ 家常的, 家用的/ de la ~ 家庭的/ deshacerse una ~ 家庭破落/ echar (或 tirar) la ~ por la ventana 大肆揮霍/ levantar la ~ 搬家去/ levantar la ~ ①搬家 ②重振家業/ muy de ~ 很平常的/ muy de su ~ 操持家務認真的/ no parar en ~ 不着家/ no tener ~ ni hogar 無家可歸/ ofrecer la ~ 歡迎光顧/ para andar por ~ 家常的, 家用的/ poner ~ a uno 爲某人安家/ poner la ~ 佈置住房/ salir de ~ 出門/ vivir una ~ 住一幢房子

casaca f. 1. 男上衣 2. (高級官員的)制服 ◇ cambiar (或 volver) la ~ 改

變觀點, 改換黨派

casación *f.*【法】取消, 撤回

casadero, ra *a.* 到結婚年齡的

*****casado, da** *a.* 已婚的 ◇ bien ～ 與理想的人結婚的/ mal ～ 與不理想的人結婚的/ recién ～ 新婚的

casamata *f.* 隱蔽炮台

casamentero, ra *s.* 媒人

*****casamiento** *m.* 1. 結婚 2. 婚禮

*****casar¹** I. *tr.* 1. 主婚, 證婚 2. (爲某人) 辦婚事 3. 結合, 連接 II. *intr.* 1. 結婚 2. 協調, 相配 ◇ no ～se con nadie ①持獨立見解 ②固執己見

casar² *tr.*【法】取消, 撤回

*****cascabel** *m.* 1. 鈴鐺 2. (響尾蛇尾部的) 角質輪 3. 樂觀的人 ◇ de ～ gordo【轉】粗糙的, 不精緻的

cascabillo *m.* 1. 鈴鐺 2. 穀皮, 穀殼 3. 橡實殼

*****cascada** *f.* 1. 瀑布 2.【電】串聯 3. 瀑布狀物

cascado, da *a.* 1. 嘶啞的, 有氣無力的 2. 衰老的, 破舊的

cascajo *m.* 1. 屑, 碎片 2. 碎石 3. 拌石粘土 4.【集】堅果 5.【口】廢物, 破爛兒

cascanueces (*pl.* cascanueces) *m.* 胡桃鉗子

*****cascar** I. *tr.* 1. 弄碎硬殼, 砸開 2.【口】打 3.【轉, 口】抨擊 II. *intr.* 1. 攻讀 2.【轉, 口】嘮嘮叨叨

*****cáscara** *f.* 外殼, 外皮 ◇ de la ～ amarga 思想激進的

cascarilla *f.* 1. (種子外面的) 膜, 薄皮 2. (金屬) 箔

cascarón *m.* 蛋殼 ◇ recién salido del ～【轉】幼稚的, 經驗不足的

cascarrabias (*pl.* cascarrabias) *s.* 易怒的人

*****casco** *m.* 1. (陶瓷等的) 碎片 2. 頭盔 3. 帽體 4. *pl.* (供食用的) 牛頭, 羊頭 5. 頭腦 6. 馬蹄甲 7. 船體, 船殼 8. 主體 9. 桶; 空瓶 10. 洋葱頭 11. 城區, 市

區 ◇ calentarse los ～s 鑽研/ levantar de ～s a 引誘/ ligero de ～s 輕佻的/ sentar los ～s 改邪歸正

cascote *m.* 1. 瓦礫 2.【建】磚石填料 3.【轉】(詩歌中的) 襯字

caseína *f.*【化】酪朊

cáseo, a I. *a.* 酪的 caseoso II. *m.* 見 cuajada

caseoso, sa *a.* 乾酪的

caserío *m.* 1. (田野上建在一處的) 農舍 2. (有附屬建築的) 農户住房

casero, ra I. *a.* 1. 家庭的; 家製的 2. 自家的 3. 熱心家務的 II. *s.* 1. 房東 2. 管家

caserón *m.* 破爛的大房子

*****caseta** *f.* 1. 小房子; 棚屋 2. 更衣室

*****casi** *ad.* 幾乎; 將近; 差一點 ◇ sin ～ 完全

casia *f.*【植】山扁豆

casilla *f.* 1. 小房子 2. 小攤, 售貨亭 3. 棋盤格子 4. 售票房

casillero *m.* 文件櫃

casimir *m.* 開司米; 開司米織物

casino *m.* 1. 俱樂部 2. 協會會址

*****caso** *m.* 1. 事件, 事情 2. 情況; 場合 3. 問題, 事例 4.【醫】病例; 患者 5.【語法】格 6.【法】案件, 案例 ◇ ～ de conciencia 道德問題/ ～ de fuerza mayor 迫不得已的情況/ ～ fortuito ① 意外情況 ②【法】不可抗力/ ～ imprevisto 意外事件/ ～ particular 特殊情況/ ～ perdido 不可救藥的人/ a ～ hecho 有把握地/ dar el ～ (de) que 發生/ el ～ es que ①事情是, 問題在於 ②重要的是/ en ～ de 如果/ en ～ de necesidad 在必要的情況下/ en ～ extremo 在萬般無奈的情況下/ en todo ～ 不管怎樣, 無論如何 ②在任何情況下/ en tu (或 vuestro…) ～ 處在你 (或你們等) 的情況下/ en último ～ 在沒有別的辦法的情況下/ en un ～ rodado 在必要的情況下/ estar en el ～ 熟知内情/ haber ～ 有必要; 有機會

/ hacer al ~ 合適/ hacer ~ 重視, 注重/ para el ~ 對此/ poner en el ~ de 迫使做 (某事)/ poner por ~ 舉例/ ser un ~ 是個特例/ vamos al ~ 言歸正傳

casorio m. 草率的婚禮

caspa f. 1. 頭皮屑 2. 皮屑 3. 銅銹

caspita interj. 好傢伙

*casquete m. 1. 頭盔 2. 帽兒, 套兒 3. 頭癬膏

casquijo m. 礫石, 卵石

casquivano, na a. 【口】輕浮的

casta f. 1. (動物的) 種, 類 2. 血統, 門第 3. 階層; 階級 ◇ de ~ 純種的

*castaña f. 1. 栗子 2. 栗子色 3. 大肚器皿 ◇ sacarle a uno las ~s del fuego 替人火中取栗

castañeta f. 1. 打榧子的響聲 2. 響板

*castañetear intr. 1. 打響板 2. 打榧子 3. 喀吧喀吧響 4. (石鷄) 喀喀叫

castaño¹ m. 【植】栗子樹

*castaño, ña² a. 栗色的 ◇ pasar de ~ obscuro 不能忍受, 不能容忍

*castañuela f. 響板

castellanizar tr. (使外來語) 西班牙語化

*castellano, na I. a.-s. 卡斯蒂亞 (Castilla) 的; 卡斯蒂亞人 II. m. 1. 城堡主 2. 卡斯蒂利亞語, 西班牙語

casticismo m. (語言、習俗的) 純正性

castidad f. 1. 純潔 2. 貞潔

*castigar tr. 1. 懲罰 2. 折磨, 使受苦 3. (女人) 纏上 (某人) 4. 修改 (文稿) 5. 毁壞; 使縮減

*castigo m. 1. 懲罰 2. 折磨 3. 累贅 ◇ ~ ejemplar 懲戒/ ~ infamante 侮辱性的懲罰/ levantar el ~ 撤銷懲處

*castillo m. 1. 城堡, 要塞 2. 船首樓甲板 ◇ ~ de fuego (或 fuegos artificiales) 焰火架/ ~ de naipes ①紙牌搭的房子 ②空想/ hacer ~s en el aire 空想

castizo, za a. 1. 純種的, 純血統的 2.

地道的 (語言、文風) 3. 繁殖力强的

casto, ta a. 1. 貞潔的 2.【轉】純潔的

castor m. 1.【動】河貍 2. 河貍毛 3. 河貍皮帽 4. 河貍毛料

castrar tr. 1. 閹割 2.【轉】使衰弱, 使喪失精力

castrense a. 軍隊的, 軍職的

*casual a. 偶然的, 意外的

*casualidad f. 1. 偶然, 意外 2. 巧合

casuario m.【動】鶴鴕

casulla f. (神甫的) 十字褡

cata f. 1. 品嘗 2. 嘗試

cataclismo m. 1.【質】災變 2.【轉】大災難, 動亂

catacumbas f. pl. 地下墓穴

catadura f. 1. 品嘗 2. 面孔, 面部表情 3. 嘗試

catafalco m. 靈台

catalán, ana I. a.-s. 加泰羅尼亞 (Cataluña) 的; 加泰羅尼亞人 II. m. 加泰羅尼亞語

catalejo m. 望遠鏡

catalepsia f.【醫】强直性昏厥

catalogar tr. 1. 編製目錄; 收入目錄 2.【轉】劃入, 歸入 (某黨派、團體)

catálogo m. 目錄, 總目

cataplasma f. 1.【醫】泥罨敷劑 2.【轉, 口】體弱多病的人 3.【轉, 口】樣子難看的東西 4.【轉, 口】惹人討厭的人

catapulta f. 1. 弩炮 2. (飛機) 彈射器 3. (導彈) 發射架

catar tr. 1. 嘗, 品嘗 2. 試, 嘗試

*catarata f. 1. 瀑布 2. pl.【轉】暴雨 3.【醫】白內障 ◇ extraer (或 operar) la ~ (或 de ~s) 摘除白內障

catarral a. 卡他性的, 粘膜炎的

*catarro m. 1.【醫】卡他, 粘膜炎 2. 傷風, 感冒

catastral a. 地籍的, 土地登記的

catastro m. 地籍簿, 土地登記冊

catástrofe f. 1. 災難, 災禍 2. 悲慘結局

catavinos *m.pl.* 品酒員

catear *tr.*【口】給不及格分數

catecismo *m.* 1. 摘要 2. 教義要理; 教義問答

catecúmeno, na *s.* 1. 新入教者 2. 初學者, 新手

cátedra *f.* 1. (教師的) 講台 2. 教室 3. 教授職務 ◇ poder poner ~ 在某一方面很博學

*catedral** *a.-m.* 大教堂的; 大教堂

*catedrático, ca** *s.* 教授

*categoría** *f.* 1. 級別, 地位 2. 種類 3.【哲】範疇

*categórico, ca** *a.* 1. 斷然的 2. 清楚明瞭的

catequista *s.* 1. 教義傳授者 2. 問答式教學者

catequizar *tr.* 1. 傳授教義 2.【轉】勸說, 說服

caterva *f.* 1. 大羣, 幫, 夥 2. 大堆

catéter *m.*【醫】1. 導管 2. 探針

cateto¹ *m.*【數】(直角三角形的) 直角邊

cateto² *m.* 鄉下人

catgut *m.*【醫】腸線

catión *m.*【理】陽離子, 正離子

catódico, ca *a.* 陰極的, 負極的

cátodo *m.* 陰極, 負極

catolicidad *f.* 1. (天主教教義的) 普遍性 2. 天主教

*catolicismo** *m.* 1. 天主教教義 2. 天主教

católico, ca *a.* 1. 一般的, 普遍的 2. 天主教的, 信奉天主教的 3. 天主教教義的

catón *m.* 1. 嚴厲的檢查官 2. 識字讀本

*catorce** *a.* ｜四

catre *m.* 行軍床

*cauce** *m.* 1. 河床 2. 溝渠

caución *f.* 1. 謹慎 2.【法】擔保

*caucho** *m.* 橡膠 ◇ ~ sintético 合成橡膠

caudal¹ *a.* 尾的, 尾巴的

*caudal²** I. *a.* 流量大的; 主流的 II. *m.* 1. 錢財 2. (水的) 流量 3.【轉】財富 4.【轉】大量

caudaloso, sa *a.* 1. 流量大的 2.【轉】富有的

*caudillo** *m.* 首領, 頭目

*causa** *f.* 1. 原因 2. 動機 3. 事業 4.【法】訴訟 5.【法】審理 ◇ ~ bastante 充足的理由/ ~ civil 民事案件/ ~ criminal 刑事案件/ ~ final【哲】目的原因, 結果原因/ ~ mayor 重大原因/ ~ primera【哲】第一因 (指上帝)/ ~ segunda【哲】第二因, 次因 (指上帝以外的原因)/ a ~ de 由於/ conocer de (或 entender en) una ~ 負責審理一個案件/ dar la ~ por conclusa 案件審理完畢/ hacer ~ común con 與⋯協同努力/ por ~ de 由於

causal I. *a.* 原因的 II. *f.* 原因

causalidad *f.* 1. 因果關係 2. 根源

*causar** *tr.* 引起, 造成

causticidad *f.* 1.【化】腐蝕性, 苛性 2.【轉】挖苦

*cáustico, ca** *a.* 1. 腐蝕性的, 苛性的 2.【轉】挖苦的, 譏諷的

*cautela** *f.* 1. 謹慎 2. 狡猾

cauterio *m.*【醫】1. 燒灼療法 2. 燒灼器

cauterizar *tr.* 1.【醫】燒灼 2.【轉】糾正, 矯正 (惡習等)

*cautivar** *tr.* 1. 俘虜 2.【轉】吸引, 迷住

cautiverio *m.* 囚禁

*cautivo, va** *a.* 1. 被俘虜的 2.【轉】被迷住的

cava *f.* 1. 挖, 掘 2. 壕斬 3. 修車地溝

*cavar** *tr.* 1. 挖, 掘 2. 鬆地, 翻地

cavatina *f.* 獨唱抒情短曲

caverna *f.* 1. 洞穴, 岩洞 2.【解】孔, 洞

*caviar** *m.* (俄式) 魚子醬

cavidad *f.* 窩, 穴, 腔 ◇ ~ torácica 胸腔

cavilación *f.* 1. 思索 2. 多疑 3. *pl.* 心

思

cavilar *intr.* 思索，考慮

cayado *m.* 1. (牧人的) 彎柄杖 2.【宗】牧杖

cayo *m.* 小島

cayota *f.*; **cayote** *m.* 佛手瓜

caz *m.* 水溝，水渠

caza I. f. 1. 打獵 2. 獵物 3. 野味 II. *m.* 殲擊機 ◇ ～ mayor 大獵物/ ～ menor 小獵物/ andar (或 ir) a (la) ～ de 追逐，追求/ dar ～ 追獵；追捕/ espantar la ～ 打草驚蛇/ levantar la ～ 張揚 (某事)

cazabe *m. Amér.* 木薯麪餅

cazadero *m.* 狩獵場

cazador, ra I. a. 狩獵的 II. *s.* 獵人 III. *m.* 輕騎兵

cazadora f. 獵裝茄克

cazar tr. 1. 打獵，狩獵 2.【轉，口】巧取，弄到手 3.【轉，口】套出 (隱情) 4.【轉，口】察覺 5.【海】拉緊 (帆索)

cazatorpedero *m.* (魚雷) 驅逐艦

cazcarria *f.* (褲脚上的) 泥點

cazo m. 1. 帶把的鍋 2. 長柄勺

cazoleta *f.* 1. 小砂鍋 2. 烟斗鍋 3. (刀、劍的) 護手

cazón *m.* 鮫；鯊

cazuela f. 1. 砂鍋，鍋 2. 燉菜 3. (劇院的) 頂層樓座 4. (劇院的) 女客專座

cazurro, rra *a.* 内向的

ce *f.* 字母 c 的名稱

ceba *f.* 1. 肥育 2. 精飼料

cebada f. 大麥

cebar I. tr. 1. 餵肥 2. 放誘餌 3. 起動，加油，加水 4. 充磁 5. 裝填火藥 II. *r.* 1. 專心於 2. 肆虐；苛求

cebellina f.【動】紫貂，黑貂

cebo m. 1. 精飼料 2. 食餌 3. 引爆藥 4.【轉】刺激，誘因

cebolla f. 1.【植】洋葱 2. 洋葱頭 3.【轉】洋葱頭狀物 4.【轉】(水管口的) 蓮蓬頭

cebolleta *f.* 1.【植】葱 2. 嫩洋葱

cebollino *m.* 1.【植】葱 2. 嫩洋葱 3. 洋葱籽 4.【轉】蠢笨的人 ◇ mandar a escardar ～s ①不再 (和某人) 來往 ② (把某人) 轟走

cebón, ona *a.* 正在育肥的 (豬等)

cebra *f.*【動】斑馬

cebú *m.*【動】瘤牛

cecal *a.* 盲腸的

cecear *intr.* 把 s 音發成 c 音

ceceoso, sa *a.* 把 s 音發成 c 音的 (人)

cecina *f.* 腌肉乾

ceda *f.* 字母 z 的名稱

cedazo *m.* 籮，篩

ceder I. tr. 1. 讓給，轉讓 2. 傳導 II. *intr.* 1. 放棄 2. 讓步 3. 減弱 4. 鬆弛 5. 次於，不如

cedrino, na *a.* 雪松的

cedro m. 1.【植】雪松 2. 雪松木

cédula f. 1. 便條，便箋 2. 證明，字據 3. 目録卡片

cefalalgia *f.* 頭痛，頭疼

cefálico, ca *a.* 頭的

cefalópodo, da *a.-m.pl.*【動】頭足綱的；頭足綱

céfiro *m.* 1. 地中海的一種熱風 2. 和風 3. 輕羅，薄紗

cefo *m.*【動】髭猴

cegajoso, sa *a.* 有眼疾的

cegar I. intr. 失明 II. *tr.* 1. 使失明 2.【轉】使糊塗 3.【轉】堵塞，填滿 III. *r.* 1. 糊塗 2. 堵塞

cegato, ta *a.*【口】視力微弱的

ceguera *f.* 1. 失明 2.【轉】失去理智

ceiba *f.*【植】吉貝，木棉

ceja f. 1. 眉，眉毛 2. 眉稜 3.【轉】凸緣，突起 4.【轉】山頂，山巔 5.【樂】(吉他等的) 品 ◇ arquear (或 enarcar) las ～s (驚異時) 瞪大眼睛/ estar hasta las ～s 到頂，到極點/ fruncir las ～s 皺眉頭/ llevar (或 tener, ponérsele, metérsele) a uno algo entre ～ y ～ 固執，堅持/ quemarse las ～s 勤奮學習

cejar *intr.* 1. 向後退 2.【轉】讓步, 退讓

cejijunto, ta *a.* 1. 眉心窄的 2. 皺着眉頭的

cejudo, da *a.* 濃眉的

celada *f.* 1. 埋伏, 伏擊地 2. 圈套 3. 頭盔

celador, ra *a.* 監視的, 看守的

celaje *m.* 雲, 雲彩

celar[1] *tr.* 隱瞞

celar[2] *tr.* 1. 監視, 看管 2. 照料 3. 嚴格遵守

*celda** *f.* 1. 禪房 2. 單人房間 3. 單人牢房 4. 蜂房

celdilla *f.* 1. 單人房間 2. 蜂房

*celebración** *f.* 1. 稱贊 2. 慶祝 3. 慶祝會, 慶祝儀式 4. 舉行

*celebrar** *tr.* 1. 稱贊 2. 慶祝 3. 舉行, 召開 4. 歡欣, 高興

*célebre** *a.* 1. 著名的, 有名的 2.【轉】風趣的

*celebridad** *f.* 1. 著名 2. 著名人士 3. 慶祝活動

celemín *m.* 1. 塞雷敏 (乾量單位, 合4.625 升; 面積單位, 合 537 平方米)

celentéreo, a *a.-m.pl.*【動】腔腸動物門的; 腔腸動物門

celeridad *f.* 迅速, 快速

*celeste** *a.* 1. 天的, 天空的 2. 天藍色的

celestial *a.* 1. 天上的, 天國的 2.【轉】完美的

celestina *f.*【轉】拉皮條的女人

celibato *m.* 獨身生活

célibe *s.* 單身漢, 單身女子; 未婚的人

celidonia *f.*【植】白屈菜

celinda *f.*; **celindo** *m.*【植】西洋山梅花

*celo** *m.* 1. 熱情, 熱心 2. 努力 3. *pl.* 醋意, 忌妒 4. 發情; 發情期 ◇ dar ～s 使吃醋, 使忌妒

celofán *m.* 玻璃紙

celosía *f.* 1. 一種百葉窗 2. 格子

celoso, sa *a.* 1. 熱情的, 熱心的; 努力的 2. (對自身權益) 認真的 3. 忌妒的, 吃醋的

*célula** *f.*【生】細胞 2. 基層組織 ◇ ～ fotoeléctrica 光電管 / ～ pigmentaria 色素細胞

celular *a.* 細胞的

*celuloide** *m.* 賽璐珞

celulosa *f.* 纖維素

cellisca *f.* 雨夾雪

*cementerio** *m.* 墓地

*cemento** *m.* 1. 黏合劑 2. 水泥 ◇ ～ armado 鋼筋水泥/ ～ hidráulico 水硬水泥/ ～ Portland 硅酸鹽水泥

*cena** *f.* 晚飯, 晚餐 ◇ Santa (或Ultima) ～【宗】最後的晚餐

cenáculo *m.* 1.【宗】最後的晚餐的房間 2.【轉】(文學、藝術家的) 聚會

cenacho *m.* 籃子, 筐

cenador, ra I. *a.* 吃晚飯的 II. *m.* 綠廊, 綠樹棚

cenagal *m.* 1. 泥塘, 沼澤 2.【轉】窘境

*cenar** I. *intr.* 吃晚飯 II. *tr.* 晚飯吃…, 吃…當晚飯

cenceño, ña *a.* 1. 瘦的 2. 細的

cencerrada *f.* 鈴鐺響聲

cencerro *m.* (家畜頸上掛的) 鈴鐺

cendal *m.* 1. 一種薄紗 2.【集】(羽毛上的) 絨毛

cenefa *f.* 花邊, 鑲邊

*cenicero** *m.* 1. 烟灰缸 2. 爐坑

ceniciento, ta *a.* 1. 有灰的 2. 灰色的

*cenit** *m.* 1. 天, 天頂 2.【轉】頂點

cenital *a.* 天的, 天頂的

*ceniza** *f.* 1. 灰, 灰燼 2. 灰色 3. *pl.* 骨灰 ◇ poner *a* uno la ～ en la frente【轉, 口】(才幹等) 勝過, 壓倒 (某人) / reducir a ～s 使化爲灰燼

cenobio *m.* 修道院

cenobita *s.* 修士; 修女

censal *a.* 見 censual

*censo** *m.* 1. 户口登記; 户籍册 2. 選民登記 3. 賦税 4. 租金 ◇ ～ de población 人口普查 / ~ enfitéutico 租讓 / constituir (或 fundar) un ~ 定租金 / redimir un ~ 贖回 / ser un ~【轉，口】是個填不滿的無底洞

*censor *m.* 1. (書刊、新聞、電影等的) 審查官 2. 監察官 3. 愛挑剔的人

censual *a.* 1. 賦稅的 2. 租金的

*censura *f.* 1. 評價 2. (對書刊、新聞、電影的) 審查，檢查 3. 非難，指責

*censurar *tr.* 1. 評價 2. 審查，檢查 3. 刪，刪削 (出版物) 4. 非難

centaura *f.*【植】矢車菊

centauro *m.* 1.【希 神】半人馬怪 2. (大寫)【天】半人馬座

*centavo, va *I. a.-s.* 百分之一的 *II. m. Amér.* 分 (輔幣)

centella *f.* 1. 閃電 2. 火星，火花 3. 閃光 4.【轉】短暫的事物 5.【植】驢蹄草

centellear *impers.* 1. 冒火花，迸火星 2. 閃爍

*centena *f.* 百

*centenar *m.* 1. 百 2. *pl.* 無數 3. 黑麥田

*centenario, ria *I. a.-s.* 百歲的；百歲老人 *II. m.* 百年；百週年紀念

*centeno *m.* 黑麥

*centésimo, ma *a.* 1. 第一百 2. 百分之一的

*centímetro *m.* 厘米

*céntimo, ma *I. a.* 百分之一的 *II. m.* 分 (輔幣)

*centinela *m.* 哨兵 ◇ estar de (或 hacer) ~ 站崗，值勤

centolla *f.* 一種海蟹

*central *I. a.* 1. 中心的 2. 中央的 3. 中間的 4. 主要的 *II. f.* 總店，總局，總站 ◇ ~ automática 自動電話局 / ~ térmica 熱電站 / ~ urbana 市內電話局

*centralismo *m.* 集中制；中央集權制

centralizar *tr.* 集中

centrar *I. tr.* 1. 把…放到中心位置 2. 集中 3. 使居於合適地位；使採取合適

態度 4. 吸引 *II. r.* 適應

*céntrico, ca *a.* 1. 中心的 2. 市中心的

*centrífugo, ga *a.*【理】離心的

centrípeto, ta *a.*【理】向心的

*centro *m.* 1. 中心 2. 中間 3. 當中 4. 市中心 5. 機構 6. 社團 7. 目標 8. 聚會地點 9. 圓心 ◇ ~ de actividad 活動中心，活動站 / ~ de enseñanza 學校 / ~ de gravedad 重心 / ~ de mesa 花 / ~ de población 居民點 / ~ nervioso 神經中樞 / ~ óptico 光心 / estar en su ~ (對所處環境) 滿意，適應

centuplicar *tr.* 1. 加大一百倍 2.【轉】大大增加

centuplo, pla *I. a.* 百倍的 *II. m.* 百倍

centuria *f.* 1. 百年，世紀 2. (古羅馬) 百人隊

centurión *m.* (古羅馬) 百人隊隊長

ceñidor *m.* 1. 腰帶 2. 束胸

*ceñir *I. tr.* 1. 纏，繞，繫 2. 圍繞 3.【轉】縮減 *II. r.* 1.【轉】緊縮 2.【轉】限於

ceño¹ *m.* 環，圈，箍

ceño² *m.* 1. 皺眉 2. 臉色陰沉 ◇ poner ~ 生氣，變臉

ceñudo, da *a.* 1. 皺眉的 2. 臉色陰沉的

cepa *f.* 1. (樹木的) 主根，地下莖 2. 葡萄藤 3.【轉】家世，家族 ◇ de buena ~ 品質好的 / de pura ~ 地道的，真正的

cepillar *tr.* 1. 刷 2. 刨 3. 使 (某人) 身上分文不剩

*cepillo *m.* 1. 刷子 2. 刨子 ◇ ~ bocel 槽刨

cepo *m.* 1. 樹枝 2. 柵 3. 木砧子 4. 夾子 5. 圈套

ceporro *m.* 1. (用來燒火的) 老葡萄藤 2.【轉】笨拙的人

*cera *f.* 1. 蠟，蜂蠟 2. 蠟狀物 3. 耳 人 4.【集】蠟燭 ◇ ~ de los oídos 耳垢，耳屎 / ~ virgen 原蠟 / No hay más ~ que la arde 沒有儲備 / sacar la ~

打蠟擦亮

cerámica *f.* 1. 陶瓷製造術 2. 陶瓷器

cerbatana *f.* 1. 吹箭筒 2. 助聽器

*cerca¹ I. *ad.* 1. 附近 2. 臨近 II. *m.pl.* 【美】近景 ◇ ~ de ①在…附近;將近 ②同,和 ③派駐在 / de ~ 靠近

*cerca² *f.* 圍牆,柵欄,籬笆

*cercanía *f.* 1. 近,臨近 2. *pl.* 附近;四周 3. *pl.* 近郊

*cercano, na *a.* 1. 臨近的;近的 2. 類似的

*cercar *tr.* 1. 圍住 2. (用籬笆等)把…圍起來 3. 包圍,圍困

cercenar *tr.* 1. 根除,切斷 2. 削減

cerceta *f.* 1. 一種鴨 2. *pl.* 鹿茸

cerciorar *tr.* 使了解,使確信

*cerco *m.* 1. 包圍,包圍圈 2. 圈,箍 3. 見 cerca 4. 門框,窗框

cerda *f.* 1. 母豬 2. 豬鬃 3. 刷子毛

*cerdo *m.* 1. 豬 2. 【轉】骯髒的人 3. 【轉】蠢豬 ◇ ~ marino 大西洋鼠海豚 / A cada ~ le llega su San Martín 是豬就免不了挨刀

*cereal I. *a.* 1. 穀神的 2. 穀物的 II. *m.* 1. 穀類植物 2. *pl.* 穀物,糧食

cerebelo *m.* 【解】小腦

cerebral *a.* 1. 腦的,大腦的 2. 理智的

*cerebro *m.* 1. 【解】腦;大腦 2. 【轉】頭腦,智慧

ceremonia *f.* 1. 典禮,儀式 2. 禮節

ceremonial *m.* 1. 禮儀 2. 儀式程序單

ceremonioso, sa *a.* 1. 隆重的 2. 形式上的 3. 講究禮儀的

céreo, a *a.* 蠟的,像蠟的

cerería *f.* 蠟燭店

cerero *m.* 製蠟燭的人;賣蠟燭的人

*cereza *f.* 櫻桃

*cerezo *m.*【植】櫻桃樹

*cerilla *f.* 1. 細蠟燭 2. 火柴 3. 傳火蠟遊戲

cerio *m.*【化】鈰

cerne *m.* 樹幹的最結實部分

cerner I. *tr.* 1. 篩,羅 2. 觀察,檢查 II.

intr. 1. 下細雨 2. (葡萄、小麥等) 揚花授粉 III. *r.* 1. 走路搖擺 2. (鳥) 在空中振翅不動 3. (危險) 臨近

cernícalo *m.* 1.【動】紅隼 2.【轉】愚昧無知的人

*cero *m.* 1. 零;烏有 2.【理】零度 ◇ ~ absoluto 絕對零度 / ser un ~ a la izquierda 沒用;不算數

cerote *m.* 1. (鞋匠的) 擦線蠟 2.【轉,口】懼怕

cerquillo *m.* (某些修士的) 環狀髮式

*cerrado, da *a.* 1. 封閉的,閉合的 2. 陰雲密佈的 3. 濃密的 4.【轉】被封鎖的 5.【轉,口】緘默的

*cerradura *f.* 1. 鎖 2. 鎖上,關上

cerrajería *f.* 1. 製鎖業 2. 鎖廠

cerrajero *m.* 鎖匠

*cerrar I. *tr.* 1. 關上,堵塞 2. 封住 3. 鎖上,閂上 4. 合上,閉上 5. 關閉 6. 結束,中止 7. 圍住;封鎖 II. *intr.* 1. 首尾相接 2. 進攻 3. (馬) 出齊牙齒 4. (收支) 平衡 III. *r.* 1. 堅持 2. 拒絕 ◇ ~ con (或 contra) 進攻,攻擊 / ~se en falso (傷口) 表面愈合

cerrazón *f.* 1. 遲鈍 2. 固執 3. 陰雲密佈

cerril *a.* 1. 陡峭的 2. 未馴服的 3.【轉,口】粗野的 4.【轉,口】笨拙的

*cerro *m.* 1. 小山,山丘 2. (動物的) 脖頸 ◇ irse por los ~s de Ubeda【轉,口】離題,不切題

*cerrojo *m.* 1. 閂,插銷 2. (足球的) 封鎖

*certamen (*pl.* certámenes) *m.* 1. 文學討論 2. 學術比賽 3. 比賽會

*certero, ra *a.* 1. 準確的 2. 符合事實的,正確的

*certeza *f.* 1. 準確 2. 確信

certidumbre *f.* 確信

*certificación *f.* 1. 證明,證實 2. 證書 3. (郵件) 掛號

*certificado, da I. *a.* 掛號的 II. *m.* 1. 證書 2. 掛號郵件

certificar *tr.* 1. 證明,證實 2. (給郵件) 掛號

cerúleo, a *a.* 蔚藍色的

cervantino, na *a.* 塞萬提斯 (Cervantes) 的;具有塞萬提斯風格的

cervato *m.* (不滿半歲的) 幼鹿

*__cervecería__ *f.* 啤酒館

cervecero, ra I. *a.* 啤酒的 II. *s.* 1. 釀造啤酒的人 2. 賣啤酒的人

*__cerveza__ *f.* 啤酒

cervical *a.* 脖頸的,脖梗的

cerviz *f.* 脖頸,脖梗子 ◇ bajar (或 doblar) la ~ 低頭,順從,屈服/ levantar la ~ 桀驁不馴

cesante *s.* 失業者

cesantía *f.* 失業

*__cesar__ *intr.* 1. 停止 2. 不再任職

césar *m.* 1. (大寫) 凱撒,羅馬皇帝 2. 專制統治者

cesárea *f.*【醫】剖腹產

cesáreo, a *a.* 1. 皇帝的,帝王的 2. 剖腹產的

cesarismo *m.* 專制制度,專制主義

cese *m.* 1. 離職 2. 離職手續 3. 離職證明

cesio *m.*【化】銫

cesión *m.* 退讓;讓與

*__césped__ *f.* 1. 草地,草坪 2. 草皮

*__cesta__[1] *f.* 1. 籃,筐 ◇ llevar la ~ 牽線, 拉皮條

cesta[2] *f.* (打回力球用的) 柳條兜拍

cestería *f.* 1. 籃筐作坊 2. 籃筐店 3. 編織筐業

cestero, ra *s.* 編織筐的人;賣籃筐的人

cesto *m.* 大籃,大筐 ◇ ~ de los papeles 紙簍/ echar al ~ de los papeles (信函、文件等) 扔進廢紙簍,未起作用

cesura *f.* (詩詞誦中的) 停頓

cetáceo, a *a.-m.pl.*【動】鯨目的;鯨目

cetrería *f.* 1. 鷹獵法 2. 馴鷹術

cetrino, na *a.* 青黃色的 (臉色)

cetro *m.* 1. 權杖;牧杖;法杖 2. 政府; 統治 3. 優勢

cía *f.*【解】坐骨

cianosis (*pl.* cianosis) *f.*【醫】發紺,青紫

cianuro *m.*【化】氰化物

ciar *intr.* 1. (船) 向後退 2. 放棄

ciática *f.*【醫】坐骨神經痛

cibernética *f.* 1. 控制學 2. 控制論

ciborio *m.* (祭壇的) 天蓋,華蓋

cicatear *intr.*【口】吝嗇,小氣

cicatería *f.* 吝嗇,小氣

cicatero, ra *a.-s.* 吝嗇的;吝嗇的人,小氣鬼

*__cicatriz__ *f.* 1. 瘢,疤 2.【轉】精神上的創傷

cicatrizar *tr.* 使結疤,使愈合

cicerone *m.* 導遊者

ciclamor *m.*【植】南歐紫荊

*__ciclismo__ *m.*【體】自行車運動

*__ciclista__ *s.*【體】自行車運動員

*__ciclo__ *m.* 1. 週期 2. 循環 3. 時期,時代 4. 階段 5. (講座等的) 系列

ciclón *m.* 颶風;氣旋

cíclope *m.*【希神】獨眼巨人

ciclópeo, a *a.* 1. 獨眼巨人的 2. 巨石堆積的 (古建築) 3.【轉】巨大的

cicuta *f.*【植】芹葉鈎吻

cidra *f.* 枸櫞

cidro *m.* 枸櫞樹

*__ciego, ga__ I. *a.* 1. 失明的,瞎的 2. 視而不見的 3.【轉】堵塞的 II. *m.*【解】盲腸 III. *s.* 盲人 ◇ a ~as 盲目地

*__cielo__ *m.* 1. 天,天空 2. 頂蓬,蓋 3. 上帝;天國 4. 福氣 5. (昵稱) 寶貝 ◇ ~ de la boca 硬腭,上腔/ ~ raso 天花板/ ~ sin nubes 無憂無慮/ a ~ abierto (或 descubierto) 露天/ agarrar (或 coger) el ~ con las manos 憤怒已極; 急得走投無路/ caído del ~① 及時的 ②突如其來的/ clamar al ~ 該受到懲罰/ desgajarse (或 descargar) el ~ 大雨如注/ en el ~ 稱心如意/ ganar el ~① 得升天堂 ②非常耐心;非常隨和/ remover el ~

y la tierra para 費盡心機, 想盡辦法/ venirse el ～ abajo ①風狂雨驟 ②鬧翻天/ ver el ～ abierto 有了希望, 絶處逢生

ciempiés (*pl.* ciempiés) *m.* **1.** 赤蜈蚣 **2.** 混亂的作品

***cien** *a.* 百 (ciento 在名詞和數詞前的詞尾省略形式) ◇ el ～ 旅館中的公共洗手間

ciénaga *f.* 泥塘, 沼澤

***ciencia** *f.* **1.** 知識, 學問 **2.** 科學, 學術研究 **3.** 學科 **4.** *pl.* 理科 ◇ ～ infusa 不學而會的知識/ ～s exactas 數學/ ～s naturales 自然科學/ ～s ocultas 神秘學/ Gaya ～ 詩/ a ～ cierta 確實無疑地/ a ～ y paciencia de 在…的認可下/ no tener ～ 或 tener poca ～ 不難學會

cieno *m.* **1.** 泥, 爛泥 **2.** 恥辱

científico, ca I. *a.* 科學的; 學術的 II. *s.* 科學家

***ciento** *a.* 百 ◇ a ～s 許多, 很多/ por ～ 百分之…

cierne *m.* 【植】(葡萄、小麥等的) 揚花授粉 ◇ en ～ ①(葡萄、小麥等) 在揚花授粉中的 ②【轉】在醞釀中的

cierre *m.* **1.** 關, 閉, 封, 合 **2.** 鎖, 門 **3.** 柵欄, 籬笆 **4.** 拉鏈 **5.** 報紙分發處

***cierto, ta** I. *a.* **1.** 確實的, 無疑的 **2.** 確信的 **3.** 某個; 某些 **4.** 一些, 有點 II. *ad.* 確實, 肯定地 ◇ de ～ 確實, 肯定地/ dejar lo ～ por lo dudoso 捨易就難/ estar en lo ～ 有道理, 說得對, 做得對/ lo ～ es que 事實是; 可以肯定的是/ no es ～ 不屬實/ no por ～ 不, 當然不/ por ～ 對了, 說真的/ si bien es ～ que 儘管/ si por ～ 當然是

cierva *f.* 【動】母鹿

***ciervo** *m.* 【動】**1.** 鹿, 公鹿 **2.** 馬鹿

***cierzo** *m.* 北風

***cifra** *f.* **1.** 數字, 數目 **2.** 密碼, 暗號 **3.** 花押字 **4.** 【轉】總和, 概括 **5.** 【樂】簡譜 **6.** 縮寫 ◇ barajar (或 manejar)

～s 運算; 制定預算/ en ～ 密寫的, 用密碼寫的

cifrar *tr.* **1.** 用密碼寫 **2.** 概括, 歸納爲

***cigarra** *f.* **1.** 蟬 **2.** 不清脆的鐘聲

***cigarrera** *f.* **1.** 賣雪茄烟的女人 **2.** 做雪茄烟的女人 **3.** 雪茄烟盒

cigarillo *m.* 香烟, 捲烟

***cigarro** *m.* 雪茄烟 ◇ ～ de papel 香烟/ ～ puro 雪茄烟

cigarrón *m.* 蚱蜢

cigoñal *m.* **1.** (提水的) 弔竿 **2.** (弔橋的) 起落竿

***cigüeña** *f.* 【動】**1.** 白鶴 **2.** 曲柄 **3.** 搖把

cilantro *m.* 【植】芫荽

cilicio *m.* **1.** 苦行衣 **2.** 苦行帶 **3.** 炮衣

cilíndrico, ca *a.* 圓柱的, 圓柱體的

***cilindro** *m.* **1.** 圓柱, 圓柱體 **2.** 汽缸 **3.** 輥 **4.** 【印】膠輥

***cima** *f.* **1.** 山頂, 山峯 **2.** 浪尖 **3.** 樹巔 **4.** 【轉】頂峯 ◇ dar ～ a 圓滿完成

cimarrón, ona *a. Amér.* **1.** 野的, 野生的 **2.** 變野的

cimarronear *intr. Amér.* 逃走

cimbalillo *m.* 小鐘

címbalo *m.* **1.** 鐃, 鈸, 鑔 **2.** 小鐘

cimborio; cimborrio *m.* **1.** 【建】圓屋頂 **2.** 圓頂基

cimbra *f.* **1.** 船襯曲板 **2.** 拱模架

cimbrar¹ *tr.* 安拱模

cimbrar² *tr.* **1.** 搖晃, 晃動 **2.** 打彎

cimbreante *a.* **1.** 細而柔軟的 **2.** 裊娜的

cimbrear *tr.* 搖晃

cimbronazo *m.* 刀擊, 劍擊

cimentación *f.* **1.** 打基礎, 奠基 **2.** 建立, 創立

cimentar *tr.* **1.** 給打基礎, 奠基 **2.** 【轉】建立, 創立

cimera *f.* 盔頂飾

***cimiento** *m.* **1.** (常用*pl.*) 地基 **2.** 【轉】基礎

cimitarra *f.* 彎刀

cinabrio *m.* 朱砂,辰砂

cinamomo *m.* 1. 楝 2. 肉桂 3. 樟 4. 陰香 5. 沙棗

*****cinc** (*pl.* cines) *m.*【化】鋅

cincel *m.* 鑿子;鑿刀

cincelar *tr.* 鑿,鏨

*****cinco** *a.* 五

*****cincuenta** *a.* 五十

cincuentena *f.* 五十個

cincuentón, ona *a.* 五十歲的

cincha *f.* 馬肚帶

cinchar *tr.* 1. 勒緊馬肚帶 2. 箍緊

*****cine** *m.*【口】1. 電影 2. 電影院 ◇ ~ de barrio 普通電影院/ ~ de estreno 首映電影院/ ~ de reestreno 二輪電影院/ ~ mudo 無聲電影/ ~ sonoro 有聲電影

*****cineasta** *s.* 1. 電影演員 2. 電影工作者

cinegético, ca *a.* 狩獵的

*****cinema** *m.* 電影

cinemática *f.*【理】運動學

*****cinematografía** *f.* 電影,電影技術

cinematógrafo *m.* 電影

cinerama *m.* 全景電影

cineraria *f.*【植】瓜葉菊

cinerario, ria *s.* 安放骨灰的人

cíngaro, ra *a.* (中歐) 吉卜賽人的

cíngulo *m.* 1. (修士白長袍的) 腰帶 2. (古羅馬士兵的) 標誌帶

*****cínico, ca** *a.* 1. 犬儒主義的 2. 厚顏無恥的

cínife *m.* 蚊,蚊子

cinismo *m.* 1. 犬儒主義 2. 無恥

cinoglosa *f.*【植】藥用琉璃草

cinomorfo, fa *a.*【動】犬猿類的

*****cinta** *f.* 1. 帶子 2. 帶狀物 3. 電影片 4. 錄音帶 5. 捲尺 6. 起點;終點 ◇ ~ aisladora (或 aislante) 絕緣膠帶/ ~ cinematográfica 電影膠片/ ~ magnética 磁帶/ ~ métrica 皮尺

cintajo *m.* 帶子

cintarazo *m.* (劍的平面的) 拍擊

cinto *m.* 1. 腰 2. 腰帶

*****cintura** *f.* 1. 腰,腰部 2. (衣服的) 腰身 3. (器物中間的) 較細部分 ◇ meter en ~ 迫使就範/ quebrado de ~ 腰眼深的人

*****cinturón** *m.* 1. 腰帶 2. 圈,環帶 ◇ ~ de Orión 獵户座星帶

ciprés *m.*【植】意大利柏

circense *a.* 1. 表演競技的 2. 馬戲的

*****circo** *m.* 1. 競技場 2. 馬戲場 3. 馬戲 4. 馬戲團 5.【地】外輪山

circuir *tr.* 環繞,圍繞

circuito *m.* 1. 周圍,四周 2. 圈内區域 3. 環行路 4. 電路 ◇ ~ abierto 開路,斷路/ ~ cerrado 閉合電路,通路/ ~ integrado 集成電路,通路/ ~ primario 原電路/ ~ secundario 二級電路/ corto ~ 短路

*****circulación** *f.* 1. 循環 2. 流動 3. 交通 4. 流通,周轉 5. 運轉 ◇ ~ fiduciaria 流通的紙幣/ poner en ~ ①使周轉,使流通 ②使流傳/ retirar de la ~ ①使停止流通 ②使停止流傳

*****circular¹** I. *intr.* 1. 循環 2. 流動 3. 周轉 4. 傳播 5. 發行 II. *tr.* 發佈

*****circular²** I. *a.* 圓的,圓形的 II. *f.* 通知,通告

circulatorio, ria *a.* 循環的,血液循環的

*****círculo** *m.* 1. 圓,圈 2. 圓週 3. 交際圈子;生活環境 4. 社團,界 5. 社團所在地,俱樂部 6. 範圍 ◇ ~ de declinación 赤緯圈/ ~ de reflexión【天】反射環/ ~ máximo【天】大圓/ ~ menor【天】小圈/ ~ polar 極圈/ ~ vertical 地平經圈/ ~ vicioso ①循環論證 ②互爲因果/ en ~ 圈狀的

circuncidar *tr.*【醫】環切(包皮)

circuncisión *f.* 1.【醫】包皮環切術 2.【宗】割禮

circunciso, sa *a.* 1. 行過割禮的 2. 猶太人的

circundante *a.* 周圍的

circundar *tr.* 環繞, 包圍

*****circunferencia** *f.* 1. 圓週, 圓週線 2. 四周, 周圍

circunflejo *a.* 有長音符號 (ˆ) 的

circunlocución *f.* 委婉的説法

circunloquio *m.* 轉彎抹角

circunnavegar *tr.* 環航, 繞行

circunscribir *tr.* 1. 圈定, 圈出 2. 限定, 限制

circunscripción *f.* 1. 限定, 局限 2. 區域, 範圍

circunspección *f.* 1. 謹慎; 慎重 2. 嚴肅

circunspecto, ta *a.* 1. 謹慎的; 慎重的 2. 嚴肅的

*****circunstancia** *f.* 1. 情況, 情節 2. 條件 3. *pl.* 形勢 ◇ ~ agravante【法】重判情節／ ~ atenuante【法】減刑情節／ ~ eximente【法】無罪情節／ de ~s ① 偶然 ②装作遺憾的 ③應急的, 臨時的

circunstanciado, da *a.* 詳細的

circunstancial *a.* 1. 偶然的 2. 取決於某種條件的 3. 有條件的

circunstante I. *a.* 在周圍的, 在場的 II. *s.* 在場者

circunvalación *f.* 1. 圍住 2. 四周的工事, 環繞工事 ◇ de ~ 環行的

circunvolar *tr.* 環繞…飛行

circunvolución *f.* 1. 旋轉, 盤繞 2.【解】腦回

cirial *m.* 高燭台

cirio *m.* 大蠟燭 ◇ ~ pascual 復活節大蠟燭

cirro¹ *m.*【氣象】捲雲

cirro² *m.*【醫】硬癌

cirrosis (*pl.* cirrosis) *f.* 肝硬變

*****ciruela** *f.* 洋李 ◇ pasa 洋李乾

*****ciruelo** *m.*【植】洋李樹

*****cirugía** *f.*【醫】外科

*****cirujano, na** *s.* 外科醫生 ◇ ~ dentista 牙科醫生

cisalpino, na *a.* 阿爾卑斯山這邊的

ciscarse *r.* 出恭

cisco *m.* 1. 炭塊 2.【轉, 口】吵鬧 ◇ hacer ~ algo 弄碎, 打碎／ hacer (或 dejar hecho) ~ a uno 使懊喪

cisma *m.* 1. 分裂; 分裂派; 分裂主義 2. 分歧, 不和

cismático, ca *a.* 分裂的; 分裂主義的

cismontano, na *a.* 山這一側的

*****cisne** *m.* 1.【動】天鵝 2. (大寫)【天】天鵝座

cisquero *m.* 撿或賣煤渣的人

cisterna *f.* 1. 地下蓄水池 2. (用作同位語) 運水的, 運油的

cisura *f.* 1. 裂紋, 細縫 2. 疤痕

*****cita** *f.* 1. 約會 2. 引文 3. 語録 ◇ barajar ~s 約會頻繁

citación *f.*【法】傳訊

*****citar** I. *tr.* 1. 約會 2. 召見 3. 引證 4. 提及 5.【法】傳訊 II. *r.* 約會

cítara *f.* 古弦琴

citerior *a.* 這邊的, 靠近羅馬這邊的

citrato *m.*【化】檸檬酸鹽

cítrico, ca *a.* 檸檬的, 檸檬酸的

*****ciudad** *f.* 城市, 都市, 市 ◇ ~ abierta 不設防的城市／ La Ciudad Eterna 羅馬／ ~ natal 故鄉／ La Ciudad Santa 聖城, 耶路撒冷／ ~ satélite 衛星城

*****ciudadanía** *f.* 1. 公民身份 2. 公民權利和義務

*****ciudadano, na** I. *a.* 1. 城市的 2. 公民的 3. 平民的 II. *s.* 公民, 市民

ciudadela *f.* 城堡

cívico, ca *a.* 公民的, 良民的

*****civil** I. *a.* 1. 城市的, 市民的 2. 世俗的 3. 民用的 II. *m.* 1. 老百姓 2.【口】憲兵

civilidad *f.* 1. 禮貌, 客氣 2. 公民職責

*****civilización** *f.* 1. 開化 2. 文明, 文化

*****civilizar** *tr.* 1. 使開化 2. 使文明, 教育

civismo *m.* 1. 公民職責 2. 禮貌, 客氣

cizallas *f. pl.* 大鐵剪子; 剪板機

cizaña *f.* 1.【植】毒麥 2.【轉】不良成分 3.【轉】猜疑, 對立情緒

*****clamar** *intr.* 1. 呼喊, 叫喊 2.【轉】呼

簡,要求

clámide *f.* 短外套

clamor *m.* 1. 喊叫,呼號 2. 呼喊聲 3. 喪鐘

clamorear *intr.* 1. 呼喊 2. 哀叫 3. 敲喪鐘

clamoreo *m.* 持續的喊叫

clamoroso, sa *a.* 喊叫的,夾雜着呼喊聲的

clan *m.* 氏族,部族

*__clandestino, na__ *a.* 秘密的,地下的

claque *f.*【集】雇來的捧場者

clara *f.* 1. 蛋清,蛋白 2. (呢料的) 稀薄點 3. 禿頂

claraboya *f.* 天窗,氣窗

*__clarear__ I. *intr.* 1. 天亮 2. 放晴,轉晴 3. 發亮 II. *r.* 1. (織物) 變稀薄,透亮 2.【轉,口】無意中泄露自己的意圖

clarete: vino ～ 淡色葡萄酒

*__claridad__ *f.* 1. 清澈,清晰 2. 清楚,明白 3. 光亮 4. 清醒,敏銳 5. *pl.* 直言

clarificar *tr.* 1. 澄清,使澄清 2. 照亮 3. 闡明

clarín *m.* 1. 號,號角 2. 號手 3. 風琴音栓

clarinete *m.* 1. 單簧管,黑管 2. 單簧管手

clarión *m.* 粉筆

*__clarividencia__ *f.* 洞察力,遠見

*__clarividente__ *a.* 有洞察力的,有遠見的

*__claro, ra__ I. *a.* 1. 明亮的 2. 鮮明的 3. 稀的,稀薄的;稀疏的 4. (顏色) 淺的,淡的 5. 清楚的 6. 坦率的 7. 清晰的 II. *m.* 1. (照片、畫片上的) 明亮部分 2. 空處,空白 3. 空地 4. 空隙 5. *pl.* 天窗 ◇ ～ de luna 皎潔的月光/ (bien) a las ～ as 公開地,正大光明地/ ～ (que sí) 當然/ de ～ en ～ 通宵達旦/ estar ～ 明確,不容置疑

*__clase__ *f.* 1. 階級 2. 等級,種類 3. 班級,年級 4. 教室 5. 課程 6.【生】綱 7. *pl.*【軍】士官 ◇ ～ media 中産階級/ ～ social 階級/ ～ s pasivas 消極階級

(某些國家中指靠養老金和救濟爲生的人)/ sin ninguna ～ de 毫無

*__clásico, ca__ *a.* 1. 經典的 2. 古典的 3. 優秀的 4. 一般的

clasificar *tr.* 1. 分成類,分成等級 2. 歸類

claudicar *intr.* 1. 不盡責 2. 半途而廢

claustral *a.* 修道院的;修道院式的

claustro *m.* 1. 迴廊 2. 修道院 3. 大學校務委員會 ◇ ～ materno【解】子宮

cláusula *f.* 1. 條款 2. 句子 ◇ ～ absoluta (句子中的) 獨立成分

clausura *f.* 1. 閉幕 2. 閉幕式 3. (修道院的) 内院 4. 修道院生活

*__clausurar__ *tr.* 1. 閉幕,結束 2. 封閉,關閉

clava *f.* 狼牙棒

*__clavar__ I. *tr.* 1, 釘,釘牢 2. (釘馬掌時) 釘傷 (馬) 3. 盯住 4. 答對 5. 使茫然 6. 敲詐 II. *r.* 扎,刺

clavazón *m.*【集】釘子

clave *f.* 1. 拱頂石 2. 密碼,暗碼 3. 説明,注釋 4. 關鍵 5.【樂】譜號

*__clavel__ *m.* 麝香石竹;麝香石竹花

clavellina *f.* 一種麝香石竹

clavetear *tr.* 1. 亂釘 2. 用釘裝飾

clavícula *f.*【解】鎖骨

clavija *f.* 1. 銷釘 2. 插頭 3.【樂】弦軸

clavillo *m.* 1. (扇子、剪子等的) 軸 2. 釘狀物

*__clavo__ *m.* 1. 釘子 2. 釘狀物 3. 脚鷄眼 4.【醫】引流條 5. 偏頭痛 6. 痛苦,傷心 ◇ agarrarse a un ～ ardiendo 鋌而走險/ clavar un ～ con la cabeza 固執,頑固不化/ dar en el ～ 猜中,説中/ remachar el ～ 錯上加錯/ Un ～ saca otro ～ 新愁可以解舊愁

claxon *m.* (汽車等的) 喇叭

clemátide *f.*【植】葡萄葉鐵線蓮

clemencia *f.* 寬厚,仁慈

clemente *a.* 寬厚的,仁慈的

clepsidra *f.* 漏壺,滴漏 (古代的一種計時器)

cleptomanía   *f.* 盜竊癖

clerecía   *f.*【集】牧師, 教士

clerical   *a.* 1. 牧師的, 教士的 2. 與教會關係過分密切的

*__clérigo__   *m.* 1. 牧師, 教士 2. (中世紀的) 學者

*__clero__   *m.* 教士階層 ◇ ~ regular 在修道院的教士/ ~ secular 在俗教士

cliché   *m.* 1.【印】鉛版, 電鑄版 2. (照相) 底版 3. 陳詞濫調

cliente   *m.* 1. 受人庇護者 2. 顧客, 客户

clientela   *f.* 1. 庇護【集】2. 顧客, 主顧

*__clima__   *m.* 1. 氣候 2. 氣候帶 3.【轉】氣氛

climaterio   *m.*【生】體質轉變期; 更年期

climatología   *f.* 氣候學

*__clínica__   *f.* 1.【醫】臨床, 臨床教學 2. 實習醫院 3. 診所, 門診部

*__clínico, ca__   I. *a.* 臨床的, 臨診的 II. *s.* 臨床醫生

clip   *m.* 夾子, 卡子

clisé   *m.* 1. 電鑄版 2. (照相的) 底版

clister   *m.*【醫】灌腸劑

cloaca   *f.* 1. 下水道 2. 污穢的地方 3. (禽鳥的) 泄殖腔

clocar; cloquear   *intr.* (雞) 咯咯叫

clorato   *m.*【化】氯酸鹽

clórico, ca   *a.* 氯的, 含氯的

*__cloro__   *m.*【化】氯氣

clorofila   *f.* 葉綠素

cloroformizar   *tr.* 氯仿麻醉

cloroformo   *m.*【化】氯仿, 三氯甲烷

clorosis (*pl.* clorosis)   *f.*【醫】萎黃病, 綠色貧血

clorótico, ca   *a.* 萎黃病的; 患萎黃病的 (女人)

cloruro   *m.*【化】氯化物 ◇ ~ de cal (或 calcio) 漂白粉/ ~ de sodio 氯化鈉, 食鹽

clown   *m.* 小丑, 丑角

*__club__ (*pl.* clubs)   *m.* 1. 俱樂部 2. 會, 社, 團

clueco, ca   *a.* 孵卵的 (母雞)

coacción   *f.* 强迫, 强制

coadjutor, ra   I. *s.* 助手, 副手 II. *m.* 副主教

coadyuvar   *tr.* 協助; 有助於

coagular   *tr.* 使凝固, 使凝結

coágulo   *m.* 凝固體; 血塊

coalición   *f.* 結合, 聯盟

coartada   *f.*【法】不在犯罪現場

coartar   *tr.* 限制, 約束

coatí   *m.*【動】南美浣熊

coautor, ra   *s.* 合著者

coba   *f.*【口】(開玩笑的) 吹捧

cobalto   *m.*【化】鈷

cobardo   I. *a.* 怯懦的 II. *s.* 膽小鬼

*__cobardía__   *f.* 膽怯

cobayo   *m.*【動】豚鼠

cobertera   *f.* 炊具蓋

cobertizo   *m.* 1. 屋簷 2. 棚子

cobertor   *m.* 床單, 床罩

cobertura   *f.* 1. 遮, 蓋 2. 覆蓋物 3. 掩護, 掩蔽

cobija   *f.* 1. 蓋子, 覆蓋物 2. 筒狀蓋瓦 3.【動】覆羽 4. 被褥, 卧具

cobijar   I. *tr.* 1. 蓋, 覆蓋 2. 收留, 收容 3. 保護, 庇護 II. *r.* 1. 躲避 2. 尋找庇護

cobra   *f.*【動】眼鏡蛇

cobranza   *f.* 收費, 收税, 徵收

*__cobrar__   I. *tr.* 1. 收費, 徵收 2. 獵獲, 繳獲, 俘獲 4. 收走 (繩子) 5. 贏得, 博得; 取得 6. 恢復 II. *r.* 1. 收費, 收款 2. 恢復知覺

*__cobre__   *m.* 1.【化】銅 2.【pl.】銅管樂器 ◇ batir el ~【口】起勁地幹

cobrizo, za   *a.* 銅色的; 含銅的

cobro   *m.* 收費, 收款 ◇ poner al ~ 列入收款項目/ poner en ~ 妥善收藏, 妥善保管/ ponerse en ~ 進入安全地區/ presentar al ~ 使付款

coca¹   *f.* 1.【口】頭 2. 髮髻

coca²   *f.* 1.【植】古柯, 高根 2. 古柯葉

cocaína   *f.* 可卡因, 古柯鹼

cocal *m. Amér.* 椰林

cocción *f.* 1. 煮; 烤 2. 燒製 (磚、瓦等)

cóccix (*pl.* cóccix) *m.*【解】尾骨

cocear *intr.* (馬) 尥蹶子

*__cocer__ I. *tr.* 1. 煮, 烤, 燒 2. 燒製 (磚、瓦等) II. *intr.* 1. 煮開, 沸騰 2. 發酵 III. *r.*【轉】1. 熱得難受 2. 策劃

*__cocido, da__ *a.* 煮的, 煮熟的

cociente *m.*【數】商數

cocimiento *m.* 1. 煮, 烤 2. 燒製 3. 湯藥, 煎劑

*__cocina__ *f.* 1. 厨房 2. 竈具 ◇ ~ económica 節能竈

cocinero, ra *s.* 炊事員, 厨師

*__coco__ *m.* 1.【口】頭 2. 椰子 3.【植】椰子樹 4. 唸珠 5. (水果、種子等) 蛀蟲 6. 球菌 7. (嚇唬兒童用語) 妖怪 8.【口】鬼臉, 怪相 9.【口】撫愛 ◇ hacer ~s ①眉來眼去, 送秋波 ②討好, 拍馬屁

*__cocodrilo__ *m.*【動】鱷魚 ◇ lágrimas de ~ 假慈悲

cócora *s.* 令人討厭的人

cocotero *m.* 椰子樹

cóctel *m.* 1. 鷄尾酒 2. 鷄尾酒會

coctelera *f.* 鷄尾酒調製器

cocuy *m.* 1.【植】龍舌蘭 2. 螢火蟲

cochambre *s.*【口】1. 污穢 2. 破爛

cochambrero, ra *a.*【口】污穢不堪的

*__coche__ *m.* 1. 車, 馬車 2. 汽車 ◇ ~-cama【鐵路】臥舖車 / ~ parado 陽台, 曬台 / ~ restaurante【鐵路】餐車 / ~ utilitario 實用的汽車 / en el ~ de San Fernando【轉, 口】步行

cochera *f.* 停車場; 車庫

cochero *m.* 1. 馬車伕 2. (大寫)【天】御夫座

cochinada *f.* 1. 污穢 2. 粗魯 3. 卑鄙行徑

cochinería *f.* 見 cochinada

cochinilla *f.* 1. 潮蟲 2. 胭脂蟲 ◇ ~ de humedad 潮蟲

cochinillo *m.* 乳豬

cochino, na *s.* 1. 豬 2. 骯髒的人 ◇ ~ montés 野豬 / A cada ~ le llega su San Martín 在劫難逃

cochura *f.* 1. 在爐上烤 2. 烤製品

coda *f.*【樂】結尾

codazo *m.* 肘擊

codear I. *tr.* 1. 用肘撞, 用肘擠 2. 討要 II. *r.* 和⋯有來往

codera *f.* 1. 衣袖的肘部 2. 衣袖肘部的補釘

códice *m.* 古籍手抄本

*__codicia__ *f.* 1. 貪婪, 貪心 2. 渴望

*__codiciar__ *tr.* 貪婪, 渴望, 垂涎

codicioso, sa *a.* 1. 貪婪的, 貪心的 2. 渴望的 3. 勤勞的

codificar *tr.* 彙編 (法典)

*__código__ *m.* 1. 法典, 法規 2. 規則 3. 條例 4. 法典彙編

codillo *m.* 1. (馬等的) 肘 2. 肘部 3. 肘棒 4. L形管 ◇ tirar al ~【轉, 口】置於死地

*__codo__ *m.* 1. 肘 2. 彎 3. (管道的) 彎頭 4. 腕尺 (相當於肘至指尖的距離) ◇ ~ con ~ ①反綁着 ②監押 / comerse los ~s de hambre 貧困不堪 / dar con el ~ 提醒 (某人) / de ~s 用肘支撑着 / desgastar(se) los ~s 勤奮學習 / empinar el ~ 酗酒 / hablar por los ~s 話多, 饒舌 / hasta los ~s 深入, 熱中

codorniz *f.*【動】鶉, 鵪鶉

*__coeficiente__ *m.*【數, 理】系數, 率

coercer *tr.* 阻止, 限制

coerción *f.* 强迫, 强制

coercitivo, va *a.* 强制 (性) 的, 强迫的

*__coetáneo, a__ *a.* 同時代的, 同時期的

*__coexistencia__ *f.* 共存; 共處 ◇ ~ pacífica 和平共處

*__coexistir__ *intr.* 共存; 共處

cofa *f.* 桅樓, 檣樓

cofia *f.* 1. 髮網 2. 壓髮帽

cofrade *s.* 1. 教友會成員 2. 同仁

cofradía *f.* 1. 教友會 2. 幫,會

*****cofre** *m.* 1. 箱子 2.【動】箱魨

*****coger** I. *tr.* 1. 拿,拿着 2. 碰,摸 (用於否定式,指是否做過某事) 3. 拿走 4. 查獲 5. 收穫,採摘 6. 抓,捕,捉 7. (牛) 頂傷 8. 接受 9. 承擔 10. 對待 11. 開始做,着手進行 12. 碰上,遇到;趕上 13. 得到,獲得 14. 染,患 15. 着,沾上 16. 領會 17. 學會 (習慣) 18. 產生 (感覺等) 19. 選擇 (時機等) 20. 搭乘 (車、船) 21. (公畜) 爬跨,與母畜交配 22. 佔據 23. 容納 II. *intr.* 1. 生根 2. (與y連用) 就 ◇ ~ desprevenido 突如其來 / ~ en fragante 當場抓獲 / ~ de nuevas 使覺得突然 / no haber (或 tener) por donde ~ ① 極壞 ② 十全十美

cogida *f.* 1. 鬥牛頂傷 2.【口】(水果的) 採摘

cogitativo, va *a.* 有思考能力的

cognición *f.*【哲】認識

cognoscible *a.*【哲】可認識的,可知的

cognoscitivo, va *a.*【哲】認識性的

cogollo *m.* 1. 菜心 2. 芽 3. 精華 4. 核心

cogote *m.* 後頸;後腦勺

cogotudo, da I. *a.* 1. 後頸粗的 2. 驕傲的 II. *Amér.* 新貴,暴發戶

cogujada *f.*【動】鳳頭百靈

cogulla *f.* 1. (帶風帽的) 斗篷 2. (有兜帽的) 修士服

cohabitar *intr.* 1. 同住 2. 姘居

cohechar *tr.* 行賄,賄賂

cohecho *m.* 1. 行賄,賄賂 2. 行賄罪

coheredero, ra *s.* 共同繼承人

coherencia *f.* 聯貫性,連貫性

coherente *a.* 有聯繫的,連貫性的

cohesión *f.* 粘合,聚合 2.【理】內聚力

cohesivo, va *a.* 1. 粘合性的 2. 使團結的

*****cohete** *m.* 1. 爆竹 2. 火箭

cohibir I. *tr.* 束縛,約束 II. *r.* 拘束

cohombro *m.* 1. 蛇甜瓜 2. 油炸糕 ◇ ~ de mar 黑海參

cohonestar *tr.* 1. 美化 2. 使協調

cohorte *f.* 1. (古羅馬的) 步兵隊 2. (人、畜的) 羣,批

coima *f.* 妾

*****coincidencia** *f.* 1. 一致,符合 2. 巧合

*****coincidir** *intr.* 1. 相逢,相遇 2. 相符,一致 3. 重合

*****cojear** *intr.* 1. 跛行 2. (桌、椅等) 搖晃 3.【轉,口】品行不端

cojera *f.* 跛,瘸

cojijoso, sa *a.* 愛發牢騷的

cojín *m.* 坐墊,椅墊

*****cojinete** *m.* 1. 小墊子 2. 軸承 3. 軸瓦 ◇ ~ de bolas 滾珠軸承

*****cojo, ja** I. *a.* 1. 跛的 2. 搖晃的 (桌、椅等) 3.【轉】站不住脚的 (論點等) II. *s.* 跛子

cojón *m.* 睾丸

*****cok** *m.* 焦,焦炭

*****col** *m.* 圓白菜,洋白菜,甘藍

*****cola**[1] *f.* 1. 尾巴 2. 尾羽 3. (衣服) 牽拉着的部分 4. 尾部,末端 5. 行,列,隊 6. 後果,影響 ◇ ~ de caballo ①【植】冬木賊 ②【植】馬尾巴 (髮式) / ~ de milano (或 palo)【木】榫卯 / ~ de zorra 【植】大看麥娘 / a la ~ 在最後,在末尾 / arrimado a la ~ 反動的 / hacer ~ 排隊 / traer ~ 帶有嚴重後果,有後患

*****cola**[2] *f.* 膠 ◇ ~ de pescado 魚膠 / no pegar ni con ~ 無關聯

cola[3] *f.*【植】可樂果

*****colaboración** *f.* 協作,合作

colaboracionismo *m.* 通敵

*****colaborar** *tr.* 1. 協作,合著 2. (給報刊) 撰稿

colación *f.* 1. 授與學位 2. 授與聖職 3. 核對,對照 ◇ sacar (或 traer) a ~ 【轉,口】提及,涉及

colacionar *tr.* 1. 授與聖職 2. 核對,對照

colada f. 1. 漂白 2.【冶】出鐵水 ◇ echar a la ～ 放入清潔袋, 送洗/ sacar a la ～ 提及, 提出/ salir a (或 en) la ～ 弄清楚, 水落石出

coladero m. 考試要求不嚴格的學校

***colador** m. 過濾器

coladura f. 1. 過濾 2.【口】錯誤

colapso m. 1.【醫】虛脫 2.【轉】停滯, 癱瘓

***colar** I. tr. 1. 過濾 2. 漂白 3. 使蒙混 過去 4. 以假充真 II. intr. 1. 蒙混過去 2. 被接受 III. r. 1. 混入 2. 加塞兒, 插 隊, 扒灯 3. 犯錯誤, 弄錯

colateral a. 1. 旁側的 2. 旁系的 (親 屬)

***colcha** f. 床罩

***colchón** m. 1. 褥子 2. 床墊 ◇ ～ de muelles 彈簧床墊/ ～ de tela metálica 蓆蓆司床墊, 鋼絲床墊/ hacer un ～ 拆 整褥墊

colchonero, ra s. 製作或拆整褥墊的 人

coleada f. 搖尾巴

colear intr. 1. 搖動尾巴 2.【轉, 口】 (事情等) 留有尾巴, 沒有結束

***colección** f. 1. 收集物, 收藏品 2. 文 集 3. 大量 ◇ ～ facticia 胡亂拼湊的文 集

***coleccionar** tr. 收集, 收藏

coleccionista s. 收集者, 收藏家

colecta f. 1. 募捐 2. 祈禱文 3. (捐稅 的) 攤派

***colectividad** f. 1. 集體的 2. 集體性

***colectivismo** m. 集體所有制

***colectivo, va** I. a. 1. 集體的 2. 聚合 性的 II. m. Amér. 小型公共汽車

colector m. 1. 收税員 2. 地下管道 3. 【電】集電器, 集電裝置

***colega** s. 同事, 同行

***colegial, la** I. a. 學院的, 學校的 II. s. 1. (住宿的) 大學生, 公費生 2. 中學生 3.【轉】新手

colegiarse r. 加入, 組成 (社團、行會

等)

colegiata f. 牧師會主持的教堂

***colegio** m. 1. 學校; 學院 2. 社團; 行 會 ◇ ～ electoral 選民團/ entrar en ～ 參加, 加入 (社團)

colegir tr. 聚集, 匯集

colegislador, ra a. 共同立法的 (團 體)

coleóptero, ra a.-m.pl.【動】鞘翅目 的; 鞘翅目

***cólera** I. f. 1. 膽汁 2. 暴怒 II. m. 【醫】霍亂 ◇ ～ morbo【醫】霍亂/ des- cargar su ～ en 拿…出氣

colérico, ca a. 1. 憤怒的, 易怒的 2. 霍 亂的

colerina f.【醫】類霍亂, 輕霍亂

colesterol m. 膽固醇

coleta f. 1. 補充 2. (腦後的) 髮辮 3. 馬尾巴 (髮型) ◇ cortarse la ～【轉】 洗手不幹

coletilla f. 小補充

coleto m. 皮上衣 ◇ decir para su ～ 想, 暗自思量/ echarse al ～ ①吃, 喝 ②閱讀

colgadero m. (掛東西的) 鈎, 繩, 釘, 環

colgador m. 衣鈎, 衣架

colgadura f.【集】簾, 帷, 幔

colgajo m. 1. 掛着的東西, 破爛 2. 葡 萄串, 水果串

***colgar** I. tr. 1. 吊, 掛, 懸掛 2. (用簾、 幔等) 裝飾 3. 放棄 4. 吊死 5. 歸咎於 6. 使不及格 II. intr. 1. 吊着, 掛着 2. 聽從

colibrí m.【動】蜂鳥

cólico, ca I. a. 結腸的 II. m. 絞痛, 腹 痛 ◇ ～ cerrado 便秘性絞痛/ ～ hepático 膽絞痛/ ～ miserere 腸絞痛/ ～ renal 腎絞痛

***coliflor** f. 花椰菜, 菜花

coligarse r. 聯合, 結盟

colilla f. 烟頭, 烟蒂

***colina¹** f. 小山

colina² f. 1. 圓白菜籽 2. 圓白菜秧

colindante *a.* 毗鄰的,接壤的

colindar *intr.* 毗鄰,接壤

colirio *m.* 洗形劑,眼藥水

coliseo *m.* 圓形劇場;大劇場

colisión *f.* 1. 碰 撞 2.【轉】衝 突 3. 【轉】(思想等的)對立,抵觸

colista *a.* 最次等的

*__colmado__ *m.* 食品店;小酒店

*__colmar__ *tr.* 1. 裝滿;填滿 2.【轉】大量 給予 3.【轉】滿足

*__colmena__ *f.* 1. 蜂箱 2. 蜂巢,蜂房

*__colmenar__ *m.* 養蜂場

colmenero, ra *s.* 養蜂人

colmenilla *f.*【植】羊肚菌

*__colmillo__ *m.* 1. 犬齒,尖牙 2. 野豬牙 3. 象牙 ◇ enseñar los ~s【轉,口】威 脅,嚇唬

*__colmo__ *m.* 1. (冒出器皿的)尖兒 2. 【轉】頂點,極點 3. 過分 ◇ llegar a ~ 達到極點/ ser el ~ 透頂

colocación *f.* 1. 安放 2. 安置 3. 佈置 4. 職務

colocar *tr.* 1. 放,放置 2. 擊中 3. 安 置,安插 4. 嫁(女兒) 5. 强迫接受

colodión *m.*【化】膠棉,火膠棉

colodrillo *m.* 後腦勺

colofón *m.* 1. 版權頁 2.【轉】(書等 的)補遺

colofonía *f.* 松香

coloidal *a.*【化】膠體的;膠質的,膠態 的

coloide *m.*【化】膠體;膠質,膠態

*__colombiano, na__ *a.-s.* 哥倫比亞(Co lombia)的;哥倫比亞人

colombino, na *a.* 哥倫布的

colon[1] *m.* 結腸

colon[2] *m.* 1. 分號 2. 冒號

*__colonia__ *f.* 1. 移民 2. 殖民地 3. 羣 4. 【生】集羣

*__colonial__ *a.* 1. 殖民地的 2. *pl.* 海外輸 入的(食品)

*__colonialismo__ *m.* 殖民主義,殖民政策

*__colonización__ *f.* 1. 墾殖 2. 淪爲殖民

地

colonizar *tr.* 1. 墾殖 2. 使淪爲殖民地

colono *m.* 1. 墾殖者,移民 2. 佃農

coloquio *m.* 1. 對話 2. 座談 3. 座談會

*__color__ *m.* 1. 顏色 2. 色彩,顏 料 3. 染料 4. 染料 5.【轉】政治態度 6.【轉】 情調,特色 7.【轉】生動 8.【轉】託辭, 藉口 ◇ ~ de rosa 玫瑰色/ ~es com plemetarios 互補色/ ~es nacionales 國旗用色,國徽用色/ dar ~ ①上色,着 色 ②【轉】使生動,使活潑 / de ~ 有色 的/ de ~ de rosa 美好的,樂觀的/ ~es 彩色的 / en ~ 彩色的(影片)/ meter en ~【美】着色/ ponerse de mil ~es 臉上紅一陣白一陣/ quebrado de ~ 臉 色 蒼 白 的 / sacarle (或 salirse) los ~es 臉紅,害羞/ so ~ de 以…爲藉口/ subido de ~【口】色情 的,淫穢的(故事等)/ tomar ~ (果實 等) 開始成熟,開始變紅/ tomar el ~ (印染時) 着色

coloración *f.* 1. 着色,染色 2. 顏色 3. 色調 4. 特色

*__colorado, da__ *a.* 1. 有色的 2. 臉色紅 的 ◇ poner ~ a 使臉紅,使羞慚

colorante *m.* 染料

colorar *tr.* 着色,染色

colorear I. *tr.* 着色,染色 II. *intr.* 開始 成熟,開始發紅

colorete *m.*【口】胭脂

colorido *m.* 1. 色彩,色調 2. (色彩的) 鮮艷

colorín *m.* 1.【動】一種朱頂雀 2. *pl.* 鮮艷的顏色

*__colosal__ *a.* 1. 巨大的,巨人般的 2. 【轉】極好的

coloso *m.* 1. 巨人;巨像 2.【轉】偉人

cólquico *m.*【植】秋水仙

columbrar *tr.* 1. 依稀看見 2. 猜測

*__columna__ *f.* 1. 柱,圓柱 2. (依次碼起 來的)堆,垛 3. (書、報的)欄 4. 專欄 5. (海關的)貨物分揀室 6. 柱狀物 7. 【軍】後盾 8.【軍】縱隊 ◇ ~ blindada

裝甲部隊/ ～ termométrica 溫度計水銀柱/ ～ vertebral 脊柱/ quinta ～ 第五縱隊/ en ～ 擺放的,堆放的

columnata *f.* 柱列,柱廊

columpiar I. *tr.* 搖 (鞦韆上的人) II. *r.* 1. 打鞦韆 2. (走路時) 扭擺

*__columpio__ *m.* 鞦韆

coluro *m.* 【天】分至圈

colza *f.* 油菜

collado *m.* 1. 小丘 2. 山口

*__collar__ *m.* 1. 項鏈 2. 狗項圈 3. 頸羽

collera *f.* 1. (馬等的) 套包 2. (馬的) 頸飾 3. 鎖犯人的鎖鏈

collerón *m.* (馬的) 華麗頸飾

*__coma__[1] *f.* 1. 逗號,逗 2. 小數點 3.【樂】小音程,差音程

coma[2] *m.*【醫】昏迷

*__comadre__ *f.* 1. 助產士,接生婆 2. 教母 3. 乾親家母 4. 大嫂,大姐

comadrear *intr.* (女人之間) 閑聊

comadreja *f.*【動】鼬

comadrón *m.*【口】產科醫生

comadrona *f.* 助產士；產婆

*__comandancia__ *f.*【軍】1. 少校官階 2. 司令職務 3. 司令部 4. 司令轄區

*__comandante__ *m.*【軍】1. 少校 2. 司令 3. 指揮官

comandar *tr.* 統帥

comandita *f.* en ～ 合資

comanditar *tr.* 投資

comanditario, ria *a.* 合資經營的

*__comando__ *m.*【軍】1. 指揮,統帥 2. 突擊隊,敢死隊

comarca *f.* 區,鄉；地區

comarcano, na *a.* 鄰近的,附近的

comatoso, sa *a.* 昏迷的

comba *f.* 1. 彎曲,弧 2. 跳繩遊戲 3. 跳繩 ◇ dar a la ～ 搖繩 (讓人家跳)

combar *tr.* 彎,使成弧形

*__combate__ *m.* 戰鬥,戰鬥場面

*__combatiente__ *m.* 戰士,士兵

*__combatir__ I. *intr.* 戰鬥 II. *tr.* 1. 攻擊,進攻 2.【轉】(風、浪等) 沖,擊 3.【轉】

反駁

*__combinación__ *f.* 1. 聯合,結合；聯合體 2.【化】化合；化合物 3. 鷄尾酒 4.【數】組合,配合 5. 襯裙 6. 同族詞

*__combinar__ I. *tr.* 1. 使聯合,使結合 2.【化】使化合 3. 調整 4. 使協調 II. *r.* 1. 合爲一體,組合 2.【化】化合 3.【轉】達成協議

*__combustible__ *a.-s.* 可燃的,易燃的；燃料

*__combustión__ *f.* 1. 燃燒 2.【化】氧化

comedero[1] *m.* 食槽

comedero, ra[2] *a.* 可食的

*__comedia__ *f.* 1. 喜劇 2. 戲劇 3. 喜劇性場面 4.【轉】弄虛做假 ◇ hacer la (或 una) ～ 裝模作樣

*__comediante__ *s.* 1. 戲劇演員 2.【轉】僞君子

comedido, da *a.* 有禮貌的,謙恭的

comedimiento *m.* 禮貌,謙恭

comedirse *r.* 1. 有禮貌,謙恭 2. 準備

*__comedor, ra__ I. *a.* 1. 食量大的 2. 有胃口的 II. *m.* 飯廳,食堂

comendador *m.* 1. 騎士團長 2. 修道院長

comensal *s.* 1. 食客 2. 寄居動物

*__comentar__ *tr.* 1. 評論 2. 注釋,評注

*__comentario__ *m.* 1. 評論 2. 注釋,評注

*__comentarista__ *s.* 1. 評論家 2.《聖經》評注家

*__comenzar__ *tr.-intr.* 開始

*__comer__ I. *tr.-intr.* 1. 吃,吃飯 2. 吃午飯 II. *tr.* 1. 腐蝕 2. 使褪色 3. 使消耗,使損耗 4. (下棋時) 吃 (子) III. *r.* 1. 吃掉 2. (閱讀,書寫時) 跳過,略過 ◇ dar de ～ ①給東西吃,餵 ②供養/ de ～ 食用的/ echar de ～ 餵 (動物)/ no ni dejar ～ 佔着茅坑不拉屎/ ser de buen ～ ①食量大 ②好吃,味道好/ sin ～lo ni beberlo 莫名其妙地/ tener qué ～ 有飯吃

*__comercial__ *a.* 商業的,商務的

*__comerciante__ *s.* 商人

*comerciar　*intr.* 1. 經商, 進行貿易 2. 打交道, 交往

*comercio　*m.* 1. 商業, 貿易 2. 商店, 商場 3. 交往 4. 性交

comestible　I. *a.* 食用的 II. *m.pl.* 食品

cometa　I. *m.* 彗星 II. *f.* 風箏

*cometer　*tr.* 1. 犯 (錯誤) 2. 委託

*cometido　*m.* 1. 委託 2. 職責, 任務

comezón　*f.* 1. 癢 2.【轉】心癢, 渴望

comicidad　*f.* 喜劇性

comicios　*m. pl.* 選舉活動

cómico, ca　I. *a.* 1. 喜劇的 2. 滑稽的 II. *s.* 喜劇演員

*comida　*f.* 1. 食物 2. 餐 3. 正餐; 午餐 ◇ dar una ～ 設宴, 宴請/ reposar la ～ 飯後休息

comidilla　*f.*【轉, 口】1. 話題 2. 嗜好

*comienzo　*m.* 1. 開始 2. 開始階段, 起初 ◇ a ～s de 在…之初/ al ～ 開始時, 起初/ dar ～ 開始/ dar ～ a 開始做

comilón, ona　*a.* 吃得多的, 嘴饞的

comilona　*f.* 豐盛的宴席

comillas　*f.* 引號

comino　*m.* 1.【植】枯茗 2.【轉】微不足道的事物

comisaría　*f.*; comisariato　*m.* 1. 委員職位; 委員辦公室 2. 警察局

comisario　*m.* 1. 代表 2. 委員 3. 警察局長 ◇ ～ de policía 警察局長/ ～ político 政治委員

*comisión　*f.* 1. 委託 2. 委託的事情 3. 委員會 4.【商】代理費 ◇ a ～ 代銷/ en ～ ①收代理費的 ②代理的, 代營的

comisionar　*tr.* 委託, 委派

*comisionista　*s.*【商】代理商

comiso　*m.* 沒收

comistrajo　*m.*【口】做得不好的飯菜

comisura　*f.*【解】聯合, 接縫處

*comité　*m.* 委員會 ◇ ～ paritario 勞資調解委員會

*comitiva　*f.* 1. 隨從人員 2. 遊行隊伍

*como　*ad.* 1. 好像, 正如 2. 作爲 3. 大約 4. 同樣 5. 由於 6. 儘管 7. 如果 ◇ ～ para 應該, 值得/ ～ que ①好像, 似乎 ②因爲, 由於/ ～ si 好像

cómo　I. *ad.* 1. 怎樣 2. 爲什麼 3. 多麼 II. *m.* 方式 III. *interj.* 怎麼 ◇ a ～ 多少錢, 什麼價錢/ ～ no 怎麼不呢, 當然可以

cómoda　*f.* 1. 衣櫃 2. 桌式櫃

*comodidad　*f.* 1. 舒適 2. 便利, 方便 ◇ a la ～ de 在方便的時候

comodín　*m.* 1. 小斗櫃 2. (紙牌中的) 百搭 3.【轉】有多種用途的器物 4.【轉】藉口

*cómodo, da　*a.* 1. 舒適的 2. 方便的, 便利的

comodón, na　*a.* 圖舒服的

compacto, ta　*a.* 緊密的, 結實的

compadecer　I. *tr.* 憐憫 II. *r.* 1. 共存 2. 一致

compadraje　*m.* 合謀, 勾結

compadrazgo　*m.* 1. 乾親家關係 2. 見 compadraje

*compadre　*m.* 1. 乾親家 2. 老兄, 老弟

compadrear　*intr.* 1. 以乾親家相稱 2. 關係密切

compaginar　*tr.* 使協調

compañerismo　*m.* 友情, 友誼, 同志情誼

*compañero, ra　*s.* 1. 同伴, 同事, 同志 2. 可以配成套的器物

*compañía　*f.* 1. 陪伴 2. 同伴 3. 公司 4. 劇團 5.【軍】連 ◇ ～ anónima 股份公司/ ～ comanditaria 合資公司/ ～ de Jesús 耶穌會/ ～ de seguros 保險公司/ en ～ de 和…在一起, 在…陪伴下

*comparación　*f.* 1. 對比 2. 比較 3.【語法】比較級 ◇ admitir ～ 可以相比/ en ～ 與…相比較/ sin ～ 無與倫比

*comparar　*tr.* 對比, 比較

*comparativo, va　*a.* 對比性的, 比較的

comparecencia　*f.*【法】出庭, 到庭

comparecer *intr.* 1.【法】出庭,到庭 2. 出現

comparsa I. *f.* 1. 隨從 2. 人羣 3. 化裝人羣 II. *s.* 羣眾演員

*** compartimiento** *m.* 1. 分配 2. 分享 3. 格,隔間 ◇ ~ estanco ①(船的)密封艙 ②互不相通的部分;互不通氣的部門

*** compartir** *tr.* 1. 分,分配 2. 分享,分擔 3. 共用,共有

*** compás** *m.* 1. 圓規 2. 汽車篷支架 3. 尺度,規矩 4. 羅盤 5.【樂】節拍,節奏 6. 卡鉗 ◇ ~ de proporción 比例規/ a ~ 有節奏地/ llevar el ~ ①指揮,打拍子 ②合拍

compasar *tr.* 1. (用圓規等)量,測量 2.【轉】安排,規劃

*** compasión** *f.* 憐憫

compasivo, va *a.* 有同情心的

compatibilidad *f.* 1. 共存性 2. 自花受精 3.【電】兼容

compatible *a.* 1. 可共存的 2. 自花受精的 3.【電】兼容的

compatricio, cia *s.* 見 compatriota

*** compatriota** *s.* 同胞

compeler *tr.* 強迫,強制

compendiar *tr.* 1. 摘要 2. 概括

compendio *m.* 1. 摘要 2. 簡編 3. 總和 ◇ en ~ 簡要地

compenetración *f.* 1. 混合 2.【轉】情投意合

compenetrarse *r.* 1. 混合 2.【轉】情投意合

*** compensación** *f.* 1. 補償,賠償 2. 補償物,賠償物

*** compensar** *tr.* 補償,賠償

*** competencia** *f.* 1. 競爭 2. 競賽,比賽 3. 權限 4. 能力

competente *a.* 1. 適當的;足夠的 2. 有資格的 3. 能勝任的

competer *intr.* 歸…掌管

*** competición** *f.* 1. 競爭 2. 比賽

*** competir** *intr.* 1. 競爭 2. 比賽

compilación *f.* 1. 編纂 2. 彙編

compilar *tr.* 1. 編纂 2. 彙編

compinche *s.*【口】夥伴,朋友

complacencia *f.* 1. 滿意,高興 2. 討好,縱容

*** complacer** *tr.* 使滿意,使高興

*** complejo, ja** I. *a.* 1. 複合的 2. 複雜的 II. *m.* 1. 複合物,絡合物 2. 聯合企業;綜合體 3.【心理】情結 ◇ ~ de castración【心理】閹割情結/ ~ de Edipo【心理】戀母情結/ ~ de Electra【心理】戀父情結/ ~ de inferioridad【心理】自卑情結

complementar *tr.* 補充,補足

complementario, ria *a.* 補充的,用以補足的

*** complemento** *m.* 1. 補充物,補足物 2. 完整 3.【數】餘數 4.【數】補角 5.【語法】補語 ◇ de ~【軍】預備役的

completamente *ad.* 完全地,完整地

completar *tr.* 完成,使完整,使完善

completas *f. pl.*【宗】晚禱

*** completo, ta** I. *a.* 1. 完整的,完全的 2. 完美的 3. 徹底的 4. 滿的,擠滿的 II. *m.* 全體代表,全體成員

complexión *f.* 1. 體質 2.【修辭】對比

*** complicación** *f.* 1. 複雜 2. 困難 3.【醫】併發症

*** complicado, da** *a.* 1. 複雜的 2. 困難的 3. 不易理解的,難懂的 4. 裝飾過分的

*** complicar** *tr.* 1. 使複雜 2. 使困難 3. 牽連,使捲入

*** cómplice** I. *a.* 同謀的,共犯的 II. *s.* 同謀者,同謀犯

complicidad *f.* 同謀,共犯

*** complot** (*pl.* complots) *m.* 陰謀

componedor *m.* 排字手托 ◇ amigable ~ 調解人,仲裁者

componenda *f.* 1. 臨時處理 2. 骯髒交易

*** componente** I. *a.* 組成的,構成的 II. *m.* 成分,組成部分

*componer tr. 1. 組成,構成 2. 創作 3. 調味,調製 4. 修理 5. 裝飾 6. 調停 7.【印】排字

*comportamiento m. 行爲,舉止

*comportar I. tr. 1. 含有,帶來 2. 忍受 II. r. 表現

*composición f. 1. 組成,構成 2. 合成物,組成部分 3.【印】排字 4. 協議 5. 作品;樂曲 6. 作曲法 7.【醫】合劑 ◇ hacer (或 formar) su ~ de lugar 權衡利弊

*compositor, ra s. 作曲家

compostura f. 1. 組成,構成 2. 攙假 3. 調料 4. 修飾,打扮 5. 謙恭,謹慎

compota f. 糖水水果

compotera f. 糖水水果盤

*compra f. 1. 買 2. 買來的物品

*comprar tr. 1. 買,購買 2. 收買,賄賂

*comprender tr. 1. 包括 2. 理解,明白 ◇ hacerse (或 darse a) ~ 讓人明白,讓人理解

*comprensión f. 1. 包括;範圍 2. 理解,明白 3. 理解力 4. 諒解

comprensivo a. 1. 包括…的 2. 有理解力的 3. 諒解的

compresa f.【醫】壓布,敷布

compresible a. 可壓縮的

*compresión f. 壓縮

*compresor m. 壓縮機,壓氣機

*comprimido m. 藥片

comprimir tr. 1. 壓縮 2.【轉】抑制

comprobación f. 證實;核實;證明

comprobante m. 1. 證明,證明文件 2. 證明人

*comprobar tr. 1. 證明,證實,核實

*comprometer I. tr. 1. 簽訂合同 2. 預定,預訂 3. 牽連,連累 4. 使遭到危險 5. 拿…冒險 6. 逼迫,驅使 II. r. 1. 許諾,保證 2. 受牽連

compromisario, ria s. 選民代表

*compromiso m. 1. 協定,協議 2. 許諾,承諾 3. 困境,窘境 ◇ ~ verbal 口頭協議/ poner a uno en un ~ ①使

處境困難 ②逼迫/ sin ~ ①不需要承擔後果地 ②未定購

compuerta f. 1. 閘門,閘 2. 半截門

*compuesto, ta I. a. 1. 複合的,合成的 2. 裝飾過的 3.【植】菊科的 II. m. 合成物 ◇ ~ químico 化合物

compulsar tr. 1. 核對 2. 複製

compulsión f. 强迫,强制

compunción f. 内疚,悔恨

compungir tr. 使感到内疚,使悔恨

computador m. 計算機,計算器

computar tr. 計算

computo m. 計算

comulgar I. tr. 授聖餐,送聖體 II. intr. 1. 受聖體,領聖體 2. 有同感,一致

*común I. a. 1. 共同的;公共的 2. 常見的 3. 一般的 II. m. 1. 廁所 2. (某個地區的) 全體居民 3. 團體 ◇ el ~ de las gentes 大多數人,人們/ en ~ 共同,一起/ por lo ~ 通常情況下

*comuna f. 公社

comunal a. 共有的,公共的

*comunicación f. 1. 聯繫,往來 2. 公報,通告 3. 公路,通道 4. 通信,電報 5. 交通工具,通訊工具

*comunicado m. 公報,公告,聲明

*comunicar I. tr. 1. 通知,傳導 2. 傳授 3. 傳染 4. 商量 II. intr. 相連,相通 III. r. 傳染,蔓延

comunidad f. 1. 共有 2. 社團 3. 公衆 4. 社會 ◇ en ~ 共同,一起

comunión f. 1. 共有 2. 一致 3. 交往,交際 4. 領聖體,領聖餐;聖餐儀式 ◇ de primera ~ 盛裝打扮的

*comunismo m. 共産主義

*comunista a.-s. 共産主義的;共産主義者,共産黨員

*con prep. 1. 和,同 2. 用 3. 連同 4. 對待 5. 含有 6. 由於 7. 只要 8. 儘管

conato m. 1.【法】未遂罪行 2. 有始無終的行爲

concadenarse r. 1. 連結 2. 聯繫在一起

concavidad *f.* 凹面；凹陷

cóncavo, va *a.* 凹的，凹陷的

*****concebir** I. *intr.* 受孕 II. *tr.* 1. 構思，想出 2. 想像 3. 產生，懷有 (想法，感情)

*****conceder** *tr.* 1. 給與 2. 讓給 3. 同意 4. 承認

concejal *s.* 市政會議成員

concejil *a.* 1. 市政府的 2. 市政會議的

concejo *m.* 市政府；市政會議

concento 【樂】泛音，和聲

*****concentración** *f.* 1. 集中，集合 2. 專心 3. 濃縮，濃度 4. 大會，集會

*****concentrar** I. *tr.* 1. 集中，集合 2. 濃縮 II. *r.* 全神貫注

concéntrico, ca *a.* 【數】同心的 (圓)

*****concepción** *f.* 1. 懷孕，受胎 2. 概念的形成 3. 概念，觀念 4. 理解，領會

*****concepto** *m.* 1. 概念，觀念 2. 思想 3. 意見，看法 4. 格言，警句 5. 項目 ◇ en ～ de 作爲，當作/ en mi (或 tú...) ～ 據我 (或你…) 看/ por ningún ～ 從任何一個方面看/ por todos ～s 從各個方面來看

conceptuar *tr.* 認爲

conceptuoso, sa *a.* 精練的，精闢的

concernir *intr.* (缺位動詞，只用第三人稱) 1. 輪到 2. 涉及，與…有關

concertar I. *tr.* 1. 調整 2. 使達成協議 3. 使和解，簽訂 II. *intr.* 一致

concertina *f.* 六角形手風琴

concertista *s.* 獨唱演員，獨奏演員

*****concesión** *f.* 1. 讓與 2. 特許 3. 特許物 4. 租界 5. 退讓 ◇ sin ～es 堅定不移地

*****conciencia** *f.* 1. 良心，道義 2. 覺悟 3. 意識，觀念 ◇ ～ ancha 律己過寬/ ～ del deber 責任心/ ～ estrecha 律己過嚴/ ～ limpia 胸懷坦白/ ～ sucia 內疚/ ～ tranquila 坦然自若/ a ～ ①清楚地 ②自覺地/ a ～ de que 明知/ acusarle *a uno* la ～ 受良心的譴責/ descargar la ～ ①懺悔 ②彌補過失/

en ～ ①真誠地 ②憑良心說/ escarabajear la ～ 心神不安/ remorder la ～ 受良心的譴責/ tomar ～ de 明確，弄清楚

concienzudo, da *a.* 1. 認真的 2. 仔細認真的

*****concierto** *m.* 1. 協調，一致 2. 協議，協定 3. 音樂會 4. 【樂】協奏曲

conciliábulo *m.* 秘密集會

conciliación *f.* 1. 調解，調和 2. 相近，類似 3. 博得的好感 4. 相宜

*****conciliar** I. *tr.* 1. 調解，調和 2. 博得，獲得 II. *r.* 1. 和解 2. 協議 III. *a.* 會議的，委員會的

concilio *m.* 會議，代表會議

concisión *f.* 簡明，簡要

conciso, sa *a.* 簡明的，簡要的

concitar *tr.* 1. 引起 2. 煽動

conclave *m.* 1. 選舉教皇的會議 2. 秘密集會

*****concluir** I. *tr.* 1. 結束 2. 推斷出 3. 決定 II. *intr.* 1. 結束，終了 2. 以…告終

*****conclusión** *f.* 1. 結束；結局，結果 2. 結論 3. 決定，決議 4. 推斷 ◇ en ～ 總之

concluyente *a.* 1. 結論性的 2. 武斷的

concomerse *r.* 1. 【口】(因癢) 蹭肩擦背 2.【轉】焦躁不安

concomitancia *f.* 相伴；共存

*****concordancia** *f.* 1. 協調，一致 2. *pl.* 索引

*****concordar** I. *tr.* 使協調，使一致 II. *intr.* 一致，符合

concordato *m.* 宗教事務條約

*****concordia** *f.* 1. 協調，一致 2. 協定 3. 結婚戒指

concreción *f.* 1. 凝結 2. 凝結物 3. 【質】結核

concretar I. *tr.* 1. 使具體化 2. 使簡明扼要 3. 使確切 4. 使一致 II. *r.* 局限於

concreto, ta *a.* 1. 具體的 2. 確切的 3. 凝結的 ◇ en ～ ①具體地 ②確切地 ③

總之

concubina *f.* 情婦; 妾

conculcar *tr.* 1. 違犯 2. 踐踏

concupiscencia *f.* 1. 色慾 2. 貪慾

concurrencia *f.* 1. 聚集 2. 同時發生 3. 集會參加者

concurrente *a.* 參加…的

*__concurrir__ *intr.* 1. 聚集 2. 參加 3. 同時發生 4. 有助於

concursante *s.* 競爭者

concursar I. *tr.* 宣告(某人)破產 II. *intr.* 參加競爭

*__concurso__ *m.* 1. 聚集的人羣 2. 聚集 3. 同時發生 4. 合作, 幫助 5. 競賽 ◇ ~ de acreedores 債權人大會 / ~ de traslado 升遷競爭 / ~ hípico 賽馬

concusión *f.* 1. 震動, 衝擊 2. 勒索 3. 【醫】腦震盪

*__concha__ *f.* 1. 貝殼, 龜甲 2. 玳瑁 3. (舞台上)提白員藏身處 4. 碎瓷片 5. 貝殼狀物 ◇ ~ de peregrino 扇貝 / meterse en su ~ 幽居, 與世隔絕 / tener muchas ~s (或 más ~s que un galápago) 詭計多端

conchabarse *r.* 合夥, 合謀

condado *m.* 伯爵封號; 伯爵領地

condal *a.* 伯爵的

conde *m.* 伯爵

*__condecoración__ *f.* 1. 授勳 2. 勳章

*__condecorar__ *tr.* 授勳

condena *f.* 【法】1. 判決 2. 徒刑

*__condenación__ *f.* 1. 【法】判決, 判決書 2. 【轉】自譴; 譴責 3. 【宗】永恒的懲罰 ◇ ser la ~ de 成爲懲罰

*__condenar__ I. *tr.* 1. 判決, 責備 2. 折磨, 折騰, 使惱火 4. 封死 II. *r.* 1. 下地獄 2. 惱火

condensador *m.* 1. 冷凝器 2. 電容器 ◇ ~ eléctrico 電容器

condensar *tr.* 1. 濃縮 2. 冷凝 3. 壓縮, 概括

condesa *f.* 1. 女伯爵 2. 伯爵夫人

condescendencia *f.* 遷就, 寬容

condescender *tr.* 遷就, 依從

condestable *m.* (古制軍隊的)統帥

*__condición__ *f.* 1. 本質, 特性 2. 種類 3. 身份 4. 條件 5. 出身 6. 階級 7. 等級 8. 貴族 9. *pl.* 情況 ◇ a ~ de (que) 只要, 在…條件下 / en ~es 好的 / sin ~es 無條件地

*__condicional__ *a.* 有條件的

*__condimentar__ *tr.* 調味

*__condimento__ *m.* 調味品

condiscípulo, la *s.* 同學

*__condolencia__ *f.* 1. 同情 2. 哀悼

condolerse *r.* 1. 同情 2. 哀悼

condonar *tr.* 免除(債務); 赦免(死刑)

cóndor *m.* 1.【動】神鷹, 禿鷹 2. 鷹洋(金幣)

*__conducción__ *f.* 1. 運輸, 運送 2. 駕駛 3. 運輸手段, 運輸系統 4. 契約

*__conducir__ I. *tr.* 1. 傳導, 運送 2. 運載 3. 駕駛 4. 引導, 帶領 5. 領導 6. 導致 II. *intr.* 1. 通往 2. 導致 III. *r.* 1. 表現, 舉止 2. 訂電響合同

*__conducta__ *f.* 行爲, 舉止

conductibilidad *f.*【理】傳導性; 傳導率

*__conducto__ *m.* 1. 導管, 管道 2.【轉】途徑 ◇ ~ auditivo externo 外耳道 / ~ auditivo interno 內耳道 / ~ deferente 輸精管 / ~ lacrimal (或 lagrimal) 鼻淚管 / por ~ de 通過, 經由

*__conductor, ra__ I. *s.* 1. 司機 2. 領導者 II. *m.* 導體, 導線

condumio *m.*【口】糧食, 食物

*__conectar__ *tr.* 1. 連接 2. 接通

coneja *f.* 1. 母兔 2.【轉, 口】生孩子多的女人

conejera *f.* 兔窩

conejero, ra I. *s.* 賣兔子的人 II. *a.* 善於捕兔子的(狗)

conejillo *m.* 小兔 ◇ ~ de Indias ①豚鼠 ②試驗品(指人)

*__conejo__ *m.* 兔子

conexión *f.* 1. 聯繫; 連接 2.【電】接頭

conexo, xa *a.* 有關係的

confabulación *f.* 1. 密謀策劃 2. 勾結

confabular I. *intr.* 商談 II. *r.* 1. 密謀策劃 2. 勾結

confección *f.* 1.(服裝等的)製作 2. 縫製,裁縫 3.【醫】蜜丸

confeccionar *tr.* 1. 製作(服裝等) 2. 調製(藥劑)

confederación *f.* 1. 聯盟,同盟 2. 聯合會

confederarse *r.* 1. 聯合 2. 結成聯盟

conferencia *f.* 1. 會議 2. 講座,報告會 3. 長途電話

conferenciante *s.* 講演者;報告人

conferenciar *intr.* 舉行會談,舉行會議

conferir *tr.* 1. 給予,授予 2. 使增添

confesar I. *tr.* 1. 坦白,承認 2.【宗】懺悔 II. *r.* 講出自己的秘密 ◇ ~ de plano (或 sin reservas) 徹底坦白

confesión *f.* 1. 坦白,供認 2.【宗】懺悔 3. 信仰

confesionario *m.* 懺悔室

confeso, sa *a.* 坦白了的,懺悔了的

confesonario *m.* 見 confesionario

confesor *m.* 1. 懺悔牧師 2. 宣佈信奉基督的人

confeti *m.pl.* 彩色紙屑

confiado, da *a.* 1. 輕信的 2. 自信的,自負的 3. 抱着希望的

confianza *f.* 1. 信任 2. 信心,自信 3. 隨便,不拘禮節 4. 坦率 5. 親密無間 ◇ ~ en sí mismo 自信/ de (toda) ~ ① 可信賴的 ②親密的/ en ~ ①私下裏 ②隨便地

confiar I. *intr.* 信任 II. *tr.* 1. 委託 2. 聽任 3. 透露

confidencia *f.* 1. 透露秘密 2. 秘密

confidencial *a.* 秘密的

confidente, ta *s.* 1. 密友,心腹 2. 密探

configuración *f.* 1. 形成 2. 外形,形狀

configurar *tr.* 使形成;使成形

confín I. *a.* 毗鄰的,交界的 II. *m.* 1. 界線,邊界 2. 天際,地平線 3. 邊遠地區

confinamiento *m.* 1. 毗連 2. 流放

confinar I. *intr.* 毗連 II. *tr.* 1. 流放 2. 監禁 3. 與…斷絕來往

confirmación *f.* 1. 堅信,確信 2.【宗】堅信禮

confirmar I. *tr.* 1. 證實真 肯定,確認 3. 批准,認可 4.【宗】給…施堅信禮 II. *r.* 堅信

confiscar *tr.* 沒收

confitar *tr.* 1. 製成蜜餞 2.【轉】使柔和 3.【轉,口】使抱有幻想

confite *m.* 糖果

confitería *f.* 糖果店

confitero, ra *s.* 1. 製作糖果的人 2. 賣糖果的人

confitura *f.* 蜜餞水果

conflagración *f.* 1. 火災 2.【轉】武裝衝突;戰爭

conflicto *m.* 1. 衝突,爭端 2. 紛爭,矛盾 3. 爲難

confluencia *f.* 1.(水流的)匯合 2. 匯合點

confluir *intr.* (水流等)匯合,聚集

conformación *f.* 構造,形態

conformar I. *tr.* 1. 使成形 2. 使和解 3. 使相符,使一致 4. 使滿意 II. *r.* 1. 滿足於 2. 忍受

conforme I. *a.* 1. 與…符合的,與…一致的 2. 同意的 3. 友好相處的 4. 滿意的 5. 忍耐的 II. *ad.* 1. 根據 2. 一…就 III. *m.* 同意,認可

conformidad *f.* 1. 相符,一致 2. 同意,認可 3. 忍耐 ◇ en ~ 根據

confort *m.* 舒適

confortable *a.* 舒適的

confortador, ra *a.* 鼓舞人心的;安慰的

confortar *tr.* 1. 安慰 2. 鼓舞,使振奮

confraternidad *f.* 兄弟情誼,親密關係

confrontar I. *tr.* 1. 比較;核對 2. 對質 3. 遇到,面對 4. 正視 II. *intr.* 毗鄰;連接

*confundir *tr.* 1. 使模糊 2. 弄混, 弄錯 3. 混合 4. 使不在原處 5. 使爲難, 使難堪 6. 使茫然, 使糊塗

*confusión *f.* 1. 混亂 2. 模糊不清 3. 混淆, 弄錯 4. 難堪, 羞愧 5. 茫然

*confuso, sa *a.* 1. 混亂的 2. 模糊不清的 3. 難堪的, 羞愧的

congelar *tr.* 1. 凍, 使凝固 2. 冷藏 3. 【轉】凍結(資金等)

congénere *a.* 同類的; 同屬的

congeniar *intr.* 情投意合

congénito, ta *a.* 先天的

congestión *f.* 1.【醫】充血 2. 堆積, 壅塞

conglomerar *tr.* 使結成團, 使結成塊

conglutinar *tr.* 粘合

congoja *f.* 1. 呼吸困難 2. 痛苦 3. 苦惱, 憂傷

congraciar *tr.* 引起好感

congratular I. *tr.* 祝賀 II. *r.* 慶幸

congregación *f.* 1. 集合 2. 集會 3. 宗教團體

congregante *s.* 宗教團體成員

congregar *tr.* 集合, 聚會

*congreso *m.* 1. 代表大會 2. 國會, 議會 3. 議會大廈

congrio *m.*【動】康吉鰻

congruencia *f.* 一致, 相符

congruente *a.* 一致的, 相符的

cónico, ca *a.* 錐體的, 錐形的

conífero, ra *a.-f.pl.*【植】松柏綱的; 松柏綱

conirrostro, tra *a.* 錐狀嘴的(鳥)

conjetura *f.* 推測, 假設

*conjugación *f.* 1. 聯合, 協調 2.【生】接合 3.【語法】動詞變位

*conjugar *tr.* 1. 使聯合, 使協調 2.【語法】給(動詞)變位

*conjunción *f.* 1. 巧合 2. 結合, 連接 2.【語法】連接詞

conjuntiva *f.*【解】(眼)結膜

conjuntivo, va *a.* 連接的

*conjunto, ta I. *a.* 連接的; 聯合的, 共

同的 II. *m.* 1. 整體 2. 團體 ◇ en ～ 總起來說, 從整體上看

*conjura; conjuración *f.* 密謀

*conjurar I. *tr.* 1. 祛除(邪魔) 2. 防止, 制止(危險) 3. 消除(憂愁) II. *intr.-r.* 密謀

conjuro *m.* 1. 符咒 2. 魔法 3. 懇求 ◇ al ～ de 由於

conllevar *tr.* 1. 忍受 2. 對付(古怪的人) 3. 結交(古怪的人) 4. 敷衍

*conmemoración *f.* 1. 紀念, 紀念儀式 2. 祭

conmemorar *tr.* 紀念

conmensurable *a.* 1. 可以度量的 2.【數】可以公度的

*conmigo *pron.* (前置詞 con 與人稱代詞 yo 的連寫形式)和我, 同我

conminación *f.* 1. 威脅 2. 責成

conminar *tr.* 1. 威脅 2. 責成

conmiseración *f.* 同情

*conmoción *f.* 1. 震動 2. 感動 3.【轉】騷動 4. 地震

*conmovedor, ra *a.* 動人的

*conmover *tr.* 1. 震動 2. 感動

conmutador *m.* 1. 整流器 2. 換向器

conmutar *tr.* 1. 變換 2.【法】減刑

connatural *a.* 天生的

connivencia *f.* 1. 默許, 縱容 2. 勾結

connubio *m.* 婚姻

cono *m.* 1. 錐體 2. 錐面 3. 錐狀物 4.【天】本影, 暗影 ◇ ～ truncado 截錐

*conocer I. *tr.* 1. 認識, 了解, 知道 2. 懂, 會 3. 識別, 分辨 4. 了解 5. 有性經驗 6. 審理(案件) II. *r.* 顯露出 ◇ dar a ～ 發表, 發佈/ darse a ～ 自我介紹

*conocido, da I. *a.* 1. 衆所周知的 2. 著名的 II. *s.* 熟人

*conocimiento *m.* 1. 認識, 了解 2. 知識, 學問 3. 知覺 4.【商】憑單 5. *pl.* 熟人 ◇ con ～ ①清醒地 ②明智地/ con ～ de causa 不輕率地/ dar ～ de 通知, 告訴/ estar en su pleno ～ 神智完全正常/ llegar a ～ de 爲…所了解/

perder el ～ 失去知覺/ recobrar el ～ 恢復知覺/ sin ～ ①沒有理智的 ②不清醒的/ tener ～ ①能分辨是非 ②明智, 理智/ tener ～ de 知道, 了解/ venir en ～ de 打聽, 了解

*conque I. conj. 這樣, 那麼 II. m. 【口】條件

*conquista f. 1. 征服 2. 贏得, 博得 3. 獲得物 4. 戰績 ◇ hacer (una) ～ 追求 (某人)

*conquistar tr. 1. 取得, 獲得 2. 征服, 奪取 3. 博得, 贏得 4. 說服

consabido, da a. 1. 慣常的 2. 一貫使用的 3. 前面提到過的

consagración f. 1. 神化 2. 祝聖 3. 祭獻 4. 貢獻, 獻身

*consagrar tr. 1. 使神化 2. 祝聖 3. 獻祭 4. 使用於 5. 使成爲 6. 貢獻, 獻給

consanguíneo, a a. 同血緣的

consanguinidad f. 血緣關係

*consciente a. 1. 有意識的, 自覺的 2. 有覺悟的, 有責任心的 3. 神志清醒的

consecución f. 獲得

*consecuencia f. 1. 結果, 後果 2. 【邏】推斷 3. 始終如一 ◇ a ～ de 由於/ en ～ 由於/ sacar en ～ 得出結論/ tener (或 traer) ～ 帶來嚴重後果

*consecuente I. a. 1. 必然的, 隨之而來的 2. 始終如一的 II. m. 1. 推論, 推斷 2. 【數】後項

consecutivamente ad. 緊接着, 依次

*consecutivo, va a. 1. 緊接的, 連續的 2. 隨後的, 隨之而來的

*conseguir tr. 獲得, 取得, 得到

conseja f. 神話, 傳說

*consejero, ra s. 1. 顧問 2. 參謀 3. 參事 4. 部長

*consejo m. 1. 勸告, 勸導 2. 咨詢機關 3. 委員會, 委員會議 ◇ ～ de administración 【商】理事會/ ～ de disciplina 紀律檢查委員會/ ～ de Estado 國務院/ ～ de guerra 軍事法庭/ ～ de ministros 部長會議/ pedir (或 tomar) ～

de 徵求 (或聽取) 某人的意見

consenso m. 1. 同意 2. 一致

*consentimiento m. 1. 同意 2. 允諾

*consentir I. tr. 1. 同意, 贊成 2. 允諾 3. 承受 II. r. 壞損, 破裂

conserje m. 看門人, (公共設施的) 看管

*conserva f. 1. 罐頭製作 2. 罐頭 3. 罐頭食品

*conservador, ra a. 1. 保存的, 保護的 2. 保守的 3. 謹慎小心的 II. s. 1. 保管人 2. 保守分子

*conservar I. tr. 1. 保存, 保藏 2. 保持, 維持 3. 製成罐頭 II. r. 保養身體

*conservatorio m. 藝術學校, 音樂學校

conservero, ra a. 罐頭的, 罐頭工業的

*considerable a. 相當可觀的, 相當重要的

considerablemente ad. 相當大地

*consideración f. 1. 考慮, 衡量 2. 關心, 愛護 3. 敬重, 尊重 4. 特殊照顧 ◇ de ～ 重要的, 重大的/ en ～ a 考慮到, 鑑於/ falta de ～ 輕率/ poner ante la ～ 擺出來/ por ～ a 由於/ tomar (或 tener) en ～ 考慮

*considerar tr. 1. 考慮, 衡量 2. 認爲, 看作 3. 尊敬, 尊重 ◇ ～ por separado 分別考慮/ si se considera bien 如果認真考慮一下

*consigna f. 1. 標語, 口號 2. 命令, 指示 3. (車站的) 小件物品寄存處

consignación f. 1. 指定 2. 委託 3. 寄存 4. 寄出 5. 預算金額

consignar tr. 1. 指定 2. 委託 3. 寄存 4. 寄出, 託運 5. 注明, 記載 6. 撥出款項

*consigo pron. (前置詞 con 與 自復代詞 se, sí 的連寫形式) 隨身, 和自己

*consiguiente I. a. 隨之產生的 II. m. 【邏】結果, 後件

consiliario, ria s. 參謀; 顧問

consistencia f. 1. 堅固性, 牢固性 2.

【轉】堅實,穩固

consistente *a.* 1. 由…組成的 2. 堅固的,結實的

*****consistir** *intr.* 1. 在於,是 2. 由…組成

consistorial *a.* 紅衣主教會議的

consistorio *m.* 紅衣主教會議

consocio, cia *s.* 同事

consola *f.* 靠壁桌

*****consolar** *tr.* 安慰,撫慰

*****consolidar** *tr.* 1. 鞏固,加強 2. (把債務) 轉爲長期

*****consonancia** *f.* 和諧,協調 ◇ en ~ con 根據,本着

*****consonante** *a.* 1. 和諧的,協調的 2. 【語法】輔音的

consonar *intr.* 1. 和諧,協調 2.【樂】組成諧音

*****consorcio** *m.* 1. 康采恩,財團 2. 組合 3. 夫妻

consorte *s.* 1. 共命運的人 2. 配偶 3. *pl.* 【法】同案人

conspicuo, cua *a.* 1. 顯眼的 2. 傑出的

*****conspiración** *f.* 1. 陰謀 2. 陰謀集團;陰謀活動

*****conspirar** *intr.* 1. 密謀,共謀 2. 導致

constancia *f.* 1. 穩定,持久 2. 堅定 3. 準確,確實 4. 證明

*****constante** I. *a.* 1. 持久的 2. 有恒心的 3. 經常的 II. *f.*【數】常數

*****constar** *intr.* 1. 明顯,確實 2. 寫明,注明,記入 3. 包括,包含,由…組成 ◇ hacer ~ 申明,說明;寫明

*****constelación** *f.* 1. 星座 2. 堆,片,羣

consternación *f.* 1. 驚愕 2. 沮喪 3. 不快

consternar *tr.* 1. 使驚愕 2. 使沮喪 3. 使不快

*****constipado** *m.* 感冒

*****constipar** *tr.* 使感冒

*****constitución** *f.* 1. 構成 2. 成立 3. 構造,結構,成分 4. 政體 5. 章程 6. (大寫) 憲法

*****constitucional** *a.* 1. 憲法的;立憲的 2. 體質的

*****constituir** I. *tr.* 1. 構成 2. 成立,建立 3. 成爲,是 II. *r.* 1. 到達,親臨 3. 擔任,充當

*****constitutivo, va** *a.* 構成…的,組成…的

constreñir I. *tr.* 1. 強迫 2. 束縛 3.【醫】壓迫 II. *r.* 1. 努力 2. 約束 3. 克制

constricción *f.* 收縮

*****construcción** *f.* 1. 建設;建築 2. 建築物 3.【語法】句子結構

constructivo, va *a.* 建設的,建設性的

*****constructor, ra** *a.* 建設的,建築的

*****construir** *tr.* 1. 建設 2. 建築 3. 建造 4. 製作 5. 創立

consuegro, gra *s.* 親家

consuelo *m.* 1. 安慰 2. 快樂

consuetudinario, ria *a.* 習慣的,慣常的

*****cónsul** *m.* 1. (古羅馬的) 最高執政官 2. 領事 3. 外交官

*****consulado** *m.* 1. 最高執政官政府,職務或任期 2. 領事職務 3. 領事館

*****consulta** *f.* 1. 請教,咨詢,商討,答疑 2.【醫】會診;診斷 3. 診所

*****consultar** *tr.* 1. 請教,咨詢,商討,質疑 2. 查閱,參閱 3. 求醫

consultivo, va *a.* 1. 咨詢性的,協商性的 2. 上報的,上呈的

consultorio *m.* 1. 咨詢處 2. 診所

consumación *f.* 結束,完成

consumar *tr.* 1. 結束,完成 2.【法】履行,執行

*****consumición** *f.* 1. 消耗;消耗量,飲用量 2. 憔悴,虛弱 3. 折磨;苦惱

*****consumir** I. *tr.* 1. 消費,消耗 2. 吃,喝 3. 領聖體 4. 使蒸發,使揮發 5. 使憔悴,使虛弱 6. 使焦急,折磨 II. *r.* 1. 變乾癟 2. 蒸發 3. 消耗

*****consumo** *m.* 1. 消耗;消費 2. *pl.* 消費

品税

consunción f. 1. 消耗, 耗盡 2. 消瘦

consuno: de ~ 一致地, 共同地

consuntivo, va a. 消耗性的

consustancial a. 1. 同質的 2. 固有的, 特有的

***contabilidad** f. 會計學, 簿記

***contacto** m. 1. 接觸; 接觸點 2. 關係 3.【天】初虧

contado, da a. 屈指可數的 ◇ al ~ 以現金, 立即付款/ por de ~ 必定, 肯定

***contador, ra** I. a. 計算的 II. s. 會計員, 簿記員 III. m. 計數器

contaduría f. 1. 會計室 2. (戲票) 預售處

***contagiar** I. tr. 1. 傳染 2. 感染, 影響 II. r. 1. 傳染上 2. 學壞

***contagio** m. 1. 傳染 2. 傳染病 3. 變壞

container m. 集裝箱, 貨櫃

contaminación f. 1. 污染 2. 污染物

contaminar tr.-r. 1. 污染 2. 毒害

contante a. 現付的, 現金的

***contar** I. tr. 1. 講述, 敘述 2. 數, 計算 3. 計算在內 4. 認爲, 算作 5. 記着, 想一想 6. 有…歲 II. intr. 1. 重要, 有意義 2. 想到, 考慮到 3. 擁有 4. 信賴, 指望 ◇ a ~ de (或 desde) 從…算起/ sin ~ con que 且不說

comtemplación f. 1. 注視, 觀賞 2. pl. 殷勤

***contemplar** tr. 1. 觀看, 觀賞 2. 考慮 3. 獻殷勤

contemplativo, va a. 1. 觀賞的 2. 沉思的 3. 殷勤的

***contemporáneo, a** a. 1. 同時代的 2. 現代的

contemporizar intr. 迎合, 順應

contención f. 1. 遏止, 抑制 2. 克制

contencioso, sa a. 1. 好爭辯的 2.【法】有爭議的 3.【法】交法院裁決的

contender intr. 1. 爭論, 爭辯 2. 爭鬥, 競爭

contendiente a. 爭論的; 競爭的

contenedor m. 集裝箱, 貨櫃

***contener** tr. 1. 包括, 含有 2. 限制, 阻止 3. 抑制, 克制

***contenido, da** I. a. 內在的 II. m. 1. 內容 2. (容器內) 裝的東西 2. 內容

***contentar** I. tr. 1. 使高興 2. 使滿意 II. r. 1. 和解 2. 滿足

***contento, ta** I. a. 1. 高興的 2. 滿意的 II. m. 1. 高興 2. 滿意 ◇ darse por ~ 滿意, 滿足

contera f. 1. (手杖等的) 包頭 2. 末端, 末尾 ◇ por ~ ①作爲結束, 最後 ②更有甚者

contertulio, lia s. 參加聚會者

***contestación** f. 1. 回答 2. 爭論, 爭吵 3.【法】答辯 ◇ una mala ~ 不恭敬的回答

***contestar** I. tr.-intr. 1. 回答 2. 報答 3. 響應 4. 證明 II. intr. 1. 相符 2. 爭辯

conteste a. 相符的

***contexto** m. 1. 思路; 上下文 2. 組織, 結構

contextura f. 1. 組織, 結構 2. 思考 3. 體格

***contienda** f. 1. 爭鬥; 爭奪 2. 爭吵

***contigo** pron. (前置詞 con 與人稱代詞 tú 的連寫形式) 和你, 同你一起

***contiguo, gua** a. 鄰近的, 相連的

continencia f. 1. 克制 2. 節慾

***continental** I. a. 大陸的; 大陸性的 II. m. 1. 書信傳遞代辦處 2. 書信, 口信

continente¹ I. a. 1. 包括的, 包含的 2. 有節制的 II. m. 容貌, 風采

***continente**² m. 大陸

contingencia f. 1. 偶然性, 可能性 2. 意外事件 3. 危險

contingente I. a. 偶然的, 可能的 II. m. 1. 偶然性, 可能性 2. 份額 3. 補充兵員額 4.【商】出口額, 進口額

***continuación** f. 1. 繼續 2. 延續部

分, 延長物 ◇ a ~ 緊接着

continuamente *ad.* 1. 連續地, 不斷地 2. 經常

*continuar I. *tr.* 繼續 II. *intr.* 1. 延續 2. 延伸

continuidad *f.* 連續性; 持續性 ◇ perder (或 romper) la ~ 中斷, 中止

*continuo, nua *a.* 1. 連續的 2.【電】直流的 3. 經常的 ◇ de ~ 連續地, 不斷地

contonearse *r.* (走路時) 扭擺, 扭來扭去

contornear *tr.* 1. 勾輪廓 2. 環繞, 環行

*contorno *m.* 1. 輪廓 2. 週長 3. *pl.* 周圍地區

contorsión *f.* 1. 身體扭曲 2. 怪相

contorsionista *s.* 做柔術表演的雜技演員

*contra I. *prep.* 1. 反對 2. 靠着 3. 與…相反 4. 面向 5. 防止 II. *f.* 1. 反對 2. 困難, 障礙 ◇ en ~ 反對/ en ~ de 違背, 違反/ estar (en) ~ (de) 反對/ hacer la ~ 反對, 與…作對

contraalmirante *m.* 海軍少將

*contraataque *m.* 反攻, 反擊

*contrabajo *m.*【樂】1. 低音提琴 2. 低音提琴手 3. 倍低音; 倍低音歌手

contrabalancear *tr.* 1. 使平衡 2. 彌補

*contrabandista *s.* 走私者

*contrabando *m.* 1. 走私 2. 製造違禁品 3. 違禁品; 走私品 4. 違法事物 ◇ de ~ 秘密地

contracción *f.* 收縮

contráctil *a.* 有收縮性能的

contradanza *f.* 對舞; 對舞舞曲

*contradecir I. *tr.* 1. 反駁; 糾正 2. 抵觸, 相矛盾 II. *r.* 自相矛盾

*contradicción *f.* 1. 反駁 2. 矛盾, 對立

contradictor, ra *a.* 反駁的

*contradictorio, ria *a.* 矛盾的, 對立的

*contraer *tr.* 1. 使收縮 2. 使處於 3. 染上 (疾病) 4. 養成 (習慣) 5. 結成

(婚姻)

*contraespionaje *m.* 反間諜; 反間諜機關

contrafuerte *m.* 1. 護牆, 扶垛 2. (山的) 支脈 3. 鞋後跟皮

contrahecho, cha *a.* 1. 假的, 僞造的 2. 畸形的

contrahílo: a ~ 橫着布紋

*contralto I. *m.*【樂】女低音 II. *f.*【樂】女低音歌手

contraluz *f.* 1. 逆光 2. 逆光照片 ◇ a ~ 逆光, 背光

*contramaestre *m.* 水手長

contramano: a ~ 朝相反方向

contramarcha *f.* 1.【軍】後退, 後撤 2. 倒車 3. 倒退

contramarchar *intr.*【軍】後退, 後撤

contramina *f.* 反地道, 反坑道地道

*contraofensiva *f.*【軍】反攻, 反擊

contraorden *f.* 取消令

contrapelo: a ~ ①戧着毛, 逆毛方向 ②【轉】違背 (某人的) 意願 ③【轉】不合時宜

*contrapeso *m.* 1. 平衡重量 2. 衡重體 3. 砝碼

*contraponer *tr.* 1. 對比, 比較 2. 使對立, 使對抗

*contraposición *f.* 1. 對比, 比較 2. 對立, 對抗

contraproducente *a.* 適得其反的

contrapunto *m.*【樂】1. 旋律配合, 對位 2. 複調音樂

contrariar *tr.* 1. 反對; 阻礙 2. 使不悦, 使惱火

*contrariedad *f.* 1. 對立 2. 阻礙, 障礙 3. 不悦

*contrario, ria I. *a.* 1. 相反的 2. 對立的, 對抗的 3. 有害的 II. *s.* 1. 敵手, 對手 2. 反對者 ◇ al ~ (de) 相反, 與…相反/ en ~ 反對/ llevar la ~a a 與…作對/ lo ~ 反面, 相反的東西/ por el ~ 正相反

contrarrestar *tr.* 1. 抵制, 抵禦 2. 抵消

*contrarrevolucionario, ria** *a.-s.* 反
革命的;反革命分子

contrasentido** *m.* **1.** (對詞義的) 曲解
2. 荒謬的言行,不合邏輯的言行

*contraseña** *f.* **1.** (打在貨包等上面
的) 附加記號 **2.** 暗語;暗號 **3.**【軍】口
令 **4.**【劇】返場券

*contrastar** **I.** *tr.* **1.** 對抗 **2.** 檢驗 **II.**
intr. 對照,對比

*contraste** *m.* **1.** 對照,對比 **2.** 度量衡
檢驗 **3.** 度量衡檢定員

contrata** *f.* **1.** 契約 **2.** 招雇 **3.** 建築工
程承包

contratar** **I.** *tr.* **1.** 訂立契約 **2.** 雇用 **II.**
r. 受聘

contratiempo** *m.* **1.** 不順利 **2.** 不幸,
災禍 ◇ a ～【樂】切分

contratista** *s.* 訂約人

*contrato** *m.* 合同 ◇ ～ de com-
praventa 買賣合同,貿易契約 / ～
notarial 公證證書

contravención** *f.* 違反,違背

contraveneno** *m.*【醫】解毒藥

contravenir** *intr.* 違反,違背

contraventana** *f.* (玻璃窗外用以擋光
的) 木板窗

contraventor, ra** *a.* 違反的

contrayente** *s.* **1.** 訂婚人 **2.** 夥伴,對方

*contribución** *f.* **1.** 貢獻,捐獻 **2.** 捐贈
物 **3.** 捐稅 ◇ poner a ～ 用上,使用

*contribuir** *tr.* **1.** 捐贈,貢獻 **2.** 交納捐
稅 **3.** 促進

contribuyente** *s.* **1.** 納稅人 **2.** 公民

contrición** *f.* (因褻瀆上帝而感到的)
悔恨

contrincante** *m.* 對手

contristar** *tr.* 使憂傷

contrito, ta** *a.* **1.** 悔恨的,憂傷的

*control** *m.* **1.** 監督,檢查 **2.** 控制,管
制

*controlar** *tr.* **1.** 監督,檢查 **2.** 控制,管
制

controversia** *f.* 爭論,辯論

controvertir** *tr. -intr.* 爭論,辯論

contumacia** *f.* 固執,頑固

contumaz** *a.* **1.** 固執的,頑固的 **2.**
【法】拒不到案的

contumelia** *f.* 凌辱,侮辱

contundente** *a.* **1.** 用於毆打的 **2.** 強有
力的 **3.** 不容分辯的

contundir** *tr.* 毆傷

conturbar** *tr.* **1.** (不幸事件等) 打擊 **2.**
使惶惑不安

contusión** *f.*【醫】內傷

contuso, sa** *a.* 受內傷的

*convalecencia** *f.* **1.** 痊愈 **2.** 痊愈期
3. 休養所,療養院

*convalecer** *intr.* 痊愈,康復

convaleciente** *a.* 逐漸痊愈的

convalidar** *tr.* **1.** 宣佈有效 **2.** 確認

convecino, na** **I.** *a.* 鄰近的 **II.** *s.* 鄰居

*convencer** **I.** *tr.* **1.** 說服 **2.** 使信服 **3.**
【轉】(用於疑問句和否定句) 使高興 **II.**
r. 信服,確信

*convencimiento** *m.* **1.** 確信 **2.** 自信
◇ llegar al ～ de 信服/ llevar al ～ de
使信服/ tener el ～ de 堅信,深信

*convención** *f.* **1.** 協約,協定 **2.** 一致

*convencional** *a.* **1.** 約定的 **2.** 例行的
3. 常規的

conveniencia** *f.* **1.** 一致,相符 **2.** 協議
3. 合適 **4.** 禮儀,禮節 ◇ ～s sociales
禮儀,禮節

*conveniente** *a.* **1.** 合適的 **2.** 有益的
3. 一致的

*convenio** *m.* 協議,協定

*convenir** **I.** *tr.-intr.* 同意,達成協議
II. *intr.* **1.** 適合,適宜 **2.** 符合 **3.** 聚集
III. *r.* 商定

*convento** *m.* 修道院

conventual** *a.* 修道院的

convergencia** *f.* **1.** 匯合 **2.** 匯合處;交
叉點

convergente** *a.* **1.** 匯合的 **2.** 一致的

converger; convergir** *intr.* **1.** 匯合 **2.**
一致

*conversación f. 1. 交談 2. 會談
*conversar intr. 1. 交談 2. 交往
conversión f. 1. 改變 2.【軍】調轉方
向
converso, sa a. 皈依天主教的
convertible a. 1. 可改變的, 可變換的
2. 摺疊蓬式的 (車)
*convertir I. tr. 1. 改變 2. 使成爲 3.
使信教, 使改變信仰 4. 兌換 II. r. 皈依
convexidad f. 凸, 凸狀
convexo, xa a. 凸的, 凸狀的
*convicción f. 1. 確信 2. 自信 3. pl.
信仰, 信條
convicto, ta a.【法】被證明有罪的
*convidado, da s. 客人, 賓客
*convidar I. tr. 1. 邀請 2. 招致, 引起
II. r. 自薦, 自告奮勇
*convincente a. 有說服力的
*convite m. 1. 邀請 2. 宴會
convivencia f. 1. 共同生活 2. 和睦相
處
convivir intr. 1. 共居, 共處 2. 和睦相
處
convocación f. 見 convocatoria
*convocar tr. 1. 召集, 召開 2. 組織
(比賽、考試等) 3. 歡呼
convocatoria f. 1. 召集, 召開 2. 通知
convólvulo m. 1. 旋花類植物 (牽牛花
等) 2.【動】櫟綠捲葉蛾
convoy (pl. convoyes) m. 1. 護送隊 2.
運輸隊 3. 調味瓶架
convoyar tr. 護送
*convulsión f. 1.【醫】痙攣 2. 震動 3.
騷動, 動亂
*convulsivo, va a. 痙攣性的
convulso, sa a. 1. 痙攣的 2. 戰抖的
*conyugal a. 夫婦的, 夫妻的
*cónyuge s. 1. 配偶, 丈夫, 妻子 2. pl.
夫妻
conyugicida s. 殺配偶者, 殺夫者, 殺妻
者
conyugicidio m. 殺夫, 殺妻
coña f. 嘲笑, 嘲弄

coñac (pl. coñacs) m. 白蘭地酒
coñearse r. 嘲弄
*cooperación f. 合作; 協作 ◇ en ～
合作; 協作
*cooperar intr. 合作; 協作
*cooperativa f. 1. 合作社 2. 合作商店
coopositor, ra s. 競爭對手
coordenadas f. pl. 座標
coordinación f. 1. 調整 2. 協調 3.
【醫】共濟
coordinar tr. 1. 調整 2. 使協調一致
*copa f. 1. 高脚杯 2. 獎杯 3. 杯 (量
詞) 4. 樹冠 5. 帽筒 6. (大寫)【天】巨
爵座 ◇ apurar la ～【轉】歷盡艱辛,
受盡苦難
copaiba f. 1.【植】苦配巴樹 2. 苦配巴
香膠
copal m. 玷玴樹脂
copar tr. 1.【軍】切斷 (敵人) 退路 2.
賭全鍋兒 3. 壟斷選舉
copayero m.【植】苦配巴樹
copear intr. 1. 喝酒 2. 按杯賣酒
copeo m. 喝酒
copete m. 1. 額髮 2. (冷飲等) 冒出器
皿的尖兒 ◇ de alto ～ 高貴的; 重要的
*copia f. 1. 豐富 2. 複製 3. 複製品 4.
副本, 抄本 5. 相像之物 6. 電影拷貝 ◇
～ intermedia【電影】翻正片
copiador, ra 1. a.-s. 複製的, 抄寫的;
複製者, 抄寫者 II. m. 書信備查簿
*copiar tr. 1. 複製, 抄寫 2. 寫生 3. 模
仿, 抄襲 4. 記錄 5. 描述
*copioso, sa a. 豐富的, 大量的
*copla f. 1. 民歌, 民謠
coplero, ra s. 拙劣的詩人
copo[1] m. 1. (待紡毛、麻、絲的) 束, 縷
2. 雪片, 雪團 3. 雪花狀物
copo[2] m. 1.【軍】切斷退路 2. 袋狀漁
網
copón m. 聖餐杯
copra f. 乾椰肉
copropiedad f. 1. 共有 2. 共有物
*cópula f. 1. 聯結 2. 性交 3.【語法】

聯繫動詞 4.【語法】連接詞

copulativo, va *a.*【語法】聯繫的，連接的

coque *m.* 焦炭

coqueta *f.* 1. 賣弄風情的女人 2. 梳妝台

coquetear *intr.* 1. 賣弄風情 2. 調情 3. 玩弄

coquetería *f.* 1. 媚態 2. 打扮 3. 賣弄風情

*__**coraje**__ *m.* 1. 膽量 2. 憤怒

corajina *f.*【口】憤怒

coral[1] *a.* 合唱的

coral[2] *m.* 1. 珊瑚蟲 2. 珊瑚 3. 珊瑚色

coralífero, ra *a.* 珊瑚的

corambre *f.* 1.【集】毛皮；皮革 2. 皮囊

Corán *m.* (伊斯蘭教) 古蘭經

coraza *f.* 1. 胸甲 2. (船、艦的) 鐵甲 3. (龜等的) 甲殼 4.【轉】保護物

*__**corazón**__ *m.* 1. 心，心臟 2. 心腸，心眼 3. 膽量，勇氣 4. 心思，感情 5.【轉】核心，中心 6.【轉】心形物 ◇ buen ~ 好心腸/ mal ~ 壞心腸/ anunciar el ~ 預感/ brincarle (dentro del pecho) el ~ a 激動，心潮起伏/ clavársele en el ~ 感動；使傷心/ con el ~ 衷心地，真誠地/ con el ~ en la mano 直爽地/ dar al (或 el) ~ 預感/ de ~ 好心的；真誠的/ de mi ~ 我親愛的/ duro de ~ 心腸硬的/ encoger el ~ a ①使心驚膽戰 ②感到痛心/ gran ~ 高尚的胸懷/ latir el ~ ①心臟跳動 ②心跳，激動/ latir el ~ por 愛，愛慕/ levantar el ~ 鼓勵；振作/ limpio de ~ 心地純潔的/ llevar el ~ en la mano 開誠佈公/ no caber el ~ en el pecho 胸襟開闊/ no tener ~ 冷酷無情/ no tener ~ para 沒有勇氣/ partir el ~ a 使傷心，使難過/ salir del ~ 出自真心/ secar el ~ 變得冷漠無情/ sin ~ 冷酷無情的/ tener el ~ en su sitio ①有勇氣 ②能够動情/ todo ~ 慷慨

corazonada *f.* 1. 心血來潮 2. 預感

*__**corbata**__ *f.* 1. 領帶；領結 2. 旗帶 3. 舞台前沿

corbatería *f.* 領帶店

corbatín *m.* 蝴蝶領結

corbeta *f.* 輕護衛艦

corcel *m.* 馬，駿馬

corcova *f.* 1. 駝背 2. 鷄胸

corcovado, da *a.* 1. 駝背的 2. 彎曲的

corcovo *m.* (動物) 弓背跳躍

corchea *f.*【樂】八分音符

corcheta *f.* 封領鈎襻

corchete *m.* 1. 封領鈎 2. 方括號 3.【木】卡子，卡具 4.【印】上移行，下移行

*__**corcho**__ *m.* 1. 軟木 2. 軟木塞

corchoso, sa *a.* 軟木的；軟木狀的

cordada *f.* (登山運動員的) 結組

cordaje *m.*【集】(船的) 索具

cordal *m.*【樂】弦板

*__**cordel**__ *m.* 繩，細繩

cordelería *f.* 1. 製繩業 2. 繩索作坊 3. 繩索店 4.【集】索具

cordelero, ra *s.* 製或賣繩索的人

*__**cordero, ra**__ I. *s.* 1. 小羊，羊羔 2. 温順的人 II. *m.* 羔皮

*__**cordial**__ I. *a.* 1. 親切的 2. 強心的 II. *m.* 強心劑

*__**cordialidad**__ *f.* 親切；真誠

cordilla *f.* (餵貓的) 羊雜碎

*__**cordillera**__ *f.* 山脈

cordobán *m.* 一種熟山羊皮

*__**cordón**__ *m.* 1. 帶子 2. 條帶 3. 系列 4. *pl.* (軍服的) 肩帶 5. 電線 ◇ ~ umbilical 臍帶

cordoncillo *m.* 1. (織物的) 條紋 2. (錢幣的) 花邊

cordura *f.* 1. 理智 2. 慎重

corea *f.*【醫】舞蹈病

*__**coreano, na**__ I. *a.-s.* 朝鮮 (Corea) 的；朝鮮人 II. *m.* 朝鮮語

corear *tr.* 1. (以合唱) 伴唱 2.【轉】隨聲附和

coreografía *f.* 1. 舞蹈藝術 2. 舞蹈設計

coreográfico, ca *a.* 舞蹈的

coriáceo, a I. *a.* 1. 皮質的 2. 像皮革的 II. *a.-f.pl.* 【植】馬桑科的; 馬桑科

corifeo *m.* 1. (古希臘、羅馬悲劇的)合唱隊領唱 2. 代言人

corimbo *m.* 【植】傘房花序

corindón *m.* 剛玉, 氧化鋁, 金剛砂

corión *m.* 【解】絨毛膜

corisanto *m.* 【植】離花蔘

corista *s.* 合唱隊隊員

coriza *f.* 【醫】鼻炎, 鼻傷風

cormiera *f.* 【植】卵圓葉唐棣

cormorán *m.* 【動】鸕鶿

cornada *f.* (動物用角)頂, 撞 ◇ no morir de ～ de burro 驢子是頂不死人的(指過分謹小慎微)

cornalina *f.* 光玉髓

cornamenta *f.*【集】(動物的)角

cornamusa *f.* 1. 風笛 2. 號, 喇叭 3. (船舶的)繫索耳

córnea *f.*【解】角膜

corneado, da *a.* 有角的

cornear *tr.-intr.* 用角頂撞

corneja *f.*【動】1. 鴉 2. 角鴉; 耳鴉

cornejo *m.*【植】歐亞山茱萸(雄株); 歐洲紅瑞木(雌株)

córneo, a *a.* 1. 角的, 角質的 2. 角狀的

córner *m.* (足球的)角球

corneta *f.* 1. 喇叭, 號 2. 號手 3. 軍號 ◇ ～ acústica 助聽筒

cornetín *m.* 1. 短號, 號 2. 短號手 ◇ ～ de órdenes 號兵

cornezuelo *m.*【植】麥角

cornijal *m.* 角落

cornisa *f.*【建】飛簷

cornisamento *m.* 柱簷

cornucopia *f.*【神話】豐饒之杯

cornudo, da *a.* 1. 有角的 2. 妻子有外遇的, 戴綠帽子的

cornúpeto *m.*【口】公牛

*coro *m.* 1. 合唱隊 2. 唱詩班 3. 合唱;

合唱曲 4. 天使隊 ◇ a ～ 齊聲地 / hacer ～ a ①贊同 ②阿諛

corocha *f.*【動】葡萄跳甲

corografía *f.* 1. 區域地理 2. 區域地形圖

coroides *m.*【解】脈絡膜

corojo *m.*【植】油椰

corola *f.*【植】花冠

corolario *m.* 必然結果

*corona *f.* 1. 冠; 王冠 2. 王位 3. 桂冠 4. 光榮 5. 花圈 6. 頭頂 7. 完竣 8. 品行 9. 冠狀物 10. 牙冠 ◇ ～ solar 日冕 / ceñir(se) la ～ (君王)開始執政

coronación *f.* 1. 加冕 2. 加冕禮 3. 完竣

coronamiento *m.* 1. 完成, 竣工 2. 船舷部

coronar I. *tr.* 1. 加冕 2. 戴花冠 3. 完成, 竣工 4. 到達頂點 5. 報酬 II. *intr.-r.* (分娩)露出胎頭 ◇ para ～lo 更有甚者

corondel *m.*【印】欄線

*coronel *m.*【軍】上校

coronilla *f.* 1. 冠, 王冠 2. 髮旋 ◇ andar (或 bailar) de ～ 勤勉, 勤懇 / estar hasta la ～ 厭倦, 膩煩

corotos *m. pl. Amér.* 破爛, 雜物

corpachón; corpanchón *m.* 肥大的軀體

corpiño *m.* 女用緊身背心

*corporación *f.* 1. 組織, 機構 2. 社團 3. 公司

corporal I. *a.* 身體的 II. *m.pl.* 聖餐布

corporativo, va *a.* 1. 社團的 2. 法人的

corpóreo, a *a.* 有形的, 物質的

corporificar *intr.-r.* 變爲現實, 變爲實體

corpulencia *f.* 1. 高大; 肥胖 2. 高大的身軀; 肥胖的身軀

corpulento, ta *a.* 高大的; 肥胖的

corpuscular *a.* 1. 微粒的 2. 細胞的

corpúsculo *m.* 1.【理】微粒, 粒子 2.

【醫】細胞

*corral　m. 1. 庭院 2. 畜欄 3. (古時的) 露天劇場 4. 極爲骯髒的地方 ◇ ～ de vecindad 公寓住宅 / Antes el ～ que las cabras 本末倒置

corraliza　f. 庭院

*correa　f. 1. 皮帶 2. 皮腰帶 3. 鋼刀皮帶 4. 韌性 ◇ ～ de transmisión 傳送帶 / tener ～ 容忍 (別人的玩笑、嘲弄)

correaje　m.【集】皮帶

correazo　m. 皮帶的抽打

*corrección　f. 1. 修正,改正 2. 校正,補正 3. 禮貌 4. 品行端正

correccional　I. a. 教養的 II. m. 教養所 ◇ ～ de menores 少年教養所

correctivo, va　I. a. 1. 糾正的; 矯正的; 中和性的 2. 懲罰的 II. m. 懲罰

*correcto, ta　a. 1. 正確的; 品行端正的 2. 有禮貌的 4. 衣冠楚楚的

corrector, ra　I. a. 1. 糾正的; 校對的 II. s. 校對員

corredera　f. 1. 槽軌 2. 蟑螂 3. 上磨

corredizo, za　a. 容易解開的 (結)

*corredor, ra　I. a. 善跑的 II. s. 1. 賽跑的人 2. 經紀人 III. m. 1. 走廊 2. 相通的陽台 ◇ ～ de comercio 中間人, 經紀人

correduría　f. 1. 經紀 2. 佣金

corregible　a. 可改正的

corregidor　m. (古代的) 地方長官

*corregir　tr. 1. 改正, 修正 2.【印】校對 3. 矯正 4. 管教 5. 指責 6. 使緩和

*correlación　f. 相互關係

correlativo, va　a. 1. 相互關聯的 2. 相對的, 相應的

correligionario, ria　a. 1. 同宗教的 2. 政見相同的

correntón, ona　a. 1. 遊盪的; 貪玩的 2. 愛開玩笑的

*correo　m. 1. 郵遞員 2. pl. 郵局 3. 郵政 4. 郵件 ◇ echar al ～ 投寄, 付郵

correoso, sa　a. 1. 柔韌的 2. 難嚼的

*correr　I. intr. 1. 跑 2. 匆忙, 急忙 3.

流動 4. 流逝 5. 流傳 6. (貨幣等) 流通 7. 延伸, 走向 8. 付給 9. 走色 10. 負擔 II. tr. 1. 跑過 2. 劫掠 3. 傳播 4. 拖, 拉 5. 拉開 6. 訓練 7. 追獵 8. 面對 (危險) III. r. 1. 移動, 滑動 2. 過分 3. (顏色等) 滲開, 走色 4.【轉】羞愧 5.【轉】撤腿跑 ◇ a todo ～ 急速地, 急忙地 / ～ con ① 負責, 掌管 ② 支付, 準備支付 / dejar ～ 不干預, 放任自流 / echar(se) a ～ 撒腿跑

correría　f. 1. 短途旅行 2. 劫掠

*correspondencia　f. 1. 符合, 一致 2. 通信 3. 郵件 ◇ en ～ 作爲報答

*corresponder　I. intr. 1. 符合, 一致, 適合 2. 歸於 3. 屬於 4. 輪到 5. 報答, 酬答 6. 對稱 II. r. 1. 通信 2. 相愛 3. 相互尊重 4. 相關聯

*correspondiente　a. 1. 相應的 2. 理所當然的 3. 通信的 4.【數】對應的

*corresponsal　s. 1. 通信的一方 2.【商】聯繫人 3. (新聞) 通訊員

corretaje　m. 1. 經紀 2. 佣金

corretear　intr. 1. 遊盪 2. (小孩子) 瞎跑

corretón, ona　a.【口】遊盪的; 貪玩的

correveidile (pl. correveidile)　s. 1. 撥弄是非的人 2. 傳遞消息的人

*corrida　f. 1. 跑 2. (一場) 鬥牛 ◇ de ～ 背誦; 習慣地 / en una ～ 快速地, 一會兒

*corrido, da　a. 1. 挪動過的 2. 略微多一些的 3. 相通的 4. 羞愧的 5. 老於世故的

corriendo　ad. 立即; 趕快 ◇ deprisa y ～ 急急忙忙地

*corriente　I. a. 1. 流動的 2. 流暢的, 流利的 3. 流通的 (貨幣等) 4. 最新的 5. 目前的 6. 普通的 7. 準備好了的 8. 按期的 II. f. 1. 水流; 氣流; 電流 2.【轉】潮流; 思潮 3.【轉】過程 ◇ alterna 交流電 / ～ continua 直流電 / al ～ ① 按期的 ② 知道的 ～ y moliente 普通的, 平常的 / dejarse llevar de（或 por）la ～ 隨大流，隨波逐流/ ir contra la ～ 逆着潮流/ llevar（或 seguir）la ～ a 聽從，盲從

corrillo m.（談話或交往的）圈子

corrimiento m. 1. 流失，水土流失 2. 羞愧

corro m. 1.（人圍成的）圈子 2. 片，塊 3. 小塊耕地 ◇ hacer ～ ①圍成圈子 ②在人羣中讓出一塊空地方

corroboración f. 1. 强壯 2. 確定，證實

corroborar tr. 1. 使强壯 2. 確定，證實

corroer tr. 1. 腐蝕，侵蝕 2.【轉】耗損；傷害

corromper I. tr. 1. 使腐爛，使變質 2. 使腐化 3. 糟蹋，敗壞 4. 勾引 5. 賄賂 6.【轉】使討厭 II. intr. 發臭味

corrosión f. 1. 腐蝕，侵蝕，溶蝕 2.【轉】耗損；傷害

corrosivo, va a. 1. 腐蝕性的 2.【轉】尖刻的，辛辣的

***corrupción** f. 1. 腐敗，腐爛 2. 道德敗壞，腐化 3. 賄賂

corruptela f. 1. 弊端 2. 惡習

corruptible a. 1. 易腐敗的 2. 易被腐化的 3. 易被賄賂的

corrupto, ta a. 1. 腐敗的，腐化的 2. 腐爛的

corruptor, ra s. 1. 教唆者 2. 勾引婦女者 3. 行賄者

corrusco m.【口】硬麵包塊

corsario, ria I. a. 海盜的 II. m. 海盜

corsé m. 女用胸衣

corsetería f. 1. 胸衣廠 2. 胸衣店

corsetero, ra s. 1. 胸衣裁縫 2. 胸衣商

corso m. 海盜行爲 ◇ a ～ 駁運/ armar en ～ 裝備海盜船/ en ～ 劫掠的

corta f. 砍伐

cortacircuitos (pl. cortacircuitos) m.【電】保險盒

cortadillo m. 酒杯

cortador, ra I. a. 1. 切削的 2. 剪裁的

II. m. 剪裁人

cortadura f. 1. 切口，裁口 2.（土地的）裂縫 3. 峽谷 4. pl. 碎片

cortafrío m.【機】冷鑿子

cortapapeles (pl. cortapapeles) m. 裁紙刀；裁紙器

cortapisa f. 1.（衣服的）飾邊 2.（講話中的）雅趣 3.【轉】限制

***cortaplumas** (pl. cortaplumas) m. 摺刀，小刀

***cortar** I. tr. 1. 切，割 2. 裁剪 3. 砍伐 4. 阻斷（流體）5. 截斷 6. 中斷，中止 7. 分開 8. 删減 9. 使龜裂 10. 使羞愧 II. intr. 1. 鋒利 2. 刺骨 III. r. 1. 斷裂 2. 凝固，結塊 3. 皸裂 4. 張口結舌【數】相交，相切 ◇ ～ por lo sano 斷然制止

***corte[1]** m. 1. 切，砍，剪 2. 砍伐 3. 刀口，切口，傷口 4. 中斷 5. 剪裁術 6. 刀口，刀鋒 7.（布料等的）一塊 8.【印】切口 ◇ ～ de cuentas 拒付債款/ ～ y confección 裁縫術

***corte[2]** f. 1. 宮廷，朝廷 2. 王室 3. pl. 國會，議會 4. Amér. 法院，法庭 ◇ ～ celestial 天國/ ～s constituyentes 立憲會議/ hacer la ～ ①巴結，討好 ②求愛

cortear intr.（衣服的某個部位）短一塊

cortedad f. 1. 短，簡短 2. 缺乏 3. 愚鈍 4. 怯懦

cortejador m. 追求女人者

cortejar I. tr. 1. 向…求愛，討好，巴結 II. intr. 談戀愛

cortejo m. 1. 侍從 2. 隨員，隨從人員 3. 求愛 4.【轉】後果

***cortés** a. 有禮貌的，禮儀周全的

cortesana f. 高等妓女

cortesano, na I. a. 1. 宮廷的 2. 殷勤有禮的 II. m. 宮内侍從

***cortesía** f. 1. 禮貌 2. 禮儀 3. 信末套語 4. 寬恕，寬限期 5.（章節前後的）空白 ◇ de ～ 禮節性的

cortésmente ad. 有禮貌地

*corteza *f.* 1. 樹皮, 果皮, (某些物品的) 硬皮 2. 地殼 3. 外表, 表面 4.【轉】粗俗 ◇ ～ terrestre 地殼

cortezudo, da *a.* 1. 皮厚的, 皮硬的 2.【轉】粗俗的

cortical *a.* 1. 皮的 2. 外表的

cortijero, ra *s.* 1. 莊園主 2. 莊園管理人

cortijo *m.* 莊園

*cortina *f.* 1. 幕, 簾, 幔 2.【轉】簾狀物, 幕狀物 3. (城堡稜堡間的) 幕牆 ◇ ～ de agua 雨簾, 雨簾 / correr la ～ ①揭示 ②閉口不提 / descorrer la ～ 揭示 / lo de detrás de la ～ 幕後的東西

cortinaje *m.*【集】簾幔

cortinilla *f.* 車窗窗簾

cortisona *f.*【醫】可的松

*corto, ta *a.* 1. 短的 2. 簡短的 3. 缺乏的 4.【轉】怯懦的 5.【轉】愚鈍的 ◇ a la ～ o a la larga 遲早, 終歸 / de ～ 穿短褲的, 穿短裙的 / quedarse ～ ①(子彈等) 未達到射程 ②不夠, 不足

*cortocircuito *m.*【電】短路; 漏電

cortón *m.*【動】螻蛄

coruscante *a.* 1. 閃亮的, 閃爍的 2.【轉】光彩奪目的

corva *f.* 膕

corvejón[1] *m.*【動】鸕鶿

corvejón[2] *m.* (馬等的) 飛節

corveta *f.* (馬) 直立

corvetear *intr.* (馬) 直立

córvido, da *a.-m.pl.*【動】鴉科的; 鴉科

corvina *f.*【動】石首魚

corvino, na *a.* 烏鴉的

corvo[1] *m.* 見 corvina

corvo, va[2] I. *a.* 彎曲的 II. *m.* 鈎

corzo *m.*【動】狍, 狍子

*cosa *f.* 1. 東西, 物品 2. 事物, 事情 3. (某人特有的) 言行 4.【法】物 (與人相對) ◇ ～ de beber 飲料 / ～ de comer 食品 / ～ del otro mundo (或 jueves) 奇妙的事情 / ～ de magia 奇迹, 不可理解的事情 / ～ de risa 玩笑 / ～ dura 難以忍受的事情 / ～ fácil 容易的事情 / ～ igual 類似的事情 / ～ no (或 nunca) vista 從未有過的事情 / ～ perdida 不可救藥的人 / ～ rara 少有的事, 稀奇事 / a ～ hecha 故意地 / cada para su ～ 一個問題一種處理 / como ～ de 大約 / como la ～ más natural del mundo 若無其事 / como quien no quiere la ～ ①遮遮掩掩地 ②糊裏糊塗地 / como si tal ～ ①就像什麼也沒發生一樣 ②輕率地; 輕而易舉地 / decir cuatro ～s 指責, 責備 / decir una por otra ①說謊 ②弄錯 / dejar correr las ～s 任其自然 / dejarse de ～s = que 止有害的事情 / es ～ que 是一 hacerse poca ～ 畏縮, 膽怯; 屈服 / meter ～s en la cabeza a 使…產生不切實際的幻想 / no es ～ de que 不能, 不應該 / no haber en … ～ con ～ 亂七八糟 / no hacer ～ a derechas 什麼事情也做不好 / no poder hacer otra ～ 不得不這樣做 / no sea ～ que 可別; 以防 / no ser la ～ para menos 只能如此 / no ser otra ～ que 正是, 恰恰是 / ～ así 大致如此 / otra ～ es (或 sería) 又當別論 / poner las ～s en su punto 使準確, 使確切 / por cualquier ～ 爲了這麼點小事兒 / por una(s) ～(s) o por otra(s) 總是, 在任何情況下 / quedarle a uno otra ～ dentro del cuerpo 心中另有打算, 實際上另有感覺 / quedarse de ～s 迴避 / salir bien las ～s 事情的結果很好 / ser ～ de 是…的職責 / ser como ～ de 是某人感興趣的 / será ～ de ver 看看再說 / tomar las ～s como vienen 隨遇而安 / tomar una ～ por otra 弄錯, 搞錯

cosaco, ca *a.-s.* 哥薩克人的; 哥薩克人

cosario, ria I. *a.* 海盜的 II. *m.* 1. 海盜 2. 傳信人

coscoja *f.* 1.【植】胭脂蟲櫟 2. 枯枝落葉 3. (皮帶釺子的) 滾筒

coscorrón *m.* 1. (頭部受到的) 擊打 2.

【轉】挫折

coscurro *m.* 硬麵包塊

cosecante *f.* 【數】餘割

*****cosecha** *f.* 1. 收穫,收割 2. 收穫期 3. 大量 ◇ de la ～ de 某人編造的,某人臆想的

*****cosechar** *tr.* 1. 收穫,割取 2. 獲得,得到

cosechero, ra *s.* 獲得收成的人,收割者

coseno *m.* 【數】餘弦

*****coser** **I.** *tr.* 1. 縫,縫合 2. 接合 3. 【轉】刺,扎,傷 **II.** *r.* 【轉】緊密相連 ◇ ～ y cantar 輕而易舉

cosido, da *a.* 1. 縫住的 2. 貼着的

cosmético *m.* 化妝品

*****cósmico, ca** *a.* 宇宙的

*****cosmódromo** *m.* 航天器發射場

cosmogonía *f.* 宇宙起源學

cosmografía *f.* 宇宙誌,宇宙結構學

cosmógrafo *m.* 宇宙誌學者,宇宙結構學家

cosmología *f.* 宇宙論

*****cosmonauta** *s.* 航天員,宇航員

*****cosmonáutica** *f.* 航天學,宇航學

cosmonave *f.* 太空船;宇宙飛船

cosmopolita **I.** *a.* 1. 在許多國家住過的 2. 世界主義的 **II.** *s.* 世界主義者

cosmopolitismo *m.* 世界主義

cosmorama *f.* 世界名勝景片匣

*****cosmos** (*pl.* cosmos) *m.* 1. 宇宙;世界 2.【植】秋英,大波斯菊

coso *m.* 1. 節日遊樂場 2. 鬥牛場 ◇ ～ taurino 鬥牛場

cosque; cosqui *m.* (頭部受的)打擊

cosquillas *f.pl.* 胳肢 ◇ buscar *a uno* las ～ 激怒/ hacer ～ 胳肢,使癢/ hacer ～ *a uno algo* (某物)使某人喜歡

cosquillear *tr.* 1. 胳肢 2. 想要 (哭,笑) 3. 使高興

cosquilleo *m.* 1. 胳肢 2. 癢 3. 不安

cosquilloso, sa *a.* 1. 怕胳肢的 2.

【轉】敏感的

*****costa**[1] *f.* 1. 海岸 2. 沿岸地區

*****costa**[2] *f.* 1. 費用,代價 2. *pl.* 訴訟費 ◇ a ～ de ①以…爲代價 ②靠…出錢/ a ～ de lo que sea 不論代價如何/ a toda ～ 不惜一切代價/ condenar en ～s a 【法】判由…繳付訴訟費

*****costado** *m.* 1. 邊,側 2. 體側 3. 側面 4.【軍】側翼 ◇ al ～ 旁側/ de ～ 側着/ por los cuatro ～s ①從四面 ②祖祖輩輩

costal *m.* 大口袋 ◇ el ～ de los pecados 人體,肉體/ no parecer ～ de paja 使喜歡/ no ser ～ de paja 有價值

costalada *f.*; **costalazo** *m.* 摔,跌

costanero, ra *a.* 1. 海岸的 2. 傾斜的

costanilla *f.* 傾斜的窄街道

*****costar** **I.** *intr.* 1. 花費 2. 使費力 **II.** *tr.* 花費,耗費 ◇ ～ caro ①價貴 ②靠很多錢 ②付出巨大代價/ cueste lo que cueste 不惜一切代價

*****costarriqueño, ña** *a.-s.* 哥斯達黎加 (Costa Rica) 的;哥斯達黎加人

coste *m.* 成本

costear[1] *intr.* 沿海岸航行

costear[2] *tr.* 支付

costero, ra *a.* 海岸的;沿岸的

*****costilla** *f.* 1. 肋骨 2. 排骨 3.【轉】肋狀物 4. (船的) 肋材 5.【口】妻子,老婆 6. *pl.* 背,背脊 ◇ medir (或 moler) las ～s *a uno* 痛打

costillaje *m.* 1. (船的) 肋骨 2. 肋部

costillar *m.* (動物的) 肋部

costo[1] *m.* 成本

costo[2] *m.*【植】閉鞘薑

*****costoso, sa** *a.* 1. 昂貴的 2. 代價高的

costra *f.* 硬皮,外皮 2. 痂

costrada *f.* 甜蛋捲

*****costumbre** *f.* 1. 習慣 2. 習俗,風俗 3. 慣例,常規 4. 月經 ◇ buenas ～s 好習慣,好品行/ de ～ ① 通常的 ② 通常情況下,一般情況下/ de ～s 風俗的,關於風俗的

*costura f. 1. 縫,縫紉 2. 線縫,針脚
3. 針線活 4. 針線用品 5. 焊縫 ◇ sen-
tar las ~s ①熨平線縫 ②懲罰

*costurera f. 女裁縫

costurero m. 縫紉桌

costurón m. 1. 粗針脚 2. 顯眼的疤痕

cota¹ f. 鎖子甲

cota² f. 1. 標高 2. 海拔高度

cotangente m.【數】餘切

cotejable a. 可以比較的,可以核對的

cotejar tr. 比較,核對

cotejo m. 比較,核對

coterráneo, a a.-s. 同鄉的,同國的; 同
鄉,同胞

*cotidiano, na a. 每日的,日常的

cotiledón m.【植】子葉

cotiledóneo, a a.【植】有子葉的

cotilla¹ f. 女用胸衣

cotilla² s. 愛搬弄是非的人,愛打聽別人
私事者

cotillear intr. 搬弄是非

cotillo m. 錘頭

cotizable a. 可報價的,可開價的

cotización f. 1. 報價,開價 2. 行情,市
價 3. 行情表 4. 分攤額,(應攤的) 份子

cotizar I. tr. 報價,開價 II. intr. 1. 繳
納會費 2. 出分子 III. r. 1. 標價 2. 被
重視

coto m. 1. 劃定的區域,禁區 2. 界線,
界限 3. 莊園 ◇ ~ redondo 大莊園/
poner ~ 制止,阻止

cotorra f. 1.【動】鸚鵡 2.【動】喜鵲 3.
【轉】饒舌者

cotorrear intr. 饒舌

cotudo, da a. 患甲狀腺腫大的

coturno m. 厚底鞋 ◇ calzar el ~ 採
用莊重的文體/ de alto ~ 高級的,上
等的

covacha f. 洞,洞穴

covachuela f. 1. 小洞穴 2. 辦公室 3.
(地下室的) 小店舖

covachuelista s. 辦事員

cow-boy m. 牛仔

coxa f.【解】髖

coxal a. 髖的

coxalgia f. 1. 髖痛 2. 髖關節結核

coxis (pl. coxis) m. 尾骨

coy (pl. coyes) m. 弔床

coyote m.【動】叢林狼

coyunda f.【轉】1. 統治 2. 夫婦

coyuntura f. 1.【解】關節 2.【轉】機
會,時機

coz f. 1. 蹶子,踢 2. 反濺,倒流 3. (槍
炮等的) 後座力,後座 4. 粗話,髒話; 粗
魯的行爲 ◇ dar coces contra el agui-
jón 作無益的反抗/ tratar a coces 粗暴
地命令,指揮

crac m. 1. 喀嚓 (象聲詞) 2.【轉】破産

craneal a. 顱的,頭骨的

*cráneo m. 顱,頭骨

craneología f. 顱骨學

crápula f. 放蕩生活

crapuloso, sa a. 生活放蕩的

craquear intr.【化】裂化

craqueo m.【化】裂化

crascitar intr. (烏鴉) 呱呱叫

crasitud f. 肥胖

craso, sa a. 1. 脂肪多的,肥胖的 2.
【轉】愚蠢的; 嚴重的

*cráter m. 火山口

crátera f. 古希臘雙耳杯

crawl m.【體】爬泳,自由泳

crayón m. 粉筆

*creación f. 1. 創造,創作,發明 2. 創
造物,作品 3. 宇宙,世界

*creador, ra I. a. 創造的,發明的,創
作的 II. m. (大寫)【宗】上帝,造物主

*crear tr. 1. 創造,發明,創作 2. 創辦,
設立 3. 塑造,扮演

crecedero, ra a. 1. 生長的; 增長的 2.
肥大的,寬大的 (童裝)

*crecer I. intr. 1. 增大,增多 2. 生長,
長大 3. 漲水; 漲潮 4. (貨幣) 增值 II.
tr. (針織活中) 加 (針) III. r. 1. 自負
2. 膽量變大 3. 身價增高

creces f. pl. 過量,寬裕 ◇ con ~ 多

地,有餘地,有所增加地

crecida *f.* 漲水

crecido, da *a.* 1. 長大的 2. 巨大的 3. 漲水的 4. 自負的

*creciente **I.** *a.* 不斷增長的 **II.** *f.* 1. 漲水 2. 酵素 3. 新月到滿月期間

*crecimiento *m.* 1. 漲水 2. 增長

credencia *f.* 1. 酒櫃 2. 供桌

credencial I. *a.* 委任的 **II.** *f.* 委任狀

credibilidad *f.* 可信性,確實性

*crédito *m.* 1. 相信 2. 信譽 3. 信貸,貸款 4. 償付期限 5. 貸款額 ◇ ~ 賒欠/ abrir un ~ 開信用賬戶/ dar a ~ 信用賒貸/ dar ~ 信用/ (digno) de ~ 值得信任的

*credo *m.* 1. 信仰 2. 教義 ◇ en un ~ 轉瞬間

*credulidad *f.* 輕信

*crédulo, la *a.* 輕信的

creederas *f. pl.* 過分輕信

*creencia *f.* 1. 相信 2. *pl.* 信仰

*creer **I.** *tr.* 1. 相信 2. 認爲;看作 **II.** *intr.* 1. 相信 2. 信教 **III.** *r.* 自以爲 ◇ a ~ 要是相信…的話/ dar en ~ 毫無根據地認爲/ hacer ~ 使相信 (謊言)/ no creas (或 crea…) 別不相信/ ya lo creo 當然,毫無疑問

creíble *a.* 可以相信的

*crema¹ *f.* 1. 奶油 2. 奶油色 3. 潤膚油 4. 鞋油 5.【轉】精華 ◇ ~ pastelera 奶油糕點餡

crema² *f.* 雙點號 (¨)

cremación *f.* 1. 火葬,火化 2. 焚燒垃圾

*cremallera *f.* 1. 齒條 2. 齒軌 3. 拉鏈

crematística *f.* 1. 政治經濟學 2. 金錢利益問題

crematístico, ca *a.* 1. 政治經濟學的 2. 金錢利益問題的

crematorio, ria I. *a.* 火葬的,火化的 **II.** *m.* 1. 火葬場 2. 垃圾焚燒場

cremona *f.* (門窗的) 插銷

crémor *m.*【化】酒石,酒石酸氫鉀

crencha *f.* 1. 頭路 2. 頭路兩邊的頭髮

creosota *f.*【化】雜酚油,木餾油

crep; crepé *m.* 1. (做鞋底用的) 橡膠 2. 假髮

crepitación *f.* 劈啪聲

crepitar *intr.* 劈啪作響,發出爆裂聲

crepuscular *a.* 1. 黎明的 2. 黃昏的

*crepúsculo *m.* 1. 黎明 2. 黃昏 3.【轉】衰落 ◇ ~ matutino 拂曉/ ~ vespertino 黃昏

cresa *f.* 1. 蟲卵 2. 蜂王卵 3. 幼蟲,蛆

crescendo *ad.-m.*【樂】漸強;漸强音

creso *m.* 富豪

crespo, pa *a.* 1. 鬈曲的 (頭髮) 2. 晦濕的 (文風) 3. 發怒的

crespón *m.* 縐綢

cresta *f.* 1. 鷄冠 2. 冠子,冠羽 3. 山峯 4. 浪峯 ◇ dar en la ~ 教訓

crestomatía *f.* (用於教學的) 範文選

creta *f.* 白堊

cretáceo, a I. *a.* 1. 白堊的 2.【質】白堊紀的;白堊系的 **II.** *m.*【質】白堊紀;白堊系

cretinismo *m.* 1. 獸小症,克汀病 2. 愚蠢

cretino, na *s.* 1. 獸小症患者 2.【轉】白癡,笨蛋

cretona *f.* 印花裝飾布

*creyente *s.* 信徒

*cría *f.* 1. 飼養 2. 雛,崽,羔 3. 一窩崽

criadero *m.* 1. 養殖場 2. 苗圃 3. 礦床,礦層

criadilla *f.* 1. 牲畜睾丸 2.【植】地蘑 ◇ ~ de mar 腔腸動物/ ~ de tierra 地蘑

*criado, da **I.** *a.* 有教養的 **II.** *s.* 僕人,傭人

criador, ra I. *a.* 1. 飼養…的 2. 養育…的 **II.** *s.* 1. 飼養員 2. 釀酒者 **III.** *m.* (大寫) 上帝,造物主 **IV.** *f.* 乳母,奶媽

crianza *f.* 1. 飼養;養育 2. 教養

*criar **I.** *tr.* 1. 飼養;哺育 2. 栽培 3. 生長,滋生;生産 4. 養育 5. 釀造 6. 生

育, 繁殖 II. r. 長大, 長成
*criatura I. f. 1. (神的) 創造物 2. 動物 3. 嬰兒 4. 胎兒 II. interj. 孩子氣 ◇ estar hecho una ～ 長得少年相/ no seas ～ 別那麼天真/ ser una ～ ①還太年輕 ②孩子氣
crio, a s 孩子, 嬰兒
criba f. 篩子
cribado m. 篩
cribar tr. 1. 篩 2. 清理
cric m. 千斤頂
cricket; cricquet m.【體】板球
*crimen m. 1. 罪行 2. 嚴重錯誤, 犯罪行爲 ◇ ～ de lesa majestad 謀殺君主罪
criminación f. 1. 譴責 2. 控告
*criminal I. a. 1. 罪行的 2. 犯罪的, 構成罪行的 3. 刑事的 II. s. 罪犯
criminalidad f. 1. 犯罪性質 2. 犯罪行爲程度 3. 犯罪現象 4. 犯罪率
criminalista s. 1. 刑法學家 2. 刑事律師
criminología f. 犯罪學
criminoso, sa I. a. 1. 罪行的 2. 犯罪的, 構成罪行的 II. s. 罪犯
crin m. 鬃, 鬣 ◇ ～ vegetal 植物纖維
crinolina f. 襯布
crinología f. 内分泌腺學
*criollo, lla s. 西班牙裔拉丁美洲人
crioterapia f. 低溫療法, 冷凍療法
cripta f. 1. 墓穴 2. 教堂的地下室 3.【解】隱窩
criptógamo, ma a.-f.pl.【植】隱花的; 隱花植物
criptografía f. 密寫, 密碼書寫
criptograma m. 密碼文件
criptón m.【化】氪
crisálida f. 1. 蛹 2. 繭
crisantema f.; crisantemo m. 菊, 菊花
*crisis (pl. crisis) f. 1. 危機 2. 關鍵時刻 3. 暫時困難 4. 拮据 5.【醫】轉變期, 危象

crisma I. s. 聖油 II. f.【口】腦袋 ◇ romper la ～ 砸爛狗頭
crisol m. 1. 坩堝 2. 爐膛 3.【印】化鉛爐 4.【轉】嚴峻考驗
crisopeya f. 煉金術
crispar tr. 1. 使痙攣, 使抽搐 2.【口】激怒
*cristal m. 1. 晶體 2. 鏡片 3. 玻璃 4. 玻璃製品 5.【詩】水 ◇ ～ de aumento 放大鏡/ ～ de roca 水晶石/ ～ esmerilado 磨砂玻璃/ ～ hilado 玻璃纖維/ mirar (或 ver) con ～ de aumento 故意挑剔
cristalera f. 1. 玻璃櫃 2. 玻璃門 3. 玻璃窗
cristalería f. 1. 玻璃廠 2. 玻璃店 3. 整套玻璃器皿 4. 玻璃製品
cristalero m. 玻璃裝鑲工
cristalino, na I. a. 1. 晶體的 2. 清澈的 3. 清脆的 II. m.【解】(眼球的) 晶狀體
cristalización f. 1. 結晶 2. 結晶體
cristalizar I. tr. 使結晶 II. intr.-r. 1. 結晶 2.【轉】落實, 具體化
cristalografía f. 結晶學
cristaloide m. 擬晶質
cristianar tr.【宗, 口】給…施洗禮
cristiandad f.【集】基督教界
cristianismo m. 1. 基督教 2. 見 cristiandad
cristiano, na I. a. 1. 基督教的 2. 信奉基督教的 3.【轉, 口】對水的 (葡萄酒) II. s. 基督教徒 ◇ ～ viejo 祖祖輩輩篤信基督教的人/ hablar en ～ 講話清楚易懂
Cristo m. 1. 基督 2. 基督受難像 ◇ ～ sacramentado 聖餅/ como a un (santo) ～ un par de pistolas 完全不合適/ donde ～ dio las tres voces 在極爲偏遠的地方/ ni ～ que lo fundó 絶不可能
*criterio m. 1. (判斷事物的) 標準, 準繩 2. 判斷力 3. 見解, 觀點

***crítica** *f.* 1. 評論 2. 批評, 批判 3. 非難, 責難

***criticar** *tr.* 1. 評論 2. 批評, 批判 3. 非難, 責難

criticismo *m.* 批判主義

***crítico, ca** I. *a.* 1. 危機的 2. 關鍵的, 緊要的 3. 批評的, 評論的 4.【理】臨界的 5. 恰好的 II. *s.* 批評家, 評論家

criticón, ona *a.* 好非難的, 好挑剔的

crizneja *f.* 1. 髮辮 2. 草繩

croar *intr.* (蛙) 鳴, 呱呱地叫

crocante *m.* 巴旦杏仁糖

croché; crochet *m.* 鈎針織物

croco *m.* 番紅花

crocodilo *m.* 見 cocodrilo

croissant *m.* 月牙形麵包

crol *m.*【體】爬泳, 自由泳

cromar *tr.* 鍍鉻

cromático, ca *a.* 1. 半音階的 2. 彩色的; 色像差的

cromatismo *m.* 1.【樂】半音階 2.【理】色像差

cromo *m.* 1.【化】鉻 2. 石印彩色畫

crómlech *m.*【考古】環狀裂石

cromolitografía *f.* 1. 石版彩印術 2. 石印彩色畫

cromosfera *f.*【天】(太陽的) 色球層

cromosoma *f.*【生】染色體

***crónica** *f.* 1. 編年史 2. 新聞報道

***crónico, ca** *a.* 1. 慢性的 (疾病) 2. 長期的, 經久的 II. *m.* 編年史

cronicón *m.* 簡短的編年史

cronista *s.* 1. 編年史作者, 編年史家 2. 新聞記者

***cronología** *f.* 1. 計年法 2. 年代學

cronometraje *m.* 計時, 測時

cronometrar *tr.* 計時, 測定時間

cronómetro *m.* 精密計時器

croquet *m.* 槌球遊戲

croqueta *f.* 油炸丸子

croquis (*pl.* croquis) *m.* 1. 草圖, 草稿; 草案 2.【美】素描, 速寫

crótalo *m.* 1. 響板 2. 響尾蛇

crotorar *intr.* (鸛鳥嘴磕碰時) 發出咯咯響

cruce *m.* 1. 交叉, 相交 2. 交叉點, 相交點 3. 十字路口 4. (無線電等的) 干擾 5.【生】雜交

crucería *f.*【建】交叉拱

***crucero** *m.* 1. 十字形教堂的翼部 2. 巡航 3. 巡航艦隊 4. 巡洋艦

cruceta *f.* (編織物的) 十字花, 十字花格

crucial *a.* 1. 十字形的 2. 關鍵的, 決定性的

crucífero, ra *a.-f.pl.*【植】十字花科的; 十字花科

crucificar *tr.* 1. 釘在十字架上 2.【轉】折磨

crucifijo *m.* 耶穌受難象

crucifixión *f.* 1. 釘在十字架上 2. 耶穌受難景象

crucigrama *m.* 縱橫拼字謎

crudeza *f.* 1. 生, 不熟 2. 粗糙 3. (氣候) 惡劣; 嚴寒 4. 粗魯 5. 不加掩飾

crudillo *m.* (作襯裏、罩布、口袋等的) 粗布

***crudo, da** *a.* 1. 生的, 不熟的 2. 粗糙的 3. 天然的, 未經加工的 4. 惡劣的, 嚴寒的 (氣候) 5. 粗魯的 6. 愛吵架的 7. 不加掩飾的, 過分逼真的 (描寫、場面)

***cruel** *a.* 1. 殘酷的, 殘暴的 2. 嚴酷的, 激烈的

***crueldad** *f.* 1. 殘酷 2. 嚴酷 3. 暴行

cruento, ta *a.* 流血的

crujía *f.* 1. 並排房間 2. 走廊, 過道

crujido *m.* 咯吱響

***crujir** *intr.* 咯吱作響

crúor *m.* 1.【詩】血 2.【醫】凝血, 血塊

crup (*pl.* crups) *m.* 咆哮

crupier *m.* (賭場裏的) 賭金收付人

crustáceo, a *a.-m.pl.*【動】甲殼綱的; 甲殼綱

***cruz** *f.* 1. 十字, 十字架 2. 十字狀物 3. (徽章、硬幣等的) 背面 4. (馬等坐騎

的) 肩隆 5. (樹幹頂端的) 丫杈 6. (大寫)【天】南十字座 7.【轉】苦難 ◇ ~ roja 紅十字,紅十字會/ ~ y raya 到此爲止/ de la ~ a la fecha 完全,從頭到尾/ en ~ 兩臂平伸地/ hacerse cruces 【轉,口】大驚小怪

cruzada *f.* 1. 十字軍遠征 2. 聖戰 3. 十字軍 4. (以改革爲目的的) 運動

cruzado, da I. *a.* 1. 交叉的 2. 交織的 3. 横穿的,横越的 4. 劃線的 (支票) II. *m.* 十字軍士兵

*****cruzar** I. *tr.* 1. 横穿,穿過 2. 交叉 3. 劃線 4. 雜交 5. 巡航 II. *r.* 1. 迎面相遇 2. 交叉

cu *f.* 字母 q 的名稱

cuadernillo *m.* 紙沓 (量詞)

cuaderna *f.* (船的) 骨架 ◇ ~ de armar 構架肋骨/ ~ maestra (船的) 中部肋骨

*****cuaderno** *m.* 本,練習本,筆記本 ◇ ~ de bitácora 航海日誌

*****cuadra** *f.* 1. 馬厩 2.【集】(一人所有的) 馬匹 3.【轉】骯髒的地方 4. *Amér.* 街區 5. (馬的) 臀部

cuadrada *f.*【樂】二全音符

cuadradillo *m.* 1. 直角尺 2. 方鋼 3. 方塊布料 4. 方糖

*****cuadrado, da** I. *a.* 1. 方的,方形的 2. 短粗的 (人) 3. 完美的 4. 平方的 II. *m.* 1. 正方形 2. 方形物 3. 直尺 4. 平方 5.【印】空鉛 ◇ al ~ 切成粒狀的

cuadragésima *f.* 四旬齋

cuadragésimo, ma I. *a.* 1. 第四十 2. 四十分之一的 II. *m.* 四十分之一

cuadrangular *a.* 1. 四角的 2. 四角形的

cuadrángulo *m.* 四角形

cuadrante *m.* 1. 四分之一圓週 2. 日晷,日規 3. 儀表指示盤 4. 象限儀;四分儀 5. 象限

cuadrar I. *tr.* 1. 使成四方形,使成直角形 2. 求平方 II. *intr.* 1. 適合,相符,相一致 2. 計算正確 III. *r.* 1. 立正 2.

(馬) 靜立 3. 態度堅定

cuadratín *m.*【印】空鉛

cuadratura *f.* 求面積;求積分

cuadrícula *f.* 小方格

cuadricular *tr.* 畫小方格

cuadrienal *a.* 1. 四年一次的 2. 歷時四年的

cuadriga *f.* 駟馬車

cuadril *m.* (馬的) 臀部,股骨

cuadrilátero, ra I. *a.* 四邊的 II. *m.* 四邊形

cuadrilítero, ra *a.* 四個字母的

cuadrilla *f.* 1. 隊,組 2. 幫,夥 ◇ en ~ 成羣,成夥

cuadringentésimo, ma I. *a.* 1. 第四百 2. 四百分之一的 II. *m.* 四百分之一

*****cuadro, ra** I. *a.* 方的,方形的 II. *m.* 1. 方形,正方形 2. 方格,方格圖案 3. 自行車車架 4. 圖表 5.【軍】方陣 6.【劇】場面 7.【劇】場景 8. 景象 9. 指揮部 10. 幹部 11.【電視】幀 ◇ ~ de distribución 配電盤/ ~ sinopótico 表格,圖表/ ~ vivo 雕塑劇/ a ~s 方格狀的/ en ~ ①成方形 ②四邊/ estar en ~ 寥寥無幾/ formar el ~ 團結一致/ quedarse en ~ ①全軍覆没 ②所剩無幾 (指人)

cuadrumano, na *a.*【動】四足具有手的功能的,四手的

*****cuadrúpedo, da** *a.*【動】四足的

*****cuádruple; cuádruplo, pla** I. *a.* 1. 四倍的 2. 四重的 II. *m.* 四倍

cuadruplicar *tr.* 使增加到四倍

cuajada *f.* 凝乳,凝乳塊

cuajado, da *a.* 1. 凝結的 2. 幾乎覆蓋滿…的

cuajar I. *intr.* 1. 硬結 2. 變硬 3. 完成 4. 被採納 II. *tr.* 1. 使凝結 2. 覆蓋滿 III. *m.* 皺胃

cuajarón *m.* 凝塊,凝血塊

cuajo *m.* ·1. 凝乳素 2.【轉,口】遲緩,緩慢 ◇ de ~ 連根地

*****cual** I. *pron.* 1. 那個,那個人,那個東

西 **2.** 那些人, 那些東西, 那類事情 **II.**
ad. 像, 如同 ◇ a ~ más 同樣地/ cada
~ 每個人/ ~ ... así正如…一樣/ lo
que【口】實際上

*cuál **I.** *pron.* 哪個, 誰 **II.** *ad.* 多麼

cualesquier; cualesquiera *pron.* 見
cualquiera

*cualidad *f.* 品質, 特性

cualitativo, va *a.* 品質的, 性質的

*cualquier (*pl.* cualesquier) *pron.* 見
cualquiera

*cualquiera (*pl.* cualesquiera) *a.-pron.*
任 何 一 個 (用 於 名 詞 前 時, 寫 作
cualquier) ◇ un (或 una) ~ 一個微
不足道的人

cuan *ad.* (cuanto 的詞尾省略形式)
全部地, 儘最大限度地 **2.** 與…同樣程
度

cuán *ad.* (cuánto 的詞尾省略形式)多
麼

*cuando **I.** *ad.* **1.** 當…的時候 **2.** 如果,
假如 **II.** *conj.* **1.** 即使 **2.** 既然 ◇ aun
~ 儘管/ ~ más 最多/ ~ menos 至少
/ ~ no 要不然, 否則/ de ~ en ~ 時
而, 不時地

*cuándo *ad.* 什麼時候 ◇ de ~ acá 怎
麼會

cuanta *m.*【理】量子

cuantía *f.* **1.** 分量, 數量 **2.** 重要性

cuántico, ca *a.* 量子的

cuantioso, sa *a.* 大量的, 豐富的

cuantitativo, va *a.* **1.** 分量的 **2.**【化】
定量的

*cuanto, ta **I.** *a.* **1.** 若干, 一些 **2.** 全部
的 **II.** *pron.* 全部 **III.** *ad.* 在 …時候 **IV.**
m. **1.** 數量, 多少 **2.**【理】量子 ◇ ~ de
acción【理】作用量子/ ~ más 尤其是/
en ~ a 至於, 關於/ por ~ 既然; 由於

*cuánto, ta **I.** *a.* **1.** 多少 **2.** 多麼 **II.**
ad. **1.** 多麼地 **2.** 怎麼賣 **III.** *pron.* 多
少 ◇ a ~ 值多少錢? 怎麼賣? / no sé
~s 不知姓名的人

*cuarenta *a.* 四十 ◇ cantar las ~ a
直言不諱

cuarentavo, va *a.* 見 cuadragésimo

cuarentena *f.* **1.** 四十 **2.** 四十天, 四十
月, 四十年 **3.** 隔離檢疫期 ◇ poner en
~ 懷疑

cuarentón, na *a.-s.* 四十多歲的; 四十
多歲的人

cuaresma *f.* 四旬齋

*cuarta *f.* **1.** 四分之一 **2.** 拃 (量詞) **3.**
(羅盤) 的方位點, 羅經點

cuartanal *a.* 四日瘧的, 患四日瘧的

cuartanas *f. pl.*【醫】四日瘧

cuartazos *m. pl.* 肥胖慵懶的人

cuarteado, da *a.* 綢瓷的

cuartear **I.** *tr.* 蜿蜒爬上, 蜿蜒登上 **II.**
r. **1.** 裂紋, 裂開 **2.** 綳瓷 **3.**【鬥牛】躲
身躲閃

*cuartel *m.* **1.** 四分之一 **2.** 軍營 **3.** 營
房 ◇ ~ general 大本營, 統帥部/ dar
~ (對戰敗的敵軍) 寬大/ sin ~ 殘酷
無情

cuartelada *f.* 兵變, 嘩變

cuartelero, ra *a.* 兵營的

cuarteo *m.* **1.** 分爲四等分 **2.** 裂開

cuarterón, ona **I.** *a.-s.* 有四分之一白
人血統的; 四分之一白種混血兒 **II.** *m.*
1. 四分之一 **2.** 四分之一磅

cuarteto *m.* **1.** 四行詩 **2.**【樂】四重唱;
四重奏

cuartilla *f.* **1.** 四開紙 **2.** (供報紙發表
的) 稿件

cuartillo *m.* 夸提約 (液量單位, 合
0.504 公升)

*cuarto, ta **I.** *a.* **1.** 第四 **2.** 四分之一
的 **II.** *m.* **1.** 四分之一 **2.** *pl.* 四肢 **3.** 四
開 (紙) **4.** 一刻鐘 **5.** *pl.* 錢 **6.** 房間 **7.**
套間, 住宅 **8.** 侍從人員 ◇ ~ de aseo
只有淋浴的衛生間/ ~ de banderas 軍
旗室/ ~ de baño 衛生間/ ~ de estar
起居室/ ~ de hora 一刻鐘/ ~ de
Luna 弦 (一種月相)/ ~ obscura ①雜
物間②【攝】暗室/ ~ ropero 衣物間/

～ trasero（馬的）後肢/ ～ trastero 雜
物間/ cuatro ～s 一點錢/ dar un ～ al
pregonero 宣揚/ de tres a ～ 微不足
道的/ echar su ～ a espadas 插嘴/
poner ～ 佈置住房/ poner ～ a 安置
(情婦)/ tres ～s 四分之三大小的/ un
～ 一分錢

cuarzo m. 石英

cuasi ad. 見 casi

cuasia f.【植】苦楮

cuasicontrato m.【法】準契約，半契約

cuasimodo m. 復活節後的第一個星期
日

cuaterna f.（彩票的）四位數彩

cuaternario, ria I. a. 1. 四個一組的
2.【質】第四紀的 II. m.【質】第四紀

cuati m. Amér.【動】長吻浣熊

cuatrero m. 盜馬賊，偷牲畜的人

cuatrimestral a. 1. 四個月的 2. 每四
個月的

cuatrimestre m. 四個月

cuatrimotor a.-m. 四發的；四發動機飛
機

*__cuatro__ I. a. 1. 四 2. 第四 II. m.【樂】
四重唱；四重奏 ◇ más de ～ 許多的，
很多的

*__cuatrocientos, tas__ I. a. 1. 四百 2. 第
四百 II. m. 十五世紀

cuba f. 1. 桶，木桶 2. 桶（量詞）3.
【轉】酒鬼 4.【轉】大腹便便的人

*__cubano, na__ a.-s. 古巴（Cuba）的，古
巴人的；古巴人

cubero m. 桶匠

cubeta f. 1. 小桶 2. 方盤 3. 氣壓計水
銀槽

cubicación f. 1. 求三次方 2. 求體積

cubicar tr. 1. 求…三次方 2. 求體積

*__cúbico, ca__ a. 1. 立方的，立方體的 2.
六面體的 3. 三次方的

cubículo m. 寢室，房間

*__cubierta__ f. 1. 罩，套 2. 書皮，封面 3.
屋頂 4. 外胎，外帶 5. 甲板 ◇ ～
holandesa（或 de mansarda）折線形

屋頂

*__cubierto, ta__ I. a. 1. 蓋滿…的，覆蓋着
…的 2. 穿着…的，戴着…的 3. 陰沉沉
的 II. m. 1. 房間 2. 份飯 3. 整套餐具
◇ a ～ 被保護着/ a ～ de 免遭，不受/
ponerse a ～ 防避，躲避

cubil m.（野獸的）窩，洞穴

cubilete m. 1. 杯子 2.（變戲法用的）
圓桶 3.（用模子做的）糕點

cubiletear intr. 1. 變戲法 2.【轉】耍手
腕

cubiletero m. 變戲法的，魔術師

cubilote m. 化鐵爐

cubismo m.【美】立體派

cubital a. 肘的

cúbito m.【解】尺骨

*__cubo__[1] m. 1. 桶，提桶 2. 輪轂 3. 桶狀
部件，套狀部件 4.（風車水輪的）提水
井 5. 圓形崗樓

*__cubo__[2] m. 1. 立方體，六面體 2. 三次方

cubrecadena f.（自行車）鏈套

*__cubrecama__ m. 床罩

cubrecorsé m. 穿在緊身胸衣上的内衣

cubrejuntas f.（門窗的）壓口條

cubreobjetos m.（顯微鏡檢查用的）玻
璃片

cubrepiés m. 壓脚被

*__cubrir__ I. tr. 1. 蓋，遮，罩 2. 保護，掩
護 3. 掩蓋，遮掩 4. 佈滿，蓋滿 5. 够，滿足
（需要）6. 交配，爬跨 7. 補償 II. r. 1.
蓋 2. 戴帽子 3. 穿，穿上 4.（天空）變
陰 5. 構築工事 6. 蒙受，成為…的對象
7. 提防，防備

cuca f. 1. 地栗 2. pl. 乾果 3. 毛蟲 4.
pl. 糖果

cucamonas f.pl.【口】甜言蜜語

cucaña f. 1. 爬竿取物遊戲 2.【轉，口】
便宜

cucar tr. 擠（眼），使眼色

cucaracha f. 1. 蟑螂 2. 潮蟲

*__cuclillas__: en ～ 蹲着

cuclillo m. 1.【動】大杜鵑 2. 王八，妻
子有外遇者

cuco[1] *m.* 1. 毛毛蟲 2. 菜蟲, 米蟲

cuco[2] *m.* 1.【動】大杜鵑 2. 賭棍

cuco, ca[3] *a.*【口】 1. 狡猾的 2. 漂亮的

cucú *m.* 佈穀 (象聲詞)

cucúrbita *f.* 曲頸甑

cucurbitáceo, a *a.-f.pl.*【植】葫蘆科的; 葫蘆科

cucurucho *m.* 1. 錐形紙袋, 三角紙帽 2. 尖帽子, 高帽子 3. 圓錐形物

cucuy; cucuyo *m.* 螢火蟲

*__cuchara__ *f.* 1. 勺子, 匙 2. 勺形物 ◇ ~ de palo 木勺 / ~ sopera (或 de sopa) 湯勺 / de ~ 行伍出身的/ meter (su) ~ 插嘴; 干預/ meterle *a uno algo* con ~ 很吃力地使某人理解某事

cucharada *f.* 勺, 匙 (量詞) ◇ ~ con colmo 冒尖的一匙/ ~ rasa 平匙

cuchareta *f.*【動】慈鶿

cucharetear *intr.* 1. 用勺攪拌 2.【轉, 口】管閑事

cucharilla *f.* 小勺, 小匙 ◇ ~ de café 咖啡匙/ ~ de helado 冷食匙/ ~ de moca (或 moka) 小咖啡匙

cucharón *m.* 大勺, 大匙

cuchichear *intr.* 私語, 低語

cuchicheo *m.* 私語, 低語

cuchichiar *intr.* (石鶏) 咕咕叫

cuchilla *f.* 1. 刀, 刀具 2. 刮臉刀片

*__cuchillada__ *f.* 刀傷; 刀砍 ◇ ~ de cien reales 大的刀傷

cuchillería *f.* 1. 製刀業 2. 刀舖 3. 刀舖街

cuchillero *m.* 1. 刀匠 2. 賣刀的人

*__cuchillo__ *m.* 1. 刀 2.（加肥衣服的）三角形拼布 3.（從縫隙透進來的）冷風 ◇ ~ de armadura【建】三角架, 山形架/ ~ mangorrero 粗糙的刀/ pasar a ~ 屠殺

cuchipanda *f.* 聚餐

cuchitril *m.* 1. 豬圈 2. 骯髒的房間 3. 小破房

cuchufleta *f.*【口】玩笑, 笑話, 笑料

cuelga *f.* 把水果掛起來晾乾 ◇ de

~ 晾成乾的 (水果)

cuellicorto, ta *a.* 脖子短的

*__cuello__ *m.* 1. 脖子, 頸部 2. 領子 3. 圍巾, 圍脖 4. 瓶頸 5. 物體的最細部分 ◇ ~ blando 軟領/ ~ de la matriz【解】宮頸/ ~ de marinero 海軍服領/ ~ duro 硬領/ ~ postizo 假領, 活領/ cortar el ~ 砍頭, 殺頭

*__cuenca__ *f.* 1. 窩, 凹陷 2. 眼窩 3. 流域 4. 盆地

cuenco *m.* 1. 窩, 凹陷 2. 陶鉢, 木鉢

*__cuenta__ *f.* 1. 數; 計算 2. 眼目 3. 款項 4. 算賬, 清算 5. 説明, 解釋 6. 分内事情, 責任 7. 打算, 希望 8. 珠子, 唸珠 ◇ ~ abierta 信貸/ ~ corriente 活期存款賬户, 往來賬户/ ~ de crédito 信用賬/ ~ de perdón 大唸珠/ ~ prendaria 有抵押的信用賬/ ~s galanas 樂觀估計/ la ~ de la vieja 扳着手指頭計算/ las ~ del Gran Capitán 浮誇的賬目/ abrir (una) ~ 開立賬户/ a buena ~ ①先付款後結賬 ②確定無疑地/ ajustar ~s 核算賬目/ ajustar las ~s a 和某人算賬/ a tener en ~ 需要考慮的/ caer en la ~ 突然明白, 突然領悟/ con ~ y razón 慎重地/ con su ~ y razón 有自己的打算, 另有用意地/ correr *algo* de ~ *de uno* 由某人負責/ dar ~ 通知, 告訴/ dar ~ de 結束, 揮霍掉/ dar ~(s) de *algo a uno* 向某人報賬/ dar la ~ 付清工錢之後辭退/ darse ~ (de) 覺察, 知道, 了解/ de ~ de 由某人付錢/ de ~ y riesgo de 由某人負責/ echar ~s 計算, 算計/ echar(s) con 依賴, 依靠/ echar ~(s) de 計算, 算計/ echar la ~ 算, 計算/ echar(se) sus ~s 權衡利弊/ en resumidas ~s 總之/ entrar en ~s 被考慮在内/ estar fuera de ~ 懷孕滿九個月/ hacer(se) (la) ~ 假想, 設想/ llevar la ~ de 統計, 計數/ llevar las ~s de 管賬/ no querer ~s con 不願意與…來往/ no tomar en ~ 不理睬,

不重視/ pasar la ～ ①送賬單 ②要求給報酬/ pasar una ～ 算賬/ pedir ～s a 要求解釋, 要求匯報/ perder la ～ de 數不清, 忘記數到的數目/ perderse la ～ de (由於數大)數不清, 記不清/ poner en ～ 歸入賬內/ por ～ 看來/ resultar (或 salir) bien (或 mal) la ～ 完全(或未能)如願/ sin darse ～ 不知不覺地/ tener ～ 有用, 有益/ tener en ～ 考慮, 記住/ tomar en ～ 重視/ tomar la(s) ～(s) 負責/ traer a ～s 使採取適當態度/ traer ～ 有用, 合適/ vamos a ～s 咱們來把事情弄清楚/ venir a ～s 採取適當態度/ vivir a ～s de 依賴, 靠……養活

cuentacorrentista s. 有活期存款的人

cuentagotas (pl. cuentagotas) m. 滴管 ◇ con ～ 一點一點地

cuentakilómetros (pl. cuentakilómetros) m. 里程表

cuentapasos (pl. cuentapasos) m. 計步器

cuentero, ra a. 愛講閑話的(人)

cuentista s. 1. 短篇小說作家 2. 好搬弄是非的人 3. 講故事的人 4. 愛吹噓的人

*****cuento** m. 1. 講述 2. 故事 3. 神話, 童話 4. 短篇小說 5. 寓言; 笑話 6. 流言蜚語, 閑話 7. 不快, 矛盾 8. 誇大, 吹噓 ◇ ～ de viejas ①神話, 傳說 ②不可信的事/ el ～ de la lechera 空想, 幻想/ el ～ de nunca acabar 沒完沒了的事情/ dejarse de ～s 別閑扯了/ ese es el ～ 這是問題的關鍵/ estar en el ～ 了解情況/ ir con el ～ a 搬弄是非/ ir con ～s a 漫不經心地說/ no querer ～s con 不願意和……來往/ no venir a ～ 不合宜/ ser mucho ～ 太過分/ ser un ～ largo 一言難盡, 說來話長/ sin ～ 無數的/ tener mucho ～ 太誇張, 太過分/ traer a ～ 談及, 提及/ venir a ～ 合宜, 恰當

*****cuerda** f. 1. 繩, 繩索 2. (樂器等的)

弦 3. 發條 4. 繩尺 5. 【樂】聲部, 音域 6. 【數】弦 7. (串在一起的)囚犯隊伍 ◇ ～ floja (雜技表演用的)軟繩/ ～s vocales 【解】聲帶/ a ～ 成直線地/ aflojar la ～ 放鬆, 放寬/ bailar en la ～ floja 猶豫不決, 左右搖擺/ dar ～ a ①拖延 ②投……所好 ③鼓勵 ④(給錶)上發條/ no ser de la ～ 意見不一致/ por debajo de ～ 秘密地, 私下裏/ romperse la ～ 不能忍受/ saltar(se) la ～ 發條繃斷/ ser de la misma ～ 是一路貨色/ tirar de la ～ ①繃緊弦兒, 强忍 ②控制, 約束/ Siempre se rompe la ～ por lo más delgado 繩子總是在最細處斷

cuerdo, da a. 1. 明智的, 謹慎的 2. 神志清醒的

cuerlza f. Amér. 【口】鞭打

cuerna f. 1. 【集】(動物的)角 2. 角杯 3. 號角 4. 鹿角

*****cuerno** m. 1. (動物的)角, 犄角 2. 觸角 3. 角杯 4. 號角 5. 角製品 6. 尖角 7. 角形物 8. 【軍】翼, 側 ◇ ～ de Amón 【考古】菊石/ ～ de la abundancia 【神話】豐饒之角/ en los ～s del toro 在危急之中/ irse al ～ 沒有成功/ levantar a (或 hasta, sobre) el ～ (或 los ～s) de la Luna 吹捧, 把……捧上天/ mandar al ～ ①置之不理 ②讓……見鬼去吧/ poner los ～s 對配偶不忠/ Subir algo a uno a ～ quemado 使生氣, 使不快/ Vete (或 que se vaya) al ～ 見你的鬼去吧!

*****cuero** m. 1. 皮, 毛皮 2. 皮革 3. 皮囊 ◇ ～ cabelludo 頭皮/ en ～s (vivos) ①裸體 ②一貧如洗

*****cuerpo** m. 1. 物體, 實體 2. 身體 3. 體形, 身材 4. 屍體 5. 【化】分子 6. 組成部分 7. 主體, 主要部分 8. (衣服的)上身 9. 集體, 整體 10. 團體, 機構 11. 部隊 12. 彙編, 彙集 13. 【印】鉛字型號 14. (布、紙等的)厚度 15. (物體的)大小, 體積 16. 濃度, 稠度 ◇ ～ ciliar

【解】睫狀體/ ~ de bomba 泵體/ ~ de doctrina 思想體系/ ~ de ejército 軍/ ~ de guardia ①警衛隊 ②崗位/ ~ del delito【法】罪證/ ~ diplomático 外交使團/ ~ extraño【醫】異物/ ~ facultativo 技術隊伍/ ~ geométrico 幾何體,立體/ ~ glorioso ①將要升天的人 ②長時間無生理要求的人/ ~ legal 法典,法律大全/ ~ legislativo 立法機構/ ~ químico 分子/ ~ simple【化】元素/ ~s colegisladores 參,衆兩院/ a ~ 未穿大衣的/ a ~ descubierto（或 limpio）①無遮掩的 ②赤手空拳的/ a ~ de rey 極其舒適地/ ~ a ~ 交互,肉搏/ echar el ~ en tierra 跌倒在地/ dar ~ a 實現/ de ~ entero ①全身的（照片、畫像等）②完美的,理想的/ de ~ presente 待葬的（屍體）/ de medio ~ 半身的（照片、畫像等）/ descubrir el ~ ①（戰鬥中）暴露身體 ②冒險/ echar el ~ fuera 避免捲入/ echarse al ~ 吃,喝/ entregar su ~ a 委身,與⋯同居/ entregarse en ~ y alma a 全身心地投入/ estar en ~ y alma con 毫無保留地與⋯在一起/ falsear el ~ 躲閃/ hacer de（或 del）~ 拉屎/ huir（或 hurtar）el ~ ①躲閃 ②避免捲入/ no pudrirse（或 quedarse）en el ~ de uno 沒有隱瞞/ pedirle a uno algo el ~ 渴望,想望/ quedar otra cosa dentro del ~ 心口不一/ quedarse uno con algo en el ~ 沒有說出想說的事/ tomar ~ 形成,發展

*cuervo   m.   1.【動】鴉,烏鴉,渡鴉 2. （大寫）【天】烏鴉座 ◇ ~ marino 鸕鷀 / cría ~s y te sacarán los ojos 養虎遺患

cuesco   m.   1. 果核 2. 響屁

*cuesta   f.   坡 ◇ ~ de enero 拮据的一月（因過耶誕節開支過大）/ a ~s ①揹着,扛着 ②擔負,肩負/ caerse la casa a ~s a uno 在家待不住/ ~ abajo 向

下,下坡/ ~ arriba 向上,上坡/ en ~ 有坡的/ hacérsele a uno algo ~ arriba 費力,費勁

cuestación   f.   募捐

*cuestión   f.   1. 問題 2. 事情 3. 疑點 4. 爭吵,爭端 ◇ ~ batallona【口】難題,爭論不休的問題/ ~ candente 緊迫問題/ ~ de competencia 權限之爭/ ~ de confianza 信任案/ ~ de gabinete 涉及內閣是否倒台的問題/ ~ personal 人身攻擊/ ~ previa 前提/ ~ de 大約/ en ~ de ①關於 ②大約/ hacer de algo ~ personal 以某某事牽涉到自己

cuestionar   I. tr. 討論 II. intr. 1. 爭論,爭吵 2. 敵對

*cuestionario   m.   問題表;調查表

*cueva   f.   1. 山洞 2. 窖洞 3. 地下貯藏室,地窖 ◇ ~ de ladrones 賊窩

cuévano   m.   揹簍

cuezo   m.   1. 木槽 2. 泥灰槽 ◇ meter el ~【口】不慎重地參與

*cuidado   m.   1. 不安,焦慮,擔心 2. 小心,注意;仔細 3. 責任,職責 4. 照料,照看 ◇ al ~ de ①負責 ②照料,看管/ andar con ~ 注意,小心/ de ~ 需要注意的/ estar de ~【口】病重/ tener ~ ①照料,照管 ②注意,小心

*cuidadoso, sa   a.   1. 小心的,注意的 2. 仔細的

*cuidar   I. tr. 1. 關心,注意,小心 2. 照料,照管 II. intr. 擔心 III. r. 1. 保養,保重 2. 警惕,防止 3. 擔心 ◇ cuida（或 que cuide）no … 注意別⋯/ ~se muy bien（或 mucho）要多加小心

cuita   f.   悲傷

cuitado, da   a.   1. 悲傷的 2. 懦弱的

culada   f.   1. 屁股蹲兒 2. 不慎,失誤

culantrillo   m. 【植】鐵線蕨

culata   f.   1. 槍托 2. 機器底座

culatazo   m.   1. 槍托的擊打 2.（武器的）後座,反衝

*culebra f. 1. 蛇 2. 騷亂 ◇ ～ de cascabel 響尾蛇

culebrear intr. 蛇行, 蜿蜒

culebrera f.【動】蛇鵰

culebrina f. 1. 蛇形閃電 2. (古代的) 蛇炮

culera f. 褲子臀部的尿迹, 補釘等

culero m. 小孩尿布

culi m. 苦力

culinario, ria a. 烹飪的

culminación f. 1. 到達頂點 2. 頂點, 最高點 3.【天】中天

culminar intr. 1. 達到最高點, 達到頂點 2. 達到高潮 3.【天】到達中天 4. 告終, 結束

culo m. 1. 屁股 2. (器皿的) 底兒 ◇ ～ de mal asiento【轉, 口】常調換工作或住處的人/ ～ de pollo【轉, 口】鈕釦巴的補釘/ ～ de vaso 水鑽/ con el ～ a rastras (因財產用盡而) 境況窘迫

culombio m.【電】庫倫

culotar tr. (因使用) 使 (烟斗) 變黑

*culpa f. 1. 罪過, 錯誤, 過錯 2. 責任, 罪責 ◇ echar la(s) ～(s) 歸罪, 歸咎

*culpabilidad f. 有罪; 該罰

*culpable I. a. 1. 有罪的, 有過錯的 2. 該受譴責的 II. s. 犯罪, 肇事者

*culpar tr. 歸罪, 歸咎

*cultivar tr. 1. 耕種 2. 栽植 3. 致力於 4.【轉】培養

*cultivo m. 1. 耕種 2. 栽植 3. 農作物 4. 細菌培養 ◇ poner en ～ 墾荒

*culto, ta I. a. 1. 有文化的 2. 有教養的 3. 文雅的 (語言) II. m. 崇拜; 迷信

*cultura f. 文化, 文明; 教養

*cultural a. 文化的, 文明的

*cumbre f. 1. 山頂 2.【轉】頂峯, 最高點

cúmel m. 枯茗酒

cúmplase m. 照辦 (文件批語)

*compleaños m. 生日, 誕辰

complidero, ra a. 1. 到期的 2. 合適的

*complido¹ m. 1. 禮貌 2. 殷勤 3. 恭維 ◇ de ～ 禮節上的/ por ～ 出於禮貌

*cumplido, da² a. 1. 充分的, 完全的 2. 過大的, 過長的 3. 過於客氣的

cumplimentar tr. 1. 執行 (命令) 2. 辦理 (公事, 手續等) 3. 登門祝賀

*cumplimiento m. 1. 完成 2. 禮貌 3. 殷勤 3. 祝賀 ◇ ～ pascual 復活節儀式/ por ～ 出於禮貌

*cumplir I. tr. 1. 執行, 完成 2. 年滿 3. 服刑 II. intr. 1. 合適 2. 到期, 期滿 3. 服役期滿 4. 盡到責任 III. r. 1 滿 2. 實現 ◇ por ～ 出於禮貌

cúmulo m. 1. 堆, 大量 2. 積雲

*cuna f. 1. 搖籃 2. 幼兒床 3.【轉】幼年 4.【轉】出身, 門第 5.【轉】祖國, 故鄉 6.【轉】發源地, 發祥地

cunar tr. 搖 (搖籃)

cundir intr. 1. 擴散 2. 出數 3. 有進展

cunearse r. 1. 搖擺 2. 走路扭擺

cuneiforme a. 楔形的

cuneta f. 路旁水溝

cunicultura f. 養兔

cuña f. 1. 楔子 2. 墊片 3.【轉, 口】靠山 ◇ meter ～ 挑撥離間/ No hay peor ～ que la de la misma madera 同行是冤家

cuñado, da s. 大伯, 小叔, 大姑, 小姑; 大舅, 小舅; 大姨子, 小姨子; 嫂子, 弟妹; 姐夫, 妹夫

cuñete m. 小桶

cuño m. 1. 硬幣的鑄模 2. 印章 3. 鑄幣 ◇ de ～ nuevo 新出現的

*cuota f. 1. 定額, 限額, 份額, 配額 2. 會費, 黨費

cupé m. 1. 厢式雙座馬車 2. 驛車前室

cuplé m. 歌謠

cupo m. 1. 攤派的份額 2. 分配的兵額 3. 定量供應額

cupón m. 1. (配給的) 票, 證 2. (公債, 股票等的) 息票

cúprico, ca *a.* 二價銅的, 正銅的

cuprífero, ra *a.* 含銅的

cuproníquel *m.* 銅鎳合金

cuproso, sa *a.* 一價銅的, 亞銅的

cúpula *f.* 1. 穹隆屋頂 2.【植】殼斗 3. (艦上的) 炮塔

cupulífero, ra *a.*【植】有殼斗的

*****cura** I. *f.* 1. 治療, 治療方法 2. 治療藥物 II. *m.* 教士; 神父, 教區神父 ◇ ~ de almas 教區神父／ párroco 教區神父／ este ~ 本人, 鄙人／ ponerse en ~ 就醫／ primera ~ 急救

curación *f.* 治療, 治愈

curado, da *a.* 1. 腌製的 2. 司空見慣的

curandero, ra *s.* 1. 巫醫 2. 正骨醫生

*****curar** I. *tr.* 1. 醫治, 治愈 2. 治療 3. 腌製 4. 鞣製 5. 漂白 (棉紗、布匹等) 6. (對木材) 進行乾燥處理 II. *intr.* 痊愈, 復元 III. *r.* 1. 痊愈 2. 注意, 當心 3. 喝醉

curare *m.* 箭毒

*****curativo, va** *a.* 用於治療的

curato *m.* 1. 教區神父職務 2. 教區

curbaril *m.*【植】一種攀葉豆

cúrcuma *f.*【植】薑黃

curda I. *f.* 酒醉 II. *m.* 酒鬼

cureña *f.* 1. 炮架 2. 做槍托的木料

curia *f.* 司法界

curial *m.* 法庭職員

curialesco, ca *a.* 法庭的

curiana *f.* 蟑螂

curie *m.*【理】居里

curio *m.*【化】鋦

curiosear *intr.* 1. 打聽 2. 看, 張望

*****curiosidad** *f.* 1. 好奇 2. 好奇心 3. 想望, 新奇的事物 4. 清潔, 整潔 5. 一絲不苟

*****curioso, sa** *a.* 1. 好奇的 2. 極想…的, 想望…的 3. 整潔的 4. 一絲不苟的

curricán *m.* 釣魚繩

currículum vitae *m.* 履歷

currinche *m.* 1. 見習記者 2. 庸人

curro, rra *a.* 1. (對自己衣着) 洋洋得意的 2. 敢頂撞上司的 3. 硬挺的

curruca *f.*【動】鶯

currutaco *a.* 1. 趕時髦的 2. 無足輕重的

*****cursar** *tr.* 1. 發出 (電報等) 2. 學習

cursi *a.* 1. 俗氣的 2. 做作的, 過分的

cursilería *f.* 1. 俗氣 2. 俗氣的物品

cursillista *s.* (專修班、進修班等的) 學員

cursillo *m.* 專修班, 進修班

cursivo, va *a.*【印】斜體的

*****curso** *m.* 1. 流, 流動 2. 流程 3. 過程, 進程 4. 期間 5. 學年 6. 課程 7. 處理; 程序 ◇ dar ~ ①放出 ②使繼續進行／ en ~ 目前的, 現行的／ en ~ de 在…過程中的／ seguir su ~ 正常進行

curtido *m.* 鞣製

curtidor, ra *a.* 鞣製皮革的

curtiduría *f.* 鞣革作坊

curtir *tr.* 1. 鞣製 2. 曬黑 3. 磨練

*****curva** *f.* 1. 曲線 2. 彎曲, 彎曲部分 3. 曲線統計圖表 ◇ ~ de nivel 等高線

curvado, da *a.* 1. 彎曲的 2. 曲線的

curvar *tr.* 使彎曲

curvatura *f.* 1. 彎曲 2. 曲度

curvo, va *a.* 1. 彎曲的 2. 曲線的

cusca: hacer la ~ ①煩擾 ②傷害

cuscurro *m.* 硬麴包塊

cuscuta *f.*【植】菟絲子

cúspide *f.* 1. 山頂 2. 齒尖 3.【轉】頂峰, 極盛時期

cusqui: hacer la ~ ①煩擾 ②傷害

*****custodia** *f.* 1. 守護 2. 守護人 3. 聖體匣

custodiar *tr.* 守護

custodio *a.* 守護的

cutáneo, a *a.* 皮的, 皮膚的

cutícula *f.* 護膜, 皮膜; 表皮

cutis (*pl.* cutis) *s.* 皮膚, 面部皮膚

*****cuyo, ya** *pron.-a.* 他的, 她的, 它的; 他們的, 她們的, 它們的

CH

ch *f.* 西班牙語字母表的第四個字母

chabacanada *f.* 粗俗的言行

chabacanería *f.* 1. 粗俗 2. 粗俗的言行

chabacano, na *a.* 粗俗的

*****chabola** *f.* 1. 茅屋 2. 貧民窟

chacal *m.* 【動】胡狼, 豺

*****chacarero, ra** *s. Amér.* 農民

chacina *f.* 1. 灌腸用的豬肉 2. 鹹豬肉 3.【集】豬肉罐頭

chacolí (*pl.* chacolíes) *m.* 酸葡萄酒

chacolotear *intr.* 咔嗒咔嗒作響

chacoloteo *m.* 咔嗒咔嗒聲

*****chacota** *f.* 嘩笑, 鬧笑; 嘲笑 ◇ echar (或 tomar) a ~ 置之一笑

*****chacra** *f. Amér.* (田野的) 農舍; 小莊園

cháchara *f.* 空話, 閑談

chacho, cha *s.* 孩子 (昵稱)

chafado, da *a.* 1. 不知所措的 2. 沮喪的

chafaldita *f.* 玩笑, 打趣

chafar *tr.* 1. 壓碎, 壓破, 擠爛 2. 弄皺 3. 壓垮, 壓倒 4.【轉】使沮喪

chafarrinón *m.* 1. 污迹, 污痕, 斑點 2.【轉】蹩腳的畫

chaflán *m.* 1. 斜面, 削角面 2. (街角建築的) 削角狀面 ◇ hacer ~ ①使成斜面 ②位於拐角處

chaflanar *tr.* 使成斜面, 使成削角面

chagrín *m.* 1. 有光薄皮革 2. 搓花革

chaira *f.* 1. 鞋匠刀 2. 鋼刀棒, 鋼刀器

chal *m.* 披肩, 大披巾

chalado, da *a.*【口】1. 糊塗的, 沒有頭腦的 2. 迷戀着…的

chaladura *f.*【口】1. 糊塗, 沒頭沒腦 2. 迷戀

chalán *m.* 1. 牲口販子 2. 在買賣中搗鬼作弊的商人

chalana *f.* 平底船

chalanear *tr.* 1. 販賣 (牲口) 2. 倒買倒賣

chalar I. *tr.*【口】使神魂顛倒 II. *r.*【口】1. 糊塗 2. 迷戀

chalaza *f.* 卵黃繫帶

chalé *m.* 別墅

*****chaleco** *m.* 背心, 坎肩 ◇ ~ salvavidas 救生背心

*****chalet** (*pl.* chalets) *m.* 別墅

chalina *f.* 領巾

chalote *m.*【植】火葱

*****chalupa** *f.* 小船, 小艇

chamaco, ca *s. Amér.* 小孩, 孩子

chamarasca *f.* 1. 碎柴 2. (碎柴燃起的) 火焰

chamarilear *tr.* 非正式交易

chamarilero, ra *s.* 舊貨商

chamba *f.*【口】僥倖, 好運氣

chambelán *m.* 侍臣

chambergo *m.* 帽子, 軟帽

chambón, na *a.* 1. 技藝較差的; 笨手笨脚的 2. 衣冠不整的

chambonada *f.* 1. 笨手笨脚 2. 運氣, 僥倖 3. 粗糙

chambra *f.* (婦女或兒童的) 内衣, 襯衣

chambrana *f.*【建】貼面

chamiza *f.* 1. 茅草 2. 碎柴

chamizo *m.* 1. 燒得半焦的樹木 2. 沒有燒透的劈柴

chamorro, rra *a.* 剪了髮的

champagne *m.* 香檳酒

champán[1] *m.* 舢板

*****champán**[2] *m.*; **champaña** *f.* 香檳酒

champiñón *m.* 洋蘑菇

champú *m.* 洗髮香波

chamuscar *tr.-r.* 燎, 燒焦

chamusquina *f.* 1. 燒焦 2.【轉, 口】爭吵

chanada f.【口】欺騙,愚弄

chanca f. 1. 舊鞋 2. 廢舊傢具 3. 有病
的人 ◇ estar hecho una ～ 年老多病

chance m. 機會,時機

chancear intr.-r. 開玩笑

chancero, ra a. 好開玩笑的(人)

chancla f. 1. 舊鞋 2. 拖鞋

chancleta I. s. 舊鞋 II. f. 拖鞋 ◇ en
～s 跋拉着鞋 / estar hecho un (或
una) ～ 年老多病

chancletear intr. 跋拉着鞋走

*chanclo m. 1. 木拖鞋 2.（穿在鞋子外
邊的）套鞋

chanchada f. Amér. 1. 骯髒,污穢 2.
【轉】卑鄙行徑

chanchero, ra s. 1. 養豬的人 2. 賣豬
的人

*chancho, cha I. a. Amér. 骯髒的,污
穢的 II. s. Amér. 豬

chanchullero, ra s. 幹骯髒勾當的人

chanchullo m. 骯髒勾當

chandal m. 針織運動衣

chanfaina f. 雜碎

chanflón, na a. 粗糙的,粗陋的

changa f. Amér. 1. 小買賣 2. 挑運

changador m. Amér. 挑伕

*chantaje m. 訛詐,敲詐

chantajista s. 訛詐者,敲詐者

chantar tr. 1.【口】穿（衣服）2. 當面
直說 3. 刺入,插入,扎入

chantilli m. 奶油

chantre m. 教堂唱詩班領班

*chanza f. 玩笑

chañar m.【植】脱皮棗豆

*chapa f. 1. 薄板,薄片 2. 膠合板 3.
一種紙牌 4.【轉,口】規矩,嚴肅,認真

chapado, da a. 用薄板貼面的 ◇ ～ a
la antigua 陳腐的

chapalear intr. 1. 把水弄得嘩嘩響 2.
咯嗒咯嗒響

chapar tr. 包面,鑲面,貼面

chaparra f.【植】胭脂蟲櫟

chaparral m. 櫟樹叢

chaparro m. 1.【植】見 chaparra 2.
【轉,口】矮胖的人

*chaparrón m. 1. 陣雨,暴雨 2.【轉】
大量,衆多 ◇ llover a ～ 下暴雨 / llo-
ver a ～es（雨）時下時停

chapear tr. 見 chapar

chapeo m.【口】帽子

chapeta f.（臉頰上的）紅斑

chapetón m. 陣雨,暴雨

chapín m. Amér. 羅圈腿的人

chápiro m. 帽子

chapitel m. 塔尖

chapó m. 一種四人玩的枱球遊戲

chapodar tr. 1. 修剪（樹枝）2. 削減,
緊縮

chapotear I. intr. 攪水 II. tr. 弄濕

chapoteo m. 1. 攪水 2. 弄濕

*chapucear tr. 粗製濫造

chapucería f. 1. 粗製濫造的東西 2.
草率,粗糙

chapucero, ra a. 1. 粗心的 2. 粗製濫
造的

*chapurrar tr. 1. 講不好（某種外語）
2.【口】摻和（酒）

*chapurrear tr. 講不好（某種外語）

chapuz m. 見 chapuzón

chapuza f. 1. 粗製濫造的東西 2. 次要
工作 3. 業餘的份外工作

chapuzar I. tr. 1.（把某人的頭）按入
水中 2. 把…浸入水中 II. r. 沒入水中,
潛入水中

chapuzón m.（頭）按入水中,浸入水中

chaqué m. (pl. chaqués) 大禮服

*chaqueta f. 上衣,外衣 ◇ cambiar
（或 volver）la ～ 改變見解;改換黨派

chaquete m. 十五子棋

chaquetear intr. 1. 改變見解;改換黨
派,轉向 2. 退縮,反悔

chaquetilla f. 短上衣,短外套

chaquetón m. 1. 厚外衣,厚外套 2. 女
式短大衣

charada f. 字謎

charanga f. 軍樂隊,銅管樂隊

charca f. 小湖, 大水塘

*__charco__ m. 水塘, 水坑

*__charla__ f. 1.【口】談話, 聊天 2. 講座

charlador, ra a. 好聊天的, 愛閑談的

*__charlar__ intr. 閑談, 聊天, 談話

*__charlatán, ana__ s. 1. 饒舌的人 2. 招搖撞騙的人 3. 庸醫 4. 貨郎, 小販

charlatanear intr. 1. 饒舌 2. 說話冒失

charlatanería f. 1. 饒舌 2. 廢話, 不可信的話

charlatanismo m. 饒舌, 多嘴

charlotear intr.【口】見 charlar

charloteo m.【口】談話, 聊天

charnela f. 鉸鏈, 合頁

*__charol__ m. 1. 漆 2. 漆皮, 漆革

charolado, da a. 上漆的; 光亮的

charolar tr. 上漆

charqui m. Amér. 臘肉

charrán a. 無賴的, 行爲不端的

charranada f. 1. 無賴行徑 2. 搗亂

charrasca f.; **charrasco** m.【口】刀, 馬刀

charretera f. (帶綬的) 肩章

charro, rra a. 1. 粗野的 2. 花哨的, 俗氣的

chasca f. 碎柴

chascar I. intr. 1. 彈舌作響 2. 劈啪響 II. tr.-intr. 吞咽

chascarrillo m.【口】譏諷性笑話

*__chasco__ m. 1. 愚弄, 戲弄; 欺騙 2. 失望

*__chasis__ (pl. chasis) m. 1. (車輛) 底盤 2. 底片夾 ◇ quedar en el ~【口】枯瘦

chasquear¹ intr. 劈啪響

chasquear² tr. 愚弄, 戲弄; 欺騙

chasqui m. Amér. 信差, 信使

chasquido m. 劈啪響聲

chata f. 尿盆 2. 平底船

chatarra f. 1. 鐵礦渣 2. 廢鐵 3. 廢舊機器 4. 零碎 (指裝飾品)

chatarrero, ra s. 買賣廢鋼鐵的人

chatedad f. 扁平

*__chato, ta__ a. 1. 扁平的 (鼻子) 2. 鼻子扁平的 3. 平的, 不高的 4. 不尖的

chatón m. (首飾上的) 寶石

chatungo, ga s. 親愛的, 寶貝 (昵稱)

*__chaval, la__ s.【口】年輕人, 青年人 ◇ estar hecho un ~ 顯得年輕 / ser un ~ 還很年輕

chavea m.【口】年輕人, 小夥子

chaveta f.【機】開口銷, 銷子 ◇ perder la ~【轉】①發瘋 ②失去耐心

chavo m. 小錢, 幣值不大的錢幣

chavó s.【口】見 chaval

chayote m. 佛手瓜

chayotera f.【植】佛手瓜

che f. 字母 ch 的名稱

checo, ca a.-s. 捷克的; 捷克人 II. m. 捷克語

*__checoslovaco, ca__ a. -s. 捷克斯洛伐克 (Checoslovaquia) 的; 捷克斯洛伐克人

chécheres m.pl. Amér. 雜物

chelín m. 先令 (英國輔幣)

chepa f.【口】駝背

cheposo, sa; chepudo, da a. 駝背的

*__cheque__ m. 支票 ◇ ~ cruzado 轉賬支票, 劃線支票

chequear tr. 核對, 檢查

chequeo m. 核對, 檢查

cheslón m. 躺椅

chéster m. (英國) 乾酪

cheviot m.【紡】啥味呢

chicarrón, ona s.【口】體格健壯的孩子

chicazo m. 1. 野孩子 2. 見 chicarrón

chicle m. 1. (製口香糖的) 人心果樹膠 2. 口香糖, 膠母糖

*__chico, ca__ I. a. 1. 小的 2. 年幼的, 少的 II. s. 1. 小孩, 少年 2. 小夥子, 姑娘 ◇ ~ para los recados 跑外, 跑街 / con grande 大小不分, 不挑不揀 / como ~ con zapatos nuevos 歡天喜地

chicolear intr.【口】(向女人) 獻殷勤

chicoleo m.【口】獻殷勤, 恭維話

chicotazo m. Amér. 鞭打

chicote, ta I. *s.* 【口】大小夥子, 大姑娘 **II.** *m. Amér.* 短鞭子

chicotear *tr. Amér.* 鞭打

chicozapote *m.* 【植】人心果

chicha¹ *f.* 奇恰酒 ◇ no ser ni ～ ni limonda 沒有特色

chicha² *f.* **1.** 肉; 肉食 **2.** 可愛之處 ◇ de ～ y nabo 不重要的

chícharo *m.* 豌豆

chicharra *f.* **1.** 蟬 **2.** 【轉】饒舌的人, 話多的人 **3.** 電蟬, 蜂音器 **4.** 蟬鳴笛 (玩具) **5.** 一種曲柄鑽

chicharrina *f.* 悶熱

chicharrón *m.* **1.** 油渣 **2.** 豬肉凍 **3.** 【轉, 口】燒焦了的肉 **4.** 【轉, 口】曬黑了的人

chiche *m. Amér.* **1.** 乳房 **2.** 玩具

chichón *m.* (頭部撞起的) 包, 疙瘩

chichonera *f.* (兒童) 草編防護帽

chifla¹ *f.* 刮皮刀

chifla² *f.* **1.** 吹哨, 鳴笛 **2.** 哨子, 哨笛 **3.** 嘲弄

chiflado, da *a.* 【口】**1.** 神經有些錯亂 的 **2.** 有怪癖的 **3.** 迷戀 (某物) 的 **4.** 愛戀 (某人) 的, 迷戀 (某人) 的

chifladura *f.* **1.** 迷戀 **2.** 癖愛

chiflar¹ *tr.* 用刀刮 (皮子)

chiflar² **I.** *intr.* **1.** 吹哨, 鳴笛 **2.** 打口 哨 **II.** *tr.* **1.** 嘲弄 **2.** 迷戀, 癖愛 **III.** *r.* **1.** 迷上, 迷戀 **2.** 神魂顛倒 **3.** 想望, 渴望

chifle *m.* 哨子, 笛

chiflido *m.* 哨音, 笛聲

chiflo *m.* 哨子, 笛

chiflón *m. Amér.* 穿堂風

chilaba *f.* (摩爾人的) 帶風帽的長袍

chilca *f. Amér.* 【植】香根菊

chile *m. Amér.* 辣椒

*****chileno, na** *a.-s.* 智利 (Chile) 的; 智 利人

chilindrina *f.* **1.** 瑣事 **2.** 俏皮話 **3.** 笑 話

chilla¹ *f.* 質次的薄木板

chilla² *f.* (狩獵用的) 擬聲器

*****chillar** *intr.* **1.** 尖叫 **2.** 叫嚷 **3.** 尖聲説 話 **4.** 講話粗魯

chillería *f.* 喊叫聲, 吵鬧聲

*****chillido** *m.* 尖叫聲

chillón, ona *a.* **1.** 愛尖聲怪叫的 **2.** 刺 耳難聽的 **3.** 刺眼的 (色彩)

chimenea *f.* **1.** 烟囱, 烟筒 **2.** 壁爐 **3.** (形似烟囱的) 直立通道 **4.** (槍炮的) 火門 ◇ ～ de ventilación 只通風不透 光的天井

chimpancé (*pl.* chimpancés) *m.* 猩猩

china¹ *f.* **1.** 小卵石 **2.** 困難, 障礙 **3.** 錢 ◇ echar (a la) ～ 碰運氣/ tocar la ～ 倒霉, 不走運

*****china**² *f.* 瓷器, 瓷; 絲綢

china³ *f. Amér.* **1.** 奶媽, 乳娘 **2.** 漂亮 的女人 **3.** 情婦

chinarro *m.* 鵝卵石

chinazo *m.* **1.** 大鵝卵石 **2.** 鵝卵石的擊 打

chinchar *tr.* 【口】使厭煩, 使討厭

*****chinche** *m.* **1.** 臭蟲 **2.** 圖釘 **3.** 多臭蟲 的地方 ◇ caer (或 morir) como ～s 大量死亡

chincheta *f.* 圖釘

3**chinchilla** *f.* 【動】毛絲鼠

chinchin *m.* 【口】音樂聲, 街頭音樂聲

chinchorrería *f.* **1.** 苛刻, 討厭 **2.** 流言 蜚語

chinchorrero, ra *a.* **1.** 苛刻的 **2.** 愛議 論的, 愛聽流言蜚語的

chinchorro *m.* 小艇, 小船, 小划子

chinchoso, sa *a.* **1.** 臭蟲多的 (地方) **2.** 見 chinchorrero

chinela *f.* 拖鞋

chinero *m.* 碗櫥, 碗櫃

*****chinesco, ca I.** *a.* 中國的, 中國式的 **II.** *m.* 【樂】編鈴

*****chino, na**¹ *a.-s.* 中國 (China) 的; 中 國人 **II.** *m.* 漢語

chino, na² *s. Amér.* **1.** 奇諾人 **2.** 僕人, 傭人 **3.** 年輕人, 青年

chipén : de ～ 很好的

chipirón m. 魷魚, 槍烏賊

chipriota a.-s 塞浦路斯 (Chipre) 的; 塞浦路斯人

chique m. (船的) 襯材

chiquero[1] m. 豬圈, 羊圈, 牛欄

chiquero, ra[2] a. 喜愛孩子的

chiquilicuatre; chiquilicuatro m. 【口】沒頭腦的小夥子

chiquillada f. 1.孩子舉動 2.不明智行爲

chiquillería f. 【集, 口】孩子

chiquillo, lla s. 小孩子 ◇ no ser ～ 別太天真

chiquitín, na a. 【口】小的, 年幼的

chiquito, ta a. 很小的, 年幼的 ◇ dejar ～ 超過, 勝過

chiribita f. 1.火花 2. pl. (眼睛冒的) 金星 3.雛菊 ◇ echar ～ s 冒火, 發怒

chiribitil m. 頂樓, 屋頂樓

chirigota f. 【口】玩笑, 笑話

chirimbolo m. 【口】1.物件, 東西, 玩意兒 2.(傢具的) 端飾

chirimía f. 笛號

chirimoya f. 南美番荔枝 (果)

chirimoyo m. 【植】南美番荔枝樹

chiripa f. 1.僥倖, 運氣 2.(枱球的) 僥倖球 ◇ por ～ 僥倖, 憑運氣

chiripero m. 1.打枱球僥倖得分的 (人) 2.走運的 (人)

chirivía f. 1.【植】歐洲防風 2.【動】白鶺鴒

chirlata f. 【口】賭場

chirle I. a. 1.【口】沒有滋味的 2.【轉, 口】乏味的 II. m. 牲口糞

chirlo m. 1.面部的傷 2.面部的傷疤

chirona f. 【口】監獄

chirriar intr. 1.吱吱嘎嘎響 2.嘰嘰喳喳叫

chirrido m. 1.吱吱響 2.嘰嘰喳喳叫聲

chirumen m. 頭腦, 才智

chirusa; chiruza f. Amér. 粗俗的女人

chis interj. 噓, 別出聲

chischás m. (刀劍碰撞時的) 嘁哩喀嚓聲

chisgarabís (pl. chisgarabises) a. 【口】1.不鄭重的 2.毛躁的 3.愛管閒事的

***chisme**[1] m. 流言蜚語, 閒話 ◇ ～s y cuentos 閒話

chisme[2] m. 1.雜物, 家什 2. pl. 什物, 小玩意兒

***chismorrear** intr. 說閒話, 說別人壞話

chismorreo m. 散佈流言, 說閒話

chismorrería f. 1.見 chismorreo 2.流言蜚語, 閒話

chismoso, sa a. 愛散佈流言蜚語的, 愛說閒話的

***chispa** f. 1.火花, 火星 2.電火花 3.閃光 4.小水珠, 雨點 5.少量, 丁點 6.【轉】機敏, 聰明 7.【轉】流言, 閒話 ◇ ～ eléctrica 電火花 /dar ～s 聰明, 機敏 /echar ～s 發火, 生氣 /ni ～ 沒有, 毫無

chispazo m. 1.迸火星, 冒火花 2.前奏, 徵兆 3.【轉】流言蜚語, 閒話

chispeante a. 1.火花飛迸的 2.【轉】聰明的

***chispear** intr. 1.火花飛迸, 閃亮 2.細雨紛紛

chispero m. 1.鐵匠 2.(西班牙) 馬德里某些區的居民

chispo, pa a. 【口】酒醉的

chisporrotear intr. 火花飛迸

chisporroteo m. 火花飛迸

chisquero m. 打火機

chistar intr. 吭聲

***chiste** m. 1.笑話 2.滑稽, 可笑 ◇ hacer ～ de 當成玩笑, 不認真對待 / tener ～ (某事) 真滑稽

chistera f. 1.禮帽 2.魚簍 3.(打回力球的) 柳條球拍

***chistoso, sa** a. 1.愛開玩笑的, 愛說笑話的 2.滑稽可笑的

chistu m. 巴斯克高音笛

chistulari m. 巴斯克高音笛手

chita[1] f.【動】獵豹

*****chita**[2] f.【解】距骨

chita[3]: a la ~ callando 悄悄地

chiticalla s. 沉默不語的人

chiticallando ad. 悄悄地 ◇ a la ~ 悄悄地

chito m. 打錢遊戲

chitón[1] m.【動】石鼈

*****chitón**[2] interj. 噓, 別出聲

chivarse r.【口】告密; (小孩) 告狀

chivatazo m. 告發, 告密

chivato, ta[1] s.【口】告密者

chivato, ta[2] s. (半歲到一歲的) 小山羊

chivo, va s. 山羊, 小山羊

chocante[1] a. 1.奇妙的 2.可笑的

chocante[2] a. 1.奇怪的, 令人驚奇的 2.古怪的 3.令人討厭的 4.碰撞的 ◇ lo ~ es que 令人奇怪的是

*****chocar** I. intr. 1.碰撞 2.交鋒, 交火 3.爭吵; 衝突 4.引起反感; 使詫異 II. tr. 碰, 使相碰

chocarrería f. 1.粗俗下流 2.下流話, 粗話

chocarrero, ra a. 愛說粗俗下流笑話的人

choco m. 小烏賊

chocolate m. 巧克力; 巧克力飲料

chocolatera f. 巧克力壺

chocolatería f. 1.巧克力工廠 2.巧克力店

chocolatero, ra s. 1.愛吃 (或喝) 巧克力的人 2.製巧克力的人 3.賣巧克力的人

chocolatín m. 巧克力糖果

chocha; chochaperdiz f.【動】丘鷸

chochear intr. 1.(因年老) 昏聵, 糊塗 2.【轉, 口】寵愛

chochera; chochez f. 1.年老昏聵, 糊塗 2.【轉, 口】寵愛

chocho, cha a. 1.年老昏聵的, 年老糊塗的 3.【轉, 口】寵愛…的

*****chófer** m. 汽車司機, 汽車駕駛員

chofista f. 窮學生

chola f.【口】1.頭, 腦袋 2.頭腦, 才智

chollo m.【口】便宜, 便宜事

chonta f. Amér.【植】桃櫚

chopera f. 歐洲山楊林

chopo m.【植】歐洲山楊

*****choque** m. 1.碰撞 2.【轉】衝突, 爭吵 3.【軍】交鋒, 交火 3.【醫】休克

choquezuela f.【解】髕骨

choricero, ra s. 做臘腸的人; 賣臘腸的人

*****chorizo** m. 1.臘腸 2.(走鋼絲演員的) 平衡杆

chorla f.【動】沙鶏

chorlo m. 電氣石

chorrada f. 1.(液體的) 饒頭兒, 額外多給的量 2.見 chinchorrería 3.過分的裝飾 ◇ con ~ 帶饒頭兒

*****chorrear** intr. 1.湧出, 噴出 2.滴, 淌

chorreo m. 1.湧出, 噴出 2.滴 3.逐漸消耗

chorrera f. 1.領口花邊 2.(水流等的) 滴落地點 3.湍急處

chorretada f.【口】噴湧的水流, 水柱

chorrillo m. (連續不斷的) 小量收入 ◇ a ~ 撒播

*****chorro** m. 1.水流, 水柱 2.小溪 3.大量, 一連串 ◇ ~ de arena【冶】噴沙/ ~ de voz【轉】響亮的聲音/ a ~ 噴湧, 噴流, 噴氣/ a ~s 大量地; 不可遏止地; 急促地/ como los ~s de oro 光潔的/ hablar a ~ 説話多而快/ soltar el ~ 突然發出 (笑聲、話語、罵聲等)

chotacabras (pl. chotacabras) f.【動】歐夜鷹

chotearse r. 嘲笑, 愚弄

choteo m. 嘲笑, 愚弄

choto, ta s. 1.山羊羔 2.牛犢

chotuno, na a. 還在哺乳期的 (山羊)

chovinismo m. 沙文主義

*****choza** f. 茅屋, 草舍 2.簡陋房屋

chozno, na s. 第四代孫, 第四代孫女

chubasco m. 1.暴雨, 陣雨 2.驟起的烏雲 3.【轉】厄運

chubasquero m. 雨衣

chubesqui *m.* 湯壺, 湯婆子

chúcaro, ra *a. Amér.* 1.野的, 不馴的 2.【轉】不與人交往的

chuchería *f.* 1.小物件, 小巧玲瓏的東西 2.好吃的東西

chucho *m.* 1.【口】狗 2. *Amér.* 間歇熱, 寒熱

chueca *f.* 1.樹墩 2.攪碱棒 3.嘲笑, 戲弄 4.【解】骨突

chueta *s.* 猶太人後裔

chufa *f.*【植】鐵莕薺, 地栗

chulada *f.* 1.粗野, 言行粗野 2.【口】放肆, 風趣

chulapo, pa *a.* 見 chulo

chulearse *r.* 開玩笑; 嘲笑

chulería *f.* 1.粗野 2.放肆 3.【集】楚佬(chulo)的

*****chuleta** *f.* 1.排骨 2.(加寬或加長衣服的)拼料 3.【木】填縫條 4.【轉, 口】(學生作弊用的)夾帶 5.【轉, 口】耳光 6. *pl.* 連鬢鬍

chulo, la I. *a.* 1.粗野的, 無禮的 2.放肆的, 隨便的 3.不低三下四的, 不卑不亢的 4.洋洋自得的 5.漂亮的(衣物等) II. *s.* 楚佬(西班牙馬德里的下層居民) III. *m.* 1.流氓, 無賴 2.妓院老闆

chumacera *f.* 1.軸承 2.槳槽

*****chumbera** *f.*【植】仙人掌

chumbo *m.* 仙人掌果

chunga *f.*【口】玩笑, 嘲弄 ◇ de (或 en) ～ 以玩笑口吻 / estar de ～ 開玩笑, 取笑, 嘲弄

chunguearse *r.*【口】開玩笑, 嘲弄

chuño *m. Amér.* 澱粉

chupa *f.* 緊袖半長外套 ◇ poner como ～ de dómine 罵, 指責

chupada *f.* 吸, 吮

chupado, da *a.* 乾瘦的

chupador *m.* 奶嘴

*****chupar** I. *tr.* 吸, 吮 II. *r.* 1.消瘦 2. *Amér.* 喝醉

chupatintas (*pl.* chupatintas) *m.* 小職員, 小公務員

chupeta *f. Amér.* (橡膠)奶嘴

chupetada *f.*; **chupetazo** *m.* 吸, 吮

chupete *m.* (橡膠)奶嘴

chupetear *intr.* 反覆吸吮

chupeteo *m.* 反覆吸吮

chupetón *m.* 吸, 吮

chupón, na I. *a.* 1.吮吸的 2.靠詐騙爲生的 II. *m.* 1.棒棒糖 2.(橡膠)奶嘴

chupóptero *m.* 1.寄生蟲 2.寄生者, 領乾薪的人

churdón *m.*【植】覆盆子

churrería *f.* 炸糕舖

churrero, ra *s.* 賣炸糕的人

churrete *m.* 油污, 油迹

churretoso, sa *a.* 滿是油污的

churriento, ta *a.* 有油污的

churrigueresco, ca *a.*【建】過分裝飾的

churro, rra I. *a.* 粗的(羊毛); 粗毛的(羊) II. *m.* 1.炸糕 2.粗製濫造的東西 3.僥倖

churrusco *m.* 烤焦的麵包片

churumbel *m.*【口】小孩兒

chuscada *f.* 1.俏皮話 2.滑稽舉動

chusco, ca I. *a.* 俏皮的, 滑稽的 II. *m.* 麵包塊

chusma *f.* 1.平民, 賤民 2.(苦役船上的)因犯 3.不能參加征戰的印第安人

chutar *intr.*【體】(足球)射門

chuzo *m.* 梭標, 矛 ◇ aunque caigan ～s de punta 風雨無阻; 儘管下刀子／caer (或 llover, nevar) ～s (雨, 雪, 雹等)猛降, 猛下

D

d *f.* 西班牙語字母表的第五個字母

dable *a.* 可能的, 辦得到的

daca (da acá 或 dame acá 的縮合詞) 給我, 拿來 ◇ andar al ～ y toma 討價還價; 爭論

dación *f.*【法】讓與, 轉讓

dactilar *a.* 指的, 趾的

dactilografía *f.* 打字

dactilógrafo, fa *s.* 打字員

dactiloscopia *f.* 1.指紋學 2.指紋鑑定法

dadaísmo *m.* 達達派 (現代文藝流派之一)

dádiva *f.* 1.贈與 2.贈品, 禮物

dado¹ *m.* 1.色子, 骰子 2.【機】軸襯, 軸墊 3.【建】柱基

dado, da² *a.* 1.鑑於, 由於 2.可能的, 許可的 ◇ ～ que ①既然, 鑑於②如果, 倘若

*****dador, ra** I. *a.* 給與的; 讓與的 II. *s.* 1.持信人 2.匯票簽發人

daga *f.* 匕首, 短劍

dalia *f.*【植】大麗花

daltonismo *m.*【醫】色盲

dalla *f.* 釤鎌

dallar *tr.* 用釤鎌割

dalle *m.* 釤鎌

*****dama** *f.* 1.貴婦人 2.被追求的女人 3.侍女 4.情婦 5.女主角 6.西洋跳棋子 7.西洋跳棋 ◇ ～s y galanes 結雙成對遊戲/ ～ de los pensamientos 意中人

damajuana *f.* 小口大肚瓶

damasco *m.* 花緞, 錦緞

damasquinado *m.* 金銀鑲嵌細工

damasquino, na *a.* 1.大馬士革的 2.錦緞的 3.精鋼閃亮的 (刀、劍)

damero *m.* 西洋跳棋桌

damisela *f.* 1.小姐 2.妓女

damnificar *tr.* 傷害, 損害

*****danés, esa** I. *a.-s.* 丹麥 (Dinamarca) 的; 丹麥人 II. *m.* 丹麥語

danta, te *s.*【動】駝鹿

dantesco, ca *a.* 1.但丁 (Dantes) 的 2.像但丁所描寫那樣恐怖的

danza *f.* 1.舞, 舞蹈 2.【轉】搖晃, 搖擺 3.【轉】糾葛, 糾紛 4.【轉, 口】爭吵 ◇ ～ de cintas 彩帶舞/ ～ de espadas 劍舞/ en ～ 在活動中, 在進行着; 有得可做, 有得可說/ (Que) siga la ～ 請便吧

danzador, ra *s.* 1.跳舞的人 2.喜愛跳舞的人

danzante *s.* 1.跳舞的人 2.【轉】好撥弄是非的人 3.【轉】好管閑事的人 4.【轉】空忙的人

danzar *intr.* 1.跳舞, 舞蹈 2.【轉】搖晃, 搖擺 3.【轉】不務正業, 管閑事

danzarín, ina *s.* 舞蹈演員

dañar I. *tr.* 1.損壞, 傷害 2.使腐爛 3.敗壞 (名譽等) II. *r.* 生病

dañino, na *a.* 有害的

*****daño** *m.* 1.損壞, 傷害 2.疾病, 病痛 3.傷痛 ◇ ～s y perjuicios 【法】(應予賠償的) 損壞/ hacer ～ ①損害, 傷害②消化不良

dañoso, sa *a.* 有害的

*****dar** I. *tr.* 1.給, 交給 2.提供 3.獻出 4.致以, 產生 5.引起, 創造 6.放出 7.發生 8.講授 9.上 (課) 10. 發表 11. 上演 12. 塗, 鍍 13. 打開 (開關) 14. (鐘) 打點 15. 進行 (某個動作) 16. 舉行 17. 表現出 18. 看作是 19. 託人做 II. *intr.* 1.發生 2.突然感到 3.打 4.【轉】打點 5.扳動 6.開動 7.朝向, 通向 8.遇到, 碰到 9.迷戀的 III. *r.* 1.發生 2.顯得容易 3.屈從 4.生長 5.專心於, 迷戀於 6.堅持 7.跌, 碰 8.以為 9.【狩獵】憩息 ◇ dale que dale 一再地/ ～ algo por 極

欲, 情願爲…付出代價/ ～ con ①遇到
②找到/～ consigo en ①落到(某種結
局)②到達(某地)/～ de lleno 整個地
觸到, 整個落到/～ de sí ①變長②出産
/～ en qué pensar 使人起疑, 令人深
思/～ graciosamente 賜給, 恩賜/～
igual *algo* u *otro* 無所謂, 都一樣/～
para 足夠, 足以用來/～ por 認爲/～
por ahí 着迷/～ que 引起, 讓人, 使人
/～ que decir 惹人議論/～ que ha-
cer 添麻煩/～ que pensar 讓人擔心/
～ que sentir 使傷心, 使難受/～se a
entender ①讓人明白, 讓人理解②成爲
衆矢之的/～se a ver 露面/～se por
contento 滿足, 將就/～se por enten-
dido 裝作知道/～se por enterado 以
爲瞭解/～se por sentido de (或 por)
抱怨, 表示不滿/ ir a ～le algo 要發病/
no ～ para más 已經到了極限/no ～se
por enterado 裝聾作啞/ no ～ una 總
是搞錯
dardo   *m.* 1.投槍, 標槍 2.【轉】刺耳的話
*****dársena**   *f.* 1.内港, 人工港 2.碼頭
darvinismo   *m.* 達爾文主義, 達爾文學
說
data   *f.* 1.(文件等上的) 日期 2.(賬目
的)資産欄, 存入欄
datar   I. *tr.* 註明日期 II. *intr.* (從某時
起)存在
dátil   *m.* 1.海棗, 椰棗 2.*pl.*【轉, 口】指,
趾
datilera   *f.*【植】海棗樹, 椰棗樹
*****dativo**   *m.*【語法】與格
*****dato**   *m.* 1.資料, 材料 2.論據; 數據
de¹   *f.* 字母 d 的名稱
*****de²**   *prep.* 1.(表示所屬) 的 2.從, 來自,
由 3.在…之間 4.以…方式 5.在…時候
6.擔任, 當 7.因爲 8. 被 9. 如果, 假如
◇ de … en 從…到…
deambular   *intr.* 漫步, 閑逛
deambulatorio   *m.* 週廊
deán   *m.*【宗】教長
debacle   *f.* 不幸, 災禍, 災難

*****debajo**   *ad.* 在底下, 在下面
*****debate**   *m.* 辯論, 論戰
debatir   *tr.* 爭論, 辯論
debe   *m.* (賬目的) 支出欄
debelar   *tr.* 征服, 戰勝
*****deber**   I. *tr.* 1.應當, 必須 2.欠 (債等)
II. *tr.-r.* 歸於 III. *aux.* 可能, 大概 IV.
r. 負有義務 V. *m.* 1.責任, 義務 2.債務
3. *pl.* 課外作業 ◇ cumplidor de su ～
盡職的人/ dejar (或 quedar) a ～ 缺欠
/ lo que te debes a tí mismo (或 se
debe a sí mismo) 爲維護自己尊嚴而必
須做的事
*****debido, da**   *a.* 應有的, 適當的 ◇
como es ～ 適當, 恰如其分
*****débil**   I. *a.* 1.弱的; 懦弱的 2.微弱的
II. *s.* 軟弱的人 ◇ ～ mental 白癡; 弱
智的人
*****debilidad**   *f.* 1.弱; 懦弱 2.軟弱, 薄弱
3.【轉】弱點, 不足之處 ◇ ～ mental 智
力發育不完全
debilitación   *f.* 1.衰弱, 減弱, 削弱 2.虛
弱, 軟弱
*****debilitar**   *tr.* 1.減弱, 使衰弱, 削弱 2.使
不堅固
débito   *m.* 債務, 欠款
debut   *m.* 1.首次演出 2.首次露面 3.開
端, 起始
debutar   *intr.* 1.首次演出 2.首次露面
*****década**   *f.* 1.十, 十個 2.十年
*****decadencia**   *f.* 1.没落, 衰落 2.頹廢
decadente   *a.* 1.没落的, 衰落的 2.頹廢
(派)的
decaedro   *m.*【數】十面體
decaer   *intr.* 1.減弱 2.消沉 3.没落 4.
【海】偏離航線
decagono   *m.*【數】十邊形
decagramo   *m.* 十克
decaimiento   *m.* 1.没落, 衰落 2.頹廢
3.消沉
decalcificación   *f.* 1.脱鈣 2.失鈣
decalitro   *m.* 十升
*****decálogo**   *m.*【宗】十誡

decámetro *m.* 十米

decanato *m.* 1.系主任職務 2.系主任辦公室

decano *m.* 系主任

decantar¹ *tr.* 澄，傾析

decantar² *tr.* 贊揚，頌揚

decapitar *tr.* 斬首，砍頭

decápodo, da *a.-m.pl.* 【動】十足的；十足目

decasílabo, ba *a.* 十音節的

***decena** *f.* 十；十爾

decenal *a.* 1.十年的 2.每十年的

decencia *f.* 1.整潔 2.正派，規矩 3.體面

decente *a.* 1.整潔的 2.正派的，規矩的 3.體面的

decepción *f.* 1.欺騙 2.失望

decepcionar *tr.* 使失望

deceso *m. Amér.* 死，死亡

deciárea *f.* 十分之一公畝

decibelio *m.*【電】分貝(電平單位)

***decidido, da** *a.* 1.解決了的，決定了的 2.勇敢的 3.堅決的

***decidir** I. *tr.-intr.-r.* 決定；決心 II. *tr.* 迫使，促使

decidor, ra *a.* 1.說話的 2.風趣的

decigramo *m.* 分克

decilitro *m.* 分升

décima *f.* 十分之一 ◇ tener ~s 有熱度

decimal *a.* 十進的，十進制的

decímetro *m.* 分米

***décimo, ma** I. *a.* 1.第十 2.十分之一的 II. *m.* 1.十分之一 2.一分利

***decir** I. *tr.* 1.說 2.告訴 3.【口】稱呼 4.【轉】表明 II. *intr.* 1.說話 2.談及，議論 3.【轉】相稱，合宜 4.【轉】結果是 III. *r.* 想，尋思 IV. *m.* 1.話 2.說法 ◇ al ~ de 按照…的說法，據…說/ como quien dice【口】據說，大概/ como quien no dice nada 小意思，無足輕重/ dar en ~ 嘮叨/ dar que ~ 讓人說閒話/ ~ bien con 相稱/ ~ bien de 稱讚/ ~

para sí (mismo) 思考，思量/ ~ por 影射，暗指/ ~ por ~ 說說而已/ ~ que no 否認，拒絕/ ~ que sí 同意/ ~ y hacer 說幹就幹/ ~ selo todo 自己先說出來/ dejar sin saber qué ~ a 使無言以對/ digamos 比方說，譬如/ el qué dirán 公衆輿論/ es ~ 即，就是/ estar diciendo cómeme 非常可口/ no ~ nada ①毫無用處②默不作聲③毫無表情/ no digamos que 雖說不是/ o por mejor ~ 更確切地說/ querer ~ 就是說，意思是

***decisión** *f.* 1.決定，決議 2.決心 3.堅決，果斷

***decisivo, va** *a.* 1.決定性的 2.堅決的，果斷的

declamación *f.* 1.朗誦 2.演說 3.朗誦技巧，演說技巧

declamar I. *tr.-intr.* 朗誦；背誦 II. *intr.* 1.演說 2.慷慨陳詞

declamatorio, ria *a.* 1.朗誦的，演說的 2.做作的

***declaración** *f.* 1.宣言，聲明 2.宣告 3.【法】證詞，供詞 4.(關稅的)申報，報關 ◇ prestar ~ 招供/ tomar ~ 取證，取供

declarante *a.* 1.招供的 2.作證的

***declarar** I. *tr.* 1.宣布，宣稱 2.聲明，說明 3.(向海關等)申報 4.表明；表白 5.【法】供認，證明 II. *intr.*【法】招供；作證 III. *r.* 1.宣佈，聲稱 2.發生

***declinable** *a.*【語法】詞尾可以變化的

***declinación** *f.* 1.偏斜，傾斜 2.【天】赤緯 3.【測】方位角 4.【語法】詞尾變化 ◇ ~ magnética 磁偏角

***declinar** I. *intr.* 1.偏斜，傾斜 2.【轉】衰退 3.【轉】漸趨消失 II. *tr.* 1.拒絕接受 2.【語法】使詞尾變化

declive *m.* 1.斜坡 2.斜度 ◇ en ~ 傾斜的，有坡的

decocción *f.* 1.燉，煮 2.湯汁

decolorar *tr.* 使褪色

decomisar *tr.* 没收

decomiso m. 1.沒收 2.沒收的東西

*__decoración__ f. 1.裝飾 2.裝飾品，建築裝飾 3.佈景，道具

decorado m. 舞台佈景

decorador, ra s. 1.裝飾師 2.美工師

decorar tr. 1.裝飾 2.佈置，裝修(房間)

decorativo, va a. 1.裝飾性的 2.悅目的

decoro m. 1.尊嚴，體面 2.自尊 3.莊重，正派

decoroso, sa a. 1.尊嚴的，體面的 2.自尊的，有廉恥的 3.莊重的，正派的

decrecer intr. 減退，減少

decreciente a. 減退的，減少的

decrecimiento; decremento m. 減退，減少

decrépito, ta a. 1.衰老的 2.【轉】沒落的

decrepitud f. 1.衰老 2.【轉】沒落

decretar tr. 1.發佈，頒佈 2.批示 3.【法】判決，裁決

*__decreto__ m. 1.法令，政令；規定 2.批示，批諭 3.【法】判決 4.(教皇的)詔令

decúbito m. 平臥 ◇ ~ lateral 側臥/ ~ prono 俯臥/ ~ supino 仰臥

decuplicar tr. 乘以十，使成爲原來的十倍

décuplo, pla a. 十倍的

decurso m. (時間的)過程，持續

decusata a. 叉形的，X形的(十字架)

dechado m. 1.樣子，摹本，字帖，圖樣 2.【轉】典範，榜樣 ◇ ~ de perfecciones 完美無缺

dedada f. 1.指尖(量詞) 2.指印 ◇ ~ de miel【轉，口】慰藉，安慰

*__dedal__ m. 頂針

dedalera f.【植】毛地黃

dédalo m. 1.迷宮，迷魂陣 2.錯綜複雜的事物

dedicación f. 1.奉獻，貢獻 2.致力，從事；獻身 3.【宗】獻祭儀式 4.題詞

*__dedicar__ I. tr. 1.奉獻，貢獻 2.用於，給與 II. r. 致力，從事；獻身

*__dedicatoria__ f. 題詞

dedil m. 手指套

dedillo : al ~ 詳細地；完全地

*__dedo__ m. 指，手指，脚趾 ◇ ~ anular 無名指/ ~ índice 食指/ ~ medio 指/ ~ meñique 小指/ ~ pulgar 拇指/ a dos ~s de 差一點，幾乎/ chuparse el ~ ①傻②天真/ chuparse los ~s (de gusto) 極爲高興；津津有味/ contar con los ~s 扳着手指頭數/ cuatro ~s 不太長，幾指長/ daría (或 darías ...) un ~ de la mano por 極想得到/ de chuparse los ~s 非常好吃的/ hacérsele los ~s huéspedes ①異想天開②疑神疑鬼/ meterle los ~ en la boca 套出，引出(實話、真情)/ no tener dos ~s de frente 頭腦簡單，不聰明/ poner los cinco ~s en la cara a 給…一記耳光，打…耳光/ poner el ~ en la llaga 揭短，擊中要害/ ponerse el ~ en la boca 默不作聲/ señalar con el ~ 指責，批評

*__deducción__ f. 1.推斷，推論，論斷 2.推測 3.扣除，扣除額

deducir tr. 1.推斷，推論，論斷 2.推測 3.扣除

deductivo, va a. 1.推斷性的，推論性的 2.推測性的

de facto 1.實際上 2.真實地

defecación f. 1.澄清，過濾 2.排泄，大便 3.糞便

defecar I. tr. 澄清，過濾 II. intr. 大便

defección f. 脫黨；背棄，背叛

defectivo, va a. 1.有缺欠的，有缺點的 2.【語法】缺位的(動詞)

*__defecto__ m. 1.欠缺，缺陷 2.缺點 3. pl.【印】缺頁，多頁 ◇ ~ físico 生理缺陷/ en ~ de 由於缺少/ por ~ 不足數的，有欠缺的

defectuoso, sa a. 有缺欠的，不完善的

*__defender__ I. tr. 1.保護 2.保衛 3.維護 4.辯護 II. r. 自衛

*__defensa__ f. 1.保護 2.保衛，防禦，守衛

3.防禦工事 4.辯護詞 5.【法】辯護人 6.
(足球的)防守隊員 ◇ legítima ～ 正當
防衛/ salir en ～ de 替…辯護

defensiva f. 守勢

*defensivo, va a. 防禦的,防禦性的 ◇
estar (或 ponerse) a la ～ 處於(或採
取)守勢

*defensor, ra s. 1. 保護人,保護者 2.
辯護律師

deferencia f. 1.尊重,敬敬 2.屈尊

deferente a. 1.尊從他人意見的 2.謙遜
的

deficiente a. 1.不足的,缺乏的 2.有缺
欠的

déficit (pl. déficit) m. 1.虧欠,虧損 2.
【商】赤字

*definición f. 1.下定義,確定 2.定義
3.(電視等的)清晰度

*definido, da a. 1.確定的,確切的,明
確的 2.【語法】限定性的

*definir tr. 1.下定義 2.確定

*definitivo, va a. 決定性的,最後的 ◇
en ～a ①決定性的,最終②總之,歸根
結底/ sacar en ～a 得出結論

deflación f. 通貨緊縮

deflagración f. 爆燃

deflagrar intr. 突然燃燒,爆燃

deformación f. 1.畸形 2.歪曲

deformar tr. 1.使變形 2.使畸形 3.歪
曲

deforme a. 變形的;畸形的

deformidad f. 1.變形,畸形 2.缺陷

defraudación f. 1.辜負 2.詐騙 3.偷漏
稅

defraudar tr. 1.使失望,辜負 2.詐騙 3.
偷漏(稅)

defuera ad. 在外面;從外面

defunción f. 死,逝世

degeneración f. 1.【生】退化 2.墮落;
蛻化 3.【醫】變質

degenerado, da a. 1.墮落的;蛻化的
2.【醫】變質的 3.頹廢的 4.【生】退化的

degenerar intr. 1.【生】退化 2.墮落;蛻

化 3.【醫】變質

deglución f. 吞,咽

deglutir tr. 吞,咽

degollación f. 1.斬首 2.屠宰 3.開領口
4.糟蹋作品 5.表演拙劣

degolladero m. 1.屠宰場 2.刑場 ◇ ir
al ～ 面臨危險/ llevar al ～ 使處於極
危險的境地

degolladura f. 1.頸部傷口 2.無領女服
的領口

degollar tr. 1.斬首,砍頭 2.屠宰 3.(給
無領女服)開領口 4.拙劣地扮演(某角
色) 5.糟蹋(作品)

degollina f.【口】1.屠殺 2.大殺大砍,
嚴重破壞

degradación f. 1.貶黜 2.墮落 3.【美】
遞減

degradar tr. 1.貶黜 2.貶低 3.使墮落
4.使(光線等)減弱 5.【美】使漸淡

degüello m. 大屠殺

degustar tr. 嘗,品嘗

dehesa f. 牧場 ◇ ～ boyal 公共牧場

dehiscencia f.【植】開裂

deidad f. 神,神明

deificar tr. 把…奉若神明,使神化

deifico, ca a. 神的,神明的

dejación f.【法】放棄

dejadez f. 1.馬虎,粗枝大葉 2.懶散;疲
軟

dejado, da a. 1.馬虎的,粗枝大葉的 2.
懶散的;疲軟的

*dejar I. tr. 1.放下 2.留下 3.離開 4.放
棄,捨棄 5.抛棄 6.消失 7. 委託,託付
8. 推遲 9. 等到 10. 使,使成爲,使處於
11. 停止 II. aux. 1.中斷,停止 2.沒有
III. r. 1.讓,聽任 2.自暴自棄 3.遺忘 4.
停止,不再 ～ aparte 撇開,放在一
旁/ ～ atrás 超過,勝過/ ～ (bastante)
que desear 很不理想,很不完善/～ lo
cierto por lo dudoso 捨易就難/ ～se
abatir 垂頭喪氣/ ～se caer ①掉落②
垂頭喪氣/ ～se caer con ①無意中透
露②垂頭喪氣③暴露,揭示/ ～se decir

無意中説出/ ～se llevar 順從, 聽從…
擺佈/ ～se pedir 漫天要價/ ～se
querer 不客氣地接受照顧/ ～se sentir
讓人感到/～se ver 露面/ ～ sin 剝奪/
.no ～ de no poder si/ no ～se ensillar 不
受控制, 不受擺佈

dejo m. 1.放棄 2.懶散 3.味道 4.印象
5.口音 6.降調

del 前置詞 de 與冠詞 el 的縮合詞

delación f. 告發, 揭露

***delantal** m. 圍裙

***delante** ad. 1.在前面 2.在正面 3.當
面 ◇ de ～ 前面的

***delantera** f. 1.前面, 前部 2.前襟 3.前
排座位 4.領先, 優勢 ◇ coger (或
tomar) la ～ ①【口】超過②【轉】勝過/
llevar la ～ 領先

delantero, ra I. a. 前面的 II. m. 1.稈
牲口的人 2.(足球運動等的)前鋒

delatar tr. 告發, 揭露

delator, ra s. 告發者, 檢舉人

delco m. (汽車的)點火系統

dele f.【印】刪去號

delectación f. 愉快, 樂趣

***delegación** f. 1.派遣, 委任 2.授權 3.
代表團 4.代表職等 5.代表處, 代辦處

delegado, da I. a. 被授權代理的 II. s.
1.代表團成員, 代表 2.特派員

delegar I. tr. 委派, 派遣, 委任 II. intr.
授權

deleitable a. 1.令人愉快的 2.迷人的
3.有趣的

deleitación f. 1.愉快, 高興 2.快意

deleitar tr. 1.使愉快, 使高興 2.使快意

deleite m. 愉快, 高興 2.快意

deleitoso, sa a. 1.令人愉快的 2.迷人
的

deletéreo, a 有毒的, 致命的

deletrear tr. 1.拼讀, 拼字 2.【轉】猜出,
解釋

deleznable a. 1.滑的 2.不牢靠的 3.暫
時的 4.站不住脚的(理由)

delfín m.【動】海豚

delgadez f. 1.細; 薄 2.瘦

***delgado, da** I. a. 1.細的, 薄的 2.瘦的
3.【轉】敏鋭的 II. m.pl. 腹, 脅腹

deliberación f. 1.商討 2.考慮 3.預先
決定

deliberar I. intr. 1.商討, 商議 2.仔細
考慮 II. tr. 預先決定

delicadez f. 1.見 delicadeza. 2.懦弱,
軟弱 3.敏感

delicadeza f. 1.纖弱, 嬌嫩 2.慎重 3.殷
勤 ◇ falta de ～ 粗鲁

delicado, da a. 1.易損的, 易壞的 2.纖
弱的, 嬌嫩的 3.苛求的, 愛挑剔的 4.香
甜的, 味美的 5.精美的 6.慎重的 7.殷
勤的 8. 微妙的, 棘手的

delicia f. 1.痛快, 愉快 2.樂趣, 樂事 ◇
hacer las ～s 使開心, 使高興

***delicioso, sa** a. 1.令人愉快的 2.討人
喜歡的 3.【口】有趣的

delictivo, va a. 犯罪的, 犯罪性質的

delicuescencia f.【化】潮解

delicuescente a. 易潮解的

delimitar tr. 1.限定, 劃定 2.區分 3.劃
界

***delincuencia** f. 1.犯罪 2.犯罪現象 3.
犯罪率

***delincuente** a.-s. 犯罪的; 犯人, 罪犯

delinear I. tr. 畫輪廓 II. r. 輪廓清晰
地顯現出來

delinquir intr. 犯罪

delinquio m. 1.昏迷, 昏厥 2.着迷

delirante a. 1.説胡話的 2.發狂的

***delirar** intr. 1.説胡話 2.【轉, 口】胡思
亂想 3.着迷

***delirio** m. 1.説胡話 2.神經錯亂 3.胡
話 ◇ ～ de grandezas【口】自大狂/
ser el ～【轉, 口】達到極點

delírium tremens m. (酒精中毒引起
的)震顫性譫妄

***delito** m. 1.犯法, 罪行 2.錯誤, 過失
◇ ～ consumado 已遂罪/ flagrante

當場抓獲的罪行/ ～ frustrado 未遂罪

delta f. 1.德爾塔(希臘語字母 Δ, δ 的
名稱) 2.河口三角洲

deltoides m. 【解】三角肌

demacración f. 消瘦,憔悴

demacrarse r. 消瘦,憔悴

demagogia f. 蠱惑,煽動

demagogo m. 1.民衆領袖 2.煽動者,蠱
惑者

*__demanda__ f. 1.要求,請求 2.詢問 3.尋
求 4.目的,事業 5.募化 6.【商】需求 7.
【法】訴狀 ◇ contestar la ～【法】答辯/
en ～ de 要求;尋求

demandador, ra s. 1.募捐人, 募化人
2.【法】原告

*__demandar__ tr. 1. 要求, 請求 2.【法】起
訴 3.詢問 4.希望

demarcación f. 1.定界線 2.區域 3.權
限

demarcar tr. 1.定界線 2.【海】定方位

*__demás__ I. a. 其餘的, 其它的 II. pron.
其餘的人, 其它人 III. ad. 此外, 又, 並
且 ◇ los ～ 其餘的人/ por ～ ①無用
的②過分的/ por lo ～ 除此之外/ y ～
【口】等等

demasía f. 1.過分 2.違犯 3.放肆

*__demasiado__[1] ad. 1.過分, 太 2.很

*__demasiado, da__[2] a. 過分的

demediar tr. 1.分爲兩半 2.進行到…的
一半 3.消耗一半

demencia f. 【醫】癡獃; 瘋癲

demente a. 癡獃的, 瘋癲的

demérito m. 缺陷, 短處

*__democracia__ f. 1.民主, 民主政治 2.民
主國家

*__demócrata__ I. a. 民主的; 民主主義的
II. s. 1.民主主義者 2.(美國)民主黨黨
員

*__democrático, ca__ a. 民主的; 民主主義
的

demodé a. 過時的, 已不時髦的

demografía f. 人口統計, 人口統計學

demoler tr. 1.破壞, 毀壞 2.【轉】摧毀

demolición f. 1.破壞, 毀壞 2.【轉】摧
毀

demoniaco, ca a. 1.魔鬼的 2.鬼迷心
竅的

*__demonio__ m. 1.惡魔; 鬼怪 2.神靈 3.
【轉】惡習 4.【轉】醜陋的人 ◇ darse a
(todos) los ～s 大動肝火/ ser el (mis-
mo) ～ ①壞蛋②調皮鬼③機靈鬼/
tener el ～ en el cuerpo 頑皮透頂

demontre interj.【口】(表示不悅等)見
鬼

demora f. 1.耽擱 2.【海】方位 3.延誤

demorar I. tr. 推遲 II. intr.-r. 耽擱
III. intr. 【海】定方位

demostrable a. 可證明的, 可說明的

*__demostración__ f. 1.證明 2.說明; 表明
3.展覽, 表演

*__demostrar__ tr. 1.證明 2.說明; 表明 3.
驗證 4.展示, 表演

demostrativo, va a. 證明性的, 說明性
的

demudar tr.-r. 改變, 更換

denario, ria a. 1.十的 2.十進位的

denegación f. 拒絕 ◇ ～ de una de-
manda 駁回訴訟

denegar tr. 拒絕

dengoso, sa a. 1.嬌態, 撒嬌的

dengue m. 1.嬌態, 撒嬌 2.【醫】登革熱

denguear intr. 撒嬌

denigrante a. 誹謗的, 詆毀的

denigrar tr. 誹謗, 詆毀

denigrativo, va a. 誹謗性的, 詆毀性的

denodado, da a. 驍勇的

*__denominación__ f. 1.命名 2.名稱

denominador m.【數】分母

*__denominar__ tr. 命名, 稱爲

denotar tr. 辱罵, 侮辱

denotar tr. 1.說明 2.意味, 表示

*__densidad__ f. 1.濃, 密 2.濃度 3.密度 4.
比重

densímetro m. 密度計

*__denso, sa__ a. 1.濃的 2.密的 3.【轉】內
容豐富的 4.【轉】模糊的

dentado, da *a.* 有齒的；鋸齒形的

*****dentadura** *f.*【集】牙齒

dental *a.* 牙的，牙齒的

dentar *intr.* (小孩)長牙

dentario, ria *a.* 牙的，牙齒的

dentellada *f.* 1.咬 2.咬痕，牙齒印

dentera *f.* 1.牙齒酸麻感 2.【轉，口】羨慕，妒忌

dentición *f.* 1.長牙 2.長牙期 3.齒系

dentículo *m.* 1.小齒 2.齒狀物

dentífrico *m.* 牙膏，牙粉

dentista *s.* 牙科醫生

dentón, ona *a.* 牙齒大的

*****dentro** *ad.* 在裏面，在內 ◇ ～ de 在…之內，在…裏面/ ～ de poco 很快，不久/ ～ o fuera 快下決心吧! 你到底怎麼着？/ estar ～ de lo posible 可以辦到/ por ～ 從內部，從裏邊

denudación *f.*【質】剝蝕作用

denudar *tr.*【質】剝蝕

denuedo *m.* 驍勇

denuesto *m.* 辱罵，侮辱

*****denuncia** *f.* 告發；揭露 ◇ ～ falsa 誣告

*****denunciar** *tr.* 1.揭發，揭露；告發 2.報告(礦藏) 3.表明

deontología *f.* 義務論，道義學

deparar *tr.* 1.提供，給與 2.擺到面前，送到面前

*****departamento** *m.* (分隔開來的)部分 2.部門 3.部，局，廳，司，處 4.(成套的)房間 ◇ ～ ministerial (政府的)部

departir *intr.* 1.談話，交談 2.吵架 3.思考

depauperar *tr.* 1.使貧困 2.【醫】使虛弱

*****dependencia** *f.* 1.依附，依靠；依賴性 2.下屬機構，附屬部門 3.派出機構，分支機構 4.房間

*****depender** *intr.* 1.取決於 2.從屬於，依附於 3.源自 ◇ hacer ～ 使依附；使從屬/ en lo que de mí (或 nosotros ...) depende 從我(或我們…)這方面來說

*****dependiente** I. *a.* 從屬的；依附的 II.

m. 售貨員，店員

depilar *tr.* 拔毛，使脫毛

depilatorio *m.* 脫毛劑

deplorable *a.* 1.令人遺憾的 2.可悲的 3.效果不好的

deplorar *tr.* 遺憾，惋惜

deponente I. *a.* 供述的 II. *m.*【法】證人

deponer I. *tr.* 1.革除 2.放棄 3.【法】供述，證明 4.宣佈 5.放安 II. *intr.* 大便

deportación *f.* 流放；放逐

deportar *tr.* 流放

*****deporte** *m.* 體育運動

*****deportista** *s.* 體育運動員

deportividad *f.* 1.真誠 2.體育道德

*****deportivo, va** *a.* 體育運動的

deposición *f.* 1.安放，放置 2.【法】供詞，證詞 3.大便 4.糞便

depositar *tr.* 1.安放，放置 2.存放，寄存 3.存儲 4.施行法律保護 5.使沉澱

depositaría *f.* 1.金庫 2.出納處

depositario, ria *s.* 1.保管人 2.出納員 3.司庫 4.受託人 ◇ ～ de la fé pública 公證人/ hacer ～ 託付

*****depósito** *m.* 1.儲存 2.存款 3.倉庫 4.堆積 5.液體貯存器；小便池；自來水箱的墨水箱

depravación *f.* 1.腐化，墮落 2.惡化

depravado, da *a.* 1.腐化的，墮落的 2.邪惡的

depravar *tr.* 1.使腐化，使墮落 2.使惡化

deprecación *f.* 1.央求，懇求 2.祈求

deprecar *tr.* 1.央求，懇求 2.祈求

deprecatorio, ria *a.* 央求的，懇求的

depreciación *f.* 跌價，貶值

depreciar *tr.* 使跌價，使貶值

depredación *f.* 1.掠奪，劫掠 2.勒索

depredar *tr.* 掠奪，劫掠

depresión *f.* 1.凹陷 2.沮喪 3.【轉】經濟蕭條

depresivo, va *a.* 1.壓抑的 2.侮辱性的

deprimente *a.* 1.壓抑的 2.令人沮喪的

deprimir *tr.* 1.使凹陷 2.使沮喪 3.使感到壓抑

deprisa *ad.* 趕緊, 趕快

depuración *f.* 1.淨化 2.(政治上的)純潔, 清洗

depurar *tr.* 1.淨化, 使純淨 2.(政治上)使純潔, 清洗 3.【轉】甄別, 使恢復職務 4.使完美

depurativo, va I. *a.* 使淨化的 II. *m.* 【醫】淨血劑, 淨化劑

*****derecha** 1.右手 2.右翼, 右派 ◇ a la ～ 向右/ a mano ～ 向右, 在右面

derechista I. *a.* 右翼的, 右派的 II. *s.* 右翼分子, 右派分子

*****derecho**[1] *m.* 1.法, 法律 2.權利, 特權 3.(布, 紙等的)正面 4. *pl.* 稅 ◇ ～ administrativo 行政法/ ～ civil 民法/ ～ criminal 刑法/ ～ de acrecer 附加繼承權/ ～ de asilo 庇護權, 避難權/ ～ de regalía (西班牙的)烟草進口稅/ ～ internacional 國際法/ ～ marítimo 海事法/ ～ mercantil 商法/ ～ penal 刑法/ ～ político 政治學/ ～ procesal 訴訟程序法/ ～s de autor 著作權/ 版權/ ～s pasivos 撫恤金/ ～s reales 資産轉讓稅/ conforme a ～ 依據法律/ dar ～ 使有權, 授予權利/ de ～ 依法, 按理/ del ～ (布等)正面朝外/ estar en su ～ 有權/ perder de su ～ 忍讓/ ser de ～ 合法

*****derecho**[2], **cha** I. *a.* 1.直的 2.直立的 3.右邊的, 右面的 4.正面的 5.合理的, 正當的 II. *ad.* 直接 ◇ a las ～as 正直的/ al ～ 在(布等的)正面/ todo ～ 照直, 直接

derechura *f.* 直, 筆直 ◇ en ～ 直接地

deriva *f.*【海】偏航 ◇ a la ～ ①【海】漂流②【轉】漂泊, 流浪

derivación *f.* 1.引出, 導出 2.由來, 起源 3.分支, 支流, 支線 4.【語法】派生 5.【醫】誘導 6.漏電 ◇ en ～【電】串聯, 串連

derivar I. *tr.* 1.改變方向 2.從…引出

3.使派生出 4.求導數, 求微商 II. *intr.* 1.轉向 2.源自 3.偏航 III. *r.* 1.改變, 改換 2.出來, 伸出, 長出 3.產生

dermatitis (*pl.* dermatitis) *f.* 皮炎

dermatología *f.* 皮膚病學

dermatólogo, ga *s.* 皮膚病科醫生

dérmico, ca *a.* 皮膚的

dermis *f.*【解】真皮

dermorreacción *f.*【醫】皮試, 皮膚試驗

derogación *f.* 1.廢除, 取消 2.毀損

derogar *tr.* 1.廢除, 取消 2.毀損

derrama *f.* 1.分攤 2.特別稅

derramamiento *m.* 1.流出, 溢出 2.分攤 3.【轉】傳播 4.散開, 分散

*****derramar** I. *tr.* 1.使流出 2.分攤 3.【轉】傳播 II. *r.* 1.流出, 溢出 2.散開, 四散

derrame *m.* 1.流出, 溢出 2.【醫】滲出, 體液滲出 3.【建】斜面, 切角面 4.(門、窗牆洞的)斜面 5.流出的東西, 溢出的東西

derrapar *intr.* 滑, 打滑

derredor *m.* 周圍 ◇ en ～ 在周圍, 在附近/ en ～ de 在…的周圍

derrengar *tr.* 1.打傷腰脊部 2.使累得直不起腰來 3.使傾斜

derretimiento *m.* 1.熔化 2.熱戀

derretir I. *tr.* 1.熔化, 熔化 2.熱戀上 3.使失去耐心 II. *r.* 1.熔化 2.熱戀 3.焦躁

*****derribar** *tr.* 1.推倒, 弄倒 2.打倒, 推翻 3.拆毀, 使倒塌

derribo *m.* 1.推倒, 推翻 2.拆毀的建築, 廢墟

derrocar *tr.* 1.打倒, 推翻 2.拆毀, 拆除 3.(從高處)拋下來

derrochador, ra *a.* 揮霍無度的人

derrochar *tr.* 1.揮霍 2.富有

derroche *m.* 1.揮霍, 浪費 2.大量, 豐富

*****derrota** *f.* 1.(船舶的)航向, 航線 2.道路 3.【軍】戰敗

derrotado, da *a.* 1.被打敗的 2.破舊的

（衣服）**3.** 衣服破舊的

*derrotar *tr.* **1.** 打敗, 戰勝 **2.** 損壞 (衣服)

derrotero *m.* **1.** 道路 **2.** 途徑

derrumbadero *m.* 懸崖, 峭壁

derrumbamiento *m.* **1.** 拋下 **2.** 拆毀 **3.** 倒塌; 前潰 **4.** 破滅

*derrumbar **I.** *tr.* **1.** (從高處) 拋下 **2.** 拆毀 **3.** 弄倒 **II.** *r.* 破滅

desabastecer *tr.* 停止供應

desabollar *tr.* 把…的凹凸處弄平

desabor *m.* 無味

desaborido, da *a.* **1.** 沒有味道的 **2.** 沒有營養的 **3.**【轉, 口】枯燥無味的

desabotonar **I.** *tr.* 解開, 解開紐扣 **II.** *intr.* (花苞) 綻開

desabrido, da *a.* **1.** 味道不好的, 沒有味道的 **2.** 變化無常的 (天氣) **3.** 生硬的

desabrigado, da *a.* **1.** 脫去衣服的 **2.** 不擋風的 (地方)

desabrigar *tr.* 脫去衣服

desabrigo *m.* **1.** 脫去衣服 **2.** 無遮擋 **3.** 無依無靠

desabrimiento *m.* **1.** 無味 **2.** 生硬

*desabrochar *tr.* 解開, 打開

desacalorarse *r.* 乘涼

desacatar *tr.* 冒犯, 不尊重, 不恭敬

desacato *m.* 冒犯, 輕慢, 不敬 ◇ ～ a la autoridad 冒犯上司

desacertado, da *a.* **1.** 錯誤的, 不正確的 **2.** 不適宜的 **3.** 挑選得不恰當的

desacertar *intr.* 弄錯, 失誤

desacierto *m.* 錯誤, 失誤

desacomodado, da *a.* **1.** 失業的 **2.** 拮据的 **3.** 使感到不舒適的

desacomodar **I.** *tr.* **1.** 使感到不舒適 **2.** 使失業, 解雇 **II.** *r.* 失業

desacomodo *m.* **1.** 不舒適 **2.** 失業

desaconsejado, da *a.* 冒失的, 魯莽的

desaconsejar *tr.* 勸阻

desacoplar *tr.* 分開

desacorde *a.* 不一致的, 不和諧的

desacostumbrado, da *a.* 不尋常的, 奇特的

desacostumbrar **I.** *tr.* 使改變習慣 **II.** *r.* **1.** 改變習慣 **2.** 不習慣

desacotar *tr.* 拆除 (界標等)

desacreditar *tr.* 使名譽掃地

*desacuerdo *m.* **1.** 不一致 **2.** 不同意

desafección *f.* **1.** 厭惡, 反感 **2.** 敵意

desafecto, ta **I.** *a.* **1.** 對…厭惡的, 對…反感的 **2.** 對…有敵意的, 反對…的 **II.** *m.* 反感, 冷淡

desaferrar *tr.* **1.** 鬆開, 解開 **2.** 規勸; 使改變意見

desafiar *tr.* **1.** 挑戰 **2.** 對抗 **3.** 迎着, 冒着 (困難、危險等)

desafinación *f.*【樂】**1.** 走調, 跑調 **2.** 言語不當

desafinar *intr.* **1.**【樂】走調 **2.** 言語不當

desafío *m.* **1.** 挑戰 **2.** 決鬥

desaforado, da *a.* **1.** 放肆的, 無法無天的 **2.** 過分的

desafortunado, da *a.* **1.** 倒霉的, 不走運的 **2.** 不恰當的

desafuero *m.* **1.** 不法行爲 **2.** 胡作非爲

desagraciado, da *a.* 不優美的, 不美觀的

*desagradable *a.* **1.** 令人不愉快的 **2.** 難看的

dasagradar *intr.* 令人不愉快

desagradecer *tr.* 忘恩負義, 不感激

desagradecido, da *a.* 忘恩負義的

*desagradecimiento *m.* 忘恩負義

desagrado *m.* 不愉快, 不高興

desagraviar *tr.* **1.** 道歉 **2.** 賠償

desagravio *m.* 道歉

desagregar *tr.-r.* 分開, 分離

desaguadero *m.* 排水管

desaguar **I.** *tr.* 排水 **II.** *intr.* **1.** 流出, 排出 **2.** (河流) 流入, 匯入 **III.** *r.* **1.** 排乾 **2.** 吐, 瀉

desagüe *m.* 排水管

desaguisado, da **I.** *a.* 不法的 **II.** *m.* **1.** 不法行爲 **2.** 故障, 損壞

desahogado, da *a.* **1.** 寬敞的 **2.** 寬大

的, 肥大的 **3.**寬裕的 **4.**【轉】厚臉皮的, 厚顏無恥的

desahogar I. tr. **1.**寬慰 **2.**發洩 (感情等) II. r. **1.**(講出某些心事後) 感到舒暢, 感到輕鬆 **2.**消除疲勞

desahogo m. **1.**心情舒暢, 寬慰 **2.**寬敞 **3.**發洩 **4.**寬裕 ◇ ~ económico 寬裕

desahuciar tr. **1.**使絕望 **2.**宣告無法醫治 **3.**辭退 (房客等)

desahucio m. 辭退 (房客等)

desairado, da a. **1.**沒有風度的 **2.**受冷落的; 不得意的

desairar tr. 怠慢, 冷落

desaire m. 怠慢, 冷落

desalabar tr. 指責

desalar tr. 去掉鹽分

desalentar tr. **1.**使透不過氣來 **2.**【轉】使氣餒, 使沮喪

desalfombrar tr. 撤掉地毯

desaliento m. 氣餒, 沮喪

desaliñar tr. 使衣冠不整, 使邋遢

desaliño m. **1.**邋遢 **2.**【轉】疏忽

desalmado, da a. 殘忍的; 存心不良的

desalojamiento m. **1.**趕走 **2.**撤離

*desalojar I. tr. **1.**趕走, 攆走 **2.**排出 **3.**撤離

desalquilar tr. 退租

desamarrar tr. 解開 (船舶)

desambientado, da a. **1.**不適應環境的 **2.**缺乏氣氛的

desamor m. **1.**冷漠 **2.**反感

desamortizar tr. 【法】徵用, 出售 (永久產業)

*desamparado, da a. **1.**無人關心的 **2.**沒有遮掩的 **3.**偏僻的, 人烟稀少的

desamparar tr. **1.**不關心 **2.**離開; 放棄

desamparo m. 無依無靠

desamueblar tr. 撤掉傢具

desandar tr. (從原路) 退回

desangrar tr. **1.**使大量出血 **2.**使逐漸變窮

*desanimar tr. 使泄氣, 使沮喪

desánimo m. 泄氣, 沮喪

desanublarse r. 放晴

desanudar tr. **1.**解開 (結或繫着的東西) **2.**【轉】解決

desapacible a. **1.**令人不快的 **2.**粗魯的 **3.**刺耳的

*desaparecer intr. 消失, 不見

desaparejar tr. **1.**卸下馬具 **2.**拆除 (船上的) 索具

*desaparición f. 消失, 不見

desapasionado, da a. 理智的

desapegarse r. 不喜愛, 厭惡

desapego m. 不喜愛, 厭惡

desapercibido, da a. **1.**沒有做準備的 **2.**沒有覺察到的 **3.**突如其來的

desaplacible a. igual desagradable

desaplicación f. **1.**懶惰 **2.**不用功

desaplicado, da a. **1.**懶惰的 **2.**不用功的

desapoderar tr. **1.**撤銷⋯的代表權 **2.**剝奪

desapolillarse r. 外出散心

desaprensión f. 放心大膽

desaprensivo, va a. 放心大膽的

desaprobación f. **1.**不贊成 **2.**不贊成的話

desaprobar tr. 不贊成

desapropiar I. tr. 沒收 II. r. 放棄

desaprovechado, da a. **1.**不勤奮的, 沒長進的 **2.**未利用⋯的

desaprovechar I. tr. **1.**不利用 **2.**浪費 II. intr. 退步

desarbolar tr. 【海】拆掉桅杆

*desarmar tr. **1.**繳械 **2.**裁軍 **3.**拆開, 拆卸 **4.**平息 (怒氣) **5.**使無言以對

*desarme m. 裁軍

desarraigar I. tr. **1.**連根拔除 **2.**【轉】使離開 (故鄉、親人) **3.**【轉】鏟除 II. r. 背井離鄉

desarraigo m. **1.**連根拔起 **2.**鏟除, 根除 **3.**逐出, 趕出 **4.**背井離鄉

*desarreglado, da a. **1.**邋遢的 **2.**不修邊幅的 **3.**無節制的

desarreglar tr. 弄亂, 攪亂

desarreglo *m.* 凌亂, 混亂

*desarrollar I. *tr.* 1.展開 2.使發育 3.【轉】發展, 使發達 4.【轉】發揮 5.【轉】闡明, 闡述 II. *r.* 1.發展; 發育, 成長 2.展現, 發生

*desarrollo *m.* 1.展開 2.發育 3.發展 4.發生 5.發揮 6.闡明, 闡述

desarropar *tr.-r.* 脱去衣服

desarrugar *tr.-r.* 展平, 舒展

desarticular *tr.* 1.使脱臼 2.拆開(機器) 3.【轉】打亂, 破壞(計劃、組織等)

desartillar *tr.* 拆除大炮

desaseado, da *a.* 不清潔的, 不乾淨的

desaseo *m.* 不清潔, 不乾淨

desasimilación *f.*【生】分解代謝, 異化作用

desasir I. *tr.* 鬆開 II. *r.* 1.挣脱, 擺脱 2.放棄, 去掉

desasnar *tr.* 使有教養

desasosegar *tr.* 使不安

desasosiego *m.* 不安

desastrado, da *a.* 1.不整潔的, 邋遢的 2.不幸的, 悲惨的

*desastre *m.* 1.災難 2.慘敗 3.失敗

desastroso, sa *a.* 1.災難性的 2.不幸的

*desatar I. *tr.* 1.鬆開 2.【轉】使不受約束 3.【轉】發動 4.【轉】激起, 激發 II. *r.* 放任, 放縱

desatascar *tr.* 1.拉出泥潭 2.疏浚 3.【轉】使擺脱困境

desatención *f.* 怠慢

desatender *tr.* 1.忽視, 疏忽 2.不聽從, 無視 3.不理會, 怠慢

desatentado, da *a.* 胡亂的; 過分的

desatento, ta *a.* 1.漫不經心的 2.怠慢的

desatinado, da *a.* 没有分寸的, 胡亂的

desatinar I. *tr.* 使不耐心, 使不謹慎 II. *intr.* 1.未擊中, 未打中 2.説蠢話, 做蠢事

desatino *m.* 1.愚蠢 2.蠢事, 蠢話

desatornillador *m.* 螺絲刀, 改錐

desatornillar *tr.* 擰鬆, 擰下(螺絲)

desatracar I. *intr.* (船) 駛離 II. *tr.* 使(船) 起航

desatrancar *tr.* 1.(給門、窗) 拔掉閂 2.疏通, 疏浚

desautorización *f.* 1.宣佈無權 2.否認 3.不贊同, 不批准

desautorizar *tr.* 1.宣佈無權; 使失去權威 2.否認, 闢謠 3.不贊同, 不批准

desavenencia *f.* 不和, 不一致

desavenir *tr.* 使不和, 使不一致

*desayunar I. *tr.* 早餐吃 II. *r.* 1.吃早餐 2.【轉, 口】獲悉

*desayuno *m.* 早餐

desazón *f.* 1.無味 2.缺墒 3.不安 4.【轉】不適

desazonar *tr.* 1.使没有味道 2.【轉】使不適

desbancar *tr.* 1.贏得(莊家的) 全部賭注 2.【轉】取代, 排擠

desbandada *f.* 逃散, 潰逃, 四散 ◇ a la ～ 倉惶, 狼狽

desbandarse *r.* 潰散, 四散

desbarajustar *tr.* 使混亂

desbarajuste *m.* 混亂

desbaratar I. *tr.* 1.弄亂 2.毁壞 3.使破產 4.揮霍 II. *r.* 講蠢話, 胡説

desbarrar *intr.* 1.滑 2.【轉】胡説, 胡來

desbastar *tr.* 1.作初步加工 2.刨光, 磨光 3.【轉】使有教養

desbaste *m.* 1.初步加工 2.刨光, 磨光 3.【轉】教化 ◇ en ～ 開始加工的

desbocar I. *tr.* 1.打破…的口兒 2.使口兒過大 II. *r.* 1.(馬) 脱繮 2.破口大駡 3.【轉】越軌, 言行過分

desbordamiento *m.* 1.溢出 2.奔放

*desbordar I. *tr.* 1.越過, 超過 2.溢出, 漫出 3. 衝破, 打破 II. *intr.-r.* 溢出, 漫出

desbravar *tr.* 馴, 使馴服

desbriznar *tr.* 1.弄碎 2.摘除花蕊

desbrozar *tr.* 1.清除, 清理(垃圾等) 2.掃除障礙, 掃清道路

desbrozo *m.* 1.清理 2.污穢 3.枯枝敗葉

descabalar *tr.* 使不完備, 使殘缺

descabalgar *intr.* 下馬

descabellado, da *a.*【轉】不合情理的, 不理智的

descabellar *tr.* 1.弄亂頭髮 2.刺中(鬥牛的)後頸, 刺中後頸殺死(鬥牛)

descabezar I. *tr.* 1.砍頭 2.去掉頭部, 去掉頂端 II. *r.*【轉, 口】苦思冥想

descaecimiento *m.* 衰減

descalabradura *f.* 1.頭部受的傷 2.頭部的傷痕

descalabrar *tr.* 1.使頭部受傷 2.【轉】使蒙受重大損失

descalabro *m.* 不幸, 損失, 慘敗

descalcificación *f.*【醫】脫鈣

descalificar *tr.* 1.使失去信譽 2.取消資格

descalzar *tr.* 1.脫鞋 2.掏, 挖空 3.撤掉墊墊, 撤掉墊木

*****descalzo, za** *a.* 1.赤腳的 2.赤貧的, 一貧如洗的

descaminar *tr.* 使走錯路; 把…引入歧途

descamisado, da *a.* 1.【口】沒穿襯衣的 2.【轉】貧窮的

descampado, da I. *a.* 空曠的(田野) II. *m.* 曠野 ◇ en ~ 在野外, 在曠野

*****descansar** I. *intr.* 1.休息 2.平靜下來 3.閑着 4.睡覺 5.休耕, 休閑 6.依靠 7.長眠, 安息 8.安葬 II. *tr.* 1.委託, 託付 2.使得到休息 3.靠, 放, 置 4.幫助 III. *r.* 依靠, 信賴

descansillo *m.* 樓梯平台

*****descanso** *m.* 1.休息 2.寬慰, 平靜 3.樓梯平台

descantillar *tr.* 1.弄壞邊沿 2.削減

descañonar *tr.* 1.煺毛 2.刮鬍鬚 3.【轉, 口】詐光錢財

descapotable *a.* 車篷可摺疊的

descarado, da *a.* 厚顏無恥的

descararse *r.* 1.厚顏無恥 2.觍着臉

*****descarga** *f.* 1.卸貨 2.剔(骨頭) 3.發射, 齊射 4.打, 揍 5.放電 6.(江河)流入 7.減輕重量 8.發泄 9.解脫, 免除 10.退出(子彈等) ◇ ~ cerrada 齊射, 排炮/ ~ eléctrica 放電

descargadero *m.* 卸貨場

*****descargar** I. *tr.* 1.卸(貨物) 2.使擺脫, 解脫 3.開脫, 開釋 4.發射, 射擊 5.退出, 取出(子彈等) 6.放電 7.降, 落, 下(雨, 雹等) 8.剔(骨頭) 9.擊, 打, 給 10.發泄 II. *intr.* 1.(江河)流入, 匯入 2.(雲)變成(雨) 3.卸下 III. *r.* 1.推卸(責任等) 2.【法】進行反駁, 抗辯

descargo *m.* 1.減輕 2.【法】反駁, 抗辯 3.貸方

descarnar *tr.* 1.剔(骨頭) 2.【轉】剝, 剝蝕

descaro *m.* 厚顏無恥

descarriar *tr.* 1.使離開正道, 引入歧途 2.使(牲口)離羣

*****descarrilamiento** *m.* 出軌

*****descarrilar** *intr.* 出軌

descarrío *m.* 1.離開正道, 走上歧途 2.(牲口)離羣

descartar I. *tr.* 1.捨棄 2.排除 II. *r.* 換牌

descasar *tr.* 1.使不能吻合 2.使離婚 3.調整(版序)

descascarar *tr.* 剝皮, 去殼

descascarillar *tr.* 使剝落, 使脫皮

descaspar *tr.* 去掉頭皮屑

descastado, da *a.* 感情淡薄的, 冷漠無情的

descendencia *f.* 1.出身, 血統 2.後裔

descendente *a.* 1.下降的 2.減少的

*****descender** I. *intr.* 1.下來 2.下降, 降落 3.出身於 4.來自, 自…而來 5.轉向, 轉到 6.懸掛 II. *tr.* 拿下, 落下, 降下

*****descendiente** *s.* 子孫, 後裔

*****descenso** *m.* 1.下來 2.下降, 降落 3.(價格)下跌 4.【醫】脫垂

descentralizar *tr.* 分散, 下放(權力等)

descentrar *tr.* 使離開中心

desceñir *tr.* 解開, 鬆開

descepar *tr.* 1.連根拔除 2.從…拔除葡萄藤 3.拔掉錨杆

descercar *tr.* 1.拆除城牆, 拆除圍牆, 拆除籬笆 2.解圍

descerrajar *tr.* 1.撬(鎖), 撬開 2.【轉, 口】射擊

descifrar *tr.* 1.破譯 2.辨認; 釋明

desclavar *tr.* 拔出(釘子); 取出(鑲嵌的寶石)

descoagular *tr.* 溶解

descocado, da *a.* 1.厚顏無恥的 2.輕佻的

descocarse *r.* 1.厚顏無恥 2.輕佻

descoco *m.* 1.厚顏無恥 2.輕佻

descoger *tr.* 展開

*__descolgar__ I. *tr.* 1.摘下, 取下 2.把…往下甩 II. *r.* 1.垂下來, 落下, 滑下 2.【轉】突然冒出 3.【轉, 口】説出不合宜的話; 做不合宜的事

descolonización *f.* 非殖民化

descolorar *tr.* 使退色

*__descolorido, da__ *a.* 1.暗淡的, 退了色的 2.蒼白的

descollar *intr.* 1.聳立 2.【轉】突出, 出眾

descombrar *tr.* 清除瓦礫

descomedido, da *a.* 1.不禮貌的 2.不勻稱的

descomedimiento *m.* 傲慢無禮

descomedirse *r.* 不恭, 傲慢

*__descomponer__ I. *tr.* 1.【化】分解 2.拆散 3.弄亂, 弄糟 4.打亂, 使不能實現 5.使(肚子)不適 6.使茫然 II. *r.* 1.【化】分解 2.腐爛, 變質 3.身體垮下來 4.激動, 發怒

descomposición *f.* 1.【化】分解 2.腐爛

descompostura *f.* 1.弄壞, 弄亂 2.不整潔 3.放肆, 放蕩 4.傲慢貌

descompresión *f.* 減壓

descompuesto, ta *a.* 1.分解的 2.腐爛的, 變質的 3.毀壞的, 損壞的 4.腹瀉的, 腹痛的 5.茫然的 6.傲慢無禮的 7.發怒

的, 生氣的 ◇ poner(se) ～ 發怒, 發火

descomulgado, da *a.* 1.被逐出天主教會的 2.非常淘氣的(孩子)

descomunal *a.* 巨大的

desconceptuar *tr.* 使名譽掃地

desconcertadamente *ad.* 混亂地, 不正常地

desconcertar I. *tr.* 1.弄亂 2.使脱臼 3.使茫然 II. *r.* 1.紊亂 2.脱臼 3.茫然

desconcierto *m.* 1.雜亂; 失調 2.不和

desconchado *m.* 1.(灰泥, 漆等)剝落 2.剝落物

desconchar *tr.* 使(灰泥, 漆等)剝落, 使掉皮

desconectar *tr.* 切斷, 隔絕

*__desconfiado, da__ *a.* 1.不信任的 2.多疑的

*__desconfianza__ *f.* 1.不信任 2.多疑

*__desconfiar__ *intr.* 1.不信任 2.不相信, 懷疑

descongestión *f.* 1.消除充血 2.疏散, 暢通

descongestionar *tr.* 1.消除充血 2.疏散, 使暢通

*__desconocer__ *tr.* 1.不認識 2.不知道 3.否認 4.不會

*__desconocido, da__ *a.* 1.不認識的, 陌生的 2.不著名的 3.變了樣的

desconocimiento *m.* 不知道; 不瞭解

desconsideración *f.* 不尊重

desconsiderado, da *a.* 不尊重他人的

desconsiderar *tr.* 不尊重

desconsolar *tr.* 使難過, 使傷心

desconsuelo *m.* 難過, 傷心

descontaminar *tr.* 清除污染

descontado, da: dar por ～ 權當是真的/ por ～ 當然, 不用説(表示肯定、贊同時用)

descontar *tr.* 1.扣除 2.【轉】不完全相信, 打折扣 3.【商】提前貼現 4.【轉】權當是真的

descontentadizo, za *a.* 1.難於滿意的 2.容易不高興的

descontentar *tr.* 使不高興, 使不滿意

***descontento, ta** I. *a.* 不高興的, 不滿意的 II. *m.* 不高興, 不滿

descorazonar *tr.* 1.摘除心臟 2.【轉】使氣餒, 使灰心

descorchar *tr.* 1.剝軟木 2.拔掉軟木塞

descorche *m.* 剝軟木

descornar I. *tr.* 去掉(動物的)角 II. *r.* 【轉, 口】絞盡腦汁

descorrer I. *tr.* 1.拉開(窗簾, 罩子等); 拔掉(門, 銷等) 2.跑回 II. *intr.* 流, 淌

***descortés** *a.* 没有禮貌的

descortesía *f.* 没有禮貌

descortezar *tr.* 1.剝去皮 2.【轉, 口】使有教養

descoser I. *tr.* 拆開(縫線) II. *r.* 1.開線 2.【轉, 口】失言, 走嘴

descosido, da I. *a.* 1.開了線的 2.嘴不嚴的 II. *m.* 開線部位 ◇ como un ~ ①(講話)過多②積極努力

descoyuntar I. *tr.* 1.使脱臼 2.使勞累 3.使脱節 4.煩擾 II. *r.* 1.脱臼 2.猛烈活動

descrédito *m.* 聲譽下降

descreído, da *a.* 不信教的

descreimiento *m.* 放棄信仰

descremar *tr.* (給奶)脱脂

***describir** *tr.* 描述

***descripción** *f.* 1. 描述 2. 資產清單

descriptible *a.* 可以描述的

descriptivo, va *a.* 描述性的

descristianizar *tr.* 使非基督教化

descuadernado, da *a.*【轉】不連貫的, 缺乏邏輯聯繫的

descuadernar I. *tr.* 1.使散頁 2.使脱節 3.【轉】擾亂

descuajar *tr.* 1.連根拔掉 2.【轉】根除(惡習等)

descuajaringarse *r.* 1.【口】全身疼痛 2.【轉】捧腹大笑

descuaje; descuajo *m.* 連根拔掉

descuartizamiento *m.* 1.肢解 2.【轉】弄碎

descuartizar *tr.* 1.肢解 2.【轉】弄碎

descubierta *f.*【軍】巡邏, 巡查

***descubierto, ta** I. *a.* 1.暴露在外的 2.易受攻擊的, 易受指責的 3.没戴帽子的 II. *m.* 赤字, 透支 ◇ en ~ ①有赤字, 虧空的②易受指責的/ poner al ~ 揭露, 使暴露無遺

descubridor, ra *s.* 發現者; 發明家

***descubrimiento** *m.* 1.發現 2.發明

***descubrir** I. *tr.* 1.掀開, 使露出 2.揭露 3.吐露, 披露 4.揭示 5.揭發, 告發 6.發現; 發明 7. 誠破, 揭穿 8. 瞭解, 領悟 9. 發覺, 察覺 10. 望見, 望到 II. *r.* 1.露出 2.袒露 3.脱帽, 摘掉帽子 4.講出心裏話 ◇ ~se ante algo 贊賞, 欽佩

descuento *m.* 1.扣除 2.【轉】不完全相信, 打折扣 3.【商】提前貼現

descuidado, da *a.* 1.没有受到應有照顧的 2.不整潔的 3.粗心大意的 4.没有思想準備的

descuidar I. *tr.* 忽視, 不注意 II. *intr.* 放心(用命令式) III. *r.* 1.疏忽, 漫不經心 2.不注意身體

descuidero, ra *s.* 扒手

***descuido** *m.* 1.粗心大意 2.没有思想準備 3.疏忽 4.邂逅 ◇ al ~ 装作漫不經心/ con ~ 粗心地/ en un ~ 在意想不到的時候

***desde** *prep.* 自, 從

***desdecir** I. *intr.* 1.次, 差, 不如 2.不協調, 不相稱 3.退化 II. *r.* 賴掉, 否認

***desdén** *m.* 輕蔑, 藐視 ◇ al ~ 隨便地, 衣帽不整地

desdentado, da *a.* 缺齒的, 掉了牙的

***desdeñar** I. *tr.* 輕蔑, 藐視 II. *r.* 不屑於

desdeñoso, sa *a.* 輕蔑的

desdibujado, da *a.* 1.輪廓不清的 2.模糊的

desdibujar I. *tr.* 1.使模糊 2.使變樣 II. *r.* 輪廓模糊

***desdicha** *f.* 1.不幸 2.災難 3.【轉, 口】貧困 ◇ por ~ 不幸地, 很不幸

*desdichado, da *a.* 1.不幸的 2.【口】沒有個性的 3.不恰當的

desdoblar *tr.* 1.展開 2.【轉】平分

desdorar *tr.* 1.剝落鍍金層 2.【轉】玷污, 敗壞(名譽等)

desdoro *m.* 污點, 恥辱

*desear *tr.* 1.想, 希望 2.要求, 希望實現 3.祝願 4.(對某人)產生性慾 ◇ de ~ 令人嚮往的, 值得想望的 / dejar bastante que ~ 很不完美, 有缺陷

desecación *f.* 弄乾

desecante *m.* 乾燥劑

desecar *tr.* 弄乾, 去濕, 使乾燥

*desechar *tr.* 1.打開, 拉開 2.丟棄, 扔掉(舊衣服) 3.擺脫, 拒絕, 謝絕 5.挑出, 剔出 6.排除, 打消 7.指責 8.輕視, 不理會

desecho *m.* 1.廢物 2.糟粕; 渣滓 3.輕視 ◇ de ~ 廢舊的

desembalar *tr.* 拆包

desembaldosar *tr.* 起掉地面磚

desembarazar I. *tr.* 1.清理 2.騰空, 空出 3. *Amér.* 分娩 II. *r.* 擺脫

desembarazo *m.* 1.無拘無束 2.暢通 3. *Amér.* 分娩

*desembarcadero *m.* 碼頭

*desembarcar I. *tr.* 從船上卸下 II. *intr.* 下船, 登岸

*desembarco *m.* 1.卸船 2.下船, 登陸

desembargar *tr.* 1.【法】啟封 2.排除障礙 3.解除禁運

desembargo *m.* 1.【法】啟封 2.解除禁運

desembarque *m.* 1.卸船 2.下船; 登岸

desembarrancar *tr.-intr.* 使(擱淺的船舶)浮起

*desembocadura *f.* 1.路口 2.河口

*desembocar *intr.* 1.從(口、出口等)出來 2.(河流等)注入, 流入 3.(道路等)通到

desembolsar *tr.* 1.從口袋中掏出(錢) 2.花(錢)

desembolso *m.* 1.現金支付 2.開銷

desembozar *tr.* 1.揭開面紗 2.【轉】暴露, 揭露 3.疏通

desembragar *tr.* 使與傳動軸分離

desembridar *tr.* 摘下馬籠頭

desembrollar *tr.* 弄清, 澄清

desembuchar *tr.* 1.(鳥類)反哺 2.【轉, 口】和盤托出

desemejar I. *intr.* 不相似, 不相同 II. *tr.* 使改變形狀

desempacar *tr.* 從貨包中取出

desempachar *tr.* 消食

desempacho *m.* 不拘束

desempalagar *tr.* 開胃

desempañar *tr.* 1.擦亮 2.(給小孩)撤去尿布

desempapelar *tr.* 1.撕去…的包裝 2.撕去壁紙

desempaquetar *tr.* 從包裝中取出

desemparejar *tr.* 1.使參差不齊 2.使不成對

desempatar *tr.-intr.* 打破平局, 打破均勢

desempedrar *tr.* 起掉路面石

*desempeñar I. *tr.* 1.贖回 2.(替人)還清債務 3.使擺脫(困境等) 4.擔任 5.扮演 II. *r.* 擺脫債務

desempeño *m.* 1.贖回 2.還清債務 3.擔任 4.扮演 5.能力, 才幹

desemperezar *intr.-r.* 勤快起來

desempleo *m.* 失業

desempolvar *tr.* 1.清除灰塵 2.【轉】重新使用

desemponzoñar *tr.* 解毒

desenamorar *tr.* 使失去愛情; 使不愛

*desencadenar I. *tr.* 1.去掉鎖鏈 2.引起 II. *r.* 爆發

desencajar I. *tr.* 拆散 II. *r.* 變臉色

desencajonar *tr.* 從箱子裏取出

desencallar *tr.* 使(擱淺的船舶)浮起

desencaminar *tr.* 使離開正道, 引入歧途

desencantar *tr.* 1.破妖術 2.使失望

desencanto *m.* 失望

desencapotarse *r.* 1.雲霧消散 2.息怒

desencoger I. *tr.* 展平 II. *r.*【轉】大膽起來

desencolarse *r.* 開膠

desenconar I. *tr.* 1.使消炎 2.使息怒 II. *r.* 息怒

desencuadernar *tr.* 使(書、本)散頁

desenchufar *tr.* 拔掉插頭; 拆掉

desendiosar *tr.*【轉】打掉…的傲氣

desenfadado, da *a.* 1.坦然自若的 2.過分隨便的

desenfadar *tr.-r.* 息怒

desenfado *m.* 1.坦然自若 2.放肆, 不禮貌

desenfocar *tr.* 使焦點不準

desenfrenar I. *tr.* 摘下轡頭 II. *r.* 1.放縱 2.發作

desenfreno *m.*【轉】放縱

desenfundar *tr.* 從套子中取出

desenfurecer *tr.-r.* 平息怒氣

desenganchar *tr.* 1.從鈎子上摘下 2.從車上卸下(馬)

*desengañar I. *tr.* 1.使不再受騙 2.使醒悟 3.使失去希望 II. *r.* 1.領悟到 2.信服

desengaño *m.* 1.醒悟 2.使人醒悟的事物 3. *pl.* 慘痛的經歷 4.責備

desengarzarse *r.* 拆下鏈環

desengastar *tr.* 取下(鑲嵌物)

desengomar *tr.* 使脫膠

desengranar *tr.* 使齒輪分離

desengrasar I. *tr.* 1.去脂肪 2.洗去油污 II. *intr.*【口】變瘦, 掉膘

desenhebrar *tr.* 抽出(釦上的)線

desenjaezar *tr.* 取下(馬的)飾物

desenjaular *tr.* 把…放出籠子

desenlace *m.* 1.解開, 鬆開 2.【轉】解決 3.【轉】結局

desenladrillar *tr.* 起磚

desenlazar *tr.* 1.解開 2.【轉】解決 3.【轉】使(故事情節)結束

desenlosar *tr.* 起掉鋪面石板

desenmarañar I. *tr.* 1.理好, 弄齊 2.

*desenmascarar *tr.* 1.揭去假面具 2.【轉】揭露

desenmohecer I. *tr.* 除銹 II. *r.*【轉】1.恢復功能 2.恢復精力

desenojar *tr.* 息怒

desenredar I. *tr.* 理清, 理好 II. *r.* 脫身

desenrollar *tr.* 展平

desenroscar *tr.* 1.伸展 2.擰出(螺絲釘)

desensamblar *tr.* 拆開接榫

desensillar *tr.* 卸掉鞍子

desentenderse *r.* 1.裝傻 2.不參與

desenterrar *tr.* 1.發掘 2.【轉, 口】想起, 提起

desentoldar *tr.* 拆除帳篷

desentonar I. *intr.* 1.【樂】走調 2.【轉】不協調; 不合時宜 II. *tr.* 打掉傲氣 III. *r.*【轉】失禮

desentornillar *tr.* 擰出(螺絲釘)

desentorpecer *tr.* 1.使靈活 2.使機靈

desentramparse *r.*【口】擺脫債務

desentrañar *tr.* 1.掏出內臟 2.【轉】琢磨透, 深刻瞭解

desentrenarse *r.* 生疏

desentronizar *tr.* 1.廢黜 2.使失去權勢

desentumecer *tr.-r.* 消除麻木感

desenvainar *tr.* 從鞘中拔出

desenvergar *tr.* 落下(帆)

desenvoltura *f.* 1.靈活 2.流利, 從容 3.厚顏無恥, 放蕩

desenvolver I. *tr.* 1.打開, 解開 2.闡進 3.發展 II. *r.* 發展; 展開 3.行動自如

desenvolvimiento *m.* 1.打開, 解開 2.發展, 展開 3.闡明 4.發育

desenvuelto, ta *a.* 1.無拘束的, 隨便的 2.放蕩的 3.靈活的 4.流利的

*deseo *m.* 1.希望, 願望 2.情慾, 性慾 ◇ arder en ~s 渴望, 熱望/ buen ~ 好心/ cumplirse el ~ (或 los ~s) de 得到, 獲得/ venir en ~ de 強烈希望

deseoso, sa *a.* 嚮往的, 渴望的

desequilibrado, da *a.* 1.失去平衡的
2.【轉】精神失常的

desequilibrar I. *tr.* 使失去平衡 II. *r.*
精神失常

desequilibrio *m.* 1.不平衡 2.精神失常

deserción *f.* 1.【軍】開小差,逃跑 2.逃
避 3.退出

desertar *intr.* 1.【軍】開小差,逃跑 2.逃
避 3.退出

desértico, ca *a.* 1.荒蕪的 2.沙漠的

desertor, ra *s.* 開小差的人,逃兵

*__desesperación__ *f.* 1.絕望 2.不耐煩,
惱火 3.令人惱火的事情 ◇ con ～ ①
憤怒地②絕望地

desesperado, da *a.* 1.絕望的 2.不耐
煩的 ◇ a la ～a 懷著僥倖成功的希望
地,孤注一擲地

desesperanza *f.* 絕望

desesperanzar *tr.* 使失望,使絕望

*__desesperar__ *I. tr.* 1.使絕望,使失望 2.
使不耐煩,使惱火 II. *r.* 1.絕望,失望 2.
惱火

desestañarse *r.* 除去焊錫

desesterar *tr.* 把蓆子撤掉,撤掉…的蓆
子

desestero *m.* 1.撤掉蓆子 2.撤蓆子的
季節

desestimar *tr.* 1.不尊重,輕視 2.拒絕

desfachatado, da *a.*【口】不要臉的

desfachatez *f.*【口】不要臉

desfalcar *tr.* 1.取下楔子 2.使不完整
3.侵吞(錢財) 4.使失去職位;使失寵

desfalco *m.* 侵吞錢財

desfallecer *intr.* 1.癱軟;昏厥 2.泄氣

desfallecimiento *m.* 癱軟;昏厥

desfasado, da *a.* 1.【電】有相位差的 2.
【轉,口】不合時宜的;不適應環境的

desfavor *m.* 不利,損害

*__desfavorable__ *a.* 1.不利的;有害的 2.
適得其反的

desfavorecer *tr.* 1.對…不利,對…有害
2.幫倒忙

desfigurar I. *tr.* 1.使變形 2.改裝;喬裝

3.歪曲 4.使難看 II. *r.* 變臉色

*__desfiladero__ *m.* 峽谷,隘道

*__desfilar__ *intr.* 1.列隊行進,接受檢閱 2.
【轉】魚貫而行

*__desfile__ *m.* 1.檢閱 2.排,列,隊

desflorar *tr.* 1.糟蹋 2.姦污 3.【轉】泛
泛涉及

desfogar I. *tr.* 1.發泄 2.熟化(石灰)
II. *intr.* (風暴)驟起

desfondar *tr.* 1.弄掉底兒 2.深耕,深翻
(土地) 3.鑿穿(船)

desgaire *m.* 1.不講究 2.輕蔑 3.不優雅
◇ al ～ 不經心地

desgajar *tr.* 1.折斷(樹枝) 2.撕下,折下
3.【轉】強迫離開

desgalichado, da *a.*【口】1.不優雅的
2.邋遢的

*__desgana__ *f.* 1.沒胃口,食慾不振 2.
【轉】勉強 3.【轉】精疲力竭

desgañitarse *r.*【口】聲嘶力竭地喊叫

desgarbado, da *a.* 1.不優雅的 2.高得
不成比例的

desgarrado, da *a.* 見 descarado

desgarrar I. *tr.* 1.撕裂,撕破 2.【轉】使
傷心 II. *r.*【轉】擺脫

desgarro *m.* 1.見 desgarrón 2.不顧廉
恥 3.吹噓,自誇

desgarrón *m.* 撕碎,撕裂

desgastar *tr.* 1.磨損 2.損耗

*__desgaste__ *m.* 1.磨損 2.損耗

desglosar *tr.* 1.去掉注釋 2.另行處理
3.拆開(已裝訂好的印刷品)

desgobernado, da *a.* 生活無條理的

desgobernar *tr.* 1.打亂,弄亂 2.管理不
當

desgobierno *m.* 1.管理不當 2.沒有條
理

desgolletar I. *tr.* 打破(瓶子的)頸 II.
r. 敞開領口

desgoznar *tr.* 卸掉鉸鏈

*__desgracia__ *f.* 1.不幸,災禍 2.倒霉 3.失
寵 4.不優雅 ◇ ～s personales (事故
中的)人員傷亡/ estar en ～ 遭不幸

por ～ 不幸地,不幸得很

*desgraciado, da *a.* 1.不幸的 2.貧窮的 3.不討人喜歡的 4.不當的

desgraciar I. *tr.* 1.使不優雅 2.使不快,激怒 3.損壞,傷害 II. *r.* 1.夭折 2.不和

desgranar I. *tr.* 1.脫粒 2.去殼 3.接連不斷地說出 II. *r.* 散開,散串

desgrasar *tr.* 1.脫脂 2.去掉油污

desgravar *tr.* 減稅,免稅

desgreñarse *r.* 頭髮蓬亂

desguarnecer *tr.* 1.撤去防護 2.撤走駐軍 3.拆卸 4.去掉裝飾

desguazar *tr.* 1.斧砍 2.拆,拆卸

deshabitado, da 無人居住的

deshabitar *tr.* 1.搬出 2.騰出

deshabituar *tr.-r.* (使)失去原有的習慣

deshacer I. *tr.* 1.拆,拆開,拆卸 2.退回,走回 3.分割,分成塊 4.摧毀,毀壞 5.損害 6.溶化,溶解 7.使不悅,使無精打采 8.擊敗,擊潰 9.搞垮,沉重地打擊 II. *r.* 1.損壞,毀壞 2.消失,消散 3.悲痛,哀痛 4.渴望 5.極力,拼命 6.擺脫

desharrapado, da *a.* 衣衫襤褸的

deshecho, cha *a.* 1.尚未整理的 2.破損的 3.痛哭流涕的 4.消沉的,沮喪的 5.疲勞的 6.強烈的,猛烈的

deshelar *tr.* 解凍,使融化

desherbar *tr.* 除草,除掉雜草

desheredado, da *a.* 1.被剝奪遺產繼承權的 2.貧窮的

desheredar *tr.* 剝奪遺產繼承權

deshidratar *tr.-r.* 脫水

deshielo *m.* 1.解凍 2.解凍季節

deshilachar *tr.* 拆成紗,抽出紗

deshilar I. *tr.* 1.抽紗 2.使(布)成毛邊 II. *intr.* 消瘦

deshilvanar *tr.* 拆掉綳線

deshinchar I. *tr.* 1.使消腫 2.【轉】使息怒 II. *r.* 1.消腫 2.【轉,口】泄氣

deshipotecar *tr.* 贖回抵押

deshojar *tr.* 1.使落葉;使掉瓣 2.一頁

一頁地撕掉

deshollinador *m.* 烟囱清掃工

deshollinar *tr.* 1.清掃(烟囱) 2.打掃(屋頂、牆壁等)

deshonestidad *f.* 1.不道德 2.不正派

*deshonesto, ta *a.* 1.不道德的 2.不正派的

deshonor *m.* 1.不名譽 2.恥辱 3.丢臉的事

deshonrar *tr.* 1.使不名譽 2.使失去職位

*deshonra *f.* 1.恥辱 2.(女人)不貞

deshonrar *tr.* 1.敗壞名譽 2.凌辱

deshonroso, sa *a.* 1.不名譽的 2.丢臉的

deshora : a ～ ①不合時宜地②深更半夜地

deshuesar *tr.* 1.剔去骨頭 2.去核

deshumanizar *tr.* 使失去人性,使冷酷無情

desiderata *f.* 急需書目;急需物品單

desiderátum *m.* 最迫切的願望;最理想的事物

desidia *f.* 1.懶惰 2.邋遢

desidioso, sa *a.* 1.懶惰的 2.邋遢的

*desierto, ta I. *a.* 1.荒無人烟的 2.無人參加的 3.沙漠 2.荒涼的地方 ◇ clamar en el ～ 白說, 説了不起作用

designación *f.* 1.任命 2.名稱

designar *tr.* 1.謀劃 2.稱作 3.任命,指派 4.確定

designio *m.* 計劃,打算

*desigual *a.* 1.不相同的 2.變化不定的 3.不平坦的 4.不平等的 5.力量懸殊的 6.不光滑的

desigualar I. *tr.* 使不相同,使不一致 II. *r.* 突出,出衆

*desigualdad *f.* 1.不平等 2.不同,不一致 3.【數】不等

*desilusión *f.* 1.幻想破滅 2.醒悟

desilusionar *tr.* 1.打破幻想 2.使醒悟

desimanar; desimantar *tr.* 退磁,消磁

desinencia *f.*【語法】詞尾

desinencial *a.* 詞尾的

desinfección *f.* 消毒, 殺菌

desinfectante *m.* 消毒劑, 殺菌劑

desinfectar *tr.* 消毒, 殺菌

desinflamar *tr.* 消炎

desinflar I. *tr.* 1.放掉空氣 2.【轉, 口】貶低 II. *r.* 1.撤了氣 2.【轉】泄氣 3.【轉】變到最小, 降到最低程度

desinsacular *tr.* 開箱取出(選票等)

desinsectar *tr.* 殺蟲, 滅蟲

*desintegración *f.* 1.分解; 分裂 2.(原子)衰變, 蛻變

desintegrar *tr.* 1.分解; 分裂 2.使(原子)衰變, 使(原子)蛻變

desinterés *m.* 1.無私 2.慷慨 3.無興趣

*desinteresado, da *a.* 1.無私的 2.不感興趣的

desinteresarse *r.* 1.失去興趣 2.不參與

desintoxicar *tr.* 解毒

desistimiento *m.*【法】1.放棄權利 2.退出訴訟

desistir *intr.* 1.放棄打算 2.【法】放棄權利 3.【法】退出訴訟

desjarretar *tr.* 弄斷(牲畜的)小腿

deslabonar I. *tr.* 1.使besides 2.【轉】使斷開 3.【轉】中斷 II. *r.* 疏遠

desladrillar *tr.* (從地面)起掉磚

desleal *a.* 不忠誠的, 不忠實的

deslealtad *f.* 不忠誠, 不忠實

desleir *tr.* 溶解

deslenguado, da *a.* 出口傷人的

deslenguar I. *tr.* 割掉舌頭 II. *r.* 出口傷人

desliar *tr.* 解開, 打開

desligar I.*tr.* 1.解開, 鬆開 2.【轉】解除, 免除 II. *r.* 擺脫

deslindar *tr.* 1.劃界 2.【轉】徹底弄清

desliz *m.* 1.滑, 滑動 2.疏忽, 差錯

deslizar I. *tr.* 1.滑, 滑動 2.把悄悄放入 3.脫口說出 II. *r.* 1.滑, 滑動 2.流動 3.平淡地過去 4.溜走 5.出差錯 6.過分 7.失足

deslomar *tr.* 1.使腰部受傷 2.使累得不能動彈

deslucido, da *a.* 1.沒有光澤的 2.遜色的

deslucir *tr.* 1.使失去光澤, 使黯然失色 2.使遜色 3.敗壞名譽

deslumbrador, ra *a.* 使眼花繚亂的

deslumbramiento *m.* 1.目眩, 眼花 2.【轉】惶惑

deslumbrar *tr.* 1.使目眩, 使眼花繚亂 2.使迷惑

deslustrar *tr.* 1.使晦暗, 使不透明 2.使變舊 3.使聲譽敗壞

desmadejado, da *a.* 虛弱的

desmadejar *tr.* 使虛弱

desmallar *tr.* 1.弄破網眼 2.使(針織品)脫線

desmamar *tr.* 斷奶

desmán[1] *m.* 1.騷亂; 越軌行爲 2.不幸, 災禍

desmán[2] *m.*【動】食蟲獸

desmandarse *r.* 1.不聽從指揮 2.(動物)離羣 3.放肆, 胡作非爲

desmangar *tr.* 去掉(器具的)柄

desmanotado, da *a.* 笨拙的

desmantelar *tr.* 1.拆毁 2.拆除 3.拆卸(船舶或其裝備) 4.搬走(傢具)

desmañado, da *a.* 笨拙的

desmayado, da *a.* 1.昏迷的, 不省人事的 2.有氣無力的 3.泄氣的

desmayar I. *tr.* 使泄氣 II. *r.* 1.昏迷, 不省人事 2.斜倚, 倒掛

desmayo *m.* 1.昏迷, 不省人事 2.泄氣 3.垂柳

desmedido, da *a.* 過分的; 無節制的

desmedrado, da *a.* 瘦弱的

desmedrar *intr.-r.* 1.衰落 2.瘦弱

desmejorar *tr.-r.* (身體)搞垮, 變壞

desmelar *tr.* 割蜜

desmelenar *tr.* 弄亂頭髮

desmembración *f.* 1.肢解 2.【轉】分裂, 解體

desmembrar *tr.* 1.肢解 2.【轉】分裂, 使

解體

desmemoriado, da a. 1.健忘的 2.忘恩負義的

desmemoriarse r. 忘記

desmentir I. tr. 1.否認 2.清除 (疑慮) 3.不相稱 II. r. 否認; 翻悔

desmenuzar tr. 1.弄碎 2.【轉】仔細查看

desmerecer I. tr. 配不上 II. intr. 1.變差, 不如以前 2.相形見絀

desmesura f. 過分

desmesurado, da a. 過分的; 無節制的

desmigajar tr. 弄成碎屑

desmigar tr. (把麵包)弄碎

*desmilitarización f. 非軍事化

desmirriado, da a.【口】瘦弱的

desmochar tr. 1.削去頂端 2.刪節 3.膚淺地涉及

desmoche m. 1.削去頂端 2.刪節 3.【轉, 口】削減, 壓縮

desmocho m. 砍削下來的部分; 柴

desmogar intr. (鹿等)蛻角, 換角

desmonetizar tr.-r. 貶值

*desmontar I. tr. 1.使下馬; 使下車 2.奪走馬 3.拆下, 拆卸 4.擊毀(敵炮) 5.奪下(槍枝) 6.拆毀(樓房) 7.砍伐 8.平整 II. r. 下馬; 下車

desmonte m. 1.平整土地 2.平整過的地面 3.平整土地時堆起的土堆

desmoralización f. 1.道德敗壞 2.士氣低落

desmoralizar tr. 1.使道德敗壞 2.使士氣低落

desmoronamiento m. 1.逐漸崩潰 2.瓦解

desmoronar tr. 1.使逐漸崩潰 2.瓦解

desmovilizar tr.【軍】遣散, 復員

desnacionalizarse r. 非國有化

desnarigado, da a. 1.沒有鼻子的 2.鼻子小的

desnarigar tr. 割掉鼻子

desnatar tr. 1.提去乳脂 2.【轉】提取精華

desnaturalización f. 1.驅逐出境 2.剝奪公民權

desnaturalizado, da a. 缺乏骨肉之情的

desnaturalizar tr. 1.驅逐出境 2.剝奪公民權 3.使改變屬性

desnivel m. 1.不在同一水平 2.高低不平; 不平衡

desnivelar tr. 1.使不在同一水平上 2.使高低不平; 使不平衡

desnucar tr. 1.使頸骨脫臼 2.擊頸致死

desnudamente ad. 毫不掩飾地, 赤裸裸地

desnudar I. tr. 1.脫光衣服 2.拔出鞘 3.搶光, 使分文不剩 4.使破產 II. r. 擺脫

desnudez f. 1.裸露, 裸體 2.光禿

desnudismo m. 裸體主義

*desnudo, da I. a. 1.裸體的 2.衣不蔽體的 3.裸露的 4.光禿禿的, 無裝飾的 5.赤裸裸的, 毫不掩飾的 6.赤貧的 7.沒有…的, 缺乏…的 8. 破産的, 一貧如洗的 II. m. 裸體畫

desnutrición f. 營養缺乏

*desobedecer tr. 不服從

desobediencia f. 不服從

desobstruir tr. 疏通, 疏浚

*desocupación f. 失業

*desocupado, da a. 1.空着的 2.失業的 3.游手好閑的

desocupar I. tr. 騰出, 騰空 II. r. 1.失業 2.(房子)空着

desodorante m. 除臭劑

desoir tr. 不理睬, 不聽從

desojar I. tr. 弄壞(工具的)孔眼 II. r. 1.損傷視力 2.注視

desolación f. 1.夷爲平地 2.悲痛

desolador, ra a. 1.毀滅性的 2.使産生悲痛的

desolar tr. 1.夷爲平地 2.使悲痛

desoldar tr. 使脫焊, 使焊口斷裂

desolladero m. 屠宰場

desollado, da a. 厚顏無恥的

desollar I. *tr.* 1.剝皮 2.敲詐 3.【轉，口】惡意攻擊 II. *r.* 皮膚擦傷 ◇ ~ vivo a ①勒索,敲竹槓②無情斥責

desorbitado, da *a.* 1.脫離軌道的 2.【轉】誇張的

desorbitar *tr.* 1.使脫離軌道 2.【轉】誇張

*__desorden__ *m.* 1.混亂 2.動亂 3.紊亂 4. *pl.* 放蕩 ◇ en ~ 混亂的

*__desordenado, da__ *a.* 1.亂的,無條理的 2.放蕩的 3.生活無規律的

desordenar I. *tr.* 弄亂 II. *r.* 1.越軌 2.放蕩

desorejado, da *a.* 1.無把手的 2.下流的,無恥的

*__desorganizar__ *tr.* 1.破壞(機體的)組織 2.擾亂

*__desorientación__ *f.* 迷失方向

desorientado, da *a.* 1.迷失方向的,迷路的 2.方法不對的 3.不正確的,錯誤的

*__desorientar__ I. *tr.* 使迷失方向 II. *r.* 1.迷路 2.茫然不知所措

desorillar *tr.* 裁掉(紙、布的)邊

desovar *intr.* (昆蟲、魚等)產卵

desove *m.* 1.(魚等的)產卵 2.產卵期

desoxidar *tr.* 1.【化】脫氧 2.除銹 3.重新啓用

despabiladeras *f. pl.* 燭剪

despabilado, da *a.* 1.醒着的 2.無睡意的 3.【轉】敏銳的

despabilar I. *tr.* 1.剪燭花 2.喚醒 3.使清醒 4.使變聰明 5.迅速結束 II. *r.* 1.醒 2.睡不着,無睡意 3.急速,匆忙

*__despacio__ *ad.* 1.緩慢地 2.静悄悄地

despaciosidad *f.* 慢,緩慢

despacioso, sa *a.* 慢的,緩慢的

despacito *ad.* 1.非常慢地 2.很輕很輕地

despachaderas *f. pl.* 1.(回答方式)粗暴,生硬 2.機智

*__despachar__ I. *tr.* 1.辦理 2.解決 3.接待(顧客) 4.出售 5.吃完 6.寄發(信件等);派遣 7.攆走 II. *intr.* 趕快 III. *r.*

1.擺脫,脫身 2.結束(工作) 3.放肆,出言不遜

*__despacho__ *m.* 1.辦理 2.寄發;派遣 3.公文,函件;通信,通話 4.辦公室,辦事處 5.接待室 6.辦公室傢具 7.商店,舖面 8.售票處

despachurrar *tr.* 1.【口】壓扁 2.説得顛三倒四,講亂 3.【轉,口】使無言以對

despagado, da *a.*【口】失望的,掃興的

despampanante *a.* 令人驚愕的

despanzurrar *tr.* 1.開膛 2.使破裂,使脹裂

desparejado, da *a.* 1.不成對的,單的 2. *pl.* 胡亂配成對的

desparejar *tr.* 使不成對

desparejo, ja *a.* 不相同的,不相配的

desparpajo *m.* 1.(説話、交往等)無拘束,自如 2.麻利,敏捷 3. *Amér.* 混亂

desparramar I. *tr.* 1.使散開 2.弄撒 3.【轉】分散注意力 4.【轉】揮霍 II. *r.* 1.四散 2.娛樂過度

despatarrado, da *a.* 1.劈開雙腿的 2.【口】非常吃驚的 3.【口】非常害怕的 ◇ quedar(se) ~ ①劈開雙腿②吃驚③害怕

despatarrarse *r.* 1.劈腿 2.【口】吃驚 3.【口】害怕

despavesar *tr.* 1.剪燭花 2.吹掉(炭上的)灰燼

despavorido, da *a.* 驚恐萬狀的

despavorir *tr.-r.* 驚恐萬狀

despectivo, va *a.* 1.輕蔑的 2.貶義的

despechar *tr.* 1.使憤怒 2.使斷奶

despecho *m.* 1.怨恨,憤怒 2.不快,不高興 3.絕望 ◇ a ~ de 不顧…的反對,無視

despechugado, da *a.* 袒胸的

despechugar I. *tr.* 切下(禽鳥的)胸脯 II. *r.* 袒露脖子和部分胸部;袒胸

*__despedazar__ *tr.* 1.弄碎 2.【轉】使難過

*__despedida__ *f.* 1.告別 2.送別

*__despedir__ I. *tr.* 1.送別;告別 2.辭退 3.把…打發走,趕走 4.擲出,拋出,彈出 5.

發出, 放出 6.排除, 放棄 II. r. 1.告別,
辭行 2.【轉】死心, 不抱希望

despegado, da a. 1.揭下來的 2.冷淡
的

despegar I. tr. 1.揭下, 拆下, 拆開 II.
intr. (飛機)起飛 III. r. 1.分開, 離開 2.
【轉】感情冷淡下來

despego m. 1.感情冷淡 2.不感興趣,
冷淡

despeinar tr. 弄亂頭髮

despejado, da a. 1.通暢的 2.無雲的
3.一望無際的 4.空這盪的(房間) 5.寬
大的(額頭) 6.醒着的 7. 不發燒的 8.
機靈的, 聰明的

despejar I. tr. 1.騰空, 使空出 2.清場
3.澄清, 使明朗化 4.【數】解(方程) II.
r. 1.變明朗 2.變得晴朗 3.清醒 4.使頭
腦清新 5.退燒

despeje m. 清場

despejo m. 1.清場 2.聰明

despeluchado, da a. 1.頭髮散亂的 2.
脫了毛的, 掉了毛的(毛皮等)

despeluchar I. tr. 弄亂頭髮 II. r. (毛
皮等)脫毛, 掉毛

despeluznante a. 令人毛骨悚然的

despellejar tr. 1.剝…的皮 2.揭去皮,
取去皮 3.【轉】斥責, 非議 4.【轉】使破產

despenar tr. 1.解除痛苦, 安慰 2.殺死

despensa f. 1.食品儲藏室 2.食品儲藏

despensero, ra s. 食品儲藏室保管員

despeñadero m. 懸崖, 峭壁

despeñar I. tr. 1.從高處抛下, 抛下懸崖
II. r. 1.(從高處)摔下, 跌下 2.落下 3.
沉湎於

despeño m. 1.墜落 2.腹瀉 3.【轉】失
敗, 破產

despepitarse r. 1.慷慨陳詞 2.酷愛, 熱
衷

desperdiciar tr. 1.浪費, 揮霍 2.利用不得
當

desperdicio m. 1.浪費 2.廢物, 殘剩物
◇ no tener ～ 極好, 十分有用

desperdigar tr. 1.使散開, 驅散 2.分散

desperecerse r. 渴望得到

desperezarse r. 伸懶腰

desperezo m. 伸懶腰

desperfecto m. 1.缺點, 瑕疵 2.輕微破
損

***despertador** m. 鬧鐘

***despertar** I. tr. 1.叫醒 2.【轉】使醒悟
3.【轉】激起, 使產生 II. intr. 1.睡醒 2.
醒悟, 覺悟

despestañarse r. 1.注視, 認真察看 2.
用功學習, 刻苦鑽研 3.努力做好

despezuñarse r. 1.蹄甲受傷 2. Amér.
疾走

***despiadado, da** a. 1.冷酷無情的, 殘
忍的 2.猛烈的, 激烈的

despideaguas (pl. despideaguas) m.
(門、窗等上的)擋雨板; 散水

despido m. 1.辭退, 解雇 2.解雇金

despierto, ta a. 1.醒着的 2.機靈的

despilfarrado, da a. 1.揮霍的 2.衣衫
襤褸的

despilfarrar tr. 揮霍, 浪費

despilfarro m. 1.揮霍, 浪費 2.懶惰, 邋
遢 3.(邋遢造成的)衣物損壞

despintar I. tr. 1.使褪色, 使模糊 2.
【轉】改變 II. intr. 不相稱; 蛻變 III. r.
1.褪色 2.印象模糊

despiojar tr. 1.滅虱 2.【轉, 口】使擺脫
貧困

despistado, da a. 1.迷失方向的 2.不
知所措的

despistar I. tr. 1.使(追蹤者)迷失方向 2.
使不知所措

despiste m. 1.迷失方向 2.糊塗 3.(車
子的)猛拐彎

desplacer I. tr. 使不愉快 II. m. 不愉
快, 煩惱

desplanchar tr. 弄皺

desplantar I. tr. 1.連根拔起 2.【建】使
不垂直 II. r. 失去平衡

desplante m. 1.不正確的舞姿 2.粗暴
言行 3.【轉】誇口

desplazado, da a. 不適應(環境)的

desplazamiento *m.* 1.【海】排水; 排水量 2.挪動, 移動 3.頂替

desplazar I. *tr.* 1.移動, 使移位 2.頂替, 取代 3.(船舶)排水量爲 II. *r.* 走, 走動

desplegado, da *a.* 展開的

***desplegar** *tr.* 1.展開 2.【軍】使散開 3.【轉】闡明 4.【轉】發揮

despliegue *m.* 1.展開, 發展 2.開展, 進行 3.發揮, 運用

desplomarse *r.* 1.(建築物)傾斜 2.倒塌 3.暈倒; 倒斃 4.【轉】毀滅, 突然消失

desplome; desplomo *m.* 傾斜

desplumar *tr.* 1.拔除羽毛 2.【轉, 口】偷光

despoblación *f.* 荒無人烟

despoblado *m.* 荒無人烟的地方

despoblar *tr.* 1.使(某地)人口減少 2.減絶(某地)人口 3.使荒蕪

despojar I. *tr.* 1.掠奪, 搶劫 2.剝奪 3.剝去 II. *r.* 1.放棄; 脱掉 2.擺脱

despojo *m.* 1.掠奪 2.掠奪物; 戰利品 3.(時間, 死亡的)犧牲品 4. *pl.* 頭、蹄和下水 5. *pl.* 屍體 6. *pl.* 殘餘物

despopularizarse *r.* 失去人心

desportillar *tr.* 使(器皿邊、刃口等)有缺口

desposado, da *a.* 新婚的

desposar I. *tr.* 主婚 II. *r.* 結婚; 訂婚

desposorio *m.* 1.結婚 2.婚禮

déspota *m.* 1.暴君 2.惡霸

despótico, ca *a.* 專橫的

***despotismo** *m.* 1.專制 2.霸道

despotricar *intr.* 【口】出言不遜; 胡言亂語

despreciable *a.* 1.可輕視的, 可鄙的 2.微不足道的

***despreciar** *tr.* 1.輕視, 忽視 2.蔑視, 藐視

despreciativo, va *a.* 輕蔑的

***desprecio** *m.* 輕蔑, 蔑視 ◇ ～ del ofendido 【法】無視受害者的情况 / ～ del sexo 【法】無視受害者的(女性)性別

desprender I. *tr.* 1.使分離, 使脱落 2.放出, 發出 II. *r.* 1.脱落 2.獻出, 拿出, 讓出 3.放棄, 抛棄 4.推斷出, 引伸出

desprendido, da *a.* 慷慨的

desprendimiento *m.* 慷慨

despreocupación *f.* 1.不在乎, 不關心 2.(對宗教)冷淡

***despreocupado, da** *a.* 1.不在乎的, 不關心的 2.無所顧忌的, 放任的 3.性關係方面隨便的(女人) 4.對宗教冷淡的

despreocuparse *r.* 不在乎, 不關心

desprestigiar *tr.* 使名聲掃地

desprevención *f.* 無準備

desprevenido, da *a.* 1.無準備的; 無思想準備的 2.不足的, 缺乏的

desproporción *f.* 不成比例

desproporcionar *tr.* 使不成比例

despropósito *m.* 不合時宜的言行

desproveer *tr.* 斷絶供應, 斷絶供給

desprovisto, ta *a.* 沒有…的, 缺乏…的

***después** *ad.* 1.在…後面 2.隨後, 過後; 以後, 將來 2.在…以後 ◇ ～ que 自從, 從…以來

despuntar I. *tr.* 1.折斷(某物)的尖端 2.繞過(岬角) II. *intr.* 1.發芽 2.顯露; 突出

desquiciar I. *tr.* 1.卸下(門、窗) 2.【轉】弄亂, 攪亂 3.【轉】打亂生活習慣 4.【轉】使失去信心 II. *r.* 1.掉下來, 脱落 2.脱臼 3.失去信心, 茫然

desquitar I. *tr.* 1.補償 2.打折扣 II. *r.* 報復

desquite *m.* 1.補償 2.報復 ◇ tomar el ～ 報復

desratizar *tr.* 滅鼠

desriñonar *tr.* 1.累壞了腰 2.使疲勞不堪

desrizar *tr.* 弄直(捲曲的東西)

***destacado, da** *a.* 1.醒目的, 顯眼的 2.傑出的, 出色的 3.孤立的, 孤獨的

***destacamento** *m.* 【軍】分遣隊, 别動隊

***destacar** I. *tr.* 1.【軍】分遣, 派遣 2.使

突出,强調 3.【美】使覺醒目 II. r. 突出, 出衆

destajista s. 計件工

destajo m. 計件工資制 ◇ a ～ ①計件 ②【轉】賣力地

destapar tr. 1.揭開,打開,打開蓋兒 2.揭去覆蓋物; 脫去衣服 II. r. 吐露真情,露出真面目

destaponar tr. 拔去瓶塞,揭去蓋兒

destara f. 扣除皮重

destarar tr. 扣除皮重

destartalado, da a. 1.亂七八糟的 2.特大的

destejar tr. 1.揭去屋瓦,拆除屋頂 2.【轉】使無遮擋

destejer tr. 1.拆開,拆散(織物) 2.【轉】毀壞,使(某進步)倒退

destellar intr. 放光,閃亮

destello m. 1.閃光,閃亮 2.【轉】少量,一丁點兒

destemplado, da a. 1.走調的 2.不和諧的 3.粗暴的 4.多變的(天氣) 5.硬度不够的(刀具等) 6.有低燒的(人)

destemplanza f. 1.【樂】走調 2.不和諧 3.粗暴 4.氣候多變 5.(刀等)硬度不够 6.發低燒

destemplar I. tr. 1.【樂】使走調 2.使退火,使硬度不够 II. r. 1.不協調,感到不適 3.失去自制 4.(聽到刺耳的聲音或吃酸物後)牙根酸麻

destemple m. 1.【樂】走調 2.退火,硬度不够

desteñir tr. 退色

desternillarse r. 軟骨折斷

*****desterrar** tr. 1.流放 2.放棄,排除 3.禁止,廢止 4.去掉…上的泥土

desterronar tr. 打碎土塊

destetar tr. 1.斷奶 2.【轉】使(孩子)獨立生活

destete m. 斷奶

destiempo a ～ 不適時地

*****destierro** m. 1.流放 2.流放地 3.【轉】偏遠的地方

destilación f. 1.蒸餾 2.(體液的)流動 ◇ ～ fraccionada 分餾

destilador m. 1.蒸餾器 2.過濾器

destilar tr. 1.蒸餾 2.過濾 3.滲出 4.【轉】表達,顯露

destilería f. 1.蒸餾室 2.釀酒廠

destinado, da a. 1.注定的 2.用於(某物)的 ◇ tener ～ 把…用於

*****destinar** tr. 1.把…用於 2.指派,委派

*****destinatario, ria** s. 收信人,收件人

*****destino** m. 1.用途,用處 2.目的地 3.職務 4.命運 5.結局,結果 6.工作地點,服役地點 ◇ abandono de ～ 失職/ con ～ a 走向,駛向/ dar ～ a 派用場

destitución f. 1.罷免,撤職 2.喪失

destituido, da a. 缺乏…的

destituir tr. 1.罷免,撤職 2.使喪失

destocarse r. 1.脫帽 2.摘掉頭巾

destorcer tr. 弄直

destornillado, da a. 言行,舉止反常的(人)

*****destornillador** m. 螺絲刀,改錐

*****destornillar** tr. 起出(螺釘)

destral m. 小斧子

destrenzar tr. 拆散(辮子)

*****destreza** f. 熟巧

destrío m. 挑揀剩下的水果

destripacuentos (pl. destripacuentos) s.【口】愛插嘴說出故事結局的人

destripador, ra s. 開膛殺人犯

destripar tr. 1.開膛 2.掏出 3.【轉,口】插嘴搶先說出(故事結局)

destripaterrones (pl. destripaterrones) m. (農村的)短工

destrocar tr. 換回(已交換的物品)

destronamiento m. 廢黜

destronar tr. 1.廢黜 2.【轉】使失去權勢

*****destrozar** tr. 1.弄碎,弄壞 2.【軍】擊潰,重創(敵軍) 3.【轉】使身心俱瘁 4.【轉】破壞 5.【轉】擊敗(對手)

*****destrozo** m. 弄碎,破壞 ◇ hacer (或 causar) ～ (或 un ～) 破壞,毀壞

destrozón, na *a.* 好弄壞東西的

*__destrucción__ *f.* 1.破壞, 毀壞 2.破滅

destructivo, va *a.* 破壞性的

destructor, ra I. *a.-s.* 破壞的; 破壞者 II. *m.* 驅逐艦

destruible *a.* 可破壞的

*__destruir__ *tr.* 1.毀壞, 摧毀, 破壞 2.【轉】 打破, 使破滅

desubstanciado, da *a.* 1.無實質內容 的 2.【轉】沒有趣味的, 乏味的 3.【轉】蠢 笨的

desubstanciarse *r.* 無實質內容

desuello *m.* 1.剝皮 2.【轉】敲詐, 勒索 3.【轉】厚顏無恥

*__desunir__ *tr.* 1.使分離, 使斷裂 2.【轉】 挑撥

desusado, da *a.* 廢棄不用的

desuso *m.* 1.廢棄不用 2.【法】停止執行 ◇ dejar en ～ 不再使用/ en ～ 不用, 廢棄

desvaído, da *a.* 1.暗淡的, 不鮮艷的 2. 模糊的 3.不清楚的 4.個性不強的

desvalido, da *a.* 無依無靠的

desvalimiento *m.* 無依無靠

desvalijar *tr.* 1.偷盜 2.搶劫

desvalorizar *tr.* 1.貶低 2.(使貨幣)貶 值

*__desván__ *m.* 頂樓, 屋頂樓

desvanecer I. *tr.* 1.使消散 2.使模糊不 清 3.【轉】打消 4.【轉】使驕矜 II. *r.* 1. 揮發 2.昏迷

desvariar *intr.* 說胡話

desvarío *m.* 1.說胡話 2.胡說八道 3.任 性

desvelar I. *tr.* 使失眠 II. *r.* 1.失眠 2. 【轉】操心, 操勞

desvelo *m.* 1.失眠 2. *pl.* 操心, 操勞

desvencijar *tr.* 1.拆散 2.使筋疲力盡

desvendar *tr.* 解開繃帶

desventaja *f.* 不利; 不利之處

desventura *f.* 不幸

desventurado, da *a.* 1.不幸的 2.膽小 的 3.吝嗇的

*__desvergonzado, da__ *a.* 厚顏無恥的

desvergonzarse *r.* 1.無羞無顏無恥 2.靦着臉, 硬着頭皮 3.放肆

*__desvergüenza__ *f.* 1.無羞恥, 厚顏無恥 2.無恥言行 3.放肆

desvestido, da *a.* 裸露的

desvestir *tr.-r.* 裸露

desviación *f.* 1.偏離 2.脊椎彎曲 3.支 線, 岔路 4.脫離常規, 不正常 5.勸阻

desviar *tr.* 1.使偏離, 引開, 使離開正路 2.勸阻

desvío *m.* 1.偏離 2.支線, 岔路 3.冷淡

desvirtuar I. *tr.* 1.使失效 2.使變質 3. 抵消 II. *r.* (酒或咖啡)走味

desvivirse *r.* 1.渴望, 熱望 2.竭力, 爲… 而盡力

desyemar *tr.* 摘芽

desyerbar *tr.* 除草

*__detallado, da__ *a.* 詳細的, 詳盡的

detallar *tr.* 1.詳述, 細說 2.零售, 零賣

*__detalle__ *m.* 1.細部 2.細節, 詳情 3.清 單, 詳盡的眼目 4.周到 ◇ al ～ ①詳細 地②零(售)/ con todo ～ 詳盡地/ dar ～s 詳述, 提供細節/ en ～ 詳細地/ tener ～s (或 un ～) 殷勤, 客氣

detallista *s.* 1.注意細節的人 2.零售商

detectar *tr.* 1.(用儀表)檢測 2.(用儀 器)顯示出

detective *m.* 偵探

detector *m.* 檢波器

*__detención__ *f.* 1.阻擋, 攔截 2.逮捕; 拘 留 3.拘留期 4.仔細, 細緻 5.(鐘錶的) 擒縱叉

*__detener__ I. *tr.* 1.阻擋, 攔截 2.扣留, 扣 住 3.逮捕; 拘留 II. *r.* 1.停住, 停留 2. 耽擱

*__detenidamente__ *ad.* 仔細地, 認真地

detenido, da *a.* 1.仔細的, 認真的 2. 停滯的, 懸而未決的 3.被逮捕的; 被拘 留的

detenimiento *m.* 仔細, 認真

detentar *tr.* 非法佔有, 竊取

detergente *m.* 洗滌劑, 洗衣粉

deteriorar *tr.* 損壞, 毀壞

deterioro *m.* 毀損, 壞損

*determinación *f.* 1.決定 2.決心 3.果斷, 堅決 ◇ tomar una ～ 決定

*determinado, da *a.* 1.確指的 2.明確的, 具體的 3.堅決的, 果斷的

determinante I. *a.* 決定性的 II. *m.* 【數】行列式

*determinar I. *tr.* 1.決定; 使決定 2.規定 3.確定, 限定 4.推斷 5.測定 6.造成, 招致 II. *r.* 決定, 決心

determinativo, va *a.* 起決定作用的

determinismo *m.* 【哲】宿命論

detersión *f.* 淨化

detestable *a.* 1.可惡的 2.壞透了的

detestar *tr.* 1.詛咒 2.憎惡, 討厭

detonación *f.* 1.槍炮聲, 爆炸聲 2.(發動機的)爆鳴

detonador *m.* 雷管

detonante *a.* 1.引爆的 2.【轉, 口】不調和的, 鮮明對立的

detonar *intr.* 發出槍炮聲, 發出爆炸聲

detractor, ra *s.* 誹謗者, 詆毀者

*detrás *ad.* 1.在後面 2.在背面 ◇ ～ de ①在…後面②背著(某人) / por ～ ①背面, 後面②在背後

detrimento *m.* 損害, 傷害; 損壞

detrítico, ca *a.* 【質】岩屑的

detrito; detritus *m.* 【質】岩屑

detumescencia *f.* 消腫

detumescente *a.* 消腫的

*deuda *f.* 1.債, 債務 2.債款額, 欠款額 3.虧, 欠, 未償 4.【宗】罪過 ◇ ～ pública 公債

deudo, da *s.* 親戚

deudor, ra *s.* 欠債人

deuterio *m.* 【化】氘, 重氫

devanadera *f.* 繞線器 ◇ estar como unas ～s 喪失理智

devanado *m.* 1.纏繞 2.【電】線圈

devanador *m.* 繞線筒, 線軸

devanadora *f.* (縫紉機的)繞線輪

devanar *tr.* 捲繞(線等)

devaneo *m.* 1.無所事事 2.不正當的男女關係

*devastar *tr.* 使荒蕪, 使荒涼

devengado, da *a.* 可以得到的, 應得的

devengar *tr.* 掙得, 應得

devengo *m.* 掙得的錢, 工錢

devenir I. *intr.* 1.發生 2.變爲 II. *m.* 變化

devoción *f.* 1.崇拜, 崇敬 2.愛好 3.致力 4.【宗】祈禱

devocionario *m.* 祈禱書

*devolución *f.* 1.歸還 2.回報, 報答 3.退回, 退還 4.恢復, 復原 5.【口】嘔吐

*devolver *tr.* 1.歸還 2.回報, 報答 3.放回(原處) 4.退回, 退還 5.拒絕, 不接受 6.反彈, 反射 7.使恢復, 使復原 8.【口】嘔出, 吐出

devorador, ra *a.* 吞噬的

*devorar I. *tr.* 1.吞噬, 狼吞虎咽 2.吞沒, 毀滅 3.揮霍, 耗盡 4.【轉】貪婪地看 5.【轉】折磨 II. *r.* 互相憎恨

devoto, ta *a.* 1.崇敬的 2.誠懇的, 誠摯的 3.喜愛…的, 偏愛…的 4.虔誠的

dextrina *f.* 【化】糊精

dextrógiro, ra *a.* 【化】右旋的

deyección *f.* 1.【質】岩屑 2.【醫】排泄物, 黃便 3. *pl.* 黃便

deyector *m.* 鍋爐排垢裝置

*día *m.* 1.天, 日 2.白天 3.天氣 4.時刻 5. *pl.* 年代 ◇ buen ～ 晴和的好天/ ～ astronómico 天文日/ ～ civil 民用日(從零時到零時)/ ～ de (los) difuntos (天主教)萬靈節/ ～ de gala 穿節日盛裝的日子/ ～ de los inocentes 聖嬰遇難日/ ～ del Señor 基督聖體節/ ～ de precepto 彌撒日/ ～ de Reyes 主顯節/ ～ de Todos los Santos 萬聖節/ a ～s 時好時壞; 時而這樣時而那樣/ al clarear el ～ 黎明時, 天亮時/ al ～ ①按期, 準時②時新的/ al otro ～ 第二天/ amanecer el ～ 天亮, 黎明/ antes del ～ 黎明, 拂曉/ a tatos ～s fecha (或 vista)【商】以…天爲期/

buenos ～s 早上好,日安/ cada ～ 一天一天地/ caer el ～ 傍晚,傍黑/ como del ～ a la noche 截然不同/ como (或 ahora) es de ～ 一清二楚,明明白白/ cualquier ～ ①說不定什麼時候②永遠不會/ cuatro ～ 幾天,不久/ dar los buenos ～s 祝早上好/ dar los ～s ①祝早上好②祝生日好/ de ～ 在白天/ de ～ en ～ ①一天一天地,日益②明顯地/ de ～s ①好久以前的②上了歲數的/ del ～ 當天的/ despuntar el ～ 黎明,天亮/ de todos los ～s 日常的/ de un ～ a otro 隨即,立即,馬上/ de un ～ para otro ①延誤,延遲②隨時,立即,馬上/ ～ y noche 夜以繼日,堅持不懈地/ echarse para todos los ～s 用於平時/ el ～ de hoy 現在,現今/ el ～ del final 永遠不/ el ～ menos pesado 說不定哪一天/ el mejor ～ 有朝一日/ el ～ de ayer 不久前,前不久/ en el ～ de la fecha 即日/ en los ～s de 在…時候,在…的日子裏/ en su ～ 到時候,到適當時候/ en (todos) los ～s de mi (或 tu, su …) vida 我 (或你,他 …)永遠決不/ entrando en ～s 上了年紀的/ entre ～ 在白天/ estar en ～s (女人)即將臨產/ este es el ～ 至今,到現在/ hacer buen ～ 天氣好/ hacer mal ～ 天氣不好/ hasta otro ～ 再會,改日見/ hoy (en) ～ 現在,現今,目前/ mañana será otro ～ 留待以後再說/ no dar los buenos ～s 不打招呼,不理睬/ no pasar ～(s) por (或 para) 某人不顯老/ no tener más que el ～ y la noche 一無所有,一貧如洗/ otro ～ 改日/ rayar el ～ 黎明,天亮/ tal ～ hará un año 言之過早/ tener (ya) ～s 上歲數,上年紀/ todo el (santo) ～ 整天,一直地/ todos los ～s 每天/ un ～ sí u otro no 隔日地,間或/ un ～ u otro 或遲或早,早晚/ vivir al ～ 家無隔夜糧

diabetes m.【醫】糖尿病

diabético, ca a. 糖尿病的;患糖尿病的

diablesa f. 女魔鬼

diablillo : ～ de Descartes【理】浮沉子

*****diablo** m. 1.魔鬼 2.【轉】淘氣包,淘氣鬼 3.【轉】醜陋的人 ◇ ～ cojuelo ①喜歡惡作劇的鬼怪 2.【轉】淘氣鬼,搗蛋的人/ pobre ～ ①老好人②低微的人/ ～ predicador 心口不一的人/ al ～ (con) 讓…見鬼去吧/ como el (或 un) ～ 可怕的,巨大的/ darse al ～ (或 a todos los ～s) 發怒,發火;罵街/ el ～ de 那個鬼東西/ el ～ las carga 這裏面可能有鬼/ hasta ahogar al ～ 滿滿的/ llevarse el ～ 消失,不見/ mandar al ～ ①攆走②不願理睬/ más que el ～ 非常多,很多/ no sea el ～ que 說不定,可別/ no tener el ～ por dónde coger 一無是處,毫無可取之處/ tener el ～ en el cuerpo 頑皮,淘氣

diabólico, ca a. 1.惡魔的 2.【轉】極壞的 3.【轉】艱難的

diábolo m. 空竹(一種玩具)

diácono m.【宗】助祭;執事

diadema f. 1.冕;王冠 2.王權 3.(女子的)冠形髮飾

diafanidad f. 1.透明,透明性 2.透明度

diáfano, na a. 1.透明的 2.清澈的 3.【轉】光明磊落的

diafragma m. 1.【解】膈,膈膜 2.膜片 3.光圈 4.陰道隔膜

diagnosis f.【醫】診斷

diagnosticar tr.【醫】診斷

diagnóstico m.【醫】診斷

diagonal I. a. 1.對角線的 2.斜的 3.斜紋的 II. f. 1.斜紋布

diágrafo m. 繪圖儀

diagrama m. 圖表,圖解

*****dialéctica** f. 1.【哲】辯證法 2.雄辯術

*****dialéctico, ca** I. a. 1.辯證的,辯證法的 2.雄辯的 II. s. 辯證論者

*****dialecto** m. 方言

diálisis f.【化】滲析,透析

dialogar intr. 對話

diálogo m. 1.對話 2.對話體文章

diamante m. 1.金剛石,鑽石 2.【轉】非常堅硬的東西 3.【轉】冷酷的人 ◇ ～ (en) bruto ①天然金剛石 ②未受過教育的人;渾金璞玉 / ～ negro 黑玉

diamantífero, ra a. 產鑽石的

diamantino, na a. 1.鑽石的 2.【轉】堅強的

diamantista s. 加工鑽石的人;賣鑽石的人

diametral a. 直徑的

diametralmente a. 徑直地;完全地

diámetro m. 直徑

diana f. 1.起床號 2.靶心 ◇ hacer ～ 擊中靶心

diantre m. 魔鬼

diapasón m. 1.和諧 2.音域 3.音叉 4.(提琴的)指板 ◇ bajar el ～ 壓低嗓門 / subir el ～ 提高嗓門

diaplejía f. 全身癱瘓

diapositiva f. 幻燈片;底片的正片

diario, ria I. a. 1.每日的 2.日常的 II. m. 1.日報 2.日記 3.每日開銷 4.日記賬 ◇ a ～ 每日,每天 / de ～ 每天的,日常的 / para ～ 平常日子的

diarista s. 報人,新聞工作者

diarrea f. 1.【醫】腹瀉 2.(腹瀉時拉出的)稀

diarreico, ca a. 腹瀉的

diásporo m. 硬水鋁石

diaspro m. 碧玉

diastasa f. 澱粉糖化酶

diástole m. (心臟的)舒張;舒張期

diatermia f.【醫】透熱療法

diatésico, ca a.【醫】素質的

diatomea f. 硅藻

diatriba f. 抨擊性文章或演說,罵人文章,罵人演說

dibujante s. 繪畫者,描繪者

dibujar I. tr. 1.繪,畫 2.【轉】描寫 II. r. 1.隱約可見 2.顯露

dibujo m. 1.繪畫 2.圖畫 3.圖案 ◇ ～s animados 動畫片 / con ～ 有花紋

的(布)

dicacidad f. 1.辛辣 2.嘲諷

dicaz a. 1.辛辣的 2.嘲諷的

dicción f. 1.詞 2.用詞 3.發音

diccionario m. 詞典 ◇ ～ bilingüe 雙語對照詞典 / ～ enciclopédico 百科辭典 / ～ de uso 用法詞典

diccionarista s. 詞典編寫者

dicente s. 講述人

diciembre m. 十二月

dicotiledóneo, a a.-f.pl.【植】雙子葉的;雙子葉植物

dictado m. 1.聽寫 2.稱號,外號 ◇ al ～ ①聽從 ②順從,遵照

dictador m. 獨裁者

dictadura f. 專政;獨裁

dictáfono m. 1.口述錄音機 2.錄音電話機

dictamen m. 意見,見解

dictaminar intr. 發表意見,提出見解

díctamo m.【植】1.牛至 2.白鮮

dictar tr. 1.口述,口授 2.授意 3.(心靈等的)啟示 4.公布(法令等) 5.強加於人

dictatorial a. 專制的;獨裁的

dicterio m. 斥責,責罵

dicha f. 1.幸福,歡喜 2.幸運,運氣 ◇ a (或 por) ～ 幸運地,僥倖地

dicharachero, ra a. 1.講話粗俗的 2.講話風趣的

dicharacho m. 1.粗俗的話 2.風趣的話

dicho, cha m. 1.話 2.風趣的話;俏皮話 3.格言 4. pl. 結婚誓言 ◇ ～ y hecho 說幹就幹 / lo ～, ～ 一言爲定,說了算 / mejor ～ 確切地說 / no ser para ～a 無法形容 / propiamente ～ 本身的 / tomarse los ～s 結婚 / Del ～ al hecho hay (或 va) mucho trecho 說到不等於做到

dichoso, sa a. 1.幸福的;幸運的 2.煩人的

didáctica f. 教學法

didáctico, ca a. 教學的

didelfo, fa a.-m.pl.【動】有袋的;有袋

類

*diecinueve a. 十九

*dieciocho a. 十八

*dieciséis a. 十六

*diecisiete a. 十七

diedro m. 【數】二面角

dieléctrico, ca a. 【電】電介質的, 絕緣的

*diente m. 1.牙, 齒 2.切牙, 門齒 3.齒兒 4.【建】待齒接 5.(馬的)歲口 ◇ ~ canino 尖牙, 犬齒/ ~ de ajo 蒜瓣兒/ ~ de leche 乳牙/ ~ incisivo 切牙, 門齒/ ~s de embustero 稀疏的牙齒/ alargarle a uno los ~s 激起(某人的)慾望/ a regaña ~s 不高興地, 不情願地/ armarse hasta los ~s 全副武裝, 武到牙齒/ crujirle a uno los ~s ①咬緊牙關, 咬牙切齒②(睡眠中)磨牙/ dar ~ con ~ 上牙打下牙, 發抖/ de ~s fuera 無誠意/ decir entre ~s 含糊不清地説/ enseñar los ~s 張牙舞爪, 威脅/ hincar el ~ ①着手進行, 開始解決②據高己有③批評/ no llegar a un ~ 不夠填牙縫兒/ rechinarle los ~s a ①牙齒打戰②咬牙切齒/ tener buen ~ ①胃口好②不挑食

diéresis f. 1.分讀 2.分讀符號(¨)

diestra f. 右手

*diestro, tra I. a. 1.右邊的 2.有經驗的 3.精明能幹的 II. m. 鬥牛士 ◇ a ~ y siniestro ①向周圍②胡亂地

dieta f. 1.規定的食物 2.忌食 3. pl. (官員的)出差津貼 4. pl. (議員的)津貼, 車馬費

dietario m. 流水賬

dietética f. 飲食學, 營養學

*diez a. ◇ ~ mil 萬/ hacer las ~ de últimas 喪失一切可能

diezmar tr. 1.十中取一 2.【轉】(戰爭等)造成大量傷亡, 造成九死一生

diezmilímetro m. 絲米

diezmo m. 什一税

difamación f. 誹謗, 詆毁

difamar tr. 誹謗, 詆毁

difamatorio, ria a. 誹謗性的, 詆毁性的

*diferencia f. 1.差别, 差異, 區别 2.【數】差, 差分 3.【轉】爭吵, 分歧, 不一致 ◇ ~ de potencial 電位差/ ~ en más 多出的量, 超過的量/ ~ en menos 不足的量, 虧欠的量/ ~ por defecto 虧欠, 不足/ ~ por exceso 超出, 超過/ a ~ de 與…不同, 與…有區别/ partir la ~ 調和, 折中

diferencial I. a. 有差別的, 有區别的 II. m. 1.差速器 2.【數】微分

*diferenciar I. tr. 1.區别, 區分 2.使變異, 使改變 3.【數】求微分 II. intr. 有分歧 III. r. 1.有區别 2.突出, 出色

*diferente a. 1.不同的, 有差别的 2.另外的, 别的 3. pl. 若干的; 各種的

diferentemente ad. 不同地, 有差别地

diferir I. tr. 推遲, 延遲 II. intr. 不同, 有區别

*difícil a. 1.困難的 2.難打交道的 3. 【轉, 口】奇特的, 醜陋的(面容)

difícilmente ad. 困難地, 艱難地

*dificultad f. 1.困難 2.難題, 困境 3.障礙 4.異議

dificultar tr. 設置障礙, 使有困難

dificultoso, sa a. 1.困難的, 困難多的 2.奇特的, 醜陋的(面容)

difracción f. 【理】衍射

difteria f. 【醫】白喉

diftérico, ca a. 白喉的

difuminar intr. 【美】擦抹

difumino m. 擦筆

*difundir tr. 1.使散開, 使擴散 2.傳播, 散佈

difunto, ta s. 死人, 死者

difusión f. 1.擴散 2.傳播, 散佈

difuso, sa a. 1.寬闊的 2.冗長的

*digerir tr. 1.消化 2.【化】煮解; 溶解 3. 【轉】領會, 理解 4.【轉】深思熟慮 5.【轉】(多用於否定句)忍受, 承受

digestible a. 易消化的

digestión   f. 消化

digestivo, va   a. 1.有消化能力的 2.助消化的

digitación   f.【樂】指法

digitado, da   a. 1.【植】指狀的; 掌狀的 2.【動】有指的, 有趾的

digital   a. 1.指的 2.數字的, 計數的

dígito   m.【數】一位數字

dignarse   r. 屈尊, 肯於

dignatario   m. 達官貴人

*dignidad   f. 1.要職 2.尊嚴 3.莊重

dignificar   tr. 使有尊嚴; 使莊重

*digno, na   a. 1.值得的 2.莊重的 3.相稱的, 相配的 4.適度的 5.體面的

digresión   f. 離題話, 題外話

dije   m.（項鏈等的）墜兒

dilacerar   tr. 1.撕破皮肉 2.【轉】傷害

dilación   f. 延誤

dilapidar   tr. 浪費, 揮霍

dilatación   f. 1.膨脹, 擴張 2.【醫】擴張術 3.血管擴張

dilatar   I. tr. 1.使膨脹, 使擴張 2.【轉】延長 3.【轉】推遲 4.【轉】傳播 II. r. 1.（血管等）擴張 2.延伸, 伸展 3.耽擱, 延誤

dilatoria   f. 延誤

dilatorio, ria   a.【法】延期的

dilección   f. 親愛, 親昵

dilecto, ta   a. 被愛的

dilema   m. 1.【邏】二難推理, 二刀論法 2.進退兩難

diletante   s. 1.藝術愛好者 2.一知半解的藝術愛好者

diletantismo   m. 對藝術一知半解的愛好

*diligencia   f. 1.勤奮, 努力 2.敏捷 3.【口】事務 4.【法】審理; 處理 5.批示

diligenciar   tr. 1.辦理, 處理 2.批示, 批閱

*diligente   a. 1.勤奮的, 努力的 2.敏捷的

dilucidación   f. 1.說明 2.澄清

dilucidar   tr. 1.說明 2.澄清

dilución   f. 1.溶解 2.稀釋

diluir   tr. 1.溶解 2.稀釋

diluviar   impers. 大雨傾盆, 下暴雨

diluvio   m. 1.傾盆大雨, 暴雨 2.洪水 3.【轉】大量 4.【轉, 口】混亂

dimanación   f. 1.起源 2.原因

dimanar   intr. 1.湧出 2.來自, 起源於

*dimensión   f. 1.尺寸; 面積, 體積 2. pl. 規模, 意義 3.【數】維, 度

dimes y diretes   爭論

*diminutivo, va   I. a. 1.縮減性的, 縮小性的 2.【語法】指小的 II. m.【語法】指小詞

diminuto, ta   a. 1.微小的 2.不完善的

*dimisión   f. 辭職

dimisionario, ria   s. 已呈請辭職的人

dimitir   tr.-intr. 辭職

din   m.【口】金錢

dina   f.【理】達因

dinámica   f. 動力學

dinámico, ca   a. 1.動力的 2.動力學的 3.精力充沛的

dinamismo   m. 1.【哲】力本論 2.【轉】精力, 活力

dinamita   f. 達那炸藥, 甘油炸藥

dinamitero, ra   s. 用炸藥進行恐怖活動的人

dinamo; dínamo   m. 發電機; 電動機

dinamoeléctrico, ca   a. 電動的

dinastía   f. 1.王朝, 朝代 2.世襲家族

dinástico, ca   a. 王朝的, 朝代的

dinastismo   m. 保皇主義

dinerada   f.; **dineral**   m. 巨款

*dinero   m. 1.貨幣 2.【轉】錢, 錢財 ◇ ～ contante（或 en efectivo）現金/ ～ menudo（或 sencillo）零錢/ de ～ 富有的/ mal de ～ 缺錢, 拮据

dintel   m. 門楣過梁

diñar   I. tr.【口】給, 給予 II. r. 逃跑, 逃亡 ◇ ～ la 死亡

diocesano, na   I. a. 主教轄區的, 教區

II. *m.* 主教

diócesis *f.* 主教轄區，教區

diodo *m.*【電】二極管

dioico, ca *a.*【植】雌雄異株的

dioptría *f.*【理，醫】屈光度

*Dios *m.* 1.【宗】神，上帝 2.(小寫)【轉】偶像 ◇ a ~ 再見/ a la buena de ~ ①聽天由命地②隨便地/ amanecer ~ 天亮/ clamar a ~ 極不公正，極慘/ como ~ manda 恰如其分/ cuando ~ quiera 說不定什麼時候/ de ~ 大量地/ de ~ abajo 除了上帝以外/ ~ dirá 天知道/ ~ lo quiera 但願如此/ ~ me perdone, pero 恕我直言/ ~ mío 天哪/ ~ sabe 天知道/ estar con ~ 升天了/ llamar a ~ de tú ①目無尊長②出類拔萃/ necesitarse ~ y ayuda 非常困難/ ofender a ~ 冒犯上帝/ si ~ no la remedia 如果不出現奇迹的話/ si ~ quiere 如果不發生意外的話/ tentar a ~ 膽大妄爲，冒險/ venir a ver 有運氣，福從天降

diosa *f.* 女神

dipétalo, la *a.*【植】兩瓣的

*diploma *m.* 證書，文憑，執照，獎狀

*diplomacia *f.* 1. 外交 2. 外交界 3.【轉】外交手腕

diplomado, da *a.* 畢業生

*diplomático, ca I. *a.* 1. 證書的 2. 外交的 3.【轉】有外交手腕的，老練的 II. *s.* 外交官；外交家

dipsomanía *f.* 嗜酒狂

díptero, ra *a. -m.pl.*【動】有雙翅的，雙翅目的；雙翅目

díptico *m.* 可摺合的雙連畫

*diptongo *m.*【語法】二重元音

diputación *f.* 1. 委派代表，推選代表 2. 議員職務 3. 議員任期 4. 議員團，省議會

*diputado, da *s.* 代表 (衆) 議員

diputar *tr.* 1. 選…爲代表 2. 委派，選派 3. 認爲

*dique *m.* 1. 堤，壩 2.【轉】障礙物 3. 船塢 ◇ ~ flotante 浮船塢/ ~ seco 船塢，乾船塢

diquelar *tr.*【口】察覺，發覺

*dirección *f.* 1. 領導 2. 指導，引導 3. 指示 4.【集】領導機關 5. 領導人 6. 方向 7. 路線 8. 地址 9.【質】走向 10. (車輛的) 轉向機構 ◇ ~ general 總局/ llevar la ~ de 領導

directa *f.* (汽車的) 直接擋

directiva *f.* 領導，領導機構，領導小組

directivo, va *a.-s.* 領導的；領導人

*directo, ta I. *a.* 1. 直的 2. 直接的 3. 直截了當的 II. *m.* (拳擊等的) 正面擊打

*director, ra *s.* 1. 領導人，長 2.(樂隊) 指揮 ◇ ~ de escena 戲劇導演/ ~ espiritual 懺悔神父/ ~ general 總局局長

directorio *m.* 1. 指導 2. 指南，手冊 3. (黨派等的) 領導機構

directriz *f.* 1. 方針；綱領 2.【數】準線

*dirigente *a.-s.* 領導的；領導人

dirigible I. *a.* 可操縱的 II. *m.* 飛艇

*dirigir I. *tr.* 1. 發出，發往 2. 引向，指向 3. 使朝向，使對着 4. 填寫地址 5. 指點，指教，指導，指揮 7. 駕駛 II. *r.* 1. 走向 2. 說話，寫信

dirimente *a.* 1. 取消的 2. 調解的

dirimir *tr.* 1. 取消 2. 調解

discernimiento *m.* 1. 分辨 2. 分辨能力 3. 監護人的指定

discernir *tr.* 1. 分辨，辨別，識別 2. 授予，指定 (監護人)

*disciplina *f.* 1. 紀律 2. 課程 3. 笞刑

disciplinado, da *a.* 守紀律的

disciplinante *s.* 自行鞭笞的教徒

disciplinar I. *tr.* 1. 訓練，教導 2. 使守紀律 3. 鞭打，鞭笞 II. *r.* 克制

disciplinario, ria *a.* 1. 有關紀律的 2. 懲戒的

*discípulo, la *s.* 門徒；學生

*disco *m.* 1. 圓盤 2. 唱片 3. 磁盤，磁碟 4.【體】鐵餅 5. 路標盤 6.【轉，口】車站輪話 ◇ ~ de señales 圓盤信號，路標盤

discóbolo *m.*【體】擲鐵餅者，鐵餅運動

員

discografía f. 灌製唱片

discoidal a. 圓盤形的,盤狀的

díscolo, la a. 不聽話的,難駕馭的

disconforme a. 不一致的;有異議的

disconformidad f. 1.不一致 2.異議

discontinuidad f. 間斷,不連續

discontinuo, nua a. 間斷的,不連續的

discordancia f. 異議;不一致

discordar intr. 1.不和諧 2.不協調 3.有分歧

discorde a. 1.不和諧的 2.有分歧的

*discordia** f. 分歧,不和

discoteca f. 1.唱片集 2.唱片櫃 3.迪斯科舞廳

discreción f. 1.謹慎 2.機智,機敏 ◇ a ~ ①任意地,隨意地②無條件地/ entregarse a ~ 聽憑…處置,任…處理

discrecional a. 隨機應變的,自由決定的

*discrepancia** f. 差異;分歧

discrepar intr. 1.不同 2.有分歧 3.不協調

*discreto, ta** a. 1.分離的,分立的 2.謹慎的,慎重的 3.不引人注目的

*discriminación** f. 歧視

discriminar tr. 1.區別,鑑別,分辨 2.歧視

disculpa f. 辯解

disculpable a. 1.可辯解的 2.可原諒的

disculpar I. tr. 1.辯解 2.原諒 II. r. 辯解,辯白 2.推辭,藉口不做

discurrir I. intr. 1.走過,流過,通過 2.涉及 3.思考 II. tr. 想出,推斷出 ◇ ~ poco (或 menos) 笨拙

discursivo, va a. 1.沉思的 2.演說的

*discurso** m. 1.(時間的)推移,流逝 2.期間,過程 3.思維能力;思考 4.演說,講演

discusión f. 討論,爭論 ◇ no admitir ~ 不容爭論,不允許討論

discutible a. 1.可討論的 2.應該討論的

*discutir** tr. 1.審議,研究 2.討論,爭論

3.否認

disecador, ra s. 1.解剖者 2.動物標本製作者

disecar tr. 1.解剖 2.製成標本

disección f. 解剖

diseminar tr. 散播;使散開

disensión f. 1.異議 2.分歧 3.爭論

disentería f. 【醫】痢疾

disentimiento m. 異議,分歧

disentir intr. 持異議,有分歧

diseñar tr. 設計

diseño m. 1.設計圖 2.描述,描繪

disertación f. 1.論述 2.論文 3.學術演講

disertar intr. 演講;論述

disfavor m. 1.失寵 2.怠慢 3.倒忙,不利的言行

disfraz m. 1.偽裝,偽裝衣 2.【轉】掩飾

disfrazar tr. 1.偽裝 2.【轉】掩飾

disfrutar I. tr. 1.享用 2. 享有 II. intr. 享受

disfrute m. 享受;享用

disgregación f. 1.分離 2.解體

disgregar tr. 1.使分離 2.使解體

disgustado, da a. 1.沒有味道的,乏味的 2.不高興的 3.鬧翻了的

*disgustar** I. tr. 1.使沒有味道,使乏味 2.使不舒服,使討厭 II. r. 爭吵

*disgusto** m. 1.沒有味道,乏味 2.不悅,不舒服 3.令人不快的事 4.苦惱 5.爭執,爭吵 ◇ a ~ 不悅的,不高興的

disidencia f. 1.背離信仰、黨派 2.不一致

disidente s. 持不同政見者

disidir intr. 1.持異議 2.背離(黨派、信仰等)

disimetría f. 不對稱,偏位

disimilitud f. 不同,相異

disimulación f. 1.隱瞞,掩蓋 2.容忍

disimulado, da a. 愛隱瞞的 ◇ hacerse el ~ 故作不知

disimular I. tr. 1.隱瞞,掩蓋 2.寬容;容忍 3.偽裝 II. intr. 裝作不知道,熟視

無睹

disimulo m. 1.隱瞞, 掩蓋 2.寬容; 容忍

disipación f. 1.驅散, 消散 2.消除, 打消 3.揮霍 4.放蕩

disipado, da a. 1.揮霍無度的 2.放蕩的

disipar tr. 1.驅散, 使消散 2.消除, 打消 (疑慮) 3.揮霍

dislate m. 蠢話, 粗話, 胡言亂語

dislocación f. 1.錯位; 脫臼 2.解體 3.【轉】歪曲 4.【質】斷層

dislocar I. tr. 1.使錯位, 使脫臼 2.使解體 3.【轉】歪曲(事實) II. r. 脫臼, 錯位

disloque : sel el ～ 極端, 極點, 極限

*__disminución__ f. 減少, 減弱

*__disminuir__ tr.-intr. 減少, 減弱; 降低

disnea f.【醫】呼吸困難

disociación f. 分離; 離解 ◇ ～ electrónica 電離

disociar tr. 分離; 離解

disolubilidad f. 可溶性

disoluble a. 可溶解的

disolución f. 1.溶解 2.溶液 3.解散, 解體 4.腐化, 墮落

disoluto, ta a. 腐化的, 墮落的

disolvente a.-m. 有溶解能力的; 溶劑

*__disolver__ tr. 1.溶解 2.解除 3.解散, 使解體 4.破壞, 敗壞

disonancia f. 1.刺耳的聲音 2.不諧和音 3.不協調

disonar intr. 1.(聲音)刺耳, 不諧和 2.不協調

dispar a. 不一樣的, 不同的

disparadero m. 扳機 ◇ poner en el ～【轉, 口】挑動, 唆使

disparado, da a. 飛快的, 急速的

disparador m. 1.扳機 2.(鐘錶的)擒縱機構 3.【攝】快門鈕 ◇ poner en el ～ 上好扳機

*__disparar__ I. tr. 1.射擊, 發射 2.投, 擲 II. r. 1.(武器)走火 2.突然起動 3.【轉】激怒

disparate m. 蠢話, 粗話; 胡說八道 ◇

un ～ 大量; 過分

disparejo, ja a. 不一樣的, 不同的

disparidad f. 不一樣, 不同 ◇ ～ de cultos (夫妻)宗教信仰不同

*__disparo__ m. 1.射擊, 發射 2.槍聲, 射擊聲

dispendio m. 浪費, 揮霍

dispendioso, sa a. 昂貴的, 費錢的

dispensa f. 免除, 豁免

dispensación f. 1.給予 2.免除 3.原諒

*__dispensar__ tr. 1.給予 2.免除, 豁免 3.原諒, 寬恕

dispensario m. 免費診療所

dispepsia f. 消化不良

dispersar tr. 1.分散, 驅散 2.擊潰 3.打消, 消散

dispersión f. 1.分散, 驅散 2.擊潰 3.【理】色散

disperso, sa I. a. 1.分散的, 散開的 2.被擊潰的 II. m. 散兵游勇

displicencia f. 不感興趣, 淡漠

displicente a. 不感興趣的, 淡漠的

*__disponer__ I. tr. 1.佈置, 安排 2.準備 3.命令 II. intr. 1.擁有, 享有 2.自由支配 III. r. 1.打算 2.準備

disponibilidad f. 1.可支配, 可自由支配 2. pl. 條件 3.現貨; 可動用的物資、資金

disponible a. 1.可利用的 2.空着的, 閑着的 3.預備役的

disposición f. 1.安排, 佈置 2.命令 3.支配, 使用 4.狀況 5.才智, 天資 6.準備 ◇ ～ de ánimo 精神狀態/ en ～ de 準備好, 完全可以/ hacer ～ de ①支配, 使用②寫入遺囑/ poner a ～ de 交給…處理/ tener a su ～ 支配, 吩咐/ tomar una ～ 採取措施, 作出決定

dispositivo m. 裝置, 設施

*__dispuesto, ta__ a. 1.準備好的 2.聰明的 ◇ bien ～ ①情緒好②身體好/ mal ～ ①情緒不好②身體不好

*__disputa__ f. 1.爭論, 爭吵 2.爭奪 ◇ sin ～ 無可爭辯的

*disputar I. tr. 1.爭論 2.爭奪 II. intr. 爭吵

disquisición f. 1.探索, 探究 2.議論, 評論 ◇ ~es filosóficas 高談闊論

*distancia f. 1.距離 2.間隔 3.區別 4.疏遠 ◇ ~ focal 焦距/ a considerable (或 respetable) ~ 在相當的距離之外/ acortar las ~s 縮短距離; 使接近/ a ~ 在遠處, 從遠處/ guardar las ~s ①保持一定距離②不過分親近

distanciar tr.-r. 1.分離 2.疏遠

*distante a. 1.遠的, 離得遠的 2.疏遠的

*distar intr. 1.相距 2.有區別

distender I. tr. 放鬆 II. r. 1.放鬆 2.【醫】膨脹

*distensión f. 1.放鬆 2.【醫】膨脹

dístico, ca a.【植】二列的

distinción f. 1.區別 2.傑出 3.榮譽 4.尊重 ◇ ~ honorífica 榮譽稱號/ hacer ~ con 特別照顧, 特別尊重/ hacer (或 establecer) una ~ (或 ~s) 區別, 區分/ sin ~ 不加區別也

distingo m. 含糊言詞

distinguido, da a. 1.卓越的, 傑出的 2.高尚的

*distinguir I. tr. 1.區分, 區別, 辨別, 鑑別 2.分別處理, 分別考慮 3.使有區別, 做上標記 4.偏愛 5.給予榮譽 6.辨認出 II. r. 突出, 卓越 ◇ no ~ (lo blanco de lo negro) 好壞不分, 不分是非/ saber ~ 有辨别力

*distintivo, va I. a. 區別性的, 特有的 II. m. 1. 徽章 2.標誌 3.特性

*distinto, ta a. 1.不相同的, 不一樣的 2.各種的, 各樣的 3.明顯的, 顯著的

distorsión f. 1.扭曲 2.畸變 3.扭傷

*distracción f. 1.消遣, 娛樂 2.漫不經心, 走神

distraer I. tr. 1.分散注意力 2.吸引注意力 3.使得到消遣 4.引入歧途 5.貪污 II. r. 1.娛樂, 消遣 2.心不在焉, 走神

*distraído, da a. 1.愉快的 2.有趣的

3.漫不經心的, 走神的 4.放蕩的

*distribución f. 1.分配, 分發 2.分配物 3.分佈, 佈局 4.演員表 5.發行

distribuidor, ra a. 分配的, 分發的

distribuidora f. 撒肥機

*distribuir tr. 1.分配, 分發 2.安排, 部署

distributivo, va a. 有關分配的, 有關分發的

*distrito m. 區, 縣; 地區

disturbio m. 動盪, 騷動

disuadir tr. 說服, 勸阻

disuasión f. 說服, 勸阻

disyunción f. 分離, 分裂, 隔離

disyuntiva f. 抉擇

disyuntivo, va a. 分離的, 分離性的

ditirambo m. 1.贊頌, 贊美詩 2.頌揚

diurético, ca a.-m. 利尿的; 利尿劑

diurno, na a. 白天的

divagar intr. 1.流浪 2.離題

diván m. 長沙發

divergencia f. 1.分離, 分叉 2.【轉】分歧, 爭議

divergente a. 1.分離的, 分叉的 2.【轉】有分歧的

divergir intr. 1.分離, 分叉 2.【轉】有分歧, 不一致

diversidad f. 1.不同 2.多種多樣

diversificar tr. 1.使不相同 2.使多樣化

diversión f. 1.娛樂, 消遣 2.娛樂活動 3.【軍】牽制

*diverso, sa a. 1.不相同的 2.另外的 3. pl. 各種各樣的

*divertido, da a. 1.有趣的, 好玩的 2.貪玩的

divertimiento m. 1.娛樂, 消遣 2.漫不經心, 走神 3.輕音樂 4.【軍】牽制 ◇ ~ estratégico 战略牽制

*divertir I. tr. 1.轉移注意力 2.使得到消遣 3.【軍】牽制 4.【醫】誘導 II. r. 1.走神, 心不在焉 2.消遣, 娛樂 3.愉快生活

dividendo m. 1.【數】被除數 2.股息

*dividir tr. 1.分, 劃分 2.使分裂 3.分

配 4.【數】除 II. r. 疏遠

divieso m.【醫】癤

divinidad f. 1.神, 上帝 2.神性 3.【轉】非常美的人或物

divinizar tr. 使神化

divino, na a. 1.神的 2.【轉】極美的, 絕妙的

***divisa** f. 1.標記 2.格言, 箴言 3. pl. 外匯

divisar tr. 遙見

divisibilidad f. 1.可分性 2.【數】可整除性

divisible a. 1.可分的 2.【數】可整除的

***división** f. 1.分, 分開, 分割 2.【轉】分裂 3.【數】除法 4.【軍】師

divisor m.【數】除數, 約數

divisorio, ria I. a. 分開的, 分界的 II. f. 分界線; 分水嶺

divo, va s. 第一流的歌劇演員

divorciado, da a. 1.離婚的 2.脫離的 ◇ estar ~ 不同意, 有分歧

***divorciar** I. tr. 1.使離婚 2.使脫離 II. r. 離婚

***divorcio** m. 1.離婚 2.脫離

divulgación f. 1.公佈, 公開 2.傳播, 流傳

divulgar tr. 1.公佈, 公開 2.傳播, 普及

do m.【樂】C音的唱名

dobladillo m. 衣服摺邊

doblado, da a. 1.敦實的 2.起伏不平的 3.【轉】虛偽的

doblaje m.【電影】配音譯製

***doblar** I. tr. 1.加倍 2.是…的兩倍 3.【電影】配音, 配音譯製 4.摺, 疊, 摺疊 5.折彎 6.拐過, 繞過 7.【口】重傷, 打倒在地使動彈不得 II. intr. 1.(在一部作品中)扮演兩個角色 2.拐彎, 轉彎 3.敲喪鐘 III. r. 1.彎曲 2.屈服

***doble** I. a. 1.加倍的 2.雙的 3.雙重的 4.堅實的 5.厚的 6.強健的, 健壯的 7.重大的, 盛大的 8.【轉】表裏不一的, 虛偽的 II. ad. 1.加倍地 2.虛偽地 III. m. 1.兩倍 2.雙份 3.摺疊 4.替身演員 5.替

身, 長得非常像(某人)的人 6.敲喪鐘

doblegar tr. 1.折彎 2.制服, 使屈服

doblez I. m. 摺疊; 摺子 II. s. 虛偽

***doce** a. 十二

***docena** f. 十二個, 打 ◇ ~ de fraile 十三個

docencia f. (中等及高等)教育

docente a. 1.教育的 2.從事教育工作的

dócil a. 1.順從的, 容易管教的 2.易加工的

docilidad f. 1.順從, 聽話 2.容易加工

dock m. 1.港口 2.碼頭

docto, ta a. 博學的; 學者

***doctor, ra** s. 1.博士 2.教師 3.學者 4.醫生 ◇ ~ honoris causa 名譽博士

doctorado m. 1.博士必修課程 2.博士學位

doctoral a. 1.博士的 2.博士學位的 3.權威般的

doctorando, da s. 準備考取博士學位的人, 博士生

doctorarse r. 獲得博士學位

***doctrina** f. 1.教育 2.學識 3.學說, 理論 4.主張, 主義 5.教義

doctrinal a. 學說的; 主義的

doctrinar tr. 教育

doctrinario, ria a. 1.信仰(某種理論)的, 研究(某種理論)的 2.理論的

documentación f. 1.證明 2.證明文件

documental I. a. 1.文件的 2.資料的 3.證明的 4.紀錄的(影片) II. m. 紀錄片

documentar I. tr. 1.用文件證明 2.附以文件 II. r. 熟悉背景

***documento** m. 1.文件 2.證明文件, 證明 3.資料 ◇ Documento Nacional de Identidad (西班牙)身份證/ ~ privado 【法】私下簽署的文件/ ~ público【法】經過公證的文件

dodecaedro m.【數】十二面體

dodecágono m.【數】十二角形, 十二邊形

dogal *m.* 1.韁繩 2.絞索 3.【轉】折磨 ◇ dar ~ 折磨/ estar con el ~ al cuello 處境困難/ poner un ~ al cuello 束縛，限制

dogma *m.* 1.信條，教義 2.公理

dogmático, ca *a.* 1.教義的 2.武斷的 3.教條主義的

dogmatismo *m.* 1.武斷 2.公理 3.教條主義 4.教義

dogmatizar *tr.* 1.傳授非天主教教義 2.斷言

dogo, ga *s.* 叭喇狗

dólar (*pl.* dólares) *m.* 美元; 元 ◇ ~ de Hong Kong 港元

dolencia *f.* 1.疾病 2.慢性病

doler I. *intr.* 1.使疼痛 2.使難過 II. *r.* 1.疼痛 2.難過，感到痛心 3.後悔 4.呻吟

dolido, da *a.* 痛心的，後悔的

doliente *a.* 1.疼痛的，患病的 2.痛苦的

dolmen *m.* 史前墓的遺迹

dolo *m.* 1.欺騙，欺詐 2.【法】預謀

dolomía; dolomita *f.* 白雲石; 白雲岩

dolor *m.* 1.疼痛 2.痛苦，悲痛 3.難過，後悔 ◇ ~ de corazón 心疼，後悔/ ~ de costado 肋痛/ ~es de entuerto 產後痛/ ~ latente (或 sordo) 持續性疼痛，鈍痛/ estar con ~es 臨產/ ser un ~ 令人可憐

dolorido, da *a.* 1.疼痛的 2.痛苦的，悲痛的

dolorosa *f.* (表現因耶穌受難而) 悲痛的聖母像

doloroso, sa *a.* 1.使人疼痛的 2.令人痛苦的，令人悲痛的

doloso, sa *a.* 欺詐的

doma *f.* 1.馴養 2.【轉】克制

domador, ra *s.* 馴馬人; 馴獸人

domar *tr.* 1.馴服，馴養 2.【轉】制服，使降服

domeñar *tr.* 制服，使降服

domesticar *tr.* 1.馴養 2.【轉】使溫和

domesticidad *f.* 馴服

doméstico, ca I. *a.* 1.家庭的 2.馴養的 3.家常的 II. *s.* 僕人

domiciliarse *r.* 安家，定居

domicilio *m.* 1.家，住所 2.地址，住址 ◇ a ~ 上門

dominación *f.* 1.統治，控制 2.【軍】制高點

dominador, ra *s.* 1.統治者，專制者 2.專橫的人

dominante I. *a.* 1.佔統治地位的 2.主要的，佔優勢的 3.專橫的 4.常見的 II. *f.*【樂】(全音階的) 第五音

dominar I. *tr.* 1.統治，控制 2.抑制，克制 3.掌握，精通 4.高出，超出 II. *intr.* 1.突出 2.佔統治地位 III. *r.* 克制

dómine *m.* 好爲人師者

domingo *m.* 星期日 ◇ hacer ~ (在不是星期日時) 過節，娛樂，消遣

dominguero, ra *a.* 星期日的

dominica *f.*【宗】禮拜日

dominical *a.* 星期日的

dominicano, na *a.-s.* 多米尼加 (Dominica)的; 多米尼加人

dominico, ca *a.-s.*【宗】多明我會的; 多明我會會修道士

dominio *m.* 1.統治，控制 2.【法】所有權，支配權 3. *pl.* 領土 4.領地，屬地; 自治領 5.領域 ◇ ~ de sí mismo 自制能力/ ~ directo 産業主的所有權/ ~ público 國家的公共財產 (如道路、河流)/ ~ útil 享益權

dominó *m.* 多米諾骨牌

don¹ *m.* 堂，唐(用於男子名字前面的尊稱); 先生

don² *m.* 1.禮物 2.長處 3.才能 ◇ ~ de gente 交際才能/ ~ de palabra 口才

donación *f.* 1.贈送，贈與，捐贈 2.贈品，捐贈物 ◇ ~ entre (或 inter) vivos 【法】贈送，捐贈

donador, ra *a.* 見 donante

donaire *m.* 1.優美，文雅 2.風趣

donante I. *a.* 捐贈的，贈予的 II. *s.* 1.

贈予人 2.輸血者,獻血者

donar *tr.* 贈送,捐贈

donativo *m.* 贈品,捐贈物

doncel *m.* 1.少男 2.侍童

doncella *f.* 1.少女 2.侍女 ◇ primera ～貼身女僕/ segunda ～ 清掃女工

doncellez *f.* 童貞

donde *ad.* 那裏,在那裏 ◇ ～ no 否則/ ～ quiera 見 dondequiera

dónde *ad.* 哪裏,在哪裏 ◇ de ～ 怎麼 [?]

dondequiera *ad.* 無論什麼地方,到處

dondiego *m.*【植】紫茉莉 ◇ ～ de día 三色旋花/ ～ de noche 紫茉莉

dóngola *f.* 成畜牛

donoso, sa *a.* 優美的,文雅的,風趣的

donosura *f.* 優美,文雅,風趣

doña *f.* 堂娜,唐娜(用於女子名字前的尊稱);夫人,女士

doping *m.* 興奮劑

doquier; doquiera *ad.* 見 dondequiera

doradillo *m.* 黃銅絲

dorado[1] *m.* 鍍金飾品,金屬飾物

dorado, da[2] *a.* 1.金色的,鍍金的 2.幸福的,美好的

dorador *m.* 鍍金匠

doradura *f.* 1.鍍金 2.呈金黃色

dorar *tr.* 1.鍍金 2.烤焦 3.【轉】使外表好看 II. *r.* 呈金黃色

dormilón, na I. *a.*【口】貪睡的 II. *f.* 1.躺椅 2.耳環,耳墜

dormir I. *intr.* 1.睡覺 2.躺着 3.(陀螺)原地旋轉 II. *tr.* 1.使入睡 2.麻醉 III. *r.* 1.入睡 2.失去知覺,麻木 3.(羅盤針)失靈 4.(船)傾斜

dormitar *intr.* 打盹

dormitorio *m.* 宿舍,寢室

dorsal I. *a.* 1.背的 2.背部的 II. *m.* (運動員的)號碼布

dorso *m.* 1.脊背 2.背面

dos *a.* 二 ◇ cada ～ por tres 經常/ en un ～ por tres 迅速地,轉瞬間

doscientos, tas *a. pl.* 二百

dosel *m.* 1.華蓋 2.門簾

dosificar *tr.*【醫】測定劑量

dosis *f.* 1.(藥)的劑量,用量 2.【轉】量,分量

dotación *f.* 1.嫁妝 2.【集】船員 3.【集】職工 4.基金

dotado, da *a.* 1.具有…的,具備…的 2.有條件的,有才能的

dotar *tr.* 1.陪嫁 2.使具備 3.賦予 4.確定金額

dote I. *s.* 嫁妝 II. *f. pl.* 天資,才能

doublé *m.* 鍍金

dovela *f.*【建】拱頂石

dozavo, va *a.* 1.第十二的 2.【印】十二開的

draconiano, na *a.*【轉】嚴厲的,殘酷的

draga *f.* 挖泥船;挖泥機

dragado *m.* 疏浚

dragaminas *m.* 掃雷艇

dragar *tr.* 疏浚

dragón *m.* 1.龍 2.【動】飛蜥 3.【動】龍膽 4.【植】金魚草 ◇ ～ marino【動】龍膽

drama *m.* 1.話劇 2.劇本 3.悲劇

dramática *f.* 編劇法

dramático, ca I. *a.* 1.戲劇的 2.戲劇性的 II. *s.* 1.劇作家 2.話劇演員

dramatismo *m.* 戲劇性

dramaturgo, ga *s.* 劇作家

drástico, ca I. *a.* 1.劇瀉的 2.【轉】激烈的 II. *m.* 劇瀉藥

drenaje *m.* 1.排水 2.【醫】引流

dríada; dríade *f.*【希神】森林女神

dril *m.* 斜紋布,卡其布

drino *m.* 翠青蛇

droga *f.* 1.藥品,藥材 2.麻醉品 3.毒品 4.【轉】謊言 5.【轉】詭計

drogadicto, ta *s.* 吸毒者

drogar I. *tr.* 1.施麻醉藥 2.施興奮劑 II. *r.* 吸毒

droguería *f.* 1.藥材貿易 2.藥材店 3.販毒

droguero, ra *s.* 1.藥材商 2.毒品販子

dromedario *m.* 單峯駝

drosera *f.* 【植】茅膏菜

druida *f.* (古代凱爾特人的)巫師

drupa *f.* 核果

dual *a.* 二的,雙重的

dualidad *f.* 1.二重性 2.【化】二元性 3.【理】對偶性

dualismo *m.* 1.見 dualidad 2.二元論

dubitativo, va *a.* 可疑的

ducado *m.* 1.公爵封號,公爵爵位 2.公爵領地 3.公國

ducal *a.* 公爵的

ducentésimo, ma *a.* 1.第二百 2.二百分之一的

dúctil *a.* 1.好管教的,聽話的 2.易變形的 3.容易拉成絲的

ductilidad *f.* 可延性

*ducha *f.* 1.灌洗,沖洗 2.淋浴 3.淋浴設備 ◇ ～ de agua fría 一瓢冷水

ducho, cha *a.* 老練的,能幹的

*duda *f.* 1.懷疑 2.疑問 3.疑慮 ◇ ～ filosófica (由於前提不足)暫不做結論,作爲疑案/ no caber (或 haber) ～ 不容置疑/ poner en ～ 懷疑,持有疑問/ sin ～ (alguna) 毫無疑問

*dudar *tr.-intr.* 1.有疑問 2.猶豫,拿不定主意 3.不確知,沒有把握

dudoso, sa *a.* 1.沒有把握的 2.可疑的 3.猶豫不決的

duela¹ *f.* 桶板

duela² *f.* 肝片形吸蟲

*duelo¹ *m.* 決鬥 ◇ ～ a muerte 決鬥,生死決鬥

*duelo² *m.* 1.痛苦 2.哀痛 3.服喪 4.葬禮 ～s y quebrantos 脂油煎鷄蛋/ sin ～ 毫無顧忌地,放肆地

duende *m.* 1.鬼怪 2.調皮鬼,淘氣包兒 ◇ andar como (或 parecer un) ～ ①意外地出現 ②游盪 ③搗鬼/ tener ～ ①有魅力/②憂心忡忡

*dueña *f.* 1.物主 2.主婦 3.婦女 4.女管家 ◇ ～ de honor 宮廷女侍/ poner

como (或 cual) digan ～s 斥責,責罵

*dueño *m.* 1.物主 2.户主 3.主人 ◇ dulce ～ 親愛的人/ hacerse (el) ～ de ①熟知,掌握②成爲…主人/ ser (muy) ～ de 有…的充分自由/ ser ～ de sí mismo 鎮定自若/ ser (el) ～ de la situación 能够左右形勢

duermevela *f.* 【口】1.瞌睡 2.警醒的睡眠

dula *f.* 1.公共牧場 2.在公共牧場上放牧的牲畜

*dulce I. *a.* 1.甜的 2.柔和的,使人舒服的 3.温和的,親切的 4.不苦的,淡的 II. *m.* 1.甜食 2. *pl.* 蜜餞; 糖果 ◇ ～ seco 果脯/ en ～ 蜜餞的

dulcedumbre *f.* 1.甜蜜 2.柔和

dulcería *f.* 糖果店

dulcificación *f.* 甜蜜; 温柔

dulcificar *tr.* 1.使甜 2.使甜蜜; 使温柔

dulzaina *f.* 1.六孔豎笛 2.齁甜, 過甜

dulzarrón, na *a.* 齁甜的, 過甜的

dulzura *f.* 1.甜蜜; 温柔

dumping *m.* 傾銷

duna *f.* 沙丘

*dúo *m.* 【樂】1.二重唱 2.二重奏 ◇ a ～ 兩個人一起地

duodécimo, ma *a.* 第十二

duodécuplo, pla *a.* 十二倍的

duodenal *a.* 十二指腸的

duodeno *m.* 【解】十二指腸

duplex *m.* 1.【電】雙工通信, 雙工電報 2.跨兩層樓的公寓套房

duplicado *m.* 副本, 抄件, 複製品

duplicar *tr.* 1.加倍 2.複製

duplice *a.* 見 doble

duplicidad *f.* 1.二倍, 雙重 2.口是心非, 表裏不一

duplo, pla *a.* 二倍的

duque *m.* 公爵

duquesa *f.* 1.公爵夫人 2.女公爵

*durable *a.* 1.耐用的 2.持久的, 經久的

*duración *f.* 1.持續 2.持續時間 3.持久, 經久; 耐久

duradero, ra   *a.* 1.耐久的 2.持久的, 經久的

duramáter   *f.*【解】硬腦脊膜

durante   *ad.* 在…期間, 在…的時候

durar   *intr.* 1.持續 2.持久, 耐久 3.存在

duraznero   *m.*【植】桃樹

durazno   *m.* 桃子

dureza   *f.* 1.硬 2.硬度 3.硬塊 4.老繭, 胼胝 5.生硬, 冷酷

durmiente   **I.** *a.* 睡着的, 睡眠的 **II.** *m.*

1.【建】梁 2.【鐵路】軌枕, 枕木

duro, ra   **I.** *a.* 1.硬的, 堅硬的 2.不好用的(器具) 3.艱苦的, 艱難的 4.刺耳的, 刺眼的 5.死板的 6.堅韌的, 能够忍耐的 7.心腸硬的, 冷酷的 8.嚴屬的 9.固執的 10.【化】含鹽的 **II.** *ad.* 1.艱苦地 2.猛烈地 **III.** *m.* 杜羅(西班牙硬幣, 合 5 比塞塔)◇ las ~as (事物的)不好方面, 困難方面 / estar a las ~as y a las maduras 享其利就得擔其弊

E

e¹   *f.* 西班牙語字母表的第六個字母

e²   *conj.* 和, 與, 及, 同

ea   *interj.* 嘿

ebanista   *m.* 細木工

ebanistería   *f.* 1.細木工手藝 2.細木工活 3.細木工作坊

ébano   *m.*【植】烏檀, 烏木

ebonita   *f.* 硬橡膠

ebrio, ria   *a.-s.* 喝醉的; 醉鬼

ebullición   *f.* 沸騰

ebullómetro   *m.*【理】沸點測定計

ebúrneo, a   *a.* 象牙的

eccehomo   *m.* 1.頭戴荊棘冠的耶穌像 2.【轉】遍體傷痕的人

eccema   *f.*【醫】濕疹

eccematoso, sa   *a.* 濕疹性的

eclampsia   *f.*【醫】驚厥; 子癇

eclecticismo   *m.* 折衷, 折衷主義

ecléctico, ca   *a.* 折衷的, 折衷主義的

Eclesiastés   *m.* 《聖經》的《傳道書》

eclesiastico, ca   *a.-m.* 教會的; 教士

eclímetro   *m.* 測角器, 傾斜儀

eclipsar   **I.** *tr.* 1.【天】食 2.【轉】使黯然失色 **II.** *r.* 1.【天】食 2.消失, 不見

eclipse   *m.*【天】食

eclíptica   *f.*【天】黄道

eclíptico, ca   *a.*【天】黄道的

eclosión   *f.* 1.孵化, 孵出 2.(花朵)開放

3.出現, 誕生

eco   *m.* 1.回聲; 反響 2.遠處傳來的聲音 3.應聲蟲

ecoico, ca   *a.* 回聲的; 反響的

economato   *m.* 合作商店, 內部商店

economía   *f.* 1.經濟 2.經濟學 3.節儉, 節約 4.積蓄 5.合理佈局 6.窮困, 拮据

económicamente   *ad.* 1.從經濟上看 2.節儉地

económico, ca   *a.* 1.經濟的, 經濟上的 2.便宜的, 花錢少的 3.節儉的, 節省的

economista   經濟學家

economizar   *tr.* 節省; 積蓄

ecónomo   *a.-m.* 代理神甫的; 代理神甫

ecuación   *f.*【數】等式, 方程式 ◇ ~ de tiempo 時差

ecuador   *m.* 赤道

ecuánime   *a.* 1.冷静的, 沉着的 2.公平的, 公正的

ecuanimidad   *f.* 1.冷静, 沉着 2.公平, 公正

ecuatorial   *a.-m.* 赤道的; 赤道儀

ecuatoriano, na   *a.-s.* 厄瓜多爾(Ecuador)的; 厄瓜多爾人

ecuestre   *a.* 1.騎士的 2.馬的

ecuménico, ca   *a.* 全世界的

eczema   *f.* 見 eccema

echadero *m.* 可供躺下睡覺的地方

echadura *f.* 孵蛋

***echar** I. *tr.* 1.扔, 投, 拋, 丟 2.冒出, 噴出 3.長出, 生出 4.解雇, 辭退 5.幹, 進行 II. *r.* 1.投入 2.躺下 3.(禽鳥)孵卵 ◇ ~ de menos ①發現缺少②懷念/ ~se a perder 變壞/ ~selas de 裝, 充, 自以為

echarpe *m.* 披肩

***edad** *f.* 1.年齡, 年紀 2.時期, 時代 ◇ ~ antigua 古代/ ~ avanzada 老年/ ~ contemporánea 現代/ ~ crítica 更年期/ ~ media 中世紀/ ~ moderna 近代/ ~ temprana 少年時期/ ~ tierna 幼年時期/ de ~ 上了年紀的/ mayor de ~ 成年的/ menor de ~ 未成年的

edafología *f.* 土壤學

edecán *m.* 1.【軍】副官 2.【轉, 口】助手

edema *m.* 【醫】水腫, 浮腫

edematoso, sa *a.* 水腫的, 浮腫的

Edén *m.* 1.(《聖經》中的)伊甸園 2.(小寫)【轉】樂園, 樂土

edénico, ca *a.* 1.伊甸園的 2.【轉】樂園的, 樂土的

***edición** *f.* 1.出版 2.版本 ◇ ~ de lujo 精裝本/ ~ diamante 袖珍本/ ~ en tela 精裝本/ ~ en rústica 平裝本/ ~ fascímil 摹寫本/ ~ príncipe 初版/ ~ revisada 修訂版

edicto *m.* 1.法令, 諭旨 2. 佈告, 通知

edículo *m.* 小建築物

***edificación** *f.* 1.建築, 建造 2. 感化, 訓導

edificante *a.* 感化的, 訓導的

***edificar** *tr.* 1. 建造, 建築 2. 感化, 訓導

edificativo, va *a.* 感化性的, 訓導性的

***edificio** *m.* 建築物, 大樓

edil *m.* 市政官員

***editar** *tr.* 出版

editor, ra *a.-m.* 出版的; 出版者

***editorial** I. *a.* 出版的 II. *m.* 社論 III.

f. 出版社

edredón *m.* 1.鴨絨 2.鴨絨被

educable *m.* 可教育的

***educación** *f.* 1.教育 2.教養

educador, ra *s.* 教育工作者

educando, da *a.-s.* 受教育的; 受教育者

***educar** *tr.* 1.教育 2.訓練

***educativo, va** *a.* 1.教育的 2.有教育意義的

efe *f.* 字母 f 的名稱

efectismo *m.* 過多追求效果

efectista *a.* 過多追求效果的

efectivamente *ad.* 果然, 確實地

efectividad *f.* 生效, 實效

***efectivo, va** I. *a.* 1.有效的 2.確實的 II. *m.* 現金

***efecto** *m.* 1.結果 2.效果 3.商品 ◇ en ~ 實際上/ llevar a ~ 實行/ tener ~ 實現

***efectuar** I. *tr.* 實行, 執行 II. *r.* 實現

efedrina *f.* 【醫】麻黃素, 麻黃鹼

efemérides *f. pl.* 大事記, 日誌

efervescencia *f.* 1.(液體)起泡, 冒泡 2.【轉】激動, 激昂

efervescente *a.* 1.起泡的 2.激動的

***eficacia** *f.* 效力, 效能

***eficaz** *a.* 有效力的, 有效驗的

eficiencia *f.* 效能, 功效; 效率

eficiente *a.* 有效能的; 有效率的

efigie *f.* 肖像, 塑像

efímero, ra *a.* 短暫的, 轉瞬即逝的

efluorescencia *f.*【化】粉化, 風化

efluvio *m.* 氣息, 氣味

efugio *m.* 擺脫困難的手段

efusión *f.* 1.流出, 湧出 2.【轉】熱情, 激情

egida, égida *f.* 【轉】保護, 庇護

***egipcio, cia** *a.-s.* 埃及(Egipto)的; 埃及人

egiptología *f.* 古埃及文物學

égloga *f.* 牧歌, 田園詩

egocéntrico, ca *a.* 短暫的, 自我中心的; 以

自我爲中心的人

egocentrismo *m.* 自我中心主義

*****egoísmo** *m.* 利己主義;自私自利

*****egoísta** *a.-s.* 利己主義的;利己主義者,自私自利的人

ególatra *a.* 自我崇拜的

egolatría *f.* 自我崇拜

egotismo *m.* 自我吹噓

egotista *a.-s.* 自我吹噓的;自我吹噓的人

egregio, gia *a.* 傑出的,超羣的

eh *interj.* 唉,啊(表示驚奇,招呼等)

eider *m.* 【動】絨鳧;絨鴨

*****eje** *m.* 1.軸 2.中心線 3.【轉】核心,要點

*****ejecución** *f.* 1.實行,執行 2.演奏 3.處決 ◇ poner en ～ 實施,執行

ejecutable *a.* 可實行的

ejecutante *s.* 1.執行者 2.演奏者

*****ejecutar** *tr.* 1.實施,執行 2.演奏 3.處決

*****ejecutivo, va** *a.* 1.實施的,執行的 2.急迫的

ejecutor, ra *a.-s.* 執行的;執行者 ◇ ～ testamentario 遺囑執行人/ ～ de la justicia 死刑執行人

ejecutoria *f.* 貴族證書

ejecutorio, ria *a.* 不可改變的(判決)

*****ejemplar** **I.** *a.* 1.模範的 2.作爲儆戒的 **II.** *m.* 1.典型 2.鑑戒 3.標本,樣品 4.本,部,册

ejemplaridad *f.* 1.典範性 2.儆戒性

ejemplarizar *tr.* 使成爲典範

ejemplificar *tr.* 舉例說明

*****ejemplo** *m.* 1.典範,榜樣 2.例子,實例 3.儆戒,鑑戒 ◇ por ～ 例如

ejercer *tr.* 從事(某種職業)

*****ejercicio** *m.* 1.從事,開業 2.鍛鍊,運動 3.練習,習題 4.軍事操練

ejercitar **I.** *tr.* 1.從事(某種活動) 2.訓練;操練 **II.** *r.* 練習

ejército *m.* 1.軍隊 2.軍,兵團 3.【轉】大軍 ◇ ～ del Aire 空軍/ ～ del Mar 海軍/ ～ de Tierra 陸軍/ ～ regular 常備軍

ejido *m.* 公地,共有地

*****el** *art.* 陽性單數定冠詞

*****él** *pron.* 他

*****elaborable** *a.* 可加工的,可製作的

elaboracion *f.* 加工,製作

*****elaborar** *tr.* 加工,製作

elación *f.* 1.趾高氣揚 2.興高采烈 3.高尚,崇高

elástica *f.* 彈力衫

elasticidad *f.* 1.彈力,彈性 2.【轉】靈活性

elástico, ca **I.** *a.* 1.有彈力的,有彈性的 2.【轉】有伸縮性的,靈活的 **II.** *m.* 1.彈力衫 2.鬆緊帶,橡皮筋 3.*pl.* 褲子的揹帶

elaterio *m.* 1.胡瓜 2.野生蛇甜瓜

ele *f.* 字母 l 的名稱

eleagnáceo, a *a.-f.pl.* 【植】胡頽子科的;胡頽子科

eléboro *m.* 【植】黑兒波

*****elección** *f.* 1.選舉 2.選擇

electivo, va *a.* 由選舉產生的

electo, ta *a.-s.* 剛被選上的;當選人

*****elector, ra** *a.-s.* 有選舉權的;選舉人,選民

*****electoral** *a.* 選舉的,選舉人的

*****electricidad** *f.* 電,電力,電流

*****electricista** *a.-s.* 電工的;電工

*****eléctrico, ca** *a.* 電的;電動的

*****electrificar** *tr.* 使電氣化

electrizar *tr.* 1.使起電,使帶電 2.【轉】使激動,使興奮

electro *m.* 1.琥珀 2.金銀合金

electrocución *f.* 電刑處死;觸電致死

electrodinámica *f.* 電動力;電動力學

electrodo *m.* 電極

electrodoméstico *m.* 家用電器

electrógeno, na *a.* 發電的

electrógrafo *m.* 電記錄器

electroimán *m.* 電磁體,電磁鐵

electrólisis (*pl.* electrólisis) *f.* 電解作

用, 電蝕

electrólito m. 電解質, 電解物

electrolizar tr.【理】電解

electrómetro m. 靜電計

electromotor, ra a.-m. 電動的; 電動機

electromóvil m. 電瓶車

electrón m.【理】電子

electronica f. 電子學

electrónico, ca a. 電子的; 電子學的

electropatología f. 電病理學

electroplateado m. 電鍍

electroquímica f. 電化學

electroscopio m. 驗電器

electrostática f. 靜電學

electrotecnia f. 電工技術, 電工學

electroterapia f.【醫】電療法

electrotermia f. 電熱學

electrotrén m. 電氣火車

electrovalencia f.【化】電價

electrovoltio m. 電子伏特

__elefante, ta__ s.【動】象

elefantiasis, elefantíasis (pl. elefantiasis, elefantíasis) f.【醫】象皮病

elegancia f.優美, 雅致, 華麗

__elegante__ a. 1.優美的, 雅致的 2.華麗的

elegía f. 輓歌, 哀歌

elegiaco, ca; elegíaco, ca a. 1.輓歌的, 哀歌的 2.悲哀的, 悲傷的

elegible a. 有當選資格的

__elegir__ tr. 1.選擇, 挑選 2.選舉

__elemental__ a. 1.要素的 2.基本的, 根本的 3.基礎的, 初級的 4.【化】元素的 5.【轉】顯而易見的, 人人都明白的

__elemento__ m. 1.成分, 組成部分 2.要素 3.【化】元素 4.電池 5.生存環境, 自然環境 6. pl. 基本原理, 基礎知識 7. pl. 手段 ◇ ~ raro【化】稀有元素 / estar (或 vivir) en su ~ 處於適宜的環境中

elenco m. 1.目錄 2.演員表

elevación f. 1.升高, 提高 2.高度 3.【轉】高尚, 崇高

__elevado, da__ a. 1.高的 2.高尚的, 崇高的

elevador m. 1. 升降機 2.電梯

__elevar__ I. tr. 1.升高, 提高 2.提升, 提拔 II. r. 1.上升, 升高 2.高達 3.聳立

eliminar tr.-r. 1.清除, 排除 2.泄泄, 排出 3.【數】消去

eliminatorio, ria a.-f. 淘汰的; 淘汰賽

elipse f.【數】橢圓(形)

elipsis f.【語法】省略法

elipsógrafo m.【數】橢圓規

elipsoidal a. 橢球的, 橢圓的

elipsoide m.【數】橢球, 橢面

elíptico, ca a. 1.橢圓的 2.省略的

elíseo, a a. 天堂的

élite f. 1.精華 2.傑出人物, 精英

élitro m.【動】鞘翅

elixir; elíxir m. 1.【轉】靈丹妙藥 2.【醫】酏劑

elocución f. 1.表達法 2.講演術

elocuencia f. 口才; 雄辯術, 說服力

__elocuente__ a. 有口才的; 有說服力的

elogiar tr. 稱贊, 頌揚

elogio m. 稱贊, 頌揚

elote m. Amér. (煮食的)嫩玉米穗

elucidación f. 闡明, 解釋

elucidar tr. 闡明, 解釋

elucidario m. 注釋本

eludir tr. 逃避, 迴避

__ella__ pron. 她

elle f. 字母 ll 的名稱

__ello__ pron. 它

__ellos, ellas__ pron. 他們, 她們

emaciación f. 病理性的消瘦

emanación f. 1.散出, 放出 2.氣味, 氣息

emanar I. intr. 出自, 源自 II. tr. 散出, 放出

emancipación f. 1.解放 2.擺脫

emancipador, ra s. 解放者

emancipar tr. 1.解放 2.使擺脫

emasculación f. 閹割

embadurnar tr. 1.弄髒 2.塗, 抹

embair *tr.* (缺位動詞,只用詞尾以 i 開始的時態) 欺騙

embajada *f.* 1.重要信件 2.大使職務 3.大使館

embajador *m.* 大使;使節

embajadora *f.* 1.女大使;女使節 2.大使夫人

embalaje *m.* 1.包裝,打包 2.包裝箱,包裝用品 3.包裝費

embalar I. *tr.* 打包,裝箱 II. *intr.* 快跑

embaldosado *m.* 瓷磚地

embaldosar *tr.* 用瓷磚鋪

embalsadero *m.* 水坑,水塘

embalsamamiento *m.* 往屍體上塗防腐香油

embalsamar *tr.* (往屍體上)塗防腐香油

embalsar I. *tr.* (在坑、塘中)積存(水) II. *r.* 積成水塘

embalse *m.* 1.蓄水 2.水庫

embarazada *f.* 孕婦

embarazado, da *a.* 困惑的,爲難的

embarazar *tr.* 1.妨礙,阻礙 2.使困惑,使爲難 3.使懷孕,使受胎

embarazo *m.* 1.妨礙,阻礙 2.困惑,爲難 3.懷孕;懷孕期

embarazoso, sa *a.* 使人爲難的,使人發窘的

embarbecer *intr.* 長鬍鬚

embarcación *f.* 船隻

embarcadero *m.* 碼頭

embarcar I. *tr.* 把…裝上船 II. *r.* 上船,乘船

embarco *m.* 上船,乘船

embargador *m.* 查封者,扣押他人財物者

embargar *tr.* 1.阻礙,阻止 2.使中斷 3.【法】查封,扣押

embargo *m.* 1.消化不良 2.【法】查封,扣押 ◇ sin ～ 然而,但是

embarnizar *tr.* 給…上漆

embarque *m.* 裝細,裝貨

embarradura *f.* 抹泥,塗上泥

embarrancar I. *intr.* 【海】擱淺 II. *r.* 【轉】陷入困境

embarrar *tr.-r.* 抹泥,塗上泥

embarrilar *tr.* 把…裝進桶

embarullar *tr.* 搞亂,攪亂

embastar *tr.* 繃,絎,粗針縫

embaste *m.* 絎線

embastecer I. *intr.* 發胖 II. *r.* 1.變粗糙 2.變粗俗,變粗野

embate *m.* 1.浪擊 2.衝動

embaucador, ra *a.-s.* 騙人的;騙子

embaucamiento *m.* 欺騙,蒙騙

embaucar *tr.* 欺騙,蒙騙

embaular *tr.-r.* 1.把…裝進箱內 2.【轉,口】狼吞虎咽

embebecer I. *tr.* 使愉快,使開心 II. *r.* 着迷,陶醉

embebecimiento *m.* 着迷,陶醉

embeber I. *tr.* 1.(固體)吸收(液體) 2.浸濕,泡濕,蘸濕 3.把…嵌入,把…塞入 II. *intr.* (布料)縮水 III. *r.* 1.學會,掌握 2.專心致志於,全神貫注於

embelecar *tr.* 哄騙,誆騙

embeleco *m.* 哄騙,誆騙

embelesar *tr.-r.* 使着迷,使陶醉;着迷,陶醉

embeleso *m.* 1.陶醉 2.令人陶醉的事物

embellaquecerse *r.* 變成無賴

embellecer *tr.-r.* 美化,修飾

embellecimiento *m.* 美化,修飾

emberrenchinarse; emberrincharse *r.* 【口】發怒,發脾氣

embestida *f.* 攻擊,衝擊

embestir *tr.* 攻擊,衝擊

embetunar *tr.* 1.塗瀝青 2.擦鞋油

emblandecer *tr.-r.* 使軟,弄軟;心腸變軟

emblanquecer I. *tr.* 使變白 II. *r.* 變白

emblema *m.* 1.徽章 2.標誌,象徵

embobamiento *m.* 如痴如醉

embobar *tr.* 使陶醉

embobecer I. *tr.* 使變傻 II. *r.* 變傻

embocado, da *a.* 味醇的

embocadura *f.* 1.放進口 2.擠入，塞進 3.(管樂器的)嘴 4.河口 5.舞台口

embocar *tr.* 1.放進口 2.擠入，塞進 3.開始做 4.【口】吞食

embodegar *tr.* 把…存放在窖裏

embojar *tr.* 安放蠶簇

embolado *m.* 1.配角，龍套 2.謊言 3.角上套了木球的公牛

embolar *tr.* 給牛角套上木球

embolia *f.*【醫】栓塞

embolismo *m.* 混亂

émbolo *m.* 活塞

embolsar *tr.* 1.把…裝入口袋 2.賺得 3.索還

embonar *tr.* 1.改善，改進 2. *Amér.* 施肥

emboquillado, da *a.* 帶過濾嘴的

emboquillar *tr.* 1.給(紙烟)裝過濾嘴 2.開始挖(隧道)進口

emborrachar I. *tr.* 灌醉，使醉 II. *r.* 喝醉

emborrascar I. *tr.* 激怒，使發怒 II. *r.* 風雨大作

emborrizar *tr.*【紡】進行頭道梳理

emborronar *tr.* 1.亂塗，亂畫 2.【轉】潦草地寫

emborrullarse *r.*【口】大吵大鬧

emboscada *f.* 埋伏，伏擊

emboscar *tr.-r.* 埋伏

embosquecer *intr.* 樹木長成林

embotadura *f.* 1.鈍 2.遲鈍

embotamiento *m.* 1.變鈍，變遲鈍 2.變遲鈍

embotar *tr.* 1.弄鈍，使不鋒利 2.使遲鈍

embotellado, da *a.* (報告、演說)事先準備好的，熟記的

embotellamiento *m.* 1.裝入瓶內 2.交通堵塞 3.【轉，口】事先記熟的話

embotellar *tr.* 1.把(酒等)裝入瓶內 2.堵塞，阻塞

embotijar *tr.* 把…裝入罐中

embozadamente *ad.* 遮遮掩掩地

embozar *tr.* 1.遮住臉的下半部 2.掩飾

embozo *m.* 1.衣服上用來遮臉的部分 2.被單上端碰到臉部的摺疊部分 3.掩飾

embragar *tr.* 1.捆，紮 2.(用離合器)連接

embrague *m.* 1.捆，紮 2.(用離合器)連接 3.【機】離合器

embravecer I. *tr.* 惹怒，激怒 II. *r.* 發怒 III. *intr. -r.* (植物)苗壯生長

embravecimiento *m.* 發怒

embrazadura *f.* 盾柄，盾牌的把手

embrazar *tr.* 抓住(盾柄)

embreadura *f.* 塗瀝青

embrear *tr.* 給…塗瀝青

embregarse *r.* 爭吵

embriagador, ra *a.* 1.醉人的，使醉的 2.令人陶醉的

embriagar *tr.* 1.使醉，灌醉 2.【轉】使陶醉

embriaguez *f.* 1.酒醉 2.【轉】陶醉

embridar *tr.* 給(馬)戴籠頭

embriogenia *f.* 胚形成

embriología *f.* 胚胎學

embrión *m.* 1.【生】胚胎 2.【轉】萌芽，雛形 ◇ en ～ 萌芽狀態的，醞釀中的

embrionario, ria *a.* 1.【生】胚胎的 2.【轉】萌芽的，雛形的

embrocación *f.*【醫】1.擦洗 2.擦洗劑

embrocar *tr.* 1.傾倒入另一容器 2.(用鞋釘)釘住(鞋底)

embrollador, ra *a.-s.* 惹是生非的，造成混亂的；惹是生非的人

embrollar *tr.-r.* 弄亂，搞亂

embrollo *m.* 1.混亂，紛亂 2.醜事，隱私 3.糾葛，麻煩

embrollón, na *a.-s.* 好撥弄事非的；撥弄是非的人

embromar *tr.* 1.開玩笑 2.捉弄，戲弄

embrujamiento *m.* 1.行巫術，施魔法 2.【轉】迷住，迷惑

embrujar *tr.* 1.行巫術，施魔法 2.迷住，迷惑

embrujo *m.* 1.行巫術 2.魔力，魅力

embrutecer I. *tr.* 使變得粗野, 使失去理智 II. *r.* 變得粗野, 失去理智

embrutecimiento *m.* 變得粗野, 喪失理智

embuchado *m.* 1.香腸, 肉腸 2.騙局, 欺騙

embuchar *tr.* 1.灌香腸, 灌肉腸 2.【口】狼吞虎咽

embudar *tr.* 1.放置漏斗 2.設圈套

embudo *m.* 1.漏斗 2.圈套, 陷阱

embullar *tr.* 慫恿(某人)參加娛樂

emburujar *tr.* 1.使結成塊, 使成硬團 2.【轉】胡亂堆放; 摻混

embuste *m.* 謊言, 詭騙

embustería *f.* 撒謊

embustero, ra *a.-s.* 說謊的; 說謊者

embutidera *f.* 鉚工模

embutido *m.* 1.鑲嵌細工 2.香腸, 肉腸

embutir *tr.* 1.灌香腸, 灌肉腸 2.填塞, 塞入 3.鑲, 嵌 4.【轉, 口】狼吞虎咽

eme *f.* 字母 m 的名稱

emergencia *f.* 1.浮現, 出現 2.緊急情況, 意外事件

emergente *a.* 1.由⋯產生的, 源於⋯的 2.浮現的, 出現的

emerger *intr.* 露出水面, 浮現

emersión *f.*【天】(日、月蝕後的)復現

emético, ca *a.-m.*【醫】催吐的; 催吐劑

emídido, da *a.-m.pl.*【動】水龜科的; 水龜科

emigración *f.* 1.移居, 移居國外 2.【集】移民

emigrado, da *a.-s.* 流亡的; 流亡者

emigrante *a.-s.* 移居的; 移民

emigrar *intr.* 1.移居國外 2.(動物)遷徙

emigratorio, ria *a.* 有關移居的

eminencia *f.* 1.高地, 高處 2.傑出人物, 卓越人物 3.閣下, 大人(對紅衣主教的尊稱)

eminente *a.* 1.高的 2.傑出的, 卓越的

eminentísimo, ma *a.* 尊敬的(紅衣主教)

emir *m.* 埃米爾(穆斯林國家的酋長、貴族、王公的稱號)

emisario, ria *s.* 使者, 密使

emisión *f.* 1.發射, 發出 2.廣播; 廣播節目 3.(票證等的)發行

emisor, ra I. *a.* 1.發射的, 2.發行的 3.播送的 II. *m.* 無線電發射機 III. *f.* 廣播電台

emitir *tr.* 1.發射, 發出 2.廣播, 播送 3.發行(紙幣、票證) 4.發表, 發佈

emoción *f.* 激動; 感動

emocional *a.* 1.激動的 2.感情上的

emocionante *a.* 激動人心的, 感人的

emocionar *tr.* 使激動, 使感動

emoliente *a.-s.*【醫】使(腫瘤等)軟化的; 軟化劑

emolumento *m.pl.* 補貼, 津貼

emotividad *f.* 易動感情

emotivo, va *a.* 1.激動的 2.感情上的, 易動感情的; 感人的

empacar I. *tr.* 打包, 包裝 II. *r.* 1.頑固, 固執己見 2.(動物)站住不肯往前走

empachado, da *a.* 笨拙的, 不機靈的

empachar I. *tr.* 1.阻礙, 妨礙 2.使消化不良 II. *r.* 1.消化不良 2.羞愧, 羞怯

empacho *m.* 1.羞愧, 害臊 2.障礙, 阻礙 3.消化不良

empadronamiento *m.* 1.登記戶口 2.戶口登記冊

empadronar *tr.-r.* 登記戶口

empalagar I. *tr.* 1.使吃膩 2.使討厭, 使厭煩 II. *r.* 1.吃膩 2.討厭, 厭煩

empalagoso, sa *a.* 1.發膩的 2.令人討厭的

empalar *tr.* 用梭扦串

empalidecer *tr.* 1.使變蒼白 2.使遜色

empalizada *f.* 柵欄

empalmadura *f.* 見 empalme

empalmar I. *tr.* 1.聯結, 銜接 II. *intr.* 1.(車輛運行時間)相接 2.連續發生

empalme *m.* 1.聯結, 銜接 2.連接點 3.連接物

empanada *f.* 餡餅

empanadilla *f.* 小餡餅

empanar *I. tr.* 給…裹上麵包粉 *II. r.* (莊稼)因過密而枯萎

empantanar *I. tr.* 1.使成爲沼澤 2.使陷入泥坑 3.使停滯不前 *II. r.* 1.變成沼澤 2.陷入泥坑 3.停滯

empañadura *f.* 襁褓

empañar *tr.* 1.用襁褓包 2.使失去光澤;使不透明 3.【轉】玷污

empapar *I. tr.* 1.使浸透,使濕透 2.吸收(水) *II. r.* 接受(思想、理論等)

empapelado *m.* 裱糊

empapelador, ra *s.* 裱糊工人

empapelar *tr.* 1.用紙包 2.裱糊 3.【轉,口】起訴

empaque *m.* 1.包裝,打包 2.包裝材料 3.裝腔作勢

empaquetador, ra *s.* 包裝工人

empaquetar *tr.* 1.包裝,打包 2.使擠滿,塞進 3.【轉】裝飾,打扮

emparchar *tr.* 給…貼膏藥

emparedado *m.* 三明治

emparedar *tr.* 禁閉,監禁

emparejadura *f.* ; **emparejamiento** *m.* 1.配對 2.相配,使具同一水平

emparejar *I. tr.* 使配成對,使配成雙 *II. intr.* 1.趕上,與…齊頭並進 2.與…達到同一水平 *III. r.* 配對,成雙

emparentar *intr.* 結親 ◇ estar bien emparentado 與有權勢的結親

emparrado *m.* 1.(爬蔓植物的)架子 2.葡萄藤架 3.葡萄藤

emparrar *tr.* 1.搭藤架 2.使(葡萄藤)爬上架

emparrillar *tr.* (在烤架上)烤

emparvar *tr.* (在場院上)堆(禾穀)

empastar *I. tr.* 1.給…塗漿糊 2.裱糊,黏貼 3.補(牙) 4.【美】用厚彩塗 *II. intr.* (牲畜)患臟脹病

empaste *m.* 1.塗漿糊 2.補牙 3.補牙填料

empatar *tr.-intr.* (使)成平局;不分勝負

empate *m.* 平局

empavesada *f.* 【海】(裝飾船隻的)彩條

empavesado, da *a.* 持盾牌的

empavesar *tr.* 【海】(用彩條)裝飾(船隻)

empecatado, da *a.* 1.非常淘氣的 2.很壞的 3.不幸的,倒霉的

empecer (只用第三人稱,並只用於否定句中) *I. tr.* 損害,傷害 *II. intr.* 阻礙,妨礙

empecinado[1] *m.* 製松香的人

empecinado, da[2] *a. Amér.* 頑固的,固執的

empecinar *tr.* 給…塗上松香

empecinarse *r. Amér.* 頑固,固執

empedernido, da *a.* 冷酷的,無情的

empedernir *I. tr.* 使變堅硬 *II. r.* 1.變堅硬 2.變得冷酷無情

empedrado *m.* 1.用石頭鋪 2.石鋪地面

empedrar *tr.* 1.用石頭鋪 2.【轉】佈滿,擺滿 3.【轉】使充滿,塞滿

empega *f.* 1.塗料 2.(牲畜身上的)漆印

empegadura *f.* 塗料層

empegar *tr.* 1.用(瀝青、松香、漆等)塗,抹 2.(在牲畜身上)打漆印

empego *m.* (在牲畜身上)打漆印

empeine *m.* 1.小腹,小肚子 2.腳面,腳背 3.【醫】癬

empelazgarse *r.* 【口】吵架

empelechar *tr.* 用大理石板貼;用大理石板鑲

empelotarse *r.* 【口】聚集,羣集

empella *f.* 鞋幫

empellar *tr.* (用身體)拱,擠

empellejar *tr.* 用皮革包

empellejón *m.* (用身體的)拱,擠

empenachar *tr.* 用羽毛裝飾

empeñadamente *ad.* 堅持不懈地,努力地

empeñado, da *a.* 1.堅持的,頑強的 2.激烈的

empeñar *I. tr.* 1.典,當,抵押 2.強迫,逼迫 *II. r.* 1.欠債,負債 2.堅持,固執 3.作中間人 4.開戰;開始論戰

*empeño *m.* 1.典,當,抵押 2.責任,義務 3.熱望,渴望 4.堅持,不屈不撓 ◇ con ~ 堅持不懈地/ en ~ 抵押的

empeoramiento *m.* 變壞,惡化

*empeorar *tr.-intr.-r.* (使)變壞,(使)惡化

empequeñecer I. *tr.* 1.使變小 2.使貶值 3.【轉】貶低 II. *intr.-r.* 變小

emperador *m.* 皇帝

emperatriz *f.* 1.皇后 2.女皇

emperdigar *tr.* 微烤

emperejilar *tr.-r.*【口】精心裝飾

emperezar *intr.-r.* 懶惰,怠惰

emperifollar *tr.-r.* 精心裝飾

empernar *tr.* 用螺栓固定

empero *conj.* 但是,可是

emperramiento *m.* 頑固,固執

emperrarse *r.* 頑固,固執

empesador *m.*【紡】經梳

empetro *m.*【植】岩高蘭

*empezar *tr.-intr.* 開始,開始做

empicarse *r.* 過分喜愛,熱衷

empiema *m.*【醫】積膿

empinado, da *a.* 1.高的 2.高傲的

empinar I. *tr.* 1.扶直,立直,豎直 2.舉起,舉高 3.舉高傾倒(酒杯等),傾杯而飲 4.痛飲,酗酒 II. *r.* 1.踮起腳了 2.(動物)用後腿站立 3.高達 ◇ ~la 酗酒

empingorotado, da *a.* 1.社會地位高的 2.高傲的

empíreo, a *a.-m.* 最高天的,天堂的,蒼天的;天堂,蒼天

empireuma *m.* 焦臭

empíricamente *ad.* 全憑經驗地,經驗主義地

empírico, ca *a.-s.* 經驗主義的,以經驗為根據的;經驗主義者

empirismo *m.* 經驗主義;經驗論

empitonar *tr.*【鬥牛】牛用角挑起(鬥牛士)

empizarrar *tr.* 用石板鋪蓋(屋頂)

emplastar *tr.-r.* 給…貼膏藥,給…抹藥膏;沾上黏糊的東西

emplastecer *tr.*【美】使(底色)均勻

emplasto *m.* 膏藥,藥膏

emplazamiento *m.* 1.安置,設置 2.【法】傳訊 3.位置,地點

emplazar *tr.* 1.安放,安置,設置 2.【法】傳訊

*empleado, da *s.* 職員,雇員

empleador, ra *s.* 雇主

*emplear *tr.* 1.用,使用 2.雇用,任用 3.花費,用(錢) II. *r.* 就業,任職

*empleo *m.* 1.用,使用 2.雇用,任用 3.職務,職位

empleomanía *f.* 官迷,追求高官厚祿

emplomado *m.* 1.屋頂鉛皮 2.固定玻璃門窗的鉛條

emplomar *tr.* 1.用鉛包,用鉛焊 2.用鉛皮蓋;用鉛條固定 3.打鉛封

emplumar I. *tr.* 用羽毛裝飾 II. *intr.* 長羽毛

emplumecer *intr.* 長羽毛

empobrecedor, ra *ad.* 使貧窮的

empobrecer *tr.* 1.使貧窮 2.使貧瘠

*empobrecimiento *m.* 1.貧窮;貧窮化 2.貧瘠

empolvar I. *tr.* 1.給…灑上粉 2.在…上搭香粉 II. *r.* 1.蓋滿塵土 2.搽粉,撲粉

empollar *tr.* 1.孵,孵小鷄 2.【轉】刻苦學習,刻苦鑽研

emponzoñador, ra *a.-s.* 有毒的,有害的;放毒者

emponzoñar *tr.* 1.使中毒,放毒 2.【轉】損害,毒害

empopar *intr.-r.*【海】船尾迎風

emporcar *tr.-r.* 弄髒,玷污

emporio *m.* 1.商業中心 2.文化中心

empotramiento *m.* 砌在牆內;固定在地上

empotrar *tr.* 把…砌在牆內;把…固定在地上

empozar *tr.* 1.漚(麻) 2.把…投入井中

emprendedor, ra *a.* 有進取心的,有事業心的

*emprender *tr.* 開始,着手進行 ◇ ~la

para 動身前往

*empresa f. 1.着手的事情;艱難的事業 2.企業,公司

empresario, ria s. 1.(演出團體的)經理 2.企業家

*empréstito m. 借款,貸款

emprimar tr. 第二遍梳理(羊毛)

empringar tr. 使沾上油污

*empujar tr. 1.推,推動 2.【轉】促使,催促 3.【轉】驅逐,使離職

empuje m. 1.推,推動 2.【轉】決心,毅力 3.【轉】權勢,影響

empujón m. 1.用力推,用力撞 2.促進,推進 ◇ a ~es ①用力地,推②斷斷續續地

empuñadura f. 1.(器具,武器等的)柄,把手 2.(故事,演說等的)開頭話

empuñar tr. 1.緊握,攥住 2.拿起,抓住

*emulación f. 1.競爭,比賽 2.好勝心,競爭心

emulador, ra a.-s. 比賽的,競爭的;競爭者,對手

emular tr. 1.同…比賽,同…競爭 2.模仿,仿效

emulgente a.【解】腎臟的(脈管)

émulo, la a.-s. 好競爭的;對手

emulsión f. 乳膠,乳劑,乳濁液 ◇ ~ fotográfica 感光乳劑

emulsionar tr. 乳化,使…變成乳劑

emulsivo, va a. 乳化性的,乳劑性的

emulsor m. 乳化器

*en prep. 1.(表示地點、位置) 在…裏面,在…之內;在…上面 2.(表示時間) 在,在…期間,在…過程中 3.(表示範圍) 在…方面 4.(表示狀態、情況) 處於…狀態 5.(表示方式) 用,以 6.(後接副動詞) 一…就 ◇ ~ absoluto 絕對地/ ~ general 一般地/ ~ secreto 秘密地/ ~ vez de 代替

enaceitar I. tr. 給…塗油,給…上油 II. r. 變得油糊糊

enaguas f.pl. 襯裙

enaguachar tr. 使含水過多

enaguazar tr. 給(土地)澆水過多

enajenable a. 可轉讓的,可讓渡的

enajenación f. 1.轉讓,出讓 2.精神失常 3.心不在焉;出神,入神 ◇ ~ mental 神經錯亂

enajenado, da a.-s. 精神失常的;瘋子

enajenador, ra a.-s. 出讓的,轉讓的;讓渡人

enajenamiento m. 見 enajenación

enajenar I. tr. 1.出讓,轉讓 II. tr. 1.使精神失常 2.使出神,使入迷 III. r. 1.精神失常 2.出神,入迷 3.疏遠

enalbar tr. 把(鐵)燒至白熱

enalbardar tr. 給(馱畜)上馱鞍

enaltecer tr. 頌揚,贊美

enamoradizo, za a. 多情的,在愛情上輕率的

*enamorado, da I. a. 1.熱戀着的,鍾情的 2.多情的,在愛情上輕率的 3.熱愛…的 II. s. 1.情人,戀人 2.愛好者

enamoramiento m. 戀愛

*enamorar I. tr. 1.使產生愛情,激起愛情 2.追求,向…求愛 II. r. 1.愛上 2.愛好,喜歡

enamoricarse; enamoriscarse r. 動情,有意

enano, na a.-s. 矮小畸形的;侏儒

enarbolar I. tr. 高舉,舉起 II. r. 見 encabritarse

enarcar I. tr. 1.使彎曲,使成弓形 2.給(桶等)上箍 II. r. 畏縮,膽怯

enardecer I. tr. 1.使激化,加劇 2.使興奮,使激昂 II. r. 激動起來,激昂

enardecimiento m. 1.激化 2.激動,激昂

enarenación f. 鋪沙子,攪沙子

enarenar I. tr. 1.在…鋪上沙子 2.(在礦砂中)攪進沙子 II.【海】擱淺

enastar tr. 給…裝柄,給…安把

encabalgar intr. 擱在,放在,架在

encaballar tr. 使搭接,壓着邊放

encabestrar tr. 1.給…繫上繮繩 2.使(野牛)跟着帶頭牛走 3.使聽從指使

encabezamiento *m.* 1.(文件,書信等的)開頭,抬頭 2.戶口登記,戶籍冊 3.分攤的稅額

encabezar *tr.* 1.寫抬頭 2.作為(詩文的)開頭 3.列在名單首位 4.登記 5.(攙烈性酒)增加酒的度數 6.領頭,帶頭

encabritarse *r.* (馬)前足騰空直立

encachado *m.* (河床或橋下)的水泥層

encadenamiento *m.* 1.用鎖鏈鎖住 2.【轉】連接

encadenar *tr.* 1.用鎖鏈鎖住 2.【轉】連接 3.【轉】束縛,限制

encajadura *f.* 1.鑲,嵌,插,套 2.凹槽,榫眼,孔,洞

encajar I. *tr.* 1.鑲,嵌,插,套 2.使接合,使合適 3.強迫聽取 4.投,扔 II. *r.* 1.擠進(狹小的地方或人羣) 2.穿,着

encaje *m.* 1.鑲,嵌,插,套 2.凹槽,榫眼,孔,洞 3.鑲嵌細工 4.花邊,花邊織物

encajero, ra *s.* 織花邊的人;賣花邊的人

encajonamiento *m.* 1.裝進箱,放進抽屜,放入盒內 2.進入狹窄地方

encajonar I. *tr.* 1.把⋯裝進箱,把⋯放進抽屜,把⋯放入盒內 2.使進入狹窄地方 II. *r.* 進入狹窄地方

encalabrinar I. *tr.* 1.使頭暈 2.刺激,激怒 II. *r.* 固執

encaladura *f.* 抹石灰,粉刷

encalar *tr.* 1.用石灰抹,用石灰粉刷 2.把⋯塞入,把⋯填進

encalmadura *f.* (牲口的)窒息

encalmarse *r.* 1.(牲口由於熱和累)窒息 2.風平浪靜

encalostrarse *r.* (嬰兒)初乳消化不良

encalvecer *intr.* 禿頂,成禿子

encalladero *m.* 船隻容易擱淺的地方

encalladura *f.* 擱淺

encallar *intr.* 1.擱淺 2.【轉】陷入困境,停滯不前

encallecer *intr.-r.* 1.起繭,皮膚變硬 2.積惡成習

encallecido, da *a.* 習慣的

encallejonar *tr.* 使進入胡同,使進入窄道

encamación *f.* 礦井的坑木,支柱

encamarar *tr.* 把(糧食)收入糧倉

encamarse *r.* 1.因病臥床 2.(動物)在巢內棲息

encaminado, da *a.* 1.針對⋯的,旨在⋯的 2.正確的,對的

*****encaminar** I. *tr.* 1.給⋯指路 2.指導,指引 3.使對着,使朝向 II. *r.* 去,往,走向

encamisada *f.* 化裝火把晚會

encamisar *tr.* 1.給⋯穿襯衣 2.在⋯上加套 3.【轉】喬裝,掩飾

encamonado, da *a.* 【建】板條的

encanallar I. *tr.* 使墮落,使成流氓 II. *r.* 墮落,成爲流氓

encanastar *tr.* 把⋯裝進筐

encancerarse *r.* 患癌症

encandecer *tr.* 使白熾化

encandilado, da *a.* 立着的,豎直的

encandilar I. *tr.* 1.耀眼,使眼花 2.【轉】使迷惑,使目瞪口呆 3.【口】撥旺(火) II. *r.* 1.迷惑,目瞪口呆 2.(由於喝酒過度)眼睛發紅

encanecer *intr.* 1.長白髮,頭髮變白 2.【轉】變老,衰老

encanijamiento *m.* 消痩,衰弱

encanijar I. *tr.* 使消痩,使衰弱 II. *r.* 消痩,衰弱

encanillar *tr.* 往緯紗管上繞(線)

encantador, ra I. *a.* 1.有魔法的,會施魔法的 2.【轉】迷人的,討人喜歡的 II. *s.* 巫師,魔法師

encantamiento *m.* 1.施魔法,施妖術 2.【轉】着迷 ◇ por arte de ～ 魔術般地

encantar *tr.* 1.對⋯施魔法,使着魔 2.【轉】迷住,使陶醉

encantarar *tr.* 把⋯投入罐中

encante *m.* 1.拍賣 2.拍賣行

encanto *m.* 1.着魔 2.魅力,動人之處 3.討人喜歡的人或物

encantusar *tr.* 見 engatusar

encañada *f.* 峽谷, 溪谷

encañado *m.* **1.**水管, 排水管 **2.**籬笆

encañar **I.** *tr.* **1.**(用管道)引(水) **2.**(用管道)排乾積水 **3.**給(作物等)搭架 **II.** *intr.* (莊稼)開始拔節

encañizada *f.* 攔魚葦箔

encañonar **I.** *intr.* 開始長羽根 **II.** *tr.* **1.**使進入管道; 使進入狹窄地方 **2.**(槍, 炮等)瞄準

encapachadura *f.* 一次榨的油橄欖筐數

encapachar; encapazar *tr.* 用帶耳筐裝

encapirotar *tr.* 給…遮上, 給…罩上

encapotadura *f.* ; **encapotamiento** *m.* 皺眉

encapotar **I.** *tr.* 給…穿上斗篷 **II.** *r.* **1.**披上斗篷 **2.**皺眉 **3.**(天氣)變陰, 烏雲密佈

encapricharse *r.* **1.**執意要 **2.**(出於任性)喜歡上, 迷上

encapuchar *tr.* **1.**給…帶上風帽, 給…帶上兜帽 **2.**給…遮上, 給…罩上

encarado, da *a.* 長得好看或難看的 ◇ bien ～①美貌的②臉色好看的/ mal encarado ①醜陋的②臉色難看的

encaramar **I.** *tr.* **1.**把…置於高處 **2.**提拔, 使居高位 **II.** *r.* **1.**登上, 登高 **2.**晉升, 居高位

encaramiento *m.* **1.**面對面 **2.**瞄準 **3.**面臨, 正視

encarar **I.** *tr.* **1.**使面對面 **2.**瞄準 **3.**面臨, 正視 **II.** *intr.-r.* **1.**面對面 **2.**面臨, 正視 **3.**當面(爭論, 說理)

encarcelación *f.* ; **encarcelamiento** *m.* 監禁, 關押

***encarcelar** *tr.* 監禁, 關押

encarecer *tr.* **1.**使漲價, 提高…的價格 **2.**贊揚, 稱贊 **3.**叮囑

encarecimiento *m.* **1.**漲價, 提高價格 **2.**贊揚, 稱贊 **3.**叮囑 ◇ con ～ 再三地, 懇切地

***encargado, da** *a.-s.* 受委託的, 負責…的; 代理人, 負責人 ◇ ～ de negocios 使館代辦

***encargar** **I.** *tr.* **1.**委託, 託付 **2.**囑付, 囑託 **3.**預訂, 定購 **II.** *r.* 負責, 承擔

***encargo** *m.* **1.**委託, 託付 **2.**委託之事 **3.**訂貨 **4.**事情, 事務 **5.**職務 ◇ como de ～ 恰如其分的/ de ～ 預訂的, 定做的/ por ～ de 受…委託

encariñar **I.** *tr.* 使喜愛上 **II.** *r.* 喜愛上

encarnación *f.* **1.**體現, 化身 **2.**【美】肉色

encarnadino, na *a.* 淡紅色的

encarnado, da *a.-m.* **1.**肉色的; 肉色 **2.**紅色的; 紅色

encarnadura *f.* (肌體組織的)愈合能力

encarnamiento *m.* (傷口的)愈合

encarnar **I.** *intr.* **1.**成爲化身 **2.**(傷口)愈合 **3.**(刀、箭等)刺入, 刺傷 **II.** *tr.* **1.**賦予…以形體 **2.**體現, 代表, 象徵 **3.**給(雕塑)着肉色

encarnecer *intr.* 長肉, 發胖

encarnizadamente *ad.* 殘酷地, 殘忍地

encarnizado, da *a.* **1.**充血的 **2.**激烈的; 殘酷的

encarnizamiento *m.* **1.**嗜肉, 食肉 **2.**殘酷, 殘忍

encarnizar **I.** *tr.* **1.**(用獵物)餵(狗) **2.**激怒 **II.** *r.* **1.**(動物)嗜肉, 吞食肉 **2.**施殘暴, 逞兇

encarpetar *tr.* **1.**把…放入公文夾, 把…放入卷宗 **2.** *Amér.* 擱置(公文, 事務)

encarrilar *tr.* **1.**把…放在軌道上 **2.**【轉】使走上正軌, 使正常進行

encarrillarse *r.* (繩索)脱出滑輪槽

encarroñar **I.** *tr.* 使腐爛, 使潰爛 **II.** *r.* 腐爛, 潰爛

encarrujarse *r.* 捲曲

encartar *tr.* **1.**放逐, 流放 **2.**把…列入, 使…包括在内 **3.**對…起訴, 控告 **4.**出同花色的牌

encarte *m.* 打同花色的牌; 收同花色的

牌

encartonar *tr.* 1.用紙板包裝 2.用硬封面裝訂

encascabelar *tr.* 給…掛上鈴鐺

encasillado, da I. *a.* (官方指定的)候選人的 II. *m.* 1.官方候選人名單 2.【集】分類架的格子

encasillar *tr.* 1.把…分置格內 2.把…分類安放 3.政府指定(候選人)

encasquetar *tr. -r.* 1.戴好(帽子) 2.灌輸(某種思想)

encasquillar I. *tr.* 1.加罩, 加包鐵 2. *Amér.* 給(馬)釘掌 II. *r.* 1.(武器)卡殼 2.(機器)卡住

encastar *tr.* (以雜交)改良(動物品種)

encastillado, da *a.* 高傲的

encastillamiento *m.* 1.構築城堡 2.堆, 垛, 壘 3.【轉】固執, 堅持

encastillar I. *tr.* 1.構築城堡 2.堆, 垛, 壘 II. *r.* 1.固守城堡 2.【轉】固執, 堅持

encastrar *tr.* 接合, 嚙合

encatusar *tr.* 見 engatusar

encauchado *m.* 塗膠的雨布, 塗膠的雨衣

encauchar *tr.* 給…塗上橡膠

encausar *tr.* 控告

encáustico, ca *m.* 上光蠟, 地板蠟, 木器蠟

encausto *m.* 蠟畫法; 蠟畫

encauzar *tr.* 1.(將流水)引入(渠道) 2.開(渠道) 3.【轉】引導

encebadar I. *tr.* 使(馬因吃得過多)脹肚 II. *r.* (馬)脹肚

encebollado *m.* 加洋蔥的

encefálico, ca *a.* 腦的

encefalitis (*pl.* encefalitis) *f.* 腦炎

encéfalo *m.*【解】腦

encefalomielitis *f.* 腦脊髓炎

encelajarse *prnl.-impers.* 佈滿雲彩

encelamiento *m.* 嫉妒

encelar I. *tr.* 引起嫉妒 II. *r.* 1.嫉妒 2.(動物)發情

encella *f.* 奶酪模子

encellar *tr.* 模製(奶酪)

encenagarse *r.* 1.掉入泥潭, 沾滿污泥 2.【轉】沉溺於(惡習)

encendajas *f. pl.* 乾柴, 引火柴

encendedor *m.* 打火機

***encender** I. *tr.* 1.點燃, 點着 2.使感灼熱, 使有火辣辣的感覺 3.挑起, 引起(爭論, 戰爭等) 4.激起, 激發 II. *r.* 臉紅

encendido, da I. *a.* 1.點燃的, 燒紅的 2.(臉)紅的 3.激烈的, 熾熱的 II. *m.* (發動機的)點火, 發火 點火裝置, 發火裝置

encendimiento *m.* 1.燃燒 2.臉紅 3.激烈

encenizar *tr.* 使…沾滿灰

encepar I. *tr.* 給(槍)安托 II. *r.* (植物)扎根

***encerado, da** I. *a.* 1.蠟色的 2.打蠟的 II. *m.* 1.打蠟 2.蠟層 3.黑板 4.防雨布, 蠟布, 油布

encerador, ra *s.* 打蠟工

encerar I. *tr.* 塗蠟, 打蠟 II. *intr.-r.* (穀物)呈黃色, 成熟

encernadar *tr.* 給…塗灰漿

encerotar *tr.* 給(線)打蠟

encerradero *m.* 1.畜欄, 牲畜圈 2.鬥牛圈

encerradura *f.*; **encerramiento** *m.* 見 encierro

***encerrar** I. *tr.* 1.鎖, 關, 藏 2.關押, 禁閉 3.包含, 含有 II. *r.* 隱居, 幽居

encerrona *f.* 1.隱退, 隱居 2.圈套, 計謀

encespedar *tr.* 使成爲草坪

encía *f.*【解】牙床

encíclica *f.* (羅馬教皇的)通告, 通諭

***enciclopedia** *f.* 百科全書; 百科詞典 ◇ ser una ~【轉】是萬事通

enciclopédico, ca *a.* 1.百科全書的 2.博學的

enciclopedismo *m.* 百科全書派

enciclopedista *a.-s.* 百科全書派的; 百科全書編纂者

encierro *m.* 1.鎖, 關, 藏 2.關押, 禁閉

3.隱居地,幽居地 4.關押所,監牢 5.【鬥牛】把牛關進牛欄 6.牛欄

*encima *ad.* **1.**在上面,在身上 **2.**此外 ◇ de ～ 上面的,外面的/ ～ de 此外/ por ～ 表面地,粗略地/ por ～ de ①在…上面②不管,不顧③超出/ por ～ de todo ①無論如何,不顧一切②最,高於一切

encimar *tr. -intr.* 放在上面,放在最高處

encina *f.***1.**【植】聖櫟 **2.**聖櫟木

encinal, encinar *m.* 聖櫟樹林

encinta *a.* 懷孕的

encintado *m.* 人行道的長路緣石,道牙

encintar *tr.* **1.** 用絲帶裝飾 **2.** 給(人行道)鋪路緣石

encismar *tr.* 挑起不和

enciso *m.* (母羊産羔後的)牧場

encizañar *tr.* 挑起不和,挑撥

enclaustrar *tr.* **1.**使隱居於修道院 **2.** 【轉】藏匿

enclavado, da *a.-m.* 嵌在…之中的,置於…之中的,位於…中央的;飛地

enclavadura *f.*【木】卯

enclavar *tr.* **1.**釘 **2.**【轉】刺穿,扎透

enclave *m.* 飛地

enclavijar *tr.* **1.**(在樂器上)安弦軸 **2.** (用銷釘等)連接,固定

enclenque *a.-s.* 虛弱的,多病的;體弱者,多病者

enclocar *intr.-r.* 孵蛋,抱窩

encobar *intr.-r.* 孵蛋,抱窩

encobertado, da *m* 用被子蓋着的

encobijar *tr.* **1.**蓋,覆蓋 **2.**提供住宿

encobrado, da *a.* **1.**含銅的,鍍銅的,包銅的 **2.**銅色的

encocorar **I.** *tr.* 使生氣,使厭煩 **II.** *r.* 生氣,厭煩

encofrado *m.* (礦井、坑道的)木支架

encofrar *tr.* (在礦井或坑道内)搭木支架

*encoger **I.** *tr.* **1.**使收縮 **2.**【轉】使畏

縮,使膽怯 **II.** *intr.* 收縮,縮小 **III.** *r.* 畏縮,膽怯

encogido, da *a.* 畏縮的,膽怯的

encogimiento *m.* **1.**收縮,縮小 **2.**【轉】畏縮,膽怯

encojar **I.** *tr.* 使成跛子 **II.** *r.* **1.**病倒 **2.** 裝病

encoladura *f.* ; **encolamiento** *m.* **1.** 塗膠 **2.**(酒的)澄清

encolar *tr.* **1.**給…塗膠 **2.**膠粘 **3.**澄清(酒)

encolerizar **I.** *tr.* 使發怒,使生氣 **II.** *r.* 發怒,生氣

encomendar **I.** *tr.* **1.**委託,託付 **2.**推薦 **II.** *r.* 託庇,依靠

encomendero, ra *s.* 受委託者,代理人

encomiador, ra *s.* 讚揚者

encomiar *tr.* 讚揚,稱頌

encomiástico, ca *a.* 讚揚的,稱頌的

encomienda *f.* **1.**委託,託付 **2.**騎士團領地 **3.**騎士團地租收入 **4.** *Amér.* 郵包

encomio *m.* 讚揚,稱頌

enconamiento *m.* **1.**傷口發炎 **2.**惡意,敵意

enconar **I.** *tr.* **1.**使(傷口)發炎 **2.**【轉】激怒 **II.** *r.* **1.**(傷口)發炎 **2.**(爭論等)激化

encono *m.* 仇恨,敵意

encontradizo, za *a.* 相 遇 的 ◇ hacerse el ～ 假裝意外相遇

encontrado, da *a.* **1.**面對面放着的 **2.** 對立的

*encontrar *tr.* **1.**找到,尋到 **2.**遇到,碰到 **3.**發覺,感到 **4.**認爲 **II.** *intr.* 相遇,相逢 **III.** *r.* **1.**相遇,相逢 **2.**處於(某一位置或境地) ◇ ～selo todo hecho 一帆風順,萬事如意/ no ～se ①感到陌生,不稱心②不習慣

encontrón; encontronazo *m.* **1.**碰撞,撞擊 **2.**爭吵,衝突

encopetado, da *a.* **1.**傲慢的,妄自尊大的 **2.**【轉】出身高貴的

encopetarse *r.* 1.在額前高高梳起一綹頭髮 2.【轉】狂妄自大, 自負

encorachar *tr.* 把…裝進皮口袋

encorajar I. *tr.* 鼓勵, 激勵 II. *r.* 發怒, 暴怒

encorajinarse *r.* 發怒, 暴怒

encorar I. *tr.* 1.用皮革包 2.把…放進皮囊 II. *intr.-r.* 傷口結痂

encorchadora *f.* 塞瓶器

encorchar *tr.* 1.使(蜂羣)進入蜂箱 2.用軟木塞塞住(瓶子)

encorchetar *tr.* 1.(往衣服上)釘封領鉤 2.扣住(衣服)的封領鉤

encordar *tr.* 1.(給樂器)安弦 2.用繩捆(許多道)

encordelar *tr.* 用繩捆, 用繩綁

encordonar *tr.* 給…繫上帶子, 給…加上飾帶

encorecer *tr.-intr.* (使)結痂愈合

encoriación *f.* 結痂愈合

encornudar *intr.* 開始長角

encorralar *tr.* 把(牲畜)圈進欄

encorrear *tr.* 用皮帶捆, 用皮條扎

encortinar *tr.* (在某處)掛窗簾

encorvada *f.* 1.彎身, 曲身 2.扭擺舞【植】紅籽小冠花 ◇ hacer (或 fingir) la ～ 用裝病來逃避

encorvado, da *a.* 彎曲的, 弓形的

encorvadura *f.*; **encorvamiento** *m.* 彎曲, 彎身

encorvar I. *tr.* 1.弄彎, 使彎曲 2.使駝背, 使直不起腰 II. *r.* 傾向, 偏向

encostradura *f.* 1.粉刷 2.(石板、木板等的)貼面

encostrar *tr.-intr.-r.* (使)結硬皮

encovadura *f.* 1.關進洞穴 2.躲藏物

encovar *tr.* 1.把…關進洞穴 2.【轉】使…躲藏起來

encrasar *tr.-r.* (使)變稠; (使)變濃

encrespado *m.*; **encrespadura** *f.* 鬈髮

encrespamiento *m.* 1.鬈髮 2.掀起波浪 3.激怒

encrespar I. *tr.* 1.使(頭髮)鬈曲 2.使(毛髮)豎立 3.惹火, 激怒 4.掀起(波浪) II. *r.* (事情)變複雜

encrestarse *r.* (鷄等)豎起冠子

encristalar *tr.* 給…安玻璃

encrucijada *f.* 1.交叉路口, 十字路口 2.【轉】陷阱, 圈套

encrudecer *tr.* 1.使(天氣)變得酷烈 2.惹火, 激怒

encruelecer *tr.* 使變得殘酷

encuadernación *f.* 1.裝訂 2.書皮, 封面 3.裝訂車間

encuadernador, ra *s.* 裝訂工人

encuadernar *tr.* 裝訂

encuadrar *tr.* 1.用鏡框鑲 2.嵌入 3.【轉】容納, 包括

encuarte *m.* 備役牲畜

encubar *tr.* 把(酒)裝入桶中

encubiertamente *ad.* 1.秘密地, 偷偷地 2.騙人地

encubierto, ta *a.* 被遮蓋住的; 隱蔽的

encubridor, ra *a.-s.* 隱瞞的, 窩藏的; 窩主

encubrimiento *m.* 1.遮蓋 2.隱藏

*****encubrir** *tr.* 1.遮蓋 2.隱瞞, 隱藏 3.窩藏

*****encuentro** *m.* 1.相遇, 相逢 2.相碰, 相撞 3.找到, 發現 4.爭執, 爭吵 5.戰鬥, 衝突 6.【體】比賽 ◇ ir (或 salir) al ～ de ①出迎, 迎接②迎戰, 對抗

encuesta *f.* 1.調查, 詢問 2.民意測驗

encuitarse *r.* 苦惱, 憂傷

enculatar *tr.* 在蜂巢上加築蜂巢

encumbrado, da *a.* 地位顯要的

encumbramiento *m.* 1.升高, 抬高 2.提拔, 高升 3.高位

encumbrar I. *tr.* 1.舉高, 抬高 2.贊美, 頌揚 3.提拔 II. *r.* 1.爬上高位 2.高傲, 自負

encunar *tr.* 1.把(孩子)放進搖籃裏 2.(牛)用角頂起(鬥牛士)

encureñar *tr.* 架(炮)

encurtido, da *a.-m.* 醋醃的; 泡菜, 酸

菜

encurtir *tr.* 用醋腌製

enchancletar *tr.* 給…穿上拖鞋, 給…穿上後幫踩倒的鞋

enchapado *m.* 鑲面薄板

enchapar *tr.* 用薄板給…鑲面

enchapinado, da *a.* 築在拱頂上的

encharcada *f.* 水窪, 水潭

encharcar *tr.* 1.使成水窪 2.(因飲水過多)使(胃)感到不適

enchilada *f. Amér.* 辣椒肉餡玉米餅

enchiquerar *tr.* 1.把(鬥牛)圈進牛欄 2.【轉, 口】監禁, 關押

enchufar I. *tr.* 1.套接(管子等) 2.(插上插頭)接通(電源) II. *r.*【轉, 口】靠走門路謀取職務

enchufe *m.* 1.套接管子了 2.【電】插座, 插頭 3.【口】門路 ◇ ～ bipolar 兩孔插座 / ～ de porta-lámparas 燈頭插座 / ～ de tres clavijas 三孔插座

enchufista *s.* 靠走門路謀得職務的人

ende : por ～ 因此, 所以

endeble *a.* 1.體弱的, 虛弱的 2.不結實的(布) 3.不充分的, 站不住脚的(理由等)

endeblez *f.* 1.虛弱, 體弱 2.不結實 3.不充分

endecágono, na *a.-m.*【數】十一角形的, 十一邊形的; 十一角形, 十一邊形

endecasílabo, ba *a.-m.* 十一音節的; 十一音節詩

endecha *f.* 輓歌, 哀歌

endechar I. *tr.* 爲…唱輓歌 II. *r.* 悲痛, 悲傷

endehesar *tr.* 把(牲畜)趕進牧場

endemia *f.*【醫】地方病

endémico, ca *a.* 1.地方性的(疾病) 2.【轉】(某地區)常見的(社會問題)

endemoniado, da *a.* 1.着魔的, 中邪的 2.【轉】邪惡的, 壞透了的 3.【轉】討厭透頂的

endemoniar *tr.* 1.使中魔, 使中邪 2.【轉, 口】惹火, 激怒

endentado, da *a.* 有齒的(紋章)

endentar *tr.* 1.使嚙合 2.使成鋸齒狀

endentecer *intr.* (小孩)開始出牙

enderezado, da *a.* 1.合適的 2.旨在…的, 引向…的

enderezamiento *m.* 弄直, 扶直

enderezar I. *tr.* 1.弄直, 扶直 2.使改掉(惡習等) 3.把…朝向, 把…對準 II. *r.* 爲了, 目的在於

endeudarse *r.* 欠債, 負債

endiablado, da *a.* 1.着魔的, 中邪的 2.【轉】奇醜的 3.【轉, 口】頑劣的, 極壞的

endiablar I. *tr.* 1.使中邪, 使着魔 2.【轉, 口】使變壞, 使變邪惡 II. *r.* 發怒

endibia *f.* 苣藚菜

endilgar *tr.* 1.趕做, 匆忙完成 2.強加, 使忍受

endiosamiento *m.* 1.神化, 奉若神明 2.自負, 高傲 3.出神, 發獃

endiosar I. *tr.* 1.使神化, 把…奉若神明 2.吹捧 II. *r.* 1.極端自負, 非常傲慢 2.出神, 發獃

endocardio *m.*【解】心内膜

endocarditis (*pl.* endocarditis) *f.* 心内膜炎

endocarpio *m.*【植】内果皮

endocrino, na *a.* 内分泌的

endógeno, na *a.*【生】内生的, 内源的

endomingarse *r.* 穿上節日盛裝

endoparásito *m.*【生】體内寄生物

endosar *tr.* 1.【商】背書轉讓(支票等) 2.【轉, 口】把(工作, 負擔等)推給(他人)

endoscopio *m.*【醫】内窺鏡, 内腔鏡

endoselar *tr.* 搭起華蓋, 搭起天棚

endosmómetro *m.* 電滲計

endósmosis *f.*【理】内滲現象

endoso *m.*【商】背書轉讓

endriago *m.* 鬼怪

endrina *f.* 黑刺李

endrino, na I. *a.* 黑刺李色的, 青黑色的 II. *m.*【植】黑刺李樹

endulzar *tr.* 1.使變甜 2.【轉】使緩和, 減輕

endurar *tr.* 1.使變硬 2.忍受 3.節省

endurecer I. *tr.* 1.使變硬 2.【轉】使變得頑強,使能吃苦耐勞 II. *r.* 1.變硬 2.【轉】變頑強 3.【轉】變得冷酷無情

endurecimiento *m.* 1.堅硬 2.【轉】冷酷無情 3.【轉】頑強

ene *f.*字母 n 的名稱

enea *f.*【植】水燭

eneágono, na *a.-m.*【數】九角形的,九邊形的;九角形,九邊形

enebral *m.* 長滿歐洲刺柏的地方

enebrina *f.* 歐洲刺柏籽

enebro *m.*【植】歐洲刺柏

enejar *tr.* 1.給(車)裝軸 2.把(某物)裝在軸上

eneldo *m.*【植】蒔蘿

enema *f.*【醫】灌腸劑

enemiga *f.* 敵意,仇視

*****enemigo, ga** I. *a.* 1.敵對的,敵方的 2.反對的 II. *s.* 1.敵人,敵方 2.反對者 ◇ ~ común 公敵/ ~ declarado 公開的敵人/ ~ jurado (或 mortal) 死敵,不共戴天的敵人

enemistad *f.* 1.敵對 2.敵意,仇視

*****enemistar** I. *tr.* 使敵對,使爲敵 II. *r.* 敵對,成爲敵人

energético, ca *a.-f.*【理】能量的,能源的;動能學,力能學

*****energía** *f.* 1.【理】能,能量 2.效力,能力 3.精力,毅力 ◇ ~ atómica 原子能/ ~ calorífica 熱能/ ~ cinética 動能/ ~ eléctrica 電能/ ~ electromagnética 電磁能/ ~ hidráulica 水能/ ~ mecánica 機械能/ ~ nuclear 核能/ ~ potencial 勢能/ ~ química 化學能/ ~ radiante 輻射能/ ~ solar 太陽能/ ~ térmica (由燃燒而得的)熱能

enérgicamente *ad.* 1.強有力地 2.堅定地

*****enérgico, ca** *a.* 1.精力充沛的,有力的 2.強烈的

energúmeno, na *s.* 1.着魔的人,中邪的人 2.狂怒的人

*****enero** *m.* 一月,元月

enervación *f.* 1.衰弱,虛弱 2.【醫】神經衰弱

enervamiento *m.* 衰弱,虛弱

enervar *tr.* 1.使虛弱,使衰弱 2.使(理由等)軟弱無力

enésimo, ma *a.* 第若干次的,第 n 次的

enfadadizo, za *a.* 愛動脾氣的,脾氣暴的

enfadado, da *a.* 生氣的,發火的

*****enfadar** I. *tr.* 激怒,使生氣 II. *r.* 惱怒,生氣

enfado *m.* 1.惱怒,生氣 2.不悅,煩惱 3.奮發,激奮

enfadoso, sa *a.* 令人惱火的,煩人的

enfaldar *tr.* 1.剪去(樹木)底下的枝杈 2.撩起(裙子)

enfaldo *m.* 1.撩起的裙子 2.(撩起的衣服下襬作成的)兜,口袋

enfangar I. *tr.* 使沾滿污泥 II. *r.*【轉】參與骯髒勾當

enfardador, ra I. *s.* 打包工 II. *f.* 打包機

enfardar *tr.* 捆,打包

énfasis (*pl.* énfasis) *f.* 1.強調,突出 2.裝腔作勢 3.【修辭】強調語勢

enfático, ca *a.* 強調的,突出的

enfatizar *tr.* 強調,突出

enfermar *tr.-intr.* 使得病;得病

*****enfermedad** *f.* 1.病,疾病 2.【轉】弊病,弊端 ◇ ~ común 常見病/ ~ endémica 地方病/ ~ nerviosa 神經性疾病/ ~ orgánica 器質性疾病/ ~ profesional 職業病/ ~ reincidente 多發病

enfermería *f.* 1.醫務所,衛生室 2.【集】(某地的)病人

*****enfermero, ra** *s.* 護士

enfermizo, za *a.* 1.容易得病的,虛弱的 2.容易引起疾病的 3.【轉】病態的

*****enfermo, ma** *a.-s.* 有病的,生病的;病人,患者

enfervorizar *tr.* 鼓舞,振奮

enfeudar *tr.* 授予封地

enfielar *tr.* 使(秤)平

enfilar *tr.* 1.使排成行 2.使對準 3.順…行進 4.把…穿成串 5.【軍】(炮)縱向射擊

enfisema *m.* 氣腫 ◇ ～ pulmonar 肺氣腫

enfistolarse *r.* 變成瘻管

enfiteusis (*pl.* enfiteusis) *f.* 永久租借, 永借權

enfitéutico, ca *a.* 永久租借的

enflaquecer I. *tr.* 使瘦, 使消瘦 II. *intr.* 變瘦, 消瘦

enflautado, da *a.*【口】誇張的

enflautar *tr.* 使鼓起, 吹脹

enfocar *tr.* 1.【攝】對焦點, 使聚焦 2.分析, 研究(問題)

enfoque *m.* 1.【攝】對焦點, 聚焦 2.分析, 研究

enfoscar I. *tr.* 用灰泥抹(牆), 用灰泥補(洞) II. *r.* 1.皺眉 2.(天空)烏雲密佈 3.【轉】專心, 專注

enfrascar I. *tr.* 將(液體)倒入瓶內 II. *r.* 1.進入密林 2.【轉】專注, 埋頭於

enfrenar *tr.* 1.給(馬)繫上繮繩 2.給(車輛)安裝制動器 3.控制, 制止

enfrentamiento *m.* 1.面對面 2.衝突, 對抗

enfrentar I. *tr.* 1.使面對面 2.對抗, 頂住 II. *r.* 1.面臨 2.對抗, 與…對立

*****enfrente** *ad.* 1.在對面 2.反對, 對抗

enfriadera *f.* 冷却器

enfriadero *m.* 冷藏庫

enfriador, ra *a.-m.* 冷却的; 冷藏庫

enfriamiento *m.* 1.冷却 2.傷風, 感冒

enfriar I. *tr.* 1.使變冷, 使冷却 2.使(熱情)冷下來, 使(關係等)冷淡 II. *r.* 1.傷風, 感冒

enfrontar *tr.-intr.* 1.遇到, 面對面相遇 2.反對, 對抗

enfundadura *f.* 1.裝進套內 2.裝滿

enfundar *tr.* 1.把…裝進套內 2.裝滿

enfurecer I. *tr.* 使大怒, 使大發雷霆 II.

r. 1.大怒 2.(風暴)大作, (波浪)洶湧

enfurruñarse *r.* 1.【口】生氣, 惱怒 2.【轉, 口】(天空)烏雲密佈

enfurtir *tr.* 1.縮(呢, 絨) 2.使(毛)密緻, 擀成氈狀

engaitar *tr.* 1.用許空願哄騙 2.使抱幻想

engalanar *tr.-r.* 裝飾, 裝扮

engalgar *tr.* 1.按利車桿煞住(車) 2.【海】加固(錨)

engallado, da *a.* 1.仰着頭的, 昂首的 2.【轉】高傲的, 自大的

engallarse *r.* 1.(馬)仰着頭 2.【轉】高傲, 自大

enganchar I. *tr.* 1.鈎住, 掛住; 把…掛在鈎上 2.套(車) 3.【轉】勾引, 引誘 4.【軍】招募(士兵) II. *r.* 1.鈎住 2.當兵, 從軍

enganche *m.* 1.鈎住 2.鈎子 3.【轉】勾引 4.【軍】募兵, 招兵

engañabobos (*pl.* engañabobos) *s.* 【口】騙子

engañadizo, za *a.* 易受騙的, 易上當的

engañador, ra *a.-s.* 欺騙的, 騙人的; 騙子

engañapastores (*pl.* engañapastores) *m.*【動】歐夜鷹

*****engañar** I. *tr.* 1.欺騙 2.暫時消除(餓, 渴等感覺) 3.對(配偶)不忠 II. *r.* 弄錯, 搞錯

engañifa *f.*【口】欺騙, 騙術

*****engaño** *m.* 1.欺騙 2.欺騙的言行 ◇ deshacer un ～ 醒悟 / llamarse a ～ 抱怨受騙

engañoso, sa *a.* 騙人的, 欺騙的

engarabatar *tr.* 1.鈎住 2.使成鈎狀

engarabitar I. *intr.* 爬高 II. *tr.-r.* 彎成鈎狀, 成鈎狀

engarbullar *tr.*【口】弄亂, 攪亂

engarce *m.* 1.用金屬絲串 2.(寶石等的)鑲嵌底座

engargantar *tr.* 1.填飼(家禽) 2.(把腳)伸入腳鐙

engargolado m. (拉門等的)槽道

engargolar tr. 舌槽式接合

engarrafar tr. 緊緊抓住

engarrotar tr. 絞緊,捆緊,綳緊

engarzar tr. 1.(用金屬絲)穿成串 2.鑲嵌 3.鬈(頭髮)

engastar tr. 鑲嵌

engaste m. 1.鑲嵌 2.(寶石等的)鑲嵌底座

engatar tr.【口】誆騙

engatillado, da I. a. 脖子粗的(馬、牛等) II. m. (金屬板的)咬接

engatillar tr. 使(金屬板)咬接

engatusar tr. 拉攏,籠絡

engazar tr. 1.用金屬絲串 2.鑲嵌 3.染(呢絨)

engendramiento m. 1.生育 2.產生,引起

engendrar tr. 1.生育,生養 2.產生,引起

engendro m. 1.胎兒 2.怪胎 3.【轉】拙劣的作品,拙劣的計劃

engeridor m. 嫁接器,嫁接刀

engibar tr. 使駝背

englobar tr. 1.包括,包含 2.使併入,匯總

engolado, da a. 1.帶護喉甲的 2.【轉】自負的 3.【轉】强調的

engolfarse r. 專心致志於,聚精會神

engolosinar I. tr. 吸引,引誘 II. r. 愛上,喜歡上

engolletado, da a. 自負的,傲慢的

engolletarse r. 自負,傲慢

engomar tr. 1.給…抹膠水 2.上膠

engordadero m. 1.(豬的)肥育場 2.肥育期

*engordar I. tr. 養肥;使發胖 II. intr. 1.發胖,發福 2.【轉,口】發財

engorde m. 肥育;發胖

engorro m.【口】打攪,煩擾

engorroso, sa a. 討厭的,厭煩的

engoznar tr. 給…裝鉸鏈

engranaje m. 1.齒輪的嚙合 2.【集】齒輪的齒 3.傳動裝置

engranar intr. 1.(齒輪等)嚙合 2.連接,相聯

engrandecer tr. 1.使變大,使增大 2.使高尚,使偉大 3.吹捧;贊揚 4.提升,提拔

engrandecimiento m. 1.擴大,增大 2.贊揚;吹捧 3.提升,提拔

engranerar tr. (把穀物)裝入倉庫

engranujarse r. 1.長丘疹 2.變爲無賴

engrapador m.; **engrapadora** f. 訂書機

engrapar tr. 用訂書釘釘住

engrasar tr. 1.給…上油,給…塗油 2.使沾上油污 3.賂(罐)

engrase m. 1.上油,塗油 2.滑潤油,滑潤劑

engreído, da a. 驕傲的,自負的

engreir tr.-r. (使)驕傲,(使)自負

engrescar tr. 挑撥,煽動

engrosar I. tr. 1.使發胖,使肥胖 2.【轉】增大,擴大 II. intr. 發胖,長肉

engrudar I. tr. 抹漿糊,用漿糊粘貼 II. r. 成爲漿糊

engrudo m. 漿糊

engrumecerse r. 凝固,凝結

enguantar I. tr. 給…戴手套 II. r. 戴手套

enguatar tr. (在衣物裏面)絮上棉花

enguijarrar tr. 用石子鋪(地面)

enguirnaldar tr. 用花環裝飾

engullir tr. 狼吞虎咽

engurruñarse r.【口】憂鬱,悲傷

enharinar tr. 使粘滿麪粉,使裹上麪粉

enhebrar tr. 1.紉(針) 2.穿(珠子)

enhenar tr. 用乾草蓋

enhestar tr. 舉起,豎起

enhielar tr. 用膽汁攪和

enhiesto, ta a. 豎起的,挺立的

enhilar tr. 1.紉(針) 2.【轉】使有條理 3.【轉】使成行

*enhorabuena I. f. 祝賀,慶賀 II. ad. 順利地,成功地

enhoramala ad. 倒霉地,不愉快地

enhornar *tr.* (放在爐裏)烤, 烘

enhuerar I. *tr.* 使空 II. *intr.-r.* 變空

*enigma *m.* 1.謎, 謎語 2.費解的事

enigmático, ca *a.* 謎一般的, 費解的

enjabonadura *f.* 打肥皂, 擦肥皂

enjabonar *tr.* 1.在…上打肥皂, 在…上擦肥皂 2.【轉, 口】奉承, 拍馬 3.【轉, 口】責備, 指責

enjaezar *tr.* 裝飾(馬匹)

enjalbegar *tr.* 粉刷, 刷白

enjalma *f.* 馱鞍

enjambradero *m.* (蜜蜂的)分房處

enjambrar I. *tr.* 使蜂羣入蜂箱 II. *intr.* 1.分房, 組織新蜂羣 2.【轉】大量繁殖

enjambrazón *f.* 分房, 組織新蜂羣

enjambre *m.* 1.蜂羣 2.人羣; 牲畜羣; 昆蟲羣

enjaretado *m.* 格柵

enjaretar *tr.* 1.給(衣物)穿帶子 2.【轉, 口】匆忙地做; 急忙地講 3.【轉, 口】强加, 硬給

enjaular *tr.* 1.把…關進籠子 2.【轉, 口】把…投入牢房

enjebar *tr.* (染色前)用鹼水浸泡(呢絨)

enjebe *m.* 鹼水

enjoyar *tr.* 1.用珠寶裝飾 2.【轉】裝飾, 美化

enjuagadientes *m.pl.* 漱口藥水

enjuagadura *f.* 1.洗, 涮, 漂洗 2.漱口

enjuagar I. *tr.* 洗, 涮, 漂洗 II. *r.* 漱口

enjuague *m.* 1.涮, 漂洗 2.漱口 3.漱口水; 漱口杯 4.【轉】骯髒勾當

enjugador, ra *a.-m.* 弄乾用的; 乾燥器

enjugar *tr.* 1.弄乾, 擦乾 2.【轉】清償(債務), 彌補(虧空)

enjuiciamiento *m.* 1.提交討論, 審議 2.【法】審理, 審判 3.【法】法律程序

enjuiciar *tr.* 1.提交討論, 審議 2.【法】審理, 審判 3.用法通過法律程序解決

enjulio *m.* 【紡】織布機的經軸

enjundia *f.* 1.動物脂肪 2.【轉】內容, 實質

enjundioso, sa *a.* 1.有脂肪的 2.有內

容的

enjunque *m.* 【海】壓載, 壓艙物

enjutez *f.* 乾燥

enjuto, ta *a.* 1.乾的 2.瘦的, 乾瘦的

enlace *m.* 1.連接; 聯繫 2.聯繫人, 聯絡員 3.結親, 聯姻 4.【化】(原子的)聚合

enlaciar *tr.* 使枯萎, 使凋謝

enladrillado *m.* 磚地

enladrillar *tr.* 用磚鋪(地)

enlamar *tr.* 使積滿淤泥

enlanado, da *a.* 沾滿羊毛的; 塞滿羊毛的

enlatar *tr.* 把…製成罐頭

enlazar I. *tr.* 1. 連接 2. 聯繫 II. *r.* 1. 結婚 2. 聯姻, 結親

enlenzar *tr.* 用蔴布加固(木製品)

enligar *tr.* 用膠粘(鳥)

enlobreguecer *tr.-r.* (使)變暗, (使)變黑

enlodar ; enlodazar *tr.* 1. 使沾上污泥 2.【轉】玷污, 敗壞, 誹謗

enloquecedor, ra *a.* 1. 使發瘋的, 使失去理智的 2. 使人迷的, 使欣喜異常的

enloquecer I. *tr.* 1. 使失去理智, 使發瘋 2. 使人迷, 使欣喜異常 II. *intr.* 【農】(樹木)不結果

enloquecimiento *m.* 發瘋, 發狂

enlosado *m.* 瓷磚地

enlosar *tr.* 用瓷磚鋪(地)

enlozanarse *r.* 1. 變得茂盛 2. 變得有生氣

enlucido, da *a.-m.* 粉刷過的; (粉刷後留在牆上的)灰皮

enlucir *tr.* 1. 粉刷 2. 擦光, 擦亮(金屬器皿)

enlustrecer *tr.* 擦亮, 擦光

enlutar I. *tr.* 1. 使戴孝 2. 使變暗 3. 使悲哀 II. *r.* 1. 穿喪服, 戴孝 2. 變暗

enllentecer *tr.* 使變軟

enmaderar *tr.* 1. 給…裝上木板, 鋪木板 2. 建造木結構

enmadrarse *r.* (孩子對母親)過分親熱

enmallarse *r.* (魚)卡在網眼裏

enmantar I. *tr.* 用毯子蓋 II. *r.* 悲哀,
憂傷

enmarañar I. *tr.* 弄亂,攪亂 II. *r.* (天
空)佈滿雲彩

enmaridar *intr.-r.* 出嫁,嫁人

enmarillecerse *r.* 發黃,變黃

enmascarado, da *s.* 戴假面具的人

enmascaramiento *m.* 1. 戴上假面具
2.【轉】掩飾,隱瞞 3.【軍】偽裝

*enmascarar I. *tr.* 1. 使戴上假面具 2.
【轉】掩飾,隱瞞 3.【軍】使偽裝

enmelar I. *tr.* 1. 給…抹蜂蜜 2.【轉】使
變甜 II. *intr.* (蜜蜂)釀蜜

enmendar *tr.* 1. 修改,改正 2. 補償,彌
補

enmienda *f.* 1. 修改,改正 2. 修正案
3. 補償 ◇ no tener ～ 不可救藥 /
poner ～ 修改,修正 / tomar ～ 懲習

enmohecer *tr.-r.* (使)發霉;(使)生銹

enmohecimiento *m.* 發霉;生銹

enmudecer I. *tr.* 使緘默,使沉默 II.
intr. 1. (因吃驚)默不作聲 2. 緘默,沉
默

ennegrecer I. *tr.* 使變黑 II. *r.* 1. 變黑
2. 變暗

ennoblecer *tr.* 1. 使高貴,使高尚 2. 封
爵 3. 使增色

enodio *m.* (三至五歲的)鹿

enojadizo, za *a.* 易動怒的,愛發火的
(人)

*enojar *tr.* 使惱怒,使生氣

*enojo *m.* 生氣,動怒

enojoso, sa *a.* 令人生氣的,令人惱火
的

enología *f.* 釀酒學

enólogo, ga *s.* 釀酒學家

enorgullecer *tr.-r.* (使)驕傲,(使)自豪

enorgullecimiento *m.* 驕傲,自豪

*enorme *a.* 1. 非常大的,巨大的 2. 極
壞的,邪惡的

enormidad *f.* 1. 巨大 2. 邪惡,壞 3.

荒唐言行

enotecnia *f.* 釀酒術

enquiciar *tr.* 1. 安裝門窗 2.【轉】使納
入正軌

enquistado, da *a.* 1.【醫】囊狀的 2.
嵌入的

enquistarse *r.* 1.【醫】成囊 2. 嵌入

enrabiar *tr.* 使生氣,使惱怒

enracimarse *r.* 結成串

enramada *f.* 1. 茂密的樹枝 2. 樹枝飾
物 3. 樹枝棚

enramar I. *tr.* 用樹枝裝飾 II. *intr.* (樹
木)抽枝 III. *r.* 隱蔽在樹枝中

enranciar *tr.* 使變陳舊,使變老,使過時

enrarecer *tr.* 1. 使稀薄 2. 使稀有

enrasar *tr.* 使平,使齊,使一樣高

enrase *m.* 弄平,弄齊

enrayar *tr.* 給(車輪)上輻條

enredadera *a.-f.*【植】攀援的,爬蔓的;
攀援植物,爬蔓植物

enredador, ra *a.* 1. 愛淘氣的 2. 愛管
閑事的;好播弄是非的

enredar I. *tr.* 1. 設網,佈網 2. 張網捕
捉 3. 使捲入,連累 4. 撥弄是非 II.
intr. 淘氣,不安靜 III. *r.* 1. 糾纏於 2.
(植物)攀援,爬蔓

enredijo *m.* (線,頭髮等)一團槽,亂成
一團

enredo *m.* 1. (線等的)亂團 2. 淘氣,
調皮 3. 造謠生事 4. 糾紛,難辦的事 5.
pl. 雜物

enredoso, sa *a.* 麻煩的,錯綜複雜的

enrejado *m.* 1.【集】栅欄 2. 藤架 3.
【建】格構

enrejar *tr.* 1. 安裝格栅 2. 用栅欄圍 3.
(往犁上)裝鏵 4. *Amér.* 粗略地縫,繚

enrevesado, da *a.* 1. 纏繞在一起的 2.
難理解的 3. 難解決的

enriador, ra *s.* 漚麻工

enriar *tr.* 漚(麻)

enripiar *tr.*【建】用碎磚瓦填平

enriquecer I. *tr.* 1. 使富有,使富裕 2.
【轉】使豐富,使增多 II. *r.* 1. 發財,變富

2. 富強, 繁榮

enriquecimiento *m.* **1.** 發財致富 **2.** 繁榮昌盛

enriscado, da *a.* 陡峭的

enriscar **I.** *tr.* 使直立, 使聳立 **II.** *r.* 藏匿於山岩之間

enristrar *tr.* **1.** 把(蔥、蒜等)編成辮 **2.** 把(矛)置於矛托上 **3.**【轉】直奔(某處)

enrizar *tr.-r.* **1.** 燙(髮), 捲(髮); 頭髮自然鬈曲 **2.** (風)吹起(波紋), 激起(漣漪); 起波紋, 起漣漪

enrocar¹ *tr.* (國際象棋)使(王)與車易位

enrocar² **I.** *tr.* 把(棉條等)繞在撚桿上 **II.** *r.* (錨等)絆在海底礁石上

enrodelado, da *a.* 持盾的

enrodrigar; enrodrigonar *tr.* 給(植物)搭架

*enrojecer **I.** *tr.* **1.** 使變紅 **2.** 染紅, 使臉紅 **II.** *intr.-r.* 臉紅, 羞愧

enrojecimiento *m.* **1.** 變紅 **2.** 染紅 **3.** 臉紅

enrolar **I.** *tr.* **1.** 把⋯登記在水手名册上 **2.** 招收, 招募 **II.** *r.* **1.** 應徵入伍 **2.** 加入

enrollar *tr.* 捲, 纏繞

enronquecer *tr.* 使嘶啞

enroñar *tr.* 使長滿疥癬

enroque *m.* (國際象棋)車王易位

enroscar *tr.* **1.** 捲曲, 使成螺旋狀 **2.** 擰(螺釘)

enrubiar *tr.* 使成金黃色

enrudecer *tr.* 使粗俗, 使愚笨

enruinecer *intr.* 變得卑鄙下流

ensabanar *tr.* 用被單遮蓋

ensacar *tr.* 用口袋裝, 把⋯裝進口袋

ensaimada *f.* 一種螺紋糕點

ensalada *f.* 色拉, 凉拌菜

ensaladera *f.* 色拉盆, 凉菜盆

ensaladilla *f.* **1.** 凉菜 **2.** 冷盤 **3.** (鑲在一個首飾上的)雜色寶石

ensalivar *tr.* 使沾上唾沫

ensalmar *tr.* **1.** 用巫術治療 **2.** 正(骨)

ensalmo *m.* 巫醫術 ◇ por ∼ 神速地, 神奇地

ensalobrarse *r.* (水)變苦, 變醎, 變鹹

ensalzar *tr.* **1.** 使高尚, 使崇高 **2.** 頌揚, 贊美

ensambladura *f.* ; **ensamblaje** *m.* 榫接, 接合

ensamblar *tr.* 使榫接, 使接合

ensanchar *tr.* 擴展, 加寬

ensanche *m.* **1.** 擴展 **2.** (城鎮郊區的)擴建區 **3.** (衣服上可以放出來的)富餘部分

ensangrentar **I.** *tr.* **1.** 使染上血, 血染 **2.**【轉】使流血 **II.** *r.* 暴怒

ensañar **I.** *tr.* 惱怒, 使暴怒 **II.** *r.* 泄憤

ensartar *tr.* **1.** 把⋯穿成串 **2.** 紉(針) **3.** 刺穿, 扎穿, 穿透 **4.**【轉】語無倫次地說出

ensayar *tr.* **1.** 試驗 **2.** 檢定 **3.** 排演, 排練 **4.** 教, 訓練

ensaye *m.* 檢定金屬質量

ensayista *s.* 隨筆作者, 小品文作者, 雜文作者

*ensayo *m.* **1.** 試驗 **2.** 檢定 **3.** 排練 **4.** 隨筆, 小品文, 雜文

ensebar *tr.* 用油膏塗

enselvado, da *a.* 滿是森林的, 長滿樹木的

enselvar *tr.* 使隱藏在叢林裏

ensenada *f.* 海灣, 港灣

enseña *f.* 旗幟, 標記

*enseñanza *f.* **1.** 教育 **2.** 教, 教學, 教授 **3.** 教訓 **4.** *pl.* 教導, 教誨 ◇ ∼ media 中學 / ∼ por correspondencia 函授教育 / ∼ primaria 小學 / ∼ secundaria 中學 / ∼ superior 大學

*enseñar **I.** *tr.* **1.** 教, 教授 **2.** 教育, 教導, 教訓 **3.** 出示, 展示 **4.** 指出, 指示 **II.** *r.* 習慣

enseñorearse *r.* **1.** 成爲主人, 佔爲己有 **2.** 控制

enseres *m.pl.* 用具, 器具

ensiforme *a.*【植】劍狀的

ensilaje *m.* 入窖，入倉

ensilar *tr.* 把…放入地窖，使入倉

ensillar *tr.* 給(馬)裝鞍，鞴鞍 ◇ no dejarse ~ 不受控制，不服控制

*****ensimismarse** *r.* 沉思，冥想

ensoberbecer *tr.-r.* (使)傲慢

ensogar *tr.* 1. 捆，綁 2. 用繩子纏

ensombrecer I. *tr.* 1. 遮暗，使罩上陰影 2. 使暗淡，使不樂 II. *r.* 1. 變得昏暗 2. 憂愁，憂鬱

ensombrerado, da *a.* 戴着帽子的

ensoñador, ra *a.-s.* 好幻想的；幻想家

ensoñar *intr.* 1. 做夢 2. 幻想

ensordecedor, ra *a.* 震耳欲聾的

ensordecer *tr..* 1. 使聾，震聾 2. 使不發聲 II. *intr.* 1. 變聾 2. 不作聲

ensortijar *tr.* 使(頭髮)鬈曲

ensotarse *r.* 躲進樹叢

ensuciamiento *m.* 1. 弄髒 2.【轉】玷污 3.【轉，口】受賄

*****ensuciar** I. *tr.* 1. 使髒，弄髒 2. 玷污 II. *r.* 1. 大小便排泄在床上 2.【轉，口】受賄

ensueño *m.* 1. 夢 2. 幻想

entablado *m.* 1. 地板 2. 木板工程

entablamento *m.*【建】柱頂盤

*****entablar** *tr.* 1. 用木板蓋，用木板圍，用木板加固 2. 擺對棋子 3.【醫】給…上夾板 4. 着手，開始

entablillar *tr.*【醫】給…上夾板，用夾板固定

entalamadura *f.* 車篷

entalegar *tr.* 把…裝入袋中

entalladura *f.* 1. 雕刻 2. 榫眼 3. (在樹幹上開取樹脂的)切口

entallar I. *tr.* 1. 雕刻 2. 開榫，開卯 3. (爲取樹脂在樹幹上)開切口 II. *intr.* (衣服)合身

entallecer *intr.-r.* 發芽，長新枝

entapizar *tr.* 1. 在…鋪地毯，在…掛壁毯 2.【轉】覆蓋

entapujar *tr.* 1. 蓋，遮蓋 2.【轉】掩飾，隱瞞

entarimado *m.* 地板

entarimar *tr.* 在…鋪地板

entarquinar *tr.* 1. 上淤泥肥田 2. 用淤泥玷污

entarugado *m.* 木塊地面

entarugar *tr.* 在…用木塊鋪(地)

ente *m.* 1.【哲】實體，存在 2.【口】古怪的人

enteco, ca *a.* 虛弱的，多病的

entelequia *f.*【哲】完美，圓滿

entelerido, da *a.* 1. 凍僵的 2. 嚇獃的

entena *f.*【海】斜桁

entenado, da *s.* 前妻的子女，前夫的子女

entendederas *f.pl.*【口】(用於否定句)理解力

entendedor, ra *a.* 理解力强的，明白事理的

*****entender** I. *tr.* 1. 懂，明白，理解 2. 認爲 3. 瞭解，知道 II. *r.* 1. 和睦相處 2. 商議，協商 3. 自知 ◇ a mi (或 tu, su...) ~ 依我(你，他…)看 / dar a ~ 暗示 / darse a ~ 明白

entendido, da *a.* 內行的，通曉的 ◇ bien ~ que 當然，無須 / no darse por ~ 假裝不知

entendimiento *m.* 1. 理解力 2. 智力，才智 ◇ buen ~ 和睦，一致

entenebrecer *tr.-r.* (使)變黑暗；(使)暗淡

enteralgia *f.*【醫】腸痛

*****enteramente** *ad.* 完全地，全部地

*****enterar** I. *tr.* 通知，告知 II. *r.* 獲悉，得知

entereza *f.* 1. 完整，完全 2.【轉】堅決，堅定 3.【轉】沉着，鎮定 4.【轉】正直，公正 5.【轉】嚴格

enteritis (*pl.* enteritis) *f.*【醫】腸炎

enterizo, za *a.* 整體的；整塊料的

enternecedor, ra *a.* 感人的，動人的

enternecer *tr.* 1. 使變軟，軟化 2.【轉】使感動，使心軟

enternecimiento *m.* 1. 軟化 2. 心軟

憐惜

*entero, ra I. a. 1. 全部的, 整個的 2. 未閹過的 3. 未破身的, 保持童貞的 4. 堅強的, 堅定的 5. 正直的, 廉潔的 II. m. 整數 ◇ por ~ 完全地

enterocolitis (pl. enterocolitis) f. 【醫】小腸結腸炎

enterrador m. 掘墓人

enterramiento m. 1. 埋葬 2. 墓地

*enterrar I. tr. 1. 埋葬, 把…埋在地下 2. 埋藏 3. 遺忘 4. 壽命(比某人)長 II. r. 隱退

entesar tr. 1. 綳緊 2. 使增加強度

entibación f. 支撐坑道

entibador m. 架設坑木的工人

entibar tr. 支撐(坑道), 架設坑木

entibiar tr. 1. 使變溫 2. 使(感情等)變冷淡

entibo m. 1. 支柱, 台, 墩 2. 坑木, 支架 3.【轉】基礎, 依托

entidad f. 1. 實體, 實質 2. 存在 3. 意義, 價值 4. 單位, 團體

*entierro m. 1. 埋葬 2. 墓地 3. 葬禮 4. 送葬隊伍 5. 埋在地下的珍寶

entimema m.【邏】省略推理, 省略三段論

entinar tr. 用缸裝

entintar tr. 1. 給…塗上墨, 用墨弄髒 2. 染

entoldado m. 1. 支帳篷 2. 帳篷, 涼棚

entoldar tr. 1. 支起帳篷, 支起涼棚 2. (用簾幔等)遮蔽(牆壁) 3. (烏雲)佈滿(天空)

entomófilo, la a. 愛好昆蟲的

entomología f. 昆蟲學

entomólogo, ga s. 昆蟲學家

*entonación f. 1. 語調, 聲調 2.【轉】高傲, 傲氣

entonadera f. 風琴的踏板

entonar I. tr. 1. 調音, 定調; 起音 2. 唱 3.【醫】增強(機體) II. r. 傲慢, 自大

*entonces ad. 1. 那時, 當時 2. 那麼 ◇ desde ~ 從那時起 / en aquel ~ 或 por aquel ~ 那時 / Pues ~ 那就 沒說的了

entonelar tr. 用大木桶裝

entono m. 1. 語調, 聲調 2.【轉】傲慢

entontecer I. tr. 使獃傻 II. intr.-r. 變癡獃

entorchado m. 1. 金銀絲線 2. (高級軍官制服上的)金銀袖飾

entornar tr. 1. 虛掩(門、窗), 使(門、窗)半開半閉 2. 眯縫(眼睛)

entorpecer I. tr. 1. 使不靈便, 使不靈活 2. 使(思想、感情等)遲鈍, 使麻木 3.【轉】使難以進行, 阻礙

entorpecimiento m. 1. 不靈便, 遲鈍; 麻木 2.【轉】阻礙

entosicar; entosigar tr. 下毒, 投毒

entozoario; entozoo m. 内寄生動物

*entrada f. 1. 進入 2. 加入, 參加 3. 入侵 4. 入口, 進口, 門口 5. 入場券, 門票 6. 觀衆 7. 收入, 收益; (帳目的)收入欄 8. (年、月、季度的)起始 9. (湯和主菜之間的)小菜 ◇ dar ~ a 接納 / de ~ 一開始 / tener ~ 被接納

entramado m.【建】木結構, 框架

entramar tr.【建】搭框架

entrambos, bas a.pl. 兩個, 雙方

entrampar I. tr. 1. 使掉入陷阱 2. 使上當, 欺騙 II. r. 1. 陷入困境 2.【轉、口】負債, 欠債

*entraña f. 1. pl. 内臟, 臟腑 2. 核心, 中心, 要害 3. 内部, 深處 4. pl.【轉】心腸, 心地 ◇ de mis ~s (用於昵稱)心愛的 / echar las ~s 劇烈嘔吐 / no tener ~ 沒有心肝, 兇酷無情 / sacar las ~s 挖出心肝(威脅用語)

entrañable a. 親密的, 誠摯的

entrañar I. tr. 包含, 包藏 II. r. 親密無間

*entrar intr. 1. 進入 2. 放得進, 穿得進, 戴得進 3. 參加, 加入 4. 參與 5. 列入, 包括在内 ◇ hacer ~ 硬進入, 塞入 / no ~ ni salir 不參與

*entre prep. 1. 在…之間 2. 又…又…;

介于…之間 **3.** 在…之中, 在…之内 **4.** 相互, 共同 ◇ ~ la vida y la muerte 生死關頭 / ~ tanto 在這時, 與此同時

*entreabierto, ta *a.* 半開着的, 虛掩着的

entreabrir *tr.* 半開, 虛掩

entreacto *m.* **1.** 幕間, 幕間休息 **2.** 幕間小節目

entrecano, na *a.* **1.** 灰白的, 花白的(鬚髮) **2.** 鬚髮花白的(人)

entrecavar *tr.* 淺挖

entrecejo *m.* **1.** 眉心, 眉間 **2.** 皺眉 ◇ arrugar (或 fruncir) el ~ 皺眉 / desarrugar el ~ 舒展眉頭

entrecerca *f.* 圍牆之間的地方

entreclaro, ra *a.* 微明的

entrecoger *tr.* **1.** 抓住, 抓牢 **2.** 【轉】逼迫

entrecortado, da *a.* 斷斷續續的

entrecortar **I.** *tr.* 使未完全斷開 **II.** *r.* 斷斷續續地講話

entrecruzar *tr.* 使交叉, 使交織

entrecuesto *m.* **1.** 脊柱, 脊椎 **2.** 裏脊肉

entredicho *m.* 禁止, 禁令 ◇ poner en ~ 懷疑

entredos *m.* **1.** 鑲的花邊, 飾邊 **2.** 矮木櫃 **3.**【印】十點鉛字

entrefino, na *a.* 中等粗細的; 中等質量的

entrega *f.* **1.** 交給, 遞交 **2.** (分期出版的)部分, 分冊

*entregar **I.** *tr.* **1.** 交, 交給, 遞交 **2.** 使聽命於 **II.** *r.* **1.** 投降, 屈服於 **2.** 專心於, 獻身於

entrelazar *tr.* 編織, 交織

entrelínea *f.* **1.** 行間 **2.** 寫在行間的字

entrelistado, da *a.* 條格的

entrelucir *intr.* 隱現

entremedias *ad.* 其間, 當中

*entremés *m.* **1.** (正菜前的)小吃 **2.** 幕間笑劇

entremeter **I.** *tr.* 把…放在…之間, 使

混雜 **II.** *r.* 干預, 干涉

entremetido, da *a.* 好管閑事的

entremezclar *tr.* 混合, 攙雜

*entrenador, ra *s.* 教練員

*entrenar *tr.* 訓練(運動員)

entrenudo *m.* 【植】節間

entreoir *tr.* 隱約聽見

entrepalmadura *f.* 馬蹄疫

entrepaño *m.* **1.** 窗間牆 **2.** (櫥櫃的)擱板

entrepaso *m.* (馬的)小跑

entrepiernas *f. pl.* **1.** 大腿内側 **2.** 褲襠

entrepuentes *m. pl.* 甲板間

entrerrenglonar *tr.* 在行間書寫

entrerrieles *m.* 鐵軌距

entresacar *tr.* **1.** 剔出, 刪除 **2.** 使(林木)稀疏, 間苗 **3.** 削薄(頭髮)

entresijo *m.* **1.**【解】腸繫膜 **2.** 隱秘

entresuelo *m.* 夾層, 閣樓

entresurco *m.*【農】壟

entretalla; entretalladura *f.* 淺浮雕

entretallar *tr.* **1.** 使成淺浮雕 **2.** 雕刻

*entretanto *ad.* 就在那時, 同時

entretejer *tr.* 編織, 交織

entretela *f.* **1.** (衣服的)襯布 **2.** *pl.* 【轉, 口】内心, 心腸

*entretener *tr.* **1.** 耽擱, 耽誤 **2.** 使開心, 逗樂 **3.** 維持, 保持

entretenido, da *a.* 有趣的, 逗人樂的

entretenimiento *m.* **1.** 耽擱, 拖延 **2.** 消遣, 娛樂 **3.** 娛樂品, 消遣物 **4.** 維持, 保養

entretiempo *m.* 春秋季節

entreventana *f.* 窗間壁

entrever *tr.* **1.** 隱約看見, 模糊地看見 **2.**【轉】猜測到, 預計到

entreverado, da *a.* 混雜的, 夾雜的

entreverar *tr.* 混雜, 攙雜

entrevía *f.* 軌間, 軌距

*entrevista *f.* 會晤, 會見

entrevistarse *r.* 會晤, 會見

entripado, da **I.** *a.* **1.** 内臟的 **2.** 肚子

不好的, 腸胃不舒服的 3. 未開膛的(死牲者) II. m.【轉】悶氣

entristecer tr. 使憂傷, 使憂鬱

entrojar tr. 使入倉, 把…裝進倉庫

entrometer tr. 見 entremeter

entroncar I. tr. 1. 確認血緣關係 2. 使(同色馬)配對 II. intr. 1. 有血緣關係 2. 結親

entronización f. 1. 登基, 立君主 2. 頌揚, 崇拜

entronizar I. tr. 1. 使登基, 立…爲君主 2. 頌揚, 推崇 II. r.【轉】自負, 傲慢

entronque m. 1. 血緣關係 2. (道路的)交叉處, 銜接處

entruchada f. ; **entruchado** m. 圈套, 陰謀

entruchar tr.【口】誘騙

entruchón, na s. 誘騙者

entubar tr. (在某處)安管子

entuerto m. 凌辱, 中傷

entullecer I. tr. 中止, 阻止 II. intr.-r. 癱瘓

entumecer I. tr. 使麻木, 使僵硬 II. r. (河、海等)漲潮, 漲水

entumirse r. (四肢)發麻, 麻木

entupir tr. 淤塞, 堵塞

enturbiar tr. 1. 攪混, 使混濁 2.【轉】搞亂

entusiasmar tr. 1. 使興奮, 使激起熱情 2. 使非常喜歡, 使熱衷於

entusiasmo m. 1. 熱情, 興奮 2. 酷愛, 狂熱

entusiasta a.-s. 熱情的, 興奮的; 熱心人

entusiástico, ca a. 熱情的, 熱烈的

enumeración f. 1. 列舉 2. 計數

enumerar tr. 計數; 列舉

enunciación f. 陳述, 闡明

enunciado m. 1. 陳述, 闡明 2. 命題, 議題

enunciar tr. 闡明, 陳述

envainar tr. 把…插入鞘

envalentonamiento m. 壯膽

envalentonar I. tr. 使有勇氣, 使壯膽 II. r. 壯膽, 逞能

envanecer tr. 使虛榮, 使自負

envaramiento m. 四肢麻木

envarar tr. 使(四肢)麻木, 使僵硬

envasar tr. 1. (把液體)裝入容器 2. 裝箱 3.【轉】豪飲, 狂飲

envase m. 1. 倒, 注入, 裝 2. 容器 3. 商品箱

envedijarse r. (頭髮、羊毛等)亂成一團

envejecer I. tr. 1. 使陳舊 2. 使衰老 II. intr. 1. 變舊 2. 變老, 衰老 3. 持續很長時間

envenenador, ra a.-s. 有毒的, 毒害的; 放毒者

envenenamiento m. 放毒, 毒害

envenenar I. tr. 1. 毒害, 毒死 2. 放毒, 投毒 3. 歪曲 II. intr. 有毒 III. r. 中毒

enverar intr. 果實開始呈現成熟的顏色

enverdecer intr.-r. 變綠, 返青

envergadura f. 1. (帆、翼等)幅, 幅面; 翼展 2.【轉】範圍, 規模; 重要性

envergar tr. 繫(帆)

envero m. 果實成熟的顏色

envés m. 1. 背面, 反面 2.【口】脊背

enviado, da s. 使者 ◇ ～ de prensa 報紙記者 / ～ de radio 電台記者 / ～especial 特派記者 / ～ extraordinario 特使

enviar tr. 1. 寄, 送, 發 2. 派遣, 差遣

enviciar tr. 1. 使染上惡習, 使墮落 2. 使有癖好, 使嗜好

envidar tr. 下賭注, 追加賭注

envidia f. 1. 妒忌 2. 羨慕

envidiable a. 1. 令人妒忌的 2. 令人羨慕的

envidiar tr. 1. 妒忌 2. 羨慕

envidioso, sa a. 1. 好妒忌的 2. 羨慕人的

envilecer tr. 1. 使卑鄙, 使卑劣 2. 使貶值, 使跌價

envinagrar *tr.* 在⋯裏放醋

*envío *m.* 1. 寄, 送 2. 寄送之物 3. 派遣

envión *m.* 推

enviscar *tr.* (在樹上)塗粘鳥膠

envite *m.* 1. 追加的賭注 2. 推 3. 奉獻 ◇ al primer ～ 一開始

enviudar *intr.* 喪偶, 守寡, 鰥居

envoltorio *m.* 捆, 包, 捲

envoltura *f.* 1. 襁褓 2. 包裝物, 外殼 3. 外表

*envolver *tr.* 1. 包, 裹 2.【軍】包圍 3. 包含, 包括 4. 纏, 繞 5. 使捲入, 牽連

enyesado *m.* 1. 塗石膏 2.【醫】上石膏

enyesar *tr.* 1. 在⋯上塗石膏 2.【醫】給⋯上石膏

enyugar *tr.* 給(牲畜)上軛

enzarzar I. *tr.* 1. 給⋯插上荊棘 2. 挑唆, 使爭吵 II. *r.* 1. 陷於荊棘叢中 2. 爭吵, 吵架

enzootia *f.* 地方性動物病

enzunchar *tr.* 給⋯加箍

eñe *f.* 字母 ñ 的名稱

eoceno, na *a.* 始新世的

eón *m.*【哲】1. 靈知 2. 永世, 萬古

epacta *f.* 閏餘(陽曆年超過陰曆年的天數)

epactilla *f.* 教曆

epéntesis (*pl.* epéntesis) *f.*【語法】插字, 增音

eperlano *m.*【動】胡瓜魚

épica *f.* 史詩

epiceno, na *a.*【語法】兩性同形的(名詞)

epicentro *m.* 地震的震中

epiciclo *m.*【天】本輪

épico, ca *a.* 1. 史詩的 2. 極大的

epicureísmo *m.* 伊壁鳩魯 (Epicuro, 古希臘哲學家)學說; 享樂主義

*epidemia *f.*【醫】流行病, 時疫

epidémico, ca *a.* 流行性的(病)

epidérmico, ca *a.* 表皮的

epidermis *f.*【動, 植】表皮, 表皮層

epifanía *f.*【宗】主顯節(一月六日紀念耶穌顯靈的日子)

epigastrio *m.*【解】上腹部

epiglotis (*pl.* epiglotis) *f.*【解】會厭

epígrafe *m.* 1. 標題, 題目 2. (書籍章節前的)引語, 題詞 3. (卷首, 文章前的)提要 4. 碑文, 銘文

epigrafía *f.* 碑銘學

epigrafista *s.* 碑銘學者

epigrama *m.* 1. 碑文, 銘文 2. 諷刺詩文

epigramático, ca *a.* 諷刺詩文的

epilepsia *f.* 癲癇

epiléptico, ca *a.* 癲癇性的; 患癲癇病的

epilogar *tr.* 概述, 摘要

epílogo *m.* 1. 結束語, 跋 2. (戲劇, 小說等的)尾聲, 結局 3. 概述, 摘要

epinicio *m.* 凱歌, 凱旋曲

epiqueya *f.*【法】按具體情況對法律作的解釋

episcopado *m.* 1.【集】主教 2. 主教職位; 主教任期

episcopal *a.* 主教的

episódico, ca *a.* 1. 次要的, 輔助的 2. 偶然的, 意外的

*episodio *m.* 1. (文藝作品的)次要情節 2. 插曲 3. 題外話 4. (一系列事件中的)片斷, 事件

epístola *f.* 1. 書信 2. 書信體詩 3. 《聖經》中的)使徒書 3. (彌撒中的)唱誦使徒書

epistolar *a.* 書信的; 書信體的

epistolario *m.* 書信集

epitafio *m.* 墓誌銘

epitalamio *m.* 賀婚詩, 婚禮贊

epitelio *m.*【動】上皮

epitelioma *f.*【醫】上皮瘤; 上皮癌

epíteto *m.* 表示性質特徵的形容詞

epitomar *tr.* 概述, 作摘要

epítome *m.* 概述, 梗概

epizootia *f.* 動物流行病

epizoótico, ca *a.* 動物流行病的

*época *f.* 1. 時期, 時代 2. 季節 3. 【質】期, 紀, 世 ◇ hacer ～ 劃時代, 開創紀元

epopeya *f.* 1. 史詩, 叙事詩 2. 英雄業績, 豐功偉績

épsilon *m.* 艾波西龍(希臘語字母 E, ε 的名稱)

epulón *m.* 講究吃的人

equiángulo, la *a.*【數】等角的

equidad *f.* 公平, 公正, 公道

equidistante *a.* 等距離的

equidistar *intr.* 處於等距離

equilátero, ra 【數】等邊的

equilibrado, da *a.* 穩健的, 持重的

equilibrar *tr.* 使平衡, 使均衡

*equilibrio *m.* 1. 平衡, 均衡 2. 穩健, 持重 ◇ ～ de color 彩色平衡 / ～ del agua 水分平衡 / ～ dinámico 動態平衡, 動力平衡 / ～ radiativo 輻射平衡 / ～ térmico 熱平衡 / perder el ～ 失去平衡

equilibrismo *m.* 平衡技巧

equilibrista *s.* 表演平衡技巧者

equimosis *(pl.* equimosis*)* *f.*【醫】瘀斑

equino, na *a.* 馬科的

equinoccio *m.*【天】二分點, 晝夜平分時

equinodermos *m.pl.* 棘皮動物門

*equipaje *m.* 行李 ◇ ～ de mano 手提行李 / exceso de ～ 超重行李

equipar *tr.* 裝備, 配備

equiparar *tr.* 比較, 類比

*equipo *m.* 1. 裝備, 配備 2. 個人必需的衣物 3. 設備, 器材, 裝備 4. 隊, 組, 運動隊

equis *(pl.* equis*)* *f.* 1. 字母 x 的名稱 2. X 形物 3. 未知數 4. 若干

equitación *f.* 騎馬, 馬術

equitativo, va *a.* 公平的, 公正的, 公道的

equivalencia *f.* 相等; 等值, 等量

equivalente I. *a.* 相等的 II. *m.* 1. 同物 2.【化】當量

equivaler *intr.* 相等於, 等於

equivocación *f.* 錯誤

*equivocar *tr.* 搞錯, 弄錯

equívoco, ca *a.-m.* 含糊的, 模稜兩可的; 含糊, 模稜兩可

*era[1] *f.* 1. 紀元, 時代 2.【質】代 ◇ ～ común (或 cristiana, vulgar) 公元 / ～ de Cristo 公元 / antes de nuestra ～ 公元前

era[2] *f.* 1. 打穀場, 場院 2. 畦

eral, la *s.* (不滿兩歲的)小牛

erar *tr.* 打畦

erario *m.* 國庫, 金庫

erbio *m.*【化】鉺

ere *f.* 字母 r 的名稱

erección *f.* 1. 豎起, 直立 2. 建立, 設立 3.【生理】勃起

eréctil *a.* 1. 能豎起的, 能直立的 2.【生理】能勃起的

erecto, ta *a.* 1. 豎起的, 直立的 2.【生理】勃起的

eremita *m.* 隱士

eremitorio *m.* 隱士住所

eretismo *m.*【醫】興奮增盛

ergio *m.*【理】爾格(功的單位)

ergo *conj.* 因此, 所以

ergotizar *intr.* 詭辯

erguir I. *tr.* 豎起, 使直立 II. *r.* 1. 直起身子, 挺直 2.【轉】驕傲, 自大

erial *a.-m.* 荒蕪的, 未開墾的; 荒地, 不毛之地

ericáceo, a *a.-f. pl.*【植】杜鵑花科的; 杜鵑花科

erigir I. *tr.* 1. 建立, 設立 2. 使升爲 3. 推舉, 指派爲 II. *r.* 自封

erisipela *f.*【醫】丹毒, 流火

eritema *m.*【醫】紅斑, 紅皮病

erizado, da *a.* 1. 豎立起來的 (毛髮) 2. 滿是刺的 3. 充滿困難的

erizar *tr.* 1. 使(毛髮)豎立 2. 使充滿困難

erizo *m.*【動】刺猬 ◇ ～ de mar (或

marino【動】海膽

ermita *f.* 1. (偏僻處的) 小教堂 2. 僻靜住處

ermitaño, ña I. *s.* 隱士 II. *m.*【動】寄居蟹

erosión *f.* 1. 皮膚擦傷 2.【質】侵蝕, 腐蝕; 剝蝕; 水土流失

erosivo, va *a.* 1. 擦傷性的 2. 侵蝕性的, 有腐蝕性的

erótico, ca *a.* 性愛的; 色情的

erotismo *m.* 性愛; 色情

errabundo, da *a.* 見 errante

erradicar *tr.* 根除, 連根拔除

errado, da *a.* 錯的

errante *a.* 流浪的, 漂泊不定的 ◇ estrella ~ 行星

*****errar** I. *tr.* 搞錯, 弄錯 II. *intr.* 1. 失誤, 犯錯誤 2. 流浪

*****errata** *f.* 書寫錯誤 ◇ ~ de imprenta 印刷錯誤 / fe de ~s 勘誤表

errático, ca *a.* 1. 流浪的, 漂泊不定的 2.【醫】游走性的; 不規則的

errátil *a.* 流浪的; 變化不定的

erre *f.* 字母 r 的名稱

*****erróneo, a** *a.* 錯誤的, 錯誤的

*****error** *m.* 1. 錯誤見解, 錯誤行為 2. 差錯, 誤差 ◇ ~ de mucho bulto 嚴重錯誤 / ~ de poco bulto 小錯

eructar *intr.* 打嗝

eructo *m.* 嗝兒

erudición *f.* 博學

erudito, ta *a.* 知識淵博的, 博學的 ◇ ~ a la violeta 才疏學淺的人

erupción *f.* 1. 火山的噴發 2.【醫】發疹; 疹

eruptivo, va *a.* 1. 噴發的 (火山) 2. 發疹性的, 疹的

esbeltez; esbelteza *f.* 苗條

esbelto, ta *a.* 苗條的

esbirro *m.* 1. 警察, 巡捕 2.【轉】打手, 爪牙

esbozar *tr.* 起草, 草擬

esbozo *m.* 草稿; 草圖; 草案

escabechar *tr.* 1. 醃製, 鹵製 2.【轉, 口】殺害 3.【轉, 口】使考試不及格

escabeche *m.* 1. 鹵汁 2. 鹵製食品

escabel *m.* 1. 擱腳凳 2. 小矮凳

escabiosa *f.* 山蘿蔔

escabrosidad *f.* 1. 崎嶇不平 2.【轉】難辦, 棘手 3.【轉】下流, 放蕩

escabroso, sa *a.* 1. 崎嶇不平的 2.【轉】難辦的, 棘手的 3.【轉】下流的, 放蕩的

escabullirse *r.* 1. (從手中) 掙脫 2. 溜走, 逃走

escacharrar *tr.*【口】1. 打破, 打碎 2. 破壞, 使失敗

escafandra *f.* 潛水服

*****escala** *f.* 1. 梯子 2. 刻度, 標度 3. 度, 等級 4. 比例 5.【軍】名册 ◇ ~ franca 自由港 / ~ musical【樂】音階 / ~ real 舷梯 / Richter 里氏震級 / hacer ~ 中途逗留

escalada *f.* 登, 攀登

escalafón *m.* 名册

escalamiento *m.* 1. 用梯攀登 2. 闖入, 破門而入 3. 攀登, 爬上 4.【轉】爬上高位

escalar *tr.* 1. 用梯攀登 2. 闖入, 破門而入 3. 攀登, 爬上 4.【轉】爬上 (高位)

escaldado, da *a.* (因接受教訓而變得) 謹小慎微的

escaldar I. *tr.* 1. 用開水燙 2. 燙傷 3. 燒紅 II. *r.* 灼痛

escaleno *a.*【數】不等邊的 (三角形)

*****escalera** *f.* 1. 樓梯; 梯子 2. 梯狀物 ◇ ~ de caracol 螺旋, 螺旋式樓梯 / ~ de mano 梯子 / ~ de salvamento 救急樓梯 / ~ de servicio (僕役用的) 輔助樓梯 / ~ de tijera 摺疊梯 / ~ mecánica 自動樓梯 / de ~ abajo 最低等的 (僕人)

escalfar *tr.* 卧 (鷄蛋), 煮 (荷包蛋)

escalinata *f.* 石階, 露天台階

escalo *m.* 1. 用梯攀登 2. 挖成的進出洞口

escalofriante *a.* 使毛骨悚然的

*escalofrío *m.* 1. 寒顫 2. 恐懼

escalón *m.* 1. 梯級, 台階 2.【轉】級, 等級 3.【轉】階段, 步驟

escalonar *tr.* 1. 分階段進行 2. 間隔佈置

escalpelo *m.*【醫】解剖刀

escama *f.* 1. 鱗, 鱗片 2.【轉】鱗狀物, 鱗片狀物 3.【轉】戒心, 疑慮

escamada *f.* 鱗狀刺绣

escamar *tr.* 1. 刮鱗 2. 製作鱗狀物 3.【轉, 口】使起戒心, 使有疑慮

escamón, na *a.* 多疑的, 猜疑的

escamonda *f.* 修剪樹枝

escamondar *tr.* 1. 修剪(樹枝) 2. 清除多餘之物

escamondo *m.* 修剪樹枝

escamoso, sa *a.* 鱗狀的, 有鱗的

escamotear *tr.* 1. 用魔術變掉, 使消失 2.【轉】偷竊, 騙取

escamoteo *m.* 1. 用魔術變掉 2.【轉】騙取

escampar **I.** *tr.* 騰出(地方) **II.** *intr.* 雨停

escampavía *f.* 巡邏艇, 偵察艇

escanciar *tr.-intr.* 1. 斟(酒) 2. 飲酒

escandalizar **I.** *tr.* 使喧鬧, 使嘩然 **II.** *r.* 生氣, 發火

escándalo *m.* 1. 喧嘩, 吵鬧 2. 醜事, 醜聞 ◇ dar ~ 出醜

escandaloso, sa *a.* 1. 吵鬧的, 喧嘩的 2. 醜惡的, 不名譽的

escandallar *tr.* 1. 用測深錘測量 2. 定出官價

escandallo *m.* 1. 測深錘 2. 定價

*escandinavo, va *a.-s.* 斯堪的納維亞 (Escandinavia)的; 斯堪的納維亞人

escaño *m.* 1. 靠背長椅 2. 議會中的席位

escapada *f.* 逃走, 逃跑 ◇ en una ~ ①轉眼間②立即, 馬上 / hacer una ~ ①逃跑②消遣

*escapar **I.** *intr.* 逃走, 逃跑; 溜走 **II.** *r.*

漏; 溢出 ◇ dejar ~ 不由自主地發出 / ~ sele 覺察不到 / ~ sele la lengua 說漏嘴 / ~ sele la mano 失手打人 / ~ sele la risa 失笑 / no ~ 躲不過, 瞞不過

escaparate *m.* 1. 玻璃櫥 2. 橱窗

escapatoria *f.* 1. 逃走, 逃跑; 溜走 2.【口】脫身之計

escape *m.* 1. 逃走, 逃跑; 溜走 2. 漏, 溢出 3.【機】排氣管, 排氣裝置 4. 鐘錶擺輪, 擒縱機 ◇ a ~ 急忙地, 全速地 / no haber (或 tener) ~ 逃脫不了

escápula *f.*【解】肩胛骨

escapular *a.* 肩胛骨的

escapulario *m.* 修士披肩

escaque *m.* 棋盤格

escara *f.*【醫】痂

escarabajear *intr.* 1. 熙攘 2.【轉】書寫潦草 3.【轉, 口】煩擾

escarabajo *m.* 1.【動】蜣螂, 屎殼螂 2.【轉, 口】又矮又醜的人 *pl.*【轉, 口】潦草的字

escaramujo *m.* 1.【植】犬薔薇 2. 薔薇果

escaramuza *f.* 1. 前哨部隊的小規模戰鬥 2.【轉】小爭論, 小衝突

escarapela *f.* 1. 爭吵, 爭執 2. (帽子上的)花結

escarbadientes (*pl.* escarbadientes) *m.* 牙簽

escarbar *tr.* 1. (動物)扒, 刨, 拱 2. 剔(牙); 掏(耳) 3. 撥(火) 4.【轉】打聽, 查詢

escarcela *f.* 1. 獵人用的網袋 2. 繫在腰帶上的袋, 包 3. 女用髮網

escarceo *m.* 1. (海面的)漣漪, 微波 2. 馬的騰躍 3. (文章中)拐彎抹角的話

escarcha *f.* 霜

escarchar **I.** *tr.* 在…上面加糖霜 **II.** *intr.* 結霜

escarda *f.* 1. 除草 2. 小鋤

escardadera *f.* 鋤頭

escardar *tr.* 1. 給…除草, 鋤(地) 2.

【轉】剔除糟粕

escardillo *m.* 小鋤

escarificador *m.* 1. 耙 2.【醫】劃痕器

escarificar *tr.* 1. 耙地, 鬆土 2.【醫】(在皮膚上) 劃痕

escarizar *tr.* 清除(傷口的)結痂

escarlata *f.* 1. 鮮紅, 緋紅 2.【醫】猩紅熱

escarlatina *f.*【醫】猩紅熱

escarmentar I. *tr.* 懲戒, 教訓 II. *intr.* 引以為戒, 吸取教訓 ◇ ～ en cabeza ajena 吸取他人的教訓

escarmiento *m.* 1. 懲戒, 教訓 2. 鑑戒

escarnecer *tr.* 譏諷, 嘲弄

escarnio *m.* 譏諷, 嘲弄

escaro, ra *a.-m.* 跛足的; 鸚嘴魚

escarola *f.*【口】苣蕒菜

escarolado, da *a.* 皺的, 鬈曲的

escarpa *f.* 1. 陡坡 2. 堡壘內壁的斜坡

escarpado, da *a.* 陡峭的, 坡度大的

escarpadura *f.* 陡坡

escarpelo *m.*【醫】解剖刀

escarpia *f.* 掛鉤

escarpidor *m.* 大齒梳子

escarpín *m.* 1. 薄底淺口鞋 2. 襪套; 短襪

escarzano *a.*【建】弓形的

escasamente *ad.* 1. 不足地, 很少地 2. 艱難地, 勉强地

escasear I. *tr.* 捨不得, 儘可能少地給 II. *intr.* 缺少, 不足

escasez *f.* 1. 不足, 缺少 2. 貧困, 貧窮 3. 吝嗇

escaso, sa *a.* 1. 不足的, 不多的 2. 缺少…的 3. 勉强够的 4. 吝嗇的

escatimar *tr.* 吝嗇, 剋扣, 儘可能少地給

escatología *f.* 糞便學

escayola *f.* 1. 做模型用的石膏 2. 灰漿

escena *f.* 1. 舞台 2. 場景, 佈景 3. (戲劇) 場面 4. 戲劇, 舞台藝術 5. 場面, 現場 ◇ hacer (或 dar) una ～ 裝腔作勢 / llevar a la ～ 上演 / poner

en ～ 上演

escenario *m.* 1. 舞台 2. 事件發生地點 3.【轉】環境

escénico, ca *a.* 舞台的

escenificar *tr.* 把…改編成劇本, 把…搬上舞台

escenografía *f.* 1. 佈景設計 2.【集】佈景

escenógrafo, fa *s.* 佈景設計師

escepticismo *m.* 1. 懷疑論, 懷疑主義 2. 不相信

escéptico, ca *a.-s.* 懷疑的, 抱懷疑態度的; 懷疑主義者

escindir *tr.* 分割, 分裂

escirro *m.*【醫】硬癌

escisión *f.* 分開, 分割, 分裂

esclarecer I. *tr.* 1. 照亮, 使光亮 2.【轉】使增加聲望 3.【轉】澄清, 說明 II. *intr.* 天亮, 破曉

esclarecido, da *a.* 傑出的, 著名的

esclarecimiento *m.* 1. 天亮, 破曉 2.【轉】澄清, 說明

esclavina *f.* 披肩

esclavista *a.* 主張奴隸制的

esclavitud *f.* 1. 奴隸制 2. 奴隸身份, 奴隸地位 3.【轉】束縛, 屈從

*esclavizar *tr.* 1. 奴役, 使成為奴隸 2.【轉】控制, 束縛, 使服從

*esclavo, va I. *a.* 受奴役的, 受支配的 II. *s.* 1. 奴隸 2. 擺脫不了某種感情(習慣)的人

esclerosis *(pl. esclerosis) f.*【醫】硬化症

escleroso, sa *a.* 硬化的

esclerótica *f.*【解】鞏膜

*esclusa *f.* 船閘 ◇ ～ de aire 氣塞

*escoba *f.* 掃帚

escobada *f.* 掃, 打掃

escobajo *m.* 1. 舊掃帚 2. 去粒的葡萄梗

escobar *tr.* 掃地, 打掃

escobazo *m.* 掃帚的擊打

escobilla *f.* 1. 笤帚 2. 刷子; 鬃刷,

鋼絲刷; 電刷

escobillón *m.* 槍炮刷

escobo *m.* 灌木叢

escobón *m.* 掃房頂的長把掃帚

escocedura *f.* 1. 灼痛 2. 痛苦

escocer I. *intr.* 使有灼痛感 II. *r.* 1. 皮膚紅腫 2. 【轉】傷心, 痛苦

*****escocés, sa** I. *a.* 1. 蘇格蘭 (Escocia) 的 2. 蘇格蘭人的 3. 帶有彩格的 II. *s.* 蘇格蘭人 III. *m.* 蘇格蘭方言

escoda *f.* 石工錘

escodar *tr.* 用石工錘砸

escofina *f.* 粗銼

escofinar *tr.* 銼, 銼平

*****escoger** *tr.* 挑, 選, 揀

*****escogido, da** *a.* 1. 挑選出來的 2. 出類拔萃的, 最優秀的

escolapio, pia *a.*【宗】慈善學校派的

*****escolar** *a.-s.* 學校的, 小學的; 學生, 小學生

escolasticismo *m.* 煩瑣哲學, 經院哲學

escolástico, ca *a.* 1. 煩瑣哲學的, 經院的 2. 學究式的

escolio *m.* 注釋, 旁注, 批注

escolopendra *f.* 1.【動】蜈蚣 2.【植】荷葉蕨

escolta *f.* 1. 衛隊; 護航船隊; 護衛車隊 2. 隨從人員

escoltar *tr.* 護衛, 護送; 押送

escollera *f.* 防波堤

escollo *m.* 1. 暗礁 2.【轉】危險, 困難

escombrar *tr.* 清除…的瓦礫

escombro *m.* 1. 瓦礫 2. 礦渣 ◇ reducir a ~s 使化爲廢墟

escomerse *r.* 磨損, 損壞

*****esconder** I. *tr.* 隱藏, 掩蓋, 包藏 II. *r.* 躲藏, 隱藏

escondidas : a ~ 偷偷地, 悄悄地

escondite *m.* 1. 掩藏所, 藏匿地 2. 捉迷藏遊戲

escondrijo *m.* 躲藏處, 藏匿地

*****escopeta** *f.* 獵槍 ◇ ~ de pistón 火槍 / ~ de viento 氣槍 / ~ negra 職業

獵手

escopetazo *m.* 1. 槍擊; 槍傷 2. 令人不愉快的事

escopetear I. *tr.* 用獵槍連射 II. *r.* 1. 互相客套 2. 互相辱罵

escopetería *f.*【集】1. 獵槍隊 2. 槍擊

escopetero *m.* 1. 獵槍兵 2. 製或賣獵槍的人

escopleadura *f.* 鑿孔, 鑿眼

escoplear *tr.* 鑿, 鑿

escoplo *m.* 鑿子, 鑿子

escora *f.* 1. 船隻中心線 2. 造船用的支柱

escorar I. *tr.* 支撐 (船體) II. *intr.* (船隻) 傾斜

escorbuto *m.*【醫】壞血病

escordio *m.*【植】林石蠶

escoria *f.* 1. 礦渣, 鐵渣, 煤渣, 爐渣 2. 火山渣 3.【轉】渣滓, 廢物

escoriación *f.* 見 excoriación

escorial *m.* 1. 礦渣場, 爐渣場 2. 礦渣堆, 爐渣堆

escoriar *tr.* 見 excoriar

escorpena; escorpina *f.*【動】鮋魚

escorpión *m.* 1.【動】蝎子 2. (大寫)【天】天蝎座

escorzar *tr.*【美】按透視法縮短

escota *f.*【海】帆脚索

escotado *m.* ; **escotadura** *f.* 裁剪成祖胸領

escotar *tr.* 1. 裁剪成祖胸領 2. 交付 (分攤到的公共費用)

escote *m.* 1. 祖胸領 2. 每人攤付的份額

escotilla *f.* 艙口

escotillón *m.* (地面上或舞台上開的) 活地板門

escozor *m.* 1. 灼痛感 2.【轉】傷心, 痛苦

escriba *m.* 猶太人法學博士

escribanía *f.* 1. 公證人職務 2. 公證人辦公室 3. 文具

escribano *m.* 1. 公證人 2. 法庭書記

3. 書寫員, 抄寫員

escribiente *s.* 繕寫員, 抄寫員

*escribir *tr.* 1. 寫, 書寫 2. 寫信 3. 寫作

escriño *m.* 1. 草袋 2. 珍寶箱

*escrito *m.* 1. 寫下的東西; 信件; 字據; 手稿 2. 試卷 3.【法】呈文, 呈子

*escritor, ra *s.* 1. 書寫的人 2. 作家, 作者

*escritorio *m.* 1. 寫字枱, 辦公桌 2. 辦公室

escritorzuelo, la *s.* 蹩腳作家

escritura *f.* 1. 寫, 書寫 2. 文章, 著作, 作品 3. 文字 4. 書法 ◇ Sagrada Escritura《聖經》

escrófula *f.*【醫】1. 淋巴結核體質 2. 淋巴結核, 瘰癧

escrofularia *f.*【植】林生玄參

escrofulismo *m.* 見 escrófula

escrofulosis (*pl.* escrofulosis) *f.*【醫】淋巴結核

escrofuloso, sa *a.* 患淋巴腺結核的

escroto *m.*【解】陰囊

escrúpulo *m.* 1. 疑慮, 顧慮 2. 精心, 認真

escrupulosidad *f.* 精心, 認真, 一絲不苟

escrupuloso, sa *a.* 1. 多疑慮的, 多顧慮的 2. 認真的, 精心的

escrutar *tr.* 1. 細查, 查究 2. 統計(選票)

escrutinio *m.* 1. 細查, 查究 2. 統計選票

*escuadra *f.* 1. 直角尺, 矩尺, 曲尺 2.【軍】班, 小隊 3. 艦隊 ◇ ～ falsa 斜角規 / a ～ 成直角地

escuadrar *tr.* 使成直角

*escuadrilla *f.* 1. 小艦隊, 小船隊 2. 飛行小隊

escuadrón *m.*【軍】騎兵中隊; 飛行中隊

escualidez *f.* 1. 骯髒 2. 消瘦, 憔悴

escuálido, da *a.* 1. 骯髒的 2. 消瘦的, 憔悴的

escualo *m.*【動】角鯊

escucha *f.* 1. 聽 2. 偵察哨

*escuchar I. *tr.* 1. 聽 2. 聽從 II. *r.* 得意地講話

escuchimizado, da *a.* 極瘦弱的

escudar I. *tr.* 1. 用盾保護 2.【轉】保護, 庇護 II. *r.* 借口, 憑據

escudero *m.* 1. 持盾牌的侍從 2. 隨從, 跟班 3. 紳士 4. 製盾者

escudete *m.* 1. 小盾形物 2. (加固線頭處的)小襯布頭 3. 油橄欖上的雨點斑

escudilla *f.* 半圓球形的湯鉢

escudillar *tr.* 用碗, 鉢盛

*escudo *m.* 1. 盾 2. 盾牌 2. 盾狀物 3. (國家、城市、團體等的)徽, 標誌 4. 鎖眼蓋 5.【轉】保護, 庇護

escudriñar *tr.* 察看, 探究

*escuela *f.* 1. 學校 2. 基本訓練, 素養 3. 教學法 4. 學派; 流派 5. 經驗, 經歷 ◇ ～ de Bellas Artes 美術學校 / ～ de párvulos 幼兒學校 / ～ militar 軍事學校 / ～ normal 師範學校 / ～ primaria 小學 / ～ secundaria 中學

escuerzo *m.* 1.【動】蟾蜍, 癩哈蟆 2.【轉, 口】瘦骨嶙峋的人

escueto, ta *a.* 簡練的, 直截了當的

esculpir *tr.* 雕刻, 雕塑

*escultor, ra *s.* 雕刻家, 雕塑家

escultórico, ca *a.* 雕刻的, 雕塑的

*escultura *f.* 1. 雕刻, 雕塑, 雕刻藝術 2. 雕刻品, 雕塑品, 雕像, 塑像

escultural *a.* 1. 雕刻的, 雕塑的 2. 像雕刻的, 像雕塑的

escupidera *f.* 痰盂

escupidura *f.* 唾沫, 痰, 吐出物

*escupir I. *intr.* 吐唾沫, 吐痰 II. *tr.* 1. 吐出, 啐 2.【轉】噴出; 排出, 放出 3.【轉】唾棄, 鄙棄

escupitajo *m.*; **escupitina** *f.*; **escupitinajo** *m.* 痰, 唾沫

escurreplatos (*pl.* escurreplatos) *m.* 盤碟瀝乾架

escurribanda *f.*【口】1. 溜走 2. 瀉肚

子

escurridizo, za *a.* 1. 滑的 2.【轉】難以捉摸的

escurrido, da *a.* 體形不豐滿的

escurridor *m.* 1. 濾器 2. 盤碟瀝乾架

escurriduras *f. pl.* (油、酒等) 剩下的底子

escurrir I. *tr.* 1. 倒乾净, 挖乾净 2. 使乾, 捧乾, 滴乾, 瀝乾 II. *intr.* 1. 滴, 瀝, 淌 2. 滑 III. *r.* 溜走

esdrújulo, la *a.* 重音落在倒數第三個音節的

ese *f.* 1. 字母 s 的名稱 2. S 形 ◇ ～ o ～ 國際通用的呼救信號 / hacer ～s 走路搖搖晃晃

*****ese; esa; esos, esas** *a.* 那個的, 該; 那些

*****ése, ésa; ésos, ésas** *pron.* 那個; 那些

*****esencia** *f.* 1. 本質, 實質 2. 精華, 精髓 3. 香精, 香料 ◇ la quinta ～【轉】精華, 精髓 / por ～ 從本質上說

*****esencial** *a.* 1. 本質的; 基本的 2. 重要的, 必要的

esfenoides (*pl.* esfenoides) *m.*【解】蝶骨

*****esfera** *f.* 1. 球體, 球面 2. (鐘錶、儀表的) 表盤 3. 天空 4.【轉】社會地位, 身份 5.【轉】範圍, 領域 ◇ ～ celeste 天體 / ～ de actividad 活動範圍 / ～ de influencia 勢力範圍 / ～ terrestre 地球

esférico, ca *a.* 球形的, 球體的, 球面的

esferoide *m.* 球體, 球狀體

esferómetro *m.* 球徑儀, 測球儀

esfigmómetro *m.* 脈博計

esfinge *s.* 1. 獅身人面像 2.【轉】守口如瓶的人, 難捉摸的人 3.【動】蛾子

esfínter *m.*【解】括約肌

esforzado, da *a.* 勇敢的, 有膽量的

esforzar I. *tr.* 1. 使有力, 使充滿精力 2. 鼓舞, 激勵 3. 使 (器官等) 費力 II. *intr.* 振作, 振奮 III. *r.* 努力, 盡力

*****esfuerzo** *m.* 1. 氣力, 勁 2. 努力, 盡力 3. 克勤克儉 ◇ ～ económico 省吃儉用

esfumar I. *tr.*【美】用擦筆畫陰影 II. *r.* 消失, 消散

esfuminar *tr.*【美】用擦筆畫陰影

esgrima *f.* 劍術

esgrimidor, ra *s.* 擊劍者, 劍術家

esgrimir *tr.* 1. 揮舞 (刀、劍) 2.【轉】用 (某物) 威脅

esguince *m.* 1. 閃避 2. 扭傷

eslabón *m.* 1. 鏈環 2. 火鐮 3.【轉】環節

eslabonar *tr.* 1. 連成鏈子 2. 連接, 聯繫

*****eslavo, va** I. *a.* 斯拉夫的; 斯拉夫人的 II. *s.* 斯拉夫人 III. *m.* 斯拉夫語

eslora *f.* 船的長度

eslovaco, ca I. *a.* 斯洛伐克 (Eslovaquia) 的; 斯洛伐克人的 II. *s.* 斯洛伐克人 III. *m.* 斯洛伐克語

esmaltar *tr.* 1. 給…上釉, 給…塗琺琅 2.【轉】裝飾; 點綴

esmalte *m.* 1. 釉, 琺琅 2. 搪瓷製品 3. 牙齒的琺琅質

esmerado, da *a.* 1. 精緻的, 精細的 2. 細心的, 仔細的

esmeralda *f.* 1. 綠寶石 2. 鮮綠色

esmerar I. *tr.* 磨光, 擦亮 II. *r.* 精心, 認真

esmerejón *m.*【動】隼

esmeril *m.* 剛玉砂, 金剛砂 ◇ muela de ～ 金剛砂輪 / papel de ～ 金剛砂紙

esmerilar *tr.* 用金剛砂磨光

esmero *m.* 細心, 認真

esmirriado, da *a.* 瘦弱的

esnob (*pl.* esnobs) *s.* 愛趕時髦的人

eso *pron.* 那, 那個 ◇ aun con ～ 儘管如此 / en ～ 那時 / por ～ 因此 / y ～ que 雖然, 儘管

esófago *m.*【解】食管

esotérico, ca *a.* 1. 隱秘的 2. 秘傳的

esotro, tra *a.-pron.* 另外那個的;另外那個

espacial *a.* 太空的,宇宙的

espaciar I. *tr.* 1. 使間隔開 2. 傳播 II. *r.* 1. 細說,詳述 2. 消遣

*__espacio__ *m.* 1. 太空,宇宙 2. 空間;空白,間隔;地方 3. 時間 4.【轉】緩慢,遲緩 5.【印】鉛空,空鉛 6.【樂】譜表的線間空白 ◇ ~ de tiempo 時期,期間 / ~ infinito 太空,宇宙 / ~ libre 空地,空白 / ~ vital 生存空間

espaciosidad *f.* 1. 寬敞,開闊 2. 緩慢,遲緩

espacioso, sa *a.* 1. 寬敞的,開闊的 2. 緩慢的,遲緩的

*__espada__ *f.* 1. 劍 2. 擊劍手 3. 劍花(牌) ◇ colgar la ~ 退休,辭職 / desnudar la ~ 劍拔弩張 / entre la ~ y la pared 進退維谷

espadachín *m.* 1. 好劍手 2. 好爭鬥者

espadaña *f.* 1. 鐘樓 2.【植】寬葉香蒲

espadero *m.* 1. 鑄劍者 2. 劍商

espádice *m.*【植】(佛焰花的)花軸

espadilla *f.* 1. 劍形章 2. 劍形物 3. 麻槌

espadillar *tr.* 搗(蔴)

espadín *m.* 佩劍,小劍

espadón *m.* 大劍

espahí *m.* 1. 土耳其騎兵 2. 在阿爾及利亞的法國騎兵

*__espalda__ *f.* 1. 背,背部,脊背 2. 衣服的後身 3. *pl.* (物的)背面,反面 ◇ a ~s de 揹着 / a las ~s ①揹在背上②在背後 / dar la ~ 蔑視 / echarse a las ~s 置諸腦後 / por la ~ 背地裏 / tener las ~s anchas 能够忍受 / tener las ~ cubiertas (或 guardadas) 有靠山 / volver las ~s 溜掉

espaldar *m.* 1. 椅子靠背 2. 動物的背甲,背殼 3. 花木的攀緣架

espaldarazo *m.* (用劍或巴掌) 拍擊背部 ◇ dar el ~ 承認合格,認可

espaldera *f.* 1. 果園的棚 2.【體】肋木

espaldilla *f.* 1.【解】肩胛骨 2. (豬羊的) 前肘

espaldudo, da *a.* 闊肩膀的

espalto *m.*【美】暗透明色

espantable *a.* 見 espantoso

espantadizo, za *a.* 易受驚的,膽小的

espantajo *m.* 1. 田裏的稻草人 2. 用來嚇唬人的東西

espantamoscas (*pl.* espantamoscas) *m.* 蠅甩兒,拂塵

espantapájaros (*pl.* espantapájaros) *m.* 見 espantajo

*__espantar__ I. *tr.* 1. 使害怕,使恐懼 2. 趕走,嚇跑 II. *r.* 1. 害怕,恐懼 2. 驚訝,驚異

*__espanto__ *m.* 1. 恐懼,驚恐 2. 恐嚇,威嚇 ◇ de ~ 極大的 / estar curado de ~ 司空見慣

espantoso, sa *a.* 1. 可怕的,令人恐懼的 2. 驚人的 3. 極大的

*__español, la__ I. *a.* 西班牙 (España) 的;西班牙人的 II. *s.* 西班牙人 III. *m.* 西班牙語 ◇ a la ~a 按西班牙方式

españolismo *m.* 1. 西班牙特色 2. 對西班牙事物的愛好 3. 西班牙語詞

españolizar *tr.* 使西班牙化

esparadrapo *m.* 橡皮膏,氧化鋅膠布

esparaván *m.*【動】雀鷹

esparavel *m.* 1. 圓網 2.【泥】托泥板

esparceta *f.*【植】驢食草

esparcido, da *a.* 歡快的,快樂的

esparcimiento *m.* 1. 散開 2.【轉】散佈,傳播 3. 消遣,娛樂

esparcir I. *tr.* 1. 使散開,撒 2.【轉】傳播,散佈 II. *r.* 消遣,散心

espárrago *m.* 1.【植】石刁柏,蘆筍 2. 嫩蘆筍 3. 帳篷的支柱 4. 瘦高個子

esparraguera *f.* 蘆筍地

esparrancarse *r.*【口】兩腿劈開

espartano, na *a.* 1. 斯巴達的;斯巴達人的 2. 斯巴達式的 3. 嚴以律己的

espartería *f.* 草編織業;草編織品商店

espartero, ra *s.* 從事草編織業的人;經

售草編織業的人

espartizal m. 長滿細莖針茅的地方

esparto m.【植】細莖針茅

espasmo m.【醫】抽搐, 痙攣

espasmódico, ca a. 痙攣的, 抽搐的

espata f.【植】佛焰苞

espato m.【礦】晶石 ◇ ～ de Islandia 冰洲石 / ～ flúor 螢石 / ～ perla 白雲石

espátula f. 1. 抹刀, 刮鏟; 調色刀; 油漆刀 2.【動】琵鷺

especia f. 香料, 調料

*__especial__ a. 特別的, 特殊的; 專門的

especialidad f. 1. 特性, 特色 2. 專長, 專業

*__especialista__ a.-s. 專門的, 專科的; 專家

especializarse r. 專攻, 專門研究

especialmente ad. 尤其, 特別

*__especie__ f. 1. 種類, 類別 2. 事情, 消息, 說法 ◇ bajo ～ de 以…爲藉口 / en ～ 用實物

especiería f. 1. 香料店 2.【集】香料

especificar tr. 確指, 明確說明

especificativo, va 確指的, 確定性的

*__específico, ca__ a. 1. 特有的, 特定的, 特殊的 2. 有特效的(藥)

espécimen (pl. especímenes) m. 樣品, 標本

especioso, sa a. 1. 完美的, 美好的 2.【轉】似是而非的, 徒有其表的

espectacular a. 引人注意的, 壯觀的

*__espectáculo__ m. 1. 節目, 演出, 表演 2. 場面, 景象 ◇ dar un ～ 出醜, 出洋相

espectador, ra s. 1. 觀衆 2. 目睹者; 旁觀者

espectral 1. 鬼怪似的, 幽靈的 2.【理】光譜的

espectro m. 1. 鬼怪, 幽靈 2.【轉】瘦弱的人 3.【理】光譜 ◇ ～ solar 太陽光譜

espectroscopio m.【理】分光鏡

especulación f. 1. 思索, 推測 2. 理論

3. 投機生意

especulador, ra a.-s. 1. 思索的, 研究的; 思索者, 研究者 2. 投機的; 投機商

especular I. tr. 思索, 推測 II. intr. 1. 做買賣, 做交易 2. 做投機生意

especulativo, va a. 1. 思索的, 推理的 2. 純理論的 3. 投機性的

espéculo m.【醫】窺鏡

espejear intr. 反光, 閃耀

espejero, ra s. 鏡子工; 鏡子商

espejismo m. 1. 海市蜃樓 2.【轉】幻象, 幻景

*__espejo__ m. 1. 鏡子 2.【轉】反映, 寫照 3.【轉】典範, 榜樣 ◇ mirarse en uno como en un ～ ①愛慕(某人) ②以某人爲楷模 / mirarse en ese ～ 引以爲鑒

espejuelo m. 1. 結晶石膏 2. pl. 眼鏡 3. (誘捕雲雀的)轉鏡 4.【轉】誘惑物

espeleología f. 洞穴學

espelunca f. 洞穴, 山洞

espeluznar tr. 1. 弄亂(某人)頭髮 2. 使毛骨悚然

espeluzno m.【口】恐懼, 戰慄

*__espera__ f. 1. 等, 等待, 等候 2. 延緩, 暫緩 3. 耐心 ◇ a la ～ de 期待, 等待 / en ～ de 等待, 等候

esperantista a.-s. 世界語的; 世界語學者

esperanto m. 世界語

*__esperanza__ f. 希望, 期望 ◇ alimentarse (或 vivir) de ～s 靠希望生活

esperanzar tr.-intr. (使)抱有希望; (使)懷有希望

*__esperar__ tr. 1. 希望, 期望 2. 等待, 等候 3. 在望, 即將發生 ◇ de ～ 可以期望的 / ～ en 指望, 把希望寄託於 / ～ sentado 坐等

esperma s. 精液 ◇ ～ de ballena 鯨腦油, 鯨蠟

espermatozoide m. 精子

esperpento m. 1. 又醜又怪的東西; 醜八怪 2. 謬論, 荒唐言行

espesar *tr.* 1. 使變濃,使變稠 2. 使(織物)密實

espeso, sa *a.* 1. 濃的,密的 2. 茂密的 3. 厚的

espesor *m.* 1. 濃度,密度 2. 厚度

espesura *f.* 1. 濃,厚,密 2. 密林 3. 濃密的頭髮

espetar I. *tr.* 1. (用烤肉扦)串 2. 刺透,戳穿 3.【轉,口】說出(讓人討厭的話) II. *r.* 假裝嚴肅

espetera *f.* 炊具掛板;掛着的炊具

espetón *m.* 鐵扦

espía *s.* 間諜,奸細

espiar *tr.* 窺探,偵察

espicanardi *f.* ; **espicanardo** *m.* 【植】甘松

espichar I. *tr.* 刺,扎,戳 II. *intr.* 【口】死,死亡

espiga *f.* 1. 穗 2. 榫頭 3. (插入柄內的)凸出部分

espigado, da *a.* 1. 有穗的 2.【轉】瘦高的

espigador, ra *s.* 拾穗的人

espigar I. *tr.* 1. (在田裏)拾穗 2.【轉】收集,搜集(資料) II. *intr.* 抽穗 III. *r.* 1. (孩子)長高 2. (蔬菜)長老

espigón *m.* 1. 多芒的穗 2. 玉米棒子 3. (器物的)尖 4. 堤壩

espín *m.* 豪豬,箭豬 ◇ puerco ～ 豪豬

espina *f.* 1. 刺 2. 魚刺 3.【轉】猜疑,疑慮 4.【轉】煩惱 ◇ ～ dorsal【解】脊柱 / considerar como una ～ en el costado 視作眼中釘 / darle mala ～ 引起疑慮 / sacarse una ～ 補償

espinaca *f.* 菠菜

espinal *a.* 脊柱的,脊椎的

espinar I. *tr.* 1. 刺傷,扎傷 2. (用帶刺的樹枝)圍起,保護 II. *m.* 長滿帶刺灌木叢的地方

espinazo *m.*【解】脊柱 ◇ doblar el ～ 卑躬屈膝

espinela *f.* 1. 八音節的十行詩 2.【礦】尖晶石

espineta *f.* 小型古鋼琴

espinilla *f.* 1. 小腿 2. 小刺

espino *m.* 帶刺灌木 ◇ ～ artificial 帶刺鐵絲網

espinoso, sa *a.* 1. 有刺的,多刺的 2.【轉】棘手的,難辦的

espión *m.* 間諜,特務

espionaje *m.* 1. 窺探,偵察 2. 間諜活動

espira *f.* 1. 柱基 2. 螺旋線

espiración *f.* 吐氣,呼氣

espiral I. *a.* 螺旋線的,螺旋形的 II. *f.* 1. 螺旋線 2. 錶的游絲 ◇ en ～ 螺旋形地

espirar I. *tr.* 發出(氣味) II. *intr.* 呼出,吐氣

espiritado, da *a.* 骨瘦如柴的

espiritar *tr.* 1. 使中邪,使着魔 2.【轉,口】激怒,使激動

espiritismo *m.* 1. 唯靈論 2. 招魂術

esiritista *a.-s.* 招魂術的;唯靈論者,巫師

espíritu *m.* 1. 心靈,靈魂 2. 精神;氣概,氣魄 3. 心情,情緒 4. 才智,智力 5.【化】精 ◇ ～ de contradicción 別扭勁,好抬槓的心理 / ～ de la golosina 骨瘦如柴的人 / Espíritu Santo【宗】聖靈 / exhalar el ～ 死去

espiritual *a.* 1. 精神上的,心靈上的 2. 神的,鬼的 3. 高尚的,不凡的

espiritualismo *m.*【哲】唯靈論

espiritualista *a.-s.* 唯靈論的;唯靈論者

espiritualizar *tr.* 1. 使精神化 2. 賦予精神意義,從精神上解釋 3. 使消瘦

espirituoso, sa *a.* 見 espiritoso

espirómetro *m.* 肺活量計,呼吸量測定器

espiroqueta *f.*【生】螺旋體

espita *f.* 1. 拃(長度單位) 2. (酒桶上的)嘴兒,籠頭

esplendente *a.* 發光的

esplender *intr.* 發光

esplendidez *f.* 1. 光輝, 光彩 2. 壯麗, 豪華 3. 慷慨, 大方

__esplèndido, da__ *a.* 1. 發光的, 發亮的 2. 輝煌的, 富麗的 3. 慷慨的, 大方的

esplendor *m.* 1. 光輝, 富麗, 壯觀 3. 頂峯

esplendoroso, sa *a.* 1. 光閃閃的, 光亮的 2. 燦爛的, 壯麗的

esplénico, ca *a.* 脾的, 脾臟的

espliego *m.*【植】薰衣草

esplín *m.* 憂鬱, 厭世, 無聊

espolada *f.*; **espolazo** *m.* (馬刺的) 踢刺

espolear *tr.* 1. 用馬刺刺 2.【轉】激勵, 鼓勵

espoleta *f.* 1. 引信, 信管 2. (鳥胸的) 叉骨

espolín *m.* 1. 小馬刺 2. 固定在靴子上的馬刺 3. 錦緞, 花緞

espolón *m.* 1. (鷄等的) 距 2. 堤 3. (橋墩的) 分水角 4. 船首的破浪尖角 5. (軍艦的) 金屬撞角 6.【建】扶壁

espolvorear *tr.* 1. 揮, 撣(粉末等) 2. 撒(粉末等)

espongiario *a.-m. pl.* 海綿的; 海綿

__esponja__ *f.* 1. 海綿 2. 海綿製品; 海綿狀物 3. 敲詐者, 奪他人財物的人 ◇ pasar la ～ 丟到腦後

esponjado *m.* 檸檬軟糖

esponjar I. *tr.* 使蓬鬆, 使成海綿狀 II. *r.* 1. 驕傲, 自負 2.【口】變健壯

esponjoso, sa *a.* 海綿狀的, 多孔的, 鬆軟的

esponsales *m.pl.* 訂婚, 婚約

esponsalicio; cia *a.* 訂婚的

espontanearse *r.* 推心置腹

espontaneidad *f.* 1. 自然性, 自發性, 自願, 自生 2. 言行自然

__espontáneo, a__ *a.* 自然的, 自發的, 自願的, 自生的

espora *f.*【生】孢子

esporádico, ca *a.* 1. 零星的, 散發性的

2. 偶發的

esporozoario; esporozoo *m.* 孢子蟲

esposar *tr.* 給…帶上手銬

esposas *f.pl.* 手銬

__esposo, sa__ *s.* 1. 丈夫, 妻子 2. 未婚夫, 未婚妻

espuela *f.* 1. 馬刺 2.【轉】刺激, 激勵

espuerta *f.* 帶耳筐, 雙耳筐 ◇ a ～s 大量地

espulgar *tr.* 1. 給…滅蚤, 給…滅虱 2. 【轉】仔細察看

espulgo *m.* 1. 除虱, 除蚤 2. 細察, 細究

__espuma__ *f.* 泡沫, 浮沫, 浮渣 ◇ ～ de mar 海泡石 / crecer como la ～ 迅速生長

espumadera *f.* 漏勺, 笊籬

espumajear *intr.* 吐泡沫

espumar I. *tr.* 撇去…的泡沫 II. *intr.* 1. 起泡沫 2.【轉】迅速生長

espumarajo *m.* 1. 嘴裏吐出的泡沫 2. 髒泡沫

espumear *intr.* 起泡沫

espumóso, sa *a.* 1. 起泡沫的, 多泡沫的 2. 像泡沫的

espurio, ria *a.* 1. 私生的 2.【轉】偽造的 3.【轉】蛻化的, 墮落的

espurrear; espurriar *tr.* 用嘴噴

esputar *tr.* 咳出, 吐出(痰)

esputo *m.* 痰, 唾沫

esqueje *m.*【農】插穗, 插枝

esquela *f.* 1. 短信, 便條; 請柬 2. 訃告 ◇ ～ mortuoria 訃告

esquelético, ca *a.* 1. 骨骼的 2. 骨瘦如柴的

esqueleto *m.* 1. 骨骼 2. 骨架, 構架 3. 【轉】骨瘦如柴的人

__esquema__ *m.* 1. 圖解, 圖表, 圖型 2. 略圖, 提綱, 概要 ◇ en ～ 扼要的

esquemático, ca *a.* 1. 圖解的 2. 簡要的

esquematizar *tr.* 1. 圖解的 2. 概述

esquenanto *m.*【植】駱駝草

__esquí__ *(pl. esquís)* *m.* 1. 滑雪板 2.

滑雪運動 ◇ ～ acuático 滑水運動; 滑水橇板

esquiador, ra s. 滑雪者; 滑水者

*esquiar intr. 滑雪; 滑水

esquife m. 小艇, 輕舟; 賽艇

esquila f. 1. 小鈴, 鈴鐺 2. 小鐘 3. 蝦 4. 剪羊毛

esquilar tr. 剪 (動物的)毛

esquileo m. 剪毛

esquilero m. 捞蝦網

esquilmar tr. 1. 收 (莊稼) 2. (作物)使 (土地)貧瘠 3. 使枯竭

esquilón m. 大鈴鐺

esquimal I. a. 愛斯基摩的, 愛斯基摩人的 II. s. 愛斯基摩人 III. m. 愛斯基摩語

*esquina f. 角, 街角, 拐角 ◇ de (或 en) ～ 在拐角處的 / doblar la (或 una) ～ ①轉過街角, 拐彎②捲起(角) ③Amér. 死去 / hacer ～ 在街角處 / las cuatro ～s 搶角落遊戲

esquinado, da a. 1. 有角的, 帶角的 2. 【轉】難相處的, 難交往的

esquinzador m. (造紙廠的)破碎間

esquirla f. 骨頭碎片, 石頭碎片

esquirol m. 頂替罷工者的人, 破壞罷工的人

esquisto m.【質】片狀岩, 板岩

*esquivar tr.-r. 躲避, 迴避; 逃避

esquivez f. 躲閃; 不易接近

esquivo, va a. 冷淡的, 不易接近的

esquizofrenia f.【醫】精神分裂症

estabilidad f. 穩定性; 持久性

estabilización f. 穩定, 固定

*estabilizar tr. 使穩定, 使穩固

estable a. 穩定的, 持久的

*establecer I. tr. 1. 建立, 設立 2. 確立, 規定 II. r. 1. 定居, 安家落戶 2. 開業

*establecimiento m. 1. 法律條文, 規定 2. 機構, 機關, 企業; 商號 ◇ ～ benéfico (或 de beneficencia) 慈善機構 / ～ penitenciario 監獄

establo m. 牲畜圈, 馬厩, 牛圈

estaca f. 1. 椿, 椿子 2. 棍, 棒 3. 插枝, 插條

estacada f. 1. 木栅, 栅欄 2. 決鬥場 ◇ dejar en la ～ 使陷入困境 / quedar(se) en la ～ ①處境窘迫②陣亡 ③失敗

estacar I. tr. 1. (把牲畜)拴在木椿上 2. 打椿定界 II. r. 僵硬

estacazo m. 1. 棍擊, 棒擊 2.【轉】抨擊, 斥責

*estación f. 1. 現狀 2. 季節 3. 停留, 逗留 4. 車站 5. 電信局, 電報局, 電話局 6.【宗】去教堂祈禱; 祈禱詞

estacionamiento m. 1. 停留, 逗留 2. 停車場

estacionar tr.-r. 安放; 停放; 車輛停放

estacionario, ria a. 停滯的, 不動的

estada f. 逗留, 逗留期間

estadía f. 1. 停留, 逗留 2. 船舶滯留期; 滯留費

estadillo m. 小統計圖表

*estadio m. 1. 體育場, 運動場 2. 事物發展的階段

*estadista s. 1. 政治家, 國務活動家 2. 統計學家

estadística f. 統計; 統計學

estadístico, ca a.-s. 統計的, 統計學的; 統計學家

*estado m. 1. 狀況, 狀態, 情形 2. 國家, 政府 3. (聯邦國家的)州 4. 階級; 等級, 社會階層 ◇ ～ civil 婚姻狀況 / ～ de alarma 緊急狀態 / ～ de alma 智力 / ～ de ánimo 精神狀態 / ～ de excepción 非常狀態 / ～ de sitio 戒嚴 / ～ interesante 懷孕 / ～ mayor 參謀部 / ～ satélite 衛星國 / de buen ～ 狀況良好 / de mal ～ 狀況不好

*estadounidense I. a. 1. 美利堅合眾國 (Estados Unidos de América) 的, 美國的 2. 美國人的 II. s. 美國人

estafa f. 欺詐

estafador, ra s. 騙子

estafar *tr.* 欺詐

estafermo *m.* 1. (騎馬劈刺用的) 旋轉木偶 2.【轉,口】獃頭獃腦的人

estafeta *f.* 1. 郵局, 郵政分局 2. 外交郵件

estafilococo *m.*【醫】葡萄球菌

estafiloma *m.*【醫】葡萄腫

estajero; estajista *m.* 承包工

estalactita *f.* 1. 鐘乳石 2. 鐘乳石狀裝飾

estalagmita *m.*【質】石筍

*****estallar** *intr.* 1. 爆炸, 爆開, 爆裂 2.【轉】爆發, 突然發生; 突然發出

estallido *m.* 1. 爆炸, 爆裂 2. 爆炸聲, 爆裂聲

estambre *m.* 1. 毛線, 絨線 2.【紡】經, 經紗 3.【植】雄蕊

estameña *f.*【紡】嗶嘰

estampa *f.* 1. 插圖, 插畫 2. 外表, 模樣 3. 痕迹, 足迹 4. 刊印 ◇ la viva ～ 楷模, 榜樣

estampación *f.* 印刷; 印刷術

estampado, da I. *a.* 1. 印花的, 印圖的 2. 模壓的 II. *m.* 1. 印花織物 2. 模壓品 3. 印刷

estampar *tr.* 1. 印, 印上, 印刷 2.【紡】印花 3. 壓印 4. 使碰撞 5. 模壓 6.【轉】銘記, 銘刻 7.【轉】留下(痕迹)

estampería *f.* 圖片印刷廠; 圖片商店

estampero, ra *s.* 1. 印製圖片的人 2. 圖片商

estampía : de ～ 突然地

estampido *m.* 巨響, 轟響

*****estampilla** *f.* 1. 圖章, 印章 2. *Amér.* 郵票; 印花稅票

estancación *f.* ; **estancamiento** *m.* 1. 停滯 2. 專賣

estancar *tr.* 1. 使停滯, 使不流動; 使中斷, 擱置 2. 專營, 專賣

*****estancia** *f.* 1. 停留, 逗留; 停留時間 2. 房間, 堂 3. *Amér.* 莊園 4. (詩的) 段, 節

estanciero, ra *s. Amér.* 1. 莊園主 2. 莊園看管人

*****estanco, ca** I. *a.* 密閉的 II. *m.* 1. 賣, 專營 2. 專賣處 3. *Amér.* 燒酒店

estándar *m.* 標準, 規格

estandarte *m.* 旗, 旗幟

*****estanque** *m.* 池塘, 水塘; 貯水池

estanquero, ra *s.* 1. 池塘管理員 2. 經營專賣品的人

*****estante** I. *a.* 固定的 II. *m.* 擱板, 帶擱板的傢具

estantería *f.* 帶擱板的傢具

estantigua *f.* 1. 幽靈, 鬼怪 2.【轉,口】又瘦又高的人

estañadura *f.* 鍍錫, 包錫, 用錫焊

estañar *tr.* 1. 用錫鍍, 用錫包, 用錫焊

estañero, ra *s.* 1. 錫匠, 錫製品製造者 2. 經售錫製品的人

*****estaño** *m.*【化】錫

estaquilla *f.* 1. 木釘, 木栓 2. 無帽長釘

estaquillar *tr.* 用木釘釘住

*****estar** I. *intr.* 1. 在, 位於 (地點, 方位) 2. 處於 (某種狀態) 3. (與副動詞連用, 表示延續) 正在 4. (衣服等) 合適, 合身 5. 就要, 馬上, 準備 II. *r.* 停留, 耽擱 ◇ ～ a la que salta 不失時機 / ～ al caer ①就要到…點鐘②即將發生 / ～ a matar 視為仇敵 / ～ bien de 富有 / ～ con ①與某人一起②在某人領導之下③同意④會見⑤通姦 / ～ de más 多餘 / ～ mal de 缺少 / ～ que 像是要 / ～ sobre 監督, 督促 / ～ sobre sí 自制, 克制

estarcido *m.* 模印品

estarcir *tr.* 模印

*****estatal** *a.* 國家的

estática *f.*【理】靜力學

estático, ca *a.* 1. 靜力學的 2. 靜止的, 靜態的 3.【轉】驚訝的

estatismo *m.* 1. 靜止, 靜態 2. 中央集權

*****estatua** *f.* 雕像, 塑像

estatuario, ria *a.-f.* 雕像的, 雕塑的; 雕塑藝術

estatuir *tr.* 規定,決定

*estatura *f.* 身高,身材

*estatuto *m.* 章程,法規,規則

estay *m.*【海】桅杆支索

*este *m.* 東方,東面;東風

*este, esta; estos, estas *a.* 這,這個;這些

*éste, ésta ésto; éstos, éstas *pron.* 這個;這些

esteárico, ca *a.*【化】硬脂的

estearina *f.*【化】硬脂精,甘油三硬脂酸脂

esteatita *f.*【礦】塊滑石;凍石

estela *f.* 1. 石碑,紀念碑 2. 天體的光尾;船的尾波

estelar *a.* 星的,恒星的

estelaria *f.*【植】野斗篷草

estelión *m.*【動】意壁虎

estenografía *f.* 速記,速記法

estenografiar *tr.* 速記

estenógrafo, fa *s.* 速記員

estentóreo, a *a.* 洪亮的,響亮的

*estepa *f.* 1. 草原,大草原 2.【植】白葉岩薔薇

estepario, ria *a.* 草原的,大草原的

estera *f.* 蓆子

esterar *tr.* 在…上鋪蓆子

estercoladura *f.* ; **estercolamiento** *m.* 施糞肥

estercolar *tr.* 在…上施糞肥

estercolero *m.* 1. 掏糞工,拾糞人 2. 糞堆,糞坑

*estéreo; estereofónico, ca *a.* 立體聲的

estereografía *f.*【美】立體平畫法

estereometría *f.*【數】測體積學,立體幾何學

estereoscopio *m.* 立體視鏡

estereotipar *tr.* 1. 使鑄成鉛版 2. 用鉛版印刷

estereotipia *f.*【印】鉛版印刷術;鉛版印刷車間;鉛版印刷機

estereotomía *f.* 石頭切割術

esterería *f.* 蓆子工場;蓆子店

esterero, ra *s.* 編蓆工;賣蓆商;鋪蓆的人

*estéril *a.* 1. 無結果的,無成效的 2. 不能生殖的,不育的 3.(土地)貧瘠的;(年景)歉收的

esterilidad *f.* 1. 無效果,無結果 2. 不能生育 3. 土地貧瘠,年景歉收

esterilizar *tr.* 1. 使無結果,使無成效 2. 使不能生育 3. 使貧瘠 4.【醫】使無菌

esterilla *f.* 1. 小蓆子 2. 金銀絲飾帶 3. *Amér.* 粗蔴布

esterlina *f.* libra ～ 英鎊

esternón *m.*【解】胸骨

estero *m.* 1. 鋪蓆子 2. 鋪蓆季節 3. 河灘 4. *Amér.* 沼澤

estertor *m.* 1. 臨死時的喘息 2. 呼吸音,鼾聲

estertoroso, sa *a.* 1. 臨死時喘息的 2. 鼾聲的

estética *f.* 美學

*estético, ca *I. a.* 1. 美學的 2. 美的,藝術的 *II. s.* 美學家

estetoscopia *f.*【醫】聽診

estetoscopio *m.* 聽診器

esteva *f.* 犁把

estevado, da *a.* 膝內翻的,弓形腿的

estiaje *m.* 1. 最低水位 2. 枯水期

estiba *f.* 1. 槍炮的填藥棒 2. 羊毛裝包處 3. 壓艙物

estibar *tr.* 1. 把(貨物)壓緊,填滿 2. 裝載均勻

estibio *m.*【化】銻

estiércol *m.* 糞便;糞肥 ◇ ～ líquido 糞水

estigio, gia *a.*【詩,轉】地獄的

estigma *m.* 1. 身體上的疤痕 2. 烙印 3.【轉】恥辱,污點 4.【植】柱頭 5.【動】氣門

estigmatizar *tr.* 1. 給…打上烙印 2.【轉】敗壞…的名聲

estilar *I. intr.* 習慣於,經常 *II. tr.* 1.

(按格式)起草 **2.** 滴

estilete   *m.* **1.** 小針; 小尖刀 **2.** 【醫】探針

estilismo   *m.* 過分講究文體的傾向

estilista   *s.* 文體家, 文體優美的作家

estilístico, ca   *a.-f.* 文體的, 風格的; 文體學

estilizar   *tr.* 使具風格

*estilo   *m.* **1.** 刻蠟版用的鐵筆 **2.** 日晷針 **3.** 文體, 文風 **4.** 風格, 作風 **5.** 【植】花柱 ◇ ～ antiguo 舊曆法 / ～ nuevo 新曆法 / a (或 al) ～ de 以…方式 / por el ～ de 類似, 與…相似 / ～ directo 直接引語 / ～ indirecto 間接引語

*estilográfica   *f.* 自來水筆, 鋼筆

estilográfico   *m.* 自動鉛筆, 活芯鉛筆

estima   *f.* 尊重, 敬重; 重視 ◇ tener en mucha ～ 很重視 / tener en poca ～ 不重視

*estimable   *a.* **1.** 可尊敬的 **2.** 可估量的

estimación   *f.* **1.** 估量, 估價 **2.** 尊敬, 敬重; 重視 ◇ propia ～ 自重, 自尊心

*estimar   *tr.* **1.** 尊敬, 敬重; 重視 **2.** 認爲, 判斷

estimativa   *f.* 鑑賞力, 評價能力

estimulante   *a.-m.* 刺激的, 使興奮的; 興奮劑

*estimular   *tr.* **1.** 刺激, 使興奮 **2.** 激勵, 鼓勵

*estímulo   *m.* **1.** 鼓勵, 激勵 **2.** 刺激物 **3.** 自尊心

estinco   *m.* 【動】石龍子

estío   *m.* 夏天, 夏季

estipendiar   *tr.* 付報酬

estipendio   *m.* 報酬

estipite   *m.* 倒置金字墩

estíptico, ca   *a.* 止血的, 起收斂作用的

estípula   *f.* 【植】托葉

estipulación   *f.* **1.** 口頭商定, 口頭約定 **2.** 協約的條款, 規定

estipular   *tr.* **1.** 口頭商定 **2.** 規定

estira   *f.* 製革刮刀

estirado, da   *a.* **1.** 衣着講究的; 裝得一本正經的 **2.** 高傲的, 自負的 **3.** 小氣的, 吝嗇的

estirar   **I.** *tr.* **1.** 拉長; 抻長 **2.** 輕輕地把衣服燙平 **3.** 節省用(錢) **II.** *r.* 伸懶腰

estirón   *m.* **1.** 拉, 拉長 **2.** (孩子)突然長高

estirpe   *f.* 門第, 家族

estival   *a.* 夏天的, 夏季的

estocada   *f.* 劍擊, 劍傷

estofa   *f.* 織錦, 錦緞

estofado, da   **I.** *a.* 衣着講究的 **II.** *m.* **1.** (在絮有棉花的布料上)綉浮花 **2.** 燜肉, 燉肉

estofar   *tr.* **1.** (在絮有棉花的布料上)綉浮花 **2.** 燜, 燉

estoicismo   *m.* **1.** 禁慾主義 **2.** 【轉】克制, 堅忍

estoico, ca   *a.* **1.** 禁慾主義的 **2.** 【轉】克制的, 堅忍的

estola   *f.* **1.** (祭服的)聖帶, 長巾 **2.** 女用披肩

estolidez   *f.* 愚蠢

estólido, da   *a.-s.* 愚蠢的; 笨蛋

estolón   *m.* 匍匐莖, 生根莖

estomacal   *a.-m.* 胃的, 健胃的; 健胃劑

estomagar   *tr.* **1.** 使消化不良 **2.** 【口】使人厭煩

*estómago   *m.* 【解】胃 ◇ revolver el ～ 使人噁心 / tener un ～ de piedra 什麽都能吃

estomatitis   (*pl.* estomatitis) *f.* 【醫】口腔炎

estomatología   *f.* 口腔學

estomatópodo, da   *a.-m.pl.* 【動】口足目的; 口足目

estopa   *f.* 下腳蔴; 粗蔴織物

estoposo, sa   *a.* 像下腳蔴的

estoque   *m.* **1.** 無刃窄劍 **2.** 【植】唐菖蒲

estoquear   *tr.* 用劍刺

estoraque   *m.* 【植】藥用安息香

estorbar   *tr.* **1.** 妨礙, 阻礙 **2.** 【轉】麻

煩,打擾

estorbo *m.* 障礙;障礙物

estornino *m.* 【動】歐椋鳥

***estornudar** *intr.* 打噴嚏

estornudo *m.* 噴嚏

estornutatorio *m.* 催嚏劑

estotro, tra *pron.* 這另一個

estrabismo *m.*【醫】斜視,斜眼

estrada *f.* 路,道路

estrado *m.* 1. (古時女主人接待客人的) 客廳 2. (擺放御座或主席座位的) 平台 3. *pl.* 【法】法庭;審判廳

estrafalario, ria *a.* 1.【口】邋遢的,衣冠不整的 2.【轉,口】古怪的,怪誕的

estragamiento *m.* 墮落,腐化

estragar *tr.-r.* 1. (使) 腐化,(使) 墮落 2. 毀壞,損害

estrago *m.* 1. 災難,災害 2.【轉】毒害

estragón *m.*【植】龍蒿

estrambote *m.* 補充詩句

estrambótico, ca *a.* 古怪的,荒誕的

estramonio *m.*【植】曼陀羅

estrangol *m.*【獸醫】腺疫,傳染性卡他

estrangul *m.* 管樂器的嘴芒

estrangular *tr.* 1. 勒死,掐死 2. 絞窄 (血管等)

estranguria *f.*【醫】痛性尿淋瀝,尿急痛

estraperlista *s.* 做黑市買賣的人

estraperlo *m.* 黑市,黑市買賣

estratagema *f.* 計謀,計策;詭計

estratega *m.* 戰略家

estrategia *f.* 1. 戰略,兵法 2.【轉】領導藝術

estratégico, ca *a.-s.* 戰略的,戰略上的,懂得戰略的;戰略家

estratificación *f.* 1. 分層 2.【質】層理

estratificar *tr.* 使分層

estratigrafía *f.* 地層學

estrato *m.* 1.【質】地層 2.【解】(皮等的) 層 3.【轉】階層 4. 層雲

estratosfera *f.* 氣象】同溫層,平流層

estraza *f.*【集】破布,碎布

estrechamente *ad.* 1. 貧困地 2. 親密地 3.【轉】準確地,有效地

***estrechar** I. *tr.* 1. 使變窄 2. 使緊,弄緊 3. 使親密 II. *r.* 1. 變窄 2. 擠緊 3.【質】緊縮開支

estrechez *f.* 1. 狹窄 2. 時間緊迫 3. 親密 4. 貧困,拮据 5. 思想貧乏 6. 節儉,儉樸

***estrecho, cha** I. *a.* 1. 狹窄的 2. 擠的,緊的 3. 親密的 4. 儉樸的 5. 吝嗇的 II. *m.* 海峽

estrechura *f.* ① 狹窄的地方 ② 親密 ③ 儉樸 ④ 窘困

estregadera *f.* 1. 硬毛刷 2. 門口的鞋擦

estregadero *m.* 1. 牲畜蹭癢的地方 2. 洗衣處

estregar *tr.-r.* 擦,搓,蹭

estregón *m.* 用力擦,用力搓,用力蹭

***estrella** *f.* 1. 星,星體 2. 星狀物 3.【轉,口】命運,運氣 4.【轉】名演員,明星 5. (動物前額上的) 白斑 ◇ ~ de mar【動】海星 / ~ fugaz 流星 / ~ polar (或 del Norte) 北極星 / poner sobre las ~s 吹捧 / tener ~ 命好 / ver las ~s 痛得眼冒金星

estrellado, da *a.* 1. 星形的,星狀的 2. 佈滿星辰的

estrellamar *f.* 1.【動】棘海星 2.【植】大車前

***estrellar** I. *tr.* 1. 使佈滿星辰 2. 使撞碎,使摔碎 3. 往鍋裏打 (鷄蛋) II. *r.* 1. 撞傷,撞哭 2.【轉】受挫,失敗

estremecedor, ra *a.* 1. 使震動的 2. 使震驚的

***estremecer** I. *tr.* 1. 使晃動,震動 2. 震驚,使驚恐 II. *r.* 震驚,戰慄

estremecimiento *m.* 震動;震驚

estrenar I. *tr.* 1. 初次使用 2. 首次上演 II. *r.* 開始從業,開始任職

***estreno** *m.* 1. 首次使用 2. 首次上演 3. 開始從業

estreñido, da *a.* 1. 便秘的 2.【轉】吝

嗇的

estreñimiento *m.*【醫】便秘

estreñir I. *tr.* 引起便秘 II. *r.* 便秘

estrépito *m.* 1. 轟響,巨響 2.【轉】大聲喧嚷

estrepitoso, sa *a.* 1. 發出巨響的,轟鳴的 2. 顯眼的,引人注目的

estreptococo *m.*【醫】鏈球菌

estreptomicina *f.* 鏈霉素

estría *f.* 細槽,凹紋

estriar *tr.* 開細槽,刻凹紋

estribación *f.*【地】山嘴,坡尖

estribar *intr.* 1. 依靠,支托 2.【轉】基於,在於

*__estribillo__ *m.* 1. 疊句,副歌 2. 口頭語

estribo *m.* 1. 馬鐙 2. 車的踏腳板 3. 支柱,基礎 4. 護牆,扶壁 5.【解】鐙骨 ◇ estar con un pie en el ～ 快要死了 / estar sobre los ～s 警惕 / hacer perder los ～s 惹怒 / perder los ～s ①失去自制②信口開河③驚慌失措

estribor *m.* 船的右舷

estricnina *f.*【化】馬錢子鹼,士的寧

estricto, ta *a.* 嚴格的;嚴密的;不折不扣的

estridente *a.* 1. 刺耳的,尖厲的 2. 發出尖聲的

estridor *m.* 刺耳聲,尖厲的聲音

estrige *f.*【動】貓頭鷹

estro *m.* 靈感

estrofa *f.* 詩的節

estroncio *m.*【化】鍶

estropajo *m.* 1. (刷洗用的)草把,刷帚 2.【植】絲瓜 3.【轉】廢物

estropajoso, sa *a.* 1. 說話含糊不清的 2. 邋遢的,衣冠不整的

*__estropear__ *tr.* 1. 損壞,毀壞 2. 使失敗,使受挫

estropeo *m.* 1. 損壞,毀壞 2. 受挫,失敗

estropicio *m.* 1. 巨響 2. 混亂 3. 損壞 4. 吵嚷

estructura *f.* 1. 結構,構造 2. 構架

*__estruendo__ *m.* 1. 巨響 2.【轉】喧鬧,嘈雜

estruendoso, sa *a.* 1. 發出巨響的 2.【轉】喧鬧的

estrujadora *f.* 壓搾機

estrujar *tr.* 1. 壓搾,擠壓 2. 揉縐,使變形 3.【轉】剝削,搾取

estrujón *f.* 壓,搾

estuario *m.* 河灘,潮淹地

estucar *tr.* 粉刷

estuco *m.* 灰漿

*__estuche__ *m.* 匣子,盒子

*__estudiante__ *s.* (大學,中學的)學生

estudiantil *a.* 學生的

estudiantina *f.* 學生樂隊

*__estudiar__ *tr.* 學,學習;研究,鑽研

*__estudio__ *m.* 1. 學習;研究 2. 學問,知識 3. 學術著作 4. *pl.* 學科,課程 5. 書房,工作室 6. 電影製片廠 7.【美】習作 8.【樂】練習曲 ◇ dar ～s a 供某人上學 / en ～ 正在研究中的

estudioso, sa *a.* 用功的,好學的

*__estufa__ *f.* 1. 火爐 2. 溫室,暖房 3. 烘箱 4. 蒸汽浴室

estulticia *f.* 愚笨

estulto, ta *a.* 笨的,傻的

estuoso, sa *a.*【詩】炎熱的,熾熱的

estupefacción *f.* 驚愕,驚訝

estupefaciente I. *a.* 1. 令人驚愕的,令人驚訝的 2. 麻醉性的 II. *m.* 麻醉劑

estupefacto, ta *a.* 驚訝的,驚獸的

estupendo, da *a.* 極妙的,驚人的

estupidez *f.* 愚笨,愚蠢言行

*__estúpido, da__ *a.* 愚笨的,愚蠢的

estupor *m.*【醫】麻木,僵獸

estuquería *f.* 粉刷

estuquista *s.* 粉刷工

esturión *m.*【動】鱘魚

esvástica *f.* 卍字,卐字

esviaje *m.*【建】傾斜

eta *f.* 艾塔(希臘語字母 H, η 的名稱)

etano *m.*【化】乙烷

*etapa f. 1. (路程的)段 2. 行軍途中的宿營地 3.【轉】階段, 時期 ◇ por ~s 分階段地

*etcétera ad. 等等(略寫作 etc.)

éter m. 1.【詩】太空, 蒼天 2.【理】以太, 能媒 3.【化】乙醚

etéreo, a a. 1.【詩】太空的, 蒼天的 2.【理】以太的, 能媒的 3.【化】乙醚的

eterismo m.【醫】1. 醚麻醉 2. 醚中毒

eterizar tr. 1. 使麻醉 2.【化】醚化

eternal a. 見 eterno

*eternidad f. 1. 永恒, 永久, 永存 2. 死後永生 3.【轉】長久, 長時間

eternizar I. tr. 使永恒, 使永久, 使長久 II. r. 無休止

*eterno, na a. 1. 永恒的, 永久的, 永存的 2.【轉】長久的, 長時間的

eterómano, na a.-s.【醫】醚狂的; 醚狂患者

ética f. 倫理學, 道德學

ético, ca a. 倫理的, 道德的; 合乎道德的

etilo m.【化】乙基, 乙烷基

etimología f. 詞源, 語源; 詞源學, 語源學

etimológico, ca a. 詞源學的, 語源學的

etimologista s. 詞源學家, 語源學家

etiología f. 1.【哲】原因論 2.【醫】病源學

etíope I. a. 埃塞俄比亞(Etiopía)的; 埃塞俄比亞人的 II. s. 埃塞俄比亞人 III. m. 埃塞俄比亞語

etiqueta f. 1. 禮儀, 禮節, 禮貌 2. 標籤, 簽條 ◇ de ~ ①隆重的, 正式的 ②禮節性的

etiquetero, ra a. 講究禮儀的

etmoides m.【解】篩骨

étnico, ca a. 人種的, 種族的

etnografía f. 人種史, 人種誌

etnología f. 人種學, 種族學

etnólogo, ga s. 人種學者, 種族學者

eucalipto m.【植】桉樹

Eucaristía f.【宗】聖餐, 聖體

eucologio m.【宗】祈禱書

eudiómetro m. 量氣管, 空氣測定管

eufemismo m.【修辭】委婉説法, 婉詞

eufonía f. 悦耳, 樂音

eufónico, ca a. 悦耳的, 樂音的

euforbio m.【植】樹脂大戟

euforia f. 1. 安樂, 愉悦 2. (對痛苦等的)忍受能力

eugenesia f. 優生學

eugenésico, ca a. 優生學的

eunuco m. 太監, 閹人, 宦官

eupatorio m.【植】澤蘭

euritmia f. 1. (藝術作品)和諧 2.【醫】脈搏整齊

euro m. 東風

europeizar tr. 使歐化

*europeo, a I. a. 1. 歐洲(Europa)的 2. 歐洲人的 II. s. 歐洲人

éuscaro, ra a.-m. 巴斯克語的; 巴斯克語

eutanasia f.【醫】安樂死

eutrapelia f. 娛樂有節制; 有節制的正當娛樂

Eva f. 夏娃《聖經》中的人物, 亞當之妻

evacuación f. 1. 空出, 騰出 2. (軍隊)撤出 3.【生理】排泄 4.【醫】排液

evacuar tr. 1. 空出, 騰出 2. (軍隊)撤出 3.【生理】排泄 4.【醫】排液, 導液 5. 辦理, 處理

evacuatorio m. 公共厠所

evadir tr.-r. 躲避, 逃避; 逃脱, 逃走

evaluación f. 估計, 評價

evaluar tr. 估計, 評價

evanescente a. 消失的, 消散的

evangeliario m.【宗】日用福音書

evangélico, ca a. 1. 福音的, 福音書的 2. 新教徒的, 福音派的

Evangelio m. 1.【宗】福音, 福音書 2.【宗】耶穌教義 3.【轉】確鑿的事實

evangelista m.【宗】1. 福音書著者 2. 福音傳教士

evangelizar *tr.*【宗】講福音，傳教

evaporación *f.* 蒸發；汽化

evaporar **I.** *tr.* 1. 使蒸發；使揮發；使汽化 2. 使消失 **II.** *r.* 溜走，消失

*evasión *f.* 1. 遁詞，託詞 2. 逃走，逃避

evasiva *f.* 遁詞，託詞

evasivo, va *a.* 含糊其詞的，支吾搪塞的

evección *f.*【天】出差

*evento *m.* 偶然事件；事件，大事 ◇ a todo ～ 無論如何

*eventual *a.* 可能發生的，意外的；不確定的

eventualidad *f.* 1. 可能發生，意外；不確定 2. 意外的事情，可能發生之事

evicción *f.*【法】剝奪，沒收

evidencia *f.* 1. 明顯，不可否認性 2. 證據，確信 ◇ poner en ～ 顯示，證明 / quedar en ～ 現原形 / rendirse ante la ～ 承認事實

evidenciar *tr.* 說明，證實

*evidente *a.* 明顯的，無可置疑的

evitación *f.* 避免 ◇ en ～ de 爲了避免

*evitar *tr.* 1. 防止 2. 避免，避開

eviterno, na *a.* 永生的，永恒的

evo *m.* 永恒，永久，永存

evocación *f.* 回想，回憶，追憶

evocar *tr.* 1. 召魂 2.【轉】回想，回憶

evolución *f.* 1. 演變，演化，進化；發展，進展 2.【轉】變化，改變 3.【軍】變換隊形

*evolucionar *intr.* 1. 發展，進化 2.【轉】變化，改變 3.【軍】變換隊形

evolucionismo *m.* 進化論

evolucionista *a.-s.* 進化論的；進化論者

evolutivo, va *a.* 進化的，發展的，演變的

evónimo *m.*【植】歐衛矛

ex *prep.* 先前的，前任的

ex abrupto **I.** *ad.* 突然 **II.** *m.* 唐突的言詞

exacción *f.* 1. 徵收，收繳 2. 索取，強徵(稅款、債款等)

exacerbación *f.* 1. 激怒，惱怒 2. (病情等)加劇

exacerbar *tr.* 1. 使發怒，惹惱 2. 加重，加劇(病情等)

*exactitud *f.* 1. 精確，確切 2. 一絲不苟，嚴格

*exacto, ta *a.* 1. 精確的，確切的 2. 一絲不苟的，嚴格的

exactor *m.* 稅務員，收稅員

exageración *f.* 1. 誇張，誇大，言過其實

exagerado, da *a.* 誇張的，誇大的，過分的

*exagerar *tr.* 誇張，誇大，過分

exaltación *f.* 1. 提升，提拔 2. 稱頌，頌揚 3. 興奮，激動

exaltado, da *a.* 興奮的，激動的

exaltar *tr.* 1. 提升，提拔 2. 使興奮，激勵 3. 贊揚，頌揚

*examen *m.* 1. 檢查，審查，研究 2. 考試，考核 ◇ hacer ～ de conciencia 反省，自省

examinador, ra *s.* 1. 檢查員，審查員 2. 主考人

examinando, da *s.* 1. 受審查者 2. 考生

*examinar *tr.* 1. 檢查，審查 2. 細看，端詳 3. 考試，考核

exangüe *a.* 1. 無血的，貧血的 2.【轉】精疲力竭的，無力的 3.【轉】死的

exánime *a.* 1. 無生命的，死的 2. 極衰弱的

exantema *m.*【醫】疹

exasperación *f.* 1. 惱怒 2. (病痛等)加劇，劇烈

exasperar *tr.* 1. 惹怒，使氣急敗壞 2. 加劇(病痛等)

excandecer *tr.* 使發怒，使大發雷霆

excarcelación *f.* 釋放，出獄

excarcelar *tr.* 釋放，使出獄

ex cáthedra *ad.* 以權威的口氣

excavación *f.* 1. 挖，掘 2. 洞，穴，坑

excavador, ra **I.** *s.* 挖掘者 **II.** *f.* 挖掘

機

excavar *tr.* 挖, 掘

excedencia *f.* 1. 多餘, 剩餘 2. 過多, 過量

excedente *a.* 1. 多餘的, 剩餘的 2. 過多的, 過量的

exceder I. *tr.* 超過, 勝過 II. *r.* 過分, 過量

excelencia *f.* 1. 傑出, 卓越 2. 長處, 美德 ◇ por ~ 出色地, 極好地

*__excelente__ *a.* 傑出的, 卓越的, 優秀的

Excelentísimo, ma *a.* 尊敬的; 閣下

excelsitud *f.* 至高, 崇高

excelso, sa *a.* 至高的, 崇高的; 傑出的

excentricidad *f.* 1. 古怪, 怪僻; 古怪言行 2. 【數】偏心率, 離心率

excéntrico, ca I. *a.* 1. 古怪的, 怪僻的 2. 【數】偏心的, 離心的 II. *m.* 馬戲團的小丑

*__excepción__ *f.* 1. 例外, 特例 2. 除去, 排除 ◇ a (或 con) ~ de 除⋯外 / de ~ 特別的, 特殊的 / sin ~ 毫無例外

*__excepcional__ *a.* 1. 例外的, 破例的 2. 特別的, 特殊的

*__excepto__ *ad.* 除⋯以外, 除去⋯

exceptuar *tr.* 除去; 刪去

*__excesivo, va__ *a.* 過分的, 過度的

exceso *m.* 1. 過分, 過度 2. 多餘, 剩餘

excitable *a.* 1. 可激發的, 可激勵的 2. 易激動的, 易興奮的

excitación *f.* 刺激, 興奮, 激動

excitante *a.-m.* 刺激性的, 使興奮的; 興奮劑

excitar *tr.* 刺激, 使興奮; 使激動; 激勵, 鼓動

*__exclamación__ *f.* 1. 喊叫, 呼喊 2. 【語法】感歎號, 感歎詞

*__exclamar__ *tr.* 叫喊; 感歎

exclamativo, va; exclamatorio, ria *a.* 叫喊的; 感歎的

exclaustrado, da *s.* 還俗僧, 還俗尼姑

exclaustrar *tr.* 使還俗

*__excluir__ *tr.* 排除, 不包括

exclusión *f.* 排除在外

exclusiva *f.* 特權, 專有權

exclusivamente *ad.* 唯一地, 專門地

exclusive *ad.* 1. 專門地 2. 除外

exclusivismo *m.* 排他性, 排他主義, 排外主義

exclusivo, va *a.* 1. 專門的, 唯一的 2. 排他的

excogitar *tr.* 想到

excomulgar *tr.* 1. 【宗】革除教籍, 逐出教會 2. 【轉】開除

excomunión *f.* 【宗】1. 革除教籍, 逐出教會 2. 革除令, 逐出令

excoriación *f.* 擦傷皮膚

excoriar *tr.* 擦傷⋯的皮膚

excrecencia *f.* 【醫】贅疣, 贅生物

excreción *f.* 1. 排泄糞便 2. 分泌

excrementar *intr.* 排泄糞便, 大便

excrementicio, cia *a.* 糞便的

excremento *m.* 糞便; 排泄物

excrementoso, sa *a.* 1. 不好消化的 (食物) 2. 糞便的

excretar *intr.* 1. 排泄糞便 2. 分泌

excretorio, ria *a.* 有排泄功能的

exculpar I. *tr.* 爲⋯開脱, 認爲無罪 II. *r.* 開脱, 申辯

*__excursión__ *f.* 1. 遠足, 短途旅行 2. 學術性參觀活動

excursionismo *m.* 1. 遠足, 短途旅行 2. 學術旅行

*__excursionista__ *s.* 遠足者; 喜歡郊遊的人

*__excusa__ *f.* 1. 歉意, 說明 2. 託辭, 申辯

excusado, da I. *a.* 1. 免税的 2. 無用的, 多餘的 II. *m.* 廁所

*__excusar__ I. *tr.* 1. 爲⋯辯解, 爲⋯開脱 2. 原諒 3. 避免 II. *r.* 1. 辯白 2. 道歉

execrable *a.* 該嚴厲譴責的, 該受咒駡的

execración *f.* 1. 嚴厲譴責, 咒駡 2. 嫌惡, 憎恨

execrar *tr.* 1. 嚴厲譴責, 咒駡 2. 嫌惡, 憎恨

exégesis   *(pl. exégesis)*   *f.* 註釋

exégeta   *m.*《聖經》註釋者

exención   *f.* 1. 免除, 豁免 2. 豁免權

exento, ta   *a.* 1. 免除…的, 沒有…的 2. 享受豁免的

exequátur   *m.* (國家元首發給外國使節的) 認可證書, 許可證書

exequias   *f.pl.* 喪事, 殯儀

exfoliar   *tr.* 使成薄片, 使成鱗片

exhalación   *f.* 1. 呼出, 發出, 散發出 2. 閃光, 閃電

exhalar   *tr.* 1. 發出(歎息等) 2. 散發出(氣味等); 放出(氣體)

exhaustivo, va   *a.* 1. 使精疲力竭的, 使耗盡的 2. 詳盡的

exhausto, ta   *a.* 耗盡的, 精疲力竭的

exhibición   *f.* 1. 陳列, 展覽; 展覽會 2. 顯示, 炫耀 3. 上演, 公演

exhibir   *tr.* 1. 陳列, 展覽 2. 顯示, 炫耀 3. 上演, 公演 II. *r.* 好出風頭

exhibicionismo   *m.* 1. 好出風頭, 表現癖 2. 裸露癖

exhortación   *f.* 規勸, 告誡

*exhortar   *tr.* 規勸, 告誡

exhorto   *m.*【法】(一法官給另一法官的) 委託書

exhumación   *f.* 1. 挖掘, 挖出 2.【轉】發掘, 追憶

exhumar   *tr.* 1. 挖掘, 挖出(埋在地下的東西) 2.【轉】發掘, 追憶

*exigencia   *f.* 要求; 苛求

*exigente   *a.* 要求高的; 苛求的

exigible   *a.* 可要求的

*exigir   *tr.* 1. 要求, 強求 2. 需要, 必須 3. 徵收, 收繳

exigüidad   *f.* 微小; 極少

exiguo, gua   *a.* 微小的; 很少的

exilio   *m.* 流亡

eximio, mia   *a.* 傑出的, 出類拔萃的

eximir   *tr.* 免除, 解除

*existencia   *f.* 1. 存在 2. 生命, 生存 3. *pl.* 存貨 ◇ dar (la) ~ a 創建, 創造

existencial   *a.* 存在的

existencialismo   *m.*【哲】存在主義

existencialista   *a.-s.* 存在主義的; 存在主義者

*existir   *intr.* 1. 存在, 有 2. 生存, 生活, 活著

*éxito   *m.* 1. 結果 2. 成就, 成績

exitoso, sa   *a.* 成功的

exocrina   *a.* 外分泌的

éxodo   *m.* 1. (大寫)(《聖經》中的)《出埃及記》2.【轉】移居

exoneración   *f.* 1. 免除, 解除 2. 罷免

exonerar   *tr.* 1. 免除, 解除 2. 罷免

exorbitancia   *f.* 過分, 過度

exorbitante   *a.* 過分的, 過度的

exorcismo   *m.*【宗】驅邪, 袚魔

exorcista   *s.* 驅邪師, 袚魔師

exorcizar   *tr.* 驅邪, 袚魔

exordio   *m.* 前言, 緒言

exornar   *tr.* 美化, 修飾, 潤色

exósmosis   *f.*【理】外滲現象

exotérico, ca   *a.* 普通的, 通俗的

exótico, ca   *a.* 1. 外來的, 外國的 2. 奇異的, 異樣的

exotismo   *m.* 異國情調, 異國風味

expandir   *tr.* 1. 張開, 展開, 擴展 2. 傳播, 散佈

expansibilidad   *f.*【理】膨脹性

expansión   *f.* 1. 張開, 展開, 擴展 2. (感情等的) 表露, 流露 3. 消遣, 娛樂

expansionarse   *r.* 1. (氣體) 膨脹 2. (感情等) 流露, 傾訴 3. 消遣, 娛樂

expansionismo   *m.* 擴張主義

expansionista   *a.-s.* 擴張主義的; 擴張主義者

expansivo, va   *a.* 1. 膨脹性的 2. 擴展性的, 擴張性的 3. 開朗的, 坦率的

expatriación   *f.* 移居國外, 離開祖國

expatriarse   *r.* 離開祖國, 移居國外

expectación   *f.* 1. 期待, 期望 2. 好奇, 興趣

expectante   *a.* 期待的, 期望的

expectativa   *f.* 期待, 期望

expectoración   *f.* 1. 咳出 2. 咳出物,

痰

expectorar *tr.* 咳出(痰等)

***expedición** *f.* 1. 寄送, 寄發; 寄送物 2. 遠征, 探險, 考察 3. 遠征軍, 探險隊, 考察隊

expedicionario, ria *s.* 遠征者, 探險家

expedidor, ra *s.* 寄件人, 發貨人

expediente *m.* 1. 辦法, 措施 2. 手段, 本領 3. 履歷, 經歷 4. 文件, 公文 5. 理由, 借口 6. 調查(工作人員的表現) ◇ cubrir el ～ 應付, 敷衍 / dar el ～ 迅速處理

expedienteo *m.* 文牘傾向, 繁瑣程序

expedir *tr.* 1. 寄送, 寄發 2. 處理

expeditivo, va *a.* 辦事利落的, 簡便的

expedito, ta *a.* 1. 通暢的, 無阻礙的 2. 辦事利落的

expeler *tr.* 1. 噴出 2. 驅逐

expendedor, ra *s.* 零售商

expendeduría *f.* 零售店, 代銷店

expender *tr.* 1. 消耗, 花費 2. 代銷, 代售

expensas *f.pl.* 費用, 開支 ◇ a ～ de ①由…出錢②以…爲代價

***experiencia** *f.* 經驗, 閱歷

experimentación *f.* 試驗, 實驗

experimentado, da *a.* 有經驗的, 老練的

experimental *a.* 試驗性的, 實驗性的

***experimentar** *tr.* 1. 經歷, 經受 2. 感覺, 感受 3. 試驗, 實驗

***experimento** *m.* 試驗, 實驗

experto, ta *a.-s.* 內行的, 老練的; 內行, 專家

expiación *f.* 1. 抵償 2. 贖罪

expiar *tr.* 1. 抵償 2. 贖罪, 補過

expiatorio, ria *a.* 贖罪的, 補過的

expirar *intr.* 1. 斷氣, 死 2.【轉】期滿

explanada *f.* 1. 平地, 空地 2.【軍】開闊地

explanar *tr.* 1. 弄平(地面), 平整 2. 闡述, 解釋

explayar I. *tr.* 展開, 擴展 II. *r.* 1. 詳述, 細論 2. 傾訴, 表白 3. 野遊

expletivo, va *a.* 多餘的(詞語)

explicable *a.* 可解釋的, 可說明的; 可理解的

***explicación** *f.* 解釋, 說明

explicaderas *f.pl.* 表達方式

***explicar** I. *tr.* 1. 解釋, 說明 2. 講解, 講授 II. *r.* 1. 理解, 明白 2. 表達

explicativo, va *a.* 解釋性的, 說明性的

explícito, ta *a.* 清楚的, 明確的

***exploración** *f.* 1. 勘探, 勘察 2. 調查, 摸清 3.【醫】探查 4. (電視的)掃描

explorador, ra I. *s.* 考察者, 勘探者 II. *m.* 1. 掃描器 2.【醫】探針

explorar *tr.* 1. 勘探, 勘察 2. 調查, 摸清, 摸底 3.【醫】探查, 檢查 4. 電視掃描

exploratorio, ria *a.-m.* 探索性的, 試探性的;【醫】探針

***explosión** *f.* 1. 爆炸, 炸裂 2.【轉】爆發, 發作

explosionar *tr.-intr.* 引爆, 爆炸

***explosivo, va** *a.-m.* 爆炸性的, 引爆的; 炸藥

explosor *m.* 引爆器

***explotación** *f.* 1. 開發, 開採, 開拓 2. 利用 3.【轉】剝削 4.【集】成套設備

explotador, ra *a.-s.* 1. 開發者, 開採者, 開拓者 2. 利用者 3.【轉】剝削者

***explotar** *tr.* 1. 開發, 開採, 開拓 2. 利用, 取利 3.【轉】剝削

expoliación *f.* 掠奪, 搶劫

expoliar *tr.* 掠奪, 搶劫

exponente *a.* 陳述的, 說明的 II. *s.* 說明者, 解釋者 III. *m.* 1.【數】指數, 冪 2.【轉】標誌

***exponer** I. *tr.* 1. 陳列, 展示, 展出 2. 陳述, 介紹 3. 使受…作用 II. *r.* 使自己處於(危險之地), 冒…危險

exportación *f.* 1. 輸出, 出口 2. 出口物資

exportador, ra *a.-s.* 輸出的, 出口的; 出口商

exportar *tr.* 輸出,出口

*exposición *f.* 1. 陳列,展示,展出;陳列物,展出品 2. 展覽會,博覽會 3. 陳述,講解,介紹

expositivo, va *a.* 陳述的,說明的,介紹的

expósito, ta *a.-s.* 遺棄的(嬰兒);棄嬰

expositor, ra *s.* 1. 展出作品的人 2. 解釋法律條文的人 3. 解釋《聖經》的人

exprés *a.-m.* 快的;快車

*expresar *tr.-r.* 表示,表達

*expresión *f.* 1. 表示,表達 2. 講話,言談;表達方式 3. 詞語;聲調,語氣 4. 表情 5. *pl.* 問候 6.【數】式

expresionismo *m.* 表現派,表現主義

*expresivo, va *a.* 1. 富有表現力的,富有表情的 2. 熱情的,親切的

expreso, sa I. *a.* 明白的,講清楚的 II. *m.* 1. 快車 2. 特別郵件,快件 III. *ad.* 特意地,專門地

exprimidera *f.*; **exprimidero**; **exprimidor** *m.* 搾汁器,壓搾器

*exprimir *tr.* 1. 壓搾,壓出汁,擠壓 2.【轉】榨取 3.【轉】用盡

ex profeso *ad.* 特意地,專門地

expropiación *f.* 徵用;被徵用之物

expropiar *tr.* 徵用

expuesto, ta *a.* 1. 無遮蔽的,無保護的,會遭受…的 2. 危險的

expugnar *tr.* 攻克,攻佔

*expulsar *tr.* 1. 驅逐,逐出 2. 排出,放出

expulsión *f.* 1. 驅逐,逐出 2. 排出,放出

expulsivo *a.* 驅除劑

expulsor *m.* 槍炮的退殼裝置

expurgar *tr.* 1. 清除,清理,使純淨 2. 刪去,刪改

expurgatorio, ria *a.* 淨化的

expurgo *m.* 1. 清除,清理,使純淨 2. 刪改

exquisito, ta *a.* 1. 極好的,精美的 2. 美味的,可口的

extasiarse *r.* 陶醉,入迷

éxtasis (*pl.* éxtasis) *m.* 陶醉,入迷

extático, ca *a.* 陶醉的,入迷的

extemporáneo, nea *a.* 1. 不合時令的,不合時宜的 2. 不合適的,不當的

extender I. *tr.* 1. 展開,攤開,張開 2. 伸展,擴展 3. 傳播,散佈 4. 塗,抹 II. *r.* 1. 伸直躺下 2. 傳開,蔓延 3. 延伸,延續 4. 詳述,細說

extensible *a.* 可延伸的,可擴展的

*extensión *f.* 1. 延伸,擴展 2. 面積 3. 範圍,領域;廣度 4. 電話分機 ◇ por ～ 廣義地

extensivo, va *a.* 1. 大範圍的,廣的 2. 擴展的,可擴展的 3. 廣義的

extenso, sa *a.* 1. 廣闊的,大範圍的 2. 冗長的 ◇ por ～ 詳盡地

extenuación *f.* 1. 虛弱 2. 疲憊

extenuar *tr.* 1. 使衰弱 2. 使疲憊

extenuativo, va *a.* 1. 使衰弱的 2. 使疲憊的

*exterior I. *a.* 1. 外面的,外部的,外表的 2. 對外的 II. *m.* 1. 外面,外部,外表 2. 外國,國外 3. *pl.* 電影外景

exterioridad *f.* 1. 外表,外貌,外觀 2. 虛情假意

exteriorizar *tr.* 表露,顯露,流露

*exterminar *tr.* 1. 消滅,滅絕 2. 摧毀,夷平

*exterminio *m.* 1. 消滅,滅絕 2. 摧毀,夷平

externado *m.* 走讀學校

externo, na I. *a.* 1. 外面的,外部的 2. 外露的,表露的,顯現的 3. 走讀的 II. *s.* 走讀生

extinción *f.* 1. 熄滅,撲滅 2. 消亡,消失

extinguir *tr.* 1. 熄滅,撲滅 2. 使消亡,使消失

extinto, ta *a.* 1. 已熄滅的 2. 已消亡的,已消失的

extintor *m.* 滅火器

extirpación *f.* 連根拔除,根除

extirpador *m.*【農】中耕機

extirpar *tr.* 連根拔除，根除

extorsión *f.* 1. 搶奪，掠奪 2. 損害，損失 3.【轉】煩擾

extra I. *a.* 1. 極好的，優秀的 2. 額外的，外加的 II. *ad.* 除外 III. *m.* 1. 附加工資，額外收入 2. 臨時工，幫工 3. 加菜 4. (電影的)臨時演員，羣衆角色

extracción *f.* 1. 拔出，抽出 2. 提取，提煉，開採 3. 抽簽 4. 出身

extractar *tr.* 概述

extracto *m.* 1. 摘要，提要 2. 提取物，提煉物

extractor, ra I. *s.* 提取者 II. *m.* 拔出器，提出器

extradición *f.*【法】引渡

*__extraer__ *tr.* 1. 拔出，抽出，取出 2. 提取，提煉，開採 3.【轉】引出，吸取

extrajudicial *a.* 法律外的

extralimitación *f.* 越權，超越許可範圍

extralimitarse *r.* 越權，超越許可範圍

extramuros *ad.* 在城外

extranjería *f.* 1. 僑民身份；僑民權利 2. 異國事物

extranjerismo *m.* 1. 媚外，崇外 2. 外來語

extranjerizar *tr.* 使外國化

*__extranjero, ra__ I. *a.* 外國的 II. *s.* 外國人 III. *m.* 外國，國外

extranjis : de ～ 暗中，秘密地

extrañamiento *m.* 驅逐，放逐

*__extrañar__ *tr.* 1. 驅逐，放逐 2. 疏遠，冷淡 3. 使驚奇，使吃驚 4. 感到古怪，不習慣

extrañeza *f.* 1. 驚奇，驚異 2. 怪事

*__extraño, ña__ *a.* 1. 外來的 2. 奇怪的，古怪的 3. 不相干的，局外的

extraoficial *m.* 非官方的；非正式的

*__extraordinario, ria__ *a.* 1. 不同一般的，非凡的 2. 極大的；極好的 3. 額外的，外加的

extrarradio *m.* 郊區，城郊

extraterrestre *a.* 地球外的，別的星球上的

extraterritorial *a.* 治外法權的

extraterritorialidad *f.* 治外法權

extravagancia *f.* 荒唐，古怪，怪誕

extravagante *a.* 荒唐的，古怪的，怪誕的

extravasarse *r.*【醫】外滲

extraviado, da *a.* 1. 迷路的，迷失方向的 2. 偏僻的，偏遠的 3. 走入歧途的，行爲不規矩的 4. 丟失的

extraviar I. *tr.* 1. 使迷路，使迷失方向 2. 誤放，放မ II. *r.* 1. 迷失方向，迷路 2. 走入歧途，行爲不規矩

extravío *m.* 1. 迷路 2. 放錯位置 3. 行爲不規矩

extremado, da *a.* 極端的，過分的，非常的

extremar I. *tr.* 使達到極點 II. *r.* 特別仔細

extremidad *f.* 1. 極端；頂點 2. *pl.* 四肢；人的手足

extremismo *m.* 極端主義

extremista *a.-s.* 極端主義的；極端分子

*__extremo, ma__ I. *a.* 1. 末端的，盡頭的 2. 極端的，過激的 II. *m.* 1. 末端，盡頭 2. 極端，頂點 ◇ con (或 en) ～ 非常，極端 / de ～ a ～ 從頭至尾 / en último ～ 最後一招 / pasar de un ～ a otro ～ 從一個極端走到另一個極端

extremoso, sa *a.* 愛走極端的，偏激的

extrínseco, ca *a.* 1. 外來的，外在的 2. 非本質的，非固有的

exuberancia *f.* 繁茂；豐盛

exuberante *a.* 繁茂的；豐盛的

exudación *f.* 滲出，分泌

exudar *intr.* 滲出，分泌

exultación *f.* 狂喜

exultar *intr.* 狂喜

eyaculación *f.* 1. 噴射 2. 射精

eyacular *tr.* 1. 噴射 2. 射精

F

f f. 西班牙語字母表的第七個字母

fa m.【樂】f 音的唱名

*__fábrica__ f. 1. 生産, 製造 2. 工廠, 工場 3. 磚石建築

*__fabricación__ f. 生産, 製造 ◇ ~ en serie 成批生産

*__fabricante__ m. 工廠主; 製造人

*__fabricar__ tr. 1. 生産, 製造 2. 建造 3.【轉】捏造, 編造

fabril a. 生産的, 製造的

fábula f. 1. 神話, 神話故事 2. 寓言 3. (文學作品的)情節 4. 流言蜚語

*__fabulista__ s. 1. 寓言作家 2. 神話收集整理者

*__fabuloso, sa__ a. 1. 神話般的, 神奇的 2. 虛構的, 假的 3. 巨大的; 驚人的, 令人難以置信的

faca f. 彎刀, 曲身匕首

facción f. 1. 幫夥, 叛亂團夥 2. pl. 面容, 容貌

faccioso, sa a.-s. 1. 幫派的; 幫派分子 2. 叛亂團夥的; 叛匪, 暴徒 3. 擾亂治安的; 搗亂分子

faceta f. 1. 多面體的面 2.【轉】事物的方面

facial a. 1. 面部的 2. 直覺的 ◇ ángulo ~ 顔面角 / valor ~ 票面值

*__fácil__ I. a. 1. 容易的, 不費力的 2. 可能的 3. 舒適的, 安逸的 II. ad. 容易地

*__facilidad__ f. 1. 容易, 不難 2. pl. 方便, 便利

*__facilitar__ tr. 1. 使容易, 使便利 2. 提供, 供給

facilín, ona s. 把一切都看得很容易的人

facineroso, sa a.-m. 慣犯的; 歹徒, 罪犯

facistol m. (教堂唱詩班的)樂譜架

facsímil; facsímile m. 臨摹, 摹寫; 摹本

factible a. 可能的, 可行的

facticio, cia a. 人工的, 人造的; 不自然的

factor m. 1.【商】代理商, 經紀人 2. 鐵路托運員 3. 因素, 要素 4. (事情的)造成者 5.【數】因數 6.【生】因子, 基因

factoría f. 1. 設在國外的商行 2. 經紀人職務; 經紀人辦事處

factótum m. 1. 家務總管 2. 親信

factura f. 發票, 賬單, 貨單

facturar tr. 1. 開發票, 開賬單, 開貨單 2.【鐵路】托運

fácula f.【天】太陽光斑

*__facultad__ f. 1. 官能, 機能; 能力; 才能 2. 性能, 功能 3. (大學的)系, 學院

facultar tr. 授權

facultativo, va I. a. 1. 學術的, 學科的; 專業的, 科技的 2. 非強制性的, 自願的 3.【醫】醫生的 II. m. 醫生, 外科醫生

facundia f. 1. 能言善辯 2. 饒舌

facundo, da a. 1. 能言善辯的 2. 饒舌的

facha f.【口】1. 外表, 外貌 2. 醜陋

fachada f. 1. 建築物的正面 2.【轉】書的封面 3.【轉】外表, 表面 ◇ con ~ 面對

fachado, da : bien ~ 相貌好看的 / mal ~ 相貌難看的

fachenda f.【口】虛榮, 虛誇

fachendear intr.【口】愛虛榮, 自命不凡

fachendoso, sa a.【口】愛虛榮的, 自命不凡的

fachoso, sa a. 1. 醜陋的, 難看的 2. Amér. 愛虛榮的

*__faena__ f. 工作, 活計, 勞動 ◇ ~s agrícolas 農活 / metido en ~ 全力以赴的

faetón m. 四輪敞篷車

fagocito *m.*【醫】吞噬細胞

fagocitosis *f.*【醫】吞噬作用

fagot *m.*【樂】1. 巴松管,大管 2. 巴松管吹奏者,大管吹奏者

faisán *m.*【動】雉

*****faja** *f.* 1. 帶子,腰帶 2. (寄印刷品用的)捆紮帶 3. 帶狀物 4. 飾帶,綬帶

fajadura *f.* ; **fajamiento** *m.* 1. 纏帶子,捆,紮 2. 裹上襁褓

fajar *tr.* 1. 纏帶子,捆,紮 2. 裹上襁褓 3.【口】打

fajín *m.* (表示官階的)綬帶,飾帶,條紋

fajina *f.* 1. (禾捆的)堆,垛 2.【軍】宿營號,開飯號 3. 活計,工作

fajo *m.* 1. 束,捆,把 2. *pl.* 襁褓

falacia *f.* 欺騙,詭騙

falange *f.* 1. 古希臘步兵軍團 2.【解】指骨,趾骨 ◇ Falange Española 西班牙長槍黨

falangista *s.* 西班牙長槍黨黨員

falárica *f.* 古代的投槍

falaz *a.* 欺騙的,虛假的

falcado, da *a.* 鐮刀形的,彎刀形的

falconete *m.* 小口徑長炮

falcónido, da *a.-f. pl.*【動】鷹科的;鷹科

*****falda** *f.* 1. 衣服的下擺 2. 裙子 3. 山坡,山麓 4. (婦女坐着時)腰膝之間的部分 5. *pl.*【轉,口】女人,婦女

faldear *intr.* 沿着山坡走,沿着山麓走

faldellín *m.* 短裙子

faldero, ra I. *a.* 1. 裙子的 2. 山坡的 II. *m.* 好在女人堆裏轉的(男人) III. *f.* 做裙子的女工 ◇ perro ～ 哈巴狗

faldeta *f.* 舞台上的帷幕

faldón *m.* 襯衣的下擺

faldudo *a.* 下擺大的

falibilidad *f.* 1. 犯錯誤的可能性,出錯的可能性 2. 受騙的可能性

falible *a.* 1. 可能犯錯誤的,可能出錯的 2. 可能受騙的

falo *m.* 陰莖

falsario, ria *a.-s.* 偽造的,捏造的;偽造者,捏造者

falsear I. *tr.* 1. 捏造,篡改 2. 刺穿,刺透 II. *intr.* 1. 削弱,變得不堅固 2. (樂器某根弦的音)不諧調

*****falsedad** *f.* 1. 不真實,虛假 2. 虛假行為

falsete *m.*【樂】假嗓子,假聲

falsía *f.* 1. 虛偽,虛假 2. 不堅固

*****falsificación** *f.* 1. 偽造,篡改,歪曲 2. 偽造品,贗品

falsificador, ra *s.* 偽造者;篡改者

*****falsificar** *tr.* 1. 偽造,捏造 2. 篡改,歪曲

falsilla *f.* 襯格紙

*****falso, sa** I. *a.* 1. 不真實的,假的 2. 虛偽的,不正直的 II. *m.* 衣服的貼邊,衣服的襯裏 ◇ de (或 en) ～ ①虛假地,虛偽地②不牢固地

*****falta** *f.* 1. 缺乏,不足 2. 缺席,不在 3. 缺點;過失,錯誤 ◇ a ～ de ①如果沒有②還缺,還缺 / hacer ～ 需要 / sin ～ 一定

*****faltar** *intr.* 1. 沒有;缺少,尚缺,還差 2. 缺席,不在 3. 死,亡故 4. 違背,辜負 ◇ ～ poco para 差一點就… / por ～ 還差…,尚需…

falto, ta *a.* 1. 缺少…的;不足的 2. 吝嗇的

faltriquera *f.* 衣服上的口袋

falúa *f.* 小艇

falucho *m.* 沿岸航行的三角帆小船

falla *f.* 1. (物體上的)缺點,瑕疵 2.【質】斷層

fallar I. *tr.*【法】判決,裁決 II. *intr.* 失敗,落空

falleba *f.* (門窗的)閂,插銷

fallecer *intr.* 逝世,死

fallecimiento *m.* 逝世,死

fallido, da *a.* 1. 失敗的,落空的 2. 破產的 3. 無信譽的

fallo, lla¹ : estar ～ (紙牌)少一種花色

fallo² *m.* 1. 判決,裁決 2. 短缺 3. 缺點,錯誤 ◇ no tener ～ 萬無一失

*fama f. 聲譽, 名望

famélico, ca a. 餓餒的

*familia f. 1. 家, 家庭 2. 家屬, 親屬 3. 子女 4. 家族, 門第 5. 派別 6. (動, 植物分類的) 科 ◇ en ～ 像一家人一樣地, 親切地

*familiar I. a. 1. 家庭的, 家族的 2. 熟悉的, 不陌生的 3. 一家人似的, 隨便的; 親切的 II. m. 1. 家屬, 親屬 2. 熟人, 常客

familiaridad f. 1. 親切, 親熱 2. 隨便, 不拘束

familiarizar I. tr. 使習慣, 使熟悉 II. r. 習慣的, 熟悉

*famoso, sa a. 1. 著名的, 有名的 2. 完美的, 極好的

fámulo, la s. 僕人, 傭人

fanal m. 1. 港口信號燈 2. 防塵玻璃罩

*fanático, ca a. 狂熱信仰的; 盲目熱中的

*fanatismo m. 狂熱, 盲目信仰

fanatizar tr. 使狂熱, 使盲目信仰

fandango m. 1. (西班牙的) 方丹戈舞; 方丹戈舞曲 2. 【轉】喧鬧, 吵鬧

fanerógamo, ma a.-f.pl. 【植】顯花的; 顯花植物

fanfarrear intr. 見 fanfarronear

fanfarria f. 【口】吹嘘, 逞能

fanfarrón, na a. 【口】好吹嘘的, 好逞能的

fanfarronada f. 吹嘘, 逞能

fanfarronear intr. 吹嘘, 逞能

fanfarronería f. 吹嘘, 逞能

fangal m. 泥潭, 泥沼

fango m. 1. 淤泥 2. 【轉】恥辱

fangoso, sa a. 多淤泥的, 泥濘的

fantasear intr. 1. 幻想, 空想 2. 自誇, 自以爲

*fantasía f. 1. 想象力, 幻想力 2. 虛構, 幻想 3. 自誇, 自負 4. 【樂】幻想曲 ◇ de ～ 奇特的 (服裝等)

fantasioso, sa a. 愛虛榮的, 好吹嘘的

fantasma I. m. 1. 幻象, 幻影 2. 幽靈, 鬼怪 II. f. 嚇唬人的東西 ◇ andar como un ～ 像幽靈一樣神志恍惚 / aparecer como un ～ 神不知鬼不覺地出現

fantasmagoría f. 1. 幻覺效應 2. 幻覺, 幻影

fantasmal a. 1. 幻覺的, 幻影的 2. 幽靈的, 鬼怪的 3. 虛構的, 不真實的

fantasmón, na a.【口】自誇的, 好吹嘘的

*fantástico, ca a. 1. 想象的, 不真實的 2. 令人難以置信的 3. 鬼怪的

fantoche m. 1. 木偶, 傀儡 2. 沒頭腦的人

faquín m. 搬運伕

faquir m. (伊斯蘭教和印度教的) 托鉢僧, 苦行僧

faralá (pl. faralaes) m. 1. (衣服的) 褶邊, 飾邊 2. 多餘的裝飾

farallón m. (突出海面的) 大礁石

faramalla f. 空話, 誇誇其談

faramallero, ra; faramallón, na s. 誇誇其談的人

farándula f. 1. 笑劇, 鬧劇; 滑稽表演 2. 巡迴喜劇團 3. 欺人之談

faraón m. (古埃及君王稱號) 法老

faraute m. 1. 信使, 使者 2. 【轉】愛咋唬的人

farda f. 1. 包, 捆 2.【木】榫眼

fardaje m.【集】大包, 大捆

fardel m. 揹囊

fardería f.【集】包, 捆

*fardo m. 大包, 大捆

farfalloso, sa a. 口吃的, 結巴的

farfante; farfantón m. 好吹嘘的人

fárfara f. 1.【植】款冬 2. (蛋的) 殼膜

farfolla f. 1. (玉米, 小米等的) 外皮 2. 華而不實之物, 徒有其表之物

farfulla I. f. 含糊不清的講話 II. s. 講話含糊不清的人

farfullar intr. 1. 說話含糊不清 2. 做事草率忽忙

farináceo, a a. 粉狀的

faringe *f.*【解】咽,咽部

faringitis (*pl.* faringitis) *f.* 咽炎

farisaico, ca *a.* 1. 法利賽 (fariseo) 人的 2.【轉】虛偽的

fariseísmo *m.* 1. 法利賽人的信仰、習俗 2.【轉】虛偽

fariseo *m.* 1. 法利賽人(古代猶太教中標榜墨守傳統禮儀的一派,實際上是言行不一的偽善者) 2.【轉】偽君子

farmacéutico, ca *a.-s.* 藥物的,藥學的,藥用的;藥劑師,藥商

*****farmacia** *f.* 1. 藥物學 2. 醫藥業,製藥業 3. 藥房,藥店

farmacología *f.* 藥物學,藥理學

farmacopea *f.* 藥典

*****faro** *m.* 1. 燈塔 2. 汽車的前燈 3.【轉】指路明燈,指路人

farol *m.* 1. 燈籠 2. 路燈,街燈 3.【轉】自滿,虛榮 ◇ ~ a la veneciana 紙燈籠 / Adelante con los ~es 幹下去吧

farola *f.* 路燈,街燈

farolear *intr.*【轉,口】自吹,誇耀

farolero, ra I. *a.*【轉,口】好吹噓的,好炫耀的 II. *m.* 街燈管理人 ◇ meterse a ~ 多管閑事

farolillo *m.* 1. 彩燈 2.【植】風鈴草

farra *f.* 1.【動】白鮭 2. 狂歡,歡鬧

fárrago *m.* 1. 雜亂堆 2. 雜亂思想

farragoso, sa *a.* 雜亂的

farruco, ca *a.* 勇敢的,膽子大的

farsa *f.* 1. 笑劇,鬧劇,滑稽戲 2. 喜劇團,滑稽戲劇團 3.【轉】裝模作樣

farsante *a.-s.* 裝模作樣的;滑稽演員

fas : por ~ o por nefas 不管有理無理地,無論如何

fascículo *m.* 1. (陸續出版的書籍的)分冊 2.【解】肌肉束

fascinación *f.* 1. 懾住 2. 迷惑,迷住

fascinador, ra; fascinante *a.* 迷惑人的,使神魂顛倒的

fascinar *tr.* 1. 用目光懾住 2. 迷惑,迷住

*****fascismo** *m.* 法西斯主義

*****fascista** *a.-s.* 法西斯主義的,法西斯黨的;法西斯主義者,法西斯黨徒

*****fase** *f.* 1.【天】相,相位 2. 時期,階段 3. 方面

*****fastidiar** *tr.* 打擾,使惱火,煩擾

fastidio *m.* 惱火,厭煩

fastidioso, sa *a.* 煩人的,討厭的

fasto *m.* 1. 豪華 2. 奢侈 3. *pl.* 年表,年鑑;編年史

fastuosidad *f.* 豪華,奢侈

fastuoso, sa *a.* 豪華的,奢侈的

fatal *a.* 1. 命定的,命中注定的 2. 不可避免的 3. 不幸的;致命的,極壞的 4.【法】不得拖延的(期限)

fatalidad *f.* 1. 命,天命,宿命 2. 不幸,厄運

fatalismo *m.*【哲】宿命論

fatalista *a.-s.* 宿命論的;宿命論者

fatalmente *ad.* 1. 不可避免地 2. 不幸地 3. 極壞地

fatídico, ca *a.* 1. 預示的,預言的 2. 不祥的

*****fatiga** *f.* 1. 疲勞,勞累 2. 氣喘,呼吸困難 3. *pl.* 艱辛,辛苦 ◇ caerse de ~ 精疲力竭 / dar ~ 使厭煩

*****fatigar** *tr.* 1. 使疲乏,使疲勞 2. 使氣喘,使呼吸困難 3. 煩擾,折磨

fatigoso, sa *a.* 1. 疲勞的,使疲勞的,累人的 2. 呼吸困難的 3. 煩人的

fatuidad *f.* 1. 愚笨;愚蠢言行 2. 自負,妄自尊大

fatuo, tua *a.* 1. 愚笨的 2. 自負的,妄自尊大的

fauces *f. pl.*【解】咽門

*****fauna** *f.* 1. (一個地區的)動物羣,動物區系 2. 動物誌

fauno *m.*【羅神】半人半羊的農牧神

fausto, ta *a.-m.* 喜慶的,幸福的;豪華,奢侈

fautor, ra *s.* 教唆者,慫恿者

favonio *m.*【詩】和風,微風

*****favor** *m.* 1. 幫助;好事,好處 2. 恩惠,恩典 3. 寵愛 ◇ a ~ de ①對…有利的

②借助, 趁③由於④贊同 / de ～ 免費
的,不取報酬的 / en ～ de 爲了…的利
益 / por ～ 請, 勞駕

favorable *a.* 1. 有利的 2. 善意的 3.
樂觀的(診斷,症狀)

favorablemente *ad.* 有利地, 順利地

favorecer *tr.* 1. 幫助, 有助於 2. 贊
同, 支持 3. 施恩於

favoritismo *m.* 偏袒, 任人唯親

favorito, ta *a.-s.* 得寵的; 寵兒

faya *f.* 羅緞

faz *f.* 1. 臉, 面孔 2. (錢幣等的)正面

fe *f.* 1. 相信,信任; 信心 2. 信仰,信念
3. 忠誠,忠實 ◇ ～ de erratas 勘誤表
/ ～ de vida 未亡證書 / dar ～ 證明,
證實 / de buena ～ 善意地 / de mala
～ 惡意地

fealdad *f.* 1. 醜陋,難看 2. 醜惡,卑劣

febeo, a *a.*【詩】太陽的

Febo *m.* 1. 太陽神 2.【詩】太陽

febrero *m.* 二月

febricitante *a.*【醫】發燒的

febrífugo, ga *a.-m.*【醫】退燒的,解熱
的; 解熱藥

febril *a.* 1. 發燒的, 有熱度的 2.【轉】
激烈的, 強烈的, 緊張的

fecal *a.* 糞便的

fécula *f.* 澱粉

feculento, ta *a.* 澱粉的,澱粉質的

fecundación *f.* 1. 受精,受孕 2. 授精,
授粉 ◇ ～ artificial 人工授精;人工授
粉

fecundar *tr.* 1. 使受精, 使受孕 2. 授
精,授粉 3. 使肥沃, 使豐饒, 使多産

fecundidad *f.* 1. 生殖力, 繁殖力 2. 肥
沃,豐饒,多産

fecundizar *tr.* 使肥沃;使多産

fecundo, da *a.* 1. 生殖力旺盛的 2. 多
産的,肥沃的 3. 作品多的,産品多的

fecha *f.* 日期,日子 ◇ a estas ～s ①
此時, 現在②至今, 到現在 / hasta la ～
迄今爲止 / poner la ～ 註明日期

fechador *m.* 日期戳; 郵戳

fechar *tr.* 標明日期, 寫上日期

fechoría *f.* 惡行, 胡作非爲

federación *f.* 1. 聯邦, 聯盟 2. 聯合會

federal *a.* 聯邦的, 聯邦制的; 擁護聯邦
制的

federalismo *m.* 聯邦主義, 聯邦制

federalista *a.-s.* 聯邦主義的; 聯邦主義
者

federar I. *tr.* 使成爲聯邦, 使結成聯盟
II. *r.* 組成聯邦, 結成聯盟

federativo, va *a.* 聯邦制的

fehaciente *a.* 確鑿無疑的

feldespato *m.*【質】長石

felicidad *f.* 1. 幸福 2. 順利

felicitación *f.* 祝賀, 慶賀

felicitar *tr.* 祝賀, 慶賀

félido, da *a.-m.pl.*【動】貓的, 貓科的;
貓科

feligrés, esa *s.*【宗】教民

feligresía *f.*【宗】1. 教區 2. 教區全體
教民

felino, na *a.-m.pl.* 貓的, 像貓的; 貓科

feliz *a.* 1. 幸福的 2. 順利的

felón, ona *a.-s.* 背信棄義的, 不忠的;
不忠實的人, 背信棄義的人

felonía *f.* 不忠, 背信棄義

felpa *f.* 1. 長毛絨 2.【口】痛打 3.【口】
呵斥

felpilla *f.* 繩絨線

felpudo, da *a.-m.* 像長毛絨的; 擦鞋
墊, 踩墊

femenil *a.* 女人的,女性的

femenino, na *a.* 1. 女人的, 女性的 2.
雌的 3.【語法】陰性的

fementido, da *a.*【口】1. 不守信用的
2. 假的

femineidad *f.*【法】(某些財産的) 女人
所有

feminismo *m.* 1. 男女平等主義, 女權
論 2.【轉】女權運動

feminista *s.* 男女平等主義者; 女權論者

femoral *a.*【解】股的

fémur *m.*【解】股骨

fenda *f.* 木頭的裂紋

fenecer I. *tr.* 結束, 了結 II. *intr.* 1. 告終, 終止 2. 死亡, 逝世

fenecimiento *m.* 1. 結束, 了結 2. 終止, 告終 3. 死, 逝世

fenicio, cia *a.-s.* 腓尼基 (Fenicia) 的, 腓尼基人的; 腓尼基人

fénix (*pl.* fénix, fénices) *m.* 1. 鳳凰 2. (埃及神話中的) 不死鳥, 長生鳥 3. 【轉】(同類中的) 獨一無二者, 出類拔萃的人

fenol *m.*【化】苯酚, 石炭酸

fenomenal *a.* 1. 現象的 2.【口】巨大的 3.【口】非凡的, 極好的

fenomenalismo *m.*【哲】現象論

fenómeno *m.* 1. 現象 2. 奇特的事物, 怪物 3.【轉】奇才, 出類拔萃的人

*****feo, a** I. *a.* 1. 醜的, 難看的 2. 不好的; 糟糕的 3. 醜惡的, 卑劣的 II. *m.* 怠慢; 難堪

feracidad *f.* 肥沃

feraz *a.* 肥沃的

féretro *m.* 1. 棺材 2. 抬屍架

*****feria** *f.* 1. (除去星期六和星期日的) 週日 2. 休假, 休息 3. 集市, 市場 4. 交易會, 博覽會 5. 交易, 買賣

feriado, da: día ~ 休息日, 假日

ferial *a.-m.* 集市的; 集市地點

feriante *a.-s.* 趕集的人

feriar I. *tr.* 買, 賣, 換 II. *intr.* 休假

ferino, na *a.* 野獸的 ◇ tos ~a【醫】百日咳

fermentación *f.* 發酵

fermentar *intr.* 1. 發酵 2.【轉】激動

fermento *m.* 1. 酵素, 酶 2. 激動的起因

ferocidad *f.* 1. 殘忍, 兇猛 2. 暴行

*****feroz** *a.* 1. 殘暴的, 兇殘的 2. 極度的, 極大的

ferrar *tr.* 用鐵包, 用鐵裹

*****férreo, a** *a.* 1. 鐵的 2. 鐵器時代的 3.【轉】堅固的, 鐵一般的

ferrería *f.* 鐵廠, 鑄造廠

ferretería *f.* 1. 鐵廠 2. 五金店 3. 金屬器具

férrico, ca *a.*【化】正鐵的, 三價鐵的

*****ferrocarril** *m.* 1. 鐵路, 鐵道 2. 鐵路運輸系統

ferroso, sa *a.* 1. 含鐵的 2.【化】亞鐵的, 二價鐵的

*****ferroviario, ria** *a.-s.* 鐵路的, 鐵道的; 鐵路工人

ferruginoso, sa *a.* 含鐵的

*****fértil** *a.* 1. 肥沃的, 富饒的 2.【轉】多產的, 豐富的

*****fertilidad** *f.* 1. 肥沃, 富饒 2.【轉】多產, 豐富

fertilizante I. *a.* 有肥力的 II. *m.* 肥料

fertilizar *tr.* 使肥沃, 施肥於

férula *f.* 1. 戒尺 2.【植】阿魏 ◇ estar bajo la ~ de 受 (某人) 控制

férvido, da *a.* 1. 沸騰的 2. 熱情的, 熱烈的, 熱切的

ferviente *a.* 1. 沸騰的 2. 熱情的, 熱烈的, 熱切的

fervor *m.* 1. 灼熱, 熾熱 2. 熱情, 熱烈, 熱心

fervoroso, sa *a.* 熱情的, 熱烈的, 熱心的

*****festejar** *tr.* 1. 紀念, 慶祝 2. 招待, 款待 3. 追求 (女人)

festejo *m.* 1. 紀念活動, 慶祝活動 2. 招待, 款待

festín *m.* 1. 家宴 2. 盛宴, 筵席

*****festival** *m.* 聯歡節; 會演; 音樂節

festividad *f.* 1. 慶典, 紀念典禮 2. 宗教節日 3. 詼諧, 幽默

festivo, va *a.* 1. 節日的, 節慶的 2. 詼諧的, 幽默的

festón *m.* 1. 花環, 花彩 2. 彩邊, 月牙形花邊 3.【建】垂花飾

festonar; festonear *tr.* 1. 用花環裝飾, 用花彩裝飾 2. 加彩邊

fetación *f.* 胎兒發育

fetiche *m.* 1. 原始人崇拜的偶像, 物神 2. 迷信物

fetichismo   *m.* 1. 拜物教, 物神崇拜 2. 迷信, 盲目崇拜

fetichista   *a.-s.* 拜物教的, 盲目崇拜的; 拜物教徒, 盲目崇拜者

fetidez   *f.* 臭味, 惡臭

fétido, da   *a.* 有臭味的, 惡臭的

feto   *m.* 1. 胎兒 2.【轉】醜類, 怪物

feudal   *a.* 封建的; 封建制度的; 封建時代的

*****feudalismo**   *m.* 封建主義; 封建制度; 封建時代

*****feudalista**   *a.-s.* 封建主義的; 封建主義者

feudatario, ria   *a.* 受有封地的; 臣屬的

feudo   *m.* 1. 封建契約 2. 封地, 采邑, 領地

fez   *m.* 土耳其帽, 圓筒形無沿氈帽

fiable   *a.* 可信任的, 可靠的

fiado, da   *a.* 1. 賒的 2. 可信任的, 忠實的 ◇ al ～ 賒的 / en ～ 保釋

fiador, ra   I. *s.* 1. 賒銷人 2. 保證人, 保人 II. *m.* (固定物體的) 栓, 銷, 閂

fiambre   *a.* 1. 涼吃的 (菜) 2.【轉】過時的

fiambrera   *f.* 1. 冷食盒, 冷食筐 2. 飯盒, 保溫飯盒

fianza   *f.* 1. 保證, 擔保 2. 保人 3. 保證金, 抵押品

*****fiar**   I. *tr.* 1. 保證, 擔保 2. 賒銷 3. 託付, 信託 II. *intr.-r.* 相信, 信賴

fiasco   *m.* 失敗, 落空

fíat   *m.* 許可, 批准

fibra   *f.* 1. 纖維 2. (植物的) 鬚根 3.【轉】精力, 活力

fibrina   *f.*【生化】纖維蛋白, 纖維朊

fibroma   *m.*【醫】纖維瘤

fibroso, sa   *a.* 纖維的

ficción   *f.* 1. 假裝, 偽裝 2. 虛構, 杜撰

ficticio, cia   *a.* 1. 假裝的, 偽裝的 2. 虛構的, 杜撰的

ficha   *f.* 1. 籌碼 2. 骨牌 3. 卡片 ◇ ～ antropométrica【法】相貌特徵卡片

fichar   *tr.* 1. 把 (上下班時間等) 登入卡

片 2. 把 (懷疑對象) 記卡存檔 3. 招聘, 聘用 (運動員)

fichero   *m.* 1. 卡片盒, 卡片箱 2.【集】卡片

fidedigno, na   *a.* 可靠的, 可信的

fideicomiso   *m.*【法】信託遺產

*****fidelidad**   *f.* 1. 忠實, 忠誠 2. 誠實; 可靠, 可信; 真實 3. 準確

*****fideo**   *m.* 1. 麵條; 通心粉 2.【轉, 口】乾瘦的人

fiduciario, ria   I. *a.* 1. 信用的 2. 受信託的 II. *s.* 受信託人

*****fiebre**   *f.* 1. 發熱, 發燒 2.【轉】狂熱 ◇ ～ amarilla 黃熱病 / ～ malaria (或 palúdica) 瘧疾 / ～ reumática 風濕性熱 / ～ tifoidea 傷寒

*****fiel**   I. *a.* 1. 忠實的, 忠誠的 2. 準確的, 可靠的 3. 誠實的, 正直的 4. 真實的, 如實的 II. *m.* 1. 信徒; 擁護者 2. 檢查員, 監察員 3. 天平的指針 4. 剪刀的軸 ◇ estar en el ～ (天平等) 剛好平, 保持完全平衡

fielato   *m.* 1. 檢查員職務; 檢查員辦公室 2. 消費品徵稅處

*****fieltro**   *m.* 氈; 氈帽; 氈製品

*****fiera**   *f.* 1. 野獸, 猛獸 2.【轉】殘忍的人, 殘暴的人 3.【轉】脾氣暴躁的人 4. *pl.*【動】有爪目 ◇ hecho una ～ 暴怒 / ser una ～ para 辦事又出力又見成效

fiereza   *f.* 1. 兇猛, 兇惡, 殘忍 2.【轉】醜陋, 醜惡

fiero, ra   *a.* 1. 兇猛的, 殘忍的 2. 野的, 非家養的 3.【轉】可怕的, 駭人的 4.【轉】極大的, 巨大的 II. *m.pl.* 威嚇

*****fiesta**   *f.* 1. 聯歡會, 娛樂性集會 2. 慶典, 慶祝活動 3. 節日 ◇ aguar la ～ 破壞歡快氣氛 / arder en ～ 沉浸在節日的歡樂中 / estar de ～ 興高采烈 / guardar (或 hacer) ～ 休假 / no estar para ～s 情緒不佳

figle   *m.*【樂】低音大號

figón   *m.* 小飯館

figulino, na *a.* 陶製的

*figura *f.* 1. 外形, 外觀; 容貌; 身材, 體形 2. 像, 形像, 塑像, 雕像 3. 知名人士, 頭面人物 4. (舞蹈等的) 動作, 姿勢 5. 幾何圖形, 圖案 6.【樂】音符 7. 修辭手段 ◇ hacer ~s 做鬼臉

figuración *f.* 1. 用形象表現 2. 想象; 猜想

figurado, da *a.* 1. 比喻的; 形象的; 轉義的 2.【樂】有裝飾音的

figurante *s.* 羣衆演員, 龍套

*figurar I. *tr.* 1. 用形象表現 2. 假裝, 佯裝 3. 象徵, 代表 II. *intr.* 1. 出現, 有, 處在 2. 有名望, 顯赫 III. *r.* 認爲, 想象

figurativo, va *a.* 象徵的, 形象的, 比喻的

figurín *m.* 1. 服裝圖樣; 服裝圖樣集 2.【轉】衣着考究的人

figurón *m.* 1. 好出風露面的人, 好出風頭的人 ◇ ~ de proa 船頭雕飾

fijación *f.* 1. 固定 2. 集中 3. 確定 4.【化】凝結 5.【攝】定影

fijador *m.* 1.【攝】定影液 2.【美】定色劑

*fijar I. *tr.* 1. 固定, 釘牢 2. 集中 3. 確定, 決定 II. *r.* 1. 注意, 留神 2. 決心, 決定

fijeza *f.* 1. 肯定, 把握 2. 持續, 專注

*fijo, ja I. *a.* 1. 固定的, 不動的 2. 穩定的, 不變的 II. *m.* 固定工資, 固定收入 ◇ de ~ 肯定地, 無疑地

*fila *f.* 1. 行, 列; 隊列, 橫列 2.【轉, 口】反感, 厭惡 ◇ cerrar (或 estrechar) las ~s【轉】加強團結 / en ~ 排成隊的, 成行的 / en ~ india【口】成一路縱隊 / en ~s 服兵役 / en primera ~【轉】在第一排②【轉】在最前列 / formar en ~s de 成爲…的成員

filamento *m.* 1. 細絲, 絲狀物 2. 燈絲

filamentoso, sa *a.* 有細絲的

filantropía *f.* 博愛, 慈善

filantrópico, ca *a.* 博愛的, 慈善的

filántropo *m.* 博愛者, 慈善家

filaria *f.*【動】絲蟲

filarmonía *f.* 愛好音樂

filarmónico, ca *a.* 愛好音樂的

filástica *f.*【海】繩索的股

filatelia *f.* 集郵

filatelista *s.* 集郵愛好者, 集郵家

filete *m.* 1. 線, 紋 2. 裏脊肉 3. 肉片, 魚片 4.【機】螺紋

filfa *f.*【口】謊言, 騙人的東西

filiación *f.* 1. 登記卡, 履歷表 2. 登記 3. 相貌特徵 4. 家世, 祖籍

filial I. *a.* 子女的, 像子女的 II. *f.* 分支, 支店, 分公司

filiar I. *tr.* 把…登記入卡 II. *r.* 參軍, 參加黨派

filibustero *m.* (十七、十八世紀安的列斯羣島一帶的) 海盜

filiforme *a.* 絲狀的, 線狀的

filigrana *f.* 1. 金銀絲細工飾品 2. 水印圖案 3. 精細物品

fililí *m.*【口】精緻, 精細

filípica *f.*【口】痛斥, 譴責

*filipino, na I. *a.-s.* 菲律賓 (las Filipinas) 的; 菲律賓人的 II. *s.* 菲律賓人

filisteo, a I. *a.-s.* 腓力斯人的; 腓力斯人 II. *m.* 個子高大的人

*film *m.* 膠片; 電影膠片; 影片

filmación *f.* 攝製電影

*filmar *tr.* 攝製(影片)

fílmico, ca *a.* 電影的

filmología *f.* 電影學

filmoteca *f.* 影片庫

filo *m.* 1. 刀刃, 刀鋒 2. 平分點, 平分線 ◇ ~ del viento 風向 / ~ rabioso 没開好的刀刃 / como el ~ de un cuchillo 如刀割似的 / de doble ~ ① 雙刃的② 棘手的 / herir por los mismos ~s 以其人之道, 還治其人之身

*filología *f.* 語言學, 語文學, 語史學

*filólogo, ga *s.* 語言學家, 語文學家, 語史學家

filomela; filomena *f.*【詩】夜鶯

filón *m.* 1. 礦脈 2. 有利可圖的事

filosofar *intr.* 用哲理推究

filosofastro *m.* 假哲學家

*__filosofía__ *f.* 1. 哲學, 哲理; 哲學體系 2.【轉】達觀, 泰然

filosófico, ca *a.* 哲學的, 哲理性的

filosofismo *m.* 1. 僞哲學 2. 詭辯

*__filósofo, fa__ *s.* 1. 哲學家 2.【轉】達觀者

filoxera *f.*【農】葡蚜

filtración *f.* 1. 過濾 2. 滲透 3. 走漏 4. 錢財消失 5.【口】貪污

filtrar I. *tr.* 過濾 II. *intr.* 滲透, 滲入 2.【轉】走漏 3.【轉】(錢財)消失

filtro *m.* 1. 過濾紙, 過濾器, 過濾裝置, 過濾用物 2. 濾光器; 濾色鏡; 濾波器 3. 迷魂湯

fimo *m.* 糞便

*__fin__ *m.* 1. 結束, 終止, 完結 2. 盡頭, 末尾 3. 目的, 宗旨 4. 死亡 ◇ a ~ de 為了 / a ~es de 在…的末尾 / al ~ 最後, 終於 / al ~ y al cabo 說到底, 總之 / dar ~ 結束 / en ~ 總之 / poner ~ 終止 / por ~ 終於 / sin ~ 無數的

finado, da *s.* 死者

*__final__ I. *a.* 最後的, 末尾的 II. *m.* 結束, 結尾, 結局 III. *f.*【體】決賽 ◇ al ~ 最後

finalidad *f.* 目的, 宗旨

finalista *s.* 1. 目的論者 2. 決賽選手

finalizar *tr.-intr.* 結束, 完結

financiar *tr.* 為…提供資金, 資助

financiero, ra I. *a.* 財政的, 金融的 II. *s.* 1. 財政家, 金融家 2. 善於理財的人

*__finanzas__ *f.pl.* 財政, 金融, 資金

finar *intr.* 死亡

*__finca__ *f.* 1. 不動產, 產業 2. *Amér.* 莊園, 田莊

fincar *intr.-r.* 獲得不動產, 置產業

finchado, da *a.*【口】狂妄自大的, 自負的

finés, sa *a.-s.* 見 finlandés

fineza *f.* 1. 精細, 精緻 2. 細, 纖細 3. 殷勤; 友好 4. 小禮物

fingido, da *a.* 1. 假的, 假裝的 2. 虛僞的

fingimiento *m.* 1. 假裝, 佯裝 2. 僞造

*__fingir__ *tr.* 1. 假裝, 佯裝 2. 僞造

finiquitar *tr.* 結賬, 結算

finiquito *m.* 1. 結賬, 結算 2. 結賬單據

*__finlandés, sa__ I. *a.* 芬蘭 (Finlandia) 的, 芬蘭人的 II. *s.* 芬蘭人 III. *m.* 芬蘭語

*__fino, na__ *a.* 1. 細的, 纖細的; 薄的 2. 精美的, 精緻的 3. 清秀的, 秀氣的 4. 敏銳的(感覺) 5. 彬彬有禮的, 温文而雅的 6. 純淨的(金子)

finta *f.* 1. 裝作, 假裝 2.【擊劍的】佯攻

finura *f.* 1. 精緻, 精巧 2. 彬彬有禮, 文雅

fiord, fiordo *m.* (挪威海岸的)峽灣

*__firma__ *f.* 1. 簽名, 簽字 2. 簽發, 簽署 3. 商行, 公司 ◇ dar la ~ a 委託某人代管(商行等)

firmamento *m.* 天空, 蒼穹

firmante *a.-s.* 簽字的; 簽字者

*__firmar__ *tr.* 1. 簽名, 簽署, 簽發

*__firme__ I. *a.* 1. 牢固的, 堅固的 2.【轉】堅定的, 堅決的 II. *m.* 路基 III. *ad.* 堅定地 ◇ de ~ ①激烈地, 猛烈地②緊張地③堅定地, 牢固地 / en ~【商】決定了的 / estar en lo ~ 正確, 確定無疑

*__firmeza__ *f.* 1. 牢固, 堅固 2.【轉】堅定, 堅決

fiscal I. *a.* 1. 國庫的 2. 財政的 II. *m.* 1. 財政官 2. 檢察官, 檢察員

fiscalía *f.* 1. 檢察官職務 2. 檢察院, 檢察機關

fiscalizar *tr.* 1. 檢察 2.【轉】監視, 監督

*__fisco__ *m.* 國庫

fiscorno *m.*【樂】一種中音號

fisga *f.* 1. 漁叉 2. 嘲笑, 戲弄

fisgar I. *tr.* 1. 叉(魚) 2. 打探, 探聽 II. *intr.-r.* 嘲笑, 戲弄

fisgón, na *s.* 好打聽消息的人

fisgonear *tr.* 打聽, 探聽

fisgoneo *m.* 打聽，探聽

*__física__ *f.* 物理學 ◇ ~ atómica 原子物理學 / ~ electrónica 電子物理學 / ~ de hiperenergía 高能物理學 / ~ experimental 實驗物理學 / ~ matemática 數學物理學 / ~ nuclear 核物理學

físicamente *ad.* 身體上，肉體方面

*__físico, ca__ I. *a.* 1. 物理的，物理學的 2. 物質的 3. 身體的，肉體的 II. *s.* 物理學家 III. *m.* 外貌，外表

fisicoquímica *f.* 物理化學

*__fisiología__ *f.* 生理；生理學

fisiológico, ca *a.* 生理的；生理學的

*__fisiólogo, ga__ *s.* 生理學家

fisión *f.* 【理】(核的) 裂變

fisiopatología *f.* 生理病理學

fisioterapia *f.* 【醫】理療，物理療法

fisiparidad *f.* 【生】分裂生殖

fisonomía *f.* 1. 面孔，容貌 2. 【轉】外表，外觀，外貌

fisonómico, ca *a.* 1. 面孔的，容貌的 2. 【轉】外觀的，外貌的

fisonomista *s.* 1. 相士 2. 根據相貌認人的人

fístula *f.* 【醫】瘻，瘻管

fisura *f.* 1. 裂縫，裂口，裂紋 2. 肛裂

fitografía *f.* 描述植物學

flabelo *m.* 長柄扇

fláccido, da *a.* 鬆弛的，軟的

*__flaco, ca__ I. *a.* 1. 瘦的 2. 軟弱無力的 II. *m.* 弱點，短處 ◇ hacer un ~ servicio 幫倒忙

flacucho, cha *a.* 乾瘦的

flacura *f.* 瘦，消瘦

flagelación *f.* 1. 鞭打，鞭笞 2. 【轉】痛斥

flagelado, da *a.-m.pl.* 【動】有鞭毛的；鞭毛蟲綱

flagelar *tr.* 1. 鞭打，鞭笞 2. 【轉】痛斥，譴責

flagelo *m.* 1. 鞭子 2. 災禍，災難 3. 【動】鞭毛

flagrancia *f.* 1. 發光，閃光 2. 現行

flagrante *a.* 1. 發光的，閃光的 2. 現行的 ◇ en ~ 當場，在作案現場

flagrar *intr.* 【詩】發光，閃光

flamante *a.* 1. 光輝的，光彩奪目的 2. 新的，嶄新的 3. 新上任的，剛剛開始的

flamear *intr.* 1. 發出火焰，冒火 2. 飄動，飄揚

flamen (*pl.* flámines) *m.* 古羅馬的祭司

flamenco, ca *a.* 1. 佛蘭德 (Flandes) 的 2. 吉卜賽式的 3. 馬德里下層居民的

flamígero, ra *a.* 1. 噴出火焰的 2. 火焰狀的

flámula *f.* 小三角旗

flan *m.* (一種牛奶、蛋製的) 甜食

flanco *m.* 1. 側，側面 2. 脅，體側 3. 【軍】翼，側翼

flanquear *tr.* 1. 位於…側面，位於…兩側 2. 【軍】從兩翼進攻，守衛…側翼

flanqueo *m.* 側翼防禦

flaquear *intr.* 1. 衰弱，變得沒有力氣 2. 要支持不住 3. 怯懦，氣餒

flaqueza *f.* 1. 消瘦 2. 虛弱 3. 軟弱，脆弱 4. 弱點，短處

flash *m.* 【攝】閃光；閃光燈

flato *m.* 1. 【醫】腸胃脹氣 2. *Amér.* 憂愁，憂鬱

flatulencia *f.* 【醫】腸胃氣脹

flatulento, ta *a.* 1. 引起腸胃脹氣的 2. 患腸胃氣脹的

*__flauta__ *f.* 1. 笛子；長笛 2. 笛子演奏者；長笛手 ◇ ~ pagana 排簫 / ~ travesera 橫笛

flautado, da *a.* 像笛子的

flautero *m.* 製笛人

flautillo *m.* 蘆笛

flautista *s.* 笛子演奏者；長笛手

flebitis (*pl.* flebitis) *f.* 【醫】静脈炎

fleco *m.* 1. 繸，流蘇，緣飾 2. 額髮，劉海兒 3. *pl.* (衣服磨損後出現的) 毛邊

*__flecha__ *f.* 1. 箭 2. 箭狀物，箭號 3. 【數】弓形高

flechador, ra *s.* 弓箭手

flechar *tr.* 1. 張弓, 拉弓, 開弓 2. 用箭射中, 用箭射死 3.【轉】使一見鍾情

flechazo *m.* 1. 射箭 2. 箭傷 3.【轉】一見鍾情

flechero *m.* 1. 弓箭手 2. 製箭人

flegmasía *f.*【醫】炎症

fleje *m.* 鐵箍

flema *f.* 1. 粘痰 2.【轉】遲緩;冷淡

flemático, ca *a.* 1. 粘痰的 2.【轉】遲緩的;冷淡的

flemón *m.*【醫】蜂窩織炎

flemoso, sa *a.* 1. 多粘痰的 2. 生粘痰的

flequillo *m.* 劉海兒, 額髮

fletador *m.* 租船人, 包船人

fletamento *m.* 1. 租船, 包船 2. 租(包)船契約, 租(包)船合同

fletar I. *tr.* 1. 租(船), 包(船) 2. 租(牲畜, 車輛) II. *r. Amér.* 離去, 走

flete *m.* 1. 租船費 2. *Amér.* 租費

*****flexibilidad** *f.* 1. 易彎曲性, 柔韌性 2. 靈活性, 變通性

*****flexible** *a.* 1. 易彎曲的, 柔韌的 2.【轉】靈活的, 可變通的

flexión *f.* 彎曲

flexor, ra *a.* 1. 彎曲的 2. 屈曲的, 屈折的

flexuoso, sa *a.* 彎彎曲曲的, 波浪式的

flictena *f.*【醫】泡, 水泡

flirtear *intr.* 調情, 賣俏

flirteo *m.* 調情, 賣俏

flocadura *f.* 總狀穗飾, 流蘇邊飾

flojear *intr.* 1. 減弱, 變弱 2. 泄勁, 鬆懈

flojedad *f.* 1. 鬆, 弛 2. 虛弱無力 3. 懶散, 懈怠

flojel *m.* (呢絨面上的) 絨毛

flojera *f.*【口】見 flojedad

*****flojo, ja** *a.* 1. 鬆的, 不緊的, 鬆弛的 2. 不結實的, 不牢固的 3. 弱的, 無力的 4. 懶散的, 懈怠的

*****flor** *f.* 1. 花;花卉;開花植物 2. 精華, 精粹 3. 奉承話 ◇ ～ artificial 人造花 / ～ de la canela 精華 / ～ de la edad 年富力強 / ～ de la juventud 青春時期 / ～ y nata 精華, 精粹 / a ～ de agua 在水面上 / a ～ de tierra 在地面上 / dar en la ～ de 習慣於 / en ～ ① 開花時期②極盛時期

*****flora** *f.* 1. (某地區的) 植物羣, 植物區系 2. 植物誌 3. (大寫) 花神

floración *f.* 開花;開花期

floral *a.* 花的

florar *intr.* 開花

floreado, da *a.* 有花卉圖案的, 帶花的

floreal *m.* 花月 (法蘭西共和曆的第八月, 相當於公曆4月20—21日至5月19—20日)

florear I. *tr.* 1. 用花裝飾 2. 精篩 (麵粉) II. *intr.* 1.【劍術】抖劍 2. 在吉他上彈震音

*****florecer** I. *intr.* 1. 開花 2.【轉】繁榮, 昌盛 II. *r.* 發霉

*****floreciente** *a.* 1. 花朵盛開的 2.【轉】繁榮的, 昌盛的

florecimiento *m.* 1. 開花 2.【轉】繁榮, 昌盛

florentino, na *a.-s.* 佛羅倫薩 (Florencia) 的;佛羅倫薩人

floreo *m.* 1. 閑聊, 聊天 2. 花言巧語 3.【劍術】抖劍 4. 在吉他上彈震音

*****florero, ra** *a.* 1. 愛花言巧語的 II. *s.* 賣花人 III. *m.* 花盆, 花瓶

florescencia *f.* 開花;開花期

floresta *f.* 1. 樹林 2. 風景宜人的地方 3.【轉】集錦

florete *m.* 1. 擊劍 2. (擊劍用的) 鈍頭劍

floricultor, ra *s.* 花匠, 花卉園藝家

floricultura *f.* 花藝, 花卉園藝

*****florido, da** *a.* 1. 有花的, 開着花的 2.【轉】精選的, 精華的 3.【轉】華麗的 (詞藻)

florilegio *m.* (詩文的) 選集

florista *s.* 1. 製花人 2. 賣花人

florón *m.* 花狀飾

*flota *f.* 1. 船隊, 艦隊 2. 機羣, 飛行隊

flotación *f.* 1. 漂浮, 浮動 2. 飄動

flotador *m.* 1. 漂浮物 2. 浮子, 浮標, 浮筒

flotadura *f.* ; **flotamiento** *m.* 見 flotación

*flotar *intr.* 1. 漂浮, 浮動 2. 飄動

flote *m.* 1. 漂浮, 浮動 2. 飄動 ◇ a ~ ①漂浮着②【轉】渡過難關

flotilla *f.* 1. 小船隊, 輕型艦隊 2. 飛行小隊

fluctuación *f.* 1. 波動, 浮動 2.【轉】猶豫不決

fluctuar *intr.* 1. 波動, 浮動 2.【轉】猶豫不決

fluidez *f.* 1. 流動性 2.【轉】(文字, 講話等)流利, 流暢

fluido, da *I. a.* 1. 流動的, 流體的 2.【轉】流利的, 流暢的 *II. m.* 1. 流體, 流質 2. 電流

*fluir *intr.* 1. 流出, 流動 2.【轉】(想法等)冒出, 湧出

*flujo *m.* 1. 流出, 流動; 冒出, 湧出 2. 漲潮 3.【轉】大量

flúor *m.*【化】氟

fluorescencia *f.* 熒光

fluorescente *a.* 熒光的

fluorhídrico, ca *a.* 氟化氫的

fluorina; fluorita *f.*【礦】螢石, 氟石

fluoruro *m.*【化】氟化物

*fluvial *a.* 河流的

fluxión *f.*【醫】充血

fo *interj.* 呸(表示厭惡)

fobia *f.* 憎恨, 厭惡; 恐怖(主要用作詞的後綴)

foca *f.* 1.【動】海豹 2. 海豹皮

focal *a.*【理, 數】焦點的

*foco *m.* 1.【理, 數】焦點 2. 中心, 策源地 3. 光源; 聚光燈

fofo, fa *a.* 海绵狀的, 鬆軟多孔的

fogarada, fogata *f.* 火堆; 篝火

fogón *m.* 1. 爐竈, 爐子, 竈具 2. 爐膛 3. (炮彈的)火門

fogonazo *m.* (射擊時的)火光, 火焰

fogonero *m.* 司爐, 火伕

fogosidad *f.* 火熱, 熱烈

fogoso, sa *a.* 火熱的, 熱烈的

foguear *tr.* 1.【軍】使適應炮火 2.【轉】使適應艱難困苦

foja *f.* 1. (卷宗, 紙張的)頁 2.【動】骨頂鷄, 白骨頂

folgo *m.* 暖脚皮籠

foliáceo, a *a.*【植】葉的; 葉狀的

foliar *I. tr.* 給(書)編頁碼 *II. a.* 葉的; 葉狀的

folio *m.* (書, 本子的)頁, 張(包括兩面) ◇ ~ recto (頁或張的)正面/ ~ verso (頁或張的)背面

folíolo *m.* (複葉的)小葉

folklore *m.* 民俗學, 民間藝術

folklórico, ca *a.* 民俗學的, 民間藝術的, 民間的

folklorista *s.* 民俗學者; 民間藝術家

*follaje *m.* 1. (樹木的)枝葉 2. 枝葉裝飾 3.【轉】廢話, 贅言

follar *I. tr.* 使成頁, 摺疊成頁 *II. r.* 放啞屁

follero, ra *s.* 製作風箱的人; 賣風箱的人

folletín *m.* 連載小說; 小品文; 小品欄

folletinesco, ca *a.* 連載小說的

folletinista *s.* 連載小說作者, 小品文作者

folletista *s.* 小册子作者

*folleto *m.* 小册子

follón, na *I. a.* 1. 懶散的, 懈怠的 2. 膽怯的 *II. m.* 1. 吵吵嚷嚷 2. 啞屁

*fomentar *tr.* 1. 增進, 促進 2. 挑動, 煽動 3.【醫】熱敷, 熱罨

fomento *m.* 1. 增進, 促進 2. 挑動, 煽動 3.【醫】熱敷, 熱罨

fonación *f.* 發聲, 發音

*fonda *f.* 旅店, 客棧

fondeadero *m.* 船舶停泊處, 抛錨處

fondear *I. tr.* 1. 探測(水深) 2. 檢查, 追究 *II. intr.* 停泊

fondeo m. 1. 探測水深 2. 檢查, 追究 3. 停泊

fondillos m.pl. 褲子的臀部

fondista s. 旅館店主, 客棧主

fondo m. 1. 底, 底部 2. (容器底部)殘留物 3. 深度 4. (房間)深處 5. 盡頭, 末端 6. 底色, 底子 7. 本質, 實質 8. 資金, 基金 ◇ ~s de reserva 儲備金/ ~s públicos 國庫/ dar ~ 拋錨/ echar a ~ 沉沒/ en el ~ 本質上/ estar en ~s 手頭有錢/ irse a ~ 沉沒/ mal (或 escaso) de ~s 拮据

*__fonético, ca__ a.-f. 語音的, 發音的, 語音學的; 語音, 語音學

fónico, ca a. 語音的, 聲音的

fonógrafo m. 留聲機, 唱機

fonograma m. 1. 音標 2. 字母

fonología f. 音位學, 音韻學

fonómetro m. 測音計, 聲強計

fontana f. 【詩】泉水

fontanal a.-m. 泉的; 泉水

fontanar m. 泉水

fontanería f. 1. 自來水管道安裝技術 2.【集】自來水管道

fontanero m. 自來水管道工

foque m. 【海】船頭三角帆

forajido, da a.-s. 在逃的, 流亡的; 逃犯, 流亡者

foral a. 1. 法令的; 合乎法令的 2. 法定的

foráneo, a a. 外地的, 外來的; 他國的

forastero, ra I. a. 1. 外地的, 外來的; 他國的 2.【轉】陌生的 II. s. 外地人; 外國人

forcejar; forcejear intr. 1. 用力, 掙扎 2. 對抗, 抗爭

forcejeo; forcejo m. 1. 用力, 掙扎 2. 對抗, 抗爭

forense a.-s. 法庭的; 法醫

forestación f. 造林

forestal a. 森林的, 林業的

forja f. 1. 鍛造車間, 鍛造廠 2. 煉鐵廠 3. 打鐵, 鍛造

*__forjar__ tr. 1. 鍛造, 打製 2. 建造 3. 鍛煉, 造就 4. 想象

*__forma__ f. 1. 形狀, 形態, 形體; 體形, 外表 2. 形式; 方式, 方法 3. 模子, 模型 4.【印】印版 5.【法】程序 6. pl. 禮節; 舉止, 風度 ◇ cubrir (或 guardar) las ~s 表裏不一/ dar ~ 使成形, 使具體化/ de cualquier ~ 不管怎樣/ de ~ que 因此, 所以/ de otra ~ 否則/ de todas ~s 無論如何/ en ~ que 因此, 以致

*__formación__ f. 1. 形成, 組成 2. 培養, 訓練 3. 隊形, 編隊

formal a. 1. 形式的, 表面的 2. 嚴肅的, 正派的, 認真的 3. 正經的, 規矩的

formalidad f. 1. 形式 2. 嚴肅, 認真 3. 正式手續, 規定

formalismo m. 形式主義

formalista a.-s. 形式主義的; 形式主義者

formalizar tr. 1. 使具有形式, 使定形 2. 使正式化, 使合法化

*__formar__ I. tr. 1. 形成, 組成 2. 培養, 造就, 訓練 II. intr. 排隊, 站隊 III. r. 發育成長

formato m. (出版物的)開本

fórmico: ácido ~ 【化】蟻酸, 甲酸

formidable a. 1. 極可怕的, 嚇人的 2. 巨大的, 驚人的

formol m. 【化】甲醛

formón m. 鑿子; 打孔器

*__fórmula__ f. 1. 式, 公式 2. (處理問題的)程序, 方式 3. 處方, 配方

formular tr. 1. 用公式表示 2. 提出 3. 開(處方)

formulario, ria I. a. 1. 公式性的, 形式上的 2. 例行的, 禮節性的 II. m. 1. 處方集, 藥典 2. 表格

formulismo m. 公式主義, 形式主義, 例行公事

formulista s. 公式主義者, 形式主義者

fornicar intr. 私通, 通姦

fornido, da a. 健壯的, 魁梧的

fornitura f. 1.【印】補充鉛字 2. pl.

【軍】武裝帶,子彈帶

*foro *m.* 1. 法庭,司法,執法 2. 舞台深處 3. 律師職務 4. 論壇,討論會 ◇ ~ desaparecer por el ~ 悄悄溜走

*forraje *m.* 1. 草料,青飼料 2. *Amér.* 乾飼料

forrajear *intr.* 收割青飼料;收集草料

forrar *tr.* 1. 給…加襯裏 2. 包,加護面

forro *m.* 1. 襯裏,套子 2. 外皮,護皮,包書皮 ◇ ni por el ~ 絲毫也不,絕對不

*fortalecer *tr.* 1. 加強,鞏固 2. 使健壯 3. 使堅定

*fortaleza *f.* 1. 承受力 2. 健壯 3. 堅定,剛強 4. 要塞,堡壘

*fortificación *f.* 1. 加強,鞏固 2. 防禦工事 ◇ ~ de campaña 野戰工事

fortificar *tr.* 1. 加強,鞏固 2. 設防,構築工事

fortín *m.* 小堡壘;前沿工事

fortuito, ta *a.* 偶然的,意外的

*fortuna *f.* 1. 命運,運氣 2. 好運,幸運 3. 錢財,財產 4. 暴風雨 ◇ correr ~ (船) 遇風暴 / por ~ 幸好,幸運地 / probar ~ 碰運氣

*forzado, da I. *a.* 1. 用力的,強力的 2. 被迫的,勉強的 II. *m.* 划船的苦役

forzal *m.* 梳子背

*forzar *tr.* 1. 強行打開,撬開 2. 強行進入;強攻;強佔 3. 強迫,迫使

forzoso, sa *a.* 必然的,不可避免的;強迫的

forzudo, da *a.* 力氣大的

fosa *f.* 1. 墓穴 2. 坑 3.【解】凹,窩,腔 ◇ ~ común 公用墓穴

fosfatado, da *a.* 含磷酸鹽的

fosfato *m.*【化】磷酸鹽;磷酸鈣

fosforecer *intr.* 發磷光

fosforera *f.* 火柴盒

fosforescencia *f.* 磷光;發磷光現象

fosforescente *a.* 發磷光的

fosforescer *intr.* 見 fosforecer

fosfórico, ca *a.* 磷的;含五價磷的

*fósforo *m.* 1.【化】磷 2. 火柴

fósil I. *a.* 1. 化石的 2.【轉】老的,陳舊的 II. *m.* 化石

fosilífero, ra *a.* 含化石的

fosilizarse *r.* 1. 變成化石 2.【轉】僵化

*foso *m.* 1. 坑,穴 2. 樂池 3.【體】砂坑 4. 壕溝

*foto *f.*【口】照片

fotocopia *f.* 影印

fotofobia *f.*【醫】畏光,羞明

fotogénico, ca *a.* 1. 使感光的 2. 適於拍照的,上照的

fotograbado *m.* 照相製版

*fotografía *f.* 1. 攝影,拍照;攝影術 2. 照片 3. 攝影室

fotografiar *tr.* 1. 攝影,拍照 2.【轉】逼真地描述

*fotógrafo, fa *s.* 攝影師

fotolitografía *f.* 攝影石印術

fotometría *f.* 光度學;測光法

fotómetro *m.* 1.【理】光度計 2.【攝】曝光表

fotosfera *f.*【天】光球;光球層

fototerapia *f.* 光線療法

fototipia *f.*【印】照相版製版術;照相版印刷品

fox trot *m.* 狐步舞

frac (*pl.* fracs, fraques) *m.* 燕尾服,禮服

*fracasar I. *intr.* 1. 破碎,粉碎 2. 失敗 II. *tr.* 打碎,打破

*fracaso *m.* 1. 跌落,倒塌 2. 失敗

fracción *f.* 1. 分割,分裂 2. 碎片,分出的部分 3. 黨派的派系 4.【數】分數

fraccionar *tr.* 1. 分割,分裂,分成部分 2.【化】分餾

fraccionario, ria *a.* 1. 部分的,零碎的 2.【數】分數的 3.【化】分餾的

fractura *f.* 1. 折斷,斷裂 2. 骨折 3.【礦】斷口,斷面

fracturar *tr.* 1. 折斷,弄斷 2. 使骨折

fragancia *f.* 1. 香氣,芬芳 2.【轉】聲譽

fragante *a.* 1. 香的,芳香的 2. 現行的

fragata f. 三桅船

*__frágil__ a. 1. 易碎的, 易損壞的 2.【轉】脆弱的, 意志薄弱的 3.【轉】虛弱的

fragilidad f. 1. 易碎性 2.【轉】脆弱 3.【轉】虛弱

fragmentar tr. 1. 弄碎, 使成碎片 2. 使分成部分

fragmentario, ria a. 1. 碎塊的, 碎片的 2. 部分的, 不完整的

fragmento m. 1. 碎塊, 碎片 2. 殘存部分, 未完成部分 3. 片斷

fragor m. 巨響, 轟響

fragoroso, sa a. 轟響的, 轟鳴的

fragosidad f. 崎嶇, 高低不平

fragoso, sa a. 1. 崎嶇的, 高低不平的 2. 轟響的

fragua f. 1. 鍛爐 2. 鍛造車間

fraguado m. 1. 鍛造 2. (石灰、水泥等)凝固, 變硬

fraguar tr. 1. 鍛造 2. 策劃, 炮製 II. intr. (石灰、水泥等)凝固, 變硬

fraile m. 修道士

frailesco, ca; frailuno, na a. 修道士的

*__frambuesa__ f. 覆盆子果實

frambueso m.【植】覆盆子

francachela f. 歡宴, 縱酒作樂

*__francés, sa__ I. a. 法國(Francia)的; 法國人的; 法語的 II. s. 法國人 III. m. 法語

franciscano, na a. (天主教)方濟會的

francmasón, na s. 共濟會會員

francmasonería f. 共濟會

franco, ca I. a. 1. 直率的, 坦率的 2. 免除的, 免付(費用)的 3. 自由的, 暢通無阻的 II. m. 法郎(貨幣)

francolín m.【動】鷓鴣

francote a.【口】極坦率的

franela f. 法蘭絨

franja f. 1. 衣服的邊飾 2. 條, 帶

franquear I. tr. 1. 免除(賦稅等) 2. 使暢通, 使通行無阻 3. 慷慨贈送 4. 釋放(奴隸) 5. 付郵資, 貼郵票 II. r. 開誠佈公

franqueo m. 1. 付郵資 2. 郵費, 郵資

franqueza f. 1. 坦白, 直率 2. 免除, 豁免 3. 慷慨, 大方 4. 隨便, 不拘小節

franquicia f. (郵資、關稅等的)豁免權

frasco m. 1. 小瓶, 細口小瓶 2. 火藥筒(多用牛角製成)

*__frase__ f. 1. 句子 2. 短語, 詞組 ◇ ~ hecha 習語, 成語 / ~ musical 樂句 / ~ proverbial 警句, 諺語

frasear tr. 組成句子; 形成短語

fraseología f. 1. 句式, 句子結構, 表達方式 2. 廢話連篇

fraterna f. 斥責, 教訓

*__fraternal__ a. 兄弟的, 兄弟般的

*__fraternidad__ f. 兄弟關係, 手足情誼; 友愛, 博愛

fraternizar intr. 親如兄弟, 情同手足

fraterno, na a. 見 fraternal

fratricida s. 殺害兄弟的

fratricidio m. 殺害兄弟罪

fraude m. 欺騙, 欺詐

fraudulento, ta a. 欺騙性的

fray m. 修道士 (fraile 的縮寫, 用作稱號, 置於人名之前)

frazada f. 毛毯, 毯子

frecuencia f. 1. 經常, 頻繁 2.【理, 電】頻率, 週率 ◇ ~ modulada 調頻

frecuentar tr. 常做; 常去, 常到

*__frecuente__ a. 1. 經常發生的, 頻繁的 2. 常見的, 普通的

fregadero m. 洗滌槽

fregado m. 1. 洗, 刷, 擦 2.【轉】糾紛, 爭吵

*__fregar__ tr. 1. 洗, 刷, 擦 2. Amér. 打擾, 麻煩

fregatriz; fregona f. 廚房女傭人

freiduría f. 炸魚店

*__freir__ tr. 1. 煎, 炸, 油炙 2.【轉, 口】使煩惱

*__frenar__ tr. 1. 制動, 刹(車) 2.【轉】約束, 制止

frenazo m. 急刹車

frenesí *m.* 激動, 狂熱; 狂亂; 瘋狂

frenético, ca *a.* 狂熱的; 狂亂的, 瘋狂的

frenillo *m.* 【解】繫帶 ◇ no tener ~ en la lengua 信口開河

***freno** *m.* 1. 馬嚼子 2. (車輛的)閘, 剎車 3. 【轉】約束, 制約

frenología *f.* 顱相學

frenopatía *f.* 精神病學

frental *a.* 前額的

***frente** **I.** *f.* 1. 前額, 額頭 2. 頭, 頭部 3. (物體的)正面 4. 書眉, 天頭 **II.** *m.* 1. 前線; 戰線, 陣線 2. (隊伍的)前列, 前排 **III.** *ad.* 在前面 ◇ al ~ ①在前面 ②在書眉/ al ~ de 在…前面/ ~ a ①對着, 朝着 ②反對/ ~ a ~ 面對面/ fruncir la ~ 皺眉頭/ hacer ~ a ①面對, 正視 ②反對, 對抗/ ponerse al ~ de 領導

***fresa** *f.* 草莓

fresal *m.* 草莓地

fresar *tr.* 【機】銑, 鑽(孔)

fresca *f.* 1. 涼風; 涼爽 2. 【轉, 口】直言, 實話

frescachón, na *a.* 氣色好的, 健壯的

frescal *a.* 用少量醃漬的(魚)

frescales (*pl.* frescales) *s.* 臉皮厚的人, 無恥之徒

***fresco, ca** **I.** *a.* 1. 涼爽的, 涼爽的 2. 新鮮的 3. 氣色好的, 健壯的 4. 臉皮厚的, 不要臉的 5. 薄的, 輕的(織物) **II.** *m.* 1. 清涼, 涼爽 2. 壁畫 ◇ al ~ 露天/ dejar ~ a 使掃興/ tomar el ~ 乘涼

frescor *m.* 1. 清涼, 涼爽 2.【美】肉色

frescura *f.* 1. 清涼, 涼爽 2. 蔥鬱, 清新 3.【轉】厚臉皮 4.【轉】譏諷, 玩笑; 不恰當的回答

fresno *m.*【植】歐洲白蠟樹

***fresón** *m.* 智利草莓

fresquería *f. Amér.* 冷飲店

fresquista *s.* 壁畫家

freudismo *m.* 弗洛伊德(Freud, 奧地利心理學家)學說

freza *f.* 1. (魚的)産卵; 産卵期 2. 魚卵, 魚子 3. (蠶的)吃桑期 4. (動物的)糞便

frezar *intr.* 1. (動物)排泄糞便 2. (魚)産卵 3. (蠶)食桑葉

friable *a.* 易碎的

frialdad *f.* 1. 冷, 寒冷 2. 冷淡, 冷漠 3. 缺乏性慾

fricción *f.* 摩擦; 摩擦力

friccionar *tr.* 擦, 摩擦; 按摩

friega *f.*【醫】按摩

frigidez *f.* 1. 寒冷 2. 冷漠 3. 婦女缺乏性慾

frígido, da *a.* 1. 冷的, 寒冷的 2. 冷淡的, 冷漠的 3. 缺乏性慾的(女人)

frigorífico, ca *a.-m.* 製冷的, 冷却的; 冷藏庫, 冰箱

frijol *m.*【植】菜豆

frimario *m.* 霜月(法國共和曆的第三月, 相當於公曆 11 月 21—23 日至 12 月 20—22 日)

***frío, a** **I.** *a.* 1. 冷的, 寒冷的 2. 冷淡的, 冷冰冰的 3. 冷静的, 沉着的 4. 不生動的, 缺少表現力的 5. 缺少性慾的 **II.** *m.* 冷, 寒冷 ◇ coger ~ 着涼/ dejar ~ a ①没能打動 ②使驚嚇/ no dar ni ~ ni calor 未産生影響/ quedarse ~ ①無動於衷 ②震驚 ③着涼

friolento, ta; friolero, ra *a.* 怕冷的, 畏寒的

frisar **I.** *tr.* 使(呢面)捲結 **II.** *intr.* (年齡)接近, 將近

friso *m.* 護壁板, 牆裙

fritada *f.* 油炸食品

***frito, ta** **I.** *a.* 1. 油炸的, 油煎的 2. 厭煩的, 厭倦的 **II.** *m.* 油炸食品 ◇ estar ~ 焦急/ tener ~ 使惱火

fritura *f.* 油炸食品

frivolidad *f.* 輕浮, 輕薄

frívolo, la *a.* 輕浮的, 輕薄的

fronda *f.* 1. 葉子 2. 蕨類 3. *pl.* 繁茂的枝葉

frondosidad *f.* (枝葉的)繁茂

frondoso, sa *a.* 枝葉繁茂的

frontal **I.** *a.* 前額的 **II.** *m.* **1.** (祭壇的) 正面裝飾 **2.**【解】額骨

*****frontera** *f.* **1.** 國界, 邊界 **2.** 界限, 限制

*****fronterizo, za** *a.* **1.** 國界的, 邊境的 **2.** 接壤的, 接界的

frontero, ra **I.** *a.* 對面的 **II.** *ad.* 在對面

frontis (*pl.* frontis) *m.* (房屋的) 正面, 主立面

frontispicio *m.* **1.** (房屋的) 正面, 主立面 **2.** (書籍的) 標題頁, 卷首插圖頁 **3.**【建】(門、窗等上的) 三角牆, 三角楣

frontón *m.* **1.** (玩回力球等的) 牆壁, 擋板 **2.** 回力球投球場地 **3.**【建】山牆, 三角牆

frotación *f.*; **frotadura** *f.*; **frotamiento** *m.* 擦, 摩擦

frotar *tr.* 擦, 摩擦

frote *m.* 擦, 摩擦

fructidor *m.* 果月(法國共和曆的第十二月, 相當於公曆 8 月 18—19 日至 9 月 16—17 日)

*****fructífero, ra** *a.* **1.** 結果實的 **2.** 有成效的

fructificación *f.* **1.** 結果實 **2.** 有成果

fructificar *intr.* **1.** 結果實 **2.** 有成果

fructuoso, sa *a.* 見 fructífero

frugal *a.* 飲食有節制的; 儉樸的

frugalidad *f.* 飲食節制; 儉樸

frugívoro, ra *a.* 食果的(動物)

fruición *f.* **1.** 享受, 享樂 **2.** 喜悅, 愉快

fruir *intr.* **1.** 享受, 享樂 **2.** 感到愜意

frumentario, ria; frumenticio, cia *a.* 小麥的; 穀類的

frunce *m.* 褶

fruncir *tr.* **1.** 使起褶 **2.** 皺起

fruslería *f.* **1.** 小玩意, 不值錢的東西 **2.** 空話, 沒有價值的言行

frustráneo, a *a.* 失望的, 落空的

frustrar *tr.* 使失望, 使落空

*****fruta** *f.* **1.** 水果 **2.** 結果, 後果

*****frutal** *a.- m.* 結水果的; 果樹

frutar *intr.* (果樹) 結果

frutería *f.* 水果店

*****frutero, ra** **I.** *a.* 盛水果的; 運水果的 **II.** *s.* 賣水果的人 **III.** *m.* 水果盤

fruticultura *f.* 果樹栽培, 園藝

*****fruto** *m.* **1.** 果實 **2.** 出產, 產物 **3.** 成果, 好處 ◇ ~s secos 乾果, 水果乾 / sacar ~ 獲益

fúcar *m.* 極有錢的人

fucilar *intr.* **1.** 打閃 **2.** 閃亮

fucilazo *m.* (沒有雷聲的) 閃電

fuco *m.*【植】墨角藻, 囊褐藻

fucsia *f.*【植】倒掛金鐘

fucsina *f.*【化】品紅, 洋紅

*****fuego** *m.* **1.** 火 **2.** 火災 **3.** 炮火, 火力 **4.**【轉】住户, 人家 **5.**【轉】熱情, 激烈 ◇ ~ fatuo 鬼火, 磷火 / ~ lento 文火, 小火 / ~ nutrido 密集炮火 / ~s artificiales 焰火 / atizar (或 avivar) el ~ 火上澆油 / hacer ~ 開火 / jugar con ~【轉】玩火 / pegar (或 prender) ~ a 點燃 / romper el ~ 開火; 挑起事端 / tocar a ~ 敲火警

fuelle *m.* **1.** 風箱, 鼓風機 **2.** (衣服的) 褶 **3.**【轉, 口】挑撥是非的人

*****fuente** *f.* **1.** 泉, 泉水 **2.** 噴泉, 噴水池 **3.** 大盤子 **4.**【轉】根源, 源泉, 來源 ◇ de buena ~ 可靠方面提供的(消息)

fuer : a ~ de 作為

*****fuera** **I.** *ad.* **1.** 在外面 **2.** 外地; 外國 **II.** *interj.* 滾開 ◇ de ~ 外地的; 外國的 / estar de sí 狂怒 / ~ de 除…之外 / por ~ 表面上

fuero *m.* **1.** 司法權, 審判權 **2.** 法典 **3.** *pl.*【轉, 口】傲慢, 自負 ◇ ~ de la conciencia (或 interno, interior) 良心 / en su ~ interno 在…內心深處 / volver por los ~s de ①維護, 捍衛 ②重建

*****fuerte** **I.** *a.* **1.** 強壯的, 健壯的 **2.** 牢固的, 堅固的 **3.** 堅強的 **4.** 強勁的, 猛烈的 **5.** 艱難的, 艱巨的 **6.** (性格) 暴躁的 **II.** *m.* **1.** 堡壘, 要塞 **2.** 長處, 特長 **III.**

ad. 1. 猛烈地 2. 大量, 多 ◇ hacerse ～ en 堅守; 堅持

*fuerza *f.* 1. 力, 力量, 力氣 2. 能力; 效力 3. 威力; 勢力 4. 暴力, 武力 5. 努力 6. 高潮, 盛期 7. 主體 8. *pl.* 兵力, 部隊 ◇ ～ animal 畜力/ ～ bruta 蠻力/ ～ de trabajo 勞動力/ ～ de voluntad 意志力/ ～ pública 警察, 公安部隊/ ～s armadas 軍事力量/ ～ vital 生命力/ a ～ de ①憑藉 ②由於過分/ a la ～ 被迫地/ a viva ～ 粗暴地/ cobrar las ～s 恢復體力/ con ～ 用力地/ ser ～ 必須

*fuga *f.* 1. 逃跑, 逃走 2. (水, 汽等)泄漏 3.【心理】神遊(症) 4.【樂】賦格曲 ◇ poner en ～ 放走, 放跑

fugacidad *f.* 短暫, 一瞬間

fugarse *r.* 逃跑, 逃走

fugaz *a.* 短暫的, 瞬息間的

fugitivo, va *a.* 1. 逃跑的, 逃亡的 2. 短暫的, 飛逝的 II. *s.* 逃犯; 逃亡者

fulano, na *s.* 某人, 某某(在列舉幾個人時, 用於指第一個人)

fulcro *m.* (槓桿的)支點

fulero, ra 【口】粗製濫造的, 低劣的

fulgente *a.* 光輝的, 燦爛的

fulgor *m.* 光輝

fulguración *f.* 1. 閃光, 發亮 2. 雷電擊傷

fulgurar *intr.* 閃光, 發亮

fuliginoso, sa *a.* 1. 烏黑的 2. 像烟炱的

fulminación *f.* 1. 放光 2. 發射 3. 雷電擊中 4.【轉】怒視

fulminante I. *a.* 1. 放光的 2.【醫】急性的, 暴發性的 II. *m.* 雷管

fulminar *tr.* 1. 放射(光等) 2. 發射 3. 雷電擊中 4.【轉】怒視

fulmíneo, a *a.* 閃電般的

fullería *f.* 1. (賭博中的)作弊 2. 欺騙, 詭計

fullero, ra *s.* 1. (賭博中)作弊的人 2. 騙子

fullona *f.* 吵架, 吵鬧

fumada *f.* 一口烟(量詞, 一次吸入的烟量)

fumadero *m.* 吸烟室

fumador, ra *s.* 吸烟者

*fumar I. *intr.* 吸烟 II. *r.* 1. 浪費, 濫用 2. 缺席

fumaria *f.*【植】藍堇

fumarola *f.* (火山區的)氣孔, 噴氣孔

fumigación *f.* 烟熏, 薰蒸

fumigar *tr.* 烟熏, 薰蒸

fumigatorio *m.* 薰香爐

fumista *s.* 修爐子的人

fumistería *f.* 爐竈商店

fumoso, sa *a.* 多烟的

funámbulo, la *s.* 走鋼絲的雜技演員

*función *f.* 1. 官能, 機能, 功能 2. 職能, 職責 3. 演出 4.【數】函數 ◇ en ～ de 按照, 根據

funcional *a.* 1. 官能的, 機能的, 功能的 2. 職能的 3. 實用的 4.【數】函數的

*funcionario, ria *s.* 官員, 公職人員

funda *f.* 套, 罩

fundación *f.* 1. 建立, 創立, 創建 2. 基金; 基金會

fundado, da *a.* 有理由的, 有根據的

fundador, ra *s.* 創始人, 締造者

*fundamental *a.* 基礎的; 基本的 ◇ en lo ～ 基本上, 根本上

fundamentar *tr.* 1. 打地基 2. 奠定基礎 3. 提供理由

*fundamento *m.* 1. 地基 2. 根據, 理由 3. *pl.* 基本知識, 基礎知識 4. 嚴肅, 正經

*fundar *tr.* 1. 建立, 創立, 創建 2. 使…建立在…基礎上, 使以…爲基礎

fundente *m.* 1.【化】助熔劑 2.【醫】溶化劑

fundible *a.* 可熔化的, 易熔化的

fundición *f.* 1. 熔化 2. 鑄造 3. 鑄鐵廠 4.【印】全套鉛字

*fundir *tr.* 1. 熔化, 冶煉 2. 鑄造 3. 使融合, 使融洽

fundo _m._ 莊園

fúnebre _a._ 1. 死人的, 喪葬的 2.【轉】悲傷的, 悲哀的

funeral _a.-m._ 葬禮的; 葬禮

funerala : a la ～ 槍口朝地表示哀悼

funeraria _f._ 殯儀館

funerario, ria _a._ 葬禮的, 出殯的

funesto, ta _a._ 1. 不幸的, 不祥的 2. 致命的

fungible _a._ 可消耗的

fungoso, sa _a._ 海綿狀的, 蕈狀的

funicular _m._ 1. 纜車 2. 纜索鐵道

furgón _m._ 1. 行李車 2. 運貨車

furia _f._ 1. 暴怒, 狂怒 2. 狂怒的人 3.【轉】猛烈 4.【神話】司復仇的女神

furibundo, da _a._ 1. 暴怒的, 狂怒的 2. 猛烈的

***furioso, sa** _a._ 1. 暴怒的, 狂怒的 2. 發狂的, 瘋狂的 3.【轉】巨大的, 可怕的

***furor** _m._ 1. 暴怒, 狂怒 2. 瘋狂, 發作 3. 猛烈 ◇ hacer ～ 時髦, 流行

furriel _m._ (軍隊的) 軍需官, 司務長

furtivo, va _a._ 偷偷的, 悄悄的

furúnculo _m._【醫】癤子

fusco, ca _a._ 黑的, 暗的

fuselaje _m._ 飛機機身

fusibilidad _f._ 熔性, 熔度

fusible _a.-m._ 可熔化的, 易熔的; 保險絲

fusiforme _a._ 紡錘形的; 流線形的

***fusil** _m._ 槍, 步槍 ◇ ～ ametrallador 衝鋒槍

***fusilamiento** _m._ 1. 槍決, 槍殺 2.【II】剽竊, 抄襲

***fusilar** _tr._ 1. 槍決, 槍殺 2.【II】剽竊, 抄襲

fusilazo _m._ 步槍射擊

fusilería _f._ 1.【集】步槍 2.【集】步槍射手

fusilero _m._ 步槍射手

fusión _f._ 1. 熔化 2. 合併, 聯合 3.【理】合成; 聚變

fusionar _tr._ 合併, 聯合

fusionista _s._ 主張聯合的人

fusta _f._ 1. 鞭子 2. 細枝條

fuste _m._ 1. 木材 2. 木棍, 桿 3.【轉】重要性 4.【建】柱身

fustigar _tr._ 1. 鞭打, 痛打 2.【轉】痛斥, 嚴斥

***fútbol** _m._ 足球; 足球運動

***futbolista** _m._ 足球運動員

futesa _f._ 無價值的, 無意義的

fútil _a._ 無價值的, 無意義的

futilidad _f._ 無價值, 無意義

futura _f._【II】未婚妻

futurismo _m._ 未來主義, 未來派

***futuro, ra** _I. a._ 未來的, 將來的 _II. m._ 1.【II】未婚夫 2. 未來, 將來 3.【語法】將來時

G

g _f._ 西班牙語字母表的第八個字母

gabacho, cha _a._ (蔑稱) 法國人的

***gabán** _m._ 大衣, 外套

gabardina _f._ 1. 華達呢 2. 華達呢大衣; 雨衣

gabarra _f._ 1. 駁船 2. 平底貨船

gabela _f._ 稅, 捐稅

***gabinete** _m._ 1. 小會客室, 小接見廳 2. (珍奇物品的) 收集, 收藏 3. 內閣, 政府 4. 實驗室; 陳列室

gacela _f._【動】羚羊

gaceta _f._ 1. (專業性的) 學報, 刊物 2.【轉】消息靈通人士

gacetilla _f._ 1. (報紙的) 簡訊欄; 簡訊 2.【轉, II】愛傳播新聞的人

gacetillero, ra _s._ 1. 簡訊欄編輯 2.【II】記者

gachas _f. pl._ 麪糊

gacho, cha *a.* 向下彎的, 下垂的

gachón, na *a.*【口】討人喜歡的, 迷人的

gachumbo *m. Amér.* 椰殼, 葫蘆(作器皿用)

***gafa** *f.* 1. 鈎子 2. 兩脚釘 3. *pl.* 眼鏡

gafete *m.* 衣領鈎

gafo, fa *a.* 1. 患爪形手的 2. 患麻痹性癲癇的

gaita *f.* 1. 風笛 2.【口】脖子 3.【轉, 口】煩人事

gaitero, ra I. *a.* 1. (服飾)鮮艷的 2. 過分快樂而顯得可笑的 II. *m.* 風笛手

gaje *m.* 工資, 報酬; 津貼 ◇ ~ del oficio 職務帶來的麻煩

gajo *m.* 1. (葡萄的)小串 2. (果實的)瓤, 室

***gala** *f.* 1. 華麗的服飾, 盛裝; 貴重的首飾 2. 文雅, 雅緻 3. 精華 ◇ de ~ 華麗的, 盛裝的, 節日的 / hacer ~ de 誇耀, 炫耀

galabardera *f.*【植】犬薔薇

galalita *f.* 酪朊塑料

galán *m.* 1. 美男子 2. 對女人獻殷勤的人 3. 扮演青年男子的演員, 小生

galancete *m.* 扮演青年男子的演員, 小生

galano, na *a.* 1. 衣着考究的, 衣冠楚楚的 2. 舉止文雅的; 表達生動的, 流暢的

galante *a.* 1. 對女人獻殷勤的 2. 喜歡有人獻殷勤的 3. 風流的, 香艷的

galantear *tr.* 追求(女人), (向女人)獻殷勤

galanteo *m.* 追求女人, 向女人獻殷勤

galantería *f.* 1. 殷勤, 討好(尤指對女人) 2. 優美, 雅緻 3. 慷慨, 豪爽

galanura *f.* 優美, 雅緻

galápago 1.【動】海龜 2. 鏵托 3. 英式馬鞍

galardón *m.* 獎賞, 報酬

galardonar *tr.* 獎賞, 酬勞

galaxia *f.*【天】銀河, 銀河系; 星系

galbana *f.*【口】(一時的)懶怠

gálbula *f.* (柏樹及同類樹木的)球果

galega *f.*【植】山羊豆

galena *f.* 方鉛礦

galeno, na I. *a.* 微弱的(風) II. *m.*【口】醫生

galeote *m.* 服划船苦役的犯人

galera *f.* 1. 有篷四輪馬車 2. 古代划槳帆船 3. *pl.* 划船苦役 4.【印】活字盤

***galería** *f.* 1. 走廊, 長廊, 柱廊 2. 畫廊, 美術館 3. 地道 4. 劇場頂層樓座; 頂層樓座的觀衆

galerna *f.* (西班牙北部的)强烈西北風

galga *f.* 1. 碾砣, 碾磙子 2. (從山坡上下來的)滾石 3. 鞋帶 4. (馬車的)刹車槓

galicismo *m.* 在其他語言中的法語詞彙

gálico, ca I. *a.-s.* 高盧(Galia)的; 高盧人 II. *m.* 1. 高盧語 2. 梅毒

galillo *m.*【解】小舌, 懸雍垂

galimatías (*pl.* galimatías) *m.* 晦澀難懂的話, 莫明其妙的話

galio *m.* 1.【植】白拉拉藤 2.【化】鎵

galiparlista *s.* 濫用法語詞彙的人

galocha *f.* (過雪地或泥地用的)木底套鞋, 鐵底套鞋

galón¹ *m.* 1. (衣服上的)金銀絲飾邊 2. (軍裝上的)軍銜條紋

galón² *m.* 加侖(液量單位, 約等於4.546升)

galonear *tr.* 用金銀絲帶裝飾

galopada *f.* 疾馳, 飛奔

galopante *a.* 1. 疾馳的, 飛奔的 2.【轉】迅速致死的病

***galopar** *intr.* 疾馳, 飛奔

***galope** *m.* 疾馳, 飛奔 ◇ a (或 de) ~ 疾馳地, 飛快地

galopeado, da *a.-m.* 草率弄成的, 倉促作成的; 打, 揍

galopear *intr.* 見 galopar

galopillo *m.* 廚房雜工

galopín *m.* 1. 衣衫襤褸的孩子, 髒孩子 2. 流氓, 無賴 ◇ ~ de cocina 廚房雜工

galvánico, ca   a. 電池電流的

galvanismo   m. 1. 電池電流 2. 流電學 3. 流電療法

galvanizar   tr. 1. 電鍍 2. 用電刺激

galvanómetro   m. 電流計

galvanoplastia   f. 電鍍；電鑄術

gallardear   intr. 風度翩翩, 舉止俊逸

gallardete   m.【海】三角旗

gallardía   f. 1. 英俊, 瀟洒 2. 勇敢

gallardo, da   a. 1. 英俊的, 瀟洒的 2. 勇敢的, 有膽略的

gallear   intr. 1. 大聲喊叫 2.【轉】拔尖, 出衆

*gallego, ga   I. a. 加利西亞(Galicia) 的, 加利西亞人的 II. s. 加利西亞人 III. m. 加利西亞方言

gallera   f. 鬥鷄場

galleta   f. 1. 餅乾 2. 硬麪包, 硬餅乾 3. 【口】耳光, 嘴巴

galletero, ra   s. 餅乾工人

*gallina   I. f. 母鷄 II. s. 膽小鬼 ◇ como ~ en corral ajeno 羞怯, 拘束/ matar la ~ de los huevos de oro 殺鷄 取卵

gallináceo, a   I. a. 1. 母鷄的 2.【動】 鷄形目的 II. f. pl.【動】鷄形目

gallinaza   f. 1.【動】兀鷹 2. 鷄糞

gallinazo   m.【動】兀鷹

gallinería   f. 1. 鷄店, 鷄市 2.【集】鷄 3.【轉】膽怯

*gallinero, ra   I. s. 1. 養鷄人 2. 鷄商, 鷄販 II. m. 1. 鷄窩, 鷄舍, 鷄籠 2.【口】 喧鬧嘈雜的地方 3.【口】劇場的頂樓座

gallito   m. 突出的人, 出類拔萃的人

*gallo   m. 1. 公鷄, 雄鷄 2.【轉】霸道的 人, 發號施令的人 3.【轉】唱歌走調 4.【轉, 口】痰 ◇ alzar el ~ 傲慢無禮, 盛 氣凌人/ como el ~ de Morón (或 sin plumas y cacareando) 打腫臉充胖子/ en menos que canta un ~ 一瞬間/ ser muy ~ Amér. 是好樣的

gallocresta   f.【植】彩葉鼠尾草

gallofa   f. 施捨, 佈施

gallofear   intr. 乞討爲生

gallón   m. 1. 草皮 2.【建】鐘形圓飾

*gama   f. 1.【樂】音階, 音域 2.【理】色 域 3.【轉】範圍, 規模

gamarza   f.【植】歐駱駝蓬

gamba   f. 一種蝦

gamberro, rra   a. 1. 放蕩的 2. 無教養 的, 不文明的

gambeta   f. 1. 兩腿交叉 2. Amér. 身體 閃避

gambetear   intr. 1. 兩腿交叉(舞蹈動 作) 2. Amér. 身體閃避

gambito   m. (國際象棋)讓棋開局法

gamboa   f.【植】(改良的)榲桲

gamella   f. 1. 軛弓 2. 大飼料木槽

gameto   m.【生】配子

gamitar   intr. 鹿鳴

gamma   f. 伽馬(希臘語字母 Γ, γ 的名 稱)

gamo   m.【動】黇鹿

gamón   m.【植】白阿福花

*gamuza   f. 1.【動】岩羚羊 2. 岩羚羊皮

*gana   f. 願望, 意願 2. 食欲, 胃口 ◇ darle la ~ 願意/ de buena ~ 樂意, 愉 快地/ de mala ~ 不樂意地/ hacer lo que le da la ~ 隨心所欲

*ganadería   f. 1. 畜牧業 2. 畜羣

*ganadero, ra   s. 牧主

*ganado   m. 1. 牲畜；畜羣 2.【轉, 口】 人羣 ◇ ~ mayor 大牲畜 (牛、馬、驢 等)/ ~ menor 小牲畜(豬、羊等)/ ~ menudo 幼畜/ ~ vacuno 牛

ganador, ra   a.-s. 獲勝的；獲勝者

*ganancia   f. 收入, 收益, 盈利 ◇ ~ bruta 毛利/ ~ líquida 純利/ ~s y pérdidas 盈虧

ganancial   a. 收入的, 收益的, 盈利的

ganancioso, sa   a. 有利可圖的, 可賺錢 的

ganapán   m. 1. 脚伕, 搬運伕 2.【轉】粗 俗的人

*ganar   I. tr. 1. 挣, 賺(錢、工資等) 2. 獲得, 取得 3. 勝, 贏 4. 攻克, 奪取 II.

intr. **1.** 改善, 改進 **2.** 獲益, 得利 ◇
~se la vida 謀生

ganchillo *m.* 鈎針; 鈎針織品

gancho *m.* **1.** 鈎, 鈎子; 鈎狀物 **2.** 樹
杈 **3.**【轉, 口】(女人的)魅力, 迷人之處
4.【轉, 口】流氓, 無賴

ganchudo, da *a.* 鈎狀的

gándara *f.* 低窪荒地

gandujar *tr.* 使皺, 使起褶

gandul, la *a.* 游手好閑的, 懶惰的

gandulear *intr.* 游手好閑, 懶惰

gandulería *f.* 游手好閑, 懶惰

ganga *f.* **1.**【動】沙鶏 **2.** 礦石中的雜質
3.【轉】便宜貨, 便宜事

ganglio *m.* **1.**【醫】腱鞘囊腫 **2.**【神
經】節 **3.**【解】淋巴結

gangoso, sa *a.* 說話帶鼻音的

gangrena *f.* **1.**【醫】壞疽 **2.**【植】樹瘤

gangrenarse *r.* **1.**【醫】生壞疽, 壞死 **2.**
【植】長樹瘤

gangrenoso, sa *a.*【醫】壞疽性的

gángster *m.* 歹徒, 暴徒

gangsterismo *m.* **1.**【集】歹徒 **2.** 强盜
行徑

ganguear *intr.* 說話帶鼻音

gangueo *m.* 說話帶鼻音

ganoso, sa *a.* 渴望…的, 盼望…的

gansada *f.* 愚蠢言行

gansarón *m.* **1.** 鵝 **2.**【轉】瘦高的人

ganso, sa *s.* **1.** 鵝 **2.**【轉】粗俗的人 **3.**
【轉】懶散的人

ganzúa *f.* **1.** 撬鎖器, 撬鎖工具 **2.**【轉】
撬鎖賊 **3.**【轉, 口】善於探聽別人隱私
的人

gañán *m.* **1.** (莊園的) 雇工, 僕役 **2.**
【轉】粗壯的人

gañido *m.* (狗等的) 嗥叫

gañir *intr.* **1.** (狗等) 嗥叫 **2.** (鳥等) 呱
呱叫

gañón; gañote *m.*【口】咽喉

garabatear *intr.* **1.** 用鈎子鈎取 **2.** 亂
寫, 亂塗, 亂畫 **3.**【轉, 口】拐彎抹角

garabato *m.* **1.** 鈎子, 鐵鈎 **2.** 亂寫; 潦

草的字迹

garabatoso, sa *a.* 凌亂的, 潦草的

*garaje** *m.* 車房, 車庫

garambaina *f.* **1.** 俗氣的裝飾 **2.** *pl.*
【口】做作的表情; 鬼臉

garante *a.-s.* 保證的; 保證人

*garantía** *f.* **1.** 保證, 擔保 **2.** 擔保物,
抵押品 **3.** 信任, 可靠 **4.**【商】保單 ◇
~s constitucionales 憲法保障的公民
權利

*garantir; garantizar** *tr.* 保證, 保障

garañón *m.* 種驢

garapiña *f.* **1.** 凝固狀態, 凍狀 **2.** 波狀
邊飾

garapiñar *tr.* 使成凍狀, 使凝結

garapiñera *f.* 冰淇淋凍結器

garapito *m.*【動】仰泳蟲

garatusa *f.* **1.**【劍術】刺面刺胸法 **2.** 討
好, 阿諛

garbanzal *m.* 鷹嘴豆地

garbanzo *m.* 鷹嘴豆

garbear **I.** *intr.* **1.** 故作優雅 **2.** 招搖撞
騙 **II.** *r.* **1.** 謀生 **2.** 散步

garbillar *tr.* 篩, 篩選

garbo *m.* **1.** 優雅, 瀟灑 **2.**【轉】優美, 完
美 **3.**【轉】慷慨, 大方

garboso, sa *a.* **1.** 優雅的, 瀟灑的 **2.** 慷
慨的, 大方的

garceta *f.*【動】小白鷺

gardenia *f.*【植】梔子

garduña *f.*【動】貂, 貂鼠

garduño, ña *s.* 扒手

garfa *f.* 爪, 腳爪

garfada *f.* 抓, 抓取

garfio *m.* 鐵鈎

gargajear *intr.* 吐痰, 咳痰

gargajo *m.* 痰

*garganta** *f.* **1.** 喉嚨, 咽喉 **2.** (歌唱家
的) 嗓音, 嗓子 **3.**【轉】脚腕子 **4.**【轉】
山谷, 峽谷

gargantear *intr.* 用顫音唱歌

gargantilla *f.* 項圈, 項鏈

gárgaras *f. pl.* 漱口

gargarismo *m.* 1. 漱口 2. 含漱劑

gargarizar *intr.* 漱口

gárgol *m.* 凹槽,槽溝

gárgola *f.*【建】滴水嘴,滴水瓦

garguero *m.*【口】1. 喉嚨 2. 氣管

garita *f.* 1. 小亭(崗亭、售貨亭等) 2. 瞭望樓,碉堡樓 3. 門房,警衛室

garito *m.* 1. 地下賭場 2. 賭場收益

garlar *intr.*【口】閒聊

garlito *m.* 1. 袋狀網,魚籠 2.【轉】圈套,陷阱 ◇ caer en el ~ 上當/ coger en el ~ ①誘使上當 ②當場抓住

garlopa *f.*【木】長刨

garnacha *f.* 1. (法官、教士等穿的)長袍 2. 加爾納恰葡萄

*****garra** *f.* 1. (動物的)爪 2. 人的手

garrafa *f.* 細頸大肚瓶

garrafal *a.* 巨大的,極大的

garrafiñar *tr.* 搶奪,奪走

garrafón *m.* 大肚罐

garrancha *f.* 1.【口】劍 2.【植】佛焰苞

garrancho *m.* 樹的斷杈

garrapata *f.* (寄生在動物身上的)虱

garrapatear *intr.* 胡亂塗寫

garrapato *m.* 潦草的字迹,胡亂塗寫

garrar; garrear *intr.*【海】(船)拖錨漂流

garrido, da *a.* 健美的

garrocha *f.* 1. (帶尖鐵頭的)長桿 2. (鬥牛用的)刺桿 ◇ salto de ~【體】撐竿跳

garrochar; garrochear *tr.* (用刺桿)刺(牛)

garrón *m.* 1. (禽類的)距 2. (牲畜的)後蹄拐

garrotazo *m.* 棒打,棍擊

garrote *m.* 1. 棍,棒 2. 絞刑;絞刑刑具

garrotillo *m.*【醫】白喉

garrucha *f.* 滑車,滑輪

garrulería *f.* 饒舌

gárrulo, la *a.* 饒舌的,話多的

garujo *m.* 混凝土

garza *f.*【動】鷺 ◇ ~ real 蒼鷺

garzo, za *a.* 淡藍色的(眼睛)

*****gas** *m.* 1. 氣,氣體 2. 可燃氣,煤氣,瓦斯 3. 毒氣 4. 汽油 5. 腸胃氣 ◇ ~ butano 液化石油氣/ ~ de alumbrado 燈用煤氣/ ~ de los pantanos 沼氣/ ~ lagrimógeno 催淚性毒氣/ a todo ~ 全速

gasa *f.* 薄紗

gaseiforme *a.* 氣態的,氣狀的

gaseosa *f.* 汽水

gasificar *tr.* 使氣化,使成爲氣體

gasógeno *m.* 煤氣發生器

*****gasolina** *f.* 汽油

*****gasolinera** *f.* 1. 汽艇 2. 汽油加油站

gasómetro *m.* 1. 氣量計;煤氣表 2. 貯氣罐

gastado, da *a.* 1. 磨損的,用舊的 2. 疲憊的,筋疲力竭的 3. 衰老的

gastador, ra *a.-s.* 揮霍的,浪費的;揮霍者,浪費者 II. *m.* 1. 罰做苦役的囚犯 2.【軍】工兵

*****gastar** *tr.* 1. 花費(金錢) 2. 消耗 3. 有,用 4. 說,講 5. 使用 6. 使衰老

gasterópodos *m.pl.*【動】腹足綱

*****gasto** *m.* 1. 花費,開支,費用 2. 消耗 3. (水、汽、電的)流量 ◇ ~ de representación 公職津貼/ ~ de residencia 房貼/ hacer el ~ (談話中)只顧自己講

gastralgia *f.*【醫】胃痛

gástrico, ca *a.* 胃的

gastritis (*pl.* gastritis) *f.*【醫】胃炎

gastroenteritis (*pl.* gastroenteritis) *f.*【醫】胃腸炎

gastronomía *f.* 烹調法

gastrónomo, ma *s.* 講究吃的人,愛吃的人

gastroptosis *f.*【醫】胃下垂

*****gata** *f.* 1. 雌貓 2.【植】刺芒柄花 3. 馬德里女人

gatada *f.* 1. 貓的動作 2.【轉】圈套,騙局

*****gatas**: a ~ 爬行,匍匐

gatazo *m.*【口】詐騙

gateado, da *a.* 1. 像貓的 2. 貓皮紋的

gatear I. *intr.* 1. 爬, 爬行 2. 爬高, 攀登 II. *tr.* 偷竊

gatera *f.* 貓洞

gatería *f.* 1.【集】貓 2.【轉】假意奉承

gatillo *m.* 1. 拔牙鉗 2. (槍等的)扳機, 觸發器 3. (木工用的)夾具, 夾具器

•**gato** *m.* 1. 雄貓 2. 千斤頂 3. 小偷, 扒手 4. 馬德里人 5. 錢包 ◇ ~ viejo 老奸巨猾/ cuatro ~s 一小撮人/ dar ~ por liebre 以次充好/ haber ~ encerrado 有鬼, 有隱藏的東西/ llevar el ~ al agua 敢冒風險/ no haber ni un ~ 空無一人

gatuno, na *a.* 貓的

gatuña *f.*【植】刺芒柄花

gatuperio *m.* 1. 混雜 2.【轉, 口】詭計, 圈套

•**gaucho, cha** *a.-s. Amér.* (居住在南美大草原上的)高喬人的; 高喬人

gaveta *f.* (寫字枱的)抽屜

gavia *f.* 1. 排水溝; 地界溝 2. 船的中帆 3. 囚籠

gavial *m.*【動】印度食魚鱷

gavilán *m.*【動】雀鷹

gavilla *f.* 1. (禾、穀、柴等的)捆, 把, 束 2. 幫, 夥

gavillero *m.* 禾捆堆

•**gaviota** *f.*【動】海鷗

gaya *f.* 1. (與底色不同的)色條, 條紋 2. (古時授給獲勝者的)勝利章 3.【動】喜鵲

gayo, ya *a.* 1. 快活的 2. 華麗的, 鮮艷的

gayola *f.* 1. 籠子 2.【轉, 口】監牢

gayuba *f.*【植】熊果

gaza *f.*【海】繩索套

gazapa *f.* 謊言, 假話

gazapatón *m.*【口】1. 胡說八道 2. 口誤, 筆誤

口(歹徒的)幫, 夥 3.【轉, 口】打架, 鬥毆

gazapo *m.* 1. 幼兔 2.【轉, 口】狡猾的人, 虛偽奸詐的人 3.【轉, 口】口誤, 筆誤

gazmoñada; gazmoñería *f.* 虛偽, 假正經

gazmoño, ña *a.* 虛偽的, 假正經的

gaznápiro, ra *a.* 愚蠢的, 獃笨的

gaznate *m.* 1. 喉嚨 2. 油炸糕

gazpacho *m.* (用麵包丁、蔥頭、西紅柿、柿子椒製成的)冷湯, 涼菜

gazuza *f.*【口】餓

ge *f.* 字母 g 的名稱

gea *f.* (一個地區的)地理

géiser *m.* 間歇噴泉

gelatina *f.* 1. 凍兒 2. 明膠; 動物膠

gelatinoso, sa *a.* 膠質的, 膠狀的

gélido, da *a.*【詩】寒冷的, 冰冷的

gema *f.* 1. 寶石 2.【植】芽, 胚芽

gemebundo, da *a.* 呻吟的, 嗚咽的

•**gemelo, la** I. *a.* 1. 孿生的, 雙生的 2. 成對的, 成雙的 II. *m.* 1. 孿生子之一 2. *pl.* 雙筒望遠鏡 3. *pl.* 袖扣, 駕鴦扣

•**gemido** *m.* 呻吟, 嗚咽

geminado, da *a.*【植】成雙的, 成對的

Geminis *m.*【天】雙子座; 雙子宮

•**gemir** *intr.* 1. 呻吟, 嗚咽 2.【轉】(動物)嚎叫 3.【轉】(風)嗚嗚叫

genciana *f.*【植】龍膽

•**gendarme** *m.* 憲兵

gendarmería *f.* 憲兵隊; 憲兵隊營房

genealogía *f.* 1. 家系, 血統 2. (動物、植物等的)系統 3. 家譜

genealógico, ca *a.* 家系的; 家譜的

genealogista *s.* 家系學者, 系譜學者

•**generación** *f.* 1. 生殖, 生育 2. 發生, 產生 3. 代, 輩, 世代 ◇ de ~es en ~es 世世代代

generador *m.* 發電機

•**general** I. *a.* 1. 普通的, 一般的, 普遍的 2. 全面的, 總的 3. 大體上的, 籠統的 II. *m.* 1. 將軍 2. (宗教團的)會長

◇ en ～ ①一般說來 ②通常/ por lo ～ 通常, 一般情況下

generala *f.* 1. 將軍之妻 2.【軍】準備戰鬥號

generalato *m.* 1. 將軍職; 將軍銜 2. 將官團

generalidad *f.* 1. 普遍性, 一般性 2. 大多數 3. 籠統, 含糊 4. *pl.* 基本知識; 概論

generalísimo *m.* 大元帥, 最高統帥

generalización *f.* 1. 普及, 推廣 2. 一般化, 普遍化 3. 概括, 歸納

generalizar *tr.* 1. 普及, 推廣 2. 使一般化, 使普遍化 2. 概括, 歸納

generalmente *ad.* 一般地; 籠統地; 通常

generatriz *f.*【數】母線

genérico, ca *a.* 1. 共有的, 普遍的 2.【生】屬的

*****género** *m.* 1. 類, 種類 2.【動, 植】屬 3. 方式, 樣式 4. (文藝作品的)品種, 類型 5. 紡織品 6.【語法】性 ◇ ～ dramático 話劇/ ～ humano 人類/ ～ lírico 歌劇/ de ～【美】風俗的

*****generosidad** *f.* 1. 高貴, 高尚 2. 慷慨大方 3. 優秀, 出類拔萃

*****generoso, sa** *a.* 1. 高貴的, 高尚的 2. 慷慨大方的 3. 優秀的, 出類拔萃的

genésico, ca *a.* 生殖的, 繁育的

génesis (*pl.* génesis) I. *f.* 起源, 起因, 由來 II. *m.* (大寫)《創世記》《聖經·舊約全書》的第一卷)

genético, ca *a.-f.* 遺傳的, 遺傳學的; 遺傳學

*****genial** *a.* 1. 性格的, 性情的 2. 天才的, 有才華的

genialidad *f.* 怪癖

*****genio** *m.* 1. 性格, 性情, 脾氣 2. 天才, 天資 3. 天才人物 4. 勁頭, 衝勁兒 5. 守護神; 精靈 ◇ buen ～ 好脾氣/ corto de ～ 怯懦的 / mal ～ 壞脾氣/ pronto (或 vivo) de ～ 容易生氣也容易消氣的脾氣

genital *a.-m.pl.* 生殖的, 繁育的; 生殖器

*****genitivo, va** I. *a.* 1. 有生殖力的 2.【語法】所有格的 II. *m.*【語法】所有格

genocidio *m.* 種族滅絕

genotipo *m.*【生】基因型; 遺傳型

gentamicina *f.*【醫】慶大霉素

*****gente** *f.* 1.【集】人, 人們 2.【集】(單位, 部隊, 船艦等的)人員 3.【口】家人, 親屬 4. 民族 ◇ ～ armada (或 de armas) 軍人/ ～ baja 下層人/ ～ de bien 品行端正的人/ ～ de escaleras abajo 僕人, 下人/ ～ de letras 文人/ ～ de medio pelo 小康人家/ ～ gorda 大人物, 有錢有勢的人/ ～ maleante 爲非作歹的人

gentecilla *f.* 卑鄙下賤的人

gentil I. *a.* 1. 異教的, 不信基督教的 2. 瀟灑的, 文雅的 II. *s.* 異教徒

gentileza *f.* 1. 瀟灑, 文雅 2. 禮貌謙恭, 客氣

gentilhombre (*pl.* gentileshombres) *m.* 1. 有教養的人, 紳士 2. 先生 (尊稱)

gentilicio, cia *a.* 1. 國家的, 民族的 2. 家族的

gentílico, ca *a.* 異教的, 不信基督教的

gentilidad *f.*; **gentilismo** *m.* 1. 異教 2.【集】異教徒

gentío *m.* 人羣

gentualla; **gentuza** *f.* 下等人

genuflexión *f.* 屈膝, 下跪

genuino, na *a.* 純正的, 真正的, 地道的

geocentrismo *m.* 地球中心說

geodesia *f.* 大地測量學

geognosia *f.* 地球構造學

*****geografía** *f.* 地理, 地理學

*****geógrafo, fa** *s.* 地理學家

geoide *m.* 地球體, 地球形

*****geología** *f.* 地質學

*****geólogo, ga** *s.* 地質學家

geómetra *f.* 幾何學家

*****geometría** *f.* 幾何學

geomorfía; **geomorfología** *f.* 地貌學

geórgica *f.* 田園詩

geotropismo *m.* 【生】向地性

geranio *m.* 【植】1. 老鸛草 2. 天竺葵

gerencia *f.* 1. 經營,管理 2. 經理職務;
經理任期;經理辦公室

*****gerente** *m.* 經理

geriatría *f.* 老年病學

gerifalte *m.* 1. 【動】隼 2. 【轉】出類拔
萃的人

germanía *f.* 黑話,暗語,隱語

germánico, ca I. *a.* 1. 日耳曼的;日耳
曼人的 2. 德國的;德國人的 II. *m.* 日
耳曼語系

germanismo *m.* 德語語詞

*****germano, na** I. *a.* 1. 日耳曼的;日耳曼國
的 2. 日耳曼人的;德國人的 3. 日耳曼
語的;德語的 II. *s.* 日耳曼人;德國人
III. *m.* 德語

*****germen** *m.* 1. 【生】胚,胚芽 2. 【植】
芽,幼芽 3. 萌芽,起源 ◇ ~ infeccioso
病菌

germicida *m.* 殺菌劑

germinación *f.* 1. 萌芽,發芽 2. 【轉】
產生,出現

germinal *n. a.* 胚的;幼芽的 II. *m.* 芽
月(法國共和曆的第七月,相當於公曆3
月21—22日至4月18—19日)

germinar *intr.* 1. 萌芽,發芽 2. 【轉】產
生,出現

gerontocracia *f.* 老人統治;老人政府

gerontología *f.* 老人醫學

*****gerundio** *m.* 【語法】副動詞

gesta *f.* 【集】功績,偉業

gestación *f.* 1. 妊娠期,懷孕期 2. 【轉】
醖釀,準備

gestapo *m.* 蓋世太保(納粹德國的秘密
警察)

gestar I. *tr.* (母親)孕育(胎兒) II. *r.*
【轉】醖釀,準備

gestatorio, ria *a.* 手提的

gestear, gesticular *intr.* 1. 打手勢 2.
做鬼臉

*****gestión** *m.* 1. 經營,管理 2. 張羅,奔
走,辦理

*****gestionar** *tr.* 辦理,張羅,奔忙

*****gesto** *m.* 1. 面部表情 2. 怪相,鬼臉 3.
手勢,動作,姿態 ◇ torcer el ~ 不滿,
生氣

gestor, ra *s.* 1. 經辦人 2. 經理

ghetto *m.* 【猶太人區 2. 【轉】(城市
中)少數民族聚居區

giba *f.* 1. 駝背;雞胸 2. 【轉,口】累贅

gibado, da; giboso, sa *s.* 駝背的人

gibraltareño, ña *a.* 直布羅陀(Gibral-
tar)的

giganta *f.* 1. 高大的女人 2. 【植】向日
葵

*****gigante** I. *a.* 巨大的,極大的 II. *m.* 1.
(童話,寓言中的)巨人 2. 高大的人 3.
【轉】傑出的人,巨匠

gigantea *f.* 【植】向日葵

*****gigantesco, ca** 1. 巨大的,大規模的 2.
巨人般的

gigote *m.* 肉末;用肉末烹製的菜 ◇
hacer ~ 剁碎

gilvo, va *a.* 褐色的

*****gimnasia** *f.* 1. 體操 2. 【轉】訓練,練
習

gimnasio *m.* 1. 體育館,健身房 2. (德
國,瑞士等國的)中等學校

*****gimnasta** *s.* 體操運動員

*****gimnástico, ca** *a.* 1. 體操的 2. 體操
運動員的

gimnoto *m.* 【動】電鰻

gimotear *intr.* 啜泣,嗚咽

gimoteo *m.* 啜泣,嗚咽

ginebra *f.* 杜松子酒

ginebrino, na *a.-s.* 日内瓦(Ginebra)
的;日内瓦人

gineceo *m.* 1. (古希臘的)女眷的内室,
閨房 2. 【植】雌蕊

ginecocracia *f.* 女人執政;女人政府

ginecología *f.* 婦科學

ginecólogo, ga *s.* 婦科醫生

ginecopatía *f.* 婦女病

gingivitis *f.* 【醫】齒齦炎

ginseng *m.* 人参

gira f. 遠足, 郊遊; 旅行

*__girar__ intr. 1. 轉動, 旋轉 2. 圍繞…進行, 以…爲中心展開 3. 轉向 4. 匯款

*__girasol__ m. 【植】向日葵

giratorio, ria a. 旋轉的, 轉動的

*__giro__ m. 1. 旋轉, 轉動 2. 轉向 3. 匯款, 匯票 4. 用語, 語句; 詞語的搭配

giroscopio m. 陀螺儀, 迴轉儀

gitanada f. 1. 吉卜賽人的言行 2. 阿諛, 諂媚

gitanear intr. 阿諛奉承

gitanería f. 1.【集】吉卜賽人 2. 吉卜賽人的言行 3. 阿諛奉承

gitanesco, ca a. 像吉卜賽人的

*__gitano, na__ I. a. 1. 吉卜賽人的 2. 像吉卜賽人的 3. 討人喜歡的 II. s. 吉卜賽人

glacial a. 1. 冰的, 冰凍的 2. 寒冷的; 寒帶的 3.【轉】冷淡的

glaciar a.-m. 冰川; 冰川

glaciarismo m.; **glaciología** f. 冰河學, 冰川學

gladiador m. 鬥士, 鬥劍士

gladiolo m.【植】黃菖蒲

glándula f.【解】腺 ◇ ～ endocrina (或 de secreción interna) 內分泌腺 / ～ lagrimal 淚腺 / ～ mamaria 乳腺 / ～ salival 唾液腺 / ～ sexual 性腺 / ～ suprarrenal 腎上腺

glanduloso, sa a.【解】有腺的

glasé m. 閃光綢

glasear tr. 砑光, 上光

glauco, ca I. a. 淺綠色的 II. m.【動】海神鰓

gleba f. (犁翻起來的) 土塊

glicerina f.【化】甘油, 丙三醇

glicina; glicinia f.【植】紫藤

glíptica f. 寶石雕刻術

global a. 總的, 全面的, 全部的

*__globo__ m. 1. 球, 球狀物 2. 氣球 3. 地球 4. 地球儀 ◇ ～ ocular 眼球 / ～ sonda 探測氣球 / ～ terráqueo (或 terrestre) 地球; 地球儀 / en ～ 總括地

globoso, sa a. 球形的

globular a. 1. 球狀的, 球形的 2. 球狀物組成的

glóbulo m.【醫】血球

*__gloria__ f. 1. 天堂, 天國 2. 光榮, 榮譽 3. 光榮的事 4. 樂趣, 愛好 ◇ estar en sus ～s 躊躇滿志 / saber (或 oler) a ～ 味道極好

gloriarse r. 誇耀, 自以爲榮

glorieta f. 1. 涼亭, 花亭 2. 街心廣場

glorificación f. 贊揚, 頌揚

glorificar I. tr. 贊揚, 頌揚 II. r. 誇耀, 自以爲榮

*__glorioso, sa__ a. 1. 天堂的, 天國的 2. 光榮的, 榮耀的 3.【轉】自我標榜的, 自誇的

glosa f. 注釋, 評注; 說明, 備注

glosar tr. 注釋, 評注

glosario m. 1. 術語詞典 2. 難詞詞彙表

glosopeda f.【獸醫】口蹄疫

glotis (pl. glotis) f.【解】聲門

glotón, ona a. 貪吃的, 飲食無度的

glotonear intr. 貪吃, 暴食

glotonería f. 貪吃, 暴食

glucinio m.【化】鈹

glucosa f. 葡萄糖

gluten m. 穀朊; 麪筋

glúteo, a a. 臀部的

glutinoso, sa a. 黏的

gneis m.【礦】片麻岩

gnomo m. (童話中的) 小精靈, 侏儒

gnomon m. 日晷, 日晷指針

gobernación f. 1. 統治, 管理 2. 內務部

*__gobernador, ra__ s. 1. 統治者, 管理者 2. 省長, 州長, 總督 3. 政府代表

gobernalle m. 舵

*__gobernar__ tr. 1. 統治, 管理 2. 領導, 指揮; 控制

*__gobierno__ m. 1. 統治, 管理 2. 政體 3. 政府

gobio m.【動】鮈魚

goce *m.* 享受，享樂

godo, da *a.-s.* 哥特族的；哥特人

gofio *m. Amér.* 炒麵

*****gol** *m.* (球類運動的)進球，得分

gola *f.* 1. 喉嚨 2. 護喉甲 3. 皺褶領

goleta *f.* (二桅或三桅的)輕便船

golf *m.* 高爾夫球

golfán *m.*【植】白睡蓮

*****golfín** *m.*【動】海豚

*****golfo[1]** *m.* 海灣

golfo, fa[2] *s.* 小流氓，小無賴

golilla *f.* 皺褶領

*****golondrina** *f.* 燕子 ◇ ~ de mar 海燕

golondrino *m.* 1. 小燕子 2.【醫】腋癰

golosina *f.* 1. 零食，甜食 2. 慾望，想望 3.【轉】華而不實的東西

golosinar, golosinear *intr.* 吃零食，貪吃美味

goloso, sa *a.* 1. 愛吃甜食的，愛吃零食的 2. 令人想望的，引起慾望的

*****golpe** *m.* 1. 打，擊，碰，撞，拍 2. 大量 3. (突然發生的)不幸，打擊 4. (心臟的)跳動，搏動 5. 震驚，轟動 ◇ ~ de cuartel 嘩變 / ~ de efecto 噱頭 / ~ de Estado 政變 / ~ de fortuna (個人生活中的)轉折點 / ~ de gracia (爲使重傷者免受痛苦的)致命一擊 / ~ de mano 突襲 / ~ de mar 浪濤，巨浪 / ~ en falso 失敗 / a ~ 點播，點種 / a ~s ①打 ②斷斷續續地 / de ~ 突然地 / de un ~ 一下子 / no dar ~ 無所事事

*****golpear** *tr.-intr.* 打，擊，拍，碰，撞

golpeteo *m.* 連續敲打

gollería *f.* 1. 美味，珍饈 2.【轉，口】奢侈

gollete *m.* 1. 脖子，頸項 2. 瓶頸 ◇ estar hasta el ~ ①忍不住 ②吃飽

*****goma** *f.* 1. 樹脂 2. 樹膠 3. 橡皮筋 4. 橡皮 5. 梅毒瘤 ◇ ~ arábiga 阿拉伯樹膠 / ~ de borrar 橡皮 / ~ de mascar 口香糖 / ~ para pegar 膠水

gomorresina *f.* 樹膠脂

gomoso, sa I. *a.* 1. 樹膠狀的，含樹膠的 2. 梅毒瘤的 II. *m.* 花花公子

góndola *f.* (威尼斯的)小平底船

gong (*pl.* gongs) *m.* 鑼

goniómetro *m.* 測角計

gonorrea *f.*【醫】淋病

gordal *a.* 肥大的

gordana *f.* 動物脂肪

gordiflón, na; gordinflón, na *a.*【口】肥胖的

*****gordo, da** I. *a.* 1. 肥胖的 2. 多脂肪的 3. 厚的，粗的 4. (彩票等)頭等的 II. *m.* 1. (動物的)脂肪 2. 頭獎(彩票) III. *s.* 胖子 ◇ algo ~ 重大事件 / armarse la ~ a ①大吵大鬧 ②出大事 / hacer la vista ~ a 佯作不見

gordolobo *m.* 毒魚草

gordura *f.* 1. 脂肪 2. 肥胖

gorgojarse; gorgojearse *r.* (穀物)長蛀子

gorgojo *m.* 1.【動】象鼻蟲 2.【轉，口】矮小的人

gorgoritear *intr.*【口】發顫音

gorgorito *m.*【口】顫音

gorgoteo *m.* (水流動時發出的)嘩嘩聲

gorguera *f.* 皺褶領

gorila *f.*【動】大猩猩

gorja *f.* 咽喉，脖子

gorjal *m.* 1. (教士法衣的)領子 2. 護喉甲

gorjear *intr.* 1. (鳥)啼鳴 2. 發顫音

gorjeo *m.* 1. (鳥的)啼鳴 2. 顫音

*****gorra** *f.* (無簷有舌的)便帽 ◇ de ~ 揩油地，靠別人花錢地

gorrero, ra I. 1. 製帽人 2. 帽商 II. *m.* 吃白食的人，靠別人養活的人

gorrinera *f.* 豬圈

gorrinería *f.* 1. 骯髒，污穢 2. 卑劣行徑

gorrino, na *s.* 1. (不到四個月的)豬崽 2. 豬 3.【轉】骯髒的人

*****gorrión, na** *s.*【動】1. 麻雀 2. *Amér.* 蜂鳥

gorrionera *f.* 匪窟

gorrista *s.* 靠別人養活的人,吃白食的人

*__gorro__ *m.* 便帽,帽子;童帽

gorrón, na *s.* 靠別人養活的人,吃白食的人

*__gota__ *f.* 1. (液體的)滴 2. 微量,少量 3.【醫】痛風 ◇ a ~ 一點一滴地/ ~ caduca (或 coral) 癲癇/ ni ~ 完全沒有/ no quedar ~ de sangre en las venas (或 en el cuerpo)【轉】嚇得魂不附體/ no ver ni ~ 一無所見/ sudar la ~ gorda 用盡全力

goteado, da *a.* 沾上污點的

gotear *intr.* 1. 滴下,滴落 2.【轉】一點一點地給,一點一點地得到

gotera *f.* 1. 漏水,滴水 2. (屋頂的)漏雨處 3. 漏雨的痕迹 4.【轉】老年病痛

goterón *m.* 大雨點

gótico, ca *a.* 1. 哥特人的 2. 哥特式的 3.【印】哥特體的,花體的 II. *s.* 哥特人 III. *m.* 1. 哥特語 2. 哥特式建築 IV. *f.*【印】哥特體字

gotoso, sa *a.-s.* 患痛風病的;痛風病患者

*__gozar__ I. *tr.* 享有,享受 II. *intr.* 高興,快樂

gozne *m.* 鉸鏈,合頁

*__gozo__ *m.* 1. 享受 2. 愉快,快樂 ◇ dar ~ 使高興/ no caber en sí de ~ 心滿意足

gozoso, sa *a.* 1. 高興的,愉快的 2. 令人欣喜的

gozque *a.* 愛吠的(小狗)

grabado, da *m.* 1. 雕刻,雕刻術 2. 雕版印刷品;版畫;插圖 ◇ ~ al agua fuerte 蝕刻/ ~ en madera 木刻

*__grabador, ra__ I. *s.* 雕刻師,雕刻工人 II. *f.* 錄音機

*__grabar__ *tr.* 1. 刻,雕刻 2. 錄音 3. 銘記,牢記 ◇ ~ en relieve 浮雕

gracejo *m.* 風趣,詼諧

*__gracia__ *f.* 1. 恩典;恩惠,恩賜 2. 寬恕,赦免 3. 詼諧,風趣 4. 優美,雅緻 5. 仁慈,寬厚 ◇ caer en ~ 討人喜歡/ dar las ~s 感謝/ de ~ 無償的/ en ~ a 由於/ ~s a 多虧/ hacer ~ ①使覺得有趣 ②給人好感,使喜歡

grácil *a.* 纖細的,苗條的

graciola *f.*【植】水八角

gracioso, sa I. *a.* 1. 優美的,可愛的,迷人的 2. 有趣的,詼諧的 3. 無償的 II. *s.* 小丑,丑角

grada *f.* 1. 梯級,台階 2.【農】耙

gradación *f.* 1. 漸進;循序進行 2. 序列,層次

gradería *f.*【集】台階

gradilla *f.* 1. 梯子 2. 磚模,坯模

*__grado__ *m.* 1. 階梯,梯級 2. 等級,級別;程度;層次 3. 學位,學銜 4. 軍銜,軍階 5. 年級 6.【語法】(形容詞的)級 ◇ en alto ~ 很,非常/ por ~s 逐步,漸漸地

graduación *f.* 1. 分等級 2. 等級,度數 3. 授予學位,授予軍銜 4. 軍銜

graduado, da *s.* 大學畢業生

*__gradual__ *a.* 逐步的,漸漸的

graduando, da *s.* 畢業班的學生,即將獲得學位的學生

graduar I. *tr.* 1. 分級,調節 2. 測量度數 3. 標出度數 4. 授予學位,授予軍銜 5. 使漸變 II. *r.* 大學畢業,取得學位

gráfico, ca I. *a.* 1. 書寫的 2. 圖示的,圖解的 3. 印刷的 4. 生動的 II. *s.* 圖表

grafito *m.* 石墨

grafología *f.* 筆迹學

grafomanía *f.*【口】書寫癖

gragea *f.* 1. 彩色糖豆 2. 糖衣藥片

grajo *m.* 1.【動】寒鴉 2.【轉】話多的人

grama *f.*【植】狗牙根,絆根草

*__gramática__ *f.* 1. 語法,語法學 ◇ ~ parda【口】世故,圓滑

*__gramatical__ *a.* 語法的

gramático, ca *s.* 語法學家

gramil *m.*【木】劃線規

gramináceo, a *a.-f.pl.*【植】禾本科的;禾本科

***gramo** *m.* 克(重量單位)

gramófono *m.* 留聲機,唱機

gramola *f.* 唱機

***gran** *a.* (grande 的短尾形式,用於單數名詞前)大的,巨大的;偉大的

grana¹ *f.* 1. (穀物)結實,結粒 2. 結實期

grana² *f.* 1. 暗紅色 2. 胭脂蟲 3. 紅顏料

***granada** *f.* 1. 石榴 2.【軍】手榴彈;榴彈

granadero *m.*【軍】投擲手;榴彈兵

granadilla *f.* 1. 西番蓮花,西番蓮果 2. *Amér.*【植】西番蓮

granado, da¹ *a.* 1. 顯貴的,著名的 2.【轉】成熟的

granado² *m.* 石榴樹

granalla *f.*【集】顆粒狀金屬

granar *intr.* (穀物等)結實,結粒

granate *m.* 1.【礦】石榴石 2. 石榴紅

granazón *f.* (穀物等)結實,結粒

***grande** **I.** *a.* 1. 大的,巨大的 2. 偉大的 3. 傑出的,出色的 **II.** *m.* 貴族;要人 ◇ a lo ~ 豪華地/ en ~ ①大批地 ②舒適地 ③盛大地

***grandeza** *f.* 1. 大,巨大 2. 偉大 3. 顯要,重要 4. 權勢 5. 西班牙大公

grandilocuencia *f.* 浮誇,唱高調

grandilocuente; **grandílocuo, cua** *a.* 浮誇的,唱高調的

grandiosidad *f.* 雄偉,壯觀

***grandioso, sa** *a.* 雄偉的,壯觀的

grandor *m.* 大小,體積

graneado, da *a.* 1. 顆粒狀的 2. 帶斑點的

granear *tr.* 1. 播,撒(種子) 2. 把(火藥)篩成粒狀 3.【美】點刻

granel: a ~ ①散裝地 ②大量地

***granero** *m.* 1. 穀倉,糧倉 2. 産糧地

granítico, ca *a.* 1. 花崗岩的,像花崗岩的 2.【轉】堅硬的

granito *m.* 花崗岩

granívoro, ra *a.* 食穀的(鳥類等)

granizada *f.* 1. 一場冰雹,雹災 2. 冰飲料 3.【轉】大量落下的東西,紛至沓來的事物

granizado *m. Amér.* 刨冰

***granizar** *intr.* 1. 下冰雹 2.【轉】像冰雹似地落下

***granizo** *m.* 1. 冰雹 2. 大量落下的東西

***granja** *f.* 1. 農場,農莊 2. 飼養場

granjear *tr.* 1. 贏得,贏得

granjería *f.* 1. 農場的收益 2. 贏利,利潤

granjero, ra *s.* 1. 農場主 2. 商人

***grano** *m.* 1. 籽,仁兒 3. 細粒,顆粒 4.【醫】疹,丘疹,小瘡 ◇ ~ de arena 微薄的貢獻/ ir al ~ 開門見山/ ni un ~ 絲毫沒有/ no ser ~ de anís 不可小看

granoso, sa *a.* 含顆粒的,疙疙瘩瘩的

granuja *s.* 1. 頑童 2. 二流子,無賴

granujiento, ta *a.* 滿是疙瘩的

granulación *f.* 1. 形成顆粒 2.【集】顆粒 3. 出疹

granular **I.** *tr.* 使成顆粒 **II.** *r.* 出疹

gránulo *m.* 1. 小顆粒,細粒 2. 糖衣藥丸

granuloso, sa *a.* 顆粒狀的,顆粒結構的

granza *f.* 1.【植】染料茜草,西洋茜草 2. *pl.* 碎屑,渣子

grapa *f.* 兩腳釘,訂書釘,鉤子

***grasa** *f.* 1. 油脂,脂肪 2. (衣服上的)油垢

grasera *f.* 油罐

grasiento, ta *a.* 1. 含油脂的 2. 有油垢的

graso, sa *a.* 1. 油脂的,脂肪的 2. 肥的

grasoso, sa *a.* 1. 含有油脂的 2. 有油垢的

grata *f.* 金屬刷

gratar *tr.* (用金屬刷)刷

gratificación *f.* 1. 酬金,賞錢 2. 津貼;附加工資

gratificar 293 grita

gratificar tr. 1. 酬謝,酬勞 2. 使高興

*gratis ad. 免費地,無償地

*gratitud f. 感謝,謝意

*grato, ta a. 1. 令人愉快的 2. 討人喜歡的,受歡迎的 3. Amér. 感激的,感謝的

*gratuito, ta a. 1. 免費的,無償的 2. 無根據的,無緣無故的

gratular I. tr. 祝賀 II. r. 喜悅,高興

grava f.【集】卵石,碎石

gravamen m. 1. 負擔,義務 2. 賦稅

gravar tr. 1. 使加重負擔 2. 徵稅

*grave I. a. 1. 嚴重的,危急的 2. 嚴肅的,嚴厲的 3. 艱巨的,困難的 4. 低沉的(聲音) II. m. 1.【理】物體 2.【樂】低音

gravedad f. 1.【理】重力,地心引力;萬有引力 2. 嚴重性 3. 巨大 4. 嚴肅,莊重 5.【樂】(音調)低沉

gravidez f. 妊娠,懷孕

grávido, da a. 1. 負重的 2. 懷孕的

gravímetro m. 比重計

gravitación f. 1. 引力作用 2.【理】引力,重力 ◇ ~ universal 萬有引力

gravitar intr. 1. 受重力作用,受引力作用 2. 重壓在…上 3.【轉】(負擔等)壓在,落在

gravoso, sa a. 1. 沉重的,煩人的 2. 昂貴的,費錢的

graznar intr. (烏鴉等)呱呱叫

graznido m. 1. (烏鴉等的)呱呱叫聲 2.【轉】難聽的歌聲

greca f. 迴紋飾,迴紋圖案

*greco, ca a.-s. 希臘(Grecia)的;希臘人

greda f. 漂白土

gredoso, sa a. 有漂白土的

gregal m. 羣羣風

gregario, ria a. 1. 羣居的,喜羣居的 2.【轉】無主見的,人云亦云的

greguería f. 喧嚷,喧嘩

*gremial a.-s. 行業公會的,同業公會的,工會的;(行會、同業公會、工會的)會員

*gremio m. 1. 行會,同業公會 2.【集】同行,行業 3.【口】(生活、愛好等)同一類型的人

greña f. 1. 散亂的頭髮 2. 糾纏不清的事物 ◇ andar a la ~ ①揪着頭髮斯打 ②【轉】不和,爭吵不休

greñudo, da a. 披頭散髮的

gres m. 陶土

gresca f. 1. 爭吵,吵架 2. 喧鬧

grey f. 1. 牲口羣 2.【轉】(有共同點的)一羣人

*griego, ga I. a. 希臘(Grecia)的;希臘人的 II. s. 希臘人 III. m. 1. 希臘語 2.【轉,口】難懂的話

*grieta f. 裂縫,裂口,裂痕

grietado, da a. 有裂縫的,有裂口的

*grifo, fa¹ I. a. 鬈曲的(毛髮) II. m. 龍頭,閥門

grifo, fa a.【印】書寫體的,斜體的(字母,鉛字)

grilla f.【動】雌蟋蟀 ◇ Esa es ~【口】(表示懷疑)那不可能

grillarse r. 發芽,抽芽

grillera f. 1. 蟋蟀籠;蟋蟀洞 2. 嘈雜的地方

grillete m. 脚鐐

grillo¹ m.【動】蟋蟀

grillo² m.【植】(種子、塊根等發出的)芽

grillos m.pl. 脚鐐

grillotalpa m.【動】螻蛄

grima f. 厭惡,不悦

grimpola f. 小旗,三角旗

gringo, ga I. s. 1. 外國佬 2. Amér. 美國佬 II. m.【口】難懂的話

*gripe f.【醫】流行性感冒

*gris I. a. 1. 灰色的 2. 平淡的,乏味的 3. 抑鬱的 II. m. 1. 灰色 2. 寒風,寒氣

grisáceo, a a. 略呈灰色的,淺灰色的

grisear intr. 變成灰色

gríseo, a a. 灰色的

grisú m. 瓦斯,沼氣,甲烷

grisúmetro m. 礦井瓦斯測量表

grita f. (表示不滿的)喊叫聲,鼓噪 ◇

dar ～ 閑, 大聲嘲弄

*gritar I. intr. 喊叫, 叫嚷 II. tr. 喝倒彩, 起閧

gritería f.; griterío m. 叫嚷, 喧嚷

*grito m. 1. 叫聲, 喊聲 2. (動物的)吼叫, 嗥叫 ◇ a ～s 高聲喊叫/ andar a ～s 經常吵鬧/ estar en un ～ 呻吟, 連聲叫痛/ pedir a ～s 急需/ poner el ～ en el cielo 怒氣衝天/ ser el último ～ de la moda 最新式樣

gritón, ona a. 喜歡大聲叫喊的

gro m. 無光綢

groenlandés, sa a.-s. 格陵蘭島(Groenlandia)的; 格陵蘭島人

grog m. 攙水烈酒

grosella f. 紅醋粟

grosellero m.【植】紅醋粟(灌木)

grosería f. 1. 粗糙, 粗劣 2. 粗魯, 粗俗

*grosero, ra a. 1. 粗糙的, 粗劣的 2. 粗魯的, 粗俗的

grosor m. 厚度, 粗細

grosso modo ad. 大概, 粗略地

grosura f. 油脂, 脂肪

grotesco, ca a. 1. 荒唐的, 怪誕的 2. 粗俗的 3. 可笑的

*grúa f. 起重機, 弔車 ◇ ～ de caballete 或 ～ de pórtico 龍門吊車/ ～ flotante 浮弔, 水上起重機/ ～ móvil 移動高架吊車

*grueso, sa I. a. 1. 粗大的 2. 肥胖的 3. 厚的 II. m. 1. 厚度, 粗細 2. 主體部分 ◇ en (或 por) ～ 批發地, 大批地

gruir intr. 鶴鳴

*grulla f.【動】鶴

grumete m.【海】見習水手

grumo m. 1. 凝塊, 結塊 2. 簇, 團, 串

grumoso, sa a. 有凝塊的

gruñido m. 1. (豬、狗等的)哼叫, 嗥叫 2. 嘟噥

gruñir intr. 1. (豬、狗等)哼叫, 嗥叫 2. 嘟噥

gruñón, na a.-s. 愛嘟噥的; 愛嘟噥的人

grupa f. 馬的臀部 ◇ volver ～s (或 la

～) 調轉馬頭

*grupo m. 1. 羣, 堆, 批 2. 班, 組 ◇ ～ electrógeno 發電機組/ ～ natural【博物】自然類羣/ ～ sanguíneo 血型

*gruta f. 洞穴, 岩洞

grutesco, ca a. 奇花異獸式的(裝飾)

guacamayo m. Amér.【動】鸚鵡(鸚鵡科)

guadamací; guadamacil; guadameci; guadamecil m. 皮雕工藝品

*guadaña f. 鈴鐮, 鈴刀

guadañar tr. 用鈴鐮割

guadarnés m. 1. 馬具房 2. 馬具管理人

guajiro, ra s. Amér. 農民, 鄉下人

gualda f.【植】淡黃木犀草

gualdera f.【木】縱梁, 梯基

gualdo, da a. 黃色的, 木犀草色的

gualdrapa f. 1. 馬衣, 馬披 2. (衣服上垂掛的)破布條

gualdrapazo m. (帆對桅杆的)拍打

guanaco m. 1.【動】原駝 2. Amér.【口】傻瓜, 頭腦簡單的人

*guano m. 1. 海鳥糞 2. (仿海鳥糞製成的)礦物肥料 3. Amér.【集】棕櫚

guantada f.; guantazo m.【口】耳光

*guante m. 手套 ◇ arrojar el ～ ①挑起決鬥 ②【轉】挑戰/ asentar el ～ ①打, 揍 ②嚴厲待人/ como un ～ 恭順的/ recoger el ～ 接受挑戰

guantelete m. (甲胄的)護手

guantería f. 1. 手套工廠 2. 手套店 3. 手套業

guantero, ra s. 做或賣手套的人

guapeza f. 1. 漂亮 2. 衣着華麗 3. 大膽, 勇敢

*guapo, pa I. a. 1. 漂亮的, 好看的 2. 衣着講究的, 服飾華麗的 3. 勇敢的, 剽悍的 II. m. 好鬥毆的人

guapote, ta a.【口】1. 脾氣好的, 和氣的 2. 好看的

guarapo m. Amér. 甘蔗汁; 甘蔗酒

*guarda I. s. 看守人 II. f. 1. 看守, 守

護; 監護 **2.** *pl.* 摺扇最外面的兩根扇骨
3. 鎖匙榫槽 **4.** 書的襯頁

guardabarrera *s.* 鐵路道口守護人

***guardabarros** *m.* 車輛擋泥板

***guardabosque** *m.* 看林人, 護林人

guardabrisa *f.* **1.** 玻璃燈罩 **2.** (汽車的) 擋風玻璃

guardacabras *(pl.* guardacabras*)* *s.*
牧羊人

guardacantón *m.* (保護屋角的) 護牆石

guardacostas *(pl.* guardacostas*)* *m.* **1.**
海岸防衛艇 **2.** 緝私船

guardafrenos *(pl.* guardafrenos*)* *m.*
【鐵路】司閘員, 制動手

***guardagujas** *(pl.* guardagujas*)* *m.*
【鐵路】扳道工

guardainfante *m.* 裙撐

guardalmacén *s.* 倉庫管理員

guardamano *m.* (刀, 劍的) 護手

guardameta *m.* 足球守門員

guardamonte *m.* **1.** 扳機護圈 **2.**
Amér. (騎手的) 皮護腿

guardamuebles *(pl.* guardamuebles*)*
m. 傢具倉庫

guardapolvo *m.* **1.** 防塵罩, 防塵套 **2.**
罩衣

guardapuerta *f.* 門簾

guardapuntas *(pl.* guardapuntas*)* *m.*
鉛筆套

***guardar** **I.** *tr.* **1.** 看守, 看管 **2.** 保護;
保管, 保存 **3.** 懷有 **4.** 遵守, 履行 **II.** *r.*
1. 防禦 **2.** 力戒; 迴避 ◇ ～ cama 臥床

***guardarropa** **I.** *f.* **1.** 衣帽間, 存衣處
2. 衣櫥 **II.** *s.* **1.** 衣帽間管理員 **2.** 【劇】
服裝, 道具管理員

guardarropía *f.* 【劇】**1.** 【集】服裝道具
2. 服裝道具室 ◇ de ～ 表面的

guardarruedas *(pl.* guardarruedas*)*
m. 見 guardacantón

guardavía *m.* 【鐵路】護路工, 巡道工

guardería *f.* **1.** 看守職務, 巡查 **2.** 幼兒園 ◇
～ infantil 托兒所

guardesa *f.* **1.** 女看守人 **2.** 看守人的

妻子

***guardia** **I.** *f.* **1.** 守衛, 警戒 **2.** 衛隊, 警
衛隊 **II.** *m.* **1.** 衛兵, 警衛員 **2.** 警察 ◇
～ de honor 儀仗隊 / ～ de seguridad
治安警察 / ～ de tráfico 交通警察 / en
～ 警惕的, 有準備的 / estar en ～ 警惕
/ poner en ～ 提醒, 使警惕 / rendir la
～ 交班, 交崗

guardián, ana *s.* 看守人, 管理人

guardilla *f.* **1.** 天窗, 屋頂窗 **2.** 頂樓,
屋頂樓 **3.** (梳子兩端的) 寬齒

guarecer **I.** *tr.* 保護, 庇護 **II.** *r.* 棲身,
藏身; 躲避

***guarida** *f.* **1.** 獸穴 **2.** 藏身處 **3.** 匪巢,
賊窩

guarismo *m.* 阿拉伯數字

guarnecer *tr.* **1.** 配備, 裝備 **2.** 抹 (牆)
3. 【軍】駐守 (某地)

guarnecido *m.* 【泥】抹灰泥

guarnición *f.* **1.** 裝飾品, 飾物 **2.** (刀,
劍的) 護手 **3.** 【軍】駐軍 **4.** *pl.* 馬具

guarnicionero *m.* **1.** 馬具匠 **2.** 馬具商

guarrería *f.* **1.** 骯髒 **2.** 【轉】卑污的行徑

guarro, rra *s.* 豬

guasa *f.* 【口】**1.** 玩笑, 譏諷 **2.** 乏味, 無
聊

guasón, na *s.* 【口】愛開玩笑的人, 詼諧
的人

guatear *tr.* 用棉花絮

***guatemalteco, ca** *a.-s.* 危地馬拉
(Guatemala) 的, 危地馬拉人的; 危地馬
拉人

guay *interj.* 哎喲, 哎呀

guayaba *f.* 番石榴 (果)

guayabo *m.* 番石榴林

guayaco *m.* 【植】愈瘡木

guayanés, a *a.-s.* 圭亞那 (Guayana)
的, 圭亞那人的; 圭亞那人

***gubernamental** *a.* 政府的; 親政府的

gubernativo, va *a.* **1.** 政府的 **2.** 行政
的 **3.** 治安的

gubia *f.* 【木】半圓鑿, 弧口鑿

guedeja *f.* **1.** 長髮 **2.** 獅鬣

guerra *f.* 1. 戰爭 2. 衝突, 不和 ◇ ~ a muerte (或 sin cuartel) 死戰/ ~ civil 內戰/ ~ convencional 常規戰爭/ ~ de guerrillas 游擊戰/ ~ de minas 地雷戰/ ~ de posiciones 陣地戰/ ~ de relámpago 閃電戰/ ~ de túneles 地道戰/ ~ fría 冷戰/ ~ nuclear 核戰爭/ ~ prolongada 持久戰/ declarar la ~ 宣戰

guerrear *intr.* 1. 作戰 2.【轉】抵抗, 對抗

guerrero, ra I. *a.* 1. 戰鬥的, 作戰的 2. 好鬥的, 好戰的 3. 頑皮的, 淘氣的 II. *s.* 鬥士, 戰士

guerrilla *f.* 1. 游擊隊 2. 游擊戰

guerrillear *intr.* 打游擊戰

guerrillero, ra *s.* 游擊隊員

guía I. *s.* 領路人, 嚮導 II. *m.* 1. 基準兵, 排頭兵 2. 自行車龍頭 III. *f.* 1. 指導, 準則 2. 指南, 手冊 3. 路標, 路向碑 4. 導向裝置

guiadera *f.* 導杆, 導軌, 導索

guiar *tr.* 1. 帶領, 領路 2. 引導, 指導 3. 駕馭, 駕駛

guija *f.* 卵石

guijarral *m.* 多卵石的地方, 卵石灘

guijarro *m.* 卵石

guijarroso, sa *a.* 多卵石的(地方)

guijo *m.*【集】(鋪路的)卵石, 碎石

guilladura *f.* 發瘋, 瘋狂

guillarse *r.* 發瘋, 瘋狂 ◇ guillárselas 【口】溜走

guillotina *f.* 1. 斷頭台 2.【印】切紙機

guillotinar *tr.* 1. 在斷頭台上處死 2. 用切紙機裁切

guinchar *tr.* (用棍尖)戳, 戳傷

guinda *f.* 歐洲酸櫻桃果

guindaleza *f.*【海】粗纜繩

guindar *tr.* 1. 弔起, 懸掛 2. 弔死, 絞死 3.【口】奪得, 爭到手

guindilla I. *f.* 1. 小尖辣椒 2. 巡警

guindo *m.* 歐洲酸櫻桃樹

guineo, a *a.-s.* 幾內亞 (Guinea) 的, 幾

內亞人的; 幾內亞人

guiñada *f.* 1. 擠眼, 使眼色 2.【海】船頭搖動

guiñapo *m.* 1. 破布條; 破爛衣服 2. 【轉】衣衫襤褸的人 3.【轉】體弱多病的人 ◇ poner *a uno* como un ~ 把…罵得一無是處

guiñaposo, sa *a.* 衣衫襤褸的

guiñar I. *tr.* 1. 擠眼, 使眼色 2.【海】使船頭搖動 II. *r.* 擠眉弄眼

guiño *m.* 擠眼, 使眼色

guión *m.* 1. 領頭人; 領舞人; 頭鳥 2. (領頭人拿的)旗 3. 提綱, 大綱 4. 電影劇本 5.【語法】連字符; 破折號 6.【樂】反復符號

guionista *s.* 電影編劇者

guipar *tr.*【口】看見, 覺察

güira *f.* 1.【植】加拉巴木 2. 加拉巴木果

guirigay (*pl.* guirigayes) *m.* 1. 難懂的語言 2. 嘈雜, 喧鬧

guirlache *m.* 巴旦杏仁糖

guirnalda *f.* 1. 花冠, 花環 2.【植】千日紅

guisa *f.* 方式, 方法 ◇ a ~ de 作爲/ de ~ de 因而

guisado *m.* 菜餚

guisandero, ra *s.* 廚師

guisantal *m.* 豌豆地

guisante *m.*【植】1. 豌豆 2. 豌豆粒

guisar *tr.* 1. 烹調, 煮, 燒 2.【轉】整理, 準備

guiso *m.* 菜餚

guisote *m.* 做得不好的菜餚

guita *f.* 1. 細麻繩 2.【轉, 口】錢

guitarra *f.*【樂】吉他, 六弦琴

guitarrero, ra *s.* 製作或賣吉他的人

guitarrillo *m.*【樂】四弦琴

guitarrista *s.* 吉他演奏者

guitarrón *m.*【轉, 口】狡猾的人

gula *f.* 暴食, 暴飲

gules *m.pl.* (紋章上的)紅色

gulusmear *intr.* 1. 吃零食, 吃甜食 2.

聞、嘗正在燒的菜

gumía f.(摩爾人的)彎匕首

gumífero, ra a. 產樹膠的

gurrumino, na I. a. 1. 瘦弱的 2. *Amér.* 怯懦的 II. m. 1.【口】寬容妻子的人 2. *Amér.* 膽小鬼

gurullada f.【口】幫、夥、羣

gusanear intr.(人羣)熙熙攘攘

gusanera f. 1. 蛆的滋生地 2. 熱情,激情

gusaniento, ta a. 生蟲的,長蛆的

__gusano__ m. 1. 蛆,毛蟲,蟎蟲 2.【轉】卑鄙的人 ◇ ~ de la conciencia 內疚/ ~ de luz 螢火蟲/ ~ de seda 蠶

gusarapiento, ta a. 1. 長蛆的,有蟲子的 2.【轉】骯髒的,腐敗的

gusarapo m.(水中的)蛆,蟲子

gustación f. 品嘗,嘗味

__gustar__ I. tr. 嘗,品嘗 II. intr. 1. 高興,樂於 2. 使喜歡

gustazo m.【口】開心,痛快

gustillo m. 1. 輕微的味道 2. 開心,痛快

__gusto__ m. 1. 味道;味覺 2. 高興,愉快 3. 愛好,興趣 4. 心願,意願 ◇ a ~ 愉快地;自在地/ con mucho ~ 很樂意/ de buen ~ 高雅的/ de mal ~ 粗俗的

gutagamba f.【植】藤黃

gutapercha f. 杜仲膠

gutural a. 1. 喉的,咽喉的 2. 喉音的

guzla f.【樂】單弦琴

H

h f. 西班牙語字母表的第九個字母

__haba__ f. 1.【植】蠶豆 2. 蠶豆粒 3. 蠶豆狀物 4.(皮膚上的)疙瘩 ◇ son ~s contadas 明白無誤

habanero, ra I. a.-s.(古巴)哈瓦那(la Habana)的,哈瓦那人的,哈瓦那人 II. f. 哈巴涅拉舞曲,哈瓦那拉舞曲

habano, na I. a. 1. 哈瓦那的;古巴的 2. 煙草色的 II. m. 哈瓦那雪茄

habar m. 蠶豆地

hábeas corpus m.【法】人身保護權

__haber__[1] I. aux. 1. 與過去分詞連用,構成完成時態 2.(與 de + 動詞不定式連用)必定,必須 II. impers. 1. 有;存在;發生 2.(與 que 連用)應該,必須 III. tr. 1. 有 2. 拿到

__haber__[2] m. 1. 財產,資產 2. 貸方 3. pl. 工資,收入

habichuela f. 菜豆,四季豆

habiente a.【法】所有的,擁有的

__hábil__ a. 1. 能幹的,有能力的 2. 熟練的,靈巧的 3. 有法定資格的

__habilidad__ f. 1. 才能,才智,本領 2. 熟練,靈巧 3. 精巧物品

habilidoso, sa a. 有能力的,有才幹的

habilitación f. 1. 使有能力 2.【法】給予資格 3. 出納員職務 4. 出納員辦公室

habilitado m. 出納員

habilitar tr. 1. 使有能力,使有本領 2.【法】給予資格 3. 提供

habitable a. 可以居住的;適合居住的

__habitación__ f. 1. 住,居住 2. 住處,住所 3. 房間

habitáculo m. 住所,住處

__habitante__ m. 居民,居住者

__habitar__ tr.-intr. 住,居住;棲息

habitat m. 1. 居住環境 2. 動植物的生息環境

hábito m. 1. 習慣 2. 實踐,經驗 3. pl. 法衣,修士袍 ◇ ahorcar (或colgar) los ~s ①還俗 ②改行/ ~ de penitencia 苦行衣/ tomar el ~ 出家

habitual a. 習慣的,慣常的

habituar tr. 使習慣於,使適應於

__habla__ f. 1. 說話能力 2. 說話,講話;講

話方式 **3.** 語言 ◇ al ～ ①與…交談 ②
(接電話用語)我是…

hablado, da *a.* 口頭的 ◇ bien ～ 講
話有分寸的/ mal ～ 講話沒有分寸的

hablador, ra *a.* 饒舌的,多嘴的

habladuría *f.* **1.** 不合時宜的話,胡說八
道 **2.** 流言蜚語

hablante *m.* 講話的人

*hablar **I.** *intr.* **1.** 說話,講話 **2.** 交談
3. 談論,談及 **4.** 以…相稱 **II.** *tr.* **1.** 說
出 **2.** 會講(某種語言) **III.** *r.* 來往 ◇
dar que ～ 招人非議/ ～ bien de 說…
好話/ ～ mal de 說…壞話/ ～ consigo
mismo 自言自語/ ～ por 沒話找話
說

hablilla *f.* **1.** 不合時宜的話 **2.** 流言蜚
語

hablista *s.* 善於辭令的人

habón *m.* (皮膚上的)腫塊,大包

hacedero, ra *a.* 可行的,可實現的

hacedor, ra *s.* **1.** 製作者 **2.** 莊園管家
◇ El Sumo (或 Supremo) Hacedor 上
帝

hacendado, da *s.* 莊園主,農場主

hacendista *m.* 財政家

hacendoso, sa *a.* 勤於料理家務的

*hacer **I.** *tr.* **1.** 做,作,幹 **2.** 產生,造成
3. 發出(聲響) **4.** 整理,收拾 **5.** 充當,
扮演 **6.** 假裝,裝成 **II.** *intr.* **1.** 合適,相
符 **2.** 佯裝,假裝 **III.** *r.* **1.** 成長,長大
2. 成爲,變成 **IV.** *impers.* **1.** 表示天氣
情況 **2.** 表示經過去干時間 ◇ a medio
～ 未完成的/ ～ como que 佯裝,假裝
/ ～ presente 提醒/ ～se de rogar 讓
人懇求,擺架子/ ～ y deshacer ①翻來
覆去 ②爲所欲爲/ por lo que hace a
至於,關於

*hacia *prep.* **1.** 朝,向,往 **2.** (表示時
間,地點)大約 **3.** 對,對於

*hacienda *f.* **1.** 莊園 **2.** 財產,資產 **3.**
(大寫)財政部 ◇ ～ pública 國家財
產,國民收入

hacina *f.* 垛,堆

hacinamiento *m.* **1.** 堆,垛 **2.** 堆積

hacinar *tr.* **1.** 堆,垛,碼 **2.** 堆積

*hacha[1] *f.* **1.** 斧,斧頭 **2.** 斧狀物

hacha[2] *f.* **1.** 大蠟燭 **2.** 火炬,火把 ◇
～ de viento 火炬,火把/ ser un ～ 內
行,能手

hachazo *m.* 斧砍,斧擊

hache *f.* 字母 h 的名稱

hachero[1] *m.* 大蠟台

hachero[2] *m.* **1.** 伐木者 **2.** 【軍】工兵

hachís[1] *m.* (印度大蔴提煉的)麻醉藥

hachís[2] *interj.* 阿嚏(打噴嚏時發出的聲
音)

*hada *f.* 仙女

hado *m.* 命運,天命

hagiografía *f.*【宗】聖徒傳

hagiógrafo *m.*【宗】**1.** 《聖經》作者 **2.**
聖徒傳作者

hala *interj.* **1.** 快,加油 **2.** 走開,滾

halagador, ra *a.* 恭維的,諂媚的

halagar *tr.* **1.** 恭維,諂媚 **2.** 使高興,使
愉快 **3.** 使滿意

halago *m.* **1.** 恭維,諂媚 **2.** 討人喜歡的
事

halagüeño, ña *a.* **1.** 恭維的,諂媚的 **2.**
令人高興的,令人愉快的

halar *tr.* 拉,牽引(纜索)

halcón *m.*【動】游隼;獵鷹

halconería *f.* 鷹獵術

halconero *m.* 飼養獵鷹者

halda *f.* **1.** 裙子 **2.** (提起裙子或衣襟形
成的)兜

hálito *m.* **1.** 呵氣,呼氣 **2.** 蒸汽

halo *m.* **1.** (聖像頭頂上的)光環,光輪
2.【轉】光輝,榮耀 **3.** (日、月等的)暈

haló *interj.* 喂(打電話用語)

halófilo, la *a.*【植】適鹽的,喜鹽的

halógeno *m.* 鹵素

hall *m.* 大廳,客廳

hallado, da：bien ～ 和睦的,和諧的/
mal ～ 不和睦的,不和諧的

*hallar **I.** *tr.* **1.** 碰到,遇到;找到,發現
2. 看出,覺察 **II.** *r.* **1.** 在(某地) **2.** 處

於(某種狀態) ◇ ～ se en todo 多管閒事

*hallazgo *m.* 1. 碰到, 找到, 發現 2. 拾到的物品

*hamaca *f.* 1. 弔床 2. 帆布摺疊躺椅

hamago *m.* 蜂膠

*hambre *f.* 1. 餓, 饑餓 2. 渴望 ◇ apagar (或 matar) el ～ 充饑/ morirse de ～ ①餓得要命 ②窮得要死

hambrear I. *tr.* 使挨餓 II. *intr.* 挨餓

hambriento, ta *a.* 1. 挨餓的 2. 窮困的 3.【轉】有慾望的

hambrón, na *a.*【口】餓極了的, 貪吃的

hampa *f.* 1. 二流子, 地痞 2. 二流子生活

hampón *a.-s.* 爲非作歹的; 歹徒, 暴徒

hangar *m.* 飛機棚, 飛機庫

haragán, ana *a.* 懶惰的, 游手好閒的

haraganear *intr.* 閒盪, 游手好閒

haraganería *f.* 懶惰, 游手好閒

harapiento, ta *a.* 衣衫襤褸的

*harapo *m.* 破布條, 碎布片

haraposo, sa *a.* 見 harapiento

harem; harén *m.* (伊斯蘭國家的)閨閣; 女眷

*harina *f.* 1. 麪粉 2. 粉 末 ◇ estar metido en ～ 全力地幹/ hacerse ～ 粉碎/ ser ～ de otro costal 完全是另一回事

harinero, ra *a.-m.* 麪粉的; 麪粉商, 麪粉工人

harinoso, sa *a.* 1. 含粉多的 2. 粉狀的 3. 麪的(蘋果)

harnero *m.* 篩子 ◇ estar hecho un ～ 遍體鱗傷

*hartar *tr.* 1. 使吃飽 2.【轉】使滿足 3.【轉】使厭煩

hartazgo *m.* 過飽

*harto, ta *a.* 1. 飽的 2.【轉】富足的, 富有的 3.【轉】厭煩的, 厭倦的 II. *ad.* 過分地, 太

hartura *f.* 1. 過飽 2.【轉】富足 3.【轉】滿足

*hasta *prep.* 1. 到, 至, 達 2. 甚至 ◇ ～ luego 再見, 回頭見

hastial *m.* 1.【建】山牆, 三角牆 2.【礦】坑道壁 3.【轉】粗俗的人

hastiar *tr.* 使討厭, 使厭煩

hastío *m.* 1. 厭食 2. 討厭, 厭煩

hatajo *m.* 1. 小羣牲畜 2.【轉, 口】大量, 大批 3.【轉, 口】幫, 夥

hatería *f.* (工人、海員隨身携帶的)衣物, 口糧

hato *m.* 1. 包袱, 衣物包 2. 牲畜羣 3.【轉】幫, 夥 4.【轉】大量, 大批

haya *f.*【植】歐洲山毛欅

hayal; hayedo *m.* 長滿歐洲山毛欅的地方

hayo *m.*【植】古柯

hayuco *m.* 山毛欅堅果

haz¹ *m.* 1. 捆, 扎, 束, 把 2. 光束

*haz² *f.* 1. 臉, 面孔 2. (布的)正面 ◇ ～ de la tierra 地球表面/ a dos haces 別有用心地/ a sobre ～ 表面地/ ser de dos haces 口是心非

haza *f.* 耕地

*hazaña *f.* 功績, 壯舉, 英勇事迹

hazmerreír *m.*【口】笑料, 笑柄, 滑稽可笑的人

he *ad.* (與 aquí, allí 或非重讀人稱代詞 me, te, la 等連用)這就是

hebdómada *f.* 星期, 週

hebdomadario, ria *a.* 每星期的, 每週的

*hebilla *f.* (皮帶或鞋上的)扣襻, 搭扣

hebra *f.* 1. 線, 絲 2. 纖維 3. (豆莢的)筋 4. 木材的紋理 5. 礦脈 6.【轉】思路, 話頭 ◇ cortar la ～ de la vida 奪去生命/ estar de buena ～ 身體强壯/ pegar la ～ 攀談起來

hebraico, ca *a.* 見 hébreo

hebraísmo *m.* 1. 猶太教 2. 希伯來語語彙

hebraísta *s.* 研究希伯來語言文化的人

hebraizante *s.* 信奉猶太教的人

hebreo, a I. *a.-s.* 希伯來人的, 猶太人

的, 以色列人的; 希伯來人, 猶太人, 以色
列人 II. *m.* **1.** 希伯來語 **2.** 【轉, 口】高
利貸者

hecatombe   *f.* **1.** (古希臘、羅馬的)百姓
祭 **2.**【轉】大屠殺 **3.**【轉】大災難, 浩劫

*****hectárea**   *f.* 公頃

hectogramo   *m.* 百克

hectolitro   *m.* 百升

hectómetro   *m.* 百米

hechicería   *f.* 巫術, 妖術

hechicero, ra   I. *a.* **1.** 施巫術的 **2.**
【轉】使人神魂顛倒的 II. *s.* 巫師

hechizar   *tr.* **1.** 施巫術, 施妖術 **2.**【轉】
使神魂顛倒

hechizo, za   I. *a.* **1.** 人造的, 人工的 **2.**
偽造的 II. *m.* **1.** 巫術, 妖術 **2.** 咒文, 咒
語 **3.**【轉】魅力

*****hecho, cha**   I. *a.* **1.** 已經做好的, 已經
完成的 **2.** 發育成熟的, 成年的 **3.** 勻稱
的 II. *m.* **1.** 行為, 行動 **2.** 事情, 事件;
事實 ◇ ～ consumado 既成事實/ ～
de armas 軍功, 戰績/ ～ de sangre 傷
亡/ ～ y derecho 名副其實的/ bien ～
做得對/ de ～ 實際上

hechura   *f.* **1.** 製作, 製造 **2.** 創造物, 作
品 **3.** 外形, 形狀 **4.** (身體)構造, 組織
◇ no tener ～ 做不到, 行不通

heder   *intr.* **1.** 發出臭味 **2.**【轉】討厭,
煩擾

hediondez   *f.* **1.** 臭氣, 惡臭 **2.** 發臭物
品

hediondo, da   *a.* **1.** 臭的, 發臭的 **2.** 骯
髒的 **3.**【轉】令人討厭的

hedonismo   *m.* 享樂主義

hedor   *m.* 臭氣, 惡臭

hegemonía   *f.* 霸權, 盟主權

hégira   *f.* 伊斯蘭教曆

*****helada**   *f.* 冰凍, 結冰 ◇ ～ blanca 霜

heladería   *f.* 冷飲店

*****helado, da**   I. *a.* **1.** 冰冷的, 極冷的 **2.**
凍僵的 **3.**【轉】驚呆的, 驚愕的 II. *m.*
冷飲, 冷食

heladora   *f.* (製冷食的)冷凍機

*****helar**   I. *tr.* **1.** 使冰凍, 使結冰 **2.**【轉】
使驚嚇, 使驚愕 II. *impers.* 結冰 III. *r.*
凍僵

helecho   *m.*【植】蕨

helénico, ca   *a.* 古希臘的; 古希臘人的

helenio   *m.*【植】土木香

helenismo   *m.* **1.** 古希臘文化; 古希臘
文化的影響 **2.** 古希臘語語彙

helenista   *s.* 研究古希臘文化的人

heleno, na   *a.-s.* 希臘的, 希臘人的; 希
臘人

helero   *m.* 山上積雪

helgado, da   *a.* 牙齒稀疏不齊的

helianto   *m.*【植】向日葵屬

*****hélice**   *f.* **1.** (輪船、飛機的)螺旋槳, 推
進器 **2.**【數】螺旋線 **3.**【解】耳輪 **4.**
【動】蝸牛

helicoidal   *a.* 螺旋狀的

helicoide   *m.*【數】螺旋面

helicón   *m.* **1.** 詩的靈感的源泉 **2.**【樂】
圓形大號

helicóptero   *m.* 直升飛機

helio   *m.*【化】氦

heliocentrismo   *m.*【天】日心說, 地動
說

heliograbado   *m.*【印】照相凹版術; 照
相凹版印刷品

heliómetro   *m.*【天】量日儀

helioscopio   *m.* 太陽目視觀測鏡

helióstato   *m.*【天】定日鏡

helioterapia   *f.*【醫】日光療法

heliotropo   *m.* **1.**【植】天芥菜 **2.**【礦】
雞血石

helipuerto   *m.* 直升飛機機場

helminto   *m.* 蠕蟲, 腸蟲

helvecio, cia; helvético, ca   *a.* 瑞士
(Suiza)的

hematíe   *m.*【醫】紅血球

hematites   *f.* 赤鐵礦

hematoma   *m.*【醫】血腫

hematosis   *f.*【生理】血液氧合作用

*****hembra**   *f.* **1.** 雌性動物 **2.** 雌性植物
3. 女人 **4.** 凹部; 凹件; 凹模

hembrilla *f.* 凹部, 孔, 插銷眼

hemeroteca *f.* 期刊陳列室, 期刊閱覽室

hemi- *pref.* 含"半"之意

hemicido *m.* 1. 半圓 2. 半圓梯形大廳

hemicránea *f.*【醫】偏頭痛

hemiplejía *f.*【醫】半身不遂, 偏癱

hemípteros *m.pl.*【動】半翅目

hemisférico, ca *a.* 半球形的

hemisferio *m.* 半球, 半球體

hemistiquio *m.*【詩】半句, 半行

hemoglobina *f.*【生化】血紅蛋白

hemoptisis *f.*【醫】咯血, 咳血

hemorragia *f.*【醫】出血, 溢血

hemorroide *f.* 痔瘡

hemostasis *s.* 止血法

hemostático, ca *a.-m.* 止血的; 止血劑

henar *m.* 乾草棚, 乾草堆

henchir I. *tr.* 裝滿, 塞滿, 填滿 II. *r.* 吃飽, 喝足

hendedura *f.* 1. 裂縫, 縫隙 2. 凹槽

hender *tr.* 1. 劈開, 砍開, 破開 2.【轉】衝破, 劃破 (空氣、天空等)

hendidura *f.* 1. 裂縫, 縫隙 2. 凹槽

henequén *m. Amér.*【植】優雅龍舌蘭

henificar *tr.* 割曬 (牧草)

henil *m.* 乾草棚, 乾草場

heno *m.* 乾草, 草料

heñir *tr.* 揉, 捏, 和 (麵團)

hepático, ca *a.-s.* 肝臟的, 肝病的; 肝病患者

hepatitis *f.*【醫】肝炎

heptaedro *m.* 七面體

heptágono, na *a.-m.* 七角形的, 七邊形的; 七角形, 七邊形

heptámetro *m.* 七韻步詩

heptasílabo, ba *a.-m.* 七音節的; 七音節詩

heráldico, ca *a.-f.* 紋章學的; 紋章學

heraldo *m.* 1. 傳令官 2. 發佈官 3.【轉】使者, 先驅

herbáceo, a *a.*【植】草本的

herbajar I. *tr.* 放牧 II. *intr.* (牲口) 吃草

herbaje *m.* 1. 草場, 牧場 2. 放牧費

herbario, ria I. *a.* 草的; 植物的 II. *s.* 植物學家 III. *m.* 1. 植物標本集 2.【動】瘤胃

herbazal *m.* 草地, 草場

herbívoro, ra *a.-m.*【動】食草的; 食草動物

herbolario, ria I. *s.* 採集草藥者; 賣草藥者 II. *m.* 1. 植物標本集 2. 草藥店

herborista *s.* 採集草藥者; 賣草藥者

herboristería *f.* 草藥店

herborizar *intr.* 採集植物

herboso, sa *a.* 長滿草的

hercúleo, a *a.* 1.【希神, 羅神】海格立斯 (Hércules) 的 2. 力大無比的

hércules *m.* 1. (大寫)【希神, 羅神】海格立斯 (Hércules). 大力士 3. (大寫)【天】武仙座

heredad *f.* 莊園, 田產

***heredar** *tr.* 1. 繼承 2. 立…爲繼承人 3. 因遺傳而得

heredero, ra *a.-s.* 有繼承權的, 繼承遺產的; 繼承人, 遺產繼承人

hereditario, ria *a.* 1. 繼承的 2. 遺傳的

hereje *s.* 1. 不信天主教的人, 異教徒 2.【轉】不禮貌的人; 不要臉的人 3.【轉】幹壞事的人, 胡鬧者

herejía *f.* 1. 異教, 異端 2.【轉】左道邪說 3.【轉】咒罵, 侮辱

***herencia** *f.* 1. 繼承; 繼承物, 遺產 2. 遺傳

heresiarca *m.* 異教創始人

herético, ca *a.* 異教的, 異端的

***herida** *f.* 1. 傷口, 創傷 2.【轉】痛苦

***herido, da** *a.-s.* 受傷的; 傷員

***herir** *tr.* 1. 使受傷 2. 傷害, 挫傷 3. (光線) 刺 (眼), 照到 4. (聲音) 刺 (耳) 5. 擊中, 落在

herma *m.* (柱端的) 頭像, 胸像

hermafrodita *a.-s.* 雌雄同體的; 兩性人

hermafroditismo *m.* 1. 兩性畸形 2.

雌雄同體

hermanado, da *a.* 相同的, 同樣的

hermanar *tr.* 1. 使結合, 使一致; 使和諧 2. 使成爲兄弟

hermanastro, tra *s.* 異父兄弟姊妹, 異母兄弟姊妹

*hermandad *f.* 1. 兄弟關係, 手足之情 2.【轉】親密友誼 3.【轉】協會, 兄弟會

*hermano, na *s.* 1. 兄弟; 姊妹 2. 教友; 會友 3. 修士; 修女 ◇ ~ bastardo 非婚生兄弟/ ~ carnal 親兄弟/ ~ de leche 奶兄弟/ ~ de madre 同母異父兄弟/ ~ de padre 同父異母兄弟/ ~ gemelo (或 mellizo) 孿生兄弟/ ~ político 姐夫, 妹夫, 内兄, 内弟, 小叔, 大伯/ medio ~ 異父兄弟, 異母兄弟/ ~ siameses 暹羅雙胎, 剣突聯胎

hermenéutica *f.* 詮釋學, 古文解釋學

hermético, ca *a.* 1. 密封的, 密閉的 2. 深奧的, 費解的

hermosear *tr.* 使美麗, 美化

*hermoso, sa *a.* 1. 美麗的, 漂亮的 2. 高尚的 3. 晴朗的

*hermosura *f.* 1. 美麗, 漂亮 2. 高尚, 崇高 3. 美女, 美人 4. 晴朗

hernia *f.*【醫】疝

herniado, da *a.* 患疝的

herniarse *r.* 患疝

hernista *s.* 治疝大夫

*héroe *m.* 1.【神話】神和人的兒子 2. 英雄, 豪傑 3. (文學作品中的) 男主人公, 男主角

*heroicidad *f.* 1. 英雄氣慨 2. 英雄行爲

*heroico, ca *a.* 1. 英雄的, 英勇的 2. 歌頌英雄的, 史詩的

*heroína *f.* 1.【神話】神和人的女兒 2. 女英雄 3. (文學作品中的) 女主人公, 女主角 3.【醫】海洛因

*heroísmo *m.* 英雄主義; 英雄氣慨; 英雄行爲

herpe *m.*【醫】疱疹

herpético, ca *a.-s.* 疱疹的, 患疱疹的;

疱疹患者

herpetología *f.* 爬蟲學

herrada *f.* 鐵箍木桶

herradero *m.* 1. (牲畜身上打的) 烙印 2. 打烙印的地方

herrador *m.* 釘掌匠

*herradura *f.* 1. 馬掌, 蹄鐵 2 馬蹄鐵狀物

herraje *m.*【集】1. (器物上的) 包鐵 2. 馬掌, 馬掌釘

*herramienta *f.* 工具 ◇ ~ mecánica 機床

herrar *tr.* 1. 給(馬等)打掌 2. 給(牲畜等)打烙印 3. 給(器物)包鐵

herrén *m.* 草料, 飼料

*herrería *f.* 1. 鐵匠鋪, 鐵匠工場, 鐵廠 2. 鐵匠業

*herrero *s.* 鐵匠

herrete *m.* (繩、帶的) 金屬包頭

herretear *tr.* 給…加金屬包頭

herrumbrar *tr.* 使生銹

herrumbre *f.* 鐵銹

herrumbroso, sa *a.* 生銹的

hertziana : onda ~ 電磁波

herventar *tr.* 煮, 煮沸

hervidero *m.* 1. 沸騰之, 沸騰聲 2. 泡沫飛濺的水泉 3.【轉】羣

*hervir *intr.* 1. 沸騰, 煮開 2. 冒泡 3. (海水) 翻騰 4.【轉】激昂 ◇ brotar (或 romper) a ~ 開始沸騰

hervor *m.* 1. 沸騰, 煮開 2.【轉】激情

hesitar *intr.* 猶豫, 躊躇

Hespérides *f. pl.*【希神】看守金蘋果園的三仙女

heterodoxia *f.* 異教, 異端, 異説

heterodoxo, xa *a.-s.* 異教的, 異端的, 異説的; 異教徒

heterogeneidad *f.* 不同類性; 異質性; 多相性

heterogéneo, a *a.* 不同類的; 異質的

heterosis *f.*【生】雜種優勢

hético, ca *a.* 1. 癆病的 2.【轉】枯瘦的

hexaedro *m.* 六面體

hexágono, na *a-m.* 六角形的, 六邊形的; 六角形, 六邊形

hexámetro *m.* 六韻步詩

hexápodo, da *a.*【動】有六足的; 六足動物 (尤指昆蟲)

hez *f.* 1. 沉澱物 2.【轉】社會渣滓 3. *pl.* 糞便, 排泄物

hialino, na *a.* 透明的; 玻璃狀的

hiato *m.*【語法】元音連續

hibernal *a.* 冬季的

hibernar *intr.* 1. 越冬 2. 冬眠

hibernés, esa; hibérnico, ca *a-s.* 愛爾蘭 (Hibernia) 的; 愛爾蘭人的; 愛爾蘭人

híbrido, da I. *a.* 1. 混雜的 2. 雜交的 II. *m.* 1. 混雜物 2. 雜種

*hidalgo, ga I. *a.* 1. 高貴的 2. 貴族的, 紳士的 3. 高尚的, 慷慨的 II. *m.* 貴族, 紳士

hidalguía *f.* 1. 貴族身份和地位, 紳士身份和地位 2. 高尚 3. 慷慨

hidra *f.* 1.【希神】七頭蛇 2. 水螅 3.【轉】禍患 4. (大寫)【天】長蛇座

hidrargirio; hidrargiro *m.* 汞, 水銀

hidratación *f.*【化】水合作用

hidratar *tr.* 使水合, 水化

hidrato *m.*【化】水合物 ◇ ~ de carbono 碳水化合物

*hidráulica *f.* 水力學

hidráulico, ca *a-s.* 水力的, 水力學的; 水力學家

*hidroavión *m.* 水上飛機

hidrocarburo *m.*【化】碳氫化合物, 烴

hidrocefalia *f.*【醫】腦積水

hidrodinámica *f.* 流體動力學

hidroeléctrico, ca *a.* 水電的, 水力發電的

hidrófana *f.*【質】水蛋白石

hidrófilo, la *a.* 吸水的, 親水的

*hidrofobia *f.* 狂犬病, 恐水病

hidrófugo, ga *a-m.* 防潮的, 防水的; 防潮物, 乾燥劑

*hidrógeno *m.*【化】氫

hidrognosia *f.* 水質學

hidrografía *f.* 水文地理學

hidrógrafo, fa *s.* 水文地理學家

hidrología *f.* 水文學, 水理學

hidromedusas *f. pl.*【動】水螅水母綱

hidromel *m.* 見 hidromiel

hidrometría *f.* 水速測定法, 水量測定法

hidrómetro *m.* 流量計, 流速儀

hidromiel *m.* 蜂蜜水

hidropatía *f.*【醫】水療法

hidropesía *f.*【醫】水腫, 積水

hidrópico, ca *a-s.* 患水腫的, 患積水的; 水腫患者, 積水患者

hidroplano *m.* 見 hidroavión

hidrostático, ca *a-f.* 流體靜力學的; 流體靜力學

hidroterapia *f.*【醫】水療法

hiedra *f.*【植】洋常春藤

hiel *f.* 1. 膽汁 2.【轉】暴躁 3. *pl.*【轉】苦楚 ◇ dar a beber ~es 讓吃苦頭/ echar la ~ 過度辛勞

*hielo *m.* 1. 結冰 2. 冰 3.【轉】冷淡 ◇ quedarse de ~ 驚獃/ romper el ~ 打開局面

hiena *f.* 1.【動】鬣狗 2.【轉】殘忍的人

hierático, ca *a.* 1. 神聖的; 僧侶用的 2. 嚴肅的, 呆板的

*hierba *f.* 1. 草 2. 草地 3. (牲畜的) 歲口, 年齡 4. *pl.* 用毒草製成的毒藥 ◇ ~s marinas 海藻/ ~s medicinales 草藥/ mala ~ ①雜草 ②壞蛋/ comer su trigo en ~ 寅吃卯糧/ sentir crecer la ~ 明察秋毫

hierbabuena *f.*【植】薄荷

hierbajo *m.* 雜草, 野草

hieroglífico, ca *a-m.* 象形的; 象形文字

hierosolimitano, na *a.* 耶路撒冷的

*hierro *m.* 1. 鐵 2. (牲畜身上的) 烙印 3. 鐵製武器; 鐵製工具 4.【轉】堅強 ◇

~ afinado 精煉鐵/ ~ colado (或 fundido) 鑄鐵/ ~ dulce 熟鐵/ machacar (或 martillar) en ~ frío 徒勞無功

higadillo *m.* (小獸或禽鳥的)肝

*****hígado** *m.* 1. 肝臟 2. *pl.*【轉】膽量,勇氣 ◇ echar los ~s 勞累過度/ hasta los ~s 深深地

higiene *f.* 1. 衛生 2. 衛生學;保健法

higiénico, ca *a.* 1. 衛生的 2. 衛生學的

higienista *s.* 衛生學家

*****higo** *m.* 無花果 ◇ de ~s a brevas 間隔長久地,不經常地/ hecho un ~ 非常皺的/ no importar un ~ 無所謂

higrometría *f.* 測濕法,濕度測定法

higrómetro *m.* 濕度計

higroscopio *m.* 驗濕器

*****higuera** *f.*【植】無花果樹 ◇ ~ chumba 仙人掌/ ~ del diablo (或 del infierno) 蓖麻/ estar en la ~ 心不在焉

higueral *m.* 無花果林

higuereta *f.* 蓖麻

*****hijastro, tra** *s.* 前夫的子女,前妻的子女

*****hijo, ja** I. *s.* 1. 兒子,女兒 2. 本國人,本省人,本地人 3. 子弟 4.【轉】作品;產品 II. *m.* 1. 幼芽,嫩枝 2. *pl.* 後代,子孫 ◇ ~ adoptivo 養子/ ~ bastardo 私生子/ ~ natural 非婚生子/ ~ único 獨生子

hijodalgo (*pl.* hijosdalgo) *m.* 見 hidalgo

hijuela *f.* 1. 附屬物 2. 支渠 3. 岔路

hijuelo *m.* 芽,新枝

hila *f.* 1. 排,行 2. 小腸 3. 紡紗 ◇ a la ~ 一個接一個地

hilada *f.* 1. 排,行 2.【泥】(磚,石的)層

hilado *m.* 1. 紡紗 2. 線,紗

hilador, ra I. *a.-s.* 紡線的,紡紗的;紡紗工人 II. *f.* 紡紗機

hilandería *f.* 1. 紡紗工藝 2. 紡紗廠

hilandero, ra I. *s.* 紡紗工 II. *m.* 紡紗車間

*****hilar** I. *tr.* 1. 紡(紗) 2.【轉】思索 II. *intr.* (蠶等)吐絲 ◇ ~ delgado 仔細,認真

hilarante *a.* 引人發笑的

hilaridad *f.* 1. 高興,快樂 2. 大笑

hilatura *f.* 紡紗工藝

hilaza *f.* 1. 線,紗 2. 粗而不勻的線

hilera *f.* 1. 排,行 2. 拉絲機,拉線機 3.【軍】縱隊,縱列 4.【動】(蜘蛛等的)絲腺

hilero *m.* (河,海面上的)水流線

*****hilo** *m.* 1. 線,絲;線狀物,絲狀物 2. 麻布,麻織物 3. 細流 4.【轉】思路 ◇ ~ de medianoche 午夜十二點/ a ~ ①連續地 ②並行地/ al ~ 順着紋路地/ al ~ del viento 順着風向/ cortar el ~ 中斷/ pender de un ~ 千鈞一髮/ perder el ~ 思路中斷/ seguir el ~ 跟上思路/ tomar el ~ 接着話茬兒

hilván *m.* 繃,粗縫

hilvanar *tr.* 1. 粗縫,打繃線 2. (思想,句子等)連貫 3. 草擬

himen *m.*【解】處女膜

himeneo *m.*【詩】結婚;婚禮

himenópteros *m.pl.*【動】膜翅目

*****himno** *m.* 贊歌,頌歌;贊美詩

hincapié *m.* 1. 站穩 2.【轉】堅持

hincar *tr.* 1. 插入,打入,刺入 2. 使撐住 ◇ ~ se de rodillas 跪下

hincha I. *f.* 敵意,仇恨 II. *s.* 球迷

hinchado, da *a.* 1. 腫起的 2. 傲慢的 3. (語言)誇張的

*****hinchar** I. *tr.* 1. 使充滿氣,使鼓起 2. 使腫起 3. 誇張,誇大 II. *r.* 1. 腫起 2. 吃飽 3. 驕傲,自大

hinchazón *m.* 1. 腫塊,包 2. 驕傲,自負 3. (語言)誇張

hindi *m.* 印地語

hindú *a.-s.* 印度 (la India) 的,印度的;印度人

hinduísmo *m.*【宗】印度教

hinojal; hinojar *m.* 茴香地

hinojo[1] *m.*【植】茴香

hinojo² m. 膝蓋 ◇ de ～s 跪着

hintero m. 麴案子

hioides 【解】舌骨

hipar intr. 1. 打嗝兒, 呃逆 2. 啜泣, 抽泣

hiper- pref. 含"超出, 過於"之意

hipérbaton m.【語法】倒置法

hipérbola f.【數】雙曲線

hipérbole f.【修辭】誇張法

hiperbóreo, a a. 北極地區的; 極北的

hiperclorhidria f.【醫】胃酸過多症

hipercriticismo m. 吹毛求疵的批評

hiperestesia f.【醫】感覺過敏

hipérico m.【植】黑點葉金絲桃

hipermétrope s. 遠視患者

hipermetropía f.【醫】遠視

hipersecreción f.【醫】分泌過多

hipersensibilidad f.【醫】過敏性

hipersónico, ca a.【理】特超音速的

hipertensión f.【醫】高血壓

hipertiroidismo m.【醫】甲狀腺機能亢進

hipertrofia f.【醫】肥大, 肥厚

hipertrofiarse r. 變得過分肥大; 過分發展

hipervitaminosis f. 維生素過多

hípico, ca a. 馬的; 賽馬的

hipido m. 抽噎, 抽泣

hipismo m. 馴馬術; 馬術運動

hipnosis f. 催眠

hipnótico, ca a.-m. 催眠的; 催眠藥

hipnotismo m. 催眠狀態; 催眠術

hipnotizar tr. 催眠, 施催眠術

hipo m. 1. 嗝兒, 呃逆 2. 抽噎 3.【轉】渴望

hipo- pref. 含"下, 低, 少, 亞"之意

hipocampo m.【動】海馬

hipocentro m.【質】震源

hipocondría f.【醫】疑病症

hipocondríaco, ca a. 患疑病症的

hipocondrio m.【解】季肋部

*hipocresía f. 虛偽, 偽善

*hipócrita a.-s. 偽善的; 偽君子

hipodérmico, ca a. 皮下的

hipódromo m. 跑馬場, 賽馬場

hipogastrio m.【解】下腹

hipogeo m. 1. 地下墳墓 2. 地下建築物

hipogrifo m.【希神】半鷹半馬怪獸

hipopótamo m.【動】河馬

hipoteca f. 1. 抵押 2. 抵押財產

hipotecar tr. 抵押, 以不動產作擔保

hipotecario, ria a. 抵押的, 以抵押作擔保的

hipotensión f.【醫】血壓過低

hipotenusa f.【數】斜邊, 弦

hipótesis f. 1. 假設, 假定 2. 前提

hipotético, ca a. 1. 假設的, 假定的 2. 作爲前提的

hipotiroidismo m.【醫】甲狀腺機能減退

hippy s. 嬉皮士

hipsometría f. 測高術

hirco m.【動】野山羊

hiriente a. 1. 傷害性的 2. 刺眼的; 刺耳的

hirsuto, ta a. 1. 粗硬的(毛髮) 2. 有硬毛的 3.【轉】粗暴的, 暴躁的

*hirviente a. 沸騰的, 煮沸的

hisopear tr.【宗】灑聖水

hisopo m. 1.【植】海索草 2.【宗】灑聖水器

*hispánico, ca a. 西班牙的

hispanidad f. 1. 西班牙人的特徵 2. 西班牙各民族 3. 西班牙歷史文化 4. 西班牙世界

hispanismo m. 1. 西班牙語彙 2. 對西班牙語言、文化的愛好

hispanista s. 西班牙語言文化學者

hispanizar tr. 使西班牙化

hispano, na a.-s. 1. 西班牙的; 西班牙人 2. 西班牙語美洲的; 西班牙語美洲人

*hispanoamericano, na a.-s. 西班牙語美洲的, 講西班牙語美洲國家的; 講西班牙語的美洲人

hispanófilo, la *s.* 喜愛西班牙文化風俗的外國人

hispanohablante *a.* 講西班牙語的

híspido, da *a.* 粗硬的(毛髮)

histérico, ca I. *a.* 1. 歇斯底里的 2. 患癔病的 3.【轉】狂暴的，失常的 II. *m.* 歇斯底里，癔病

histerismo *m.*【醫】歇斯底里，癔病

histología *f.*【生】組織學

histólogo, ga *s.* 組織學家

*__historia__ *f.* 1. 歷史，史學 2. 史記，傳記 3. 故事 4. 閑話 ◇ ~ clínica 病歷/ ~ natural 博物學/ la ~ de siempre (或 de todos los días) 老生常談/ pasar a la ~ 極其重要，具有深遠影響(一般用將來時)/ picar en ~ 過分，令人難以忍受

historiado, da *a.* 1. 歷史題材的 2.【轉，口】過分裝飾的

*__historiador, ra__ *s.* 歷史學家

historial *a.-m.* 歷史的，歷史上的；履歷

historiar *tr.* 1. 編寫歷史 2. 講述事情經過 3.【美】繪畫歷史事件

*__histórico, ca__ *a.* 1. 歷史的，歷史上的，歷史性的 2. 真實的，得到證實的

historieta *f.* 1. 軼事，趣聞 2. 小故事，連環畫

historiografía *f.* 歷史編纂學

histrión *m.* 1. 演員 2. 小丑，丑角

histriónico, ca *a.* 1. 演員的 2. 小丑的，丑角的

histrionismo *m.* 1. 演員職業 2. 戲劇性 3. 戲劇界

hita *f.* 1. 無頭小釘 2. 路標，界標

hito, ta I. *a.* 1. 緊挨着的，毗鄰的 2. 固定的，牢固的 II. *m.* 1. 路標，界標 2.【轉】目標，靶子 ◇ a ~ 固定地/ dar en el ~ 命中；擊中要害/ mirar de ~ en ~ 凝視，盯住

hobby *m.* 成爲癖好的業餘消遣

hocicar I. *tr.* (牲畜用嘴)拱地 II. *intr.* 1. (嘴或鼻子)撞到 2.【海】船頭下沉 3.【轉，口】碰到障礙

hocico *m.* 1. (動物的)嘴鼻部分 2. (人的)翹嘴 3.【轉，口】臉，面孔 4.【轉，口】不高興的表情

hocicón, ona; hocicudo, da *a.* 1. 翹嘴的(人) 2. 嘴鼻突出的(動物)

hocino *m.* 鐮刀

hockey *m.* 曲棍球 ◇ ~ sobre hielo 冰球/ ~ sobre patines (或 ruedas)旱冰球

hogaño *ad.* 1.【口】今年 2. 當今，現代

*__hogar__ *m.* 1. 爐子，爐竈 2. 篝火 3.【轉】家，家庭；住宅

hogaza *f.* 1. 大麪包 2. 黑麪包

*__hoguera__ *f.* 篝火，火堆

*__hoja__ *f.* 1. 葉子 2. 花瓣 3. (金屬的)片，箔 4. (紙、書的)頁，張 5. (刀具的)刀片 6. (門、窗的)扇 7. (層狀物的)層 ◇ ~ de afeitar 刮臉刀片/ ~ de lata (或 de Milán) 白鐵，馬口鐵/ ~ de parra 遮羞布/ ~ de ruta 貨運單/ ~ de servicios (或 de vida) 履歷表/ ~s sueltas 活頁印刷品/ ~ volante 傳單/ al caer la ~ 秋天時/ volver la ~ ①變卦 ②食言 ③換話題

*__hojalata__ *f.* 白鐵，馬口鐵

hojalatería *f.* 白鐵工場，白鐵舖

hojalatero *m.* 1. 白鐵匠 2. 白鐵製品商

hojaldre *amb.* 千層餅

hojarasca *f.* 1.【集】枯枝敗葉 2. 茂密的葉子 3.【轉】無用的東西

*__hojear__ I. *tr.* 翻閱，瀏覽 II. *intr.* (樹葉)搖動

hojuela *f.* 1. 金屬箔片 2. 薄餅

*__hola__ *interj.* 喂(表示問候或喚起注意)

holanda *f.* 細布；細麻布

*__holandés, esa__ I. *a.-s.* 荷蘭 (Holanda)的，荷蘭人的；荷蘭人 II. *m.* 荷蘭語 ◇ a la ~a ①按荷蘭習慣，按荷蘭方式 ②皮脊精裝的(書)

holgado, da *a.* 1. 清閑的，閑散的 2. 寬大的，肥大的 3. 富裕的

holganza *f.* 1. 休息 2. 閑散 3. 消遣

holgar I. *intr.* 1. 休息 2. 空閑, 不做事 3. 多餘 II. *r.* 1. 消遣, 娛樂 2. 高興, 慶幸

*holgazán, ana *a.* 懶惰的, 游手好閑的

holgazanear *intr.* 懶散, 游手好閑

holgazanería *f.* 懶散, 游手好閑

holgorio *m.* 【口】歡鬧

holgura *f.* 1. 歡鬧 2. 寬敞, 舒適 3. 富裕

holocausto *m.* 1. 燔祭 (燒全獸祭神) 2.【轉】犧牲

holoturia *f.* 海參

hollar *tr.* 1. 踩, 踏 2.【轉】踐踏, 蹂躪 3.【轉】凌辱, 傷害

hollejo *m.* (水果、豆類的) 薄皮, 衣

hollín *m.* 烟炱, 烟垢

holliniento, ta *a.* 有烟炱的

hombracho *m.* 粗壯的人

hombrada *f.* 男子漢氣概

hombradía *f.* 男人性格, 男子漢氣概

*hombre I. *m.* 1. 人, 人類 2. 成人, 大人 3. 男人 4.【口】丈夫 II. *interj.* 好像伙 (表示驚奇) ◇ ~ buen ~ 心地善良的人/ ~ gentil ~ 彬彬有禮的人/ ~ de acción 實幹家/ ~ de bien 正派人/ ~ de bigotes 威嚴的人/ ~ de cabeza 有頭腦的人/ ~ de ciencia 科學家/ ~ de dos caras 口是心非的人/ ~ de Estado 國務活動家/ ~ de fortuna 走運的人/ ~ de hecho 說到做到的人/ ~ de la calle 普通人/ ~ del día 新聞人物/ ~ de letras 文人/ ~ de negocios 商人/ ~ de palabras 信守諾言的人/ ~ hecho y derecho 堂堂男子漢/ ~ público 社會活動家/ ~ rana 蛙人, 潛水員/ ser mucho ~ ①很有個性 ②很有才幹/ ser otro ~ 判若兩人

hombrear *intr.* (少年) 充大人

hombrera *f.* 1. 護肩甲 2. 衣服的墊肩 3. 肩章, 肩飾

hombría *f.* 男子漢氣概 ◇ ~ de bien 誠實, 正直

*hombro *m.* 1. 肩, 肩膀 2. 衣服的肩部

3.【印】字肩 ◇ a ~s 扛在肩上/ arrimar el ~ 用盡力氣/ echarse al ~ 承擔, 負責/ encogerse de ~s 聳肩/ hurtar el ~ 逃避, 躲避/ mirar por encima del ~ 鄙視, 輕視

hombruno, na *a.*【口】男人氣的, 像男子似的 (女子)

*homenaje *m.* 1. (對封建君王的) 効忠誓言 2. 崇敬, 敬意

homeópata *a.-m.* 施行順勢療法的; 順勢療法大夫

homeopatía *f.*【醫】順勢療法

homérico, ca *a.* 1. (古希臘詩人) 荷馬 (Homero) 的; 荷馬風格的 2.【轉, 口】極大的

homicida *a.-s.* 殺人的; 殺人兇手

homicidio *m.* 殺人, 兇殺

homilía *f.*【宗】佈道, 說教

hominicaco *m.*【口】微不足道的人

homocentro *m.* 同心圓

homogeneidad *f.* 同質, 同種, 同類; 均匀, 整齊

homogéneo, a *a.* 同質的, 同種的, 同類的; 均匀的, 整齊劃一的

homologar *tr.*【法】同意, 認可

homólogo, ga *a.* 1. 相應的, 類似的 2.【數】同調的 3.【化】同系的 4.【邏】同義的

homonimia *f.* 1. 同名異義 2. 同形異義, 同音異義, 同音同形異義

homosexualidad *f.* 同性戀愛

homúnculo *m.* 1. 人 (貶稱) 2. 侏儒

honda *f.* 1. 投石器, 彈弓 2. 弔索

hondamente *ad.* 深深地, 深切地

hondero *m.* 投石手, 彈弓手

*hondo, da I. *a.* 1. 深的 2. 低窪的 3.【轉】深切的 II. *m.* 底部, 深處 ◇ lo ~ 深處, 底部

hondonada *f.* 窪地, 凹地

hondura *f.* 1. 深度 2. 深處 ◇ meterse en ~s ①(研究問題) 鑽牛角尖 ②愛深入瞭解

*hondureño, ña *a.-s.* 洪都拉斯 (Honduras)的; 洪都拉斯人的; 洪都拉斯人

honestidad   *f.* 1. 誠實, 正直 2. 正派 3. 認真, 一絲不苟

honesto, ta   *a.* 1. 誠實的, 正直的 2. 正派的 3. 認真的, 一絲不苟的

***hongo**   *m.* 1.【植】蕈, 真菌, 蘑菇 2. *pl.* 真菌綱, 蕈綱 2.【醫】海綿腫 ◇ como ～s【轉, 口】大量的

***honor**   *m.* 1. 光榮, 榮譽 2. 聲譽, 名聲 3. 尊敬, 敬意 4. 尊嚴, 面子 5. 貞操 6. *pl.* 動章 7. *pl.* 高位, 顯職 ◇ en ～ de 爲(祝賀)/ hacer los ～es 招待, 款待/ tener a ～ 以…爲榮

honorable   *a.* 1. 可尊敬的 2. 光榮的

honorario, ria   *a.* 名譽的, 名義上的

honorífico, ca   *a.* 1. 光榮的, 榮耀的 2. 名義上的

honoris causa   *a.* 名譽的

***honra**   *f.* 1. 尊嚴, 體面 2. 聲譽, 名聲 3. 貞操, 貞節 4. 光榮, 榮耀 5. *pl.* 喪禮, 葬禮 ◇ ～s fúnebres 葬禮/ ～ y provecho 名利/ tener a mucha ～ 引以爲榮

honradez   *f.* 誠實, 正直

***honrado, da**   *a.* 誠實的, 正直的

***honrar**   I. *tr.* 1. 尊敬, 崇敬 2. 頌揚, 贊揚 3. 獎賞, 給與榮譽 II. *r.* 感到光榮

honrilla   *f.* 自尊心, 面子

***honroso, sa**   *a.* 光榮的, 體面的

hontanar   *m.* 泉源

hopalanda   *f.* (舊時大學生等穿的) 長外衣

hopear   *intr.* 搖尾巴

hopo   *m.* (綿羊等的) 大尾巴

***hora**   I. *f.* 1. 小時, 鐘點 2. 時間, 時候, 時機 3. 死期, 末日 II. *ad.* 現在 ◇ ～ astronómica 天文時/ ～ local 當地時間/ ～ suprema 死期/ a ～ avanzada 很晚/ a todas ～s 不停地, 反覆地/ dar la ～ 報時/ de ～ en ～ 不停地/ en buena ～ 及時地/ en mala ～ 倒霉地/ pedir ～ 預約時間/ tener las ～s contadas 即將死亡

horadar   *tr.* 鑽眼, 打穿

***horario, ria**   I. *a.* 時間的 II. *m.* 1. (鐘錶的) 時針 2. 時間表

horca   *f.* 1. 絞架 2. 草叉; 叉

horcado, da   *a.* 叉形的, 叉狀的

horcajadas   a ～ 騎着, 跨着

horchata   *f.* 巴旦杏仁茶

horchatería   *f.* 巴旦杏仁茶店

horda   *f.* 1. 游牧部落 2.【轉】烏合之衆

horizontal   I. *a.* 1. 地平的, 水平的 2. 橫着的 II. *m.* 1. 地平線, 水平線 2. 橫線

horizontalidad   *f.* 1. 水平狀態 2. 橫置狀態

***horizonte**   *m.* 1. 地平線, 地平圈 2.【轉】視野; 眼界 3.【轉】前景 ◇ ～s estrechos (或 limitados) 思想狹窄

horma   *f.* 1. (鞋、帽的) 楦子 2. (鞋不穿時放在裏面的) 鞋撑 ◇ encontrar (或 hallar) la ～ de su zapato ①正中下懷 ②遇到對手

***hormiga**   *f.* 1. 螞蟻 2.【醫】蟻走感 ◇ ser una ～ 勤勞的人

***hormigón**   *m.* 混凝土

hormigonera   *f.* 混凝土攪拌機

hormiguear   *intr.* 1. 發癢, 有蟻走感 2.【轉】(人羣等) 熙熙攘攘

hormigueo   *m.* 1. 發癢, 蟻走感 2.【轉】焦躁不安, 不適

hormiguero   *m.* 1. 蟻穴, 蟻窩 2.【轉】人羣熙來攘往的地方

hormiguillo   *m.* 1. 癢, 蟻走感 2. (馬的) 蹄葉炎 3. (用手傳東西排成的) 隊列

hormón   *m.* ; **hormona**   *f.*【生】激素, 荷爾蒙

hornablenda   *f.*【礦】角閃石

hornacina   *f.* 壁龕

hornada   *f.* 1. 一爐, 一窰 (量詞, 指一次燒製的量) 2. 一批 (量詞, 指同時結業等的人)

hornaguera   *f.* 無烟煤

hornero, ra   *s.* 麭包師

hornija   f. 劈柴

hornilla   f. 1. 小爐竈 2. 壁凹

*__hornillo__   m. 輕便爐, 小竈

*__horno__   m. 1. 爐, 窯, 竈 2. 烤箱 3. 麵包房 4. 非常熱的地方 ◇ alto ~ 高爐/ ~ crematorio 焚屍爐/ no estar el ~ para bollos ①不是時機 ②沒有情緒, 沒有心思

horología   f. 鐘錶製造術

horóscopo   m. 1. 占星術 2. 占星術士 3. 預卜

horquilla   f. 1. 草叉, 叉形物 2. 髮卡

horrendo, da   a. 駭人的, 恐怖的

hórreo   m. 穀倉, 糧倉

*__horrible__   a. 可怕的, 恐怖的

hórrido, da   a. 駭人的, 恐怖的

horripilar   tr. 使毛骨悚然, 使恐怖

horrísono, na   a. 聲音使人恐怖的, 響得嚇人的

horro, rra   a. 1. 獲得自由的(奴隸) 2. 擺脫了…的, 豁免…的 3. 缺乏的 4. 未孕的(母畜)

*__horror__   m. 1. 恐怖, 懼怕 2.【口】憎惡, 厭惡 3.【口】大量, 極多

horrorizar   tr. 使恐怖, 使毛骨悚然

horroroso, sa   a. 1. 可怕的, 恐怖的 2.【口】極醜的 3.【口】極壞的

*__hortaliza__   f. 蔬菜

hortelano, na   a.-s. 菜園的, 果園的; 菜農, 園丁

hortense   a. 菜園的, 果園的

hortensia   f.【植】綉球

hortera   I. f. 1. 木碗, 木鉢 II. s. 店員

horticultor, ra   s. 園藝師, 園藝家

horticultura   f. 園藝, 園藝學

hosco, ca   a. 1. 黑褐色的 2. 不易接近的 3. 陰沉的(天氣)

hospedaje; hospedamiento   m. 1. 住宿 2. 住宿處 3. 住宿費

hospedar   I. tr. 留宿, 提供住宿 II. r. 住宿, 寄宿

hospedería   f. 客棧, 客店

hospiciano, na   s. 1. 孤兒院的孩子 2.

濟貧院收容的窮人

hospicio   m. 1. 孤兒院, 育嬰堂 2. 濟貧院

*__hospital__   m. 醫院 ◇ ~ de sangre 【軍】野戰醫院/ parecer (或 ser) una casa un ~ 病人多的人家

*__hospitalario, ria__   a. 1. 熱情好客的 2. 宜人的, 可居住的

*__hospitalidad__   f. 1. 熱情好客 2. 病人住院

hospitalizar   I. tr. 把…送進醫院 II. r. 住院

hostal   m. 客棧, 旅館

hostelería   f. 旅館業

hostelero, ra   s. 旅館老闆

hostia   f. 1. 薄脆甜餅 2.【宗】聖餅; 供品, 祭品

hostiario   m. 薄脆甜餅盒

hostigar   tr. 1. 抽打, 鞭打 2.【轉】煩擾, 困擾

*__hostil__   a. 有敵意的, 仇視的

*__hostilidad__   f. 1. 敵意, 仇視 2. pl. 交戰

hostilizar   tr.【軍】騷擾

*__hotel__   m. 1. 旅館, 飯店 2. 別墅, 宅邸

hotelero, ra   a.-s. 旅館的; 旅館老闆

*__hoy__   ad. 1. 今日, 今天 2.【轉】現在, 當今 ◇ de ~ a mañana 即將, 馬上/ de ~ en adelante 從今以後/ por ~ 目前

hoya   f. 1. 窪地, 大坑 2. 墓穴 3. 盆地 ◇ plantar a ~【農】點播, 穴播

hoyada   f. 窪, 坑

hoyanca   f. 集葬墓穴

hoyo   m. 1. 坑, 穴 2. 墳墓 3. 臉上的麻點

hoyuelo   m. 酒窩

*__hoz__   f. 鐮刀

hozar   intr. 用嘴拱地(豬等)

hucha   f. 1. 儲蓄罐, 撲滿 2.【轉】儲蓄, 存款

*__hueco, ca__   I. a. 1. 鬆軟的 2. (衣服等)肥大的 3. 空的, 空心的 4.【轉】空洞的, 言之無物的 II. m. 1. 洞, 孔, 口

2. 空位, 缺額 3. 空閒

huecograbado *m.* 【印】1. 照相凹版印刷術 2. 照相凹版印刷品

***huelga** *f.* 1. 罷工 2. 休假 3. 娛樂 ◇ ～ de brazos caídos 怠工/ ～ de comerciantes 罷市/ ～ de hambre 絕食/ ～ de sentados 靜坐罷工/ ～ estudiantil 罷課/ ～ general 總罷工/ ～ por solidaridad 同情罷工/ subsidio de ～ 工會在罷工期間給工人的津貼

huelgo *m.* 1. 呼吸, 喘息 2. 寬敞, 寬大 3. 【機】(零件間的) 空隙, 縫隙

***huelguista** *s.* 罷工者

***huelguístico, ca** *a.* 罷工的

***huella** *f.* 1. 腳印, 足迹 2.【轉】痕迹 ◇ ～ dactilar (或 digital) 指紋, 手印/ perder las ～ de 失去…的線索/ seguir las ～ de 仿傚

***huérfano, na** *s.* 孤兒

huero, ra *a.* 1. 空的, 空心的 2.【轉】空洞的 ◇ salir ～ 失敗, 落空

***huerta** *f.* 1. 大菜園, 大果園 2. 大灌溉區

huertano, na *s.* 大灌溉地區居民

***huerto** *m.* 菜園, 果園

huesa *f.* 墓穴

***hueso** *m.* 1. 骨, 骨頭 2. 果核 3. *pl.* 屍骨, 遺體 4.【轉】難辦的事 ◇ calado (或 mojado) hasta los ～s 濕透了的/ dar en ～ 碰到困難/ estar en los ～s 骨瘦如柴/ la sin ～ 舌頭/ tener los ～s molidos 累極了

huesoso, sa *a.* 1. 骨的, 骨質的 2. 多骨的, 骨大的

***huésped, da** *s.* 1. 客人, 賓客 2. 房主; 客店主 ◇ no contar con la ～a 碰到意料不到的困難

hueste *f.* 1. 軍隊, 部隊 2. *pl.*【轉】信徒, 追隨者

huesudo, da *a.* 瘦削的

hueva *f.* 魚卵

huevera *f.* 蛋杯, 蛋盆

huevería *f.* 禽蛋店

huevero, ra *s.* 蛋商

***huevo** *m.* 1. 蛋, 卵, 鷄蛋 2. 卵形物 3. (織襪用的) 襪撐 ◇ ～ de Pascuas 復活節彩蛋/ ～ duro 煮鷄蛋/ ～ pasado por agua 溏心鷄蛋/ a ～ 便宜的/ ir como pisando ～s 如履薄冰/ parecerse como un ～ a otro 一模一樣

***huida** *f.* 1. 逃脱, 逃跑 2.【轉】借口, 遁詞

huidizo, za *a.* 1. 逃跑的 2. 轉瞬即逝的

huido, da *a.* 1. 逃跑的, 逃走的 2. 避人的, 怕見人的

***huir** *intr.* 1. 逃跑, 逃走 2. 避開, 迴避 3. (時間) 流逝 4.【轉】疾逝, 迅速離去

hule *m.* 1. 橡膠 2. 油布

***hulla** *f.* 烟煤

***hullero, ra** *a.* 烟煤的, 煤炭的

humanar *tr.* 使有人性, 使合乎人道

***humanidad** *f.* 1. 人類 2. 人性 3. 仁慈, 人道; 博愛 4. *pl.* 人文學科

***humanismo** *m.* 1. 人道主義; 人文主義 2. 人文學

humanista *s.* 1. 人道主義者; 人文主義者 2. 人文學者

humanitario, ria *a.* 人道主義的, 博愛的, 仁慈的, 人情的

humanitarismo *m.* 人道主義, 人情, 博愛, 仁慈

humanizar *tr.* 使有人性, 使合乎人道

***humano, na** I. *a.* 1. 人的, 人類的 2. 有人性的, 合人道的 II. *m.* 人

humarazo *m.* 濃烟

humareda *f.* 烟霧, 烟雲

humazo *m.* 濃烟

humear *intr.* 1. 冒烟 2. 冒汽

***humedad** *f.* 1. 濕氣, 濕潤 2. 濕度

humedal *m.* 潮濕的地方

humedecer *tr.* 使潮濕, 使濕潤

***húmedo, da** *a.* 潮濕的, 濕潤的

humeral *a.*【解】肱骨的

humero *m.* 烟囱

húmero m.【解】肱骨

*humildad f. 1. 謙恭, 謙卑 2. 卑微, 低賤

*humilde a. 1. 謙恭的, 謙卑的 2. 卑賤的, 低賤的 3. 低聲下氣的

*humillación f. 1 羞辱, 恥辱 2. 卑躬屈膝

humilladero m. 村口十字架, 村口聖像

humillante a. 凌辱的, 羞辱的

*humillar I. tr. 1. 低下, 垂下 2. 使受羞辱, 使丟面子 II. r. 卑躬屈膝

humo m. 1. 烟 2. 蒸氣, 熱氣 3. 過眼烟雲 4. pl. 自負, 傲氣 5. pl. 村鎮住户 ◇ a ~ de pajas 輕易地/ bajar los ~s 殺某人的傲氣/ convertirse en ~ 化爲烏有/ pesar el ~ 過分敏感/ subirse el ~ a las narices 發火, 動怒

*humor m. 1. (動物的)體液 2.【轉】心情, 情緒 3.【轉】幽默, 詼諧 ◇ buen ~ 心情好/ mal ~ 心情不佳/ seguir el ~ 順着某人

humorada f. 詼諧, 俏皮話

humoral a. 體液的

humorismo m. 1. 幽默, 幽默風格 2. 體液病理學說

humorista s. 1. 幽默的人, 幽默作家 2. 體液病理醫生

humoso, sa a. 1. 冒烟的 2. 有烟味的

humus m. 腐殖質, 腐殖土

hundimiento m. 1. 沉没, 陷入 2. 倒塌, 坍塌 3. 失敗, 落空 4. 毁滅

*hundir tr. 1. 使沉没, 使陷入 2. 使倒塌 3. 使失敗, 使落空 4. 毁壞, 毁滅

*húngaro, ra I. a.-s. 匈牙利 (Hungría) 的, 匈牙利人的; 匈牙利人 II. m. 匈牙利語

huno, na a.-s. 匈奴的; 匈奴人

*huracán m. 旋風, 颶風

huracanado, da a. 颶風般的

huraño, ña a. 孤僻的, 不愛交際的

hurgar tr. 1. 撥動, 翻動, 攪動 2. 刺激, 激怒 3.【轉】使煩惱

hurgón m. 撥火棍, 火鉗

hurgonear tr. 撥(火)

hurí (pl. huríes) f. 伊斯蘭教天堂女神

hurón, ona s. 1.【動】白鼬 2.【口】孤僻的人

huronear intr. 1. 用白鼬狩獵 2.【轉, 口】打聽, 探聽

huronera f. 1. 白鼬窩 2.【轉, 口】匪巢

hurra interj. 好哇(歡呼聲)

hurtadillas : a ~ 偷偷地

*hurtar tr. 1. 偷竊, 扒竊 2. 掩飾, 藏匿 3. 躲閃, 躲避

hurto m. 1. 偷竊, 小偷小摸 2. 贜物

húsar m. 輕騎兵

husillo m. 螺杆

husmeador, ra s. 刺探的人, 探聽的人

*husmear I. tr. 1. 嗅, 聞 2.【轉, 口】探聽, 刺探 II. intr. 腐爛發臭

husmeo m. 1. 嗅, 聞 2.【轉, 口】探聽, 刺探

husmo m. 腐臭味 ◇ estar al ~ 伺機

*huso m.【紡】紡錘, 錠子

huy interj. 哎喲(表示驚愕, 疼痛)

I

i f. 西班牙語字母表的第十個字母

*ibérico, ca a.-m. 伊比利亞 (Iberia) 的, 伊比利亞人的; 伊比利亞語

*ibero, ra a.-m.pl. 伊比利亞 (Iberia) 的, 伊比利亞人的; 伊比利亞人

iberoamericano, na a.-s. 伊比利亞美洲的, 拉丁美洲的; 伊比利亞美洲人, 拉丁美洲人

íbice m.【動】野山羊

ibídem ad. 出處同上 (略語作 ib. 或 ibid.)

ibis f.【動】白鷺

iceberg (*pl.* icebergs) *m.* 浮動的流冰, 冰山

icnografía *f.*【建】平面圖

icono *m.* 聖像

iconoclasta *a.* 1. 反對崇拜聖像的, 反對崇拜偶像的 2. 不尊重傳統或權威的

iconografía *f.* 1. 肖像畫法, 肖像學 2. 肖像集 3. 名人像冊

iconología *f.* 古像考證學

icor *m.*【醫】腐液

icosaedro *m.*【數】二十面體

ictericia *f.*【醫】黃疸

ictiófago, ga *a.* 食魚的, 以魚爲食的

ictiología *f.* 魚類學

ictiosauro *m.*【博物】魚龍

*****ida** *f.* 1. 去, 往 2.【轉】衝動 ◇ billete de ~ y vuelta 往返票/ ~s y venidas 奔忙, 奔波

*****idea** *f.* 1. 概念; 觀念 2. 想法, 打算 3. 看法, 印象, 感覺 4. 才能, 才智 5.（文藝作品的）主題, 構思 ◇ ~ precon-cebida 成見/ mala ~ 居心不良/ re-mota ~ 模糊印象/ darle una ~ 突然想起（一個念頭）/ formarse（或 hacerse）una ~ 形成一個概念/ hacerse a la ~ de 同意, 接受

*****ideal** I. *a.* 1. 想像的, 設想的 2. 理想的, 完美的 II. *m.* 1. 典範, 楷模 2. 理想, 信念

idealidad *f.* 1. 理想性 2. 完美; 完美的事物

*****idealismo** *m.* 1.【哲】唯心主義, 唯心論 2. 理想主義

idealista *a.-s.* 1. 唯心主義的, 唯心論的; 唯心主義者, 唯心論者 2. 理想主義的, 空想的; 理想主義者, 空想家

idealización *f.* 理想化

idealizar *tr.* 使理想化

idear *tr.* 1. 對…形成概念 2. 設想, 設計, 發明

ídem *ad.* 同上, 同前（略語作 id.）

*****idéntico, ca** *a.* 相同的; 極相似的

identidad *f.* 1. 同一性, 一致性 2. 身份

3.【數】恒等式

identificación *f.* 1. 確定身份 2. 視爲相同

identificar I. *tr.* 1. 確定身份 2. 視爲相同, 視爲一致 II. *r.* 1. 相一致 2. 結合, 打成一片

ideografía *f.* 表意文字學; 表意符號的應用

ideograma *m.* 表意文字; 表意符號

*****ideología** *f.* 思想體系, 意識形態

ideólogo, ga *s.* 1. 思想家 2. 空想家

idílico, ca *a.* 田園詩的, 牧歌的

idilio *m.* 1. 田園詩, 牧歌 2.【轉】情話

*****idioma** *m.* 1. 語言 2. 習慣用語

idiomático, ca *a.* 1. 語言的 2. 慣用語的

idiosincrasia *f.*（人的）特性, 特質

*****idiota** *a.-s.* 1. 癡獃的; 白癡 2. 愚昧的; 笨蛋

idiotez *f.* 1. 癡獃 2. 愚笨

idiotismo *m.* 1. 獃笨 2. 慣用語, 習語

ido, da *a.* 1. 過去了的, 已成爲過去的 2. 心不在焉的

idólatra I. *a.* 1. 崇拜偶像的 2.【轉】崇拜…的, 盲目崇拜…的 II. *s.* 偶像崇拜者

idolatría *f.* 1. 偶像崇拜 2.【轉】盲目崇拜

ídolo *m.* 1. 偶像 2.【轉】崇拜對象

idoneidad *f.* 有…才能; 合適性

idóneo, a *a.* 有…才能的; 合適的

*****iglesia** *f.* 1. 宗教, 教會 2. 教堂

ignaro, ra *a.* 見 ignorante

ígneo, a *a.* 1. 火的 2. 火紅色的 3.【質】火成的

ignición *f.* 1. 燃燒; 灼熱, 燒紅 2. 發火, 點火

ignífugo, ga *a.* 防火的, 不燃的

ignografía *f.* 見 icnografía

ignominia *f.* 1. 恥辱, 不名譽 2. 醜行, 可恥行爲

ignominioso, sa *a.* 可恥的, 不名譽的

*****ignorancia** *f.* 1. 不知道 2. 愚昧, 無知

*ignorante *a.* 1. 不知道的 2. 愚昧的, 無知的

ignorantismo *m.* 蒙昧主義

ignorantista *s.* 蒙昧主義者

*ignorar *tr.* 1. 不知道 2. 不顧, 不理, 無視

ignoto, ta *a.* 未知的, 未發現的

*igual I. *a.* 1. 相同的, 一樣的 2. 平的, 齊的 3. 沒有變化的, 一貫的 4. 一致的, 相符的 5. 相似的 II. *ad.* 同樣地 III. *s.* 同樣的人, 地位相同的人, 同類人 ◇ al ~ que 如同/ de ~ a ~ 平等地/ por ~ 一樣地, 一律/ sin ~ 無比的, 無雙的

iguala *f.* 1. 相等, 同等對待 2. (醫藥等) 的服務合同

igualación *f.* 1. 相等, 同等對待 2. 服務合同

igualar I. *tr.* 1. 使相同, 使一樣 2. 使平, 使齊 3. 訂立服務合同 II. *intr.-r.* 相同, 一樣

*igualdad *f.* 1. 平等, 相同, 一樣 2. 無變化性, 一貫性 3. 【數】等式

igualitario, ria *a.-s.* 平均的, 平均主義的; 平等主義者, 平均主義者

igualitarismo *m.* 平等主義, 平均主義

iguana *f.* 【動】鬣蜥

iguanodonte *m.* 【博物】禽龍

ijada *f.* 【解】脅 2. 脅痛

ijadear *intr.* 氣喘吁吁

ijar *m.* 見 ijada

ilación *f.* 1. 推論, 演繹 2. 聯繫, 關連

ilativo, va *a.* 1. 引出推論的, 演繹的 2. 有聯繫的

*ilegal *a.* 非法的, 違法的

ilegalidad *f.* 非法, 違法; 非法行為

ilegible *a.* 1. 難辨認的, 字迹模糊的 2. 不可讀的, 不該讀的

ilegítimo, ma *a.* 1. 非法的, 違法的 2. 私生的 3. 不正當的 (男女關係)

íleo *m.* 【醫】腸梗塞

íleon *m.* 【解】1. 迴腸 2. 髂骨

ileso, sa *a.* 沒受傷的

iletrado, da *a.* 1. 不識字的, 文盲的 2. 未受教育的

ilíaco, ca *a.* 髂骨的

ilicíneo, a *a.-f.pl.*【植】冬青科的; 冬青科

ilícito, ta *a.* 1. 違法的, 非法的 2. 不正當的

*ilimitado, da *a.* 無限的, 無限制的

ilion *m.*【解】髂骨

iliterato, ta *a.* 無知識的, 沒文化的

ilógico, ca *a.* 不合邏輯的, 無理的

ilogismo *m.* 不合邏輯, 無條理

ilota *s.* 1. (古希臘) 斯巴達 (Esparta) 農奴 2.【轉】被侮辱被損害的人

ilotismo *m.* (古希臘) 斯巴達奴隸身份

iluminación *f.* 1. 照明, 照耀 2. *pl.* 彩燈

iluminador, ra *a.* 1. 照明的, 照亮的 2. 着色的, 上色的 3.【轉】啓發的

*iluminar *tr.* 1. 照明, 照亮, 照耀 2. 用彩燈裝飾 3. 着色, 上色 4.【轉】啓發, 指明

*ilusión *f.* 1. 幻覺, 錯覺 2. 幻想, 空想 ◇ hacerse ~es 抱有幻想

ilusionar I. *tr.* 使產生幻想 II. *r.* 抱有幻想

ilusionismo *m.* 1. 魔術, 引起錯覺的戲法 2.【哲】物質世界幻覺説

ilusionista *s.* 魔術師

iluso, sa *a.* 1. 抱幻想的, 愛幻想的 2. 被迷惑的, 受騙的

ilusorio, ria *a.* 1. 虚幻的, 不真實的 2. 無價值的, 無用的

ilustración *f.* 1. 啓發, 啓蒙 2. 説明, 解釋 3. 文化知識 4. 插圖, 插畫 5. 畫報, 畫刊 6. 十八世紀的啓蒙運動

ilustrado, da *a.* 1. 有學問的, 有知識的 2. 有插圖的, 有插畫的

ilustrador, ra *s.* 插圖畫家

ilustrar *tr.* 1. 啓發, 啓蒙 2. 使有知識, 使有文化 3. 説明, 解釋 4. 加插圖 5.【轉】使成名

ilustrativo, va *a.* 説明性的, 解釋性的

*ilustre a. 1. 著名的, 卓越的 2. 尊貴的

ilustrísimo, ma a. (用作呼語)最尊貴的 ◇ Su Ilustrísima (對主教的稱呼)大人, 閣下

*imagen f. 1. 像, 肖像; 畫像; 圖像 2. 形象, 相貌 3. 比喻 4.【轉】形象化描寫, 逼真的描寫 ◇ ～ fantasma 幻像/ ～ negativa 負像/ ～ real 實像/ ～ virtual 虛像/viva ～ 酷似的人或物

*imaginación f. 1. 想象; 想象力 2. 猜想, 臆測

*imaginar tr. 1. 想象 2. 以爲, 猜測; 想出

imaginario, ria I. a. 1. 想象的, 假想的, 虛構的 2.【數】虛數的 II. f. 1. 後備衛隊 2. 夜間值勤士兵

imaginativo, va I. a. 富於想象力的 II. f. 1. 想象力 2. 理智

imaginería f. 仿畫刺綉

imaginero m. 肖像畫家, 肖像雕刻家

*imán m. 1. 磁鐵, 磁石, 磁體 2. 吸引力

imanación f. 磁化

imanar tr. 見 imantar

imantación f. 磁化

imantar tr. 使磁化, 使有磁力

imbécil a.-s. 獃傻的, 愚笨的, 低能的; 獃子, 笨蛋, 低能兒

imbecilidad f. 獃笨, 愚蠢; 愚蠢言行

imberbe a. 1. 没長鬍鬚的 2. 年少的, 年輕的

imbibición f. 1. 吸收 2. 浸濕

imbornal m. 排水口, 排水洞

imborrable a. 不可磨滅的, 抹不掉的

imbricado, da a. 疊瓦狀排列的, 鱗狀疊蓋的

imbuir I. tr. 灌輸, 感染 II. r. 受感染

imitable a. 可模仿的, 可倣傚的

*imitación f. 1. 模仿, 仿傚 2. 仿製品 ◇ de ～ 僞造的, 假的

*imitar tr. 1. 模仿, 仿傚; 仿造 2.【口】像, 相像

imitativo, va; imitatorio, ria a. 模仿性的

*impaciencia f. 急躁, 不耐煩; 焦急

*impacientar tr. 1. 使急躁, 使不耐煩 2. 使發火, 使生氣

*impaciente a. 急躁的, 不耐煩的; 焦急的

impactar tr. 1. 打中, 擊中 2. 影響; 衝擊

impacto m. 1. 命中, 打中 2. 彈痕 3.【轉】巨大影響

impalpable a. 1. 感觸不到的 2. 細微的, 薄的

impar a. 1.【數】單數的, 奇數的 2. 無雙的, 獨一無二的

imparcial a. 公正的, 不偏不倚的

imparcialidad f. 公正, 不偏不倚

impartir tr. 1. 分給, 給予 2. 發佈, 通知

impasibilidad f. 1. 不感疼痛 2. 不動聲色, 無動於衷

impasible a. 1. 不感疼痛的 2. 無動於衷的

impavidez f. 1. 勇敢, 無畏 2. 無動於衷

impávido, da a. 1. 勇敢的, 無畏的 2. 冷漠的, 無動於衷的

impecable a. 1. 不會有過失的 2. 完美的, 無瑕疵的

impedido, da a. 癱瘓的

impedimenta f. 妨礙行進的負重

impedimento m. 1. 阻礙, 障礙 2. 婚姻的障礙

*impedir tr. 阻止, 阻擋; 妨礙

impelente a. 推動的, 推進的 ◇ bomba ～ 壓力泵

impeler tr. 1. 推動, 推進 2.【轉】促使

impenetrabilidad f. 1. 不可進入; 不可穿透 2. 不可知, 不可捉摸

impenetrable a. 1. 進不去的, 穿不透的 2. 費解的, 不可捉摸的

impenitencia f. 執迷不悟, 頑固不化

impenitente a. 執迷不悟的, 頑固不化的

impensado, da *a.* 1. 未考慮到的, 欠考慮的 2. 意外的, 偶然的

imperante *a.* 1. 統治的, 控制的 2. 主導的, 佔支配地位的

imperar *intr.* 1. 統治, 控制 2. 主宰, 佔支配地位

***imperativo, va** I. *a.* 1. 命令的, 強制的 2. 必須的, 緊迫的 II. *m.* 1. 命令, 原則 2.【語法】命令式

imperatoria *f.*【植】前胡屬

imperceptible *a.* 感覺不到的, 覺察不到的

imperdible *a.-m.* 不可丟失的; 别針

***imperdonable** *a.* 不可原諒的, 不可寬恕的

imperecedero, ra *a.* 不朽的, 永恒的

imperfección *f.* 1. 不完全, 不完美 2. 缺點, 瑕疵

***imperfecto, ta** *a.* 1. 不完全的, 不完美的 2. 有缺點的 3.【語法】未完成的 (時態)

imperial *a.* 皇帝的, 帝國的

***imperialismo** *m.* 帝國主義

***imperialista** *a.-s.* 帝國主義的; 帝國主義者

***impericia** *f.* 無經驗; 不熟練

imperio *m.* 1. 統治 2. 帝制, 帝位; 帝國; 帝國時期 3.【轉, 口】專橫, 霸道

imperioso, sa *a.* 1. 專橫的, 霸道的 2. 急迫的, 必須的

impermeabilizar *tr.* 使防水, 使不透水

***impermeable** *a.-m.* 不透水的, 防水的; 雨衣

impermutable *a.* 不能交換的, 不可互換的

***impersonal** *a.* 1. 非特指某人的 2. 客觀的 3.【語法】無人稱的

impertérrito, ta *a.* 無畏的; 不動聲色的

***impertinencia** *f.* 1. 不適當, 不適宜 2. 不恭, 不敬, 不禮貌 3. 無禮言行

impertinente I. *a.* 1. 不適當的, 不適宜的 2. 不禮貌的, 不恭敬的 II. *m. pl.*

長柄眼鏡

imperturbabilidad *f.* 沉着, 冷静

imperturbable *a.* 沉着的, 冷静的

impetración *f.* 懇求, 祈求

impetrar *tr.* 懇求, 祈求

***ímpetu** *m.* 1. 猛烈, 迅猛 2. 勇猛, 果敢 3. 熱情, 衝動

impetuosidad *f.* 1. 猛烈; 勇猛 2. 性急, 急躁

impetuoso, sa *a.* 1. 猛烈的; 勇猛的 2. 急躁的, 性急的

impiedad *f.* 1. 冷酷無情 2. 不信教

impío, pía *a.* 1. 冷酷無情的, 不仁慈的 2. 不信教的

***implacable** *a.* 1. 不能緩和的, 不能平息的 2. 嚴酷的, 無情的

implantación *f.* 建立; 實行

implantar *tr.* 建立; 實行

implemento *m.pl.* 工具, 器具

implicación *f.* 1. 牽連, 捲入 2. 含義, 内容 3. (詞語的)自相矛盾

implicar I. *tr.* 1. 使牽連, 使捲入 2. 包含, 意味 II. *intr.* (用在否定句中)妨礙, 阻止

implicatorio, ria *a.* 含有(某種含義)的

implícito, ta *a.* 不明言的, 含蓄的

imploración *f.* 央求, 哀求

implorar *tr.* 央求, 哀求

implume *a.* 没有羽毛的

impolítico, ca *a.* 1. 失策的, 不明智的 2. 失禮的

impoluto, ta *a.* 純潔的, 無瑕的

imponderable *a.* 1. 没有份量的, 不可稱量的 2.【轉】不可估量的

imponente *a.* 1. 給人以深刻印象的 2. 令人敬畏的 3. 莊嚴的, 威嚴的 4.【口】極好的; 極大的; 極漂亮的

***imponer** I. *tr.* 1. 强加, 强迫接受 2. 徵收(賦稅) 3. 假造(罪名), 栽(贓) 4. 告知 5. 使敬畏, 使害怕 6. 存放(錢) II. *r.* 1. 必須, 必要 2. 使服從

impopular *a.* 不得人心的, 不受歡迎的

*importación *f.* 1. 輸入, 進口 2.【集】進口貨

importador, ra *s.* 進口商

*importancia *f.* 1. 重要性 2. 權威, 顯要 3.【轉】傲慢, 自負 ◇ darse ～ 自命不凡

*importante *a.* 1. 重要的, 重大的 2. 地位顯赫的

*importar I. *tr.* 輸入, 進口 II. *intr.* 對…重要, 對…關係重大

importe *m.* 價值; 金額

importunar *tr.* 糾纏, 煩擾

importunidad *f.* 1. 不合時宜 2. 糾纏, 煩擾

importuno, na *a.* 1. 不合時宜的 2. 討人嫌的

*imposibilidad *f.* 不可能性 ◇ ～ física 生理缺陷, 生理障礙

imposibilitar I. *tr.* 使不可能, 阻止 II. *r.* 癱瘓

*imposible I. *a.* 1. 不可能的 2. 難以實現的 3. 難以容忍的 4. *Amér.* 骯髒的 II. *m.* 不可能的事 ◇ hacer lo ～ por 竭盡全力

imposición *f.* 1. 强加; 强加的事 2. 賦稅 3. 假造的罪名, 栽贓

imposta *f.*【建】拱墩, 拱基

impostor, ra *a.* 1. 誆騙的, 詐騙的 2. 誹謗的, 中傷的

impostura *f.* 1. 誆騙, 詐騙 2. 誹謗, 中傷

impotable *a.* 不能飲用的

impotencia *f.* 1. 無能, 無力; 虛弱 2.【醫】陽萎

*impotente *a.* 1. 無能的, 無力的; 虛弱的 2.【醫】陽萎的

impracticable *a.* 1. 不能實現的, 行不通的 2. 不能通行的(道路)

imprecación *f.* 詛咒, 咒罵

imprecar *tr.* 詛咒, 咒罵

imprecatorio, ria *a.* 詛咒性的, 咒罵性的

imprecisión *f.* 不精確, 不準確, 不明確

impreciso, sa *a.* 不精確的, 不準確的, 不明確的

impregnación *f.* 1. 浸透, 滲透 2. 飽和, 充滿

impregnar I. *tr.* 1. 使浸透, 使滲透 2. 使充滿 II. *r.* 充滿

impremeditación *f.* 欠考慮, 草率

impremeditado, da *a.* 欠考慮的, 草率的

*imprenta *f.* 1. 印刷術 2. 印刷廠 3.【轉】印版物 ◇ pie de ～ (出版者在標題頁或版權頁上有關出版時間、地點等的)版本説明

*imprescindible *a.* 必不可少的, 必需的

imprescriptible *a.* 不受時效約束的

impresentable *a.* 見不得人的, 不登大雅之堂的

*impresión *f.* 1. 印刷; 印刷品, 出版物 2. 印象, 感受 3. 痕迹, 印記 ◇ ～ digital 指紋, 手印/cambiar ～es 交換看法/causar (或 hacer) la ～ de que 看來, 似乎

impresionable *a.* 1. 易被感動的, 敏感的 2. 可攝製的 3. 可錄製的

impresionante *a.* 感人的, 動人的

impresionar *tr.* 1. 感動, 打動, 給以深刻印象 2. 使感光 3. 錄製(磁帶等)

impresionismo *m.* 印象主義, 印象派

impresionista *a.-s.* 印象主義的, 印象派的; 印象派藝術家

impreso, sa *a.-m.* 印刷的; 印刷品, 出版物

impresor, ra *s.* 1. 印刷工人 2. 印刷廠老闆

imprevisión *f.* 缺乏遠見, 無先見之明

imprevisor, ra *a.* 缺乏遠見的, 無先見之明的

imprevisto, ta *a.-m.* 未料到的, 意外的; 意外之事

imprimación *f.* 1. 打底子, 上底色 2. 底漆, 底色

imprimadera *f.* 底色刀, 底漆刀

imprimar *tr.* 打底子, 上底色, 塗底漆

*imprimir *tr.* **1.** 印製, 印刷 **2.** 使留下 (痕迹、印記) **3.** 使銘記 **4.** 使具有(某 種品質、特徵)

improbabilidad *f.* 不可能性

improbable *a.* 未必可能的, 不大可能 的

improbar *tr.* 不贊同

improbo, ba *a.* **1.** 繁重的(勞動) **2.** 邪 惡的 **3.** 不正直的

improcedencia *f.* **1.** 不適當, 不合適 **2.** 不合理

improcedente *a.* **1.** 不適當的, 不合適 的 **2.** 不合理的

improductividad *f.* 不生産; 無收益

impronta *f.* 模壓圖像

improperio *m.* 責罵, 辱罵

impropiedad *f.* 不合適, 不確切, 不恰 當

impropio, pia *a.* 不合適的, 不確切的, 不恰當的

improporcionado, da *a.* 不勻稱的, 不 成比例的

improrrogable *a.* 不可拖延的

impróvido, da *a.* 無準備的

improvisación *f.* 即興創作; 即席之作

improvisar *tr.* **1.** 即興創作, 即興演奏 **2.** 臨時準備

*improviso, sa *a.* 没有預料到的, 意外 的 ◇ al (或 de) ~ 突然地, 意外地

*imprudencia *f.* 不謹慎, 魯莽

*imprudente *a.* 不謹慎的, 魯莽的

impúber; impúbero, ra *a.-s.* 性未成 熟的; 未到青春期的孩子

impudencia *f.* 厚顔無恥

impudente *a.* 厚顔無恥的

impudicia *f.* 下流行爲

impúdico, ca *a.-s.* 厚顔無恥的, 不要臉 的; 下流坯, 無恥之徒

impudor *m.* 厚顔無恥, 不要臉

*impuesto *m.* 税, 捐税

impugnación *f.* 反駁, 駁斥

impugnar *tr.* 反駁, 駁斥

*impulsar *tr.* 推動; 促進, 促使

impulsión *f.* 推動; 促進, 促使

impulsivo, va *a.* **1.** 推動的, 有推進力 的 **2.**【轉】感情衝動的

impulso *m.* **1.** 推動, 推進; 推動力 **2.** 促進, 促使 **3.** 動力, 動機 **4.**【轉】感情衝動 **5.** 【理】脈衝 ◇ a ~s de 在…推動下/al primer ~ 一開始/tomar ~s (起跑前 的)助跑

impulsor, ra **I.** *a.-s.* **1.** 推動的, 推進 的; 推動者 **2.** 鼓舞的, 激勵的; 鼓動者 **II.** *m.* 推進器

impune *a.* 未受懲罰的, 逍遙法外的

impunidad *f.* 未受懲罰, 逍遙法外

impureza *f.* **1.** 不純 **2.** 不潔淨 **3.** 雜 質, 雜物 **4.**【轉】下流, 淫猥

impurificar *tr.* **1.** 使不純 **2.** 使不潔淨

impuro, ra *a.* **1.** 不純的 **2.** 不潔淨的 **3.**【轉】下流的, 淫猥的

imputable *a.* 可歸罪於…的, 可歸咎的

imputación *f.* 歸罪, 歸咎

imputar *tr.* 把…歸罪於, 把…歸咎於

in- *pref.* **1.** 含"在内"之意 **2.** 含"非"之 意

inacabable *a.* 没完没了的, 無止境的

*inaccesible *a.* **1.** 達不到的, 辦不到的 **2.** 不可接近的 **3.** 不可理解的

inacción *f.* 静止不動; 閒置

inaceptable *a.* **1.** 難以接受的 **2.** 難以 置信的

inactividad *f.* **1.** 不活動, 不積極 **2.** 怠 惰 **3.**【醫】非活動性, 静止性 **4.**【化】無 活性; 純性

*inactivo, va *a.* **1.** 不活動的, 不積極的 **2.** 怠惰的, 閒散的 **3.**【醫】非活動性的, 静止性的 **4.**【化】無活性的, 純性的

inadaptado, da *a.* 適應不了的

inadecuado, da *a.* 不恰當的, 不相當的

*inadmisible *a.* **1.** 不能接受的, 不能 同意的 **2.** 不能容忍的 **3.** 不可信的

inadoptable *a.* 不可採納的, 不可採用 的

inadvertencia *f.* 疏忽,大意;不留心

inadvertido, da *a.* 1. 沒注意到的 2. 漫不經心的

*****inagotable** *a.* 不會枯竭的,無盡的

*****inaguantable** *a.* 無法忍受的,難容忍的

inajenable *a.* 見 inalienable

inalámbrico, ca *a.* 無線通訊的

in albis *ad.* 1. 一無所知 2. 一無所獲

inalcanzable *a.* 難達到的,難得到的

inalienable *a.* 不可轉讓的;不可分割的;不可侵犯的

inalterable *a.* 1. 不變的 2. 不動聲色的

inamovible *a.* 不得罷免的,不可撤換的

inanición *f.*【醫】極度虛弱

inanimado, da *a.* 1. 無生命的 2.【轉】沒精神的,無精打采的

inánime *a.* 1. 無生命的 2. 昏迷的

inapelable *a.* 1.【法】不得上訴的,不得申訴的 2.【轉】不可挽回的

inapetencia *f.* 食慾不振

inapetente *a.* 食慾不振的

inaplicable *a.* 不能實行的,不適用的

*****inapreciable** *a.* 1. 非常細微的 2. 極珍貴的,無法估值的

inarmónico, ca *a.* 不和諧的,不諧調的

inarticulado, da *a.* 1. 不連貫的,斷斷續續的 2. 發音不清的

in artículo mortis 臨終時

inartístico, ca *a.* 非藝術的,缺乏藝術性的

inasequible *a.* 難以達到的,難以得到的

inasimilable *a.* 1. 不可同化的 2. 不能領會的

inasistencia *f.* 缺席

inasociable *a.* 不喜歡交際的

inastillable *a.* (玻璃破碎時)不成尖碴的

inatacable *a.* 1. 無法攻擊的 2.【轉】無可指斥的

inatento, ta *a.* 不注意的,疏忽的

*****inaudito, ta** *a.* 1. 前所未聞的 2.【轉】聳人聽聞的

*****inauguración** *f.* 開始,開幕;開幕式

inaugural *a.* 開始的,開幕的

*****inaugurar** *tr.* 1. 爲…舉行開幕式 2. 開始;開創

inca I. *m.* 印加國王 II. *s.* 印加人

incaico, ca *a.* 印加的,印加人的

incalculable *a.* 無法估計的;無數的

incalificable *a.* 1. 無法形容的 2. 可鄙的,人所不齒的

incandescencia *f.* 1. 白熱,白熾 2.【轉】火熱,熾烈 ◇ lámpara de ～ 白熾燈

incandescente *a.* 1. 白熱的,白熾的 2.【轉】火熱的,熾烈的

*****incansable** *a.* 不知疲倦的,不懈的

*****incapacidad** *f.* 1. 無能力;無才幹 2.【法】無資格

incapacitar *tr.* 使無能力,使不能 2.【法】使無資格

*****incapaz** *a.* 1. 無能力的,無才幹的 2.【法】無資格的

incasto, ta *a.* 1. 不貞潔的 2. 不純潔的

incautación *f.* 1. 霸佔,強佔 2. 沒收,充公

incautarse *r.* 1. 霸佔,強佔 2. 沒收,充公

incauto, ta *a.* 1. 不謹慎的,不小心的 2. 易受騙的

incendiar *tr.* 使燃燒,放火燒

*****incendiario, ria** *a.* 1. 燃燒的 2. 放火的,縱火的 3.【轉】煽動性的

*****incendio** *m.* 1. 大火,火災 2.【轉】激情

incensar *tr.* 1. 用香薰 2.【轉】阿諛,奉承

incensario *m.* 香爐

incensurable *a.* 無可指責的,無可非議的

incentivo, va *a.-m.* 刺激的,鼓勵的;刺激,鼓勵

*****incertidumbre** *f.* 1. 不可靠,不肯定

2. 猶像

incesable *a.* 不停的; 不能停的

incesto *m.* 亂倫

incidencia *f.* 1. 偶然事件, 事故 2. 發生率, 發病率 ◇ por ~ 偶然地

incidental *a.* 偶然的, 意外的

incidente I. *a.* 偶然的, 意外的 II. *m.* 1. 意外事件; 插曲 2. 爭吵, 口角

incidir *intr.* 1. 犯 (錯誤) 2. 投射 3. 【醫】切開

incienso *m.* 1. 香, 薰香 2.【轉】阿諛, 奉承

incierto, ta *a.* 1. 不確實的, 不真實的 2. 不能肯定的, 無把握的 3. 不明確的, 模糊的

incineración *f.* 焚化, 火葬

incinerar *tr.* 焚化, 火葬

incipiente *a.* 開始的, 剛出現的, 早期的

incisión *f.* 1. 切開 2. 切口

incisivo, va *a.* 1. 切割的 2.【轉】尖銳的, 辛辣的

inciso *m.* 1.【語法】插入語 2. 逗號

incitación *f.* 刺激, 激勵, 煽動

incitar *tr.* 刺激, 激勵, 煽動

incitativo, va *a.* 刺激性的, 激勵性的, 煽動性的

incivil *a.* 無禮的, 沒教養的

incivilizado, da *a.* 1. 不開化的, 不文明的 2. 沒教養的

inclaustración *f.* 進修道院, 出家

inclemencia *f.* 1. 冷酷無情 2. 天氣惡劣 ◇ a la ~ 在露天

inclemente *a.* 1. 冷酷無情的 2. 氣候惡劣的

***inclinación** *f.* 1. 傾斜 2. 彎腰, 低頭, 鞠躬 3. 愛好, 愛慕 4. 傾向, 趨勢

***inclinar** I. *tr.* 1. 使傾斜 2. 彎, 低, 垂 3. 使傾向 II. *r.* 傾向於

ínclito, ta *a.* 著名的, 卓越的

***incluir** *tr.* 把…放進, 把…列入, 把…包括在內

inclusa *f.* 育嬰堂

inclusero, ra *s.* 在育嬰堂生活或長大

的人

inclusión *f.* 1. 放進, 列入, 包括 2. 包含物 3. 友誼, 交情

inclusive *ad.* 包括在內; 甚至

inclusivo, va *a.* 包括…在內的, 包含…的

***incluso** *ad.* 包括; 甚至

incoar *tr.* 開始, 着手

incobrable *a.* 不能取回的; 難收回的

incoercible *a.* 1. 不可壓縮的, 不可壓凝的 2. 止不住的, 抑制不住的

incógnita *f.* 1.【數】未知數 2.【轉】隱情, 隱私

incógnito, ta *a.-m.* 未知的, 不認識的, 隱姓埋名的; 陌生人, 隱姓埋名者 ◇ de ~ 隱姓埋名地

incognoscible *a.* 不可知的, 不能認識的

incoherencia *f.* 1. 不連貫, 無聯繫 2. 無條理, 雜亂無章

incoherente *a.* 1. 不連貫的, 無聯繫的 2. 無條理的, 雜亂無章的

***incoloro, ra** *a.* 1. 無色的 2.【轉】平淡無奇的

incólume *a.* 安然無恙的, 不受損害的

incombustible *a.* 不燃燒的

incomerciable *a.* 不可買賣的, 非賣的

incomestible *a.* 不能吃的

incomodar *tr.* 1. 使不舒服, 使不方便 2. 煩擾 3. 惹火, 使生氣

***incomodidad** *f.* 1. 不舒適 2. 麻煩 3. 心情不佳, 生氣

***incómodo, da** *a.* 1. 不舒服的, 不方便的 2. 心情不佳的

incomparable *a.* 不可比的; 無比的, 無雙的

incompasivo, va *a.* 無情的, 冷酷的

incompatibilidad *f.* 1. 不相容, 不能共存 2. 不能兼任性 3.【醫】配伍禁忌

***incompatible** *a.* 1. 不相容的, 不能共存的 2. (職務) 不能兼任的 3.【醫】配伍禁忌的

incompensable *a.* 無法補償的

incompetencia *f.* 1. 不合適 2. 不能勝任，不夠格，沒能力 3. 學識淺薄

incompetente *a.* 1. 不合適的 2. 不夠格的，沒有能力的，不能勝任的 3. 學識淺薄的

incomplejo, ja *a.* 見 incomplexo

*incompleto, ta** *a.* 1. 不完整的，不完全的 2. 未完成的

incomplexo, xa *a.* 1. 無聯繫的，分離的 2. 簡單的，不錯綜複雜的

*incomprensible** *a.* 不可理解的，費解的

incomprensión *f.* 不理解，費解

incomunicable *a.* 1. 不能通知的 2. 不能聯絡的，交通阻塞的 3. 不可交往的

incomunicación *f.* 不相通；斷絕往來

incomunicado, da *a.* 1. 不相通的，交通不便的 2. 與外界隔絕的

incomunicar *tr.* 使不相通，隔離

inconcebible *a.* 不可思議的，難以想象的

inconciliable *a.* 不可調和的

inconcuso, sa *a.* 確實的，不容置疑的

*incondicional** *a.* 無條件的；絕對的

inconducente *a.*【理】不傳導的，絕緣的

inconexión *f.* 無聯繫；不連貫

inconexo, xa *a.* 無聯繫的，不連貫的

inconfesable *a.* 不可告人的，恥辱的

inconfeso, sa *a.*【法】不認罪的，不招認的

inconforme *a.* 不一致的；不同意的

inconfortable *a.* 不舒適的

inconfundible *a.* 不易混淆的，不會弄錯的；獨特的

incongruencia *f.* 不一致，不連貫，不相符

incongruente *a.* 不一致的，不連貫的，不相符的

inconmensurable *a.* 1. 不可度量的 2. 巨大的 3.【數】不可通約的，無公度的

inconmovible *a.* 1. 牢固的 2. 堅定不移的，不可動搖的

inconmutable *a.* 不變的

inconquistable *a.* 1. 不可征服的，意志堅定的 2.【轉】不受賄賂的

inconsciencia *f.* 1. 無意識 2. 昏迷 3. 輕率

*inconsciente** *a.* 1. 無意識的 2. 昏迷的 3. 輕率的

inconsecuencia *f.* 1. 前後矛盾 2. 言行不一 3. 不堅定，無定見

inconsecuente *a.* 1. 前後矛盾的 2. 言行不一的 3. 不堅定的，無定見的

inconsiderado, da *a.* 1. 欠考慮的，未經考慮的 2. 不禮貌的，不尊重他人的

inconsiguiente *a.* 前後矛盾的

inconsistencia *f.* 1. 不堅固 2.【轉】根據不足

inconsistente *a.* 1. 不堅固的 2. 根據不足的

inconsolable *a.* 無法安慰的

inconstancia *f.* 多變，反覆無常

inconstante *a.* 多變的，反覆無常的

inconstitucional *a.* 不合憲法的

inconsútil *a.* 無縫的

incontable *a.* 1. 不可數的，無數的 2. 不可言傳的

incontaminado, da *a.* 沒受污染的

incontenible *a.* 不可阻止的，無法克制的

incontestable *a.* 不容爭辯的，不可否認的

incontinencia *f.* 1. 無節制，放縱 2.【醫】失禁 ◇ ～ de orina 小便失禁

incontinente I. *a.* 無節制的，放縱的 II. *ad.* 馬上，立即

incontinenti *ad.* 馬上，立即

incontrastable *a.* 1. 不可戰勝的，不可征服的 2. 不容爭辯的，不可否認的

incontrovertible *a.* 不可爭辯的，不容置疑的

inconvencible *a.* 無法說服的；沒說服力的

inconveniencia *f.* 1. 不合適，不當 2. 失禮言行

*inconveniente *a. -m.* 不合適的, 不當的; 不方便, 障礙

incordio *m.* 煩擾, 累贅

incorporación *f.* 1. 混合, 攙和 2. 加入, 編入 3. 欠起上身

*incorporar I. *tr.* 1. 混合, 攙和 2. 使加入, 使編入 II. *r.* 1. 參加, 加入 2. 欠起上身

incorporeidad *f.* 無形性, 非物質性

incorpóreo, a *a.* 無形的, 非物質的

incorrección *f.* 1. 不正確, 不妥當, 不端正 2. 無禮貌, 不客氣

incorrecto, ta *a.* 1. 不正確的, 不妥當的, 不端正的 2. 無禮貌的, 不客氣的

*incorregible *a.* 不能糾正的, 不可救藥的

incorruptible *a.* 1. 不會腐爛的, 不會腐敗的 2.【轉】不受賄賂的, 廉潔的

incorrupto, ta *a.* 1. 不腐爛的 2.【轉】沒腐化墮落的, 貞潔的

incredulidad *f.* 1. 不輕信 2. 不信教

incrédulo, la *a.* 1. 不輕信的 2. 不信教的

*increíble *a.* 不可信的; 不可思議的

incrementar *tr. -r.* 增加, 增長, 擴展

incremento *m.* 增加, 增長, 擴展; 增加部分

increpación *f.* 斥責, 責罵

increpar *tr.* 斥責, 責罵

incriminar *tr.* 1. 歸罪 2. 誇大(罪過等)

incruento, ta *a.* 不流血的

incrustación *f.* 鑲嵌, 嵌入; 鑲嵌物

incrustar I. *tr.* 1. 鑲, 嵌 2.【轉】銘刻, 牢記 II. *r.* 1. 生水垢, 結硬殼 2. 插手, 鑽入

incubación *f.* 1. 孵卵, 孵化 2. 孵化期 2.【醫】潛伏(期)

incubadora *f.* 1. 孵卵器 2.【醫】早產兒保育箱

incubar *tr.* 1. 孵卵, 孵化 2.【轉】醞釀

incuestionable *a.* 不成問題的, 無疑的

inculcar *tr.* 1. 銘記, 使牢記 2. 灌輸, 諄諄教誨 3.【印】使鉛字排得過密

inculpable *a.* 無辜的, 沒過錯的

inculpación *f.* 控告, 指控

inculpar *tr.* 控告, 指控

incultivable *a.* 不能耕作的, 不宜耕作的

inculto, ta *a.* 1. 未開墾的, 未耕作的 2.【轉】沒文化的, 無教養的 3.【轉】未加修飾的(文風等)

incultura *f.* 1. 未開墾, 荒蕪 2.【轉】沒文化, 不文明, 無教養 3.【轉】未修飾

incumbencia *f.* 責任, 職責

incumbir *intr.* 由…負責, (某事)落到…身上

incumplido, da *a.* 未完成的, 未履行的

incumplir *tr.* 不完成, 不執行, 不履行

incunable *a. -m.*【印】古版的; 古版書

*incurable *a.* 1. 治不好的, 無法醫治的 2.【轉】不可救藥的

incuria *f.* 1. 不修邊幅, 邋遢 2. 疏忽, 大意

incurioso, sa *a.* 1. 不修邊幅的, 邋遢的 2. 疏忽大意的

incurrir *intr.* 1. 陷入, 落入 2. 違犯, 觸犯

incursión *f.* 1. 觸犯, 違犯 2.【軍】入侵, 侵犯

incurso, sa *a.* 犯有…的, 觸犯…的

indagación *f.* 調查, 探究

indagar *tr.* 調查, 探究

indagatorio, ria *a.-f.*【法】偵訊的; 偵訊供述

indebido, da *a.* 1. 不該做的, 不恰當的 2. 非法的, 不公正的

indecencia *f.* 1. 不正派, 下流 2. 骯髒 3. 不體面

indecente *a.* 1. 不正派的, 下流的 2. 骯髒的 3. 不體面的

indecible *a.* 說不出來的; 無法形容的

*indecisión *f.* 猶豫不決, 舉棋不定

*indeciso, sa *a.* 1. 未決定的, 未確定的 2. 猶豫不決的

indeclinable *a.* 1. 不可推卸的, 責無旁

貸的 2.【語法】不變格的, 詞尾不變化的

indecoroso, sa   *a.* 1. 有失身份的, 不體面的 2. 不正派的

indefectible   *a.* 必定的, 不可避免的

__indefenso, sa__   *a.* 1. 未設防的 2. 無自衛能力的

indefinible   *a.* 無法下定義的, 難以確定的

indefinido, da   *a.* 1. 不明確的, 不確定的 2. 不定期的, 無限期的

indeleble   *a.* 抹不掉的, 不可磨滅的

indeliberado, da   *a.* 未經考慮的; 無意的

indelicado, da   *a.* 1. 不文雅的, 不禮貌的 2. 放肆的

indemne   *a.* 無恙的, 未受損害的

indemnidad   *f.* 無恙, 未受損害

indemnización   *f.* 賠償; 賠償物, 賠款

indemnizar   *tr.* 賠償

indemostrable   *a.* 不能證明的, 不可論證的

__independencia__   *f.* 獨立, 自主

independentismo   *m.* 獨立運動

__independiente__   *a.* 1. 獨立的, 自主的 2. 有主見的 3. 無黨派的

independizar   *tr.* 使獨立, 使自立

indescifrable   *a.* 無法解釋的; 無法辨認的

indescriptible   *a.* 難以描繪的, 難以形容的

indeseable   *a.* 不被喜歡的, 不受歡迎的

indestructible   *a.* 不可摧毀的, 無法破壞的

indeterminación   *f.* 1. 未定, 不明確 2. 猶豫, 躊躇

__indeterminado, da__   *a.* 1. 未定的, 不明確的 2. 猶豫不決的, 躊躇的

indeterminismo   *m.*【哲】非決定論

indiano, na   I. *a.* 1. 印第安的 2. 印度 (la India) 的 3. 從美洲發財回來的 II. *s.* 1. 印第安人 2. 從美洲發了財回來的人

__indicación__   *f.* 1. 指示, 指點 2. 意見

__indicar__   *tr.* 1. 說明, 表明 2. 指示, 指出 3. 指引, 指點

__indicativo__   *m.*【語法】陳述式

__índice__   *m.* 1. 目錄, 圖書目錄 2. (鐘錶等的) 指針 3. 食指 4. 指數 5. 標記 ◇ ~ de natalidad 出生率 / ~ de libros prohibidos 禁書目錄

indicio   *m.* 徵兆, 迹象; 苗頭

índico, ca   *a.* 印度 (la India) 的 ◇ Océano Indico 印度洋

__indiferencia__   *f.* 1. 無差別, 一樣 2. 無關緊要, 無所謂 3. 冷漠, 無動於衷 4. 中立, 無傾向

__indiferente__   *a.* 1. 無差別的, 一樣的 2. 無關緊要的, 無所謂的 3. 冷漠的, 無動於衷的 4. 中立的, 無傾向的

indiferentismo   *m.* (對宗教或政治的) 冷漠態度

__indígena__   *a.-s.* 本地的, 土著的, 土生土長的; 本地人, 土著

indigencia   *f.* 貧窮, 貧困

indigenismo   *m.* 1. 土著文學 2. 土著主義 (美洲維護土著利益的運動)

indigente   *a.* 貧窮的, 貧困的

indigestarse   *r.* 1. 消化不良 2. 使討厭

indigestión   *f.* 消化不良

indigesto, ta   *a.* 1. 不消化的; 難消化的 2. 患消化不良的 3.【轉】混亂的, 雜亂的

__indignación__   *f.* 憤怒, 憤慨

indignante   *a.* 令人氣憤的, 令人憤慨的

__indignar__   *tr.* 使憤怒, 使憤慨

indignidad   *f.* 1. 不值, 不配, 不相稱 2. 卑鄙行爲

indigno, na   *a.* 1. 不值的, 不配的, 不相稱的 2. 卑鄙的, 可恥的

índigo   *m.* 靛藍; 靛青

__indio, dia__   I. *a.* 1. 印度 (la India) 的, 印度人的 2. 印第安人的 II. *s.* 1. 印度人 2. 印第安人 ◇ hacer el ~ 受騙, 上當

__indirecto ta__   *a.-f.* 間接的, 非直接的;

暗示,影射

*__indisciplina__ *f.* 無紀律

*__indisciplinado, da__ *a.* 不守紀律的

__indisciplinarse__ *r.* 不守紀律

__indiscreción__ *f.* 不謹慎,冒失

__indiscreto, ta__ *a.* 不謹慎的,冒失的

__indisculpable__ *a.* 不可原諒的,不可饒恕的

*__indiscutible__ *a.* 無可爭辯的,不容置疑的

__indisoluble__ *a.* 1. 不溶解的,不可分解的 2. 不可分離的

*__indispensable__ *a.* 1. 必需的,必不可少的 2. 不可推卸的

__indisponer__ *tr.* 1. 使不舒服 2. 使不和

__indisposición__ *f.* 1. 不舒服,身體不適 2. 缺乏準備

__indispuesto, ta__ *a.* 1. 身體不適的 2. 與…不和的

__indisputable__ *a.* 無可爭辯的

__indistinto, ta__ *a.* 1. 沒有不同的,沒有差別的 2. 不清楚的,不分明的

*__individual__ *a.* 1. 個人的,個體的,單個的 2. 獨特的,特有的

__individualidad__ *f.* 個性,特性

__individualismo__ *m.* 1. 個人主義;利己主義 2. 個性,特性

__individualista__ *s.* 個人主義者;利己主義者

__individualizar__ *tr.* 1. 使具有個性 2. 使具體化

__individuo, dua__ I. *a.* 個人的,個體的 II. *m.* 1. 個人;個體 2. 成員

__indivisibilidad__ *f.* 1. 不可分 2.【數】除不盡

*__indivisible__ *a.* 1. 不可分的 2.【數】除不盡的

__indiviso, sa__ *a.* 未分開的

__indócil__ *a.* 不馴服的,不聽話的

__indocto, ta__ *a.* 無知識的,沒學問的

__indocumentado, da__ *a.* 1. 無身份證的 2.【口】不懂業務的,不在行的

__indoeuropeo, a__ I. *a.-s.* 印歐語系的;

講印歐語系語言的人 II. *m.* 印歐語系

__índole__ *f.* 1. 本性,性質,性格 2. 種類

__indolencia__ *f.* 1. 不痛 2. 冷漠,不動感情 3. 怠惰

__indolente__ *a.* 1. 不痛的 2. 冷漠的,不動感情的 3. 怠惰的

__indoloro, ra__ *a.* 不產生痛覺的

*__indomable__ *a.* 難制服的,難馴化的

__indomesticable__ *a.* 不能馴化的,不能馴養的

__indómito, ta__ *a.* 1. 沒馴服的,沒馴化的 2. 難控制的,不屈服的

__indonesio, sia__ I. *a.-s.* 印度尼西亞(Indonesia)的,印度尼西亞人的;印度尼西亞人 II. *m.* 印度尼西亞語

__indostánico, ca__ *a.-m.* 印度斯坦(Indostán)的;印度斯坦語

__indotado, da__ *a.* 1. 無裝備的 2. 無嫁妝的

__inducción__ *f.* 1. 引誘,慫恿 2. 導致,引起 3. 歸納 4.【電】感應

__inducido, da__ *a.-m.*【電】感應的;感應圈

__inducir__ *tr.* 1. 引誘,慫恿 2. 導致,引起 3. 歸納 4.【電】使感應

__inductivo, va__ *a.* 1. 歸納性的 2.【電】感應

__inductor__ *m.* 感應器,感應線圈

*__indudable__ *a.* 毫無疑問的

__indulgencia__ *f.* 1. 寬容,寬大 2.【宗】免罪

__indulgente__ *a.* 寬容的,寬大的

__indultar__ *tr.* 赦免;免除

__indulto__ *m.* 1. 特許,特別恩惠 2. 赦免,免除

__indumentaria__ *f.* 1. 服裝史,服裝研究 2.【集】服裝

__indumento__ *m.* 衣服,服裝

*__industria__ *f.* 1. 工業,產業 2. 工廠,企業 3. 技能,技藝 ◇ de ～ 故意地

*__industrial__ *a.-s.* 工業的,產業的;工業家,實業家

__industrialismo__ *m.* 工業主義,產業主義

*industrialización　*f.* 工業化

industrializar　*tr.* 使工業化

industrioso, sa　*a.* 1. 勤勉的, 不辭辛勞的 2. 熟練的

inédito, ta　*a.* 未出版的, 未發表的

ineducado, da　*a.* 沒教養的

inefable　*a.* 不可言喩的, 無法表達的

ineficacia　*f.* 無效

ineficaz　*a.* 無效的

ineluctable　*a.* 不可避免的

ineludible　*a.* 逃避不了的

inenarrable　*a.* 難以講述的

inepcia　*f.* 愚蠢; 愚蠢言行

ineptitud　*f.* 無能力, 沒才幹

inepto, ta　*a.* 1. 無能力的, 沒才幹的 2. 愚笨的

inequívoco, ca　*a.* 顯而易見的, 不會錯的

inercia　*f.* 1. 無活力, 無生氣; 惰性 2. 習慣性

inerme　*a.* 1. 沒有武器, 手無寸鐵的 2.【轉】思想上解除武裝的

inerte　*a.* 無活力的, 無生氣的; 惰性的

inescrutable　*a.* 不可測知的, 無法探究的

*inesperado, da　*a.* 沒料到的, 意外的

inestabilidad　*f.* 不穩定性; 不堅定

inestable　*a.* 不穩定的; 不堅定的

inestimable　*a.* 無法估價的, 寶貴的

*inevitable　*a.* 不可避免的, 必然的

inexactitud　*f.* 1. 不準確, 不確切 2. 不真實

*inexacto, ta　*a.* 1. 不準確, 不確切的 2. 不真實的

inexcusable　*a.* 1. 不能原諒的, 不可寬恕的 2. 不可免除的

inexhausto, ta　*a.* 未盡的, 未枯竭的

inexistente　*a.* 1. 不存在的 2. 有名無實的

inexorable　*a.* 鐵面無私的, 不留情的

inexperiencia　*f.* 缺乏經驗; 不熟練

inexperto, ta　*a.* 缺乏經驗的, 不熟練的

*inexplicable　*a.* 無法解釋的, 講不通的

inexplorado, da　*a.* 未探索過的; 未勘探過的

iexplotable　*a.* 無法開發的, 不能開採的

inexpresivo, va　*a.* 呆板的, 無表情的

inexpugnable　*a.* 1. 堅不可摧的, 攻不破的 2.【轉】説不服的, 不動搖的

inextensible　*a.* 不能伸展的, 不能擴張的

inextinguible　*a.* 1. 撲不滅的 2. 不可抑制的

inextirpable　*a.* 不能根除的, 根深蒂固的

in extremis　*ad.* 臨終時

inextricable　*a.* 1. 無法擺脱的 2. 錯綜複雜的

infalibilidad　*f.* 1. 一貫正確 2. 可靠性

infalible　*a.* 1. 無錯誤的 2. 確實可靠的

infamación　*f.* 誹謗, 中傷

infamante　*a.* 誹謗性的, 侮辱性的

infamar　*tr.* 誹謗, 中傷

infame　*a.* 1. 聲名狼藉的 2.【轉】極壞的

infamia　*f.* 1. 聲名狼藉 2. 醜行

*infancia　*f.* 1. 幼年, 童年 2.【集】兒童 3.【轉】(團體等的) 初期, 早期

infanta　*f.* 1. (七歲以下的) 幼女 2. (帝王長女之外的) 公主

infantado　*m.* 1. 王子或親王的封地 2. 王子或親王的封號

*infante　*m.* 1. 幼兒 2. (帝王長子之外的) 王子, 親王 3.【軍】步兵 ◇ ～ de coro 教堂唱詩班中的孩子

infantería　*f.*【軍】步兵部隊

infanticida　*a.-s.* 殺害嬰兒的; 殺嬰犯

infanticidio　*m.* 殺嬰罪

*infantil　*a.* 1. 幼兒的, 兒童的 2. 幼稚的

infarto　*m.*【醫】梗塞, 梗死

*infatigable　*a.* 不知疲倦的, 孜孜不倦的

infatuación　*f.* 自命不凡

infatuar *tr.* 使自命不凡,使狂妄

infausto, ta *a.* 不幸的,倒霉的

infección *f.* 1. 傳染;傳染病 2. 不良影響

infeccioso, sa *a.* 傳染性的,感染性的

infectar *tr.* 1. 傳染 2. 使受壞影響

infecto, ta *a.* 1. 被傳染的,受感染的 2. 受毒害的,受腐蝕的 3.【轉】骯髒的,醜惡的

infecundo, da *a.* 1. 不能生育的 2. 不結果實的 3. 貧瘠的

*__infelicidad__ *f.* 1. 不幸,倒霉 2. 不吉利,不祥

*__infeliz__ *a.* 1. 不幸的,倒霉的 2. 不吉利的,不祥的 3.【口】憨厚的

*__inferior__ I. *a.* 1. 下部的,下面的,下方的 2. 差的,次的 3. 下等的,下級的 II. *s.* 部下,下級

inferioridad *f.* 1. 下方,下位 2. 次,差 3. 下級 ◇ complejo de ~ 自卑感

inferir *tr.* 1. 推論,推斷 2. 猜測

infernáculo *m.* 跳房子遊戲

infernal *a.* 1. 地獄的 2.【轉,口】極壞的

infestar *tr.* 1. 傳染,使感染 2. 充斥,大量出現

inficionar *tr.* 1. 傳染,使感染 2.【轉】毒害,腐蝕

infidelidad *f.* 1. 不忠誠,不忠實 2. 不確實 3. 不信基督教 4.【集】異教徒

*__infiel__ I. *a.* 1. 不忠誠的,不忠實的 2. 不確實的 3. 不信基督教的 II. *s.* 異教徒

infiernillo *m.* 酒精燈

infierno *m.* 1. 地獄 2.【轉】地獄般的地方 ◇ en el quinto ~ 天涯海角

infiltración *f.* 1. 滲透;浸入 2. 混進,潛入

infiltrar *tr.* 1. 使滲透,使浸入 2. 使混入,使潛入

ínfimo, ma *a.* 1. 最低的 2. 最壞的

infinidad *f.* 1. 無限,無窮 2.【轉】大量,大批

infinitesimal *a.*【數】無窮小的,無限小的 2. 極小的 ◇ cálculo ~ 微積分

*__infinitivo__ *m.*【語法】動詞不定式,原形動詞

*__infinito, ta__ I. *a.* 1. 無限的,無窮的 2. 巨大的 3. *pl.* 無數的,數不清的 II. *m.* 1. 無限,無際 2.【數】無限大符號

inflación *f.* 1. 充氣,膨脹 2.【轉】誇張 3.【轉】驕傲 4.【經濟】通貨膨脹 ◇ ~ monetaria 通貨膨脹

inflacionismo *m.* 通貨膨脹政策

inflamable *a.* 可燃的,易燃的

inflamación *f.* 1. 燃燒 2. 激動 3.【醫】發炎,紅腫

inflamar I. *tr.* 1. 點燃 2.【轉】激起 3.【醫】使發炎 II. *r.* 1. 燃燒 2.【醫】發炎

inflamatorio, ria *a.*【醫】發炎的;炎症引起的

inflar *tr.* 1. 充氣,使膨脹 2.【轉】誇張 3.【轉】使驕傲

inflexibilidad *f.* 1. 不曲性,不彎 2.【轉】堅定不移

inflexible *a.* 1. 不可彎曲的 2.【轉】堅定不移的

inflexión *f.* 1. 彎曲 2. 聲音變調 3.【數】拐折,回折;拐點,回折點 4.【語法】詞尾變化

infligir *tr.* 給予(打擊),使受到

inflorescencia *f.*【植】花序

*__influencia__ *f.* 1. 影響,作用 2. 權勢,勢力 3. 有權勢的人

influenza *f.*【醫】流行性感冒

influir *intr.* 影響,發生作用

influjo *m.* 1. 影響,作用 2. 漲潮 ◇ ~ nervioso【醫】神經衝動

influyente *a.* 有影響的,起作用的,有權勢的

infolio *m.*【印】對開本(書)

*__información__ *f.* 1. 通知,報告 2. 消息,報導 3. 信息,情報

informal *a.* 1. 非正式的,非正規的 2. 不拘禮節的

informalidad *f.* 1. 不正式,不正規 2.

不拘禮節

*informar I. *tr.* 1. 通知, 報告 2. 使成形, 使具有形狀 II. *intr.* 【法】陳述, 申辯

informática *f.* 信息學

informativo, va *a.* 報告消息的, 提供資料的

*informe I. *m.* 1. 通知, 報告 2. 消息, 情報 II. *a.* 1. 不成形的, 無定形的 2. 不完整的, 不完美的

infortunado, da *a.* 不幸的, 倒霉的

infortunio *m.* 不幸, 倒霉; 不幸事件

infracción *f.* 1. 違法, 犯法; 違章 2. 過失

infractor, ra *a.-s.* 違法的, 違章的; 違法者, 違章者

infraestructura *f.* 1. 基本建設, 基礎 2. 底層結構, 基礎結構

in fraganti *ad.* 【法】當場

infranqueable *a.* 不可逾越的, 難以克服的

infrarrojo, ja *a.-m.* 【理】紅外線的; 紅外線輻射

infringir *tr.* 1. 違犯, 違反 2. 不履行

infructífero, ra *a.* 1. 不結果的 2. 【轉】無成果的, 徒勞的

infructuoso, sa *a.* 徒勞的, 無成果的

ínfulas *f.pl.* 【轉, 口】自負, 傲慢

infundado, da *a.* 無根據的, 無道理的

infundir *tr.* 1. 使產生, 激起 2. 注入

infusión *f.* 1. (感情等的) 激起, 產生 2. 煮製飲料 3. 【醫】泡製, 浸漬; 浸劑, 煎劑

infuso, sa *a.* 上帝給的, 天賦的

infusorio *m.* 纖毛蟲

ingeniar I. *tr.* 設計, 發明, 創造 II. *r.* 想方設法

ingeniería *f.* 工程, 工程學

*ingeniero, ra I. *s.* 工程師 II. *m.pl.* 【軍】工兵部隊

*ingenio *m.* 1. 聰明, 才智 2. 計謀 3. 作家 4. 機器, 器具 5. *Amér.* 製糖廠 ◇ ~ ático 作家的詼諧 / afilar (或 aguzar) el ~ 想方設法

ingeniosidad *f.* 聰明, 機智

*ingenioso, sa *a.* 1. 聰明的, 有才智的 2. 精巧的

ingénito, ta *a.* 1. 非孕育的 2. 天生的, 天賦的

ingente *a.* 巨大的, 宏大的

ingenuidad *f.* 天真, 單純

*ingenuo, nua *a.* 天真的, 單純的

ingerencia *f.* 干涉, 插手

ingerir *tr.* 吞, 咽, 吃下

ingestión *f.* 吞, 咽, 吃下

ingle *f.* 【解】腹股溝

*inglés, esa I. *a.-s.* 英國 (Inglaterra) 的, 英國人的; 英國人 II. *m.* 英語 III. *f.* 【印】斜體字 ◇ a la ~a 英國式

inglesismo *m.* (其他語言中的) 英語詞彙, 英語表達方式

*ingratitud *f.* 忘恩負義

ingrato, ta *a.* 1. 忘恩負義的 2. 令人不愉快的

ingrávido, da *a.* 1. 沒份量的, 輕的 2. 輕飄飄的, 輕盈的

ingrediente *m.* 配料, (混合物的) 成分

*ingresar I. *intr.* 加入, 進入, 參加 II. *tr.* 1. 存入 (款項) 2. 放入 III. *r.* 入伍

*ingreso *m.* 1. 加入, 進入, 參加 2. 入學考試 3. 存款 4. *pl.* 收入, 進項

inguinal; inguinario, ria *a.* 【解】腹股溝的

ingurgitar *tr.* 【醫】吞服, 吞食

*inhábil *a.* 1. 沒才幹的, 不能勝任的 2. 笨拙的, 不熟練的 3. 不辦公的 (時間等)

inhabilitar *tr.* 1. 宣佈…不稱職, 宣佈…不能勝任 2. 使無能力

*inhabitable *a.* 不適宜居住的, 無法居住的

inhabitado, da *a.* 沒人居住的

inhalación *f.* 吸入

inhalar *tr.* 吸入

inherente *a.* 固有的, 內在的

inhibición *f.* 1. 阻止, 禁止 2. 【醫, 心

理】克制,抑制

inhibirse *r.* 不參與

inhospitalario, ria *a.* 1. 不好客的,不殷勤的 2. 不適宜居住的 3. 不安全的

inhumación *f.* 埋葬,掩埋

*__inhumano, na__ *a.* 不人道的,無人性的,殘酷的

inhumar *tr.* 埋葬,掩埋

iniciación *f.* 開始,着手

inicial *a.-f.* 開始的,最初的;姓名開頭字母

iniciar *tr.* 1. 開始,着手 2. 使入門,啓蒙

iniciativa *f.* 創始;首創精神;主動性

inicuo, cua *a.* 1. 不公正的,不公平的 2. 兇惡的,邪惡的

inimaginable *a.* 難以想像的,不可思議的

inimitable *a.* 不可模仿的,難以仿傚的

ininteligible *a.* 難懂的,不可理解的

iniquidad *f.* 1. 不公正,不公平 2. 兇惡,邪惡

injerencia *f.* 干涉,干預

injerir I. *tr.* 摻雜,摻混 II. *r.* 干涉,干預

injertar *tr.* 1. 嫁接,接枝 2.【醫】移植

injerto *m.* 1. 嫁接,接枝 2.【醫】移植;移植物

injuria *f.* 1. 侮辱,辱罵 2.【轉】損害,傷害

injuriar *tr.* 1. 侮辱,辱罵 2.【轉】損害,傷害

injurioso, sa *a.* 1. 侮辱的,辱罵的 2.【轉】傷害的

*__injusticia__ *f.* 1. 不公正,不公道 2. 不公正的行爲

injustificado, da *a.* 没道理的,無緣無故的

injusto, ta *a.* 不公正的,不公道的

inmaculado, da *a.* 1. 没有污點的,無瑕疵的,純潔的 2.【轉】貞潔的(女人)

inmadurez *f.* 1. 不成熟 2. 未成年

inmanencia *f.* 内在性,固有性

inmanente *a.* 内在的,固有的

inmarcesible *a.* 1. 不枯萎的,不凋謝的 2.【轉】不朽的,不滅的

inmaterial *a.* 1. 非物質的 2.【轉】無形的

inmaterialismo *m.*【哲】非物質論

inmediación *f.* 1. 鄰近,附近 2. *pl.* 近郊

*__inmediato, ta__ *a.* 1. 鄰近的,附近的 2. 緊接着的,立即的 ◇ de ~ 馬上,立即

inmejorable *a.* 不能再好的,最好的

inmemorial *a.* 遠古的,無法追憶的

*__inmensidad__ *f.* 1. 廣闊,無邊無際 2. 巨大 3. 無數

*__inmenso, sa__ *a.* 1. 廣闊無根的,無邊無際的 2. 巨大的 3. 無數的

inmerecido, da *a.* 不相配的,不當的

inmersión *f.* 沉浸,沒浸

inmigración *f.* 移民,移居入境

inmigrar *intr.* 移居入境

inminencia *f.* 緊迫,迫近

inminente *a.* 緊迫的,迫近的

inmiscuir I. *tr.* 攪和,使混合 II. *r.* 干預

inmobiliaria *f.* 建築公司

inmoderado, da *a.* 無節制的,放縱的

inmodestia *f.* 1. 不謙虚 2. 不正派

inmodesto, ta *a.* 1. 不謙虚的 2. 不正派的

inmolación *f.* 1.(爲獻祭)宰殺 2. 犧牲

inmolar *tr.* 1. 宰殺…作祭品 2. 犧牲

*__inmoral__ *a.* 1. 不道德的 2. 猥褻的,傷風敗俗的

*__inmoralidad__ *f.* 1. 不道德 2. 猥褻,傷風敗俗

*__inmortal__ *a.* 1. 不死的,永生的 2.【轉】永垂不朽的

*__inmortalidad__ *f.* 1. 不死,永生 2.【轉】永垂不朽

inmortalizar *tr.* 使不朽,使永存

inmotivado, da *a.* 没根據的,無緣無故的

*inmóvil　*a.* 不動的, 靜止的

inmovilidad　*f.* 不動, 靜止

inmovilizar　*tr.* 1. 使不動, 使靜止 2. 使無法行動 3.【法】使(財產)不能自由轉讓

inmueble　*m.* 不動產, 房產

inmundicia　*f.* 1. 骯髒, 污穢; 垃圾 2.【轉】猥褻, 下流

inmundo, da　*a.* 1. 骯髒的, 污穢的 2.【轉】猥褻的, 下流的

inmune　*a.* 1. 豁免的, 免除的 2. 有免疫力的 3. 不受傷害的, 不受影響的

inmunidad　*f.* 1. 豁免, 免除; 豁免權 2. 免疫, 免疫力 3. 不受傷害性

inmunizar　*tr.* 1. 使有免疫力 2. 使不受傷害

inmutable　*a.* 1. 不變的 2. 不動聲色的

inmutar　I.*tr.* 改變, 變動 II.*r.* 變臉色

innato, ta　*a.* 天生的, 先天的, 固有的

innatural　*a.* 1. 非天然的 2. 不自然的, 做作的 3. 不合人情的, 反常的

innecesario, ria　*a.* 不必要的

innegable　*a.* 不可否認的

innoble　*a.* 不高尚的, 不崇高的; 卑鄙的

innocuo, cua　*a.* 無害的

innominado, da　*a.* 無名字的

innovación　*f.* 改革, 革新

*innovar　*tr.* 改革, 革新

*innumerable; innúmero, ra　*a.* 無數的, 數不清的

inobservancia　*f.* 不遵守

*inocencia　*f.* 1. 無辜, 無罪 2. 天真, 單純; 頭腦簡單

inocentada　*f.* 1. 天真幼稚的言行 2. (愚人節開的)玩笑

*inocente　*a.* 1. 無辜的, 無罪的 2. 天真的, 單純的; 頭腦簡單的

inocentón, ona　*a.* 過分天真的, 頭腦簡單的

inocuidad　*f.* 1. 無害 2. 平淡, 乏味

inoculación　*f.* 1.【醫】接種 2.【轉】灌輸壞思想

inocular　*tr.* 1. 接種(疫苗) 2.【轉】向

…灌輸(壞思想)

inodoro, ra　I.*a.* 1. 無氣味的, 無臭味的 2. 消除臭味的 II.*m.* 1. *Amér.* 抽水馬桶 2. 除臭劑

*inofensivo, va　*a.* 無害的; 不傷害人的

*inolvidable　*a.* 不能忘記的, 難忘的

inopia　*f.* 貧窮, 貧困

inopinado, da　*a.* 意外的, 突然的

inoportunidad　*f.* 不合時宜

inoportuno, na　*a.* 不合時宜的

inorgánico, ca　*a.* 1.【化】無機的 2.【轉】不系統的, 無組織的

inoxidable　*a.* 不氧化的, 不生銹的

in pace　*m.* (關終生監禁犯人的)地牢

inquebrantable　*a.* 1. 打不破的, 折不斷的 2.【轉】堅定不移的

*inquietar　*tr.* 使不安, 使憂慮

*inquieto, ta　*a.* 1. 不安的, 心神不定的 2. 不安分的, 好動的

inquietud　*f.* 1. 不安, 心神不定 2. 動亂, 動盪 3. *pl.* 雄心, 野心

inquilinato　*m.* 1. 房屋租賃 2. 房租稅

inquilino, na　*s.* 1. 房客 2. 租方, 承租人

inquina　*f.* 憎惡, 厭惡

inquirir　*tr.* 調查, 打聽; 探究

inquisición　*f.* 1. 調查, 打聽; 探究 2. (大寫)【宗】(中世紀天主教的)宗教法庭

inquisidor　*m.*【宗】宗教法庭的法官

inquisitivo, va　*a.* 詢問的, 探究的

insaciable　*a.* 不能滿足的, 貪婪的

insalivación　*f.*【生理】混涎作用

insalivar　*tr.*【生理】使(食物)混涎

insalubre　*a.* 有損健康的, 不衛生的

insania　*f.*【醫】神經錯亂, 精神病

insatisfacción　*f.* 不滿足, 不稱心

insatisfecho, cha　*a.* 不滿足的, 不稱心的

inscribir　*tr.* 1. 刻寫, 銘刻 2. 登記, 註冊

*inscripción　*f.* 1. 刻寫, 銘刻 2. 登記, 註冊 3. 碑文, 銘文, 鑄幣上的刻印文字 4. 題詞

inscripto, ta *a.* 【數】内接的

insecticida *a.-m.* 殺蟲的; 殺蟲劑

insectívoro, ra *a.-s.* 【動, 植】食蟲的; 食蟲動物, 食蟲植物

*__insecto__ *m.* 昆蟲

insectología *f.* 昆蟲學

inseguridad *f.* 不安全; 不可靠

*__inseguro, ra__ *a.* 不安全的; 不可靠的

inseminar *tr.* 人工授精

insensatez *f.* 不明智, 荒唐; 不明智的言行

insensato, ta *a.* 不明智的, 荒唐的

insensibilidad *f.* 1. 無感覺; 無知覺 2. 麻木不仁

insensibilizar *tr.* 1. 使無感覺; 使失去知覺 2. 使麻木不仁

*__insensible__ *a.* 1. 無感覺的; 失去知覺的 2. 麻木不仁的

*__inseparable__ *a.* 1. 不可分割的, 分不開的 2. 形影不離的

insepulto, ta *a.* 未埋葬的, 未入土的

inserción *f.* 1. 插入, 嵌入 2. 刊登, 登載 3. 插入點

insertar *tr.* 1. 把…插入, 把…嵌入 2. 登載, 刊登

inserto, ta *a.* 1. 插入的, 嵌入的 2. 刊登的, 登載的

*__inservible__ *a.* 無用的, 不能使用的

insidia *f.* 1. 圈套, 詭計 2. 陰險, 險惡

insidioso, sa *a.* 1. 設圈套的 2. 用心險惡的 3.【醫】潛伏性的(病)

insigne *a.* 著名的, 傑出的

insignia *f.* 1.【海】旗幟, 旗標 2. 徽章, 證章

insignificancia *f.* 1. 微不足道, 無價值 2. 極少量

*__insignificante__ *a.* 1. 微不足道的, 無價值的 2. 極少量的

insinuación *f.* 影射, 暗示

insinuar I. *tr.* 影射, 暗示 II. *r.* 取悅, 博取好感

insipidez *f.* 1. 無味 2. 枯燥乏味

insípido, da *a.* 1. 無味的 2. 枯燥的, 平淡的

insistencia *f.* 堅持, 固執

*__insistente__ *a.* 堅持的, 固執的

*__insistir__ *intr.* 堅持, 堅持主張; 堅決要求

insociable *a.* 不愛交際的, 不善交際的; 不討人喜歡的

*__insolación__ *f.* 1. 日曬 2. 中暑 3.【氣象】日射, 日照

insolar I. *tr.* 曝曬 II. *r.* 中暑

insoldable *a.* 無法焊接的

insolencia *f.* 1. 傲慢, 目空一切 2. 傲慢言行

insolentar *tr.-r.* 使驕橫; 驕橫無禮

*__insolente__ *a.* 驕橫的, 傲慢的

insólito, ta *a.* 不尋常的, 不常見的; 奇特的

insoluble *a.* 1. 不溶解的 2. 無法解決的

insolvencia *f.* 無償付能力

insolvente *a.* 無償付能力的

insomne *a.* 失眠的, 患失眠症的

insomnio *m.* 失眠, 失眠症

insondable *a.* 1. 深不可測的 2.【轉】難以捉摸的, 深奧的

*__insoportable__ *a.* 無法忍受的, 叫人受不了的

insospechado, da *a.* 不受懷疑的

insostenible *a.* 1. 無法維持的 2. 站不住腳的, 難以成立的

inspección *f.* 檢查, 視察

inspeccionar *tr.* 檢查, 視察

inspector, ra *s.* 1. 檢查員, 視察員 2. (汽車, 火車上的)檢票員

*__inspiración__ *f.* 1. 吸氣 2. 啟發, 啟示 3. 靈感, 創作衝動 4. 影響

inspirar *tr.* 1. 吸(氣) 2. 啟發, 啟示; 喚起 3. 使產生靈感, 使產生創作激情

*__instalación__ *f.* 1. 安裝 2. 設立, 設置 3. 設備, 裝置

*__instalar__ *tr.* 1. 安裝 2. 設立, 設置 3. 安置, 安頓 4. 任命, 使上任

instancia *f.* 1. 要求 2. 申請, 申請書 3.【法】(審理的)級別 ◇ en última ～ 萬

不得已時

instantáneo, a I. *a.* 瞬息的,刹那間的 II. *f.* 快照,速取照相

***instante** *m.* 瞬息,刹那 ◇ a cada ～ 常常/al ～ 立刻,馬上/en este mismo ～ 現在,此刻/en un ～ 一下子/por ～s ①很快地②不停地

instar I. *tr.* 要求,懇求 II. *intr.* 緊迫

in statu quo *ad.* 維持現狀

instauración *f.* 1. 建立,設立 2. 重建, 恢復

instaurar *tr.* 1. 建立,設立 2. 重建,恢復

instigación *f.* 煽動,唆使

instigar *tr.* 煽動,唆使

instintivo, va *a.* 1. 本能的 2. 天性的

***instinto** *m.* 1. 本能 2. 天性 ◇ por ～ 本能地,下意識地

***institución** *f.* 1. 建立,創立,設立 2. 確定,制定 3. 制度,政體 4. 機關;公共機構 5. *pl.* (科學、藝術等的) 原則,原理

institucionalizar *tr.* 使制度化,使體制化

instituir *tr.* 1. 建立,創立 2. 確定,制定 3. 教育;訓練

***instituto** *m.* 1. 學院 2. 學會,協會,研究所 ◇ ～s armados 軍隊

institutriz *f.* 女家庭教師

***instrucción** *f.* 1. 教育;訓練 2. 學問,學識 3. *pl.* 指示,指令 4. *pl.* 使用說明 ◇ ～ militar 軍事訓練/ ～ pública 國民教育

instructivo, va *a.* 有教育意義的,有教益的

instructor, ra *s.* 教員,教練員,指導員

***instruido, da** *a.* 受過教育的,有文化的

***instruir** *tr.* 1. 教育,訓練 2. 通知,告知

***instrumental** I. *a.* 1. 器械的,儀器的 2. 樂器的 3.【法】公證書的 II. *m.*【集】 1. 器具,儀器,器械 2. 樂器

instrumentalismo *m.*【哲】工具主義

instrumentar *tr.*【樂】(爲樂曲) 配器

***instrumento** *m.* 1. 器具,儀器,器械 2. 樂器 3.【轉】手段,工具

insubordinación *f.* 不服從,反叛

insubordinado, da *a.* 不服從的,反叛的

insubordinar *tr.* 使不服從,使反叛

insubstancial *a.* 1. 無實質内容的 2. 【轉】無趣味的,枯燥的

insuficiencia *f.* 1. 不够用,不充分 2. 能力不足 3.【醫】機能不全

***insuficiente** *a.* 1. 不够用的,不充分的 2. 能力不足的,不能勝任的

insuflar *tr.*【醫】(把氣體等) 吹入 (人的體腔)

insufrible *a.* 不能忍受的,難以容忍的

ínsula *f.* 1. 島嶼 2.【轉】小地方

insular *a.-s.* 島嶼的;島上居民

insulsez *f.* 1. 無味 2.【轉】乏味;枯燥乏味的東西

insulso, sa *a.* 1. 無味的 2.【轉】枯燥乏味的

***insultar** *tr.* 侮辱,辱罵

***insulto** *m.* 侮辱,辱罵

insumergible *a.* 不下沉的

insumir *tr.* 消耗,花費

insumiso, sa *a.* 不順從的,不屈服的

insumo *m.* 原料,材料

insuperable *a.* 1. 不可戰勝的,無法克服的 2. 不能再好的,極好的

insurgente *a.-s.* 起義的,暴動的;起義者,暴動者

***insurrección** *f.* 起義,暴動,造反

insurreccionar *tr.* 鼓動起義,煽動造反

insurrecto, ta *a.* 起義的,暴動的,造反的

insustituible *a.* 不可替代的

intacto, ta *a.* 1. 未觸動的 2. 完整無缺的;未受損傷的 3. 純淨的

intachable *a.* 無可責難的,無可非議的

intangible *a.* 不可觸犯的,不可侵犯的

integración *f.* 1. 結合,一體化 2.【數】積分法

integral I. a. 1. 完整的, 整體的 2.【數】積分的 II. m.【數】積分

integrante a. 構成整體的

integrar I. tr. 使結合, 使成一體 II. r. 1. 與…結合 2. 加入, 參加

integridad f. 1. 完整, 整體 2. 正直 3. 童貞

íntegro, gra a. 1. 完整的, 全部的 2. 正直的 ﹡

intelectivo, va a.-f. 智力的, 理解力的; 智力, 理解力

intelecto m. 智力, 理解力

﹡**intelectual** I. a. 1. 智力的, 腦力的 2. 精神上的 II. s. 知識分子

intelectualidad f. 1. 智力, 理解力 2.【集】知識界

intelectualismo m.【哲】理智論

﹡**inteligencia** f. 1. 智力, 智慧 2. 理解, 領會 3. 熟練 4. 情報; 情報機關 ◇ en la ~ de que 認爲, 約定; 假定

﹡**inteligente** a. 聰明的

inteligible a. 1. 可理解的 2. 聽得清楚的 3.【哲】理念的

intemperancia f. 無節制, 放縱; 放縱行爲

intemperante a. 無節制的, 放縱的

intemperie f. 惡劣氣候 ◇ a la ~ 在露天

intempestivo, va a. 不合時宜的

﹡**intención** f. 企圖, 打算, 心意 ◇ buena ~ 好意/mala ~ 歹意/primera ~ 率直/segunda ~ 別有用心/curar de primera ~ 臨時處置(傷員)

intencionado, da a. 1. 有意的, 故意的 2. 別有用心的

intendencia f. 1. 領導, 管理 2.【軍】後勤部隊

intendente m. 1. 總管 2.【軍】軍需長官, 後勤長官

intensidad f. 1. 強度 2.【轉】強烈

intensificar tr. 加強, 加緊

intensivo, va a. 加強的, 緊張的; 集中的

﹡**intenso, sa** a. 強烈的, 緊張的

﹡**intentar** tr. 企圖, 打算

intento m. 企圖, 意圖, 打算 ◇ de ~ 故意地

intentona f. 危險嘗試; 未遂的企圖

intercalar I. tr. 插入, 添加 II. a. 插入的, 添加的 ◇ día ~ 閏日

intercambiable a. 可互換的

﹡**intercambio** m. 交換, 交流

interceder intr. 代爲請求, 說情

interceptar tr. 1. 截取, 截獲 2. 截斷, 攔截

interceptor m. 1. 截擊機 2. 竊聽器

intercesión f. 說情

intercesor, ra a. 代爲請求的, 說情的

intercolumnio m.【建】柱間

intercomunicación f. 1. 互相通訊 2. 内部電話

﹡**intercontinental** a. 洲際的

intercostal a.【解】肋間的

intercultural a. 不同文化之間的

interdecir tr. 禁止

interdependencia f. 互相依賴, 互相依存

interdicción f. 禁止 ◇ ~ civil【法】剝奪公民權

interdicto m. 1. 禁止 2. 禁令

interdigital a.【動】指間的; 趾間的

﹡**interés** m. 1. 興趣 2. 利益, 好處 3. 利息, 利潤 4. 重要 5. pl. 財産 ◇ ~ compuesto 複利/~es creados (集團的)既得利益/~ simple 單利/dar a ~ 有息借貸/prestar a ~ 借貸

interesado, da a. 1. 對…感興趣的, 對…關注的 2. 有利害關係的 3. 有私心的

﹡**interesante** a. 有趣的 ◇ hacerse el ~ 裝腔作勢

﹡**interesar** tr. 1. 使感興趣, 引起興趣 2. 使入股, 使入夥 3. 有關

interestelar a. 星際的

interfecto, ta a.【法】死於非命的

interferencia f. 干預, 干涉, 干擾

interferir *intr.* 干預, 干涉, 干擾
ínterin I. *m.* 間歇 II. *a.* 在…期間
interinar *tr.* 臨時擔任, 代理
interinidad *f.* 臨時性, 代理; 代理職務
interino, na *a.* 臨時的, 代理的
interinsular *a.* 島嶼間的
*****interior** I. *a.* 1. 内部的; 國内的 2. 不朝街的 3. 内心的 II. *m.* 1. 内部 2. 内室 3. 内地 4. 内心 5. *pl.* 内臓 ◇ ministro del ~ 内務部長, 内政部長
interioridad *f.* 1. 内部, 内心 2. 私事 3. *pl.* 私事, 隱私 ◇ meterse en ~es ①捲入内部事情②多管閑事
*****interjección** *f.*【語法】感歎詞
interlineal *a.* 寫在行間的
interlinear *tr.* 在行間書寫
interlocución *f.* 對話, 交談
interlocutor, ra *s.* 對話者, 交談者
interludio *m.* 1. 插曲 2.【樂】間奏曲
interlunio *m.*【天】無月期
intermediar *intr.* 1. 插在中間 2. 調解
intermediario, ria *s.* 1. 中間人, 調解人 2. 中間商, 經紀人
intermedio, dia I. *a.* 中間的, 居間的 II. *m.* 1. 間歇 2. 幕間休息; 幕間節目 ◇ por ~ de 通過
intermezzo *m.*【樂】間奏曲
*****interminable** *a.* 無止境的, 永不完結的
interministerial *a.* 部際的
intermisión *f.* 間斷, 中止
intermitencia *f.* 間歇, 間斷, 斷斷續續
intermitente I. *a.* 間歇的, 間斷的 II. *f.*【醫】間歇熱 III. *m.* 汽車方向指示燈
*****internacional** I. *a.* 1. 國際的, 世界的 2. 參加國際比賽的(運動員) II. *f.* (大寫) 1. 國際(組織) 2. 國際歌
internacionalismo *m.* 國際主義
internacionalista *s.* 1. 國際主義者 2. 國際法學家
*****internado** *m.* 1. 寄宿學校 2. 寄宿制 3.【集】寄宿生
internar I. *tr.* 1. 使進入(内地) 2. 把…

送進, 把…關進 II. *r.* 1. 深入 2.【轉】深入研究
internista *s.* 内科醫生
*****interno, na** *a.* 1. 内部的 2. 内科的 3. 寄宿的
inter nos *ad.* 在我們之間
interpelación *f.* 1. 詢問, 質問 2. 求助
interpelar *tr.* 1. 詢問, 質問 2. 求助
interpenetración *f.* 互相滲透
*****interplanetario, ria** *a.* 星際的
interpolación *f.* 插入, 加入
interpolar *tr.* 插入, 加入
interponer *tr.* 1. 把…放在中間 2. 使出面調解 3. 施加(影響) 4.【法】提出(上訴)
interposición *f.* 1. 插入 2. 調解 3. 施加 4. 提出上訴
interpretación *f.* 1. 解釋, 説明 2. 翻譯 3. 表演; 演奏
*****interpretar** *tr.* 1. 解釋, 説明 2. 翻譯 3. 表演; 演奏
interpretativo, va *a.* 解釋性的, 説明性的
*****intérprete** *s.* 1. 口譯工作者 2. 解釋者 3. 扮演者; 演奏者
interregno *m.* 無國家元首期間, 空位期 ◇ ~ parlamentario 議會休會期
*****interrogación** *f.* 1. 詢問, 質問, 審問 2.【語法】疑問句; 問號 3. 疑團
interrogante I. *a.* 疑問的, 詢問的 II. *m.* 1. 問號 2. 疑問
*****interrogar** *tr.* 詢問, 質問, 審問
*****interrogativo, va** *a.* 疑問的
*****interrogatorio** *m.* 1. 質問, 審問 2. 一連串提問
*****interrumpir** *tr.* 1. 中斷, 暫停 2. 插嘴
interrupción *f.* 1. 中斷, 暫停 2. 插嘴
*****interruptor** *m.*【電】開關, 電門, 斷續器 ◇ ~ de techo (或 de tiro) 拉線開關
intersección *f.* 交叉; 交叉點
intersticio *m.* 1. 空隙, 裂縫 2. 間歇
intertropical *a.* 熱帶的

interurbano, na   *a.* 城市間的, 城鎮間的

intervalo   *m.* 1. 間歇; 間隔 2. 期間 3.【樂】音程 ◇ a ～s 斷斷續續地

intervención   *f.* 1. 參加, 參與 2. 干預, 干涉 3. 講話, 發言 4.【醫】手術

intervencionismo   *m.* 干涉主義, 干涉政策

intervenir   I. *intr.* 1. 參加, 參與 2. 干預, 干涉 3. 參加談話, 發言 II. *tr.* 1.【醫】開刀, 動手術 2. 檢查, 審查

interventor, ra   *s.* 1. 審計員, 查賬人 2. (選舉的) 監票員

interview   *f.* 接見, 會見

intestado, da   *a.* 未留下遺囑的; 未寫進遺囑的財產

intestinal   *a.* 腸的

intestino, na   *a.-m.* 内部的; 腸 ◇ ～ ciego 盲腸 / ～ delgado 小腸 / ～ grueso 大腸

intimación   *f.* 通牒, 勒令

intimar   I. *tr.* 通牒, 勒令 II. *intr.-r.* 要好, 親近

intimidación   *f.* 恫嚇, 恐嚇

intimidad   *f.* 1. 親密關係 2. *pl.* 内心, 心事, 隱秘 3. *pl.* 性器官 ◇ en la ～ 在知己之間, 在親友之間

intimidar   *tr.* 恫嚇, 恐嚇

íntimo, ma   *a.* 1. 内部的, 内心的 2. 親密的, 密切的 3. 不正當的 (兩性關係)

intitular   *tr.* 命名, 給…題名, 授予…稱號

intolerable   *a.* 不能容忍的, 無法忍受的

intolerancia   *f.* 1. 不容忍 2.【醫】(對藥物等的) 不耐

intolerante   *a.* 不容忍的, 不忍耐的

intoxicación   *f.* 中毒

intoxicar   *tr.* 使中毒, 投毒, 下毒

intraducible   *a.* 不可翻譯的

intramuscular   *a.* 肌肉内的

intranquilidad   *f.* 不安静的, 不安, 焦慮

intranquilizar   *tr.* 使不安静; 使不安, 使焦慮

intranquilo, la   *a.* 不安静的, 不安寧的; 焦慮的

intransferible   *a.* 不可轉讓的

intransigencia   *f.* 不妥協, 不讓步

intransigente   *a.* 不妥協的, 不讓步的

intransitable   *a.* 難以通行的 (地方等)

intransitivo, va   *a.*【語法】不及物的

intratable   *a.* 1. 難處理的, 不好對付的 2. 難相處的 3. 無法通行的

intrepidez   *f.* 大膽, 無畏

intrépido, da   *a.* 大膽的, 無畏的

intriga   *f.* 1. 陰謀, 詭計 2. 錯綜複雜

intrigante   *a.* 1. 搞陰謀詭計的 2. 引人入勝的

intrigar   I. *intr.* 搞陰謀, 施詭計 II. *tr.* 引起興趣

intrincado, da   *a.* 1. 茂密的 2. 錯綜複雜的

intrincar   *tr.* 使錯綜複雜

intríngulis   (*pl.* intríngulis)   *m.*【口】1. 圖謀, 不可告人的念頭 2. 難處, 複雜

intrínseco, ca   *a.* 内在的, 固有的, 本質的

introducción   *f.* 1. 領進, 引薦 2. 插入 3. 序言, 前言 4. 初步, 入門 5.【樂】引子

introducir   *tr.* 1. 把…領進, 引薦 2. 插入 3. 引進, 採用, 傳入 4. 引起, 挑起

introductor, ra   *a.* 引進…的, 傳入…的 ◇ ～ de embajadores 禮賓官員

introito   *m.* 1. 序言, 引言; 序曲 2.【劇】開場白

intromisión   *f.* 干預, 干涉, 插手

intrusión   *f.* 1. 闖入, 侵入 2.【質】侵入岩

intrusismo   *m.* 1. 非法營業 2. 非法行醫

intruso, sa   *a.* 1. 闖入的, 侵入的 2. 非法營業的

intuición   *f.* 直覺, 直觀, 直感

intuitivo, va   *a.* 直覺的, 直觀的, 直感的

intumescencia   *f.*【醫】腫大, 隆起

intumescente a.【醫】腫大的,隆起的

intususcepción f.【生】内填,内滋

*inundación f. 1. 洪水泛濫,水災 2.【轉】大量

*inundar tr. 1. 淹没 2. 使充滿,充斥

inusitado, da a. 不平常的,異常的

*inútil a. 無用的,無益的

inutilidad f. 無用,無益;無用的東西

inutilizar tr. 使無用,使成爲廢物

*invadir tr. 1. 侵入,侵略 2. 擁入 3. 侵犯 4. (感情等)控制

invalidar tr. 使無效,使無用

*invalidez f. 1. 無效 2. 殘廢

*inválido, da I. a. 1. 殘廢的 2. 無效的 II. s. 殘疾人

*invariable a. 1. 不變的 2. 堅定不移的 3.【語法】(詞形)不變化的

*invasión f. 1. 侵入,侵略 2. 擁入 3. 侵犯

*invasor, ra a.-s. 侵入的,侵略的;侵略者

invectiva f. 抨擊

*invencible a. 1. 不可戰勝的,無敵的 2. 不能克服的

*invención f. 1. 發明,創造;發明物 2. 虛構,編造 3. (文學作品的)創作

invendible a. 1. 非賣的 2. 賣不掉的

*inventar tr. 1. 發明,創造 2. 虛構,編造 3. 文學創作

inventariar tr. 清點,盤點

inventario m. 1. 清點,盤點 2. 清單

inventiva f. 發明能力,創造才能

invento m. 發明,創造;創造物

*inventor, ra s. 發明家,創造者

inverecundo, da a. 厚顏無恥的

invernáculo m. 暖房,温室

invernada f. 1. 冬季 2. 過冬 3. Amér. 越冬牧場

invernadero m. 1. 過冬的地方 2. 越冬牧場 3. 暖房,温室

invernal a. 冬天的,冬季的

invernar intr. 過冬,越冬

invernizo, za a. 冬天的

inverosímil a. 難以置信的

inverosimilitud f. 難以置信

*inversión f. 1. 倒轉,顛倒,倒置 2. 投資 3.【語法】倒裝法

inverso, sa a. 反向的,逆向的 ◇ a (或 por) la ~a 相反地

invertebrado, da I. a. 1.【動】無脊椎的 2.【轉】無骨氣的,軟弱無能的 II. m. pl.【動】無脊椎動物

invertir tr. 1. 使倒轉,使顛倒,使倒置 2. 投入(資本) 3. 花費(時間)

investidura f. 1. 授權,授職 2. (授權、授職後所得的)地位,身份

*investigación f. 1. 調查,瞭解 2. 研究

*investigar tr. 1. 調查,瞭解 2. 研究

investir tr. 授予,賦予

inveterado, da a. 根深蒂固的

invicto, ta a. 常勝的,不敗的

invidencia f. 瞎,失明

*invierno m. 1. 冬天,冬季 2. Amér. 雨季

inviolable a. 不可侵犯的,不可違反的

*invisible a. 看不見的;無形的;極微小的 ◇ en un ~ 霎時,片刻

*invitación f. 1. 邀請 2. 請柬

*invitar tr. 1. 邀請 2. 引起,促使

invocación f. 1. 祈求,祈禱 2. 祈禱詞

invocar tr. 1. 祈求保祐 2. 求助於… 3. 援引(法規、條文)

involucrar tr. 1. (在講話、文章中)攙雜,加入(無關的內容) 2. 使捲入,牽連

involucro m.【植】花被;蒴苞;總苞

involuntario, ria a. 無意識的,不自覺的,不由自主的

invulnerable a. 1. 不受傷害的,刀槍不入的 2.【轉】不受影響的,無懈可擊的

inyección f. 1. 注射;注射劑,針劑 2.【醫】充血 3. 注入

inyectable a.-m. 可注射的;針劑

inyectado, da a. 充血的

inyectar tr. 1. 注射 2. 噴射

inyector m. 注射器

ion m.【理】離子

iota f. 伊奧塔(希臘語字母I, ι 的名稱)

ipecacuana f.【植】吐根

ípsilon f. 伊普西龍(希臘語字母 Υ, υ 的名稱)

ipso facto 就事情本身

*__ir__ I. intr. 1. 去, 走去, 前往 2. 通往; 伸展 3. 處於(某種狀態) II. r. 1. 走掉, 離去 2. 消失 3. 溢出, 漏出 4. 死 ◇ ～ a lo suyo 自私/ ～ a parar 落入/ ～ detrás de ①追隨②追求/ ～ por ①沿…行進②去取/ ～ tirando 勉強維持/ ～ y venir ①走來走去②四處奔波/Quién va allá (哨兵問語)誰/Vaya a saber 天曉得

*__ira__ f. 1. 憤怒, 暴怒 2. 報復心 3.【轉】自然力 ◇ descargar la ～ en 向…泄憤

iracundia f. 易怒; 惱怒

iracundo, da a. 1. 易怒的; 惱怒的 2.【轉】狂暴的(自然力)

iraní a.-s. 伊朗(Irán)的, 伊朗人的; 伊朗語

irascible a. 易怒的; 暴躁的

iridio m.【化】銥

iridiscente a. 彩虹一般的

iris m. 1. 虹 2.【解】虹膜

irisación f. 虹彩

irisado, da a. 彩虹色的; 彩虹狀的

irisar I. tr. 使呈彩虹色; 使呈彩虹狀 II. intr. 呈彩虹色; 呈彩虹狀

*__irlandés, esa__ I. a.-s. 愛爾蘭(Irlanda)的, 愛爾蘭人的; 愛爾蘭人的 II. m. 愛爾蘭語

ironía f. 諷刺, 嘲諷

irónico, ca a. 諷刺的, 嘲諷的

irracional a. 1. 無理性的 2. 不合理的 3.【數】無理的

irradiación f. 照射, 放射, 輻射

irradiar tr. 1. 照射, 放射, 輻射 2.【轉】影響

irrazonable a. 不合情理的; 不講道理的

*__irreal__ a. 1. 不真實的 2. 不現實的

irrealizable a. 不能實現的

irrebatible a. 無可爭辯的

irreconciliable a. 不可調和的, 勢不兩立的

irrecuperable a. 不可復得的; 無法挽回的

irrecusable a. 不能拒絕的, 不可否認的

irredentismo m. 領土收復主義

irredento, ta a. 未收復的(領土等)

irredimible a. 不能贖回的

irreducible; irreductible a. 1. 不可縮小的, 不可縮減的 2. 不可征服的, 不屈的 3.【數】不可約的

irreflexión f. 魯莽, 冒失

irreflexivo, va a.-s. 魯莽的; 冒失的; 冒失鬼

irreformable a. 不能改革的

irrefrenable a. 控制不了的, 壓抑不住的

irrefutable a. 不可辯駁的

*__irregular__ a. 1. 不整齊的 2. 無規律的, 不規則的, 不正常的 3. 不正當的, 不規矩的 4.【語法】不規則變化的(動詞)

irregularidad f. 1. 不整齊 2. 無規律, 不規則; 不正常 3. 不正當, 不規矩 4.【語法】動詞的不規則變化

irreligioso, sa a. 不信教的; 反宗教的

irremediable a. 1. 不可補救的, 不可救藥的 2. 無法避免的

irremisible a. 不可原諒的, 不可寬恕的

irrenunciable a. 不能放棄的

irreparable a. 無法修理的; 不可挽回的

irreprensible a. 無可指摘的, 無可非議的

irreprochable a. 無可指摘的

irresistible a. 1. 不可抗拒的, 無法抵禦的 2. 控制不住的 3. 難以容忍的

irresoluble a. 不能解決的

irresolución f. 猶豫, 躊躇

irresoluto, ta *a.* 猶像不決的, 躊躇的

irrespetuoso, sa *a.* 不恭敬的, 不禮貌的

irrespirable *a.* 1. 不可吸入的, 污濁的 (氣體等) 2.【轉】令人作嘔的, 使人反感的 (氣氛等)

irresponsabilidad *f.* 1. 不承擔責任 2. 不負責任

irresponsable *a.* 1. 不承擔責任的 2. 缺乏責任感的, 不負責的

irreverencia *f.* 不恭敬, 無禮貌

irreverente *a.* 不恭敬的, 不禮貌的

irrevocable *a.* 不可改變的; 不可廢止的

irrigación *f.* 1.【醫】灌腸; 灌腸藥水 2. 灌溉

irrigar *tr.* 1.【醫】沖洗, 灌腸 2. 灌溉

irrisible *a.* 可笑的

irrisión *f.* 1. 嘲笑, 嘲弄 2. 笑柄, 笑料

irrisorio, ria *a.* 1. 可笑的 2. 很小的, 很少的

irritabilidad *f.* 1. 易怒 2.【生】應激性

irritable *a.* 1. 易怒的 2.【生】應激性的

irritación *f.* 1. 激怒 2. 刺激 3.【醫】發炎, 紅腫

irritar *tr.* 1. 激怒, 使生氣 2. 刺激 3.【醫】使發炎, 使紅腫

irrogar *tr.* 引起, 造成 (損害)

irrompible *a.* 不易破碎的; 牢不可破的

irrumpir *intr.* 闖入, 侵入

irrupción *f.* 1. 闖入, 侵入 2. 突襲

isba *f.* (北歐的) 木屋

***isla** *f.* 1. 島, 島嶼 2. 島狀物 3. 街區 4. 孤零零的小片樹林

islam *m.* 1. 伊斯蘭教, 回教 2. (大寫) 伊斯蘭國家

islamismo *m.* 伊斯蘭教; 伊斯蘭教教義

islamita *s.* 伊斯蘭教徒, 穆斯林

***islandés, sa** I. *a. -s.* 冰島 (Islanda) 的, 冰島人的; 冰島人 II. *m.* 冰島語

isleño, ña *a. -s.* 島嶼的; 島嶼居民

islote *m.* 小島, 荒島

isobara *f.* 1.【氣象】等壓線 2.【理】同量異位素

isócrono, na *a.* 等時的

isópodo, da *a. -m.*【動】等足目的; 等足目動物

isósceles (*pl.* isósceles) *a.*【數】等腰的, 等邊的

isotermo, ma *a. -f.* 等溫的, 恒溫的; 等溫線

isótopo *m.*【理, 化】同位素

isquión *m.*【解】坐骨

israelí *a. -s.* 以色列 (Israel) 的, 以色列人的; 以色列人

israelita *a. -s.* 古以色列的; 古以色列人

istmo *m.* 地峽

italianismo *m.* (在其他語言中的) 意大利語詞彙及表達方式

***italiano, na** I. *a. -s.* 意大利 (Italia) 的, 意大利人的; 意大利人 II. *m.* 意大利語

itálico, ca *a. -s.* 古意大利的; 古意大利人

ítem I. *ad.* 同上, 又 II. *m.* 1. 條款, 項目 2. 附加, 增補 ◇ ～ más 同上, 又; 此外; 還有

iterar *tr.* 重述, 重複

***itinerario** *m.* 1. 旅程, 行程, 路線 2. 旅行路線圖

***izar** *tr.* 升起 (旗等)

***izquierda** *f.* 1. 左手 2. 左面 3. 左派 ◇ a la ～ 左側, 左邊/de ～s 左派的

izquierdismo *m.* 極左派

izquierdista *a. -s.* 左派的, 激進的; 左派分子, 激進分子

***izquierdo, da** *a.* 左邊的, 左側的

J

j *f.* 西班牙語字母表的第十一個字母

jabalcón *m.*【建】隅撐, 托座

jabalí (pl. jabalíes) m. 野豬

jabalina¹ f. 母野豬

jabalina² *f.*【體】投槍, 標槍

jabardillo *m.* 1. 昆蟲羣, 鳥羣 2.【轉, 口】嘈雜的人羣

jabato *m.* 小野豬, 野豬崽

jábega *f.* 1. (從岸上拉的)大拖網 2. 小漁船

jabeque *m.* (地中海的)三桅帆槳船

jabón m. 1. 肥皂 2.【轉, 口】拍馬 ◇ ~ de olor (或 de tocador) 香皂 / ~ de sastre (裁縫用來畫線的)粉塊 / dar ~ 奉承 / dar un ~ 斥責

jabonado *m.* 1. 用肥皂洗, 打肥皂 2. *pl.* 打上肥皂的衣服

jabonadura *f.* 1. 用肥皂洗 2. *pl.* 肥皂水, 肥皂泡沫 ◇ dar una ~ 斥責

jabonar *tr.* 用肥皂洗, 擦肥皂

jaboncillo *m.* 1. 香皂 2.【植】南部無患子

jabonera f. 1. 肥皂盒 2.【植】肥皂草

jabonería *f.* 1. 肥皂廠 2. 肥皂店

jabonero, ra I. *a.* 1. 肥皂的 2. 淡黃色的(牛) II. *s.* 製肥皂的人, 賣肥皂的人

jabonoso, sa *a.* 1. 含肥皂的 2. 像肥皂的

jaca *f.* 矮小的馬

jácara *f.* 1. 浪漫歌謠 2. 哈卡拉舞; 哈卡拉舞曲(一種民間舞及舞曲) 3. 不快, 煩惱

jacarandoso, sa *a.* 1. 瀟灑的, 無拘無束的 2. 自鳴得意的

jacarear *intr.* 1. 唱浪漫歌謠的 2. 煩擾, 討人嫌

jacarero, ra *s.* 唱浪漫歌謠的人

jácena *f.*【建】大樑, 主樑

jacinto *m.* 1.【植】風信子 2.【礦】鋯石

jaco *m.* 1. 劣馬 2. 短袖鎖子甲

jacobino, na I. *a.* 1. (法國資産階級革命時期的)雅各賓派的 2. 激進的 II. *s.* 雅各賓派分子; 激進分子 III. *m. pl.* 雅各賓派; 激進派

jactancia *f.* 自吹, 炫耀

jactancioso, sa *a.* 自吹的, 炫耀的

jactarse *r.* 自吹, 誇耀

jaculatorio, ria *a.-f.* 簡短而熱切的; 簡短而熱切的禱詞

jade *m.* 玉, 玉石

jadear *intr.* 喘, 喘氣

jadeo *m.* 喘, 喘氣

jaecero, ra *s.* 製作馬飾和馬具的人

jaez *m.* 1. (常用 *pl.*) 馬具; 馬飾 2.【轉】性質, 質地

jaguar *m.*【動】美洲豹

jaguarzo *m.*【植】克氏岩薔薇

jaique *m.* (摩爾人穿用的)帶兜帽的長袍

ja, ja, ja *interj.* 哈、哈、哈(象聲詞, 表示笑聲)

jalapa *f. Amér.* 1.【植】球根牽牛 2. 球根牽牛根

jalbegar *tr.* 粉刷(牆壁)

jalbegue *m.* 灰漿

jalde *a.* 深黃色的

jalea *f.* 1. 果凍, 果醬 2.【醫】凝膠劑 ◇ ~ real 蜂皇漿 / hacerse una ~ 過份親熱

jalear *tr.* 1. 嗾(狗) 2. (向跳舞、唱歌者)鼓掌, 喝彩

jaleo *m.* 1. 嘈雜, 混亂 2. 爭吵, 口角 3. 歡鬧

jalón *m.* 1. (測量用的)標杆, 標樁 2. 界標; 路標 3.【轉】里程碑, 重大事件

jalonar *tr.* 1. 立標杆, 設標誌 2.【轉】成爲(某事)的標誌

jamaicano, na *a.-s.* 牙買加 (Jamaica)

的,牙買加人的;牙買加人

jamar *tr. -r.*【口】吃

*****jamás** *ad.* 從不,永不

jamba *f.*【建】門窗側柱,邊框

jamelgo *m.*【口】瘦馬,老馬

*****jamón** *m.* 1. 火腿 2.【口】(粗壯的)胳膊,大腿

jamona *f.* 發胖的中年婦女

jamuga *f.* 側坐馬鞍

jangada *f.* 1.【植】筏椵 2. (巴西原始居民的)一種木船

*****japonés, sa** I. *a. -s.* 日本 (el Japón)的,日本人的;日本人 II. *m.* 日語

*****jaque** *m.* 1.【象棋】將軍 2. 說大話的人 ◇ ～ mate【象棋】將死/tener en ～ 使不得安寧

jaquear *tr.* 1.【象棋】將 2. 騷擾

jaqueca *f.*【醫】偏頭痛

jaquel *m.* (紋章的)方格

jaquetón *m.* 說大話的人

jáquima *f.* (繩索結的)籠頭

jara *f.* 1.【植】岩薔薇 2. 尖木棍 (一種投擲武器)

jarabe *m.* 1. 糖漿 2. 甜飲料 ◇ ～ de palo 責打/～ de pico 空話,甜言蜜語/dar ～ 討好

jaral *m.* 1. 長滿岩薔薇的地方 2.【轉】錯綜複雜的事

jaramago *m.*【植】帚狀礫芥

jaramugo *m.* 魚苗,幼魚

jarana *f.* 1. 歡鬧,狂歡 2. 嘈雜,吵鬧,爭吵

jaranear *intr.* 歡鬧,狂歡

jaranero, ra *a.* 愛歡鬧的

jarcia *f.* 1.【海】索具,帆纜 2. 漁具

*****jardín** *m.* 1. 花園,公園 2. 船上的廁所 3. 碧玉的瑕疵 ◇ ～ botánico 植物園/～ de la infancia 幼兒園

jardinera *f.* 1. 女園丁,女園丁之妻 2. 園丁之妻 3. 花盆架 4. 四輪敞篷馬車 5. 敞篷有軌電車

jardinería *f.* 園藝

*****jardinero** *m.* 園丁,花匠,園林工人

jareta *f.* 褲腰等穿帶子的捲邊

jarifo, fa *a.* 華麗的,鮮艷的

jaro, ra *a.* 毛色發紅的 (動物)

*****jarra** *f.* 敞口耳罐 ◇ en (或 de) ～s 雙手叉腰

jarrete *m.* 1.【解】膕 2. (豬、牛的)小腿肉

jarretera *f.* 弔襪帶

jarro *m.* 1. 窄口單耳罐 2. 罐(量詞) ◇ a ～s ①大量地②瓢潑似的/echar un ～ de agua 潑冷水

jarrón *m.* 大花瓶

jaspe *m.* 1. 碧玉 2. 斑紋大理石

jaspeado, da *a.* 1. 像碧玉的 2. 有斑紋的

jaspear *tr.* 繪上斑紋

*****jaula** *f.* 1. 籠子 2. 囚籠,牢籠 3. 板條箱 4.【礦】罐籠

jauría *f.* 狗羣

javanés, sa I. *a. -s.* 爪哇 (Java)的,爪哇人的;爪哇人 II. *m.* 爪哇語

jayán, ana *s.* 粗壯的人

jazmín *m.* 茉莉花,素馨花

jazz *m.* 爵士音樂

jebe *m.* 1. 礬,明礬 2. *Amér.* 橡膠

jedive *m.* 埃及總督

jeep *m.* 吉普車

jefa *f.* 1. 女首領,女首長,女頭目 2. 首領之妻

jefatura *f.* 1. 首長職務,首長地位 2. 領導

*****jefe** *m.* 首領,首長,頭目 ◇ ～ de estación【鐵路】站長/～ de Estado 國家元首/～ de familia 家長/～ de negociado 科長/en ～ 首席地位

je, je, je *interj.* 嘿,嘿,嘿,(象聲詞,表示笑聲)

jején *m. Amér.* 一種小蚊子

jeme *m.* (長度單位,拇指和食指張開的距離)

jengibre *m.*【植】薑

jenízaro *a.* 混血的,混雜的

jeque *m.* (穆斯林的)酋長,總督

jerarca *m.* 1. 首領, 頭目 2.【宗】祭司長

jerarquía *f.* 1. 等級; 官階 2. 高級領導人

jerárquico, ca *a.* 等級制的

jerbo *m.*【動】非洲跳鼠

jeremías *s.* 哀歎不止的人

jerez *m.* 雪利酒(西班牙赫雷斯出產的名酒)

jerga¹ *f.* 1. 粗呢 2. 草墊

jerga² *f.* 行話, 黑話, 切口

jergón *m.* 草褥, 草墊

jerigonza *f.* 行話, 黑話, 切口

jeringa *f.* 注射器

jeringar *tr.* 注射

jeringazo *m.* 1. 注射; 注射液

jeroglífico, ca I. *a.* 象形文字的 II. *m.* 1. 象形文字 2. 字謎畫

jersey *m.* 針織緊身上衣; 運動衫

Jesucristo *m.* 耶穌基督

jesuita *a. -s.* 耶穌會的; 耶穌會教徒

jesuitismo *m.* 耶穌會教義

Jesús I. *m.* 耶穌 II. *interj.* 天哪! ◇ en un (decir) 〜 霎時間, 眼眨間

jesusear *intr.* 口不離耶穌

jet *m.* 噴氣式飛機

jeta *f.* 1. 厚嘴唇 2. 豬的嘴鼻部分 3. 臉, 面孔 4. 噘嘴唇, 生氣表情

ji *f.* 愷(希臘語字母 Χ, χ 的名稱)

jibia *f.*【動】墨魚, 烏賊魚 2. 墨魚骨, 烏賊骨

jibión *m.* 烏賊骨, 墨魚骨

jícara *f.* 小杯子, 巧克力杯

jifa *f.*(屠宰場扔掉的)下水, 內臟

jifero *m.* 1. 屠刀 2. 屠宰工人, 屠户

jilguero *m.*【動】一種朱頂雀

jineta *f.*【動】獴

jinete *m.* 1. 騎士, 騎手 2. 純種馬

jingoísmo *m.* 狹隘愛國主義, 狹隘民族主義

jínjol *m.* 棗

jinjolero *m.*【植】棗樹

jipijapa I. *f.*【植】巴拿馬草 II. *m.* 巴拿

馬草帽

jira *f.* 1. 聚餐, 野餐 3. 旅遊

jirafa *f.* 1.【動】長頸鹿 2. (電影等錄音用的)話筒支桿

jirón *m.* 1. 破布條 2.【轉】整體的一小塊

jiu-jitsu *m.* 柔道

jockey *m.* 賽馬的職業騎手

jocoserio, ria *a.* 又悲又喜的

jocosidad *f.* 幽默, 詼諧; 詼諧的言行

jocoso, sa *a.* 幽默的, 詼諧的

jocundo, da *a.* 歡快的

joder *tr. Amér.* 使厭煩

jofaina *f.* 臉盆

jordano, na *a. -s.* 約旦 (Jordania) 的, 約旦人的; 約旦人

jorguín, na *s.* 巫師, 巫婆

***jornada** *f.* 1. 一天的行程 2. 行程, 路程, 旅程 3. 工作日 4. (外交使團的)避暑 5.【印】日印刷量 ◇ a grandes 〜s 加緊地

***jornal** *m.* 1. 日工資 2. 工作日 ◇ a 〜 按日計工資的/trabajar a 〜 打短工

***jornalero, ra** *a.* 工人, 短工, 臨時工

joroba *f.* 1. 駝背 2.【轉, 口】駝峰狀物 3.【轉, 口】麻煩

jorobado, da *a. -s.* 駝背的; 駝子

jorobar *tr.*【口】麻煩, 煩擾

josa *f.* (没有圍栅的)葡萄園

***jota** *f.* 1. 字母 j 的名稱 2. 一丁點兒(用於否定句中) 3. 霍塔舞; 霍塔舞曲

joule *m.*【理】焦耳(能量單位)

***joven** (*pl.* jóvenes) *a. -s.* 年輕的; 青年

***jovial** *a.* 1. 快活的, 愉快的 2.【羅神】朱庇特 (Júpiter) 的

jovialidad *f.* 快活, 愉快

***joya** *f.* 1. 金銀首飾, 珠寶 2. 獎賞, 酬勞 3.【轉】珍品, 寶貝

joyel *m.* 小珠寶, 小首飾

joyería *f.* 珠寶業, 首飾業; 珠寶店, 首飾店

joyero *m.* 珠寶匠, 首飾匠; 珠寶商

joyo *m.*【植】毒麥

juanete *m.* 1. 脚孤拐,脚拇指旁突出的骨頭 2. 高顴骨

juanetudo, da *a.* 1. 脚孤拐大的 2. 顴骨高的

juarda *f.* (羊毛、羊毛織物上的)污垢

jubilación *f.* 退休;退休金

jubilar I. *tr.* 使退休 II. *r.* 退休

jubileo *m.* (教皇的)大赦

júbilo *m.* 喜悦,興高采烈

jubiloso, sa *a.* 喜悦的,興高采烈的

jubón *m.* 緊身坎肩,背心

judaico, ca *a.* 猶太人的

judaísmo *m.* 【宗】猶太教

judaizante *a.* 信奉猶太教的

judaizar *intr.* 信奉猶太教

judas *m.* 1. 叛徒 2. 不結繭的蠶

judería *f.* 1. 猶太人區 2. 猶太人税

judía *f.* 菜豆,四季豆

judiada *f.* 1. 猶太人的作風,猶太人的行為 2. 【轉,口】不義的行爲

judicatura *f.* 1. 法官職務;法官任期 2. 【集】法官

judicial *a.* 1. 司法的,審判的 2. 法官的

judiciario, ria *a.* -*s.* 星象學的;星象學家

*__judío, a__ I. *a.* 1. 猶太人的 2. 信奉猶太教的 3.【轉】吝嗇的 II. *s.* 1. 猶太人 2.【轉】吝嗇鬼

judo *m.* 柔道

*__juego__ *m.* 1. 玩,玩耍,遊戲 2. 運動,比賽 3. 遊戲場 4. *pl.* 運動會 5. 手段,花招 6. 一套(茶具等) ◇ ～ de baraja (或 cartas) 紙牌遊戲/ ～ de bolas 滾珠軸承/ ～ de ingenio 智力遊戲/ ～ de manos 戲法/ ～ de niños 【轉】兒戲/ ～ de palabras 雙關語/ ～ de suerte 賭博/ ～s florales 獎花賽詩會/ ～s malabares 雜耍/Juegos Olímpicos 奥林匹克運動會/de ～ 不嚴肅的/echar a ～ 當兒戲,不認真/entrar en ～ 起作用/hacer ～ 使相配/mostrar el ～ 暴露意圖/poner en ～ 使發揮作用/por

～ 不當真地

juerga *f.* 嬉鬧,歡鬧

juerguista *s.* 參加嬉鬧的人

*__jueves__ *m.* 星期四 ◇ no ser del otro ～ 没什麼稀奇的

*__juez__ *s.* 1. 法官,審判員 2. 裁判員,評獎人 3. 仲裁人 4. 鑑定人,鑑賞家 ◇ ～ árbitro 仲裁人/ ～ de palo 草包法官/ ～ de paz 調解員/ ～ de primera instancia 【法】預審法官/ ～ depurador (公職人員的)政審

jugada *f.* 1. (遊戲、比賽、賭博等)一盤,一局,一次 2.【轉】伎倆,詭計

*__jugador__ *a.* 參加遊戲的,參加比賽的,參加賭博的

*__jugar__ I. *intr.* 1. 遊戲,玩耍,娛樂 2. 參加運動會 3. 賭博 4. 相配 II. *tr.* 1. 玩(牌),下(棋),賽(球) 2. 施展(詭計等) 3. 活動(肢體) ◇ ～ con 耍弄/ ～ limpio ①比賽作風正派②【轉】光明磊落/ ～ sucio ①比賽作風不正派②【轉】不光明正大/ ～ la (或 jugársela) *a uno* 對人使壞/～se el todo por el todo 孤注一擲

jugarreta *f.* 1.【口】(下棋等的)失誤,失着 2.【轉,口】小花招

juglar *m.* 1. 流浪藝人 2. 中世紀的行吟詩人

juglaresa *f.* 女流浪藝人

juglarismo *m.* 1. 流浪藝人的技藝 2. 行吟詩

*__jugo__ *m.* 1. (水果、蔬菜等的)汁,漿液 2.【轉】精髓 3. 體液 ◇ sacar ～ 取得好處/sacar el ～ 充分利用

jugosidad *f.* 1. ～ 多汁,多漿 2. 内容豐富 3. (事物的)價值

jugoso, sa *a.* 1. 多汁的 2. 内容豐富的 3. 有價值的 4.【美】生動的(畫面)

*__juguete__ *m.* 1. 玩具 2. 玩笑 3. 小劇,小節目 4.【轉】玩物,玩偶

juguetear *intr.* 1. 玩耍,戲要 2. 玩弄,鬧着玩

jugueteo *m.* 1. 玩耍,戲要 2. 玩弄,鬧

着玩

juguetería f. 玩具業; 玩具店

juguetón, na a. 貪玩的; 淘氣的

*****juicio** m. 1. 理智, 理性; 判斷力 2. 見解, 看法 3.【法】審理, 審判 / ~ criminal 刑事審判 / ~ final【宗】世界末日的最後審判 / ~ oral 對質 / ~ posesorio 所有權案/a mi ~ 依我之見/estar fuera de ~ 精神失常/hacer perder el ~ 使喪失理智/perder el ~ 喪失理智/suspender el ~ 暫緩審理/sin ~ 沒頭腦

juicioso, sa a. 理智的, 明智的

julepe m. 1. 糖漿藥水 2. 斥責 3. 紙牌遊戲

*****julio** m. 七月

juma f.【口】酒醉

jumento m. 驢

juncáceas f. pl.【植】燈心草科

juncal I. a. 1. 燈心草的 2. 苗條的, 瀟灑的 II. m. 長滿燈心草的地方

juncar m. 長滿燈心草的地方

junco m. 1.【植】燈心草 2. 細手杖

jungla f. 熱帶叢林

*****junio** m. 六月

júnior a. (兩位同名者中) 年紀較小的

junquillo m. 1.【植】長壽花 2.【建】細突圓飾

junta f. 1. 會議 2. 委員會, 理事會 3. 接口, 接合處 4. 管道填塞物

*****juntar** I. tr. 1. 使連接, 使接合 2. 使聚集 3. 積攢 II. r. 1. 會合, 聚合 2. 姘居

juntillas: a pie ~ 並着脚

*****junto, ta** I. a. 1. 一起的 2. 相接的, 相連的 3. 整的, 整個的 II. ad. 一起; 同時 ◇ en ~ 總共 / a ~ 緊挨着 / con ~ 和~/por ~ 整批地

juntura f. 衡接處, 接頭, 接縫

Júpiter m. 1.【羅神】朱庇特 (主神) 2.【天】木星

jura f. 宣誓

*****jurado, da** I. a. 宣過誓的 II. m. 1.

陪審團 2. 陪審員 3. 評獎團, 評判委員會; 評判員 ◇ enemigo ~ 死敵, 不共戴天的敵人

juramentar I. tr. 聽取誓詞 II. r. 發誓, 宣誓

*****juramento** m. 1. 誓言, 誓詞 2. 詛咒

*****jurar** I. tr. 宣誓, 發誓, 起誓 II. intr. 詛咒 ◇ ~ en falso 假發誓

jurásico, ca a. -m.【質】侏羅紀的; 侏羅紀

jurídico, ca a. 法律的, 司法的

jurisconsulto m. 1. 律師 2. 法學家, 法理學家

jurisdicción f. 1. 司法權 2. 管轄權, 權限; 管轄區 3. 當局

jurisdiccional a. 1. 司法權的 2. 管轄範圍內的, 權限內的 3. 當局的

jurisperito m. 法學家, 法理學家

jurisprudencia f. 1. 法學, 法理學 2. 法律, 法規 3. 案例

*****jurista** s. 1. 法學家, 法理學家 2. 律師 3. 永久所有者

juro m. 永久所有權 ◇ de ~ 確實的

justa f. 1. 騎士的格鬥, 比武 2.【轉】(文學) 比賽

justar intr. (騎士) 格鬥, 比武

*****justicia** f. 1. 公平, 公正, 公道, 正義 2. 司法; 司法機關, 法庭, 法院 3.【集】司法人員 4. 判決; 處決 ◇ en ~ 公平地, 公正地/hacer ~ 伸張正義/tomarse la ~ por su mano 親自報仇

justiciero, ra a. 1. 主持正義的 2. 執法嚴格的

*****justificación** f. 1. 證明正當, 證明無罪, 辯解 2. 理由, 道理

justificado, da a. 有道理的, 合理的

justificante a. 用作證明的

*****justificar** I. tr. 1. 證明…有理, 證明…無罪 2. 說明, 解釋 3. 調整, 使合適 II. r. 辯解

justificativo, va a. 用作證明的

justillo m. 背心, 坎肩

justipreciar tr. 正確評價

*justo, ta I. a. 1. 公平的, 公正的, 公道的, 正義的 2. 合理的, 合法的 3. 正好的, 恰如其分的; 恰如其分的, 確切的 II. ad. 1. 正好, 恰好 2. 不寬裕地

*juvenil a. 青年的

*juventud f. 1. 青年時代, 青春 2. 【集】

青年人

*juzgado m. 1. 【集】法官 2. 法官職權 3. 法庭

*juzgar tr. 1. 審判, 判決 2. 評定, 判斷 3. 認爲, 看作 ◇ a ～ por 從…來看, 據…判斷

K

k f. 西班牙語字母表的第十二個字母

ka f. 字母k的名稱

kabukí m. 日本歌舞伎

káiser m. 德國皇帝

kaki a. 1. 【植】柿樹 2. 柿子

kantismo m. 【哲】康德哲學, 康德學說

kappa f. 開帕 (希臘語字母 K, κ 的名稱)

kéfir m. 牛奶酒

kepi; kepis m. 法國軍帽

kermes m. 【動】胭脂蟲

Khan m. 可汗 (韃靼人最高統治者的稱號)

kiliárea f. 十公頃

*kilo- pref. 含"千"之意

kilo m. 見 kilogramo

kilociclo m. 【電】千週

*kilogramo m. 千克, 公斤

kilohercio m. 【理】千赫

*kilolitro m. 千升

kilométrico, ca a. 1. 公里的, 千米的 2. 【轉, 口】極長的

*kilómetro m. 千米, 公里

*kilovatio m. 【電】千瓦

kilovoltio m. 【電】千伏

*kimono m. 和服

kindergarten m. 幼兒園

kinescopio m. 電視顯像管

kinesiterapia f.【醫】運動療法

*kiosco m. 亭子, 涼亭, 報亭

kirie, kirieleisón m. 【宗】主啊, 憐憫我們吧 (彌撒起始語)

kulak m. 俄國的富農

*kuwaití a. -s. 科威特 (Kuwait) 的, 科威特人的; 科威特人

L

l f. 西班牙語字母表的第十三個字母

*la[1] I. art. 陰性單數定冠詞 II. pron. 您, 她, 它 (陰性單數第三人稱 usted 和 ella 的賓格, 在句中作直接補語)

la[2] m. 【樂】A音的唱名

label m. 標籤; 標記

labelo m. 【植】唇瓣

laberíntico, ca a. 1. 迷宮似的 2. 【轉】錯綜複雜的

laberintitis f.【醫】迷路炎

*laberinto m. 1. 迷宮 2. 【轉】錯綜複

雜, 曲折 3.【解】(內耳的) 迷路

labia f.【口】口才

labiado, da a. -f. pl.【植】唇形的, 唇形科的; 唇形科

labial a. 1. 嘴唇的, 唇狀的 2. 【語音】唇音的, 唇部發出的

labializar tr. 使唇音化

labiérnago m.【植】窄葉歐女貞

labihendido, da a. 兔唇的, 唇裂的, 豁嘴的

lábil a. 1. 易滑脱的 2. 不牢靠的 3.

【化】不穩定的

*labio *m.* **1.** 嘴唇 **2.** 唇狀物 **3.**【轉】
口，嘴 ◇ ～ leporino 兔唇，唇裂，豁嘴
/estar pendiente de los ～s de ①聆聽
②聽從/morderse los ～s 緊咬嘴唇(忍
住不說，忍住笑聲)/no despegar los
～s 沉默不語/sellar los ～s de 封住…
的口

labiodental *a.* -f.【語音】唇齒的；唇齒
音

*labor *f.* **1.** 勞動，工作 **2.** 農活，翻耕，
犁地 **3.** 針線活 **4.**【礦】採掘 ◇ ～es
domésticas 家務/～es propias de su
sexo 家務(填表用語)/de ～ 農活用的
(牲口，工具等)

*laborable *a.* **1.** 可耕的(土地) **2.** 工
作的，勞動的

laboral *a.* **1.** 勞動的，工作的 **2.** 進行職
業教育的

laborar I. *tr.* 翻耕，犁(地) II. *intr.* 努
力，奔忙

laboratorio *m.* **1.** 實驗室 **2.** 化驗室 **3.**
配藥間

laborear *tr.* **1.** 加工 **2.** 耕，犁 **3.**【礦】
開採，採掘

laboreo *m.* **1.** 加工 **2.** 耕地 **3.**【礦】採
掘

laboriosidad *f.* 勤勞，勤勉

*laborioso, sa *a.* **1.** 勤勞的，勤勉的 **2.**
費力的，辛苦的

laborismo *m.* 英國工黨

labra *f.* (石料、木材等的)加工

labrado, da I. *a.* 有花飾的 II. *m.* 農
田，耕地

*labrador, ra *a.* -s. 種田的，耕地的；農
夫，農民，自耕農

labradorita *f.*【礦】**1.** 拉長石 **2.** 富拉
玄武岩

labrantín *m.* 小自耕農

*labrantío, a *a.* -m. 可耕的；可耕地

*labranza *f.* **1.** 耕作 **2.** 農莊，田莊 **3.**
活計

*labrar *tr.* **1.** 加工 **2.** 耕作，耕種 **3.** 租

種(土地) **4.** 縫，綉 **5.** 造成…，爲…謀
求…

labriego, ga *s.* 農夫，農婦

labrusca *f.*【植】美國蘡薁

laca *f.* **1.** 蟲膠，蟲漆，紫膠 **2.** 漆，中國
漆 **3.** 漆器

lacayo *m.* **1.** 僕人，侍從 **2.**【轉】走狗，
走卒

lacayuno, na *a.* 【口】走狗似的，卑躬屈
膝的

laceración *f.* **1.** 弄傷，撕裂 **2.**【轉】傷
害，損害

lacerado, da *a.* **1.** 不幸的 **2.** 患痲瘋病
的

lacerar *tr.* **1.** 弄傷，損傷，撕裂 **2.**【轉】
傷害，損害

lacería *f.* **1.** 貧窮，貧困 **2.** 痛苦，苦惱

lacería *f.*【集】飾帶

lacero *m.* **1.** 會使套索捕捉動物的人 **2.**
用套索狩獵的人

lacinia *f.*【植】條裂

lacio, cia *a.* 平直的，卜垂的(頭髮等)

lacónico, ca *a.* 簡要的，簡潔的，簡練
的，簡短的(話語、文章等)

laconismo *m.* (語言等的)簡潔，簡要

lacra *f.* **1.** 疾病留下的痕迹 **2.** 惡習，弊
病

lacrar[1] *tr.* 損害，傷害(健康或利益)

lacrar[2] *tr.* 用火漆封

lacre I. *a. Amér.* 紅色的 II. *m.* 火漆

lacrimal *a.* 眼淚的

lacrimógeno, na *a.* 催淚的

lacrimoso, sa *a.* **1.** 淚汪汪的，多淚的
2. 愛哭的 **3.** 令人心酸落淚的

lactación *f.* 餵奶，哺乳

lactancia *f.* 哺乳；哺乳期

lactante *a.* -s. 吃奶的；乳兒

lactar *tr.* 餵奶，哺乳 II. *intr.* 吃奶

lactato *m.*【化】乳酸鹽，乳酸脂

*lácteo, a *a.* **1.** 奶水的，乳汁的 **2.** 乳狀
的，像乳的

lactescente *a.* 奶水狀的，乳汁狀的

lacticinio *m.* 乳製品，奶製品

láctico, ca *a.*【化】乳的

lactífero, ra *a.*【解】輸送乳汁的

lactómetro *m.* 乳比重計

lactosa *f.*【化】乳糖

lactucario *f.*【醫】毒萵苣汁

lacunario *m.*【建】花格平頂

lacustre *a.* 1. 湖泊的 2. 湖生的 3. 湖泊沉積而成的(土著)

lacha[1] *f.*【動】鯷

lacha[2] *f.* 羞恥

lada *f.*【植】香脂岩薔薇

ladear I. *intr.* 1. 沿山坡行走 2.【轉】離開正道 II. *r.* 傾向,偏向

*ladera** *f.* 山坡,斜坡

ladilla *f.*【動】毛虱,陰虱 ◇ pegarse como una ~ 纏住不放

ladino, na *a.* 1. 會講外國語的 2. *Amér.* 會講西班牙語的(土著) 3.【轉】狡猾的,精明的

*lado** *m.* 1. 脅,體側 2. 邊,側 3. 半身,半邊軀體 4. (布、紙等的)面 5.【轉】方面 ◇ al ~ de 在…旁邊/dar de ~ 不理睬/dejar a un ~ 擱置一邊/de ~ ① 斜,歪②從側面(echarse 或 hacerse) a un ~ ①閃開,靠邊②【轉】迴避/ir cada uno por su ~ 各走各的路/mirar de ~ ①睨睨②蔑視,小看/por cualquier ~ que se mire 無論從哪方面看 /por otro ~ 此外,另外/por todos lados ①到處②全面地

*ladrar** *intr.* 1. (狗)吠 2.【轉,口】叫喊,咆哮 3.【轉,口】恫嚇,嚇唬

*ladrido** *m.* 1. 狗吠聲 2.【轉,口】辱罵,誹謗

ladrillar[1] *m.* 磚廠

ladrillar[2] *tr.* 用磚鋪(地)

ladrillero, ra I. *a.* 磚的 II. *s.* 1. 製磚工 2. 磚商

*ladrillo** *m.* 1. 磚 2. 磚狀物

*ladrón, ona** I. *s.* 賊,強盜 II. *m.* 1. (河、溝渠等的)泄水口,偷水口 2. 偷電 ◇ ~ cuatrero 盜牲口賊

ladronear *intr.* 偷盜,偷竊

ladronera *f.* 1. 賊窩,匪巢 2. 偷水口 3. 撲滿

ladronería *f.*; **ladronicio** *m.* 盜竊

ladronzuelo, la *s.* 小偷

lady (*pl.* ladies) *f.* 1. 女士 2. 貴婦

*lagar** *m.* 1. (葡萄、橄欖等的)壓榨機,壓榨房;壓搾場 2. (沒有壓搾設備的)小油橄欖園

lagarta *f.* 1.【動】雌蜥蜴 2.【轉,口】狡猾的女人

lagartija *f.*【動】小蜥蜴;壁虎

lagarto *m.* 1.【動】蜥蜴,四腳蛇 2.【轉,口】狡詐的人

*lago** *m.* 湖,湖泊

lagotear *intr.*【口】阿諛,奉承

lagotería *f.*【口】阿諛,奉承

lagotero, ra *s.*【口】阿諛奉承的人

*lágrima** *f.* 1. 眼淚,淚珠 2. (植物分泌的)漿液 3. (飲料等的)滴 4. *pl.* 痛苦 ◇ anegarse en ~s 淚如泉湧/llorar ~s de sangre 因後悔而痛哭流涕

lagrimal *a. -m.* 淚的;眼内角

lagrimear *intr.* 流淚;好哭

lagrimeo *m.* 流淚;好哭

lagrimoso, sa *a.* 1. 淚汪汪的,流淚的 2. 使人流淚的,令人心酸的

*laguna** *f.* 1. 小湖,池塘 2.【轉】空白,空缺

lagunajo *m.* 水窪

lagunar *m.*【建】花格平頂

lagunero, ra *a.* 小湖的,池塘的

lagunoso, sa *a.* 多小湖的,多池塘的

laicismo *m.* 1. 非宗教主義,世俗主義 2. 政教分離論

laico, ca *a. -s.* 非教會的,世俗的;俗人

laja *f.* 1. 石板 2.【海】平頂淺礁

lama[1] *f.* 1. 淤泥,河泥 2. *Amér.* 苔,蘚 3. 金銀絲織物

lama[2] *m.*【宗】喇嘛

lamaísmo *m.*【宗】喇嘛教

lamaísta *a. -s.* 喇嘛教的;喇嘛教徒

lamasería *f.* 喇嘛寺,喇嘛廟

lambda *f.* 蘭姆達(希臘語字母 Λ, λ 的

名稱)

lambrija *f.* 1. 蠕蟲 2.【轉，口】極瘦的人

lamedal *m.* 泥潭，泥坑

lamedor, ra I. *a.* 舔的，愛舔的 II. *m.* 1. 糖漿 2. 假意奉承

lamedura *f.* 1. 舔 2.【轉】波浪輕輕拍打

lamentable *a.* 1. 令人惋惜的，令人難過的 2. 可憐的，糟糕的

lamentación *f.* 1. 哀歎，哭泣 2. 抱怨，埋怨

lamentar I. *tr.* 悲痛，惋惜 II. *r.* 抱怨

lamento *m.* 1. 悲痛，惋惜 2. 抱怨

lamentoso, sa *a.* 1. 悲痛的，哀傷的 2. 好抱怨的

lameplatos (*pl.* lameplatos) *s.*【轉，口】1. 愛吃甜食的人 2. 靠施捨度日的人

lamer *tr.* 1. 舔 2.【轉】(波浪) 輕輕拍打

lamerón, na *a.*【口】貪吃的，嘴饞的

lamido, da *a.* 1. 清癯的，瘦削的 2. 過分乾淨的，過分修飾的

lámina *f.* 1. 薄片，薄板 2.【印】圖版，銅版 3. 外貌，外形 ◇ ～ fuera de texto 插頁/ ～ mural 壁畫

laminado, da I. *a.* 1. 軋成金屬薄板的 2. 包有金屬薄板的 II. *m.* 軋製；軋製品

laminador *m.* 1. 軋機 2. 軋製工

laminar[1] *a.* 薄片狀的，薄板狀的；由薄片疊成的

laminar[2] *tr.* 軋製(金屬材料)

laminero, ra *a.* 1. 製板的 2. 加金屬包皮的

lámpara *f.* 1. 燈，燈具 2. 電子管，真空管 3. 油漬 ◇ ～ de arco 弧光燈/ ～ de cuarzo 石英燈/ ～ de incandescencia 白熾燈/ ～ de minero 礦燈/ ～ de pie 落地燈/ ～ fluorescente 熒光燈/ ～ para soldar 焊接噴燈/ ～ para la mesilla de noche 枱燈/ ～ solar 太陽燈

lamparería *f.* 燈具廠；燈具店；燈具倉庫

lamparero, ra *s.* 修燈人；管燈人；製燈人；賣燈人

lamparilla *f.* 1. 小燈；油燈；酒精燈

lamparón *m.* 1. (衣服上的) 油漬 2.【醫】淋巴結核，瘰癧

lampazo *m.* 1.【植】牛蒡 2.【海】擦甲板的拖把

lampiño, ña *a.* 1. 無鬚的，未長鬍子的 2. 毛髮少的，汗毛少的

lampista *m.* 製燈人；賣燈人

lampistería *f.* 見 lamparería

lamprea *f.*【動】七鰓鰻

lampreílla *f.*【動】條鰍

lana *f.* 1. 羊毛 2. 毛線，絨線 3. 毛織品，毛料 ◇ ～ de vidrio 玻璃纖維/ir por ～ y volver trasquilado 偷雞不着蝕把米

lanar *a.* 毛的；產毛的 ◇ ganado ～ 綿羊

lanaria *f.*【植】肥皂草

lance *m.* 1. 投，拋，扔，擲 2. 撒網 3. 軼事，趣事，插曲 4. 一回合，一着 ◇ ～ apretado 困境/ ～ de fortuna 意外事件/ ～ de honor 決鬥/de ～ 廉價的

lancear *tr.* 用矛刺

lanceóla *f.*【植】長葉車前

lancera *f.* 矛架

lancero *m.* 1. 長矛手 2. 製作長矛的人

lanceta *f.*【醫】刺血針；柳葉刀

lancinante *a.* 針刺般的(痛)

lancurdia *f.* 小鱒魚

lancha *f.* 1. 平薄石板 2. 小船，艇 ◇ ～ bombardera (或 cañonera, obusera) 炮艇/ ～ torpedera 魚雷艇/ ～ motora 摩托艇，汽艇

landa *f.* 荒原

landó *m.* (車篷可摺疊的) 四輪馬車

landre *f.* 1. (衣服的) 内兜 2.【醫】腺瘤

lanería *f.* 羊毛商店

lanero *m.* 1. 羊毛商 2. 羊毛倉庫

langosta *f.*【動】1. 蝗蟲 2. 龍蝦

langostín; langostino *m.*【動】對蝦

languidecer *intr.* 1. 變憔悴,變衰弱 2. 倦怠,無活力,無生氣

languidez *f.* 1. 憔悴,衰弱 2. 無活力,無生氣

lánguido, da *a.* 1. 憔悴的,衰弱的 2. 無活力的,無生氣的

lanilla *f.* 細毛料,細呢料

lanosidad *f.* (葉子、果實上的)絨毛

lanoso, sa *a.* 1. 多毛的,毛茸茸的 2. 多絨的

lantano *m.*【化】鑭

lanudo, da *a.* 多毛的;佈滿絨毛的

lanuginoso, sa *a.* 多毛的;多絨毛的

*lanza *f.* 1. 長矛 2. 長矛手 3. 車轅 4. 水管噴嘴 ◇ con la ～ en ristre 準備就緒/quebrar ～s con 與…爲敵/romper ～s por 爲…挺身而出/ser buena ～ 聰明,機敏

lanzabombas (*pl.* lanzabombas) *m.*【軍】投彈器

lanzacohetes (*pl.* lanzacohetes) *m.* 火箭發射器

lanzada *f.* 長矛的扎刺;矛傷

lanzadera *f.* 1. (織布機的)梭子 2. 梭狀物

lanzagranadas (*pl.* lanzagranadas) *m.* 投彈筒,榴彈發射器

lanzallamas (*pl.* lanzallamas) *m.* 火焰噴射器

*lanzamiento *m.* 扔,擲,投,拋;發射

lanzaminas (*pl.* lanzaminas) *m.* 水雷發射器

lanzamisiles (*pl.* lanzamisiles) *m.* 導彈發射裝置

*lanzar **I.** *tr.* 1. 扔,擲,投,拋;發射 2. 發出,提出 3. 發(芽),長(葉),開(花) **II.** *r.* 衝向;投入 ◇ ～se contra 攻擊

lanzatorpedos (*pl.* lanzatorpedos) *m.* 魚雷發射器

laña *f.* 鋦子

lañar *tr.* 用鋦子修補

laosiano, na **I.** *a.* -s. 老撾 (Laos) 的,

老撾人的;老撾人 **II.** *m.* 老撾語

lapa *f.* 1. (液體表面的)薄膜 2.【動】帽貝 3.【植】牛蒡

lapachar *m.* 沿澤地,低濕地

laparotomía *f.*【醫】剖腹術

*lapicero *m.* 1. 鉛筆,自動鉛筆 2. 筆桿

lápida *f.* 石碑

lapidar *tr.* 1. 用石頭砸 2. 用石頭擊斃

lapidario, ria **I.** *a.* 1. 寶石的 2. 石碑的 3. 碑文式的 **II.** *m.* 1. 寶石匠 2. 寶石商

lapídeo, a *a.* 石頭的

lapidificación *f.* 成岩,石化

lapislázuli *m.*【礦】天青石,青金石

*lápiz *m.* 1. 石墨 2. 鉛心 3. 鉛筆 ～ de color 彩色鉛筆/ ～ estilográfico 自動鉛筆/ ～ de labios 唇膏/a/o 用鉛筆畫的,用鉛筆寫的

lapo *m.* 1. 打,鞭打,抽打 2. 口(量詞) 3. 痰;唾沫

lapso *m.* 1. (時間的)經過,流逝 2. 過失,錯誤

lapsus *m.* 過失,差錯 ◇ ～ cálami 筆誤/ ～ linguae 口誤

lar *m.* 1.【神話】家神,竈神 2. *pl.*【轉】家

lardar, lardear *tr.* (在烤製的食物上)抹豬油或其他動物油脂

lardo *m.* 豬油,動物油脂

lardoso, sa *a.* 多油的,多脂肪的

larga *f.* 1. 襯墊 2. 拖延,耽擱 ◇ a la ～ 最終

largar **I.** *tr.* 1. 鬆開,放開,解開 2.【口】給,給予 **II.** *r.* 1. 突然離開 2. 啓航

*largo, ga **I.** *a.* 1. 長的 2. 過長的 3. 高個子的 4.【轉】許多的,大量的 5.【轉,口】狡猾的,機敏的 **II.** *m.* 1. 長度 2. (布料的)幅面 3.【樂】廣板;緩慢 **III.** *ad.* 長時間地 **IV.** *interj.* 滾開 ◇ a lo ～ ①順着②沿着/a lo más ～ 至多/de ～ 由來已久/～ y tendido 詳盡地/pasar de ～ 揚長而去

largor *m.* 長度

larguero *m.* **1.** (門、窗等的)側柱 **2.** 長枕頭

largueza *f.* **1.** 長度 **2.** 慷慨,大方

largura *f.* 長度

lárice *m.* 【植】落葉松

laricino, na *a.* 落葉松的

laringe *f.* 【解】喉

laríngeo, a *a.* 喉的,喉部的

laringitis (*pl.* laringitis) *f.* 喉炎

laringología *f.* 喉科學

laringólogo, ga *s.* 喉科醫生,喉科專家

laringoscopio *m.* 【醫】喉鏡

larva *f.* (昆蟲、兩棲類等的)幼蟲,幼體

larvado, da *a.* 潛在的(危險、疾病等)

larval *a.* 幼蟲的,幼體的

*las **I.** *art.* 陰性複數定冠詞 **II.** *pron.* 你們,她們,它們(陰性複數第三人稱 ustedes 和 ellas 的賓格,在句中作直接補語)

lasca *f.* 碎石片

lascivia *f.* 淫蕩,好色

lascivo, va *a.* **1.** 淫蕩,好色的 **2.** 好嬉鬧的

laser *m.* 萊塞,激光

lasitud *f.* 疲乏,倦怠

laso, sa *a.* **1.** 疲乏的,倦怠的 **2.** 平直的,不彎曲的(頭髮、絲等)

*lástima *f.* **1.** 憐憫,同情;令人憐憫的事 **2.** 遺憾,可惜 **3.** 歎息,哀怨 ◇ dar ～ 引起憐憫,引起同情/hecho una ～ 被毀壞的/llorar ～s 叫苦連天

lastimadura *f.* 損傷

*lastimar **I.** *tr.* **1.** 弄傷,損傷 **2.**【轉】得罪,冒犯,傷害 **3.**【轉】憐憫,同情 **II.** *r.* 抱怨,埋怨 ◇ ～ los oídos 刺耳

lastimero, ra *a.* **1.** 令人憐憫的,悲哀的 **2.** 傷害性的

lastimoso, sa *a.* **1.** 可憐的 **2.** 令人可惜的

lastra *f.* 石板

lastrar *tr.* **1.** (船上)裝壓艙物 **2.**【轉】壓住

lastre *m.* **1.**【海】壓艙,壓艙物 **2.**【轉】障礙,累贅 **3.**【轉】主見,主意

*lata *f.* **1.** 馬口鐵 **2.** 罐頭,鐵筒 **3.** 討厭,煩人 ◇ dar la ～ 討人厭,煩人

latastro *m.*【建】柱墩

latente *a.* **1.** 潛在的,潛伏的 **2.** 隱蔽的

*lateral *a.* **1.** 旁邊的,側面的 **2.** 旁支的,旁系的 **3.**【語音】舌邊的

látex *m.*【植】乳液;膠乳;橡漿

*latido *m.* (心臟等的)搏動,跳動

latifundio *m.* 大莊園

latifundista *s.* 大莊園主

latigazo *m.* **1.** 鞭打;鞭打聲 **2.**【轉】苛責

*látigo *m.* **1.** 鞭子;鞭狀物 **2.** *Amér.* 鞭打

latiguillo *m.* **1.** 小鞭子 **2.** (演說等中)嘩衆取寵的表情和言詞

*latín *m.* 拉丁語 ◇ saber mucho ～ 非常機靈

latinajo *m.*【口】半通不通的拉丁語

latinidad *f.* **1.** 拉丁文化 **2.**【集】拉丁語系國家

latinismo *m.* (其他語言中的)拉丁語詞彙,拉丁語表達方式

latinista *s.* 拉丁語言文學專家

latinizar **I.** *tr.* **1.** 使拉丁化 **2.** 把拉丁語言和文化引入…中 **II.** *intr.* 使用拉丁語

latino, na **I.** *a.* **1.** 拉丁的;拉丁人的;拉丁語的 **2.** 羅馬天主教的 **II.** *s.* 拉丁人

*latinoamericano, na *a. -s.* 拉丁美洲的,拉丁美洲人的;拉丁美洲人

*latir *intr.* **1.** (心臟等)跳動,搏動 **2.** (傷口)陣痛

*latitud *f.*【地】緯度 **2.** 幅員,面積

latitudinal *a.* 橫的,橫斷面的

lato, ta *a.* **1.** 廣泛的 **2.** 廣義的

latón *m.* 黃銅

latonería *f.* 銅器廠;銅器商店

latonero *m.* **1.** 銅匠 **2.** 銅器商

latoso, sa *a.* 討厭的,煩人的

latría *f.* 崇拜(上帝)

latrocinio *m.* 偷盜, 搶劫

laúd *m.* 1.【樂】詩琴; 琵琶 2. 單桅小帆船

laudable *a.* 值得贊美的, 可頌揚的

láudano *m.*【醫】阿片酊

laudar *tr.* 1. 贊美, 頌揚 2.【法】裁決

laudatoria *f.* 頌詞

laude *f.* 1. 墓碑 2. *pl.*【宗】贊禱

laudo *m.*【法】裁決, 裁定

lauráceo, a *a.-f. pl.*【植】樟科的; 樟科

*****laureado, da** *a.* 1. 獲得桂冠的 2. 受到嘉獎的

*****laurear** *tr.* 1. 授以桂冠 2. 嘉獎

lauredal *m.* 月桂樹林

*****laurel** *m.* 1.【植】月桂樹 2.【轉】桂冠, 榮譽

lauréola; laureola *f.* 1. 桂冠 2. (聖像頭上的)光環, 光輪

lauro `m.` 見 laurel

laurocéraso *m.*【植】桂櫻樹

lava[1] *f.*【質】熔岩

lava[2] *f.* 洗礦

*****lavabo** *m.* 1. 盥洗池, 盥洗間 2. (公共場所有盥洗設備的)厠所 3.【宗】洗手禮

lavacaras (*pl.* lavacaras) *s.* 阿諛者, 奉承者

lavacoches *m.* 洗汽車工

*****lavadero** *m.* 1. 洗衣池, 洗衣盆 2. 洗衣處 3. 淘金處 ◇ irse solo al ～ 極髒的

lavadientes *m.* 漱口杯

lavado *m.* 1. 洗, 洗滌, 盥洗 2. 水墨畫 3.【醫】清洗 ◇ ～ intestinal【醫】灌腸

lavador, ra I. *a.* 洗的, 洗滌的 II. *m.* 洗滌器 III. *f.* 洗衣機

lavadura *f.* 1. 洗, 洗滌, 盥洗 2. *pl.* (洗過東西的)污水

lavafrutas (*pl.* lavafrutas) *m.* 洗水果盆

lavamanos (*pl.* lavamanos) *m.* 1. (有水龍頭的)洗手池 2. 臉盆 3. 臉盆架

lavamiento *m.* 1. 洗, 洗滌, 盥洗 2.【醫】灌腸液

lavandería *f.* 洗衣店

*****lavandero, ra** *s.* 洗衣工, 洗衣婦

lavaparabrisas (*pl.* lavaparabrisas) *m.* (汽車上的)雨刷, 雨刮

lavaplatos I. *s.* 洗碗碟工 II. *m. Amér.* 碗碟洗滌處

*****lavar** *tr.* 1. 洗, 洗滌 2.【轉】洗刷, 昭雪 3. 洗礦 4. (水彩畫)着色

lavarropas (*pl.* lavarropas) *m.* 洗衣機

lavativa *f.* 1.【醫】灌腸; 灌腸液; 灌腸器 2.【轉, 口】煩擾

lavatorio *m.* 1. 洗, 洗滌 2.【宗】洗手禮 3. 盥洗室 4.【醫】洗液, 洗劑

lavazas *f. pl.* (洗滌後的)污水

lavotear *tr.* 草率地洗, 忽忙地洗

lavoteo *m.* 草率洗滌, 忽忙洗滌

laxación *f.* ; **laxamiento** *m.* 1. 放鬆, 鬆弛 2. 排瀉, 輕瀉

laxante I. *a.* 1. 使放鬆的, 使鬆弛的 2.【醫】通大便的, 輕瀉的 II. *m.*【醫】瀉藥

laxar *tr.* 1. 使放鬆, 使鬆弛 2. 使輕瀉, 通便

laxativo, va *a.* 見 laxante

laxidad *f.* 見 laxitud

laxismo *m.* 放縱主義

laxitud *f.* 鬆弛

laxo, xa *a.* 1. 鬆弛的 2.【轉】放縱的, 放肆的

laya *f.* 1. 類, 種類 2. 鐵鍬

layar *tr.* (用鐵鍬)鏟

lazada *f.* 活結, 花結, 蝴蝶結

lazareto *m.* 1. 檢疫隔離; 檢疫隔離室 2. 痲瘋病醫院

lazarillo *m.* 盲人引路童

lazarino, na *a. -s.* 患痲瘋病的; 痲瘋病患者

lázaro *m.* 衣衫襤褸的窮人 ◇ estar hecho un ～ 滿身爛瘡

*****lazo** *m.* 1. 活結, 花結, 蝴蝶結; 領結 2. 頭繩, 繫帶 3. (花園裏的)花草圖案 4.【轉】關係, 紐帶 5.【轉】圈套 6. 集體舞的隊形

*****le** *pron.* 您, 他, 她, 它(陰性或陽性第

三人稱 used, él, ello 和 ella 的與格, 在句中作間接補語)

***leal**   *a.* 忠實的, 忠誠的

***lealtad**   *f.* 忠實, 忠誠

lebrato; lebratón   *m.* 小野兔

lebrel, la   *a.* 獵兔的(狗)

lebrillo   *m.* (洗滌用的)盆

lebrón   *m.* 1. 大野兔 2.【轉, 口】膽小怕事的人

lebruno, na   *a.* 野兔的, 似野兔的

***lección**   *f.* 1. 課, 課時 2. (教科書中的)一課 3. 功課, 課程, 學業 4. 講解 5.【轉】教訓, 鑑戒 6. 教育, 教導

lectivo, va   *a.* 上課的, 有課的

***lector, ra**   I. *s.* 1. 讀者 2. 朗讀者 3. 外籍外語教師 4.【宗】誦經師

lectoría   *f.* 外籍外語教師職務

***lectura**   *f.* 1. 讀, 閱讀 2. 讀物, 閱讀材料 3. 課文講解

lechada   *f.* 1. 灰漿 2. 紙漿

lechal   I. *s.* 奶羔, 小羊羔 II. *m.* 膠乳

lechar   *a.* 有奶的, 産奶的

***leche**   *f.* 1. 奶; 牛奶 2. 乳狀液 3.【植】膠乳, 乳液 ◇ ～ condensada 煉乳/～ en polvo 奶粉/～ pasteurizada 消毒牛奶/mala ～ 壞心腸/estar con la ～ en los labios 乳臭未乾/pedir ～ a las cabrillas 緣木求魚

lechecillas   *f. pl.* (牲畜的)内臟, 下水

***lechería**   *f.* 奶店, 乳製品店

***lechero, ra**   I. *a.* 1. 牛奶的 2. 産奶的, 産乳的 3. 含乳液的 II. *s.* 賣奶人

lechetrezna   *f.*【植】澤漆

lechigada   *f.* 1. 同胎生的動物, 一窩崽子 2.【轉, 口】幫, 夥

lecho   *m.* 1. 床, 榻 2. 河床; 湖底; 海底 3.【質】地層, 岩層 ◇ un ～ de rosas 【轉】舒適的環境

lechón   *m.* 豬崽, 乳豬

lechoso, sa   *a.* 有乳液的; 乳狀的; 乳白的

lechuga   *f.*【植】萵苣 ◇ como una ～ 精神的, 苗壯的/más fresco que una ～

厚顏無恥的

lechuguino   *m.* 1. 萵苣苗 2.【轉, 口】紈袴子弟 3.【轉】充大人的孩子

lechuza   *f.*【動】貓頭鷹

***leer**   *tr.* 1. 閱讀; 朗讀 2. 看懂, 讀懂 3.【轉】察覺, 看出 4.【樂】視奏, 視唱 ◇ ～ entre líneas 猜出字裏行間的含意

lega   *f.* (女修道院的)雜役修女

legacía   *f.* 使節的職務

legación   *f.* 1. 使節職務; 使節任期; 使節辦事處 2. 代表團

***legado**   *m.* 1. 使節 2. 遺志, 遺願; 遺囑 3. 遺產 4. 精神財富

legajo   *m.* 卷宗, 案卷

***legal**   *a.* 1. 法定的, 法律規定的 2. 合法的 3. 奉公守法的, 盡職的

***legalidad**   *f.* 1. 合法性 2. 法制

legalismo   *m.* 墨守法規, 條文主義

legalista   *a.* 墨守法規的, 條文主義的

***legalizar**   *tr.* 1. 使合法化 2. 准認, 證明

légamo   *m.* 淤泥

legamoso, sa   *a.* 淤泥的, 泥濘的

legaña   *f.* 眼屎, 眵

legañoso, sa   *a.* 眼眵多的

legar   *tr.* 1. 委派, 派遣 2. 遺贈 3. 把(思想, 傳統等)傳給後代

legatario, ria   *s.* 遺產承受人

***legendario, ria**   I. *a.* 1. 傳說的, 傳奇的; 傳奇式的 2.【口】廣爲流傳的 II. *m.* 1. 傳奇集 2. 聖徒列傳

legible   *a.* 1. 可辨認的(字迹) 2. 值得讀的; 可以讀的

legión   *f.* 1. 古羅馬軍團 2. 軍團 3.【轉】衆多, 大批

legionario, ria   *a.* 古羅馬軍團的; 軍團的

***legislación**   *f.* 1. 立法 2. 法規, 法律 3. 法學

legislador, ra   *a. -s.* 立法的; 立法者

***legislar**   *tr.* 立法, 制定法律

legislativo, va   *a.* 1. 立法的 2. 法定的

legislatura   *f.* 1. 立法機構 2. 立法機構

的任期 **3.** 立法會議期間

legista *s.* 法學家

legítima *f.* 法定相續產

legitimación *f.* **1.** 合法化 **2.** 使成爲婚生子女

legitimar *tr.* **1.** 使合法 **2.** 使成爲婚生子女

legitimidad *f.* **1.** 合法, 合法性 **2.** 正當, 合理 **3.** 純真 **4.** 婚生, 嫡出

legitimismo *m.* 正統主義 (尤指王位繼承)

***legítimo, ma** *a.* **1.** 合法的 **2.** 正當的, 合理的 **3.** 純真 **4.** 婚生的, 嫡出的 **5.** 正統的

lego, ga **I.** *a.* **1.** 世俗的, 凡俗的 **2.** 無知的, 外行的 **II.** *s.* **1.** 俗人 **2.** 外行, 門外漢

legón *m.* 大鋤頭

legra *f.* 【醫】骨膜刀

legrar *tr.* 【醫】刮 (骨、子宮)

legua *f.* 西班牙里 (合5.5公里) ◇ a la ~ ①從遠處②顯而易見

leguleyo *m.* 訟棍

***legumbre** *f.* **1.** 豆類; 豆角, 豆莢 **2.** 蔬菜

leguminoso, sa *a. -f. pl.* 【植】豆科的; 豆科

leído, da *a.* 讀書多的, 博學的

leitmotiv *m.* **1.** 【樂】主導旋律 **2.** 主題

***lejanía** *f.* 遙遠, 久遠 **2.** 遠方, 遠處

***lejano, na** *a.* 遠的, 遙遠的; 久遠的

lejía *f.* **1.** 碱水 **2.** 漂白劑, 洗滌劑 **2.** 【轉, 口】叱責

***lejos** *ad.* **1.** 遠 **2.** 早, 久遠 ◇ a lo ~ 在遠處/de (或 desde) ~ 從遠方/ ~ de 遠不, 非但不…而且要…

lelo, la *a.* 獃傻的, 愚蠢的

lema *m.* **1.** 引語; 內容簡解 **2.** 格言, 箴言 **3.** (紋章、徽章等的) 銘文 **4.** (演說的) 主題 **5.** (試卷上代表考生的) 代號 **6.** 【數】引理, 輔助定理

lémur *m.* **1.** 【動】(馬達加斯加的) 狐猴 **2.** *pl.* 【神話】惡神, 鬼怪

lencería *f.* **1.** 亞蔴布製品; 亞蔴布商店

lencero *m.* 亞蔴布商

lendrera *f.* 篦子

***lengua** *f.* **1.** 舌 **2.** 鐘舌, 鈴舌; 舌狀物 **3.** 天平的指針 **4.** 語言 **5.** (某人的) 獨特語言風格 ◇ ~ aglutinante 黏着語/ ~ de escorpión 惡語中傷的人/ ~ de trapo 講話含混不清的人/ ~ de víbora 見 ~ de escorpión/ ~ madre 母語/ ~ materna 本族語/ ~ muerta 死的語言/ ~s indoeuropeas 印歐語系/mala ~ 流言蜚語/malas ~s 好搬弄是非的人/andar en ~s 被人議論/atar la ~ 使不能開口/buscar la ~ 激人爭吵/darle a la ~ 誇贊/irse de la ~ 講話失愼/irsele la ~ 失言/largo de ~ 饒舌的/ligero de ~ 講話不愼/morderse la ~ 欲言又止/no morderse la ~ 直言不諱/sacar la ~ 嘲弄/tirarle de la ~ 套出某人的話

lenguado *m.* 【動】舌鰨

***lenguaje** *m.* **1.** 語言 **2.** 表達方式, 語言風格 ◇ ~ cifrado 暗語

lenguaraz *a.* **1.** 通曉數種語言的 **2.** 出言不遜的 **3.** 喋喋不休的

lengüeta *f.* **1.** 舌狀物 **2.** 鞋舌 **3.** 【解】會厭 **4.** 【樂】簧片 **5.** 【建】支墩, 扶壁

lengüetada *f.* 舔

lenidad *f.* 寬大, 寬容

lenificar *tr.* 緩和, 減輕

leninismo *m.* 列寧主義

lenitivo, va *a. -m.* 緩和的, 減輕的; 鎮痛藥

***lente** **I.** *amb.* 透鏡, 鏡片 **II.** *m. pl.* 眼鏡 ◇ ~ de contacto 隱形眼鏡

lentecer *tr.* 使變軟

lenteja *f.* 【植】兵豆, 濱豆 ◇ ~ acuática 【植】浮萍

lentejuela *f.* (衣服上的) 金屬箔片, 亮片

lenticular **I.** *a.* 兵豆狀的, 濱豆狀的 **II.** *m.* 【解】砧骨

lentiscal *m.* 乳香黃連木林

lentisco *m.*【植】乳香黃連木

*__lentitud__ *f.* 1. 緩慢 2. 遲鈍

*__lento, ta__ I. *a.* 1. 緩慢的 2. 遲鈍的 3. 不猛烈的 4.【醫】膠質的,膠狀的 II. *ad.*【樂】徐緩地

*__leña__ *f.* 1. 柴火 2.【轉】棍打 ◇ echar (或 añadir, poner) ~ al fuego 火上加油/hacer ~ 砍柴,打柴

leñador, ra *s.* 砍柴人;伐木工人

leñera *f.* 柴堆,柴垛

leñero, ra *s.* 賣柴人

leño *m.* 1. 砍下的樹幹 2. 木材,木料 3.【轉,口】獃笨的人,木頭人 ◇ dormir como un ~ 沉睡

leñoso, sa *a.* 1. 木本的,木質的 2. (硬得)像木頭的

*__león__ *m.* 1.【動】雄獅 2.【轉】兇猛的人 ◇ ~ marino 海獅

*__leona__ *f.* 1.【動】母獅 2.【轉】悍婦,兇猛的女人

leonado, da *a.* 獅子毛色的,棕黃色的

leonera *f.* 1. 獅子籠 2.【轉,口】凌亂的房間 3.【轉,口】賭場

leonino, na *a.* 1. 獅子的;獅子般的 2.【法】只利於一方的(合同)

leontina *f.* 懷錶鏈

leopardo *m.*【動】豹,金錢豹

lepidio *m.*【植】寬葉獨行菜

lepidóptero, ra *a. -m. pl.*【動】鱗翅目的;鱗翅目

lepisma *f.*【動】西洋衣魚(一種昆蟲)

leporino, na *a.* 野兔的

lepra *f.*【醫】痲瘋風病

leprosería *f.* 痲瘋病院

leproso, sa *a.* 患痲瘋病的

lerdear *intr. Amér.* 1. 行動緩慢 2.【轉】反應遲鈍

lerdo, da *a.* 1. 行動緩慢的 2.【轉】反應遲鈍的

*__les__ *pron.* 你們,他們,她們,它們(陰性或陽性第三人稱 ustedes, ellos, ellas 的與格,在句中作間接補語)

lesión *f.* 1.【醫】(機體的)損傷,創傷 2.【轉】損害,損傷

lesionar *tr.* 1. 使受傷 2.【轉】損害,傷害

lesivo, va *a.* 損害的,傷害的

leso, sa *a.* 1. 受侮辱的,受損害的(置於名詞前) 2. (頭腦)失常的,糊塗的

letal *a.* 1. 致命的,致死的 2. 死似的

letanía *f.*【宗】連禱;連禱文;應答祈禱 2.【轉,口】一連串,一系列

letárgico, ca *a.*【醫】嗜眠症的,昏睡的

letargo *m.* 1.【醫】嗜眠症,昏睡 2.【動】冬眠

letargoso, sa *a.* 令人昏昏欲睡的

letificar *tr.* 使高興,使愉悅

*__letra__ *f.* 1. 字,文字,字母 2. 字體 3. 活字,鉛字 4. 歌詞 5.【轉】精明,狡猾 6. *pl.* 知識,學問 7. *pl.* 人文科學 ◇ ~ bastardilla 斜體字/~ corrida 草書/~ cursiva ①草體②斜體字/~ de cambio【商】期票/~ de imprenta ①印刷體②鉛字/~ florida 花體大寫字母/~ muerta 一紙空文/~ negrilla (或 negrita) 黑體字/~ titular 標題字母/primeras ~s 初等教育/a la ~ ①逐字逐句地②按字面含義③準確地/de paño y ~ 親筆寫的/seguir las ~s 做學問

letrado, da I. *a.* 1. 有學問的,博學的 2.【口】賣弄學問的 II. *m.* 律師

*__letrero__ *m.* 招牌,指示牌,路牌 ◇ ~ luminoso 霓虹燈廣告牌

letrina *f.* 1. 公共廁所;糞池;污水池 2.【轉】航髒的地方 3.【轉】航髒事

leucemia *f.*【醫】白血病

leucémico, ca *s.* 白血病患者

leucocito *m.*【醫】白細胞,白血球

leudar I. *tr.* 加酵肥 II. *r.* 發酵

leva *f.* 1. 起錨,起航,開船 2. 招兵

levadizo, za *a.* 可弔起的,可升起的

levadura *f.* 1. 酵母;麪肥 2.【轉】引起激動的因素

levantado, da *a.* 崇高的,高尚的

*levantamiento *m.* 1. 舉起, 抬起, 升高 2. 建造, 建築 3. 起義, 暴動 4. 解除, 取消 5. 崇高, 高尚

*levantar I. *tr.* 1. 舉起, 抬起, 升高 2. 建造, 建築 3. 解除, 取消 4.【軍】招兵, 招募 5.【轉】使崇高, 使高尚 II. *r.* 1. 起身, 站起 2. 起義, 暴動

*levante *m.* 1. 東方 2. 東風

levantino, na *a.* 地中海東岸國家的; 西班牙東南地區的

levantisco, ca *a.* 不安分的, 好反抗的

levar I. *tr.* 起(錨) II. *intr.* 起航

*leve *a.* 1. 輕的, 不重的 2. 輕柔的 3.【轉】不嚴重的

levedad *f.* 1. 輕 2. 輕柔 3. 不嚴重

leviatán *m.* 海怪

levigar *tr.* 漂, 淘(用分部沉降法分開)

levita *f.* 男人長禮服 ◇ tirar de la ~ 討好

levitación *f.* 升騰, 浮起

levítico, ca *a.* 宗教色彩濃的

levitón *m.* 男用長禮服式大衣

levulosa *f.*【化】左旋糖, 果糖

*léxico *m.* 1. 語彙, 詞彙 2. 詞典, 字典

lexicografía *f.* 詞典學; 詞典編纂法

lexicógrafo, fa *s.* 詞典學家; 詞典編纂者

lexicología *f.* 詞彙學

lexicólogo, ga *s.* 詞彙學者

lexicón *m.* 古代語言詞典

*ley *f.* 1. 法, 法律, 法令 2. 規律, 定律, 法則 3. 規則, 守則 4. 公正, 公平 5. 宗教 ◇ ~ civil 民法/ ~ de bases 總則/ ~ del embudo 不公平原則/ ~ marcial 軍法; 戒嚴令/ ~ moral 道德原則/ ~ orgánica 組織法/ ~ seca (美國的)禁酒法/a la ~ de caballero 君子之交/al margen de la ~ 逍遙法外/con todas las de la ~ 完全合乎規定的/de buena ~ 好的, 有道德的/de ~ 成色足的(金、銀)/echar toda la ~ 依法嚴辦

*leyenda *f.* 1. 傳說, 傳奇 2. (貨幣、徽章等上的)銘文 3. 圖片說明

lezna *f.* 錐子

lía[1] *f.* 繩子

lía[2] *f.* (常用 *pl.*) 沉澱物, 底子

liana *f.* 藤本植物

*liar *tr.* 1. 捆, 紮 2. 捲, 包 3. 使複雜化 4.【轉】使捲入(糾紛) ◇ ~las ①逃走 ②死亡

libación *f.* 1. 吸, 吮 2. 品嘗(酒) 3.【宗】奠酒

libanés, esa *a.* *-s.* 黎巴嫩(Líbano)的, 黎巴嫩人的; 黎巴嫩人

libar *tr.* 1. 吸, 吮 2. 品嘗(酒) 3.【宗】奠酒

libelista *s.* 寫誹謗文章者

libelo *m.* 誹謗性文章

libélula *f.*【動】蜻蜓

líber *m.*【植】韌皮部

*liberación *f.* 1. 解放 2. 釋放 3. (賦稅等的)免除, 解除 4. 償還欠款的收據

*liberador, ra *a.* *-s.* 解放的; 解放者

liberal I. *a.* 1. 自由的, 自由派的, 自由黨的 2. 自由行業的 3. 開明的, 寬容的 4. 慷慨的, 大方的 II. *s.* 1. 自由主義者, 自由黨人 2. 開明人士

liberalidad *f.* 慷慨, 大方

liberalismo *m.* 1. 自由主義, 開明主義 2. 自由派, 自由黨

liberalizar *tr.* 使自由化; 使自由主義化

liberar *tr.* 1. 解放, 使獲得自由 2. 免除

liberiano, na *a.* *-s.* 利比里亞(Liberia)的, 利比里亞人的; 利比里亞人

*libertad *f.* 1. 自由 2. 空閒 3. 免除, 解脫 4. 隨便, 冒失 5. 無拘束 ◇ ~ condicional【法】假釋/ ~ de asociación 結社自由/ ~ de comercio 貿易自由/ ~ de conciencia 信仰自由/ ~ de huelga 罷工自由/ ~ de imprenta 出版自由/ ~ de palabra 言論自由/ ~ de reunión 集會自由/ ~ fundamental 基本自由權/ ~ provisional【法】保釋; 臨時釋放

*libertador, ra *a.* *-s.* 解放的; 解放者

救星

*libertar *tr.* 1. 解放,使獲得自由 2. 使擺脫

libertario, ria *a.* 主張絕對自由的

liberticida *a.* 扼殺自由的

libertinaje *m.* 1. 放蕩 2. 放肆,目無法紀

libertino, na *a.* 1. 放蕩的 2. 放肆的,目無法紀的

liberto, ta *s.* (古羅馬)獲得自由的奴隸

libidinoso, sa *a.* 淫蕩的,好色的

libio, bia *a. -s.* 利比亞 (Libia)的,利比亞人的;利比亞人

*libra *f.* 1. 磅 2. 鎊 3. (大寫)【天】天秤座

libración *f.* 1. 擺動 2.【天】天平動

libraco; libracho *m.* 没用的書,壞書

librador, ra *s.*【商】匯票的開票人

libramiento *m.* 1. 解放,釋放 2. 取款通知單

libranza *f.* 取款通知單

*librar I. *tr.* 1. 使擺脫,使免除 2. 頒佈,發出 3. 進行,展開 4. 簽發(票據) II. *intr.* 1. 分娩 2. 休假 ◇ ~ bien 順利,有利/ ~ mal 不利

*libre *a.* 1. 自由的,不受束縛的 2. 獨立的,自主的 3. 空閑的,空着的 4. 通暢的,無阻礙的 5. 隨便的,放肆的 6. 放縱的 7. 無辜的 ◇ traducción ~ 意譯/verso ~ 自由詩

librea *f.* 1. (貴族家庭僕人的)號衣,制服 ◇ de ~ 穿號衣的,穿制服的

librecambio *m.* 國際間自由貿易

librecambismo *m.* 自由貿易主義

librecambista *a. -s.* 自由貿易主義的;主張自由貿易的人

librejo *m.* 無聊的書

librepensador, ra *s.* 自由思想的

*librería *f.* 1. 書店 2. 書業 3. 書橱,書架 4. (圖書館的)藏書 5. 圖書館,圖書室

librero, ra *s.* 書商

*libreta *f.* 本子,記事本

libretista *s.* 歌劇脚本作者

libreto *m.* 歌劇脚本

librillo *m.* 1. 捲烟紙簿 2.【動】(反芻動物的)重瓣胃

*libro *m.* 1. 書,書籍 2. 作品,著作 3. (書的)卷,部,册 4. 帳簿;名册 5. 歌劇劇本 ◇ ~ blanco 白皮書/ ~ borrador 臨時記錄簿/ ~ de caja 現金出納賬/ ~ de cuentas 賬簿/ ~ de mano 手抄書/ ~ de mayor venta 暢銷書/ ~ de memoria 備忘録/ ~ de música 樂譜/ ~ de oro 來賓簽名簿/ ~ de texto 課本 ◇ ~ diario 流水賬 / ~ mayor 分類賬簿/ ~ registro 登記册/ ~s sagrados (聖經)/ ~ talonario 票據存根簿/ahorcar (或 colgar) los ~s 輟學/hablar como un ~ 出口成章 /llevar los ~s 管賬/meterse en ~s de caballerías 多管閑事

*licencia *f.* 1. 准許,許可,特許 2. 許可證,批准書 3. 碩士學位 4. 放肆 5.【軍】退役 ◇ ~ absoluta 免役證/tomarse la ~ 擅自

licenciado, da *a.* 1. 退役的 2. 獲得碩士學位的 3. 自以爲有學問的 II. *m.* 1. 碩士 2. *Amér.* 律師

licenciamiento *m.* 1. 退役 2. 授碩士學位儀式

licenciar I. *tr.* 1. 准許,許可,特許 2. 授予碩士學位 3.【軍】准許退伍 4.【轉】解雇 II. *r.* 1. 獲得碩士學位 2.【軍】退伍

licenciatura *f.* 1. 碩士學位 2. 獲得碩士學位 3. 碩士必修課程

licencioso, sa *a.* 放蕩的

liceo *m.* 1. (古希臘亞里斯多德講學的)學園 2. 學校,中學

licitación *f.* (拍賣時的)出價

licitar *tr.* (拍賣中)出價

lícito, ta *a.* 合法的,正當的

licitud *f.* 合法性,正當性

licopodio *m.*【植】石松

*licor *m.* 1. 液體 2. 烈性酒,燒酒

licorera f. 成套酒具

licorista s. 釀酒人; 酒商

licoroso, sa a. 醇香的(酒)

lictor m. (古羅馬的)侍從官

licuable a. 能液化的, 可溶化的, 可熔化的

licuar tr. 液化, 溶化, 熔化

lid f. 1. 戰鬥, 格鬥 2.【轉】論戰, 爭論 ◇ en buena ~ 堂堂正正地

*__líder__ (pl. líderes) m. 1. 領袖, 首領 2. 領先者

lidia f. 1. 鬥牛 2. 格鬥

lidiador m. 鬥牛士

lidiar I. intr. 1. 戰鬥, 格鬥 2.【轉】反對, 對付 II. tr. 鬥牛

liebre f. 1. 野兔 2.【轉, 口】怯懦的人 3. (大寫)【天】天兔座 ◇ coger una ~ 滑倒, 絆倒/comer ~ 膽怯/levantar la ~ 打草驚蛇, 引起注意

liechtensteinse a. -s. 列支敦士登(Liechtenstein), 列支敦士登的; 列支敦士登人

liendre f. 虱卵 ◇ cascar (或 machacar) las ~s 痛打; 痛罵/sacar a uno hasta las ~s 搾乾(某人)的油水

*__lienzo__ m. 1. 棉布; 麻布 2. 手帕 3. 畫布 4. 油畫 ◇ ~ curado 漂白布 / moreno 本色布

liga f. 1. 鬆緊帶; 襪帶 2. (卵圓的)柔韌性 3. 混合; 混合物; 合金 4. 同盟, 聯盟 5.【體】聯賽 6. 粘鳥膠 ◇ hacer buena ~ con 與…相處得好 /hacer mala ~ con 與…合不來

ligación f. 連接, 聯結

ligado m. 1. 字母連寫 2.【樂】連音; 連奏

ligadura f. 1. 捆, 紮, 縛 2. 捆紮用的帶子 3. 束縛, 羈絆 4.【醫】結紮; 結紮線 5.【樂】連音

ligamen m.【法】(因未解除婚約而構成的)再婚障礙

ligamento m. 1. 捆, 紮, 縛 2.【解】韌帶 3.【電視】隔行掃描

ligamentoso, sa a. 有韌帶的; 韌帶的

ligamiento m. 1. 捆, 紮, 縛 2.【轉】和諧, 一致

*__ligar__ I. tr. 1. 捆, 紮, 縛 2. 聯合, 聯結 3. 使熔合 4.【轉】約束, 束縛 5.【樂】連音; 連奏 II. r. 結盟, 聯合

ligazón m. 1. 聯合, 聯結 2.【語音】連音

ligereza f. 1. 輕 2. 輕快, 敏捷 3. 輕鬆 4. 輕浮, 輕佻

*__ligero, ra__ a. 1. 輕的 2. 輕快的, 敏捷的 3. 輕微的, 少量的 4. 易消化的 5. 輕浮的, 輕佻的 II. ad. 迅速地 ◇ a la ~ a ①輕率地, 草率地②無根據地③表面地/de ~ 不加思索地

lignario, ria a. 木質的

lignificarse r. 木質化

lignito m. 褐煤

lignívoro, ra a.【動】食木的

lignoso, sa a. 木本的, 木質的

ligustre m. 日本女貞花, 歐洲女貞花

lija f. 1.【動】星鯊, 角鯊 2. 星鯊皮, 角鯊皮 3. 砂紙

lijar tr. 用砂紙擦, 用砂紙磨光

*__lila__ I. f. 1.【植】西洋丁香 2. 丁香花色, 淡紫色 II. s. 笨蛋

liliáceo, a a. -f. pl.【植】百合科的; 百合科

liliputiense a. 1. (童話故事中)小人國的 2.【轉】矮小的

*__lima__[1] f. 酸橙

lima[2] f. 1. 銼, 銼刀 2. 銼平, 銼光 3.【轉】琢磨, 潤色

limador m. 銼工

limadura f. 1. 銼 2. pl. 銼下的金屬屑

limar tr. 1. 銼, 銼平, 銼光 2.【轉】琢磨, 潤色

limatón m. 粗紋圓銼

limaza f.【動】蛞蝓

limazo m. 黏液

limbo m. 1.【宗】淨界 2. (物體的)邊, 緣, 棱; (衣服的)摺邊 3. (星球的)外圈, 邊緣 ◇ estar en el ~ 心不在焉

limeño, ña *a. -s.* (秘魯)利馬 (Lima) 的;利馬人

limero, ra I. *s.* 賣酸橙的人 II. *m.* 【植】酸橙樹

***limitación** *f.* 1. 限制, 限定 2. 界限; 限度; 範圍

limitado, da *a.* 1. 有限制的, 限定的 2. 不多的

***limitar** *tr.* 1. 劃定界線, 劃定界限 2. 【轉】限制, 限定; 約束 II. *intr.* 接壤, 毗連 III. *r.* 局限於, 只限於

limitativo, va *a.* 限制性的, 限定性的

***límite** *m.* 1. 界線, 界限 2. 限度; 限制; 範圍 3.【數】極限

limítrofe *a.* 接壤的, 毗連的

limo *m.* 爛泥, 污泥

limón *m.* 1. 檸檬 2. 檸檬色

limonada *f.* 檸檬水; 檸檬汽水

limonar *m.* 檸檬園

limonera *f.* (馬車的)車轅

***limonero, ra** I. *a.* 檸檬的 II. *s.* 檸檬商 III. *m.*【植】檸檬樹

***limosna** *f.* 1. 施捨; 施捨物 2. 微不足道的報酬

limosnear *intr.* 乞討

limosnero, ra I. *a.* 施捨的, 慈善的 II. *s.* 1. 管施捨的人, 施捨物分發人員 2. *Amér.* 乞丐

limoso, sa *a.* 泥濘的

limousine *f.* 轎車; 大型高級轎車

limpia *f.* 1. 打掃, 清理 2. (人員等的) 裁減

limpiabarros (*pl.* limpiabarros) *m.* 擦鞋墊, 蹭鞋墊

***limpiabotas** (*pl.* limpiabotas) *m.* 擦皮鞋的人

limpiachimeneas (*pl.* limpiachimeneas) *m.* 打掃烟囱工

limpiadientes (*pl.* limpiadientes) *m.* 牙籤

limpiadura *f.* 1. 打掃, 清理 2. *pl.* 垃圾

limpianieves (*pl.* limpianieves) *m.* 掃雪機

limpiaoídos (*pl.* limpiaoídos) *m.* 耳挖子

limpiaparabrisas (*pl.* limpiaparabrisas) *m.* (汽車的)雨刷

***limpiar** *tr.* 1. 打掃, 使乾淨, 清理 2. 清除, 清洗, 洗刷 3.【轉】偷 4.【轉】贏

limpiauñas (*pl.* limpiauñas) *m.* 指甲刷

límpido, da *a.* 明淨的, 清澈的

***limpieza** *f.* 1. 打掃, 清掃 2. 乾淨, 清潔 3.【轉】純潔, 純正 4.【轉】正直, 廉潔 5.【轉】乾淨利落 6.【轉】貞潔 ◇ ~ de bolsa 囊空如洗/ ~ de corazón 純樸/ ~ de manos 廉潔/ ~ de sangre 血統純正/operación de ~【軍】掃蕩

***limpio, pia** I. *a.* 1. 清潔的, 乾淨的 2. 純淨的, 純的 3. 去皮的, 去殼的 4. 清澈的, 明淨的 5. 光明磊落的 II. *ad.* 1. 乾淨利落地 2. 光明磊落地 ◇ en ~ ① 純的,淨的②清楚的

limpión *m.* 粗略的打掃

lináceo, a *a. -f. pl.*【植】亞麻科的; 亞麻科

linaje *m.* 1. 血統, 世系, 門第 2.【轉】種類 ◇ el ~ humano 人類

linajudo, da *a.* 出身顯貴的, 世家的

linar *m.* 亞麻地

linaria *f.*【植】柳穿魚

linaza *f.* 亞麻籽

***lince** I. *m.*【動】猞猁, 林狸 II. *s.* 精明的人

linchamiento *m.* 私刑拷打; 私刑處死

linchar *tr.* 私刑拷打; 私刑處死

lindante *a.* 1. 交界的, 接壤的 2.【轉】近似的

***lindar** *intr.* 1. 交界, 接壤 2.【轉】接近, 近似

linde *amb.* 1. 地界 2. 分界線

lindero, ra *a. -m.* 接壤的, 毗鄰的; 地界 ◇ en los ~s de 接近於, 瀕於

lindeza *f.* 1. 好看, 漂亮 2. 美的言行

***lindo, da** I. *a.* 1. 好看的, 漂亮的 2. 【轉】美好的, 完美的 II. *m.* 小白臉 ◇

de lo ～ 大大地, 很多
*línea f. 1. 線 2. 排, 行, 列 3. 線路, 交通線 4. 路線, 方針 5. 赤道 6.【軍】戰線, 防線 ◇ ～ aérea【空】航線/ ～ de agua (或 flotación)【海】吃水線/ ～ de demarcación 分界線/ ～ de ferrocarril 鐵路線/de menor resistencia 最省力的方法/ ～ ecuatorial 赤道/ ～ individual 電話專用線/ ～ perpendicular 垂直線/ ～s paralelas【數】平行線/ ～ tangente【數】切線/ ～ telefónica (或 telegráfica) 電話 (電報) 線路/ ～ transversal 旁系/a ～ tirada【印】頂格排印/en ～s generales 大體上/en toda la ～ 全面地/entre ～s 字裏行間/guardar la ～ 保持苗條
*lineal a. 1. 線的 2. 線條勾的 3.【動, 植】線形的
lineamento; lineamiento m. 外形, 輪廓
linear I. tr. 劃線; 畫輪廓 II. a.【動, 植】線形的
linfa f. 1.【解】淋巴, 淋巴液 2.【醫】疫苗 3.【詩】水
linfático, ca a. 1. 淋巴的 2. 淋巴體質的
linfatismo m. 淋巴體質
lingote m.【冶】錠, 鑄塊
lingual a. 1. 舌的 2.【語音】舌尖音的
*lingüista s. 語言學家
*lingüística f. 語言學
lingüístico, ca a. 語言的; 語言學的
linimento m.【醫】搽劑
*lino m. 1.【植】亞麻 2. 亞麻纖維; 亞麻布
linóleo; linóleum m. 亞麻油氈; 漆布
linón m.【紡】上膠的蔴布 (用作衣襯等)
linotipia f.【印】萊諾鑄排機
linotipista s. 鑄排工人
*linterna f. 1. 提燈, 手燈 2. 燈塔 3. 手電筒 4.【建】塔式天窗, 頂塔 ◇ ～ de proyección 自動幻燈機/ ～ mágica 幻燈機

linternazo m. 提燈的擊打
liño m. (樹木, 植物的) 行, 排
*lío m. 1. 捆, 包, 包裹, 捲 2.【轉, 口】麻煩, 糾葛 3.【轉, 口】不正當的男女關係
lioso, sa a. 1. 難辦的, 複雜的 2. 愛搬弄是非的
lipoma m.【醫】脂肪瘤
liquen m. 1.【植】地衣 2.【醫】苔癬病
*liquidación f. 1. 液化; 熔化 2.【商】結算, 清償 3.【商】清倉處理, 廉價出售 4.【轉】消滅, 清除 5.【轉】結束 6.【轉】耗盡
*liquidámbar m.【醫】香膠
*liquidar tr. 1. 使液化, 使熔化 2.【商】結算, 償清 3.【商】清倉處理, 廉價出售 4.【轉】消滅, 清除 5.【轉】結束 6.【轉】耗盡
liquidez f. 液態, 流動性
*líquido, da I. a. 1. 液體的, 流動的 2.【商】流動的 3.【商】淨的, 純的 II. m. 1. 液體 2. 淨額
lira f. 1. 古希臘七弦豎琴 2. 里拉 (意大利貨幣單位)
lírica f. 抒情詩
lírico, ca I. a. 1. 抒情的 2. 熱情奔放的 II. s. 抒情詩人
*lirio m. 1.【植】百合屬植物 2. 百合花 ◇ ～ blanco 白百合/ ～ de agua 馬蹄蓮/ ～ de mar 海百合
lirismo m. 1. 抒情性, 抒情風格; 抒情詩 2. 激情, 詩興
lirón m. 1.【動】睡鼠 2.【轉】貪睡的人
lis f. 百合; 百合花
lisa f.【動】花鰍
lisboeta; lisbonense; bisbonés, sa a.-s. (葡萄牙) 里斯本 (Lisboa) 的; 里斯本人
lisiado, da a. 1. 肢體殘疾的 2. 嗜好…的
lisiar tr. 使受傷, 使殘廢
lisimaquia f.【植】黃連花
*liso, sa a. 1. 平坦的, 平滑的 2. 平直的, 不鬈曲的 3. 單一的 (顏色) 4. 無裝

飾的, 樸素的, 簡單的 **5.** 順利的 ◇ ～ y
llano ①容易的②直截了當的

•**lisonja** f. 阿諛, 奉承

•**lisonjear** tr. **1.** 阿諛, 奉承 **2.**【轉】使
愜意

lisonjero, ra I. a. **1.** 阿諛奉承的, 恭維
的 **2.** 使人高興的 II. s. 馬屁精

•**lista** f. **1.** (布、紙的) 條子, 條兒 **2.** 條
紋 **3.** 目錄, 表, 清單 ◇ ～ negra 黑名
單/a ～s 有條紋的/pasar ～ 點名

listado, da a. 有條紋的

listear tr. 劃線, 畫條紋

listín m. 簡錄, 簡表

•**listo, ta** a. **1.** 聰明的, 伶俐的 **2.** 敏捷
的, 麻利的 **3.** 準備就緒的

listón m.【木】板條, 嵌條

listonar tr. 加板條, 加條飾

lisura f. **1.** 平坦, 平滑 **2.** 平直, 不彎曲
3. 簡單, 樸素 **4.**【轉】坦率, 質樸

litargirio m.【化】密陀僧, 一氧化鉛

litera f. **1.** 轎子 **2.** (火車、船上的) 多層
床位 **3.** 雙層床, 上下舖

•**literal** a. **1.** 字面的 **2.** 逐字逐句的

•**literario, ria** a. 文學的, 文學性的

•**literato, ta** a.-s. 從事文學的; 文學家,
作家, 文人

•**literatura** f. **1.** 文學; 文學作品 **2.** (某
專業的) 文獻 ◇ hacer ～ 玩弄詞藻

litiasis (pl. litiasis) f. 結石病

litigante a.-s. **1.** 訴訟的; 訴訟人 **2.** 爭
吵的; 爭吵的人

litigar tr. -intr. **1.** 訴訟, 打官司 **2.** 爭執

litigio m. **1.** 訴訟, 打官司 **2.** 爭執

litigioso, sa a. **1.** 訴訟中的; 引起訴爭
的 **2.** 有爭議的

litio m.【化】鋰

litisconsorte s.【法】共同訴訟人

litófago, ga a.【動】穿石的, 食石的, 棲
石的

litografía f. **1.**【印】平版印刷術; 平版
印刷品 **2.** 平版印刷所

litografiar tr. 用平版印刷

litográfico, ca a. **1.** 平版印刷的 **2.** 平

版畫的

litógrafo m. 平版印刷工

litología f. 岩性學

•**litoral** a. -m. 沿海的, 沿海地區的, 海濱的;
海岸, 海濱, 沿海地區

litosfera f.【質】陸界, 岩石圈

litotricia f.【醫】碎石術

litro m. 升 (乾量或液量單位)

liturgia f.【宗】禮拜儀式

litúrgico, ca a. 禮拜儀式的

liviandad f. **1.** 輕, 不重 **2.** 無關緊要,
不重要 **3.** 輕浮, 輕佻; 放蕩

liviano, na a. **1.** 輕的, 不重的 **2.** 不重
要的 **3.** 輕浮的, 輕佻的; 放蕩的

lividez f. 青紫色, 青黑色

•**lívido, da** a. 青紫色的, 青黑色的

lixiviación f.【化】浸濾作用

lixiviar tr.【化】浸濾

liza¹ f.【動】鯔魚

liza² f. **1.** 競技場 **2.** 戰鬥

lizo m.【紡】**1.** 經線 **2.** 分經器

•**lo¹** I. art. 中性定冠詞 II. pron. 您,
他, 它 (陽性單數第三人稱 usted, él 的
賓格, 並可代替句子, 在句中作直接補
語)

loa f. **1.** 讚頌, 讚美 **2.** (古代戲劇開場
前的) 開場白

loable a. 值得讚頌的

loar tr. 讚美, 頌揚

loba f. **1.**【動】雌狼, 母狼 **2.** 法衣; 大學
生長袍 **3.** 田壟

lobagante m. 大螯蝦

lobanillo m.【醫】粉瘤, 皮脂腺囊瘤

lobato m. 狼崽

lobera f. 狼窩, 狼穴

lobezno m. 狼崽

•**lobo** m.【動】**1.** 狼 **2.** 大泥鰍 ◇ ～
de mar ①海豹②老海員/ ～ marino 海
豹/ ～s de una misma camada 一丘之
貉/coger un ～ 喝醉/desollar el ～ 酒
醉後昏睡

lóbrego, ga a. **1.** 黑暗的 **2.**【轉】陰鬱
的

lobreguez *f.* 1. 黑暗 2.【轉】陰鬱

lóbulo *m.* 1. 耳垂 2.【解】葉 3.【植】裂片

lobuno, na *a.* 狼的；像狼的

locación *f.*【法】租借，租賃

*__local__ I. *a.* 地方的；區域性的；局部的 II. *m.* 地點，場所

localidad *f.* 1. 地方，城鎮 2. 場所，地點 3. (劇場的)座位

localismo *m.* 1. 地方主義，地方觀念 2. 方言，土話

localización *f.* 1. 定位 2. 地方化

localizar *tr.* 1. 使局限於局部，使地方化 2. 確定位置，找到

loción *f.* 1. 洗滌 2. 洗滌劑；洗髮劑

*__loco, ca__ I. *a.* 1. 瘋的，神經錯亂的 2. 狂熱的，着迷的 3. 冒失的，昏了頭的 4. 極大的；極好的 II. *s.* 瘋子 ◇ a ～as 莽地/a lo ～ ①盲目樂觀地②大手大脚地/hacerse el ～ 裝瘋賣傻

locomoción *f.* 1. 運動，移動 2. 交通，運輸

*__locomotor, ra__ *a.* 運轉的，運動的

locomotora *f.* 機車，火車頭

locomotriz *a.* 1. 運轉的 2. 運動的

locomóvil *a.-f.* 推動的，移動的；牽引機

locuacidad *f.* 饒舌，話多

locuaz *a.* 饒舌的，話多的

locución *f.* 1. 說話 2. 短語，固定詞組

*__locura__ *f.* 1. 神經錯亂，精神失常 2. 狂妄舉動 3. 狂熱，激情

locutor, ra *s.* 播音員，廣播員

locutorio *m.* 1. (監獄或修道院的)探訪室 2. 公用電話間

locha *f.*【動】泥鰍

lodachar, lodazal, lodazar *m.* 泥潭，泥沼

lodo *m.* 1. 淤泥；泥漿 2.【轉】恥辱 ◇ baños de ～【醫】泥浴

lodoso, sa *a.* 多淤泥的，泥濘的

lofobranquio, quia *a.-m. pl.*【動】總鰓目的；總鰓目

loganiáceo, a *a.-f. pl.*【植】馬錢科的；馬錢科

logaritmo *m.*【數】對數

logia *f.* 1. 涼廊 2. 共濟會；共濟會會址；共濟會集會

*__lógica__ *f.* 1. 邏輯，邏輯性，條理性 2. 邏輯學

*__lógico, ca__ *a.* 1. 邏輯學的 2. 合乎邏輯的

logística *f.* 1.【軍】後勤，後勤學 2.【哲】數理邏輯

logogrifo *m.* 1. 字謎 2. 隱晦難懂的話

logomaquia *f.* 詞句之爭

*__lograr__ *tr.* 獲得，取得

logrear *intr.* 放高利貸

logrero, ra *s.* 1. 放高利貸者 2. 囤積居奇的人 3. *Amér.* 牟取暴利者

logro *m.* 1. 獲得，取得 2. 成果，成就 3. 利潤；暴利

*__loma__ *f.* 小山，小丘，山岡

lombarda *f.* 1. 古代大炮 2. 紫色捲心菜

lombriguera *f.* 蚯蚓洞

lombriz *f.* 1. 蠕蟲 2. 蚯蚓 3. 蛔蟲 4.【轉】非常瘦的人 ◇ ～ de tierra 蚯蚓/ ～ intestinal 蛔蟲/ ～ solitaria 絛蟲

lomera *f.* 1. 馬背上的皮帶 2. (半精裝書的)皮脊，布脊 3. 屋脊

lomo *m.* 1. 背，脊背 2. (牛、豬等的)背脊肉 3. 書脊 4. 刀背 5. 田埂，田壟 ◇ a ～ (s) 馱着

lomudo, da *a.* 脊背寬的

*__lona__ *f.* 帆布

loncha *f.* 1. (火腿、香腸等的)薄片 2. 石板

londinense *a.-s.* (英國)倫敦 (Londres) 的；倫敦人

longanimidad *f.* 忍耐，忍受

longánimo, ma *a.* 能忍耐的，能忍受的

longaniza *f.* 香腸，臘腸

longevidad *f.* 長壽，高齡

longevo, va *a.* 長壽的，高齡的

*__longitud__ *f.* 1. 長，長度 2.【地】經度

◇ ～ de onda【理】波長

longitudinal *a.* 1. 縱向的 2.【地】經度的

lonja *f.* 1. (火腿等食物的)薄片 2. 市場, 商場, 交易場所 3.【建】門廊

lontananza *f.*【美】遠景 ◇ en ～ 在遠處

loor *m.* 贊揚, 稱贊

loquear *intr.* 1. 胡言亂語 2.【轉】狂歡

loquero, ra *s.* 護理瘋子的人

lord (*pl.* lores) *m.* 勳爵

loriga *f.* 護甲, 甲胄

__loro, ra__ I. *a.* 深褐色的 II. *m.* 1. 鸚鵡 2.【轉】學舌的人

__los__ I. *art.* 陽性複數定冠詞 II. *pron.* 你們, 他們, 它們(陽性複數第三人稱 ustedes, ellos 的賓格, 在句中作直接補語)

losa *f.* 1. 石板; 鋪路石板 2. 瓷磚, 花磚 3. (捕鳥的)捕機 4.【轉】墳墓

losado *m.* 細磚地面

losar *tr.* 用細磚鋪(地面)

loseta *f.* (捕鳥的)捕機

lote *m.* 1. 份, 份額 2. (抓彩的)獎 3. (賭博的)籌碼

lotería *f.* 1. 彩票, 獎券 2. 摸彩, 抽籤 3. 彩票出售處 4.【轉】碰運氣的事 ◇ caerle la ～ ①中彩②走運/echar (或 jugar) a la ～ 購彩票; 摸彩

lotero, ra *s.* 發售彩票的人, 發售獎券的人

loto *m.* 1.【植】蓮, 荷花 2. 棗, 棗子 ◇ ～ de la India 荷花, 蓮

loza *f.* 1. 陶, 瓷 2.【集】陶瓷器皿

lozanear *intr.* 1. 茂盛, 繁茂 2. 生機勃勃 3. 高傲

lozanía *f.* 1. 茂盛, 繁茂 2. 生機勃勃 3. 高傲

lozano, na *a.* 1. 茂盛的, 繁茂的 2. 生機勃勃的 3. 高傲的

lubricante *a.* *-m.* 使滑潤的; 滑潤劑

lubricar *tr.* 使潤滑

lubricidad *f.* 1. 滑潤性 2.【轉】好色

淫蕩

lúbrico, ca *a.* 1. 滑潤的 2.【轉】好色的, 淫蕩的

lubrificante *a.* *-m.* 見 lubricante

lubrificar *tr.* 見 lubricar

lucerna *f.* 1. 枝形弔燈 2. 天窗 3. 螢火蟲

lucero *m.* 1. 金星, 太白星 2. 較亮的星 3. (牲畜額上的)白斑 4.【轉】光彩, 光輝 ◇ ～ del alba (或 de la mañana, matutino) 啓明星, 晨星 / ～ de la tarde (或 vespertino) 昏星, 長庚星

lucidez *f.* 1. 光亮 2.【轉】明瞭, 清楚; 清醒

lucido, da *a.* 精彩的, 出色的 ◇ estar (或 ir) ～ 上當, 受愚弄/quedar ～ 成功, 出風頭/quedarse ～ 上當

lúcido, da *a.* 清楚的, 明瞭的; 清醒的 ◇ intervalo ～ (瘋人)神志清醒期

luciérnaga *f.* 螢火蟲

lucifer *m.*【轉】傲慢而險惡的人

lucífugo, ga *a.* 怕光的, 避光的

lucimiento *m.* 1. 發光, 閃光 2. 出衆 3. 誇耀 ◇ quedar con ～ 顯身手

lucio, cia *a.* 光亮的, 閃爍的

__lucir__ I. *intr.* 1. 發光, 發亮; 閃光, 閃亮 2. 出風頭, 顯身手, 炫耀 3. 出衆, 突出 II. *r.* 1. 穿着講究 2. 顯身手 3. 出洋相

lucrarse *r.* 賺錢, 發財

lucrativo, va *a.* 有利可圖的, 賺錢的

lucro *m.* 利潤, 利益 ◇ ～s y daños【商】盈虧

luctuoso, sa *a.* 悲慘的, 哀痛的

lucubración *f.* 1. 刻苦鑽研 2. 苦心鑽研的成果

lucubrar *tr.* 苦心鑽研

__lucha__ *f.* 1. 角鬥, 格鬥, 搏鬥 2. 鬥爭, 奮鬥, 爭吵

luchador, ra *s.* 戰士, 鬥士, 奮鬥者, 鬥爭者

__luchar__ *intr.* 1. 角鬥, 格鬥, 搏鬥 2. 鬥爭, 奮鬥 3. 爭論, 爭吵

ludibrio *m.* 嘲弄, 嘲笑

ludimiento *m.* 摩擦,擦

ludión *m.*【理】浮沉子

ludir *tr.* 摩擦,擦

*****luego** I. *ad.* 1. 立即,馬上 2. 過後,然後 II. *conj.* 因此,所以 ◇ desde ～ ① 當然,自然②立即,馬上/ ～ como 一…就/ ～ de 在…之後

luengo, ga *a.* 1. 長的 2. 長久的 3. 遙遠的

lugano *m.*【動】黃雀

*****lugar** *m.* 1. 地方,地點;位置 2. 職位 3. 地位 4. 座位,席位 5. 名次 6. 機會 7. 理由 ◇ ～ común 廁所/ ～ religioso 墳地,墳墓/ ～ santo 聖地/dar ～ a 導致/en ～ de 代替/en primer ～ 首先/en último ～ 最後/estar en su ～ 合適/fuera de ～ 不適宜的/hacer ～ 騰地方/no dejar ～ a duda 不容置疑

lugareño, ña I. *a.* 1. 鄉村的,村鎮的 2. 本地的 II. *s.* 1. 村民 2. 本地人

lugartenencia *f.* 代理職務

lugarteniente *m.* 代行職務的人,代理人

lúgubre *a.* 1. 悲傷的,憂鬱的 2. 關於死人的,有關鬼怪的

*****lujo** *m.* 1. 奢侈,豪華;奢侈品 2. 大量,極多

*****lujoso, sa** *a.* 奢侈的,豪華的

lujuria *f.* 1. 淫蕩,好色 2. 繁茂,茂盛

lujuriante *a.* 繁茂的,茂盛的

lujurioso, sa *a.* 淫蕩的,好色的

lumbago *m.*【醫】腰痛

lumbar *a.* 腰部的

lumbrada; lumbrarada *f.* 大火,烈火

*****lumbre** *f.* 1. 火 2. 火光 3. 燈光 4. 門窗口 5. *pl.* 打火用具 ◇ a la ～ 在火旁/a ～ de pajas 轉瞬間/no por ～ 絕不/ser la ～ de los ojos de 被視爲掌上明珠

lumbrera *f.* 1. 發光體 2. 天窗 3.【轉】卓越人物,博學的人

luminar *m.* 1. 發光天體 2.【轉】卓越人

物,傑出人物,博學的人

luminaria *f.* 1. 彩燈 2. (聖壇前的)長明燈

lumínico *m.*【理】發光素

luminiscencia *f.*【理】1. 發光 2. 冷光

luminosidad *f.* 1. 發光度 2. 光輝,燦爛 3. 清晰

*****luminoso, sa** *a.* 1. 發光的,光亮的 2. 光輝的,燦爛的 3. 清晰的

luminotecnia *f.* 照明技術

lumpemproletariado *m.* 流氓無產階級

*****luna** *f.* 1. 月球,月亮 2. 月光,月色 3. 衛星 4. 鏡子 ◇ ～ creciente【天】盈月/ ～ de miel 蜜月/ ～ de tres cuartos【天】凸月/ ～ llena 望月,滿月/ ～ nueva 朔月,新月/a la ～ ①在月光下②失望/estar en la ～ 心不在焉/ladrar a la ～ 狂犬吠日/pedir la ～ 想要得不到的東西

lunación *f.*【天】朔望月,太陰月

lunado, da *a.* 半月形的

lunar¹ *a.* 月球的,月亮的 ◇ año ～ 陰曆年/eclipse ～ 月蝕

lunar² *m.* 1. 痣 2. (動物身上的)斑點 3. 污點;缺點 ◇ a ～es 有斑點圖案的

lunático, ca *a.* 神經錯亂的,瘋的

lunch *m.* 午餐,便餐

*****lunes** (*pl.* lunes) *m.* 星期一 ◇ cada ～ y cada martes 經常不斷地

luneta *f.* 1. 眼鏡片 2. (劇院的)前排座位 3. 小碉堡

lúnula *f.* (指甲上的)新月形白斑

*****lupa** *f.* 放大鏡

lupanar *m.* 妓院

lupercales *f. pl.* 古羅馬的牧神節

lupino, na *a.* 狼的,像狼的

lúpulo *m.*【植】蛇蔴草,啤酒花,忽布

luquete *m.* 1. 檸檬片 2. 硫磺引火線

lustrabotas (*pl.* lustrabotas) *m. Amér.* 擦皮鞋的人

lustración *f.*【宗】除邪,祓邪

lustrar *tr.* 1. 使光亮, 擦亮 2.【宗】除邪, 祓邪

lustre *m.* 1. 光澤, 光亮 2. 鞋油 3.【轉】光榮, 榮譽

lustrina *f.* 1. 有光織物 2. *Amér.* 鞋油

lustro *m.* 五年時間

lustroso, sa *a.* 1. 有光澤的, 光亮的 2.【轉】紅潤的(臉色)

lúteo, a *a.* 泥濘的

luteranismo *m.*【宗】路德教

luterano, na *a. -s.* 路德教的; 路德教信徒

*luto *m.* 1. 喪服, 孝服 2. 服喪; 哀悼 ◇ ~ riguroso 全喪; 全喪服/medio ~ 半喪服/aliviar el ~ 穿簡單喪服/estar de ~ 服喪/ir de ~ 戴孝

luxación *f.*【醫】脫臼, 脫位

luxar *tr.* 使脫臼, 使脫位

luxemburgués, esa *a. -s.* 盧森堡 (Luxemburgo) 的, 盧森堡人的; 盧森堡人

*luz *f.* 1. 光, 光線 2. 燈 3. 窗戶 4. 啓示, 啓發 5. 白天 6.【轉】光明; 文明 7.【轉】智力; 明智 ◇ las primeras ~ces 黎明/ ~ de tráfico 交通指揮燈/ ~ cenital ①天窗透進來的光②汽車頂燈/ ~ de Bengala 烟火, 焰火/ ~ de la razón 理智/ ~ negra 不可見光/media ~ 微弱的光線/a la ~ de 根據/a la ~ del día 光天化日之下/a la ~ de la luna 在月光下/a toda ~ 明顯地/dar a ~ 分娩/dar ~ 照亮/entre dos ~ces ①黃昏②黎明③喝醉的/rayar la ~ 破曉/sacar a ~ 出版, 問世/sacar a la ~ 暴露, 公開/ver la ~ 出生

luzbel *m.* 魔王, 魔鬼

LL

ll *f.* 西班牙語字母表的第十四個字母

*llaga *f.* 1.【醫】潰瘍, 爛瘡 2.【轉】精神創傷, 痛苦 ◇ poner el dedo en la ~ 擊中要害/renovar la(s) ~(s) 戳人痛處

llagar I. *tr.* 使潰瘍 II. *r.* 潰爛

*llama¹ *f.* 1. 火焰 2.【轉】熱情, 激情

llama² *s.*【動】大羊駝

*llamada *f.* 1. 叫, 喊, 呼喚 2. 號召, 呼籲 3. 叫人聲, 敲門聲 4.【轉】魅力, 誘惑 5.【軍】集合號 ◇ ~ de larga distancia 長途電話通話/ ~ de socorro 求救信號/ ~ local 市内電話通話

llamador, ra I. *s.* 叫喊者; 呼籲者, 號召者 II. *m.* 門鈴, 門環, 電鈴按鈕

*llamamiento *m.* 1. 號召, 呼籲 2. 請求 3. 神的感召

*llamar I. *tr.* 1. 叫, 喊, 呼喚 2. 約見, 召見 3. 把…叫作, 把…稱爲 4. 號召, 呼籲 5.【轉】吸引, 招引 II. *intr.* 1. 敲門, 按鈴 2. 打電話 III. *r.* 名叫; 題爲

*llamarada *f.* 1. 火焰, 火苗 2.【轉】臉紅, 紅暈 3.【轉】激情

llamativo, va *a.* 引人注目的, 顯眼的

llamazar *m.* 沼澤地

llameante *a.* 燃燒着的, 冒火苗的

llamear *intr.* 燃燒, 冒火苗

llana *f.* 1. 瓦工用的抹子, 鏝子 2. 平地, 平原◇dar de ~ 鏝平, 抹平

llanada *f.* 平原, 平川

llanero, ra *s.* 平原地區居民

llaneza *f.* 1. 純樸, 樸實 2. 平易近人, 直率

llano, na I. *a.* 1. 平坦的 2. 樸實的, 質樸的; 平易近人的, 直率的 3. 平民的, 不享有特權的 II. *m.* 1. 平原, 平川 2. *pl.* 平針(針織法) ◇ a la ~a ①坦率地②不客氣地/de ~ 清楚地, 明白地

llanta *f.* 車胎, 輪胎

llantén *m.*【植】車前

llantera; llantina f.【口】大哭,嚎啕大哭

*llanto m. 哭,流淚 ◇ anegarse (或 deshacerse) en ～ 痛哭流涕

*llanura f. 1. 平坦 2. 平原

llar I. f. 爐竈 II. f. pl. (掛鍋用的) 帶鈎鐵鏈

*llave f. 1. 鑰匙 2. 扳子,扳鉗 3. (管道等的) 龍頭,旋塞;開關 4. (槍的) 擊發機 5. 鍵 6.【轉】秘訣 7. 方括號 8.【樂】譜號 ◇ ～ inglesa 活動扳子/～ maestra 萬能鑰匙/bajo (或 debajo de) ～ 鎖着/bajo (或 debajo de) siete ～s 非常保險的/echar la ～ 上鎖/torcer la ～ 轉動鑰匙

llavero, ra I. s. 管鑰匙的人 II. m. 鑰匙圈

llavín m. 彈簧鎖鑰匙

*llegada f. 1. 來到,到達 2.【體】(賽跑等的) 終點

*llegar intr. 1. 到,到達,抵達 2. 來到,到來 3. 達到 4. 成爲 ◇ estar al ～ 即將到來/～ lejos 前程遠大/no ～ a 不如,不及

llena f. (河流的) 漲水

*llenar I. tr. 1. 使滿,弄滿,裝滿,填滿,擺滿 2. 填寫 3.【轉】使充滿(感情) 4.【轉】使滿意 II. r. 吃飽,喝足

*lleno, na I. a. 1. 滿的 2. 充滿(感情)的 3. 吃飽的,喝足的 4. 豐滿的 II. m. 1. 滿座 2. 豐盈,充裕 3. 完滿,完美 4. 滿月,圓月 ◇ de ～ 全部地,完全地

llevadero, ra a. 可以忍受的

*llevar I. tr. 1. 帶走,帶去 2. 引向;帶往,通到 3. 帶,穿,戴,有 4. 度過,歷經 II. r. 1. 帶走 2. 流行,時興 ◇ ～ adelante 推行/～ encima 隨身携帶/～la hecha 事策劃好/～las de perder 景況不妙/～se bien con 與…相處和睦/～se mal con 與…不和/～ y traer 散佈流言飛語/no ～las todas consigo 心懷疑懼

*llorar I. intr. 1. 哭,流淚 2. (小孩) 啼哭 3. 滴下 II. tr. 爲…傷心,爲…難過

llorera f.【口】嚎啕大哭

lloriquear intr. 啜泣

lloriqueo m. 啜泣

*lloro m. 哭,流淚

*llorón, na a. 1. 愛哭的 2. 愛抱怨的 ◇ sauce ～ 垂柳

lloroso, sa a. 1. 哭過的 2. 令人傷心落淚的

llovedizo, za a. 漏水的,漏雨的(屋頂等) ◇ agua ～a 雨水

*llover I. impers. 下雨 II. intr. 雨點般地落下 III. r. 漏雨 ◇ a secas y sin ～ 毫無準備地,突如其來地

llovizna f. 濛濛細雨,毛毛雨

lloviznar intr. 下濛濛細雨

*lluvia f. 1. 下雨 2. 雨水 3.【轉】如雨傾注,大量 ◇ ～ artificial 人工雨/～ de estrellas【天】流星雨/～ de oro 巨產,巨資/～ radiactiva 放射性微粒降/día de ～ 雨天

*lluvioso, sa a. 下雨的;多雨的

M

m f. 西班牙語字母表的第十五個字母

maca f. 1. (水果上的) 碰傷 2. (布、瓷器等的) 疵點 3. 缺點 4. 欺騙

macabro, bra a. 1. 死人的,死屍的 2. 陰森的,恐怖的

macaco m.【動】獼猴

macadam; macadan m. 碎石路面

macana f. 1. 木斧 2. 滯銷商品

macarrón m. 1. 通心粉,空心麵 2. 塑料套管

macarrónico, ca a. 用蹩脚拉丁文寫成的

macarse *r.* (水果)開始腐爛

macedonio, nia *a. -s.* 馬其頓 (Macedonia) 的; 馬其頓人

maceración *f.* 1. 揉軟, 泡軟 2. 折磨 3.【醫】浸解

macerar *tr.* 1. 揉軟, 泡軟 2. 折磨 3.【醫】浸解

macero *m.* 持權標者, 持權杖者

***maceta** *f.* 1. 柄, 把 2. 瓦工錘 3. 花盆 4. 花瓶

macetero *m.* 花盆架

macicez *f.* 1. 實心 2. 結實, 牢固 3. 扎實, 根據充分

maciliento, ta *a.* 憔悴的, 瘦削的; 憂鬱的

macillo *m.* (鋼琴的) 音槌

macis *f.* 肉豆蔻乾皮 (作香料)

macizar *tr.* 填實, 塞實

macizo, za I. *a.* 1. 實心的 2. 結實的, 牢固的 3. 扎實的, 根據充分的 II. *m.* 1. 實心物體 2. 山嶽, 羣峯 3. 建築羣 4. 間壁 ◇ ~ montañoso 羣山

macolla *f.* 簇, 束, 叢

macona *f.* 大筐

macro- *pref.* 含有 "巨大"、"宏" 之意

macrocéfalo, la *a.* 巨頭的

macrociudad *f.* 大城市, 人口劇增的城市, 機動車輛過多的城市

macrocosmos *m.* 宏觀世界, 宏觀宇宙

macrofotografía *f.*【攝】宏觀照相

macrogloso, sa *a.* 巨舌的

macrópodo, da *a.* 巨足的

macroscópico, ca *a.* 肉眼可見的, 宏觀的

macruro, ra *a.* 長尾類的

macsura *f.* (伊斯蘭教寺院的) 聖室

macuache, macuachi *m. Amér.* 沒有文化的印第安人

mácula *f.* 1. 斑點, 污點 2.【天】(太陽的) 黑子 3.【轉, 口】欺騙

macular *tr.* 玷污

macuquero *m.* 私自開採廢礦的人

macuteno *m. Amér.* 扒手, 小偷

macuto *m.* 揹包, 行軍袋

machaca *f.* 令人討厭的人

machacante *m.*【口】勤務兵

***machacar** I. *tr.* 1. 搗碎, 碾碎 2.【口】摧毀 3.【口】(在辯論中) 擊敗 II. *intr.* 頑固堅持

machacón, na *a. -s.* 令人討厭的; 討厭的人

machaconería *f.* 糾纏不休, 討厭

machaquería *f.* 討厭, 糾纏

machetazo *m.* 刀砍, 刀傷

***machete** *m.* 砍刀

machetear I. *tr.* 用砍刀砍 II. *intr.*【海】(船) 顛簸

machetero *m.* 1. 用砍刀開路的人 2. 砍蔗工人

machiega *a.* 蜂王的 ◇ abeja ~ 蜂王

machihembrar *tr.*【木】榫接

machina *f.* 1. 大型起重機 2. 打樁機

macho[1] *m.* 鐵砧

***macho**[2] I. *a.* 1. 男性的, 公的, 雄的 2. 烈性的 3. 男子氣概的 II. *m.* 1. 雄性動物 2. 雄性植物 3. (凹凸配件中的) 凸件 4. 傻瓜 ◇ ~ cabrío ①公羊②好色之徒/apearse del ~ 認錯; 不再堅持

macho[3] *m.* 騾

machón *m.*【建】支墩, 扶垛

machona *f.* 男子氣的女人

machote *m.* 男子漢, 大丈夫

machucadura *f.*; **machucamiento** *m.* 壓碎, 碾碎; 壓傷, 壓壞

machucar *tr.* 壓碎; 壓傷, 壓壞

machucho, cha *a.* 1. 穩重的, 有頭腦的 2. 上了年紀的

madama *f.* 夫人, 太太; 女士

madamisela *f.* 小姐

madapolán *m.* 高級白棉布

madeja *f.* 1. 線團 2. 一綹毛髮 ◇ ~ sin cuenta ①混亂的事②無條理的人/enredar la ~ 使複雜化

***madera** *f.* 1. 木頭, 木質部分 2. 木材, 木料 3. 素質; 天資 ◇ ~ brava 脆實硬木/ ~ de sierra 板材/ ~ en rollo 原

木/tocar ～ 擊木驅邪

maderable *a.* 可提供木材的

maderada *f.* 木排

maderaje *f.* ; **maderamen** *m.* 木結構

maderería *f.* 木材場

maderero, ra I. *a.* 木材的, 木材業的 II. *m.* 1. 木材商 2. 放木排工人 3. 木工, 木匠

*****madero** *m.* 1. 木材, 原木 2.【轉, 口】木頭人, 傻瓜

*****madrastra** *f.* 1. 後母, 繼母 2. 虐待子女的母親 3.【轉】害人的東西

madraza *f.* 溺愛子女的母親

*****madre** *m.* 1. 母親 2. 母獸, 母畜 3. 老大娘, 老婦人 4. 女總管 5. 子宮 6. 根源, 起源 7. (酒等的) 沉澱物 ◇ ～ del cordero 原因; 關鍵/ ～ de familia 家庭主婦/ ～ de leche 奶媽/ ～ patria 祖國/ ～ política 岳母/ciento y la ～ 很多人, 許多人/sacar de ～ 激怒/salirse de ～ ①(河水)泛濫②過分, 過度

madrecilla *f.* (鳥的) 卵巢

madreperla *f.*【動】珍珠母

madrépora *f.*【動】石蠶, 石珊瑚

madreselva *f.*【植】忍冬

madrigal *m.* 情歌

madriguera *f.* 1. 洞穴, 巢, 窩 2.【轉】匪巢, 賊窩

*****madrileño, ña** *a. -s.* 馬德里 (Madrid) 的; 馬德里人

madrina *f.* 1. 教母 2. 女償相 3. 女保護人 4. (馬羣的) 領羣母馬

madroncillo *m.* 草莓(果實)

madroño *m.* 1.【植】漿果鵑; 漿果鵑果實 2. 漿果狀絨球

*****madrugada** *f.* 1. 清晨, 黎明 2. 後半夜 3. 起早 ◇ a la (或 de) ～ 拂曉時, 黎明時

madrugador, ra *a.* 早起的

*****madrugar** *intr.* 1. 早起 2. 搶先

madrugón, na *a. -m.* 起得很早的; 大

清早

maduración *f.* 成熟

maduradero *m.* 水果催熟庫

madurar I. *tr.* 1. 使成熟 2. 使老練, 使有經驗 3.【醫】使化膿 II. *intr. -r.* 1. 成熟 2. 化膿

madurativo, va I. *a.* 1. 使成熟的 2. 催膿的 II. *m.* 催膿劑

madurez *f.* 1. 成熟 2. 成年 3. 老成持重

*****maduro, ra** *a.* 1. 成熟的 2. 成年的 3. 老成持重的 4.【醫】熟透的(癰)

maesa *f.* 蜂王

*****maestra** *f.* 1. 女教師 2. 師母, 娘娘 3. 女子學校 4. 教育人的事物 ◇ abeja ～ 蜂王

maestranza *f.* 騎馬俱樂部

maestrazgo *m.* 騎士團首領職務或管區

maestre *m.* 1. 騎士團首領 2.【海】(專管某事務的) 官, 長

maestresala *m.* 餐廳侍者領班

maestría *f.* 1. 熟巧 2. 教師地位

maestril *m.* 蜂王巢室

*****maestro, tra** I. *a.* 1. 精湛的 2. 經過訓練的 II. *m.* 1. 老師, 教員 2. 大師, 名家 3. 師傅 4. 長者, 尊者 ◇ ～ concertador 合唱指揮/ ～ de ceremonias 典禮官, 司儀/ ～ de escuela 小學教師/ ～ de obras 營造師

maffia; mafia *f.* 1. 黑手黨 2. 秘密犯罪組織

magallánico, ca *a.* 麥哲倫海峽 (el estrecho de Magallanes) 的

magarza *f.*【植】母菊

magdalena *f.* 1. 小糕點 2. (大寫) 改邪歸正的女人

magia *f.* 1. 魔法, 巫術, 幻術 2. 魔力, 魅力 ◇ ～ blanca (或 natural) 魔術, 戲法/ ～ negra 巫術, 妖術

mágico, ca I. *a.* 1. 魔法的, 巫術的, 妖術的 2. 有魔力的, 神奇的 II. *s.* 魔術師; 巫師

magín *m.* 想像

***magisterio** *m.* 1. 教學工作 2. 教師職業, 教師職務 3. 教師界 4. 裝腔作勢, 一本正經

magistrado *m.* 1. 行政長官 2. 高級法官 3. 最高法院成員

magistral *a.* 1. 教師的 2. 精湛的 3. 裝腔作勢的

magistratura *f.* 1. 行政長官職位 2. 【集】行政官員 3.【集】法官

magma *m.* 1. (搾過漿汁後殘留下的) 渣滓 2. 糊狀物

magnanimidad *f.* 寬宏大量

magnánimo, ma *a.* 寬宏大量的

magnate *m.* 1. 大官, 權貴 2. (資本主義工商界的) 巨頭

magnesia *f.* 1.【化】氧化鎂 2.【礦】鎂氧

magnésico, ca *a.* 鎂的

magnesio *m.*【化】鎂

***magnético, ca** *a.* 1. 磁的, 有磁性的 2.【轉】吸引人的, 有魅力的

***magnetismo** *m.* 1. 磁學 2. 磁力, 磁性 3.【轉】吸引力, 魅力 ◇ ～ animal 魅力/ ～ terrestre 地磁

magnetita *f.* 磁鐵礦

magnetización *f.* 磁化

magnetizar *tr.* 1. 使磁化, 使具有磁性 2. 催眠 3.【轉】吸引, 使入迷

magneto *m.* 磁電機, 永磁發電機

magnetoeléctrico, ca *a.* 磁電的

magnetófono *m.* 磁帶錄音機

magnetómetro *m.* 1. 磁强計 2. 地磁儀

magnetoterapia *f.* 磁療

magnificar *tr.* 贊美, 頌揚

magnificencia *f.* 1. 壯麗, 宏偉 2. 富麗, 豪華

***magnífico, ca** *a.* 1. 壯麗的, 宏偉的 2. 極好的, 尊敬的

***magnitud** *f.* 1. 大小, 規模; 數量; 重量 2. 巨大, 宏大, 重大; 重要性 3.【天】星等 4.【數】量值

magno, na *a.* 偉大的, 宏偉的

magnolia *f.* 1.【植】荷花玉蘭 2. 荷花玉蘭的花

mago, ga *s.* 魔術師; 巫師 ◇ Tres Reyes Magos 東方三博士

magra *f.* 火腿片

magrez *f.* 1. 瘦 2. 貧瘠

magro, gra I. *a.* 1. 瘦的, 乾瘦的 2. 貧瘠的 II. *m.* 瘦肉, 裏脊肉

magrura *f.* 見 magrez

maguey *m.*【植】龍舌蘭

magulladura *f.*; **magullamiento** *m.* 青紫, 紅腫, 撞傷, 碰傷

magullar *tr.* 使青紫, 使紅腫, 撞傷, 碰傷

mahometano, na *a.-m.* 伊斯蘭教的; 伊斯蘭教徒

mahometismo *m.* 伊斯蘭教

maicena *f.* 玉米麵, 玉米粉

maitines *m. pl.*【宗】早禱

***maíz** *m.* 玉米, 玉蜀黍

***maizal** *m.* 玉米田

majada *f.* 畜欄, 畜圈

majadear *intr.* (牲畜) 入圈, 入棚

***majadería** *f.* 愚蠢言行

***majadero, ra** I. *a.* 愚蠢的; 令人討厭的 II. *m.* 杵; 搗具

majagranzas (*pl.* majagranzas) *s.* 愚蠢討厭的人

majar *tr.* 1. 搗, 搗碎 2. 煩擾

majestad *f.* 1. 尊嚴, 威嚴 2. (大寫) 陛下 ◇ Su Divina Majestad 上帝

majestuosidad *f.* 雄偉, 壯麗, 威嚴

majestuoso, sa *a.* 雄偉的, 壯麗的, 威嚴的

majeza *f.* 1. 美麗, 漂亮 2. 討人喜愛 3. 奢侈, 浮華 4. 吹牛

majo, ja *a.* 1. 美麗的, 漂亮的 2. 討人喜歡的 3. 奢華的 4. 好吹牛的

majolar *m.* 英國山楂樹林

majoleta *f.* 英國山楂果

majoleto; majuelo *m.* 英國山楂樹

***mal** I. *a.* 壞的 (malo 的短尾形式) II. *m.* 1. 壞事, 邪惡 2. 損害, 危害, 傷害 3.

不幸, 災禍 **4.** 疾病 **III.** *ad.* **1.** 壞地 **2.** 困難地 ◇ ~ caduco 癲癇/ ~ de la tierra 鄉愁, 懷鄉病/ ~ de montaña 高山病/ ~ de ojos 眼疾/ ~ de orina 尿道病/ ~ de piedra 結石病/ ~ endémico 地方病/ ~ francés 梅毒/ ~敵視/decir ~ 詆毀/de ~ en peor 每況愈下/echar a ~ 輕視/hacer ~ 傷害/llevar a ~ 抱怨, 不滿/ ~ a ~ 勉強地/parar en ~ 結局不好

mala *f.* 郵袋; 郵政

malabarismo *m.* **1.** 雜耍, 雜技 **2.** 【轉】圓滑

malabarista *s.* **1.** 雜耍演員 **2.** 【轉】圓滑的人

malacate *m.* 畜力絞車

malacodermos *m. pl.* 【動】軟皮昆蟲

malacología *f.* 軟體動物學

malaconsejado, da *a.* 聽從壞主意的

malacostumbrado, da *a.* **1.** 有壞習慣的, 有惡習的 **2.** 嬌慣慣養的, 被溺愛的

malandanza *f.* 不幸, 厄運

malandrín, na *a.* 心術不正的, 卑鄙的

malaquita *f.* 孔雀石 ◇ ~ azul 藍銅礦, 石青/ ~ verde 孔雀石

malar *a. -m.* 顴骨的; 顴骨

*****malaria** *f.* 瘧疾

malasangre *a.* 壞心腸的

malasio, sia *a. -s.* 馬來西亞 (Malasia) 的; 馬來西亞人

malatía *f.* 癩駱病

malavenido, da *a.* 動輒不滿的, 不高興的

malaventura *f.* 不幸, 厄運

malaventurado, da *a.* 不幸的, 倒霉的

malaventuranza *f.* 不幸

malayo, ya **I.** *a. -s.* 馬來亞 (Malaya) 的, 馬來亞人的; 馬來亞人 **II.** *m.* 馬來語

malbaratar *tr.* **1.** 賤賣 **2.** 揮霍

malcarado, da *a.* **1.** 面目可憎的 **2.** 拉長臉的, 繃着臉的

malcasado, da *a.* **1.** 夫妻不和的 **2.** 不忠實的, 不盡夫妻之道的

malcasar *tr.* 錯選配偶

malcaso *m.* 背叛, 變節

malcomer *intr.* 吃得差, 餬口

malcomido, da *a.* 吃得差的, 半飢半飽的

malconsiderado, da *a.* 不被尊重的

malcontento, ta *a.* 不高興的, 不滿意的

malcriado, da *a.* 沒有教養的

malcriar *tr.* 嬌寵, 溺愛

maldad *f.* 壞, 邪惡; 惡劣行徑

*****maldecir** **I.** *tr.* 詛咒, 咒罵 **II.** *intr.* **1.** 詆毀, 誹謗 **2.** 抱怨

maldiciente *a.* 咒罵的, 誹謗的

*****maldición** *f.* 詛咒, 咒罵; 誹謗 ◇ haber caído una ~ sobre 倒霉, 不幸

*****maldito, ta** **I.** *a.* **1.** 該死的 **2.** 壞透的 **3.** 全無的, 一點兒沒有的 **II.** *s.* 羣衆演員, 跑龍套的人 **III.** *f.* 舌頭 ◇ soltar la ~a 出言不遜

maleabilidad *f.* **1.** 可延展性, 可鍛性 **2.** 順從

maleable *a.* **1.** 可延展的, 可鍛的 **2.** 順從的

maleante *a. -s.* 犯罪的, 行爲不端的; 歹徒, 壞蛋

malear *tr.* **1.** 損壞, 損害 **2.** 使墮落

*****malecón** *m.* **1.** 堤壩 **2.** 【鐵路】路基

maledicencia *f.* 詆毀, 誹謗

maleducar *tr.* 嬌慣, 嬌縱

maleficiar *tr.* **1.** 傷害, 損害 **2.** 施妖術

maleficio *m.* 妖術, 魔法

maléfico, ca *a.* **1.** 施妖術的, 施魔法的 **2.** 有害的

malentendido *m.* 誤解

maléolo *m.* 【解】踝

malestar *m.* **1.** 不舒服, 不適 **2.** 不快, 不安

*****maleta** **I.** *f.* 手提箱, 手提包 **II.** *s.* 笨拙的人 ◇ hacer la ~ 整理行裝; 準備動身

maletero *m.* **1.** 做或賣手提箱的人 **2.**

搬運行李的人

maletín *m.* 1. 小手提箱, 小手提包 2. 公文包

malevolencia *f.* 惡意, 惡毒

malévolo, la *a.* 惡意的, 惡毒的

***maleza** *f.* 雜草; 草木叢, 荊棘

malgache *a. -s.* 馬達加斯加 (Madagascar) 的; 馬達加斯加人

malgastar *tr.* 浪費, 揮霍

malgeniado, da *a.* 脾氣不好的

malhablado, da *a.* 講話粗野的, 放肆的

malhecho, cha *a. -m.* 畸形的; 壞事

malhechor, ra *a. -s.* 犯罪的; 罪犯

malherir *tr.* 使受重傷

malhumor *m.* 壞脾氣; 情緒不好

malhumorado, da *a.* 1. 脾氣壞的 2. 情緒不好的

***malicia** *f.* 1. 邪惡, 險惡 2. 壞心眼 3. 狡猾, 奸詐 4. *pl.* 懷疑, 猜疑

maliciar *tr.* 1. 懷疑, 猜疑 2. 使墮落

***malicioso, sa** *a.* 1. 邪惡, 懷有惡意的 2. 狡猾的, 奸詐的

malignidad *f.* 1. 惡意, 居心不良 2. (疾病) 惡性

maligno, na *a.* 1. 惡意的, 居心不良的 2. 惡性的 (疾病)

malintencionado, da *a.* 居心叵測的, 用心險惡的

malmandado, da *a.* 不順從的, 不聽話的

malmirado, da *a.* 1. 不受尊重的 2. 沒禮貌的

***malo, la** I. *a.* 1. 壞的, 不好的 2. 有害的 3. 損壞的, 破舊的 4. 不幸; 不祥的 5. 假的 6. 不聽話的, 淘氣的 7. 不舒服的, 有病的 8. 笨拙的 II. *m.* 魔鬼 ◇ a ∼as 敵對地/por las ∼as 強迫地/por ∼as o por buenas 好歹, 不管願意與否

malogrado, da *a.* 夭折的

malograr I. *tr.* 1. 錯過, 未利用 2. 使夭折; 使落空 II. *r.* 1. 失敗, 落空 2. 夭折

malogro *m.* 失敗, 落空; 夭折

maloliente *a.* 惡臭的, 難聞的

malparado, da *a.* 受巨大損害的

malparir *intr.* 流產, 小產

malpensado, da *a.* 猜疑的, 多疑的

malquerencia *f.* 反感, 厭惡

malquistar *tr.* 挑撥離間

malquisto, ta *a.* 與人不和的, 招人討厭的

malrotar *tr.* 揮霍

***malsano, na** *a.* 1. 有害健康的 2. 多病的

malsín *m.* 告密者

malsonante *a.* 刺耳的; 不悅耳的

malsufrido, da *a.* 無忍耐力的

malta *f.* 麥芽; 麥芽酒

maltés, sa I. *a. -s.* 馬耳他 (Malta) 的, 馬耳他人的; 馬耳他人 II. *m.* 馬耳他語

maltosa *f.* 麥芽糖

maltraer *tr.* 打罵, 虐待

***maltratar** *tr.* 1. 虐待, 踐踏 2. 損壞

maltrato *m.* 1. 虐待, 踐踏 2. 損壞

maltrecho, cha *a.* 受虐待的, 受摧殘的

maltusianismo *m.* 馬爾薩斯人口論

malva *f.* 1.【植】錦葵 2. 錦葵色, 紫紅色 ◇ ∼ arbórea (或 real, loca, rósea) 蜀葵/estar criando ∼s 早已去世/haber nacido en las ∼s 出身卑賤

malváceo, a *a. -f. pl.*【植】錦葵科的; 錦葵科

malvado, da *s.* 惡棍, 歹徒

malvar *m.* 錦葵種植地

malvavisco *m.*【植】藥用蜀葵

malvender *tr.* 賤賣, 甩賣

malversación *f.* 盜用(公款), 挪用

malversar *tr.* 盜用, 挪用

malvís *m.*【動】紅翼鶇

malvivir *intr.* 艱難度日

malla *f.* 1. 網眼, 網孔 2. 網; 網狀物 3. 網眼運動衫

mallar *intr.* 編織網狀物

mallo *m.* 1. 木錘, 皮錘 2. 槌球; 槌球場

mama *f.* 乳房

***mamá** *f.* 媽媽

mamada *f.* 1. 吃奶,吸奶 2. 奶量

mamadera *f.* 1. 吸奶器 2. 奶瓶

mamantón, ona *a.* 吃奶的,未斷奶的

mamar I. *tr.* 1. 吃奶,吮奶,吸奶 2. 吞食,咽下 3. 搞到,撈到 II. *r.* 輕易取得 ◇ ~la 上當,受騙

mamario, ria *a.* 乳房的

mamarrachada *f.* 荒誕可笑的舉止;醜陋滑稽的東西

mamarracho *m.* 1. 醜陋滑稽的東西,荒誕離奇的事情 2. 滑稽可笑的人 3. 不值得尊重的人

mamelón *m.* 1. 乳頭 2. 圓形小丘

mameluco *m.* 1. 古埃及君主的士兵 2. 笨蛋 3. 連衫褲

mamey *m.* 曼密蘋果樹;曼密蘋果

***mamífero, ra** *a.* 哺乳動物的

mamila *f.* 乳房

mamola *f.* 撫摩下巴

mamón, na *a.* 1. 吃奶的,未斷奶的 2. 吃奶期很長的

mamotreto *m.* 1. 記事本,筆記本 2. 很厚的書

mampara *f.* 屏,帷;屏風

mamparo *m.* 艙壁

mamporro *m.* 碰撞

mampostería *f.* 石砌建築

mampostero *m.* 砌石工

mampresar *tr.* 開始馴(馬)

mampuesta *f.* (磚石的)一層

mampuesto *m.* 毛石,毛坯石料

mamut *m.* (古動物)猛獁象

maná *m.* 1. 嗎哪(《聖經》中以色列人獲得的神賜食物) 2. 甜漿,甘露

***manada** *f.* 1. 獸羣,家禽羣 2. 幫,夥 ◇ a ~s 成羣地

manager *m.* 1. 經理人 2. (職業運動員的)經紀人

managüense *a.* -s. 馬那瓜(Managua)的;馬那瓜人

***manantial** *m.* 1. 泉 2. 源泉,根源

manar *intr.* 1. 流出,湧出,冒出 2. 【轉】

豐富,充滿

manatí; manato *m.* 【動】海牛

manaza *f.* 1. 粗大難看的手 2. 懶手 ◇ ser un ~s 笨手笨腳的人

mancar *tr.* 使(手,足)傷殘

manceba *f.* 情婦,姘頭

mancebo *m.* 1. 少年 2. 光棍,單身漢 3. 藥店職員

mancera *f.* 犁柄,犁把

mancilla *f.* 污點,恥辱

mancillar *tr.* 玷污,敗壞

manco, ca *a.* 1. 獨臂的,獨手的 2. 殘缺不全的,不完整的 ◇ no ser ~ ①有用②精明,有才能③手長,善偷

mancomún: de ~ 同心協力地

mancomunado, da *a.* 一致的,共同的

mancomunar *tr.* 1. 聯合,集中,協同 2. 分攤,共同承擔

mancomunidad *f.* 1. 聯合,協同 2. 共同體,聯邦

***mancha** *f.* 1. 污漬,污痕,污斑 2. 色斑,斑點 3. 恥辱,污點 4.【天】(太陽的)黑子 ◇ ~ solar 太陽黑子/cundir (或 difundirse, extenderse) como ~ de aceite 迅速擴散/sin ~ 清白無瑕

manchadizo, za *a.* 易弄髒的,易玷污的

manchado, da *a.* 1. 有污痕的,弄髒了的 2. 有斑點的

***manchar** *tr.* 1. 弄髒,使沾上污物 2. 玷污,使蒙受恥辱

manchú, chúa (*pl.* manchúes) *a.* -s. 滿洲(Manchuria)的,滿族的;滿洲人

manda *f.* 1. 遺贈上 2. (贈送物品的)允諾

mandadero, ra *s.* 聽差,傳信者

mandado *m.* 1. 命令,指令 2. 差使,使命

mandamás *s.*【口】頭頭

mandamiento *m.* 1. 命令,指令 2. *pl.* 手指

mandante *m.*【法】委託人

***mandar** I. *tr.* 1. 命令 2. 指揮 3. 委

託, 託付 **4.** 派遣, 寄送 **5.** 遺贈 **II.** *intr.* 統治, 管理 **III.** *r.* **1.** (病人) 自理 **2.** (房間) 相通 ◇ ～ enhoramala (或 noramala) 攆走, 轟走

mandarín *m.* 中國清朝官員

mandarina *f.* **1.** 柑橘 **2.** 中國官話

mandatario, ria *s.* **1.** 受託人 **2.** 統治者

mandato *m.* **1.** 命令, 指令, 指示 **2.** 委託代理契約 **3.** 任職, 行使權力 **4.**【宗】濯足禮

***mandíbula** *f.* **1.**【解】頜 **2.** (鳥的) 喙; (昆蟲的) 顎 ◇ reírse a ～ batiente 哈哈大笑

mandil *m.* 圍裙, 工作裙

mandioca *f.* **1.**【植】木薯 **2.** 木薯粉

***mando** *m.* **1.** 指揮權, 統治權 **2.** 任職, 行使權力 **3.** *pl.* 指揮員, 領導人 **4.**【機】操縱系統, 控制系統 ◇ ～ a distancia 遥控/Mando Supremo 最高統帥部

mandoble *m.* **1.** (雙手持劍) 猛擊 **2.** 大劍 **3.** 嚴斥

mandolina *f.* 曼陀林琴

mandón, na **I.** *s.* 好發號施令的人 **II.** *m.* (礦上的) 監工, 工頭

mandrágora *f.*【植】曼德拉草

mandria *a.* **1.** 無用的 **2.** 怯懦的

mandril *m.* **1.**【動】狒狒 **2.**【機】(車床等的) 夾盤, 夾頭 **3.**【醫】軸柄

manducación *f.* 吃, 吞食

manducar *tr.- intr.* 吃, 吞食

manducatoria *f.* 食物

manear *tr.* **1.** 縛住馬脚 **2.** 掌握, 使用

***manecilla** *f.* **1.** 扣, 鉤, 夾子 **2.** (鐘錶的) 指針 **3.** 指示方向的記號 **4.** 把手, 搖桿 **5.**【植】捲鬚

manejado, da *a.*【美】畫得…的 ◇ bien ～ 畫得好的/mal ～ 畫得不好的

***manejar** **I.** *tr.* **1.** 操縱, 操作; 掌握; 使用, 運用 **2.** 管理, 領導 **3.** 駕馭 **4.** 料理, 處理 **II.** *r.* 處事

manejo *m.* **1.** 操縱, 操作; 掌握; 使用, 運用 **2.** 駕馭馬 **3.**【口】熟巧

***manera** *f.* **1.** 方式, 方法, 形式 **2.** 種類, 類型 **3.** 舉止, 態度, 作風 **4.** 風格, 手法 ◇ a la ～ de 照…方式/a ～ de ①像②當作/con buenas ～s 有禮貌地/con malas ～s 無禮貌地/de cualquier ～ ①隨便地②容易地③無論如何/de esa ～ 這樣/de ～ que ①因此, 所以②爲了/de ninguna ～ 决不/de otra ～ 否則/de tal ～ que 那樣…以致於/de todas ～s 不管怎樣/de una ～o de otra 無論如何/en cierta ～ 在某種程度上/en gran ～ 非常, 十分/no haber ～ 無法/sobre ～ 十分, 極其

manes *m. pl.* **1.**【羅神】陰間諸神 **2.**【轉】靈魂, 幽靈

manezuela *f.* **1.** 小手 **2.** 扣針 **3.** 工具把, 工具柄

manga[1] *f.* **1.** 杧果樹 **2.** 杧果

***manga[2]** *f.* **1.** 袖子 **2.** 水龍帶, 引水軟管 **3.** 軟管狀物 **4.** 龍捲風 **5.** 過濾袋 **6.** 小部隊, 小股武裝 ◇ ～ ancha 寬容/～ boba 肥大的袖子/～ de agua 陣雨/～ de viento 旋風/～ perdida 開口袖/～ tres cuartos 中長袖/en ～s de camisa 只穿着襯衣的/hacer ～s y capirotes 武斷, 自作主張

manganesa *f.*【化】二氧化錳

manganeso *m.*【化】錳

manganilla *f.* 詭計, 計謀

manglar *m.* 熱帶叢林

mangle *m.*【植】美國紅樹

***mango[1]** *m.* 把手, 柄

mango[2] *m.* **1.** 杧果樹 **2.** 杧果

mangonear *intr.* **1.** 干涉, 參與 **2.** 遊盪, 閑盪

mangoneo *m.* 干涉, 參與

mangorrillo *m.* 犁柄

mangosta *f.*【動】獴

mangostán *m.*【植】倒捻子樹

manguera *f.* **1.** 澆水管 **2.** 熨袖托板 **3.** 抽水管 **4.** 水龍帶

manguero *m.* 用水管澆地的人

manguito *m.* **1.** 皮手筒 **2.** 袖套 **3.** 套

筒, 套管

*__maní__ *m.* 花生

*__manía__ *f.* 1.【醫】瘋狂症, 躁狂症 2. 怪癖, 癖好 3. 厭惡 ◇ ~ depresiva 狂鬱症／~ de grandeza 誇大狂／~ persecutoria 受害妄想狂

maníaco, ca *a. -s.* 躁狂的, 瘋狂的; 躁狂症患者, 瘋狂的人

maniatar *tr.* 縛住…的雙手

maniático, ca *a.* 怪癖的

*__manicomio__ *m.* 瘋人院

manicorto, ta *a.-s.* 吝嗇的; 吝嗇鬼

manicuro, ra *s.* 指甲修剪師

manido, da *a.* 1. 不新鮮的 (飯菜) 2. 陳腐的, 過時的

*__manifestación__ *f.* 1. 表明, 聲明 2. 表現, 表示 3. 遊行, 示威 ◇ ~ naval 海上示威, 海上壓力／primera ~ 苗頭

manifestante *s.* 遊行者, 示威者

*__manifestar__ I. *tr.* 1. 聲明, 表明 2. 表示, 流露 II. *intr. -r.* 遊行, 示威

*__manifiesto, ta__ I. *a.* 1. 清楚的, 明顯的 2. 公開的 II. *m.* 1. 聲明, 宣言 2. (船上的)貨物清單 3. 聖體展示儀式 ◇ poner de ~ 揭露, 暴露

manigua *f.* 草莽, 雜草叢生地

manija *f.* 1. 把手, 柄 2. (收割工人的)露指手套 3. 金屬箍

manilargo, ga *a.* 1. 手很長的 2.【轉】大方的, 慷慨的 3.【轉】慣偷的

maniluvio *m.*【醫】手浴, 洗手療法

manilla *f.* 1. 手鐲 2. 手銬 3. (鐘錶的)指針 4. 把手, 柄

manillar *m.* (自行車的)車把

*__maniobra__ *f.* 1. 操作, 操縱 2.【轉】詭計, 花招 3. 軍事演習 4. *pl.* (車輛的)轉向, 調頭

*__maniobrar__ *intr.* 1. 操作 2.【軍】演習

maniobrero, ra *a.*【軍】機動的, 靈活的

maniota *f.* 絆馬索, 馬蹄絆

manipulación *f.* 1. 手工操作 2. 控制, 操縱

manipulador *m.* 操作器, 控制器; 電報

發報鍵

manipular *tr.* 1. 操作, 操縱 2.【轉】控制, 擺佈

manípulo *m.* 1. (神父做彌撒時披的)飾帶 2. (古羅馬軍團的)支隊

maniqueísmo *m.* 1. 摩尼教 2. 善惡對立說

maniquí *m.* 1. 人體模型 2. 時裝模特兒 3.【轉】任人擺佈的人, 傀儡

manir *tr.* 1. 放軟 2. 用調料浸泡(食物) II. *r.* (魚、肉)變味, 不新鮮

manirroto, ta *a.* 浪費的, 揮霍的

manisero, ra *s.* 賣花生的人

manivela *f.* 搖把

manjar *m.* 1. 食物, 食品 2. 美味, 佳餚 3. 精神食糧

*__mano__ I. *f.* 1. 手 2. (四足動物的)前爪, 前蹄 3. (屠宰後的)蹄子 4. 象鼻子 5. 手形指示符號 6. (鐘錶的)指針 7. 杵 8. 邊, 側 9.【轉】辦法, 手段 10. *pl.* 勞力, 人手 11.【轉】才能, 熟巧 12. 權威, 影響 II. *s.* 首先出牌的人 ◇ buena ~ 擅長／buenas ~s 巧手／mala ~ 笨拙／malas ~s 笨手／~ abierta 五指張開的手／~ blanda 軟心腸／~ cerrada 拳頭／~ de almirez 杵／~ de obra 勞力／~ derecha 得力助手／~ de hierro (或 dura) 嚴厲／~ de santo 靈丹妙藥／~s de mantequilla 笨手笨腳／~ largas ①好動手打人的②好偷東西的／~s libres 自由／~s limpias de sangre 無辜, 無罪／abandonarse en ~s de 完全依賴／abrir la ~ ①放鬆②慷慨贈與③揮霍／a ~ ①手做的, 手工的②人工的, 人為的③在手頭, 在手邊／a ~ abierta 放手地／a ~ armada ①用武器②堅定地／a ~s llenas 大方地, 慷慨地／apretar la ~ ①握手②變得嚴厲／atar las ~s 束縛／bajo ~ 暗中／caer en ~s de 落入…手中／cambiar de ~s 易手, 換主人／cogidos de la ~ 手拉手的／comerse las ~s 挨餓／conceder la ~ (女方)允婚／dar de ~ 收工／dar de

~s 合撲跌倒/dar la ～ 幫助/dar la primera ～ 動手幹/darse las ～s ①結合②和好/de ～ en ①手遞手的②一代一代地/de ～s a boca 突然地/de primera ～ 第一手的, 直接的/de segunda ～ 第二手的, 舊的/echar ～ de 利用/echar una ～ 幫助/en buenas ～s 在可靠人手中/entre las ～s 意外地/escapársele la ～ 失手/frotarse las ～s ①搓手②心滿意足/limpio de ～s 清白的/llevar entre ～s 策劃/meter la ～ en 撈便宜/meter las ～s en ①插手, 參與②動手做/pasar la ～ por el cerro 討好, 奉承/pedir la ～ 求婚/poner las ～s en el fuego 作證, 擔保/sentar la ～ ①打, 揍②嚴斥/sin levantar ～ 不停地/tener a ～ 限制/tener en sus ～s 操縱, 控制/tener muchas ～s 有本事/tomar en sus ～s 承擔, 負責/untar las ～s 賄賂, 收買/vivir de (或 por) sus ～s 自食其力

manojo m. 1. 把, 束, 捆, 疊 2. 夥, 幫, 羣

manolo, la s. (馬德里下層社會的) 小伙子; 姑娘

manómetro m. 壓力表, 氣壓計

manopla f. 1. 金屬護手 2. (擊劍用的) 防護手套 3. 連手套 4. 短鞭子

manosear tr. 1. 反覆摸 2. 反覆使用; 反覆談論

manoseo m. 反覆觸, 摸

manotada f.; **manotazo** m. 巴掌, 掌擊

manotear tr. -intr. 用巴掌打; 做手勢

manoteo m. 1. 用巴掌打 2. 做手勢

manquear intr. 1. 手臂殘缺 2. 假裝手臂殘缺

manquedad; manquera f. 1. 手臂殘缺 2. 缺陷, 缺點

mansalva : a ～ ①絕對安全地②有把握地, 萬無一失地③冷不防地

mansedumbre f. 1. 溫順, 溫和; 順從 2. 馴服 3. 平靜; 柔和; 徐緩

mansión f. 1. 停留, 逗留 2. 邸宅, 宅第 ◇ ～ de los bienaventurados (或 de los justos) 天國, 天堂

*****manso, sa** a. 1. 溫順的, 溫和的; 順從的 2. 馴服的; 柔和的; 徐緩的

mansurrón, na a. 過分溫順的; 過分忍氣吞聲的; 非常馴服的

*****manta** f. 1. 毯子, 毛毯; 被子 2. 披巾; 披風 3. 馬衣, 馬披 4. 一頓(鞭打) ◇ a ～ (de Dios) 大量地/liarse la ～ a la cabeza 橫下一條心/tirar de la ～ 揭露

manteamiento m. 把人兜在毯子裏拋擲取樂

mantear tr. 把…兜在毯子裏拋擲取樂

manteca f. 1. 黃油; 奶油 2. 動物脂肪, 脂油 3. 植物油脂 4. pl. 【口】胖 ◇ ～ de vacas 黃油/como ～ ①燒得很爛的②順從的/como una ～ 溫順的/el que asó la ～ 愚蠢的人

mantecada f. 黃油麪包片; 黃油蛋糕

mantecado m. 1. 豬油糕餅 2. 冰淇淋

mantecoso, sa a. 1. 多油的, 多脂肪的 2. 奶油味的

*****mantel** m. 桌布, 枱布 ◇ levantar los ～es 離席

mantelería f. 【集】一套餐巾, 桌布

manteleta f. 披肩

mantelete m. 教士的罩袍

mantenedor m. (比賽等的) 主持人

*****mantener** I. tr. 1. 養活, 扶養, 供養 2. 支撐 3. 維持, 保持 4. 履行 5. 主持(比賽等) II. r. 1. 生存, 維持生命 2. 堅持, 維持 ◇ ～se en sus trece 固執己見

*****mantenimiento** m. 1. 供養 2. 維持 3. 支撐 4. pl. 食糧

manteo m. 教士的長袍

mantequería f. 黃油加工廠; 黃油店

*****mantequilla** f. 1. 黃油 2. 甜奶油汁

mantero, ra s. 織毯工; 毯子商

*****mantilla** f. 1. 頭巾, 披巾 2. 襁褓 3. 馬衣, 馬披 4. 【印】滾筒襯布 ◇ de ～s 剛剛出生的/estar en ～s ①處於幼稚階段②剛剛開始/haber salido de ～s

可以自立

mantillo *m.* 1. 腐殖土 2. 發酵糞便

mantisa *f.* 【數】對數的尾數

***manto** *m.* 1. 披巾,披風,斗蓬 2. 黑紗
孝衣 3. 禮袍,罩袍;長袍 4. 胎膜

mantón, na I. *a.* 翅膀低垂的(鳥) II.
m. 女用大披巾 ◇ ～ de Manila 綉花絲
披巾

manuable *a.* 容易操作的;易掌握的

***manual** I. *a.* 1. 用手的,手工的,手做
的 2. 易操作的;易掌握的 II. *m.* 教科
書;手冊;筆記本;賬本

manubrio *m.* 1. 把手,柄 2. 曲柄,搖把

manuela *f.* 出租馬車

***manufactura** *f.* 1. 製造,製造業 2. 製
成品,產品

manufacturar *tr.* 製造,生產,加工

manufacturero, ra *a.* 製造的,生產的;
工業的

manumisión *f.* 解放奴隸

manumitir *tr.* 解放(奴隸)

manuscrito, ta *a. -m.* 手寫的;手稿;手
寫本

manutención *f.* 1. 供養,扶養 2. 保
持,保存 3. 保護,維護

***manzana** *f.* 1. 蘋果 2. 劍柄頭 3. 建
築羣;街區 4. *Amér.* 喉結,喉核 ◇ ～
de la discordia 禍根/sano como una
～ 非常健康的

manzanar *m.* 蘋果園

manzanilla *f.* 1.【植】母菊;母菊花 2.
母菊浸劑 3.(傢具上的)球形裝飾 4.
下巴頦兒

manzanillo *m.* 梨狀水油橄欖

***manzano** *m.* 蘋果樹

maña *f.* 1. 熟巧,技能 2. 狡猾,狡詐 3.
任性,壞習慣 ◇ darse ～ 有本事

***mañana** I. *f.* 1. 上午 2. 清晨 II. *m.*
未來,將來 III. *ad.* 明天 ◇ de ～ 一大
早/después de pasado ～ 大後天/has-
ta ～ 明天見/pasado ～ 後天/por la
～ 在上午/tomar la ～ ①早起②喝空
腹酒

mañanear *intr.* 早起

mañanica *f.* 凌晨,拂曉

mañanita *f.* 1. 清晨,拂曉 2. *pl. Amér.*
短曲

mañoso, sa *a.* 1. 熟巧的,有技能的 2.
狡猾的,狡詐的 3. 有壞習慣的

***mapa** *m.* 地圖 ◇ ～ mudo 暗射地圖,
填充地圖/ ～ mural 壁掛地圖/no
estar en el ～ 不爲人知的

***mapache; mapachín** *m.*【動】浣熊

***mapamundi** *m.* 世界地圖

maquear *tr.* 上釉

maqueta *f.* 1. 設計模型 2.【印】裝璜設
計樣書

maquiavelismo *m.* 馬基雅維里主義;
虛僞;不擇手段

maquila *f.*(借用磨坊時)磨坊主的提成

maquillaje *m.* 化妝;化妝品

maquillar *tr. -r.* 給…化妝;粉飾,掩飾

***máquina** *f.* 1. 機器,機械;機件 2. 機
動車輛;機車;汽車;自行車 3. 機構 4.
機體 5. 大量,許多 6. 工具,傀儡 ◇ ～
calculadora (或 de calcular) 計算機/
～ de coser 縫紉機/ ～ de escribir 打
字機/ ～ de fotografía 照相機/ ～ de
guerra 火器,炮/ ～ de lavar 洗衣機/
～ de vapor 蒸汽機/ ～ de volar 飛行
器/ ～ eléctrica 發電機/ ～ herra-
mienta 機床/ ～ hidráulica 水輪機;水
泵/ ～ motriz 原動機/ ～ neumática
氣泵/ ～ numeradora 號碼機/ ～ par-
lante 留聲機/ ～ perforadora 鑽探機/
～ tragaperras ①自動賭具②自動售貨
器/a ～ 用機器

maquinación *f.* 陰謀,詭計

maquinal *a.* 1. 機器的,機械的 2. 不動
腦子的

maquinar *tr.* 策劃(陰謀)

***maquinaria** *f.* 1. 機器設備 2. 機械製
造 3. 機件

maquinismo *m.* 機械化

***maquinista** *m.* 1. 技工;機械師 2. 火
車司機 3. 佈景員

*__mar__ *amb.* **1.** 海,海洋 **2.** 海浪,波濤 **3.** 感情波動,起伏 **4.** 大量,許多 **5.** 深淵,巨大差別 ◇ ~ alta ~ 公海/ ~ cerrada 內海/ ~ de fondo ①海浪② 潛在的公衆不滿情緒/ ~ en bonanza (或 en calma, en leche) 風平浪静/ ~ gruesa 大浪/ ~ interior 內陸海,鹹水湖/ ~ jurisdiccional 領海/ ~ libre 公海/ ~ llena 滿潮/ ~ patrimonial 承襲海/a ~es 大量地/arar en el ~ 白費力氣/hablar de la ~ 空談/hacerse a la ~ 出海/picarse el ~ 起風浪/quebrar (或 romperse) el ~ 波浪拍擊海岸

marabú (*pl.* marabúes) *m.*【動】禿鶴

maraña *f.* **1.** 草叢,灌木叢 **2.** 亂線團;亂髮團 **3.** 糾纏不清的事,糾葛 **4.**【轉】謊言,欺騙

marañal *m.* 胭脂蟲櫟樹林

marasmo *m.* **1.**【醫】消瘦 **2.**【轉】倦怠 **3.**【轉】停滯

maravedí *m.* 馬拉維迪(西班牙古錢幣) ◇ no importar un ~ 微不足道

*__maravilla__ *f.* **1.** 奇迹,奇事,奇觀 **2.** 驚訝,驚異 **3.**【植】萬壽菊 **4.**【植】裂葉牽牛 ◇ a las mil ~s 極好,非常好/a ~ 出奇地/contar (或 decir) ~s de 誇讚/hacer ~s 創造奇迹,幹得出色/por ~ 偶然地

*__maravillar__ *tr. -r.* 使驚訝,使驚奇;驚訝,驚奇

*__maravilloso, sa__ *a.* **1.** 神奇的,奇異的 **2.** 極好的,極美的

marbete *m.* **1.** 標籤;籤條 **2.** 邊,緣

*__marca__ *f.* **1.** 記號,標記;印迹,痕迹 **2.** 烙印,印記 **3.** 作標記用具 **4.** 商標 **5.**【體】記録 ◇ ~ de agua 水印/ ~ de fábrica 商標/ ~ registrada 注册商標/de ~ ①名牌的②標準規格的③極好的/de ~ mayor 大號的,很大的

marcador *m.* **1.**【體】記分牌 **2.** 度量衡檢驗員 **3.**【印】續紙工

*__marcar__ *tr.* **1.** 作記號,打標記 **2.** (儀器等)標示,指在 **3.** 標誌,代表 **4.** 指定,規定 **5.** 標價 **6.** 撥(電話號碼) **7.** (體育比賽中)得(分)

marcasita *f.* 白鐵礦

marcear **I.** *tr.* (給牲畜)剪毛 **II.** *intr.* 呈現三月天氣

marcial *a.* **1.**【羅神】戰神的 **2.** 軍事的,戰爭的 **3.** 軍人的,尚武的 **4.**【醫】含鐵的

marcialidad *f.* 英武;軍人氣概

marciano, na *a. -s.*【天】火星的;(假想的)火星人

marco *m.* **1.** 框子,框架 **2.** 馬克(德國貨幣單位) **3.** 界限,範圍 **4.**【轉】氣氛,環境

marconigrama *m.* 無線電報

*__marcha__ *f.* **1.** 行走,行軍 **2.** 出走,動身 **3.** (汽車的)擋 **4.** 進行,進展,進程 **5.** 機器運轉 **6.**【軍】行軍號,進軍號 **7.**【樂】進行曲 **8.**【體】競走 ◇ ~ atlética 競走/ ~ forzada 强行軍/a ~s forzadas 忽忙地/a toda ~ 全速/abrir la ~ 開路/dar ~ atrás ①開倒擋車②後退/en ~ 進行中/poner en ~ 開始;發動/sobre la ~ 馬上,立即

marchamar *tr.* (海關)貼蓋已檢標記

marchamo *m.* 海關的已檢標記

marchante *a. -m.* 商業的,貿易的;商人

*__marchar__ *intr.* **1.** 行走,行軍 **2.** 走開,動身 **3.** 進行,發展 **4.** 運轉 ◇ ir marchando 勉强維持/ ~ a una 同心協力/ ~ sobre 進逼

*__marchitar__ *tr.* **1.** 使凋謝,使枯萎 **2.**【轉】使憔悴,使衰弱

marchitez *f.* **1.** 凋謝,枯萎 **2.**【轉】憔悴,衰弱

marchito, ta *a.* **1.** 凋謝的,枯萎的 **2.**【轉】憔悴的,衰弱的

marea *f.* **1.** 潮水,潮汐 **2.** 海上微風 **3.** 大量,許多 ◇ ~ alta 高潮;高潮期/ ~ ascendente 漲潮/ ~ baja 低潮;低潮期/ ~ descendente 落潮/ ~ muerta 小潮/ ~ viva 大潮

mareado, da *a.* 1. 頭暈目眩的 2.【轉】微醉的

mareante I. *a.* 1. 航海的 2. 使眩暈的 II. *m.* 航海者

marear I. *tr.* 1. 駕駛(船) 2. 使眩暈 II. *r.* 1. 頭暈 2. 微醉

marejada *f.* 1. 波濤, 浪潮 2. 不滿情緒的流露

mare mágnum *m.* 1. 大量 2. 嘈雜混亂的人羣

maremoto *m.* 海嘯, 海底地震

***mareo** *m.* 1. 暈船, 暈車 2. 頭暈 3. 傷腦筋的事

mareógrafo *m.* 驗潮計

***marfil** *m.* 1. 象牙; 象牙製品 2. 象牙色, 乳白色 ◇ ~ vegetal【植】①象牙椰子② *Amér.* 美洲象牙棕

marfileño, ña I. *a.* 1. 象牙的, 象牙似的 2. 科特迪瓦 (Costa de Marfil) 的 II. *s.* 科特迪瓦人

marga *f.* 泥灰岩; 泥灰土

margarina *f.* 人造黃油, 麥淇淋

margarita *f.* 1. 珍珠 2. 貝殼類動物 3.【植】雛菊

***margen** I. *amb.* 邊, 岸 II. *m.* 1. (書頁的)邊白 2. 旁註 3. 餘地 4. 利潤 5.【轉】機會 ◇ al ~ de…之外

marginado, da *a.* 1. 生活在社會邊緣的, 被排斥在外的 2.【植】有緣的

marginal *a.* 邊上的, 寫在邊上的

marginar *tr.* 1. (書寫時)留邊白 2. 作旁註 3.【轉】排除在外

margoso, sa *a.* 含泥灰的

margrave *m.* (古德國的)侯爵

marguera *f.*【礦】泥灰層

marianismo *m.* 信奉聖母瑪利亞

mariano, na *a.* 聖母瑪利亞的

marica I. *f.*【動】喜鵲 II. *m.* 女人氣的男人

Maricastaña : en los tiempos de ~ 很久很久以前

maricón *m.* 1. 女人氣的男人 2. 鷄姦者

mariconada *f.* 1. 女人氣 2. 卑鄙行徑

maridaje *m.* 1. 夫妻關係 2. 和諧

maridar I. *intr.* 1. 結婚 2. 過夫妻生活 II. *tr.* 使結合

maridazo *m.* 過分縱容妻子的人

maridillo *m.* 脚爐

***marido** *m.* 丈夫

mariguana; marihuana; marijuana *f.*【植】印度大麻

marimacho *m.* 男子氣的女人

marimandona *f.* 專橫的女人

marimba *f.* 1. 非洲黑人的鼓 2. *Amér.* 木琴

marimorena *f.*【口】大吵大鬧

***marina** *f.* 1. 海濱 2. 海景畫 3. 航海術 4. 艦隊 5. 海軍 ◇ ~ de guerra 海軍, 艦隊 / ~ mercante 商船隊

marinar *tr.* 1. 腌製(魚) 2. 給(船)配備船員

marinear *intr.* 當水手

marinera *f.* 水手服; 海軍服

marinería *f.* 1.【集】海員, 水手 2. 海員職業

***marinero, ra** I. *a.* 1. 海軍的; 水手的 2. 好駕駛的(船) II. *m.* 1. 海員, 水手, 水兵 2.【動】船蛸

***marino, na** I. *a.* 海的; 海生的; 海產的 II. *m.* 1. 海員, 水手, 水兵 2. 航海學家

marioneta *f.* 木偶, 傀儡 2. *pl.* 木偶戲

***mariposa** *f.* 1.【動】蝴蝶; 蛾子 2. 小油燈 3.【機】蝶形螺母 ◇ estilo ~ 蝶泳

mariposear *intr.* 1. (興趣, 愛好)多變 2. 同時和幾個女人調情

mariquita I. *f.*【動】1. 瓢蟲 2. 鸚鵡 II. *m.*【口】女子氣的男人

marisabidilla *f.*【口】自認爲博學的女子

mariscador, ra *a.* 採集海貝的

***mariscal** *m.*【軍】元帥 ◇ ~ de campo 陸軍少將

mariscala *f.* 元帥夫人

marisco *m.* 海貝

marisma *f.* 海濱沼澤地

marital *a.* 1. 丈夫的 2. 夫妻的

marítimo, ma *a.* 1. 海洋的 2. 靠海的，濱海的

maritornes *f.* 又懶又醜的女傭人

marjal *m.* 窪地,沼澤地

marjoleta *f.* 英國山楂

marjoleto *m.* 英國山楂樹

marmita *f.* 1. 高壓鍋 2. (士兵的)行軍飯盒

marmitón *m.* 廚師助手

mármol *m.* 1. 大理石 2. 大理石雕刻 ◇ ~ artificial 人造大理石 / ~ esquizado 斑紋大理石 / ~ serpentino 蛇紋大理石 / de ~ 冷酷的,鐵石心腸的

marmolería *f.* 1. 大理石製品 2. 大理石加工場

marmolillo *m.* 1.【建】護角石 2.【轉】笨蛋

marmolista *m.* 1. 大理石雕刻者 2. 大理石製品商

marmóreo, a *a.* 大理石的;像大理石的

marmota *f.* 1.【動】旱獺 2.【轉】貪睡的人 3.【轉,口】女傭人

marojo *m.*【植】十字櫟寄生

maroma *f.* 1. 粗繩,粗纜 ◇ andar en la ~ 得寵

maromear *intr. Amér.* 1. (雜技) 走鋼絲 2. (政治上)見風使舵

marqués *m.* 侯爵

marquesa *f.* 1. 侯爵夫人 2. 女侯爵 3. 大扶手椅

marquesado *m.* 侯爵地位;侯爵身份;侯爵領地

marquesina *f.* 遮棚,天棚

marquesita *f.* 白鐵礦

marqueta *f.* 原蠟坨

marquetería *f.* 鑲嵌細工

marrajo, ja *a.-m.* 狡猾的,狡詐的;【動】鯊魚

marrana *f.* 1. 母豬 2.【轉,口】邋遢女人 3.【轉,口】下流女人

marranada *f.* 1. 粗製濫造的東西 2.【轉,口】卑劣行徑

marrano *m.* 1. 豬 2.【轉,口】邋遢的人 3.【轉,口】下流的人

marrar *intr.* 1. 未中,失誤;未成功 2.【轉】偏離

marras *ad.* 從前,過去 ◇ de ~ 人所共知的

marrasquino *m.* 櫻桃酒

marro *m.* 1. 失誤,錯誤 2. 躲閃 3. 捉人遊戲

marrón *m.* 1. 栗色 2. (投擲遊戲用的)石塊

marroquí *(pl.* marroquíes) **I.** *a.-s.* 摩洛哥 (Marruecos) 的;摩洛哥人 **II.** *m.* 摩洛哥皮革

marrubio *m.*【植】普通夏至草

marrullería *f.* 虛偽;奸詐,哄騙

marrullero, ra *a.* 虛偽的;奸詐的,哄騙的

Marsellesa *f.* 馬賽曲

marsopa; marsopla *f.* 海豚

marsupial *a.-m.*【動】有袋的;有袋目

marta *f.*【動】貂;貂皮

Marte *m.* 1.【羅 神】瑪爾斯,戰神 2.【天】火星

martellina *f.* 帶齒鐵鎚子

martes *(pl.* martes) *m.* 星期二 ◇ dar con la del ~ 當面揭短

martillada *f.* 鎚擊

martillar *tr.* 1. 用鎚子敲擊 2.【轉】折磨

martillazo *m.* 鎚擊

martillear *tr.* 連續鎚擊

martilleo *m.* 鎚擊;鎚擊聲

martillero *m. Amér.* 拍賣行主

martillo *m.* 1. 鎚子,鎯頭 2. (會議主席用的)小木槌 3.【轉】拍賣行,拍賣場 4.【轉】追剿,討伐 5.【體】鏈球 6.【解】鎚骨 ◇ a macha ~ 牢固地 / a ~ 敲打着

Martín : llegarle su San ~ 樂極生悲

martina *f.*【動】魟鯆

martinete *m.* **1.** 落錘, 氣錘 **2.** 打樁機 **3.** (鋼琴的)音錘

martingala *f.* 詭計, 訣竅

martinico *m.* 鬼怪, 幽靈

*****mártir** *s.* **1.** 烈士, 殉難者 **2.** 殉道者, 殉教者 **3.**【轉】受苦者, 受折磨的人

*****martirio** *m.* **1.** 犧牲 **2.** 殉道, 殉教, 殉難 **3.**【轉】折磨, 苦難

*****martirizar** *tr.* **1.** 使犧牲, 使殉難 **2.**【轉】使受苦, 折磨

martirologio *m.* **1.** 殉教者名冊; 殉教者列傳 **2.** 蒙難者名冊

*****marxismo** *m.* 馬克思主義

*****marxista** *a.-s.* 馬克思主義的; 馬克思主義者

*****marzo** *m.* 三月

*****mas** *conj.* 但是

*****más** **I.** *ad.* **1.** 多, 再多 **2.** 更, 更加 **3.** 最, 最多 **4.** 超過, 多於 **5.** 寧要, 寧可 **II.** *m.*【數】加號 ◇ a lo ~ 最多, 至多 / a ~ de 此外 / a ~ y mejor 很, 極大地 / cuanto ~ 愈…愈 / de ~ 多餘的 / el que ~ y el que menos 任何人 / ~ aún 尤其是, 特別是 / ~ que 雖然 / o menos 大約, 差不多 / ni ~ ni menos 恰好 / por ~ que 儘管 / sus ~ y sus menos 困難, 麻煩

*****masa** *f.* **1.** 麵團 **2.** 團, 塊, 堆 **3.** 羣衆, 民衆 **4.**【理】質量 ◇ ~ atómica 原子量 / ~ encefálica 腦髓 / ~ frita 油炸食品 / en ~ 整體的, 全部的 / la gran ~ 大多數, 大部分 / llevar en ~ de la sangre 天生, 生性

masacrar *tr.* 殺害, 屠殺

masacre *m.* 殺害, 屠殺

masada *f.* 莊園

masaje *m.* 按摩, 推拿

masajear *tr.* 給…按摩, 給…推拿

masajista *s.* 按摩師, 推拿師

mascada *f.* 咀嚼

mascado, da *a.*【轉】詳盡的

mascadura *f.* 咀嚼

mascar *tr.* **1.** 咀嚼 **2.**【轉, 口】咕噥, 含糊地説

máscara *f.* **1.** 面罩, 面具 **2.** (化裝用的)奇裝異服 **3.** *pl.* 化裝舞會, 假面舞會 **4.**【轉】僞裝, 掩飾 **5.**【轉】藉口 ◇ arrancar (或 quitar) la ~ 揭去…的僞裝

mascarada *f.* **1.** 化裝舞會, 假面舞會 **2.** 戴假面具的人羣 **3.**【轉】做作

mascarilla *f.* **1.** 半截面罩 **2.** 口罩 **3.** 面部塑像

mascarón *m.* (裝飾用的)怪面飾 ◇ ~ de proa 船頭雕飾

mascota *f.* 吉祥物

mascujar *tr.* **1.** 困難地咀嚼 **2.**【轉, 口】咕噥

masculinidad *f.* 男性; 男性特徵

*****masculino, na** **I.** *a.* **1.** 男性的, 陽性的, 雄的 **2.** 男子氣概的 **II.** *m.*【語法】陽性

mascullar *tr.* 咕噥, 含糊地説

masera *f.* **1.** 揉麵鉢, 和麵盆 **2.** 蓋在發麵上的布

masilla *f.* 油灰, 泥子

masivo, va *a.* **1.** 大規模的, 大量的 **2.**【醫】大劑量的

maslo *m.* (四足動物的)尾根, 尾莖

masón *m.* 共濟會成員

masonería *f.* 共濟會

masónico, ca *a.* 共濟會的

masoquismo *m.* 色情受虐狂

masora *f.*《聖經》考證

mastelerillo *m.*【海】頂檣, 上檣

mastelero *m.*【海】中檣

masticación *f.* **1.** 咀嚼 **2.** 反覆思考

masticador *m.* **1.** 馬嚼子 **2.**【動】咀嚼器官 **3.** 食品搗碎器

*****masticar** *tr.* **1.** 咀嚼 **2.** 反覆思考

masticatorio *m.* 咀嚼劑

mastigador *m.* 馬嚼子

*****mástil** *m.* **1.** 檣, 檣杆 **2.** 中檣 **3.** 杆, 柱

mastín *m.* 大獵犬

mastitis *f.* 乳腺炎

mastodonte *m.* 1. 乳齒象 (一種古動物) 2. 笨重的人

mastoides *m.* 【解】乳突

mastranzo *m.* 【植】圓葉薄荷

mastuerzo *m.* 1. 【植】水田芥 2. 【轉】笨蛋

masturbarse *r.* 手淫, 自淫

mata¹ *f.* 1. 樹林 2. 灌木叢, 灌木林 ◇ ～ de pelo 女人的長髮

mata² *f.* 【冶】鋶, 冰銅

matacandelas (*pl.* matacandelas) *m.* 熄燭器

matacandil *m.* 【植】濕地大蒜芥

matacandiles *m.* 【植】垂頭虎眼萬年青

matachín *m.* 1. 屠夫 2. 好打架的人

matadero *m.* 1. 屠宰場 2. 【轉, 口】艱苦的工作 ◇ llevar a un ～ 使…送命, 葬送

*matador, ra I. *a.* 1. 屠殺的, 屠宰的 2. 艱辛的, 繁重的 II. *m.* 【鬥牛】掌劍手

matadura *f.* (牲畜身上的) 擦傷, 蹭傷 ◇ dar en las ～s 觸到痛處

matafuego *m.* 1. 滅火器 2. 消防隊員

mátalas callando *s.* 不露聲色的人

matalobos (*pl.* matalobos) *m.* 【植】烏頭

matalón, ona *a.* 遍體鱗傷的(馬)

matalote *m.* (艦隊中的) 首船; 尾船

matamoros *m.* 虛張聲勢的人

matamoscas *m.* 蒼蠅拍; 滅蠅器; 滅蠅劑

*matanza *f.* 1. 屠殺 2. 宰豬; 宰豬季節 3. 豬肉加工腌製

matapolvo *m.* 零星小雨

*matar I. *tr.* 1. 弄死, 殺死 2. 熄滅, 撲滅 3. 使 (石灰) 熟化 4. 【轉】解除 (饑、渴等) 5. 【轉】減低, 削弱 (光澤、色彩、強度、速度等) 6. 【轉】扼殺, 毁掉 (希望等) II. *r.* 1. 自殺 2. 痛苦, 難過 3. 盡力, 拼命 ◇ estar a ～ con 極端仇視 / ～ el tiempo 消磨時間

matarife *m.* 屠夫

matarratas *m.* 1. 劣質燒酒 2. 滅鼠藥

matasanos (*pl.* matasanos) *m.* 庸醫, 江湖醫生

matasellar *tr.* 在…上蓋郵戳

matasellos (*pl.* matasellos) *m.* 郵戳; 郵戳印

matasiete *m.* 【口】説大話的人

matatías (*pl.* matatías) *m.* 高利貸者

match *m.* 比賽, 競賽

*mate¹ *a.* 1. 無光澤的 2. 低沉的, 微弱的

mate² *m.* (象棋的) 將死 ◇ dar ～ 嘲弄

mate³ *m.* 巴拉圭茶; 巴拉圭茶樹

*matemática *f.* 數學

*matemático, ca I. *a.* 1. 數學的 2. 準確的, 精確的 II. *s.* 數學家

*materia I. *f.* 1. 物質 2. 物體, 實體 3. 材料, 原料, 物資 4. 問題; 素材 5. 學科, 課程 6. 字形 7. 【醫】膿 ◇ ～ de Estado 國事, 國務 / ～ prima 原料 / en ～ de 關於 / entrar en ～ 進入正題

*material I. *a.* 1. 物質的 2. 物體的, 實體的 3. 肉體的, 身體上的 4. 實際的 II. *m.* 1. 材料, 原料 2. 器材 3. 皮革 ◇ ～ activo 活性材料 / ～ aislante 絶緣材料 / ～es de derribo 拆下的建築材料 / ～ deportivo 運動器材 / ～ móvil 【鐵路】車輛 / ～ refractario 耐火材料

materialidad *f.* 1. 物質性 2. 實體性 3. 外形

*materialismo *m.* 唯物主義, 唯物論

*materialista *a.-s.* 唯物主義的; 唯物主義者

materializar *tr.* 1. 使具體化 2. 實現 3. 使成爲唯物主義者

*maternal *a.* 1. 母親的, 母親般的 2. 母方的

maternidad *f.* 1. 母性 2. 産科醫院

materno, na *a.* 1. 母親的, 母性的 2. 母方的

matico *m.* 【植】狹葉胡椒

matinal *a.* 黎明的, 清晨的

matinée *f.* 【劇】下午場

matiz *m.* 1. 色調 2. 【轉】文學作品的特

色 3.【轉】細微差別

matizar *tr.* 1. 調色, 配色 2. 使帶有…色彩 3.【轉】使發生細微變化

matojo *m.* 1. 雜草; 灌木 2.【植】尖葉鹽木

matón *m.*【口】好尋釁打架的人

matorral *m.* 1. 荊棘叢生地 2. 灌木叢

matoso, sa *a.* 1. 荊棘叢生的 2. 灌木叢生的

matraca *f.* 1. 木鈴 2.【轉, 口】厭煩, 討厭

matraquear *intr.* 1. 搖動木鈴 2.【轉, 口】使厭煩

matraz *m.* (實驗室用的)細頸瓶

matrero, ra *a.* 1. 狡猾的; 機靈的, 精明的 2. *Amér.* 多疑的, 好猜疑的

matricaria *f.*【植】母菊

matricida *s.* 殺母者

matricidio *m.* 殺母罪

matrícula *f.* 1. 名册, 登記册, 註册簿 2. 註册, 註册號 3. 汽車牌照 ◇ ~ de honor 免費入學權 / ~ de mar 海員登記

matriculado, da *a.* 1. 已註册的, 已登記的 2. 已註册入學的

matricular *tr.-r.* 註册, 登記

matrimonial *a.* 婚姻的, 夫妻的

matrimoniar *intr.* 結婚

*****matrimonio** *m.* 1. 結婚, 婚姻 2. 夫妻 ◇ ~ civil 非宗教儀式結婚 / ~ clandestino 無證人結婚 / ~ de conveniencia 基於利害關係的婚姻 / ~ morganático 門户不當的婚姻 / de ~ 雙人的(床)

matritense *a.* 見 madrileño

matriz I. *f.* 1.【解】子宫 2. 模子, 鑄模, 字模 3. (票據的)存根 4. (文件等的)原稿, 原件 II. *a.* 母體的, 主體的

matrona *f.* 1. 主婦 2. 成年婦女體態 3. 接生婆, 助産士 4. (海關, 監獄等的)女檢查員

matute *m.* 1. 走私; 走私品 2. 地下賭場 ◇ de ~ 偷偷地, 暗地裏

matutear *intr.* 走私

matutero, ra *s.* 走私者

matutinal; matutino, na *a.* 早晨的, 清晨的

maula I. *f.* 1. 廢物, 無用的東西 2. (布、皮革、金屬材料的)零頭 3. 欺騙, 騙局 II. *s.* 1. 騙子 2. 懶漢

maullador, ra *a.* 咪咪叫的(貓)

maullar *intr.* (貓)咪咪叫, 喵喵叫

maullido *m.* 貓叫

mauritano, na *a.-s.* 毛里塔尼亞 (Mauritania) 的; 毛里塔尼亞人

máuser *m.* 毛瑟槍

*****mausoleo** *m.* 陵墓

maxilar *a.-m.*【解】上頜的; 上頜骨

máxima *f.* 1. 格言, 箴言; 準則, 座右銘 2. 最高温度

máxime *ad.* 特别是

*****máximo, ma** I. *a.* 1. 最大的; 最高的; 最多的 2. 最偉大的 II. *m.* 1. 極限, 頂點 2.【數】最大值 ◇ al ~ 最大限度地 / como ~ 最多

máximum *m.* 極限, 最大數

maya I. *a.-s.* 瑪雅的, 瑪雅人的; 瑪雅人 II. *m.* 瑪雅語 III. *f.*【植】雛菊

mayador, ra *a.* 見 maullador

mayar *intr.* 見 maullar

mayear *intr.* 呈現五月天氣

mayéutica *f.* 啓發式, 誘導法

*****mayo** *m.* 1. 五月 2. 節日花柱 3. (放在未婚妻門口的)花束

mayólica *f.* 彩陶; 彩陶器

mayonesa *f.* 蛋黄醬

*****mayor** I. *a.* 1. 較大的, 更大的 2. 最大的 3. 年長的 4. 成年的 5. 大型的 6. 主要的, 重要的 II. *m.* 1. 大人, 成年人 2. 頭, 負責人 3. *pl.* 前輩, 先輩 4. 總賬 5. 少校 ◇ al por ~ 批發地

mayoral *m.* 1. 牧工頭 2. 領班, 工頭 3. 車伕

mayorazgo *m.* 1. 長子 2. 長子繼承權 3. 長子繼承的財産

mayordomo *m.* 總管, 管家

mayoreo *m.* 批發

*mayoría *f.* 1. 較大,更大 2. 多數,大部分 3. 成年,法定年齡 4. 多數派 ◇ ~ aplastante (或 abrumadora) 壓倒多數 / ~ de edad 法定年齡 / ~ de votos 多數票 / en su ~ 大部分

mayoridad *f.* 成年,法定年齡

mayorista *a.-s.* 批發的;批發商

mayoritario, ria *a.* 多數的

*mayúsculo, la **I.** *a.* 1. 較大的 2. 大寫的 **II.** *f.* 大寫字母

maza *f.* 1. 錘,槌 2. 打樁機 3. 討厭鬼

mazacote *m.* 1. 板結了的東西 2. 混凝土,粗製濫造的藝術品 4. 討厭鬼

mazada *f.* 1. 錘擊,槌擊 2. 打擊 ◇ dar ~ 損害,傷害

mazamorra *f.* 1. 麵糊,玉米糊 2. 碎餅乾,餅乾渣 3. 碎渣,碎屑

mazapán *m.* 杏仁糖糕

mazdeísmo *m.* 瑣羅亞斯德教,拜火教,祆教

mazmorra *f.* 1. 土牢,地牢 2. 窄小陰暗的房間

mazo *m.* 1. 大木錘,大木槌 2. 束,把,疊 3. 討厭的人

mazorca *f.* 1. 玉米穗,玉米棒子 2. 可可豆

mazurca *f.* 瑪祖卡舞;瑪祖卡舞曲

*me *pron.* 我 (yo 的賓格和與格,在句中作直接補語或間接補語)

mea *f.* 撒尿

meada *f.* 1. 一泡尿 2. 尿迹

meadero *m.* 小便池

meados *m.pl.* 小便,尿

meandro *m.* 1. 河曲,彎道 2.【建】曲線飾

mear *intr.-r.* 撒尿

meato *m.*【解】道,管

meauca *f.*【動】鱇

*mecánica *f.* 1. 力學,機械學 2. 機械,機械裝置 ◇ ~ celeste 天體力學 / ~ cuántica 量子力學 / ~ de gases 氣體力學 / ~ ondulatoria 波動力學

mecanicismo *m.* 機械論,機械唯物主義

mecanicista *a.-s.* 機械論的;機械論者

*mecánico, ca **I.** *a.* 1. 力學的,機械學的 2. 機製的,機動的 3. 機械似的,無感情的 **II.** *s.* 1. 機械師 2. 汽車司機

mecanismo *m.* 1. 機械,機構 2. 方法,作用 3. 結構 ◇ ~ administrativo 行政機構

*mecanización *f.* 機械化

*mecanizar *tr.* 1. 使機械化 2. 加工

mecanografía *f.* 打字

mecanografiar *tr.* 打字

*mecanógrafo, fa *s.* 打字員

mecanoterapia *f.* 力學療法,機械療法

mecate *m.* 龍舌蘭繩

mecedero *m.* 攪拌器

mecedor, ra **I.** *a.* 搖動的,攪拌的 **II.** *m.* 1. 攪拌器 2. 鞦韆 **III.** *f.* 搖椅

mecenas *s.* 文學藝術家的保護者

mecenazgo *m.* 對文學藝術的保護

mecer *tr.* 搖動,擺動

meconio *m.*【醫】胎糞

mecha *f.* 1. 燈捻,燈芯 2. 燭芯 3. 導火線,火藥線 4. (毛髮的)綹 5. 鹹肉片,火腿片 ◇ a toda ~ 迅速地 / aguantar ~ 忍受

mechar *tr.* 塞進火腿片,塞進鹹肉片

mechera *f.* 女扒手,女小偷

mechero *m.* 1. 燈嘴 2. (有燈捻的)燈具,爐竈 3. 打火機 ◇ ~ de Bunsen 瓦斯燈,本生燈

mechón *m.* 1. 粗燈芯 2. 一綹頭髮

*medalla *f.* 1. 獎章,勳章;紀念章 2. 獎賞,榮譽 3. 圓形浮雕

medallista *s.* 1. 獎章獲得者 2. 獎章設計者;獎章製造者

medallón *m.* (珍藏肖像或頭髮的)圓形珍寶盒

medano *m.* 沙洲,沙壩,沙丘

*media *f.* 1. 長統襪 2. 半點鐘 3.【數】平均數 4.【體】中線 ◇ hacer ~ 編織

mediacaña *f.* 1. 凹半圓形 2. 半圓錐

3. 捲髮鉗 **4.** 凹半圓板條

mediación *f.* 調解，調停 ◇ por la ～ de 通過…調解

mediado, da *a.* 一半的 ◇ a ～s de 在…中期，在…中間

mediador, ra *s.* 調解人，調停人

medialuna *f.* **1.** 羊角麵包，新月形小麵包 **2.** 新月形的東西

mediana *f.* 【數】(三角形的)中線

medianejo, ja *a.* 很一般的，普通的

medianería *f.* **1.** 隔斷牆；(兩個建築物間的)公共牆 **2.** 界牆，界欄

medianero, ra **I.** *a.* **1.** 居中的，中間的 **2.** 調解的，調停的 **II.** *s.* **1.** 調解人，調停人 **2.** 合夥人

medianía *f.* **1.** 中等，中間 **2.** 中產，小康 **3.** 平庸

*mediano, na *a.* **1.** 中等的，不好不壞的，不大不小的 **2.**【轉，口】不好的，壞的

*medianoche *f.* **1.** 半夜 **2.** 夾肉麵包 ◇ a ～ 深更半夜

*mediante *prep.-ad.* 通過，利用，藉助

mediar *intr.* **1.** 達到一半，到中間；處在中間 **2.** 調解，調停 **3.** 代為求情，説情 **4.** 中間插入，突然發生

mediastino *m.* (胸腔的)縱隔

mediatinta *f.* 中間色調

mediatizar *tr.* **1.** 使處於從屬地位 **2.** 限制，約束

mediato, ta *a.* 間接的

mediatriz *f.*【數】中垂線

médica *f.* **1.** 女醫生 **2.** 醫生的妻子

medicación *f.* **1.** 藥物治療 **2.** 藥劑，藥物

*medicamento *m.* 藥，藥物，藥品

*medicamentoso, sa *a.* 有藥效的

medicar *tr.* 開藥，用藥

medicastro *m.* 庸醫，江湖醫生

*medicina *f.* **1.** 醫學，醫術 **2.** 醫生職業，醫務工作 **3.** 藥品，藥物 ◇ ～ general 内科學 / ～ legal (或 forense) 法醫學 / ～ tradicional china 中醫；中

藥

medicinal *a.* 藥用的

medicinar *tr.* 見 medicar

*medición *f.* **1.** 量，測量 **2.** 衡量，考慮

*médico, ca *a.-s.* 醫學的，醫療的，醫生的；醫生，大夫 ◇ ～ de apelación 顧問醫生 / ～ de baños 療養醫生 / ～ de cabecera 保健醫生，家庭醫生 / ～ forense 法醫 / ～ militar 軍醫

medicucho *m.* 庸醫，江湖醫生

*medida *f.* **1.** 量度，測量，計量 **2.** 分量，尺寸，大小 **3.** 計量單位；量具，量器 **4.** 比例 **5.** 分寸，慎重，節制 **6.** 措施，方法 ◇ a la ～ ①相適應的②按尺寸製作的 / a ～ que 隨着 / colmar la ～ 達到頂點 / en cierta ～ 在一定程度上 / en gran ～ 大量地 / responder ～ por ～ 針鋒相對 / sin ～ 過分

medidor, ra **I.** *a.-s.* 測量的，度量的；測量員 **II.** *m.* 計量器，儀表

mediero, ra *s.* (土地、牲畜等對半分的)合夥人

*medieval *a.* 中世紀的

medievo *m.* 中世紀

*medio, dia **I.** *a.* **1.** 一半的，半個的 **2.** 中等的，中間的，平均的 **3.** 不完善的，不完全的 **II.** *ad.* 半，有點兒 **III.** *m.* **1.** 中間，正中，中央，中心 **2.** 半個，一半 **3.** *pl.* 手段，工具 **4.** *pl.* 財力，錢財 **5.** 環境，氣氛 **6.** 中指 **7.**【理】媒介 **8.** (足球的)中線運動員 ◇ ～ ambiente 生存環境 / ～s económicos 財産，財力 / a ～as ①不完全地②分攤收成③一半 / de ～ a ～ ①在正中②完完全全 / echar por en ～ 決心(擺脱困境) / en ～ de 在…正中 / entre ～as 混雜着 / estar de por ～ 居間調停 / meterse de por ～ 參與調解 / por ～ de 通過，利用 / por todos los ～s 千方百計地 / quitarse de en ～ 離開

*mediocre *a.* **1.** 平庸的，普通的 **2.** 次等的

mediocridad *f.* **1.** 平庸，普通 **2.** 次等

*mediodía *m.* 1. 中午，正午 2. 南，南方 ◇ a ～ 中午

medioeval *a.* 中世紀的

medioevo *m.* 中世紀

*medir I. *tr.* 1. 量，測量，測定，計量 2. 【轉】衡量，考慮，斟酌 3. (身高)達到 II. *r.* 1. 有分寸，有節制 2. 較量，比

meditabundo, da *a.* 沉思的，冥思苦想的

meditación *f.* 沉思，考慮

meditar *intr.* 沉思，考慮

meditativo, va *a.* 沉思的，考慮的，

mediterráneo, a *a.* 1. 地中海的 2. 內地的

médium *s.* 巫師

medrar *intr.* 1. (動、植物)生長，長大 2.【轉】旺盛；提高，改善

medro *m.* 1. 動植物的生長 2.【轉】旺盛；提高，改善

medroso, sa *a.* 1. 害怕的，膽怯的 2. 令人害怕的

medula; médula *f.* 1.【解】骨髓 2.【植】髓部 3.【轉】精髓，精華，實質

medular *a.* 1. 骨髓的 2.【轉】本質的，實質的

meduloso, sa *a.* 有骨髓的，有髓的

medusa *f.* 1. (大寫)【希神】美杜莎，蛇髮女妖 2.【動】水母，海蜇

mefistofélico, ca *a.* 1. 摩菲斯特 (Mefistófeles, 歌德名著《浮士德》中的魔鬼)的 2. 魔鬼般的

mefítico, ca *a.* 有惡臭的，有毒的，對呼吸有害的

mefitismo *m.* 空氣毒化

megáfono *m.* 喇叭筒，喊話筒，麥克風

megalítico, ca *a.* 巨石的

megalito *m.* (史前的)巨石建築

megalomanía *f.* 1.【醫】誇大狂 2. 妄自尊大

megalómano, na *s.* 1. 誇大狂患者 2. 妄自尊大者

megaterio *m.* 大懶獸(一種古生物)

megatón *m.* 百萬噸級(核彈爆炸力的計算單位)

mehala *f.* 摩洛哥正規軍

mejana *f.* 江心島，河中島

*mejicano, na *a.* 見 mexicano

mejido, da *a.* 打過的，攪拌過的(蛋)

mejilla *f.* 面頰，臉蛋

mejillón *m.*【動】胎貝，殼菜，淡菜

*mejor I. *a.* 1. 較好的，更好的 2. 最好的 II. *ad.* 1. 更好，較好 2. 最好 ◇ a lo ～ 也許，可能 / ～ que 那更好 / mucho ～ 好極啦

*mejora *f.* 1. 改善，提高 2. (拍賣中)加價，加碼 3. 額外遺產

mejoramiento *m.* 改善，改善，好轉

mejorana *f.*【植】茉喬欒那草

*mejorar I. *tr.* 1. 改進，改善，使好轉 2. (拍賣中)加價，加碼 3. 給額外遺產 II. *intr.* (天氣，身體健康)好轉 ◇ mejorando lo presente (套語)在座的不算

mejoría *f.* 1. 改進，改善 2. 病情好轉

mejunje *m.* 1. 難喝的飲料，顏色難看的飲料 2.【轉，口】勾當，詭計

melada *f.* 抹上蜂蜜的烤麵包片

melado, da I. *a.* 蜂蜜色的，蜂蜜狀的 II. *m.* 1. 糖漿 2. 蘇仁蜜餅

meladura *f.* 糖漿

melancolía *f.* 1. 憂鬱，傷感 2.【醫】憂鬱症

melancólico, ca *a.* 1. 憂鬱的，傷感的 2. 患憂鬱症的

melanita *f.*【礦】黑榴石

melar [1] *a.* 蜂蜜味的

melar [2] *intr.* (蜜蜂)釀蜜

melaza *f.* 製糖後剩下的糖漿

melca *f.*【植】高粱

melcocha *f.* 乳脂糖

melena *f.* 1. 披散着的頭髮，散亂的頭髮 2. 獅鬃

melenudo, da *a.* 頭髮密而長的

melífero, ra *a.* 含蜜的；產蜜的

melificar *tr.-intr.* (蜜蜂)釀蜜

melifluo, flua *a.* 1. 含蜜的；似蜜的 2.【轉】甜蜜的，溫和的

meliloto *m.*【植】黄香草木犀

melindre *m.* 1. 炸蜜果子 2.【轉】矯揉
造作

melindrear *intr.* 矯揉造作, 裝腔作勢

melindroso, sa *a.* 矯揉造作的, 裝腔作
勢的

melinita *f.* 麥寧炸藥

melisa *f.*【植】蜜蜂花

*__melocotón__ *m.* 1. 桃 2. 桃樹

melocotonar *m.* 桃園

*__melocotonero__ *m.* 桃樹

*__melodía__ *f.* 1. 柔和, 悦耳, 動聽 2.
【樂】旋律, 曲調

*__melódico, ca__ *a.* 1. 聲調悦耳的, 音調
優美的 2. 有旋律的 3. 曲調的

*__melodioso, sa__ *a.* 悦耳的, 動聽的

melodrama *m.* 音樂劇, 情節劇

melodramático, ca *a.* 1. 音樂劇的, 情
節劇的 2. 感情虚假的, 感情誇張的

melografía *f.* 作曲

melomanía *f.* 音樂癖

melómano, na *a.-s.* 有音樂癖的; 音樂
迷

*__melón__[1] *m.* 1. 香瓜, 甜瓜 2.【轉, 口】
笨蛋, 傻瓜

melon[2] *m.*【動】獴

melonar *m.* 甜瓜地

meloncillo *m.* 1. 小香瓜 2.【動】獴

melonero, ra *s.* 種瓜人; 看瓜人; 賣瓜
人

melopea *f.* 1. 單調的小曲 2. 酒醉

melosidad *f.* 1. 甜 2.【轉】親熱, 温柔

meloso, sa *a.* 1. 甜的 2.【轉】親熱的,
温柔的

melote *m.* 糖渣

mella *f.* 1. (器具的)豁口, 裂口, 裂縫
2. (掉牙後留下的)洞, 豁口 3. 損害 ◇
hacer ~ ①起作用, 産生影響②損害

mellado, da *a.* 掉了牙的, 缺牙齒的

mellarse *r.* 掉牙齒

mellizo, za *a.-s.* 孿生的; 孿生子

membrana *f.* 1.【解】膜 2. 薄膜

membranáceo, a; membranoso, sa

a. 膜的; 膜質的; 膜狀的

membrete *m.* 1. 筆記, 摘要 2. 信箋上
端印的文字; 信箋上印的姓名地址 3.
便條, 通知

membrillo *m.* 1. 榲桲 2.【植】榲桲樹

membrudo, da *a.* 健壯的

memento *m.* 彌撒經文

memo, ma *a.* 愚蠢的

*__memorable__ *a.* 值得紀念的, 難忘的

memorándum *m.* 1. 記事本 2. 備忘錄

memorar *tr.-r.* 回憶, 記憶

memoratísimo, ma *a.* 值得永遠記住
的

*__memoria__ *f.* 1. 記性, 記憶力 2. 記憶,
想起 3. 備忘錄 4. 流水賬 5. 學術論文
6. 記事, 隨筆 7. (計算機的)存儲器 8.
pl. 回憶錄 9. 紀念碑 ◇ buena ~ ①記
性好②美好的回憶 / ~ artificial 記憶
法 / ~ de gallo 記性不好的人 / ~
feliz 好記性 / borrarse de la ~ 完全
忘記 / conservar la ~ de 記住 / en
~ de 紀念 / flaco de ~ ①記性差的②
忘恩負義的 / hacer ~ 記起 / perder
la ~ de 忘掉 / refrescar la ~ de 重
温, 回顧 / retener en la ~ 記在心中 /
traer a la ~ 回憶起

memorial *m.* 1. 請願書, 申請書 2. 記
事本 3. 公報, 簡報

memorialesco, ca *a.* 請願書式的, 申
請書式的

memorialista *s.* 以代寫書信爲業的人

memorión *a.-s.* 記憶力很强的; 記憶力
很强的人

memorismo *m.* 死記硬背

memorístico, ca *a.* 死記硬背的, 單靠
記憶的

memorizar I. *tr.* 1. 記住, 熟記 2. (計
算機)存儲 II. *intr.* 死記硬背

mena *f.* 礦石

ménade *f.* 1. (酒神的)女祭司 2. 放蕩
的女人

menaje *m.*【集】1. 傢具 2. 教具

mención *f.* 説到, 提及 ◇ ~ honorífica 表揚 / digno de ～ 值得提及的 / no hacer la mínima ～ 隻字不提

*mencionar *tr.* 說到, 提及

mendacidad *f.* 說謊癖

mendaz *a.* 好說謊的

mendelismo *m.* 孟德爾 (Mendel, 奧地利植物學家)遺傳學說

mendicante *a.* 行乞的, 討飯的

mendicidad *f.* 行乞, 討飯

mendigante *a.* 行乞的, 討飯的

mendigar *intr.-tr.* 1. 行 乞, 討 飯 2. 【轉】央求, 乞求

*mendigo, ga *s.* 乞丐, 叫花子

mendrugo *m.* 1. 硬夠包塊 2. 【轉, 口】傻瓜, 笨蛋

menear I. *tr.* 1. 搖動, 擺動, 晃動 2. 張羅, 斡旋 3. 經營, 管理 II. *r.* 快, 趕忙 ◇ de no te menees 巨大的, 極大的

meneo *m.* 1. 搖動, 擺動 2. 【轉, 口】痛打; 訓斥

*menester *m.* 1. 需要, 必須 2. 需要做的事, 工作, 任務 3. *pl.* 大小便 4. *pl.* 器具, 用具

menesteroso, sa *a.* 貧困的,貧窮的

menestral, la *s.* 手工業者

mengano, na *s.* 某某人(列舉數人時, 用於第二人)

mengua *f.* 1. 減少, 縮小 2. 虧, 缺 3. 貧窮 4. 丟臉 5. 懦弱, 缺乏性格 ◇ sin ～ 完美無缺的 / sin ～ de 無損於

menguado, da I. *a.* 1. 膽小的, 怯懦的 2. 愚笨的 3. 卑鄙的 II. *m.* (針織中的)收針

menguante I. *a.* 1. 正在減少的, 正在縮小的 2. 虧的 II. *f.* 1. 河水乾涸, 枯水期 2. 退潮, 落潮; 退潮期 3. 下弦月 4. 衰落, 衰退; 衰退期

menguar *intr.* 1. 減少, 縮小 2. (針織中)收針 3. (月)缺, 虧

menhir *m.* 史前巨石柱

menina *f.* (王后, 公主的)侍女

meninge *f.* 【解】腦膜

meningitis (*pl.* meningitis) *f.* 【醫】腦膜炎

menino *m.* (王后, 王子的)侍從

menique *m.* 見 meñique

menisco *m.* 1. 凹凸透鏡 2. (液柱的)彎月面 3. 【解】半月板

menopausia *f.* 【生理】絕經; 絕經期

*menor I. *a.* 1. 較小的, 更小的; 較少的, 更少的 2. 最小的; 最少的 3. 年幼的, 未成年的 II. *s.* 未成年人 III. *m.* 1. (天主教)方濟各會修士 2. *pl.* (古時大學預科的)初級班 IV. *f.* 【邏】小前提 ◇ al por ～ 零售 / ～ que 小於 / por ～ ①零售②詳細地

menoria *f.* 1. 下等, 下級 2. 未成年期

menorista *m.* 零售商

*menos I. *ad.* 1. 更少, 更小, 更差, 不如 2. 最小, 最差 3. 缺少, 不到 4. 除去, 除…之外 II. *m.* 1. 短處, 壞處 2. 減號, 負號 ◇ al ～ 至少, 起碼 / a ～ que 除非 / aún ～ 更少 / aún ～ 更不 / cuando ～ 至少, 起碼 / cuanto ～ ... tanto ～ 越少…越不 / de ～ 缺少 / hacer ～ 看輕, 輕視 / ～ mal 幸好 / pero ～ 還不到那個程度 / por lo ～ 至少 / ser ～ que otro 比别人低下

menoscabar *tr.* 1. 減少, 縮小 2. 損害

menoscabo *m.* 1. 減少, 縮小 2. (名譽)損壞

menospreciar *tr.* 1. 小看, 低估 2. 輕視, 蔑視

menosprecio *m.* 1. 小看, 低估 2. 輕視, 蔑視

*mensaje *m.* 1. 口信, 傳言 2. 信件, 信函 3. 電文, 電訊 4. (電子計算機等的)信息

mensajería *f.* 1. 班車; 郵船 2. 運輸公司

*mensajero, ra *s.* 使者; 信使 ◇ paloma ～a 信鴿

menstruación *f.* 月經

*mensual *a.* 1. 逐月的, 按月的 2. 一個月的

mensualidad *f.* 1. 月薪 2. 按月攤付的

款項

ménsula f.【建】托座,隅撐

mensurable a. 可量度的,可測量的,可計量的

mensural a. 用於測量的,用於計量的

mensurar tr. 測量,計量

menta f. 1.【植】薄荷 2. 薄荷精;薄荷酒

mentado, da a. 著名的,知名的

mental a. 1. 智力的,腦力的 2. 内心的,思想上的

mentalidad f. 1. 智力,腦力 2. 思想,精神

mentar tr. 提到,談到

*****mente** f. 1. 智力,思維能力 2. 思想,想法 ◇ tener en la ~ 想着,記着 / traer a la ~ 使想起 / venir a la ~ 想起

mentecatada;mentecatería;mentecatez f. 愚蠢言行

mentecato, ta a. 愚笨的;沒有頭腦的

mentidero m.【口】人們閑聊的場所

mentido, da a. 虛假的,騙人的

*****mentir** intr. 1. 說謊,撒謊 2. 造成假象 ◇ ~ más que habla 撒謊成性 / no me dejará ~ 可作證我沒說謊

*****mentira** f. 1. 謊言,謊話 2. 虛妄,假象 3. (指甲上的)白斑 ◇ ~ oficiosa 爲討好而說的假話 / a saca ~ saca verdad 以假話套實情 / aunque parezca ~ 儘管難以置信 / coger en ~ 拆穿謊言 / decir ~ por sacar verdad 用假話套實情 / de ~ 開玩笑地 / parece (或 parecía) ~ 令人難以置信

mentirijillas;mentirillas:de ~ 開玩笑地

*****mentiroso, sa** a. 1. 愛說謊的 2. 錯誤百出的(書) 3. 虛假的,騙人的

mentís m. 駁斥謠言,闢謠

mentol m. 薄荷醇,薄荷腦

mentón m. 頦,下巴

mentor m. 導師,指導者

menú m. 菜單

menudear I. tr. 經常做,反覆做 II. intr. 1. 經常發生 2. 詳述,細述 3. 零售

menudencia f. 1. 小東西,零碎東西 2. 仔細,細心 3. pl. 豬下水

menudeo m. 1. 反覆做,重複 2. 零售

menudillos m.pl.(禽類的)内臟,雞碎

*****menudo, da** a. 1. 小的,細小的 2. 不重要的,微不足道的 3. 仔細的,細心的 4. 小氣的,吝嗇的 II. m. 1. 零錢 2. 雞碎 ◇ a la ~a 零售 / a ~ 時常 / por la ~a 零售 / por ~ ①詳細地②少量地

meñique I. a. 1. 最小的(手指) 2. 很小的,極小的 II. m. 小指

meollo m. 1. 腦,腦髓 2. 骨髓 3. 麵包心 4. 内容,實質 5. 智慧

meón, na a. 尿多的,尿床的

mequetrefe m. 没腦子的人,好事之徒

meramente ad. 僅僅,只是

merca f. 購買

mercachifle m. 1. 小販,貨郎 2. 小生意人,小商人 3. 做非法生意的人

mercader m. 商人,販子 ◇ ~ de grueso 批發商

mercadería f. 1. 買賣 2. 商品

*****mercado** m. 1. 集市,市場,商場 2. 商品的銷路 3. 貿易活動;貿易地區 ◇ ~ de cambios 外幣兑换市場 / ~ de valores 股票市場 / ~ exterior 國外市場 / ~ interior 國内市場 / ~ libre 自由市場 / ~ negro 黑市

*****mercancía** f. 1. 買賣,貿易 2. 商品 3. pl. 貨運列車

mercante a.-m. 商業的,貿易的,商品的;商人

mercantil a. 1. 商業的,貿易的,商品的 2. 商人的,唯利是圖的

mercantilismo m. 1. 重商主義 2. 商人習氣,唯利是圖

mercantilista I. a. 重商主義的 II. s. 1. 重商主義者 2. 商法專家,精通商法的人 3. 唯利是圖的人

mercantilizar tr. 使商業化,使商品化

mercar *tr.* 購買

merced *f.* 1. 恩賜，恩惠 2. 報酬 3. 禮品，贈品 4. 意志 ◇ a ～ de 由…支配 / ～a 由於

mercenario, ria I. *a.* 1. 雇傭的 2. 貪財的，唯利是圖的 II. *m.* 外國的雇傭兵 2. 短工，雇工

mercería *f.* 1. 小百貨生意 2. 小百貨 3. 小百貨商店

mercerizar *tr.* (對紡織品)進行絲光處理

mercero, ra *s.* 小百貨商

Mercomún *m.* 歐洲共同市場

mercurial *a.* 1. 汞的，水銀的 2. 含水銀的 3. 由水銀引起的 4.【天】水星的

mercúrico, ca *a.*【化】汞的，二價汞的

*mercurio *m.* 1.【化】汞，水銀 2. (大寫)【天】水星 ◇ ～ cromo 紅汞，紅藥水 / lámpara de vapor de ～ 水銀燈

merdellón, ona *s.* 不整潔的僕人

merdoso, sa *a.* 骯髒的

merecedor, ra *a.* 應該得到的，值得的

*merecer *tr.* 1. 應該得到 2. 得到，取得 3. 需要 ◇ ～ la pena 值得

merecido, da *a.-m.* 應得的；應得的懲罰

merecimiento *m.* 1. 應得的賞罰 2. 功勞，功績

*merendar I. *tr.* 1. 午後吃…點心 2. 吃午飯 II. *r.* 1. 弄到手，搞到手 2. 擊敗

merendero *m.* 1. 午後吃點心的地方 2. 小吃店

merendola; merendona *f.*【口】1. 豐盛的午後點心 2. 野餐

merengue *m.* 1. 蛋白酥 2. 過分甜膩的東西 3. 過分激動的人

mergánsar; mergo *m.*【動】鸕鷀

*meridiano, na I. *a.* 1. 中午的，正午的 2. 明亮的，最充足的 II. *m.* 子午圈，子午線，經線 ◇ a la ～a 在中午，正中午 / en el ～【天】在中天

meridiem *m.* 正午，中午 ◇ ante ～ (縮寫作 a. m.)上午 / post ～ (縮寫作

p. m.)下午

*meridional *a.-s.* 南方的；南方人

*merienda *f.* 1. 午後點心 2. 午飯 3. 野餐 4. (郊遊帶的)食物，乾糧 ◇ ～ campestre 野餐 / ～ de negros 亂成一團 / ir de ～ 去野餐 / juntar ～s 把利益融合在一起

merino, na *a.-m.* 美利奴種綿羊的；美利奴綿羊，美利奴羊毛，美利奴羊毛織品

*mérito *m.* 1. 應受獎賞的行爲 2. 功勞，功績 3. 長處，優點 4. 價值 ◇ ～s de guerra 戰功 / de ～ 傑出的，出色的 / hacer ～ de 提及 / hacer ～s 力爭取得

meritorio, ria I. *a.* 值得稱贊的，應受嘉獎的 II. *s.* (不拿工資的)試用人員，見習人員

merla *f.*【動】烏鶇

merluza *f.* 1.【動】無鬚鱈 2.【轉，口】酒醉

merma *f.* 減少，縮小

mermar *tr.-intr.* 減少，縮小

mermelada *f.* 果醬

mero, ra[1] *a.* 單單的，純粹的，僅僅的

mero[2] *m.* 一種石斑魚

merodear *intr.* 1. 流竄搶劫 2. 轉悠

merodeo *m.* 1. 流竄搶劫 2. 轉悠

*mes *m.* 1. 月，月份 2. 月經 3. 月薪 ◇ ～es mayores ①懷孕後期②臨近收割的月份

*mesa *f.* 1. 桌子，飯桌 2. (成桌的)飯菜，筵席 4. 飲食，伙食 5. 高原 6. 樓梯平台 7. 大會主席團 ◇ ～ de altar 祭桌 / ～ de billar 枱球桌 / ～ de batalla (郵局的)分信台 / ～ de cambios 商業銀行 / ～ plegable 摺疊桌 / ～ redonda 圓桌；圓桌會議 / ～ revuelta 雜亂 / a ～ puesta 吃現成飯 / bende-cir la ～ 餐前禱告 / cubrir la ～ 上菜 / de ～ 飯桌上用的 / de sobre ～ 餐後閑談時 / levantar (或 quitar) la ～ 收拾餐桌 / sentarse a la ～ 入席，就座 / servir la ～ 侍候進餐 / tener a ～ y mantel 供養

mesada   f. 月薪

mesana   f. 1. (三桅船的)後桅 2. 船尾斜桁帆

mesar   tr. 拔, 揪(鬍鬚、頭髮等)

mescolanza   f. 見 mezcolanza

meseguería   f. 看青, 看守莊稼

mesenterio   m.【解】腸繫膜

mesero   m. 月工

*meseta   f. 1. 高原 2. 樓梯平台

mesiánico, ca   a. 救世主的, 救星的

mesianismo   m. 1. 彌賽亞教 2. 空指望

Mesías   m. 1. 彌賽亞(猶太人期望的復國救主) 2. 救世主, 救星

mesidor   m. 收月, 穡月(法蘭西共和曆的第十月, 相當於公曆6月19—20日至7月19—20日)

mesmerismo   m. 催眠術

mesnada   f. 1. (帝王等的)近衛軍, 武裝衛隊 2. pl. 追隨者, 朋黨

mesnadero   m. 近衛軍士兵

mesocarpio   m.【植】中果皮

mesocracia   f. 中產階級; 中產階級統治

mesología   f. 生態學

mesón[1]   m. 客店, 客棧 ◇ parecer un ~ 賓客盈門

mesón[2]   m.【理】介子

mesonero, ra   a.-s. 客店的; 客店主

mesozoico, ca   a.-m.【質】中生代的; 中生代

mestizaje   m. 混血; 混血種人

mestizar   tr. 使血統混雜

*mestizo, za   I. a. 1. 混血的 2. 雜交的(動、植物) II. s. 混血兒(尤指歐洲人和美洲印第安人的混血人)

mesura   f. 1. 嚴肅, 莊重 2. 恭敬, 有禮 3. 節制, 分寸

mesurado, da   a. 有節制的, 有分寸的

mesurar   I. tr. 1. 使克制, 使穩重 2. 考慮, 掂量 II. r. 克制

*meta   f. 1. (賽跑的)終點 2. 足球門 3.【轉】目標, 目的

metabolismo   m. 新陳代謝

metacarpo   m.【解】掌, 手掌

metacentro   m.【理】定傾中心

metafísica   f. 1. 形而上學, 玄學 2. 抽象

metafísico, ca   I. a. 1. 形而上學的, 玄學的 2. 玄奧的, 難懂的 II. s. 形而上學論者, 玄學家

metáfora   f. 隱喻, 比喻

metafórico, ca   a. 隱喻的; 多隱喻的

metagoge   f. 擬人比喻

metal   m. 1. 金屬 2. (紋章上的)金銀 3. 錢 4.【樂】音色, 音質 5.【樂】銅管樂器 6.【轉】性質, 本性 ◇ ~ alcalino térreo 碱土金屬 / ~ blanco 巴比合金, 鎳銀 / ~ de imprenta 活字合金, 鉛字合金 / ~ noble (或 precioso) 貴重金屬 / ~es de tierras raras 稀土金屬

metalepsis (pl. metalepsis)   f. 轉喻

*metálico, ca   I. a. 1. 金屬的 2. 有金屬性能的, 金屬般的 II. m. 現金, 現錢 III. f. 冶金學; 冶金術

metalífero, ra   a. 含金屬的

metalista   m. 五金工人

metalizar   tr. 1. 使金屬化; 使有金屬性能 2. 鍍金屬, 包金屬 3. 使貪錢

metalografía   f. 金相學

metaloide   m. 非金屬, 類金屬, 準金屬

*metalurgia   f. 冶金學; 冶金術

*metalúrgico, ca   a.-m. 冶金的, 冶金學的; 冶金學家, 冶金工人

metalla   f. 金箔

metamorfosear   tr. 使變形, 使變質

metamorfosis; metamórfosis   f. 1. 變形, 變質 2. 變態 3. 巨大變化

metano   m. 甲烷, 沼氣

metaplasmo   m.【語法】詞形變化

metástasis (pl. metástasis)   f.【醫】轉移

metatarso   m.【解】蹠骨

metate   m. 石臼, 石碾盤

metátesis (pl. metátesis)   f.【語法】字母移位

metedor, ra I. *s.* 走私者 II. *m.* 1. 襯褲 2. (印刷機的)紙台

metempsicosis; metempsícosis *f.* 【宗】靈魂的轉生，轉世

metemuertos (*pl.* metemuertos) *m.* 1. 【劇】道具員 2. 【轉】愛管閒事的人

meteórico, ca *a.* 1. 大氣的，氣象的 2. 流星的，似流星的 3. 快的，迅速的

meteorismo *m.* 【醫】腹脹

meteorito *m.* 隕星

meteorizar *tr.* 1. 使腹脹 2. 使受大氣現象的作用

meteoro; metéoro *m.* 1. 大氣現象 2. 【轉】曇花一現的人物

meteorología *f.* 氣象學

meteorologista; meteorólogo, ga *s.* 氣象學家，氣象工作者

***meter** I. *tr.* 1. 放入，插入，塞入 2. 把(錢)存入 3. 使捲入，使參與 4. 引起，製造 II. *r.* 1. 參與，干預 2. 着手，開始 3. 鑽進，擠進 4. 沉溺於 ◇ a todo ～ 全力地 / ～se con 攻擊，挑釁 / ～se en todo 管得寬，多管閒事

meticuloso, sa *a.* 1. 膽小的 2. 細緻的，謹小慎微的

metido, da I. *a.* 很多的 II. *m.* 1. 擊，打，推，操 2. 斥責 3. (衣物上)縫進去的邊

metilo *m.* 【化】甲基

metódico, ca *a.* 有條理的，有條不紊的

metodismo *m.* 【宗】衛理公會；衛理公會教義

metodizar *tr.* 使有條理

***método** *m.* 1. 方法，辦法 2. 條理，秩序 3. 入門，基礎讀物

metodología *f.* 1. 方法論，方法學 2. 教學法

metonimia *f.* 借喻，換喻

metraje *m.* 【電影】以米計的長度

***metralla** *f.* 1. 霰彈 2. 彈片

metrallazo *m.* 霰彈的射擊

metralleta *f.* 衝鋒槍，自動步槍

métrica *f.* 格律學，韻律學

métrico, ca *a.* 1. 公制的，米制的 2. 格律的，韻律的

metrificar *intr.* 作詩

metritis (*pl.* metritis) *f.* 【醫】子宮炎

***metro**[1] *m.* 1. 米，公尺 2. 格律，韻律 ◇ ～ cuadrado 平方米 / ～ cúbico 立方米

metro[2] *m.* 地下鐵道，地鐵 ◇ ～ aéreo 高架鐵道

metrología *f.* 計量學，度量衡學

metrónomo *m.* 【樂】節拍器

metrópoli *f.* 1. 宗主國 2. 首都，首府 3. 大城市，中心城市 4. 【宗】大主教教區

***metropolitano, na** I. *a.* 1. 宗主國的 2. 大城市的，中心城市的 3. 首都的，首府的 II. *m.* 1. 地下鐵道 2. 大主教

mexicanismo *m.* 墨西哥方言詞彙

***mexicano, na** *a.-s.* 墨西哥 (México) 的，墨西哥人的；墨西哥人

***mezcla** *f.* 1. 混合，混合物 2. 混紡織物 3. 混亂的人羣 4. 灰泥，灰漿 5. 【電影】混聲 ◇ explosiva 混合炸藥

mezcladora *f.* 混合機，攪拌器

***mezclar** I. *tr.* 1. 使混合，攪和，攪和 2. 使結合 3. 使捲入，使參與 II. *r.* 交往，來往

mezcolanza *f.* 【口】1. 混雜物 2. 混雜的人羣 3. (思想等的)混雜，大雜燴

mezquindad *f.* 吝嗇，小氣

mezquino, na *a.* 1. 貧窮的 2. 吝嗇的，小氣的 3. 卑下的 4. 短少的，微少的

mezquita *f.* 清真寺，伊斯蘭教寺院

mezquital *m.* 牧豆樹林

mezquite *m.* 【植】牧豆樹

mi[1] *m.* 【樂】E 音的唱名

***mi**[2] (*pl.* mis) *a.* 我的(mío, míos, mía, mías 的短尾形式，只用在名詞前面)

***mí** *pron.* 我 (只用在前置詞之後，但 con 除外) ◇ para ～ 依我看 / para ～ que 我覺得 / por ～ mismo 靠我自己

miaja *f.* 見 migaja

miasma *m.* 瘴氣

miau (*pl.* miaues) *m.* 見 maullido

mica *f.* 1. 雄猴, 雄長尾猴 2. 雲母

micado *m.* 日本天皇

micción *f.* 【醫】排尿

micelio *m.* 【植】菌絲體

micetología *f.* 真菌學

mico *m.* 1.【動】猴, 長尾猴 2.【轉, 口】醜八怪 3.【轉, 口】好色之徒 4.【轉, 口】小鬼 (昵稱) ◇ dar el ~ 使人失望; 捉弄某人 / dar (或 hacer) ~ 失言, 失約 / dejar hecho un ~ 使害臊 / volverse ~ para 顧不過來

micología *f.* 真菌學

micra *f.* 微米

micro *m.* 1. 微音器, 話筒 2. *Amér.* 公共汽車

microanálisis *m.*【化】微量分析

microbicida *a.-m.* 殺菌的; 殺菌劑

***microbio** *m.* 微生物; 細菌

microbiología *f.* 微生物學; 細菌學

microbús *m.* 微型公共汽車, 小公共汽車

microcefalia *f.*【醫】頭小畸型

microcéfalo, la *a.* 1. 頭小畸型的 2.【轉】不聰明的

microcopia *f.* 縮微稿

microcosmos *m.* 1.【哲】微觀世界 2. (人類, 社會等的) 縮影

microfilm *m.* 縮微膠卷; 縮微照片

microfísica *f.* 微觀物理學

***micrófono** *m.* 微音器, 話筒, 麥克風

micrografía *f.* 1. 顯微繪圖 2. 顯微檢查

micrómetro *m.* 測微計, 微距計, 千分尺

microorganismo *m.* 見 microbio

***microscopio** *m.* 顯微鏡

microsurco *m.* 1. 唱片的密紋 2. 密紋唱片

microtaxi *m.* 微型出租汽車

***miedo** *m.* 1. 害怕 2. 擔心 ◇ ~ cerval 驚恐 / de ~ 非凡的, 不一般的 /

meter ~ 恐嚇 / morirse de ~ 害怕得要死 / temblar de ~ 怕得發抖

***miedoso, sa** *a.* 害怕的, 膽小的

***miel** *f.* 1. 蜜, 蜂蜜 2. 蔗糖漿 3.【轉】甜蜜 ◇ ~ sobre hojuelas 錦上添花 / ~ virgen 原蜜 / dejar con la ~ en los labios 奪走剛到手之物 / hacerse de ~ 過分殷勤

mielga *f.* 1.【植】苜蓿 2.【動】角鯊

mielitis (*pl.* mielitis) *f.* 脊髓炎

***miembro** *m.* 1. 肢體 2. 部分 3. 成員, 會員 4.【建】構件 5.【數】元, 項 ◇ ~ podrido 被清除的成員 / ~ viril 陰莖

mientes *f. pl.* 思想, 念頭 ◇ caer en las ~ 想起 / ni por ~ 休想 / parar (或 poner) ~ en 注意 / traer a las ~ 想起 / venir a las ~ 想到

***mientras** *ad.* 1. 與…同時, 在…的時候 2. 與此同時 3. 只要 ◇ ~ más … más 愈…愈 / ~ que 而, 却 / ~ tanto 與此同時

miera *f.* 1. 杜松油 2. 松脂, 松香

***miércoles** *m.* 星期三

mierda *f.* 1. 糞 2. 髒物

mies *f.* 1. 莊稼 2. *pl.* 莊稼地 3. 收穫季節 4.【轉】皈依基督教的人

miga *f.* 1. 麵包瓤 2. 渣子, 碎屑 3. 麵包心 4.【轉】實質, 本質 ◇ hacer buenas ~s 友好, 和睦 / hacer malas ~s 不友好, 不和 / hacer ~s 搞垮; 使一敗塗地 / hecho ~s 被搞垮的; 一敗塗地的 / ni una ~ 絲毫沒有

migaja *f.* 1. 麵包屑, 碎屑 2. 少許 3. *pl.*【轉】零頭; 剩餘物

migar *tr.* 1. 弄碎, 捏碎 (麵包) 2. 浸泡 (麵包)

migración *f.* 1. 移居國外 2.【動】移棲

migratorio, ria *a.* 1. 移居的 2. 移棲的

mijo *m.*【植】1. 黍, 小米 2. 玉米, 玉蜀黍

mikado *m.* 日本天皇

***mil** **I.** *m.* 1. (數字) 千 2. *pl.* 成千上萬

II. *a.* **1.** 千 **2.** 第一千 **3.** 無數的 ◇ a
～es 很多

milagrero, ra *a.* **1.** 相信奇迹的 **2.** 創
造奇迹的

***milagro** *m.* 奇迹; 奇事, 怪事 ◇ de ～
奇迹般地 / hacer ～s 創奇迹 / vivir
de ～ ①生活無保障②竟然還活着

milagroso, sa *a.* **1.** 奇迹般的, 不可思
議的 **2.** 超自然的, 非凡的 **3.** 創造奇迹
的

milamores *f.*【植】紅蜜距花

milano *m.*【動】**1.** 鳶 **2.** 蒼蠅 **3.** 飛魚

mildeu; mildiu (*pl.* mildeues; mildiues)
m.【植】黴病

milenario, ria **I.** *a.* **1.** 千的 **2.** 千年的
3. 古老的 **II.** *m.* 一千年; 一千週年

milenio *m.* 千年

milenrama *f.*【植】歐著草

milésimo, ma *a.-m.* 第一千, 千分之一
的; 千分之一

milhojas *f.* 見 milenrama

mili *f.* 軍隊; 服兵役

mili- *pref.* 含"千分之一"之意

miliar¹ *a.* **1.** 粟粒狀的 **2.**【醫】粟疹的,
汗疹的

miliar² *m.* (古羅馬) 標示里程的 (石碑)

miliario, ria *a.* **1.** 英里的 **2.** 海里的 **3.**
(古羅馬) 標示里程的 (石碑)

***milicia** *f.* **1.** 軍事 **2.** 兵役; 軍人職業
3. 民兵, 民兵組織 **4.** (爲某一理想而奮
鬥的) 隊伍

***miliciano, na** *a.-s.* 民兵的; 民兵

miligramo *m.* 毫克

mililitro *m.* 毫升

milimetro *m.* 毫米

***militante** **I.** *a.* 戰鬥的, 有戰鬥性的 **II.**
s. **1.** 戰士 **2.** (政黨、團體的) 成員

***militar** **I.** *a.* **1.** 軍事的, 軍用的 **2.** 軍
人的, 軍隊的 **II.** *m.* 軍人 **III.** *intr.* **1.**
服役 **2.** 是…成員

militara *f.*【口】軍人的妻子; 軍人的女
兒; 軍人的遺孀

***militarismo** *m.* **1.** 軍國主義 **2.** 好戰

情緒, 尚武精神

militarista *a.-s.* 軍國主義的, 好戰的;
軍國主義分子, 好戰分子

***militarizar** *tr.* **1.** 使軍事化 **2.** 使軍國
主義化

milonga *f.* 米隆加 (阿根廷一種民間歌
舞)

milpiés (*pl.* milpiés) *m.*【動】潮蟲

***milla** *f.* **1.** 英里 **2.** 海里

***millar** *m.* **1.** 千 **2.** 大量, 衆多 ◇ a
～es 大量地, 大批的

millarada *f.* 近千, 一千左右

***millón** *m.* **1.** 百萬, 兆 **2.**【轉】大量, 許
多 **3.** 巨額資産

millonada *f.* 近百萬, 一百萬左右

***millonario, ria** *a.-s.* 巨富的; 百萬富
翁

millonésimo, ma *a.-m.* 第一百萬, 百
萬分之一的; 百萬分之一

mimado, da *a.* 受溺愛的, 嬌生慣養的

***mimar** *tr.* **1.** 愛撫, 撫摸 **2.** 溺愛, 嬌慣

mimbre *m.* 柳條, 柳枝

mimbrear *intr.* 像柳條一樣搖擺

mimbreño, ña *a.* 像柳條的

mimbrera *f.* **1.**【植】青剛柳 **2.** 青剛柳
林

mimeografía *f.* 油印; 油印品

mimeógrafo *m.* 油印機

mimesis (*pl.* mimesis) *f.* 模仿, 摹擬

mimetismo *m.* **1.**【生】擬態 **2.**【轉】隨
機應變

mímica *f.* **1.** 手勢, 表情達意方式 **2.** 手
勢語

mímico, ca *a.* **1.** (古希臘、羅馬) 笑劇
的 **2.** 模仿的, 摹擬的

mimo *m.* **1.** (古希臘、羅馬) 摹擬笑劇演
員 **2.** (古希臘、羅馬) 笑劇, 滑稽劇 **3.**
溺愛, 嬌寵 **4.** 甜言蜜語 **5.** 仔細, 小心

mimosa *f.*【植】含羞草 ◇ ～ púdica
(或 vergonzosa) 含羞草

mimoso, sa *a.* **1.** 喜歡溺愛別人的 **2.**
嬌生慣養的 **3.** 招人喜愛的

***mina** *f.* **1.** 礦; 礦井; 礦山 **2.**【軍】雷,

地雷, 水雷 3.【轉】源泉, 寶庫 4.【轉】
肥缺 ◇ ～ de lápiz 鉛筆芯 / ～ sub-
marina 水雷 / denunciar una ～ 報礦
/ encontrar una ～ ①找到謀生辦法②
找到發財之道 / volar la ～ 暴露

minador *m.* 1. 坑道技師 2. 埋雷工兵
3. 佈雷艇

*****minar** *tr.* 1. 在…挖坑道, 在…挖坑道
2. 在…佈雷 3. 侵蝕 4.【轉】暗中破壞

*****mineral** *a.-m.* 礦物的, 含礦物質的; 礦
物, 礦石

mineralizar *tr.-r.* 使礦物化; (水) 礦泉
化

*****mineralogía** *f.* 礦物學

mineralogista *s.* 礦物學家

minería *f.* 1. 採礦; 採礦業 2. 礦業界
3.【集】礦山

*****minero, ra** I. *a.* 礦山的, 礦業的 II.
m. 1. 礦工 2. 礦主

mineromedicinal *a.* 有療效礦泉的 ◇
agua ～ 礦泉水

minerva *f.* 1. 智慧 2.【印】四開平印機

mingitorio, ria *a.-m.* 排尿的, 小便的;
小便池

mingo *m.* (柏球的) 紅球 ◇ coger de
～ 把…當成傻瓜 / poner el ～ 出衆

miniar *tr.* 繪成細密畫, 繪成微型圖

miniatura *f.* 1. 細密畫, 微型圖, 袖珍畫
2. 雛形, 微型 ◇ en ～ 小型的

miniaturista *s.* 細密畫家, 微型圖畫家

minibikini *m.* 超小比基尼式女泳衣, 超
小三點式女泳衣

minicoche *m.* 微型汽車

minicumbre *f.* 小型最高級會議

minidiario *m.* 1. 小報; 2. 青年報紙

minidisco *m.* 微型唱片

minifalda *f.* 超短裙

minifundio *m.* 小莊園

minilaboratorio *m.* 小型實驗室

mínima *f.* 1. 最小部分; 最小物品 2. 最
低溫度 3.【樂】半音符

*****mínimo, ma** I. *a.* 最小的; 最少的; 最
低的 II. *m.* 最小; 最少; 最低 ◇ lo más

～ 絲毫 (用於否定句中)

minino, na *s.*【口】貓

mininoticia *f.* 簡明新聞

minio *m.*【化】鉛丹, 紅鉛, 四氧化三鉛

miniparque *m.* 兒童公園, 兒童樂園

ministerial *a.* 1. 部長的, 部的 2. 支持
內閣的 ◇ departamento ～ (政府的)
部

*****ministerio** *m.* 1. 內閣, 部長會議 2.
(政府的) 部 3. 部長職位; 部長任期 4.
政府辦公大樓

ministrar *tr.* 1. 擔任 (職務) 2. 供給

*****ministro** *m.* 1. (政府的) 部長 2. 公
使, 使者 3. 執行者 4. 法官; 司法人員;
低級司法人員 ◇ ～ de Dios (或 de la
Iglesia) 牧師 / ～ residente 常駐使節
/ Primer ～ 總理; 首相; 部長會議主席

minoración *f.* 減少, 縮小

minorar *tr.* 減少, 縮小

*****minoría** *f.* 1. 少數; 少數派 2. 少數民
族 3. 未成年 ◇ ～ de edad 未成年

minoridad *f.* 未成年

minorista *a.-s.* 零售的; 零售商

minoritario, ria *a.-s.* 少數的, 少數派
的; 少數派成員

minucia *f.* 1. 小事, 瑣事; 無價值的東
西 2. 少許, 少量

minuciosidad *f.* 細緻; 詳細

minucioso, sa *a.* 細緻的; 詳細的

minué *m.* 小步舞; 小步舞曲

minuendo *m.*【數】被減數

*****minúsculo, la** I. *a.* 1. 極小的; 很不重
要的 2. 小寫的 II. *f.* 小寫字母

minusválido, da *a.-s.* 殘廢的; 殘廢人

minuta *f.* 1. 草稿; 底稿 2. 副本, 抄件
3. 備忘錄 4. 菜單

minutario *m.* 草稿本

minutero *m.* (鐘錶的) 分針, 長針

minutisa *f.*【植】美國石竹

*****minuto** *m.* 分 (計量單位, 爲一小時或
一度的六十分之一) ◇ al ～ 立刻, 馬
上 / sin perder un ～ 立刻, 立即

*****mío, mía** (*pl.* míos, mías) *a.* 我的 (只

用於名詞後或與 ser 連用)

miocardio m.【解】心肌

miocarditis (pl. miocarditis) f. 心肌炎

mioceno a.-m.【質】中新世的; 中新世

mioma m.【醫】肌瘤

*miope** a.-s. 1. 近視眼的; 近視眼患者 2.【轉】目光短淺的; 目光短淺的人

miopía f. 1.【醫】近視 2.【轉】目光短淺

miosota f.【植】匍匐楷草

mira f. 1. 準星; 瞄準裝置 2.【轉】目的, 意圖 3.【軍】瞭望塔 4.【測】視矩尺 ◇ andar (或 estar, quedarse) a la ~ 注視 / con la ~ puesta en 想着 / con ~s a 為了 / poner la ~en 企望

mirabel m.【植】1. 地膚 2. 向日葵

*mirada** f. 1. 看, 望, 瞧 2. 眼色, 眼光, 視線; 眼神 ◇ ~ perdida (或 vaga) 迷離的眼神 / apartar la ~ de 把視線從…移開 / clavar (或 fijar) la ~ en 盯着看 / devorar con la ~ 怒視 / echar (或 lanzar) una ~ 看一眼 / levantar la ~ 仰視 / no tener a quien volver la ~ 求助無門 / recorrer con la ~ 掃視 / resistir la ~ de 正眼看(某人) / ser el blanco de las ~s 引人注目的對象

mirado, da a. 1. 慎重的, 考慮周到的 2. 被認為…的

mirador m. 1. 瞭望樓, 瞭望台 2. 陽台

miraje m. 海市蜃樓

miramelindos (pl. miramelindos) m.【植】鳳仙花

miramiento m. 1. 看, 望, 瞧 2. 謹慎, 持重 3. 尊敬, 尊重 ◇ sin ~s 肆無忌憚地

*mirar** I. tr. 1. 看, 望, 瞧 2. 查看, 檢查; 監視 3. 考慮 II. intr. 面對, 朝向 ◇ ~ de arriba abajo 上下打量 / ~ por encima 粗看 / no ~ nada 無所顧忌 / por lo que mira a 關於 / si bien se mira 如果仔細想想

mirasol m.【植】向日葵

miria- pref. 1. 含 "萬" 之意 2. 含 "無數"

之意

miríada f. 無數

miriámetro m. 萬米, 十公里

miriápodo m. 1. 多足動物 2. pl.【動】多足綱

mirífico, ca a.【詩】奇妙的, 令人驚奇的

mirilla f. 1. (門等上的)窺視孔 2. (測繪儀器上的)目視孔

miriñaque m. 裙撐

mirística f.【植】肉豆蔻

mirlo m.【動】烏鶇 ◇ ser un ~ blanco 鶴立鷄羣

mirón, na a. 1. 觀看的, 愛看熱鬧的 2. 觀看比賽的

mirra f. 1.【醫】没藥 2. 没藥樹

mirtáceo, a a.- f. pl.【植】桃金娘科的; 桃金娘科

mirto m.【植】香桃木

*misa** f.【宗】彌撒 ◇ ~ cantada 唱經彌撒 / ~ de difuntos 悼亡彌撒 / ~ mayor 大彌撒 / ~ negra 祭鬼 / como en ~ 非常肅静的 / ver en qué paran estas ~s 看事情怎麼收場

misacantano m. 首次主持彌撒的神甫

misal m. 彌撒書, 祈禱書

misantropía f. 厭世, 憤世嫉俗

misántropo m. 厭世者, 憤世嫉俗者

miscelánea f. 1. 混合物, 雜物 2. 雜記, 隨筆

misceláneo, a a. 混雜的

miscible a. 可混合的, 可混溶的

*miserable** I. a. 1. 貧窮的 2. 不幸的, 悲慘的, 可憐的 3. 吝嗇的, 小氣的 4. 卑鄙的 II. s. 卑鄙的人

miserere m.【醫】腸絞痛

*miseria** f. 1. 窮困, 貧苦 2. 不幸, 悲慘 3. 吝嗇, 小氣 4.【轉】虱子 5.【轉, 口】少量

misericordia f. 慈悲, 憐憫

misericordioso, sa a. 慈悲的, 有同情心的

*mísero, ra** a. 見 miserable

misil *m.* 導彈 ◇ ～ antibalístico 反彈道導彈 / ～ intercontinental 洲際導彈

*****misión** *f.* 1. 派遣 2. 使命, 任務 3. 使團, 代表團 4. *pl.* 傳教, 佈道; 傳教地區

misionar *intr.* 傳教

misionero, ra *a.-m.* 教會的, 傳教的; 傳教士

misiva *f.* 書信, 信函

*****mismo, ma** *a.* 1. 同一的 2. 相同的, 同樣的 3. 自己的 ◇ al ～ tiempo 同時 / lo ～ ①同樣的東西②同樣的數量 / lo ～ que 與……一樣 / por eso ～ 正因爲如此

misoginia *f.* 厭惡女人, 厭女症

misógino *m.* 厭惡女人的人

miss *f.* 小姐

mistela *f.* 鮮葡萄汁酒

míster *m.* 先生

misterio *m.* 1. 神秘, 奧秘; 秘密, 秘事

misterioso, sa *a.* 神秘的, 不可思議的

mística *f.* 1. 神秘論 2. 神秘文學

misticismo *m.* 1. 神秘論 2. 神秘; 玄想

místico, ca *a.* 1. 神秘論的, 神秘主義的 2. 神秘的, 不可思議的 3. 寫神秘作品的

*****mitad** *f.* 1. 一半 2. 中間, 中央 ◇ cara ～ 配偶, 丈夫, 妻子 / en ～ de ①在……中間②中途 / en ～ de arroyo 被抛棄的 / ～ por ～ 對半分開 / ～ y ～ 對半地 / por ～es 平均地

mítico, ca *a.* 神話的; 神話般的

mitigar *tr.* 減輕, 緩解

*****mitin** (*pl.* mítines) *m.* 集會, 大會 ◇ dar el ～ 大叫大嚷以引人注意

*****mito** *m.* 神話; 神話式的事物

mitología *f.* 1. 神話; 神話集 2. 神話學

mitológico, ca *a.-s.* 神話的; 神話學的; 神話學者

mitologista *s.* 神話研究者

mitomanía *f.* 說謊癖

mitón *m.* 露指手套

mitra *f.* 主教帽; 主教職位

mitrado *m.* 大主教, 主教

mixto, ta I. *a.* 1. 混合的, 混雜的 2. 雜種的 3. 過渡性的, 介於兩者之間的 II. *m.* 1. 【鐵路】客貨混合列車 2. 火柴 3. 混合炸藥

mixtura *f.* 1. 混合, 混雜; 混合物 2. 【醫】混合劑

mízcalo *m.* 【植】松乳菌

mnemotecnia; mnemotécnica *f.* 記憶法

mnemotécnico, ca *a.* 記憶法的; 幫助記憶的

mobiliario, ria I. *a.* 1. 可轉讓的(票據等) 2. 動產的 II. *m.* 【集】傢具

moblaje *m.* 【集】傢具

mocarro *m.* 拖着的鼻涕

mocarse *r.* 擦鼻涕

mocasín *m.* 皮便鞋, 船鞋

mocear *intr.* 1. 放蕩 2. 像青年人一樣行事

mocedad *f.* 1. 青年; 青年時期; 青年的行爲 2. 放蕩生活 3.【集】青年人

mocetón, na *s.* 健壯的青年人

moción *f.* 1. 移動 2. 提案, 動議 3. 【轉】激動, 動心 4. 【轉】靈感

moco *m.* 1. 黏液; 鼻涕; 黏液狀物 2. 燭淚 3. 鐵屑, 鐵末子 ◇ colgarle los ～s 流着鼻涕 / escoger a ～ de candil 仔細挑選 / llorar a ～ tendido 痛哭流涕 / no ser ～ de pavo 不是沒有價值的 / quitar los ～s 打耳光

mocoso, sa *a.* 1. 拖鼻涕的 2. 乳臭未乾的, 年幼無知的 3.【轉】無價值的, 無足輕重的

mochada *f.* 頭撞, 角頂

mochar *tr.* 1. 用頭頂撞 2. 去掉…的頂部

mocheta *f.* 鋤背, 斧背

*****mochila** *f.* 揹包, 揹袋

mocho, cha *a.* 1. 無尖頂的 2. 無角的(動物) 3. 無樹枝的, 無樹冠的

mochuelo *m.* 1.【動】小鴞 2.【轉】麻煩的事

moda *f.* 時式, 時髦; 風尚, 風氣; 流行的

事物, 時興的事物 ◇ a la última ~ 時髦 / de ~ 流行的 / de última / de última ~ 最新式樣的 / fuera de ~ 或 pasado de ~ 過時的 / pasarse de ~ 過時 / salir una ~ 開始風行 / seguir la ~ 趕時髦

modal I. *a.* 1. 形式的, 樣式的. 2. 【語法】表示行爲方式的 II. *m.pl.* 舉止, 風度, 儀表

modalidad *f.* 方式, 形式, 樣式

modelar I. *tr.* 1. 塑製, 塑造 2. 【美】使有立體感 II. *r.* 1. 模型 2. 模仿

modelista *m.* 製模工人

*modelo I. *m.* 1. 模本, 摹本, 範本 2. 模範, 典型 3. 樣式, 型號 II. *f.* 女時裝模特兒 III. *s.* 【美】模特兒

moderación *f.* 1. 減輕, 緩和 2. 分寸, 適度; 慎重

moderado, da *a.* 1. 有分寸的, 適度的 2. 中間的, 非極端的 II. *s.* 温和派

moderador, ra I. *s.* 仲裁人, 調解人 II. *m.* 1. 調節器 2. 【理, 化】減速劑, 慢化劑

moderantismo *m.* 温和主義

moderar *tr.* 1. 減輕, 緩和 2. 節制, 調節

modernidad *f.* 現代性, 現代特色

modernismo *m.* 1. 現代主義, 現代派 2. 趕時髦 3. 現代風格, 現代方法

modernista I. *a.* 1. 現代主義的, 現代派的 2. 現代風格的 3. 趕時髦的 II. *s.* 現代主義者

modernización *f.* 現代化

modernizar *tr.* 使現代化

*moderno, na I. *a.* 1. 現代的 2. 新式的, 現代化的 II. *s.pl.* 現代人

*modestia *f.* 1. 謙遜, 謙虛 2. 端莊, 莊重 3. 樸素, 簡樸 4. (社會地位, 經濟狀況) 低微 5. 節制, 適度 ◇ falsa ~ 虛僞

*modesto, ta *a.* 1. 謙遜的, 謙虛的 2. 端莊的, 莊重的 3. 樸素的, 簡樸的 4. 社會地位或經濟狀況低微的 5. 有節制的, 不過分的

módico, ca *a.* 少量的, 有限的

modificable *a.* 1. 可變更的, 可改變的 2. 【語法】可修飾的

*modificación *f.* 1. 改變, 更改 2. 【語法】修飾

*modificar *tr.* 1. 改變, 更改 2. 【語法】修飾

modificativo, va; modificatorio, ria *a.* 1. 改變的, 更改的 2. 【語法】修飾的

modillón *m.* 【建】托飾

modismo *m.* 熟語, 慣用語

*modista I. *s.* 1. 女裝, 童裝裁縫 2. 女式時裝設計師 II. *f.* 時裝店女店主

*modo *m.* 1. 方式, 樣式 2. *pl.* 禮貌, 規矩 3. 制制, 適度 4. 【語法】(動詞的)式 5. 【樂】調式 ◇ ~ adverbial 副詞短語 / ~ de ser 性格, 脾氣 / al ~ de 按 ~ 方式 / a ~ de 當作, 如同 / de ~ que 因此, 所以 / de ningún ~ 絕不 / de todos ~s 無論如何 / en cierto ~ 在某種程度上 / sobre ~ 非常, 極其

modorra *f.* 1. (由疾病引起的) 昏睡 2. (羊的) 暈倒病

modoso, sa *a.* 1. 謙恭的, 有禮的 2. 端莊的, 莊重的

modulación *f.* 1. 【樂】變調, 轉調 2. 調制

modulador *m.* 【電】調制器

modular *tr.* 1. 【樂】使變調, 使轉調 2. 調制

módulo *m.* 1. 人體的比例 2. 宇宙飛船的艙 3. 【電】組件, 微型組件 4. 【理, 數, 建】模, 模量, 模數

modus vivendi *m.* 1. 生活方式 2. 暫時解決辦法, 妥協辦法

mofa *f.* 嘲笑

mofar *tr.-intr.* 嘲笑

mofeta *f.* 1. (地下的) 臭氣, 毒氣 2. 【動】臭鼬 3. 【口】啞屁

moflete *m.* 【口】胖臉蛋 2. *pl.* 肥胖

mofletudo, da *a.* 1. 臉胖的 2. 肥胖的

mogote *m.* 1. 小圓丘 2. (角錐狀的) 堆, 垛 3. 鹿茸

moharra *f.* 矛頭

moharrache; moharracho *m.* 小丑，丑角

mohín *m.* 鬼臉；表情

mohina *f.* 生氣，氣惱

mohíno, na *a.* 1. 生氣的，氣惱的 2. 雜交的(騾) 3. 黑嘴巴的(牛、馬)

moho *m.* 1. 霉；黴菌 2. 銹 3.【植】地衣 ◇ no dejar criar ～ 使經常活動而不發霉，不生銹

mohoso, sa *a.* 1. 發霉的 2. 生銹的

moisés *m.* 柳條搖籃

*****mojado, da** *a.* 1. 濕的 2. 消沉的

mojadura *f.* 沾濕，浸濕，淋濕

*****mojar** *tr.* 沾濕，浸濕，淋濕，弄濕

moje *m.* 菜湯

mojicón *m.* 1. 小點心 2. 拳擊面部

mojiganga *f.* 1. 化裝舞會 2. 歡鬧的聚會 3. 滑稽劇，鬧劇 4.【轉】笑料

mojigatería *f.* 1. 假謙恭 2. 假正經

mojigato, ta *a.* 1. 假謙恭的 2. 假正經的

mojón *m.* 界標；路標 ◇ ～ kilométrico 里程碑

mojonar *tr.* 劃地界，立界標

molar *a.-m.* 臼齒的；臼齒

molde *m.* 1. 模子，模型 2.【印】鉛字；版 3.【轉】榜樣，楷模 ◇ como de ～ 極其合適

moldear *tr.* 模製了。使形成，造就

moldura *f.*【建】裝飾線條，凹凸線腳

mole *f.* 龐然大物

*****molécula** *f.*【理，化】分子 ◇ ～ gramo 克分子

molecular *a.* 分子的

molendero, ra *s.* 1. 磨房工人 2. 送穀物去磨房磨的人

moler *tr.* 1. 碾磨，搗碎 2. 壓榨(甘蔗等) 3. 使疲乏 4. 痛打；虐待

*****molestar** *tr.* 1. 打擾，妨礙 2. 使討厭，使煩惱 3. 使不適

*****molestia** *f.* 1. 打擾，妨礙 2. 討厭，厭煩 3. 不適，不舒服

molesto, ta *a.* 1. 討厭的，煩人的 2. 不適的，令人不舒服的 3. 不高興的，不快的

molibdeno *m.*【化】鉬

molicie *f.* 1. 軟，柔軟 2.【轉】貪圖安逸

molido, da *a.* 1. 疲乏不堪的 2. 遍體鱗傷的 3. 粉末狀的

molienda *f.* 1. 碾磨，搗碎 2. 壓搾 3. 一次磨的量 4. 搾油時節 4.【轉，口】疲乏 5.【轉，口】厭煩；令人厭煩的事

molificar *tr.* 使變軟；使柔和

molimiento *m.* 1. 碾磨，搗碎 2.【轉】疲倦

molinería *f.* 1. 磨粉業 2.【集】磨坊

*****molinero, ra** *s.* 磨坊工；磨坊主

molinete *m.* 1. 葉輪 2. (刀、劍等的)揮動

molinillo *m.* 1. 手推磨；手搖碾磨機 2. 玩具風車 3.【轉】好動的人

*****molino** *m.* 1. 磨，碾磨機 2. 磨坊 3.【轉】好動的人 ◇ ～ arrocero 碾米廠 / ～ de agua 水磨 / ～ de sangre 畜力磨 / ～ de vapor 蒸氣磨 / ～s de viento 假想敵 / tener picado el ～ 想吃東西

moltura *f.* 見 molienda

molturar *tr.* 碾磨，搗碎

molusco *m.*【動】1. 軟體動物 2. *pl.* 軟體動物門

molla *f.* 1. 瘦肉 2. 果肉 3. 麵包心 4. 人體的圓鼓多肉部分

mollar *a.* 1. 軟的 2. 易碎裂的 3. 易受騙的

molle *m.*【植】加州胡椒樹

molledo *m.* 1. 人體的圓鼓多肉部分 2. 麵包心

molleja *f.* 1. (牛的)胰臟，胸腺 2. (禽鳥的)胗 ◇ criar ～ 變懶

mollera *f.* 1. 頭頂，腦蓋 2. 囟門 3.【轉】聰明，才智 ◇ cerrado de ～ ①蠢笨的②固執的 / secar la ～ 使變傻

mollete *m.* 1. 小圓麵包 2. 胖臉蛋

mollizna *f.* 毛毛雨

*****momentáneo, a** *a.* 1. 瞬息間的，頃刻

的 2. 臨時的,暫時的

*momento *m.* 1. 瞬間,頃刻 2. 時起,
時候,時機 3. 重要性 4.【理】力矩 ◇ a
cada ~ 時時刻刻,經常 / al ~ 立刻,
馬上 / de un ~ a otro 即將 / en cual-
quier ~ 隨時 / en el ~ menos pensa-
do 在意想不到的時候 / en el primer
~ 最初,起初 / por el ~ 眼下,暫時

momia *f.* 木乃伊,乾屍

momificar *tr.* 使成木乃伊,使成乾屍

momio, mia *a.-m.* 乾瘦的,便宜貨,額
外多得的東西 ◇ de ~ 無報酬地

momo *m.* 鬼臉,怪相

momórdiga *f.*【植】膠苦瓜

*mona *f.* 1.【動】母猴 2.【轉,口】愛模
仿的女人 3.【轉,口】酒醉,醉漢 4.
Amér. 時裝模特兒 ◇ corrido como
una ~ 羞慚的 / estar como una ~ 喝
醉 / mandar a freír ~s 趕跑

monacal *a.* 修士的

monacato *m.* 1. 修士身份;修女身份
2. 寺院制度

monada *f.* 1. 猴子的動作和表情 2.
【轉】小孩有趣的動作和表情;大人愚蠢
的舉動 3.【轉】小巧可愛的東西 4.
【轉】討好,諂媚

mónada *f.* 1.【哲】單子,單元 2.【生】
單分體,單細胞生物 3.【化】一價物 4.
單原子元素

monaguillo *m.*【宗】侍童

monarca *m.* 君主,國王

monarquía *f.* 1. 君主國 2. 君主政體,
君主統治 3. 君主統治時期

monárquico, ca *a.* 1. 君主國的,君主
政體的 2. 擁護君主政體的

monarquismo *m.* 君主制度

monasterio *m.* 修道院;寺院

monástico, ca *a.* 1. 修道士的 2. 修道
院的;寺院的

monda *f.* 1. 剝皮,去殼 2. (削下或剝
下的)果皮,果殼 3. 修剪樹木;修剪樹
木的季節

mondadientes (*pl.* mondadientes) *m.*

牙籤

mondadura *f.* 1. 剝皮,去殼 2. *pl.* (削
下或剝下的)果皮,果殼 3. 修剪樹木

mondaoídos; mondaorejas (*pl.* mon-
daoídos; mondaorejas) *m.* 耳挖子

mondar *tr.* 1. 削去…的皮,剝掉…的殼
2. 修剪(樹木) 3. 疏浚(河道) 4.【轉,
口】弄光…的錢財 ◇ ~se de risa 放聲
大笑 / ~se los dientes 剔牙

mondo, da *a.* 1. 純淨的,無多餘之物
的 2. 剝光頭的 3. 錢被弄光的 ◇ ~ y
lirondo 乾乾淨淨的

mondongo *m.* (動物的)內臟,下水

*moneda *f.* 硬幣,錢幣;現金,錢 ◇ ~
contante y sonante 現金 / ~
corriente ①貨幣②常見的事 / ~ de
ley ①法定貨幣②貨真價實之物 / ~
falsa 偽幣 / ~ fiduciaria 信用貨幣 /
~ suelta 零錢 / acuñar ~ 鑄造貨幣 /
pagar en la misma ~ 以其人之道還治
其人之身

monedero *m.* 1. 鑄幣人 2. 錢包

monería *f.* 1. 猴子的表情動作,猴相 2.
【轉】小孩的有趣動作和表情 3.【轉】雞
毛蒜皮的小事

monetario, ria I. *a.* 錢幣的,貨幣的;
金融的 II. *m.* 1. 集幣室 2. 錢櫃

*mongol I. *a.-s.* 蒙古 (Mongolia) 的,
蒙古人的;蒙古人 II. *m.* 蒙古語

mongólico, ca *a.* 1. 蒙古的 2.【醫】先
天愚型的,伸舌樣白癡的

mongolismo *m.*【醫】先天愚型,伸舌樣
白癡

mongoloide *a.* 蒙古人種的;像蒙古人
種的

moniato *m.* 甘薯,白薯

monigote *m.* 1. (寺院,修道院的)雜役
修士 2. 難看的布娃娃 3. 沒有個性的
人,任人擺佈的人

monitor *m.* 1. 告誡者 2. 監聽器

*monja *f.* 修女

*monje *m.* 修道士

monjil *a.* 1. 修女的 2. 過分檢點的;假

莊重的

monjío   *m.* 修女身份

***mono, na**   **I.** *a.* 漂亮的，精緻的 **II.** *m.*
1.【動】猴 2.【轉】做怪相的人；表情動
作像猴子的人 3.【轉】愛模仿的人 4.
【轉】裝模作樣的年輕人 5.【轉】工裝，
工作服 ◇ estar de ～s 慪氣(尤指戀愛
雙方) / quedarse hecho un ～ 感到羞
慚 / tener ～s en la cara 身上有吸引
人的地方

mono-   *pref.* 含"單"、"一"之意

monoceronte   *m.*【神話】獨角獸

monociclo   *m.* 獨輪脚踏車

monocordio   *m.* 獨弦琴

monocotiledóneo, a   *a.-f.pl.*【植】單子
葉的；單子葉植物

monocromo,ma   *a.* 單色的

monóculo, la   *a.-m.* 單眼用的；單片眼
鏡

monofásico, ca   *a.*【電】單相的

monogamia   *f.* 1. 一夫一妻制 2.【動】
單配偶，單配性

monografía   *f.* 專題文章，專題著作

monograma   *m.* 以姓名起首字母組成
的圖案，花押字

monoico, ca   *a.*【植】雌雄同株的

monolingüe   *a.* 只講一種語言的

monolítico, ca   *a.* 獨塊巨石的

monolito   *m.* 獨塊巨石，整塊石料

monólogo   *m.* 1. 自言自語 2. 獨白

monomanía   *f.*【醫】偏癖，偏狂

monomaniaco, ca   *a.-s.* 偏狂的；偏狂
患者

monomio   *m.*【數】單項式

monomotor   *a.-m.* 單發動機的；單發動
機飛機

mononuclear   *a.-m.*【生】單核的；單核
細胞

mononucleosis   *f.*【醫】單核細胞增多
症

monoplano   *m.* 單翼飛機

monopolio   *m.* 1. 壟斷；壟斷企業 2. 專
賣，專營

***monopolista**   *a.-s.* 壟斷的，專利的；壟
斷者

monopolizar   *tr.* 1. 壟斷 2. 專賣，專營

monosílabo   *m.*【語法】單音節(詞) ◇
contestar con ～s 極其簡單地回答

monospermo, ma   *a.*【植】單種子的

monoteísmo   *m.* 一神教，一神論

monoteísta   *a.-s.* 信一神教的，一神論
的；一神教信徒，一神論者

monotipo   *m.*【印】單字自動鑄排機，莫
諾鑄排機

monotonía   *f.* 單調，千篇一律

monótono, na   *a.* 單音調的；單調的；千
篇一律的

monotrema   *a.-m.pl.*【動】單孔目的；單
孔目

monovalente   *a.*【化】一價的，單價的

monseñor   *m.* 閣下，陛下，大人

monserga   *f.*【口】1. 含糊不清的話 2.
嘮叨，囉嗦

***monstruo**   *m.* 1. 畸形，怪胎 2.【神話】
妖魔，妖怪 3. 奇大的東西 4. 醜陋的人
5. 殘忍的人

monstruosidad   *f.* 1. 畸形，怪異 2. 奇
大；奇醜 3. 殘忍

***monstruoso, sa**   *a.* 1. 畸形的，怪異的
2. 奇大的；奇醜的 3. 殘忍的

monta   *f.* 1. 騎，乘 2. (馬的)配種場；配
種期 3. 總數，總額 4. 價值，重要性 ◇
de poca ～ 無關緊要的

montacarga   *m.* 貨用電梯

mantadero   *m.* 宅前的上馬石

montado, da   **I.** *a.* 1. 騎馬的 2. 乘在車
上的 3. 安裝好的，佈置好的 **II.** *m.* 騎
兵

montadura   *f.* 1. 騎，乘 2. 馬具；馬鞍
3. 嵌鑲物的框架

montaje   *m.* 1. 裝配 2. *pl.* 炮架 3.
【劇】公演 4.【電影】剪輯，蒙太奇 ◇ ～
fotográfico 照片剪輯 / línea de ～ 裝
配線

***montaña**   *f.* 1. 山，山峯 2. 山區，山地
3. 山脈 4.【轉】大堆，大量 ◇ ～ rusa

(遊樂園的)過山車

montañero,ra *s.* 登山運動員

montañés, sa *s.* 山裏人,山區居民

montañismo *m.* 登山運動

***montañoso, sa** *a.* 山的,山地的;多山

***montar** **I.** *intr.* **1.** 乘上,騎上 **2.** 搭住,
蓋住 **3.** 重要 **II.** *tr.* **1.** 裝配 **2.** (總數)
達到 **3.** 鑲嵌 **4.** (雄性動物)爬跨,交配
5. 【電影】剪輯 ◇ ~ en cólera (或 ira,
indignación) 發怒 / ~ guardia 設崗哨

montaraz *a.* **1.** 長在山上的,野生的 **2.**
粗暴的,野蠻的

montazgo *m.* 牲畜過山稅

***monte** *m.* **1.** 山 **2.** *pl.* 山脈 **3.** 山林,
叢林;樹林,森林 **4.**【轉】困難,難題 ◇
~ blanco 待造林山 / ~ de piedad 當
舖 / andar a ~ 逃亡 / batir (或 co-
rrer) el ~ 打獵去

montepío *m.* **1.** 互助基金,救濟基金 **2.**
慈善機構 **3.** 當舖

montera *f.* **1.** 鬥牛士帽子 **2.** (院子等
的)玻璃頂棚

montería *f.* 狩獵,狩獵術

montero *m.* 獵人

montés *a.* 野生的,野育的

montículo *m.* 小山,小丘;假山

monto *m.* 合計,總數

***montón** *m.* **1.** 堆,大堆 **2.**【轉,口】大
量,很多 ◇ a ~es 大量,很多 / del ~
不突出的

montuoso, sa *a.* 多山的,丘陵的

***montura** *f.* **1.** 坐騎 **2.** 馬具,馬鞍 **3.**
架,框,座 **4.** 安裝,裝配

monumental *a.* **1.** 紀念碑的,紀念性建
築物的 **2.**【轉,口】極大的 **3.**【轉,口】
雄偉的

***monumento** *m.* **1.** 紀念碑,紀念性建
築物 **2.** 陵墓 **3.** 古迹,遺迹 **4.**【轉】歷
史文獻 **5.**【轉】不朽巨著 ◇ ~ fune-
rario 陵墓 / ~s históricos 歷史古迹

monzón *m.* 季風,季節風

moña *f.* **1.** 婦女頭上的彩帶 **2.** 鬥牛士

發辮上的飾帶;鬥牛頸上區別品種的彩
帶 **3.** 玩具娃娃

moño *m.* **1.** 髮髻 **2.** 蝴蝶結 **3.** (鳥的)
冠羽 ◇ agarrarse del ~ 揪住頭髮厮
打 / ponerse ~ 自負,傲慢 / quitar
~s 使不知所措

moñudo, da *a.* 有冠羽的

moquear *intr.* (因感冒)流鼻涕

moqueo *m.* 流鼻涕

moquero *m.*【口】手帕

moqueta *f.* (做地毯用的)粗蔴織物

moquete *m.* (打在鼻子上的)拳擊

moquetear; moquitear *intr.* 流清鼻涕

mora[1] *f.*【法】延誤

mora[2] *f.* **1.** 桑椹 **2.** 黑莓

moráceo, a *a.- f. pl.*【植】桑科的;桑科

morada *f.* **1.** 住所,住宅 **2.** 停留,逗留

morado, da *a.-m.* 紫的,紫紅的;紫色,
紫紅色 ◇ pasarlas ~as 非常困難 /
ponerse ~ 酒足飯飽

morador, ra *s.* 居住者,居民

moradura *f.* 青塊,瘀瘢,瘀傷

moral[1] *m.* 黑桑樹

***moral**[2] **I.** *a.* **1.** 道德的;合乎道德的 **2.**
精神上的,心理上的;道義上的 **3.** 內心
的,良心的 **II.** *f.* **1.** 倫理,道德 **2.** 士
氣,精神

moraleja *f.* (故事,寓言的)寓意,教訓

moralidad *f.* 道德,道義,美德,德行

moralismo *m.* 道德主義,倫理主義

moralista *s.* 道德家,倫理學家

moralización *f.* **1.** 道德化,教化 **2.** 宣
揚倫理道德

moralizar **I.** *tr.* 使具有道德;教化 **II.**
intr. 宣揚倫理道德

morapio *m.*【口】紅葡萄酒

morar *intr.* 居住

moratoria *f.* (捐稅、欠款的)延緩償還
期

morbidez *f.* 柔軟,嬌嫩

mórbido, da **1.** 柔軟的,嬌嫩的 **2.** 生病
的;致病的 **3.**【轉】病態的

morbo *m.* 疾病

morboso, sa   *a.* 1. 病的, 疾病的 2. 引起疾病的, 致病的 3. 病態的

morcilla   *f.* 1. 血腸 2. 下毒豬腸 3. 即席台詞

morcón   *m.* 大血腸

mordacidad   *f.* 1. 腐蝕性 2. 辣 3.【轉】辛辣, 刻薄

mordaz   *a.* 1. 腐蝕性的 2. 辣的 3.【轉】辛辣的, 刻薄的

mordaza   *f.* (使人不能講話或喊叫用的) 塞嘴物, 堵嘴物

mordedura   *f.* 咬; 咬傷

mordente   *m.*【化】媒染劑; 金屬腐蝕劑

*morder   *tr.* 1. 咬 2. (機器等) 挾住, 咬住 3. 磨損 4. 腐蝕 5. 消耗 6.【轉】詆毀, 誹謗 ◇ estar que muerde 十分生氣

mordicar   *tr.* 刺, 扎

mordihuí (*pl.* mordihuíes)   *m.* 象鼻蟲

mordiscar   *tr.* 啃, 一點一點地咬

mordisco   *m.* 啃, 咬; 一次咬下的東西

mordisquear   *tr.* 見 mordiscar

morena[1]   *f.*【動】海鱔

morena[2]   *f.* 1. 禾穀堆 2.【質】冰磧, 冰川堆石

*moreno, na   I. *a.* 1. 褐色的, 棕色的 2. 黝黑的 3. 黑人的 II. *s.* 黑人

morera   *f.*【植】桑, 桑樹

moreral   *m.* 桑園, 桑林

morería   *f.* 摩爾人國家; 摩爾人地區; 摩爾人居住區

morfa   *f.* 柑橘斑點病

morfina   *f.* 嗎啡

morfinismo   *m.*【醫】嗎啡中毒

morfinomanía   *f.* 嗎啡癮

*morfología   *f.* 1.【生】形態學 2.【語法】詞法

morganático, ca   *a.* 王族與平民女子結婚的

morgue   *f.* 停屍房

moribundo, da   *a.* 垂死的, 臨終的

morigeración   *f.* 節制, 克制

morigerado, da   *a.* 有節制的

morigerar   *tr.* 節制, 克制

morillo   *m.* (壁爐內的) 柴架

*morir   I. *intr.* 1. 死, 死亡 2.【轉】結束, 終了 3.【轉】熄滅 4.【轉】消失 II. *r.* 渴望 (得到) ◇ ～ vestido 死於非命, 暴死

morisco, ca   *a.-s.* 摩爾人的; 摩爾人

morisma   *f.* 摩爾人羣

morisqueta   *f.* 計謀

mormón na   *s.* 摩門教信徒

*moro, ra   I. *a.* 1. 摩爾人的 2. 穆斯林的, 伊斯蘭教的 3. 未受洗禮的 4. 未攙水的 (酒) II. *s.* 1. 摩爾人 2. 伊斯蘭教徒 ◇ como ～s sin señor 烏合之衆 / haber ～s en la costa 須小心行事 / haber ～s y cristianos 爭吵, 不和

morondanga   *f.* 廢物堆, 破爛堆

morondo, da   *a.* 1. 無頭髮的, 光禿的 2. 無葉子的

morosidad   *f.* 1. 緩慢, 遲緩 2. 拖拉, 拖延

moroso, sa   *a.* 1. 緩慢的, 遲緩的 2. 拖拉的

morquera   *f.*【植】山紫香

morra   *f.* 1. 頭頂 2. 清拳, 划拳

morrada   *f.* 1. 頭撞 2.【轉】耳光

morral   *m.* 1. (掛在馬脖子上的) 飼料袋 2. (獵人、牧人等用的) 揹袋, 揹囊 3.【轉, 口】粗笨的人

morralla   *f.* 1. 小雜魚 2.【轉】挑剩下的東西 3.【轉】烏合之衆

morrillo   *m.* 1. 牲畜頸背部的肉 2. 肥胖人的脖頸

morriña   *f.* 1. 羊水腫 2.【轉, 口】憂傷

morro   *m.* 1. 動物的嘴 2. 厚嘴唇 3. 卵石 ◇ estar de ～s 鬧彆扭 / poner (或 torcer) el ～ 噘嘴, 不高興

morrocotudo, da   *a.*【口】重要的; 巨大的; 艱巨的

morrongo, ga   *s.*【口】貓

morrudo, da   *a.* 嘴唇厚的

morsa   *f.*【動】海馬

morse   *m.* 莫爾斯電碼

mortadela f. 大香腸

mortaja f. 1. 壽衣, 裹屍布 2. 榫眼

*mortal I. a. 1. 終有一死的, 難免一死的 2. 致死的, 致命的 3. 不共戴天的 4. 瀕死的, 臨死的 5.【轉】漫長的, 難熬的 II. m. 1. 凡人 2. pl. 人類 ◇ pecado ~ 不可饒恕的罪行

mortalidad f. 1. 致命性, 必死性 2. 死亡率

mortandad f. 大量死亡

mortecino, na a. 1. 宰殺的(動物) 2.【轉】暗淡的, 無生氣的 3.【轉】奄奄一息的 ◇ hacer la ~a 裝死

morterete m. 放禮炮的炮

mortero m. 1. 臼, 研鉢 2. 迫擊炮 3.【泥】灰泥, 灰漿 4. 放禮炮的炮

mortífero, ra a. 致死的, 致命的

mortificación f. 1. 壞疽, 壞死 2. 苦行, 禁慾 3. 屈辱, 恥辱

mortificar tr. 1. 使生壞疽, 使壞死 2. 禁慾 3. 使受辱

mortinatalidad f. 死產率

mortuorio, ria a.-m. 死人的, 喪葬的; 喪葬, 葬禮

morueco m. 種羊

mosaico m. 鑲嵌細工, 鑲嵌工藝; 鑲嵌工藝品

*mosca f. 1. 蒼蠅 2. 錢 3. 下唇下方的小鬍子 4. 討厭的人 ◇ ~ muerta 面善心黑的人 / aflojar (或 soltar) la ~ 解囊 / cazar ~s 幹無聊的事 / estar con la ~ en la oreja 懷有戒心 / no oírse ni una ~ 萬籟俱寂 / papar ~s 發愣 / por si las ~s 萬一

moscarda f. 1. 麻蠅 2. 麻蠅卵

moscardón m. 1.【動】大麻蠅 2.【動】大黃蜂 3.【轉】糾纏不休的人

moscareta f.【動】斑鶲

moscatel m. 麝香葡萄

mosco m. 蚊

moscón m. 見 moscardón

*moscovita a.-s. 1. (蘇聯) 莫斯科 (Moscú)的; 莫斯科人的 2.【轉】俄國的;

俄國人

mosqueado, da a. 有斑點的

mosquear I. tr. 轟趕蒼蠅 **II.** r. 1. 躲避 2. 生氣

mosquero m. 粘蠅紙; 趕蠅穗

mosqueta f.【植】棣棠

mosquete m. 滑膛槍(舊式火槍)

mosquetero m. 滑膛槍手

mosquetón m. 1. 短滑膛槍 2. 彈簧鈎

mosquitero m. 蚊帳

*mosquito m. 1. 蚊子 2.【轉, 口】常去酒館的人

mostacera f.; **mostacero** m. 芥末瓶

mostacilla f. (打獵用的)霰彈

mostacho m. 1. 髭, 鬍子 2.【轉】臉上的污迹

mostaza f. 1.【植】幽芥 2. 芥子 3. 芥末 ◇ subírsele la ~ a las narices 惱火

mostear intr. 搾葡萄汁

mosto m. 1. 鮮葡萄汁 2. (製酒用的)果汁

mostrador m. 1. 櫃枱 2. 錶盤

*mostrar I. tr. 1. 給看, 出示, 展示 2. 說明, 表明 II. r. 表現

mostrenco, ca a. 1. 無主的(東西) 2.【轉, 口】無家可歸的

mota f. 1. (織物上的)疵點, 粒結 2. (衣物上的)小斑點 3. 瑕疵 4. 小土崗 ◇ a ~s 有斑點的

mote m. 1. 格言, 箴言 2. 諢名, 綽號

moteado, da a. 有斑點的

motear tr. 使弄上斑點

motejar tr. 1. 指責, 責怪 2. 給…起綽號

motel m. (公路邊的)汽車遊客旅館

motete m.【宗】聖歌

motín m. 暴動, 嘩變

motivación f. 動機, 原因

motivar tr. 1. 引起, 招致 2. 說明原因, 說明動機

*motivo, va I. a. 能動的, 發動的 II.

m. 1. 原因,動機 2. 主題 3.【樂】主旋律 ◇ ～ decorativo (或 ornamental) 裝飾圖案 / con mayor ～ 有充分理由 / con ～ de ① 爲了,由於 ② 值此…之際

moto[1] *m.* 界石,界標

moto[2] *f.* 摩托車

motobomba *f.* 電動泵,機動泵

motocicleta *f.* 摩托車

motociclismo *m.* 摩托車運動

motociclista *s.* 騎摩托車的人;摩托車運動員

motociclo *m.* 摩托車

motocross *m.* 摩托車越野賽

motocultivo *m.* 機械耕作

motón *m.*【海】滑輪,滑車

motonáutica *f.* 摩托艇運動

motonave *f.* 内燃機船

motor *m.* 1. 原動力 2. 發動機,馬達 ◇ ～ de combustión interna 内燃機 / ～ Diesel 柴油機 / ～ eléctrico 電動機 / ～ hidráulico 液力發動機

motorismo *m.* 汽車運動;摩托車運動

motorista *s.* 1. 機動車司機 2. 汽車運動員;摩托車運動員

motorizar *tr.* 使機動化,使摩托化

motorreactor *m.* 噴氣發動機

motosegadora *f.* 收割機

mototractor *m.* 拖拉機

motriz *a.* 原動的,發動的 ◇ fuerza ～ 原動力

motu proprio *ad.* 自願地,自動地

movedizo, za *a.* 1. 易動的,易移動的 2. 不穩定的,不持久的

mover I. *tr.* 1. 移動,搖動,推動,搬動 2. 促使;引起,挑起 II. *r.* 活動,幹旋

movible *a.* 活動的,可變動的

movido, da *a.* 1. 好動的,活躍的 2. 影像模糊的 3. 激烈的

móvil I. *a.* 1. 流動的 2. 易變的,不穩定的 II. *m.* 1. 動機,原因 2. 運動物體

movilidad *f.* 1. 活動性,可動性 2. 易變性

movilización *f.* 動員,調動

movilizar *tr.* 動員,調動

movimiento *m.* 1. 動,移動,運行 2. 軍隊的調動 3. 政治運動 4. 變化,變動 5. 感情衝動 6.(文學藝術的)流派 ◇ ～ militar 兵變 / ～ sísmico 地震 / en ～ 在運動中

moyuelo *m.* 細麸子

moza *f.* 1. 姑娘,女子,未婚女子 2. 女僕 3.(洗衣)棒槌 ◇ ～ de fortuna (或 del partido) 妓女

mozalbete *m.* 小青年

mozambiqueño, ña *a.-s.* 莫桑比克 (Mozambique) 的;莫桑比克人

mozárabe *a.-s.* 混居在摩爾人中間的;混居在摩爾人中間的西班牙人

mozo, za I. *a.* 1. 年輕的,年少的 2. 單身的,未婚的 II. *m.* 1. 年輕人,少年 2. 未婚青年 3. 侍者,服務員 4. 車站搬運工 5. 立式衣架 ◇ ～ de almacén 庫房工人 / ～ de cordel (或 de cuerda) 搬運工 / ～ real 美男子

mozuelo, la *s.* 小夥子;少女

muaré *m.* 雲紋綢

mucamo, ma *s.* 僕人

muceta *f.*(高級教士服、法官服等的)披肩

mucilaginoso, sa *a.* 黏的,黏液質的

mucílago *m.* 植物的黏液

mucosa *f.* 黏膜

mucoso, sa *a.* 1. 像黏液的 2. 含黏液的,分泌黏液的

mucus *m.* 黏液

muchachada *f.* 1. 孩子舉動 2.【集】孩子

muchachear *intr.* 做出孩子舉動

muchacho, cha *s.* 1. 男孩;女孩 2. 少年;少女 3. 僕人

muchedumbre *f.* 1. 人羣 2. 大量

mucho, cha I. *a.* 很多的,大量的 II. *ad.* 很多;很,非常 III. *pron.* 許多人;許多事;許多東西 ◇ como ～ 至多,最多 / ni ～ menos 絕不 / por ～ que 儘管 / tener en ～ 重視

*muda *f.* **1.** 更換 **2.** 換洗衣服 **3.** (鳥獸的)換羽, 換毛, 脫皮; 換羽季節, 脫皮季節 **4.** (發育時)變嗓音

mudanza *f.* **1.** 改變, 變化 **2.** 搬家, 遷居

mudar[1] *m.* 【植】大牛角瓜

*mudar[2] **I.** *tr.* **1.** 改變, 變化 **2.** 更換, 調換 **3.** 脫換(羽、毛、皮) **4.** 變(嗓音) **II.** *r.* 離開

mudez *f.* **1.** 啞 **2.** 沉默不語

*mudo, da **I.** *a.* **1.** 啞的 **2.** 沉默的, 不作聲的 **3.** 不標地名的(地圖) **II.** *s.* 啞巴 ◇ cine ~ 無聲電影 / mapa ~ 暗射地圖

mueblaje *m.* 見 moblaje

*mueble *m.* 傢具

mueca *f.* 鬼臉, 怪相

muela *f.* **1.** 上扇磨角石 **2.** 磨刀砂輪 **3.** 牙齒; 臼齒 ◇ ~ cordal 智齒 / ~ picada 蛀牙 / ~ postiza 假牙 / estar que echa las ~s 非常憤怒

muellaje *m.* 入港稅, 碼頭費

*muelle[1] **I.** *a.* **1.** 有彈性的 **2.** 軟的 **II.** *m.* 彈簧, 發條 ◇ cerradura de ~ 彈簧鎖 / colchón de ~s 彈簧床墊

muelle[2] *m.* **1.** 碼頭 **2.** 貨運站台

muérdago *m.* 【植】槲寄生

muermo *m.* 【獸醫】鼻疽病

*muerte *f.* **1.** 死, 去世 **2.** 兇殺 **3.** 死刑 **4.** 滅亡, 毀滅 **5.** 死神 **6.** 劇痛 ◇ a ~ 殊死地 / a ~ o vida 生死攸關地 / de ~ 極大的 / debatirse (o luchar) con la ~ 垂死掙扎 / hasta la ~ 誓死 / tomarse la ~ por su mano 自殺 / volver de la ~ a la vida 死而復生

*muerto, ta **I.** *a.* **1.** 死的, 没生命的 **2.** 暗淡的, 不鮮艷的(色彩) **3.** 熟的(石灰) **II.** *s.* 死人 ◇ a ~ 報喪地 / caer ~ 死去 / callarse como ~ ①一言不發②死守秘密 / hacer el ~ (游泳時)仰卧水面 / hacerse el ~ 裝死 / no tener donde caerse ~ (窮得)無立錐之地

muesca *f.* **1.** 缺口; 凹槽 **2.** 榫眼

*muestra *f.* **1.** 招牌, 門牌, 廣告牌 **2.** 樣品, 貨樣 **3.** 樣子, 範本 **4.** 表示, 表明 **5.** 錶, 懷錶; 錶盤 **6.** 【軍】檢閱

muestrario *m.* 【集】樣品

muftí *m.* 【宗】伊斯蘭教法典說明官

mugido *m.* 牛叫聲

mugir *intr.* **1.** (牛)哞哞地叫 **2.** (風、海等)呼嘯, 怒吼, 咆哮

mugre *f.* 油污, 污垢

mugriento, ta *a.* 滿是油垢的, 骯髒的

mugrón *m.* **1.** (葡萄的)壓條, 壓枝 **2.** (樹木的)新芽, 嫩枝

muguete *m.* **1.** 【植】鈴蘭 **2.** 【醫】鵝口瘡

*mujer *f.* **1.** 女人, 婦女, 成年女子 **2.** 妻子, 老婆 ◇ ~ airada (或 alegre) 妓女 / ~ de gobierno 女管家 / ~ de su casa 善於料理家務的婦女 / ~ fatal 玩弄男性的女人 / ~ pública 娼妓 / tomar por ~ 娶⋯爲妻

mujercilla *f.* **1.** 被人瞧不起的女人 **2.** 娼妓

mujeriego, ga **I.** *a.* **1.** 女人的, 婦女的 **2.** 好女色的 **II.** *m.* 好女色的人 ◇ a la ~a 側身坐在(馬上)

mujeril *a.* **1.** 女人的 **2.** 女人氣的

mujerío *m.* 【集】婦女

mujerona *f.* 高大粗壯的女人

mújol *m.* 【動】鯔

mula *f.* 母騾

mulada *f.* 騾羣

muladar *m.* **1.** 糞坑; 垃圾堆 **2.** 骯髒的地方

mular *a.* 騾的 ◇ ganado ~ 騾

mulatero *m.* **1.** 出租騾子的人 **2.** 騾伕

mulato, ta *a.-s.* 黑白混血種的; 黑白混血種人

mulero *m.* 騾伕, 趕騾人

muleta *f.* **1.** 拐杖 **2.** *pl.* 支柱 **3.** 【鬥牛】逗牛紅布的木竿

muletilla *f.* **1.** 丁字形拐杖 **2.** 口頭語, 口頭禪

muleto, ta *s.* 騾駒

***mulo** *m.* 公騾

***multa** *f.* 罰款

***multar** *tr.* 罰款

multi- *pref.* 含"多"之意

multicanal *a.* 多頻道的

multicelular *a.* 【生】多細胞的

***multicolor** *a.* 多種色彩的

multicopia *f.* 複印

multicopiadora *f.* 複印機

multifamiliar *m.* 公寓樓

multiforme *a.* 多種形式的, 多種多樣的

multifuncional *a.* 多用途的, 萬能的

multilateral *a.* 多邊的, 多方面的

multimillonario, ria *s.* 億萬富翁

***multinacional** *a.* 多民族的; 多國家的

multipartidismo *m.* 多黨制

multiplano *m.* 多翼飛機

***múltiple** *a.* 1. 複合的, 多重的 2. *pl.* 多種的, 多樣的

***multiplicación** *f.* 1. 增加, 增多, 倍增 2. 繁殖, 繁育 3.【數】乘法, 乘法運算

multiplicador *m.*【數】乘數

multiplicando *m.*【數】被乘數

***multiplicar** I. *tr.* 1. 增加, 倍增 2.【數】使相乘 II. *r.* 1. 努力 2. 繁殖

multiplicidad *f.* 1. 複合性, 多重性 2. 多樣性, 多種性; 很多

***múltiplo, pla** *a.-m.*【數】倍數的; 倍數

***multitud** *f.* 1. 人羣, 公衆, 民衆 2. 大量, 很多

multitudinario, ria *a.* 人羣的, 公衆的, 民衆的

mullido *m.* 填塞物; 褥墊

mullir *tr.* 1. 使鬆軟, 使蓬鬆 2.【轉】安排妥當

mundanal; mundano, na *a.* 1. 世間的, 世俗的, 凡俗的 2. 沉湎於世俗享受的

***mundial** *a.* 世界的, 全世界的

mundillo *m.* 1. 小天地, 小範圍, 小圈子 2. 小墊枕 3.【植】歐洲莢蒾

***mundo** *m.* 1. 世界, 宇宙 2. 地球; 陸地, 大地 3. 人類 4. 人世, 世俗, 人間 5. 領域 6. 地球儀 ◇ ～ objetivo 客觀世界 / ～ subjetivo 主觀世界 / el ancho ～ 廣闊天地 / el gran ～ 上層社會 / el otro ～ 陰間 / todo el ～ ① 全世界 ② 大家 / dar un ～ por 爲…不惜代價 / desde que el ～ es ～ 自開天闢地以來 / entrar en el ～ 走上社會 / irse de este ～ 離開人間 / no ser de este ～ 超凡脱俗 / tener mucho ～ 老於世故 / valer un ～ 價值連城 / vivir en el otro ～ 心不在焉

mundonuevo *m.* 拉洋片, 西洋景

mundovisión *f.* 衛星轉播電視

***munición** *f.* (常用 *pl.*)軍火, 彈藥; 軍需品 ◇ ～es de boca 軍糧 / ～es de guerra 武器彈藥 / de ～ 軍用的

municionar *tr.* 供給軍需物資

municipal *a.* 城市的, 市政的

municipalidad *f.* 市政府, 市政當局

municipalizar *tr.* 使…由市政府管理

munícipe *m.* 市民

municipio *m.* 1. 城市 2. 市政府 3.【集】城市居民

munificencia *f.* 慷慨, 大方

munificente; munífico, ca *a.* 慷慨的, 大方的

***muñeca** *f.* 1. 腕, 手腕 2. 玩具女娃娃 3. 女裝模特兒 4.【轉, 口】輕浮的女人

***muñeco** *m.* 1. 玩具男娃娃 2. 男裝模特兒 3.【轉】傀儡, 任人擺佈的人 4.【轉, 口】女人氣的男子 ◇ ～ de nieve (雪堆成的)雪人

muñón *m.* 1.【醫】殘肢; 發育不全的肢體 2.【解】三角肌 3.【軍】炮耳

murajes *m.pl.*【植】海綠

***mural** I. *a.* 1. 牆壁的 2. 掛在牆上的 II. *m.* 壁畫

muralista *m.* 壁畫家

muralla *f.* 1. 城牆 2. *pl.* 壁壘

murar *tr.* 築牆圍住

murciélago *m.* 【動】蝙蝠

murga *f.* 【口】街頭樂隊

múrice *m.* 1. 【動】骨螺 2. 【詩】紫紅色

murmullo *m.* 1. 低語聲 2. 細微的聲音; (流水的) 潺潺聲; (風的) 颯颯聲; (樹葉的) 窸窣聲

murmuración *f.* 背後議論

murmurar *intr.* 1. 低聲說話 2. (流水) 潺潺; (樹葉) 窸窣; (風) 颯颯 3. 【轉】咕噥, 嘟囔

murmurio *m.* 見 murmullo

muro *m.* 牆, 牆壁 ◇ ～ del calor 【技】熱障 / ～ del sonido 【空】音障

murria *f.* 消沉, 憂鬱

murta *f.* 1. 【植】香桃木 2. 香桃木果

musa *f.* 1. 【希神】繆斯 (文藝女神) 2. 【轉】詩興, 靈感 3. 【轉】詩歌 ◇ entender la ～ de 瞭解…的用心 / soplar la ～ ①有創作靈感②手氣好

musáceo, a *a. y pl.* 【植】芭蕉科的; 芭蕉科

musaraña *f.* 【動】中麝駒 ◇ mirar a las ～s 走神 / pensar en las ～s 心不在焉

muscular *a.* 肌肉的

musculatura *f.* 【解】肌肉組織

músculo *m.* 1. 【解】肌肉; 肌肉組織 2. 肌肉發達

musculoso, sa *a.* 1. 由肌肉組成的 2. 肌肉發達的

muselina *f.* 平紋細布; 薄紗織物

museo *m.* 1. 博物館, 博物院 2. 展覽館, 陳列館 3. 文物館

museografía; museología *f.* 博物館學

muserola *f.* 馬具上的鼻籠

musgaño *m.* 【動】中麝駒

musgo *m.* 【植】苔蘚, 地衣

musgoso, sa *a.* 長滿苔蘚的

música *f.* 1. 音樂 2. 樂曲, 樂譜 3. 樂隊 4. 和諧的聲音 5. 噪音 (反話) 6. 【轉】空話 ◇ ～ armónica 聲樂 / ～ celestial 空話 / ～ de cámara 室內樂 / ～ de fondo 背景音樂 / ～ ligera 輕音樂 / ～ rítmica 弦樂 / caja de ～ 音盒 / dar ～ a un sordo 對牛彈琴 / ir la ～ por dentro 故作鎮靜 / no entender la ～ 裝聾作啞

musical *a.* 音樂的; 配樂的

musicalidad *f.* 和諧, 悅耳

músico, ca *a.-s.* 音樂的; 音樂家, 樂師

musicógrafo, fa *s.* 音樂理論家

musicología *f.* 音樂研究

musicomanía *f.* 音樂癖好

musiquero *m.* 樂譜櫃

musiquilla *f.* 小曲, 小調

musitar *intr.* 咕噥, 小聲說

muslime *a.-s.* 見 musulmán

muslo *m.* 【解】股, 大腿

musmón *m.* 【動】歐洲盤羊

mustela *f.* 【動】雪貂

mustio, tia *a.* 1. 消沉的, 憂鬱的 2. 枯萎的, 凋謝的

musulmán, na *a.-s.* 穆斯林的, 伊斯蘭教的; 穆斯林, 伊斯蘭教徒

mutabilidad *f.* 反覆無常, 多變

mutación *f.* 1. 變化 2. 【生】變異, 變種

mutilación *f.* 1. 切去, 肢體殘缺 2. 殘缺不全

mutilar *tr.* 1. 切去 (手、足等) 2. 使殘缺不全

mutis *m.* 【劇】演員退場

mutismo *m.* 沉默, 緘默

mutual *a.* 見 mutuo

mutualismo *m.* 1. 互助論 2. 互助體制

mutuo, tua *a.-f.* 相互的, 彼此的; 互助會

muy *ad.* 很, 非常, 十分

my *f.* 謬 (希臘語字母 M, μ 的名稱)

N

n *f.* 西班牙語字母表的第十六個字母

naba *f.*【植】蕪菁

nabal; nabar *m.* 蘿蔔地

nabiza *f.* 蘿蔔嫩葉

*nabo *m.*【植】1. 蘿蔔 2. 塊根

*nácar *m.* 珍珠母

nacarado, da *a.* 珍珠母色的; 珍珠母似的

nacarino, na *a.* 珍珠母的; 珍珠母似的

nacela *f.* (柱基的)凹圓線脚

nacencia *f.* 1. 疱, 疙瘩 2. 瘤

*nacer I. *intr.* 1. 出生, 誕生 2. 出身於 3. 孵化, 孵出 4. 長出, 發芽 5. (星, 月)升起 6. 出現, 發生 7. 成立, 建立 8. 發源, 源於 9. 開始 10. 問世, 出版 II. *r.* 1. 發芽 2. 開線, 脱線脚 ◇ ～ con 與…同時出生, 與…同時出現 / ～ para 生來就爲

nacido, da I. *a.* 1. 天生的, 固有 2. 適合的 II. *m.* 1. 人 2. 開線, 脱線 ◇ bien ～ 出身高貴的 / mal ～ 出身低微的 / recién ～ ①剛誕生的, 新生的②新生兒

naciente I. *a.* 1. 正在出現的, 開始形成的 2. 初升的(太陽) 3.【轉】新的 II. *m.* 東, 東方

*nacimiento *m.* 1. 出生, 誕生, 出世 2. 孵出 3. 發芽 4. 出身 5. 源頭, 源源地 6. 耶穌降生圖 ◇ dar ～ 製造 / de ～ 先天的

*nación *f.* 1. 民族 2. 國家

*nacional I. *a.* 1. 民族的 2. 國家的, 國有的, 全國性的 II. *m.pl.* 國民

*nacionalidad *f.* 1. 民族; 民族性, 民族特點 2. 國籍

nacionalismo *m.* 1. 民族主義 2. 國家主義

nacionalista *a.-s.* 1. 民族主義的; 民族主義者的 2. 國家主義的; 國家主義者

nacionalización *f.* 1. 國有化 2. 取得國籍

nacionalizar *tr.* 1. 使國有化, 把…收歸國有 2. 使取得某國國籍

nacionalsocialismo *m.* 國家社會主義

nacrita *f.* 珍珠陶土

*nada I. *f.* 1. 不存在, 没有 2. 微不足道 II. *pron.* 没有甚麼東西 III. *ad.* 决不 ◇ antes de ～ 首先 / como si ～ 毫不費力 / de ～ ①微不足道的②没什麼, 不用謝 / ～ más①没了, 完了②僅僅 / ～ más y ～ menos que 確實 / ～ menos que 正是 / para ～ 没用 / por ～ ①絶不②免費地③價格極低廉地④動不動 / sin ～ de particular 没有特别之處

nadadera *f.* (學游泳用的)漂浮物

nadadero *m.* 游泳場

nadador, ra *s.* 游泳者; 游泳運動員

*nadar *intr.* 1. 游泳 2. 漂浮 3.【轉, 口】(在寬大衣服裹)晃動 4.【轉】富有

nadería *f.* 小事, 瑣事

*nadie *pron.* (用於否定句)没有人, 誰也不 ◇ no ser ～ ①無足輕重 ②生活無着落

nadir *m.*【天】天底

*nado: a ～ 泅水, 游泳

*nafta *f.* 1.【化】石腦油; 粗揮發油 2. *Amér.* 汽油

naftalina, *f.*【化】萘

nahua; náhuatl *m.* 納華語(墨西哥印第安人的一種語言)

nailon *m.* 尼龍

naipe *m.* 紙牌 ◇ dar bien el ～ 運氣好 / dar mal el ～ 運氣壞 / tener buen ～ 手氣好 / tener mal ～ 手氣壞

naire *m.* 管象人, 馴象人

naja *f.*【動】眼鏡蛇

nalga *f.* 1. 半邊屁股 2. *pl.* 臀部, 屁股

nalgada f. 1. 豬腿肉, 豬肘子 2. 用屁股撞 3. 打屁股

nalgudo,da a. 臀部大的, 屁股大的

nalguear intr. (走路時) 扭屁股

namibiano,na a.-s. 納米比亞 (Namibia) 的, 納米比亞人的; 納米比亞人

nana f. 1. 催眠曲, 搖籃曲 2.【口】奶奶, 姥姥 3. Amér. 奶媽, 保姆

nao f. 船

napalm m. 凝固汽油彈

napoleón m. 法國銀幣

napolitano, na a.-s. (意大利) 那不勒斯 (Nápoles) 的; 那不勒斯人

***naranja** I. f. 橙, 柑, 橘子 II. m. 橙色 ◇ ~ agria 酸橙 / ~ mandarina 柑橘 / media ~ ①妻子, 老婆②【建】圓頂

naranjada f. 橘子汁

naranjado, da a. 橙色的, 橘子色的

***naranjal** m. 柑橘園

naranjero, ra I. s. 種植或賣柑橘的人 II. m. 柑橘樹

***naranjo** m. 1. 柑橘樹 2. 橙木 3.【轉, 口】粗魯無知的人

narcisismo m.【醫】自我陶醉, 自戀

narcisista a. 自我陶醉的, 自戀的

narciso m. 1.【植】水仙花 2.【轉】自我陶醉者, 自戀者

narcoanálisis m. 精神麻醉分析

narcolepsia f.【醫】嗜眠病

narcomanía f. 麻醉劑癮

narcosis f.【醫】麻醉

narcótico, ca a.-m. 麻醉性的; 麻醉劑, 麻醉品

narcotismo m.【醫】麻醉; 麻醉作用, 麻醉效果

narcotizar tr. 使麻醉

nardo m. 1.【植】晚香玉, 夜來香 2.【植】甘松 3. 甘松脂

narguile m. 水烟袋

narigón, ona a.-m. 大鼻子的; 大鼻子人

narigudo, da a. 大鼻子的

***nariz** f. 1. 鼻子 2. 鼻孔 3. 嗅覺 4. 鼻狀物 5. 酒香 6. (曲頸瓶的)曲頸 ◇ ~

aguileña 鷹鈎鼻 / ~ chata 扁鼻子 / ~ perfilada (或 correcta) 端正的鼻子 / ~ respingada (或 respingona) 翹鼻子 / dar en las ~ces 拒絕, 使碰壁 / darle en la ~ ①聞香, 嗅到②猜測, 懷疑 / darse de ~ces ①合撲跌倒②迎面碰上 / dejar con tantas ~ces 捉弄 / hinchársele las ~ces ①生氣, 發火②(河水)猛漲 / más sonado que las ~ces 非常熟悉 / meter las ~ces en 干預, 打探 / no ver más allá de sus ~ces 目光短淺 / romperse las ~ces 碰得頭破血流 / sonarse las ~ces 擤鼻涕 / tener agarrado por las ~ces 牽着某人鼻子走 / torcer las ~ces 嗤之以鼻

***narración** f. 1. 叙述, 講述 2. 故事

narrar tr. 叙述, 講述

narrativo, va I. a. 1. 叙述的, 講述的 2. 故事的, 叙事體的 II. f. 1. 叙述, 講述 2. 叙述才能, 口才

narria f. 1. (拖重物的)拖車 2.【口】胖女人

narval m.【動】獨角鯨

nasa f. 魚籠, 魚簍

nasal a.-f. 鼻子的; 鼻音

naso m. 大鼻子

nasofaringe f.【解】鼻咽

nata f. 1. 乳脂 2.【轉】精華, 精萃 3. pl. 奶蛋糕

***natación** f. 游泳; 游泳術

***natal** a.-m. 出生的, 誕生的; 生日, 出生

natalicio, cia a.-m. 生日的, 誕生日的; 生日, 誕辰

natalidad f. 出生率

natátil a. 會游泳的; 能漂浮的

natatorio, ria a. 游泳的; 游泳用的

naterón m. 乾酪

natillas f.pl. 奶蛋糕

natividad f.【宗】1. (耶穌、聖母、聖約翰的)出生, 誕生 2. (大寫)聖誕節

nativismo m. 1.【哲】先天論, 天性論 2. Amér. 本土主義, 排他主義

nativo, va I. *a.* 1. 出生的, 誕生的 2. 出生地的 3. 天生的, 固有的 4. 自然的, 天然的 II. *s.* 本地人, 土著

nato, ta *a.* 1. 天生的, 生來的 2. 當然的 (職位, 身衔)

natrón *m.* 【化】泡鹼; 氧化鈉

natura *f.* 見 naturaleza

*natural I. *a.* 1. 自然界的, 大自然的 2. 天然的, 非人造的 3. 天生的, 固有的 4. 自然的, 不做作的 5. 本能的, 自發的 6. 私生的, 非婚生的 II. *m.* 1. 本性, 素質 2. 動物的本能 3. 本地人 ◇ al ～ 未加過工的; 原汁的 (水果罐頭) / del ～【美】寫生的

naturaleza *f.* 1. 大自然, 自然界 2. 天性, 本性, 特性, 性質 3. 體質 4. 種類 5. 女性殖器官 6.【美】實物, 模特兒 ◇ ～ muerta【美】静物畫 / de la ～【美】寫生的 / por ～ 天生地

naturalidad *f.* 1. 自然, 自在, 不做作 2. 出生地 3. 公民權

naturalismo *m.* 自然主義

naturalista *s.* 1. 自然主義者 2. 自然科學家 3. 博物學家

naturalización *f.* 1. 入國籍 2. 吸收 (外國語言、風俗等) 3. (動、植物的) 馴化, 歸化

naturalizar *tr.* 1. 使入國籍 2. 使 (動、植物) 馴化, 歸化 3. 採納, 吸收 (外國語言、風俗等)

naturismo *m.* 1. 裸體主義 2.【醫】自然療法 3. 對自然現象的崇拜

naufragar *intr.* 1. (船隻) 失事, 遇難 2.【轉】失敗

naufragio *m.* 1. 船隻失事遇難 2.【轉】失敗

náufrago, ga I. *s.* 船隻失事遇難者 II. *m.* 鯊魚

náusea *f.* 1. 作嘔, 噁心 2.【轉】反感, 厭惡

nauseabundo, da *a.* 1. 令人作嘔的 2. 令人反感的, 令人厭惡的

nausear *intr.* 作嘔, 噁心

nauta *m.* 海員, 水手

náutico, ca *a.-f.* 航海的, 航海術的; 航海術

nautilo *m.*【動】1. 鸚鵡螺 2. 船蛸

nava *f.* 山間低窪地

navaja *f.* 1. 摺刀 2. (野豬等的) 尖牙, 獠牙 3.【轉, 口】誹謗者的舌頭 4. 眼鏡腿軸 ◇ ～ de afeitar 剃刀

navajada *f.* ; **navajazo** *m.* 1. (用摺刀) 刺, 割 2. 摺刀傷

navajero *m.* 1. 摺刀盒 2. (理髮師用的) 鋼刀布

naval *a.* 1. 船的; 航海的 2. 海軍的; 軍艦的

nave *f.* 1. 船, 艦 2. 航空器 3. 廠房, 庫房 4. 教堂的中殿 ◇ ～ de San Pedro 天主教堂 / ～ espacial 宇宙飛船 / quemar las ～s 破釜沉舟, 背水一戰

navegación *f.* 1. 航行; 航海; 航空 2. 航行時間 3. 航海術 ◇ ～ aérea 空中航行 / ～ costera 沿海岸航行 / ～ de altura 遠洋航行 / ～ espacial 宇宙航行 / ～ fluvial 內河航行 / ～ submarina 水下航行

navegante *s.* 1. 航行員; 航海者 2. (船舶、飛機的) 駕駛員

navegar I. *intr.* 1. 航行; 航海; 航空 2.【轉】忙碌, 奔忙 II. *tr.* 駕駛

naveta *f.* 船形香爐

navicular *a.* 船形的, 舟形的

Navidad *f.* 1. 耶穌誕生日 2. 聖誕節

navideño, ña *a.* 聖誕節的; 供聖誕節用的

naviero, ra I. *a.* 船舶的, 航海的 II. *m.* 船主 III. *f.* 海運公司

navío *m.* 大船; 艦

náyade *f.*【神話】水神, 水仙, 仙女

nazi *m.* 納粹分子

nazismo *m.* 納粹主義

nebí *m.*【動】游隼

neblina *f.* 1. 薄霧 2. 烟霧; 混濁的空氣

nebulosa *f.*【天】星雲

nebulosidad *f.* 多霧; 雲霧密佈 2. 模

糊, 不清楚 3. 陰沉, 陰鬱

*nebuloso,sa　*a.* 1. 雲霧密佈的 2. 模糊的, 迷惑不解的 3. 陰鬱的

necear　*intr.* 說蠢話, 做蠢事

necedad　*f.* 1. 愚蠢; 愚蠢言行 2. 無知 3. 固執

*necesario, ria　*a.* 1. 必需的, 必不可少的 2. 必然的, 必定的

neceser　*m.* 1. (裝日用品的) 小盒子 2. (旅行用的) 小手提箱

*necesidad　*f.* 1. 必需, 必要 2. 必然性 3. 困難 4. 貧困 5. 解手 ◇ ～ mayor 大便 / ～ menor 小便 / obedecer a la ～ 隨機應變 / por ～ 迫不得已地

necesitado, da　*a.* 1. 需要…的, 缺乏…的 2. 貧困的

*necesitar　*tr.-intr.* 必須; 需要, 缺少

necio, cia　*a.* 1. 愚笨的, 無知的 2. 魯莽的, 狂妄的

necrología　*f.* 1. 訃告, 訃聞 2. 死亡者名單

necromancía　*f.* 招魂卜卦術

necrópolis (*pl.* necrópolis)　*f.* 大墓地

necropsia; necroscopia　*f.*【醫】驗屍

necrosis (*pl.* necrosis)　*f.*【醫】壞死

néctar　*m.* 1. 美酒 2.【植】花蜜 3.【希神】衆神飲的酒

nectáreo, a　*a.* 分泌花蜜的; 味兒像花蜜的

nefando, da　*a.* 卑鄙的, 人所不齒的

nefasto, ta　*a.* 不祥的, 不吉利的

nefrítico, ca　*a.-s.* 腎的, 腎炎的; 腎炎患者

nefritis (*pl.* nefritis)　*f.*【醫】腎炎

*negación　*f.* 1. 否定, 否認 2. 拒絶

negado, da　*a.* 無能的, 低能的

*negar　**I.** *tr.* 1. 否定, 否認 2. 拒絶 3. 禁止, 不允許 4. 疏遠, 斷絶 **II.** *r.* 閉門謝客 ◇ ～se rotundamente 斷然拒絶

*negativo, va　**I.** *a.* 1. 否定的, 否認的 2. 反面的 3. 負的, 陰極的 4.【數】負的, 負數的 **II.** *m.*【攝】底片 **III.** *f.* 1. 否定, 否認 2. 拒絶

*negligencia　*f.* 疏忽, 馬虎, 粗心

*negligente　*a.* 疏忽的, 馬虎的, 粗心大意的

*negociación　*f.* 1. 買賣, 交易 2. 談判, 協商

negociado　*m.* (機關中的) 局, 處, 科等辦事機構

negociante　*s.* 1. 商人 2. 只知賺錢者

*negociar　**I.** *intr.* 做買賣, 做交易, 經營 **II.** *tr.* 1. 談判, 協商 2.【商】轉讓; 兌換 (票據等)

*negocio　*m.* 1. 買賣, 交易, 生意 2. 事務, 工作 3. 賺錢的買賣, 有利可圖的事 ◇ bonito ～ 好事 / buen ～ 賺錢買賣 / mal ～ 虧本買賣 / ～ redondo 大爲有利的事情 / ～ sucio (或 turbio) 骯髒交易

negra　*f.*【樂】四分音符

negral　*a.* 發黑的

negrear　*intr.* 呈黑色; 變成黑色

negrecer　*intr.-r.* 變黑色

negrero, ra　*s.* 1. 黑奴販子 2.【轉】虐待僕役的人

negreta　*f.*【動】黑海番鴨

negrilla　*f.* 1.【印】黑體字 2.【動】黑鰻

negrillo　*m.* 1. 榆樹 2. *Amér.* 脆銀礦石

*negro, ra　**I.** *a.* 1. 黑的, 黑色的 2. 暗色的, 深色的 3. 黑人的 4.【轉】憂鬱的, 悲傷的 5.【轉】不幸的 6.【轉】喝醉的 **II.** *s.* 黑人 **III.** *m.* 黑色 ◇ ～ animal 骨炭 / ～ de humo 烟黑, 烟子 / ～ de plomo 石墨 / en ～ 黑白的 / trabajar como un ～ 像奴隸一樣勞動

negroafricano, na　*a.-s.* 黑非洲的; 黑非洲黑人

negroamericano, na　*a.-s.* 美洲黑人的; 美洲黑人

negror　*m.*; **negrura**　*f.* 1. 黑, 黑色 2. 憂鬱, 愁苦

negruzco, ca　*a.* 淺黑的, 微黑的

neguijón　*m.* 齲病

neguilla　*f.*【植】麥仙翁

nematelmintos　*m.pl.* 線形動物門

nematodos *m.pl.* 線蟲目

nemoroso, sa *a.*【詩】森林的; 樹木繁多的

nemotecnia *f.* 記憶法

nene, na I. *s.* 嬰兒, 幼兒 II. *f.* (對女性的愛稱) 親愛的 III. *m.* 兇殘可怖的人

nenúfar *m.*【植】白睡蓮 ◇ ～ amarillo 黄睡蓮

neo- *pref.* 含"新的"之意

neocatolicismo *m.*【宗】新天主教

neoclasicismo *m.* 新古典主義

neocolonialismo *m.* 新殖民主義

neocriticismo *m.*【哲】新批判主義

neoescolasticismo *m.* 新經院哲學

neofascismo *m.* 新法西斯主義

neófito, ta *s.* 1. 新入教者, 新信徒 2.【轉】新會員, 新成員

neoimpresionismo *m.*【美】新印象派

neolatino, na *a.* 新拉丁的

neoliberalismo *m.* 新自由主義

neolítico, ca *a.-m.* 新石器時代的; 新石器時代的石器

neologismo *m.* 新詞語, 舊詞新義; 新詞的使用, 舊詞新用法

neón *m.*【化】氖

neopositivismo *m.* 新實證主義

neorrealismo *m.* 新現實主義

neorromanticismo *m.* 新浪漫主義

neozelandés, sa *a.-s.* 新西蘭 (Nueva Zelanda) 的, 新西蘭人的; 新西蘭人

neozoico, ca *a.-m.*【質】新生代的; 新生代

nepalés, esa *a.-s.* 尼泊爾 (Nepal) 的, 尼泊爾人的; 尼泊爾人

nepentáceo, a *a.-f. pl.*【植】豬籠草科的; 豬籠草科

nepotismo *m.* 任人唯親, 裙帶關係

Neptuno *m.* 1.【天】海王星 2.【羅神】海神 3. (小寫)【詩】海

nequáquam *ad.*【口】沒門兒

nereida *f.*【希神】海中仙女

nerita *f.*【動】蜒螺

nervadura *f.* 1.【建】肋拱, 扇形拱 2.

【植】葉脈 3.【動】翅脈

nérveo, a *a.* 神經的

*nervio** *m.* 1.【解】神經 2. 筋, 腱 3.【植】葉脈 4.【動】翅脈 5.【樂】弦 6.【轉】力量, 勇氣; 活力, 朝氣 7.【建】肋拱, 扇形拱 ◇ ～ ciático 坐骨神經 / ～ neumogástrico (或 vago) 迷走神經 / ～ óptico 視神經 / ～s sensitivos 感覺神經 / alterar los ～s a 激怒

nerviosidad *f.*; **nerviosismo** *m.* 1. 神經過敏, 神經質 2. 緊張不安

*nervioso, sa** *a.* 1. 神經的, 神經方面的 2. 神經過敏的, 神經質的 3. 緊張不安的 4.【植】多葉脈的

nervosidad *f.* 1. 神經作用 2. 金屬的韌性 3.【轉】説服力

nervoso, sa *a.* 見 nervioso

nervudo, da *a.* 1. 身强力壯的 2. 多筋的

nervura *f.*【集】書籍裝訂用線

nesga *f.* (加肥衣腰的) 三角形布塊

neto, ta *a.* 1. 清晰的, 清楚的 2. 清潔的, 潔淨的 3. 純的, 純淨的

neumático, ca I. *a.* 空氣的, 氣體的, 氣動的 II. *m.* 輪胎 III. *f.* 氣體力學

*neumonía** *f.*【醫】肺炎

neumotórax *m.*【醫】氣胸

neuralgia *f.*【醫】神經痛

neurastenia *f.*【醫】神經衰弱

neurasténico, ca *s.* 神經衰弱患者

neuritis (*pl.* neuritis) *f.*【醫】神經炎

neuroanatomía *f.* 神經解剖學

neurocirugía *f.* 神經外科

neuroesqueleto *m.*【解】内骨骼

neurofisiología *f.* 神經生理學

neurología *f.* 神經病學

neuroma *m.*【醫】神經瘤

neurópata *s.* 神經病患者

neuróptero, ra *a.-m.pl.*【動】脈翅的; 脈翅目 (昆蟲)

neurosis (*pl.* neurosis) *f.*【醫】神經官能症

neurótico, ca *a.* 1. 神經官能病的 2.

患神經官能症的

*neutral *a.-m.* 中立的,中立國的;中立
國,中立者

neutralidad *f.* 1. 中立 2.【化】中性,中
和

neutralismo *m.* 中立,中立主義

neutralización *f.* 1. 中立化 2. 無效,
抵消 3.【化】中和

neutralizar *tr.* 1. 使中立化 2. 使無效,
抵消 3.【化】使中和

*neutro, tra I. *a.* 1. 中立的;中間的 2.
【化】中性的,中和的 3.【理】不帶電的
II. *m.* 中立國,中立區

neutrón *m.*【理】中子

neutrónico, ca *a.* 中子的

*nevada *f.* 降雪;一場雪

*nevado, da *a.* 1. 積雪的,被雪覆蓋的
2.【轉】雪白的

*nevar I. *intr.* 下雪 II. *tr.*【轉】使變白

nevasca *f.* 1. 下雪 2. 暴風雪

nevazo *m.* 大雪

*nevera *f.* 1. 風雪帶,積雪帶 2. 冰箱;
冷藏庫

nevería *f.* 冷飲店

nevero *m.* 1. 賣冷飲的人 2. 山上積雪
帶

nevisca *f.* 小雪

neviscar *intr.* 下小雪

nevoso, sa *a.* 多雪的;要下雪的

nexo *m.* 聯繫,結合

*ni *conj.* 也不,甚至不

niara *f.* 草囤,糧囤

*nicaragüense *a.-s.* 尼加拉瓜 (Nica-
ragua) 的,尼加拉瓜人的;尼加拉瓜人

nicotina *f.*【化】尼古丁,烟碱

nicotismo *m.*【醫】尼古丁中毒,烟碱中
毒

nictaginéceo, a *a.-f. pl.*【植】紫茉莉科
的;紫茉莉科

nictálope *a.* 晝盲的,夜視的

nicho *m.* 1. 壁龕 2. 墓穴

nidada *f.* 一窩蛋;一窩雛鳥

nidal *m.* (家禽的)窩,巢,下蛋處

*nido *m.* 1. 窩,巢;洞,穴 2.【口】家,住
所 3.【轉】巢穴,魔窟 4.【轉】温床,起
源 ◇ caerse de un ～ 幼稚 / hacer su
～ 扎根

*niebla *f.* 1. 霧 2.【轉】模糊,朦朧

niel *m.* 烏銀鑲嵌

nielar *tr.* 用烏銀鑲嵌

*nieto, ta *s.* 1. 孫子,孫女;外孫,外孫
女 2. 後代

*nieve *f.* 1. 雪 2. 下雪 3. 雪白 ◇
copo de ～ 雪花

nievemóvil *m.* 滑雪車,自動雪橇

nigeriano, na *a.-s.* 1. 尼日利亞
(Nigeria) 的;尼日利亞人 2. 尼日爾
(Níger) 的;尼日爾人

night-club *m.* 夜總會

nigromancía *f.* 招魂卜卦術;妖術,巫
術

nigromante *m.* 招魂卜卦術師;巫師

nihilismo *m.* 1. 虛無主義 2. 俄國的民
粹主義

nihilista *s.* 1. 虛無主義者 2. 民粹主義
者

nimbar *tr.* 使有光輪;使有暈圈

nimbo *m.* 1. (神像等的)光輪 2. (日、
月等的)暈圈 3.【氣象】雨雲

nimiedad *f.* 1. 過分,過度 2. 瑣碎,煩
瑣 3. 小事,瑣事

nimio, mia *a.* 1. 過分的,過度的 2. 瑣
碎的,微不足道的 3. 繁瑣的

ninfa *f.* 1.【神話】山林仙女 2.【轉】少
女,姑娘 3.【轉】妓女 4.【動】蛹,若蟲
5. *pl.*【解】小陰唇

ninfea *f.*【植】白睡蓮

ninfomanía *f.*【醫】慕男狂

*ningún *a.* ninguno 的短尾形式

*ninguno, na I. *a.* 一個也没有 II.
pron. 没有人

*niña *f.* 瞳孔,眼珠 ◇ ～ del ojo 瞳孔
/ ～ de los ojos 珍愛之物;心愛的人 /
querer como a las ～s de sus ojos 極
其喜愛

niñada *f.* 幼稚言行

niñera *f.* 保姆

niñería *f.* 稚氣, 孩子氣; 幼稚言行

***niñez** *f.* 1. 幼年, 童年 2. 初期, 早期 3. 稚氣, 孩子氣

***niño, ña I.** *a.* 1. 年幼的, 孩子的 2. 幼稚的, 孩子氣的 **II.** *s.* 1. 兒童, 孩子 2. 幼稚的人 ◇ ~ bonito (或 gótico) 輕浮的少年 / ~ de la Bola 【宗】聖嬰 / ~ de pecho 吃奶的嬰兒 / ~ mimado 寵兒 / ~ prodigio 神童

nipón, ona *a.* -s. 日本 (el Japón) 的, 日本人的; 日本人

níquel *m.* 1.【化】鎳 2. 鎳幣

niquelar *tr.* 給…鍍鎳

nirvana *f.* (佛教的) 涅槃

níspero *m.* 1.【植】歐楂樹 2. 歐楂果 ◇ ~ del Japón 枇杷 / no mondar ~s 沒閑着

níspola *f.* 歐楂果

nitidez *f.* 1. 清晰, 清澈 2.【轉】純潔, 清白

nítido, da *a.* 1. 清晰的, 清澈的 2. 【轉】純潔的, 清白的

nitral *m.* 硝石層

nitrato *m.* 硝酸鹽

nítrico, ca *a.* 1. 硝石的 2. 氮的, 含氮的

nitro *m.*【化】硝石 ◇ ~ cúbico 硝酸鈉

***nitrógeno** *m.*【化】氮

nitroglicerina *f.* 硝化甘油

***nivel** *m.* 1. 水平面; 水平線 2. 水平儀 3.【轉】標準, 水平, 程度 4.【轉】級別 ◇ ~ de agua 水平儀 / ~ de albañil 鉛錘 / ~ de vida 生活水平 / ~ mental 智力發展狀况 / a ~ ①水平的②同一高度的 / al ~ de 和…同樣高度

nivelación *f.* 1. 弄平, 平整 2. 拉平, 使相同 3.【地】水準測量

nivelador *m.* 平路機

nivelar *tr.* 1. 測定…的水平 2. 弄平, 平整 3. 使同樣

níveo, a *a.*【詩】雪的, 似雪的

nivoso *m.* 雪月 (法蘭西共和曆第四月,

相當於公曆12月21日、22日或23日至1月19日、20日或21日)

***no** *ad.* 不, 不是; 不對; 不要 ◇ ~ bien 一…就…／ ~ más 僅僅 / no ... sino 不…而…

nobiliario, ria *a.-m.* 貴族的; 貴族家譜

***noble I.** *a.* 1. 貴族的 2. 高尚的, 崇高的 3. 名貴的, 貴重的 **II.** *m.* 貴族

***nobleza** *f.* 1. 高貴; 高尚, 崇高 2. 貴族, 貴族階層

***noción** *f.* 1. 概念, 觀念, 見解 2. 基本知識 ◇ no tener la menor ~ de 對…一無所知

***nocivo, va** *a.* 有害的

noctámbulo, la *a.-s.* 夜遊的, 夢遊的; 夜遊神

noctiluca *f.* 1. 夜光蟲 2. 螢火蟲

noctívago, ga *a.*【詩】夜遊的

noctovisión *f.* 紅外線電視

***nocturno, na I.** *a.* 1. 夜間的 2. 夜出活動的 **II.** *m.* 1. 夜曲 2. 夢幻曲

***noche** *f.* 1. 夜, 夜晚, 夜間 2. 黑暗 ◇ ~ buena 聖誕節前夜 / ~ toledana 不眠之夜 / ~ vieja 除夕夜 / a media ~ 半夜 / de la ~ a la mañana 一夜之間 / hacer ~ 過夜 / pasar la ~ de claro en claro 通宵不眠

nochebuena *f.* 聖誕節前夜

nocherniego, ga *a.* 經常熬夜的

nodo[1] *m.* 1.【天】交點 2.【理】節, 波節 3.【醫】結, 結節

nodo[2] *m.* 新聞片, 紀錄片

nodriza *f.* 1. 乳母, 奶媽 2. 供應船, 加油車 3. 汽車給油器

nódulo *m.*【醫】小結節

nogada *f.* 胡桃調味汁

***nogal** *m.* 1.【植】胡桃樹, 核桃樹 2. 胡桃木 3. 胡桃色

nogalina *f.* 胡桃色顏料

nogueral *m.* 胡桃樹園

nómada *a.* 游牧的; 流浪的

nombradía *f.* 名望, 聲譽

nombrado, da *a.* 1. 著名的, 有名望的

2. 提到的

nombramiento *m.* 任命, 委任; 任命書, 委任狀

*****nombrar** *tr.* 1. 叫…的名字, 指名叫 2. 提到 3. 任命, 委任

*****nombre** *m.* 1. 名字, 名稱 2. 名氣, 名聲 3. 綽號, 外號 4.【語法】名詞 ◇ ～ de pila 教名 / ～ hipocorístico 愛稱 / ～ postizo 別名 / a ～ de ①以…的名義 ②在…名下 / de ～ ①名義上的②著名的 / en ～ de 以…的名義, 代表 / por ～ 名叫…的

nomenclátor *m.* 名冊, 手冊

nomenclatura *f.* 專門用語, 術語; 術語集

nomeolvides *(pl.* nomeolvides*) f.*【植】勿忘草

nómina *f.* 1. 單, 冊 2. 工資單

nominal *a.* 1. 名字的, 名稱的 2. 名義上的 3. 票面上的, 標明的 4.【語法】名詞性的

nominar *tr.* 見 nombrar

*****nominativo, va** *a.* I.【商】署名的, 記名的 2.【語法】主格的

non I. *a.* 單數的, 奇數的 II. *m.* 1. 奇數 2. *pl.* 一再否定 ◇ andar de ～es 游手好閒, 無所事事 / decir ～es 拒絕 / de ～ 單個的

nona *f.* 夕禱

nonada *f.* 1. 少量, 微量 2. 小事, 瑣事

nonagenario, ria *a.* 九十歲的, 九十多歲的

nonagésimo, ma *a.-m.* 1. 第九十的; 第九十 2. 九十分之一的; 九十分之一

nonato, ta *a.* 1. 剖腹產的 2.【轉】未出世的, 不存在的

nonio *m.* 游標, 游尺

nono, na *a.* 見 noveno

non plus ultra *m.* 至高, 頂峰

nopal *m.*【植】仙人掌

noquear *tr.*【拳擊】擊倒

noquero *m.* 鞣皮工

norabuena I. *f.* 祝福 II. *ad.* 幸運地

noramala *ad.* 倒運地, 倒霉的

noray *m.* 繫船柱

nordeste *m.* 1. 東北 2. 東北風

nórdico, ca I. *a.* 1. 北方的 2. 北歐的 3. 北歐日爾曼語的 4. 北歐人的 II. *s.* 北歐人 III. *m.* 北歐日爾曼語

noria *f.* 水車, 戽水車

*****norma** *f.* 1. 矩尺, 曲尺 2. 規格, 標準; 準則 3. 常規, 慣例

*****normal** *a.* 1. 平常的, 正常的 2. 標準的, 規範的 3.【數】正交的, 垂直的(線)

normalidad *f.* 正常

normalista *s.* 師範學校學生

normalizar *tr.* 使正常化; 使標準化; 使規範化

normando, da *s.* 諾曼底人

noroeste *m.* 西北; 西北風

nortada *f.* 北風, 朔風

*****norte** *m.* 1. 北, 北方, 北部 2. 北風 3. 北極 4. 北極星 5.【轉】指南, 方向 ◇ al ～ de 在…以北

*****norteamericano, na** *a.-s.* 1. 北美洲的; 北美洲人 2. 美國的; 美國人

norteño, ña *a.-s.* 北方的, 北部的; 北方人

nórtico, ca *a.* 北方的

*****noruego, ga** I. *a.-s.* 挪威 (Noruega) 的, 挪威人的; 挪威人 II. *m.* 挪威語

norueste *m.* 西北; 西北風

*****nos** *pron.* 我們(在句中作直接補語或間接補語)

nosocomio *m.* 醫院

*****nosotros, tras** *pron.* 我們 ◇ por ～ 就我們而言

*****nostalgia** *f.* 思念, 懷念; 思鄉病, 鄉愁

*****nostálgico, ca** *a.* 懷念的; 思鄉的

*****nota** *f.* 1. 記號, 符號 2. 按語, 評註, 註釋 3. 筆記, 摘記 4. 分數, 成績 5. 外交照會 6. 報紙上的短文 7. 便條 8.【樂】音符; 音調 ◇ de mala ～ 名聲不好的 / de ～ 著名的 / forzar la ～ 誇大 / tomar ～ de 注意到

notabilidad *f.* 1. 突出, 顯著 2. 知名人

士

***notable** l. *a.* 1. 值得注意的 2. 著名的 II. *m.* 1. 要人, 名流 2. (學習成績) 良好

notación *f.* 1. 記錄 2. 註解 3. 樂譜 4. 記號, 記法

***notar** *tr.* 1. 記錄 2. 作標記, 作記號 3. 標明, 指明 4. 看到, 覺察 ◇ hacerse ～ 顯示自己, 引人注意

notaría *f.* 公證人職務; 公證人辦公室

notariado *m.* 公證人職業; 公證人團體

notario *m.* 公證人

***noticia** *f.* 消息, 新聞, ◇ ～ bomba 爆炸性新聞 / atrasado (或 retrasado) de ～s 消息不靈 / no tener ～ 一無所知 / tener ～ de 略有瞭解

noticiar *tr.* 通知, 通報

noticiario *m.* 新聞簡報; 新聞記錄片; (報紙的)新聞欄; (電台的)新聞節目

noticiero, ra *s.* 新聞編輯; 新聞廣播員

noticioso, sa *a.* 1. 得知…的 2. 博學的

notificación *f.* 1. 通知 2. 通知書

notificar *tr.* 通知, 通告

noto *m.* 南風

notoriedad *f.* 1. 衆所週知 2. 出名, 著名

notorio, ria *a.* 1. 衆所週知的 2. 出名的

novación *f.* 更新(義務等)

novador, ra *s.* 1. 革新者 2. 標新立異的人

novatada *f.* 1. (學校等單位的成員對新來者的)捉弄 2.【轉】(因沒有經驗而碰到的)困難 ◇ pagar la ～ (因沒有經驗)受挫

novato, ta *a.-s.* 新的, 初到的; 新手, 生手, 初學者

***novecientos** *m.* 九百

***novedad** *f.* 1. 新奇, 新鮮, 新穎 2. 新聞 3. 新鮮事 4. 新產品 ◇ sin ～ 一切如故, 一切平安

novedoso, sa *a.* 1. 新的, 新奇的, 新鮮

的, 新穎的 2. 小説的

novel *a.* 初學的, 無經驗的

***novela** *f.* 1. 小説 2.【轉】虛構, 杜撰 ◇ ～ de aventuras 驚險小説 / ～ policíaca 偵探小説 / ～ radiofónica 廣播小説

novelado, da *a.* 小説體的

novelar I. *tr.* 寫成小説, 使成小説 II. *intr.* 寫小説

novelería *f.* 1. 酷愛小説 2. 喜好新奇事物 3.【轉】流言飛語

novelero, ra *a.* 1. 酷愛小説的 2. 喜好新奇事物的 3. 愛聽流言飛語的

novelesco, ca *a.* 小説的; 像小説的

novelista *s.* 小説家

novelístico, ca *a.- f.* 1. 小説的; 小説體裁的 2. 小説研究的; 小説研究

novelón *m.* 篇幅長、情節曲折但藝術性不高的小説

novena *f.* 九日祭, 九日齋

novenario *m.* 1. 九日期 2. 九日祭, 九日齋 3. 九日祭用的祈禱書

***noveno, na** *a.-m.* 1. 第九; 第九個 2. 九分之一的; 九分之一

***noventa** *a.* 九十

noventón, na *a.* 九十歲的; 九十多歲的

noviazgo *m.* 1. 訂婚, 婚約; 婚約期間 2. 戀愛關係; 戀愛期間

noviciado *m.* 1.【集】新入教者 2. 見習期

novicio, cia *s.* 1. 新入教者 2. 新手, 初學者 3. 像新手那樣謹小慎微的人

***noviembre** *m.* 十一月

novilunio *m.* 新月, 朔月

novillada *f.* 1.【集】小牛, 牛犢 2. 鬥小牛

novillero *m.* 1. 飼養小牛的人 2. 鬥小牛的鬥牛士 3.【轉】逃學者

novillo, lla I. *s.* 小牛, 牛犢 II. *m.* 1. *pl.* 鬥小牛 2. 王八, 戴綠帽子的人 ◇ hacer ～s 逃學

***novio, via** *s.* 1. 新郎; 新娘 2. 未婚夫; 未婚妻 ◇ pedir la ～a 求婚 /

quedarse compuesta y sin ~ 枉費心機; 竹籃打水一場空

novísimo m.【宗】人死後的四階段(死亡, 終審, 地獄, 天堂)

nubarrón m. 大片烏雲

***nube** f. 1. 雲; 雲狀物 2. (寶石等上面的)斑痕 3.【轉】陰影, 暗影 4.【醫】白內障 5.【天】星雲 ◇ mala ~①暴雨②一大堆煩惱 / ~ de lluvia 雨雲 / ~ de verano ①小陣雨②一時的氣惱 / andar (或 estar) por las ~s 心不在焉 / levantar hasta las ~s 竭力吹捧 / vivir en las ~s 幻想, 脫離實際

núbil a. 到結婚年齡的

***nublado, da** I.【轉】被烏雲遮住的; 陰沉的 II. m. 1. 烏雲密佈 2.【轉】危險, 威脅 3.【轉】怒氣 4.【轉】大堆, 羣集 ◇ descargar el ~①下大雨②大發雷霆 / levantarse el ~ 天放晴 / pasar el ~ ①天氣轉晴②化險為夷

nublar I. tr. 1. (烏雲)遮住 2.【轉】使模糊 II. r. 變陰

nubloso, sa a. 1. 有雲的, 陰天的 2. 陰鬱的

nuboso, sa a. 多雲的

nuca f. 頸背, 後頸

nuclear a. 1. 有核的 2. 核心的, 中心的 3. 原子核的 4.【生】細胞核的

***núcleo** m. 1. 核; 果核 2. 核心, 中心 3.【理】原子核 4.【生】細胞核 5.【地】地核 6.【天】彗核 ◇ ~ atómico 原子核 / ~ celular 細胞核 / ~ de población 居民點

nudillo m. 1. 指關節 2. (襪子的)結頭 3. 木楔 ◇ pegar con los ~s 用指關節叩門

nudismo m. 裸體主義

nudista I. s. 裸體主義者 II. f. 裸体舞舞女

***nudo** m. 1. 繩子結 2. (樹木、植物的)節; (木材的)疤 3. 聯繫, 結合 3. 樞紐, 交叉點 4. (文藝作品的)高潮 5. 癥結, 難點 6.【海】節(航速單位) ◇ ~ ciego

死結 / ~ corredizo 活結 / ~ gordiano ①難解的結②難辦的事 / dar otro ~ a la bolsa 一毛不拔

nudosidad f.【醫】結節

nudoso, sa a. 有結的, 多結的

nuecero, ra s. 賣胡桃的人

nuégado m. 核仁糖

nuera f. 兒媳

***nuestro, tra** a. 我們的 ◇ los ~s 我們的人, 自己人

nueva f. 新聞, 消息 ◇ coger de ~s 意外得知 / hacerse de ~s 佯作不知

***nueve** a. 九

***nuevo, va** a. 1. 新的 2. 新鮮的 ◇ de ~ 再次, 重新

***nuez** f. 1. 胡桃, 核桃 2. 堅果 3.【解】喉結 ◇ ~ de Adán 喉結 / apretar la ~ 掐死

nueza f.【植】異株瀉根

nulidad f. 1. 無效 2.【轉】無用, 無能 3.【口】無能的人

nulo, la a. 1. 無效的 2. 無用的, 無能的

numen m. 靈感

numeración f. 1. 計算 2. 命數法, 記數法 ◇ ~ arábiga 阿拉伯數字記數法 / ~ decimal 十進制記數法 / ~ romana 羅馬數字記數法

numerador m. 記數器

***numeral** a.-m. 數的, 示數的; 數詞 ◇ ~ cardinal 基數詞 / ~ ordinal 序數詞 / ~ partitivo 分數詞

numerar tr. 1. 數, 計算 2. 用數字表示 3. 標數, 編碼

numerario, ria I. a. 1. 數的, 數字的 2. 在編的(職工) II. m. 現金

numérico, ca a. 數的, 數字的; 數值的; 用數字表示的

***número** m. 1. 數, 數字 2. 數目, 數量 3. 型號, 號碼 4. (出版物的)期、號、卷 5. 演出的節目 ◇ hacer ~ 充數 / llenar el ~ 補足數目 / uno 首要人物

numeroso, sa   *a.* 1. 大量的, 許多的 2. 符合格律的

numismática   *f.* 古錢學

nunca   *ad.* 從不, 決不 ◇ ～ jamás 從未; 決不 / ～ más 再也不 / más que ～ 比任何時候更

nunciatura   *f.* 羅馬教皇使節的職位

nuncio   *m.* 1. 羅馬教皇的使節 2. 使者 3. 前兆

nupcial   *a.* 婚禮的

nupcialidad   *f.* 結婚率

nupcias   *f. pl.* 婚禮

nurse   *f.* 保姆

nutación   *f.* 1.【天】章動 2.【植】轉頭

nutra; nutria   *f.*【动】水獺 ◇ ～ demar 海獺

nutricio, cia   *a.* 1. 有營養的, 滋養的 2. 撫養的, 養育的

nutrición   *f.* 營養, 滋養

nutrido, da   *a.* 1. 滋補的, 營養的 2. 【轉】密集的 3.【轉】豐富的, 充滿的

nutrir   I. *tr.* 1. 供給養分, 滋養 2. 增強 II. *r.* 吸取營養

nutritivo, va   *a.* 有營養的, 滋補的

ny   *f.* 紐(希臘語字母 N, ν 的名稱)

nylon   *m.* 尼龍

Ñ

ñ   *f.* 西班牙語字母表的第十七個字母

ñame   *m.*【植】薯蕷; 山藥

ñandú   *m.* 美洲鴕鳥

ñangué   *m. Amér.*【植】白花曼陀羅

ñaque   *m.* 廢物堆

ñato, ta   *a. Amér.* 扁鼻子的

ñiquiñaque   *m.* 可鄙的人; 毫無價值之物

ñoñería; ñoñez   *f.* 1. 愚笨 2. 平淡無味

ñoño, ña   *a.* 1. 愚笨的 2. 平淡無味的

ñu   *m.*【動】斑紋角馬

O

o¹   *f.* 西班牙語字母表的第十八個字母

o²   *conj.* 1. 或, 或者 2. 即, 也就是

oasis   *(pl.* oasis*)*   *m.* 1. 綠洲 2.【轉】暫時輕鬆

obcecación   *f.* 目眩; 糊塗

obcecado, da   *a.* 弄糊塗了的, 昏頭昏腦的

obcecar   *tr.* 使目眩; 使糊塗

obedecer   I. *tr.* 服從, 順從 II. *intr.* 1. 屈從 2. 由…原因而產生, 由於…而引起

obediencia   *f.* 服從, 順從

obediente   *a.* 服從的, 順從的

obelisco   *m.* 方尖碑

obenque   *m.*【海】(桅)側支索

obertura   *f.*【樂】序曲, 前奏曲

obesidad   *f.* 過度肥胖; 肥胖症

obeso, sa   *a.* 過度肥胖的; 患肥胖症的

óbice   *m.* 障礙, 阻礙

obispado   *m.* 主教職位; 主教管區

obispal   *a.* 主教的

obispo   *m.* 主教 ◇ trabajar para el ～ 無償勞動

óbito   *m.*【宗, 法】死亡, 逝世

obituario   *m.* 1. (教堂等的) 喪葬登記簿 2. (報上的) 訃告欄

objeción   *f.* 反駁, 異議; 譴責

objetar   *tr.* 反駁, 提出異議

objetivar   *tr.* 使客觀化, 使不受主觀影響

objetividad   *f.* 客觀性, 客觀態度; 公正, 不偏不倚

objetivista *s.* 客觀主義者

*objetivo, va I. *a.* 客觀的 II. *m.* 1. 目的, 宗旨 2. 【軍】目標 3. (顯微鏡等的) 物鏡

*objeto *m.* 1. 物體, 物品, 東西 2. 對象 3. 目的, 意圖 4. 【哲】客體 5. 【語法】直接補語 ◇ con ~ de 爲了 / hacer ~ de 使成爲…的對象 / tener por ~ 以…爲目的

oblación *f.* (祭神用的)供品, 祭品

oblada *f.* (祭亡靈用的)供品

oblata *f.* (施捨給教堂的)香火錢

oblea *f.* 1. (封信用的)乾膠片, 封緘紙 2. 膠囊, 糯米紙 3.【宗】聖餅 4.【轉, 口】薄片 5.【轉, 口】極瘦的人

oblicuar *tr.* 弄斜, 放斜

oblicuidad *f.* 傾斜, 歪斜; 傾斜度; 斜角

oblicuo, cua *a.* 斜的, 傾斜的

*obligación *f.* 1. 義務, 職責 2. 字據, 借據; 債券 3. 人情, 恩惠 4. *pl.* 家庭負擔

obligacionista *s.* 債券持有人

*obligar I. *tr.* 1. 强迫, 迫使 2. 用力拉, 用力塞, 用力壓 II. *r.* 承擔

obligatoriedad *f.* 强制性, 義務性

*obligatorio, ria *a.* 强制性的, 義務的

obliterar *tr.*【醫】閉塞, 梗阻

oblongo, ga *a.* 長形的; 橢圓形的

oboe *m.* 1.【樂】雙簧管 2. 雙簧管吹奏者

óbolo *m.* 少量捐獻, 小施捨

*obra *f.* 1. 行動, 實行 2. 工作, 事業 3. 結果, 成果 4. 作品, 著作 5. 工程, 建築工程 ◇ ~ benéfica ①善行, 善事②慈善事業, 慈善機關 / ~ maestra 傑作 / ~ pública 公共事業 / ~ social 社會福利事業 / ~ viva 水下船體 / alzar de ~ (工人)停工 / de ~ 在行動上 / poner por ~ 動手做 / por ~ 由於 / por ~ y gracia del Espíritu Santo 毫不費力地

obrador, ra *a.-m.* 勞動的; 作坊

obradura *f.* (油坊的)出油量

obraje *m.* 1. 製造, 製作 2. 工場, 作坊

*obrar I. *tr.* 1. 做, 作, 幹 2. 產生效果, 起作用 II. *intr.* 1. 大便 2. 在於

obrepción *f.*【法】僞造情節

obrerismo *m.* 1. 工人運動 2.【集】工人

obrerista *a.* 1. 工人的 2. 工人運動的

*obrero, ra *a.-s.* 工人的; 工人

obscenidad *f.* 猥褻, 猥褻言行

obsceno, na *a.* 猥褻的, 下流的

obscurantismo *m.* 蒙昧主義, 愚民政策

obscurantista *a.* 蒙昧主義的; 愚民政策的

obscurecer I. *impers.* 天黑 II. *tr.* 1. 使變暗, 使暗淡 2. 使黯然失色, 使相形見絀 3. 使糊塗 III. *r.* 天變陰

obscuridad *f.* 1. 黑暗, 陰暗 2. 低下, 卑微 3. 愚昧, 無知 4. 含糊不清 5. 難懂, 晦澀 6. 不知

obscuro, ra *a.* 1. 黑暗的, 陰暗的 2. 深色的 3. 天黑的, 夜晚的 4. 難懂的, 晦澀的 5. 低下的, 卑微的

*obsequiar *tr.* 1. 招待, 款待 2. 贈送, 贈禮

*obsequio *m.* 1. 款待, 招待 2. 贈品, 禮物

obsequioso, sa *a.* 殷勤的, 招待周到的

*observación *f.* 1. 觀察 2. 注意到, 覺察 3. 遵守 4. 意見, 建議

observador, ra *s.* 1. 觀察員, 觀察家 2. 遵守者

observancia *f.* 遵守

*observar *tr.* 1. 觀察 2. 注意到, 覺察 3. 遵守

*observatorio *m.* 1. 天文台; 氣象台 2. 觀測站, 觀察所

obsesión *f.* 着魔, 着迷, (被某種念頭、感情)纏住; 擺脫不了的思想, 感情

obsesionar *tr.* 使着魔, 使着迷; 使無法擺脫

obseso, sa *a.* (被某種思想、感情)纏住的

obsidiana *f.*【礦】黑曜岩

obsoleto, ta *a.* 過時的, 陳舊的

obstaculizar *tr.* 妨礙, 阻礙

*obstáculo *m.* 阻礙, 障礙; 困難 ◇ erizado de ～s 困難重重

obstante *a.* 妨礙的, 阻礙的 ◇ no ～ 但是, 儘管如此 / no ～ que 雖然, 儘管

obstar *intr.* 妨礙 (只用於否定句)

obstetricia *f.* 產科學

obstinación *f.* 固執; 頑強

*obstinado, da *a.* 固執的; 頑強的

*obstinarse *r.* 固執; 堅持

obstrucción *f.* 1. 阻塞, 堵塞 2. 阻撓 3.【醫】梗阻

obstruccionismo *m.* 阻撓議案通過

obstructor, ra *a.* 阻塞的; 阻撓的

*obstruir *tr.* 1. 阻塞, 堵塞 2. 阻礙, 阻撓

obtención *f.* 得到, 獲得

*obtener *tr.* 得到, 獲得

obturación *f.* 堵塞, 封閉

obturador *m.* 1. 堵塞物 2. (相機的) 快門

obturar *tr.* 堵塞, 封閉

obtusángulo *a.*【數】鈍角的

obtuso, sa *a.* 1. 鈍的, 不鋒利的 2.【轉】遲鈍的, 笨拙的

obús *m.* 1. 榴彈炮 2. 榴彈炮彈 3. 氣門心

obvención *f.* 津貼, 補貼

obviar *tr.* 排除, 避免

obvio, via *a.* 明顯的

oca[1] *f.* 鵝

oca[2] *f.*【植】酢漿草

ocarina *f.* 奧卡利那笛, 洋塤 (一種卵形吹奏樂器)

*ocasión *f.* 1. 機會, 時機 2. 理由, 原因 ◇ buena ～ 好機會 / mala ～ 不合適的時候 / asir (或 coger) la ～ por los pelos 不失時機 / con ～ de 在……場合 / dejar escapar la ～ 坐失良機 / de ～ 舊的, 廉價的 / en algunas ～es 有一次, 某次 / quitar la ～ 消除……産生條件

ocasional *a.* 偶然的, 不經常的, 臨時的

ocasionalismo *m.*【哲】偶因論

ocasionar *tr.* 造成, 引起

ocaso *m.* 1. 日落, 日暮 2. 衰落, 没落 3. 西方 ◇ marchar a su ～ 衰落

*occidental *a.-s.* 1. 西方的; 西方人 2. 西歐的; 西歐人

*occidente *m.* 1. 西, 西方 2. 西方世界; 西歐 ◇ a ～ 在西方, 在西邊

occipital *a.* 1.【解】枕部的, 枕骨的 2.【動】後頭的

occipucio *m.* 1.【解】枕部, 枕骨 2.【動】後頭

oceánico, ca *a.* 1. 海洋的, 大洋的 2. 大洋洲 (Oceanía) 的

*océano *m.* 1. 大海, 洋 2.【轉】巨大, 廣闊

oceanografía *f.* 海洋學

ocelo *m.* 1. (昆蟲的) 單眼 2. (動物身上的) 斑點

ocelote *m.*【動】美洲豹貓

ocena *f.*【醫】臭鼻症

*ocio *m.* 1. 空閑, 閑暇 2. 消遣, 娛樂

*ociosidad *f.* 懶散, 好逸惡勞

ocioso, sa *a.* 1. 空閑的, 閑散的 2. 無用的, 無益的

ocluir *tr.*【醫】閉合, 梗塞

oclusión *f.*【醫】閉合, 梗塞

ocozoal *m. Amér.*【動】響尾蛇

ocre *m.* 赭石, 赭土 2. 赭色

octaedro *m.*【數】八面體

octágono *m.* 八角形, 八邊形

octava *f.* 1.【樂】八度音 2. 八行詩

octavilla *f.* 傳單

*octavo, va *a.-m.* 1. 第八; 第八個 2. 八分之一; 八分之一, ◇ en ～【印】八開的

octogenario, ria *a.* 八十歲的, 八十多歲的

octogésimo, ma *a.-m.* 1. 第八十; 第八十個 2. 八十分之一; 八十分之一

octópodos *m.pl.*【動】八腕亞綱

octosílabo, ba *a.-m.* 八音節的; 八音節詩句

*octubre *m.* 十月

ocular *a.-m.* 眼睛的, 視覺的; 目鏡

oculista *a.-s.* 眼科的; 眼科醫生

ocultación *f.* 1. 藏, 隱藏 2. 隱瞞, 掩飾

*****ocultar** *tr.* 1. 藏, 隱藏 2. 隱瞞, 掩飾

ocultismo *m.* 神秘論, 神秘主義

*****oculto, ta** *a.* 1. 隱藏的 2. 秘密的, 不公開的 ◇ en ～ 秘密地

ocupación *f.* 1. 佔領, 佔據 2. 事務, 工作 ◇ dar ～ 使用; 使有事可做

*****ocupado, da** *a.* 1. 被佔領的, 被佔據的 2. 忙碌的

ocupante *a.* 佔領…的, 佔用…的

*****ocupar** **I.** *tr.* 1. 佔領, 佔據 2. 擔任 3. 使忙碌 **II.** *r.* 1. 忙於, 從事 2. 照顧 3. 負責

ocurrencia *f.* 1. 事情, 事件 2. 想法, 主意

ocurrente *a.* 1. 正在發生的 2. 智巧的

*****ocurrir** **I.** *intr.* 發生 **II.** *r.* 突然想起

ochavado, da *a.* 成八角形的

ochavar *tr.* 使成八角形

*****ochenta** *a.* 八十

*****ocho** *a.* 八

*****ochocientos, tas** *a.* 八百

oda *f.* 讚歌, 頌詩

odalisca *f.* (蘇丹后妃的) 女奴

odeón *m.* 音樂廳, 歌劇院

*****odiar** *tr.* 1. 憎恨, 仇恨 2. 厭惡 ◇ ～ mortalmente 恨之入骨

*****odio** *m.* 1. 憎恨, 仇恨 2. 厭惡

odiosidad *f.* 1. 可恨, 可憎 2. 討厭

odioso, sa *a.* 1. 可恨的, 可憎的 2. 討厭的 ◇ hacerse ～ 令人討厭

odisea *f.* 1. 歷險記; 長途跋涉

odómetro *m.* 步程計; 計程器

odontología *f.* 牙科學

odontólogo, ga *s.* 牙醫

odorante; odorífero, ra *a.* 芬芳的, 香的

odre *m.* 1. 皮囊, 酒囊 2. 【轉, 口】酒鬼

*****oeste** *m.* 1. 西, 西方 2. 西風 ◇ al ～ 在西邊, 在西部

ofender **I.** *tr.* 1. 傷害 2. 冒犯, 得罪

II. *r.* 生氣 ◇ ～ de obra 打 / ～ de palabra 用言語頂撞

ofendido, da *a.* 受欺侮的, 被侮辱的

*****ofensa** *f.* 1. 傷害 2. 冒犯, 得罪 3. 罪行

ofensiva *f.* 進攻, 攻勢 ◇ tomar la ～ 發起進攻

*****ofensivo, va** *a.* 1. 冒犯的, 得罪人的 2. 進攻性的

ofensor, ra *s.* 1. 冒犯者 2. 罪犯

*****oferta** *f.* 1. 供應, 供給 2. 報價, 開價 3. 贈品, 禮物 4. 許諾, 諾言

ofertorio *m.* 【宗】(聖餐禮拜中的) 奉獻儀式; 奉獻經

offset *m.* 【印】1. 膠印 2. 膠印機

*****oficial** **I.** *a.* 官方的, 正式的 **II.** *m.* 1. 官員 2. 軍官 3. 工人, 工匠 ◇ ～ mayor 辦公室主任

oficiala *f.* 1. 女官員 2. 女軍官 3. 女工, 女工匠

oficialidad *f.* 1. 官方性, 正式性 2. 【集】軍官

oficiar **I.** *tr.* 主持 (祭禮) **II.** *intr.* 充當

*****oficina** *f.* 1. 辦公室, 辦事處 2. 配藥室 ◇ ～ de farmacia 藥房, 配藥室 / ～ de objetos perdidos 失物招領處 / ～ pública 政府部門辦事機構

oficinista *s.* 辦事員

*****oficio** *m.* 1. 手藝, 行業, 職業 2. 公文 3. 作用, 功能 4. 幹旋 ◇ buenos ～s 調停, 調解 / de ～ 官方的, 正式的 / sin ～ ni beneficio 沒有職業 / tomar por ～ 習以爲常

oficiosidad *f.* 1. 殷勤, 熱心 2. 勤勉, 認真

oficioso, sa *a.* 1. 半官方的, 非正式的 2. 殷勤的, 熱心的 3. 勤勉的, 認真的

ofidio *m.pl.* 【動】蛇亞目

*****ofrecer** **I.** *tr.* 1. 給予, 獻給 2. 答應, 允諾 3. 出價, 報價 4. 呈現, 具有 **II.** *r.* 1. 自告奮勇 2. 閃現, 突然產生 (想法等)

ofrecimiento *m.* 1. 給予, 獻給 2. 答

應, 允諾 **3.** 報價 **4.** 呈現 **5.** 自告奮勇
6. (想法等)突然產生

ofrenda *f.* **1.** 祭品, 供品 **2.** 贈品; 捐獻
物

ofrendar *tr.* **1.** 祭祀, 上供 **2.** 獻出; 捐
獻

oftalmía *f.*【醫】眼炎

oftalmología *f.* 眼科學

ofuscación *f.*; **ofuscamiento** *m.* **1.**
眼花, 目眩 **2.**【轉】糊塗, 失去理智

ofuscar *tr.* **1.** 使目眩, 耀眼 **2.**【轉】使
糊塗

ogro *m.* **1.**【神話】吃人妖魔 **2.**【轉】醜
八怪 **3.**【口】兇殘的人

*oh *interj.* 哎呀, 喲, 呵 (表示贊嘆、驚
訝、高興、痛苦)

ohmio *m.*【電】歐姆(電阻單位)

oídio *m.*【植】粉孢子

*oído *m.* **1.** 聽力, 聽覺; 聽覺器官 ◇ buen
〜 靈敏的聽覺 / abrir los 〜s 注意聽
/ aguzar (或 alargar) el 〜 伸長耳朵聽
/ cerrar los 〜s 充耳不聞 / decir (或
hablar) al 〜 悄悄地講, 耳語 / duro
(或 tardo) de 〜 耳背的 / hacer 〜s
de mercader 裝聾作啞 / ser todo 〜s
全神貫注地聽 / tener buen 〜 樂感强

*oir *tr.* 聽, 聽見; 聽取; 聽懂 ◇ como
quien oye llover 充耳不聞

*ojal *m.* 紐孔, 紐扣眼

*ojalá *interj.* 但願

ojalar *tr.* 在…開紐扣眼

ojeada *f.* 一瞥

ojear[1] *tr.* 轟趕(獵物)

ojear[2] *tr.* 瞧, 瞅

ojeo *m.* 轟趕獵物

ojera *f.* **1.** (常用 *pl.*)黑眼圈, 黑眼窩
2. 洗眼杯

ojeriza *f.* 反感, 惡意

ojeroso, sa *a.* 黑眼圈的, 黑眼窩的

ojete *m.* **1.** 鞋眼兒; 穿帶孔 **2.** 屁眼兒

ojialegre *a.* 眼神愉快的

ojienjuto, ta *a.* 不易落淚的

ojinegro, ra *a.* 黑眼珠的

ojiva *f.*【建】尖形穹窿

*ojo *m.* **1.** 眼睛 **2.** 孔, 洞, 眼兒 **3.** 泉眼
4. 眼狀物 **5.** 遍 (擦肥皂的次數) **6.** 油
花 ◇ 〜 de buey 圓形窗; 舷窗 / 〜 de
gallo (脚上的)鷄眼 / 〜 de puente 橋
孔 / 〜s de lince 敏銳的目光 / a 〜s
cerrados 不加思索地 / avivar los 〜s
警惕 / clavar los 〜s 注視 / delante
de los 〜s de 當…的面 / guiñar los
〜s 使眼色 / 〜 por 〜 以眼還眼 / ser
el 〜 derecho de 是…寵信的人 / te-
ner entre 〜s 討厭 / volver los 〜s a
①對某人感興趣②幫助

okapí *m.*【動】㹱㹱狓

*ola *f.* **1.** 浪, 波浪 **2.**【轉】浪潮 ◇ 〜
de calor 熱浪 / 〜 de frío 寒流 /
estallar las 〜s 浪花四濺

*ole *interj.* 好啊(表示興奮)

oleáceo, a *a.-f. pl.*【植】木犀科的; 木
犀科

oleada *f.* **1.** 大浪, 波濤 **2.**【轉】浪潮

oleaje *m.* 波浪, 波濤

oleastro *m.* 野生油橄欖樹

oleícola *a.* 油橄欖種植業的; 搾油業的

oleicultura *f.* 油橄欖種植; 搾橄欖油

oleífero, ra *a.* 含油的(植物)

oleína *f.*【化】油精, 甘油三油酸脂

*óleo *m.* **1.** 橄欖油 **2.**【宗】聖油 **3.**
【美】油畫 ◇ pintura al 〜 油畫 / pin-
tar al 〜 畫油畫

oleoducto *m.* 輸油管

oleografía *f.* 石印油畫

oleomargarina *f.* 人造黄油

oleómetro *m.* 油比重計, 油量計

oleorresina *f.* 含油樹脂

oleosidad *f.* 含油; 油質性

oleoso, sa *a.* 油的, 油質的, 含油的

*oler **I.** *tr.* **1.** 嗅, 聞到 **2.** 覺察, 猜到 **3.**
打聽 **II.** *intr.* 有…氣味, 有…味 **III.**
r. 疑慮 ◇ mal 令人懷疑

olfatear *tr.* **1.** 嗅, 聞 **2.** 打聽

olfativo, va *a.* 嗅覺的

*olfato *m.* **1.** 嗅覺 **2.** 敏銳, 精明

oliente *a.* 有氣味的,散發氣味的

oligarca *m.* 寡頭

oligarquía *f.* 寡頭政治;寡頭政府;壟斷集團

oligárquico, ca *a.* 寡頭的,寡頭政治的

oligoceno, na *a.-m.*【質】漸新世的;漸新世

oligofrenia *f.* 智力發育不全

*****olimpíada** *f.* 1. 古希臘奧林匹克競技會 2. 奧林匹克運動會

*****olímpico, ca** *a.* 1. 奧林匹斯山 (Olimpo) 的 2. 高傲的 3. 奧林匹克運動的

oliscar I. *tr.* 1. 嗅,聞 2. 打聽 II. *intr.* 發臭

*****oliva** *f.* 1. 油橄欖,齊墩果 2. 油橄欖樹 2.【建】油橄欖形飾 3.【轉】和平

*****olivar** *m.* 油橄欖園

olivarero, ra *s.* 栽植油橄欖的人

olivarse *r.* (餳包在烘烤時) 膨脹

olivicultor, ra *s.* 種植油橄欖的人

olivicultura *f.* 油橄欖種植業

*****olivo** *m.* 油橄欖樹

olmeda *f.*; **olmedo** *m.* 榆樹林

olmo *m.*【植】榆樹

ológrafo, fa I. *a.* 親筆的 II. *m.* 1. 親筆遺囑 2. 親筆文件

*****olor** *m.* 1. 氣味 2.【轉】迹象,苗頭 ◇ al ～ de 被…吸引 / estar al ～ de 窺視

oloroso, sa *a.* 有香味的,芬芳的

olvidadizo, za *a.* 1. 健忘的 2.【轉】忘恩負義的 ◇ hacerse el ～ 佯裝忘記

olvidado, da *a.* 1. 忘記了的,被遺忘的 2. 忘恩負義的

*****olvidar** *tr.-r.* 忘記,遺忘

olvido *m.* 1. 忘記,遺忘 2. 負心 ◇ enterrar (或 hundir) en el ～ 忘掉 / relegar al ～ 置諸腦後

olla *f.* 1. 鍋 2. 雜燴(西班牙午餐常吃的一種菜餚) ◇ ～ de presión (或 exprés) 高壓鍋 / estar a la ～ de 靠…養活 / hacer la ～ gorda 使得益

ollar *m.* 馬鼻孔

ollería *f.* 1. 製鍋工場;鍋店 2.【集】鍋

ollero, ra *s.* 做或賣鍋的人

ombligo *m.* 1. 肚臍 2. 臍帶 3.【轉】中心 ◇ arrugársele el ～ 害怕

ombliguero *m.* (新生兒用的) 臍帶布

ombú *m.*【植】樹商陸

omega *f.* 1. 奧米伽(希臘語字母 Ω, ω 的名稱) 2.【轉】結尾,結局 ◇ alfa y ～ 始末

ómicron *f.* 奧米克戎(希臘語字母 O, o 的名稱)

ominoso, sa *a.* 不祥的,不吉利的;可惡的

*****omisión** *f.* 1. 省略,刪去 2. 遺漏 3. 疏忽,失職

omiso, sa *a.* 漫不經心的

*****omitir** *tr.* 1. 省略,刪去 2. 遺漏

ómnibus *m.* 公共汽車 ◇ ～ de trole 無軌電車 / tren ～【鐵路】普通客車,慢車

omnímodo, da *a.* 全面的,包羅萬象的

omnipoderoso, sa *a.* 全能的

omnipotencia *f.* 1. 全能,萬能 2. 至高無上的權力

omnipotente *a.* 1. 全能的,萬能的 2. 有無上權威的,有無限權力的

omnipresencia *f.* 無所不在

omnirange *m.*【空】全向導航台

omnisciencia *f.* 無所不知

omnisciente *a.* 無所不知的

omnívoro, ra *a.* 雜食的(動物)

omoplato *m.*【解】肩胛骨

onagra *f.*【植】月見草,夜來香

onagro *m.* 1.【動】野驢 2. (古代的) 投石器

onanismo *m.* 手淫

*****once** *a.* 1. 十一 2. 第十一

oncejera *f.* 捕鳥套

oncología *f.* 腫瘤學

*****onda** *f.* 1. 波;水波;光波,電波,聲波 2. 波狀物,波狀飾 3.【轉】(火焰的) 晃動 ◇ ～ de choque (或 de explosión) 衝擊波 / ～ deformada 失真波 / ～ de señal 符號波 / ～s largas 長波 / ～s normales 中波 / ～ ultracorta 超短波 / ～ ultrasonora 超聲波

*ondear *intr.* 1. 波動; 飄動, 飄盪 2. 【轉】呈波浪形, 呈波狀

ondina *f.* 【神話】水中女神

ondulación *f.* 1. 波動, 起伏; 蜿蜒 2. 波紋, 波浪形 ◇ ～ permanente 燙成的鬈髮

ondulado, da *a.* 波狀的, 起伏的; 蜿蜒

*ondulante *a.* 1. 波浪形的, 起伏的; 蜿蜒的 2. 搖擺的, 晃動的

*ondular I. *tr.* 使成波狀 II. *intr.* 波動, 飄動; 成波形; 蜿蜒

oneroso, sa *a.* 1. 費錢的; 構成經濟負擔的 2. 負有法律義務的

onirismo *m.* 【醫】夢囈

ónix *m.* 【礦】縞瑪瑙

onomástico, ca I. *a.* 名字的 II. *m.* 命名日, 命名節 III. *f.* 專有名詞研究; 人名地名研究

onomatopeya *f.* 象聲; 象聲詞; 擬聲法

onoquiles *f.* 【植】紅根草

ontología *f.* 【哲】本體論

onza[1] *f.* 盎司 (合 28.3496 克) ◇ por ～s 少量地

onza[2] *f.* 【動】獵豹

onzavo, va *a.* 第十一

opacidad *f.* 1. 不透明, 不透光 2. 昏暗 3. 憂鬱

opaco, ca *a.* 1. 不透明的, 不透光的 2. 昏暗的 3. 憂鬱的

opalescencia *f.* 乳光, 乳色

opalino,na *a.* 1. 蛋白石的 2. 乳光的, 乳色的

ópalo *m.* 【礦】蛋白石

opción *f.* 選擇; 選擇權

*ópera *f.* 1. 歌劇 2. 歌劇劇本 3. 歌劇音樂 4. 歌劇院

*operación *f.* 1. 操作, 施行, 行動, 活動; 運轉 2. 作用, 效力 3. 交易, 買賣 4. 【軍】軍事行動, 作戰; 演習 5. 【醫】手術

6. 【數】運算 ◇ ～ bélica 作戰行動 / ～ cesárea 剖腹産手術 / ～ de limpieza 掃蕩 / ～ quirúrgica 外科手術

operador, ra *s.* 1. 操作人員 2. 手術醫生 3. 電影攝影師 4. 電影放映員 5. 【數】算子, 算符

*operar I. *tr.* 1. 動手術, 開刀 2. 産生, 引起 II. *intr.* 1. 操作, 施行, 行動, 活動; 運轉 2. 起作用, 奏效 3. 交易, 買賣 4. 【數】運算

operario, ria *s.* 工人

operativo, va *a.* 起作用的, 奏效的

operatorio, ria *a.* 外科手術的

opérculo *m.* 1. (魚類的)鰓蓋骨 2. (軟體動物的)厴 3. (蜂巢的)封蓋

*opereta *f.* 小歌劇

operista *s.* 歌劇演員

opiáceo, a *a.* 1. 含鴉片的; 含阿片的 2. 【轉】鎮靜的, 麻醉性的

opiado, da; opiato, ta *a.* 含鴉片的; 含阿片的

opilación *f.* 【醫】1. 閉塞 2. 閉經 3. 水腫

opilarse *r.* 閉經, 停經

opimo, ma *a.* 富饒的, 豐富的, 富裕的

opinante *a.* 提出意見的, 發表意見的

*opinar I. *intr.* 提出意見, 發表看法 II. *tr.* 以爲, 認爲

*opinión *f.* 1. 意見, 見解, 看法 2. 名聲, 聲譽 3. 公衆輿論 ◇ ～ pública 公衆輿論 / casarse con su ～ 固執己見 / en ～ de 依…的看法 / en ～ general 在大家看來

opio *m.* 1. 鴉片; 阿片 2. 【轉】精神毒品

opiomanía *f.* 鴉片癮

opíparo, ra *a.* 豐盛的(飯菜)

*oponer I. *tr.* 使…相對; 使對抗 II. *r.* 1. 反對; 對立 2. 相對 3. 參加録用考試

oporto *m.* (葡萄牙)波爾圖圓葡萄酒

*oportunidad *f.* 1. 及時, 適時, 適宜 2. 機會 ◇ ofrecer la ～ de (爲某事)提供時機

oportunismo *m.* 機會主義

oportunista *a.-s.* 機會主義的;機會主義者

*****oportuno, na** *a.* 1. 及時的,適時的;適宜的 2. 會選擇講話時機的;講話風趣的

*****oposición** *f.* 1. 反對;對立 2. 少數派,反對派,反對黨 3. *pl.* 錄用考試

oposicionista *s.* 反對派成員,反對黨成員

opositor, ra *s.* 1. 對手 2. 參加錄用考試的人

*****opresión** *f.* 擠,壓 2.【轉】壓迫,壓制

opresivo, va *a.* 壓迫的,壓制的

opreso, sa *a.* 被壓迫的

opresor, ra *s.* 壓迫者

*****oprimido, da** *a.* 被壓迫的,受壓迫的

*****oprimir** *tr.* 1. 擠,壓,壓緊 2. 壓迫,壓制

oprobiar *tr.* 詆毀

oprobio *m.* 恥辱;侮辱,羞辱

oprobioso, sa *a.* 恥辱的;侮辱的,羞辱的

optación *f.* 1. 祈使 2. 祈使句式

optar *intr.* 1. 挑選,選擇 2. 謀求(工作)

*****óptica** *f.* 1.【理】光學 2. 光學儀器 3. 眼鏡店

óptico, ca I. *a.* 1. 視力的,視覺的 2. 光學的 II. *s.* 眼鏡商;光學儀器商 III. *m.* 眼鏡;光學儀器

optimación *f.* 優選;優選法

*****optimismo** *m.* 樂觀,樂觀主義

optimista *a.-s.* 樂觀的,樂觀主義的;樂觀主義者

óptimo, ma *a.* 最好的

*****opuesto, ta** *a.* 1. 對面的,相對的 2. 對立的,相反的 3. 反對的,敵對的 4.【植】對生的

opugnar *tr.* 攻擊,攻打 2.【轉】駁斥,反對

opulencia *f.* 富有,富裕;豐富,大量

opulento, ta *a.* 富有的,富裕的;豐富的,大量的

opúsculo *m.* 小作品,短文,小册子

oquedad *f.* 穴,坑

oquedal *m.* 喬木林

*****ora** *conj.* 時而

*****oración** *f.* 1. 演說,講話 2. 祈禱 3.【語法】句子 ◇ romper las ～es ①打斷…的講話②激怒

oráculo *m.*【宗】神諭;神命;天意 2.【轉】(權威人物的)決斷

orador, ra *s.* 演說者;有口才的人

*****oral** *a.* 口頭的,口述的

orangután *m.* 1.【動】猩猩 2.【轉】奇醜的人

orar *intr.* 1. 演說,演講 2. 祈禱

orate *s.* 瘋子;狂人

oratoria *f.* 1. 演講術,口才 2. 修辭

oratorio, ria I. *a.* 演說的,演講的 II. *m.* 1. 小禮拜堂,祈禱室 2. (宗教題材的)清唱劇 3. 聖樂,聖曲

orbe *m.* 1. 圓,環 2. 天體,星球;地球;地球儀 3. 世界 4.【動】圓鈍

orbicular *a.* 圓的,環狀的

*****órbita** *f.* 1.【天】軌道 2.【轉】活動範圍 3.【解】眼窩 ◇ fuera de las ～s 圓睜着的(眼睛) / fuera de ～ 不切合(題目等)的

orbital *a.* 1. 軌道的 2. 眼窩的

orca *f.*【動】逆戟鯨

*****orden** I. *m.* 1. 次序,順序 2. 條理;秩序 3. (動,植物的)目 4. 等級 5. 方面,領域 II. *f.* 1. 命令,指令 2. 動位;動章 3. 教團 ◇ ～ abierto 散開隊形 / ～ del día 日程 / ～ de pago 付款通知單 / ～ público 公共秩序,社會治安 / en ～ 有條理的 / en ～ a ①爲了②關於 / sin ～ ni concierto 亂七八糟的

ordenación *f.* 1. 整理,安排 2. 次序,順序;秩序 3. 財務室

ordenador *m.* 1. 財務主任 2. 電子計算機

*****ordenamiento** *m.* 1. 整理,安排 2. 命令,指令 3. 條例,規定

ordenancista *a.* 嚴格遵守規章的,嚴格執行命令的

ordenando *m.* 聖職候選人

ordenanza I. *f.* 1. 命令 2. 規章, 條例 II. *m.* 勤務兵; 勤雜人員

*ordenar *tr.* 1. 整理, 安排 2. 下命令 3. 指向, 導向 4. 給…授聖職 ◇ ordeno y mando 霸道, 專橫

ordeñar *tr.* 1. 擠(奶) 2. 擼(樹葉等) 3. 搾取, 壓榨

*ordinal *a.* 次序的, 順序的

ordinariez *f.* 粗俗, 粗野; 粗野言行

*ordinario, ria I. *a.* 1. 普通的, 平常的, 一般的 2. 粗俗的 3. 粗糙的 4. 日常的 II. *m.* 1. 車夫, 脚夫 2. 日常開支 ◇ de ~ 一般, 通常

orea; oréada; oréade *f.* 【神話】山林女神

orear *tr.* 晾, 風乾

orégano *m.* 【植】牛至

*oreja *f.* 1. 耳朵 2. 耳狀物 3. 帽耳 ◇ aguzar las ~s 注意聽 / asomar la ~ 露出真相 / bajar las ~s 服輸 / calentar las ~s 斥責 / con las ~s caídas 羞愧 / mojarle la ~ ①找碴兒, 尋釁②勝過, 超過 / ver las ~s del lobo 感到岌岌可危

orejera *f.* 帽耳, 護耳

orejón *m.* 1. 果乾, 桃乾, 杏乾 2. 揪耳朵

orejudo, da *a.-m.* 大耳朵的, 長耳朵的; 大耳蝠

oreo *m.* 1. 晾乾, 風乾 2. 微風

orfanato *m.* 孤兒院

orfandad *f.* 1. 孤兒身份, 孤兒境遇 2. 孤兒救濟金 3. 無依無靠

orfebre *m.* 金銀匠

orfebrería *f.* 金銀手工藝

orfeón *m.* 無伴奏合唱團

orfeonista *s.* 無伴奏合唱團成員

organicismo *m.* 唯物官變化論, 機體特殊構造說

orgánico, ca *a.* 1. 器官的 2. 有機體的, 有機的 3. 有機聯繫在一起的, 和諧的 4. 組織的, 機關的

organillo *m.* 手搖風琴

*organismo *m.* 1. 生物體, 有機體 2. 機關, 團體 ◇ ~s de gobierno 政府機關 / ~ dirigente 領導機關 / ~ internacional 國際組織

organista *s.* 風琴演奏者; 管風琴演奏者

*organización *f.* 1. 建立, 組建 2. 組織, 機構 3. 體制, 體系, 結構 4. (生物的)構造 ◇ ~ secreta 秘密組織

*organizado, da *a.* 1. 有機體的, 有生命的 2. 有組織的

*organizar I. *tr.* 建立, 組建, 組織 II. *r.* 安排

*órgano *m.* 1. 器官 2. 機器部件 3. 風琴; 管風琴 4. 工具, 手段 5. 機關, 機構 6. 機關報

organografía *f.* 器官論

orgasmo *m.* 1. 極度興奮 2. 性慾高潮

orgia *f.* 1. 縱酒狂歡, 狂歡作樂 2. 縱慾, 放蕩

orgiástico, ca *a.* 1. 狂歡的 2. 縱慾的, 放蕩的

*orgullo *m.* 驕傲, 自豪, 傲慢

*orgulloso, sa *a.* 驕傲的, 傲慢的

*orientación *f.* 1. 定向, 定位 2. 方向, 方針 3. 指引, 引導

*oriental *a.-s.* 東方的, 東部的; 東方人

orientalismo *m.* 1. 東方學 2. 對東方文化的愛好 3. 東方風俗習慣

*orientar I. *tr.* 1. 確定方向, 確定方位 2. 指引, 引導 II. *r.* 1. 辨認方向 2. 走向; 面向

*oriente *m.* 1. 東, 東方, 東部 2. 東風 3. (珍珠的)光澤 ◇ Extremo ~ 遠東 / ~ próximo 近東

orificio *m.* 孔, 小洞, 小口

oriflama *f.* 旗幟

*origen *m.* 1. 起源, 由來, 根源 2. 開始, 發端 3. 出身; 出身地 4. 詞源 ◇ dar ~ a 造成, 引起 / de ~ ①出生的, 發源的②原來的, 原本的

*original I. *a.* 1. 原始的, 最初的 2. 新奇的, 別致的 II. *m.* 原作; 原件 ◇ ~ -

de imprenta 原稿

originalidad f. 1. 原始 2. 新奇, 別致

*originar I. tr. 引起, 使發生 II. r. 發生, 源自

originario, ria a. 1. 原來的, 最初的 2. 來自…的, 出自於…的 3. 引起…的, 產生…的

*orilla f. 1. 邊, 邊緣, 邊沿 2. 岸, 岸邊 ◇ a la ~ de 在…的邊上 / ~ de 靠近, 挨近

orillar tr. 1. (給…)加邊, 鎖邊, 鑲邊 2. 躲開, 避開

orillo m. 布邊

orín¹ m. 鐵銹

orín² m. (常用 pl.) 尿

orina f. 尿

orinal m. 尿壺

orinar I. intr. 小便, 撒尿 II. r. 小便失禁

oriniento ta a. 生銹的

oriol m. 【動】黃鸝

oriundo, da a. 出生於…的, 原產…的

orla f. 邊飾, 飾邊

orlar tr. 給…加飾邊

ormino m. 【植】鼠尾草

ornamentación f. 裝飾, 打扮

ornamentar tr. 裝飾, 打扮

ornamento m. 1. 飾物, 裝飾品 2. 【轉】美德 3. pl. 【宗】法衣, 祭服

ornar tr. 裝飾

ornato m. 裝飾; 裝飾品

ornitología f. 禽類學, 鳥類學

ornitorrinco m. 【動】鴨嘴獸

*oro m. 1. 金, 黃金 2. 金首飾, 金器 3. 金幣; 金錢, 錢財 4. 金色, 金黃色 ◇ ~ bajo 低成色金 / ~ batido 金箔 / ~ de ley 純金, 標準金 / ~ en barras 金條 / de ~ 極好的 / hacerse de ~ 發財

orobanca f.【植】列當

orogenia f.【質】造山運動

orografía f. 山誌學, 山嶽形態學

orondo, da a. 1. 大肚子的 (器皿) 2.

空的 3.【轉】胖的 4.【轉】自滿的, 得意的

oropel m. 1. 銅箔, 仿金箔 2.【轉】假象, 虛表; 華而不實的東西

oropéndola f.【動】黃鸝

orozuz m.【植】甘草

*orquesta f. 1. 管弦樂隊 2.【集】樂隊的樂器 3. 樂池 ◇ ~ de cámara 室内樂隊

orquestar tr. 1.【樂】給…配管弦樂曲 2.【轉】組織, 策劃

orquídea f.【植】蘭, 蘭花

ortega f.【動】沙鷄

ortiga f.【植】蕁麻

orto m.【天】升起, 出現

ortodoxia f. 1.【宗】東正教 2. 正統

ortodoxo, xa a. 1. 東正教的 2. 正統的

ortodromia f. 大圓航線, 最短距離航路

ortogonal a. 直角的, 正交的

*ortografía f. 正字法; 書寫規則

ortología f. 正音學, 正音法

ortopedia f. 矯形外科學

ortopédico, ca a.-s. 矯形外科的; 矯形外科醫生

ortopedista s. 矯形外科醫生

ortóptero, ra a.-m. pl.【動】直翅目的; 直翅目

*oruga f. 1. 蠋, 毛蟲 2.【技】履帶

orujo m. 1. (榨汁後剩下的) 葡萄渣 2. (搾油後剩下的) 油橄欖渣

orza¹ f. 小陶罐

orza² f. 搶風行駛

orzar intr.【海】搶風行駛

orzuelo m.【醫】針眼, 麥粒腫, 瞼腺炎

*os pron. 你們 (在句中作直接補語或間接補語)

osa f.【動】母熊

*osadía f. 1. 勇敢, 大膽 2. 放肆, 無禮

*osado, da a. 1. 勇敢的, 大膽的 2. 放肆的, 無禮的

osamenta f. 骨骼, 骨架

*osar intr. 敢於, 膽敢

osario m. 埋屍骨的地方

oscar m.【電影】奧斯卡金像獎

*****oscilación** f. 1. 搖擺, 振盪 2. 搖幅, 擺幅, 振幅 3. 動搖, 猶豫

oscilar intr. 1. 搖動, 擺動, 振盪 2.【轉】猶豫, 動搖

oscilatorio, ria a. 搖擺的, 振盪的

ósculo m.【詩】吻, 親吻

*****oscurecer** tr. 見 obscurecer

*****oscuridad** f. 見 obscuridad

*****oscuro, ra** a. 見 obscuro

óseo, a a. 骨的, 骨質的, 骨狀的

osera f. 熊洞, 熊窩

osezno m. 熊仔

osificación f. 骨化, 硬化

osificarse r. 骨化, 硬化

osmio m.【化】鋨

*****oso** m. 1.【動】熊 2.【轉】醜而多毛的人 ◇ ~ blanco 白熊, 北極熊 / ~ hormiguero 食蟻獸 / ~ lavandero 浣熊 / ~ marino 海狗 / hacer el ~ ① 出醜, 出洋相②向女人獻殷勤

osteítis (pl. osteítis) f.【醫】骨炎

ostensible a. 明顯的, 顯而易見的 ◇ hacer ~ 顯示, 顯露

ostensivo, va a. 顯示性的

ostentación f. 1. 顯示, 顯露 2. 炫耀, 賣弄 ◇ hacer ~ de 炫耀

ostentador, ra a. 愛炫耀的

ostentar tr. 1. 顯示, 顯露 2. 炫耀, 賣弄

ostentativo, va a. 炫耀的

ostentoso, sa a. 1. 豪華的, 華麗的 2. 顯眼的

osteoartritis (pl. osteoartritis) f.【醫】骨關節炎

osteología f. 骨骼學

osteoma m.【醫】骨瘤

osteomielitis (pl. osteomielitis) f.【醫】骨髓炎

ostra f. 1. 牡蠣 2.【轉】深居簡出的人 ◇ aburrirse como una ~ 非常厭煩

ostracismo m. 1. 流放, 放逐 2. 引退

ostrero, ra I. s. 賣牡蠣的人 II. m. 牡

蠣養殖場; 珍珠養殖場

ostrícola a. 牡蠣養殖的

ostricultura f. 牡蠣養殖

ostrífero, ra a. 養殖牡蠣的; 盛産牡蠣的

ostrón m. 大牡蠣

osuno, na a. 熊的; 像熊的

otalgia f.【醫】耳痛

otear tr. 1. 鳥瞰, 俯視 2. 查看, 細看

otero m. 平原上的小丘

otitis (pl. otitis) f. 耳炎 ◇ ~ interna 內耳炎 / ~ media 中耳炎 / ~ externa 外耳炎

oto m.【動】鸲

otología f. 耳科學

otólogo, ga s. 耳科學家, 耳科醫生

otomano, na a.-s. 土耳其的, 土耳其人的; 土耳其人

otoñada f. 秋天, 秋季

otoñal a. 秋天的, 秋季的

*****otoño** m. 1. 秋天, 秋季 2.【轉】中年

otorgamiento m 1. 同意, 允許 2. 給予, 授予 3. 文件, 合同 4. (公證書的) 結束套語

*****otorgar** tr. 1. 同意, 允許 2. 給予, 授予 3. 許諾, 承諾

otorrinolaringología f. 耳鼻喉科

otorrinolaringólogo, ga s. 耳鼻喉科醫生

*****otro, tra** I. a. 1. 其他的 2. 另外的, 別的 II. pron. 其他人, 另一個 ◇ no ser ~ que 正是, 恰是

otrora ad. 從前, 昔日

otrosí I. ad. 此外 II. m.【法】附帶要求

ova f.【植】水藻, 海藻

*****ovación** f. 熱烈鼓掌, 歡呼

ovacionar tr. 爲…熱烈鼓掌, 爲…歡呼

oval; ovalado, da a. 卵形的, 橢圓形的

ovalar tr. 使成卵形, 使成橢圓形

óvalo m. 卵形, 橢圓形

ovárico, ca a. 1.【動】卵巢的 2.【植】子房的

ovario *m.* 1.【動】卵巢 2.【植】子房

*oveja *f.* 母綿羊 ◇ ～ descarriada 誤入歧途的人 / ～ negra 害羣之馬,敗類

ovejero, ra *a.-s.* 牧羊的;牧羊人

ovejuno, na *a.* 綿羊的

overa *f.* 禽類的卵巢

ovillar **I.** *intr.* 繞成圈 **II.** *r.* 縮成團

ovillo *m.* 1. (線、繩、金屬絲等的)團 2.【轉】亂成一團 ◇ hacerse un ～①(因冷、怕、痛)縮成一團②思維混亂

ovino, na *a.* 產毛的 ◇ ganado ～ 綿羊

ovíparo ra *a.-m.*【動】卵生的;卵生動物

oviscapto *m.*【動】產卵器

ovni *m.* 飛碟,不明真相飛行物

ovoide *a.-m.* 卵形的,橢圓形的;卵形物,橢圓形物

óvulo *m.* 1.【動】卵子,小卵 2.【植】胚珠

oxálico, ca *a.* 草酸的 ◇ ácido ～ 草酸

oxalidáceo, a *a.-f. pl.*【植】酢漿草科的;酢漿草科

oxear *tr.* 轟趕(小動物)

oxidación *f.* 氧化

oxidante *a.-m.* 氧化的;氧化劑

oxidar *tr.* 使氧化

óxido *m.* 氧化物

oxigenación *f.* 充氧作用

oxigenado, da *a.* 1. 含氧的 2. 頭髮染成金黃色的

oxigenar *tr.* 使氧化

*oxígeno *m.*【化】氧,氧氣

oxigenoterapia *f.*【醫】氧療法

oxiuro *m.*【動】蟯蟲

oxte *interj.* 滾開 ◇ sin decir ～ ni moxte 一言不發

*oyente *s.* 1. 聽者 2. 旁聽生 3. *pl.* 聽衆

ozono *m.*【化】臭氧

ozonosfera *f.*【氣象】臭氧層

P

p *f.* 西班牙語字母表的第十九個字母

pabellón *m.* 1. 圓錐形帳篷;床帷;帳篷形物 2. 國旗 3. 樓閣,亭子;(博覽會中的)館 4.【樂】(管樂器的)喇叭口 5.【解】外耳,耳廓 ◇ ～ de la oreja 耳廓

pábilo *m.* 燭芯,燈芯

pábulo *m.* 1. 食物;養料 2.【轉】精神養料 ◇ dar ～ a 助長,使旺

paca[1] *f.* 包,捆

paca[2] *f.*【動】刺豚鼠

pacán *m.* ; **pacana** *f.* ; **pacanero**; **pacacano** *m.* 1.【植】美洲山核桃樹 2. 美洲山核桃

pacato, ta *a.* 特別温和的,特別謹慎的

pacay (*pl.* pacayes, pacaes) *m. Amér.* 1.【植】秘魯合歡樹 2. 秘魯合歡樹果

pacedero, ra *a.* 可放牧的(地方)

pacedura *f.* 放牧

pacer **I.** *tr.* 1. 吃,啃,咬 2. 放牧 **II.** *intr.* (牲畜在牧場)吃草

*paciencia *f.* 1. 耐心,耐性;忍耐,容忍 2. 緩慢,遲緩 ◇ ～ inagotable (或 santa) 極大的耐心 / armarse (或 cargarse) de ～ 耐着性子 / perder la ～ 忍受不了 / poner a prueba la ～ de 强迫忍受

*paciente **I.** *a.* 1. 能忍耐的,有耐性的 2. (對妻子不貞)寬容的 3. 緩慢的 **II.** *s.* 病人,患者

pacienzudo, da *a.* 極能忍耐的,很有耐心的

pacificación *f.* 1. 平定,平息,綏靖 2. 平靜 3. 和解,和平 4. 和約

*pacificar **I.** *tr.* 平定,平息,綏靖 **II.** *r.* 平靜

*pacífico, ca *a.* 1. 和平的,愛好和平的

2. 溫和的; 平靜的

pacifismo *m.* 和平主義

pacifista *a.-s.* 和平主義的; 和平主義者

paco¹ *m.*【動】羊駝

paco² *m. Amér.*【礦】銀礦石

pacotilla *f.* 1. (船員, 旅客) 免費携帶的商品 2. 次貨, 低質商品 ◇ de ～ 質量低劣的 / hacer una ～ 賺大錢

pactar *tr.* 1. 商定, 議定 2. 妥協, 讓步

*****pacto** *m.* 協定, 條約, 盟約

pachón, ona *a.* 1. 怠惰的 2. 腿短耳大的(狗) 3. *Amér.* 多毛的

pachorra *f.*【口】怠惰; 慢性子

pachorrudo, da *a.*【口】怠惰的; 慢性子的

*****padecer** I. *tr.* 1. 遭受, 經受; 忍受 2. 患有(某疾病) II. *intr.* 受苦, 受害

padecimiento *m.* 1. 受苦, 受難 2. 痛苦, 不幸 3. 病痛

padilla *f.* 1. 小平底鍋, 小煎鍋 2. 麵包烘爐

padrastro *m.* 1. 繼父 2. 虐待子女的父親 3. (手指甲根部的) 倒刺 4.【轉】障礙

padrazo *m.*【口】溺愛子女的父親

*****padre** *m.* 1. 父親 2. 種畜 3. (大寫)【宗】聖父 4. 神甫, 牧師 5.【轉】創始人, 鼻祖 6.【轉】根源 7. *pl.* 父母, 雙親 8. *pl.* 父輩, 祖先 ◇ ～ adoptivo 養父 / ～ de almas 神甫, 牧師 / ～ de familia 家長 / ～ de la patria 國父 / ～ del yelmo 隱士 / ～ de pila 教父 / ～ político 岳父; 公公 / Padre Santo 教皇 / hallar ～ y madre 找到靠山 / no casarse ni con su ～ 毫不退讓 / tener el ～ alcalde 有靠山

padrenuestro *m.* 主禱文

padrinazgo *m.* 1. 當教父 2. 教父身份 3.【轉】保護, 庇護

padrino *m.* 1. 教父 2. 婚禮的伴郎 3. (儀式的) 見證人 4. 保護人 5. *pl.* 教父母 6. 門路, 關係

padrón *m.* 1. 戶口册 2. 樣子, 模型 3.

溺愛子女的父親 4. 恥辱

paella *f.* 西班牙一種肉魚菜飯

paf *interj.-m.* 砰(象聲詞)

*****paga** *f.* 1. 支付, 付款; 支付的錢 2. 工資, 薪水 3. 報答, 酬謝 4. 報應; 贖罪

pagadero *m.* 支付期限, 償還期限

pagador, ra *s.* 1. 付款人 2. 出納員

pagaduría *f.* 發款處

paganismo *m.* 非基督教, 異教

pagano, na *a.-s.* 非基督教的, 異教的; 異教徒

*****pagar** I. *tr.* 1. 支付, 繳納 2. 償還 3. 報答, 酬謝 4. 爲…付出代價 II. *r.* 1. 滿足, 知足 2. 喜歡

pagaré *m.* 期票

pagel *m.*【動】海鯛

*****página** *f.* 1. 頁 2. (文學等) 作品 3. (人生中或歷史上的) 事件, 時期

paginación *f.* 編頁碼

paginar *tr.* 給…編頁碼

*****pago** *m.* 1. 支付, 償還; 支付款項 2. 報償, 酬謝 ◇ ～ a plazos 分期付款 / ～ en especia 實物支付 / ～ en metálico 現金支付 / ～ de 作爲報答

pagoda *f.* 塔, 塔式建築

pagro *m.*【動】鯛魚

paguro *m.*【動】寄居蝦

paidología *f.* 兒童學

paila *f.* 大金屬盆

pailebot; pailebote *m.* 領港船, 引水船

paipai *m.* 芭蕉扇, 蒲扇

pairar *intr.* (船) 張帆不動

pairo *m.*: al ～ ①(船) 張帆不動②伺機而動

*****país** *m.* 1. 國家 2. 地區, 區域 3.【美】風景畫 ◇ ～ natal 祖國 / vivir sobre el ～ ①就地籌餉②以詐騙爲生

*****paisaje** *m.* 1. 風景, 景色 2.【美】風景畫 3. 扇面【地】地形

paisajista *s.* 風景畫家

paisanaje *m.* 1. 老百姓 2. 同鄉

*****paisano, na** *s.* 1. 同鄉, 同胞 2. 農民,

鄉下人

***paja** f. 1. 麥秸, 稻草, 禾稈 2. 麥秸色, 稻草色 3. 無價值的東西, 廢物; 廢話 ◇ dormir en las ~s 喪失警惕 / ver la ~ en le ojo ajeno y no ver la tranca en el propio 看別人一無是處, 看不到自己

pajada f. 草料

pajar m. 草料場

pájara f. 1. 鳥 2. 雌石鷄 3. 風箏 4. 精明的女人; 愛說閒話的女人

pajarera f. 大鳥籠; 鳥舍

pajarería f. 1. 鳥羣 2. 鳥店

pajarero, ra I. a. 1. 鳥的 2. 愛玩的; 愛說笑的 3. 艷麗的, 花哨的(衣物, 裝飾) II. m. 捕、養或賣鳥的人

pajarita f. 紙疊的鳥

***pájaro** m. 1. 鳥 2. pl. 鳥類 3.【轉】狡點的人 4.【轉】傑出人物 ◇ ~ bobo 企鵝 / ~ carpintero 啄木鳥 / ~ de cuenta 值得注意的人 / ~ del Sol 極樂鳥 / ~ diablo 海燕 / ~ gordo 重要人物 / ~ polilla 翠鳥 / ~ solitario 仙人鳥 / matar dos ~s de una pedrada 一箭雙鵰 / Voló el ~ 希望落空

pajarraco m. 1. 怪鳥 2. 居心不良的人

pajaza f. 牲口吃剩的草

paje m. 1. 侍童, 小隨從 2. 見習水手

pajea f.【植】黏蒿

pajera f. 口糧棚裏的草料堆

pajizo, za a. 1. 用麥秸做成的, 用稻草做成的 2. 麥秸色的, 稻草色的

pajolero, ra a. 討厭的, 煩人的

pajón m. 麥茬, 稻茬, 莊稼茬子

pajoso, sa a. 多麥秸的; 像麥秸的

pajuela f. (蘸有硫磺的)引火棍, 引火繩

pakistaní; pakistano, na a.-s. 巴基斯坦 (Pakistán) 的, 巴基斯坦人的; 巴基斯坦人

***pala** f. 1. 鏟, 鍬, 鍁 2. 鏟狀物, 鍬狀物, 鍁狀物 3. 球拍 4. 牙冠 ◇ ~ matamoscas 蒼蠅拍 / meter la ~ 欺騙

***palabra** f. 1. 詞, 單詞 2. 言語 3. 說話

能力, 口才 4. 講話, 發言 5. 諾言, 保證 ◇ cuatro ~s 三言兩語 / medias ~s ①吐字不清的話②含沙射影的話 / ~ de honor 諾言 / ~ de rey 絕對可靠的許諾 / ~s cruzadas 縱橫字謎 / ~s de buena crianza 客套話 / ~s libres 下流話 / ~s mayores 辱罵人的話 / ahorrar ~s 言簡意賅 / a media ~ 只用很少幾句話 / beberse las ~s 聚精會神地聽 / decir la última ~ 下結論, 說了算 / de ~ ①口頭的②口頭上③有信用的 / dirigir la ~ 對…講話 / escapárse (或 irse) una ~ 失言, 口口 / faltar a su ~ 失信, 食言 / gastar ~s 白費口舌 / medir las ~s 掂量每句話的分量 / no ser más que ~s 空談, 說說而已 / no soltar ~ 不鬆口 / pedir la ~ ①請求發言②要求…履行諾言 / quitar la ~ de la boca 搶話, 插嘴 / ser esclavo de su ~ 言而有信 / sobre la ~ 只憑某人一句話 / tener la ~ 發言 / tomar la ~ 發言 / torcer las ~s 歪曲, 曲解 / trabarse de ~s 互相辱罵 / vender ~s 花言巧語欺騙

palabreja f. 怪字, 偏詞

palabrería f. 連篇空話

palabrita f. 意味深長的話; 帶刺的話

palabrota f. 粗話, 下流話

palacete m. 小宮殿; 豪華別墅

palaciego, ga a.-m. 宮廷的, 王宮的; 廷臣

***palacio** m. 1. 宮, 宮殿 2. 大樓, 大廈 3. 名人宅第, 公館

palada f. 1. 鏟, 鍬, 鍁(量詞) 2. (槳的)划動

paladar m. 1.【解】腭 2. 口味; 味覺 3. 趣味; 審美力

paladear tr. 1. 品嘗, 品味 2. 欣賞

paladeo m. 1. 品嘗, 品味 2. 欣賞

paladín m. 1. 古代的勇士, 武士 2.【轉】衛士, 捍衛者

paladino, na a. 明確的, 毫不掩飾的

paladio m.【化】鈀

palafito *m.* 水上住宅

palafrén *m.* 1. (貴婦人的)坐騎 2. (僕從的)馬

palafrenero *m.* 馬伕

palamenta *f.*【集】槳

*palanca *f.* 1. 桿, 槓桿 2. 扁擔 3. 游泳池跳台 4.【轉】門路; 手段; 依靠

palangana I. *f.* 洗臉盆 II. *m. Amér.* 誇誇其談的人; 不知羞恥的人

palanganero *m.* 臉盆架

palangre *m.* (捕魚用的)延繩鉤

palanqueta *f.* (撬門等用的)撬棒

palanquín *m.* 1. 轎子, 滑竿 2. 挑伕, 腳伕 3.【海】拉帆索

palastro *m.* 1. 鋼板, 鐵板 2. 插銷鐵板

palatal *a.* 腭的

palatino, na *a.-m.*【解】腭的, 腭骨的; 腭骨

*palco *m.* 1. (公共娛樂場所的)看台 2.【劇】包廂

palear *tr.* 1. (用鍬)鏟, 移動 2. (用木鍬)揚(穀物)

palenque *m.* 1. 柵欄, 圍樁 2. (競技活動的)場地

paleografía *f.* 古文字學, 古書法學

paleolítico, ca *a.-m.* 舊石器時代的; 舊石器時代

paleología *f.* 古語言學

paleontografía *f.* 古物誌

paleontología *f.* 古生物學

paleozoico, ca *a.-m.*【質】古生代的; 古生代

paleozoología *f.* 古動物學

palestino, na *a.-s.* 巴勒斯坦 (Palestina) 的, 巴勒斯坦人的; 巴勒斯坦人

palestra *f.* 1. (古代的)角鬥場, 競技場 2. 競賽場地

paleta *f.* 1. 小鏟 2. (瓦工的)泥鏟 3.【美】調色板 4. (風扇、水車、風車等的)葉片, 葉板 5.【解】肩胛骨

paletada *f.* 一小鏟(量詞)

paletazo *m.* (牛角的)頂撞

paletilla *f.*【解】肩胛骨

paleto, ta I. *a.* 1. 粗俗的, 土氣的 2. 不善交際的 II. *m.*【動】公鹿

paletón *m.* 1. 鑰匙齒 2. 門齒

palia *f.* 祭台罩布

paliación *f.* 1. 減輕, 緩和 2. 掩飾

paliar *tr.* 1. 減輕, 緩和 2. 掩飾

paliativo, va *a.* 【醫】姑息的, 治標的; 姑息劑, 治標藥物

*palidecer *intr.* 1. 變蒼白; 變暗淡 2.【轉】遜色

*palidez *f.* 1. 臉色蒼白; 暗淡 2.【轉】遜色

*pálido, da *a.* 1. 蒼白的, 灰白的 2. 暗淡的 3.【轉】不生動的, 不感人的, 平板的(作品)

paliducho, cha *a.* 臉色略微蒼白的(人)

palillero *m.* 1. 牙籤瓶, 牙籤筒 2. 筆桿

palillo *m.* 1. 小棍, 細棍 2. 牙籤 3. *pl.* 筷子 4. 鼓槌 5. 烟梗 6.【轉】瘦人 ◇ ~ de dientes 牙籤 / hecho un ~ 瘦成棍似的 / el ~ de la gaita【轉, 口】重要人物 / tocar todos los ~s 千方百計

palimpsesto *m.* 古本手稿

palingenesia *f.* 再生; 輪迴

palinodia *f.* 收回前言 ◇ cantar la ~ ①當衆抵賴; 勉強承認錯誤 ②(爭論中)認輸

palio *m.* 1. (古希臘人用的)大披肩 2. 華蓋 3. 斗篷; 長袍 ◇ recibir bajo (或 con) ~ 隆重接待

palique *m.*【口】閑談, 閑聊

palitoque; palitroque *m.* 1. 小木棍 2. (初學寫字時的)生硬筆劃

paliza *f.* 1. 棍打, 棒擊 2.【轉】累人的工作 3.【轉】(在爭論或體育比賽中)敗北

palizada *f.* 有柵欄圍住的地方

*palma *f.* 1.【植】棕櫚, 棕櫚科植物 2. 棕櫚葉 3. 手掌 4. *pl.* 鼓掌, 掌聲 5. 蹄掌 6.【轉】勝利 ◇ ~ indiana 椰子樹 / alcanzar (或 llevarse) la ~ 取勝; 出衆 / batir ~s 鼓掌 / como la ~ de la mano ①平坦的 ②很容易的 / llevar en

~s 敬重

palmada *f.* 1. 拍掌,擊掌 2. 鼓掌;掌聲

palmar, ra[1] I. *a.* 1. 手掌的 2. 蹄的 II. *m.* 棕櫚樹林 ◇ ser más viejo que un ~ 年邁的;非常古老的

palmar[2] *intr.* 【口】死

palmario, ria *a.* 明顯的

palmatoria *f.* 1. 燭台 2. 戒尺

palmeado, da *a.* 1. 掌狀的 2.【動】有蹼的

palmear *intr.* 拍手,鼓掌

*palmera *f.*【植】1. 海棗樹,椰棗樹 2. 棕櫚

palmero *m. Amér.*【植】海棗樹,椰棗樹

palmeta *f.* 戒尺

palmetazo *m.* 戒尺的擊打 ◇ dar un ~ a 對…喝一猛掌

palmilla *f.* 鞋墊

palmípedo, da *a.- f. pl.*【動】蹼足目的;蹼足目

palmito *m.* 1.【植】矮扇棕 2.【轉,口】(女人的)漂亮臉蛋,苗條身材

*palmo *m.* 拃(量詞,大拇指和小指兩端張開的距離) ◇ ~ a ~ 緩慢地 / crecer a ~s 生長很快 / dejar con un ~ de narices 愚弄,使失望

palmotear *intr.* 拍手,鼓掌

palmoteo *m.* 拍手,鼓掌

*palo *m.* 1. 棍,棒,柱,桿 2. 柄,把 3. 木材,木料 4. 船桅 5. 棍打,棒擊 6. 字母的豎劃 ◇ ~ de ciego ①輕率的措施 ②不公正的懲罰 / a medio ~ 未完成的 / andar a ~s 打架;愛打架 / a ~ seco ①(船)不張帆②不添加 / caérsele los ~s del sombrajo 泄氣 / moler a ~s 痛打,狠揍 / morir al ~ ①被絞死 ②勉強去做 / poner el ~ en la rueda 使受挫

*paloma *f.* 1. 鴿子 2.【轉】心地善良的人 ◇ ~ de la paz 和平鴿 / ~ mensajera 信鴿 / ~ sin hiel 善良的人

palomar *m.* 鴿房

palomariego, ga *a.* 養在鴿房中的(鴿子)

palomera *f.* 1. 小鴿房 2. 小塊荒地

palomero, ra *a.* 養鴿出售的人

palomilla *f.* 1. 麥蛾;小蛾子 2. 蛹 3. 蝶形螺母

palomina *f.* 1. 鴿糞 2. 黑葡萄

palomino *m.* 1. 野雛鴿 2.【轉】沒經驗的青年

palomita *f.* 爆玉米花

palomo *m.* 雄鴿

palotada *f.* 小棍打,小棒擊 ◇ no dar ~ ①該做而沒做②完全搞錯 / no saber ni ~ 一無所知

palote *m.* 1. 小木棍,小木棒 2. (初學書寫的)筆劃

paloteado *m.* 1. 敲棍舞 2.【轉】吵架

palotear *intr.* 1. 敲擊棍棒 2.【轉】爭吵,爭論

palpable *a.* 1. 可觸知的,摸得着的 2. 可感覺到的;明顯的

palpadura *f.* ; **palpamiento** *m.* 1. 摸,觸 2. 具體感覺到

palpar *tr.* 1. 摸,觸,碰 2. 感受到,體驗到

palpebral *a.* 眼瞼的

*palpitación *f.* 1. (心臟、脈搏等的)跳動 2. *pl.* 心悸

palpitante *a.* 1. 跳動的,搏動的 2. 顫動的,顫抖的

*palpitar *intr.* 1. (心臟、脈搏等)跳動,搏動 2. 顫動,顫抖

pálpito *m. Amér.*【口】預感

palpo *m.* 觸鬚,觸角

palta *f. Amér.* 鱷梨

palto *m. Amér.*【植】鱷梨樹

palúdico, ca I. *a.* 1. 沼澤的 2. 瘧疾的;患瘧疾的 II. *s.* 瘧疾患者

paludismo *m.*【醫】瘧疾

palurdo, da *a.-s.* 鄉下的,粗俗的,土氣的;鄉下人

palustre[1] *m.*【泥】泥鏟

palustre[2] *a.* 沼澤的

pamema *f.* 大驚小怪

*pampa *f.* 南美洲大草原,潘帕斯草原
◇ a la ~ *Amér.* 在露天 / estar en sus ~s *Amér.* 怡然自得 / quedar en ~ *Amér.* 希望落空

pámpana *f.* 葡萄葉

pampanada *f.* 葡萄葉汁

pámpano *m.* 1. 葡萄葉 2. 嫩葡萄藤

*pampero, ra *a.-s.* 南美洲大草原的; 南美洲大草原居民

pampirolada *f.* 1. 麵包和蒜搗成的調味汁 2.【轉】愚蠢言行

pamplina *f.* 1.【植】鵝不食 2.【植】大花角苣香 3.【轉, 口】廢話; 廢物 4.【轉, 口】大驚小怪

pamplinero, ra; pamplinoso, sa *a.* 1. 愛說廢話的 2. 好大驚小怪的

pamporcino *m.*【植】仙客來

pampringada *f.* 1. 塗油麵包片 2.【轉, 口】愚蠢言行

*pan *m.* 1. 麵包 2. 麵團 3. 小麥 4.【轉】食糧 5.【轉】生計 6. *pl.*【轉】莊稼
◇ ~ ácimo 未發酵麵包 / ~ agradecido 感恩的人 / ~ bazo 麩皮麵包 / ~ candeal 精白麵包 / ~ sin sal 乏味的人;獃子 / el ~ de cada día 老生常談 / el ~ nuestro de cada día 習以爲常的事 / ganarse el ~ 謀生 / más bueno que el ~ 非常好的,善良的 / no haber ~ partido 親密無間 / ser un pedazo de ~ 忠厚,善良

pana *f.* 燈芯絨,平絨

panacea *f.* 萬應靈藥,仙丹妙藥

*panadería *f.* 1. 麵包業 2. 麵包店

*panadero, ra *s.* 麵包師;賣麵包的人

panadizo *m.* 1.【醫】瘭疽 2.【轉, 口】面無血色的人

panafricanismo *m.* 泛非主義

panal *m.* 蜂巢,蜂窩;蜂窩狀物

panamá *m.* 巴拿馬草帽

*panameño, ña *a.-s.* 巴拿馬 (Panamá) 的;巴拿馬人

panamericanismo *m.* 泛美主義

panamericano, na *a.* 泛美的,美洲各

國的

panarabismo *m.* 泛阿拉伯主義

panavisión *f.* 潘那維申型寬銀幕電影; 寬屏幕電視

panca *f.* (弔在頂棚上的)手拉風扇

*pancarta *f.* (集會、遊行時舉的)標語牌

pancellar *m.* ; pancera *f.* 護腹甲

pancista *a.* 看風使舵的

páncreas (*pl.* páncreas) *m.*【解】胰腺

pancreatitis *f.*【醫】胰腺炎

pancromático, ca *a.*【攝】全色的 (膠片)

pancho *m.*【口】肚子,大肚子

panda[1] *m.* 熊貓

panda[2] *f.* 寺院的走廊

pandear *intr.* (牆、梁等)變彎

pandectas *f. pl.* 法令全書

pandemia *f.*【醫】(範圍極大的)流行病

pandemónium *m.*【宗】地獄的都城,陰間 2.【轉】嘈雜混亂;嘈雜混亂的地方

pandeo *m.* (牆、梁等)彎曲

pandera *f.* 手鼓

*pandereta *f.* 小手鼓

panderetear *intr.* 敲手鼓

pandereteo *m.* 1. 敲手鼓;手鼓聲 2. 伴隨手鼓聲的歡笑喧鬧聲

pandero *m.* 1. 手鼓 2. 風箏

pandilla *f.* 夥,幫,羣

pandillero *m.* ; pandillista *s.* 幫派成員

pando, da I. *a.* 彎曲的,不直的 II. *m.* 山間平地

pandorga *f.* 1. 旋轉木偶 2.【轉, 口】胖女人;懶婆娘

*panecillo *m.* 鬆軟小麵包 ◇ ~ cocido a vapor 饅頭

panegírico, ca *a.-m.* 讚美的,頌揚的; 頌揚,頌詞

panegirista *s.* 1. 致頌詞者 2.【轉】吹捧者

panel *m.* 嵌板,鑲板 ◇ ~ de control 控制板,操縱台

panela f. 1. 小餅乾 2. (紋章上的)榆樹葉

panero m. (麵包房用的)麵包筐

paneslavismo m. 泛斯拉夫主義

paneuropeo, a a. 泛歐的, 全歐洲的

pánfilo, la a. 1. 易受騙的 2. 遲鈍的

panfleto m. 宣傳性小冊子

pangermanismo m. 泛日耳曼主義

pangolín m. 【動】穿山甲

panhelenismo m. 泛希臘主義

paniaguado m. 1. 僕人, 傭人 2. 親信

*****pánico, ca** a.-m. 恐怖的, 可怕的; 恐怖

panículo m. 【解】筋膜, 膜

paniego, ga a. 1. 產小麥的(土地) 2. 愛吃麵包的

panificable a. 可以做麵包的(麵粉)

panificación f. 做麵包

panificar tr. 把…做成麵包

panislamismo m. 泛伊斯蘭教教義

panizo m. 1. 黍, 穀子, 粟 2. 小米 3. 玉米 ◇ ~ negro 高粱

panocha; panoja f. (玉米、黍、粟等的)穗

panoli a. 愚笨的

panoplia f. 1. 全副甲冑 2.【集】收藏的武器 3. 盾形武器架

panorama m. 1. 環視圖景, 全景圖畫 2. 全景, 景色 3.【轉】全貌, 概況

panorámico, ca a.-f. 全景的, 全貌的;【電影】全景

pantagruélico, ca a. 極豐盛的(筵席)

pantaletas f. pl. Amér. 女內褲

*****pantalón** m. 1. (常用 pl.) 褲子, 長褲 2. 女用内褲 ◇ ~ abotinado 馬褲 / ~ bombacho 燈籠褲 / ~ a media pierna 半長褲 / falda ~ 裙褲 / llevar bien puestos los ~es 掌權 / ponerse los ~es (女人)當家

*****pantalla** f. 1. 燈罩 2. (電影、幻燈的)銀幕; 電視屏幕 3. 電影 4. 爐門擋板 5.【轉】擋箭牌; 掩護者, 掩蔽物 ◇ ~ acústica 隔音板 / ~ de cabeza (焊工

的)護目頭罩 / ~ de radar 雷達屏 / ~ fluorescente 熒光屏 / llevar a la ~ 把…搬上銀幕

pantanal m. 沼澤地

*****pantano** m. 1. 沼澤 2. 水庫 3.【轉】障礙, 困境

*****pantanoso, sa** a. 1. 沼澤的, 泥濘的 2.【轉】困難重重的, 棘手的

panteísmo m. 泛神論

pantelismo m. 【哲】唯意志論

panteón m. 1. (古希臘、羅馬的)萬神殿 2. 合葬墓碑

pantera f. 1.【動】豹, 金錢豹 2. 豹皮紋瑪瑙 3. 個性強的女人 ◇ ~ negra 黑豹

pantógrafo m. 縮放儀, 比例畫圖儀

pantómetra f. 測角儀, 測角規

pantomima f. 啞劇

pantomímico, ca a. 啞劇的

pantomimo m. 啞劇演員

pantorrilla f. 腿肚子

pantorrilludo, da a. 腿肚子大的

*****pantufla** f.; **pantuflo** m. 拖鞋, 便鞋

panza f. 1. 腹, 肚子 2. (器皿的)鼓肚 3.【動】瘤胃(反芻動物的第一胃)

panzada f. 1. 用腹部拱撞; 腹部挨的擊打 2.【口】飽, 吃足

panzón, ona; panzudo, da a. 1. 肚子大的, 大腹便便的 2. 有鼓肚的(器皿)

pañal m. 1. 尿布 2. (男襯衫的)下襬 3. pl. 襁褓 4. pl.【轉】童年 5. pl.【轉】初期, 開始 ◇ de ~es 剛出生的 / dejar en ~es 把…遠遠拋在後面 / estar en ~es 無知 / sacar de ~es 使擺脫貧困

pañería f. 1.【集】呢料, 毛料 2. 呢料店

pañero, ra a.-s. 呢料的, 毛料的; 呢料商

pañete m. 低級呢料

*****paño** m. 1. 呢料, 毛織品 2. 壁毯 3. (布料、呢料的)幅面 4. 抹布, 揩布 5. (皮膚上的)斑點 ◇ ~ de cocina 擦碗布 / ~ de lágrimas 貼心人 / ~ de lampazo 植物畫壁毯 / 〜 de manos 毛巾,手巾 / 〜 de mesa 桌布 / 〜s menores 內衣 / conocer el 〜 瞭解,熟知 / poner el 〜 al púlpito 侃侃而談 / ser del mismo 〜 que 是一路貨

pañol *m.*【海】(船上的)儲藏室

pañolero *m.* **1.** 賣手帕的人 **2.**【海】儲藏室管理員

pañoleta *f.* 三角頭巾,三角圍巾,三角披肩

pañolón *m.* 大圍巾,大披肩

pañosa *f.* 呢斗篷

*◆**pañuelo** *m.* **1.** 手帕,手巾 **2.** 圍巾,頭巾,披肩 ◇ 〜 de bolsillo 手帕,手絹 / 〜 de cabeza 頭巾

*◆**papa**[1] *m.* **1.**【口】爸爸 **2.** 羅馬教皇 ◇ ser más papista que el 〜 比當事者還起勁

papa[2] *f.* 食物;麵糊

*◆**papa**[3] *m.* 馬鈴薯,土豆 ◇ 〜 dulce 甘薯,白薯

*◆**papá** *m.*【口】**1.** 爸爸 **2.** *pl.* 父母 ◇ Papá Noel 聖誕老人

papada *f.* **1.** 下巴肉 **2.** (動物的)頸轍

papado *m.* 羅馬教皇職位;羅馬教皇任期

*◆**papagayo** *m.* **1.**【動】鸚鵡 **2.**【轉】饒舌的人

papal **I.** *a.* 羅馬教皇的 **II.** *m. Amér.* 馬鈴薯地,土豆田

papalina *f.* **1.** 帶護耳的帽子 **2.** 女用便帽

papalote *m. Amér.* 風箏

papamoscas *m.* **1.**【動】鶲 **2.** 頭腦簡單的人

papanatas *m.* 頭腦簡單的人

papar *tr.* **1.** 喝,吸,吃 **2.** 不理會,不以為然

paparrucha; paparruchada *f.* **1.** 謠言,謠傳 **2.** 愚蠢言行 **3.** 胡亂做成的東西

papaveráceo, a **I.** *a.-f. pl.*【植】罌粟的;罌粟科 **II.** *m.* 罌粟

papaya *f.* 番木瓜

papayo *m.*【植】番木瓜樹

*◆**papel** *m.* **1.** 紙,紙張 **2.** 字紙,有字的紙 **3.** *pl.* 文件,證件 **4.** 紙幣 **5.**【商】證券 **6.**【劇】角色,腳色 **7.**【轉】作用,職能 ◇ 〜 biblia 聖經紙,字典紙 / 〜 carbón (或 de calcar) 複寫紙 / 〜 celo 透明膠紙 / 〜 celofán 玻璃紙 / 〜 de arroz 糯米紙 / 〜 de barba 毛邊紙 / 〜 de copias 印相紙 / 〜 de China 宣紙 / 〜 de embalar 包裝紙 / 〜 de estaño 錫紙 / 〜 de filtro 濾紙 / 〜 de fumar 捲烟紙 / 〜 del Estado 公債券 / 〜 de lija 砂紙 / 〜 de música 五線譜紙 / 〜 higiénico 衛生紙 / 〜 mojado 無用的文件;無效的證件 / 〜 moneda 紙幣 / 〜 offset 膠版紙 / 〜 pintado 糊牆紙 / 〜 secante 吸墨紙 / 〜 tela 絹,帛 / 〜 vegetal 描油紙 / 〜 volante 傳單 / hacer buen 〜 光彩 / hacer mal 〜 不光彩 / hacer el 〜 de 取代

papelear *intr.* **1.** 在紙堆中翻找 **2.** 出風頭

papeleo *m.* **1.** 在紙堆中翻找 **2.** 手續

papelera *f.* **1.** 字紙簍,廢紙簍 **2.** 寫字枱 **3.** 造紙廠

*◆**papelería** *f.* **1.** 文具店;紙張店 **2.** 亂紙堆

papelero, ra *a.* **1.** 紙張的 **2.** 賣紙的 **3.** 愛出風頭的

*◆**papeleta** *f.* **1.** 便箋,便條 **2.** 卡片 **3.** 證件 **4.** 選票 **5.**【轉】難題 ◇ 〜 de empeños 當票 / 〜 de examen 考卷,考籤 / devolver la 〜 en blanco 給不及格分數

papeletear *tr.* 把(資料)做成卡片

papelillo *m.* **1.** 彩色紙片 **2.** 紙烟 **3.** 藥口袋

papelina *f.* **1.** 大口酒杯 **2.**【紡】府綢

papelista *s.* **1.** 造紙的人;紙商 **2.** 裱糊匠

papelón, na **I.** *a.* 好炫耀的,好出風頭的 **II.** *m.* **1.** 廢紙(指文件、文稿) **2.** 不

光彩的角色

papelote; papelucho *m.* 1. 廢紙 2. 內容空洞的文件

papera *f.*【醫】1. 甲狀腺腫 2. 腮腺炎 3. 瘰癧

papila *f.* 1.【解,植】乳頭, 乳突 2.【解】視神經乳頭

papilionáceo, a *a.-f. pl.*【植】蝶形花科的; 蝶形花科

papilla *f.* 1. 餵孩子的麪糊 2.【轉】狡詐 ◇ dar ~ 欺騙 / echar la primera ~ 大吐特吐 / hecho ①疲憊不堪的 ②破碎的

papiro *m.* 1.【植】紙莎草 2. 紙莎草紙 3. 紙莎草紙文稿

papirotada *f.* ; **papirotazo** *m.* 彈腦門, 手指在腦門上彈擊

papirote *m.* 1. 彈腦門 2. 笨蛋

papismo *m.* 天主教, 天主教教義

papista *a.-s.* 天主教的; 天主教徒

papo *m.* 1. 下巴肉 2. (禽類的) 嗉囊

papudo, da *a.* 1. 長有下巴肉的 2. 嗉囊大的

pápula *f.*【醫】丘疹

paquebot; paquebote *m.* 郵船, 班輪

*__paquete__ *m.* 1. 包, 束, 捆; 包裹 2. 郵船 ◇ ~ postal 郵包

paquetería *f.* 成包的小商品

paquidermos *m. pl.*【動】厚皮亞目

*__par__ **I.** *a.* 1.【數】偶數的 2. 相同的 **II.** *m.* 1. 對, 雙, 副; 兩個 2. 幾個, 兩三個 **III.** *f. pl.* 胎盤 ◇ a la (或 al) ~ 同時 / al ~ de 與…並列 / a ~es 成對地, 兩個兩個地 / de ~ en ~ 敞開着 / sin ~ 無與倫比的

*__para__ *prep.* 1. 爲了 2. 向, 往, 去 3. 給, 爲, 對於 ◇ ~ siempre 永遠

parabién *m.* 祝賀, 祝願

parábola *f.* 1. 寓言故事 2.【數】抛物線

parabólico, ca *a.* 1. 寓言的, 有寓意的 2. 抛物線的

parabrisas (*pl.* parabrisas) *m.* (汽車的) 前擋風玻璃

*__paracaídas__ (*pl.* paracaídas) *m.* 降落傘

*__paracaidista__ *s.* 1. 跳傘員, 跳傘運動員 2. 傘兵

parachoques *m.* (汽車的) 保險槓

*__parada__ *f.* 1. 停止; 終止 2. 車站 3. 驛站 4.【軍】檢閱, 閱兵

paradero *m.* 1. 停留地 2. 下落, 行蹤 3. 結局, 下場

paradigma *m.* 範例, 示例

paradisíaco, ca *a.* 天堂般的, 極樂的

*__parado, da__ *a.* 1. 遲鈍的, 不機靈的 2. 猶豫不決的 3. 站着的, 直立的 3. 失業的

paradoja *f.* 1. 怪誕想法; 反論 2. 似是而非的謬論 3. 自相矛盾, 不合邏輯

paradójico, ca *a.* 1. 怪誕的; 反論的 2. 似是而非的 3. 自相矛盾的, 不合邏輯的

parador *m.* 客店, 客棧

paraestatal *a.* 半官方的, 與政府合作的

parafernales *a. pl.* 私房的, 妻子個人的

parafina *f.*【化】石蠟 ◇ ~ líquida 液態凡士林

parafrasear *tr.* 釋義, 解釋; 意譯

paráfrasis (*pl.* paráfrasis) *f.* 釋義, 解釋; 意譯

*__paraguas__ *m.* 1. 雨傘 2. 傘狀物

*__paraguayo, ya__ *a.-s.* 巴拉圭 (Paraguay) 的, 巴拉圭人的; 巴拉圭人 **II.** *m.* 蟠桃樹 **III.** *f.* 蟠桃

paragüero, ra **I.** *s.* 1. 傘匠 2. 賣傘的人 3. 修傘的人 **II.** *m.* 雨傘架

parahúso *m.* 拉鑽

*__paraíso__ *m.* 1. (大寫)【宗】伊甸園; 天國 2. 天堂, 樂園

paraje *m.* 1. 地方, 地點 2. 情況, 狀況

paralaje *f.*【天】視差

paralela *f.* 1. 平行線 2. *pl.*【體】雙槓

paralelepípedo *m.*【數】平行六面體

paralelismo *m.*【數】平行, 平行現象

*__paralelo, la__ **I.** *a.* 1. 平行的 2. 相應

的;類似的 II. *m.* 1. 相比,類似 2.【地】緯線 ◇ en ~【電】並聯的

paralelogramo *m.*【數】平行四邊形

parálisis (*pl.* parálisis) *f.* 1.【醫】麻痺,癱瘓 2.【轉】停滯 ◇ ~ infantil 小兒麻痺症 / ~ temblorosa 震顫麻痺

paralítico, ca *a.* 患麻痺症的

paralizar *tr.* 1. 使麻痺,使癱瘓 2.【轉】使停滯 3. 使麻木

paralogismo *m.* 謬誤推理

paramento *m.* 1. 罩飾 2. 馬衣 3.【建】石面,牆面 ◇ ~s sacerdotales ①聖袍 ②祭壇上的裝飾品

paramera *f.* 荒野,荒原

parámetro *m.*【數】參數,參變數

páramo *m.* 1. 荒地,荒野 2. 寒冷不毛之地

parangón *m.* 相比,比較

parangonar *tr.* 1. 對比,比較 2.【印】調整(大小鉛字)使排滿一行

paraninfo *m.* 1. 男儐相 2. 報喜者 3. (大學開學典禮的)致詞人 4. 大教室

paranoico, ca *a.* 妄想狂的;患妄想狂的

paranza *f.*【獵】隱蔽所

parapetarse *r.* 1. (以某物爲掩護)進行自衛 2.【轉】推託

parapeto *m.* 1. (橋等的)欄杆,矮牆 2.【軍】胸牆,射垛,掩體

paraplejía *f.*【醫】截癱,下身麻痺

parapoco *a.* 沒有能力的,沒有個性的

***parar** I. *intr.* 1. 停止,中斷 2. 結局是 3. 落人 4. 住宿 II. *tr.* 1. 使停止,使中斷 2. 擋住,攔住 3. 豎直,豎起 III. *r.* 1. 站立,站着 2. 注意 ◇ dónde va a ~ 沒法相比 / no ~ ①繁忙②焦慮 / no ~ en bien 結果不會好 / no ~ hasta 堅持到…爲止 / sin ~ 不停地;經常地

pararrayos *m.* 避雷針;避雷器

paraselene *f.*【氣象】幻月

parasicología *f.*【心理】心靈學

parasimpático *a.*【解】副交感神經系統

parasitario, ria *a.* 寄生的;由寄生蟲引起的

parasiticida *f.* 殺寄生蟲藥

parásito, ta I. *a.* 1. 寄生的 2.【轉】過寄生生活的 3.【電】(無線電廣播中)雜音的,噪音的 II. *m.* 1. 寄生蟲,寄生菌,寄生物 2.【轉】食客 3. *pl.*【電】(無線電的)干擾雜音 ◇ ~ de la sociedad 社會寄生蟲

parasitología *f.* 寄生蟲學,寄生物學

parasol *m.* 1. 陽傘 2.【攝】(照相機的)遮光罩

paratífico, ca *a.-s.*【醫】副傷寒的;副傷寒患者

paratifoidea *f.*【醫】副傷寒

parca *f.*【詩】死亡

***parcela** *f.* 1. 小量,小部分 2. 小塊土地

parcelar *tr.* 把(土地)分成小塊

***parcial** *a.* 1. 部分的,局部的 2. 偏袒的,不公平的 3. 追隨(某派)的

parcialidad *f.* 1. 派別性;派別,集團 2. 偏袒,不公平

parco, ca *a.* 1. 有節制的 2. 少的,不多的

parcha *f. Amér.*【植】西番蓮

parchazo *m.* 桅和帆相撞 ◇ pegar un ~ ①騙錢②嘲弄

parche *m.* 1. 補丁 2. 膏藥 3. 鼓面 4.【轉】鼓 4.【轉】多餘物;不成功的潤飾 ◇ bolsillo de ~ 貼袋 / pegar un ~ ①騙錢②嘲弄

pardal *m.* 1. 麻雀 2. 赤胸朱頂雀 3. 豹 4. 長頸鹿 5.【口】狡詐的人

pardear *intr.* 呈棕褐色

pardiez *interj.* 天哪

pardillo, lla *m.* 赤胸朱頂雀

***pardo, da** I. *a.* 1. 棕褐色的 2. 陰沉的(天色) 3. 低沉的,不清晰的(噪音) 4. *Amér.* 黑白混血的 II. *s. Amér.* 黑人與白人的混血人

pardusco, ca *a.* 棕褐色的

pareado, da *a.* 押韻的(兩行詩)

parear *tr.* **1.** 使成對, 使成副 **2.** 對比, 比較

*__parecer__ **I.** *intr.* **1.** 使覺得, 使認爲 **2.** 顯得, 好像, 像是 **3.** 出現, 來到 **II.** *r.* 相像, 相似 **III.** *m.* **1.** 看法, 見解 **2.** 相貌 ◇ al ～ 看來 / a mi ～ 依我看 / arrimarse al ～ de 服從…的意志 / casarse con su ～ 固執己見

*__parecido, da__ **I.** *a.* **1.** 相像的, 相似的 **2.** 長得好(難)看的 **II.** *m.* 相像, 相似

*__pared__ *f.* **1.** 牆壁, 牆 **2.** (間隔用的)擋板 **3.** 【植】隔壁 ◇ ～ de cerca 圍牆 / insonora 隔音牆 / ～ maestra 主牆, 承重牆 / entre cuatro ～es 深居簡出 / hablar las ～es 隔牆有耳 / ～ en (或 por) medio ①在隔壁②在眼前

paredón *m.* **1.** 高牆, 厚牆 **2.** 斷壁殘垣 ◇ al ～ 槍斃 / llevar al ～ 槍斃(某人)

*__pareja__ *f.* **1.** 對, 雙 **2.** 一對夫婦 **3.** 配對的一個 **4.** (並排驅車的)兩匹馬 **5.** 舞伴; 搭檔 ◇ correr ～s 相同, 相似 / en ～s 成對的, 成雙的 / por ～s 兩個兩個地

parejo, ja *a.* **1.** 一樣的, 相同的; 勢力敵的 **2.** 平的, 平坦的

parénquima *m.* 【解】柔組織, 實質, 主質

parentela *f.* 【集】親屬, 親戚

parentesco *m.* **1.** 親屬關係, 親戚關係 **2.** 【集】親屬, 親戚 **3.** 【轉】關係, 聯繫 ◇ ～ espiritual 精神親緣 / contraer ～ 聯姻

*__paréntesis__ (*pl.* paréntesis) *m.* **1.** 括號 **2.** 括弧内的詞, 插入語 **3.** 中斷, 打斷; 插話 ◇ ～ cuadrado 方括號 / abrir el ～ ①打上括號的前半部分②中斷 / cerrar el ～ ①打上括號的後半部分②結束(中斷) / entre ～ ①在括號内②附帶地

paria **I.** *s.* **1.** (印度的)賤民 **2.** 被社會遺棄的人 **II.** *f. pl.* **1.** 【解】胎盤 **2.**

parición *f.* **1.** 分娩 **2.** 牲畜的產仔期

paridad *f.* **1.** 相同 **2.** 比較 **3.** 比價, 兌換率

*__pariente, ta__ **I.** *a.* **1.** 親屬的, 親戚的 **2.** 【轉, 口】相似的 **II.** *s.* **1.** 親屬, 親戚 **2.** 【口】丈夫, 妻子

parietal *m.* 【解】頂骨

parietaria *f.* 【植】藥用牆草

parihuela *f.* (常用 *pl.*) 擔架; 擔物架

paripé: hacer el ～ ①擺架子②裝腔作勢③虛情假意

*__parir__ **I.** *intr.* **1.** 分娩 **2.** 下蛋 **3.** 【轉】暴露 **II.** *tr.* 產生, 引起

parisiense *a.-s.* 巴黎 (París) 的; 巴黎人

paritario, ria *a.* 勞資雙方選派的人數相等具有平等權限的

parla *f.* **1.** 交談, 談話; 閑聊 **2.** 口才

parlamentar *intr.* **1.** 交談 **2.** 會談, 談判

parlamentario, ria **I.** *a.* **1.** 議會的, 國會的 **2.** 議會制的 **II.** *s.* **1.** 議員 **2.** 談判代表

parlamentarismo *m.* **1.** 議會 **2.** 議會制

*__parlamento__ *m.* **1.** 議會, 國會 **2.** 談判, 和談; 談判會議, 和會 **3.** 【劇】大段獨白

parlanchín, ina *a.* 話多的, 饒舌的; 多嘴的

parlante *a.* 説話的

parlar *intr.* 閑聊; 空談

parlería *f.* **1.** 饒舌, 話多 **2.** 流言蜚語

parlero, ra *a.* **1.** 話多的, 饒舌的 **2.** 愛散佈流言的 **3.** 鳴聲悦耳的 **4.** 【轉】發出悦耳聲的 **5.** 【轉】富有表情的

parlotear *intr.* 閑聊, 閑談

parloteo *m.* 閑聊, 閑談

parnaso *m.* **1.** 【集】詩人 **2.** 詩壇 **3.** 詩選, 詩集

*__paro__ *m.* **1.** 停工, 歇業 **2.** 罷工 **3.** 失業 ◇ ～ forzoso 被迫停工 / ～ laboral 罷工

paro² *m.* 【動】山雀, 山雀屬 ◇ ～ carbónico 大山雀

parodia f. 1. 戲弄性的模仿 2. 諷刺劇

parodiar tr. 戲弄性模仿; 滑稽地模仿

parola f. 1. 口才 2. 閑扯

parónimo, ma a.-m. 詞源近似的, 詞形近似的, 發音近似的: 近源詞, 形似詞, 音似詞

paronomasia f. 詞形近似; 發音近似

parótida f.【解】腮腺 2.【醫】腮腺炎

parotiditis f.【醫】腮腺炎

paroxismo m. 1.【醫】發作, 突然惡化 2.【轉】(感情) 激越

parpadear intr. 1. 眨眼睛 2.【轉】閃光, 閃爍

parpadeo m. 1. 眨眼睛 2.【轉】閃光, 閃爍

*párpado m. 眼皮, 眼瞼

parpar intr. (鴨子) 嘎嘎叫

*parque m. 1. 公園, 花園 2. 停車場 3.【集】運輸工具 ◇ ~ de atracciones 遊藝場 / ~ de bomberos 消防站 / ~ nacional 國家天然公園 / ~ zoológico 動物園

parquedad f. 1. 節制; 節儉 2. 不多, 少量

parra f. 葡萄蔓, 葡萄藤 ◇ subirse a la ~ ①發怒②傲慢無禮

parrafada f. 長談, 暢談

*párrafo m. 1. 段落, 節 2. 段落符號 3. pl. 演說, 文章

parral m. 葡萄架; 葡萄園

parranda f. 歡鬧, 作樂

parrandear intr. 歡鬧, 尋歡作樂

parrandero, ra a. 愛尋歡作樂的

parricida s. 殺近親者

paricidio m. 殺近親罪

parrilla f. 1. (烤肉用的) 鐵笆子 2. 爐笆子

parriza f. 野葡萄

parro m. 鴨子

párroco m. 教區神甫, 教區牧師

parroquia f. 1. 教區 2.【集】(教區的) 教民 3.【集】教區的神職人員 4.【集】老主顧, 常客

parroquial a. 教區的

parroquiano, na s. 老主顧, 常客

parsimonia f. 1. 節制; 節儉 2. 穩重

parsimonioso, sa a. 1. 有節制的; 節儉的 2. 穩重的

parsismo m.【宗】祆教, 拜火教

*parte I. f. 1. 部分, 局部 2. 份額, 分擔量 3. (文學或科學著作的) 部 4. (爭論, 談判, 鬥爭的) 一方 5.【劇】角色; 台詞 6. pl. (人的) 生殖器 II. m. 1. 匯報, 報告 2. 電文, 電報, 電話 ◇ ~ contraria (訴訟中的) 對方 / ~ de la oración【語法】詞類 / ~ esencial 組成部分 / ~ integral (或 integrante) 組成部分 / a ~s iguales 平均地, 平分地 / dar ~ 上報, 報告 / dar ~ sin novedad (向上級) 報平安 / de ... a esta ~ 從…以來 / de ~ de 以…的名義 / de ~ a ~ 從一邊到另一邊 / echar a buena ~ 從好的方面理解 / echar a mala ~ 從不好的方面理解, 曲解 / en ~ ①部分地②從某種意義上 / en todas ~s 到處 / formar ~ de 成爲… 的一員 / hacer de su ~ 盡力 / la mayor ~ de 大部分 / llevar la mejor ~ 佔上風 / no llevar a ninguna ~ 不會有結果 / tomar ~ en 參加

partenogénesis (pl. partenogénesis) f.【生】單性生殖, 孤雌生殖

partera f. 助產士, 接生婆

partero m. 産科醫生

parterre m. 1. 花壇, 花園 2.【劇】正廳後排; 正廳後排的觀衆

partesana f. 戟

partición f. 1. 分, 分開; 分配 2.【數】除法

*participación f. 1. 參加 2. 入股; 股金 3. 通知; 通知書

*participante a.-s. 參加的, 參與的; 參加者, 參與者

*participar I. intr. 1. 參加, 參與 2. 入股 3. 共享 II. tr. 告知, 使知道

partícipe a.-s. 參加…的; 參加者

*participio *m.*【語法】分詞 ◇ ～ acti-
vo（或 de presente）現在分詞 /
pasivo（或 de pretérito）過去分詞

*partícula *f.* 1. 微粒 2.【理】粒子, 質
點 3.【語法】虛詞; 詞綴

*particular I. *a.* 1. 特別的, 特殊的; 特
有的 2. 自己的, 各自的 3. 特定的, 特
指的 4. 私人的 II. *m.* 1. 私人 2. 事情,
問題 ◇ de ～ 特別的 / en ～ 尤其, 特
別

particularidad *f.* 1. 特性, 特色 2. 特
殊照應

particularismo *m.* 1. 個人主義, 利己
主義 2. 專用術語

particularizar I. *tr.* 1. 使具有特色, 使
特殊 2. 特別提到, 特指 3. 特殊照應 II.
r. 與衆不同

*partida *f.* 1. 起程, 出發, 離開 2.（出
生、死亡、婚姻等的）登記; 證書 3.（賬
目的）款項 4.（貨物的）批, 宗 5. 幫,
夥, 羣, 集團 6.（比賽、賭博等的）盤,
局, 場

*partidario, ria *a.* 擁護…的, 支持…的

partidismo *m.* 黨派性, 黨派偏見

*partido *m.* 1. 黨派, 政黨 2. 體育比賽
3.（比賽、賭博中的）盤, 局, 場 ◇ ～
judicial 行政區 / formar ～ 組織黨派
/ sacar ～ 得益 / tener ～ ①有擁護者
②有崇拜者 / tomar ～ ①下決心②決
定支持

partidura *f.* 頭髮的分路

partiquino, na *s.*（歌劇的）配角演員

*partir I. *tr.* 1. 把…分成幾部分 2. 分
配 3.（使茫然 4.【數】除 II. *intr.* 1. 起
程, 出發, 離開 2. 出自, 依據 III. *r.* 分
成派別 ◇ a ～ de ①從…起②從…出
發, 依據

partitivo, va *a.* 可分開的

partitura *f.*【樂】樂譜, 總譜

parto *m.* 1. 分娩 2. 初生兒 3.【轉】創
作; 作品 ◇ ～ doble 雙胞胎 / mal
流産 / prematuro ～ 早産

parturienta *f.* 産婦

parva *f.* 1.（攤在場上的）禾穀 2. 大量,
許多 3. 早餐

parvedad *f.* 1. 少量 2. 齋日早點

parvo, va *a.* 1. 小的 2. 少的

párvulo, la I. *a.* 1. 幼小的, 年幼的 2.
【轉】幼稚的, 單純的 II. *s.* 幼兒

*pasa *f.* 葡萄乾 ◇ estar hecho una ～
乾瘦, 滿面皺紋

pasacalle *f.* 進行曲

pasada *f.* 1. 通過, 經過; 經過之處 2.
遍, 次, 層, 道 ◇ mala ～ 坑害 / de ～
順便

pasadera *f.*（供人過河的）踏脚石

pasadero, ra *a.* 1. 可通過的, 可通行的
2. 過得去的, 可凑合的 3.（身體）尚好
的

pasadizo *m.* 1. 通路, 通道 2. 走廊, 過
道 3. 胡同, 小巷

*pasado, da I. *a.* 1. 過去的 2. 不新鮮
的, 變質的 3. 燒乏了的 4. 過時的, 陳
舊的 5. 狡猾的 II. *m.* 過去, 昔日

pasador *m.* 1. 插銷 2. 篩子 3.（從一
邊穿到另一邊的）固定用具（如領鈎、領
扣、胸針等）4. *pl.* 袖扣 ◇ ～ de res-
balón 彈簧鎖

*pasaje *m.* 1. 通過, 通行 2. 船票, 飛機
票, 火車票 3. 通道, 過道 4.（文章、樂
曲的）段

*pasajero, ra I. *a.* 1. 行人多的 2. 短
暫的, 暫時的 II. *s.* 乘客, 旅客

pasamanería *f.* 飾帶業; 飾帶廠; 飾帶
商店

pasamanero, ra *s.* 做或賣飾帶的人

pasamano *m.* 1. 飾帶 2.（欄杆、樓梯
的）扶手

pasante *s.* 1. 見習生, 實習生 2. 輔導教
師

pasantía *f.* 見習, 實習; 見習期, 實習期

*pasaporte *m.* 通行證; 護照 ◇ dar ～
驅逐

*pasar¹ I. *tr.* 1. 通過, 經過 2. 傳遞; 轉
達 3. 超過, 勝過 4. 通過(考試); 接受,
批准 5. 傳染 6. 度過 7. 略過, 跳過 II.

intr. **1.** 經過 **2.** (時間) 流逝 **3.** 被接受 **4.** 移居 **5.** 轉入, 開始 III. *r.* **1.** 投靠 **2.** 過頭, 過度 **3.** 過期 **4.** 萎謝 IV. *impers.* 發生 V. *m.* 經濟狀況 ◇ dejar ~ 任其自流 / hacerse ~ por 自認 / ir pasando 馬馬虎虎 / ~ por alto 未提及 / ~ por encima 不顧 / ~se por 路過

pasar² *tr.* 曬乾, 晾乾

pasarela *f.* **1.** 臨時搭的小橋 **2.** 跳板, 舷梯 **3.** 舞台前沿

*pasatiempo *m.* 消遣, 娛樂

Pascua *f.* **1.** (猶太人的) 逾越節 **2.** 復活節 **3.** 聖誕節 ◇ Pascua de Navidad 聖誕節 / Pascua de Resurrección 復活節 / Pascua del Espíritu Santo 降靈節 / Pascua Florida 復活節 / dar las ~s 致以節日的祝賀 / de ~s a ramos 間或 / hacer la ~ 打擾

pascual *a.* 逾越節的; 復活節的; 聖誕節的

*pase *m.* **1.** 許可證 **2.** (演出的) 贈券, 招待券; 免費旅行券 **3.** 傳球 **4.** (對他國外交人員的) 認可 **5.** (擊劍) 佯攻 ◇ ~ de muleta (鬥牛士的) 躲閃

paseante *s.* 散步者, 閑逛者 ◇ en corte 沒有正業的人

*pasear I. *intr.* 散步, 閑逛 II. *tr.* 帶…蹓躂 III. *r.* 游手好閑

*paseo *m.* **1.** 散步, 閑逛 **2.** 散步場所 **3.** 短距離 ◇ ~ de circunvalación 環城路 / dar un ~ 散步 / echar a ~ 讓 (某人) 見鬼去吧!

pasera *f.* 曬製果乾; 果乾曬製場

*pasillo *m.* **1.** 走廊, 過道 **2.** 幕間短劇 ◇ ~ aéreo 空中走廊 / ~ rodante 自動人行道

*pasión *f.* **1.** 受苦, 受難 **2.** 熱情, 激情 **3.** 愛好, 熱愛 **4.** 熱戀

pasional *a.* **1.** 熱情的, 激情的 **2.** 熱戀的

pasionaria *f.* 【植】西番蓮

pasitrote *m.* (馬) 小跑步

pasividad *f.* 被動, 消極

*pasivo, va I. *a.* **1.** 被動的, 消極的 **2.** 養老的, 撫恤的 **3.** 【語法】被動態的 II. *m.* 【商】債務

pasmado, da *a.* 驚愕的; 發獃的

pasmar *tr.* **1.** 使冷却; 使凍僵 **2.** 使受涼, 使傷風 **3.** 【轉】使驚愕

pasmarote *m.* 發獃的人

pasmo *m.* **1.** 着涼, 傷風 **2.** 破傷風 **3.** 【轉】驚愕 **4.** 【轉】令人驚愕的事物 ◇ de ~ 驚訝地

pasmoso, sa *a.* 令人驚愕的

*paso¹ *m.* **1.** 步子, 腳步, 步伐 **2.** 經過, 通過, 穿過 **3.** 通道, 通路 **4.** 腳印, 足迹; 腳步聲 **5.** 海峽 **6.** 舞姿 **7.** 行動, 步驟 **8.** (文藝作品的) 情節; (書籍, 文章的) 章節 **9.** 【劇】幕間短劇 ◇ ~ a nivel 【鐵路】叉道口 / ~ difícil 困境 / ~ doble 進行曲; 進行曲速度的舞蹈 / ~ libre 坦途 / ~ ligero 【軍】急步 / ~ ordinario 【軍】便步 / ~ para peatones 人行橫道 / abrir ~ 開路 / a cada ~ 經常 / acelerar el ~ 加快步伐 / a grandes ~s 闊步地 / al ~ que 與…同時 / andar en malos ~s 行爲不端 / a ~ de carga 急速地 / a ~ de tortuga 緩慢地 / a ~ llano 順利地 / ceder el ~讓路 / dar un ~ en falso ①踩空②幫倒忙 / de ~ ①路過; 順路②順便 / dicho sea de ~ 順便提及 / no dar un ~ atrás 不後退; 不讓步 / ~ a ~ 一步一步地 / salir al ~ ①出迎②阻止 / salir del ~ 解脱

paso, sa² *a.* 曬乾的, 晾乾的

pasquín *m.* 貼在公共場所的匿名諷刺詩文

*pasta *f.* **1.** 糊, 糊狀物 **2.** 紙漿 **3.** 做糕點的麵團 **4.** *pl.* 麪條, 通心粉 ◇ buena ~ 好脾氣 / media ~ 皮脊精裝 / ~ alimenticia 麪食 / ~ española 皮脊封面 / ~ holandesa【印】皮脊精裝

pastar *tr.-intr.* 放牧; (牛、羊) 吃草

*pastel *m.* **1.** 糕點, 餡餅 **2.** 【轉】秘密

勾當 3.【轉, 口】矮胖子 4.【美】蠟筆,
彩色粉筆 5.【美】蠟筆畫, 彩色粉筆畫
◇ descubrir el ~ 揭穿秘密

pastelear *intr.* 迎合, 討好

*****pastelería** *f.* 1. 糕點業 2. 糕點作坊
3. 糕點鋪

pastelero, ra *s.* 1. 糕點師; 賣糕點的人
2.【轉, 口】趨炎附勢的人

pastelillo *m.* 小點心

pasteurización *f.* 巴斯德滅菌法, 低熱
滅菌法

pasteurizar *tr.* 用巴氏滅菌法對…進行
消毒, 對…進行低熱消毒

*****pastilla** *f.* 1. 塊, 片 2. 藥片 ◇ gastar
~s de boca 甜言蜜語

pasto *m.* 1. 放牧 2. 牧草; 飼料 3. *pl.*
牧場 4.【轉】資料, 材料 ◇ ~ espi-
ritual 精神食糧 / ~ seco 乾飼料 / ~
verde 青飼料 / a todo ~ 大量地, 無限
量地

*****pastor, ra** I. *s.* 牧民, 牧工 II. *m.* 教士
◇ el Buen Pastor 耶穌 / el ~ sumo
教皇

pastoral I. *a.* 1. 牧人的 2. 田園的, 田
園生活的 3. 教士的 II. *f.* 牧歌; 田園
詩; 田園曲

pastorear *tr.* 放牧

pastorela *f.* 牧歌; 田園詩

pastoreo *m.* 放牧

pastoril *a.* 1. 牧人的 2. 田園的

pastosidad *f.* 1. 柔軟 2. (聲音) 柔和,
悅耳 3. (色彩) 和諧

pastoso, sa *a.* 1. 柔軟的 2. 悅耳的, 柔
和的 3. 色彩和諧的

pastura *f.* 1. 牧草; 飼料 2. 牧場 3. 一
次的飼料量

pasturaje *f.* 1. 公共牧場 2. 放牧稅

*****pata** *f.* 1. 蹄, 爪 2.【口】腿 3. (傢
具的) 腿, 腳 4. (衣服的) 口袋蓋 5. 母
鴨 ◇ ~ de palo 假腿 / a cuatro ~s
匍匐 / a la ~ coja 單腳跳着 / a la ~
la llana 不講客套地 / echar la ~ 佔優
勢 / echar las ~s por alto 暴跳如雷 /

estirar la ~ 蹬腿, 死亡 / meter la ~
管閑事 / poner de ~s en la calle 趕
走 / por debajo de la ~ 不留神, 馬虎

patada *f.* 1. 踏, 踩, 踢 2.【轉, 口】蹤
迹, 痕迹 ◇ a ~s ①非常多 ②毫不在
乎地 / dar cien ~s 討厭, 厭惡 / dar
una ~ 趕走, 辭退 / echar a ~s a
uno de 轟走

patalear *intr.* 1. 踢, 蹬 2. (氣得) 頓足,
跺腳

pataleo *m.* 1. 踢, 蹬 2. 跺腳聲

pataleta *f.*【口】捶胸頓足

patán *m.*【口】鄉下佬; 粗鄙的人

patanería *f.*【口】粗鄙, 粗鄙言行

*****patata** *f.* 馬鈴薯, 土豆 ◇ ~ frita 油
炸土豆

patatal, patatar *m.* 馬鈴薯地

patatín *m.* 託詞, 藉口 ◇ que si ~,
que si patatán 這個那個地説

patatús (*pl.* patatuses) *m.*【口】暈厥,
昏倒

patear I. *tr.* 1. 踏, 踩, 踩 2. 褻瀆, 作踐
II. *intr.* 1. 跺腳, 蹬 2. 喝倒彩 3. 奔
走, 奔波 4. 發怒, 大怒

patena *f.* 聖餐盤 ◇ limpio como una
~ 非常乾淨的

patentar *tr.* 給予…專利權

*****patente** I. *a.* 明顯的, 清楚的 II. *f.*
1. 許可證, 執照 2. 專利權 ◇ ~ de in-
vención 發明專利權 / ~ de navega-
ción【海】國籍證書 / ~ de sanidad
【海】檢疫證書 / hacer ~ 表明

patentizar *tr.* 使明顯, 表明

pateo *m.* 頓足, 跺腳

paternal *a.* 父親的; 父親般的; 父愛的

paternalismo *m.* 1. 父親地位 2. 家長
作風, 家長式統治

paternidad *f.* 1. 父道, 父權 2. 父子關係

paterno, na *a.* 父親的, 父系的

paternóster (*pl.* paternóster) *m.*【宗】
主禱文

Pateta *f.*【口】魔鬼

patético, ca *a.* 1. 悲傷的, 悽楚的 2. 感

人的, 動人的

patetismo *m.* 1. 悲傷, 淒楚 2. 動人心弦

patibulario, ria *a.* 1. 斷頭台的, 刑場的 2. 面目兇惡的, 可怕的

patíbulo *m.* 1. 斷頭台, 刑場 2. 絞刑架

paticojo, ja *a.-s.* 【口】跛腳的; 跛子

patidifuso, sa *a.* 驚愕的, 目瞪口獃的

patihendido, da 【動】偶蹄的

patilla *f.* 1. 連鬢鬍子, 絡腮鬍子 2. 眼鏡腿

*****patín** *m.* 1. 冰鞋; 旱冰鞋 2. 單腳滑行板 3.【空】起落橇

pátina *f.* 1. 銅綠 2. (時間久而造成的) 褪色, 色澤減弱

patinador, ra *s.* 溜冰者, 滑冰者

patinaje *m.* 溜冰, 滑冰

*****patinar** *intr.* 1. 溜冰, 滑冰 2. 車輪打滑

patinazo *m.* 1. 車輪打滑 2.【轉, 口】失誤, 失慎

*****patio** *m.* 1. 庭院, 院子, 天井 2. 劇場的正廳

patitieso, sa *a.* 1. 兩腿麻木的, 兩腿僵直的 2. 驚訝的 3. 高傲的

patizambo, ba *a.* 膝內翻的, 外羅圈腿的

*****pato** *m.* 1. 鴨子 2.【口】厭倦, 無聊 ◇ ~ soso 無聊的人 / pagar el ~ 代人受過

patochada *f.* 胡説八道; 愚蠢言行

patógeno, na *a.* 病原的, 致病的

patojo, ja *a.* 走路一跛一跛的

patología *f.* 病理學 ◇ ~ vegetal 植物病理學

patológico, ca *a.* 病理學的

patólogo, ga *s.* 病理學家

patoso, sa *a.* 1. 乏味的, 無聊的 2. 笨拙的

patraña *f.* 謊言, 假話

*****patria** *f.* 祖國, 故鄉 ◇ ~ celestial 天, 天國 / merecer bien de la ~ 爲國立功

patriarca *m.* 1. 家長; 族長; 長者, 尊者 2. (宗教的)創始人

patriarcal *a.* 家長的; 族長的; 家長式統治的

patriciado *m.* 貴族身份; 貴族階層

patricio, cia *a.-s.* 貴族的; 貴族

patrimonial *a.* 祖傳的, 世襲的

patrimonio *m.* 1. 祖業, 世襲財産 2. 遺産; 傳統 ◇ ~ del Estado 國家財産

patrio, tria *a.* 1. 祖國的 2. 父親的, 父系的

*****patriota** *a.-s.* 愛國的; 愛國者

patriotería *f.* 狂熱的愛國主義, 狹隘的愛國主義

patriotero, ra *s.* 狂熱的愛國主義者, 狹隘的愛國主義者

*****patriótico, ca** *a.* 愛國的, 愛國主義的

*****patriotismo** *m.* 愛國主義, 愛國心

patrocinar *tr.* 贊助; 保護

patrocinio *m.* 贊助; 保護

*****patrón, na** I. *s.* 保護人, 庇護人; 贊助人 II. *m.* 1. 主人, 東家 2. 顧主, 老闆, 企業主 3. 服裝紙樣 4. (貨幣)本位制 ◇ cortados por el mismo ~ 一個模子裏出來的

patronal *a.* 1. 保護人的, 庇護人的; 贊助人的 2. 顧主的, 老闆的, 企業家的

patronato *m.* 1. 保護人權力; 贊助 2. 慈善機構

patronear *tr.* (在船上)當船主

patronímico, ca *a.* 源於父名或父姓的

patrono, na *s.-s.* 1. 保護人; 贊助人 2. 守護神 3. 慈善機關理事 4. 顧主, 老闆, 企業主

*****patrulla** *f.* 1. 巡邏; 巡邏隊 2. 小隊, 小羣

patrullar *intr.* 巡邏

patudo, da *a.*【口】腳大的

patulea *f.* 1. 武裝暴徒 2. 羣氓

paular *m.* 沼澤

paulatino, na *a.* 緩慢的, 逐漸的

paulonia *f.*【植】日本泡桐

pauperismo *m.* 社會上的貧窮現象

paupérrimo, ma *a.* 赤貧的, 極度貧困的

*__pausa__ *f.* 1. 暫停, 中止 2. 緩慢 3. 【樂】休止; 休止符 ◇ a ～s 間斷地

pausado, da *a.-ad.* 緩慢的; 緩慢地

pauta *f.* 1. 劃線板 2. 紙上的格線 3. 樂譜格線 4.【轉】標準, 準則; 範例

pautar *tr.* 1. 在…上劃格線 2. 定規則, 訂準則

*__pava__ *f.* 1. 雌吐綬鷄, 雌火鷄 2. 枯燥乏味的女人 ◇ comer ～ (女人) 在舞會上未被邀請 / pelar la ～ 談情說愛

pavada *f.* 1. 吐綬鷄羣, 火鷄羣 2.【轉】枯燥乏味

pavero, ra *s.* 飼養或賣火鷄的人

pavés *m.* 大盾牌

pavesa *f.* 火星, 餘燼

pavimentación *f.* 鋪地面, 鋪路面

pavimentar *tr.* 鋪(地面,路面)

pavimento *m.* 1. 地面, 路面 2. 鋪路面材料

pavipollo *m.* 1. 吐綬鷄雛, 火鷄雛 2. 傻瓜

*__pavo__ *m.* 1. 吐綬鷄, 火鷄 2. 枯燥乏味的人 ◇ ～ real 孔雀 / subírsele el ～ 臉紅

pavón *m.* 1. 孔雀 2. 斑翅蝴蝶 3. 燒藍; 防銹層

pavonado, da I. *a.* 1. 有防銹層的 2. 藍色的 II. *m.* 1. 燒藍 2. 防銹層

pavonar *tr.* 燒藍, 烤藍

pavonear *intr.-r.* 自鳴得意; 炫耀.

pavoneo *m.* 自鳴得意; 炫耀

*__pavor__ *m.* 恐懼

pavoroso, sa *a.* 引起恐懼的

payasada *f.* 滑稽, 丑角表演

payaso *m.* 小丑, 丑角

payo, ya *s.* 鄉下人; 無知的人

*__paz__ *f.* 1. 和平 2. 和約 3. 平静, 安寧; 内心的平静 4. 和睦, 和好 ◇ dar ～ a 使安閑 / dejar en ～ ①讓…安静②不碰, 不摸 / descansar en ～ 長眠 / no dar ～ a la lengua 不停地講 / poner

en ～ 使和好 / poner ～ 恢復和平

pazguato, ta *a.* 少見多怪的, 大驚小怪的

pazote *m.*【植】土荆芥

pe *f.* 字母 p 的名稱 ◇ de ～ a pa 從頭至尾地, 完完全全

pea *f.* 酒醉

peaje *m.* 過路費, 買路錢

peajero, ra *s.* 收過路費的人

peana *f.* 底座, 墩, 台

peatón *m.* 1. 行人, 步行者 2. 徒步郵遞員

pebete *m.* 1. 衛生香, 線香 2. 藥捻, 導火線

pebetero *m.* 香爐

pebrada *f.* 蒜味麻辣調味醋

peca *f.* 雀斑

pecado *m.* 1. 罪過, 罪孽 2. 過失, 過錯 3. 惡習 ◇ ～ capital (或 grave, mortal) 不可寬恕的罪行 / pagar su ～ 罪有應得

pecador, ra *a.* 有罪過的, 有罪孽的

pecaminoso, sa *a.* 1. 有罪的, 罪孽深重的 2. 不道德的, 應受譴責的

pecar *intr.* 1. 犯罪 2. 出錯, 犯錯誤 3. 失於, 錯在

peceño, ña *a.* 瀝青色的; 瀝青味的

pecera *f.* 魚缸

pecinal *m.* 泥塘

peciolado, da *a.*【植】有葉柄的

pecíolo *m.*【植】葉柄

pécora *f.* 羊 ◇ mala ～ ①妓女; 放蕩女人②狡詐的人

pecoso, sa *a.* 有雀斑的

pectina *f.*【化】果膠

pectoral I. *a.* 1. 胸部的 2.【醫】鎮咳的 II. *m.* 1. 主教胸前佩的十字架 2. 鎮咳藥

pectosa *f.*【化】果膠糖

pecuario, ria *a.* 牲畜的

peculado *m.* 盗用公款

peculiar *a.* 獨有的, 獨特的

peculiaridad *f.* 特殊性, 獨特性

peculio *m.* 1. 私産; 私房錢 2. (父給子, 主人給僕人的)少量財産

pecuniario, ria *a.* 金錢的

pechar I. *tr.* 納稅, 交稅 II. *intr.* 承擔(費用等)

pechera *f.* 1. (男衣衫的)前胸 2. (女人)胸脯

pechero, ra¹ *s.* 1. 納稅人 2. 平民

pechero² *m.* 1. 胸口 2. 圍嘴

pechina *f.* 【建】突角拱

pechirrojo *m.* 赤胸朱頂雀

pecho¹ *m.* 賦稅

*pecho² *m.* 1. 胸膛, 胸腔, 胸部 2. 呼吸器官 3. 乳房 4.【轉】內心, 肺腑 ◇ abrir su ～ 推心置腹 / a ～ descubierto 手無寸鐵 / dar el ～ ①餵奶②挺身而出 / de ～s 胸部依靠着 / sacar el ～ 挺起胸膛 / tomar a ～ 認真對待 / tomar el ～ (小孩)吃奶

pechuga *f.* 1. (禽類的)胸脯肉 2.【口】(人的)胸, 胸膛

*pedagogía *f.* 教育學; 教學法

*pedagógico, ca *a.* 教育的; 教學法的

*pedagogo, ga *s.* 教育家, 教育工作者, 教師

pedal *m.* (自行車等的)踏板, 脚蹬

pedante *a.-s.* 賣弄學識的; 賣弄學識的人

pedantería *f.* 賣弄學識

pedantesco, ca *a.* 賣弄學識的

*pedazo *m.* 塊, 片段, 段, 部分 ◇ a ～s 部分地 / caerse a ～s ①非常疲勞②老實善良 / hacer ～s algo 弄碎 / morirse por los ～s 熱戀 / saltar en ～s 炸成碎片

pedernal *m.* 1. 火石, 燧石 2.【轉】堅硬之物

pedestal *m.* 1. 基座, 座子 2.【轉】靠山

pedestre *a.* 1. 徒步的, 步行的 2.【轉】平庸的, 俗氣的

pedestrismo *m.*【體】徑賽

pediatra *m.* 兒科醫生

pediatría *f.* 兒科學

pedicular *a.* 1. 虱的 2. 患虱病的

pedículo *m.*【植】花梗

pedicuro, ra *s.* 脚病醫生

pedido *m.* 1. 請求, 要求 2. 訂購, 訂貨

pedigüeño, ña *a.* 喜歡討要的

pediluvio *m.*【醫】足浴

pedimento *m.* 1. 請求, 要求 2.【法】訴; 起訴書

*pedir *tr.* 1. 請求, 要求 2. 乞討, 乞求 3. 需要 4.【法】起訴 5. 求婚 ◇ no hay más que ～ 再好不過的, 盡善盡美

pedo *m.* 屁

pedología *f.* 土壤學

pedrada *f.* 1. 扔石頭, 投石頭 2. 石頭的擊打; 石頭的擊傷 3.【轉】影射

pedrea *f.* 1. 扔石頭 2. 石頭戰

pedregal *m.* 滿是亂石的地方

pedregoso, sa *a.* 多亂石的

pedrejón *m.* 大石頭, 大石塊

pedreñal *m.* 燧石槍

pedrera *f.* 採石場

pedrería *f.*【集】寶石

pedrero, ra *a.-m.* 石頭的; 石匠

pedrisco *m.* 大冰雹

pedrusco *m.*【口】粗石, 毛石

pedúnculo *m.*【集】花梗, 葉柄, 果柄

peer *intr.-r.* 放屁

pega¹ *f.*【動】喜鵲

pega² *f.* 1. 粘貼 2. 膠漆 3. 玩笑, 戲弄 4. 難題 5. 障礙

pegadizo, za *a.* 1. 有黏性的, 易粘的 2. 傳染的, 傳染性的 3. 假的

pegadura *f.* 1. 粘貼, 黏合; 粘貼處

pegajoso, sa *a.* 1. 黏的, 有黏性的 2. 傳染的, 易傳染的

pegamoide *m.* 人造革

*pegar I. *tr.* 1. 粘貼, 黏合 2. 接合, 縫合 3. 使緊靠, 使貼近 4.【口】傳染, 染上 5.【轉】打 II. *intr.* 1.【植】生根 2. 敲打, 擊打 3. (光線)照到 III. *r.* 1. 燒糊 2. 愛好, 醉好

pegote *m.* 1. 膏藥 2. 泥敷劑 3. 糾纏不休的人

pegual *m. Amér.* 帶環馬肚帶

peguero *m.* 煉松脂的人

pegujal *m.* 1. 私產, 私房錢 2. 少量資產, 少量土地, 少量牲畜

pegujalero *m.* 小農, 小牧場主, 小莊園主

peguntar *tr.* (用松脂在家畜身上)打印記

* **peinado, da** *a.-m.* 過分打扮的; 髮型

peinador, ra I. *s.* 梳頭人; 理髮師 II. *m.* 理髮巾; (女用)梳妝衣

* **peinar** *tr.* 1. 梳理(毛髮) 2. 輕輕摩擦

* **peine** *m.* 1. 梳子 2. 梳狀物 3. 梳毛機

peinería *f.* 梳子作坊, 梳子商店

peinero, ra *s.* 做或賣梳子的人

peineta *f.* (裝飾用的)壓髮梳

peje *m.* 1. 魚 2.【轉, 口】狡詐的人

pejepalo *m.* 燻鱈魚

pejerrey *m.* 銀漢魚

pejesapo *m.*【動】鮟鱇

pejiguera *f.* 討厭的事, 煩人的事

peladilla *f.* 1. 糖杏仁 2.【轉】鵝卵石

pelado, da *a.* 1. 無毛的 2. 去皮的 3. 無遮飾的; 無附加物的 4. 整數的 5. *Amér.* 分文沒有的 II. *m.* 1. 去皮, 削皮 2. (森林裏)無樹木的地方; (田裏)無作物的地方

peladura *f.* 1. 去皮, 削皮 2. (削下或剝下的)皮, 殼

pelafustán, ana *s.* 游手好閑的人

pelagatos (*pl.* pelagatos) *m.* 窮光蛋

pelagra *f.*【醫】蜀黍紅斑病, 糙皮病

pelaire *m.*【紡】起絨機, 拉絨機

pelaje *m.* 1. 濃密鬈曲的毛髮 2. 動物的毛 3. 儀表, 人品(輕蔑用詞)

pelambre *m.* 1. 濃密鬈曲的毛髮 2.【集】(剪下的)毛 3. (製革用的)石灰水, 褪毛劑 4. 無毛的部位

pelambrera *f.* 1. 濃密鬈曲的毛髮 2. 禿頭

pelantrín *m.* 見 pegujalero

* **pelar** I. *tr.* 1. 去毛, 剪毛, 煺毛, 拔毛 2. 去皮, 削皮; 去殼 3. 搶光, 奪光(錢財) 4. 指責; 非議 II. *r.* 1. 剃頭 2. 脫

髮, 脫毛

pelargonio *m.*【植】天竺葵

* **peldaño** *m.* 梯級, 台階

* **pelea** *f.* 1. 搏鬥, 爭鬥 2. 打架, 爭吵 ◇ ~ de gallos 鬥鷄

* **pelear** *intr.* 1. 爭鬥, 戰鬥 2. 打架; 爭吵

pelele *m.* 1. 布人, 草人 2.【轉, 口】傀儡, 受人操縱的人

peleón, na *a.* 好鬥的, 好爭吵的

pelete *m.* 窮人 ◇ en ~ 赤身裸體的

peletería *f.* 1. 皮毛業 2. 皮貨店 3. 皮貨, 皮毛

peletero, ra I. *s.* 皮毛工人 2. 皮貨商

peliagudo, da *a.* 1. 細長毛的(動物) 2. 困難的, 棘手的

pelícano *m.* 1.【動】白鵜鶘 2. 拔牙鉗

* **película** *f.* 1. 薄膜 2. 膠片, 膠卷 3. 電影片 ◇ ~ argumental 故事片 / ~ de dibujos 動畫片 / ~ documental 紀錄片 / ~ negativa 底片, 負片 / ~ positiva 正片 / ~ sonora 有聲影片 / hacer una ~ ①拍攝電影②演電影

peligrar *intr.* 處於危險中

* **peligro** *m.* 危險 ◇ en ~ de muerte 有生命危險的 / fuera de ~ (病人)已過危險期 / poner en ~ 危及

* **peligroso, sa** *a.* 危險的

pelillo *m.* 令人不快的小事 ◇ echar ~s a la mar 和解, 和好 / no tener ~s en la lengua 心直口快 / pararse en ~s 注意小事

pelinegro, gra *a.* 黑毛的; 黑髮的

* **pelirrojo, ja** *a.* 紅毛的; 紅髮的

pelma; pelmazo *m.* 1. 壓結實的東西 2. 停滯在胃裏不消化的食物

* **pelo** *m.* 1. (人或動物的)毛, 汗毛 2. 頭髮 3. (動物的)毛皮 4.【轉】一點兒 ◇ ~ de camello 駝絨 / ~ de la dehesa 粗野習氣 / a contra ~ ①戴着毛地②反常地 / al ~ ①順着毛地②恰到好處 / a ~ 光頭, 沒戴帽子 / dejarse tomar el ~ 過分容忍 / poner los ~s

de punta 恐嚇 / soltarse el ～ 放肆,
豁出去 / tener ～s en el corazón ①勇
敢②冷酷 / tirarse de los ～s 絕望 /
tomar el ～ 嘲弄

pelón, na *a.* 1. 禿頭的; 剃光頭的 2.
【轉, 口】沒錢的, 窮的

peloso, sa *a.* 有毛的

***pelota** *f.* 1. 球; 球狀物 2. 球類運動
◇ como una ～ 奔忙的 / devolver la
～ 以其人之道還治其人之身 / echarse
la ～ 踢皮球(互相推卸責任) / estar la
～ en el tejado 懸而未決

pelotari *s.* 職業球員, 球類運動員

pelotazo *m.* 球擊

pelote *m.* 山羊毛

pelotear I. *intr.* 1. 拍球 2. 投擲 II. *tr.*
核對 (賬目)

pelotera *f.* 爭吵, 爭論

pelotilla *f.* 阿諛, 奉承

pelotillero, ra *a.* 阿諛奉承的

pelotón *m.* 1. 大球 2. (毛、髮、線等的)
團, 绺 3.【軍】小分隊

***peluca** *f.* 假髮; 帶假髮的人

pelucona *f.* 金幣

paludo, da *a.* 多毛髮的

***peluquería** *f.* 1. 理髮店 2. 理髮業

***peluquero, ra** *s.* 1. 理髮師 2. 理髮店
老闆

peluquín *m.* 辮式假髮

pelusa *f.* 茸毛, 絨毛

pelvis *f.*【解】骨盆 ◇ ～ renal 腎盂

pella *f.* 1. 坨, 團 2. 板油 ◇ hacer ～
逃學

pelleja *f.* 1. 獸皮, 毛皮 2. 羊皮 3.
【轉】瘦人 ◇ dar (或 perder) la ～ 送
命 / salvar la ～ 保住性命

pellejería *f.* 1. 皮革店 2. 製革業

pellejero, ra *s.* 1. 鞣製皮革的人 2. 皮
貨商

pellejo *m.* 1. 獸皮, 毛皮 2. 皮袋, 皮囊
◇ jugarse el ～ 玩命, 豁出性命 /
mudar el ～ 改變處境 / pagar con el
～ 以生命報答

pellica *f.* 1. 羊皮襖 2. 皮被子

pelliza *f.* 皮外衣, 皮大衣

pellizcar *tr.* 1. 掐, 捏, 擰 2. 掐取, 捏取
(少量東西)

pellizco *m.* 1. 掐, 捏, 擰; 掐痕, 捏痕, 擰
痕 2. 少量, 微量

***pena** *f.* 1. 難過, 傷心 2. 遺憾, 可惜 3.
懲罰, 處分 4. 艱辛, 辛苦 5. 疼痛 ◇ ～
capital (或 de muerte) 死刑 / ～ de
cadena perpetua 無期徒刑 / ～ pecu-
niaria 罰款 / a duras ～s 艱辛地 /
ahogar las ～s 消愁 / merecer (或
valer) la ～ 值得 / pasar ～ por 爲…
擔心 / sin ～ ni gloria 不好不壞的, 平
平庸庸的 / valer la ～ 值得

penacho *m.* 1. (禽類的)冠毛, 冠羽 2.
冠羽狀物 3. 羽飾

penado, da *s.* 已被判刑的犯人

penal *a.-m.* 刑罰的, 刑事的; 監獄, 牢房

penalidad *f.* 1. 艱難困苦, 辛勞 2. 處
罰, 刑罰

penar I. *intr.* 1. 受苦, 受折磨 2.【宗】
滌罪 II. *tr.* 處罰, 懲罰 III. *r.* 悲痛

penates *m.pl.* 家神

penca *f.* 1.【植】肉質葉 2. 皮條, 皮鞭

penco *m.* 瘦馬

pendejo *m.* 1. 陰毛 2. 膽小鬼

pendencia *f.* 爭吵, 打架

pendenciero, ra *a.* 愛爭吵的, 愛打架
的

pender *intr.* 1. 懸掛, 弔着 2. 依賴, 依
憑 3.【轉】懸而未決

***pendiente** I. *a.* 1. 懸掛著的, 弔着的
2. 懸而未決的, 有待…的 II. *f.* 1. 斜
坡, 斜面 2. 斜度 III. *m.* 耳墜, 項鏈墜

péndola¹ *f.* 鐘擺

péndola² *f.* 1. 羽毛 2. 羽毛筆

pendolista *s.* 寫得一手好字的人

pendón *m.* 旗, 旗幟

pendular *a.* 鐘擺的

péndulo *m.* 鐘擺

peneque *a.* 喝醉的

penetrable *a.* 1. 可穿透的, 可滲入的

2. 可看透的, 可理解的

penetración f. 1. 滲入, 滲透 2. 進入, 深入 3. 領會; 敏銳

penetrante a. 1. 穿透的, 滲透的 2. 尖銳的, 敏銳的 3. 刺耳的, 刺激的 4. 尖的, 鋒利的

***penetrar** I. tr. 1. 穿透, 透過 2. 滲入 3. 看穿, 識破 II. intr. 進入, 深入, 刺入

penicilina f. 青黴素, 盤尼西林

***península** f. 半島

peninsular a.-s. 半島的; 半島居民

penique m. 便士(英國輔幣)

penitencia f. 1. 懺悔, 悔過 2. 宗教法庭的制裁 3. 苦行, 苦修

penitencial a. 懺悔的, 悔過的; 苦行的

penitenciaría f. 1. 宗教法庭 2. 教養所; 監獄 3. 懺悔神甫職務

penitenciario, ria a. 1. 聽懺悔的 (神甫) 2. 教養的, 監禁的

penitente a. 懺悔的, 悔過的; 苦行的

penol m.【建】桁端

penología f. 罪犯教育學, 刑罰學, 監獄管理學

penoso, sa a. 1. 艱辛的, 費力的 2. 痛苦的, 令人痛心的

pensado, da a. 考慮過的 ◇ de ~ 故意地 / menos ~ 意想不到的 / tener ~ 打算, 計劃

pensador, ra s. 思想的, 思考的; 思想家

***pensamiento** m. 1. 想, 思考; 思考能力, 思維能力 2. 思想; 想法 3. 意圖, 打算 4. 主題, 中心內容 ◇ beber los ~s 推測…的意圖 / hacer ~ 在打算, 計劃 / no pasarle por el ~ 沒想到 / tener en el ~ 想着, 記着

***pensar** I. tr. 1. 想, 考慮, 思索 2. 以爲, 認爲 3. 打算 II. intr. 想者, 想到 ◇ cuando menos se piensa 在意想不到的時候 / ni ~ lo 休想 / sin ~ ①無意地②意外地

pensativo, va a. 沉思的

pensil a.-m. 懸垂的, 掛着的; 幽雅的花

園

***pensión** f. 1. 撫恤金, 養老金, 退休金 2. 助學金, 獎學金 3. 寄宿費, 膳宿費 ◇ ~ completa 全膳寄宿 / media ~ (學生的) 半膳待遇

pensionado, da a.-m. 領取撫恤金的, 領取養老金的, 領取退休金的, 領取助學金的, 領取獎學金的; 寄宿學校

pensionar tr. 給予撫恤金, 給予養老金, 給予退休金, 提供助學金, 提供獎學金

pensionista s. 1. 領撫恤金的人, 領養老金的人, 領退休金的人, 領助學金的人, 領獎學金的人 2. 寄宿生

pentaedro m. 五面體

pentágono, na I. a. 五角形的, 五邊形的 II. m. 1. 五角形, 五邊形 2. (大寫) 五角大樓(美國國防部)

pentagrama m.【樂】五線譜

pentámetro m. 五音步詩

pentasílabo, ba a. 五音節的(詩)

Pentateuco m.【宗】摩西五書(《聖經·舊約》的頭五卷)

***penúltimo, ma** a. 倒數第二的

***penumbra** f. 1. 昏暗, 半明半暗 2.【天, 理】半影

penuria f. 1. 缺乏, 不足 2. 貧困

***peña** f. 1. 岩石, 大石塊 2. (朋友形成的) 小圈子

peñascal m. 多岩石的地方

peñasco m. 1. 巨石, 高大的岩石 2.【解】顳骨岩部

peñascoso, sa a. 多岩石的

peñola f. 羽毛筆

peñón m. 1. 巨石 2. 石山

***peón** m. 1. 步行者 2. 步兵 3. 小工, 雜工 4. (棋類的) 兵, 卒 5. 陀螺 ◇ a ~ 步行

peonaje m.【集】1. 小工 2. 步兵

peonía f.【植】牡丹

peonza f. 陀螺

***peor** I. a. 1. 更壞的, 更差的 2. 最壞的, 最差的 II. ad. 更壞, 更差

peoría *f.* 1. 更壞,更差 2. 惡化

pepinar *m.* 黃瓜地

*__pepino__ *m.* 黃瓜 ◇ no importar un ~ 無關緊要 / no valer un ~ 一錢不值

pepita *f.* 1. (梨、葡萄、甜瓜、蘋果等的) 籽 2. 鷄的舌瘡 ◇ no tener ~ en la lengua 信口開河

pepitoso, sa *a.* 1. 多籽的(瓜果) 2. 患舌瘡的(鷄)

pepón *m.* 西瓜

pepona *f.* (紙板做的)大玩具娃娃

pepsina *f.* 【生,化】胃朊酶,胃蛋白酶

peptona *f.* 【生,化】腖

pequeñez *f.* 1. 小,細微 2. 幼年 3. 瑣事 4. 卑微

*__pequeño, ña__ **I.** *a.* 1. 小的 2. 年幼的 3. 不重要的,瑣碎的 **II.** *s.* 小孩,兒童 ◇ en ~ ①小的②不重要的

*__pera__ *f.* 梨;梨狀物 ◇ escoger como entre ~s 精心挑選 / partir ~s 斷交 / pedir ~s al olmo 緣木求魚

*__peral__ *m.* 【植】梨樹

peraleda *f.* 梨園

peraltar *tr.* 【建】使(弓形結構)超高;使(路)的彎曲部分)超高

peralte *m.* 【建】超高

perca *f.* 【動】鱸

percal *m.* 細棉布

percalina *f.* 軋光高級細洋紗,貝克林

percance *m.* 倒霉事,不幸事件

per cápita *ad.* 按人頭計算,每人平均

percatar *intr.-r.* 領會到,意識到

percebe *m.* 【動】龜足(一種蔓足動物)

percepción *f.* 1. 感到,察覺 2. 概念 3. 收入,領取

perceptible *a.* 1. 感覺得到的,察覺得到的 2. 可領取的

perceptivo, va *a.* 感知的;有洞察力的

perceptor, ra **I.** *a.* 1. 感知的,察覺的 2. 領取的,得到的 **II.** *s.* 1. 徵收員 2. 覺察者

percibir *tr.* 1. 感覺,察覺;領會 2. 領取,收到

percibo *m.* 徵收,收到

percloruro *m.* 【化】高氯化物

percusión *f.* 1. 敲擊,打擊 2. 【醫】叩診 ◇ de ~ 打擊的(樂器)

percusor *m.* 1. (槍、炮的)擊發器,擊發裝置 2. 【醫】叩診槌

percutir *tr.* 1. 敲打,打擊,撞擊 2. 【醫】叩診

percutor *m.* 擊發裝置

*__percha__ *f.* 1. 支架,衣架,衣鈎;掛物架 2. 棍子,竿子 ◇ de ~ 現成的(衣服)

perchar *tr.* 【紡】使起絨,拉絨

*__perder__ **I.** *tr.* 1. 丟失,失去 2. 浪費,白費 3. 錯過,放過 4. 輸掉 5. 毀壞,損壞 **II.** *intr.* 1. (信譽、地位、健康等)下降,降低 2. (布)退色 **III.** *r.* 1. 迷失方向,迷路 2. 糊塗,混亂 3. 消失

perdición *f.* 1. 墮落,道德敗壞 2. 破產

*__pérdida__ *f.* 1. 丟失,遺失,喪失 2. 損失,虧損

perdidamente *ad.* 1. 極度地,狂熱地 2. 無用地

perdido, da **I.** *a.* 1. 無一定目標的,無一定方向的 2. 墮落的,道德敗壞的 **II.** *m.* 1. 浪子 2. 【印】備用份數 ◇ estar ~ por ①酷愛(某物)②迷戀(某人)

perdigar *tr.* 微燒,烤,燎

perdigón *m.* 1. 石鷄雛 2. (打獵用的)霰彈,小鉛彈

perdiguero, ra *a.* 石鷄的;獵石鷄的(鷹等)

perdis *m.* 【口】没頭腦的人

perdiz *f.* 【動】石鷄

*__perdón__ *m.* 1. 原諒,寬恕 2. 赦罪,赦免 ◇ con ~ 請允許,借光

*__perdonar__ *tr.* 1. 原諒,寬恕 2. 赦免,赦罪 3. 免除(債務等)

perdonavidas (*pl.* perdonavidas) *s.* 吹牛的人,逞能的人

perdulario, ria *a.* 1. 丟三落四的,常丟東西的 2. 不會管家的,不善理財的

perdurable *a.* 持久的,永久的

perdurar *intr.* 持續,持久

perecedero, ra *a.* 不持久的，就要完結的

*__perecer__ I. *intr.* 1. 死，暴卒 2. 消失；毀壞 3.【轉】受苦，受罪 II. *r.* 渴望，非常喜歡

peregrinación *f.* 1. (在異鄉) 旅行，漫遊 2. 朝聖，朝拜 3. 人生經歷

peregrinar *intr.* 1. (在異鄉) 旅行，漫遊 2. 朝聖，朝拜

peregrino, na *a.* 1. (在異鄉) 旅行的，漫遊的 2. 朝聖的，朝拜的 3. 奇特的，奇妙的

perejil *m.* 1.【植】歐芹 2. 附加頭銜

perendengue *m.* 耳墜，耳飾；女用小裝飾品

perengano, na *s.* 某某(泛指詞，列舉時用於指最後一人)

perenne *a.* 1. 持續的，永久的 2.【植】多年生的

perennidad *f.* 持續性，永久性

perentoriedad *f.* 1. 決定性，斷然性 2. 最後期限 3. 緊急性，迫不及待

perentorio, ria *a.* 1. 決定性的，斷然的 2. 最後的(期限) 3. 緊急的，迫不及待的

*__pereza__ *f.* 1. 懶惰，惰肉 2. 遲緩

*__perezoso, sa__ I. *a.* 1. 懶惰的，惰肉的 2. 遲緩的 3. 貪睡的 II. *m.*【動】樹懶

*__perfección__ *f.* 完美，完善；完美無缺之物 ◇ a la ～ 完美地

*__perfeccionamiento__ *m.* 完善，改善

*__perfeccionar__ *tr.* 使完美，使完善

perfectible *a.* 可改善的，可改進的

*__perfecto, ta__ *a.* 1. 完美的，完善的 2. 完全的 3.【法】完全有效的 4.【語法】完成的

perfidia *f.* 背信棄義，不忠實

pérfido, da *a.* 背信棄義的，不忠實的

*__perfil__ *m.* 1. 輪廓 2. 側面；側影 3. 縱斷面

perfilado, da *a.* 1. 長形的 (臉) 2. 端正的 (鼻子)

perfilar I. *tr.* 1. 勾畫…的輪廓 2. 使完善，使完成 II. *r.* 1. 輪廓清晰 2.【口】裝飾，打扮

perforación *f.* 1. 鑽孔，打眼 2. 打油井

perforadora *f.* 鑽孔機

perforar *tr.* 1. 打眼，鑽孔 2. 鑽探

*__perfumar__ *tr.-intr.* 使有香氣；散發香味

*__perfume__ *m.* 1. 香氣，香味 2. 香料，香水

perfumería *f.* 1. 香料製造；香料廠；香料店 2.【集】香料，香水

perfumista *s.* 製作或賣香料的人

pergamino *m.* 1. 羊皮紙 2. (寫在羊皮紙上的) 文件

pergeñar *tr.*【口】起草，草擬

pergeño *m.*【口】外表，外形

pérgola *f.* 1. 藤架，蔓藤花棚 2. 屋頂花園

pericardio *m.*【解】心包

pericarpio *m.*【植】果皮，囊果皮

pericia *f.* 技能，熟巧

pericial *a.* 專家的，内行的

perico *m.* 鸚鵡

pericón *m.* 大扇子

peridoto *m.*【礦】橄欖石

perieco, ca *a.* 居住在同緯度對向地區的

periferia *f.* 1. 圓週，週線 2. 周圍，外圍，附近 3. 郊區

periférico, ca *a.* 1. 圓週的，週界的 2. 周圍的，外圍的 3. 郊區的

perifollo *m.* 1.【植】雪維菜 2.【轉，口】俗氣的服飾

perífrasis (*pl.* perífrasis) *f.* 1.【修辭】迂迴法，婉轉法 2.【語法】詞組，短語

perifrástico, ca *a.* 1. 迂迴法的，婉轉法的 2. 短語的

perigallo *m.* (年老或消瘦而出現的) 頸下皺皮

perigeo *m.*【天】近地點

perigonio *m.*【植】花蓋，花被

perihelio *m.*【天】近日點

perilla *f.* 1. 梨形飾物 2. (人的) 山羊鬍子 ◇ de ～ 正好，恰好

perillán, ana s. 搗蛋鬼

perímetro m. 1. 週圍,週界,週邊 2. 週長

perínclito, ta a. 非常著名的,非常傑出的

perineo m.【解】會陰

perinola f. 陀螺, 捻捻轉兒

periodicidad f. 週期性,定期性

*periódico, ca I. a. 1. 定期的, 週期的 2.【數】循環的 II. m. 報紙,期刊

periodismo m. 新聞業; 新聞界

*periodista s. 新聞記者,新聞工作者

periodístico, ca a. 新聞的,報刊的;新聞工作者的

*período m. 1. 時期,階段,時代 2. 週期 3.【質】紀 4. 月經 ◇ ~ geológico 地質年代,紀

periostio m.【解】骨膜

peripatetismo m. 亞里士多德學派,道遙學派

peripecia f. 1. (戲劇情節的) 突變 2. 意外事件, 波折

periplo m. 環航,環航記;週遊

peripuesto, ta a.【口】衣冠楚楚的,盛裝的

periquete m. 瞬間 ◇ en un ~ 立即

periscio, cia a.-s. 居住在極圈内的;極地居民

periscopio m. 潛望鏡

perisodáctilo, la a.-m.pl.【動】奇蹄目的;奇蹄目

peristáltico, ca a.【生理】蠕動的

peristilo m.【建】列柱廊

peritaje m. 專家評語

*perito, ta I. a. 內行的,有專長的,熟練的 II. s. 1. 專家 2. 技術員 3. 鑑定人

peritoneo m.【解】腹膜

peritonitis (pl. peritonitis) f.【醫】腹膜炎

*perjudicar tr. 損害,傷害

perjudicial a. 對…有害的

perjuicio m. 損害,損傷 ◇ en ~ de 對

…有害 / sin ~ de 不妨礙

perjurar I. intr. 發假誓;賭咒發誓 II. r. 違背誓言

perjurio m. 1. 發假誓 2. 違背誓言

perjuro, ra a. 1. 發假誓的 2. 違背誓言的

*perla f. 1. 珍珠 2. 貴重物品;寶貝 ◇ ~ artificial 人造珍珠 / ~ cultivada 人工養殖的珍珠 / de ~s ①非常好的,完美的②非常及時的

perlado, da a. 珍珠狀的,珍珠似的

perlero, ra a. 珍珠的

perlesía f. 1. 麻痺, 癱瘓 2. 肌肉鬆弛, 肌肉老衰

perlino, na a. 珍珠色的

*permanecer intr. 1. 留在,停留 2. 保持,維持,持續

permanencia f. 1. 停留,滯留 2. 持續,持久

*permanente I. a. 1. 持久的,持續的,不變的 2. 常設的 II. f. 燙過的頭髮

permanganato m.【化】高錳酸鹽

permeabilidad f. 可滲性,滲透性

permeable a. 可滲透的

pérmico m.【質】二疊紀

permisible a. 可允許的,能許可的

permisión f. 允許,許可

*permiso m. 1. 允許,許可,批准 2. 許可證 3. 准假,請假 ◇ con ~ 勞駕,承蒙允許 / sin ~ 擅自

*permitir I. tr. 1. 允許,許可 2. 容忍 3. 使能够,使可能 II. r. 冒昧

permuta f. 1. 交換,調換 2.【數】置換;排列

permutable a. 可對換的,可調換的

permutación f. 見 permuta

permutar tr. 1. 對換,調換 2.【數】置換;排列

pernada f. 用腿拱,用腿撞

pernear intr. 用力擺腿

pernera f. 褲腿

pernicioso, sa a. 有害的

pernil m. 1. (豬等的) 大腿, 肘子 2. 褲

腿

pernio *m.* 鉸鏈,合頁

perniquebrar *tr.* 折斷…的腿

perno *m.* 1. 螺栓 2. 鉸鏈銷

__pernoctar__ *intr.* 在外過夜

__pero__ I. *conj.* 1. 但是,然而,不過 2. 用在句首以加強語氣 II. *m.* 異議

perogrullada *f.* 【口】大實話,盡人皆知的道理

perol *m.* 半球形炒菜鍋

peroné *m.* 【解】腓骨

peroración *f.* 1. 演說,發言 2. 演說的結束語 3. 演說中的感人部分

perorar *intr.* 1. 演說,發言 2. 懇求

perorata *f.* 冗長的演說

peróxido *m.* 【化】過氧化物

perpendicular *a.* 垂直的,成直角的

perpendicularidad *f.* 垂直

perpendículo *m.* 1. 線墜,鉛錘 2. 擺,擺錘

perpetración *f.* 犯罪,作惡

perpetrar *tr.* 犯(罪),作(惡)

perpetua *f.* 【植】1. 千日紅 2. 蠟菊

perpetuación *f.* 永存,永垂不朽;長期存在

perpetuar *tr.* 使永存,使不朽;使長期存在

perpetuidad *f.* 永存,永恒;長期存在 ◇ a ~ 永遠地

__perpetuo, tua__ *a.* 1. 永存的,永恒的 2. 終身的

__perplejidad__ *f.* 困惑,不知所措

__perplejo, ja__ *a.* 困惑的,不知所措的

__perra__ *f.* 1. 母狗 2.【口】酒醉 3.【口】固執念頭,憑想 ◇ estar sin una ~ 身無分文

perrada *f.* 1.【集】狗,狗羣 2.【轉,口】卑鄙行徑

perrera *f.* 1. 狗窩 2. (火車上的)運狗車廂

perrería *f.* 1. 狗羣 2.【轉】狐羣狗黨 3.【轉,口】卑鄙行徑

perrero *m.* 1. 獵狗看管人 2. 愛養狗的人 3. 城市中捕捉野狗的人

__perro, rra__[1] *a.* 極壞的;卑鄙的

__perro__[2] *s.s.* 狗,犬 2.【轉】壞人,卑鄙的人 ◇ ~ caliente 熱夾肉麪包,熱狗 / ~ viejo 世故的人 / como ~s y gatos 如同冤家對頭 / darse a ~s 大發雷霆 / morir como un ~ 孤獨地死去 / tratar como a un ~ 虐待

perruno, na *a.* 狗的

persa I. *a.-s.* 波斯(Persia)的,波斯人的;波斯人的 II. *m.* 波斯語

__persecución__ *f.* 1. 跟蹤,追擊,追捕 2. 迫害 3. 糾纏;折磨

perseguido, da *a.* 被跟蹤的;受迫害的

__perseguir__ *tr.* 1. 跟蹤,追擊,追捕 2. 迫害 3. 糾纏;折磨

perseverancia *f.* 堅持,堅忍不拔

perseverante *a.* 堅定不移的,堅忍不拔的

__perseverar__ *intr.* 堅持;維持,保持

persiana *f.* 1. 百葉窗 2. ~ enrollable 捲式百葉窗

pérsico, ca I. *a.* 波斯(Persia)的 II. *m.* 1. 桃樹 2. 桃子

persignar *tr.-r.* 1. 劃十字 2.【轉,口】驚訝

pérsigo *m.* 1. 桃樹 2. 桃子

persistencia *f.* 1. 堅持,固執 2. 持續

persistente *a.* 1. 堅持的,固執的 2. 持續的

__persistir__ *intr.* 1. 堅持,固執 2. 持續

__persona__ *f.* 1. 人 2. 要人 3. (文學作品等中的)人物,角色 4.【語法】人稱 ◇ ~ de recursos 神通廣大的人 / ~ grata 受歡迎的人 / ~ jurídica 【法】法人 / en ~ 親自,本人

personaje *m.* 1. 要人,顯貴 2. (文學作品等中的)人物,角色

__personal__ I. *a.* 1. 個人的,私人的 2. 親自的 3.【語法】人稱的 II. *m.* 【集】全體人員

personalidad *f.* 1. 身份,地位 2. 人格 3. 個性,特性 4. 要人,名流 5.【法】法

人資格

personalismo *m.* 1. 個人好惡; 偏見,
成見 2. 人身攻擊, 影射 3. 個人主義

personalizar *tr.* 1. 攻擊, 影射 2.【語
法】使人格化

personalmente *ad.* 1. 親自, 親身 2.
逐個地

personarse *r.* 1. 面晤, 面談 2. 親臨

personificación *f.* 1. 人格化, 擬人化
2. 體現, 象徵

personificar *tr.* 1. 使人格化, 使擬人化
2. 體現, 象徵

perspectiva *f.* 1. 透視; 透視法; 透視圖
2. 前途, 未來 ◇ ～ aérea 鳥瞰圖 / ～
caballera 俯瞰圖 / ～ lineal 線條透視
/ en ～ ①透視的②可以想見的 / ver
en ～ 從長遠觀點看

perspicacia *f.* 1. 視力好 2.【轉】眼光
敏銳, 洞察力

*****perspicaz** *a.* 1. 視力好的 2.【轉】眼
光敏銳的, 有洞察力的

*****persuadir** I. *tr.* 使信服, 說服, 勸說 II.
r. 信服

persuasión *f.* 1. 說服, 勸說 2. 堅信,
確信

persuasivo, va I. *a.* 會說服人的, 有說
服力的 II. *f.* 說服力, 說服人的本領

persulfuro *m.*【化】過硫化物

*****pertenecer** *intr.* 屬於…所有; 屬於…
管轄; 由…負責

pertenencia *f.* 1. 所屬, 所有權 2. 所屬
物, 附屬物 3. 產業, 財物

pértiga *f.* 長竿, 長杆, 長棒

pértigo *m.* 車轅

pertiguear *tr.* 用竿子打(果樹)

pertiguero *m.*(宗教儀式上的)執杖人

pertinacia *f.* 1. 固執, 執拗 2. 持續

pertinaz *a.* 1. 固執的, 執拗的 2. 持續
的

pertinencia *f.* 1. 恰當, 適當 2. 相關
◇ de mi ～ 屬於我的

pertinente *a.* 1. 恰當的, 適當的 2. 相
關的

pertrechar *tr.* 裝備; 配備

pertrechos *m.pl.* 1. 軍火, 裝備 2. 用
具, 器具

perturbación *f.* 擾亂, 弄亂; 混亂, 紊亂

perturbado, da *a.* 失去理智的; 神經錯
亂的

*****perturbar** *tr.* 1. 擾亂, 弄亂 2. 使失去
理智; 使神經錯亂

peruanismo *m.* 秘魯方言詞彙

*****peruano, na** *a.-s.* 秘魯 (el Perú) 的,
秘魯人的; 秘魯人

peruétano *m.* 1. 野梨 2. 野梨樹

perversidad *f.* 邪惡; 邪惡行為

perversión *f.* 1. 敗壞, 腐蝕 2. 篡改

perverso, sa *a.* 邪惡的, 惡毒的

pervertir *tr.* 1. 敗壞, 腐蝕 2. 篡改

pervivir *intr.* 仍然活着, 幸存

pesa *f.* 1. 秤砣, 砝碼 2. 鐘錘 3. *pl.* 啞
鈴, 舉重鈴片

pesacartas (*pl.* pesacartas) *m.* 郵件秤

pesada *f.* 稱一次的量

pesadez *f.* 1. 沉重 2. 肥胖 3. 行動遲
緩 4. (頭、眼等的)沉重感, 難受 5. 天
氣沉悶

pesadilla *f.* 1. 夢魘 2. 惡夢 3. 憂慮,
擔心的事

*****pesado, da** *a.* 1. 沉的, 重的 2. 肥胖
的 3. 沉悶的, 悶熱的(天氣) 4. 沉重
的, 不適的 5. 行動遲緩的 6. 令人討厭
的, 艱難的

*****pesadumbre** *f.* 1. 沉, 重 2. 憂慮; 痛
苦 ◇ tomarse ～s 心情沉重

pesalicores (*pl.* pesalicores) *m.* 液體
比重計

*****pésame** *m.* 弔唁, 哀悼

pesantez *f.*【理】地心引力, 重力

pesar¹ *m.* 1. 痛苦, 悲傷 2. 悔恨, 懊悔
◇ a ～ de 不管; 儘管

*****pesar**² I. *tr.* 1. 稱 2. 掂量, 斟酌, 權衡
II. *intr.* 1. 有重量, 重 2. 有價值, 有意
義 3. 成為負擔 4. 起相當作用 5. 使悔
恨

pesaroso, sa *a.* 1. 感到懊悔的, 感到悔

恨的 2. 令人痛心的

*pesca *f.* 1. 捕撈, 捕魚, 釣魚; 捕獲的魚 2. 捕魚業, 捕魚技術

pescada *f.* 1. 【動】狗鱈 2. 鱈魚乾, 魚乾

pescadería *f.* 魚店, 魚市, 魚攤

pescadero, ra *s.* 賣魚人

*pescado *m.* (捕獲供食用的) 魚

*pescador, ra *s.* 捕魚人, 漁民

pescante *m.* 1. 車伕的座位 2. (掛物用的) 楔子

*pescar *tr.* 1. 捕, 釣 (魚) 2.【轉, 口】染上 (疾病) 3.【轉, 口】得到, 獲得 4. 【轉, 口】找到 (對象)

pescozada *f.* ; **pescozón** *m.* (打在頸上的) 拳擊

pescozudo, da *a.* 脖子粗的

pescuezo *m.* 1. 脖子, 頸 2.【轉】傲氣 ◇ apretar (或 estirar) el ~ 絞死 / torcer el ~ 翹辮子, 死亡 / retorcer el ~ 掐死

pesebre *m.* 牲口槽

*peseta *f.* 比塞塔 (西班牙貨幣單位) ◇ cambiar la ~ (因暈船或酒醉) 嘔吐

pesimismo *m.* 悲觀, 悲觀主義

pesimista *a.-s.* 悲觀的, 悲觀主義的; 悲觀者, 悲觀主義者

pésimo, ma *a.* 極壞的, 非常糟糕的

*peso *m.* 1. 地心引力, 重力 2. 重, 重量 3. 重物 4. 負擔, 壓力 5. 分量, 重要性 6. 比索 (某些拉美國家的貨幣單位) 7. 【體】鉛球 ◇ ~ atómico 原子量 / ~ bruto 毛重 / ~ específico 比重 / ~ muerto【空】自重, 淨重 / a ~ de oro 以高昂的代價 / de ~ ①分量足的②有分量的 / hacer ~ ①補足②起作用

pésol *m.* 豌豆

pespunte *m.* 回針, 緝針

pespuntear *tr.* 緝, 縫回針

pesquera *f.* 漁場, 捕魚區

pesquería *f.* 1. 捕魚業; 捕魚 2. 漁場

pesquero, ra *a.* 捕魚的, 漁業的

pesquis *m.* 敏銳, 聰穎

pesquisa *f.* 調查, 偵查

pesquisidor, ra *a.* 調查的, 偵查的

*pestaña *f.* 1. 睫毛 2. (衣物的) 飾邊, 貼邊 3. 凸緣 ◇ no mover ~ 不眨眼睛 / no pegar ~ 未合眼 / quemarse las ~s 開夜車, 夜間攻讀

pestañear *intr.* 眨眼睛 ◇ sin ~ ①目不轉睛②毫不畏懼, 沉着③服從, 一聲不吭

pestañeo *m.* 眨眼睛

pestañoso, sa *a.* 睫毛長的

peste *f.* 1. 瘟疫; 時疫; 鼠疫 2. 臭氣, 臭味 3. 害人的東西

pestífero, ra *a.* 1. 能引起瘟疫的 2. 有惡臭的

pestilencia *f.* 1. 瘟疫, 時疫 2. 臭味

pestilente *a.* 見 pestífero

*pestillo *m.* 1. 門閂, 插銷 2. 鎖舌

pestiño *m.* 蜜炸果

pestorejo *m.* 後頸, 脖頸

pesuño *m.*【動】趾

petaca *f.* 1. 箱子 2. 雪茄烟盒

*pétalo *m.* 花瓣

petardear *tr.* 1. 爆破 2.【轉】敲竹槓

petardista *s.* 敲竹槓的人

petardo *m.* 1. 爆破筒 2. 爆竹 3. 詐騙, 敲竹槓 ◇ pegar un ~ 敲竹槓, 勒索

petate *m.* 1. 涼蓆 2. (戰士、水手、囚犯的) 舖蓋捲 3.【口】旅客的行李 ◇ liar el ~ ①捲舖蓋, 走②死去

*petición *f.* 1. 請求, 要求 2. 申請書, 請願書 3.【法】訴狀

peticionario, ria *a.-s.* 申請的, 要求的; 申請人

petigris *m.* 松鼠皮

petimetre, tra *s.* 過分講究衣着的人, 趕時髦的人

petirrojo *m.*【動】歐鴝, 知更鳥

petitorio, ria I. *a.* 申請的, 請求的 II. *m.* 固執要求; 無理要求

peto *m.* 1. 護胸甲 2. 胸飾 3.【動】腹甲

petral *m.* (馬的) 胸皮帶

petrel *m.*【動】海燕

pétreo, a *a.* 1. 石質的, 石頭的 2. 多石的

petrificación *f.* 石化作用

petrificar *tr.* 1. 使石化 2. 【轉】使發獃, 使驚獃

*****petróleo** *m.* 1. 石油 2. 煤油

petrolero, ra I. *a.* 1. 石油的 2. 用石油作動力的 II. *m.* 油船

*****petrolífero, ra** *a.* 含石油的, 産石油的

petroquímica *f.* 石油化學, 石油化工

petulancia *f.* 傲慢無禮, 妄自尊大

petulante *a.* 傲慢無禮的, 妄自尊大的

*****pez¹** *m.* 1. 魚 2. *pl.* 魚類 3. 魚狀物 ◇ estar (或 sentirse) como el ~ en el agua 如魚得水 / picar el ~ 上當, 中計

pez² *f.* 1. 樹脂, 松脂 2. 瀝青

pezón *m.* 1. (花、葉、果實的) 柄, 蒂 2. 乳頭, 奶頭 3. 乳頭狀物

pezuña *f.* (動物的) 爪, 蹄

phi *f.* 斐 (希臘語字母Φ, φ 的名稱)

pi *f.* 派 (希臘語字母Π, π 的名稱)

piada *f.* 鳥的啾啾叫聲

piadoso, sa *a.* 1. 有同情心的, 憐憫的 2. 虔誠的

piafar *intr.* (馬) 前蹄刨地

piamadre; piamáter *f.* 【解】軟腦脊膜

pianista *s.* 1. 鋼琴演奏者, 鋼琴家 2. 鋼琴製造師, 鋼琴商

*****piano** I. *m.* 鋼琴 II. *ad.* 【樂】輕輕地

pianoforte *m.* 鋼琴

pianola *f.* 1. 自動鋼琴 2. 鋼琴自動彈奏器

piar *intr.* 1. (鳥等) 啾啾叫 2. 【轉, 口】渴望

piara *f.* 豬羣; 馬羣

pica¹ *f.* 【動】喜鵲

pica² *f.* 1. 長矛 2. 鬥牛用的長槍

picacho *m.* 山峯, 山尖

picada *f.* 1. (禽鳥的) 啄 2. (昆蟲的) 叮, 咬, 刺, 螫 3. (魚的) 咬鈎

picadero *m.* 馴馬場; 練馬場

picadillo *m.* (食物切成的) 碎末

picado, da I. *a.* 1. 有許多小洞的 2. 【轉, 口】生氣的, 發怒的 II. *m.* 1. 切碎, 剁碎 2. 飛機俯衝 3. 【樂】斷奏

picador *m.* 1. 馴馬人 2. 【鬥牛】長矛手

picadura *f.* 1. (禽鳥的) 啄; (昆蟲的) 叮, 咬, 螫, 刺 2. (啄、咬、叮、螫的) 痕迹 3. 烟絲 4. 齲

picagallina *f.* 【植】鵝不食

picajoso, sa *a.* 易生氣的, 易發怒的

picamaderos *m.* 【動】啄木鳥

picante I. *a.* 1. 辣的; 刺鼻的 2. 【轉】辛辣的, 尖銳的 (言詞) II. *m.* 1. 辣味 2. 【轉】(言詞的) 尖銳, 辛辣

picapedrero *m.* 石工, 石匠

picapleitos (*pl.* picapleitos) *m.* 1. 【口】愛打官司的人 2. 律師 (貶義詞)

picaporte *m.* 1. 碰鎖; 碰鎖的鑰匙 2. 門環

picar I. *tr.* 1. 刺, 扎 2. 啄, 叮, 咬, 螫 3. 剁碎, 搗碎 4. 扎眼, 刺孔; 剪 (票) 5. 【鬥牛】用矛刺 6. 使覺得癢 7. 一點一點地取食 8.【轉】激怒, 觸怒 II. *intr.* 1. (太陽) 灼熱 2. (顧客) 光顧 3. (魚) 咬毛 III. *r.* 1. (衣服等) 被蛀 2. (食物) 變質 3. 發怒, 生氣

picaraza *f.* 【動】喜鵲

picardear I. *intr.* 1. 説下流話, 做下流事 2. 調皮 II. *r.* 沾染惡習

picardía *f.* 1. 卑鄙, 下流 2. 狡猾 3. 調皮

picaresca *f.* (西班牙文學作品中的) 流浪漢; 流浪漢生活

picaresco, ca *a.* 1. 流浪漢的, 無賴的 2. 描寫流浪漢的

*****pícaro, ra** I. *a.* 1. 卑鄙的, 下流的 2. 狡猾的 3. 調皮的 II. *m.* 1. 流氓, 無賴 2. 狡猾的人 3. (西班牙文學作品中的) 流浪漢

picatoste *m.* 烤麪包片

picaza *f.* 喜鵲

picazo *m.* 1. 扎, 刺; 扎傷, 刺傷 2. 啄, 叮, 咬, 螫 3. 小喜鵲

picazón f. 1. 癢 2. 不快, 煩惱 3.【轉】生氣

picnic m. 野餐

pico[1] m. 啄木鳥

*pico[2] m. 1. (禽類的)喙 2. (器物的)尖, 角 3. 鎬, 丁字鎬 4. 山峯, 山尖 5. (數目的)零頭 ◇ ~ de oro 能說會道的人 / andar a ~s pardos 不務正業 / callar el ~ 緘默 / en ~ 口頭上的 / perderse por el ~ 禍從口出; 言多必失

picor m. 1. 辣 2. 癢

picota f. 1. 恥辱柱, 犯人示衆柱 2. 塔尖; 山頂

picotada f.; **picotazo** m. 1. 啄, 咬, 叮, 螫 2. (啄、咬、叮、螫留下的)痕跡

picotear I. tr. 1. 啄 2. 一點一點取食 II. intr. 嘮叨

picotero, ra a. 嘮叨的, 饒舌的

pícrico, ca a.【化】苦味的(酸)

pictórico, ca a. 1. 繪畫的 2. 可入畫的

picudo, da I. a. 1. 尖的, 有尖嘴的 2. 嘮嘮叨叨的, 饒舌的 II. m. 烤肉扦子

pichel m. 有蓋金屬壺

pichón m. 雛鴿

*pie m. 1. 足, 脚, 蹄, 爪 2. (器物的)腿, 脚 3. 底座, 墩 4. (書信、文件的)結尾 5. (植物的)株, 棵 ◇ a cuatro ~s 趴者, 匍匐爬 / al ~ de fábrica 出廠的(價格) / al ~ de la letra 照字面 / a ~s juntillas ①雙脚併攏地②堅決地 / buscar cinco ~s al gato 自討苦吃 ②吹毛求疵 / en ~ ①站者的②懸而未決的 / en ~ de guerra (處於)臨戰狀態 / estar con el ~ en el estribo 整裝待發 / saber de qué ~ cojea 知道自己的弱點

piedad f. 1. 虔敬, 虔誠 2. 孝順 3. 憐憫, 同情, 慈悲 4. 抱着基督屍體的聖母像

*piedra f. 1. 石頭, 石塊 2. 石碑 3. 大冰雹 ◇ ~ de chispa 火石, 燧石 / ~ de escándalo 醜事的原因 / ~ de toque 試金石 / ~ preciosa 寶石 / no

dejar ~ sobre ~ 夷爲平地 / poner la primera ~ 舉行奠基禮 / tirar ~s 狂怒

*piel f. 1. 皮, 皮膚 2. 皮革, 皮毛 3. 果皮 ◇ ~ de gallina 鷄皮疙瘩 / quitar (或 sacar) la ~ a tiras 把…駁得體無完膚

piélago m. 1.【詩】海洋 2.【轉】空間

pienso m. 乾草料

*pierna f. 1. 小腿, 腿 2. (動物的)腿 3. (兩脚規的)脚 ◇ a ~ suelta 無憂慮地 / con las ~s cruzadas 蹺着二郎腿 / estirar la ~ 死掉, 伸腿

*pieza f. 1. 塊, 片, 個, 部分 2. 物件; 零件, 部件 3. 一匹(布) 4. 房間 5. 棋子 6. 樂曲, 舞曲 ◇ ~ de autos【法】案卷 / ~ de convicción【法】證據 / ~ oratoria 演說

pífano m. (軍樂隊的)高音笛; 高音笛手

pifia f. 1. (枱球)擊空 2. 錯誤, 失誤

pifiar tr. 1. (枱球)擊空 2. 出差錯

pigargo m.【動】鶚

pigmentación f.【醫】色素沉着

pigmento m. 1.【生】色素 2.【化】顔料

pigmeo, a a.-s. 身材矮小的; 矮人, 侏儒

pignoración f. 典當, 典押

pignorar tr. 典當, 典押

pigre a. 懶惰的

pigricia f. 懶惰

pijama m. 睡衣褲

pijotería f. 煩人的瑣事

pijotero, ra a. 討厭的, 煩人的

pila[1] f. 1. 垛, 堆 2. 橋墩

pila[2] f. 1. 水池, 水缸, 水槽 2.【宗】洗禮盤, 聖水池 3. 電池 ◇ ~ atómica 原子反應堆

pilar[1] m. 1. 大水池 2. 路標, 里程碑 3. 柱子; 柱狀物 4. 郵筒

pilar[2] tr. 舂(米)

pilastra f.【建】壁柱, 半露柱

*píldora f. 1. 藥丸, 丸藥 2.【轉, 口】壞消息 ◇ tragar(se) la ~ ①受騙, 上當

②承受,接受

pileta f. 家用小聖水盆

pilón[1] m. 1. 大水池 2. 臼,研鉢

pilon[2] m. 塔糖

pilongo, ga a. 瘦弱的,瘦長的

pilórico, ca a. 【解】幽門的

píloro m. 【解】幽門

piloso, sa a. 有毛的;多毛的,毛髮濃密的

pilotaje m. 1. 領航,領港 2. 領航術,駕駛術 3. 領航費,領港費

pilotar tr. 1. 領航,領港 2. 駕駛

pilote m. 木樁,椿子

***piloto** m. 1. 領航員,領港員 2. 飛行員,駕駛員 3. 指示燈 ◇ ～ de altura 遠洋領航員

piltra f. 【口】床

piltrafa f. 1. (食用肉的)碎塊,下脚 2. 廢料,下脚料

pillada f. 卑鄙行爲,下流行爲

pillaje m. 搶劫,掠奪

pillar tr. 1. 搶劫,掠奪 2. 抓住,捉住

pillastre; pillastrón m. 流氓,無賴

pillería f. 流氓性;流氓行爲

pillo, lla a. 1. 卑鄙的,下流的,無恥的 2. 狡猾的

pimental m. 辣椒地;胡椒地

pimentero m. 【植】胡椒

pimentón m. 辣椒;辣椒粉

***pimiento** m. 辣椒;胡椒

pimpinela f. 【植】小地楡

pimpollo m. 1. 幼樹 2. 新枝 3. 美貌少年 4. 少相的人

pinabete m. 樅樹

pinacoteca f. 畫廊,美術館

pináculo m. 1. (建築物的)尖頂 2. 【轉】(事物發展的)頂峰,頂點

pinada a. 羽狀的(葉子)

***pinar** m. 松樹林

pinariego, ga a. 松樹的

pinastro m. 【植】南歐海松

pincarrasca f. 【植】阿勒頗松

***pincel** m. 1. 畫筆;毛筆 2. 【轉】(畫家的)手筆,風格 ◇ hecho un ～ 仔細安排的,精心安排的

pincelada f. 1. 一筆,一劃 2. 【轉】筆觸,格調 ◇ dar la última ～ 最後潤飾

pincha f. (動,植物身上的)刺

pinchadura f. 刺,扎;刺傷

pinchar tr. 1. 刺,扎;刺痛,刺傷 2. 刺激,激怒 3. 【口】注射,打針

pinchaúvas m. 卑劣的人

pinchazo m. 1. 扎痕,刺傷 2. (輪胎,皮球上扎的)孔,洞

pinche, cha s. 幫廚的人

pincho m. 刺;針;尖

pindonga f. 【口】愛逛大街的女人

pindonguear intr. 【口】閑逛,逛大街

pineal a. 【解】松果狀的(腺體)

pineda f. 松林

pingajo m. 【口】掛着的破布片

pingo m. 1. 【口】掛着的破布片 2. 不值錢的女服

pingorote m. 突起部分

pingorotudo, da a. 【口】高聳的

pingüe a. 1. 肥的,油脂多的 2. 【轉】豐盛的,豐厚的

pingüino m. 企鵝

pinillo m. 【植】1. 矮筋骨草 2. 地膚

pinito m. (小孩學步邁出的)最初的步子

pinnípedo, da a.-m.pl. 【動】鰭脚亞目的;鰭脚亞目

***pino, na**[1] a. 1. 陡峭的 2. 挺拔的

pino[2] m. 【植】松,松樹

pinocha f. 松針

pinoso, sa a. 有松樹的

pinsapo m. 【植】西班牙冷杉

pinta f. 1. (動物身上、布料等表面上的)斑點,斑紋 2. 斑紋裝飾 3. 外表,外觀 4. 品脱(英制液量單位)

pintada f. 【動】珍珠鷄

pintado, da a. 1. 天然彩色的 2. 有斑點的,有斑紋的 ◇ el más ～ 最謹慎的人,最機靈的人

pintamonas (pl. pintamonas) s. 拙劣

的畫家

*pintar I. tr. 1. 繪, 畫 2. 上漆, 塗色 3. 【轉】描繪, 刻畫 II. intr. 1. (果子)開始成熟變色 2. (在否定句中)有用, 起作用 III. r. 化妝 ◇ ～ la 自負; 自作多情

pintarrajar; pintarrajear tr. 亂畫, 亂塗

pintiparado, da a. 1. 酷似的, 很像的 2. 非常合適的

pintojo, ja a. 有斑紋的, 有斑點的

*pintor, ra s. 畫家

*pintoresco, ca a. 1. 如畫的 2. 生動的

pintorrear tr. 亂畫, 亂塗

*pintura f. 1. 繪畫, 繪畫術 2. 繪畫作品 3. 油漆, 顏料 4.【轉】描寫, 描繪 ◇ ～ a la acuarela 水彩畫 / ～ al encausto 蠟畫 / ～ al pastel 蠟筆畫 / no poder ver ni en ～ 極爲厭惡

pinturero, ra a. 因打扮時髦而得意的

pínula f. 瞄準器

pinza f. 1. pl. 鑷子 2. pl. 夾子 3. (蟹、蝦的)螯足

pinzón m. 【動】蒼頭燕雀

*piña f. 1. 松塔, 松果 2.【植】菠蘿 3. 一羣人

piñata f. 1. 鍋 2. 糖果罐(一種節日遊戲用具, 懸空掛起, 蒙住眼睛擊打)

piñón[1] m. 1. 松子 2. 松仁; 松子狀物 ◇ estar a partir un ～ con 與…親密無間

piñón[2] m. 小齒輪

piñonate m. 松仁糖

piñonero m.【動】灰雀

pío,a[1] I. a. 1. 虔誠的 2. 有同情心的, 慈悲的 II. m. 小鳥吱叫聲

pío, a[2] a. 有斑紋的(馬)

piocha f. 1. 女人的頭飾 2. 羽花 3. 鶴嘴鋤

piojento, ta a. 長虱子的

piojillo m.【動】羽虱

piojo m.【動】1. 虱 2. 羽虱 ◇ como ～s en costura 擁擠不堪的

piojoso, sa a. 1. 長有許多虱子的 2. 吝嗇的, 小氣的

*pionero, ra s. 1. 拓荒者, 開拓者; 先鋒, 創業者 2. 少先隊員

pionía f. 龍牙花的果實

piorrea f.【醫】膿溢

*pipa[1] f. 1. 桶 2. 烟斗

pipa[2] f. 1. 瓜子; 葵花籽 2. (水果的)種子

piperáceo, a a.-f.pl.【植】胡椒科的; 胡椒科

piperina f.【化】胡椒鹼

pipeta f. 吸管, 移液管

pipí m. (兒童用語)尿 ◇ hacer ～ 撒尿

pipiar intr. (小鳥)吱吱叫

pipiolo m.【口】初學者, 新手

pipirigallo m.【植】驢食草

pipiritaña f. (麥稈做的)哨子

piporro m.【樂】巴松管, 大管, 低音管

pipote m. 小桶

pique m. 1. 慪氣, 慍怒 2. 好勝心, 好强 ◇ estar de ～ (兩人)鬧翻, 不和 / irse a ～ ①(船)沉沒②失敗, 落空

piqué m. 凹花織物

piquera f. 1. 桶口 2. 蜂窩出入口

piquero m. 長矛手

piqueta f. (泥瓦匠用的)鶴嘴錘

*piquete m. 1. 刺; 刺傷 2. 小孔, 小洞 3.【軍】小隊

piquituerto m.【動】紅交嘴雀

pira[1] f. 1. 古時焚燒屍體和祭品的火堆 2. 篝火

pira[2]: irse de ～ ① 逃學 ② 狂歡, 歡鬧

piragua f. Amér. 獨木船

piramidal a. 角錐狀的; 金字塔形的

pirámide f. 1. 角錐 2. 金字塔

pirata I. a. 1. 海盜的 2. 非法的; 地下的 II. m. 1. 海盜 2. 剽竊者 ◇ ～ aéreo 劫持飛機者

piratear intr. 1. 海上掠奪 2. 剽竊

piratería f. 1. 海盜行爲 2. 臟物

pirenaico, ca a.-s. 比 利 牛 斯 山 (los

Pirineos) 的; 比利牛斯山居民

pírico, ca _a._ 火的; 燒火的

piriforme _a._ 梨形的, 梨狀的

pirineo, a _a._ 比利牛斯山 (los Pirineos) 的

pirita _f._ 黃鐵礦

piróforo _m._【化】自燃物, 引火物

pirograbado _m._ 燙畫, 烙畫

pirolusita _f._ 軟錳礦

pirómetro _m._ 高溫計

piropear _tr._ 講恭維話, 奉承

piropo _m._ 1. 紅榴石 2. 紅寶石 3.【口】恭維話

pirosfera _f._【質】火界, 熔界

pirosis _f._【醫】胃灼熱

pirotecnia _f._ 烟火製造術

pirotécnico, ca _a.-m._ 烟火製造術的; 烟火製造者

piroxena _f._【礦】輝石

piroxilina _f._【化】硝棉, 火棉, 焦木素

pirrarse _r._【口】渴望, 極想

pirueta _f._ 1.（馬）直立旋轉 2.（舞蹈中的）跳躍

pisa _f._ 1. 踏, 踩 2. 壓搾（葡萄）

pisada _f._ 1. 踏, 踩 2. 脚印, 足迹

pisapapeles (_pl._ pisapapeles) _m._ 鎮紙

pisar _tr._ 1. 踏, 踩 2. 踩緊, 踩實; 壓搾 3.【轉】踐踏, 踩躪

pisaverde _m._ 愛打扮的人

piscatorio, ria _a._ 捕魚的; 漁民的

piscicultura _f._ 養魚業; 養魚術

pisciforme _a._ 魚形的, 魚狀的

*piscina _f._ 1. 魚池 2. 游泳池

Piscis _m._【天】雙魚宮; 雙魚座

piscívoro, ra _a._ 食魚的（動物）

piscolabis (_pl._ piscolabis) _m._ 點心, 小吃

*piso _m._ 1.（樓房的）樓, 層 2. 地板, 地面; 路面

pisón _m._ 夯

pisotear _tr._ 1. 連續踩踏 2.【轉】踐踏, 蹂躪 3.【轉】違反, 破壞（法令）

pisoteo _m._ 1. 踩, 踏 2.【轉】踩躪, 踐踏

3.【轉】違反, 破壞

pisotón _m._ 狠踩一腳

*pista _f._ 1. 脚印, 足迹 2.【體】跑道, 場地 3. 飛機跑道 4. 高速公路

pistachero _m._【植】阿月渾子樹

pistacho _m._ 阿月渾子果, 阿月渾子仁

pistilo _m._【植】雌蕊

pisto _m._ 1. 禽類肉汁 2. 辣椒, 蛋, 葱炒成的菜 ◇ darse ～ 自得, 炫耀

*pistola _f._ 手槍; 噴槍 ◇ ～ ametralladora 衝鋒槍 / ～ con silenciador 無聲手槍 / ～ engrasadora 油槍

pistolera _f._ 手槍套

pistolero _m._ 1. 持槍搶劫者 2. 刺客

pistoletazo _m._ 手槍擊; 手槍傷

pistolete _m._ 小手槍

pistón _m._ 1. 活塞 2. 雷管; 火帽

pistonudo, da _a._ 極好的, 巨大的

pita¹ _f._ 1.【植】龍舌蘭 2. 龍舌蘭纖維線

pita² _f._ 1. 喚鷄聲 2.（表示不滿的）噓聲

pitada _f._ 1. 哨子聲, 笛聲 2. 表示不滿的噓聲

pitanza _f._ 1. 施捨口糧 2. 每天分配的口糧

pitar _intr._ 1. 吹哨, 鳴笛 2. 發出噓聲

pitarroso, sa _a._ 有眼屎的, 多眼髒的

pitecántropo _m._ 猿人

pitido _m._ 哨子聲, 笛聲

pitillera _f._ 1. 香烟盒 2. 捲烟女工

pitillo _m._ 捲烟, 紙烟

pítima _f._ 1. 心臟部位泥敷劑 2.【口】酒醉

pitio, tia _a._【希神】阿波羅的, 太陽神的

pito¹ _m._【動】啄木鳥

pito² _m._ 1. 哨子, 笛, 汽笛 2. 捲烟, 紙烟 3.（孩子玩的）距骨, 果核, 小玻璃球 ◇ no importar un ～ 不重視 / no tocar ～ en 不參與 / no valer un ～ 一錢不值 / por ～s o flautas 總有什麼原因

pitón[1] *m.* **1.** (動物剛長出的)角 **2.** (器皿的)嘴
pitón[2] *m.* 巫師
pitonisa *f.* 女預言者; 女祭司, 女巫
pitorra *f.*【動】丘鷸
pitorrearse *r.* 嘲笑, 嘲弄
pitorreo *m.* 嘲笑, 嘲弄
pitorro *m.* (器皿的)嘴
pitpit *m.*【動】鷚
pituitario, ria *a.* **1.** 分泌黏液的 **2.** 腦下垂體的
pituso, sa *a.-s.* 可愛的, 好玩的(小孩); 小寶貝
pivote *m.* **1.** 支軸 **2.** (籃球的)中鋒
píxide *m.*【宗】聖體盒
***pizarra** *f.* **1.** 石板 **2.** 黑板 **3.**【質】板岩
pizarral *m.* 板岩礦
pizarreño, ña *a.* 板岩的, 似板岩的
pizarrero *m.* 板岩工
pizarrín *m.* 石筆
pizarroso, sa *a.* 多板岩的; 像板岩的
pizca *f.*【口】一點點, 少許 ◇ ni una ～ 毫無
pizcar *tr.* 掐, 捏
pizpereta; pizpireta *a.* 活潑可愛的(姑娘)
pizpita *f.*【動】白鶺鴒
***placa** *f.* **1.** 板, 片; 金屬板; 木板; 玻璃板 **2.** 勳章; 證章 **3.** 汽車牌照; 金屬門牌
pláceme (*pl.* plácemes) *m.* 祝賀, 慶賀
placenta *f.* **1.**【解】胎盤 **2.**【植】胎座
placentero, ra *a.* 令人愉快的, 快樂的
***placer**[1] **I.** *m.* **1.** 愉快, 快樂 **2.** 娛樂, 消遣 **II.** *tr.* 使高興, 使愉快 ◇ a ～ 盡情地
placer[2] *m.* **1.** 海灘, 沙灘 **2.** 重金屬礦床
placero, ra **I.** *a.* 廣場的; 市場的 **II.** *s.* **1.** 小商, 小販 **2.** 在市場上閑逛的人
plácet *m.* (駐在國政府對他國外交官任命的)認可, 同意
placidez *f.* **1.** 平靜, 恬靜 **2.** 溫和, 安祥
plácido, da *a.* **1.** 平靜的, 恬靜的 **2.** 溫和的, 安祥的
plaga *f.* **1.** 災害, 禍患 **2.**【轉】重病; 不幸 **3.**【轉】大量
plagar *tr.* 使充斥, 使充滿
plagiar *tr.* 抄襲, 剽竊
plagiario, ria *a.-s.* 抄襲的, 剽竊的; 抄襲者, 剽竊者
plagio *m.* 抄襲, 剽竊
***plan** *m.* **1.** 計劃, 規劃, 方案 **2.** 打算, 意圖 **3.** 建築平面圖, 設計圖 **4.** 提綱 ◇ a todo ～ 講排場 / en ～ de 正要, 正在 / hacer ～ 適宜, 適合
plana *f.* **1.** (紙的)面 **2.** (報刊的)版面 **3.** 平原, 平地 ◇ ～ mayor【軍】①營部, 團部②指揮部 / a toda ～ 整版地 / corregir la ～ ①發現毛病②勝過
planada *f.* 平地, 平原
plancton *m.* 浮游生物
***plancha** *f.* **1.** 薄金屬板 **2.** 熨斗, 烙鐵 **3.** 熨, 燙; 熨好或待熨的衣服 **4.**【海】跳板, 浮橋
planchado *m.* 熨衣服; 待熨或熨好的衣服
planchador, ra **I.** *s.* 熨衣工 **II.** *f.* 熨燙機
***planchar** *tr.* 熨, 燙
plancheta *f.*【測】平板儀
planeador *m.* 滑翔機
planear **I.** *tr.* **1.** 設計, 繪製…平面圖 **2.** 計劃, 安排 **II.** *intr.* 滑翔
planeo *m.* 滑翔
***planeta** *m.* 行星 ◇ nuestro ～ 地球 / ～ exterior (或 superior) 外行星 / ～ interior (或 inferior) 內行星
planetario, ria **I.** *a.* 行星的 **II.** *m.* **1.** 行星儀, 天象儀 **2.** 天文館
planga *f.*【動】鰹鳥
planicie *f.* 平原, 平川
***planificar** *tr.* 計劃, 規劃
planimetría *f.* 面積測量學
planímetro *m.* 測面儀, 面積計

planisferio m. 地球平面球形圖

*__plano, na__ I. a. 1. 平的, 平坦的 2. 【數】平面的 II. m. 1. 平面 2. 平面圖, 設計圖 3. 水準 4. (圖片、畫面的)景; (電影的)鏡頭 ◇ ~ de fondo 背景 / ~ horizontal 水平面 / de primer ~ 頭等的, 首要的 / de ~ ①直接地②完全地③直截了當地 / levantar un ~ 【地】製圖

*__planta__ f. 1. 植物, 作物 2. 平面圖, 設計圖 3. 腳掌, 足底 4. (樓房的)層 5. 計劃 ◇ ~ baja 低層, 第一層樓

*__plantación__ f. 1. 種植, 栽植 2. 種植園

plantagináceo, a a.-f. pl. 【植】車前草科的; 車前草科

plantaina f. 【植】車前

*__plantar__ I. tr. 1. 種植, 栽植 2. 插, 豎立 3. 建立, 樹立, 確立 II. r. 1. 站立 2. (在短時間內)到達

plante m. 集體抵制, 一致對抗

planteamiento m. 1. 建立, 制定 2. 提出問題 3. 計劃, 打算

*__plantear__ tr. 1. 建立, 制定 2. 提出(問題) 3. 計劃, 打算

plantel m. 1. 苗圃 2. 【轉】培養人才的場所

plantificar I. tr. 1. 建立, 制定(制度) 2. 放, 抛, 丢 II. r. (在短時間內)到達

plantigrado, da a. 【動】蹠行的(動物)

plantilla f. 1. (鞋內的)鞋底部分; 鞋墊 2. 襪底 3. 編制, 人員名册

plantío, a I. a. 可種植的; 已種植的(土地) II. m. 1. 種植, 栽植 2. 剛種植過作物的地方; 剛種下的作物

plantón m. 1. 樹苗, 秧苗 2. 插枝 3. 空等, 久等

planudo, da a. 平底的(船)

plañidero, ra I. a. 哭泣的; 怨天尤人的 II. f. 哭喪婦

plañido m. 哭泣, 號哭

plañir I. intr. 號哭 II. r. 抱怨

plaqué m. (作包金用的)金箔

plaqueta f. 【解】血小板

plasma m. 【生】原生質

plasmar I. tr. 塑造 II. r. 體現, 具體化

plasta f. 1. 可塑的軟物體 2. 壓扁的東西 3. 胡亂做成的東西

plaste m. 泥子, 油灰

plástica f. 造型藝術, 塑造術

plasticidad f. 1. 可塑性 2. 【轉】(描寫等的)生動, 活潑

plástico, ca I. a. 1. 造型的, 塑造的 2. 可塑的, 柔軟的 3. 塑料的 4. 【轉】生動的, 活潑的(描寫等) II. m. 1. 塑料 2. 塑料炸藥

plastificar tr. 使成可塑, 使塑化

*__plata__ f. 1. 銀 2. 銀器 3. 【轉】銀幣 4. 【轉】錢財 ◇ ~ baja 低成色銀 / ~ de ley 標準成色銀 / en ~ 簡要地 / patrón de ~ 銀本位

*__plataforma__ f. 1. 平台; 講台 2. (車廂的)進出口處, 平台 3. 【轉】政綱, 綱領 ◇ ~ continental 大陸架 / ~ giratoria 【鐵路】機車調向盤

platanar m. 香蕉園

*__plátano__ m. 1. 【植】懸鈴木, 法國梧桐 2. 香蕉; 香蕉樹 ◇ ~ guineo 小香蕉

platea f. 【劇】劇場的正廳

plateado, da I. a. 1. 包銀的, 鍍銀的 2. 銀色的 II. m. 包銀, 鍍銀

platear tr. 包銀, 鍍銀

platelmintos m.pl. 【動】扁形動物綱

platería f. 1. 銀細工; 銀器業 2. 銀樓, 首飾店

platero[1] m. 1. 銀匠 2. 珠寶商

platero[2] m. 碗碟架

plática f. 1. 交談, 談話 2. 【宗】佈道, 訓誡

platicar tr.-intr. 交談, 談話

platija f. 【動】鰈

*__platillo__ m. 1. 碟, 小盤 2. 秤盤, 天平盤 3. 盤狀物 4. pl.【樂】鈸

platina[1] f. 鉑, 白金

platina[2] f. 1. (顯微鏡的)載物台 2.【印】壓印平板 3. (機床的)工作枱

platinífero, ra a. 含鉑的, 含白金的

platino *m.* 鉑, 白金

platirrinos *m.pl.* 【動】闊鼻猴類

***plato** *m.* 1. 盤子 2. 盤 (量詞) 3. 秤盤, 天平盤 4. 菜, 菜餚 5.【轉】飯食, 飲食 ◇ ~ hondo 深盤, 湯盤 / ~ llano 淺盤, 菜盤 / comer en un mismo ~ 親密無間 / hacer el ~ 供養 / hacer ~ 上菜 / pagar los ~s rotos 當替罪羊 / ser ~ de segunda mesa 受輕視, 受排斥

platónico, ca *a.* 1. 柏拉圖 (Platón) 哲學的, 柏拉圖學派的 2. 純理論的; 純精神的

plausible *a.* 1. 值得稱贊的 2. 可以接受的

***playa** *f.* 海灘, 海濱; 河灘

***plaza** *f.* 1. 廣場 2. 空場, 空地 3. 市場, 集市 4. 鬥牛場 5. 要塞, 城堡 6. 位子 ◇ ~ de abastos 食品批發市場 / ~ de armas 練兵場 / ~ toros 鬥牛場 / abrir ~ 開路 / hacer ~ 騰出地方 / sentar ~ 參軍, 入伍

***plazo** *m.* 1. 期限 2. 分期付的款項 ◇ a corto ~ 短期的 / a largo ~ 長期的 / a ~s 分期付款地

plazoleta *f.* (花園中的) 空地

pleamar *f.* 滿潮, 滿潮期

plebe *f.* 1. (古羅馬的) 平民階層 2. 平民, 百姓

plebeyo, ya *a.* 1. 平民的, 百姓的 2. 粗俗的

plebiscito *m.* 公民投票

plectro *m.* 1.【樂】撥子, 琴撥 2. 詩人的靈感

plegable *a.* 可摺疊的

plegadera *f.* 裁紙刀; 摺紙刀

plegadizo, za *a.* 易摺疊的

plegadura *f.* 摺疊; 摺痕

plegar I. *tr.* 1. 摺, 疊, 摺疊 2. 打褶 3. 【印】摺頁 II. *r.* 屈服

plegaria *f.* 1. 祈求 2. 祈禱 3. 午禱鐘聲

pleistoceno *m.*【質】更新世

pleita *f.* 草帽辮

pleitear *tr.* 打官司

pleitista *a.* 愛打官司的; 愛爭吵的

pleito *m.* 1. 訴訟, 官司; 案件 2. 爭吵, 糾紛 ◇ ~ civil 民事案件 / ~ criminal 刑事案件 / dar el ~ por concluso 結案 / ganar el ~ 勝訴 / perder el ~ 敗訴 / ver el ~ 對質

plenario, ria *a.* 全體的, 全體出席的

plenilunio *m.* 望月, 滿月

plenipotenciario, ria *a.-m.* 全權的, 有全權的; 全權代表

plenitud *f.* 1. 完全, 全部 2. 充分; 頂點

pleno, na *a.-m.* 完全的, 充足的, 十足的; 全體會議 ◇ en ~ 全體的, 全體成員的

pleonasmo *m.*【修辭】同義疊用

plesiosauro *m.* (古生物) 蛇頸龍

plétora *f.* 1.【醫】多血 2.【轉】過多, 過剩

pletórico, ca *a.* 1.【醫】多血的 2.【轉】過多的, 過剩的

pleura *f.*【解】胸膜, 肋膜

pleuresía *f.*【醫】胸膜炎, 肋膜炎

plexiglás *m.* 有機玻璃

plexo *m.* (神經、血管等的) 叢

pléyade *f.* (同一時代文壇或其他方面的) 羣星, 著名人物

Pléyades *f. pl.*【天】昴星團, 七姊妹星團

plica *f.* 1. (須在指定時間開啓的) 密函 2.【醫】糾髮痛

pliego *m.* 1. 對摺紙 2. 密封函件 3. 書信; 文件 4.【印】印張

***pliegue** *m.* 1. 褶, 摺痕 2.【質】褶皺

plinto *m.* 1.【建】方底座 2.【體】跳箱

plioceno *m.*【質】上新世

plisar *tr.* 打褶

plomada *f.* 1. 鉛錘, 測錘 2. (漁網上的) 鉛墜 3. 鉛頭鞭子

plomar *tr.* 在 (文件上) 打鉛封

plombagina *f.* 石墨

plomero *m.* 鉛工; 白鐵工

plomizo, za *a.* 1. 含鉛的 2. 鉛色的 3. 像鉛的

*****plomo** *m.* 1. 鉛 2. 鉛錘, 測錘 3.【轉】鉛彈; 子彈 4.【轉, 口】討厭的人 ◇ a ~ 垂直地

*****pluma** *f.* 1. 羽毛 2. 羽飾 3. 羽毛筆; 鋼筆 4. 書法; 書法家 5. 屁 ◇ ~ estilográfica 自來水筆 / a vuela ~ 不假思索地 / poner la ~ bien 善於表達 / vivir de su ~ 寫作爲生

plumado, da *a.-f.* 有羽毛的; 寥寥幾筆, 三言兩語

plumaje *m.* 1. (禽鳥的)全身羽毛 2. 羽飾

plumazo *m.* 1. 筆劃, 筆道 2. 羽毛墊子; 羽毛枕頭

plumbagina *f.* 石墨

plúmbeo, a *a.* 鉛的

plumeado *m.*【美】陰影線

plumero *m.* 1. 撣子, 雞毛撣子 2. 筆筒, 筆盒 3. *Amér.* 蘸水筆桿 4. 羽飾

plumífero, ra *a.* 耍筆桿的人

plumón *m.* 1. 絨羽 2. 鴨絨被子, 鴨絨褥子

plumoso, sa *a.* 有羽毛的; 多羽毛的

plúmula *f.*【植】胚芽

*****plural** *a.-m.*【語法】複數的; 複數

pluralidad *f.* 1. 複數 2. 大量; 多數

pluralismo *m.* 1.【哲】多元論 2. 多元體制

pluralizar *tr.* 1.【語法】使變成複數 2. 擴大範圍

pluriempleo *m.* 兼職

plurilingüe *a.-s.* 使用多種語言的; 會講多種語言的人

pluripartidismo *m.* 多黨制

pluripartidista *a.* 主張多黨制的

plurivalencia *f.* 1.【化】多價 2. 多種價值

plus *m.* 附加工資, 津貼

pluscuamperfecto *a.*【語法】過去完成的(時態)

plus ultra *ad.* 以外, 以遠; 彼方, 那邊

plusvalía *f.* 1. 增值 2. 剩餘價值

plutocracia *f.* 1. 財閥統治 2. 財閥集團

plutócrata *s.* 財閥

Plutón *m.*【天】冥王星

plutonio *m.*【化】鈈

plutonismo *m.*【質】火成論

pluvial *a.* 雨的

pluvímetro, pluviómetro *m.* 雨量計

pluvioso, sa *a.-m.* 多雨的; 雨月(法國共和曆第五月, 相當於公曆1月20—22日至2月18—21日)

poa *f.*【海】環索, 繩環

pobeda *f.* 白楊樹林

*****población** *f.* 1. 居民, 人口 2. 城鎮, 居民點

poblacho *m.* 破落村鎮

*****poblado, da** **I.** *a.* 1. 有人居住的, 住滿人的 2. 長滿…的, 佈滿…的 **II.** *m.* 村莊, 城鎮

*****poblar** *tr.* 1. 開拓, 使有人居住 2. 居住在 3. 使佈滿

pobo *m.* 白楊, 銀白楊

*****pobre** **I.** *a.* 1. 貧窮的, 貧困的 2. 貧乏的, 貧瘠的 3. 簡陋的 4. 可憐的, 不幸的 **II.** *s.* 窮人; 乞丐 ◇ hacer el ~ 裝窮 / más ~ que una rata 一貧如洗 / ¡ ~ de mí ! 我真倒霉

pobrete *a.* 可憐的, 不幸的

pobretear *intr.* 裝窮

pobretería *f.*【集】窮人 2. 貧窮, 貧困; 貧乏

pobretón, na *a.* 非常窮的

*****pobreza** *f.* 1. 貧窮, 貧困 2. 貧乏, 缺少 3.【轉】小氣 ◇ ~ de espíritu 怯懦

pocero *m.* 1. 打井工 2. 掏糞工

pocilga *f.* 1. 豬圈 2.【轉, 口】骯髒的地方

pocillo *m.* 1. 巧克力杯 2. 半截埋入土中的缸

pócima *f.* 1. 湯藥 2.【轉】難喝的飲料

poción *f.* 1. 藥水; 湯藥 2. 飲料

*****poco, ca** **I.** *a.* 1. 少的, 少量的, 少數的

2. 不足的 **II.** *m.* 一點兒,少許 **III.** *ad.* **1.** 少,不多 **2.** 不久 **IV.** *pron.* 很少人; 很少事;很少東西 ◇ a ~ de 不久後 / a ~ que ①只要稍微…就②即使再不 / dentro de ~ 很快,馬上 / estar en ~ 差一點兒 / para ~ 無能力的 / ~ a ~ 逐漸地 / por ~ 幾乎 / tener en ~ 輕視

pocho, cha *a.* **1.** 臉色蒼白的 **2.** 凋謝 的,枯萎的 **3.** 熟透的(水果) **3.** 無精打 采的

poda *f.* 整枝;整枝季節

podadera *f.* 整枝剪,整枝鐮

podagra *f.*【醫】足痛風

podar *tr.* **1.** 修枝,整枝 **2.**【轉】裁減,精 簡(人員)

podazón *m.* 整枝季節

*_**poder**_ **I.** *aux.* 能够,可以;可能 **II.** *tr.* (在力氣、能力等方面)超過 **III.** *impers.* 可能發生 ◇ no ~ con 對付不了 / no ~ menos 不得不,只得

*_**poder**_ **m. 1.** 政權;權力;勢力 **2.** 國家 的軍事實力 **3.** 能力;效力 ◇ ~ abso-luto 絕對權力 / ~ disuasivo 説服力 / ~ ejecutivo 行政權 / ~ judicial 司法 權 / ~ legislativo 立法權 / a ~ de 依 靠,憑藉 / a todo ~ 竭盡全力地

poderdante *s.* 授權人

poderhabiente *s.* 被授權人

poderío *m.* 實力;權勢 **2.** 財産,財富

*_**poderoso, sa**_ *a.* **1.** 强大的,强有力的 **2.** 有錢的,有權勢的 **3.** 大功效率的

podiatría *f.* 足病學,足醫術

podio *m.* **1.**【建】墩座牆,列柱墩座 **2.** 【體】名次台

podómetro *m.* 計步器,步速計

podón *m.* (整枝用的)鈎鐮

podre *m.* 膿

podredumbre *f.* **1.** 腐爛,腐爛部分,腐 爛物 **2.** 腐敗,腐化 **3.** 膿

podrido, da *a.* **1.** 腐爛的 **2.**【轉】腐敗 的

podrir **I.** *tr.* 使腐爛 **II.** *intr.-r.* 腐爛

*_**poema**_ **m. 1.** 詩;長詩,叙事詩 **2.**【轉】 富有詩意的事物 ◇ ~ épico 史詩 / ~ en prosa 散文詩 / ~ lírico 抒情詩 / ~ sinfónico 交響詩

*_**poesía**_ *f.* **1.** 詩,詩歌,短詩 **2.** 詩意,詩 情 ◇ ~ bucólica 田園詩 / ~ dramá-tica 詩劇 / ~ épica 叙事詩,史詩

*_**poeta**_ *m.* 詩人

poetastro *m.* 蹩脚詩人

poética *f.* 作詩法,詩學

*_**poético, ca**_ *a.* **1.** 詩的 **2.** 有詩意的

*_**poetisa**_ *f.* 女詩人

poetizar **I.** *intr.* 寫詩 **II.** *tr.* 使詩化,美 化

*_**polaco, ca**_ **I.** *a.-s.* 波蘭 (Polonia) 的, 波蘭人的;波蘭人 **II.** *m.* 波蘭語

polaina *f.* 綁腿,護腿

*_**polar**_ *a.* **1.** (南北)極的,地極的 **2.** 【理】電極的,磁極的

polaridad *f.*【理】極性

polarímetro *m.* 偏振計;極化計;旋光 計

polariscopio *m.* 偏光鏡,旋光鏡

polarización *f.* **1.**【理】極化,偏振 **2.** 【轉】吸引,集中 **3.**【轉】兩極分化

polarizar *tr.* **1.**【理】使極化,使偏振 **2.** 【轉】吸引,集中 **3.**【轉】使兩極分化

polca *f.* 波爾卡舞;波爾卡舞曲

polea *f.* 滑輪;皮帶輪;滑車

polémico, ca *a.-f.* 論戰的,辯論的;論 戰,辯論

polemizar *intr.* 論戰,辯論

polen *m.*【植】花粉

polenta *f.* 玉米麵粥

poleo *m.*【植】除蟲薄荷

poli- *pref.* 含"多"、"複"之意

poli *m.*【口】警察

poliandria *f.* 一妻多夫

poliarquía *f.* 多頭政治

poliárquico, ca *a.* 多頭政治的

policentrismo *m.* 多中心論

*_**policía**_ **I.** *f.* **1.** 治安,公安 **2.**【集】警 察 **3.** 警方 **4.** 警察局 **II.** *m.* 警察 ◇ ~

de tráfico 交通警察 / ～ judicial 法警 / ～ secreta 秘密警察 / ～ urbana 市政警察

policíaco, ca a. 警察的 ◇ novela ～a 偵探小説 / película ～a 警探片

***policlínica** f. 綜合門診部,綜合性診所

policromía f. 多色,彩色

policromo, ma a. 多色的,彩色的

polichinela m. 1. (意大利喜劇中的)丑角 2. 木偶,傀儡

poliédrico, ca a.【數】多面體的

poliedro m.【數】多面體

polifonía f.【樂】複調音樂

polifónico, ca; polifono, na a. 複調的

polígala f.【植】遠志

poligamia f. 1. 一夫多妻 2.【植】雜性式

polígamo, ma I. a. 1. 一夫多妻的 2.【植】雜性的 II. m. 多妻的人

polígloto, ta I. a. 1. 通曉數種語言的 2. 用多種文字書寫的 II. s. 通曉數種語言的人 III. f. 有數種文字對照的《聖經》

poligonáceo, a a.-f. pl.【植】蓼科的,蓼科

poligonal a. 多邊形的,多角形的

polígono m. 1. 多邊形,多角形 2. 試炮場 ◇ ～ regular 正多邊形

poligrafía f. 1. 密碼術 2. 多種題材的寫作

polígrafo, fa s. 1. 密碼專家 2. 多種題材的作家

polilla f. 蛾,蛀蟲

polimorfo, fa a.【化】同質多晶形的

polinización f.【植】傳粉,授粉

polinizar tr.【植】傳粉,授粉

polinomio m.【數】多項式

polio; poliomielitis f. 脊髓灰質炎,小兒麻痹症

polipasto m. 複式滑車,滑車組

polipero m. 珊瑚岩

pólipo m. 1.【動】珊瑚蟲 2.【動】章魚 3.【醫】息肉

polipodiáceo, a a.-f. pl.【植】水龍骨科的;水龍骨科

polipodio m.【植】水龍骨

polisílabo, ba a.-m.【語法】多音節的;多音節詞

polisón m. 裙撐

polispasto m. 複式滑車,滑車組

polistilo, la a. 1.【建】多柱的 2.【植】多花柱的

***politécnico, ca** a. 多種工藝的,綜合技術的

politeísmo m.【宗】多神論,多神教

politeísta s.【宗】多神論者,多神教徒

politeno m.【化】聚乙烯

***política** f. 1. 政治;政治學 2. 政策,方針;策略

***político, ca** I. a. 1. 政治的,政治上的 2. 講策略的;冷靜的,謹慎的 II. s. 政治家

politiquear intr. 1. 搞政治 2. 侈談政治 3. 搞政治交易

politiqueo m.; **politiquería** f. 1. 搞政治 2. 侈談政治 3. 搞政治交易

politizar tr. 使政治化,使有政治色彩

polivalente a. 1.【化】多價的 2.【醫】多效用的 3.【轉】有多種用途的

póliza f. 1. 單據,憑單 2. 保險單 3. 印花稅票

polizón m. 1. 流浪漢 2. (飛機、輪船的)偷乘者

polizonte m. 警察(貶義詞)

***polo¹** m. 1. 極,極地 2.【理】電極;磁極 3.【轉】中心,焦點 4.【轉】極端

polo² m. 馬球 ◇ ～ acuático 水球 / ～ helado 冰棍

polonés, sa a. 1. 見 polaco II. f. 波蘭乃茲舞;波蘭乃茲舞曲

polonio m.【化】釙

poltrón, na a.-f. 懶惰的;安樂椅

poltronería f. 懶惰

polución f. 1. 遺精 2. 污染

polvareda *f.* 塵土, 塵埃

polvera *f.* 香粉盒

***polvo** *m.* 1. 灰塵, 塵土 2. 粉末 3. 香粉 4. *pl.* 藥粉 ◇ ～ de estaño 去污粉 / ～s de blanqueo 漂白粉 / ～s de la madre Celestina 秘訣, 中計 / oro en ～ 金粉 / tabaco en ～ 鼻烟 / hacer ～ 弄得粉碎 / matar el ～ 在地上灑水 / morder el ～ 失敗 / sacudir el ～ a 打, 揍

***pólvora** *f.* 1. 火藥, 炸藥 2. 烟火 3. 暴躁脾氣 ◇ ～ de algodón 硝化棉 / ～ sorda 陰險的人 / gastar la ～ en salvas 徒勞無用 / no haber inventado la ～ 愚笨

polvorear *tr.* 撒粉於, 使蓋上一層粉

polvoriento, ta *a.* 蓋滿灰塵的

polvorín *m.* 1. 細火藥 2. 火藥庫

polvorización *f.* 1. 變成粉末 2. 噴灑

polla *f.* 1. 小母雞 2. 賭注

pollada *f.* 一窩雛禽, 一窩雛雞

pollastro, tra 1. 子雞 2. 陰險狡詐的人

pollera *f.* 1. 養雞場 2. 雞棚, 雞籠, 雞窩

pollería *f.* 雞鴨店, 雞鴨市場

pollero, ra *s.* 賣雞人, 養雞人

pollino, na *s.* 1. 驢駒 2.【轉】蠢驢, 笨蛋

pollito, ta *s.*【轉, 口】小孩

***pollo** *m.* 1. 雛雞 2. 幼畜, 幼獸 3.【轉, 口】小孩

poma *f.* 蘋果

pomada *f.* 香脂; 油膏, 藥膏

pomar *m.* ; **pomarada** *f.* 蘋果園

pomarrosa *f.* 丁香果實

pómez *f.* 泡沫岩

pomo *m.* 1.【植】梨果 2. (器物的) 圓形端頭, 劍柄末端 3. 香水瓶

pompa *f.* 1. 盛況; 排場, 奢華 2. 氣泡, 水泡 3. 水泵, 抽水機 ◇ ～ de jabón ①肥皂泡②虛幻的事物 / ～ fúnebre 葬禮 / hacer ～ 炫耀

***pomposo, sa** *a.* 1. 盛大的, 排場大的 2. 浮華的, 誇大的

***pómulo** *m.*【解】顴骨

ponche *m.* 混合甜酒

ponchera *f.* (配製混合甜酒的) 大杯

poncho *m. Amér.* 套頭披風, 套頭斗篷

ponderable *a.* 1. 可稱量的 2. 值得稱贊的

ponderación *f.* 1. 稱贊, 稱頌 2. 稱量 3. 慎重, 分寸

ponderar *tr.* 1. 稱量 2. 稱贊, 稱頌 3. 誇大

ponderativo, va *a.* 1. 愛稱贊的, 愛誇獎的 2. 誇張的, 誇大其詞的

ponedero *m.* 下蛋處; 産卵地

ponedor, ra *a.* 1. 産卵的, 下蛋的

ponencia *f.* 1. (供審議的) 報告, 方案, 計劃 2. 起草人職務; 起草委員會

ponente *a.-s.* 負責起草的; 起草人

***poner** I. *tr.* 1. 放, 擺, 安置 2. 寫上 3. 寄(信), 打(電報) 4. 演(戲), 放(電影) 5. 設想, 假定 6. 産卵, 下蛋 II. *r.* 1. 穿, 戴; 打扮 2. (日, 月) 落山 ◇ ～ en claro 澄清 / ～ por delante 提請注意 / ～ por escrito 提出 / ～se al corriente 得知, 了解 / ～se de largo (少女) 初次參加社交活動

poniente *m.* 1. 西, 西方 2. 西風

pontaje; **pontazgo** *m.* 過橋費

pontederiáceo, a *a.-f. pl.*【植】雨久花科的; 雨久花科

pontificado *m.* 1. 古羅馬大祭司的職位及任期 2. 教皇或主教的職位及任期

pontifical I. *a.* 1. 古羅馬大祭司的 2. 教皇的; 主教的 II. *m.* (主教、教皇的) 法衣

pontificar *intr.* 1. 就任教皇, 就任主教 2. 發表武斷論點

pontífice *m.* 1. 古羅馬大祭司 2. 教皇; 主教

pontón *m.* 1. 平底船 2. 浮橋, 舟橋

pontonero *m.* 1. 平底船夫 2. 架橋工

ponzoña *f.* 1. 毒物, 毒素; 毒藥 2.【轉】敗壞社會風尚的行爲或思想

ponzoñoso, sa *a.* 1. 有毒的 2.【轉】有害的 3.【轉】惡毒的

*****popa** *f.* 船尾

popelín *m.* ; **popelina** *f.* 府綢

populación *f.* 見 población

populachería *f.* 庸俗

populachero, ra *a.* 庸俗的

populacho *m.* 羣氓, 下等人

*****popular** *a.* 1. 人民的, 民衆的 2. 普及的, 通俗的, 大衆化的

*****popularidad** *f.* 1. 通俗性, 大衆化 2. 名望, 聲望

*****popularizar** *tr.* 1. 普及, 推廣 2. 使通俗, 使大衆化

populista *a.-s.* 民衆主義的, 民衆運動的; 民衆主義者, 民衆運動擁護者

pópulo *m.* 人民 (只用於成語中)

populoso, sa *a.* 人口稠密的, 人口衆多的

popurrí *m.* 1.【樂】集成曲, 雜曲 2. 混雜物

poquedad *f.* 1. 少, 短少, 缺少 2. 膽怯 3. 小事; 無價值的東西

póquer *m.* 撲克牌戲, 紙牌戲

poquito, ta *a.* poco 的指小詞 ◇ a ~ 漸漸地 / a ~s 少量地

*****por** *prep.* 1. 被, 受, 由 2. 沿着, 經過 3. 在⋯時間 4. 當作, 作爲 5. 由于, 因爲 6. 用 7. 有利于 8. 乘 9. 爲了 ◇ ~ si 萬一

*****porcelana** *f.* 瓷; 瓷器

porcentaje *m.* 1. 百分比, 百分率 2. 比, 比率

porcino, na *a.-m.* 豬的; 小豬, 豬崽

porción *f.* 1. 部分; 份額 2. 一小塊

porche *m.* 1. (街道旁的) 簷廊 2. 門廊

pordiosear *intr.* 1. 討飯, 乞討 2.【轉】乞求

pordioseo *m.* 1. 討飯, 乞討 2.【轉】乞求

podioseria *f.* 乞求, 央求

pordiosero, ra *a.-s.* 行乞的, 要飯的; 叫化子, 乞丐

porfía *f.* 1. 堅持, 固執 2. 爭論不休 ◇ a ~ 爭先恐後地

porfiado, da *a.* 1. 固執的, 頑固的 2. 激烈的

porfiar *intr.* 1. 堅持, 固執 2. 爭論不休

pórfido *m.*【礦】斑岩

porfolio *m.* 影集; 版畫集

pormenor *m.* 1. 枝節 2. 細節, 詳情

pornografía *f.* 色情描寫; 色情作品

pornográfico, ca *a.* 色情的, 誨淫的

poro *m.* 毛孔; 氣孔

porosidad *f.* 多細孔, 多孔性

poroso, sa *a.* 有細孔的, 多孔的

poroto *m. Amér.*【植】紅花菜豆

*****porque** *conj.* 1. 因爲 2. 爲了

porqué *m.* 原因, 理由

porquería *f.* 1. 垃圾, 懺物 2. 廢舊物, 破爛貨 3.【口】卑鄙行爲 4.【口】無禮

porqueriza *f.* 豬圈

porquerizo; porquero *m.* 豬倌, 養豬員

porqueta *f.*【動】潮蟲

porráceo, a *a.* 暗綠色的, 深綠色的

porrada *f.* 1. 棍擊, 棒擊 2. 胡說八道

porrazo *m.* 1. 棍擊, 棒擊 2. 重的碰撞

porrilla *f.* 1. 打釘錘 2.【獸醫】(牛馬的) 球節瘤

porrillo *m.* 石工錘 ◇ a ~ 大量地

porrino *m.* 韮葱秧

porrón *m.* 1. 大肚水罐 2. 長嘴酒壺

porta *f.* 1.【海】舷窗 2. 炮門

portaaviones *m.* 航空母艦

portabandera *f.* 旗杆插座

portabombas *a.-m.* 運載炸彈的; 炸彈架

portacarabina *f.* 卡賓槍袋

portacartas *m.* 信袋, 郵袋

portada *f.* 1. (建築物的) 正面 2.【印】(書籍的) 扉頁; (雜誌的) 封面

portado, da *a.* 衣束整齊的, 衣着整齊的 ◇ bien ~ 穿着體面的 / mal ~ 衣着不整齊

portador, ra *a.* 攜帶…的,持有…的 ◇ al ～ 不記名的(證券等)

portaequipajes *m.*【汽車】(尾部的)行李箱;(車輛上的)行李架

portaestandarte *m.* (騎兵的)旗手

portafusil *m.* 步槍揹帶

portal *m.* 前廳,門廳

portalámparas (*pl.* portalámparas) *m.* 燈頭

portalápiz *m.* 鉛筆套,鉛筆帽

portalón *m.* 1. 大門 2.【海】舷門

portamaletas (*pl.* portamaletas) *m.* (汽車的)行李箱

portamantas (*pl.* portamantas) *m.* 行李帶

portamonedas (*pl.* portamonedas) *m.* 錢包

portante *m.* (馬的)側步 ◇ tomar el ～ 急急離去

portañuela *f.* (褲子的)襟門

portaobjeto *m.* (顯微鏡的)載物片

portapapeles (*pl.* portapapeles) *m.* 公文包;文件夾

portapliegos (*pl.* portapliegos) *m.* 公文包

portaplumas (*pl.* portaplumas) *m.* 鋼筆桿

portarse *r.* 1. 舉止,行爲,表現 2. 表現突出

portátil *a.* 便於攜帶的;輕便的;手提的

portaviandas (*pl.* portaviandas) *m.* 飯盒

portavoz *m.* 1. 代言人 2. 政府發言人 3. 傳聲筒

portazgo *m.* 過路稅

portazo *m.* 碰上門,猛力關門 ◇ dar un ～ 摔門

porte *m.* 1. 搬運,運輸 2. 運費 3. 舉止,行爲,表現

portear I. *tr.* 搬運,運輸 II. *intr.* (門、窗)碰撞

portento *m.* 1. 奇事,奇物 2. 奇才,非

凡的人

portentoso, sa *a.* 罕見的,奇異的;非凡的

porteño, ña *a.-s.* (阿根廷)布宜諾斯艾利斯 (Buenos Aires) 的;布宜諾斯艾利斯人

porteo *m.* 搬運,運輸

portería *f.* 1. 門房,看門人房間 2.【體】(足球等的)球門

portero, ra I. *s.* 看門人 II. *m.*【體】守門員

portezuela *f.* 車門

pórtico *m.* 1. 門廊 2. 簷廊

portier *m.* 門簾

portillo *m.* 1. (城牆、圍牆等的)豁口 2. 引水口 3. (大門上的)小門 4. 山口 5. (器皿上的)缺口 6. 解決問題的突破口

portorriqueño, ña *a.-s.* 波多黎各 (Puerto Rico) 的,波多黎各人的;波多黎各人

portuario, ria *a.* 港口的

portuense *a.-s.* 港埠的;港埠居民

portugués, sa I. *a.* 葡萄牙 (Portugal) 的,葡萄牙人的;葡萄牙人 II. *m.* 葡萄牙語

portulano *m.* 港口地圖集

porvenir *m.* 將來,未來;前途,前景

pos *m.* 飯後點心 ◇ en ～ de ①在…後面②追求

posada *f.* 1. 住宅,住所 2. 客棧,客店

posaderas *f. pl.* 屁股

posadero, ra *s.* 客店主人

posar I. *intr.* 1. 投宿,寄宿 2. 歇息 3. (鳥等)棲息 4. 擺好姿勢 II. *tr.* 1. 輕放 2. 把(目光)落在,投向 III. *r.* 1. 沉澱 2. 降落,着陸

posdata *f.* 信後附言,又及

poseedor, ra *a.-s.* 擁有…的,佔有…的;所有者,佔有者

poseer I. *tr.* 1. 據有,佔有,擁有 2. 精通,熟知,掌握 II. *r.* 克制,節制

poseído, da *a.* 1. 被(某種感情)支配的 2. 瘋狂的 3. 自負的,驕傲的

posesión *f.* 1. 據有,佔有,擁有 2. 佔有物,所有物 ◇ dar ~ 交給,移交 / tomar ~ ①佔據,佔用②接受,接收

posesionar I. *tr.* 給與,授予 II. *r.* 1. 取得,接收 2. 強佔

***posesivo, va** *a.* 1. 所有的,佔有的 2. 【語法】物主的

poseso, sa *a.* 着魔的,鬼迷心竅的

posesor, ra *a.-s.* 見 poseedor

posesorio, ria *a.* 所有的,佔有的

posguerra *f.* 見 postguerra

***posibilidad** *f.* 1. 可能,可能性 2. 才能,能力

posibilitar *tr.* 使成爲可能

***posible** *a.* 可能的,可能發生的,可能做到的,可能存在的 ◇ dentro de lo ~ 在可能範圍内 / hacer (todo) lo ~ 盡最大可能 / hacer ~ 使成爲可能

***posición** *f.* 1. 位置,方位 2. 姿勢,姿態 3.【軍】陣地 4. 地位,身份 5. 立場,態度 6. 處境,狀況 ◇ ~ económica 經濟狀況 / ~ social 社會地位 / de ~ 有地位的;富有的 / en ~ 位置適當的 / ocupar distintas ~es 持不同觀點

positivismo *m.* 1.【哲】實證主義,實證論 2. 講究實際

positivista *s.* 1. 實證主義者 2. 講究實際的人

***positivo, va** *a.* 1. 確實的,實在的 2. 積極的,正面的;確實有效的 3.【數】正的 4.【理】正的,陽性的 5.【攝】正片的,正像的

pósito *m.* 1. 儲糧機構;儲糧機構的糧倉 2. 互助會,互濟會

posma *f.* 遲緩,懶散

poso *m.* 1. 沉積物,沉澱物 2. 歇息

posología *f.* 劑量學,處方學

posponer *tr.* 1. 把…放在…後面 2. 把…放在次要地位,貶低

posromanticismo *m.* 後期浪漫主義

posta *f.* 1. 驛馬,驛車 2. 驛站 ◇ a ~ 故意地 / por la ~ ①通過驛站②急速地,飛快地

***postal** *a.-f.* 郵政的,郵局的;明信片

postbalance *m.*【商】年終結算之後

postbélico, ca *a.* 戰後的

postdata *f.* 見 posdata

***poste** *m.* 1. 柱,杆,椿 2.【轉】(對學生)罰站 ◇ oler el ~ 防患未然 / ser un ~ ①遲鈍②耳聾

postema *f.* 1.【醫】膿腫 2.【轉】討厭的人

postergación *f.* 1. 放在後面 2. 貶低 3. 推遲

postergar *tr.* 1. 把…放在後面 2. 貶低 3. 推遲

posteridad *f.* 後代,子孫

***posterior** *a.* 以後的,後面的;繼後的

posterioridad *f.* 後

postescolar *a.* 學校畢業之後的

postglacial *a.* 冰期後的

postgraduado, da *a.-s.* 大學畢業之後的;研究生

***postguerra** *f.* 戰後

postigo *m.* 1. (大門上的)小門 2. (裝在玻璃門上的)木板門

postila *f.* 注釋,批注

postilla *f.*【醫】痂

postillón *m.* 驛站馬車伕

postín *m.* 奢華,華麗

postinero, ra *a.* 自負的,好炫耀的

postizo, za I. *a.* 1. 假的,人造的 2. 假裝的,僞裝的,虛假的 II. *m.* 假髮

postor *m.* (拍賣的)出價人 ◇ mayor (或 mejor) ~ (拍賣時)出價最高的人

postración *f.* 1. 衰竭,虛弱;萎靡不振 2. 跪倒,屈膝

postrar I. *tr.* 1. 使倒下 2. 使衰竭,使虛弱;使萎靡不振 II. *r.* 跪倒,屈膝

***postre** *m.* 飯後甜食 ◇ a la ~ 最後

postrer *a.* 最後的 (postrero 的短尾形式,放在單數名詞之前)

postrero, ra *a.* 1. 最後的 2. 在後面的

postrimería *f.* 1. 後期,末期 2. 晚年

postsincronización *f.*【電影】後期錄音

postulación *f.* 1. 請求, 要求 2. 募集, 募捐

postulado *m.* 【數】假定, 假設 2. 原則, 準則

postulante *a.* 1. 要求的, 申請的 2. 募集的, 募捐的

postular *tr.* 1. 請求, 要求 2. 募集, 募捐

póstumo, ma *a.* 1. 父親死後發生的, 遺腹的 2. 作者死後發表的

postura *f.* 1. 姿勢, 姿態 2. 立場, 態度 3. 賭注, 賭金 4. 產卵, 生蛋 5. 樹苗, 秧苗 ◇ hacer ～ (在拍賣中)出價

*****potable** *a.* 可飲用的

potaje *m.* 1. 湯, 菜湯, 肉湯 2. 素菜飯 3. 【轉】混雜物, 大雜燴

potala *f.* (小船停泊用的)鎮船石

potasa *f.* 【化】鉀碱

potásico, ca *a.* 鉀的, 含鉀的

potasio *m.* 【化】鉀

pote *m.* 1. 瓦罐, 瓷罐 2. 花盆 ◇ a ～ 大量地 / darse ～ 自負

*****potencia** *f.* 1. 力量 2. 能力, 機能 3. 威力; 權力 4. 強國, 大國 5. 【理】功率 ◇ en ～ 潛在的

potenciación *f.* 【數】乘方

potencial I. *a.* 1. 有力量的, 有威力的 2. 潛在的, 可能的 3. 【理, 電】勢的, 位的 4. 【語法】表示可能的 II. *m.* 1. 力量; 潛力 2. 【理】勢, 位

potencialidad *f.* 潛在性, 可能性

potenciar *tr.* 使有可能; 使有能力

potentado *m.* 1. 君王 2. 權貴

*****potente** *a.* 1. 強大的, 強有力的 2. 功率大的 3. 有生殖能力的, 有性交能力的(男子)

potenza *f.* (紋章上的)丁字形飾

potestad *f.* 權力, 管轄權, 支配權 ◇ patria ～ 父母對未獨立的子女的合法支配權

potestativo, va *a.* 非强制性的

potingue *m.* 【口】口服藥水

potra *f.* 1. (四歲半左右的)小母馬 2.

【醫】疝 3. 【轉, 口】好運氣

potrada *f.* 小馬羣

potrero *m.* 1. 牧馬人 2. 牧馬場 3. *Amér.* 牧場

potro *m.* 1. (四歲半左右的)小馬 2. 刑訊台 3. 【體】鞍馬, 跳箱

potroso, sa *a.* 1. 患疝氣的 2. 走運的

poyo *m.* (近門靠牆的)石凳

poza *f.* 水坑, 水塘

pozal *m.* 1. 弔桶, 水桶 2. 井欄 3. (半埋在地下的)缸, 罐

*****pozo** *m.* 1. 井, 水井 2. 礦井 3. (江、河的)最深處 4. 富有…的人 ◇ artesiano 自流井 / ～ de lobo 陷阱 / ～ negro 污水坑 / ～ sin fondo 無底洞 / caer en un ～ 被遺忘

*****práctica** *f.* 1. 實踐, 實際; 實行, 實施 2. 練習, 實習 3. 習慣, 慣例 ◇ llevar a la ～ 貫徹, 付諸實踐

practicante *s.* 1. 實習醫生 2. 助理醫生; 見習藥劑師

*****practicar** *tr.* 1. 實踐, 實行 2. 練習 3. 實習

práctico, ca I. *a.* 1. 實用的, 實際的 2. 有實踐經驗的, 熟練的 II. *s.* 老手, 實踐經驗豐富的人 III. *m.* 領港員, 引水員

practicón, na *s.* 只有實踐經驗的人

pradera *f.* 大草原, 大牧場

pradería *f.* 草原牧場

pradial *m.* 牧月(法蘭西共和曆第九月, 相當於公曆5月20—21日至6月18—19日)

*****prado** *m.* 1. 草地, 牧場 2. 散步草坪

pragmático, ca I. *a.* 1. 重實效的; 實用主義的 2. 解釋現行法律的 II. *f.* 敕令

pragmatismo *m.* 實用主義

pragmatista *a.-s.* 實用主義的; 實用主義者

prasma *m.* 【礦】深綠玉髓; 假孔雀石

pratense *a.* 草原的(植物)

praticultura *f.* 牧草種植

pre- *pref.* 含"在…之前"之意

preámbulo *m.* 1. 序言,前言 2. 拐彎抹
角的話 ◇ sin ～ 直截了當地

prebenda *f.* 1. (神職人員的)俸祿 2.
【轉,口】肥缺,錢多事少的職務

prebendado *m.* 受俸教士

preboste *m.* 社團的領袖

precalentar *tr.* 預熱(甕、爐等)

precario, ria *a.* 不牢靠的,不穩定的,
不牢固的

*****precaución** *f.* 1. 謹慎,小心 2. 戒備,
提防

precaucionarse *r.* 預防,提防

precautela *f. Amér.* 謹慎,小心;戒備

precaver *tr.-r.* 提防,戒備

precavido, da *a.* 1. 謹慎的,小心的 2.
戒備的,提防的

precedencia *f.* 1. (時間、次序)在先,
在前 2. 優先 3. 優越

precedente *a.-m.* 在先的,在前的;先
例,前例

*****preceder** *tr.* 1. 先於…,位於…之前 2.
優於,超過

preceptista *a.* 1. 教訓人的;教授規則
的 2. 教授寫作規律的

preceptivo, va *a.-f.* 強制性的,不能違
背的;規則,戒律

precepto *m.* 1. 命令;戒律 2. 規定,規
則

preceptor, ra *s.* 教師;家庭教師

preceptuar *tr.* 訓誡;規定

preces *f. pl.* 祈禱;祈禱文

precesión *f.* 【修辭】暗示法

preciado, da *a.* 1. 珍貴的,寶貴的 2.
自負的,狂妄的

preciar *I. tr.* 珍視,尊重 *II. r.* 自負,狂
妄

precintar *tr.* 加封,給…貼封條

precinto *m.* 封條,封印,封鉛

*****precio** *m.* 1. 價格,價錢 2. 代價 3.
【轉】價值 ◇ ～ alzado 造價 / ～ pro-
hibitivo 力不能及的高價 / a cualquier
～ 不惜任何代價 / poner ～ a la cabe-
za de 懸賞緝拿 / tener en ～ 珍視

*****preciosidad** *f.* 1. 珍貴,寶貴;珍品,貴
重物品 2. 美麗;美麗的人

preciosismo *m.* 過分雕琢

*****precioso, sa** *a.* 1. 珍貴的,貴重的 2.
美麗的,漂亮的 ◇ ～ ridícula 矯揉造
作的女人

precipicio *m.* 1. 懸崖,峭壁 2.【轉】極
大危險 3.【轉】破産,毀滅

precipitación *f.* 1. 忽忙,倉促;魯莽,
草率 2.【氣象】降水,降水量 3.【化】沉
澱作用;沉澱物

precipitado, da *I. a.* 忽忙的,倉促的;
魯莽的,草率的 *II. m.*【化】沉澱物 ◇
～ blanco 氯化氨基汞 / ～ rojo 紅色
氧化汞

*****precipitar** *I. tr.* 1. 扔下,投下,拋下 2.
加快,加速 3.【化】使沉澱 *II. r.* 1. 撲向
2. 忽忙,倉猝行事

*****precisar** *tr.* 1. 需要,必須 2. 明確,確
定 3. 強迫,逼迫

precisión *f.* 1. 需要,必須 2. 精確,準
確;明確,精練 ◇ de ～ 精密的(儀器
等)

*****preciso, sa** *a.* 1. 需要的,必須的 2.
精確的,準確的 3. 精練的,貼切的 4.
恰好的,正好的

preclaro, ra *a.* 知名的,傑出的

preclásico, ca *a.* 古典期前的

precocidad *f.* 1. 提早,提前 2. 早熟

precognición *f.* 預知,預見

precolombino, na *a.* 哥倫布發現新大
陸之前的

preconcebir *tr.* 預先想好

preconizar *tr.* 1. 贊揚,表揚 2. 主張,
推崇

preconocer *tr.* 預知,預見

precoz *a.* 1. 提早的,提前的 2. 早熟的

precursor, ra *a.-s.* 先行的,前導的,先
行者,先驅

predecesor, ra *s.* 1. 前輩,先輩 2. 前
任

*****predecir** *tr.* 預言,預報

predestinación *f.* 1. 預先確定 2. 宿

命,命中注定

predestinado, da *a.-m.* 命定會升天的;戴綠帽子的人,妻子有外遇的人

predestinar *tr.* 1. 預先確定 2. 命定

predeterminación *f.* 預先決定

predeterminar *tr.* 預先決定

predial *a.* 不動産的,地産的

prédica *f.* 1. 説教 2. 激烈的講話

predicación *f.* 説教

***predicado** *m.* 1. 【語法】謂語 2. 【邏】謂項,謂詞,賓詞

predicador, ra I. *a.* 説教的(人) II. *m.* 【動】螳螂

predicamento *m.* 1. 【哲】範疇 2. 威望,影響

predicar *tr.* 1. 公佈,公開聲明 2. 佈道,講道 3. 訓誡,規勸

predicción *f.* 預言,預報

predicho, cha *a.* 前面提到過的,上述的

predilección *f.* 偏愛,嗜好

predilecto, ta *a.* 偏愛的,寵愛的

predio *m.* 地産,不動産

predisponer *tr.* 1. 使先有準備,使先具備條件 2. 使預先傾向於;使易於

predisposición *f.* 1. 預先準備,先具備 2. 預先傾向

predispuesto, ta *a.* 預先傾向…的,易於…的

***predominar** I. *tr.* 支配,統治 II. *intr.* 1. 佔優勢,居支配地位 2. 超過,高於

predominio *m.* 優勢,支配地位

preeminencia *f.* 優越

preeminente *a.* 優越的

preestablecer *tr.* 預先建立

preexistencia *f.* 先存,先在

prefabricar *tr.* 預製

***prefacio** *m.* 1. 序言,引言,前言 2. 【宗】(彌撒的)序誦,序禱

prefecto *m.* 1. 古羅馬行政長官 2. (法國)省長

prefectura *f.* 1. 古羅馬行政長官職位及官邸 2. (法國)省長職位、任期,省政

府

***preferencia** *f.* 1. 偏愛 2. 優先,優惠 ◇ de ～ 偏愛的,偏向的 / mostrar ～ 偏愛,偏向

preferible *a.* 更好的,更可取的

preferido, da *s.* 得寵的

preferir *tr.* 1. 寧可,寧願 2. 更喜愛

prefijar *tr.* 預先指定,預先規定

prefijo *m.* 【語法】前級

pregón *m.* 1. 口頭宣告 2. 沿街叫賣 ◇ ～ literario 祝詞

pregonar *tr.* 1. 口頭宣告 2. 叫賣推銷

pregonero, ra I. *s.* 街頭叫賣者 II. *m.* 口頭宣佈告示者

***preguerra** *f.* 戰前

***pregunta** *f.* 1. 問題,問話 2. *pl.* 一連串提問,審訊 ◇ ～ capciosa 誘人上當的圈套 / estar a la cuarta ～ 拮据 / estrechar a ～s 盤問

***preguntar** I. *tr.* 提問,詢問 II. *r.* 自問;懷疑

preguntón, ona *a.* 【口】好提問的,愛刨根問底的

prehistoria *f.* 史前期;史前學

prehistórico, ca *a.* 史前的;史前學的

prejuicio *m.* 偏見,成見

prejuzgar *tr.* 過早判斷,過早下結論

prelacía *f.* 1. 高級神職 2. 修道院院長職務

prelación *f.* 優先

prelado *m.* 1. 高級神職人員 2. 修道院院長

***preliminar** I. *a.* 1. 初步的,預備性的 2. 序言的,序言性的 II. *m.* 1. 前言,序言 2. *pl.* 條款草案

preludiar I. *tr.* 預示,預兆 II. *intr.* 【樂】(演奏前)調音

preludio *m.* 1. 預兆,開端 2. 【樂】(調音時的)試音,(正式演唱前的)試唱 3. 【樂】序曲,前奏曲

prematrimonial *a.* 婚前的

***prematuro, ra** *a.* 1. 過早的 2. 未成熟的

premeditación *f.* 1. 事先考慮,事先謀劃 2.【法】預謀

premeditar *tr.* 1. 事先考慮,事先謀劃 2.【法】預謀

premiado, da *a.* 獲獎的

*****premiar** *tr.* 授獎,獎勵

*****premio** *m.* 1. 獎賞,獎勵 2. 獎品,獎金 3. 報酬,酬勞 4. 彩票 ◇ ~ de consolación 安慰獎 / ~ extraordinario 特等獎 / ~ gordo 彩頭

premiosidad *f.* 1. 壓緊,擠緊 2. 緊迫,急迫 3.(講話、行動)困難

premioso, sa *a.* 1. 壓緊的,擠緊的 2. 緊迫的,急迫的 3. 行動有困難的

premisa *f.* 1.【邏】前提 2. *pl.* 先決條件

premonitorio, ria *a.*【醫】先兆的

premorir *intr.*【法】先死,先亡

premura *f.* 緊急,緊迫

*****prenda** *f.* 1. 抵押品,典當物 2. 衣物 3. 信物,保證物 4.【轉】寶貝,心肝 ◇ buenas ~s 美德 / en ~ 在抵押中 / no doler ~s ①信守約言②不遺餘力 / soltar ~ 許諾,承諾

prendar I. *tr.* 使喜歡,吸引 II. *r.* 入迷,愛上

prendedero *m.* 1. 別針 2. 束髮帶

prender I. *tr.* 1. 抓住 2. 捉拿,逮捕 3. 掛住,鈎住 4. 點燃 II. *intr.* 生根,扎根

prendería *f.* 舊貨店

prendero, ra *s.* 舊貨商

prendido *m.* 女人的飾物

prendimiento *m.* 1. 抓住 2. 捉拿,逮捕

*****prensa** *f.* 1. 壓機,壓床 2. 印刷機 3. 報紙,報刊 ◇ ~ plana 平版印刷機 / dar a la ~ 印刷出版 / en ~ 正在印刷中的 / meter en ~ 開印 / sudar la ~ 大量印刷

prensado *m.*【紡】(紡織物軋過後的)光澤

prensadura *f.* 壓緊

prensar *tr.* 壓緊

prensil *a.* 能抓取的,能鈎住的

preñado, da I. *a.* 有凸肚的(牲) II. *m.* 1. 懷孕,妊娠;懷孕期 2. 胎兒 III. *f.* 孕婦,妊婦

preñez *f.* 1. 懷孕,妊娠 2.【轉】懸而未決

*****preocupación** *f.* 1. 憂慮,擔心 2. 關心,操心 3. 偏見,成見

*****preocupar** I. *tr.* 使擔心,使憂慮 II. *r.* 擔心,憂慮,關心

preopinante *a.-s.* 搶先發表意見的;搶先發表意見的人

*****preparación** *f.* 1. 準備,預備 2. 培養,訓練 3. 知識,素養 4.(顯微鏡上的)檢樣 5. 藥劑

preparado, da I. *a.* 1. 準備好的 2. 配製好的 II. *m.* 藥劑

*****preparar** I. *tr.* 1. 準備,預備 2. 培養,訓練 3. 配製 II. *r.* 有準備頭

preparativo I. *a.* 預備性的 II. *m.* 準備工作

preparatorio, ria *a.-m.* 預備性的;預科

preponderancia *f.* 優勢,主導作用

preponderante *a.* 佔優勢的,主導作用的

preponderar *intr.* 佔優勢的,起主導作用

*****preposición** *f.*【語法】前置詞

*****prepositivo, va** *a.*【語法】前置的

prepósito *m.*(宗教社團等的)領袖

prepotencia *f.* 絕對優勢

prepotente *a.* 佔絕對優勢的,極強大的

prerrogativa *f.* 特權;特別權力

prerromanticismo *m.* 前期浪漫主義

presa *f.* 1. 捕獲;捕獲物,獵物 2. 受害者 3. 水壩,堰 ◇ hacer ~ en 抓住

presagiar *tr.* 預示,預報

presagio *m.* 預兆,兆頭

presbicia *f.*【醫】遠視,遠視眼,老花眼

présbita; présbite *a.* 遠視的,老花眼的

presbítero *m.* 祭司,牧師

presciencia *f.* 預見,先知

rescindir *intr.* 1. 放棄, 捨棄 2. 略過

prescribir *tr.* 1. 規定, 指示 2. 開（藥方）3.【法】由於時效而取得；由於時效而解除

rescripción *f.* 1. 規定, 指示 2. 藥方, 處方 3.【法】因時效而取得；因時效而解除

rescripto, ta; prescrito, ta *a.* 1. 規定的, 指示的 2.【法】因時效而取得的；因時效而解除的

resea *f.* 珠寶, 貴重物品

reseleccionar *tr.* 選our

presencia *f.* 1. 出席, 到場；存在 2. 當面；面前 3. 儀表, 外貌 ◇ ~ de ánimo 沉着, 鎮静 / en ~ de 當着…的面

resenciar *tr.* 1. 出席, 到場 2. 目睹

resentable *a.* 像樣的, 拿得出的

resentación *f.* 1. 出示, 展示；顯出, 露出 2. 呈獻 3. 介紹, 引見 4. 上演

resentado *m.* 神職候選人

resentar I. *tr.* 1. 出示, 展示 2. 呈現, 顯出 3. 提出 4. 呈獻 5. 介紹, 引見 6. 上演 II. *r.* 1. 出現 2. 出庭 3. 自薦, 自告奮勇

presente I. *a.* 1. 現在的, 目前的, 當前的 2. 在場的, 出席的 3. 這, 本, 此 4.【語法】現在的 II. *m.* 1. 現在, 目前 2. *pl.* 出席者 3.【語法】現在時 4. 禮品 ◇ al ~ 現在 / aquí ~ ①（説話人旁邊的）這位 / hacer ~ 提醒（某人）記住 / tener ~ 記住

presentimiento *m.* 預感；預感之事

presentir *tr.* 預感, 預料

reservación *f.* 保護, 防禦

reservar *tr.* 保護, 防禦

reservativo, va *a.* 保護的, 防禦性的

residario *m.* 囚犯

residencia *f.* 1. 主席職位, 總統職位；主席任期, 總統任期 2. 主席團；主席台 3. 主持

presidencial *a.* 主席的, 總統的

presidenta *f.* 1. 總統夫人 2. 女主席,

女總統

*presidente *m.* 主席, 總統；最高負責人, 長 ◇ ~ del gobierno 總理 / ~ de la República 共和國總統, 共和國主席

presidiario *m.* 囚犯

presidio *m.* 1. 要塞, 堡壘 2. 監獄 3. 監禁, 苦役 4.【集】囚犯 ◇ echar al ~ 監禁 / en ~ 在押

*presidir *tr.* 1. 擔任主席, 主持 2. 支配

*presidium *m.* 主席團；最高蘇維埃主席團

presilla *f.* （扣眼上的）鎖邊

*presión *f.* 1. 壓, 按 2.【理】壓力, 壓强 3.【轉】强迫, 逼迫 4.【氣象】大氣壓 ◇ ~ arterial 血壓 / ~ atmosférica 大氣壓 / ~①壓, 壓迫②施加壓力 / hacer ~①有壓力的②壓縮的 / hacer ~①壓, 壓迫②施加壓力

presionar *tr.* 對…施加壓力, 强迫

*preso, sa I. *a.* 1. 被囚禁的 2. 被（感情）控制的 II. *s.* 囚犯

prest (*pl.* prestes) *m.* 士兵的日餉

prestación *f.* 1. 借給, 借出 2. 勞役；賦税 3. 福利

prestado, da *a.* 借的 ◇ de ~ ①依靠借貸②無權利

prestamista *s.* 債主, 放債人

*préstamo *m.* 1. 借貸 2. 貸款；借款

prestancia *f.* 優秀, 傑出

*prestar I. *tr.* 1. 借給, 借出 2. 給予, 提供 II. *intr.* 有用, 有益 III. *r.* 1. 自願, 自告奮勇 2. 可供, 引起

presteza *f.* 敏捷, 機靈

prestidigitación *f.* 魔術, 戲法

prestidigitador, ra *s.* 變戲法的人, 魔術師

*prestigio *m.* 威信, 名望

prestigioso, sa *a.* 有威信的, 有名望的

presto, ta I. *a.* 1. 準備好的 2. 迅速的, 敏捷的 II. *ad.* 迅速, 立即 III. *m.*【樂】急板, 快板 ◇ de ~ 馬上, 快

presumible *a.* 可能的, 可推測的

presumido, da *a.* 自負的, 自吹的

presumir I. *tr.* 推測, 猜測 II. *intr.* 自

負, 自吹

presunción *f.* 1. 推測, 猜測 2. 自負, 自吹 3. 推論

presunto, ta *a.* 推測的, 猜想的

presuntuosidad *f.* 1. 自負, 傲慢 2. 虛誇, 浮華

presuntuoso, sa *a.* 1. 自負的, 傲慢的 2. 虛誇的, 浮華的

presuponer *tr.* 1. 預想, 假設 2. 編造預算

presupuestario, ria *a.* 預算的

*****presupuesto** *m.* 1. 預算 2. 理由, 借口 ◇ ~ que 既然

presuroso, sa *a.* 忽忙的, 急促的

pretal *m.* (馬鞍的) 胸皮帶

pretencioso, sa *a.* 1. 自吹的, 狂妄的 2. 虛誇的, 浮華的

pretender *tr.* 1. 企圖, 試圖; 力求 2. 追求, 求婚

pretendiente *m.* 追求女人的人, 求婚者

pretensión *f.* 1. 企圖, 希望; 奢望 2. 求愛 ◇ tener muchas ~es 心高志大 / tener pocas ~es 胸無大志

preterición *f.* 1. 排除, 略去 2. 遺囑中不提

preterir *tr.* 1. 排除, 略去 2. 遺囑中不提

*****pretérito** *m.* 1. 過去 2. 【語法】過去時

pretextar *tr.* 藉口, 假託

*****pretexto** *m.* 藉口, 託辭 ◇ a ~ de 藉口

pretil *m.* 欄杆

pretina *f.* 1. 腰部 2. 腰帶

pretor *m.* 古羅馬執政官

pretoría *f.* 古羅馬執政官職務

pretorianismo *m.* 軍人參政

preuniversitario *m.* 1. 大學預科 2. 大學預科入學考試

prevalecer *intr.* 佔優勢; 出衆

prevaricación *f.* 失職, 瀆職

prevaricar *intr.* 失職, 瀆職

prevención *f.* 1. 準備, 預備 2. 預防, 預防措施 3. 成見, 偏見 4. 【軍】哨兵 ◇ a (或 de) ~ 備用的

prevenido, da *a.* 有準備的, 有防備的; 小心的

*****prevenir** I. *tr.* 1. 準備, 預備 2. 預防, 防止 3. 提醒, 警告 II. *r.* 1. 準備 2. 抱有成見

preventivo, va *a.* 預防性的 ◇ detención ~a 保護性拘留

preventorio *m.* 防治所; 防病療養院

*****prever** *tr.* 預見, 預料

*****previo, via** *a.* 預先的, 事先的; 前的 ◇ ~ 影片期錄音

previsión *f.* 1. 預見; 預計, 估計 2. 預防措施 ◇ en ~ de 以防; 以備

previsor, ra *a.* 有預見的, 有遠見的

previsto, ta *a.* 預見到的, 預料到的

prez *amb.* 1. 榮譽 2. 聲望

prieto, ta *a.* 1. 深褐色的, 近似黑色的 2. 小氣的, 吝嗇的 3. 艱難的, 危險的

*****prima** *f.* 1. 晨禱 2.【樂】最高音弦 3. 額外酬金, 津貼, 補貼費

primacía *f.* 1. 首位, 優先 2. 大主教職位

primada *f.*【口】1. 愚蠢 2. 上當

primado *m.* 大主教

primario, ria *a.* 1. 首位的, 主要的 2. 初級的, 小學的

*****primavera** *f.* 1. 春天, 春季 2.【轉】青春時期 3.【植】黃花九輪草

*****primer** *a.* (primero 的短尾形式, 用於陽性單數名詞前) 第一

primera *f.*【汽車】頭擋, 一擋 ◇ de ~ 非常好的, 頭等的

primerizo, za *a.* 初次的; 初産的

primero, ra I. *a.* 1. 第一 2. 最好的, 頭等的 3. 原先的, 最初的 II. *ad.* 1. 首先 2. 寧願 ◇ a ~s de 在…之初 / de ~ 起初, 起始 / no ser el ~ que 不是獨一無二的

primicia *f.* 1. 最早成熟的果實 2.【轉】最初成果

primitivismo *m.* 原始狀態

primitivo, va *a.* 1. 原始的 2. 未開化 的 3. 文藝復興前的

primo, ma I. *a.* 第一 II. *s.* 1. 堂兄 弟; 表兄弟; 堂姊妹; 表姊妹 2. 粗心大 意易上當的人 ◇ hacer el ~ 受騙, 上 當

primogénito, ta *s.* 長子; 長女

primogenitura *f.* 長子身份; 長子權

primor *m.* 1. 精心, 仔細 2. 精緻, 精 美; 精品 ◇ que es un ~ 真好, 真大

primordial *a.* 基本的, 首要的

primoroso, sa *a.* 1. 精心的, 仔細的 2. 精緻的, 精美的

primuláceo, a *a.-f.pl.*【植】報春科的; 報春科

princesa *f.* 公主; 王妃; 郡主

principado *m.* 1. 王子(親王、君主等) 身份、領地 2. 首位, 優先

principal *a.* 主要的, 最重要的 2. 為首的, 負責的

príncipe *m.* 1. 太子, 王儲 2. 親王, 王 子 3. 君主, 郡王 4.【轉】頭號人物

principesco, ca *a.* 1. 王子的, 親王的; 公主的 2. 富麗堂皇的

principiante *a.-s.* 開始的, 初學的; 初學 者, 新手

principiar *tr.* 開始

principio *m.* 1. 開始, 開端 2. 要素, 成分 3. 原則 4. *pl.* 原理 ◇ a ~s de 在…之初, 初期 / al ~ 起初 / dar ~ 開始, 着手 / de ~s 有原則的 / del ~ al fin 從頭到尾 / en ~ 原則上 / en un ~ 起初 / sin ~s 無教養的 / tener ~ 開始

pringada *f.* 塗油麪包片

pringar I. *tr.* 1. 使沾上油污 2.【轉、 口】中傷, 誹謗 II. *intr.* 參與

pringoso, sa *a.* 1. 多油的, 油膩的 2. 【轉】討厭的

pringue *m.* 1. 油脂 2. 油污 3.【轉】討 厭的事

prionodonte *m.*【動】大犰狳

prior, ra *s.* 修道院院長

prioral *a.* 修道院院長的

priorato *m.* 修道院院長身份、職務、管 區

prioridad *f.* 1. 在先, 在前 2. 優先; 優 先權

prioritario, ria *a.* 優先的, 首要的

prisa *f.* 快速; 忽忙; 繁忙 ◇ a toda ~ 急速地 / correr ~ 緊急 / darse ~ 趕 忙 / de ~ 迅速地 / tener ~ 緊急

prisión *f.* 1. 監禁 2. 監獄 3. *pl.* 鐐銬 ◇ ~ celular 單間牢房 / preventiva 預防性監禁 / en ~ 在獄中 / reducir a ~ 監禁, 關押

prisionero, ra *s.* 囚犯; 俘虜

prisma *f.* 1.【數】棱柱, 棱柱體 2. 棱 鏡 3. 有色眼鏡

prismático, ca I. *a.* 1. 棱柱的, 棱柱形 的 2. 棱鏡的 II. *s.* 棱鏡雙目望遠鏡

priste *m.*【動】鋸鰩

prístino, na *a.* 原始的, 最初的, 原有的

privación *f.* 1. 剝奪, 奪去 2. 缺少, 缺 乏 3. 放棄, 捨棄 4. 貧困, 困苦

privado, da *a.* 1. 被剝奪…的, 失去… 的 2. 私人的, 個人的 3. 私下的, 內部 的, 不公開的

privanza *f.* 寵愛, 寵信

privar I. *tr.* 1. 剝奪, 奪去; 使喪失 2. 解除(職務) 3. 禁止 II. *intr.* 受寵 III. *r.* 放棄, 捨棄

privativo, va *a.* 1. 剝奪的 2. 專有的, 獨有的

privilegiado, da *a.* 1. 享有特權的, 享 受優惠的 2. 天賦的, 得天獨厚的

privilegiar *tr.* 給…特權, 給…優惠

privilegio *m.* 1. 特權, 優惠 2. 特權證書, 優惠證書 2.【轉】天賦

pro *amb.* 利益, 好處 ◇ en ~ de 維 護, 為了

pro- *pref.* 含"維護, 親…"之意

proa *f.* 1. 船頭 2. 飛機機頭 ◇ poner la ~ a ①謀求②反對

probabilidad *f.* 1. 可能性 2.【數】概 率

*probable *a.* 1. 可能的, 有可能的 2. 可證明的, 可證實的

*probado, da *a.* 1. 已被證實的, 驗證過的 2. 飽經風霜的

probador *m.* 1. (成衣店的)試衣室 2. 測試儀

probanza *f.* 驗證; 證明, 證據

*probar I. *tr.* 1. 證明, 證實 2. 表明, 說明 3. 試驗, 檢驗 4. 品嘗 II. *intr.* 試圖, 企圖

probatorio, ria I. *a.* 證明的, 證實的 II. *f.*【法】作證期限

probatura *f.* 試驗

probeta *f.* 試管 2. 水銀壓力計

probidad *f.* 誠實, 正直

*problema *m.* 1. 問題; 難題 2. (數, 理等的)習題

problemático, ca I. *a.* 有問題的, 有疑問的 II. *f.*【集】問題

probo, ba *a.* 誠實的, 正直的

proboscidio, dia *a.-m.pl.*【動】長鼻目的; 長鼻目

procacidad *f.* 厚顏無恥

procaz *a.* 厚顏無恥的

*procedencia *f.* 1. 出處, 來源 2. 出發地 3. 合法, 合理

procedente *a.* 1. 來自…的 2. 合法的, 合情合理的

*proceder I. *intr.* 1. 出自, 來源於 2. 行為, 舉止, 表現 3. 開始, 着手 II. *m.* 行為, 舉止 ◇ ~ contra 對…起訴

procedimiento *m.* 程序, 步驟, 手續

proceloso, sa *a.* 狂風暴雨的

prócer *s.* 要人, 顯貴

procesado, da *a.-s.* 被控告的, 受審的; 被告

procesal *a.* 訴訟的

procesamiento *m.* 1. 起訴, 控告 2. 加工

procesar *tr.* 1. 控告, 對…起訴 2. 加工

procesión *f.* 1. 依次行進, 列隊行進 2. 宗教遊行 3. 行列, 隊伍 ◇ ir la ~ por dentro 故作鎮靜 / No se puede repli-

car y andar en la ~ 一心不能二用

procesional *a.* 依次的

procesionaria *f.* (樹上的)毛蟲

*proceso *m.* 1. 程序, 步驟 2. 訴訟

*proclama *f.* 1. 佈告, 公告 2. 演說

proclamación *f.* 1. 宣告 2. (開國, 登基等)大典 3. 公開贊揚

*proclamar I. *tr.* 1. 宣告, 公佈 2. 說明, 表明 II. *r.* 自封, 自命

proclive *a.* 傾向…的

procomún *m.* 公益, 公共福利

procónsul *m.* (古羅馬)地方總督

procreación *f.* 生育, 繁殖

procrear *tr.* 生育, 繁殖

procuración *f.* 1. 努力, 用心 2. 代理權

procurador, ra I. *s.* 代理人 II. *m.* 訴訟代理人 ◇ ~ en Cortes 參加議會代表

procuraduría *f.* 代理人職務及辦事處

procurar *tr.* 1. 力圖, 力求, 努力 2. 謀取

prodigalidad *f.* 1. 揮霍, 浪費 2. 豐富

prodigar I. *tr.* 1. 揮霍, 浪費 2. 慷慨施予 II. *r.* 自我表現, 個人突出

prodigio *m.* 奇異; 奇迹; 怪事

prodigiosidad *f.* 奇異; 奇妙

prodigioso, sa *a.* 奇異的; 奇妙的

pródigo, ga *a.* 1. 揮霍的, 浪費的 2. 慷慨的, 不吝惜的 3. 豐富的

*producción *f.* 1. 生產 2. 產量 3. 產品

*producir *tr.* 1. 生產, 出產; 製造 2. 產生, 引起 3. 創作; 攝製

productividad *f.* 生產率

*productivo, va *a.* 1. 生產的 2. 生利的 3. 肥沃的

*producto *m.* 1. 產品, 產物 2. 結果, 成果 3. 利益; 利潤 ◇ ~ de belleza 化妝品 / ~ de marca 名牌商品 / ~s estancados 滯銷品

productor, ra *s.* 1. 生產者, 製作者 2. 【電影】製片人

proel *m.* 船頭水手

proemio *m.* 序言, 序論

proeza *f.* 英雄業績, 壯舉

profanación *f.* 1. 褻瀆 2. 糟蹋, 亂用

profanar *tr.* 1. 褻瀆(神明, 聖物) 2. 糟蹋, 亂用

profano, na I. *a.* 1. 不敬神的, 褻瀆的 2. 世俗的 3. 外行的 II. *s.* 外行人

profecía *f.* 1. 預言 2.【宗】《聖經·舊約》中的預言書

proferir *tr.* 說出, 發出

profesar *tr.* 1. 信仰, 信奉 2. 從事 3. 教授(科學, 藝術) 4. 懷有

*profesión *f.* 1. 信仰, 信奉 2. 職業 ◇ ~ liberal 自由職業 / de ~ 職業的 / hacer ~ de fe 公開宣佈信仰

*profesional *a.* 職業的, 專業的; 職業性的

profeso, sa *a.* 受戒的, 入教的

*profesor, ra *s.* 教師, 教授

profesorado *m.* 1. 教師職務 2.【集】全體教師

profeta *m.* 預言家, 先知

profético, ca *a.* 預言的; 預言家的

profetisa *f.* 女預言家

profetizar *tr.* 預言; 預測

profiláctico, ca *a.-f.*【醫】預防的; 預防學

profilaxis (*pl.* profilaxis) *f.* 預防法

prófugo, ga I. *a.-s.* 在逃的; 逃犯 II. *m.* 逃避兵役者

profundidad *f.* 1. 深, 深度 2. *pl.* 深處

profundizar *tr.* 1. 加深, 使更深 2.【轉】深入鑽研

*profundo, da *a.* 1. 深的 2.【轉】深刻的; 深奥的; 深厚的; 深切的

profusión *f.* 大量

progenie *f.* 1. 後代, 子孫 2. 家族, 血統

progenitor *m.* 1. 先輩, 長輩 2. *pl.* 父母

progenitura *f.* 1. 家族, 血統 2. 長子身份; 長子權

prognato, ta *a.* 頷部前突的

*programa *m.* 1. 綱領, 綱要 2. 計劃, 方案 3. 節目單; 節目 ◇ ~ continuo 【電影】連續放映, 循環演出

programador, ra *s.* 程序設計者

programar *tr.* 1. 制定綱領 2. 制定計劃 3. 編制程序

programático, ca *a.* 綱領性的

*progresar *intr.* 前進, 進步, 進展

progresión *f.* 1. 前進, 進展 2.【數】級數 ◇ ~ aritmética 算術級數 / ~ geométrica 幾何級數

*progresivo, va *a.* 1. 進步的, 前進的 2. 漸進的, 累進的

*progreso *m.* 前進, 進步, 進展

*prohibición *f.* 1. 禁止 2. (美國1919 —1923年的) 禁酒令 ◇ levantar la ~ 解除禁令

*prohibir *tr.* 禁止

prohibitivo, va; prohibitorio, ria *a.* 1. 禁止的 2. 昂貴的(價格)

prohijación *f.* ; **prohijamiento** *m.* 收養子女

prohijar *tr.* 把…收爲養子(養女)

prohombre *m.* 名人, 受敬重的人

prójima *f.*【口】名聲不好的女人

*prójimo *m.* 他人, 別人 ◇ al ~ contra una esquina 只顧自己, 不管他人死活

prolapso *m.*【醫】下垂, 脱垂

prole *f.* 子孫, 後代, 子女

prolegómeno *m.* 序言, 緒論

*proletariado *m.* 無産階級

*proletario, ria *a.-s.* 無産階級的, 無産者的; 無産者

proletarizar *tr.* 使無産階級化

proliferar *tr.* 1. 增殖, 增生 2.【轉】擴散

prolífero, ra *a.* 增殖的, 增生的

prolífico, ca *a.* 1. 有增殖能力的, 繁殖力强的 2.【轉】多産的, 作品多的

prolijidad *f.* 1. 冗長; 繁瑣 2. 過分細緻

prolijo, ja *a.* 1. 冗長的; 繁瑣的 2. 過

分仔細的

prologar *tr.* 爲…寫序言

***prólogo** *m.* 1. 序言 2. 【劇】開場白 3. 【轉】開端,序幕

prologuista *s.* 序言作者

prolongación *f.* 加長,延長;延長部分

***prolongar** *tr.* 加長,延長

promediar I. *tr.* 1. 對半分開 2. 均分,平均 II. *intr.* 作中人,調解

promedio *m.* 1. 正中,中間 2. 平均數 ◇ en ～ 平均地

***promesa** *f.* 1. 許諾,保證 2. 預兆,迹象 ◇ ～ de matrimonio 訂婚

prometedor, ra *s.* 許下諾言的人

***prometer** *tr.* 1. 許諾,保證 2. 預示,有迹象表明 ◇ ～selas muy felices 懷有成功希望

prometido, da I. *s.* 1. 未婚夫;未婚妻 II. *m.* 諾言,保證

prominencia *f.* 1. 突起,隆起 2. 【轉】傑出,卓越

prominente *a.* 1. 突起的,隆起的 2. 【轉】傑出的,卓越的

promiscuar *intr.* 1. (齋戒日)不忌葷腥 2. 摻雜;胡來

promiscuidad *f.* 1. 混雜 2. 雜居

promiscuo, cua *a.* 1. 混雜的 2. 雜居的

promisión *f.* 允諾 ◇ tierra de ～ 上帝賜與之地;樂土

promisorio, ria *a.* 允諾性的,承諾的

promoción *f.* 1. 推動,促進 2. 批,屆

promontorio *m.* 1. 高地,高崗 2. 突起,隆起;堆,垛

promotor, ra *a.* 推動…的,促進…的

promover *tr.* 1. 推動,促進;倡導 2. 引起,助長

promulgación *f.* 1. 宣佈,公佈 2. 散佈,傳播

***promulgar** *tr.* 1. 宣佈,公佈 2. 散佈,傳播

***pronombre** *m.* 【語法】代詞

pronominal *a.* 代詞的

pronosticar *tr.* 預言,預測,預報

pronóstico *m.* 1. 預言,預測,預報 2. 先兆,徵兆 3. 【醫】預後 4. 曆書

prontitud *f.* 1. 迅速,快;敏捷,機敏 2. 急躁

***pronto, ta** I. *a.* 1. 快的,迅速的 2. 準備好的 II. *ad.* 馬上,很快;早 III. *m.* 衝動 ◇ al ～ 起初 / de ～ ①忽忙②突然 / por lo ～ 暫時 / tan ～ como 一…就…

prontuario *m.* 摘記,筆記;手冊,便覽

***pronunciación** *f.* 1. 發音;發音法 2. 宣判

pronunciamiento *m.* 1. 暴動,起義 2. 【法】判決 ◇ con todos los ～s favorables 完全有利的判決

***pronunciar** I. *tr.* 1. 發音 2. 講,説 3. 宣判,判決 II. *r.* 1. 暴動,起義 2. 變得明顯

propagación *f.* 1. 繁殖 2. 宣傳,傳播 3. 推廣,普及

***propaganda** *f.* 1. 宣傳,傳播;宣傳機構 2. 廣告 ◇ hacer ～ de 當衆贊揚

***propagandista** *s.* 宣傳員,宣傳家

***propagar** *tr.* 1. 繁殖,增殖 2. 【轉】宣傳,傳播;推廣,普及

propalar *tr.* 泄露,聲張

***propasarse** *r.* 過分,出格,越軌

propender *intr.* 傾向,偏向,偏愛

propensión *f.* 傾向,偏愛,嗜好

propenso, sa *a.* 傾向於…的,偏愛…的;易於…的

propiciación *f.* 1. 撫慰,寬解 2. 【宗】(爲贖罪而獻給神的)犧牲

propiciar *tr.* 1. 撫慰,寬解 2. 贊助

propiciatorio, ria *a.* 1. 撫慰的,寬解的 2. 【宗】贖罪的

propicio, cia *a.* 1. 慈善的,仁慈的 2. 合適的,有利的

***propiedad** *f.* 1. 所有制 2. 所有物,財産 3. 性質,特性,屬性 4. 恰當,得體 ◇ ～ horizontal 水平産權,一層樓或一套房的産權 / ～ industrial 專利權 / ～

intelectual 版權,知識産權 / de ~ de 爲…所有的 / en ~ ①連所有權的②正式的,非代理的

*propietario, ria *s.* 所有者,産業主

propina *f.* 小費,小賬

propinar *tr.* 1. 給水喝,給酒喝 2. 給小費 3. 給一頓(訓斥、毆打等) 4. 開(藥方)

propincuo, cua *a.* 附近的,鄰近的

*propio, pia I. *a.* 1. 自己的,本人的 2. 特有的,獨特的 3. 原來的,固有的 4. 適宜的,恰當的 II. *m.* 1. 自己人 2. 信使,使者

propóleos (*pl.* propóleos) *m.* 蜂膠

*proponer I. *tr.* 1. 提議,建議 2. 推薦,提名 II. *r.* 打算;決定要

proporción *f.* 1. 比,比率;比例 2. 均衡,相稱 3. *pl.* 大小,體積;規模 ◇ a ~ de 依照,按照

proporcionado, da *a.* 成比例的,勻稱的,相稱的

proporcional *a.* 比例的;成比例的,按比例的,均衡的

*proporcionar *tr.* 1. 使成比例,使相稱 2. 提供,供給

*proposición *f.* 1. 提議,建議 2.【數】命題 ◇ ~ incidental 臨時提議 / recoger una ~ 收回提議

*propósito *m.* 1. 企圖,意圖,打算;目標 2. 題目,論題 ◇ a ~ ①合適的②專門的③故意的 / a ~ de 關於 / de ~ ①故意地②專門地 / fuera de ~ 不合時宜地

*propuesta *f.* 1. 建議,提議 2. 提名,推薦

propugnar *tr.* 保護;維護,支持

propulsar *tr.* 1. 推動,推進 2. 拒絕

prorrata *f.* (分配的)份額 ◇ a ~ 按比例地(分配)

prorratear *tr.* 按比例分配,分攤

prórroga *f.* 延期;延長期

prorrogable *a.* 可延期的

prorrogar *tr.* 延期;延緩

prorrumpir *intr.* 爆發;突然發出

*prosa *f.* 1. 散文 2. 平凡,平庸

prosaísmo *m.* 平凡,平庸

prosapia *f.* 血統,門第

proscenio *m.* 舞台前部

proscribir *tr.* 1. 放逐,流放 2. 禁止

proscripción *f.* 1. 放逐,流放 2. 禁止

proscripto, ta; proscrito, ta *s.* 被放逐者

prosecución *f.* 1. 繼續 2. 追逐

proseguir *tr.* 繼續

proselitismo *m.* 爭取新教徒的熱忱

prosélito *m.* 新皈依者,新教徒

prosimios *m.pl.* 【動】狐猴亞目

prosista *s.* 散文作家

prosodia *f.*【語法】正音法,正音學

prosódico, ca *a.* 正音法的,正音學的

prosopopeya *f.* 1.【修辭】擬人法 2. 裝腔作勢

prospecto *m.* 1. 廣告,告示 2. 產品説明書

*prosperar *tr.-intr.* (使)繁榮昌盛

*prosperidad *f.* 1. 繁榮,昌盛 2. 順利

*próspero, ra *a.* 1. 繁榮的,昌盛的 2. 順利的

próstata *f.*【解】前列腺

prostatitis (*pl.* prostatitis) *f.* 前列腺炎

prosternación *f.* 彎腰,下跪

prosternarse *r.* 彎腰,下跪

prostíbulo *m.* 妓院

prostitución *f.* 賣淫

prostituir I. *tr.* 使淪爲娼妓 II. *r.* 賣淫

prostituta *f.* 妓女,娼妓

*protagonista *s.* 1. 主角,主人公 2. 主要人物

protagonizar *tr.* 1. 擔任…的主角,主演 2. 主導,主持

prótasis (*pl.* prótasis) *f.* 1. (詩劇的)序幕 2.【語法】條件副句

*protección *f.* 1. 保護;保護物;保護措施 2. 庇護

proteccionismo *m.* 保護貿易主義,保護貿易制度,保護貿易政策

proteccionista *s.* 保護貿易主義者

protector, ra I. *a.-s.* 保護性的, 防護的; 保護人 II. *m.* 防護物, 保護裝置

protectorado *m.* 保護權, 保護國

*****proteger** *tr.* 保護, 防護; 庇護

proteico, ca *a.* 1. 形態多變的; 想法多變的 2. 蛋白質的

proteína *f.* 【化】蛋白質, 肮

protervo, va *a.* 邪惡的, 惡毒的

prótesis *f.* 1. 【醫】修復術 2. 【醫】假體 (指假肢、假眼等) 3. 【語法】詞首增添字母

*****protesta** *f.* 1. 反對, 抗議; 抗議書 2. 聲明 ◇ tempestad de ~s 抗議風暴 / hacer ~s de 極力表明

protestante *a.-s.* 1. 抗議的; 抗議者 2. 新教的; 新教徒

protestantismo *m.* 1. 新教 2. 【集】新教徒

*****protestar** *intr.* 1. 反對, 抗議 2. 抱怨, 表示不滿 3. 極力表明

protesto *m.* 1. 抗議 2. (票據等的) 拒付; 拒付證書

protocolario, ria *a.* 禮儀的, 禮節性的

protocolizar *tr.* 把⋯列入草案, 把⋯列入議定書, 把⋯列入會談記錄

protocolo *m.* 1. 草案 2. 議定書 3. 會談記錄 4. 禮儀, 禮節 ◇ de ~ 禮儀上的, 禮節上的

protohistoria *f.* 史前傳說時期

protomártir *m.* 第一個殉教者

protón *m.*【理】質子, 氕核

protonotario *m.* 教廷書記官

protoplasma *m.*【生】原生質, 原漿

protórax (*pl.* protórax) *m.* (昆蟲的) 前胸

prototipo *m.* 1. 原型 2. 典型, 典範

protóxido *m.* 低氧化物

protozoarios; protozoos *m.pl.* 【動】原生動物門

protráctil *a.*【動】可伸出的 (舌等)

protuberancia *f.* 1. 凸起, 隆起 2. *pl.*【天】日珥

provecto, ta *a.* 陳舊的, 老的; 年老的

*****provecho** *m.* 1. 利益; 好處 2. (科學、藝術等方面的) 長進, 進步 ◇ buen ~ 祝您胃口好, 祝您走運 / de ~ 有用的, 有益的 / en ~ de 爲了補益, 爲了改進 / en ~ propio 爲自己的利益

provechoso, sa *a.* 有用的, 有利的, 有益的

proveedor, ra *s.* 供應者, 提供者

*****proveer** *tr.* 1. 準備, 預備 2. 供給, 提供 3.【法】裁決

proveimiento *m.* 1. 準備, 預備 2. 供給, 提供 3.【法】裁決

provenir *intr.* 來自, 源於

proverbial *a.* 1. 格言的, 諺語的 2. 衆所週知的

*****proverbio** *m.* 1. 格言, 諺語 2. *pl.*【宗】《聖經》的) 箴言

providencia *f.* 1. 預防措施; 補救措施 2.【轉】天意, 天命 3.【法】裁決 4. (大寫) 上帝

providencial *a.* 1. 上帝的, 天意的 2. 湊巧的, 僥倖的

providencialismo *m.* 天命論

providenciar *tr.* 採取(措施)

providente *a.* 謹慎的, 小心的

próvido, da *a.* 1. 謹慎的, 周到的 2. 寬厚的, 仁慈的

*****provincia** *f.* 1. 省, 州 2. 外省, 外地

provincial I. *a.* 1. 省的, 州的 2. 外省的, 外地的 II. *m.*【宗】省教區大主教

provincialismo *m.* 1. 地方主義, 鄉土觀念 2. 地方風尚, 鄉土氣氛 3. 方言

provinciano, na I. *a.* 1. 地方上的; 外省的 2. 土氣的 II. *s.* 1. 外省人, 外地人 2. 鄉下人

*****provisión** *f.* 1. 準備, 預備 2. 供給, 提供 3. *pl.* 給養 4. 詔書, 敕令 ◇ ~ de fondos 備用金, 準備金

*****provisional** *a.* 臨時的, 暫時的

provisor *m.* 1. 供應者 2.【宗】教區法官

provisora *f.* 女修道院總管

*provisto, ta *a.* 備有…的,具有…的

*provocación *f.* 挑釁;挑釁言行

*provocador, ra *s.* 挑釁者,挑動者

*provocar *tr.* 1. 對…挑釁,挑動 2. (女人)挑逗,勾引(男人) 3. 挑起,引起

provocativo, va *a.* 挑釁性的,煽動性的

*proximidad *f.* 1. 接近,臨近 2. *pl.* 附近

*próximo, ma *a.* 1. 接近的,臨近的 2. 就要到來的

proyección *f.* 1. 投擲;發射;噴射 2. 投射,投影 3. 放映 4. 設計,計劃 5. 影響 ◇ ~ cónica 錐體投影 / ~ ortogonal 正交投影

*proyectar *tr.* 1. 投擲;發射;噴射 2. 投射,投影 3. 放映(電影) 4. 設計,計劃

*proyectil *m.* 投射物,發射物;子彈,炮彈

proyectista *s.* 設計師

*proyecto *m.* 1. 想法,打算 2. 計劃,方案 3. 草案 ◇ en ~ 打算,計劃

proyector *m.* 1. 投擲器,發射裝置 2. 探照燈 3. 電影放映機;幻燈機

prudencia *f.* 1. 謹慎,慎重 2. 節制,分寸 3. 明智,精明

*prudente *a.* 1. 謹慎的,慎重的 2. 有節制的,有分寸的 3. 明智的,精明的

*prueba *f.* 1. 證實,證明;證據 2. 試驗;試驗物,試樣 3. 考試 4.【印】校樣 5.【體】比賽 ◇ ~ de autor 作者改過的校樣 / ~ de imprenta【印】清樣 / ~ negativa【攝】底片,負片 / ~ positiva【攝】正片 / a ~ ①完美的②【商】可以試的 / a ~ de 防…的,可承受…的 / en ~ de 證明,表明 / poner a ~ 考驗;試驗 / ser ~ de 證明

prurito *m.* 1. 瘙癢 2. 渴望,熱望

prusiano, na *a.-s.* 普魯士 (Prusia) 的;普魯士人

prusiato *m.*【化】氰化物

pseudo *a.* 假的

psi *f.* 普西(希臘語字母 Ψ, ψ 的名稱)

psicoanálisis (*pl.* psicoanálisis) *amb.* 精神分析

psicoanalista *s.* 精神分析家

psicología *f.* 1. 心理 2. 心理學

psicológico, ca *a.* 1. 心理上的 2. 心理學的

psicologismo *m.* 心理主導說

psicopatía *f.*【醫】精神變態,心理病態

psicopatología *f.* 精神病理學,病理心理學

psicosis (*pl.* psicosis) *f.* 精神病 ◇ ~ maniaco-depresiva 抑鬱性躁狂

psicoterapia *f.*【醫】心理療法,精神療法

psicrómetro *m.* 乾濕球濕度計

psiquiatra *s.* 精神病醫生,精神專家

psiquiatría *f.* 精神病學

psíquico, ca *a.* 精神的;心理的

pterodáctilo *m.* (古生物)翼指龍

pu *interj.* 呸(表示憎惡等)

púa *f.* 1. 刺;刺狀物 2. 梳齒 3. (彈撥樂器的)撥子 4. (嫁接用的)接穗

púber, ra *a.* 到青春期的,到發身期的

pubertad *f.* 青春期,發身期

pubis (*pl.* pubis) *m.*【解】1. 陰部,下腹部 2. 恥骨

publicable *a.* 1. 可公佈的,可公開的 2. 可發表的,可出版的

*publicación *f.* 1. 公佈 2. 公開 3. 發表;出版;出版物

publicador, ra *s.* 公佈者;出版者;發表者

publicano *m.* (古羅馬)收稅官,稅務官

*publicar *tr.* 1. 公佈,公開 2. 發表,出版

*publicidad *f.* 1. 公開性 2. 宣揚,宣傳;宣傳手段 3. 廣告 ◇ dar ~ a 公佈

publicista *s.* 1. 報刊撰稿人 2. 國際法專家 3. 廣告員

publicitario, ria *a.* 廣告的

*público, ca *I. a.* 1. 公開的,衆所週知的 2. 公共的,公用的 3. 公家的,公立的 *II. m.* 公衆,衆人;聽衆,觀衆;讀者

◇ dar al ~ 出版 / en ~ 公開地

puchera f. 雜燴

pucherazo m. 砂鍋的擊打 ◇ dar ~ (選舉中) 舞弊

puchero m. 1. 陶鍋, 砂鍋 2. 雜燴 3. 【轉, 口】每日的飯食 4. 【轉, 口】哭喪的表情 ◇ ~ de enfermo 病人飲食 / hacer ~s 要哭 / volcar el ~選舉舞弊

puches amb.pl. 麴糊

pudendo, da I. a. 羞人的 II. m.【解】陰莖

pudibundo, da a. 假裝羞着的

pudicicia f. 1. 誠實, 貞潔 2. 羞怯

púdico, ca a. 害臊的, 羞怯的

pudiente a. 有錢有勢的

pudín m. 布丁(西餐的一種點心)

pudor m. 1. 羞恥, 廉恥 2. 羞怯

pudoroso, sa a. 1. 有廉恥心的, 知羞恥的 2. 害羞的

pudridero m. 1. 垃圾堆 2. 停屍間, 停屍場

pudrimiento m. 腐爛

*pudrir I. tr. 1. 使腐爛 2.【轉】打擾, 煩擾 II. intr. 死去

pueblerino, na a. 1. 村民, 農民, 鄉下人 2. 少見多怪的人

*pueblo m. 1. 人民 2. 民族 3. 居民 4. 村子, 村鎮 ◇ ~ bajo 平民百姓

*puente m. 1. 橋, 橋梁 2. 橋狀物 ◇ ~ aéreo 空中橋梁, 航空線 / ~ colgante 索橋 / ~ de barcas 舟橋 / ~ de Varolio 【醫】橋腦 / ~ levadizo 吊橋 / hacer ~ 休連(兩個相近的節假日) / tender un ~ 主動和解

puerca f. 1. 母豬; 野母豬 2. (鉸鏈的) 銷子孔 3. 潮蟲 4. 懶女人

puerco m. 1. 豬; 野豬 2. 骯髒的人 ◇ ~ espín 豪豬, 箭豬 / ~ marino 海豚 / ~ salvaje 野豬

puericia f. (7—14歲的) 少年時期

puericultor, ra s. 幼兒保健醫生

puericultura f. 幼兒保健學

pueril a. 1. 小孩的 2.【轉】天真的, 幼

稚的

puerilidad f. 1. 孩子氣 2.【轉】天真, 幼稚

puerro m. 【植】韭葱 ◇ ~ silvestre 大頭蒜

*puerta f. 1. 門 2. 入境稅, 關稅 3. 【轉】門路, 門道 ◇ ~ accesoria 邊門, 側門 / ~ cochera 過車大門 / ~ excusada (或 falsa) 裏門 / ~ secreta 暗門 / a las ~s 臨近 / a ~ cerrada 私下, 秘密地 / escuchar detrás de las ~s 偷聽 / por ~s 極度貧困 / tomar la ~ 離開, 走掉

puertaventana f. 窗板

*puerto m. 1. 港口 2. 港市, 濱海城市 3. 避風港, 庇護所 4. 山口, 隘口 ◇ ~ aéreo 機場 / ~ artificial 人工港 / ~ franco 自由港 / ~ natural 天然港 / llegar a ~ ①抵港②越過艱險 / tomar ~ 進港

*puertorriqueño, ña a.-s. 波多黎各 (Puerto Rico) 的, 波多黎各人的; 波多黎各人

*pues I. conj. 1. 那麼, 於是 2. 既然 (用於句首, 加強語氣) 可是 3. 怎麼 II. interj. 果然 ◇ ~ que 既然

*puesta f. 1. 開始 2. 上演 3. (星辰的) 西下, 落山 2. 賭注 ◇ ~ en escena 上演

*puesto, ta I. a. 1. 放置好的 2. 穿戴好的 II. m. 1. 地方; 位置 2. 職位 3. 名次 4. 崗哨 5. 貨攤 ◇ estar (或 guardar, mantener) en su ~ 守本分 / ~ que ①既然②因為, 由於

puf interj. 呸 (表示厭惡)

púgil m. 拳擊手

pugilato m. 拳擊

pugna f. 1. 戰鬥, 格鬥 2. 對抗

pugnar intr. 1. 戰鬥, 鬥爭 2. 力求, 力爭

puja[1] f. 努力, 力爭 ◇ sacar de la ~ 勝過, 超過

puja[2] f. (拍賣中) 加價, 出價

pujante *a.* 苗壯的, 強勁的, 蓬勃的

pujanza *f.* 苗壯, 強勁

pujar¹ *intr.* 努力, 力爭

pujar² *intr.* (拍賣中)加價, 出價

pujavante *m.* 馬掌刀

pujo *m.* 1.【醫】裏急後重, 下墜 2.【轉】(哭、笑的)強烈願望

pulcritud *f.* 1. 光潔, 乾淨

pulcro, cra *a.* 1. 光潔的, 乾淨的 2. 優雅的(言談, 舉止)

pulga *f.* 跳蚤 ◇ ~ acuática 水蚤, 魚蟲 / buscar ~s 找碴兒 / tener malas ~s 脾氣暴

pulgada *f.* 1. 西班牙寸(長度單位, 約合23毫米) 2. 英寸(長度單位, 合25.4毫米)

pulgar *m.* 拇指; 拇趾

pulgarada *f.* 撮, 捏(量詞)

pulgón *m.*【動】蚜蟲

pulgoso, sa *a.* 身上有跳蚤的

pulguera *f.* 1.【植】亞蔴籽車前 2. 跳蚤多的地方

pulidez *f.* 光潔, 精美

pulido, da *a.* 光潔的, 精美的

pulidor *m.* 磨光機

pulimentar *tr.* 磨光, 擦亮

*****pulir** *tr.* 1. 磨光, 擦亮 2. 潤色, 最後加工 3. 使有教養, 使有禮貌

*****pulmón** *m.*【解】肺 ◇ ~ de acero 鐵肺 / ~ marino 水母

pulmonado, da *a.-m.*【動】有肺的; 有肺的腹足綱軟動物

pulmonar *a.* 肺的

*****pulmonía** *f.*【醫】肺炎

pulmoníaco, ca *a.* 肺炎的; 患肺炎的

pulpa *f.* 1. (動、植物體中的)肉質部分 2. 果肉 3. (甘蔗、水果等的)漿 4. 木髓 ◇ ~ dentaria 牙髓

pulpejo *m.* (人體的)柔軟的肉質部分

pulpería *f.* 【Amér.】 食品店; 酒店

pulpero, ra *s.* 食品店主; 酒店老闆

púlpito *m.*【宗】佈道壇, 講道台

pulpo *m.*【動】章魚 ◇ poner como un ~ a 毒打

pulposo, sa *a.* 肉多的

pulque *m.* 龍舌蘭酒

pulquería *f.* 龍舌蘭酒酒店

pulsación *f.* 1. 彈, 撥 2. 脈搏

pulsar I. *tr.* 1. 彈, 撥 2. 診脈, 按脈 II. *intr.* (脈搏、心臟)跳動

pulsear *intr.* 扳腕子, 比腕力

*****pulsera** *f.* 1. 手鐲 2. 手錶帶 ◇ ~ de pedida 訂婚手鐲

pulso *m.* 1. 脈搏 2. 腕力 3.【轉】謹慎, 小心 ◇ a ~ ①懸空地②獨自地 / echar un ~ con 角力, 扳腕子 / tomar a ~ 掂量

pulular *intr.* 1. 出芽, 發芽 2. 繁衍, 滋生 3.【轉】羣集, 麕集

pulverización *f.* 1. 弄成粉末 2.【轉】粉碎, 摧毀

pulverizador *m.* 噴霧器

pulverizar *tr.* 1. 使成粉末 2. 噴灑 3.【轉】粉碎, 摧毀

pulverulento, ta *a.* 1. 粉狀的 2. 沾滿粉塵的

pulla *f.* 諷刺, 挖苦的話

puma *m.*【動】美洲獅

punción *f.*【醫】穿刺

pundonor *m.* 自尊心, 面子

pundonoroso, sa *a.* 有自尊心的, 要面子的

punible *a.* 應受懲罰的

punicáceo, a *a.-f. pl.*【植】石榴科的; 石榴科

punición *f.* 懲罰

punitivo, va *a.* 懲罰性的

*****punta** *f.* 1. 尖, 尖端 2. 端, 頭, 末端 3.【地】岬角 4. *pl.* 花邊 ◇ acabar en ~ 半途而廢 / de ~ ①踮着脚②敵對地 / sacar ~ ①削尖②曲解 / tener en la ~ de la lengua ①話到嘴邊②剛要說又記不起來

puntada *f.* 1. 一針; 針眼, 針脚 2.【轉】暗示, 提起 ◇ dar unas ~s 縫幾針 / no dar ~ 不動手; 毫無進展

puntal *m.* 1. 支柱, 支撑物 2. 【轉】骨幹, 台柱子

puntapié *m.* 腳踢 ◇ a ~s ①隨便地②猛烈地③大量地

puntazo *m.* 刺, 戳; 刺傷, 戳傷

punteado, da *a.* 有點點的, 帶點點的

puntear *tr.* 1. 畫點點 2. 彈, 撥 (樂器) 3. 核對 (眼目)

puntera *f.* 1. (鞋頭、襪頭的) 補丁 2. (鞋的) 皮包頭 3. 鉛筆帽 4. 腳踢

puntería *f.* 1. 瞄準; 瞄準的方向 2. 瞄準力, 準確性 ◇ afinar ~ ①仔細瞄準②認真 / dirigir la ~ 瞄準

puntero, ra I. *a.* 槍法好的, 射擊準確的 II. *m.* 1. 指示棒; 教鞭 2. 鑿子

puntiagudo, da *a.* 尖的, 尖頭的

puntilla *f.* 1. 窄花邊 2. (宰牲口的) 尖刀 ◇ dar la ~ ①最終毀掉②用尖刀宰殺 / de ~s 踮着腳

puntillazo *m.* 腳踢

puntillismo *m.* (印象派的) 點畫法

puntillo *m.* 過分自尊, 小心眼

puntilloso, sa *a.* 過分自尊的, 小心眼的

*punto *m.* 1. 點 2. 標點; 句號 3. 時刻, 階段 4. 地點, 場所; 位置 5. 要點, 關鍵 6. 針織 7. (比賽等的) 得分; 分數 8. 【醫】穴位 ◇ ~ crítico ①關鍵時刻②【理】臨界點 / ~ de mira (武器的) 準星 / ~ flaco (或 débil) 薄弱環節 / a ~ ①準備好的②及時地 / a ~ de 即將, 差一點 / con ~s y comas 確切地; 詳盡地 / dar en el ~ 猜中; 擊中 / des- de cualquier ~ de vista 無論從什麼角度看 / en ~ (表示時間) 正 / en ~ a 關於 / hasta cierto ~ 在某種意義上 / poner ~ final a 結束 / ~ por ~ 詳盡地 / sacar de ~s 按原比例複製 / su- bir de ~ 增長, 加劇

puntuación *f.* 1. 加標點 2. 標點符號

puntual *a.* 1. 點的, 點狀的 2. 準時的, 守時的 3. 詳盡的, 確切的

puntualidad *f.* 1. 準時 2. 詳盡; 確切

puntualizar *tr.* 1. 使確切, 使明確 2. 最後完成

puntuar *tr.* 1. 加標點符號 2. (比賽、考試等) 打分, 記分

puntura *f.* 刺傷, 扎傷, 戳傷

punzada *f.* 刺傷; 刺痛

punzar *tr.* 1. 刺, 扎; 刺痛; 刺傷, 扎傷 2. 【轉】使痛苦

punzón *m.* 1. 錐子 2. 雕刀, 鑿子 3. 衝模

puñada *f.* 拳打

*puñado *m.* 1. 把 (量詞) 2. 【轉】少許, 少量 ◇ a ~s 大量地

*puñal *m.* 匕首 ◇ poner el ~ al pecho a 威脅 (某人)

puñalada *f.* 1. 扎, 刺, 扎傷, 刺傷 2. 【轉】極大痛苦

*puñetazo *m.* 拳打

*puño *m.* 1. 拳頭 2. 袖口 3. 柄, 把 4. *pl.*【轉, 口】力氣; 膽量 ◇ a ~ cerrado 揮舞拳頭 / de su ~ 親筆 / por ~s 用自己的勞動

pupa *f.* 1. 膿疱; 唇皰疹 2. (兒童用語) 疼痛

pupila *f.* 1. 瞳孔 2. (受人監護的) 孤兒 3.【轉, 口】敏銳

pupilaje *m.* 1. (受人監護的) 孤兒身份 2. 寄宿費 3. 寄宿公寓

pupilo, la *s.* 1. (受人監護的) 孤兒 2. 寄宿者

*pupitre *m.* 課桌; 書桌

puré *m.* 菜泥

pureza *f.* 1. 純, 純粹 2. 純潔, 清白

purga *f.* 1. 瀉藥 2. 殘渣 3. 清洗, 清除

purgación *f.*【醫】淋病

purgante *m.* 瀉藥

purgar *tr.* 1. 使純, 使純粹 2. 給 (病人) 用瀉藥 3. 除去, 清除

purgativo, va *a.-m.* 導瀉的, 通便的; 瀉劑

purgatorio *m.* 1. (大寫) 煉獄, 滌罪所 2.【轉】受罰的地方

puridad *f.* 見 pureza ◇ en ~ ①直截了當地②秘密地

purificación f. 1. 提純, 精煉; 純化; 清洗 2.【宗】洗手禮, 洗聖杯禮

purificar tr. 1. 提純, 精煉; 使純化; 清洗 2. 使純潔, 陶冶 3.【宗】滌罪

Purísima f.【宗】聖母; 聖母節

purismo m. 語言純正癖

purista s. 有語言純正癖的人

puritanismo m. 1. 清教主義 2. 清教徒生活 3.【轉】過分拘謹

puritano, na s. 1. 清教徒; 清教徒似的人 2. 過分拘謹的人

*puro, ra a. 1. 純的, 純粹的 2. 純潔的, 純正的, 完美的 3. 地道的 (語言) II. m. 雪茄烟 ◇ a ～ de 依靠, 憑藉 / de ～ 由於極其

púrpura f. 1.【動】骨螺 2. 骨螺紫; 紫紅色 3. (主教、帝王穿的) 紫紅袍 ◇ ～ de Casio【化】金錫紫

purpurado m. 紅衣主教, 樞機主教

purpurar tr. 1. 染成紫紅色 2. 使穿紫紅袍

purpúreo, a a. 1. 紫色的, 紫紅色的 2. 顯貴的

purpurina f. 1. 金粉, 銀粉 2.【化】紅紫素

purria; purriela f. 次貨

purulencia f. 化膿, 膿性

purulento, a a. 化膿的, 膿性的

pus (pl. puses) m. 膿, 膿水

pusilánime a. 怯懦的

pusilanimidad f. 怯懦

pústula f. 膿皰, 膿疱

pustuloso, a a. 膿疱的, 膿瘡的

puta f. 妓女

putativo, va a. 被認作…的, 假定的

putrefacción f. 腐爛; 腐爛物

putrefactivo, va a. 使腐爛的

putrefacto, ta a. 腐爛的

putridez f. 腐爛, 腐爛性

pútrido, da a. 腐爛的

puya f. (趕牲口的) 刺棒

puyazo m. 用刺棒刺; 刺傷

puzol m.; **puzolana** f.【質】白榴火山灰

puzzle m. 智力遊戲

Q

q f. 西班牙語字母表的第二十個字母

quantum (pl. quanta) m.【理】量子

*que I. pron. 那個東西, 它, 那些東西; 那個人, 他, 那些人, 那 II. conj. 1. 起連接作用, 引導副句 2. 比, 比較 3. 像…, 如同… 4. 但願, …吧 5. 而 6. 因爲 ◇ a la (或 lo) ～ 當…時

*qué I. pron. 什麼 II. a. 1. 什麼樣的 2. 哪個, 哪些; 怎麼多 3. 多少 III. adv. 多麼…, 何等… ◇ ¿ Por ～ ? 爲什麼? / ～ de 有多少

quebrada f. 1. 溝壑, 溝坎 2. 山口

quebradero, ra a. 使破碎的, 使斷裂的 ◇ ～ de cabeza 擔憂, 傷腦筋

quebradizo, za a. 1. 易破碎的, 脆的 2.【轉】身體虛弱的 3.【轉】脆弱的

quebrado, da I. a. 1. 破產的 2. 患病

氣的 3. 崎嶇的, 坎坷不平的 4.【數】分數的 II. m.【數】分數 III. s. 1. 破産者 2. 疝氣患者 ◇ ～ decimal 小數 / ～ impropio 假分數 / ～ propio 真分數

quebradura f. 1. 裂口, 裂縫 2. 山口 3.【醫】疝氣

quebraja f. (木頭、鐵上的) 裂縫, 裂痕

quebrantable a. 可弄碎的, 可擊破的

quebrantador, ra I. a. 1. 弄碎…的, 打破…的 2. 搞砸…的 II. m. 破碎機

quebrantahuesos (pl. quebrantahuesos) m. 1.【動】鶚, 胡兀鷲 2.【轉】討厭的人

quebrantamiento m. 1. 弄碎, 打破 2. 摧毀; 損壞 3. 違犯

*quebrantar I. tr. 1. 弄碎, 打破 2. 摧毀; 損壞 3. 違犯 (法律) II. r. (身體因

疾病、年老、挨打等)感到難受,不舒服

quebranto *m.* 1. 弄碎,打破 2. 損壞,損失 3. (身體)衰弱,不舒服 4. 違犯

quebrar I. *tr.* 1. 弄碎,打破 2. 彎(腰) 3. 毀壞;打斷 4. 挣脱(束縛等) II. *intr.* 1. 斷絕往來 2. 變弱,減輕 3. 破産,倒閉 III. *r.* 1. 患疝氣病 2. (山脈等)斷裂

quechua I. *a.-s.* 凱楚阿人的;凱楚阿人(秘魯、玻利維亞土著) II. *m.* 凱楚阿語

queda *f.* 1. 宵禁 2. 宵禁鐘聲

quedar I. *intr.* 1. 留下,停留 2. 處於(某種狀態) 3. 結果是 3. 位於,坐落在 4. 約定,商定 5. 有待於,要做的(要做) 6. 中止;結束 7. 剩下,餘下 II. *r.* 1. 留在…手裏,買下;據爲己有 2. (風、浪)平息 ◇ ¿ En qué quedamos? 到底怎麼辦呢? / ～ en nada ① (計劃)落空 ② 化爲烏有 / ～ por 還有 / ～ se sin nada 變得一貧如洗

quedo, da *a.* 1. 平静的 2. 輕聲的,悄悄的

quedo *ad.* 輕聲地,悄悄地

quehacer *m.* 事情,事務,工作

queja *f.* 1. 呻吟 2. 怨言,抱怨;訴苦,牢騷 ◇ dar ～s de 埋怨,發牢騷

quejarse *r.* 1. 呻吟 2. 抱怨,埋怨;發牢騷

quejicoso, sa *a.* 見 quejón

quejido *m.* 呻吟聲

quejón, ona *a.* 好埋怨的,愛發牢騷的

quejoso, sa *a.* 有怨言的,有牢騷的

quejumbre *f.* 1. 呻吟 2. 抱怨;哀怨

quejumbroso, sa *a.* 1. 呻吟的 2. 抱怨的;哀怨的

quelenquelen *m.* 【植】遠志

quelonio, nia *a.-m.pl.* 【動】海龜目的;海龜目

quema *f.* 1. 燒,燃燒 2. 火災,大火 ◇ huir de la ～①逃避危險②避開牽累

quemadero *m.* 1. 焚燒場 2. (古代的)火刑場

quemado, da I. *a.* 惱怒的,發火的 II. *m.* 1. 燃燒,焚燒 2. (衣物上)燒過的痕迹

quemadura *f.* 1. 燒傷,灼傷,燙傷 2. 【植】黑穗病

quemar I. *tr.* 1. 燒,焚燒;燒毀,燒焦 2. 燙傷,灼傷,燙傷 3. 使枯萎,使乾枯 4. (太陽)曬傷,曬黑 5. (辣椒、酒等)使感到辣乎乎的 6. (酸、鹼等)腐蝕 7. 【轉】揮霍 8. 【轉】激怒,惹惱 II. *r.* 1. 覺得熱 2. (一般只用陳述式現在時第二、三人稱)即將找到,接近猜中 ◇ estar *algo* quemando 很燙,很熱

quemazón *f.* 1. 燒,燃燒 2. 炎熱;灼熱,燙,辣 3. 【轉,口】癢

quepis (*pl.* quepis) *m.* 法國軍帽

queratitis (*pl.* queratitis) *f.* 【醫】角膜炎

querella *f.* 1. 爭吵,口角 2. 【法】控告,告狀

querellante I. *a.* 控告的,告狀的 II. *s.* 【法】原告,告狀人

querellar I. *intr.* 爭吵,吵架 II. *r.* 1. 抱怨,發牢騷 2.【法】控告,告狀

querencia *f.* 1. 愛,喜愛 2. (人、動物對故居、舊巢的)愛戀,眷戀 3. 留戀的地方;舊巢,故居

querencioso, sa *a.* (人、動物對生地)眷戀的,留戀的

querer[1] *m.* 愛,愛情

querer[2] I. *tr.* 1. 喜愛,熱愛 2. 想,要,希望 3. 願意 4. 【轉,口】需要 5. 【冂】(只用第三人稱)快要,即將,像是要… II. *intr.* (只用副動詞)有意 ◇ como quiera que 無論怎樣 ② 既然 / cuando quiera que 無論什麼時候 / do (或 donde) quiera 無論在什麼地方 / ～ decir 意思是,意味着 / sin ～ 無意中,無意地 / Querer es poder 有志者事竟成

queresa *f.* 1. (雙翅目的)幼蟲 2. 蜂卵 3. 蠅卵

querido, da I. *a.* 親愛的 II. *s.* 情人;

妍頭

quermes (*pl.* quermes) *m.* 1.【動】胭脂蟲 2.【醫】氧硫化銻(一種袪痰劑)

queroseno; querosín *m.* 煤油

quesera *f.* 1. 做乾酪的地方,乾酪廠 2. 乾酪罐

quesería *f.* 1. 做乾酪的地方,乾酪廠 2. 乾酪店

quesero, ra I. *a.* 乾酪的 II. *s.* 1. 做乾酪的人 2. 賣乾酪的人

***queso** *m.* 乾酪 ◇ ～ de cerdo 豬頭肉罐頭 / ～ helado 冰磚(一種冰淇淋) / dársela con ～ 欺騙;詐騙

quevedos *m.pl.* 夾鼻眼鏡

quia *interj.* (表示否定或懷疑)怎麼可能,沒那回事,什麼

quicio *m.* 1. (門、窗的)轉軸坑,樞槽 2. 門背後,門旮旯 ◇ fuera de ～ 出圈兒的;失常的 / sacar de ～ *algo* 誇大 / sacar de ～ *a uno* 激怒(某人),使…失去鎮靜

quiebra *f.* 1. 裂縫,裂口 2.【轉】失敗;風險 3.【商】破產

quiebro *m.* 1. (不動位置)閃身躲避 2. 顫音 3.【樂】裝飾音

***quien** (*pl.* quienes) *pron.* 那個人,該人;那些人

***quién** *pron.* 誰,哪個

quienquiera (*pl.* quienesquiera) *pron.* 無論何人,不論是誰

***quieto, ta** *a.* 1. 靜止的,不動的 2.【轉】平靜的,安靜的,寧靜的

***quietud** *f.* 1. 靜止,不動 2.【轉】平靜,安靜,寧靜

quijada *f.* (馬等大動物的)頜骨

quijotesco, ca *a.* 堂吉訶德式的

quilate *m.* 1. 克拉(寶石重量單位,合200毫克) 2. 開(黃金純度單位,24開爲純金)

quilo; quilogramo *m.* 公斤,千克

quilla *f.* 1.【海】龍骨 2. (鳥類的)胸骨

quimera *f.*【轉】1. 幻想,夢想 2. 爭吵,口角

química *f.* 化學 ◇ ～ biológica 生物化學 / ～ general 普通化學 / ～ inorgánica 無機化學 / ～ orgánica 有機化學

químico, ca *a.-s.* 化學的;化學家

quina *f.* 金鷄納樹皮 ◇ tragar ～ 忍氣吞聲

quincalla *f.*【集】日用小五金

quincallería *f.* 日用小五金工廠;日用小五金商店

quincallero, ra *s.* 日用小五金商

***quince** *a.* 1. 十五 2. 第十五

quincena *f.* 1. 十五天;半個月 2. 半月工資 3. 十五天拘留

***quinientos, tas** *a.* 1. 五百 2. 第五百

quinina *f.*【醫】金鷄納碱,奎寧

quinqué (*pl.* quinqués) *m.* 煤油燈

quinquenal *a.* 1. 每五年一次的 2. 持續五年的

quinta *f.* 1. 鄕間別墅 2. 用抽簽法徵兵 3.【樂】五度音程

quintal *m.* 擔(重量單位,在西班牙合46公斤) ◇ ～ métrico 公擔(合100公斤)

***quinto** *a.* 1. 第五 2. 五分之一的

quiosco *m.* 1. 亭子,涼亭 2. 售貨亭,報刊亭

quirófano *m.*【醫】手術室

quirúrgico, ca *a.*【醫】外科的

quitamanchas (*pl.* quitamanchas) I. *m.* 1. 去污劑 2. 洗衣店 II. *s.* 洗衣工

quitanieves (*pl.* quitanieves) *m.* 掃雪機

***quitar** I. *tr.* 1. 拿走;去掉;消除 2. 阻止,禁止;妨礙 3. 剝奪,奪去 II. *r.* 1. 離去;擺脫;避開 2. 脫掉(衣服),摘下(帽子等) 3. 消失 ◇ de quita y pon 可拆裝的,可移動的 / ～se de encima 擺脫 / sin ～ ni poner 原原本本地,不增不減地

quitasol *m.* 陽傘

quite *m.* 1. 阻止,阻撓 2. (擊劍中)擋開 ◇ estar al ～ 準備保護某人

***quizá; quizas** *ad.* 也許,或許 ◇ ～ y sin ～ 肯定,確實

quórum (*pl.* quórum) *m.* 法定人數

R

r *f.* 西班牙語字母表的第二十一個字母

rabada *f.* (牲畜屠宰後的)後腿, 後肘

rabadán *m.* 牧工頭

rabadilla *f.* 1.【解】尾骨 2. (鳥的)尾部

rabanal *m.* 蘿蔔地

rabanero, ra I. *a.* 1. 過短的(女服) 2.【轉, 口】不知羞恥的, 風騷的 II. *s.* 賣蘿蔔的人 III. *f.* 1. 沒廉恥的女人, 風騷的女人 2. 裝蘿蔔的盤子

rabanillo *m.* 1.【植】野蘿蔔 2.【轉, 口】粗魯, 粗暴 3.【轉, 口】渴望, 熱望

rabaniza *f.* 1. 蘿蔔籽 2.【植】毛萊菜

rábano *m.*【植】1. 蘿蔔 2. 野蘿蔔 ◇ importar *algo a uno* un ~ (某人對某事)無所謂, 無關緊要 / tomar el ~ por las hojas 曲解, 完全搞錯

rabárbaro *m.* 見 ruibarbo

rabear *intr.* 1. (動物)搖尾 2.【海】船尾擺動

rabel *m.* 1. 三弦牧琴 2. 玩具琴

*****rabia** *f.* 1.【醫】狂犬病, 恐水病 2.【轉】狂怒, 憤怒 3.【轉】兇猛, 驍勇 ◇ tener ~ *a uno* 憎惡某人 / tomar ~ 生氣, 發怒 / De ~ mató la perra 拿無辜者(或東西)出氣

rabiar *intr.* 1. 患狂犬病, 患恐水病 2. 感到劇痛 3. 惱火, 發怒 4.【轉, 口】渴望, 極想 ◇ a ~ 極其; 過度 / estar a ~ *con uno* 對某人非常惱火 / hacer ~ *a uno* ①激怒(某人) ②折磨(某人)

rábico *a.* 狂犬病的, 恐水病的

rabicorto, ta *a.* 短尾巴的

rabieta I. *f.* 1. 惱怒, 發火 2. (孩子)哭鬧 II. *s.pl.* 愛發火的人, 好生氣的人

rabihorcado *m.*【動】大軍艦鳥

rabilargo, ga I. *a.* 長尾巴的 II. *m.*【動】一種鵲

rabillo *m.* 1. (花、葉、果實等的)柄, 蒂 2.【植】毒麥 3.【口】梢, 尖 4. (衣服上用以束緊的)扞子帶 ◇ ~ del ojo 眼梢 / mirar con el ~ del ojo 斜着眼看

rabínico, ca *a.* 1. 猶太法學博士的 2. 猶太教教士的

rabino *m.* 1. 猶太法學博士 2. 猶太教教士, 拉比

rabión *m.* (河的)急流, 湍流

*****rabioso, sa** *a.* 1. 患狂犬病的, 患恐水病的 2. 狂怒的, 暴怒的 3. 劇烈的, 強烈的(疼痛、願望等) ◇ poner ~ *a uno* 激怒某人

*****rabo** *m.* 1. (動物的)尾巴 2. (花、葉、果實的)柄, 蒂 3. 尾巴狀物 4. 梢, 尖 ◇ ~ del ojo 眼梢 / ~s de gallo【氣象】捲雲 / con el ~ entre las piernas 夾着尾巴地; 灰溜溜地 / faltar el ~ por desollar 最大的難題還沒解決

rabón, ona *a.* 禿尾巴的; 斷尾巴的; 短尾巴的

rabotada *f.* 粗魯的言詞, 粗暴的話

rabudo, da *a.* 大尾巴的

rábula *m.* 不學無術、只會說空話的律師

racial *a.* 種族的

*****racimo** *m.* 1. (葡萄等的)串, 束, 嘟嚕 2. 串狀物 3.【植】總狀花, 總狀花序

raciocinar *intr.* 推理, 推論

raciocinio *m.* 1. 理智, 理性 2. 推理, 推論; 論證

*****ración** *f.* 1. (食物、工作等分配的)份額, 定量; 份 2. 口糧, 給養 ◇ ~ de hambre 不足餬口的收入 / a ~ ①按份量地 ②不充裕地

*****racional** *a.* 1. 有理智的, 理性的 2. 合理的, 合情理的; 合乎邏輯的 3.【數】有理的

racionalidad *f.* 合理性; 有理性

racionalismo *m.* 【哲】理性主義, 唯理論

racionalista I. *a.* 理性主義的, 唯理論的 II. *s.* 理性主義者, 唯理論者

racionalización *f.* 合理化

racionalizar *tr.* 使合理化

racionar *tr.* 1. 按份分發 2. 定量供應; 配給

racismo *m.* 種族主義

racista I. *a.* 種族主義的 II. *s.* 種族主義者

racha *f.* 1. (疾風的) 陣, 股 2. 一連串 (事件) 3. 運氣

rada *f.* 小港, 小海灣

radar; rádar *m.* 雷達

*__radiación__ *f.* 1. 【理】放射; 輻射 2. 輻射線 3. 廣播, 播送 4. 【醫】放射療法 ◇ ～ calorífica 熱輻射 / ～ infrarroja 紅外線輻射

*__radiactividad__ *f.* 【理】放射性; 放射現象

*__radiactivo, va__ *a.* 【理】放射性的

radiado, da I. *a.* 輻射狀的, 放射形的 II. *m.* 1. 放射形植物 2. 輻射蟲

radiador *m.* 1. 暖氣片, 水汀 2. (機器的) 冷却器, 散熱器

radial *a.* 1. 輻射狀的, 放射形的 2. 【理】輻向的, 徑向的 3. 【數】半徑的 4. 【解】橈骨的

*__radiante__ *a.* 1. 【理】輻射的, 放射的 2. 光亮的, 燦爛的 3. 【轉】容光焕發的, 興高采烈的

*__radiar__ *tr.* 1. (無線電) 廣播, 播送 2. 【理】輻射, 放射 (光, 熱, 波) 3. 【醫】放射治療

radicación *f.* 1. 生根, 扎根 2. 位於, 坐落 3. 在於

*__radical__ I. *a.* 1. 根的 2. 【轉】根本的, 徹底的 3. 【轉】激進的, 激進主義的 4. 【植】根生的 5. 【語法】詞根的 II. *m.* 1. 【數】根號 2. 【語法】詞根 3. 【化】基 III. *s.* 激進分子, 激進主義者

radicalismo *m.* 激進主義

radicar *intr.* 1. 生根, 扎根 2. 位於, 坐落在 3. 在於 II. *r.* 定居

radícula *f.* 【植】胚根

*__radio__[1] *m.* 1. 【數】半徑 2. 輻輻 3. 【解】橈骨 ◇ ～ de acción 活動半徑; 活動範圍

*__radio__[2] *m.* 【化】鐳

*__radio__[3] *m.* 1. 無線電報 II. *f.* 1. 無線電技術 2. 無線電廣播, 播音 3. 廣播電台 4. 無線電收音機

radioaficionado, da *s.* 無線電愛好者

radiodifundir *tr.* 用無線電廣播, 播送

*__radiodifusión__ *f.* 無線電廣播, 播送

radiodifusor, ra I. *a.* 無線電發射的, 廣播的 II. *f.* 廣播電台

radioemisora *f.* 無線電台

radioescucha *s.* 廣播收聽者; 無線電監聽者

radiofónico, ca *a.* 無線電話的

radiografía *f.* 1. X 射線照相術 2. X 射線相片

radiografiar *tr.* 1. 照…的 X 射線相片 2. 通過無線電傳播

radiograma *m.* 無線電報

radiología *f.* 放射學

radiólogo, ga *s.* 放射學家, 放射科醫生

radioscopia *f.* 【醫】射線檢查法, X 射線透視檢查法

radiotecnia *f.* 無線電技術

radiotelefonía *f.* 無線電話

radiotelefónico, ca *a.* 無線電話的

radiotelefonista *s.* 無線電話員

radiotelegrafía *f.* 無線電報

radiotelegráfico, ca *a.* 無線電報的

radiotelegrafista *s.* 無線電報務員

radioterapia *f.* 【醫】放射療法

radiotransmisor *m.* 無線電發射機

*__radioyente__ *s.* 無線電廣播聽衆

radón *m.* 【化】氡

raedera *f.* 刮具, 刮刀

raedura *f.* 1. 刮 2. (常用 *pl.*)刮下的碎屑

raer *tr.* 1. 刮,刮掉,刮平 2. 根除(惡習等)

*ráfaga *f.* 1. (大風,雨等的)一陣 2. 閃光 3.【軍】排射,掃射

raicilla *f.*【植】根毛;胚根

raído, da *a.* 1. 磨損的,破舊的(衣服) 2. 無廉恥的

raigambre *f.* 1.【植,集】根,根系 2.【轉】根基,淵源,背景

*rail; raíl *m.* 見 riel

*raíz *f.* 1.【植】根,根莖,塊根 2. 根基,根底 3.【轉】根源,淵源 4.【數】根 5.【語法】詞根 ◇ a ～ de 隨即,緊接着 / de ～ 徹底地,從根本上 / echar raíces en 扎根;定居 / tener raíces 根深蒂固,有根基

raja *f.* 1. 裂口,裂縫,裂紋 2. 片,塊 3. 小木片 ◇ hacer ～s 分開,分割 / sacar ～ en un asunto (從某事) 撈好處,獲利

rajable *a.* 易裂開的;易切開的

rajar I. *tr.* 1. 使裂開,使破裂 2. 切開,劈開,破開 II. *intr.* 1.【轉,口】嘮叨,饒舌 2. *Amér.* 詆毀,非議 III. *r.* 半途而廢;食言

rajatabla : a ～ ①嚴格地②無論如何

ralea *f.* 1. (用於物,常與 mala 之類的形容詞連用) 品種,等級,類 2. (用於人,含貶義) 幫,夥;種族

ralear *intr.* 1. 變稀疏,變稀薄 2. (葡萄) 果實結得稀 3. 劣迹敗露

ralo, la *a.* 稀疏的,稀薄的

rallador *m.* 礤床

ralladura *f.* 1. (礤床擦後留下的) 擦痕 2. (常用 *pl.*)(礤床擦下的) 絲兒,碎屑

rallar *tr.* 1. (用礤床) 擦 2. 煩擾

rallo *m.* 1. 見 rallador 2. (礤床上) 有密集洞眼的金屬板

*rama¹ *f.* 1. 樹枝,枝條 2. 分支,支系 3. 交通機構 4. (科學等的) 分科,部門 5. 分行,支店 ◇ ～ de olivo (常用作和平象徵的) 橄欖枝 / andarse por las ～s (説話) 兜圈子 / en ～ ①未加工的②【印】未裝訂的

rama² *f.*【印】活版架,版框

ramadán *m.* (伊斯蘭教的) 齋月

ramaje *m.*【集】樹枝;枝葉

ramal *m.* 1. (繩子、辮子等的) 股 2. 繮繩 3. (山的) 支脈;(鐵路的) 支線;(河的) 支流

ramalazo *m.* 1. 繮繩的抽打 2. (疼痛,疾病等的) 突然發作 3. (風、雨的) 陣,場 4.【轉】意外不幸,飛來橫禍

rambla *f.* 1. (雨水在地上沖刷而成的) 溝道,水流 2. *Amér.* 碼頭

rameado, da *a.* (布、紙等) 印有枝形圖案的

ramera *f.* 娼妓,妓女

ramificación *f.* 1. 分枝;枝杈 2. 支脈;支流;支線;分支 3. 後果,結果

ramificarse *r.* 1. 分枝,分权 2. 產生後果,結果

ramilla *f.* 1. 細枝,小枝 2. 小竅門

ramillete *m.* 1. (花等的) 束,把 2.【轉】集錦,薈萃 (尤指美女) 3.【植】傘形花序

ramilletero, ra I. *s.* 賣花束的人 II. *f.* 花瓶,花盆

ramio *m.*【植】苧麻

ramnáceo, a I. *a.*【植】鼠李科的 II. *f. pl.*【植】鼠李科

*ramo *m.* 1. 樹枝,枝條 2. 修剪下的樹枝 3. (花等的) 束,把 4. *pl.* (疾病等的) 徵兆,症狀 ◇ ～ de olivo (象徵和平的) 橄欖枝

ramonear *intr.* 1. 修剪樹枝 2. (動物) 吃樹的嫩枝葉

ramoso, sa *a.* 枝杈多的,枝條茂盛的

rampa¹ *f.* 1. 坡,坡道 2. (裝卸等用的) 斜台

rampa² *f.* (肌肉的) 痙攣

ramplón, ona *a.* 粗俗的,粗鄙的

ramplonería *f.* 1. 粗俗,粗鄙 2. 粗俗言行

rampollo *m.* (插枝用的) 插穗

*rana *f.*【動】蛙,青蛙 ◇ ~ marina (或 pescadora)【動】鮟鱇 / cuando la ~ críe pelos 除非太陽從西邊出來, 決不可能 / no ser ~ *uno* (某人)不笨;能幹 / salir ~ 使失望

ranciedad *f.* 1.(酒)的陳年 2.(含油食品)的哈喇味 3.古老, 悠久 4.陳舊, 過時 5.古物;陳舊物品

rancio, cia I. *a.* 1.陳年的(酒) 2.有哈喇味的(含油食品) 3.古老的, 悠久的 4.陳舊的, 過時的 II.*m.* 1.(酒等)陳年 2.(含油食品)有哈喇味 3.古老, 悠久 4.陳舊, 過時 5.油污

*ranchería *f.*(由簡陋棚舍形成的)棚戶區

*ranchero *m.* 1.(做集體伙食的)火伕, 廚師 2.牧場主 3.牧場雇工

*rancho *m.* 1.*Amér.* 牧場, 莊園 2.(軍隊等的)集體伙食;大鍋飯 3.吃集體伙食的人 4.做得不好的飯食 5.棚屋 ◇ hacer ~ aparte 結夥, 結成幫派

randa[1] *f.* 花邊

randa[2] *m.*【口】扒手, 小偷;無賴

rango *m.* 1.級別, 等級 2.高的社會地位

ránula *f.* 1.【醫】舌下囊腫 2.【獸醫】(牛、馬舌下的)口瘡

ranunculaceo, a *a.-f.pl.*【植】毛茛科的;毛茛科

ranúnculo *m.*【植】毛茛

ranura *f.*(木、石等上鑿出的)槽, 溝

raño *m.*【動】魟

rapacería *f.* 1.貪婪;掠奪性 2.偷盜

rapacidad *f.* 1.貪婪;掠奪性 2.偷盜

rapapolvo *m.*【口】申斥, 譴責

rapar *tr.* 1.修(面), 刮(鬍子) 2.剃光(頭髮)

*rapaz[1] I. *a.* 1.慣偷的;掠奪成性的 2.猛禽的 II.*f.pl.*【動】猛禽類

*rapaz, za[2] *s.* 小孩

rapé *m.* 鼻煙

*rapidez *f.* 快, 迅速

*rápido, da I. *a.* 1.快的, 迅速的 2.倉

促的 3.短暫的 II. *m.* 1.快車 2.(河流的)湍急處

*rapiña *f.* 搶劫, 劫掠

rapiñar *tr.* 搶劫, 劫掠

raposa *f.* 1.【動】狐狸, 雌狐狸 2.【轉】狡猾的女人

raposear *intr.* 施詭計, 耍花招

raposo *m.* 1.【動】雄狐狸 2.【轉】狡猾的男人

rapsoda *m.* 1.(古希臘的)游吟詩人 2.史詩詩人

rapsodia *f.* 1.(荷馬史詩的)章, 史詩片斷 2.【樂】狂想曲

raptar *tr.* 1.拐騙(婦女) 2.劫持, 綁架

rapto *m.* 1.(對婦女的)拐騙 2.劫持, 綁架 3.衝動, 興奮 4.【醫】暈厥

raptor, ra *s.* 拐子;綁匪

raque *m.*(在海邊)打撈沉船的遺物

raqueta *f.* 1.球拍 2.(使用球拍的)球類運動 3.(賭場用的)賭注耙

raquídeo, a *a.* 脊柱的, 脊椎的

raquis *m.* 1.【解】脊柱, 脊椎 2.【植】花序軸;葉軸

raquítico, ca I. *a.* 1.佝僂病的, 患佝僂病的 2.病弱的, 發育不良的 3.少的, 不足的, 微薄的 II. *s.* 佝僂病人

raquitis (*pl.* raquitis) *f.*; **raquitismo** *m.* 1.【醫】佝僂病 2.病弱, 發育不良

raramente *ad.* 1.很少地, 難得 2.古怪, 奇特地

rareza *f.* 1.稀少;稀疏 2.少有;稀罕 3.古怪, 奇特 4.罕見的事物

*raro, ra *adj.* 1.(常用 *pl.*)稀少的;稀疏的 2.少有的, 稀罕的 3.古怪的, 奇特的 4.【轉】(好得)出奇的 5.【理, 化】稀有的 6.稀薄的(氣體等)

ras *m.*(水平, 高度)相同, 一樣 ◇ a ~ de ①(與某物)在同一水平②緊靠着

rasante, ca I. *a.*(與一平面)相擦的, 貼地的 II. *f.*(道路的)斜度, 斜坡

rasar I. *tr.* 1.(把高出量具的穀物等)刮平 2.擦過, 掠過 3.摧毀, 夷平 II. *r.*(天空)轉晴

*rascacielos (*pl.* rascacielos) *m.* 摩天樓

rascador *m.* 1. 刮具, 刮板 2. 簪子 3. (玉米) 脫粒器

rascar I. *tr.* 1. (用指甲) 搔, 撓 2. 刮, 刮除 3.【轉】亂彈 (弦樂器) II. *r. Amér.* 酒醉

rascón, ona I. *a.* 澀的; 辣的 II. *m.* 【動】秧鷄

rasero *m.* (用以把高出量具的穀物等刮平的) 刮具, 刮板 ◇ medir con el mismo ～ a distintas personas 對 (不同的人) 一視同仁

rasgado, da I. *a.* 1. 橫寬的 (窗子等) 2. 細長的 (眼睛) II. *m.* 見 rasgón

rasgadura *f.* 1. 扯破, 撕裂 2. 見 rasgón

rasgar *tr.* 1. 扯破, 撕裂 2. 彈撥 (弦樂器)

*rasgo *m.* 1. (花體字的) 筆劃, 筆道 2. *pl.* 面貌, 相貌 3. (人的) 特徵, 特點 4.【轉】行爲, 舉動 ◇ a grandes ～s 粗略地, 大概其

rasgón *m.* (布、紙等的) 扯裂處, 撕開的口子

rasguear I. *tr.* 彈撥 (全部琴弦) II. *intr.* 1. 寫花體字 2.【轉】書寫

rasgueo *m.* 彈撥

rasguñar *tr.* 1. 搔, 撓, 抓 2.【美】畫草稿

rasguño *m.* 1. 搔痕, 撓痕, 抓傷 2.【美】畫草稿

*raso, sa¹ *a.* 1. 平坦的, 光滑的 2. 晴朗的, 萬里無雲的 3. (容器) 裝得滿滿的 4. 貼着地面的 5. 無官銜的, 普通的 ◇ al ～ 露天

raso² *m.* 緞

raspa I. *f.* 1. (穀類植物等的) 芒 2. (葡萄、花朵等摘去後留下的) 枝梗 3. 魚刺 4. 玉米芯; 穗軸 II. *s.*【轉】[] 待人接物急躁生硬的人

raspador *m.* 刮刀, 刮具

raspadura *f.* 1. 刮 2. *pl.* 刮下的碎屑

3. 刮痕

raspar *tr.* 1. 刮, 刮掉; 擦去 2. 劃出印痕, 刮壞; 擦破 3. 掠過, 貼着過去

raspear *intr.* (因使用鋼筆不當而在紙上) 劃出印痕, 劃出開岔的筆道

raspilla *f.*【植】勿忘草

rasposo, sa *a.* (摸起來) 粗糙的

*rastra *f.* 1. 耙, 釘耙 2. (拖重物用的) 拖拽器具, 拖車 3. 被拖拽的東西 4. (水果、乾果的) 串, 嘟嚕 5.【轉】(只用單數) 惡果, 報應 ◇ a ～s ①拉着, 拖拽着②不情願地 / andar (或 ir) a ～s 艱難度日

rastreador, ra *a.* 1. 追蹤的, 跟蹤的 2. 查找的; 偵查的 3. 用拖網捕撈的 ◇ de minas 掃雷艦

*rastrear I. *tr.* 1. 追蹤, 跟蹤 2. 查找; 偵查 3. 用拖網捕撈 II. *intr.* 1. 摟, 耙 2. 掠地飛行

rastreramente *ad.* 卑鄙地, 卑劣地

rastrero, ra *a.* 1. 匍匐的, 爬行的 2.【植】匍匐生根的 3. 掠地低飛的 4. 卑鄙的, 卑劣的

rastrillada *f.* 1. (量詞) 一耙子耙到的量 2. *Amér.* 足迹

rastrillar *tr.* 1. 扒摟, 耙攏 2. 耙地 3. 梳理 (蔴等)

*rastrillo *m.* 1. 耙 2. 蔴梳 3. 鐵柵欄

*rastro *m.* 1. 耙, 釘耙 2. 蹤迹, 足迹; 痕迹 3. (大寫) 馬德里舊貨商場

rastrojar *tr.* 除掉 (地裏的) 莊稼茬子

rastrojera *f.* 1. 茬子地 2. 茬子地的放牧季節

rastrojo *m.* 1. 莊稼茬子 2. 收割後待翻耕的田地 ◇ en ～ 還有茬子的 (田地)

rasura *f.* 1. 刮, 剃 2. 平滑, 光禿

rasurar *tr.-r.* 刮臉, 剃鬚

*rata I. *f.* 1.【動】老鼠, 黑家鼠 2. [] (傢具等底下的) 塵絮 II. *m.* [] 扒手, 小偷 ◇ ～ de agua【動】一種水獺 / más pobre que las ～s 貧無立錐

ratafía *f.* 櫻桃酒

ratear I. *tr.* 扒竊，偷竊 II. *intr.* 匍匐，
爬行

ratería f. 扒竊，小偷小摸

ratero, ra I. *a.* 1. 扒竊的，小偷小摸的
2. 匍匐的，爬行的 3. 低飛的 II. *s.* 扒
手，小偷

*****ratificación** f. 批准，認可

*****ratificar** *tr.-r.* 批准，認可

rátigo m. (車上的)貨載

*****rato** m. 1. 片刻，一會兒 2. (與 buen
或 mal 連用)愉快的時刻 ◇ a ~s
有時 / a ~s perdidos 在閑暇時候 /
de ~ en ~ 時而，不時 / pasar el ~
①消遣②(用於否定句)浪費時間 / un
~ 或 un ~ largo 很，非常

*****ratón** m.【動】鼠，小家鼠 ◇ ~ de
biblioteca 書蟲子

ratonar *tr.* (鼠)齧，咬，啃

*****ratonera** f. 1. 捕鼠器，鼠夾，鼠籠 2.
鼠洞 3.【轉，口】圈套，陷阱

ratonil *a.* 1. 鼠的 2.【轉】卑劣的；狡詐
的

raudal m. 1. 洪流，激流 2.【轉】(湧現
物的)大量，衆多

raudo, da *a.* 迅速的，快的，湍急的

ravioles m.pl. 1. 餃子 2. (意大利)包
子

*****raya**¹ f. 1. 線條 2. 條紋；紋理 3. 邊
線；邊界 4. 界限 5. 頭路，髮縫 6.【語
法】破折號 ◇ doble ~ 或 dos ~s ①
【語法】雙橫綫號；分段符號②【數】等號

raya² f.【動】魟

rayadillo m. 條紋布

*****rayado, da** I. *a.* 條紋的，線格的 II.
m. 1. 劃線 2.【集】(布等上的)條紋，線
格

rayano, na *a.* 1. 毗鄰的，接界的 2. 在
分界線上的 3.【轉】類似的，相近的

*****rayar** I. *tr.* 1. 劃線，劃出 2. 勾掉，劃去 3. (在字句下)劃重點線
II. *intr.* 1. 毗鄰，接壤 2.【轉】接近，近
乎 3.【轉】突出

*****rayo** m. 1. 光線 2. 射線 3. 輪輻 4. 輻

射狀直線，輻射狀物 5. 閃電 6.【轉】機
靈的人 7.【轉】意外不幸 ◇ ~s infra-
rrojos 紅外線 / ~s ultravioleta 紫外
線 / ~ visual 視線 / echar ~s 或
estar que echa ~s 大動肝火

rayón m. 人造絲，人造纖維

rayuelo m.【動】一種沙錐(鳥)

*****raza**¹ f. 1. 人種；種族；民族 2. 家族，
世系，門閥 ◇ de ~ 純種的

raza² f. 縫隙，裂縫 2. (縫隙中透過
的)光線

*****razón** f. 1. 理智，理性 2. 理由，原因
3. 道理，正確 4.【數】比，比率 5.【口】
口信 ◇ a ~ de 按(特定數量分配) /
cargarse uno de ~ 到確有把握時 /
con ~ 當然 / dar la ~ a uno 認爲
(某人)有理，贊同(某人) / dar ~ de
告知 / en ~ de (或 a) 鑑於，由於 /
entrar en ~ 開始服理，開始講理 /
fuera de ~ 不合時宜地；無理地 / ha-
cer entrar (或 meter) en ~ a uno 使
講理，使就範 / perder la ~ ①發瘋②
失去理智 / tener ~ 有理，對

*****razonable** *a.* 1. 合理的 2. 有理智的，
講理的 3. 明智的 4. 適度的，不過分的

razonado, da *a.* 有根據的，合理的

razonamiento m. 1. 推理，推論 2. 論
據，論證

razonar I. *intr.* 1. 推理，推論 2. 思考
II. *tr.* 論證，爲…解釋

razzia f. (戰時在敵國領土上)劫掠，踐
蹦

re m.【樂】D 音的唱名

rea f. 女犯人

*****reacción** f. 1. 反應，反響；反應力 2.
反動；反動派 3. 反作用；反作用力 4.
【醫，化】反應 5.【電】反饋，同授 ◇
avión de ~ 噴氣式飛機 / ~ en cade-
na【理，化】連鎖反應

*****reaccionar** *intr.* 1. 有反應，作出反應；
起作用 2. 起化學反應 3.【轉】反對

*****reaccionario, ria** I. *a.* 反動的；反動
派的 II. *s.* 反動分子，反動派

reacio, cia *a.* 不順從的, 抗拒的; 執拗的

*reactivo, va **I.** *a.* 有反作用的, 引起反應的 **II.** *m.* 【化】試劑

*reactor *m.* **1.** 噴氣發動機 **2.** 噴氣式飛機 **3.** 【理】反應堆

reacuñar *tr.* 重新鑄造(硬幣)

readmitir *tr.* 重新接納, 重新錄用; 重新批准

reafirmar *tr.* **1.** 加固 **2.** 重新肯定 **3.** 重申

reajustar *tr.* 重新調整, 修正

reajuste *m.* 重新調整, 修正

*real¹ *a.* **1.** 真實的; 實際的 **2.** 真的, 真正的

*real² **I.** *a.* 國王的; 王家的 **II.** *m.* **1.** 軍營, 營地 **2.** 里亞爾(舊時西班牙和拉丁美洲國家的銀幣單位) ◇ ～ de la feria 集市, 市場 / alzar el ～ (或 los ～es) 拔營, 開拔 / asentar los ～ (或 sus) ～es ①安營紮寨②定居

realce *m.* **1.** (突起的) 花紋, 圖案 **2.** 突出 **3.** 重要; 光彩 **4.** 【美】明亮部分

realeza *f.* **1.** 王權, 王位 **2.** (帝王的) 威嚴

*realidad *f.* **1.** 現實, 實際 **2.** 真實; 事實 **3.** 【哲】本質, 實在 ◇ en ～ 實際上 / en ～ de verdad 真正地 / tomar ～ algo 付諸現, 開始成爲現實

realismo¹ *m.* 君主主義, 保皇主義, 保皇黨

realismo² *m.* **1.** (文藝的) 現實主義, 寫實主義 **2.** 【哲】實在論

realista¹ *a.* 君主主義的; 保皇主義的, 保皇黨的 **II.** *s.* 保皇主義者, 保皇黨人

*realista² **I.** *a.* **1.** 現實主義的, 寫實主義的 **2.** 現實的, 實際的 ◇ ～ 1. 現實主義者的, 寫實主義者的 **2.** 【哲】實在論者

*realización *f.* **1.** 實行, 實現 **2.** 進行 **3.** 變賣; 賤賣 **4.** 成就, 業績

realizador, ra **I.** *a.-s.* 實現的, 履行的; 實施者, 執行人 **II.** *s.* (電影、電視) 導演

*realizar **I.** *tr.* **1.** 實現, 使成爲現實; 履行 **2.** 進行, 從事, 作 **3.** 變賣(產業); 減價出售 **II.** *r.* **1.** 成爲現實, 實現 **2.** 進行

realquilar *tr.* 轉租(房屋等)

realzar *tr.* **1.** 舉高, 提高, 使升高 **2.** 使明顯, 使突出 **3.** 使增添光彩 **4.** 提花綉 **5.** 【美】使受光

*reanimar *tr.-r.* **1.** (使)恢復(體力、元氣、力量等) **2.** (使)甦醒, (使)恢復知覺 **3.** 激勵, (使)振作 **4.** (使)復甦; (使)活躍

*reanudar *tr.* 繼續進行, 重新開始; 恢復

reaparecer *intr.* 再出現, 再發生, 再現

reaparición *f.* 再出現, 再發生, 再現

reargüir *tr.* 提出, 作出(回答、反證等)

*rearme *m.* 重新武裝

reasumir *tr.* 再次擔任; 重新承擔

reata *f.* (把幾匹馬拴成單行縱列行進的)繩索, 皮帶 ◇ de (或 en) ～ ①成單行縱列行進地; 魚貫地②【轉】盲從地

reavivar *tr.* 使重新活躍; 使復活

rebaba *f.* 【技】(常用 *pl.*)(鑄件等的)毛刺, 毛茬

*rebaja *f.* 降低, 減少; 減弱 **2.** 減價, 折扣 ◇ ～ de precios 大減價, 甩賣

rebajamiento *m.* **1.** 降低, 減少; 減弱 **2.** 減價; 扣除 **3.** 低聲下氣, 卑下 **4.** 【轉】貶低

*rebajar *tr.* **1.** 降低, 減少; 減弱 **2.** 減價; 扣除, 打折扣 **3.** 【轉】貶低; 壓低 **4.** 【轉】侮辱, 使受屈辱 **II.** *r.* **1.** 低聲下氣, 卑躬屈膝 **2.** 【軍】退役; 免役

rebalsa *f.* **1.** 水塘, 水潭 **2.** 【醫】積液

rebalsar *tr.* 使(水)積存, 使成水塘

rebalse *m.* **1.** 積水 **2.** 蓄水

rebanada *f.* 片, 薄片

rebanar *tr.* **1.** 把…切成片 **2.** 切開, 劈開; 弄斷

rebañadera *f.* (也用 *pl.*)(打撈落井物品的)錨鈎, 鐵爪鈎

rebañadura *f.* **1.** 收拾乾淨; 刮清(鍋、盤等) **2.** *pl.* (鍋底、盤裏的)殘留物

rebañar *tr.* 1. 收拾乾淨;刮淨(鍋、盤等) 2.【轉】搬空;搜刮盡

*rebaño *m.* 羊羣,畜羣

rebasar *tr.* 1. 超過,超出 2. 越過,渡過(危險、障礙,階段等)

rebatible *a.* 可以駁斥的,可以反駁的

rebatiña *f.* 爭搶,爭奪 ◇ a la ~ 爭搶地 / an dar a la ~ ①參加爭搶②【轉】爭奪(某物)

rebatir *tr.* 1. (反覆或猛烈地)敲擊,打 2. 駁斥,反駁 3. 反擊,擊退 4. 拒絕(提議等) 5. 加強 6. 扣除

rebato *m.* 1. 警鐘,警報 2.【轉】(一時的)驚擾 3.【軍】突襲(敵人) ◇ de ~ 突然 / tocar a ~ ①敲警鐘②報警,發警報

rebeco *m.*【動】岩羚羊

*rebelarse *r.* 1. 造反,反叛 2. 抵抗;抗拒 3. 絕交

*rebelde *I. a.* 1. 造反的,反叛的 2. 抵抗的;抗拒的 3. 不服從的,不馴的 4. 難解決的;難治愈的;難加工的 5.【法】缺席的,未出庭的 *II. s.* 1. 造反者,叛亂分子 2.【法】缺席者

rebeldía *f.* 1. 造反,反叛 2. 抵抗,抗拒 3.【法】缺席,未到庭

*rebelión *f.* 1. 造反,反叛 2. 抵抗,抗拒

rebencazo *m.* 鞭撻

rebenque *m.* 1. (古時抽打划船苦役犯的)皮鞭 2. *Amér.* 馬鞭

reblandecer *I. tr.* 使變軟,使柔軟 *II. r.* 變軟,軟化

reblandecimiento *m.* 1. 變軟,柔軟 2.【醫】軟化

rebollo *m.*【植】櫟樹

rebolludo, da *a.* 粗壯的,墩實的(人)

reborde *m.* 凸緣,凸邊

rebosadero *m.* 溢水口,溢道

rebosar *I. intr.* 1. 溢出,漫出 2.【轉】充裕,富於 3.【轉】表露熱情 4.【轉】嘔吐 *II. r.* 溢出,漫出

rebotar *I. intr.* 1. 彈跳,彈回 2. 撞擊

II. tr. 1. 把(尖端部分)弄彎 2. 把…彈回,把…擋回 3. 使(東西)變壞;使顏色大變 4.【紡】拉絨,使起絨

rebote *m.* 1. 彈跳,彈回 2. 撞擊 3.【紡】拉絨,起絨 ◇ de ~ ①反彈地②【轉】間接地

rebotica *f.* 藥店裏屋

rebozar *tr.* 1. (用衣服等)蒙住臉 2. (用蛋、麫粉等把食物)裹上,掛上糊

rebozo *m.* 1. (衣服等的)遮臉部分 2. (用衣服等)蒙住臉部分 3. (女用)紗巾 4. 支吾,説話含混躲閃;掩飾 ◇ de ~ 偷偷地,秘密地 / sin ~(-s) 坦白地,直截了當地

rebrotar *intr.* (植物)復萌,重新發芽

rebufar *intr.* (牛使勁地或不斷地)哞哞叫

rebujar *tr.-r.* 1. (把衣服等)揉作一團 2. 亂拿;亂翻 3. 裹緊,蓋嚴

rebultado, da *a.* 體積大的

rebullicio *m.* 1. 喧鬧,嘈雜 2. 騷亂,騷動

rebullir *intr.-r.* 動起來,開始蠕動

rebusca *f.* 1. 搜索,認真尋找 2. (收穫時)殘留在地裏的作物 3. 殘餘,殘渣

rebuscado, da *a.* 矯揉造作的,不自然的

rebuscar *tr.* 1. 搜索,認真尋找 2. (在收割過的地裏)拾取,翻揀

rebuznar *intr.* 1. 驢叫 2.【轉】(像驢一樣)愚蠢,無知

rebuzno *m.* 驢叫聲

recabar *tr.* 要到,求得;要求得到(權利等)

*recadero, ra *s.* 送信人,傳口信的人

*recado *m.* 1. 短箋,便箋;口信 2. (託人帶的)禮物,贈品 3. 問候(眼引的)憑據 4. (眼引的)憑據 5. (一套)用具,用品 6. 穩妥,安全 ◇ ~ de ~ 文具 / coger (或 tomar) un ~ (通過電話等)得知傳遞的口信 / llevar ~ uno ①受到訓斥②受到懲罰

recaer *intr.* 1. 重又落下 2. (舊病)復發

3. 重犯 (過錯等) **4.** 落入 (某人手中); 落到 (某人身上，某事物上) **5.** (窗口、陽台等) 開向，朝著

recaída *f.* (舊病)復發, (過錯等)重犯

recalar **I.** *tr.-r.* 滲透, 浸潤 **II.** *intr.* 【海】看見了要到達的港口, 看到熟悉的海岸

recalcar **I.** *tr.* **1.** 壓緊, 塞實; 填實, 裝滿 **2.**【轉】強調 **II.** *r.* 一再強調

recalcitrante *a.* 固執的, 頑固不化的, 執拗的

recalentar **I.** *tr.* **1.** 再加熱 **2.** 加熱過度 **3.**【轉】激起 (性慾, 熱情) **II.** *r.* **1.** 過熱 **2.** (果實)因熱變質 **3.** (木材)腐朽

recalzar *tr.* **1.**【農】培土, 壅土 **2.**【建】加固 (基礎) **3.**【美】上色, 着色

recalzo *m.* **1.**【農】培土, 壅土 **2.**【建】基礎的加固 **3.** 外輪輞

recamado *m.* (用金銀線的)提花綉, 凸綉

recamar *tr.* (用金銀線)提花綉, 綉凸花

recámara *f.* **1.** (正房存放衣物首飾的)內室, 梳妝室 **2.** *Amér.* 寢室 **3.**【軍】彈膛, 彈藥室 **4.** (埋炸藥的)炮眼 **5.**【轉, 口】心計, 心眼; 謹慎

recambiar *tr.* **1.** 再改變 **2.** 更換, 替換 (零件等)

recambio *m.* **1.** (零件的)更換, 替換 **2.** *pl.* 備用零件, 配件 ◇ de ~ 備用的, 替換用的

recancanilla *f.* **1.** (小孩走路時) 裝瘸子, 一瘸一拐地走 **2.**【轉, 口】(也用*pl.*) 強調, 加強語氣

recapacitar *tr.-intr.* 深思熟慮, 斟酌

recapitulación *f.* **1.** 概括, 歸納, 綜述 **2.** 梗概

recapitular *tr.* 概括, 綜述

recargar **I.** *tr.* **1.** 加載, 使超載 **2.** 使負擔過重, 使過於繁重 **3.** 使過多, 使過量 **4.** 增加, 加重 (徵稅等) **5.**【法】加罪; 重判 **II.** *r.* (病人)體溫上升

recargo *m.* **1.** 新加的裝載物 **2.** 增加的負擔 **3.** 加稅 **4.**【法】加罪 **5.** (病人的)

體温升高

recatado, da *a.* **1.** 端莊的, 正派的(婦女) **2.** 謹慎的, 有顧忌的

recatar **I.** *tr.* 隱藏, 遮掩 **II.** *r.* **1.** 躲藏 **2.** 悄悄進行, 謹慎行事 ◇ sin ~se 公開地, 張揚地

recato *m.* **1.** 端莊, 正派 **2.** (多用於否定句)謹慎, 顧忌 ◇ sin ~ 毫無顧忌地; 無恥地

recaudación *f.* **1.** 徵稅; 募捐 **2.** (徵收、募集的)錢款 **3.** 稅務所; 募捐機構

recaudador, ra *s.* 收稅人, 稅務員; 募捐人

recaudar *tr.* **1.** 徵收 (稅款); 募集 (捐款等) **2.** 保管

recaudo *m.* **1.** 徵稅; 募捐 **2.** 謹慎, 小心 **3.** (賬目的)憑據 **4.** 安全, 保障 ◇ poner a buen ~ (爲某人)安全保管 (某物)

recazo *m.* **1.** (刀劍的)護手, 護擋 **2.** 刀背

*recelar **I.** *tr.* **1.** 懷疑; 不相信 **2.** 擔心 **3.** (用公馬)使 (母馬)發情 **II.** *intr.-r.* 不相信, 不信任

recelo *m.* **1.** 懷疑; 不相信 **2.** 擔心

*receloso, sa *a.* **1.** 懷疑的 **2.** 擔心的

recensión *f.* (報刊上的)書評; 新書簡介

recental *a.-s.* 未斷奶的 (羊羔, 牛犢); 吃奶的羊羔, 吃奶的牛犢

*recepción *f.* **1.** 接受, 採納 **2.** 接待, 接見; 歡迎 **3.** 招待會, 歡迎會 **4.** 接待廳

recepcionista *s.* (旅館、大會等的)接待員

receptáculo *m.* **1.** 容器, 器皿 **2.** 避難所 **3.**【植】花托

receptar *tr.* **1.** 接待, 接納 **2.**【法】窩藏

receptivo, va *a.* **1.** 有接受能力的, 能接受的 **2.** 易感染的

*receptor, ra **I.** *a.* 接待的, 接納的, 接收的 **II.** *s.* 接待員; 接收員 **III.** *m.* **1.** 接收機 **2.**【生】感受器 ◇ ~ de cristal

礦石收音機, 晶體收音機 / ～ de radiodifusión 廣播收音機 / ～ piloto 監控接收機

*receta *f.* 1. 處方, 藥方; 配方 2.【轉】辦法, 措施 3.【轉, 口】索物單

*recetar I. *tr.* 1. 開處方, 開藥方 2.【轉, 口】索取, 討(東西)

recetario *m.* 1. 處方彙編 2.【集】配方

recial *m.* 激流, 湍流

recibí *m.* (發票或收據上注明的)收訖

recibidor, ra I. *a.-s.* 1. 收到的, 接到的; 收受者, 收件人 2. 接待的, 接見的; 接待的人, 接見人 II. *m.* 1. 門廳 2. 客廳, 接待室

recibimiento *m.* 1. 收到, 接到 2. 接待, 接見 3. 門廳 4. 客廳, 接待室

*recibir I. *tr.* 1. 收到, 接到, 感到, 受到 2. 接受, 容納; 採納 3. 接待, 迎接; 接見 4. 等待迎擊(入侵者) II. *r.* 獲得(榮銜或稱號)

*recibo *m.* 1. 收到, 接到 2. 接待; 接見 3. 收據, 收條; 回執 ◇ acusar ～ de algo 告知收到(某物) / estar de ～ algo 見 ser de ～ / estar de ～ uno (收拾停當)可以會客 / ser de ～ 可驗收, 可接受

recidiva *f.*【醫】復發, 再患

reciedumbre *f.* 健壯, 強有力

*recién *ad.* (用於過去分詞之前)剛剛, 不久前, 最近

*reciente *a.* 1. 新的, 新鮮的 2. 剛剛發生的, 最近發生的

recinto *m.* (常與 cerrado 連用)(被圍起來的)場地, 區域, 範圍

recio, cia I. *a.* 1. 粗壯的, 健壯的 2. 粗的, 粗大的 3. 強勁的; 劇烈的 4. 嚴峻的, 難以忍受的 5. (天氣)嚴酷的, 惡劣的 6. 迅速的 II. *ad.* 強有力地, 劇烈地, 狠

*recipiente I. *a.* 接收的, 接受的 II. *m.* 容器, 器皿

reciprocidad *f.* 相互關係, 相互作用

*recíproco, ca *a.* 1. 相互的 2. 逆向的

◇ a la ～a ①相互地②反之亦然 / estar a la ～a 準備報答(幫助等)

recitación *f.* 背誦; 朗誦

recitado *m.* 1. 朗誦; 背誦 2. 朗誦的詩文 3.【樂】宣敘調; 宣敘部

recital *m.* 1. (詩歌)朗誦會 2. 獨奏音樂會; 獨唱音樂會

*recitar *tr.* 1. 朗誦; 背誦 2. 宣讀, 宣讀

*reclamación *f.* 1. 要求; 請求 2.【法】要求引渡(逃犯) 3.【法】(案犯的)調審 4. 抗議; 要求取消

*reclamar I. *tr.* 1. 要求; 請求 2. (用圈子)招引(鳥) 3.【法】要求引渡(逃犯) 4.【法】調審(案犯) II. *intr.* 抗議; 要求取消

*reclamo *m.* 1. 鳥子 2. (同類鳥之間的)對鳴 3. 鳥哨聲 4. (對人的)呼喚聲 5.【轉】(招牌, 廣告等)引起顧客注意的東西 ◇ acudir al ～ 趕往某處圖利

reclinar *tr.-r.* (把…)斜靠在, 倚靠在

reclinatorio *m.* 橋告跪椅

recluir *tr.* 囚禁, 禁錮; 幽閉

reclusión *f.* 1. 囚禁, 禁錮; 幽閉 2. 囚禁地; 囚室

recluso, sa *s.* 被囚禁的人, 囚犯

*recluta I. *f.* (兵員等的)招募, 徵集 II. *m.* (應徵或志願入伍的)新兵

*reclutamiento *m.* 1. (兵員等的)招募, 徵集 2.【集】(每年徵集的)新兵

reclutar *tr.* 招募, 徵集(兵員、人員等)

*recobrar I. *tr.* 恢復, 復得; 收復 II. *r.* 1. 獲得補償 2. 康復, 復原 3. (心情)恢復平靜 4. 蘇醒, 恢復知覺

recobro *m.* 1. 恢復; 收復 2. 康復, 復原 3. 蘇醒

recocer I. *tr.* 1. 回鍋 2. 煮過火 3.【冶】使回火 II. *r.* 志忑不寧, 心神不安

recochineo *m.* 捉弄, 戲弄

recodo *m.* 河曲; (道路的)拐彎處, 拐角

recogedor *m.* 收集器具; 簸箕

*recoger I. *tr.* 1. 撿起, 拾取 2. 收攏, 收集 3. 徵集, 募集 4. 收穫, 採摘 5. 得到, 獲得 6. 沒收(書、報等) 7. 收起, 收

藏 8. 收捲, 捲起 9. 收縮; 束緊 10. 收容 II. r. 1. 躲避; 隱遁 2. 回家; 入圈; 歸巢

***recogida** *f.* 1. 撿起, 拾取 2. 收集 3. 收穫 4. 沒收(書, 報等) 5. 收容

recogimiento *m.* 1. 收集 2. 收容 3. 隱居, 深居簡出 4. (女人的)幽居處

***recolección** *f.* 1. 收穫, 採摘 2. 收穫季節 3. 收集, 搜羅

***recolectar** *tr.* 1. 收穫, 採摘 2. 收集, 搜羅

recoleto, ta *a.-s.* 恪守戒律的; 恪守戒律的修士

recomendable *a.* 1. 值得推薦的 2. 適宜的

***recomendación** *f.* 1. 勸告, 囑咐 2. 委託, 託付 3. 舉薦, 介紹 4. 推薦書, 介紹信

***recomendar** *tr.* 1. 勸告, 囑咐 2. 委託, 託付 3. 舉薦, 介紹 4. 贊揚

recomerse *r.* 煩躁, 不安

***recompensa** *f.* 1. 補償 2. 酬勞 3. 補償物; 獎品

***recompensar** *tr.* 1. 補償 2. 酬勞; 獎賞

recomponer I. *tr.* 1. 重建, 重修 2. 修補, 修理 3. 裝飾; 打扮 II. r. 過分打扮

reconcentrar I. *tr.* 1. 匯集, 會聚 2. 傾注, 使集中於 3. 使濃縮, 壓縮 4. 掩藏(感情) II. r. 1. 傾注, 集中於 2. 藏在心裏 3. 聚精會神, 專注

***reconciliación** *f.* 1. 調解; 和解 2. 【宗】重新皈依

***reconciliar** I. *tr.* 1. 調解; 使和解 2. 【宗】使重新皈依 II. r. 1. 和解, 和好 2. 重新懺悔

reconcomerse *r.* 焦躁不安

reconcomio *m.* 1. 焦躁不安; 極爲惱火 2.【轉, 口】懷疑, 猜疑 3.【轉, 口】惱火

recóndito, ta *a.* 1. 隱秘的, 深藏不露的 2.【轉】內心深處的

reconducir *tr.* 1. 把 … 引回原處 2.【法】延長(租期)

***reconfortar** *tr.* 使健壯; 使振奮; 激勵

***reconocer** I. *tr.* 1. 認出, 識別 2. 承認; 認作, 看作 3. 感謝, 感激 4. 檢查; 偵察; 察看 II. r. 1. 可以看出 2. 承認錯誤

***reconocido, da** *a.* 1. 被承認的 2. 感謝的, 感激的 3. 公認的

***reconocimiento** *m.* 1. 認出, 識別 2. 承認 3. 感謝, 感激 4. 檢查; 偵察

***reconquista** *f.* 1. 光復, 收復 2.【轉】恢復; 重新獲得

***reconquistar** *tr.* 1. 光復, 收復(失地) 2.【轉】恢復; 重新獲得

reconstitución *f.* 1. 重新組成; 恢復 2. 再現

reconstituir *tr.* 1. 重新組成; 恢復 2. 使再現

reconstituyente I. *a.* 滋補的, 強身的 II. *m.*【醫】滋補藥, 強壯劑

***reconstruir** *tr.* 1. 重建, 再建 2. 恢復, 修復 3. 使再現

recontar *tr.* 1. 重述, 再講 2. 重新計算, 再數; 清點

reconvención *f.* 1. 斥責, 責備 2.【法】反訴

reconvenir *tr.* 1. 斥責, 責備 2.【法】反訴

***recopilación** *f.* 彙編, 彙集

recopilar *tr.* 彙編, 彙集

***récord** *m.*【體】記錄, 最佳成績

recordación *f.* 1. 記憶, 回憶 2. 記住

***recordar** I. *tr.* 1. 記住 2. 想起, 回憶起 3. 使想起; 提醒 II. *intr.* 1. 睡醒 2. 蘇醒 ◇ si mal no recuerdo … 如果我沒有記錯的話…

recordatorio *m.* (幫助記憶的)備忘錄, 提示

recorrer *tr.* 1. 走遍, 走過 2. 巡視; 察看 3. 瀏覽 4. 挪動, 移動

recorrido *m.* 1. 旅程; 路程 2. 路線 3. 檢修 4.【口】斥責; 數落

recortado, da I. *a.* 1. 參差不齊的 2.【植】鋸齒形的(葉片) II. *m.* 剪紙

recortadura *f.* 1. 修剪, 剪去(多餘部分) 2. *pl.* (剪下的)部分, 碎屑

recortar I. *tr.* 1. 修剪, 剪去(多餘部分) 2. 畫出…的輪廓; 剪影 3.【轉】縮減; 刪削, 省略 II. *r.* 顯現輪廓

*recorte *m.* 1. 修剪, 剪去(多餘部分) 2. (常用 *pl.*)(剪下的)部分, 碎屑

recoser *tr.* 1. 重新縫合; 縫補

recostar I. *tr.* 使斜靠, 使斜倚 II. *r.* 斜靠, 倚

recova *f.* 1. (家禽、蛋品的)收購 2. 禽蛋市場 3. *Amér.* 集市

recoveco *m.* 1. (街道的)拐角; 河道 2. 角落, 隱秘處 3.【轉】心眼, 心計 ◇ sin ~s 直率的, 坦白的

recreación *f.* 1. 再創造 2. 娛樂, 消遣 3. 課間休息

recrear I. *tr.* 1. 再創造 2. 使消得愉快, 使娛樂 II. *r.* 感到愉快, 娛樂, 消遣

recreativo, va *a.* 娛樂性的, 消遣性的

*recreo: *m.* 1. 娛樂, 消遣 2. 消遣品 3. 娛樂場所 4. 課間休息

recría *f.* 餵養, 飼養; 肥育

recriar *tr.* 餵養, 飼養; 肥育

recriminación *f.* 1. 反責; 反控訴 2. 指責, 譴責

recriminar I. *tr.* 1. 反責; 反控訴 2. 指責, 譴責 II. *r.* 互相指控

recrudecer *intr.* 加劇, 惡化, 變本加厲

recrudecimiento *m.* ; **recrudescencia** *f.* 加劇, 惡化, 變本加厲

rectal *a.*【解】直腸的

rectangular *a.* 1. 直角的 2. 矩形的, 長方形的

*rectángulo, la I. *a.* 1. 直角的 2. 矩形的 II. *m.*【數】矩形, 長方形

rectificación *f.* 1. 糾正, 改正, 整頓 2. 調整, 校正 3.【化】精餾

rectificar I. *tr.* 1. 使直, 弄直 2. 糾正, 改正, 整頓 3. 調整, 校正 4.【化】精餾 II. *r.* 糾正, 改正(言行等)

rectilíneo, a 1.【數】直線的 2. 正直

的, 規矩的

rectitud *f.* 1. 直, 筆直 2.【轉】正直, 公正

*recto, ta I. *a.* 1. 直的, 筆直的 2. 成直線的, 照直的 3. 垂直的 4.【轉】正直的, 公正的 5.【解】直腸的 6. 正面的(書頁) II. *m.* 1.【解】直腸 2. (書頁的)正面 III. *f.*【數】直線 ◇ todo ~ 一直, 筆直地

rector, ra I. *a.* 領導的, 指導的, 主導的 II. *s.* (某些單位的)負責人 III. *m.* 1. 大學的校長, 院長 2. 教區神甫

rectorado *m.* 1. (某些單位的)負責人職位或辦公室 2. 大學校長職位或辦公室, 院長職位或辦公室

rectoral I. *a.* 1. (某些單位)負責人的 2. 大學校長的, 院長的 II. *f.* 教區神甫住宅

rectoría *f.* 1. (某些單位)負責人的職責或活動 2. 大學校長的職責或活動, 院長的職責或活動

recua *f.* 1. 馬隊; 馬幫 2.【轉】羣, 堆, 組, 隊

recuadro *m.* 1. 方塊, 方格, 方框 2. (報刊上的)花邊文章

recubrir *tr.* 1. 覆蓋, 遮蓋 2. 給…塗抹

recuento *m.* 1. 重述, 再講 2. 重新計算, 再數; 清點

*recuerdo *m.* 1. 回憶, 記憶 2. 禮物, 紀念品 3. *pl.* 問候, 致意

recular *intr.* 1. 後退, 倒退 2. 退縮, 畏縮

reculones: a ~【口】倒退着, 後退地

recuperación *f.* 1. 復得, 收回; 恢復 2. 回收, (廢品的)重新利用 3. (健康、情緒等的)復原 4. 蘇醒

*recuperar I. *tr.* 1. 重新得到, 收回; 恢復 2. 回收, 重新利用(廢物) II. *r.* 1. (健康、情緒等)復原, 恢復原狀 2. 蘇醒

recurrente I. *a.* 1. 求助的; 藉助的 2.【法】上訴的 3.【解】返的, 回歸的 II. *s.* 1. 求助者 2.【法】上訴人

*recurrir *intr.* 1. 求助; 藉助; 使用 2.

【法】上訴

*recurso** m. 1. 求助; 藉助 2. 辦法, 措施, 手段 3. pl. 資源, 物力, 財力 4.【法】上訴 ◇ ~ de apelación 【法】上訴 / ~s económicos 生活資料 / último ~ 最後措施 / de ~s 善於解決難題的 (人)

recusación f. 拒絕, 不接受

recusar tr. 拒絕, 不接受

*rechazar** tr. 1. 推開; 排斥 2. 拒絕, 不接受 3. 擊退; 頂住 4. 否認, 否定 5. 抗, 防; 彈回, 使反彈

rechazo m. 1. 彈回, 反彈 2. 拒絕, 不接受 3.【醫】抗他體性 ◇ de ~ ①反彈地 ②【轉】間接地

rechifla f. 1. 噓聲, 喝倒彩聲 2.【口】嘲笑聲, 閧笑聲

rechiflar I. tr. 噓, 閧 II. r. 嘲笑

rechinamiento m. 1. 吱嘎聲 2. 勉強

rechinar intr. 1. 吱嘎作響 2. 勉強做

rechistar intr. 開口說話, 吱聲, 吭聲

rechoncho, cha a.【口】矮胖的, 短粗的

rechupete: de ~【口】極好的; 非常好

*red** f. 1. 網, 網具; 網狀物 2. 髮網 3. 漁網 4. (列車上的)行李網架 5.【轉】網絡; 分佈網, 供應系統 6.【轉】羅網, 圈套 ◇ ~ activa【電】有源網絡 / ~ de araña 蜘蛛網 / ~ pasiva【電】無源網絡 / ~ vasculosa 血管網 / caer en la ~ 中圈套, 中計 / coger en la ~ 使落入圈套, 使中計

*redacción** f. 1. 撰寫, 著作 2. 作文 3. 編輯部; 編輯部辦公室

*redactar** tr. 撰寫, 著作; 編寫

redactor, ra I. a. 撰寫的; 編寫的; 編輯的 II. s. 編輯; 撰稿人, 編者

redada f. 1. 撒網 2. 網 (量詞, 指一網捕撈到的魚) 3.【轉】一次捉到的人 (量詞)

redaño m. 1.【解】腸繫膜 2. pl.【轉, 口】魄力, 勇氣

redargüir tr. 1. 回敬 2.【法】駁回

redecilla f. 1. 髮網 2.【理】栅網 3. (反芻動物的)蜂巢胃

*rededor** m. 周圍, 附近 ◇ al (或 en) ~ 在周圍, 在附近

redención f. 1. 贖身 2. 贖回, 重新買回 3. 拯救, 解救 4.【宗】救世

redentor, ra I. a. 1. 贖身的 2. 贖回的, 重新買回的 3. 拯救的, 解救的 II. m. (大寫)【宗】救世主(指耶穌)

redicho, cha a. 說話咬文嚼字的

redil m. 畜欄, 牲口圈

redimir tr. 1. 使贖身 2. 贖回, 重新買回 3. 拯救, 解救; 使擺脫 4. 解除, 免除

redingote m. 一種長大衣

rédito m. 利潤, 利息

redituable; reditual a. 產生利潤的, 生利息的

redituar tr. 產生利潤, 生利息

redoblante m. 一種小鼓

redoblar I. tr. 1. 加倍; 加強 2. 使捲曲, 使彎曲 II. intr. 鼓點很密地敲

redoble m. 1. 加倍; 加強 2. 很密的鼓點

redoma f.【化】燒瓶

redomado, da a. 1. 狡詐的 2.【口】十足的, 地道的

redonda f. 1. 區, 地區 2. 牧場 3.【樂】全音符 4.【印】普通鉛字, 白正體鉛字 ◇ a la ~ 在周圍, 方圓

redondear I. tr. 1. 使成圓形 2. 弄齊 (衣服、裙子等)的底邊 3. 使成整數; 使去掉零頭 4. 使完整, 使完美 II. r. 1. 變圓; 發財致富 2. 償清債務

redondel m.【口】1. 圓形; 圓週, 圓圈 2. (鬥牛場內的)鬥牛場地

redondez f. 1. 圓; 圓形 2. 球面; 球面積 ◇ en toda la ~ de la Tierra 普天下, 在全世界

redondilla f. (韻律爲 abba 的)四行詩

*redondo, da** I. a. 1. 圓的; 球形的 2. 整的, 完整的 3. 圓滿的, 完美的 4. 世代相傳的 5. 明確的; 斷然的, 直截了當的 II. m. 1. 圓形物; 球形物 2.【轉, 口】

硬幣 ◇ en ～ ① 繞圈②明確地; 斷然

redorar *tr.* 重新鍍金; 重新塗上金色

*reducción *f.* **1.** 減少, 縮減; 縮小; 縮小物 **2.** 變成, 化爲 **3.** 兌換(錢幣等) **4.** 簡縮, 壓縮(內容、篇幅等) **5.** *Amér.* 皈依基督教的印第安人村落 **6.**【數】約分 **7.**【化】還原 **8.**【醫】復位 ◇ ～ al absurdo【邏】歸謬法

reducible *a.* **1.** 可減少的, 可縮減的; 可縮小的 **2.** 可簡縮的, 可壓縮的 **3.**【數】可約分的 **4.**【化】可還原的 **5.**【醫】可復位的

*reducir **I.** *tr.* **1.** 減少, 縮減, 使縮小 **2.** 使變成, 使化爲 **3.** 兌換(錢幣等) **4.** 簡縮, 壓縮(內容、篇幅等) **5.** 使局限於 **6.** 制伏, 降服; 使處於(某種狀況) **7.**【數】約分 **8.**【化】使還原 **9.**【醫】使復位 **II.** *r.* **1.** 緊縮開支 **2.** 只得(做), 只能(做) **3.** 只不過是

reducto *m.*【軍】棱堡, 多面堡

redundancia *f.* **1.** 過多, 過剩 **2.**(言語)累贅, 囉嗦

redundante *a.* **1.** 過多的, 過剩的 **2.**(言語)累贅的, 囉嗦的

redundar *intr.* **1.** 溢出, 漫溢 **2.** 結果是(有利, 有害)

reduplicar *tr.* **1.** 使加倍 **2.** 加緊; 加強 **3.** 重複, 重做

*reeditar *tr.*【印】重版, 再版

reedición *f.*【印】重版, 再版; 再版本

reedificar *tr.* **1.** 重建, 重修 **2.**【轉】恢復

reelección *f.* 再選; 再當選, 連任

reelegir *tr.* 再選; 使再當選

reembarcar *tr.* 重新裝貨上船; 使(人)重新上船

reembarque *m.* 重新裝貨上船; (人)重新上船

reembolsar **I.** *tr.* 歸還, 償付(債款) **II.** *r.* 收回, 討還(借出的錢款)

reembolso *m.* **1.** 歸還的錢款之償付 **2.** 討還借出的錢款 ◇ a (或 contra) ～ 以貨到付款方式(郵購)

*reemplazar *tr.* **1.** 更換, 取代 **2.** 接替, 代替

reemplazo *m.* **1.** 更換, 取代 **2.** 接替, 代替 **3.**(部隊定期的)兵員更新 **4.**(每年的)應徵新兵

reencuadernar *tr.* 重新裝訂

reenganchar **I.** *tr.* 再次徵募(兵員) **II.** *r.* **1.** 重新應徵入伍 **2.**【轉, 口】重新喜愛(某事物)

reenganche *m.* **1.**(兵員的)再次徵募 **2.** 重新應徵入伍金

reenviar *tr.*(把郵件等)退回原處, 改投

reexaminación *f.* **1.** 複查, 複審 **2.** 複試, 重考

reexpedir *tr.* 見 reenviar

reexportar *tr.*【商】再出口, 再輸出; 轉銷

refacción *f.* 僅够充飢的食物, 僅能恢復體力的飲食

refajo *m.* 粗布裙子; 粗布襯裙

refectorio *m.*(修道院、學校等的)飯廳, 食堂

*referencia *f.* **1.** 講述, 描述; 說法 **2.** 參見, 參閱 **3.** 關係, 關聯 **4.** *pl.*(對某人的品德、能力等的)情况介紹, 報告 ◇ con ～ a 關於 / hacer ～ a 說到, 提及

referéndum *m.* **1.** 公民投票 **2.**(外交代表發出給本國政府的)請示報告

referente *a.* 關於…的, 有關…的 ◇ ～ a 或 en lo ～ a 關於

*referir **I.** *tr.* **1.** 講述, 描述 **2.** 使參見, 使參閱(另一處文字) **3.** 使加以聯繫, 使有關聯 **4.** 認爲(某事)發生於(某一時間) **5.**(多用過去分詞形式)折合, 換算 **II.** *r.* **1.** 說到, 提及 **2.** 影射, 暗指 ◇ en(或 por) lo que se refiere a 關於

refilón : de ～①斜着, 從側面地②【轉】順路, 順便

refinación *f.* **1.** 精煉, 精製, 提純 **2.** 使完美, 使完善

refinado, da **I.** *a.* **1.** 精製的, 純淨的 **2.** 精緻的, 高雅的 **3.**【轉】極端的, 絕頂的 **II.** *m.* 精煉, 精製, 提純

refinamiento *m.* 1. 純淨 2. 精緻, 高雅 3. 細心, 精細 4. 暴虐 5. 精美的設施

*****refinar** I. *tr.* 1. 精煉, 精製, 提純 2. 使精美, 使完善 II. *r.* 變得高雅

refinería *f.* 1. 精煉廠 2. 製糖廠

refino, na I. *a.* 精煉的, 純淨的 II. *m.* 精煉, 精製, 提純

reflector, ra I. *a.* 反射的 II. *m.* 1. 探照燈, 聚光燈 2. 反射鏡 3.【天】反射望遠鏡

*****reflejar** I. *tr.* 1. 反射 2.【轉】反映; 表現 II. *r.* 映出, 顯現

*****reflejo** *m.* 1. 反射的 2. 生理反射的, 心理反射的 3.【轉】反射的, 思考的 4.【語法】自復的, 反身的(動詞) II. *m.* 1. 映像 2. (多用 *pl.*) 反光; 光澤 3.【轉】反映; 表現 4. 生理反射, 心理反射

*****reflexión** *f.* 1. 反射 2. 反省, 思考 3. 想法, 見解 4.【語法】自復, 反身

*****reflexionar** *intr.* 反省, 思考

*****reflexivo, va** *a.* 1. 反射的 2. 深思熟慮的 3.【語法】自復的, 反身的(動詞)

refluir *intr.* 倒流, 回流

*****reflujo** *m.* 退潮, 落潮

refocilar I. *tr.* 1. 使高興, 使快樂 2. 使幸災樂禍 II. *r.* 1. 享樂, 幸災樂禍

*****reforma** *f.* 1. 改良, 改革, 革新 2. 改組 3. 修改, 修正 4. 重修, 重建 5. (大寫)【宗】宗教改革運動

*****reformar** I. *tr.* 1. 改良, 改革, 革新 2. 改組 3. 修改, 修正 4. 重修, 重建 5. 消除, 革除(弊病等) II. *r.* 1. 改正, 糾正; 改過 2. 克制, 節制

reformatorio, ria I. *a.* 1. 改良的, 改革的, 革新的 2. 改造的, 使改過自新的 II. *m.* 教養院

reformismo *m.* 改良主義

reformista I. *a.* 改良主義的 II. *s.* 改良主義者, 改良派

*****reforzar** *tr.* 1. 增強, 加固 2. 增加, 加大 3.【轉】激勵, 使奮發, 使堅定 4.【攝】加厚

refracción *f.*【理】折射 ◇ doble ～ 雙折射

refractar *tr.*【理】使折射

refractario, ria *a.* 1. 耐火的, 耐高溫的 2. 反對的, 對立的 3. 固執的 4. 接受能力差的 5. 有抗病力的 6. 拒不履行(義務等)的

*****refrán** *m.* 諺語

*****refrangible** *a.*【理】可折射的

refregar *tr.* 1. 踏, 摩擦 2.【轉, 口】當面數落, 當面指責

refreír *tr.* 1. 再煎, 再油炸 2. 煎炸過火

refrenar *tr.* 1. 勒住(馬) 2.【轉】控制, 扼制; 克制

refrendar *tr.* 副署, 會簽(文件等)

*****refrescar** I. *tr.* 1. 使涼, 使冷卻 2.【轉】使記起, 使回憶 3.【轉】溫習, 複習 II. *intr.* 1. (天氣)變涼爽 2. 乘涼, 納涼 3.【轉】吃冷飲 4.【轉】重新奮發, 振作 III. *r.* 1. 乘涼, 納涼 2. 吃冷飲

refresco *m.* 1. 冷飲, 冷食 2. 冷餐會

refriega *f.* 1. 小規模戰鬥 2. 爭吵, 吵架

refrigeración *f.* 1. 冷却, 冷凍; 製冷 2. 小吃, 點心

refrigerador, ra I. *a.* 冷却的, 冷凍的, 製冷的 II. *s.* 1. 冰箱; 冷藏設施 2. 製冷機, 冷氣設備

refrigerante I. *a.* 1. 冷却的, 冷凍的, 製冷的 2. 使清涼的, 解熱的 II. *m.* 1. 冷却器 2. 製冷劑 3. 清涼劑

refrigerar I. *tr.* 1. 使冷却, 使降溫 2. 製冷的, 使冷凍, 冷藏 II. *r.* (休息、吃點心)恢復體力

refrigerio *m.* 1. 涼爽, 清涼 2. 點心, 小吃

refringente *a.*【理】能折射的

refringir *tr.-r.*【理】折射

*****refuerzo** *m.* 1. 增強, 加固 2. 加固物 3.【攝】加厚 4.【轉】增援, 幫助

refugiado, da I. *a.* 避難的, 流亡的 II. *s.* 避難者, 難民, 流亡者

*****refugiar** I. *tr.* 庇護, 給予避難 II. *r.* 躲避; 避難, 流亡

*refugio *m.* 1. 庇護 2. 庇護所；避難所；藏身處 3. (乞丐等的)夜間收容所 4. 濟貧會 5.【轉】靠山，庇護人 ◇ ~ alpino 登山營地 / ~ antiaéreo 防空洞

refulgencia *f.* 光亮，光輝

refulgente *a.* 光亮的，光輝的，燦爛的

refundición *f.* 1. 重新冶煉；重新鑄造 2.【轉】(戲劇等文學作品的)改編本，改寫本

refundir *tr.* 1. 重新冶煉；重新鑄造 2.【轉】改編，改寫(戲劇等文學作品)

*refunfuñar *intr.* 嘟嘟囔囔地埋怨，小聲地發牢騷

refutación *f.* 1. 反駁，駁斥 2. 反駁的言詞

refutar *tr.* 反駁，駁斥

regadera *f.* 噴壺，澆水器具 ◇ estar como una ~ 發瘋

*regadío, a *a.*①可灌溉的，可澆水的 II. *m.* ◇de ~ ①灌溉的，水澆的 (田地) ②水澆地的(作物)

regalado, da *a.* 1. 愜意的，安逸的 2.【口】極便宜的

*regalar I. *tr.* 1. 送給，贈與 2. 款待，招待 II. *r.* 享樂，過安逸生活

regalía *f.* 1. 君王特權 2.【轉】特權 3. *pl.*【轉】(工資外的)津貼

regaliz *m.*【植】甘草

*regalo *m.* 1. 禮物，贈品 2. 享受，樂事 3. 愜意，安逸

regalón, ona I. *a.* 貪圖安逸的，愛享樂的；嬌生慣養的 II. *s.* 貪圖生活安逸的人，愛享樂的人

regañadientes: a ~ 不樂意地，勉強地

regañado, da *a.* 不和的，懷敵意的

regañar I. *intr.* 1. (狗)哼哼 2. 抱怨，發牢騷 3. 爭吵，不和；決裂 4. (果實成熟後)綻裂 II. *tr.* 斥責，責罵 III. *r.* 吵翻，不和

regaño *m.* 1. 斥責，責罵 2. 生氣的表情，惱怒的言詞

regañón, ona I. *a.* 好抱怨的，愛罵人的 II. *s.* 好埋怨的人，愛罵人的人

*regar *tr.* 1. 澆水，灌溉 2. 在(某處)灑水 3. 沖洗，打濕 4. (河流)流過(某地區) 5. 撒佈，使散落

regata¹ *f.* 灌溉毛渠

regata² *f.* 划船比賽

regate *m.* 1. 躲閃，閃避 2.【轉】脫身的花招；遁詞

*regatear I. *tr.* 1. 講價，討價還價 2. (多用於否定句)吝惜，捨不得給 3. 貶低 II. *intr.* 1. 躲閃，閃避 2. 划船比賽

regateo *m.* 1. 講價，討價還價 2.【轉】藉口，遁詞

regatón¹ *m.* (手杖、標槍等頂端的)金屬包頭

regatón, ona² *a.-s.* 喜歡討價還價的；喜歡討價還價的人

regazo *m.* 1. (提起裙子底邊形成的)裙兜 2. (人坐着時)下腰到膝蓋的部分，大腿前部；懷抱 3.【轉】庇護所；慰藉

regencia *f.* 1. 統治，治理；管理 2. 攝政；攝政時期；攝政府；攝政者的職權

regeneración *f.* 1. 再生，更生 2.【轉】獲得新生，改邪歸正

regenerar *tr.* 1. 使再生，使更生 2.【轉】使獲新生，使改邪歸正

regentar *tr.* 臨時擔任(某職務)，代理

regente I. *a.* 1. 統治的，治理的；管理的 2. 攝政的 II. *s.* 1. 統治者；管理人 2. 攝政者

regicida *a.-s.* 弒君的；弒君者

regicidio *m.* 弒君罪

regidor, ra I. *a.* 統治的；管理的 II. *m.* 1. 管理人 2. 市鎮會議成員

*régimen (*pl.* regímenes) *m.* 1. 規章制度，規定 2. 政權，政體；社會制度 3.【醫】規定的飲食，忌口 4. 規律，規則 5.【語法】搭配

*regimiento *m.*【軍】團

regio, gia *a.* 1. 國王的；王室的 2. 豪華的，雄偉的

*región *f.* 1. 地區，區域 2. 行政區 3.【解】部位，部

regional *a.* 地區的，區域性的，地方的

*regir I. *tr.* 1. 統治, 治理; 管理 2. 支配, 指導 3.【語法】限定, 要求 II. *intr.* 1. 實行, 有效力 2. (機械等)機能正常 3. 精神正常 III. *r.* 遵循

registrador, ra I. *a.* 記錄的, 登記的 II. *m.* 登記員

*registrar I. *tr.* 1. 登記, 註冊 2. 記錄; 錄製 3. 檢查, 搜查 4. (儀器等)測到, 標出 II. *r.* 1. 登記, 註冊 2. 發生, 出現

*registro *m.* 1. 登記, 註冊 2. 記錄 3. 登記簿, 註冊簿; 清單, 登記表 4. 登記處, 註冊處 5. 檢查, 搜查 6. 書簽 7. (鐘錶等的)校準器; 調節器 ◇ ～ civil 戶籍簿; 戶籍登記處 / tocar todos los ～s 千方百計

*regla *f.* 1. 尺 2. 規則, 規定, 紀律 3. 規律; 成規 4.【宗】教規 5.【生理】月經 6.【數】法則 ◇ ～ de cálculo 計算尺 / en ～ 適當地; 井井有條 / por ～ general 通常, 一般說來

reglamentario, ria *a.* 按規定的, 照章辦的

reglamento *m.*【集】規則, 章程, 制度

reglar I. *tr.* 1. 用尺劃直線 2. 使遵守規章 II. *r.* 遵循, 恪守

regleta *f.*【印】(插在行間的)鉛條

regnícola *a.* 該國的

regocijar I. *tr.* 使高興, 使快樂 II. *r.* 1. 快樂, 高興 2. 幸災樂禍

*regocijo *m.* 1. 高興, 快樂 2. 幸災樂禍 3. *pl.* 聯歡會, 慶祝活動

regodearse *r.* 1. 高興, 快樂, 開心 2. 幸災樂禍

regodeo *m.* 1. 高興, 快樂, 開心 2. 幸災樂禍

regoldar *intr.* 打嗝

regolfarse *r.* 1. (水)形成滯留 2. 回流, 倒流

regordete, ta *a.*【口】矮胖的, 粗短的

*regresar *intr.* 回去, 回來, 返回

regresión *f.* 後退; 退却; 退讓

*regreso *m.* 回去, 回來, 返回

regüeldo *m.*【口】嗝, 呃逆

reguera *f.* 灌溉毛渠, 引水溝

reguero *m.* 1. 灌溉毛渠, 引水溝 2. 細流 3. (瓶子、袋子裏灑出的東西的)溜兒, 道兒 ◇ como un ～ de pólvora 迅速地

regulador I. *a.* 調整的, 調節的; 校準的 II. *m.* 1.【技】調節裝置; 校準器 2.【樂】漸強符號, 漸弱符號

*regular[1] I. *a.* 1. 有規律的, 規則的 2. 均匀的; 整齊的; 按時的 3. 適中的, 不過分的 4. 一般的, 平常的; 不大不小的, 不好不壞的 5.【數】等邊的, 正則的 6.【語法】規則的 7.【軍】正規的 II. *ad.* 一般, 不太好 ◇ por lo ～ 通常, 一般

*regular[2] *tr.* 1. 調整, 調節; 校準 2. 控制, 管理

regularidad *f.* 1. 規律性, 規則性 2. 均匀, 整齊 3. 準時, 按時 4. 一般性, 平常 5. 嚴格遵守

regularizar *tr.* 1. 使有規律, 使符合規定 2. 調整, 整頓

régulo *m.* 1. (小國的)君主, 統治者 2.【動】戴菊(鳥)

regurgitación *f.* 1. 反胃, 翻胃 2.【醫】(體液)回流, 反流

regurgitar *intr.* 1. 反胃, 翻胃 2.【醫】(體液)回流, 反流

regusto *m.* 回味, 餘味

rehabilitar *tr.* 1. 恢復, 使恢復原 2. 給予平反, 使恢復名譽

*rehacer I. *tr.* 1. 重做, 再做 2. 重建; 修復 II. *r.* 1. 恢復體力; 振作精神 2.【轉】鎮静下來

rehecho, cha *a.* 1. 重做的 2. 壯實的

rehén *m.* 1. 人質 2. 抵押品

rehenchir *tr.* 填滿, 塞滿; 使充滿

rehilar *intr.* 1. 顫抖, 哆嗦 2. (箭等)嗖嗖飛過

rehilete *m.* 1. 羽毛球, 羽毛球運動 2. 羽箭(玩具) 3.【鬥牛】短扎槍

rehogar *tr.* 油燜

rehuir *tr.* 1. 躲避, 迴避 2. 討厭, 厭惡

rehundir *tr.* 使凹陷; 使更深

rehusar *tr.* 1. 推辭, 不接受 2. 拒絕, 不給予

reimportar *tr.* 再輸入, 再進口

reimpresión *f.* 1. 再版; 重印 2.【集】再版書; 重印書

reimprimir *tr.* 再版; 重印

*****reina** *f.* 1. 皇后, 王后 2. 女皇, 女王 3. (蜜蜂等昆蟲的)王 4. (國際象棋的)王后 5. (地位、相貌等)出眾的女人 ◇ ~ luisa【植】百日草 / ~ mora (兒童遊戲)跳房子

reinado *m.* 1. 王朝, 朝代 2.【轉】支配地位, 優勢地位 3.【轉】盛行, 普遍

reinar *intr.* 1. (君王)統治 2.【轉】支配, 佔優勢 3.【轉】盛行, 普遍

reincidencia *f.* 再犯, 重犯

reincidir *intr.* 1. 再犯, 重犯 2. (舊病)復發

reincorporar *tr.-r.* 1. 重新併入 2. 重新加入, 重新參加

reingresar *intr.* 重新加入, 重新參加

*****reino** *m.* 1. 王國 2.【轉】領域, 範疇 3.【博物】界 ◇ ~ de Dios 天堂 / ~ de los cielos 天國; 天 / Reino Unido 聯合王國, 英國

reinstalar *tr.* 重新安裝, 重新設置

reintegrar I. *tr.* 1. 使重新完整 2. 使恢復, 使復原 3. 歸還; 補償, 賠償 4. (在文件上)貼印花稅票 II. *r.* 1. 重新加入, 重新參加 2. 重返, 回到 3. 收回(錢款)

reintegro *m.* 1. 重新完整 2. 歸還, 補償 3. 應貼的印花稅額

*****reír** I. *intr.* 1. 笑 2. 嘲笑, 譏笑 II. *tr.* 對…發笑 III. *r.*【口】破裂, 綻開

reiteración *f.* 重申, 重複表明

*****reiterar** *tr.* 重申, 重複表明

*****reivindicación** *f.* 1. 收復, 重新得到(權利等) 2. 要求(收回權利) 3. 恢復(名譽)

reivindicar *tr.* 1. 收復, 重新得到(權利等) 2. 要求(收回權利) 3. 恢復…的名譽

*****reja**¹ *f.* 1.【農】犁鏵 2.【轉】犁地

*****reja**² *f.* 鐵柵欄 ◇ entre ~s 坐牢的, 被囚的

rejalgar *m.*【礦】雄黃

rejilla *f.* 1. (金屬等的)柵, 箅 2. (門、窗的)柵欄 3. (藤條等編的)椅座, 椅背 4. (列車的)行李網架 5.【電】柵極 ◇ de ~ 藤編的

rejo *m.* 1. 尖刺, 鐵刺 2. (昆蟲的)刺

rejón *m.* 1. 矛 2.【鬥牛】扎槍

rejonear *tr.*【鬥牛】用扎槍刺(牛)

rejuvenecer *tr.* 使年輕, 使恢復青春活力 2.【轉】使煥然一新

rejuvenecimiento *m.* 1. 變年輕, 恢復青春活力 2.【轉】煥然一新

*****relación** *f.* 1. 關係 2. 來往, 交往 3. 叙述, 講述 4. 名單 5. (常用 *pl.*) 熟人; 朋友 6. *pl.* 愛情關係 ◇ con ~ a 或 en ~ con 關於, 對於

relacionar I. *tr.* 1. 使有聯繫; 使有關係 2. 叙述, 講述 II. *r.* 1. 有聯繫; 有關係 2. 結交, 結識 ◇ en lo que se relaciona con 關於, 對於

relajación *f.* 1. 放鬆, 鬆弛 2. 鬆懈, 疲塌 3. 輕鬆 4. 緩和, 放寬 5. 放蕩

relajar I. *tr.* 1. 放鬆, 使鬆弛 2. 使鬆懈, 使疲塌 3. 使輕鬆 4. 放寬, 使緩和 II. *r.* 1. 放鬆, 鬆弛 2. 放蕩

relamer I. *tr.* 舔了又舔 II. *r.* 1. 舔, 舔嘴唇 2.【轉】喜歡; 得意 3. 臉刮得很光

relamido, da *a.* 1. 臉刮得光光的 2. 極光潔的

*****relámpago** *m.* 1. 閃電 2. 閃光 3.【轉】閃電似的事物, 一閃即逝的東西

relampaguear *intr.* 1. 打閃, 閃電 2. 閃閃發光

relampagueo *m.* 1. 打閃, 閃電 2. 閃閃發光

relapso, sa *a.-s.* 重犯舊罪的, 故態復萌的; 重犯舊罪的人, 故態復萌的人

*****relatar** *tr.* 1. 叙述, 講述 2.【法】陳述案情

relatividad *f.* 1. 相對性 2. (大寫)【理】相對論

*relativo, va I. a. 1. 相對的，比較而言的 2. 有限的，不大的 3. 一定程度的 4. 與…有關的，有關…的 5.【語法】關係的 II. m.【語法】關係詞 ◇ en lo ~ a 關於，對於

*relato m. 1. 叙述，講述 2. 故事

relator, ra I. a.-s. 叙述的，講述的；叙述者，講述的人 II. m.【法】(高等法院的) 書記

relatoría f.【法】1. (高等法院的) 書記職務 2. (高等法院的) 書記辦公室

relé m.【電】繼電器

releer tr. 重新閱讀

relegación f. 1. 放逐，流放 2.【轉】棄置一旁，置之不理

relegar tr. 1. 放逐，流放 2.【轉】把…棄置一旁，對…置之不理

relente m. 晚間的潮氣，夜露

relevación f. 1. 減免，免除(義務等) 2.【法】豁免

relevante a. 突出的，傑出的，重要的

relevar I. tr. 1. 減免，免除(義務等) 2. 解除(職務) 3. 接替，取代 4.【軍】換崗；換防 II. r. 輪班，輪換

relevo m. 1. 接替，取代 2.【軍】換崗；換防

relicario m. 1. 聖骨盒，聖骨箱；聖骨堂，聖物堂 2. (珍藏頭髮等紀念品的) 珍品盒，圓形頸飾

relieve m. 1. 突起部分 2.【美】浮雕；浮雕品 3.【轉】名望，地位 4. pl. 殘羹剩飯 ◇ dar ~ a 突出，重視 / poner de ~ 強調

*religión f. 1. 宗教 2. 教會，教派 3.【轉，口】信仰，信念 ◇ ~ budista 佛教 / ~ católica 天主教 / ~ cristiana 基督教 / ~ mahometana 伊斯蘭教 / entrar en ~ 出家，修道

religiosamente ad. 1. 按宗教方式地 2. 虔誠地 3. 嚴格地，認真地

religiosidad f. 1. 信教，虔誠 2. 嚴格，認真

*religioso, sa I. a. 1. 宗教的 2. 信教

的，虔誠的 3. 出家的，修道的 4. 嚴格的，認真的 II. s. 教徒；修道士，修女

relinchar intr. (馬) 嘶鳴

relincho m. 1. 馬嘶聲 2.【轉】歡聲

relinga f.【海】帆邊繩

reliquia f. 1.【宗】聖骨，聖物 2. (常用 pl.) 遺迹 3.【醫】後遺症

*reloj m. 鐘，錶 ◇ ~ de agua 漏壺 / ~ de arena 沙時計 / ~ de bolsillo 懷錶 / ~ de pulsera 手錶 / ~ de sol 日晷 / ~ despertador 鬧鐘

relojera f. 錶盒

*relojería f. 1. 鐘錶業 2. 鐘錶廠 3. 鐘錶店

*relojero, ra s. 1. 鐘錶工人 2. 鐘錶商

reluciente a. 1. 發光的，閃亮的 2. 容光煥發的

*relucir intr. 1. 發光，閃亮 2. 出衆，突出

relumbrar intr. 閃亮，光芒四射

relumbre m. 光輝，光亮，光芒

relumbrón m. 1. 閃光，光亮 2. 浮華 ◇ de ~ 虚有其表的

rellano m. 1. 樓梯平台 2. 山坡間的平地

rellenar I. tr. 1. 再裝滿，重新填滿 2. 填餡 3. 填補，補足 4. 填寫 5. 使吃飽 II. r. 1. 填補，補足 2. 飽餐

relleno, na I. a. 非常滿的，充滿的 II. m. 1. 再裝滿，重新填滿 2. 填補，補足 3. 餡 4. 填充物

remachar tr. 1. (把釘子) 釘牢 2. (把已釘上的釘子尖) 敲彎 3. 鎖結實，鉚接 4.【轉】强調，叮嚀

remache m. 1. 釘牢 2. 鉚接 3. 鉚釘

remanente I. a. 剩餘的，殘存的 II. m. 剩餘物，殘存物

remansarse r. (水流等) 滯流

remanso m. 1. (水流等的) 滯流，滯流處，滯流處的平静水面

*remar intr. 1. 划船 2.【轉】苦幹，受累

rematadamente ad. (用在貶義形容詞之前) 極其，非常

rematar **I.** *tr.* **1.** 殺死, 結果 **2.** 最後完成, 收尾, 結束 **3.** (縫活)打結, 收束 **4.** (拍賣時)拍板, 成交 **II.** *intr.* **1.** 以…結束, 末端為 **2.** 【體】(足球)射門

remate *m.* **1.** 結束, 終止; 末尾 **2.** (建築物)頂部, 尖頂 **3.** (拍賣時的)拍板; 成交價格 **4.** 【體】(足球)的射門 ◇ dar ～ a 結束, 完成 / de ～ 極端, 十足 / para ～ 更有甚者 / por ～ 終於, 最後

remedar *tr.* 模仿, 仿傚

remediar *tr.* **1.** 補救, 挽回 **2.** 救助, 解救 **3.** 避免; 制止

*****remedio** *m.* **1.** 補救, 挽回; 補救措施, 挽回辦法 **2.** 治療法; 藥物, 藥方 **3.** 救助, 安慰 ◇ ～ heroico ①(醫生在非常情況下用的)烈性藥物②特殊措施 / no haber ～ 沒有辦法 / no haber (或 tener) más (或 otro) ～ que 只得, 不得不 / no tener ～ *algo* (某事)不可避免 / no tener ～ *uno* (某人)不可救藥 / poner ～ *a algo* 制止(某事) / sin ～ ①不可避免地, 必然地②不可救藥地

remedo *m.* **1.** 模仿, 仿傚 **2.** 仿製品

remembranza *f.* 回憶, 回想

rememorar *tr.* 回憶, 回想

*****remendar** *tr.* **1.** 修理, 修補, 補綴 **2.** 修正, 改正

remendón, ona *a.-s.* 修理的, 修補的; 修理工人, 修補工人

remero, ra *s.* 划船的人, 划船工.

remesa *f.* **1.** 寄送, 發送 **2.** 批(量詞, 指一次發送的物品或商品)

remesar *tr.* 寄送, 發送(貨, 款等)

remeter *tr.* **1.** 重新放進 **2.** 塞進, 挿入

remiendo *m.* **1.** 修理, 修補 **2.** 補釘 **3.** 【轉】附加物, 補充物 ◇ a ～s 斷斷續續地

remilgado, da *a.* 裝模作樣的; 故作正經的

remilgarse *r.* 裝模作樣; 故作正經

remilgo *m.* 裝模作樣; 故作正經

reminiscencia *f.* **1.** 模糊的記憶 **2.**

(文藝作品的)影響, 遺風

remirado, da *a.* **1.** 謹慎的 **2.** 裝模作樣的

remisión *f.* **1.** 寄送, 發送 **2.** 參閱, 參見 **3.** 推遲, 延緩 **4.** 寬恕, 原諒 **5.** (病勢)減輕; (熱度)減退

remiso, sa *a.* **1.** 不順從的, 不聽調遣的 **2.** 懶散的, 懈怠的

remitente **I.** *a.* 寄信的, 寄件的 **II.** *s.* 寄信人, 寄件人 **III.** *m.* (郵件上)寄件人的姓名、地址

remitido *m.* (登在報刊上的)啓事

*****remitir** **I.** *tr.* **1.** 寄送, 發送 **2.** 參閱, 參見 **3.** 推遲, 延緩 **4.** 寬恕, 原諒 **II.** *intr.* (病勢)減輕; (熱度)減退 **III.** *r.* 服從, 遵循

*****remo** *m.* **1.** 槳, 櫓 **2.** (人或動物的)四肢 **3.** (古代的)划船苦役 ◇ a ～ 划着槳 / a ～ y vela 【轉】急忙, 迅速地

remoción *f.* **1.** 移動; 翻動 **2.** (障礙的)清除; 排除 **3.** (腫瘤的)切除 **4.** 撤職; 解雇

remojar *tr.* **1.** 浸泡, 漚, 漬 **2.** 使濕透 **3.** 【轉】飲酒慶賀

remojo *m.* **1.** 浸泡, 漚, 漬 **2.** 濕透 ◇ a ～ 浸泡, 漚

*****remolacha** *f.* 【植】甜菜, 糖蘿蔔

remolcador, ra **I.** *a.* 拖曳的, 牽引的 **II.** *m.* 拖輪

*****remolcar** *tr.* **1.** 拖曳, 牽引 **2.** 【轉】强把…拖入

remolinear **I.** *tr.* 使旋轉, 使成漩渦 **II.** *intr.* **1.** 形成漩渦 **2.** 擠作一團

*****remolino** *m.* **1.** 旋風 **2.** 漩渦 **3.** 蓬亂的鬢髮 **4.** 雜亂的人羣 **5.** 【轉】混亂

remolón, ona *a.-s.* 偷懶的; 懶漢

remolonear *intr.-r.* 偷懶

remolque *m.* **1.** 拖曳, 牽引 **2.** 拖繩, 牽引索 **3.** 牽引車; 拖輪 ◇ a ～ ①拖着②【轉】被迫地

remonta *f.* **1.** 【軍】軍馬的飼養、繁殖、買賣 **2.** 軍馬場

remontar **I.** *tr.* **1.** 織補(襪子) **2.** 使高

飛, 使升起 **3.** 給(部隊等)補充軍馬 **4.** 逆…而上 **5.** 克服 **6.** 走上, 登上 II. r. **1.** (鳥等)起飛, 升起 **2.** (數字, 錢數等)達到, 高達 **3.** 追溯, 上溯

remoquete *m.* **1.** 拳打, 毆打 **2.** 外號, 綽號

rémora *f.* 【動】鮣魚 **2.** 【轉】障礙, 絆脚石

remorder I. *tr.* **1.** 堅持不懈地咬, 反覆啃咬 **2.** (只用第三人稱)使負疚, 使懊悔 II. r. (因妒忌, 自卑等)心煩, 焦躁不安

*****remordimiento** *m.* (常用 *pl.*) 負疚, 懊悔

remoto, ta *a.* **1.** 久遠的(時間), 遙遠的(地點) **2.** 【轉】不大可能的

remover *tr.* **1.** 移動, 翻動 **2.** 清除, 排除(障礙等) **3.** 切除(腫瘤) **4.** 撤職, 解雇

remozar I. *tr.* **1.** 使變年輕, 使煥發青春活力 **2.** 【轉】更新, 使煥然一新 II. r. 變年輕, 煥發青春活力

remuda *f.* **1.** 更換 **2.** 換洗的衣服

remudar *tr.* 更換 II. r. 換内衣

*****remuneración** *f.* 報酬, 酬勞; 酬金

remunerador, ra I. *a.* 有報酬的, 給報酬的 II. *s.* 付酬者

*****remunerar** *tr.* 給報酬, 酬勞; 付酬金

renacer *intr.* **1.** 重新生長 **2.** 【轉】重獲活力; 獲得新生

*****renacimiento** *m.* **1.** 再生, 新生; 復興 **2.** (大寫) (歐洲的) 文藝復興; 文藝復興時期

renacuajo *m.* 【動】**1.** 蝌蚪 **2.** (兩棲動物的)幼蟲

renal *a.* 腎臟的, 腎的

rencilla *f.* **1.** 口角, 吵架 **2.** *pl.* 爭論

renco, ca *a.-s.* (因胯部受傷) 跛的, 瘸的; 跛子, 瘸子

*****rencor** *m.* 怨恨, 仇怨

*****rencoroso, sa** *a.* 怨恨的, 心懷仇怨的

rendición *f.* 投降, 屈服

*****rendido, da** *a.* **1.** 順從的, 悦服的 **2.**

疲憊的, 困頓的

rendija *f.* 裂縫, 縫隙

*****rendimiento** *m.* **1.** 效率, 功效; 生産能力 **2.** 收穫, 收益 **3.** 疲憊, 困頓 **4.** 降服, 恭順

rendir I. *tr.* **1.** 戰勝, 擊敗, 征服 **2.** 使順從, 使屈服 **3.** 歸還, 交還 **4.** 産生(成果, 利益等) II. r. **1.** 投降 **2.** 順從, 屈服 **3.** 疲憊, 困頓

renegado, da *a.* 背叛的, 背棄信仰的

renegar I. *tr.* **1.** 斷然否認 **2.** 詛咒, 咒罵 II. *intr.* **1.** 背叛, 背棄(信仰) **2.** 詛咒, 咒罵 **3.** 抱怨, 發牢騷

rengífero *m.* 見 reno

renglón *m.* **1.** (文字的)行 **2.** *pl.* 【轉, 口】文章

renglonadura *f.* 【集】(紙上的) 線格, 橫格線

reniego *m.* **1.** 詛咒, 咒罵 **2.** 怨言, 牢騷

reno *m.* 【動】馴鹿

renombrado, da *a.* 著名的, 聞名的, 有名望的

*****renombre** *m.* **1.** 外號, 綽號 **2.** 名聲, 名望

renovación *f.* **1.** 獲得新生, 再現; 恢復 **2.** 重新開始, 繼續進行 **3.** 更換, 更新

*****renovar** *tr.* **1.** 使獲新生, 使再現; 使恢復 **2.** 重新開始, 繼續進行 **3.** 更換, 更新

renquear *intr.* **1.** 跛行 **2.** 【轉】勉强活着

*****renta** *f.* **1.** 年金; 年收入 **2.** 租金 **3.** 公債; 公債券

rentar *tr.* 盈利, 生息

rentero, ra I. *a.* 納稅的 II. *s.* 佃農, 佃户

rentista *s.* **1.** 領年金者 **2.** 食利者 **3.** 持有公債券的人

renuencia *f.* 不順從, 勉强

renuente *a.* **1.** 不順從的, 勉强…的 **2.** 難操縱的, 難加工的

renuevo *m.* **1.** 嫩枝, 新芽 **2.** 更換, 更新

renuncia *f.* 1. 放棄, 拋棄 2. 辭職 3. 辭職書, 辭呈

renunciación *f.* ; **renunciamiento** *m.* 1. 放棄, 拋棄 2. 辭職

renunciar *tr.* 1. 放棄, 拋棄 2. 辭職, 辭去 3. 拒絕 4. 【牌戲】拒不跟出(同花牌)

renuncio *m.* 1. 【口】謊話, 漏洞 2. 【牌戲】拒不跟出(同花牌)

reñidero *m.* 鬥獸場

reñido, da *a.* 1. 吵翻的, 不和的 2. 對立的, 相抵觸的 3. 激烈的

reñidor, ra *a.* 1. 好爭吵的 2. 愛責罵人的

reñir I. *intr.* 1. 吵架, 打架 2. 不和, 吵翻 II. *tr.* 1. 【口】斥責, 責罵 2. 進行, 展開(戰鬥等)

reo¹ *s.* 1. 罪犯 2. 【法】被告

reo² *m.* 【動】鱒魚

reo, a³ *a.* 有罪的, 犯罪的

reojo : mirar de ~ ①斜着眼睛看②敵視

reorganización *f.* 重新組織, 改組

reorganizar *tr.* 重新組織, 改組

reóstato *m.* 【電】變阻器

repanchigarse; repantigarse *r.* 四肢舒展地坐着, 懶洋洋地坐着

reparación *f.* 1. 修理, 修補 2. 彌補, 補償, 挽回 3. 賠罪, 賠禮

reparar I. *tr.* 1. 修理, 修補 2. 彌補, 補償, 挽回 3. 恢復(體力等) II. *intr.* 1. 考慮 2. 發覺, 想起; 注意到 III. *r.* 1. 停止, 中止 2. 克制

reparo *m.* 1. 修理, 修補 2. 防護物 3. 顧忌, 疑慮 4. 指責, 異議 5. 藥方; 藥物

reparón, ona *a.-s.* 【口】好挑剔的; 好挑剔的人

repartición *f.* 1. 分, 分開 2. 分配 3. 分發, 分攤

repartidor, ra *a.-s.* 分發…的, 送…的; 送貨員, 送…的人

repartimiento *m.* 1. 分, 分開 2. 分配, 分發; 分攤 3. (捐稅等分攤的)份額 4. 分配單

*repartir *tr.* 1. 分, 分開 2. 分配, 分發; 分攤

*reparto *m.* 1. 分, 分開 2. 分送, 分發 3. (戲劇、電影的)演員表; 角色分配

*repasar *tr.* 1. 重新經過; 反覆通過 2. 溫習, 重溫 3. 重新講解(課文等) 4. 瀏覽 5. 重新檢查; 復核 6. 改縫; 縫補(衣服)

repaso *m.* 1. 重新經過; 反覆通過 2. 溫習, 復習 3. 重新檢查; 復核 4. 瀏覽 5. 改縫; 縫補(衣服)

repatriación *f.* 遣送回國; 重歸祖國

repatriar I. *tr.* 遣送回國, 遣返 II. *r.* 重歸祖國

repecho *m.* 陡坡 ◇ a ~ 上陡坡

repelar *tr.* 揪, 扯(毛髮)

repelente *a.* 1. 擋回的; 推開的; 擊退的 2. 【轉】令人厭惡的, 使人反感的

repeler *tr.* 1. 擋回; 推開; 擊退 2. 排斥; 拒絕 3. 【轉】令人厭惡, 使反感 II. *r.* 與…不相容

repelo *m.* 1. 逆毛, 餓着毛 2. 【轉】厭惡, 反感

repelón *m.* 揪, 扯(毛髮) ◇ de ~ 忽忙地; 輕率地

*repente *m.* 突然的動作 ◇ de ~ 突然地

*repentino, na *a.* 突然的, 驟然的

repentista *s.* 即興演奏或演唱者; 即興賦詩的人; 臨時做…的人

repentizar *tr.* 即興演奏或演唱; 即興賦詩; 臨時做…

repercusión *f.* 1. 反射, 回響 2. 反響, 影響

repercutir *intr.* 1. 反彈; 回響 2. 影響, 起作用

repertorio *m.* 1. 索引, 目錄 2. 彙編 3. (戲劇、音樂的)保留節目

repesar *tr.* 重新稱量, 再稱

repeso *m.* 重新稱量, 再稱

*repetición *f.* 1. 重說, 重申 2. 重做, 重複 3. 仿傚, 模仿 ◇ de ~ 自動反覆

的

*repetir I. tr. 1. 重說, 重申 2. 重做, 重複 3. 仿傚, 模仿 II. intr. 1. 再吃, 再喝 2. (食物)留下味道 III. r. 重複, 再現

repicar tr. 連續敲(鐘)

repintar tr. 1. 重畫 2. 重新油漆, 再粉刷

repique m. 連續敲(鐘)

repiquetear tr. 連續猛敲(鐘); 急速地敲擊

repiqueteo m. 連續猛敲(鐘); 急速地敲擊

repisa f. 1. 【建】托座, 隅撐 2. 擱板, 托架

replantar tr. 1. 改種 2. 移栽

replantear tr. 1. 重提(問題) 2. 【建】現場設計

replateo m. 1. (問題 等 的) 重提 2. 【建】現場設計

replegar I. tr. 多次摺疊 II. r. 【軍】(軍隊)撤退, 轉移

*repleto, ta a. 1. 裝滿的, 充滿的 2. 吃飽的 3. 肥胖的

*réplica f. 1. 回答, 答覆 2. 反駁; 答辯詞 3.【美】複製品, 摹本

*replicar intr. 1. 回答, 答覆 2. 反駁; 答辯

replicón, ona a. 愛反駁的, 好爭辯的

repliegue m. 1. 褶子; 皺摺 2.【軍】(軍隊)的撤退, 轉移

repoblación f. 1. 重新居住, 移民 2. 植樹, 造林 3.【植】植被 ◇ ~ forestal 造林

repoblar tr. 1. 使人重新居住, 使移民 2. 植樹, 造林

repollo m. 1. 捲心菜, 圓白菜 2. (圓白菜等的)球狀菜心, 捲心

repolludo, da a. 1. 有球狀菜心的, 捲心的 2.【轉】矮胖的

*reponer I. tr. 1. 放回, 使回歸原處 2. (戲劇、電影)重演, 重新放映 3. 回答; 反駁; 分辯 4. 添加, 補充 II. r. 1. 痊愈, 康復 2. 恢復

reportaje m. 1. 報導, 通訊 2. (電影)新聞片, 紀錄片

reportar I. tr. 1. 克制, 抑制 2. 得到(好處、壞處) 3. 給與, 提供 4. 報導 II. r. 1. 克制, 抑制 2. 鎮定, 平靜

reporte m. 1. 新聞, 消息 2. 流言

repórter m. 見 reportero

reporteril a. 通訊員的, 記者的

reportero, ra I. a. 採訪的 II. s. 通訊員, 記者 ◇ ~ gráfico 攝影記者

reposar I. intr. 1. 休息 2. 靜止 3. 安息, 長眠 II. r. (液體)澄清, 沉澱

reposición f. 1. 放回, 回歸原處 2. 重演, 重新放映 3. 回答; 分辯 4. 恢復

reposo m. 1. 安靜, 寧靜 2. 休息 ◇ ~ absoluto【醫】臥床休息 / hacer ~ 全休; 半休

repostar tr.-r. 補給, 補充

repostería f. 1. 糖果點心店 2. 糖果點心業

repostero, ra s. 糖果點心師

reprender tr. 斥責, 責備

reprensible a. 應受斥責的, 受責備的

reprensión f. 斥責, 責備; 責備的話

reprensor, ra a.-s. 斥責的; 責備的人, 斥責的人

represa f. 1. 攔截, 堵截 2. 堤壩, 水壩

represalia f. (常用pl.) 1. 扣押 2. 報復

represar tr. 1. 攔截, 堵截(水流) 2. 阻擋, 阻止

*representación f. 1. 演出, 表演 2. 形象, 概念 3. 象徵 4. 代表; 代表團 5. 權威 ◇ en ~ de 代表

*representante I. a. 代表的 II. s. 1. 代表 2. 演員 ◇ ~ diplomático 外交代表

*representar I. tr. 1. 表現, 體現 2. 演出, 表演 3. 象徵 4. 代表 5. 顯得; 像是 6. 表示, 標出 7. 講述, 描述 8. 意味著 II. intr. 有重要性 III. r. 1. 想象, 設想 2. 再現

representativo, va a. 1. 代表的; 有代

表性的 2. 代議制的

repress *va* 1. 克制, 遏制 2. 鎮壓
的

repression *f.* 1. 克制, 遏制 2. 鎮壓

represivo, va *a.* 1. 克制的, 遏制的 2. 鎮壓的

reprimenda *f.* 斥責, 責罵

reprimir **I.** *tr.* 1. 克制, 遏制 2. 鎮壓 **II.** *r.* 約束, 遏制

reprobable *a.* 應受非難的, 該譴責的

reprobación *f.* 非難, 譴責

reprobar *tr.* 非難, 譴責

reprobo, ba *a.*【宗】被罰入地獄的

reprochar *tr.* 指責, 責罵

reproche *m.* 指責, 責罵

reproducción *f.* 1. 再生產; 重新產生 2. 複製, 仿造 3.【病】復發 4. 繁殖, 增殖 5. 複製品, 仿造品

reproducir *tr.-r.* 1. 再生產; 重新產生 2. 複製, 仿造 3.【病】復發 4. 繁殖, 增殖

reproductor, ra **I.** *a.* 1. 再生產的, 重新產生的 2. 生殖的, 用於繁殖的 **II.** *s.* 種畜

reps (*pl.* reps) *m.*【紡】梭紋平布

reptante *a.* 1. 爬行的 2. 蔓生的(植物)

reptar *intr.* 爬行, 匍匐

reptil **I.** *a.* 爬行的(動物) **II.** *m.* 1. 爬行動物 2. *pl.*【動】爬行綱

república *f.* 1. 國家 2. 共和國, 共和政體 3. 公共, 公共事業

republicano, na **I.** *a.* 1. 共和國的, 共和政體的 2. 共和主義的 **II.** *s.* 共和主義者, 共和派

repúblico *m.* 1. 要人 2. 知名人士 3. 國務活動家

repudiación *f.* 1. 拋棄, 鄙棄; 拒絕 2. 休妻

repudiar *tr.* 1. 拋棄, 鄙棄; 拒絕 2. 休妻

repudrir **I.** *tr.* 使爛透, 使潰爛 **II.** *r.* 1. 爛透, 潰爛 2.【轉, 口】苦惱, 煩悶

repuesto, ta **I.** *a.* 1. 放回原處的 2. 恢復的 3. 痊癒的, 康復的 **II.** *m.* 1. 儲備品; 貯存 2. 備件 ◇ de ～ 備用的

repugnancia *f.* 1. 噁心 2. 厭惡; 反感 3. 勉強, 不情願 4. 對立, 不相容

repugnante *a.* 1. 令人噁心的 2. 令人厭惡的, 使人反感的 3. 對立的, 不相容的

repugnar **I.** *intr.* 1. 使噁心 2. 使厭惡, 使人反感 3. 對立, 不相容 **II.** *tr.* 厭惡, 討厭

repujar *tr.* (在金屬板上) 敲出凸紋, 壓出凸紋花飾

repulgar *tr.* 給…鑲邊, 給…貼邊, 繰邊

repulgo *m.* 1. (衣服等) 鑲邊, 貼邊, 捲邊 2. (衣服等) 繰邊的針腳

repulido, da *a.* 1. 擦亮的, 磨光的 2.【轉】着意打扮的, 裝飾的

repulir *tr.* 1. 重新擦亮, 重新磨光 2.【轉】着意打扮, 裝飾

repulsa *f.* 嚴辭訓斥, 譴責

repulsar *tr.* 1. 拋棄, 鄙棄; 拒絕 2. 嚴辭訓斥, 譴責

repulsión *f.* 1. 擋回, 推開; 擊退 2. 排斥; 拒絕 3.【轉】厭惡, 反感

repulsivo, va *a.* 1. 排斥的; 拒絕的 2.【轉】討厭的, 令人反感的

reputación *f.* 名望, 聲譽

reputado, da *a.* 有名望的, 有聲譽的

reputar *tr.* 1. 認爲, 看作 2. 評價

requebrar *tr.* 1. 把…弄得粉碎 2. (向女人) 獻殷勤, 討好

requemar *tr.-r.* 1. 烤焦, 燒焦 2. 辣嘴, 燙嘴 3. (炎熱, 烈日) 使植物枯萎

requerimiento *m.* 1. 需要 2. 命令, 督促 3. 請求, 規勸 4.【法】傳喚

requerir *tr.* 1. 需要 2. 命令, 督促 3. 請求, 規勸 ◇ ～ de amores a (向女人) 求愛

requesón *m.* 軟乾酪; 乾酪素

requiebro *m.* 1. (向女人) 獻殷勤, 討好 2. (討好女人的) 恭維話, 奉承話

réquiem *m.*【宗】安魂曲

requilorio *m.* (常用 *pl.*) 1. 不必要的手續 2. 多餘的話, 繞彎子的話 3. 過分的裝飾

requinto *m.*【樂】1. 高音短笛 2. 高音短笛手

requisa *f.* 1. 徵用, 徵收 2. 視察, 檢查

requisar *tr.* 徵用, 徵收

requisición *f.* (戰時對馬匹、糧秣等的) 徵用, 徵收

requisito *m.* 1. 條件, 要求 2. (必要的) 手續

res *f.* 1. (牛、羊等)家畜 2. 野獸 ◇ ~ lanar 羊 / ~ vacuna 牛

resabiar *tr.-r.* (使)沾染惡習

resabio *m.* 1. 不好的餘味 2. 惡習; 怪癖

resaca *f.* 1. 退浪 2. (次晨感到的)酒後不適 3.【商】反匯票

resalado, da *a.* 1. 過鹹的 2.【轉, 口】很有趣的, 非常逗人的

resaltar *intr.* 1. 突出, 伸出 2.【轉】出衆, 突出 ◇ hacer ~ 強調, 使突出

resalto *m.* 1. 突出, 伸出 2. 突出部分, 突起

resarcimiento *m.* 賠償, 補償, 彌補

resarcir *tr.-r.* 賠償, 補償, 彌補

resbaladizo, za *a.* 1. 滑的, 滑溜的 2.【轉】容易出錯的, 容易出麻煩的

resbaladura *f.* 滑過的痕迹

*__resbalar__ *tr.-r.* 1. 滑, 滑動; 滑倒 2.【轉】出錯, 有過失

resbalón *m.* 1. 滑動; 猛然滑倒 2.【轉】出錯, 過失

rescatar *tr.* 1. 贖償; 贖救 2. 收回, 收復 3. 解救, 拯救 4. 搶回, 奪回(失去的時間)

rescate *m.* 1. 贖償; 贖救 2. 收復, 收回 3. 解救, 拯救 4. 贖金

rescindible *a.* 可廢除的, 可取消的(合同等)

rescindir *tr.* 廢除, 取消(合同等)

rescisión *f.* (合同等的)廢除, 取消

rescisorio, ria *a.* 廢除的, 取消的

rescoldo *m.* (灰燼中的)炭火

resecar[1] *tr.*【醫】切除, 摘除

resecar[2] *tr.* 使乾燥, 弄乾

resección *f.*【醫】切除, 摘除

reseco, ca *a.* 1. 非常乾的 2. 乾癟的

reseda *f.*【植】木樨草

resellar I. *tr.* 重鑄(硬幣) II. *r.* 轉換黨派

resentido, da *a.* 1. 感到疼痛, 感到不適的 2. 不滿的, 怨恨的

resentimiento *m.* 1. 疼痛, 不適 2. 不滿, 怨恨

resentirse *r.* 1. 感到疼痛, 感到不適 2. 變衰弱, 變不結實 3. 不滿, 怨恨

reseña *f.* 1. (對人、動物、事物的)特徵概述 2. (報刊上的)評述, 簡介

reseñar *tr.* 1. 概述(人、動物、事物的)特徵 2. 評述, 簡介

*__reserva__ *f.* 1. 預訂 2. 貯藏, 儲備 3. 保留, 審慎 4.【軍】後備軍; 預備役 ◇ ~ mental 思想上保留 / a ~ de (或 de que) 除非 / de ~ 備用的 / sin ~(s) 毫無保留地

*__reservado, da__ I. *a.* 1. 保留的, 留作…用的 2. 謹慎的, 嘴緊的 II. *m.* (預訂的)單間, 座位, 包廂

*__reservar__ *tr.* 1. 保存, 留存 2. 保留, 不說 3. 預訂(房間、座位等)

reservista *a.-s.*【軍】預備役的; 預備役軍人

*__resfriado__ *m.* 感冒, 傷風, 着凉

*__resfriar__ *tr.* 1. 使變冷, 使冷却 2. 使感冒, 使着凉 II. *r.* 感冒, 着凉

resguardar I. *tr.* 1. 保衛, 保障 2. 抵禦, 抵擋 II. *r.* 防備, 防止

resguardo *m.* 1. 保衛, 保障 2. 抵禦, 抵擋 3. 保單 4. (海防等處的)警衛

*__residencia__ *f.* 1. 居住 2. 住宅, 宿舍, 府第 3. (對官員等的)彈劾, 查問

residenciar *tr.* (對官員等的)彈劾, 查問

*__residir__ *intr.* 1. 居住 2.【轉】在於, 存在於

residuo *m.* 1. 剩餘, 殘餘 2. *pl.* 殘渣; 垃圾 3.【數】餘數

resignación *f.* 1. 交出職權 2. 忍受, 屈從

*resignar I. *tr.* 交出(職權), 辭職 II. *r.* 忍受, 屈從, 甘心於

resina *f.* 樹脂

resinar *tr.* 採樹脂

resinero, ra I. *a.* 樹脂的 II. *s.* 採樹脂工人

*resistencia *f.* 1. 抵抗, 反抗 2. 耐力, 持久力 3. (機體的)抵抗力, 抗藥力 4. 抗拒, 抵制 5.【技】阻力, 抗力 6.【電】電阻; 電阻器 ◇ de ~ 結實的, 耐用的 / oponer ~ 進行抵抗

resistente *a.* 1. 結實的, 耐用的 2. 耐…的, 經得住…的 3. (機體)有抵抗力的, 有抗藥力的

*resistir I. *intr.* 1. 抵抗, 反抗; 抗拒 2. 忍受, 忍耐 II. *tr.* 經得起, 承受; 抗, 耐 III. *r.* 1. 抵抗, 反抗 2. 不願意, 難以 3. 使感到困難

resma *f.* 令(紙張計量單位)

resobado, da *a.* 1. 反覆揉搓的 2. 陳腐的, 老一套的(話題)

resobar *tr.* 反覆揉搓

resol *m.* 1. 反射日光 2. (日光反射造成的)過亮, 過熱

*resolución *f.* 1. 解決 2. 決定, 決議 3. 決心, 果斷 4. 分解; 溶解 5.【醫】消退, 消散 6.【法】裁決, 判決 ◇ con ~ 堅決地

resolutivo, va I. *a.* 1. 解決問題的 2.【醫】消散性的 II. *m.*【醫】消散藥

*resolver I. *tr.* 1. 解決 2. 決定 3. 分解; 溶解 4.【法】裁決, 判決 5.【醫】使消退, 使消散 II. *r.* 1. 變爲, 化成 2. 決心

resollar *intr.* 1. 呼吸 2. 喘息, 喘氣 3.【轉, 口】(用於否定句)吭聲, 説話

*resonancia *f.* 1. 回聲, 回響 2.【理】共鳴, 共振 3.【轉】轟動; 反響

*resonar *intr.* 1. 響; 回響 2.【理】發生共鳴, 發生共振 3.【轉】轟動; 産生反響

resoplar *intr.* 喘粗氣, 大喘氣

resoplido *m.* 1. 喘粗氣, 大喘氣 2.【轉】没好氣的回答

*resorte *m.* 1. 彈簧 2. 彈力 3.【轉】手段, 方法 ◇ tocar todos los ~s 盡全力

respaldar I. *tr.* 1. 背書, 背簽 2. 支持, 給…撑腰 II. *r.* 1. 背靠, 背倚 2.【轉】憑藉, 依靠

respaldo *m.* 1. (椅子的)靠背 2. (文件等的)背面; 寫在背面的文字 3.【轉】支持, 撑腰

respectar *intr.* (缺位動詞, 只用單數第三人稱)關於, 涉及 ◇ en (或 por) lo que respecta a 關於, 至於

respectivamente *ad.* 相應地, 分别地, 各自地

respectivo, va *a.* 相應的, 分别的, 各自的

*respecto *m.* 關係 ◇ al ~ 有關的, 有關方面的 / con ~ a 或 ~ a 或 ~ de 關於, 至於

respetabilidad *f.* 尊嚴, 莊重, 可尊敬

*respetable *a.* 1. 可尊敬的, 尊敬的 2.【轉】可觀的, 相當大的

*respetar *tr.* 1. 尊敬, 尊重 2. 遵守(法令等) 3. 保留, 保存

*respeto *m.* 1. 尊敬, 尊重 2. 重視 3. 備用品 4. *pl.* 敬意 ◇ de sí mismo 自重 / campar por sus ~s 爲所欲爲 / faltar al ~ *a uno* 或 perder el ~ *a uno* 對人失禮

*respetuoso, sa *a.* 1. 恭敬的, 尊重…的 2. 可敬的

réspice *m.*【口】1. 没好氣的回答 2. 責駡, 斥責

respigón *m.* (指甲根部的)倒刺

respingar *intr.* 1. (動物)又蹦又叫 2.【轉】(衣服)向上翹

respingo *m.* 1. (動物的)又蹦又叫 2. (身體因受驚的)顫動 3. (衣服的)向上翹 4.【轉】没好氣的回答 5.【轉】責駡, 斥責

respingón, ona *a.* 翹起的(鼻子)

*respiración *f.* 1. 呼吸 2. 通風, 空氣流通 ◇ sin ~ ① 深受震動的, 驚愕的 ② 累得上氣不接下氣的

respiradero m. 1. 氣孔;通風口 2.
【口】呼吸器官;呼吸道

*respirar I. intr. 1. 呼吸 2. (緊張勞動
之後) 喘喘氣;(精神緊張之後) 鬆口氣
3.【轉】(多用於否定句) 說話, 吭聲 4.
還活着 II. tr. 表現出, 顯得…

respiratorio, ria a. 呼吸的

respiro m. 1. 呼吸 2. (緊張勞動之後
的) 喘喘氣; (精神緊張之後的) 鬆口氣
3.【轉】(還債等的) 寬限

resplandecer intr. 1. 照耀, 閃光 2. 顯
露(高興、滿意等) 3.【轉】突出, 出衆

resplandeciente a. 1. 光輝的, 閃光的
2. 高興的, 喜形於色的

resplandor m. 1. 光焰, 光輝 2. 閃光
3.【轉】光澤

*responder I. tr. 1. 回答, 答覆 2. 應
聲, 應答, 呼應 3. 唱和 4.【法】反駁 II.
intr. 1. 回答, 答覆 2. 回報, 響應 3. 抗辯, 回
嘴 4. 反應 5. 產生預期效果 6. 負責 7.
擔保 8. 滿足(要求等)

respondón, ona a.【口】愛回嘴的

*responsabilidad f. 責任, 職責

*responsable I. a. 1. 負責的, 有責任
的 2. 有責任心的, 盡責的 II. s. 負責人

responsorio m.【宗】1. 祈禱, 禱告 2.
祈禱文

*respuesta f. 1. 回答, 答覆 2. 應答, 呼
應 3. 覆信 4. 答覆的內容 5.【法】反駁

resquebradura f. 裂縫, 裂口

resquebrajadura f. 裂縫, 裂口

resquebrajar I. tr. 使有裂縫, 使裂開
II. r. 出現裂縫, 裂開

resquebrar intr.-r. 出現裂縫, 裂開

resquemor m. 難受, 内疚

resquicio m. 1. 門縫 2. 小縫, 窄縫 3.
【轉】空子, 可乘之機

*resta f.【數】1. 減;減法 2. 差, 餘數

*restablecer I. tr. 恢復, 重建;復興 II.
r. 復原, 康復

*restablecimiento m. 1. 恢復, 重建;
復興 2. 復原, 康復

restado, da adj. 勇敢的, 無畏的

restallar intr. 噼啪作響

restallido m. 噼啪聲

restante adj. 剩餘的, 餘下的

restañar¹ tr. 止血

restañar² tr. 重新鍍錫

*restar I. tr. 1. 減少, 縮減;降低 2.
【數】減, 減去 II. intr. 1. 剩餘, 還有 2.
差, 缺

*restauración f. 1. 恢復, 重建 2. 復辟
3. 修復, 修繕

restaurador, ra I. adj. 修復的, 修繕的
II. s. 修復者, 修復文物的人

*restaurante m. 餐館, 飯館

*restaurar tr. 1. 使恢復, 重建 2. 使復
辟 3. 修復, 修繕

restinga f. 沙洲, 石灘

restitución f. 1. 歸還, 退還 2. 恢復, 復
原

restituir I. tr. 1. 歸還, 退還 2. 恢復, 復
原 II. r. 返回, 重返

*resto m. 1. 剩餘, 殘餘 2. pl. 殘渣, 廢
物 3.【數】餘數 ◇ ～s mortales 遺體 /
echar el ～ ①押上全部賭本②【轉】孤
注一擲

restregar tr.-r. 擦, 刷;摩擦;蹭;揉

restregón m. 1. 擦, 刷;摩擦;蹭;揉, 搓
2. 擦痕, 刷痕;蹭痕

restricción f. 限制, 約束 ◇ sin ～es
無拘無束地, 不受限制地

restrictivo, va a. 限制的, 約束的

restringible a. 可限制的, 可約束的

restringir tr. 1. 限制, 約束 2. 壓縮, 使
緊縮

resucitador, ra a. 1. 使復活的, 使復
甦的 2. 使重新振作的;使恢復體力的

resucitar I. tr. 1. 使復活, 使復甦 2.
【轉】使重新振作;使恢復體力 3.【轉】
恢復, 使重現 II. intr. 復活, 復甦

resudar intr. 1. 稍微出汗 2. (器皿等)
滲, 漏

resudor m. 微汗

*resuelto, ta a. 堅定的, 果斷的

resuello m. 1. 呼吸 2. 喘息, 喘氣 3.

【轉, 口】吭聲, 説話

resulta *f.* 1. 結果; 結局 2. *pl.* (職位等)空缺, 空額 ◇ de ∼s de 由於

*resultado *m.* 1. 結果; 結局 2.【數】(運算的)得數

resultando *m.*【法】(判決等的)根據

resultante **I.** *a.* 1. 作爲結果的, 由…引起的 2.【機】組合的, 合成的 **II.** *f.*【理】合力, 合矢量

*resultar *intr.* 1. 結果是…, 最後成爲, 造成… 2. 合適; 合算 ◇ ∼ ser 結果是, 原來是

*resumen *m.* 梗概, 概要, 摘要 ◇ en ∼ ①概括地②總之

resumir **I.** *tr.* 1. 概括, 概述 2. 簡化 **II.** *r.* 歸納爲; 簡化爲

resurgimiento *m.* 1. 重現, 再現 2. 重新振作, 振興 3. 康復, 痊愈

resurgir *intr.* 1. 重現, 再現 2. 重新振作, 振興 3. 康復, 痊愈

resurreccion *f.* 1. 復活, 復甦 2. 重新振作, 振興 3. 恢復 4. (大寫)【宗】復活節

retablo *m.*【宗】1. (祭壇的)裝飾屏 2. (表現宗教故事的)組畫 3. 宗教故事劇

retacar *tr.* 填實, 塞緊

retaco *m.* 1. 短獵槍 2.【轉】矮胖子

*retaguardia *f.* 1. 殿後, 殿軍 2. 後衞 3. 後方 ◇ a ∼ ①在後方②落後 / picar la ∼ 騷擾敵方的殿軍

retahíla *f.* 連串, 系列

retal *m.* (布、紙、木頭等的)零料, 下脚料

retama *f.*【植】金雀花

retamal; retamar *m.* 金雀花地

retar *tr.* 1. 指控 2. 挑戰, 挑起決鬥

retardar *tr.* 1. 推遲, 延緩 2. 阻撓, 阻擋

retardo *m.* 推遲, 延緩

retazar *tr.* 把…分成塊, 使分成段

retazo *m.* 碎片, 小塊, 段, 零頭

retejar *tr.* 修繕(屋頂), 鋪(瓦)

retejer *tr.* 密織

retemblar *intr.* (建築物、地面等)震顫,

晃動

retén *m.*【軍】後備隊, 預備隊

retención *f.* 1. 保留, 留下; 挽留 2. 扣留; 拘留; 抓住 3. 抑制, 阻止 4. (工資等的)扣發部分 5.【醫】滯留, 停滯

*retener **I.** *tr.* 1. 保留, 使留下; 挽留 2. 扣留; 拘留; 抓住 3. 抑制, 阻止 4. 記住 5. 吸引 **II.** *r.* 1. 抑制, 克制 2. 滯留

retentiva *f.* 記憶力

reteñir *tr.* 重新染色

reticencia *f.* 説話含蓄, 説話有保留

reticente *a.* 説話含蓄的, 説話有保留的

reticula *f.*【測】標線片; 光網

reticular *a.* 網狀的, 網狀組織的

retículo *m.* 1.【植】網狀組織 2.【測】標線片; 光網 3.【動】蜂窩胃(反芻動物的第二胃)

retina *f.*【解】視網膜

retinte *m.* 重新染色

retintín *m.* 1. (鐘聲等縈迴耳際的)餘音 2. 譏諷語氣

retinto, ta *a.* 褐色的, 深栗色的(動物)

*retirada *f.* 1. 離開 2.【軍】撤退, 退却 3. 退休; 退伍 4. 隱退, 隱居

retirado, da **I.** *a.* 1. 隱退的, 隱居的 2. 偏僻的, 偏遠的 3. 退休的; 退伍的 4. 隱退的, 隱居的 **II.** *s.* 退休人員; 退伍軍人

*retirar **I.** *tr.* 1. 移開, 使離開 2. 縮回(手、脚、觸角等) 3. 提取; 拿走 4. 撤銷; 收回 5. 撤退, 撤離 **II.** *r.* 1. 離開, 走開 2. 退休; 退伍 3. 隱居 4.【軍】退却, 撤退

retiro *m.* 1. 退休 2. 退伍 3. 退休金; 退伍金 3. 隱居處

reto *m.* 1. 指控 2. 挑戰, 挑起決鬥 3. 挑釁的話

retocador, ra **I.** *a.* 修飾的, 潤色的 **II.** *s.* 修照片的人

retocar *tr.* 1. 反覆觸摸 2. 修飾, 潤色

retoñar *intr.* 長出新芽, 發出新枝

retoño *m.* 新芽, 新枝

retoque *m.* 修飾, 潤色

retorcer I. *tr.* 擰，扭，絞 II. *r.* 1. 纏繞 2. (因疼痛而) 扭動身體

retorcimiento *m.* 1. 擰，扭，絞 2. 纏繞

retórica *f.* 1. 修辭；修辭學 2. *pl.* 【口】花言巧語，廢話

retórico, ca I. *a.* 修辭的；修辭學的 II. *s.* 修辭學者

retornar I. *tr.* 1. 使恢復 2. 使後退 3. 歸還，退還 II. *intr.-r.* 1. 恢復原狀 2. 回歸，返回

retornelo *m.*【樂】反覆

retorno *m.* 1. 恢復原狀 2. 回歸，返回 3. 報答

retorta *f.*【化】曲頸甑

retorsión *f.* 1. 擰，扭，絞 2. 反駁

retortijón *m.* 1. 猛擰，猛扭 2. 捲曲，扭曲 3.【醫】腸絞痛 ◇ ～ de tripas 腸絞痛

retozar *intr.* 1. (孩童、小動物) 歡蹦，嬉鬧 2. (少男少女) 調情，挑逗

retozo *m.* 1. (孩童、小動物的) 歡蹦，嬉鬧 2. (少男少女的) 調弄，挑逗

retozón, ona *a.* 1. 愛歡蹦的，好嬉鬧的 2. 愛調弄的，好挑逗的

***retracción** *f.* 1. 退縮，縮回 2. 隱退，隱居 3. 退避，逃避

retractación *f.* (話語等) 收回，撤銷

retractar *tr.* 收回，撤銷 (話語等)

retráctil *a.* 可收縮的，能縮回的

retracto *m.*【法】1. 贖買權 2. 贖回權

***retraer** I. *tr.* (使器官等) 退縮，縮回 II. *r.* 1. 退隱，隱居 2. 逃避，退避

retraído, da *a.* 1. 退隱的，隱居的 2. 不愛與人交往的，孤僻的

retraimiento *m.* 1. 隱退，隱居 2. 不愛與人交往，孤僻

retransmisión *f.* 1. (電信等的) 重發，轉發 2.【電】轉播

retransmitir *tr.* 1. 重發，轉發 (電信等) 2.【電】轉播

retrasado, da *a.* 1. 落後的 2. 走慢的 (鐘錶) 3. 遲誤的，晚的 4. 陳舊的，過時的 5. (智力等) 發育不健全的 6. 不

發達的 ◇ ～ mental 智力不健全的人

***retrasar** I. *tr.* 1. 耽擱，延誤 2. 推遲，使延期 3. 撥慢 (鐘錶) II. *intr.-r.* 1. (鐘錶) 走慢 2. 落後 III. *r.* 遲到

***retraso** *m.* 1. 耽擱，延誤；遲到 2. (鐘錶的) 走慢 3. 落後 4. (常用*pl.*) 拮据，虧欠 ◇ ～ mental 智力不健全

retratar *tr.* 1. 給…畫像，給…塑像 2. 拍照，照相 3. 描繪，描述

retratista *s.* 肖像畫家，肖像畫師

***retrato** *m.* 1. 畫像，肖像，塑像 2. 照片，相片 3. 描繪，描述 4.【轉】酷肖的人 ◇ ～ de busto 胸像 / ～ de tamaño natural 與真人同大的像

retrechería *f.* 1. 迴避的着數 2. 魅力，迷人

retrechero, ra *a.* 1. 有迴避着數的 2. 有魅力的，迷人的

retreparse *r.* 1. (身體) 向後傾斜，向後仰 2. 背靠椅上

retreta *f.* 1.【軍】歸營號 2. (軍隊的) 提燈遊行

***retrete** *m.* 廁所

retribución *f.* 1. 報酬，酬勞 2. 酬金

retribuir *tr.* 酬勞，付酬金

retroactivo, va *a.*【法】追溯既往的，有追溯效力的

***retroceder** *intr.* 1. 後退，退回 2. 退縮 3. (槍炮) 後坐

retrocesión *f.* 1. 退回，後退 2.【法】退還，歸還

retroceso *m.* 1. 後退，退回 2.【醫】病情惡化 3. (槍炮) 後坐

retrocohete *m.* 制動火箭，減速火箭

retrogradar *intr.* 1. 後退，倒退 2.【天】逆行

retrógrado, da I. *a.* 1. 後退的，倒退的 2.【天】逆行的 3.【轉】主張倒退的，反動的 II. *s.* 主張倒退的人，反動的人

retrogresión *f.* 見 retroceso

retropropulsión *f.* 1. 噴氣推進 2. 反推力減速

retrospectivo, va *a.* 回顧的，追溯過去

的

retrotraer *tr.* **1.** 把事情發生的日期説成比實際的更早,倒填日期 **2.** 追溯

retrovisor *m.* (汽車的)後視鏡

retrucar *intr.* **1.** (枱球)回撞 **2.** (以某人自己的論據)反駁,回敬

retruco *m.* **1.** (枱球)回撞 **2.** 反駁,回敬

retruécano *m.* **1.**【修辭】倒置詞序改義法 **2.** 雙關語

retruque *m.* 見 retruco

retumbante *a.* **1.** 轟鳴的,回響的 **2.**【轉】虛誇的,誇誇其談的

retumbar *intr.* 轟鳴,回響

reuma; reúma *s.*【醫】風濕病

reumático, ca **I.** *a.* **1.** 風濕病的 **2.** 患風濕病的 **II.** *s.* 風濕病患者

reumatismo *m.*【醫】風濕病

*__reunión__ *f.* **1.** 聯合,合併,歸併 **2.** 集合,匯集 **3.** 集會;會議

*__reunir__ *tr.* **1.** 重新接合;連接 **2.** 召集,使聚集,匯集 **3.** 收集,搜集 **4.** 積攢 **5.** 具備(條件)

revacunación *f.* 疫苗的重新接種

revacunar *tr.* 重新接種疫苗

*__reválida__ *f.* **1.** 確認,認可,批准 **2.** 結業考試,統考

revalidación *f.* **1.** 確認,認可,批准 **2.** 結業考試,統考

revalidar *tr.* **1.** 確認,認可,批准 **2.** 進行結業考試,統考

*__revancha__ *f.* 報復,復仇

revejecer *intr.-r.* 早衰,未老先衰

*__revelación__ *f.* **1.** 揭露,透露 **2.** 顯示 **3.** 揭露的事 **4.**【攝】顯影 **5.**【宗】啟示

revelado *m.*【攝】顯影

revelador, ra **I.** *a.* **1.** 揭露的 **2.** 顯示的 **II.** *m.*【攝】顯影劑

*__revelar__ *tr.* **1.** 揭露,透露 **2.** 顯示 **3.**【攝】顯影 **4.**【宗】啟示

revendedor, ra *s.* 商販;零售商販

revender *tr.* 轉賣,販賣

revenir **I.** *intr.* 重來,再來 **II.** *r.* **1.** 回

潮,返潮 **2.** (油炸食品等)變皮,發艮

reventa *f.* 轉賣,販賣

*__reventar__ **I.** *intr.* **1.** 破裂,裂開 **2.** 爆炸,爆開 **3.** 浪花飛濺 **4.** 滿懷,充滿 **5.** 極想要…,忍不住要… **6.**【口】死去 **II.** *tr.* **1.** 使破裂,使裂開 **2.** 使累垮,使筋疲力盡 **3.**【轉,口】使失敗 **4.**【口】使受嚴重傷害 **5.**【口】使厭煩

reventón *m.* **1.** 破裂,裂開 **2.** 爆炸,爆開 **3.** 勞累 **4.**【口】死,死亡 **5.**【轉】拼死,拼命 **6.**【轉】困境

rever *tr.* **1.** 再看 **2.**【法】複審

reverberación *f.* **1.** (光等的)反射 **2.** 反光

reverberar *intr.* 反射(光等)

reverbero *m.* **1.** 反射 **2.** 反光鏡 **3.** 探照燈

reverdecer *intr.* **1.** (植物等)返青 **2.**【轉】重又生氣勃勃,復活

*__reverencia__ *f.* **1.** 尊敬,敬意 **2.** 行禮,鞠躬 ◇ Su (或 Vuestra) Reverencia (對主教等神職人員的尊稱)大人,閣下

reverenciar *tr.* 尊敬,崇敬,敬仰

reverendo, da *a.* **1.** 尊敬的,應受尊敬的 **2.** (對主教等神職人員的尊稱)尊敬的

reverente *a.* 恭敬的,謙恭的

reversible *a.* **1.** 可逆的 **2.** 可翻轉的,可顛倒的,可兩面用的 **3.**【法】可歸還原主的

reversión *f.* **1.** 還原 **2.**【法】(產業的)歸還原主

reverso *m.* 反面,背面 ◇ el ～ de la medalla (事物、人的)對照,對立面

revertir *intr.* **1.** 還原 **2.** 最後成爲,結果是… **3.**【法】歸還(原主)

*__revés__ *m.* **1.** 反面,背面 **2.** (用手背的)擊打 **3.** 反手打 **4.** 不幸,挫折,失敗 ◇ al ～ 相反地,反着地 / al ～ de 與…相反 / del ～ 顛倒的;翻轉的 / de ～ 相反地

revestimiento *m.* 罩,套;覆蓋層;飾面

revestir *tr.* **1.** 罩,鋪,覆蓋 **2.** 穿上,披

上(外衣等) **3.** 顯出, 具有

revisable *a.* 可修改的, 可校正的

*****revisar** *tr.* **1.** 修改, 校正 **2.** 檢查; 查閱 **3.** 檢修

revisión *f.* **1.** 修改, 校正 **2.** 檢查; 查閱 **3.** 檢修

*****revisionismo** *m.* 修正主義

*****revisionista** **I.** *a.* 修正主義的 **II.** *s.* 修正主義者 ⼄

*****revisor, ra** **I.** *a.* 檢查的, 查驗的 **II.** *s.* 檢查員; (火車等的)檢票員

*****revista** *f.* **1.** 檢查, 視察; 審閱 **2.** 檢閱; 閱兵式 **3.** 雜誌, 期刊 **4.** (報刊上的)評論 **5.** 活報劇

revistar *tr.* 【軍】檢閱(軍隊), 閱兵

*****revivir** **I.** *intr.* **1.** 復活, 復甦 **2.** 重新産生 **II.** *tr.* 回憶

revocación *f.* 撤銷, 廢除

revocar *tr.* **1.** 撤銷, 廢除 **2.** 使(烟等)倒灌, 使…倒回 **3.** 重新粉刷

revolar *intr.* **1.** 重新飛起 **2.** 盤旋, 飛翔

revolcar **I.** *tr.* **1.** 把(某人)打倒地上 **2.** 【轉, 口】駁倒(某人); 擊敗(對手) **3.** 【轉, 口】使考試不及格 **II.** *r.* 打滾

revolotear *intr.* **1.** 盤旋, 飛翔 **2.** 飄颺

revoloteo *m.* **1.** 盤旋, 飛翔 **2.** 飄颺 **3.** 騷動

revoltijo; revoltillo *m.* 雜物堆

revoltoso, sa **I.** *a.* **1.** 淘氣的, 調皮的 **2.** 騷動的, 煽動暴亂的 **II.** *s.* 騷亂者, 煽動暴亂者

*****revolución** *f.* **1.** 革命, 劇烈的根本改革 **2.** 【機】旋轉, 轉數 **3.** 【天】公轉

revolucionar *tr.* **1.** 【口】引起革命, 使進行根本改革 **2.** 【口】引起不滿; 擾亂 **3.** 【口】使激動, 使興奮

*****revolucionario, ria** **I.** *a.* 革命的 **II.** *s.* 革命者, 革命家

*****revolver** **I.** *tr.* **1.** 翻動, 攪拌, 攪動 **2.** 翻亂, 弄亂 **3.** 使轉動 **4.** 盤算, 思考 **5.** 【轉】調查, 考察 **6.** 【轉, 口】擾亂, 使騷動 **7.** 【轉, 口】激怒, 使生氣 **II.** *r.* **1.** 翻身, 打滾 **2.** 轉身 **3.** 指責; 反對 **4.** 變天

revólver (*pl.* revólveres) *m.* 左輪手槍

revoque *m.* **1.** (牆壁的)粉刷 **2.** (粉刷用的)灰漿

revuelco *m.* **1.** 打翻 **2.** 駁倒; 打敗 **3.** 翻滾, 打滾

revuelo *m.* **1.** (鳥)重新飛起 **2.** 盤旋, 飛翔 **3.** 【轉】騷動, 擾攘

revuelta *f.* **1.** 旋轉 **2.** 拐角, 拐彎處 **3.** 騷亂, 混亂 **4.** 爭吵, 口角

revulsión *f.* 【醫】誘導法

revulsivo, va **I.** *a.* 誘導的 **II.** *m.* **1.** 【醫】誘導劑 **2.** 誘導物

*****rey** *m.* **1.** 王, 國王 **2.** (國際象棋的)王 **3.** (紙牌的) K **4.** 【轉】(政治、經濟界的)大王, 巨頭 ◇ ~ de codornices 【動】秧鶏 / los Reyes Magos 【宗】東方來的三博士 / ni ~ ni Roque 不論是誰

reyerta *f.* 爭吵, 口角; 爭論

reyezuelo *m.* **1.** (部落的)土王 **2.** 【動】戴菊(鳥)

rezagado, da *a.* 落在後面的

rezagar **I.** *tr.* **1.** 使落在後面 **2.** 拖延, 延緩 **II.** *r.* 落後

*****rezar** **I.** *tr.* **1.** 祈禱, 誦禱文 **2.** 【口】説道, 寫道 **II.** *intr.* **1.** 涉及, 與…有關 **2.** 【口】嘟囔

rezo *m.* **1.** 祈禱, 禱告 **2.** 祈禱文

rezongador, ra *a.* 好嘟囔的; 愛發牢騷的

rezongar *intr.* 嘟囔; 抱怨, 發牢騷

rezongón, ona *a.* 好嘟囔的; 愛發牢騷的

rezumar **I.** *tr.* **1.** 滲, 漏 **2.** 【轉】流露 **II.** *intr.* 滲出, 漏出, 淌出 **III.** *r.* 【轉】泄漏, 傳開

rho *f.* 若(希臘語字母 P, ρ 的名稱)

ría *f.* 河口

riachuelo *m.* 小河, 小溪

riada *f.* **1.** (河流)漲水 **2.** 洪水

ribazo *m.* (河岸、路旁等的)陡坡

ribera *f.* **1.** 河岸, 海岸 **2.** (河流的)流灌區

ribereño, ña **I.** *a.* 河岸的, 海岸的 **II.**

s. 河邊居民, 海邊居民

ribete *m.* **1.** (衣服、鞋等的)貼邊, 飾邊 **2.** *pl.* 苗頭, 迹象

ribetear *tr.* 貼邊, 鑲邊

ricacho, cha; ricachón, ona *a.-s.* 闊的, 富有的; 闊人, 富翁

ricadueña; ricahembra *f.* 貴婦, 闊小姐

ricino *m.*【植】蓖麻

***rico, ca** **I.** *a.* **1.** 闊的, 富有的 **2.** 富饒的, 豐富的 **3.** 肥沃的, 豐盛的 **4.** 富麗堂皇的, 華美的 **5.** 可口的, 美味的 **II.** *s.* **1.** 闊人, 財主 **2.** (對孩童的昵稱)寶貝, 小傢伙 ◇ nuevo ~ 暴發户

ricohombre *m.* (古時的)大貴族

rictus (*pl.* rictus) *m.* **1.** 强笑 **2.** 苦笑

ridiculez *f.* **1.** 可笑, 滑稽 **2.** 極小的事物

ridiculizar *tr.* 譏笑, 嘲弄, 挖苦

***ridículo, la** **I.** *a.* **1.** 可笑的, 滑稽的 **2.** 極小的, 極少的 **II.** *m.* 可笑地地, 尷尬局面

***riego** *m.* **1.** 灑水, 澆水 **2.** 灌溉 ◇ ~ por aspersión 噴灌 / ~ por goteo 滴灌 / ~ sanguíneo 血液循環

***riel** *m.* **1.** 小金屬條材 **2.** 鐵軌

rielar *intr.* 閃爍, 閃耀

***rienda** *f.* **1.** 繮繩 **2.** *pl.*【轉】控制, 掌握, 支配 ◇ a ~ suelta 全速地; 不加制約地 / dar ~ suelta 放任 / empuñar las ~s 就領導職, 掌管 / tirar (de) la(s) ~(s) 控制, 約束

riente *a.* **1.** 笑着的, 微笑着的 **2.**【轉】喜悦的, 令人愉快的

***riesgo** *m.* 危險, 風險 ◇ a ~ de 冒…險 / correr el ~ de 冒着…的危險

rifa *f.* **1.** 摸彩 **2.** 摸彩獎

rifar *tr.* 摸彩, 抽彩

rifirrafe *m.* 口角, 争執

rifle *m.* 步槍, 來福槍

rigidez *f.* **1.** 堅硬; 硬度 **2.** 僵硬; 死板 **3.** 嚴厲; 嚴格 **4.** 無表情

rígido, da *a.* **1.** 硬的, 堅硬的 **2.** 僵硬

的; 死板的 **3.** 嚴厲的; 嚴格的 **4.** 無表情的 ◇ quedarse ~ ①凍僵②强直

rigodón *m.* (一種節奏活潑的)對舞

***rigor** *m.* **1.** 嚴厲, 嚴格 **2.** (寒暑的)酷烈 **3.** (性格的)冷酷, 無情 **4.** 準確, 精確 **5.** 嚴謹, 周密 **6.**【醫】强直 ◇ de ~ ①必須的②慣常的 / en ~ 其實, 實際上

rigorismo *m.* 過分嚴厲, 過分嚴格

rigorista *a.-s.* 過分嚴厲的, 過分嚴格的; 過分嚴厲的人, 過分嚴格的人

***riguroso, sa** *a.* **1.** 嚴厲的, 嚴格的 **2.** 準確的, 精確的 **3.** 酷烈的(天氣) **4.** 冷酷的, 無情的 **5.** 嚴謹的, 周密的

rija *f.*【醫】淚腺瘻管

rijoso, sa *a.* **1.** 敏感的 **2.** 好爭吵的 **3.** 好色的 **4.** 易發情的(動物)

***rima** *f.* **1.** 韻, 韻脚 **2.** *pl.* 抒情詩

rimar **I.** *intr.* **1.** 押韻 **2.** 寫詩 **II.** *tr.* 使押韻, 以…葉韻

rimbombante *a.* **1.** 響亮的, 轟鳴的 **2.** 虚誇的, 華而不實的

rimero *m.* 堆, 摞(量詞)

***rincón** *m.* **1.** 牆角, 角落 **2.**【轉】僻静處, 深處 **3.**【轉, 口】堆雜物的房間 **4.**【轉】堆放在角落裏的雜物; 被遺忘的事物 **5.** 小塊, 小片

rinconada *f.* 房角, 牆隅

rinconera *f.* 屋角傢具, 角櫃, 角架

ringla *f.* **;** **ringle** *m.* **;** **ringlera** *f.* 行, 列, 排

ringorrango *m.* **1.** (手寫體字的)花飾 **2.** 不必要的裝飾, 虚飾

rinoceronte *m.*【動】犀牛

***riña** *f.* 争吵; 打架 ◇ ~ de gallos 鬥雞

***riñón** *m.* **1.**【解】腎臟 **2.**【轉】核心, 中心 **3.** *pl.* 腰部 **4.**【轉】腎形物 ◇ costar un ~ 價值昂貴 / pegarse al ~ (常用於否定句)有營養 / tener el ~ bien cubierto 富有, 有錢

riñonada *f.* **1.** (肉畜的)腰部肉 **2.**【解】腎臟周圍的組織

***río** *m.* 1. 江, 河 2.【轉】(流動物體等) 大量 ◇ ～ abajo 順流; 下游 / ～ arriba 逆流, 上游 / a ～ revuelto 在混亂中 / pescar a (或 en) ～ revuelto 混水摸魚

riostra *f.*【建】支撐, 撐臂

ripia *f.* 毛板材

ripio *m.* 1. (填塞用的磚、石等的) 碎塊 2.【轉】湊韻腳的詞 3.【轉】廢話 ◇ no perder ～ 仔細聽, 全神貫注地看

***riqueza** *f.* 1. 富有, 擁有大量財富 2. 財富, 財產 3. 豐富, 豐饒 4. 豪華, 富麗堂皇

***risa** *f.* 1. 笑, 笑聲, 歡笑 2. 笑柄, 笑料 ◇ ～ de conejo 假笑, 強笑 / ～ sarcástica 冷笑 / ～ triste 苦笑 / caerse de ～ 笑得要死, 捧腹大笑 / echar a ～ 嘲笑 / estallar de ～ 忍不住想笑

risco *m.* 1. 巉岩, 峭石 2. *pl.* (地勢)崎嶇

riscoso, sa *a.* 多巉岩的, 多峭石的

risible *a.* 可笑的, 滑稽的

risotada *f.* 哈哈大笑

ristra *f.* 1. (蒜、葱頭等的) 辮, 串 2.【轉】一大串, 一大堆

ristre *m.* 矛托

***risueño, ña** *a.* 1. 笑嘻嘻的 2. 愛笑的 3. 令人愉快的, 賞心悦目的 4. 美好的

rítmico, ca *a.* 有節奏的, 有節拍的

***ritmo** *m.* 1. 節奏, 節拍 2. 旋律 3. 韻律 4. 週期性; 間歇性 5. 速度

rito *m.*【宗】典禮, 儀式 2. 習慣

ritual I. *a.* (宗教) 典禮的, 儀式的 II. *m.*【集】宗教儀式 ◇ de ～【轉】照例的, 一貫的

***rival** *s.* 競爭者, 對手

***rivalidad** *f.* 角逐, 競爭

***rivalizar** *intr.* 1. 角逐, 競爭 2. 相等, 不相上下

riza *f.* 毁壞, 破損 ◇ hacer ～ (戰爭中) 造成重大傷亡

rizado, da *a.* 1. 鬈曲的 2. 起波紋的 3. 波浪滔滔的

rizador *m.* 燙髮鉗

rizar I. *tr.* 1. 使 (頭髮等) 鬈曲 2. 使起波紋, 使起浪花 3. 使形成摺皺 II. *r.* (頭髮) 鬈曲

***rizo** *m.* 1. 鬈髮, 髮鬈 2. 捲毛絨 ◇ rizar el ～ (飛機) 翻筋斗

rizoma *m.*【植】根狀莖, 根莖

rizoso, sa *a.* 自然鬈曲的 (頭髮等)

robado, da *a.* 偷來的, 搶來的

róbalo; robalo *m.*【動】狼鱸

***robar** *tr.* 1. 偷盗, 搶劫 2. 誘拐, 拐騙 3. 騙取 (錢財), 詐騙 4. 奪走, 佔用 5. (水、河流等) 沖刷, 侵蝕

robinia *f.*【植】洋槐, 刺槐

***roble** *m.* 1.【植】櫟樹, 橡樹 2.【轉】強壯的人; 結實的東西

robleda *f.* ; **robledal; robledo** *m.* 櫟樹林, 橡樹林

roblón *m.* 1. 鉚釘 2. 瓦脊

***robo** *m.* 1. 偷盗, 搶劫 2. 誘拐, 拐騙 3. 騙取, 詐騙 4. 贓物

robot *m.* 1. 機器人, 自動裝置 2.【轉】傀儡

robustecer *tr.* 1. 使健壯, 加強, 壯大

robustez *f.* 1. 健壯, 粗壯 2. 強大, 結實

***robusto, ta** *a.* 1. 健壯的, 粗壯的 2. 強大的, 結實的

***roca** *f.* 1. 岩, 岩石 2.【轉】堅硬的東西

rocalla *f.* 碎石, 礫石

***roce** *m.* 1. 磨擦 2. 磨擦的痕迹 3. 【轉】接觸, 來往

rociada *f.* 1. 噴灑, 澆 2. 露水 3. (散彈物的) 陣 4.【轉】一連串罵人的話

rociadera *f.* 噴壺, 灑水器

rociar I. *intr.* 降露水 II. *tr.* 1. 噴灑, 澆 2. 撒, 抛散

rocín *m.* 1. 駑馬 2.【轉, 口】傻子, 愚昧無知的人

***rocío** *m.* 1. 露水, 露珠 2. 露水狀物

rocoso, sa *a.* 多岩石的

rodada *f.* 車轍

rodado *a.* 1. 有圓斑的 (馬) 2. 卵圓形的 3. 流暢的 (文章)

rodaja *f.* 1. 小輪子; 小圓盤 2. 圓片 3. 圓圈片

rodaje *m.* 1. (車輛的)行駛 2.【集】輪子 3. (影片的)攝製

rodamiento *m.*【機】軸承 ◇ ～ de bolas 滾珠軸承

rodante *a.* 滾動的, 能滾動的; 轉動的, 能轉動的

rodar I. *intr.* 1. 滾動; 轉動 2. 滾落, 滾下 3.【轉】走來走去, 游盪 4.【轉】走過, 奔波 5.【轉】存在, 有 II. *tr.* 1. 攝製(影片) 2. 試開(機器、車) ◇ andar rodando ①奔走②流浪 / ～ uno por otro 奉迎

rodear I. *intr.* 繞道 II. *tr.* 1. 環繞, 圍繞 2. 包圍, 用…圍住 III. *r.* 周圍有…, 處於…中

rodela *f.* (護胸的)圓盾

rodeo *m.* 1. 環繞, 圍繞 2. 包圍 3. 彎路, 遠道 4.【轉】(辦事的)迂迴手法 5. (牛、馬等的)圈, 欄

rodera *f.* 車轍

rodete *m.* 1. (頭頂物時用的)墊圈 2. 髮髻

rodilla *f.* 1. 膝蓋, 膝關節 2. (作抹布等用的)破布 ◇ de ～s 跪着 / doblar (或 hincar) la ～ ①跪下②【轉】屈服

rodillazo *m.* 1. 膝蓋的頂撞 2. 膝蓋受到的碰撞

rodillera *f.* 1. 護膝 2. 褲子膝部的補釘 3. 褲子穿後膝部形成的隆起 4. 膝部傷痕

rodillo *m.* 1. 滾木 2. 輾軋輥 3.【印】輥子, 輥筒

rodrigar *tr.* 給…搭支架

rodrigón *m.* (給植物搭的)支架

roedor, ra I. *a.* 1. 咬的, 啃的 2.【轉】折磨人的 3.【動】齧齒類的 II. *m.pl.*【動】齧齒目

roer *tr.* 1. 咬, 啃 2. 消耗, 消損 3.【轉】折磨, 使煩惱

rogar *tr.* 請求, 懇求; 祈求 ◇ hacerse ～ 擺架子, 讓人請求

rogativa *f.* (常用 *pl.*)【宗】祈求

roído, da *a.* 1. 被咬過的, 被啃壞的 2. 消損的 3.【轉、口】吝嗇的

rojear *intr.* 呈紅色, 發紅

rojez *f.* 1. 紅, 紅色 2. (皮膚的)紅斑

rojo, ja I. *a.* 1. 紅的, 紅色的 2. 金黃頭髮的; 金黃的 3. (用於政治上)赤色的 II. *m.* 紅色 III. *s.* 赤色分子

rol *m.* 1. 名單, 花名冊 2.【海】船員花名冊

roldana *f.* 滑輪, 滑車

rollizo I. *a.* 1. 圓柱形的 2. 粗壯的, 矮胖的 II. *m.* 原木

rollo *m.* 1. 捲, 盤; 疋; (影片的)本 2. 擀麵杖; 碾壓棍 3. 捲軸形的古書 4.【轉】討厭的人, 討厭的事 ◇ en ～ 未破成板材的(原木)

romadizo *m.*【醫】鼻膜炎

romana *f.* 桿秤

romance I. *a.* 羅馬語族的, 源自拉丁語的 II. *m.* 1. 羅馬語族語言, 源自拉丁語的語言. 西班牙語 2. 歌謠 3. 傳奇文學, 騎士小說 4. *pl.* 囉唆, 多話

romancero *m.* 歌謠集

romanesco, ca *a.* 1. 羅馬 (Roma) 的 2. 羅馬人的

románico, ca *a.* 1. 羅馬式的 (藝術風格) 2. 羅馬語族的

romanista *s.* 1. 古羅馬法學家 2. 羅馬語族語言研究者

romano, na I. *a.* 1. 羅馬 (Roma) 的 2. 古羅馬的 II. *s.* 1. 羅馬人 2. 古羅馬人 III. *m.* 拉丁語

romanticismo *m.* 浪漫主義

romántico, ca *a.* 1. 浪漫主義的; 浪漫派的 2. 浪漫的; 幻想的

romanza *f.*【樂】浪漫曲

rombal *a.* 菱形的

rombo *m.* 菱形

romboidal *a.* 長菱形的

romboide *m.* 長菱形

romeral *m.* 長迷迭香的地方

romería *f.* 1. 朝拜聖地 2. 廟會 3.

【轉】人流

romero, ra¹ I. *a.* 朝拜聖地的 II. *s.* 朝
聖者，香客

romero² *m.* 1.【植】迷迭香 2.【動】鱈
魚

romo, ma *a.* 1. 不尖銳的，鈍的 2. 扁
鼻子的 3.【轉】遲鈍的，笨拙的

rompecabezas (*pl.* rompecabezas) *m.*
1. 拼板玩具，拼圖遊戲 2.【轉】難題，傷
腦筋的事

rompedizo, za *a.* 易碎的

****rompehielos** (*pl.* rompehielos) *m.* 破
冰船

****rompehuelgas** (*pl.* rompehuelgas) *s.*
破壞罷工者，工賊

rompeolas (*pl.* rompeolas) *m.* 防波堤

****romper** I. *tr.* 1. 弄裂；弄破；弄壞 2.
使中斷，打斷 3. 斷絕 4. 割破；衝破 5.
開始(某行動) 6. 解除，撕毀 7. 透過，
穿越 8. 擠開，推開 II. *intr.* 1. (浪花)
濺開，散開 2. (花朵)綻開，開放 3. 突
然開始(某事) ◇ de rompe y rasga 堅
決地 / ~ por todo 不顧一切

rompiente *m.* 礁石

rompimiento *m.* 1. 裂口，斷裂 2. 決
裂，絕交

ron (*pl.* rones) *m.* 朗姆酒，甘蔗酒

ronca *f.* 1. 鹿發情時的叫聲 2. 嚇唬，
恫嚇

roncar *intr.* 1. 打鼾 2. 公鹿求雌時鳴
叫 3. (風等)咆哮，呼嘯

roncear *intr.* 1. 懶惰拖沓，磨洋工 2.
阿諛，討好

roncería *f.* 1. 懶惰拖沓，磨洋工 2. 阿
諛，討好的話

roncero, ra *a.* 1. 拖沓的，懶洋洋的 2.
愛發牢騷的，好埋怨的 3. 善於討好的

ronco, ca *a.* 1. (聲音)低沉的，粗的 2.
(嗓音)沙啞的

roncha *f.* 1. 紅腫，腫塊 2. 瘀斑

ronchar *tr.* (吃生、脆食物時)嘎吱嘎吱
地嚼

ronda *f.* 1. 巡夜 2. 夜間巡邏隊 3. (飲

酒、敬烟等的)巡，遍，輪 4. (小夥子們
在姑娘住處的街上的)夜間歡鬧 5. (城
鎮外的)環行路

rondalla *f.* 1. 街頭小樂隊 2. 編得活龍
活現的假事實

rondar I. *intr.-tr.* 1. 巡夜 2. 晚上散步
3. (小夥子們在姑娘住處的街上)夜間
歡鬧 II. *tr.* 1. (睡意、疾病等)要發作 2.
【轉】追求(姑娘)

rondó (*pl.* rondós) *m.*【樂】回旋曲

rondón : de ~ 突然地，出其不意地

ronquedad; ronquera *f.* 沙啞，嘶啞

ronquido *m.* 鼾聲

ronronear *intr.* 1. (貓受到撫摸或睡覺
時)呼嚕呼嚕地叫 2. (發動機等)隆隆
作聲

ronroneo *m.* 1. (貓受到撫摸或睡覺時
發出的)呼嚕聲 2. (發動機等的)隆隆
聲

ronzal *m.* 繮繩

ronzar *tr.* 嘎吱嘎吱地嚼(生、脆食物)

roña I. *f.* 1. (牲畜的)疥癬 2. (人、畜
身上的)污垢 3.【轉，口】小氣 II. *s.* 小
氣鬼

roñería *f.*【口】小氣

roñoso, sa *a.* 1. 長疥癬的(牲畜) 2. 污
穢的，骯髒的 3. 小氣的

****ropa** *f.* 衣服；紡織品 ◇ ~ de cama
床上用品 / ~ hecha 成衣 / ~ usada
估衣，舊衣服 / a quema ~ ①很近地
②突然 / guardar la ~ 明哲保身 / La
~ sucia se lava en casa 家醜不可外揚
/ no tocar la ~ a uno 不要觸犯某人
/ tentarse la ~ 三思而後行

ropaje *m.* 1. 禮服 2. 外衣 3.【集】衣服

ropavejería *f.* 估衣店，舊衣店

ropavejero, ra *s.* 估衣商人，賣舊衣服
的人

****ropero, ra** I. *s.* 1. 成衣商人 2. 衣帽
間保管員 II. *m.* 1. 衣櫃 2. 存衣處

ropón *m.* 寬大的外衣

roque *m.* (國際象棋的)車

roqueño, ña *a.* 1. 多岩石的 2. 堅如岩

石的

roquero, ra *a.* 1. 岩石的 2. 建在岩石上的

roquete *m.* (教士的)短袖法衣

rorcual *m.* 【動】鰮鯨

rorro *m.* 【口】嬰兒

ros *m.* (有帽舌的)大蓋半帽

*rosa I. *f.* 1. 玫瑰花, 薔薇花 2. (身體上的)紅斑 3. 【建】圓花窗; 圓花飾 II. *m.* 粉紅色 III. *a.* 粉紅色的 ◇ ~ de azafrán 藏紅花 / ~ de los vientos 或 ~ náutica (航海)羅盤 / como las propias ~s 心滿意足的 / como una ~ ①氣色好的②舒適的, 安逸的

rosáceo, a I. *a.* 1. 玫瑰氏的, 粉紅的 2. 【植】薔薇科的 II. *f. pl.* 【植】薔薇科

rosado, da I. *a.* 1. 玫瑰紅的, 粉紅的 2. 用玫瑰製的 II. *f.* 霜

*rosal *m.* 【植】玫瑰, 薔薇

rosaleda *f.* (花園或公園中的)玫瑰花壇, 玫瑰花叢

rosario *m.* 【宗】唸珠祈禱; 玫瑰經 2. 唸珠 3. (水車、挖泥船的)戽斗, 挖斗 4. 【轉】連串, 系列

rosbif *m.* 烤牛肉

rosca *f.* 1. 螺旋; 螺旋狀物 2. 螺紋; 螺絲 3. 捲; 捲狀物 4. 麵包圈; 螺旋狀糕點 ◇ ~ de Arquímedes 螺旋提水機 / hacer la ~ *a uno* 討好(某人), 奉承(某人) / hecho una ~ (躺著時)蜷縮一團 / pasarse de ~ ①(螺絲)脫扣②【轉】過猶不及

roscón *m.* 1. 麵包圈; 螺旋狀糕點 2. 【口】零分, 不及格

róseo, a 玫瑰紅的, 粉紅的

roséola *f.* 【醫】薔薇疹, 玫瑰疹

roseta *f.* 1. (面頰上的)紅暈 2. (常用 *pl.*) 爆玉米花

rosetón *m.* 1. 【建】圓花窗; 圓花飾 2. 玫瑰花飾

rosicler *m.* 1. 黎明的霞光 2. 【礦】紅銀

rosillo, lla *a.* 白、黑、棕雜色的(馬)

rosita *f.* (常用 *pl.*) 爆玉米花 ◇ de

~s 白費力地; 不費力地(多用於否定句)

rosmaro *m.* 【動】海象

rosoli *m.* 肉桂茴芹酒

rosquilla *f.* 1. 小麵包圈; 小螺旋狀糕點 2. 一種毛蟲

*rostro *m.* 1. 鳥喙 2. 臉, 面孔 3. 【海】船首 ◇ echar en ~ 責備, 譴責 / tener mucho ~ 十分大膽

rota *f.* 1. 潰敗, 失敗 2. 【植】省藤 3. 【宗】(大寫)羅馬法庭

rotación *f.* 1. 旋轉, 滾動 2. 輪換 3. 【天】自轉 ◇ ~ de cultivos 【農】輪作, 輪種

rotativo, va I. *a.* 1. 旋轉的 2. 輪轉的 II. *m.* 【印】(輪轉機印的)報紙 III. *f.* 【印】輪轉機

rotatorio, ria *a.* 旋轉的, 滾動的

roten *m.* 1. 【植】省藤 2. 藤手杖

*roto, ta *a.* 1. 破碎的, 損壞的 2. 衣裳襤褸的 3. 墮落的, 放蕩的

rotonda *f.* 1. 【建】圓形建築; 圓形房間 2. 拱窗走廊

rótula *f.* 1. 【解】膝蓋骨 2. 【機】球窩

rotular¹ *a.* 【解】膝蓋骨的

rotular² *tr.* 1. 貼標簽 2. 給…加標題 3. 畫招牌, 貼廣告, 貼招貼

rótulo *m.* 1. 標簽; 商標; 標題 2. 廣告, 招貼 3. 招牌

rotundidad *f.* 1. 圓, 圓形 2. 斷然; 完全 3. 明確, 確切

rotundo, da *a.* 1. 圓的, 圓形的 2. 斷然的; 完全的 3. 明確的, 確切的

rotura *f.* 1. 弄破, 弄碎 2. 破裂; 裂口 3. 中斷, 中止

*roturación *f.* 開墾

*roturar *tr.* 開墾

roya *f.* 【植】黑斑病, 黑穗病

roza *f.* 1. 耕耘 2. (牆上用以埋管或電線而開的)溝, 槽

rozadura *f.* 1. 擦痕 2. 擦傷

rozamiento *m.* 1. 摩擦, 蹭 2. 爭論, 言語衝突

***rozar** I. *tr.* 1. 摩擦, 蹭 2. 蹭髒 3. 略有牽涉, 稍有關聯 4. (耕地前)清除雜草 5.【建】(爲埋管道、電線而在牆上)開溝, 開槽 II. *r.* 1. 磨損; 蹭破 2.【轉, 口】接觸, 交往 3.【轉, 口】有牽涉, 有關聯

rozón *m.* 大釤刀

rúa *f.* 街道(只用作專名)

rubefacción *f.*【醫】(皮膚)發紅

rubéola *f.*【醫】風疹

rubescente *a.* 發紅的

rubí (*pl.* rubíes) *m.* 紅寶石

rubia *f.* 1.【植】茜草 2. 廂式汽車 3.【口】比塞塔(西班牙貨幣)

rubiales (*pl.* rubiales) *s.* 金髮青年

rubicundez *f.* 1. 臉色紅潤 2.【醫】皮膚發紅

rubicundo, da *a.* 紅潤的(臉色)

***rubio, bia** I. *a.* 1. 金黃色的 2. 金髮的 II. *s.* 金色頭髮的人 III. *m.* 金黃色

***rublo** *m.* 盧布(蘇聯貨幣單位)

rubor *m.* 1. 臉紅, 赧顏 2. 害羞, 羞愧

ruborizarse *r.* 害羞, 羞愧; 臉紅

ruboroso, sa *a.* 臉紅的; 害羞的

rúbrica *f.* 1. 簽字的花飾, 花押 2. (章節等前面的)引語, 格言 ◇ de ～ 禮節性的; 規定的

rubricar *tr.* 簽字, 簽署

rucio, cia *a.* 淺棕色的, 淺灰的(動物)

ruda *f.*【植】芸香

rudeza *f.* 1. 粗魯, 粗野 2. 直率

rudimentario, ria *a.* 初步的, 基本的

rudimento *m.* 1. (常用 *pl.*) 基礎知識, 入門 2. 雛形; 胚胎

***rudo, da** *a.* 1. 粗糙的 2. 粗魯的, 粗野的 3. 直率的 4. 猛烈的, 沉重的

rueca *f.* (手工)紡錘

***rueda** *f.* 1. 輪子 2. 圓片 3. (人等形成的)圈子 4. (依次進行的)輪, 次, 圈 ◇ ～ catalina (鐘錶的)擒縱輪 / ～ de molino 磨盤 / ～ de prensa 記者招待會 / ～ de recambio 備用輪胎 / ～ libre 滑輪 / hacer la ～ ①巴結, 討好 ②(孔雀)開屏

ruedo *m.* 1. 貼邊; 護邊 2. 草墊 3. (鬥牛場的)鬥牛場地

***ruego** *m.* 請求, 懇求 ◇ a ～ de 應…的請求

rufián *m.* 1. 妓院老闆 2. 流氓, 無賴

rufianesco, ca *a.* 卑鄙下流的, 無賴的

rufo, fa *a.* 1. 洋洋自得的, 自滿的 2. 愛吹牛的

***rugido** *m.* 1. 吼叫, 咆哮 2. 腸鳴

***rugir** *intr.* 1. (人、獸) 吼叫, 咆哮 2. (風雨等)呼嘯, 怒號

rugosidad *f.* 1. 粗糙; 不平 2. 皺紋

rugoso, sa *a.* 1. 粗糙的; 不平的 2. 有皺紋的

ruibarbo *m.*【植】大黃

***ruido** *m.* 1. 聲響, 噪音; 嘈雜聲 2. 爭吵, 吵鬧 3. 聲張, 張揚 ◇ hacer (或 meter) ～ 引起注意, 引起轟動

ruidoso, sa *a.* 1. 喧鬧的, 嘈雜的 2. 引起轟動的

ruin *a.* 1. 卑鄙的, 下流的 2. 瘦弱的, 瘦小的 3. 吝嗇的, 貪吝的

***ruina** *f.* 1. 倒塌 2.【轉】崩潰, 破滅 3.【轉】衰敗, 衰頹 4. 破產 5. *pl.* 廢墟, 遺迹

ruindad *f.* 1. 卑鄙, 下流 2. 吝嗇, 貪吝

ruinoso, sa *a.* 1. 快倒塌的 2. 導致破產的

***ruiseñor** *m.* 夜鶯

ruleta *f.* 輪盤賭

rulo *m.* 1. 碾子, 磙子 2. 擀麪杖 3. 捲髮筒

***rumano, na** I. *a.* 1. 羅馬尼亞 (Rumania) 的 2. 羅馬尼亞人的 II. *m.* 羅馬尼亞語 III. *s.* 羅馬尼亞人

rumba *f.* 1. 倫巴舞 2. 倫巴舞曲

rumbo *m.* 1. 方向, 方位 2. 道路, 路線 3.【轉, 口】豪華; 闊氣, 排場 4.【轉, 口】慷慨; 揮霍 ◇ abatir el ～【海】把(船)調爲順風方向 / corregir el ～【海】校正航向 / hacer ～ a 朝向(某處)

rumboso, sa *a.* 1. 豪華的; 闊氣的, 排場的 2. 慷慨的; 揮霍的

rumia f. 1. 反芻 2.【轉, 口】反覆考慮 3.【轉, 口】埋怨

rumiante I. a.【動】反芻的 II. m.pl. 1.【動】反芻亞目 2. 反芻動物

rumiar tr. 1. 反芻 2.【轉, 口】反覆考慮 3.【轉, 口】埋怨

*__rumor__ m. 1. 謠言, 傳聞 2. 模糊的聲響, 嘈雜聲

rumorearse r. 謠傳, 流傳, 傳說

rumoroso, sa a. 發出聲響的, 嘈雜的

runa f. 盧納文字母(古代北歐使用的一種文字)

runrún m.【口】1. 謠言, 傳聞 2. 模糊的聲響, 嘈雜聲

rupia f. 盧比(印度等國的貨幣單位)

ruptura f.【關係】破裂, 斷絕, 決裂

*__rural__ a. 1. 農村的, 鄉村的 2. 村俗的

rusiente a. 燒紅的, 烤紅的

*__ruso, sa__ I. a. 1. 俄羅斯 (Rusia) 的, 俄國的 2. 俄羅斯人的, 俄國人的 3. 俄語的 II. m. 1. 俄語 2. 厚呢大衣 III. s. 俄羅斯人的人

rusticidad f. 土氣, 粗俗

rústico, ca I. a. 1. 農村的, 鄉下的 2.【轉】村俗的, 粗野的 II. s. 鄉下人, 鄉巴佬 ◇ a la ~ 或 en ~ 平裝的(書籍)

*__ruta__ f. 1. 道路, 路線 2.【轉】途徑

rutilante a. 金光閃閃的, 閃耀的

rutilar intr. 金光閃閃的, 閃耀

*__rutina__ f. 常規, 慣例, 老一套

rutinario, ria a. 1. 常規的, 慣例的, 老一套的 2. 墨守成規的, 守舊的

rutinero, ra I. a. 墨守成規的, 守舊的 II. s. 墨守成規的人, 守舊的人

S

s f. 西班牙語字母表的第二十二個字母

*__sábado__ m. 星期六 ◇ Sábado de Gloria 或 Sábado Santo 復活節前一日 / hacer ~ 或 hacer de ~ 週末大掃除

sábalo m.【動】一種鯡魚

*__sabana__ f. Amér. (拉丁美洲的) 大草原, 大平原

*__sábana__ f. 床單, 被單 ◇ ~ de agua 雨幕 / pegársele las ~s a uno (某人) 睡懶覺

sabandija f. 1. 蟲子, 小爬蟲 2.【轉】卑鄙小人

sabanilla f. 1. 方巾, 小方布 2. 祭壇布

sabañón m. 凍瘡 ◇ comer como un ~ 能吃, 吃得多

sabatino, na a. 星期六的

sabedor, ra a. (對罪行等) 知道的, 瞭解情況的

sabelotodo (pl. sabelotodo) s.【口】自誇博學的人

*__saber__¹ I. tr. 1. 知道, 知悉, 瞭解 2. 通曉, 懂得 3. 會, 善於 II. intr. 1. 有…味

道 2. 精明, 機靈 3. 相像, 相似 4. 得知, 知道 ◇ a ~ ①即, 也就是 ②(表示懷疑) 天曉得 / dejar a uno sin ~ qué decir 使 (某人) 張口結舌 / hacer ~ 通知, 告知 / no ~ a nada algo 淡而無味 / no ~ dónde meterse 慌亂不堪 / no ~ dónde para uno (或 algo) 不知下落 / sin ~ cómo 不知不覺地, 突然

saber² m. 學問, 知識

sabidillo, lla s. 見 sabelotodo

sabido, da a. 1. 被人知道的, 已知的 2. 博學的, 有知識的

*__sabiduría__ f. 1. 智慧 2. 學問, 知識 3. 英明, 明智

sabiendas : a ~ 有意地; 明知

sabihondo, da a. 自以爲博學的人

sabina f.【植】檜, 圓柏

*__sabio, bia__ I. a. 1. 博學的, 有學問的 2. 英明的, 明智的 II. s. 1. 學者, 智者 2. 英明的人, 明智的人

*__sablazo__ m. 1. 馬刀擊打; 馬刀傷 2.

【轉,口】詐騙(錢財)

*sable m. 1. 馬刀 2.【轉,口】詐騙伎倆

sablear intr.【轉,口】詐騙(錢財)

sablista a.-s. 慣於詐騙的;慣於詐騙的人

saboga f.【動】鰣魚

*sabor m. 1. 味道, 滋味 2.【轉】風格, 風味 3. pl. 馬嚼子

*saborear I. tr. 1. 調味, 使有滋味 2. 品嘗, 品味 3.【轉】玩味; 欣賞; 陶醉 4. (用奉承的話)引誘 II. r. 1. 津津有味地吃喝 2. 欣賞; 陶醉

*sabotaje m. 破壞

sabotear tr. 破壞

*sabroso, sa a. 1. 鮮美可口的, 味道鮮美的 2.【轉】有內容的 3.【轉】有趣的; 辛辣的 4.【口】稍鹹的

*sabueso, sa I. a. 嗅覺靈敏的(狗) II. m. 1. 警犬 2.【轉】警探; 機警的追捕者

saburra f. 1. 胃壁苔 2. 舌苔

saburroso, sa a. 1. 有胃壁苔的 2. 有舌苔的

*saca¹ f. 1. 取出, 拉出 2. 出口, 輸出

saca² f. 專用物

sacabocados (pl. sacabocados) m. 1. 打孔器 2. 有效措施

sacabotas (pl. sacabotas) m. 脱靴器

*sacacorchos (pl. sacacorchos) m. 開塞鑽 ◇ ～ sacar con ～ a uno 套出(某人的)話

sacadineros (pl. sacadineros) I. m. 騙錢的東西, 坑人的東西 II. s. 賣不值錢的東西騙錢的人

sacaleches m. 吸奶器

*sacamanchas (pl. sacamanchas) I. m. 去污劑 II. s. 洗衣工

sacamuelas (pl. sacamuelas) s. 1. (專門拔牙的)牙醫 2.【轉】多話的人

sacapuntas (pl. sacapuntas) m. 轉筆刀

*sacar tr. 1. 取出; 拔出; 拿出; 抽出 2. 盤問出, 打聽出 3. 使離別, 使擺脱 4. 放長, 加肥(衣服) 5. 挺起, 撅起 6. 析

出, 提取出; 摘出; 挑出 7. 去掉(污迹) 8. 獲得, 得到 9. 拍攝 10. 複寫, 複製 11. 引用, 援引 12. 想出, 發明; 製出 13. 找出, 指出(缺點等) 14. 購買(車票等) 15. 談到, 提及 16.【體】開(球), 發(球) ◇ ～ a bailar 邀請作舞伴 / ～ adelante ①撫育②維持(工作等) / ～ a relucir 説明, 提及 / ～ en claro (或 en limpio) 弄清楚, 弄明白

sacarificar tr.【化】使糖化

sacarina f. 糖精

sacarino, na a. 1. 含糖的 2. 糖的 3. 似糖的

sacarosa f.【化】蔗糖

sacasillas (pl. sacasillas) m.【劇】道具員

sacatrapos (pl. sacatrapos) m. (槍炮的)填塞物取除器

sacerdocio m. 1.【宗】神職 2.【集】神職人員 3.【轉】崇高的職業

sacerdotal a.【宗】牧師的, 教士的, 神甫的

sacerdote m. 牧師, 教士, 神甫

*saciar I. tr. 1. 使吃飽喝足 2.【轉】使滿意, 使滿足 II. r. 滿意, 滿足

saciedad f. 1. 吃飽喝足, 饜足 2.【轉】滿足

*saco m. 1. 袋子, 包 2. (量詞)袋, 包 3. (某方面)極其突出的人 4. 開球, 發球 5. 搶掠, 劫奪 6.【轉】肥胖臃腫的人 7.【解】囊 ◇ ～ terreno (修工事的)沙包 / entrar (或 poner) a ～ 搶劫 / no echar en ～ roto 牢記在心 / no ser ～ de paja 值得重視

sacramental a. 1. 聖禮的, 聖事的 2.【轉】例行的, 慣用的

sacramentar tr. 給(臨終的人)行聖禮, 給(臨終的人)做聖事

sacramento m.【宗】聖禮, 聖事

*sacrificar I. tr. 1. (以犧牲)祭神, 祭祀 2. 屠宰, 宰殺 3. 犧牲; 放棄; 獻出 II. r. 獻身, 爲…而犧牲

*sacrificio m. 1. (用犧牲的)祭神, 祭

祀 2. 彌撒 3. 犧牲,獻身

sacrilegio *m.* 1. 褻瀆聖物 2.【轉】褻瀆
行爲,失禮行爲

sacrílego, ga I. *a.* 褻瀆聖物的,瀆聖的
II. *s.* 褻瀆聖物的人,瀆聖者

sacristán *m.*【宗】教堂司事,聖器看管
人 ◇ ～ de amén 唯唯諾諾的人

sacristana *f.* 看管聖器的修女

sacristanía *f.* 教堂司事職務;聖器看管
人職務

sacristía *f.*【宗】(教堂的)聖器室

sacro, cra I. *a.* 1. 神聖的 2.【解】骶骨
的 II. *m.*【解】骶骨

sacrosanto, ta *a.* 極神聖的

sacudida *f.* 1. 搖晃;抖動 2. 震動 3.
摔,擊打 4.【轉】打擊,損害

sacudido, da *a.* 1. 暴躁的,脾氣壞的
2. 堅定的

sacudidor *m.* 1. (拍打地毯等用的)藤
拍 2. 撣子

sacudimiento *m.* 1. 搖晃;抖動 2. 震
動 3. 抖落(灰塵等) 4. 打,摔 5. 擺脱,
挣脱

*sacudir I. *tr.* 1. 搖晃;抖動 2. 震動 3.
抖落(灰塵等) 4. 打,摔 5. 轟趕(蚊蠅等)
6. 使震驚;打動 7. 挣脱,擺脱 II. *r.* 1.
抖落(灰塵等) 2. 擺脱,挣脱 3.【轉】拒
絕,回絕

sádico, ca I. *a.* 1. 性虐待狂的 2. 虐待
狂的,殘忍的 II. *s.* 1. 有性虐待狂的人
2. 有虐待狂的人;殘忍的人

saeta *f.* 1. 箭,矢 2. (鐘錶的)指針

saetera *f.* 1. (城堡的)射箭孔 2. 小窗
口

saetilla *f.* 1. (鐘錶的)指針 2.【植】慈
姑

saetín *m.* 1. 無帽小釘 2. (磨坊的)引
水槽

safari *m.* (非洲的)狩獵遠征

safena *f.*【解】大隱靜脈

saga *f.* 北歐中世紀的神話傳説

sagacidad *f.* 1. 精明,機靈 2. (狗等
的)嗅覺靈敏

*sagaz *a.* 1. 精明的,機靈的 2. (狗等)
嗅覺靈敏的

sagita *f.*【數】矢

sagitado, da *a.*【植】箭簇形的

sagitaria *f.*【植】慈姑

sagitario *m.* 1. 弓箭手 2. (大寫)【天】
人馬座;人馬宫

*sagrado, da I. *a.* 神聖的;莊嚴的 II.
m. (罪犯)避難所

sagrario *m.* 1. (教堂的)聖物存放處 2.
(祭壇上的)聖體龕

sagú *m.*【植】1. 西谷椰樹 2. 西谷椰樹
粉 3.【植】竹芋

sahumar *tr.* 用香熏

sahumerio; sahúmo *m.* 1. 用香熏 2.
薰香香料冒出的烟 3. (用作薰香的)香
料

saín *m.* (動物的)油脂

sainete *m.* 1. 獨幕喜劇 2. 調味品 3.
花飾,裝飾品 4. (食品的)美味

saíno *m.*【動】一種西貒

sajadura *f.*【醫】切口

sajar *tr.*【醫】開切口

sajón, ona I. *a.* 1. 撒克遜的 2. 撒克遜
人的 II. *s.* 撒克遜人

*sal *f.* 1. 鹽 2. 情趣,趣味;風致,詼諧
3. 文雅,動人 ◇ ～ de roca 岩鹽 / ～
marina 海鹽 / ～ y pimienta
①挖苦地,譏刺地②俏皮地

*sala *f.* 1. 廳,堂,室,館 2. (廳、堂、室、
館裏的)傢具 3. 法庭 ◇ ～ de apa-
ratos (電訊機構的)機房 / ～ de des-
canso (戲院等的)休息室 / ～ de hos-
pital 病房 / ～ de lectura 閲覽室 / ～
de operaciones 手術室 / ～ de té 茶
館,茶室

salacidad *f.* 淫蕩,好色

salacot *m.* 呂宋帽

saladar *m.* 1. 鹽沼 2. 鹽鹼地

saladillo *m.* 鹹味食品,鹹味杏仁

*salado, da *a.* 1. 鹹的;含鹽的;腌的
2. 過鹹的 3. 風趣的,詼諧的 4. 文雅
的,動人的

saladura *f.* 1. 腌製 2. 加鹽

salamandra *f.* 1.【動】蠑螈 2. 火神 3. 取暖煤爐

salamanquesa *f.*【動】一種意壁虎

*****salar** *tr.* 1. 腌製 2. 加鹽 3. 加鹽過多

*****salario** *m.* 工資, 薪水 ◇ ~ horario 計時工資 / ~ nominal 名義工資 / ~ por pieza 計件工資

salaz *a.* 淫蕩的, 好色的

salazón *f.* 1. 腌製 2. 腌製業 3. *pl.* 鹹肉; 鹹魚

salcochar *tr.* 用鹽水煮

*****salchicha** *f.* 1. 腊腸, 香腸 2.【軍】導火線

salchichería *f.* 腊腸店, 香腸店

salchichero, ra *s.* 製或賣腊腸的人, 製或賣香腸的人

*****salchichón** *m.* 大腊腸, 大香腸

*****saldar** *tr.* 1. 清賬, 償清(債務) 2. 減價出售, 抛售 3.【轉】了結, 結束

saldo *m.* 1. 結賬, 清償 2. 餘額, 差額 3. 減價出售, 抛售 4. 處理品, 便宜貨 5.【轉】次品, 剩貨

saledizo, za I. *a.* 伸出的, 凸出的 II. *m.*【建】突出部分, 伸出物

*****salero** *m.* 1. 鹽瓶, 鹽罐 2. 風趣, 文雅 3. 風趣的人, 文雅的人

saleroso, sa *a.* 風趣的, 文雅的

salicaria *f.*【植】千屈菜

*****salida** *f.* 1. 出去; 出發, 離開 2. 出現, 湧現; 露出; (日、月等)升起 3. 出口 (處) 4. 出路, 應付辦法 5. 銷路 6. 妙語; 驚人的舉動 7. 伸出部分, 凸出部分 8. 支出 9.【轉】借口, 託詞 10.【轉】結局, 結束 ◇ ~ de baño (披在游泳衣外面的)浴衣 / ~ de pie de banco 或 ~ de tono 胡説 / no haber ~ en algo 没有出路, 無法解决 / tener ~ a (建築物等)門朝向(某處)

salidizo *m.*【建】伸出部分, 凸出部分

saliente I. *a.* 突出的, 凸出的 II. *m.* 東方

*****salina** *f.* 1. 鹽礦 2. (常用 *pl.*) 鹽田, 鹽場

salinero, ra I. *a.* 鹽礦的; 鹽場的 II. *m.* 1. 鹽商 2. 鹽場工人

salino, na *a.* 含鹽的, 鹽性的

*****salir** I. *intr.* 1. 出去, 出來; 離開 2. 出現, 湧現; 露出; (日、月等)升起 3. 出來, 突出 4. 售罄, 賣光 5. (報刊)出版 6. (植物等)生長, 長出 7. (季節、時期等)結束 8. 結果是, 結果好(壞) 9. 突然説出, 出其不意地做出 10. (污迹)消失, 消退 11. 擺脱, 脱離 12. (當選)入選 13. (抽簽等)得中 14. 相像 15. 價(多少錢) 16. 卸職, 離任 17. 花費, 耗費 II. *r.* 1. 退出 2. (液體等)漏出; 逸出; 溢出 3. (器皿)漏了 ◇ a lo que salga 冒冒失失地 / ①馬虎地②碰運氣地 / salga lo que salga (或 saliere) 不管怎樣 / ~ adelante 進展順利 / ~ corriendo (或 disparado, escapado, pitando) 忽忽離去 / ~ por 爲…辯解 / ~se con la suya 得逞

salitral I. *a.* 含硝的 II. *m.* 硝石礦

salitre *m.* 硝, 硝石

salitroso, sa *a.* 含硝的

*****saliva** *f.* 唾液, 口水 ◇ gastar ~ 白費唇舌 / tragar ~ 忍氣吞聲

salivación *f.* 1. 唾液分泌 2. 唾液過多

salival *a.* 唾液的, 口水的

salivar *intr.* 分泌唾液

salivazo *m.* (一次唾出的)口水

salmantino, na I. *a.* (西班牙)薩拉曼卡 (Salamanca) 的 II. *s.* 薩拉曼卡人

salmear *intr.* 唱贊美詩, 唱聖歌

salmista *m.* 贊美詩作者; 唱聖歌的人

salmo *m.*【宗】贊美詩; 聖歌

salmodia *f.* 1. 贊美詩樂曲, 聖歌樂曲 2.【轉】單調的歌曲

*****salmón** *m.* 1.【動】鮭魚 2. 橙紅色

salmonado, da *a.* 1. 像鮭魚的 2. 橙紅色的

salmuera *f.* 1. 濃鹽水, 飽和鹽水 2. 鹵汁

salobral I. *a.* 含鹽碱的 II. *m.* 鹽碱地

salobre *a.* 含鹽的, 鹹的

salobreño, ña *a.* 含鹽碱的, 鹽質的(土地)

saloma *f.* 勞動號子

salomónico, ca *a.* 機智的, 博學的

salón *m.* 1. 大廳 2. 客廳 3. 沙龍(名流或文人的聚會) / ～ de actos 禮堂, 會堂 / ～ de fiestas 宴會廳; 跳舞廳 / ～ de sesiones 會議廳 / ～ de té 茶館, 茶點鋪

saloncillo *m.* 1. (劇場、飯店等的)單間, 專用房間 2. (劇場的)休息室

salpicadura *f.* 1. 濺, 潑, 噴灑 2. *pl.* (濺上的)污迹, 污斑

*****salpicar** *tr.* 1. 濺, 潑, 噴灑 2. 撒; 散佈 3. 【轉】使間斷進行

salpicón *m.* 1. 濺, 潑, 噴灑 2. 涼拌肉

salpimentar *tr.* 1. 加胡椒、鹽調製 2. 使(談話等)風趣, 使…趣味盎然

salpreso, sa *a.* 腌的, 腌製的

salpullido *m.* 1. 【醫】(皮)疹 2. (跳蚤叮的)紅斑

*****salsa** *f.* 1. 調味汁; 醬油 2. 【轉】樂趣, 趣事

salsera *f.* 1. 調味汁罐; 醬油壺 2. 調色碟

salsifí (*pl.* salsifíes) *m.* 【植】婆羅門參

saltabanco(s) *m.* 1. 街頭賣假藥的人 2. 江湖藝人

saltador, ra I. *a.* 跳躍的, 跳得高的 II. *s.* 表演跳躍技巧的人 III. *m.* 跳繩用的繩子

saltamontes (*pl.* saltamontes) *m.*【動】蚱蜢; 蝗蟲

*****saltar** I. *intr.* 1. 跳躍, 蹦跳 2. 跳上, 跳下, 跳到 3. 迸發, 飛濺 4. 撲向, 衝向 5. 崩裂, 迸裂 6. 突然脫岔 7. (彈簧)彈出 8. 大發雷霆 9.【轉】突出, 明顯 10.【轉】突然說出 11. 忽然想到, 忽然出現 II. *tr.* 1. 跳過 2. 漏過, 略過 3. 使脫落 ◇ estar *uno* a la que salta ①伺機②伺機挑剔 / hacer ～ ①迫使離職②使大發雷霆 / ～ por todo 不顧一切

saltarín, ina *a.-s.* 1. 愛蹦蹦跳跳的, 好

動的; 愛蹦蹦跳跳的人, 好動的人 2. 跳舞的; 跳舞的人

salteador *m.* 攔路打劫的强盗

saltear *tr.* 1. 攔路打劫, 搶掠 2. 跳着做 3. 煎煮(食物)

salterio *m.* 1.《聖經》中的《詩篇》 2. (唱詩班用的)贊美詩集, 聖歌集

saltimbanqui *m.* 見 saltabanco

*****salto** *m.* 1. 跳躍, 蹦跳 2. 跳的高度, 跳的距離 3. (心臟的)怦怦跳 4. 攻擊; 攔路打劫 5. 瀑布 6.【轉】巨大間隔; 巨大差異 7.【轉】突變, 驟變 8.【轉】(抄寫等的)脱漏, 省略 ◇ ～ de agua 瀑布 / ～ de cama 女晨服 / ～ de campana 騰空轉體一週 / ～ mortal (從高處)翻跟斗跳下 / a ～ de mata ①倉惶地②胡亂地 / a ～s ①跳躍地②間斷地 / de un ～ 一跳, 一躍

saltón, ona I. *a.* 突出的, 鼓起的(眼睛等) II. *m.*【動】蚱蜢; 蝗蟲

salubérrimo, ma *a.* 非常有益健康的; 非常健康的

salubre *a.* 有益健康的; 健康的

salubridad *f.* 1. 有益健康 2. 健康. 有益健康的程度; 健康狀况

*****salud** *f.* 1. 健康, 健康狀况 2.【轉, 口】良好狀况 ◇ ¡ A tu (或 su...) ～! (敬酒套語) 祝你(您…)健康! / curarse en ～ 防患未然 / por la ～ de *uno* 我擔保, 我發誓 / ¡ Salud! 你好! 祝您健康!

saludable *a.* 1. 有益健康的 2. 樣子健康的 3.【轉】有益的, 有好處的

*****saludar** *tr.* 1. 打招呼, 問候, 致意 2. 歡呼; 祝賀 3.【海】致旗禮 4.【軍】(以舉槍、鳴炮等)行軍禮 ◇ no ～ *a uno* 敵視某人, 與某人不和

*****saludo** *m.* 打招呼, 問候, 致意, 祝賀 ◇ ～ a la voz 【海】歡呼禮 / no dirigir el ～ *a uno* 敵視某人, 與某人不和

saludación *f.* 打招呼, 問候

salutífero, ra *a.* 有益健康的

*****salva** *f.* 1. 鳴炮禮, 禮炮 2. 鳴槍禮, 禮槍 2. (爲保證無毒, 替帝王貴族)品嘗食物

◇ ～ de aplausos 熱烈的掌聲 / hacer la ～【轉】要求發言

salvable *a.* 有救的,可挽救的

*salvación *f.* 挽救,拯救

salvado *m.* 麩皮,糠

*salvador, ra I. *a.* 挽救的,拯救的,解救的 II. *s.* 拯救者,解救者,救星 ◇ El Salvador【宗】救世主,耶穌基督

*salvadoreño, ña I. *a.* 1. 薩爾瓦多 (El Salvador) 的 2. 薩爾瓦多人的 II. *s.* 薩爾瓦多人

salvaguardar *tr.* 保護,維護,保衛,捍衛

salvaguardia I. *f.* 1. 保護,維護,保衛,捍衛 2. 安全通行證 II. *m.* 警衛,衛兵

salvajada *f.* 粗野言行

*salvaje I. *a.* 1. 野生的,野的 2. 荒蕪的,未開墾的 3. 野蠻的,未開化的 4.【轉,口】粗野的,無教養的 II. *s.* 1. 野蠻人,未開化的人 2. 粗野的人,莽漢

salvajez *f.* 見 salvajismo

salvajino, na *a.* 1. 野生的,野的 2. 原始的,未開化的 3. 野蠻人的

salvajismo *f.* 1. 野性 2. 野蠻,未開化狀態 3. 粗野,魯莽

salvamento; salvamiento *m.* 挽救,拯救,解救,救護

*salvar I. *tr.* 1. 挽救,拯救,解救 2. 使免除,使擺脱(困境等) 3. 通過,跨越 4. 走完(相當長的距離) 5. 保全,使幸存 6. 高出,超過 7. 把…排除在外 II. *r.* 1. 得救,脱險 2.【宗】升天

salvavidas (*pl.* salvavidas) *m.* 救生圈,救生器材

salve I. *f.*【宗】聖母禱詞 II. *interj.* 你好

salvedad *f.* 例外;先決條件

salvia *f.*【植】鼠尾草

salvilla *f.* 托盤

*salvo, va I. *a.* 平安的,安然無恙的 II. *ad.* 除…之外,除了 ◇ a ～ ①安全地②完好無損地 / en ～ 安全;在安全所在 / ～ que ～ si 除非,除了

*salvoconducto *m.* 通行證

sámara *f.*【植】翅果

samarilla *f.*【植】歐百里香

samba *f.* (起源於巴西的)桑巴舞;桑巴舞曲

sambenito *m.* 1.【宗】(宗教裁判所用的)悔罪服 2. (教堂公佈的)悔罪録 3.【轉】惡行,劣迹

samovar *m.* 茶炊,俄式茶爐

san *a.* 聖 (santo 的詞尾省略形式,只用於某些專名前)

sanalotodo (*pl.* sanalotodo) *m.* 1. 膏藥 2.【轉】萬應靈藥

*sanar I. *tr.* 治愈,使康復 II. *intr.* 痊愈,復原

*sanatorio *m.* 療養院

sanción *f.* 1. (法令等的)批准,核准 2. 確認,認可 3. 處分,制裁

sancionar *tr.* 1. 批准,核准(法令等) 2. 確認,認可 3. 處分,制裁

sancochar *tr.* 把(食物)煮得半生不熟

sandalia *f.* 涼鞋;拖鞋

sándalo *m.*【植】檀香 ◇ ～ rojo 紫檀

sandáraca *f.* 1. 香松樹膠 2.【礦】雄黄

sandez *f.* 愚蠢言行,愚笨

*sandía *f.* 西瓜

sandio, dia I. *a.* 愚蠢的,蠢笨的 II. *s.* 傻瓜,蠢人

sandunga *f.*【口】風趣,風雅,討人喜歡之處

sandunguero, ra *a.* 風趣的,風雅的,討人喜歡的

sandwich *m.* 三明治,夾肉麪包

saneado, da *a.* 免除賦税的(財産等)

saneamiento *m.* 1. 使(建築物等)符合衛生條件 2. 使(地面)乾燥

*sanear *tr.* 1. 使(建築物等)符合衛生條件 2. 排去(地面)的水

sangradera *f.* 1.【醫】柳葉刀 2. 接血器

sangrador *m.* 1. 放血師 2. (容器的)溢口

sangradura *f.* 1.【解】肘窩 2. 放血的切口 3. 溢水口,放水口

*sangrar I. tr. 1. 給(某人)放血 2. 放水 3. 採樹脂 4.【印】縮排(首行) II. intr. 流血,出血

*sangre f. 1. 血,血液 2. 體液,組織液 3.【轉】血統,血緣 ◇ ～ azul 高貴的血統 / ～ fría ①冷靜②冷酷 / ～ gorda 遲鈍 / ～ ligera 愉快 / a ～ fría 蓄意地 / a ～ y fuego 連殺帶燒地,殘酷地 / bullirle la ～ (en las venas) uno 血氣方剛 / correr ～ 造成傷亡 / chupar uno la ～ a otro 敲骨吸髓 / de ～ 畜力的 / encenderle (或 freírle) la ～ a uno 使發怒 / hacer ～ ①使受傷,弄傷②傷害 / sudar ～ 歷盡艱辛; 嘔心瀝血

sangría f. 1. 放血 2. 肘窩 3. (採樹脂的)切口 4. (河等的)出水口 5. 用水、葡萄酒、糖、檸檬等調製的飲料 6. 金屬熔液 7. 損耗

*sangriento, ta 1. 淌血的,血淋淋的 2. 血腥的,浴血的 3.【轉】殘酷無情的;惡意的

sangüesa f. 覆盆子(果實)

sangüeso m.【植】覆盆子

sanguijuela f. 1.【動】水蛭,螞蝗 2.【轉,口】吸血鬼

sanguinaria f.【礦】雞血石

*sanguinario, ria a. 血腥的,嗜血成性的,殘忍的

sanguíneo, a a. 1. 血的,血液的 2. 含血的;多血的 3. 血紅色的;紅潤的

sanguinolento, ta a. 1. 流血的,血淋淋的 2. 血腥的,浴血的

*sanidad f. 1. 健康 2. 衛生,衛生狀況 3. 保健事業

*sanitario, ria I. a. 衛生的,保健的 II. m.【軍】衛生員

*sano, a a. 1. 健康的 2. 有益於健康的,衛生的 3. 完好的,完整的 4.【轉】影響好的,有益的 ◇ cortar por lo ～ 根除 / ～ y salvo 平安地

sánscrito, ta I. a. 梵語的 II. m. 梵語

sanseacabó : y ～ 完了,完事

santabárbara f. (船、艦的)彈藥艙,彈藥庫

santiamén : en un ～ 一瞬間

santidad f. 神聖;聖潔 ◇ Su (或 Vuestra) Santidad【宗】教皇陛下

santificación f. 1. 奉爲神明,尊爲神聖 2. 崇拜,供奉 3.【轉,口】寬恕;開脫

santificar tr. 1. 把…奉爲神明,使…神聖 2. 崇拜,供奉 3.【轉,口】寬恕;開脫

santiguar I. tr. 劃十字祝福 II. r. 劃十字祈福

*santo, ta I. a. 1. 神聖的;神明的;宗教的 2. 聖潔的,聖徒般的 3. 有奇效的,神奇的 II. s. 1. 聖人,聖徒 2. 品德高尚的人 III. m. 1. 聖徒像 2. (常用 pl.)【轉,口】插圖,插畫 3. 教名日 ◇ ～ y seña【軍】口令 / Todo (Los) Santos 萬聖節(11月1日祭祀没有專門祭日的聖者) / alzarse uno con el ～ y la limosna 全部據爲己有 / ¿ A qué ～ ...? 或 ¿ A ～ de qué...? 爲了甚麼? / desnudar (a) un ～ para vestir a otro 拆東牆補西牆 / llegar y besar el ～ 輕而易舉地得到 / no ser uno ～ de la devoción 討厭

santón m. 1. 伊斯蘭教等的托鉢僧 2.【轉,口】假聖人,偽君子

santónico m.【植】1. 山道年草 2. 山道年花

santonina f.【醫】山道年

santoral m.【宗】1. 聖徒祭日表 2. 聖徒列傳 3. 合唱經文集

santuario m. 神廟;神殿,神堂

santurrón, ona I. a. 假虔誠的,偽善的 II. s. 假聖人;偽善者

santurronería f. 假虔誠,偽善

saña f. 1. 盛怒,狂怒 2. 殘暴,兇狠

sañudo, da a. 1. 盛怒的,狂怒的 2. 殘暴的,兇狠的

sapidez f. 有滋味,有味道

sápido, da a. 有滋味的,有味道的

sapiencia f. 1. 智慧 2. 知識,學問

sapiente a. 有知識的,博學的

*sapo *m.* 1.【動】蟾蜍, 癩蛤蟆 2.【口】
蛙, 蛤蟆

saponáceo, a *a.* 肥皂的, 像肥皂的

saponaria *f.*【植】肥皂草

saponificar *tr.* 使皂化

*saque *m.*【體】1. 發球, 開球 2. 發球
線, 發球點 3. 發球者 ◇ tener buen ～
胃口大

*saquear *tr.* (入侵者)搶掠, 劫奪

*saqueo *m.* (入侵者)的搶掠, 劫奪

saquería *f.* 1. 製袋業 2.【集】袋子

saquero, ra *s.* 製袋者; 袋子商

*sarampión *m.*【醫】麻疹

sarao *m.* 社交晚會, 舞會

sarcasmo *m.* 譏諷, 挖苦, 諷刺

sarcástico, ca *a.* 譏諷的, 挖苦的, 諷刺
的

sarcófago *m.* 石棺, 石墓

sarcoma *m.*【醫】肉瘤

sardina *f.* 沙丁魚, 鰮魚 ◇ como ～s
en banasta (或 en cuba, en lata) 擁擠
不堪

sardinero, ra I. *a.* 沙丁魚的, 鰮魚的
II. *s.* 賣沙丁魚的人

sardónico, ca *a.* 1. 譏諷的, 挖苦的 2.
痙攣所致的(笑)

sarga[1] *f.*【紡】嗶嘰

sarga[2] *f.*【植】灰毛柳

sargal *m.* 柳樹叢

sargazo *m.*【植】馬尾藻

*sargento *m.* 士官, 軍士長

sarmentoso, sa *a.* 似葡萄藤的

sarmiento *m.* 葡萄藤

sarna *f.*【醫】疥瘡, 疥蟎病

sarnoso, sa *a.-s.* 長疥瘡的; 長疥瘡的
人

sarpullido *m.* 1. (皮)疹 2. 紅斑

sarpullir *tr.* 1. 使發疹 2. 使起紅斑

sarracina *f.* 1. 大量死亡 2.【口】大破
壞, 嚴重損傷 3.【口】大淘汰; 大懲罰

sarria *f.* (裝麥秸, 稻草的)大網袋

sarro *m.* 1. 水垢, 水銹 2. 牙垢 3. 舌苔
4.【植】銹病

---

sarta *f.* 1. (珍珠等的)串 2.【轉】(人或
物之)排, 行 3.【轉】連串, 系列

*sartén *f.* 平底鍋, 煎鍋 ◇ tener *uno*
la ～ por el mango 掌權

sartenada *f.* 鍋(量詞, 指平底鍋一次煎
炸的食物)

sartorio *m.*【解】縫匠肌

sasafrás (*pl.* sasafrases) *m.*【植】美洲
檫木

*sastra *f.* 1. 女裁縫 2. 裁縫的妻子

*sastre *m.* 裁縫, 成衣匠

sastrería *f.* 1. 裁縫店, 成衣舖 2. 裁縫
業

Satán; Satanás *m.* 撒旦, 魔王

satánico, ca *a.* 1. 撒旦的, 魔王的 2.
【轉】險惡的, 極有害的

satélite I. *a.* 衛星似的, 附屬的 II. *m.*
1.【天】衛星 2.【轉】僕從; 追隨者 3.
【轉】附庸國; 衛星城

satelizar *tr.* 使進入繞行軌道, 使成爲衛
星

satén *m.*【紡】緞子; 貢緞

satinar *tr.* 研光, 軋光

sátira *f.* 諷刺作品, 諷刺演說

satírico, ca I. *a.* 諷刺的; 寫諷刺作品
的 II. *s.* 諷刺作家

satirio *m.*【動】水鼩

satirizar I. *tr.* 諷刺 II. *intr.* 寫諷刺作
品

sátiro *m.* 1.【希神】森林之神 2.【轉】好
色之徒, 色情狂

*satisfacción *f.* 1. 高興, 滿意, 滿足 2.
賠禮, 賠不是 3.【宗】贖罪 ◇ a mi (或
tu ...) ～ 按照我(你...)的意願 / esta-
llar de ～ 非常得意 / para mi (或
tu...) ～ 爲了讓我(你...)高興 / reven-
tar de ～【口】見 estallar de ～ /
tomar ～ de 報復

*satisfacer I. *tr.* 1. 滿足, 使滿意, 使高
興 2. 符合, 達到(要求等) 3. 清償(債
務), 償付 4. 賠禮; 賠償 5. 贖罪, 彌補
(過失) II. *r.* 1. 滿意, 滿足 2. 報仇, 雪
恨

satisfactorio, ria *a.* 令人滿意的

*satisfecho, cha I. *a.* 1. 得到滿足的 2. 感到滿意的, 滿足的 3. 饜足的, 吃飽喝足的

saturación *f.* 1. 飽和(狀態) 2.【理, 化】飽和度

saturar *tr.* 1. 裝滿, 使充滿 2.【理, 化】使飽和

saturnal I. *a.* 1.【羅神】農神的 2.【天】土星的 II. *f.* 1. pl. (古羅馬的)農神節 2.【轉】縱情狂歡

saturnino, na *a.* 1. 鉛的; 鉛中毒的 2.【轉】憂鬱的

saturnismo *m.*【醫】鉛中毒

Saturno *m.* 1.【羅神】農神 2.【天】土星 3. (小寫)【化】鉛

sauce *m.*【植】白柳, 柳樹 ◇ ~ llorón 垂柳

saúco *m.*【植】西洋接骨木

saurio, ria *a.-m.pl.*【動】蜥蜴目的; 蜥蜴目

sauzgatillo *m.*【植】淡紫花牡荆

savia *f.* 1.【植】汁液 2.【轉】元氣, 活力

saxífraga *f.*【植】虎耳草

saxofón; saxófono *m.*【樂】薩克斯管

*saya *f.* 裙子; 襯裙

sayal *m.* 粗呢

sayo *m.* (寬大的)外衣

sayón¹ *m.* 1. (肉刑的)行刑人 2.【轉】面目兇惡的人

sayón² *m.*【植】馬齒鄂濱藜

sazón *f.* 1. 墒情 2. 成熟, 完美 3. 時機, 機會 4. (食物的)味道, 滋味 ◇ a la ~ 當時, 那時 / en ~ 及時地 / fuera de ~ 不合時宜地

*sazonar I. *tr.* 1. 給…調味, 給…加作料 2. 使成熟; 使完美, 使合宜 II. *r.* 1. (土地)得墒 2. 成熟

*se *pron.* 1. (和另一人稱代詞連用, 用作間接補語)他, 她, 它; 他們, 她們, 它們; 您, 你們 2. (用在自復句中)自己 3. (用在自復被動句中)本身 4. (用在相互中)彼此

sebáceo, a *a.* 油脂的, 脂肪的, 皮脂的

*sebo *m.* 1. 油脂, 脂肪, 皮脂 2.【口】油污, 油膩

seborrea *f.*【醫】皮脂溢

seboso, sa *a.* 1. 油脂過多的, 多脂肪的 2. 油污的, 油膩的

seca *f.* 乾旱; 旱季; 旱災

secadal *m.* 乾旱的土地; 旱田

secadero, ra I. *a.* 可乾貯的(水果等) II. *m.* 晾曬場; 烘乾室

secador *m.* 1. 曬衣場 2. 烘衣機 3. (理髮用的)吹風機 4. 膠片烘乾機

secafirmas (pl. secafirmas) *m.* 吸墨器

secano *m.* 旱田, 旱地

secante I. *a.* 1. 使乾燥的; 吸水的 2.【數】切割的 II. *m.* 1. 吸墨紙 2. 乾燥劑 III. *f.*【數】正割; 割線

*secar I. *tr.* 1. 切割 2. 斷面(圖), 截面(圖) 3. (分割開來的)部分, 塊, 片, 區域 4. (機構、單位等的)部門; 科, 處, 局; 組, 股; (大學的)系, 專業 5. (作品的)段, 節, 篇章 6.【軍】排, 小隊, 分隊 2. 使痛 3. 使(傷口等)癒合, 使結痂 4.【轉】使厭煩, 使感到枯燥 II. *r.* 1. (植物)枯萎, 乾枯 2. 乾涸 3.【轉】消瘦, 憔悴 4.【轉】口渴

sección *f.* 1. 切割 2. 斷面(圖), 截面(圖) 3. (分割開來的)部分, 塊, 片, 區域 4. (機構、單位等的)部門; 科, 處, 局; 組, 股; (大學的)系, 專業 5. (作品的)段, 節, 篇章 6.【軍】排, 小隊, 分隊

secesión *f.* 分裂, 脫離

*seco, ca *a.* 1. 乾的, 乾燥的 2. 乾涸的; 乾旱的 3. 乾枯的, 枯萎的 4. 乾瘦的, 憔悴的 5. 乾巴巴的, 冷漠的(人等) 6. 純的(燒酒), 不甜的(葡萄酒) 7. 枯燥乏味的, 没意思的 8. 嚴厲的, 嚴酷的(法律等) 9. 無附加的, 僅有的 10. 沙啞的, 乾澀的(聲音) ◇ a ~as ①僅僅 ②乾脆地 / dejar ~ 使立即斃命 / en ~ ①突然②無緣無故地③(船)在陸上

secreción *f.*【生理】分泌(機能); 分泌物

secretar *tr.*【生理】分泌

secretaria *f.* 1. 女秘書 2. 秘書的妻子

*secretaría *f.* 1. 秘書職務; 書記職務

2. 秘書處; 書記處 **3.** (拉丁美洲某些國家的)部

secretario, ria *s.* **1.** 秘書; 書記 **2.** (拉丁美洲某些國家的)部長

secretear *intr.* 密談, 耳語

secreteo *m.* 密談, 耳語

secreter *m.* (有文件格的)寫字枱

secreto, ta **I.** *a.* **1.** 秘密的, 機密的 **2.** 隱蔽的, 看不見的 **II.** *m.* **1.** 秘密, 機密 **2.** 秘訣, 秘方 **3.** 隱蔽, 暗中 **4.** (傢具上的)暗箱, 秘密夾層 **5.** (鎖的)秘密機關 **6.** 奧秘 ◇ ～ a voces 公開的秘密 / ～ de Estado 國家機密 / en ～ 秘密地; 悄悄地 / guardar un ～ 保守機密

secta *f.* **1.** 派別, 宗派 **2.**【宗】教派

sectario, ria **I.** *a.* 派別的, 宗派的 **II.** *s.* 宗派成員, 宗派主義者

sector *m.* **1.**【數】扇形(面) **2.**【轉】方面, 部分 **3.**【轉】派別; 階層 **4.** 地區, 區域

secuaz **I.** *a.* 追隨(人, 學說)的 **II.** *s.* 信徒, 追隨者

secuela *f.* **1.** 後果 **2.**【醫】後遺症

secuencia *f.* **1.** 連續, 連串, 系列 **2.** 【語法】詞序 **3.**【電影】(鏡頭)的組

secuestrar *tr.* **1.** 查封 **2.** 劫持, 綁架

secuestro *m.* **1.** 查封 **2.** 查封的財物 **3.** 劫持, 綁架

secular *a.* **1.** 世俗的, 現世的 **2.** 百年的, 一個世紀的 **3.** 數百年的, 長年的 **4.** 每百年一次的

secularización *f.* **1.** 世俗化 **2.** (教會財產等)改爲俗用

secularizar *tr.* **1.** 使世俗化 **2.** 使(財產等)成爲非教會所有

secundar *tr.* 幫助, 協助

secundario, ria **I.** *a.* **1.** 第二的, 中等的 **2.** 次要的, 副的 **3.**【電】次級的 **4.** 【醫】繼發的 **5.**【質】中生代的 **II.** *m.* 【質】中生代

sed *f.* **1.** 渴 **2.** (土地, 作物)旱, 缺水 **3.**【轉】渴望, 熱望 ◇ apagar la ～ ① 解渴 ②【轉】滿足慾望

seda *f.* **1.** 絲, 蠶絲 **2.** 絲線; 絲織品, 綢緞 ◇ ～ artificial 人造絲 / ～ cocida 熟絲 / ～ cruda 生絲 / como una ～ ①易如反掌的②非常溫順的

sedal *m.* 釣魚線

sedante; sedativo, va **I.** *a.* 鎮靜的, 緩解的 **II.** *m.* 鎮靜劑, 止痛藥

sede *f.* **1.** (機構的)所在地; 本部 **2.** 【宗】(教皇的)聖座, (主教的)教座 **3.** 教區; 教區首府 ◇ Santa Sede 羅馬教廷

sedentario, ria *a.* **1.** 坐着做的(工作等) **2.** 定居的

sedente *a.* 坐着的, 坐姿的(像等)

sedeño, ña *a.* 絲的, 像絲的

sedería *f.* **1.** 養蠶繅絲業 **2.** 絲綢商店 **3.** 針線店

sedero, ra **I.** *a.* 絲的; 絲綢的 **II.** *s.* **1.** 絲綢紡織工人 **2.** 絲綢商

sedición *f.* 叛亂, 暴動

sedicioso, sa **I.** *a.* **1.** 煽動叛亂的, 煽起暴動的 **2.** 煽動性的 **II.** *s.* 叛亂者, 暴動者

sediento, ta *a.* **1.** 口渴的 **2.** 缺水的(土地等) **3.**【轉】渴望…的

sedimentar **I.** *tr.* **1.** 使沉澱, 使沉積 **2.** 【轉】平息, 消除(情緒, 影響)等 **II.** *r.* 沉澱, 沉積

sedimentario, ria *a.* 沉澱的, 沉積的

sedimento *m.* **1.** 沉澱物, 沉渣 **2.** 【轉】(某事留下的)痕迹

sedoso, sa *a.* **1.** 像絲的 **2.** 柔滑如絲的(頭髮等)

seducción *f.* **1.** 誘惑, 勾引 **2.** 誘姦 **3.** 吸引, 迷住

seducir *tr.* **1.** 誘惑, 勾引 **2.** 誘姦 **3.** 吸引, 迷住

seductor, ra **I.** *a.* **1.** 誘惑(性)的, 勾引的 **2.** 誘姦的 **3.** 吸引人的, 令人着迷的 **II.** *m.* 誘姦(女人)的人

sefardí (*pl.* sefardíes) **I.** *a.* 西班牙猶太人的 **II.** *s.* 西班牙猶太人

sefardita *a.-s.* 見 sefardí

segador, ra I. *a.* 收割的 II. *s.* 收割者 III. *m.*【動】盲蛛

*****segadora** *f.* 收割機

*****segar** *tr.* 1. 割, 收割 2.【轉】切掉, 砍平 3.【轉】斷送, 摧滅 (希望等) 4.【轉】使夭折

seglar I. *a.* 世俗的, 塵世的 II. *s.* 世俗的人

segmento *m.* 1. 塊, 節, 片, 段 2.【動】體節, 環節 ◇ ～ circular【數】弓形 / ～ del émbolo【機】活塞環

segregación *f.* 1. 分開, 分離 2.【生】分泌; 分泌物 3. (種族等的) 隔離 ◇ ～ racial 種族隔離

segregacionista *a.-s.* 種族隔離主義的; 種族隔離主義者

segregar *tr.* 1. 使分開, 使分離 2.【生】分泌

*****seguida** *f.* 繼續, 連續 ◇ a ～ 不間斷地, 連續地 / de ～ ①不間斷地②立刻, 馬上 / en ～ 立刻, 馬上

*****seguido, da** I. *a.* 1. 連續的, 不間斷的 2. 直的, 筆直的 II. *ad.* 1. 一直地 2. 經常地 3. 緊接著, 隨即

seguimiento *m.* 1. 跟隨; 追隨 2. 追趕, 跟蹤 3. 連續, 繼續 ◇ en ～ de 追趕, 跟蹤

*****seguir** I. *tr.* 1. 跟隨; 追隨 2. 追趕, 跟蹤 3. 追求 (女人) 4. 順從, 奉行 5. 攻讀, 學習 6. 繼續, 仍然 7. 走 II. *r.* 1. 接著, 跟著 2. 源於, 產生於 3. 由…看來 ◇ ～ adelante *en algo* 堅持…

*****según** I. *prep.* 1. 按照, 根據, 依…情況而定 II. *ad.* 1. 隨著, 與此同時 2. 如同, 正如…一樣 ◇ ～ cómo 或 ～ y cómo 或 ～ y conforme 依…情況而定, 看情況 / ～ que 根據, 依…而定

*****segundo, da** I. *a.* 1. 第二的 2. 二等的; 次要的 3. 堂房的, 旁系的 II. *s.* 助手, 副手 III. *m.* 1. (時間, 弧度等的) 秒 2.【轉】瞬間, 剎那 ◇ sin ～ 舉世無雙的, 無可匹敵的 / un ～ 再次, 重新

segundón *m.* 1. 次子 2. 長子以外的所

有兒子

segur *m.* 1. 板斧, 大斧 2. 鐮刀

*****seguramente** *ad.* 1. 確實地, 肯定地 2. 非常可能地

*****seguridad** *f.* 1. 安全, 保險 2. 牢固, 結實 3. 把握; 信心 4. 保障 ◇ con ～ 確實地, 肯定地 / de ～ ①安全的, 保險的②保安的 / en ～ 安全的 / ～ en sí mismo 自信

*****seguro, ra** I. *a.* 1. 安全的, 保險的 2. 牢固的, 結實的 3. 確實的, 可靠的 4. 肯定的, 確信的 5. 忠實的, 可信賴的 II. *ad.* 肯定, 一定 III. *m.* 1. 保險 2. (槍等的) 保險裝置 3. 把握, 信心 ◇ a buen ～ 確實地, 一定 / de ～ 肯定, 一定 / en ～ 安全地, 保險地 / ～ de sí mismo 自信的 / sobre ～ 萬無一失地 / tener *algo* por ～ 堅信 (某事) / te-ner *algo* 確有把握

*****seis** *a.* 六

seisavo, va I. *a.* 1. 六分之一的 2. 六角形的, 六邊形的 II. *m.* 1. 六分之一 2. 六角形, 六邊形

*****seiscientos, tas** *a.* 六百

seisillo *m.*【樂】六連音

selacio, cia I. *a.* 鯊類的 II. *m.pl.*【動】鯊類

*****selección** *f.* 1. 挑選, 選擇 2. 精選物, 集錦 3. 選集 ◇ ～ natural【生】自然淘汰

*****seleccionar** *tr.* 挑選, 選擇

selectivo, va *a.* 1. 挑選的, 選擇的 2.【電】選擇性的

selecto, ta *a.* 挑選出來的, 精選的

selenio *m.*【化】硒

*****selva** *f.* 熱帶雨林, 大森林

selvático, ca *a.* 1. 熱帶雨林的, 大森林的 2. 野蠻的

*****sellar** *tr.* 1. 蓋印, 打圖章 2. (用火漆等) 加封, 封固 3. 留下痕迹, 打上印記 4.【轉】完成, 實現

*****sello** *m.* 1. 封鉛, 封蠟, 火漆 2. (圖章蓋的) 印, 印記 3. 圖章, 印章, 戳

子 4. 蓋章處 5. 郵票 6. 印花 7.【轉】
痕迹; 烙印; 標誌, 特徵 ◇ ～ distintivo
特徵, 標誌 / ～ de Salomón ①六角星
形②【植】玉竹 / ～ de urgencia 加急郵
票 / ～ real 玉璽

*semáforo m. 1.【海】旗語信號塔 2.
【鐵路】信號機, 信號燈 3. (路口的)交
通指揮燈, 紅綠燈

*semana f. 1. 星期, 禮拜, 週 2. 連續七
天 3. 週薪, 週工資

*semanal a. 一週的; 持續一週的; 每週
一次的

*semanario, ria I. a. 見 semanal II.
m. 1. 週報, 週刊 2. 一套七件的東西

semántico, ca I. a. 語義的; 語義學的
II. f. 語義學

*semblante m. 1. 臉, 面孔; 臉色 2.
【轉】外表, 外貌 ◇ alterar el ～ 使臉變
色, 使失色 / componer el ～ 使臉色恢
復平静

semblanza f. (人物的)小傳, 傳略

*sembrado m. 已播種的土地

*sembrador, ra I. a.-s. 播種的; 播種
人 II. f. 播種機

sembradura f. 1. 播種 2. 抛撒 3. 散
佈, 傳播

*sembrar tr. 1. 播種, 在…上播種 2.
撒, 抛撒 3. 散佈, 傳播

*semejante I. a. 1. 相像的, 類似的
這樣的, 如此的(多用於貶義或否定句
中) II. m. 1. 相像, 類似 2. 同類, 同夥

semejanza f. 相像, 類似

semejar(se) intr.-r. 相像, 類似

semen m. 1.【植】種子 2.【生理】精液

semental I. a. 1. 種子的; 播種的 2. 留
供配種的 II. m. 種畜(尤指種馬)

sementera f. 1. 播種 2. 已播種的土地
3. 已播下的種子 4. 播種季節 5.【轉】
(災難等的)根源, 禍根

*semestral a. 1. 半年的, 持續半年的
2. 每半年一次的 3. 一學期的

*semestre m. 1. 半年 2. 學期 3. 半年
工資, 半年酬金 4. (報刊等的)半年台

訂本

semibreve f.【樂】全音符

semicircular a. 半圓的; 半圓形的

semicírculo m.【數】半圓 ◇ ～ gra-
duado 量角器

semicircunferencia f.【數】半圓周

semiconductor m.【電】半導體

semicorchea f.【樂】十六分音符

semiculto, ta a. 尚未本族語化的(外來
語)

semidiós, osa s. 1.【神話】半神的人
2.【轉】受崇拜的人, 被奉爲神的人

semifinal f.【體】半决賽

semifusa f.【樂】六十四分音符

semilunar a. 半月形的

*semilla f. 1. 種子 2.【轉】根源, 起因

semillero m. 1. 秧田, 苗圃 2. 種子站
3.【轉】温床, 根源

seminario m. 1. 秧田, 苗圃 2. 神學院
3. (大學的)研究班 4.【轉】温床, 根源

semínima f.【樂】四分音符

semirrecta f.【數】射線, 單向直線

semirrecto, ta a. 半直角的, 四十五度
角的

semita I. a. 閃米特人的 II. s. 閃米特
人 III. m. 閃語族

semítico, ca a. 1. 閃米特人的 2. 閃語
族的

semitono m.【樂】半音

*sémola f. 麥碴子

semoviente : bienes ～s (作爲動産的)
家畜

sempiterno, na a. 永久的; 永遠的, 永
恒的

sen m.【植】山扁豆, 决明

senado m. 1. 参議院, 上議院 2.【轉】
重要會議

senador m. 参議員, 上議員

senaduría f. 参議員職位, 上議員職位

sencillez f. 1. 簡單, 簡便 2. 單純, 天
真 3. 容易, 便當 4. 樸實, 樸素

*sencillo, lla a. 1. 單的 2. 薄的 3. 簡
單的, 簡便的 4. 單純的, 天真的 5. 容

易的,便當的 **6.** 樸實的,樸素的

*senda *f.* **1.** 小路 **2.**【轉】途徑

sendero *m.* 小路,小道

sendos, as *a.pl.* 每人一個的

séneca *m.* 智者

senectud *f.* 高齡,年邁

senegalés, esa *a.-s.* 塞內加爾 (Senegal) 的,塞內加爾人的;塞內加爾人

senil *a.* 衰老的,老邁的

senilidad *f.* 衰老,老邁

seno *m.* **1.** 穴,窩,腔,凹處 **2.** 乳房 **3.** 胸部,懷抱 **4.** 海灣 **5.** 內部,裏面,深處 **6.**【解】竇 **7.**【解】子宮 **8.**【數】正弦 ◇ ～ de la familia 家庭隱私 / ～ materno【解】子宮 / ～ recto【數】正弦 / ～ segundo【數】餘弦

*sensación *f.* **1.** 感覺 **2.** 震動,轟動

sensacional *a.* **1.** 引起轟動的,使人震動的 **2.**【口】極好的,非常合宜的

sensatez *f.* 明智,審慎

*sensato, ta *a.* 明智的,審慎的

sensibilidad *f.* **1.** 感覺力 **2.** 情感 **3.** 敏感,感受力 **4.** (儀器等的) 靈敏度 **5.**【攝】感光度 ◇ ～ afectiva 情感 / ～ artística 藝術鑑賞力 / ～ orgánica 機體感受力

sensibilizar *tr.*【攝】使敏化,使有感光性能

*sensible *a.* **1.** 有感覺的 **2.** 敏感的;多愁善感的 **3.** (對藥物等) 過敏的 **4.** 可感知的;明顯的 **5.** 可悲的,令人遺憾的 **6.** 能感光的

sensiblería *f.* 多愁善感,過分溫情

sensitiva *f.*【植】含羞草

sensitivo, va *a.* **1.** 感覺的 **2.** 有感覺的 **3.** 敏感的;激起感情的

sensorial *a.* 感覺的;感官的

sensorio, ria **I.** *a.* 感覺的;感官的 **II.** *m.* 感覺中樞

sensual *a.* **1.** 感覺的 **2.** 引起快感的 **3.** 肉慾的,色情的

sensualidad *f.* **1.** 好色,淫蕩 **2.** 性感

sentado, da *a.* **1.** 坐着的 **2.**【轉】謹慎

的,沉穩的 **3.**【植】無柄的,無梗的 ◇ dar por ～ 確認

*sentar **I.** *tr.* **1.** 使坐下 **2.** 安放,放穩 **3.** 熨平;壓平 **4.** 提出,確立,奠定 **II.** *intr.* (常與 bien, mal 連用) **1.** (不)消化 **2.** (不)合適,使(不)高興,使(不)愉快 **III.** *r.* **1.** 坐下 **2.** 沉澱,沉積 **3.** (天氣)轉好,平靜 **4.** 不消化,積食 **5.** (身上)壓出痕迹

*sentencia *f.* **1.** 見解 **2.** 格言,警句 **3.**【法】判決;裁決 **4.**【轉,口】決定 **5.**【語法】句子 ◇ ～ definitiva【法】最後判決 / ～ concluso para ～【法】審完待判的

sentenciar *tr.* **1.**【法】判決,判處 **2.**【轉】裁決,仲裁

sentencioso, sa *a.* **1.** 格言式的,多警句的 **2.** 說教式的,好訓人的

*sentido, da **I.** *a.* **1.** 真誠的,深切的 **2.** 敏感的;愛動氣的 **II.** *m.* **1.** 感官,官能 **2.** 感覺;鑑賞力 **3.** 意義;含義 **4.** (朗誦的)表情,語氣 **5.** 方向 ◇ con los (sus) cinco ～s 聚精會神地 / costar un ～ 價值昂貴 / no tener ～ algo 不合情理 / torcer el ～ 歪曲

sentimental **I.** *a.* **1.** 感傷的 **2.** 多愁善感的,感情脆弱的 **II.** *s.* 多愁善感的人

sentimentalismo *m.* **1.** 感傷主義 **2.** 多愁善感,感情脆弱

*sentimiento *m.* **1.** 感覺 **2.** 感情,情懷 **3.** 悲傷,哀痛

sentir[1] *m.* **1.** 感覺 **2.** 感情 **3.** 見解,意見

*sentir[2] **I.** *tr.* **1.** 感到,覺得,感覺 **2.** 以爲,認爲 **3.** 感受,體會 **4.** 預感,預知 **5.** 遺憾,惋惜 **II.** *r.* **1.** 感到,覺得 **2.** 感到疼痛,覺得不適 **3.** 裂開,破裂 **4.** 對…感到遺憾,對…不滿 ◇ sin ～ 不知不覺地

*seña *f.* **1.** 記號,標記 **2.** 暗號,約定的信號 **3.** 手勢,示意 **4.** *pl.* 特徵 **5.** *pl.* 地址,住址 ◇ ～s personales 相貌特徵 / dar las ～s de 描述 / dar ～s de 顯

得, 顯出 / hacer ~s 打手勢, 暗示 / por las ~s 看樣子, 看上去 / por ~s 用手勢

*señal *f.* 1. 記號, 標記 2. 暗號, 約定的信號 3. 迹象, 徵兆 4. 手勢, 示意 5. 界標, 路牌 6. 定錢 ◇ ~ de comunicando (電話的)佔線信號, 忙音 / ~ de llamada (電話的)接通信號 / ~ para marcar (電話的)撥號音 / ~ de tráfico (路上的)交通信號 / dar ~es de 顯出, 露出 ~ en ~ de 表示…

señalado, da *a.* 1. 傑出的, 著名的 2. 顯著的, 明顯的 3. 被懷疑的 ◇ dejar ~ 使留下痕迹

señalamiento *m.* 1. 做記號, 打標記 2. (日期、地點等的)確定, 指定

*señalar I. *tr.* 1. 做記號, 打標記 2. 標誌, 表明 3. 指出, 指明 4. 留下痕迹, 留下傷痕 5. 確定, 指定(日期、地點等) 6. 暗指, 影射 II. *r.* 出衆, 馳名

señero, ra *a.* 1. 孤單的, 孤獨的 2. 不同凡響的, 出色的

*señor, ra I. *a.* 1. 極好的, 華貴的 2. 〖口〗上帝, 天主 3. 領主 4. 主人 5. (放在姓、名、職務、頭銜之前)先生, 老爺 5. 公公; 岳父 6. 丈夫 III. *f.* 1. 女主人 2. (放在姓、名、職務、頭銜之前)女士, 夫人, 太太 3. 婆婆; 岳母 4. 妻子 ◇ Nuestra Señora 聖母(瑪利亞) / Nuestro Señor 我主(耶穌) / ~ a de compañía (夫人、小姐的)伴娘 / ~ de horca y cuchilla 有生殺大權的封建領主 / ~ feudal 封建領主 / descansar (或 dormir) en el Señor 歸天, 去世

señorear *tr.* 1. 控制, 主宰, 支配 2. 據爲己有, 霸佔 3. 〖轉〗高出, 高踞於…

señoría *f.* 1. (古代意大利的)共和國 2. (與 Su, Vuestra, Vuesa 連用)閣下, 大人

señorial *a.* 1. 領主的 2. 威嚴的, 堂皇的

señorío *m.* 1. 統治, 控制 2. 領地 3. 老

爺派頭, 領主威風 4.〖集〗名流, 權貴

*señorita *f.* 小姐

*señorito *m.* 1. 少爺 2. 纨袴子弟

señorón, ona I. *a.* 闊佬派頭的, 闊氣的 II. *s.* 闊佬; 闊太太

señuelo *m.* 1. 圈子 2.〖轉〗誘餌, 圈套

sépalo *m.*〖植〗萼片

*separación *f.* 1. 分開, 分離 2. 距離, 間隔 3.〖法〗夫妻分居 ◇ ~ de palabras 移行 / ~ de poderes 分權制

*separado, da *a.* 分開的, 分離的 ◇ por ~ 分別地

*separar I. *tr.* 1. 使分開, 使分離 2. 區分, 區別 3. 辭退, 解除(職務) II. *r.* 1. 離開, 脫離 2. 夫妻分居 3.〖法〗放棄(權利等)

separatismo *m.* 分離主義

separatista I. *a.* 分離主義的 II. *s.* 分離主義者

sepelio *m.* (按宗教儀式進行的)安葬

sepia *f.* 1.〖動〗烏賊, 墨斗魚 2. 烏賊墨顏料

septenario *m.* 1. 七日, 一週 2. 七日禱

septenio *m.* 七年

septentrión *m.* 1. 北方, 北部 2. (大寫)〖天〗北斗七星, 大熊星座

*septentrional *a.* 1. 北方的, 北部的 2. 北斗七星的, 大熊星座的

septeto *m.*〖樂〗七重唱, 七重唱曲; 七重奏, 七重奏曲

septicemia *f.*〖醫〗敗血症

séptico, ca *a.* 1. 腐敗性的, 引起腐爛的 2. 帶菌的, 致病的

*septiembre *m.* 九月

*septimo, ma *a.* 1. 第七 2. 七分之一的 II. *m.* 七分之一 III. *f.*〖樂〗七度音程

septuagenario, ria *a.-s.* 七十歲的; 七十歲的人

sepulcral *a.* 1. 墳墓的, 陵墓的 2.〖轉〗陰森的, 陰沉的

*sepulcro *m.* 墳墓, 陵墓 ◇ bajar al ~ 去世, 亡故 / Santo Sepulcro ① 聖墓

(耶路撒冷的耶穌墓)②耶穌卧像 / ser
un ～ 守口如瓶

*sepultar *tr.* 1. 埋葬, 掩埋 2. 埋没, 淹
没 3.【轉】隱藏, 埋藏

*sepultura *f.* 1. 埋葬, 掩埋 2. 墳墓, 墓
穴 ◇ dar ～ *a uno* 埋葬 (某人) /
estar cavando su ～ 自掘墳墓

sepulturero *m.* 掘墓人

*sequedad *f.* 1. 乾, 乾燥 2. 乾旱 3.
【轉】(態度、語言等) 生硬, 不親切

sequedal *m.* 乾旱的土地

*sequía *f.* 乾旱, 旱災

sequillo *m.* 炸排叉

*séquito *m.* 1. 隨從人員 2.【轉】後果,
伴隨而來的事物

*ser¹ *m.* 1. 本質, 實質 2. 人; 生物 3.
生存; 存在; 生活方式 ◇ ～ humano 人
/ Ser Supremo 上帝, 天主 / ～ vivo 生
物

*ser² *intr.* 1. 是 2. 存在 3. 發生, 進行
4. 成爲, 構成 5. 屬於 6. 是…人, 出身
於 7. 假裝是, 當作 8. (構成被動語態)
被, 受, 爲 ◇ a no ～ que 如果不, 除非
/ a poder ～ 如有可能 / así sea 但願
如此 / como sea ①隨便怎樣②無論如
何 / como si fuera 好像是, 如同 / con
～ 儘管是 / cualquiera que sea 不管,
不論 / érase que se era (故事開頭語)
從前…, 話説… / es a saber 或 esto es
也就是, 即 / lo que sea 隨便甚麽 /
llegar a ～ 終於成爲 / no ～ nada 没
甚麽, 没關係 / no ～ uno (或 algo)
para una cosa 不宜於, 不適於 / o sea
也就是, 即 / poder ～ 可能 / por lo
que pueda ～ 以防萬一 / por si era
(或 fuera, fuese) poco 更有甚者, 這還
不够 / sea como sea 或 sea cual-
quiera 或 sea el que sea 或 sea lo que
fuere 或 sea lo que quiera 或 sea lo
que sea 無論如何, 不管怎樣 / sea
quien sea 不論是誰 / sea … sea … 或
…或者…, 要麽…要麽… / ～ algo
有重要性, 有價值, 有地位 / ～ alguien

是重要人物 / ～ con (用於第一人稱)
①同意②接待 / ～ de ①(表示出生地、
産地) 來自②應有 / si es que 如果 /
siendo así que 既然 / un si es no es
一點兒

sera *f.* 大筐

seráfico, ca *a.* 1. 天使的, 天使般的 2.
【轉】貧賤的, 卑賤的 3.【轉】平静的, 和
善的

serafín *m.* 1.【宗】六翼天使 2.【轉】極
美的人 (尤指婦女、小孩)

serba *f.* 花楸果

serbal; serbo *m.*【植】花楸果樹

*serenar I. *tr.* 使平静, 使安静 II. *intr.*
(情緒) 平静, 安寧 III. *r.* (天氣) 轉晴,
放晴

serenata *f.*【樂】小夜曲

*serenidad *f.* 1. 平静, 安寧 2. 晴朗 3.
冷静, 沉着 ◇ Su (或 Vuestra) Sereni-
dad 殿下

*sereno, na¹ *a.* 1. 晴朗的 2. 平静的,
寧静的 3. 冷静的, 沉着的

*sereno² *m.* 1. 夜間露水 2. 守夜人, 巡
夜人, 更伕 ◇ al ～ 夜間在户外, 夜間
在露天地方

serial I. *a.* 系列的, 連串的 II. *m.* (小
説、劇本等的) 連續廣播

sericicultor, ra *s.* 養蠶人

sericicultura *f.* 養蠶業

*serie *f.* 1. 系列, 連串 2. 批, 套 3. 許
多, 大量 4.【數】級數 ◇ ～ inacabable
無數的, 没完没了的 / en ～ ①成系列
地②成套地, 成批地③【電】串聯 / fuera
de ～ ①不成套的 (商品)②與衆不同的

seriedad *f.* 1. 嚴肅; 莊重 2. 認真 3. 嚴
重性 4. 重要性

*serio, ria *a.* 1. 嚴肅的; 莊重的 2. 認
真的 3. 嚴重的 4. 重要的, 重大的 ◇
en ～ 嚴肅地, 認真地 / poco ～ 不太
嚴重的 / tomar en ～ 重視

sermón *m.* 1.【宗】説教, 佈道 2.【轉】
訓誡, 斥責 ◇ Sermón de la Montaña
【宗】(耶穌的) 山上寶訓

sermonear I. *intr.*【宗】說教, 佈道 II. *tr.* 訓誡, 斥責

sermoneo *m.* 訓誡, 斥責

serosidad *f.*【醫】漿液

seroso, sa *a.*【醫】漿液的; 血清的

serpear *intr.* 見 serpentear

serpentaria *f.*【植】龍木芋

serpentear *intr.* 蜿蜒, 彎曲延伸, 逶迤

serpentín *m.* 蛇形管

serpentina *f.* 1. (供節日裏拋擲用的) 彩色紙帶卷 2.【礦】蛇紋岩

*****serpiente** *f.* 1.【動】蛇 2.【轉】魔鬼, 惡魔 ◇ ～ de anteojos 眼鏡蛇 / ～ de cascabel 響尾蛇 / ～ marina 海蛇

serpol *m.*【植】歐百里香

serpollo *m.* (樹木等的) 新芽, 新枝

serradizo, za *a.* 可以鋸開的

serrado, da *a.* 鋸齒形的

serraduras *f. pl.* 鋸末, 鋸屑

serranía *f.* 山地, 山區

serrano, na I. *a.* 山地的, 山區的; 住在山地的 II. *s.* 山裏人, 山民

*****serrar** *tr.* 鋸, 鋸開, 鋸斷

serrato *a.*【解】鋸肌

serrería *f.* 鋸木廠

serrín *m.* 鋸末, 鋸屑

*****serrucho** *m.* 手鋸

servible *a.* 1. 有用的 2. 還可以用的

*****servicial** I. *a.* 樂於助人的; 殷勤的 II. *m.*【醫】灌腸劑

*****servicio** *m.* 1. 服務; 供職 2. 服役; 兵役 3. 效勞, 幫忙 4. 用途, 效用 5. 公用事業, 服務部門 6. 全套用具 7. 便盆, 廁所 8. *pl.* 廚房 ◇ ～ activo 現役, 現職 / ～ a domicilio 登門服務 / ～ de mesa 餐具 / ～ militar 兵役 / ～ secreto 間諜機構 / hacer un flaco ～ 幫倒忙

*****servidor, ra** *s.* 1. 服務員; 侍者, 僕役 2. (國家機關的) 職工 3. (說話者自稱的謙詞) 鄙人, 在下 ◇ ¡ Servidor ! (點名時的應答用語) 有! 到! / su atento (或 seguro, humilde) ～ (書信結尾的

套語) 您忠實的僕人…

*****servidumbre** *f.* 1. 奴役, 勞役 2. 奴僕地位 3.【集】奴僕, 傭人

*****servil** *a.* 1. 奴隸的, 農奴的 2. 奴才相的, 奴顏婢膝的

servilismo *m.* 1. 奴隸主義 2. 奴性, 奴才相

*****servilleta** *f.* 餐巾, 餐紙

servio, via I. *a.-s.* 塞爾維亞 (Servia) 的, 塞爾維亞人的; 塞爾維亞人 II. *m.* 塞爾維亞語

*****servir** I. *intr.* 1. 服務, 供職, 當差 2. 服役, 服兵役 3. 能用, 適用於; 作爲, 充當 4. 跟出同花牌 II. *tr.* 1. 爲…服務, 替…効力, 給…幹活 2. 侍候, 侍奉 3. (向女人) 獻殷勤, 討好 4. 接待, 照應 (顧客) 5. 端上, 送上 (飯菜等) 6. 提供, 供應 (貨物等) 7. 擔任 (職務) III. *r.* 1. 使用, 利用 2. 吃, 喝, 用 3. (套語用命令式) 請 ◇ no ～ de nada 毫無結果 / no ～ para nada 沒有任何用處 / para ～le 或 para ～ a usted (客套話) 願爲您効勞

sésamo *m.*【植】芝蔴

*****sesenta** *a.* 1. 六十 2. 第六十

*****sesentavo, va** I. *a.* 六十分之一的 II. *m.* 六十分之一

sesentón, ona *a.-s.* 六十歲的; 六十歲的人

sesera *f.* 1.【口】腦顱, 腦腔 2.【轉, 口】才智, 智慧

sesgadura *f.* 斜剪; 歪斜

sesgar *tr.* 斜剪, 斜裁; 斜着放, 使歪斜

sesgo *m.* 1. 辦法, 方法 2.【轉】方向 ◇ al ～ 歪斜地, 斜着地

sésil *a.*【植】無柄的

*****sesión** *f.* 1. 坐, 坐着 2. 會議 3. (演出等的) 場 ◇ abrir la ～ 會議開幕 / levantar la ～ 會議閉幕

*****seso** *m.* 1. 腦, 腦髓 2.【轉, 口】頭腦, 明智 ◇ beber(se) el ～ ①頭昏腦脹②失去理智 / calentarse (或 devanarse) los ～s 絞盡腦汁 / estar en su ～ 清

醒, 明白 / perder el ～ 失去理智 /
quitar el ～ 使失去理智 / tener sorbi-
do el ～ por uno (或 algo) 渴慕;
迷戀

sestear intr. (牲畜) 炎熱時刻在蔭涼處
休息

sesudo, da a. 1. 聰明的 2. 博學的 3.
明智的, 有頭腦的

seta f. 1. 蘑菇, 食用蕈 2. 蘑菇狀物,
傘形物

setecientos, tas a. 1. 七百 2. 第七百

setenta a. 1. 七十 2. 第七十

setentavo, va I. a. 七十分之一的 II.
m. 七十分之一

setentón, ona a.-s. 七十歲的; 七十歲
的人

setiembre m. 見 septiembre

seto m. 栅欄; 圍栅; 籬笆 ◇ ～ verde (
或 vivo) 樹籬

seudo, da a. 假的, 偽的

seudónimo m. 假名, 化名, 筆名

severidad f. 1. 嚴厲, 嚴格 2. 嚴酷 3.
嚴肅, 莊嚴

severo, ra a. 1. 嚴厲的, 嚴格的 2. 嚴
酷的 3. 嚴肅的, 莊嚴的

sevicia f. 殘忍, 殘酷

sevillano, na a. 1. 塞維利亞 (Sevilla)
的; 塞維利亞人 2.

sexagenario, ria a.-s. 六十歲的; 六十
歲的人

sexagésimo, ma I. a. 1. 第六十 2. 六
十分之一的 II. m. 六十分之一

sexagonal a. 六角形的, 六邊形的

sexo m.【生】性, 性別 ◇ bello ～ 或
～ débil【口】女性, 女人 / ～ feo (或
fuerte)【口】男性, 男人

sextante m.【天】六分儀

sexteto m.【樂】1. 六重唱, 六重奏 2.
六重唱曲, 六重奏樂曲

sexto, ta I. a. 1. 第六 2. 六分之一的
II. m. 六分之一

sextuplicar tr. 使成六倍, 乘以六

sextuplo, pla I. a. 六倍的 II. m. 六倍

sexual a. 性的, 性別的

si¹ (pl. sis) m.【樂】B 音的唱名

si² conj. 1. 如果, 假如 2. 既然 3. 是否
◇ como ～ 好像, 似乎 / por ～ 以防
/ ～ no 否則

sí¹ pron. 他自己, 她自己; 您自己(自復
人稱代詞, 與前置詞連用, 與 con 連用
爲 consigo) ◇ de ～ 或 por ～ 或
en ～ 或 en ～ mismo 本身, 自己 /
entre ～ 見 para / estar sobre ～
自持; 鎮靜 / fuera de ～ 不能自持, 情
緒失常 / para ～ 或 para ～ mismo 在
心裏; 對自己 / por ～ solo ①自動地,
自發地②獨自地 / por ～ y ante ～ 自
作主張地 / sobre ～ 見 estar sobre ～

sí² ad. (用於肯定的回答)是, 對, 好的
◇ estar de ～ 情緒 好 / porque
～ ①(用於不說理由的粗魯回答)我願
意②確實, 的確 / por ～ o por no 不管
怎樣; 以防萬一 / ¡ Pues ～ !(表示不
快)可不是! / ～ que 確實是

sialismo m.【醫】流涎

sibarita a.-s. 奢侈享樂的; 愛好奢侈享
樂的人

sibarítico, ca a. 奢侈享樂的

siberiano, na I. a. (蘇聯) 西伯利亞
(Siberia) 的 II. s. 西伯利亞人

sibil m. 1. 地窖, 地下室 2. 地下岩洞

sibila f. (古希臘、羅馬的) 女先知, 女預
言家

sibilante I. a. 1. 嘶嘶響的 2. 發嘶音
的 II. f. 1. 嘶嘶聲 2.【語音】嘶音

sibilino, na; sibilítico, ca a. 1. 女先
知的, 女預言家的 2.【轉】預言性的 3.
【轉】晦澀的, 神秘的

sic ad. (拉丁文, 用作引文等的標注)原
文如此

sicalipsis f. 色情

sicalíptico, ca a. 色情的

sicario m. 受雇的刺客

siciliano, na a.-s. (意大利) 西西里島
(Sicilia) 的; 西西里人

siclo m. 希克羅(以色列的一種銀幣)

sicoanálisis *m.* 精神分析

sicofanta; sicofante *m.* 誹謗者,中傷者

sicómoro *m.* 【植】1. 埃及榕 2. 假挪威槭

sidecar *m.* (摩托車的)邊車

***sideral; sidéreo, a** *a.* 【天】恒星的

***siderurgia** *f.* 鋼鐵工業

siderúrgico, ca *a.* 鋼鐵工業的

sidra *f.* 蘋果酒

***siega** *f.* 1. 收割,收穫 2. 收穫季節

***siembra** *f.* 1. 播種 2. 播種季節

***siempre** *ad.* 1. 永遠,總是,始終 2. 無論如何,至少 3. 當然,必定 ◇ de ~ ①見 desde ~ ②慣常的,通常的③一直的,歷來的 / desde ~ 一向,從來 / hasta ~ 再見 / para ~ 或 por ~ 或 por ~ jamás 永遠 / ~ que 或 ~ y cuando 只要

siempreviva *f.* 【植】1. 千日紅 2. 蠟菊

***sien** *f.* 太陽穴;鬢角

sienita *f.* 【質】正長石

sierpe *f.* 1. 【動】蛇 2. 【轉】發怒的人;容易發怒的人 3. 【轉】移動如蛇之物

***sierra** *f.* 1. 鋸 2. 山脈 ◇ ~ bracera 架鋸 / ~ circular 圓鋸 / ~ de cinta 帶鋸 / ~ de mano 手鋸 / ~ mecánica 電鋸 / ~ para metales 鋼鋸

***siervo, va** *s.* 1. 農奴;奴隸 2. 奴僕 3. (舊時的謙稱)僕

***siesta** *f.* 1. 中午 2. 午休,午睡

***siete** *a.* 1. 七 2. 第七 ◇ más que ~ 很多

sífilis (*pl.* sífilis) *f.* 【醫】梅毒

sifón *m.* 1. 虹吸管;U 形管 2. 虹吸瓶

***sigilo** *m.* 1. 印,圖章 2. 秘密 3. 緘默 ◇ ~ profesional 職業秘密 / con mucho ~ 非常秘密地,偷偷地

sigilografía *f.* (古)印章學

sigiloso, sa *a.* 秘密的,偷偷的,悄悄的

sigla *f.* 1. 詞首字母縮寫名稱 2. 縮寫詞

***siglo** *m.* 1. 世紀,百年 2. 時代 3. 很

長時間,很久 4. 世俗生活 ◇ ~ de las luces (十八世紀法國的)啟蒙時期 / Siglo de Oro (西班牙文學史上十六—十七世紀的)黃金時代 / ~s medios 中世紀

sigma *f.* 西格馬(希臘語字母 Σ, σ 的名稱)

signar I. *tr.* 1. 蓋章 2. 簽字 3. 給…劃十字 II. *r.* 劃十字

signatario, ria *a.-s.* 簽字的;簽字人

signatura *f.* 1. 簽名,簽署 2. 標記 3. 圖書目錄符號 4.【印】摺頁標記

***significación** *f.* 1. 意義 2. 重要性 3. 含義 4. 思想,主張 5. (人的)地位,影響

significado, da I. *a.* 知名的,有聲望的 II. *m.* 1. 意義 2. 含義

significante *a.* 有意義的,意味深長的

***significar** I. *tr.* 1. 意味着,意思是,就是 2. 表明,說明 II. *intr.* 有意義,有重要性 III. *r.* 1. 突出,引人注意 2. 表明,顯示

***signo** *m.* 1. 標誌,表示 2. 符號,記號 3. 迹象,徵兆 4. 天數,命運 5.【樂】音符 6.【數】數學符號

***siguiente** I. *a.* 接着的;下面的,如下的;後續的 II. *s.* 下一個人,下一個事物

***sílaba** *f.*【語音】音節 ◇ ~ abierta 開音節 / ~ aguda 重讀音節 / ~ átona 非重讀音節 / ~ cerrada 閉音節

silabario *m.* 音節表;標音節的識字課本

silabear *intr.* 按音節朗讀

silabeo *m.* 按音節朗讀

silábico, ca *a.* 音節的

silba *f.* 噓聲,喝倒彩聲

***silbar** I. *intr.* 1. 噓噓作響,呼嘯 2. 吹口哨 3. 發噓聲,喝倒彩

silbato *m.* 哨子,汽笛

***silbido** *m.* 1. 哨聲,笛聲 2. 呼嘯聲 ◇ ~ de oídos 耳鳴

silbón *m.*【動】赤頸鴨

silenciador *m.* 消聲器

silenciar *tr.* 1. 對⋯閉口不談 2. 使沉默, 使安靜

*****silencio** *m.* 1. 安靜, 寂靜 2. 沉默, 緘默 3.【樂】休止 ◇ ¡ Silencio! 請安靜! 別作聲! / en ~ 安靜地; 默默地 / guardar ~ *sobre algo* 對⋯避而不談 / imponer ~ ①使安靜②使平息, 制止 / pasar en ~ 故意不提 / reducir al ~ 使默不作聲 / romper el ~ 開口說話

*****silencioso, sa** *a.* 1. 安靜的, 寂靜的 2. 沉默的, 不聲不響的

sílex *m.* 燧石

silícico, ca *a.*【化】硅的, 硅石的

silicio *m.*【化】硅, 矽

silicosis (*pl.* silicosis) *f.*【醫】矽肺, 硅肺

silicua *f.*【植】長角果

silo *m.* 地下糧倉, 穀倉

silogismo *m.*【邏】三段論法

silogístico, ca *a.* 三段論法的

silueta *f.* 1. 側影, 剪影 2. 輪廓 3. 外形, (身體等的)線條

siluro *m.*【動】六鬚鮎

silva *f.* 1. 雜記, 隨筆 2. 一種自由詩體

*****silvestre** *a.* 1. 野生的 2. 野蠻的, 未開化的

silvicultor, ra *s.* 林學家; 育林者

*****silvicultura** *f.* 1. 林業 2. 林業學

*****silla** *f.* 1. 椅子 2. 馬鞍 ◇ ~ de la reina (兩個人雙手交握而成的)抬架 / ~ de manos 轎子 / ~ de montar 馬鞍 / ~ de ruedas (病人等用的)輪椅 / ~ de tijera 摺疊椅 / ~ eléctrica 電椅 / ~ giratoria 轉椅 / ~ poltrona 安樂椅

sillar *m.*【建】方石

sillería *f.* 1.【集】成套的椅子 2. 排椅 3. 椅子工場 4. 椅子店

sillero, ra *s.* 1. 椅子工匠 2. 椅子商人

silleta *f.* (病人床上用的)便盆

silletazo *m.* 椅子的擊打

sillico *m.* 便盆

sillín *m.* (自行車等的)車座

*****sillón** *m.* 扶手椅

sima *f.* 深淵, 深坑

simbólico, ca *a.* 象徵的, 象徵性的

simbolismo *m.* 1. 象徵性, 象徵意義 2. 符號系統 3. (文藝上的)象徵主義, 象徵派

simbolizar *tr.* 象徵, 標誌

*****símbolo** *m.* 1. 象徵, 標誌 2. 化學元素符號

simetría *f.* 1. 對稱 2. 勻稱

simétrico, ca *a.* 1. 對稱的 2. 勻稱的

simiente *f.* 1. 種子 2. 精子 ◇ de ~ 作種的(牲畜)

simiesco, ca *a.* 像猴的

símil *a.* 相似的, 類似的 II. *m.* 1. 相似, 類似 2.【修辭】直喻, 明喻

*****similar** *a.* 相似的, 類似的

*****similitud** *f.* 相似, 類似

similor *m.* 仿金鍍料, 充金 ◇ de ~ 冒充的, 徒有其表的

simio *m.* 猴

simón I. *a.* 出租馬車的 II. *m.* (馬德里的)出租馬車

*****simpatía** *f.* 1. 同情, 好感, 喜愛 2. 親切, 和藹 3.【醫】交感, 共感

*****simpático, ca** *a.* 1. 同情的; 使有好感的, 令人喜愛的 2. 親切的, 和藹的 3.【解】交感的; 交感神經系統的 ◇ gran ~【解】交感神經系統

*****simpatizar** *intr.* 同情, 懷有好感

*****simple** I. *a.* 1. 單的, 單一的 2. 單純的, 天真的 3. 簡單的, 簡便的 4. 樸素的, 簡樸的 5.【轉】頭腦簡單的, 憨的, 笨的 6.【轉】單調的, 乏味的 II. *s.* 頭腦簡單的人, 憨人, 笨人 III. *m.* (網球的)單打

simpleza *f.* 1. 單純, 天真; 憨, 笨 2. 愚蠢的言行 3.【轉】不值錢的東西

simplicidad *f.* 1. 簡單, 簡便 2. 單純, 天真 3. 憨厚, 蠢笨

simplificación *f.* 簡化, 精簡

*****simplificar** *tr.* 簡化, 精簡

simposio; simposium *m.* 1. (專題的)

討論會, 座談會 2. (專題的)論文集

simulación f. 假裝, 佯作; 模擬

simulacro m.【軍】演習, 模擬

simulado, da a. 假裝的, 佯作的; 模擬的

simular tr. 假裝, 佯作; 模擬

simultáneamente ad. 同時地

simultaneidad f. 同時性, 同時發生

*****simultáneo, a** a. 同時的, 同時發生的

simún m.【氣象】西蒙風(非洲和阿拉伯沙漠地區的乾熱風)

*****sin** prep. 1. 沒有, 不, 無 2. 除…之外, 不計在內

sinagoga f. 1. (猶太人的)宗教集會 3. 猶太教堂

sinalefa f.【語音】音節融合

sinapismo m. 1.【醫】芥子泥 2.【轉, 口】討厭的人, 煩人的事物

sincerar(se) tr.-r. 辯解, 辯白

*****sinceridad** f. 誠懇, 坦率

*****sincero, ra** a. 誠懇的, 坦率的

síncopa f. 1.【語法】中略(省略一個詞中間的字母或音節) 2.【樂】切分音

sincopar tr. 1.【語法】使成中略詞 2.【樂】使成切分音

síncope m. 1.【語法】中略(省略一個詞中間的字母或音節) 2.【醫】暈厥

*****sincrónico, ca** a. 1. 同時的, 同時發生的 2. 同步的; 同期的

sincronismo m. 1. 同時性, 同時發生 2. 同步性; 同期性

*****sincronizar** tr. 1. 使同時發生 2. 使同步; 使同期進行

sindéresis (pl. sindéresis) f. 判斷力

*****sindical** a. 1. 工會的 2. 理事的

sindicalismo m. 工團主義, 工聯主義

sindicar I. tr. 1. 控告, 告發 2. 組織工會 II. r. 參加工會

*****sindicato** m. 1. 工會 2. 辛迪加

síndico m. (企業等的)理事

sinecura f. 美差, 閑職

sinéresis (pl. sinéresis) f.【語音】元音融合

*****sinfín** m. 無盡, 無限, 無數

sinfonía f. 交響樂; 交響曲

sinfónico, ca a. 交響樂的; 交響曲的

singladura f.【海】1. 日航程 2. 航行日

*****singular** I. a. 1. 單的, 獨個的 2. 獨特的, 不凡的 3. 少見的, 罕有的 4. 卓越的, 極好的 5. 奇特的, 古怪的 6.【語法】單數的 II. m.【語法】單數 ◇ en ~ ①以單數形式②特別地, 專門地

singularidad f. 1. 單一, 獨個 2. 獨特, 不凡 3. 奇特, 特點

singularizar I. tr. 1. 使具有獨特性, 使與眾不同 2. 使(用複數的詞)變成單數 II. r. 突出, 顯露

sinhueso f.【口】舌頭

*****siniestra** f. 左手

*****siniestro, tra** I. a. 1. 左的, 左邊的 2.【轉】歹毒的, 陰險的 3.【轉】不祥的, 不幸的 II. m. 1.【轉】左手 2. 邪惡, 陰險 2. 災難, 不幸

sinnúmero m. 無數

*****sino**[1] m. 天數, 命運

*****sino**[2] conj. 1. 而, 而是 2. 除…之外, 除了… ◇ no ... ~ 僅僅是, 不過是 / no sólo ... ~ ... 不僅…而且… / ~ que 只是; 不過

sino, na[3] a. 中國的

sinología f. 漢學

sinólogo, ga s. 漢學家

sinonimia f. 1. (詞的)同義 2.【修辭】同義詞的運用

sinónimo, ma a.-m. 同義的; 同義詞

sinopsis (pl. sinopsis) f. 梗概, 概要

sinóptico, ca a. 概要的, 提要的 ◇ cuadro ~ 一覽表

sinovia f.【解】滑液

sinrazón f. 無理, 不公正

sinsabor m. 1. 無味, 乏味 2.【轉】不高興, 煩悶

sinsonte m.【動】嘲鶇

sintáctico, ca a. 句法的

sintaxis f.【語法】句法

síntesis (pl. síntesis) f. 1. 綜合, 總結,

概括 2.【化】合成 3.【選】綜合法

sintético, ca   *a.* 1. 綜合的, 總結的, 概括的 2.【化】合成的

sintetizar   *tr.* 1. 綜合, 總結, 概括 2.【化】合成

sintoísmo   *m.* (日本的)神道

*síntoma   *m.* 1.【醫】病徵, 症狀 2.【轉】徵兆, 徵候

sintomático, ca   *a.* 1. 病徵的, 症狀的 2. 徵兆的, 徵候的

sintonía   *f.* 1.【理】共振, 諧振 2. (無線電收音的)調諧 3. (廣播台, 電視台的)開始曲

*sintonizar   *tr.* 1. 使共振, 使諧振 2. (對收音機)進行調諧 3. 收聽(廣播)

sinuosidad   *f.* 1. 彎曲, 蜿蜒曲折 2. (河流、路等的)彎兒, 彎曲處

*sinuoso, sa   *a.* 1. 彎曲的, 蜿蜒曲折的 2.【轉】轉彎抹角的

*sinvergüenza   *a.-s.* 厚顏無恥的; 厚顏無恥的人

sionismo   *m.* 猶太復國主義

*siquiera   **I.** *conj.* 縱然, 即使, 哪怕 **II.** *ad.* 甚至, 至少 ◇ ni (tan) ~ 甚至不

*sirena   *f.* 1.【神話】美人魚 2.【轉】妖艷的女人 3. 汽笛

sirga   *f.* 縴繩, 拖纜

sirgar   *tr.* 用縴索拖(船)

sirgo   *m.* 一種朱頂雀

siringa   *f.* 排簫

siringe   *f.* (禽鳥的)鳴管

Sirio   *m.*【天】天狼星

sirle   *m.* 羊糞

siroco   *m.*【氣象】西羅科風(歐洲南部的焚風)

sirte   *f.* (水下的)沙灘, 沙洲

*sirvienta   *f.* 女傭, 女僕

sirviente   *m.* 1. 傭人, 僕人 2. (武器的)操縱者

sisa   *f.* 1. (替人辦事或僕人賣東西時)私吞的少量錢款 2. 修改衣服(使合身)

sisal   *m.*【植】劍麻

sisar   *tr.* 1. 私吞(少量錢款) 2. 修改(衣

服使合身)

sisear   *intr.* 發噓聲

siseo   *m.* 發噓聲

sísmico, ca   *a.* 地震的

sismógrafo   *m.* 地震儀

sismología   *f.* 地震學

*sistema   *m.* 1. 制度, 體制 2. 體系 3. 系統 4. 方式, 方法 ◇ ~ decimal 十進制 / ~ métrico 米制, 公制 / ~ nervioso 神經系統 / ~ periódico de los elementos【化】元素週期系統 / por ~ 固執地; 一貫地

*sistemático, ca   *a.* 1. 系統的 2. 有秩序的, 有條理的 3. 一貫的

sistematizar   *tr.* 使系統化

sístole   *m.*【生理】(心臟的)收縮

sitiado, da   *a.-s.* 被包圍的, 被圍困的; 被包圍的人, 被圍困者

sitiador, ra   *a.-s.* 包圍…的, 圍困…的; 包圍…的人, 圍困…的人

sitial   *m.* 專座, 榮譽席

*sitiar   *tr.* 1. 包圍, 圍困 2.【轉】逼迫

*sitio   *m.* 1. 地方, 地點 2. 地位, 位置 3. 包圍, 圍困 ◇ dejar en el ~ a uno 殺死(某人) / en todos los ~s 到處 / hacer ~ 給…騰位置, 給…挪地… / poner en su ~ 使有自知之明 / quedarse en el ~ (受傷後)當場斃命

sito, ta   *a.* 位於…的, 坐落於…的

*situación   *f.* 1. 位置, 地點 2. 境況; 狀況 3. 形勢, 局勢 4. (經濟)地位 ◇ ~ acomodada (經濟上的)寬裕 / ~ activa 在職 / ~ apurada (經濟上的)拮据 / tener una ~ 有經濟地位, 生活有保障

*situar   **I.** *tr.* 1. 放置, 安置 2. 使位於(某處), 使置身於(某處) 3. 把(錢)用於… 4. 存放(錢) **II.** *r.* 位於, 處於, 置身於

so[1]   *prep.* 在…之下, 在…下面

so[2]   *interj.* (用於吆喝馬停下)吁!

soasar   *tr.* 微烤, 烘

soba   *f.* 1. 亂摸, 粗魯撫弄 2. 揉搓, 捏

3.【口】責打,鞭笞 4.【轉】打擾,煩擾

sobaco *m.* 腋下,胳肢窩

sobado, da I. *a.* 1. 磨損的(衣服) 2. 反覆談論的,陳舊的(話題等) II. *m.* 揉搓

sobaquina *f.* 狐臭,腋臭

sobar *tr.* 1. 亂摸,粗魯撫弄 2. 揉搓,捏 3.【口】責打,鞭笞 4.【轉】打擾,煩擾

*__soberanía__ *f.* 1. 主權 2. 君權,王權 3. 最高權力,統治權

*__soberano, na__ I. *a.* 1. 最高的 2. 有主權的,獨立自主的 3.【轉】巨大的,極大的 II. *s.* 帝王,君主

*__soberbia__ *f.* 1. 高傲,狂妄自大 2. 專橫,專擅 3. 暴怒,狂躁 4.【轉】壯麗,豪華

*__soberbio, bia__ *a.* 1. 高傲的,狂妄自大的 2. 壯麗的,豪華的(建築物) 3. 暴怒的,狂躁的

*__sobón, ona__ *a.-s.*【口】愛摸弄的,好動手動脚的;愛摸弄的人,好動手動脚的人

sobornable *a.* 可賄賂的,可收買的

sobornar *tr.* 賄賂,收買

soborno *m.* 賄賂,收買

*__sobra__ *f.* 1. 過剩,過多 2. *pl.* 殘餘;殘渣,廢料 ◇ de ~(s) ①多餘的,不必要的②充足的,足够的

sobradillo *m.*【建】(門、窗的)擋雨簷

sobrado, da I. *a.* 1. 充足的,有餘的 2. 過剩的,過多的 3. 富裕的,豐富的 II. *ad.* 過分,過多 III. *m.* 屋頂樓

sobrante *a.-m.* 過剩的,多餘的;剩餘物

*__sobrar__ I. *tr.* 超過,勝過 II. *intr.* 1. 超過,多出 2. 過剩,多餘

sobrasada *f.* 一種辣味腸腸

*__sobre__ I. *prep.* 1. 在…上面,在…之上 2. 高過,高於 3. 除…之外,此外 4. (與 marchar, ir, venir 等連用)朝着,衝向,襲擊 5. 面對,朝,向 6. (用於同一名詞之間)而又,再加,連接 7. 關於 8. (用於數字之前)大約,約摸 9. 在…之後 II. *m.* 信封 ◇ ~ todo 尤其是,特別是

sobreabundar *intr.* 極爲豐富;過多

sobrealiento *m.* 喘粗氣

sobrealimentar *tr.* 1. 使飲食過度,使營養過多 2. 使(內燃機)增壓

*__sobrecama__ *f.* 床罩

*__sobrecarga__ *f.* 1. 超載,過載 2. (改變面值、用途,表示紀念等的)特種郵戳

sobrecargar *tr.* 1. 使超載,使過載 2. 給…包邊,給…鑲邊

sobrecargo *m.* (船上或飛機上的)貨運員

sobrecejo *m.* 1. 皺眉,蹙額 2.【建】門楣

sobreceño *m.* 緊皺的眉頭

sobrecoger I. *tr.* 1. 使驚駭,使驚恐 2. 使意外,使不知所措 II. *r.* 吃驚

sobrecubierta *f.* 1. 外皮,外罩 2. (書的)護封

*__sobredicho, cha__ *a.* 上述的,前述的

sobredorar *tr.* 鍍金,包金

sobreexcitación *f.* 過分激動;(器官、機體的)亢奮

sobreexcitar *tr.* 使過分激動;使(器官、機體)亢奮

sobrefalda *f.* 罩裙

sobrehilar *tr.* 給…鎖邊,給…包縫

sobrehílo *m.* 鎖邊,包縫

*__sobrehumano, na__ *a.* 超人的,非凡的

*__sobrellevar__ *tr.* 1. 分擔 2. 承擔,忍受

*__sobremanera__ *ad.* 非常,極其,特別

*__sobremesa__ *f.* 1. 桌布 2. 飯後在桌旁度過的時間 ◇ de ~ ①座式的,擺放的(物品)②餐後

sobremodo *ad.* 見 sobremanera

sobrenadar *intr.* 漂浮

*__sobrenatural__ *a.* 超自然的;不可思議的

*__sobrenombre__ *m.* 綽號,外號,諢名

*__sobrentender__ *tr.* 領悟,體會

sobreparto *m.* 産後(期)

*__sobrepasar__ *tr.* 超過,超出,勝過

sobrepelliz *f.* (教士穿的)白法衣

sobreponer I. *tr.* 放置在…之上 II. *r.* 自制;克服

***sobreprecio** *m.* 附加價格

***sobreproducción** *f.* 生產過剩

sobrepujar *tr.* 超過, 勝過

***sobresaliente** I. *a.* 傑出的, 優秀的, 出類拔萃的 II. *s.* 1. 傑出人物, 優秀者 2. 替補者 III. *m.* (考試成績) 優等

***sobresalir** *intr.* 1. 突出, 凸起 2.【轉】出類拔萃, 超羣, 出衆

sobresaltar I. *tr.* 1. 嚇唬, 使驚恐 2. 突襲, 衝向 II. *intr.* 顯眼, 引人注目

***sobresalto** *m.* 驚恐, 害怕; 驚嚇

sobresanar I. *intr.* (傷口) 表面愈合 II. *tr.* 掩飾, 遮掩

sobresaturación *f.*【化】過飽和

sobrescrito *m.* (信封上的) 住址等文字

sobreseer *tr.* 1. 放棄, 打消 (意圖、念頭等) 2. 停止, 中斷 3.【法】停止審理

sobreseimiento *m.* 1. (意圖、念頭等的) 放棄, 打消 2. 停止, 中斷 3.【法】停止審理

sobrestante *m.* 監工, 工頭

***sobresueldo** *m.* 附加工資, 津貼

***sobretodo** *m.* 大衣, 外套

sobrevenir *intr.* 1. 突然發生, 突然來臨 2. 接着發生

sobreviviente *a.-s.* 幸存的, 僥倖活下來的; 幸存者

***sobrevivir** *intr.* 幸存, 僥倖活下來

***soriedad** *f.* 1. 節制; 適度 2. 樸素, 簡樸

***sobrino, na** *s.* 侄子, 侄女; 外甥, 外甥女

***sobrio, bria** *a.* 1. 節制的; 適度的 2. 樸素的, 簡樸的

socaire *m.*【海】下風方向, 背風舷 ◇ al ～ de 在…的庇護下

socaliña *f.* 1. 騙取, 詐騙 2. 騙子, 詐騙者

socapa *f.* 藉口, 託詞 ◇ a ～ 遮遮掩掩地, 偷偷摸摸地

socarrar(se) *tr.-r.* 燒焦, 燎, 烤焪

socarrén *m.* 屋簷

socarrina *f.* 燒焦, 燎, 烤焪 ◇ oler a

～ 有焦煳味

***socarrón, ona** I. *a.* 1. 好嘲笑的, 愛挖苦的 2. 狡詐的 II. *s.* 1. 好嘲笑的, 愛挖苦的人 2. 狡詐之徒

socarronería *f.* 1. 嘲笑, 挖苦 2. 狡詐

***socavar** *tr.* 1. 挖掘 (地道等) 2. 侵蝕 3.【轉】削弱, 使瓦解

socavón *m.* 1. 地洞, 坑道 2. 塌陷

sociabilidad *f.* 1. 社會性; 羣居性 2. 好交際, 易接近

***sociable** *a.* 1. 社會性的; 羣居性的 2. 好交際的, 易接近的

***social** *a.* 1. 社會的; 羣居的 2. 社會階級的 3. 公司的

***socialismo** *m.* 社會主義

***socialista** I. *a.* 社會主義的 II. *s.* 社會主義者

***sociedad** *f.* 1. 社會 2. 團體, 社團, 協會 3. 羣居 4. 公司 5. 社交界 ◇ buena ～ 上流社會 / ～ anónima 股份有限公司 / ～ comercial (或 mercantil) 貿易公司, 商業公司 / ～ conyugal【法】婚姻 / ～ por acciones 股份公司 / entrar en ～ (女子成年後) 進入社交界

***socio, cia** *s.* 1. 會員, 社團成員 2. 合股人 ◇ ～ capitalista 資方 / ～ industrial 勞方

sociología *f.* 社會學

sociólogo, ga *s.* 社會學者

soconusco *m.* 上等巧克力

socorrer *tr.* 救助; 救濟

socorrido, da *a.* 1. 樂於救助他人的 2. 可以應急的 3. 普通的, 平常的

***socorro** *m.* 1. 救助; 救濟 2. 救濟品 3.【軍】援軍, 救兵 II. *interj.* 救命

socrático, ca *a.-s.* 蘇格拉底的 (Sócrates, 古希臘哲學家) 的, 蘇格拉底哲學的; 推崇蘇格拉底哲學的人

soda *f.* 1.【化】碳酸鈉, 小蘇打 2. 蘇打水; 汽水

sódico, ca *a.* 鈉的

sodio *m.*【化】鈉

***soez** *a.* 下流的, 卑劣的

sofá (*pl.* sofás) *m.* 沙發

sofión *m.* 呵斥,責罵

sofisma *m.* 詭辯,狡辯

sofista *a.-s.* 詭辯的;詭辯家

sofistería *f.* 詭辯,狡辯

sofisticación *f.* 1. 編造,偽造 2. 失真,不自然

sofisticar *tr.* 1. 編造,偽造 2. 使失真,使不自然

soflama *f.* 1. 微火 2.【轉】煽惑性演説

soflamar *tr.* 1. 煽惑,欺騙 2. 燒,燎

sofocación *f.* 1. 窒息,呼吸困難 2. 臉紅,羞愧 3. 生氣,發怒 4. 煩擾,打攪 5. 撲滅,抑制

sofocar **I.** *tr.* 1. 使窒息,使透不過氣來 2. 使臉紅,使羞愧 3. 撲滅,抑制 4.【轉】煩擾,打攪 **II.** *r.* 生氣,發怒

sofoco *m.* 1. 窒息,呼吸困難 2. 臉紅,羞愧 3. 生氣,發怒

sofocón *m.*【口】盛怒,暴怒

sófora *f.*【植】槐樹

sofreír *tr.* 略煎,稍炸

sofrenar *tr.* 1. 勒緊(繮繩) 2.【轉】抑制(感情、怒氣等)

sofrito *m.* 略為煎過的食物

soga *f.* 繩子,索 ◇ estar con la ～ al cuello 處於危險境地

soguero *m.* 打繩工;繩商

soja *f.* 大豆

sojuzgar *tr.* 征服,奴役,統治

sol¹ *m.* 1. 太陽,日頭 2. 陽光,日光 3. (用於對小孩的昵稱)心肝,寶貝 4. 白天 5. 索爾(秘魯貨幣單位) ◇ ～ de las Indias 向日葵 / ～ naciente ①朝陽 ②黎明,日出 / ～ poniente ①夕陽 ②傍晚,黄昏 / arrimarse al ～ que más calienta 趨炎附勢 / como el ～ que nos alumbra 千真萬確的 / de ～ a ～ 從早到晚 / no dejar ni a ～ ni a sombra 纏磨着要東西

sol² *m.*【樂】G 音的唱名

solado *m.* 1. 鋪地面,鋪地板 2. 地面,地板

solamente *ad.* 僅僅,只是 ◇ con ～ que 只要 / ～ con que 只要 / ～ que ①只是②只要

solana *f.* 1. 陽光普照的地方 2. 陽台

solanáceo, a *a.-f.pl.*【植】茄科的;茄科

solano *m.* 1.【氣象】沙拉拿風(夏季西班牙的一種東風) 2.【植】龍葵

solapa *f.* 1. (西服或大衣的) 翻領 2. (衣服的) 兜蓋;(信封等的) 口蓋 3. (書籍封皮的) 摺邊,勒口 4.【轉】偽裝,假象

solapado, da *a.* 虚偽的,心口不一的

solar¹ **I.** *a.* 門第高貴的 **II.** *m.* 1. 地基,房基地 2. 高貴門第,望族

solar² *a.* 太陽的

solar³ *tr.* 1. 鋪設地面,鋪地板 2. 釘鞋底

solariego, ga *a.* 門第高貴的,名門望族的

solaz *m.* 休息;娛樂;樂趣

solazar(se) *tr.-r.* 休息;娛樂;消遣

solazo *m.*【口】烈日,大太陽

soldada *f.* (兵士或水手的)薪餉

soldadesca *f.* 1. 行伍生涯,當兵 2.【集】丘八,大兵

soldado *m.* 1. 軍人 2. 兵士,戰士 3.【轉】衛士,捍衛者 ◇ ～ de plomo (鉛製的) 玩具兵 / ～ veterano (或 viejo) 老兵 / ～ voluntario 志願兵

soldador, ra **I.** *s.* 焊接工 **II.** *m.* 焊具,焊槍

soldadura *f.* 1. 焊接 2. 焊料 3. 接縫 4.【轉】補救,彌補

soldar *tr.* 1. 焊接 2.【轉】連接,使接合 3.【轉】補救,彌補

solear *tr.* 曬,晾

solecismo *m.* 句法錯誤;病句

soledad *f.* 1. 孤獨,孤單 2. 孤寂 3. *pl.* 荒僻的地方

solemne *a.* 1. 盛大的,隆重的 2. 莊嚴的,鄭重的 3. (置於某些貶義詞之前) 極度的,極大的

*solemnidad f. 1. 盛大, 隆重 2. 莊嚴, 鄭重 3. 盛大的典禮, 隆重的儀式 4. 手續; 程序 ◇ de ~ 極度的

*soler intr. 1. 慣於 2. 經常, 時常

solera f. 1. 梁 2. 柱石, 柱石 3. (磨的)底扇 4.【轉】根底, 根基; 傳統

solfa f. 1.【樂】音符; 樂譜 2.【樂】視唱法 3.【轉】音樂 4.【轉, 口】棍擊, 棒打 ◇ poner en ~ 取笑; 怠慢

solfatara f.【質】硫磺噴氣孔

solfear tr. 1.【樂】視唱 2.【轉, 口】用棍子打 3.【轉, 口】責罵

solicitación f. 1. 請求, 要求 2. 申請; 申請書 3. 引誘, 誘惑

solicitante I: a. 1. 請求的, 要求的 2. 申請的 3. 求愛的 II. s. 1. 請求者 2. 申請者 3. 求愛者

*solicitar tr. 1. 請求, 要求 2. 申請 3. (向女人)求愛, 追求 4.【轉】吸引(注意等)

solícito, ta a. 殷勤的, 熱心的; 關懷的

*solicitud f. 1. 殷勤, 熱心 2. 關懷, 關切 3. 請求, 要求 4. 申請; 申請書

*solidaridad f. 1. 連帶責任, 共同負責 2. 團結一致, 休戚相關 3. 同情, 支持

solidario, ria a. 1. 連帶責任的, 共同負責的 2. 團結一致的, 休戚相關的 3. 同情的, 支持的

solideo m. (教士的)圓形便帽

*solidez f. 1. 固態; 固體 2. 堅固, 結實 3. 牢靠, 穩固 4.【數】體積

solidificar tr. 使凝固, 使固化

*sólido, da I. a. 1. 固態的, 固體的 2. 堅固的, 結實的 3. 堅實的, 可靠的 II. m. 1.【理】固體 2.【數】立體

soliloquio m. 1. 自言自語 2.【劇】獨白

solimán m. 1.【化】升汞, 氯化汞 2.【口】毒藥, 毒物

solio m. (皇帝或教皇的)御座, 寶座

solípedo, da a.-m.pl.【動】奇蹄的; 奇蹄目

solista s. 獨奏者; 獨唱者

solitaria f.【動】有鈎縧蟲

*solitario, ria I. a. 1. 孤獨的, 孤單的 2. 孤僻的 3. 偏僻的, 人迹罕至的; 荒凉的 II. m. 1. 隱士; 獨居者 2. 單人牌戲, 打通關

sólito, ta a. 慣常的, 通常的, 平常的

*soliviantar tr. 1. 煽動, 鼓動(幹壞事) 2. 激怒, 使生氣 3. 使心緒不寧 4. 使想入非非

soliviar I. tr. 幫助抬起 II. r. 欠身, (躺着的人)略爲坐起

*solo, la I. a. 1. 惟一的, 僅有的 2. 孤獨的, 單獨的; 孤立的 II. m. 獨唱; 獨奏; 獨舞 ◇ a ~as 獨自, 單獨 / con ~ que 只要 / dejar ~ 使孤立無援 / dejar ~ 置之不顧 / quedarse ~ ①不停地說, 不讓他人插嘴②沒有對手

*sólo ad. 僅僅, 只是 ◇ no ~ ... sino 不僅…而且 / ~ con 只要, 只有 / ~ que 只是, 可是 / tan ~ 只不過, 僅僅

solomillo m. 裏脊肉

solsticial a.【天】至日的, 有關二至的; 夏至的, 冬至的

solsticio m.【天】至日, 至點

*soltar I. tr. 1. 解開, 鬆開, 放開 2. 放走, 放掉; 釋放 3. 散發, 散播 4. 突然發出 5. 放棄 6. 打 7. 脫落; 分離 8. 排泄 9. 解決(問題等) II. r. 1. 掙脫, 擺脫 2. 獨立 3. (言行)放肆, 不能自制 4. 熟練, 運用自如 5. 給太多(或太少) 6. 開始, 動手(做某事)

soltería f. 未婚, 單身

*soltero, ra I. a. 未婚的, 單身的 II. s. 單身漢; 單身女子

solterón, ona I. a. 老光棍的; 老處女的 II. s.【口】老光棍; 老處女

*soltura f. 1. 解開, 鬆開, 放開 2. 敏捷, 麻利 3. 流利, 自如 4. 放肆, 無恥【法】釋放

solubilidad f. 1. 可溶性, 溶解性 2. 溶解度 3. 可解決性

soluble a. 1. 可溶的, 易溶解的 2. 能解決的

*solución　*f.* 1. 溶解, 溶化 2. 溶液 3. 解決, 解決辦法 4. 答案 5. (戲劇等的)結局 6. 【數】解, 解法

*solucionar　*tr.* 解決, 找到解決…的辦法

solvencia　*f.* 1. 解決(難題), 處理(事務) 2. 償付, 償付能力

solventar　*tr.* 1. 解決(難題); 處理(事務) 2. 支付, 償付

solvente　I. *a.* 1. 解決的, 決定性的 2. 無債務的 3. 有償付能力的 4. 守信用的, 可信賴的 II. *m.* 【化】溶劑, 溶媒

sollado　*m.* 【海】下甲板, 最下層甲板

sollozante　*a.* 嗚咽的, 啜泣的, 抽噎的

*sollozar　*intr.* 嗚咽, 啜泣, 抽噎

*sollozo　*m.* 嗚咽, 啜泣, 抽噎

somanta　*f.* 【口】(用棍棒、鞭子的)抽打, 責打

*sombra　*f.* 1. 蔭; 背陰; 陰暗 2. 陰影, 影子 3. (鬥牛場的)背陰看台 4. 幻影; 幽靈 5. (常用 *pl.*)黑暗 6. (常用 *pl.*)黑夜, 夜色 7. 污痕, 污斑 8. 少量, 點滴 9. (常用 *pl.*)【轉】愚昧, 昏庸 10. 【轉】愛慕, 悲觀 11. 【轉】地下狀態, 秘密狀態 12. 【轉】(與 buena, mala 連用)運氣, 命運 13. 【美】陰暗部分, 陰影部分 ◇ ~s chinescas (或 invisibles) 皮影戲 / a la ~ ①在黑暗中②【轉, 口】在獄中 / a la ~ de ①在…的陰影下②在…的庇護下③在…的掩護下; 在…幌子下 / hacer ~ a uno ①使相形見絀②庇護 / ni por ~ 絕沒有, 從未 / no fiarse ni de su ~ 疑神疑鬼 / sin ~ de 毫無

sombraje; sombrajo　*m.* 遮蔽物

sombrear　*tr.* 1. 投下陰影, 遮蔽 2. 【美】畫陰影於, 加用暗

sombrerera　*f.* 1. 帽匠的妻子; 帽商的妻子 2. 帽盒

sombrerería　*f.* 1. 製帽業 2. 帽廠 3. 帽店

sombrerero, ra　*s.* 1. 帽匠, 製帽工人 2. 帽商

sombrerete　*m.* 1. 小帽子 2. 帽狀物 3. 【植】菌蓋

sombrerillo　*m.* 【植】1. 俯垂臍景天 2. 菌蓋

*sombrero　*m.* 1. 帽子 2. 帽狀物 3. 【植】菌蓋 ◇ ~ de copa 大禮帽 / ~ de jipijapa 巴拿馬草帽 / quitarse el ~ 脱帽行禮

*sombrilla　*f.* 陽傘

*sombrío, a　*a.* 1. 陰暗的(地方) 2. 【轉】陰沉的, 憂鬱的 3. 【美】有陰影的, 暗的(部位)

someter　*tr.* 1. 征服, 使屈服, 使順從 2. 提交, 呈請(審批計劃等) 3. 使經受, 使受到 II. *r.* 1. 投降, 屈服, 順從 2. 經受, 接受

sometimiento　*m.* 1. 降服, 屈服, 順從 2. 提交, 呈請

somier　*m.* 床綳

somnífero, ra　I. *a.* 催眠的, 安眠的 II. *m.* 催眠劑, 安眠藥

somnílocuo, cua　*a.-s.* 説夢話的; 説夢話的人

somnolencia　*f.* 瞌睡, 睡意朦朧

somorgujo　*m.* 【動】一種鸊鷉

*son　*m.* 1. 悦耳的聲音, 樂聲 2. 【轉】方式, 樣子 ◇ ¿A qué ~? 或 ¿A ~ de qué? 爲什麼 / bailar a ~ que le tocan 見風使舵 / en ~ de ①以…態度, 以…架勢②以…口氣, 以…方式 / sin ~ 無緣無故地

sonado, da　*a.* 著名的, 聞名的; 轟動一時的

sonaja　*f.* 1. (鈴鼓的)鈴 2. *pl.* 鈴鼓

sonajero　*m.* 花鈴(一種玩具)

sonambulismo　*m.* 夢行症, 夢遊症

sonámbulo, la　*a.-s.* 夢行症的; 夢行症患者

sonante　*a.* 發響聲的, 響亮的

*sonar[1]　I. *intr.* 1. 鳴響, 發出聲響 2. 發音 3. 被提及, 被説到 4. (好像)聽到

過, 見到過 5.【轉】使覺得, 顯得 II. *tr.*
1. 撳 2. 敲響, 打鈴

sonar²   *m.* 聲納 (一種測距系統)

sonata   *f.*【樂】奏鳴曲

sonda   *f.* 1. 測深 2. 測深器, 測深砣 3.【醫】探針 4.【礦】鑽機

*****sondar**   *tr.* 1. 探測 (江、海等的) 深度 2.【質】鑽探, 探測 3.【醫】(用探針) 探查 4.【轉】打探, 試探

sondear   *tr.* 1. 探測 (江、海等的) 深度 2.【質】鑽探, 探測 3.【轉】打探, 試探

sondeo   *m.* 1. 探測深度 2.【質】鑽探, 探測 3.【醫】探查 4.【轉】打探, 試探

soneto   *m.* 十四行詩

*****sonido**   *m.* 1. 聲音, 聲響 2. (字母的) 發音

sonoridad   *f.* 1. 鳴響, 有聲 2. 響亮, 響度

*****sonoro, ra**   *a.* 1. 鳴響的, 有聲音的 2. 響亮的, 洪亮的 3. 回響的, 有回聲的 4.【轉】悅耳的, 動聽的 5.【語音】濁音的

*****sonreír**   *intr.* 1. 微笑 2.【轉】(生活、前途等) 使滿意, 使有利

sonriente   *a.* 微笑的

*****sonrisa**   *f.* 微笑 ◇ ~ amarga 苦笑 / ~ estereotipada 假笑 / con la mejor de sus ~s 過分熱情地

*****sonrojar; sonrojear**   *tr.* 使臉紅, 使羞慚

sonrojo   *m.* 1. 臉紅, 羞慚 2. 令人臉紅的事, 使人羞慚的事

sonrosar   *tr.-r.* (使) 呈玫瑰色, (使) 成粉紅色

*****sonsacar**   *tr.* 1. 騙取 2. 套出 (秘密) 3. 挖走 (某人的下屬等)

sonsonete   *m.* 1. 重複單調的聲音 2. 令人不快的單調聲音

soñador, ra   *a.-s.* 愛夢想的, 異想天開的; 愛夢想的人, 異想天開的人

*****soñar**   *intr.* 1. 做夢, 夢見 2. 夢想, 想入非非 3. 渴望得到 ◇ ni ~ lo 做夢也想不到 / ~ despierto 白日夢, 癡心妄想

soñera   *f.* 1. 瞌睡, 沉睡 2. 瞌睡, 睏倦

soñolencia   *f.* 見 somnolencia

soñoliento, ta   *a.* 1. 瞌睡的, 睏倦的 2. 令人昏昏欲睡的 3. 懶洋洋的, 慵懶的

*****sopa**   *f.* 1. 湯; 粥 2. (泡在牛奶、湯、酒中的) 麵包塊 ◇ ~ de hierbas (或 juliana) 菜湯 / como hecho una ~ 渾身濕透的, 像落湯雞一樣的

sopapear   *tr.* (用巴掌或手背) 打耳光, 打下巴

sopapo   *m.* 耳光, 對下巴的擊打

sopera   *f.* 湯盆

sopero, ra   I. *a.* 盛湯用的 II. *m.* 湯盤

sopesar   *tr.* 1. 估量, 估計 (難度) 2. 掂重量

sopetear   *tr.* 1. 用牛奶泡, 在湯裏蘸 (麵包) 2. 虐待, 欺侮

sopeteo   *m.* 1. 用牛奶泡麵包, 在湯裏蘸麵包 2. 虐待, 欺侮

*****soplar**   I. *intr.* 1. 吹, 吹氣 2. 吹風, 鼓風 3. 颳風, 起風 II. *tr.* 1. 吹, 吹響 2. 給…鼓風, 用風吹… 3. 吹製 (玻璃器皿) 4. 吹減, 吹掉 5.【轉】啓示, 啓發 6.【轉】揭發, 告密 7.【口】騙取, 奪走 III. *r.* 大吃大喝

soplete   *m.* 噴燈; 吹管; 噴槍

soplo   *m.* 1. 吹氣 2. 吹風 3. (氣、風等的) 一陣, 一股, 一口 4.【轉】瞬間, 刹那 5.【轉】揭發, 告密 ◇ en un ~ 一晃, 轉眼間 / ir con el ~ 撥弄是非

*****soplón, ona**   *a.-s.* 告發的, 告密的; 告發的人, 告密者

soplonear   *tr.* 告發, 告密

soponcio   *m.*【口】昏迷, 昏厥

sopor   *m.* 1. 瞌睡, 睏倦 2.【醫】嗜眠, 昏睡

soportable   *a.* 可忍受的, 可容忍的

soportal   *m.* 1. 門廊 2. 柱廊

*****soportar**   *tr.* 1. 支撐, 頂住 2. 禁受, 忍受; 容忍

soporte   *m.* 1. 支撐, 支持 2. 支柱, 支架

soprano   I. *m.* 1.【樂】高音部; 女高音; 童聲 2. 閹人 II. *s.* 高音歌手

sor *f.* (加在名字前作爲稱呼) 修女

***sorber** *tr.* **1.** 喝, 呷 **2.** 吸入, 吸取 **3.** 吞沒, 吞噬 **4.**【轉】傾聽, 注意聽

sorbete *m.* 一種冷飲

***sorbo** *m.* **1.** 喝一口, 呷一口 **2.** 口 (量詞, 用於飲料) ◇ a ～s 一口一口地 (喝)

***sordera** *f.* 聾

sordidez *f.* **1.** 骯髒 **2.** 吝嗇

sórdido, da *a.* **1.** 骯髒的 **2.** 吝嗇的

sordina *f.* **1.**【樂】弱音器; 弱音踏板 **2.** (鬧鐘等的) 制鬧鈕 ◇ a la ～ 或 con ～ 悄悄地, 不聲不響地

***sordo, da** **I.** *a.* **1.** 聾的 **2.** 不出聲的, 不響的 **3.** 強忍着的, 克制着的 **4.** 充耳不聞的, 無動於衷的 **5.**【語音】清音的 **II.** *s.* 聾子, 聾人 ◇ a la ～a 或 a ～as 悄悄地, 不動聲色地 / hacerse el ～ 裝聾作啞

sordomudez *f.* 聾啞

***sordomudo, da** *a.-s.* 聾啞的; 聾啞人

sorgo *m.*【植】高粱

sorna *f.* **1.** 緩慢, 遲緩 **2.** 嘲諷語調

***sorprendente** *a.* 令人驚奇的, 出人意外的

***sorprender** *tr.* **1.** 使人驚奇, 使意想不到 **2.** 撞見, 碰上 **3.** 發現

***sorpresa** *f.* **1.** 驚奇, 意外; 出人意外的事物 **2.** 突襲, 偷襲 ◇ coger de (或 por) ～ 使猝不及防 / por ～ 突然, 意外地

sorteable *a.* **1.** 可抽簽決定的 **2.** 可以避開的

sortear *tr.* **1.** 抽簽決定 **2.** 避開, 逃避

***sorteo** *m.* **1.** 抽簽決定 **2.** 避開, 逃避

sortija *f.* **1.** 指環, 戒指 **2.** 髮鬈

sortilegio *m.* **1.** 占卜 **2.** 巫術, 魔法 **3.**【轉】魅力

sortílego, ga **I.** *a.* **1.** 占卜的 **2.** 巫術的, 魔法的 **II.** *s.* **1.** 占卜師 **2.** 巫師, 魔法師

sosa *f.*【化】碳酸鈉, 蘇打

sosegado, da *a.* **1.** 平靜的, 安寧的 **2.** 緩慢的, 遲緩的

***sosegar** **I.** *tr.* 使平靜, 使安定 **II.** *intr.* 平靜, 安寧

***sosería** *f.* **1.** 淡, 清淡 **2.**【口】枯燥, 乏味; 枯燥乏味的事物

***sosiego** *m.* 平靜, 安寧

***soslayar** *tr.* **1.** 使斜着通過, 使側着通過 **2.** 迴避, 避開

soslayo, ya ◇ al ～ 傾斜地 / de ～ ①傾斜地②側着地③ (爲了避開可能出現的困難) 忽忽地

***soso, sa** *a.* **1.** 淡的, 無鹹味的 **2.**【轉】枯燥的, 乏味的

***sospecha** *f.* 懷疑, 疑心 ◇ una ～ 許, 一點兒

***sospechar** **I.** *tr.* 猜想, 覺得 **II.** *intr.* 懷疑, 猜疑 ◇ hacer ～ 使懷疑, 使覺得

***sospechoso, sa** *a.* **1.** 可疑的 **2.** 懷疑的, 有疑心的 ◇ elemento ～ 嫌疑分子, 嫌疑犯

***sostén** *m.* **1.** 支撐, 支持 **2.** 支柱, 支架 **3.** 支持者, 中堅 **4.** 營養

***sostener** *tr.* **1.** 支撐, 托住, 扶住 **2.** 支持; 維護, 幫助, 支援 **4.** 供養, 維持 **5.** 進行, 持續 **II.** *r.* **1.** 站住, 站穩 **2.** 維持 (生活) 等 **3.** 堅持, 持續 **4.** 互相支持

sostenido, da **I.** *a.* **1.** 堅持的, 持續的 **2.**【樂】升半音的 **II.** *m.*【樂】升號; 升半音

sostenimiento *m.* **1.** 支撐 **2.** 支持; 維護 **3.** 供養, 維持 **4.** 食物

sota *f.* **1.** 僕 (西班牙紙牌每種花色的第十張牌) **2.**【轉】不要臉的女人 **3.**【口】娼妓

sotabanco *m.* 頂樓, 屋頂層

sotabarba *f.* (胖子的) 下巴肉褶

sotana *f.* 教士的黑長袍

***sótano** *m.* 地下室, 地窖

sotavento *m.*【海】背風; 背風舷

sotechado *m.* 棚子

soterrar *tr.* 掩埋; 埋藏

soto *m.* **1.** 河邊叢林 **2.** 灌木叢, 叢林地

soviet (*pl.* soviets) *m.* 蘇維埃

***soviético, ca** *a. -s.* 蘇維埃的, 蘇聯的; 蘇聯人

***su** (*pl.* sus) *a.* 1. 他的, 她的; 他們的, 她們的 2. 您的; 你們的

***suave** *a.* 1. 光滑的; 柔軟的; 柔潤的 2.【轉】柔和的, 溫和的; 溫柔的 3.【轉】輕鬆的 (工作); 平緩的 (坡); 不過分的

suavidad *f.* 1. 光滑; 柔軟; 柔潤 2.【轉】柔和, 溫和; 溫柔 3.【轉】輕鬆; 平緩; 不過分

suavizador, ra I. *a.* 1. 使光滑的, 使柔軟的 2. 使柔和的, 使溫和的 II. *m.* 鋼刀布, 鋼刀皮帶

suavizar *tr.* 1. 使光滑, 使柔軟 2. 使柔和, 使溫和 3. 使輕鬆; 使平緩; 使不過分

subafluente *a.-m.* 流入支流的; 流入支流的小河

***subalterno, na** I. *a.* 1. 次要的 2. 從屬的, 下級的 II. *s.* 下級, 部下

subarrendar *tr.* 轉租

subarriendo *m.* 1. 轉租 2. 轉租契約 3. 轉租租金

***subasta** *f.* 拍賣 ◇ sacar a pública ~ 拍賣

subastar *tr.* 拍賣

subclase *f.*【動, 植】亞綱

subclavio, via *a.* 鎖骨下的

subcomisión *f.* (委員會下設的) 小組

subconsciencia *f.* 下意識, 潛意識

subconsciente I. *a.* 下意識的, 潛意識的 II. *m.* 見 subconsciencia

subcutáneo, a *a.* 皮下的

subdesarrollado, da *a.* 不發達的 (國家等)

***subdirector, ra** *s.* 副領導人

***súbdito, ta** I. *a.* 隸屬的, 從屬的 II. *s.* 國民; 臣民

subdividir *tr.* 再分, 細分

subdivisión *f.* 1. 再分, 細分 2. 再分部分, 細分部分 3. 隔板, 隔扇

súber *m.*【植】木栓, 軟木 2. 木栓層

suberoso, sa *a.* 木栓狀的, 軟木的; 木栓

狀的

subestimar *tr.* 低估, 對…評價過低

subgénero *m.*【動, 植】亞屬

***subida** *f.* 1. 登上, 上升 2. 上升, 升高 3. 增漲; 提高 4. 上坡 ◇ ir de ~ 正在上升; 正在加劇

subido, da *a.* 1. 上漲的, 昂貴的 (價格) 2. 強烈的 (氣味等) 3. 濃的 (色彩等) 4. 驕傲的, 狂妄的 5.【植】抽穗的, 結穗的

***subir** I. *intr.* 1. 登上, 走上, 升上 2. 上升, 升高 3. 晉升, 升遷 4. 增至, 達到 5.【轉】(疾病) 惡化; 蔓延 II. *tr.* 1. 登上, 走上 2. 舉起, 使升高; 把…放在高處 3. 加高, 使增高 4. 使 (價格) 上漲 III. *r.* 1. 登上, 走上 2.【口】傲慢無禮 3.【植】抽穗, 結穗

***súbito, ta** I. *a.* 1. 突然的, 意外的 2.【口】衝動的; 容易發火的 II. *ad.* 突然, 意外地 ◇ de ~ 突然, 意外地

subjefe *m.* 副首長, 次長

subjetivo, va *a.* 1. 主觀的 2. 個人的

***subjuntivo, va** I. *a.*【語法】虚擬的, 虚擬語氣的 II. *m.*【語法】虚擬語氣, 虚擬式

***sublevación** *f.* ; **sublevamiento** *m.* 造反, 反叛, 暴動; 起義

***sublevar** I. *tr.* 1. 使造反, 使暴動; 使起義 2. 使憤怒, 使發怒 II. *r.* 造反, 反叛, 暴動; 起義

sublimación *f.* 1. 使崇高, 使偉大 2.【化】升華, 升華作用

sublimado *m.* 1.【化】升華物 2. 升汞

sublimar *tr.* 1. 使崇高, 使偉大 2.【化】使升華

sublime *a.* 1. 很高的, 高聳的 2. 崇高的, 高尚的 3. 傑出的, 偉大的

sublimidad *f.* 1. 高, 高聳 2. 崇高, 高尚 3. 傑出, 偉大

sublingual *a.* 舌下的

***submarino, na** I. *a.* 海底的, 海面下的 II. *m.* 潛水艇

***suboficial** *m.*【軍】士官; 准尉

***subordinación** *f.* 1. 從屬, 服從 2.

【語法】從屬關係

subordinado, da I. *a.* 1. 從屬的, 服從的 2.【語法】從屬於主句的 II. *s.* 下屬, 部下

*subordinar** *tr.-r.* 1. (使)從屬; (使)服從 2. (使)居次要地位

subproducto *m.* 副產品

*subrayar** *tr.* 1. (在文字下面)劃着重線, 劃線標出(一段文字) 2. 使突出, 強調

subrepticio, cia *a.* 偷偷摸摸進行的, 暗地進行的

subrogar *tr.* 使代替, 取代

subsanar *tr.* 1. 原諒, 寬恕 2. 補救; 補償 3. 解決, 克服(困難等)

subscapular *a.* 肩胛骨下的

*subscribir** I. *tr.* 1. 在…上簽名, 簽署 2. 贊成, 同意(意見等) 3. 認捐, 認購 4. 爲…訂閱(報刊) II. *r.* 1. 訂閱(報刊) 2. 捐助

subscripción *f.* 1. 簽名, 簽署 2. 贊成, 同意 3. 認捐, 認購 4. 訂閱

subscriptor, ra *s.* 1. 簽名者, 簽署人 2. 支持者, 認捐人 3. 訂閱者

subseguir(se) *intr.-r.* 1. 緊跟, 緊接着 2. 引伸出, 得出

subsidiario, ria *a.* 1. 補助的, 補貼的 2.【法】附加的, 補充的

subsidio *m.* 補助, 補助金, 津貼

subsiguiente *a.* 隨後的, 緊接着的, 下面的

subsistencia *f.* 1. 存在, 還在 2. 生活, 生存 3. *pl.* 生活必需品 4. (法律等)繼續有效

*subsistir** *intr.* 1. 存在, 還在 2. 生活, 生存 3. (法律等)繼續有效

*substancia** *f.* 1. 物質 2. 實質, 本質 3. 主旨, 要點 4. 財產 5. 營養, 養分 6. 內容 7.【哲】實體 ◇ ～ blanca【解】腦髓的白質 / ～ cortical【解】大腦皮質 / ～ gris【解】腦髓的灰質 / en ～ 概括地, 扼要地 / sin ～ 糊塗, 沒頭腦

substancial *a.* 1. 實質的, 本質的 2. 重要的, 有意義的

substanciar *tr.* 1. 概括, 歸納 2.【法】審理(案件)

substancioso, sa *a.* 1. 有營養的, 有養分的 2. 有內容的; 有價值的

substantivar *tr.* 使名詞化

*substantivo, va** I. *a.* 1. 實際存在的, 獨立存在的 2. 實質的, 本質的 II. *m.*【語法】名詞

substitución *f.* 替換, 取代

substituible *a.* 可替換的, 可取代的

*substituir** *tr.* 更換; 替換, 以…取代

substitutivo, va *a.-m.* 用於替換的, 代用的; 替換物, 代用品

substituto, ta *s.* 替代人, 替換人

substracción *f.* 1. 分出, 取出 2. 偷竊, 竊取 3.【數】減法

substraendo *m.*【數】減數

substraer I. *tr.* 1. 分出, 取出 2. 偷取, 竊取 3.【數】減, 減去 II. *r.* 迴避, 躲避

*subsuelo** *m.* 1. 下層土, 底土 2.【質】亞層土, 新土

subteniente *m.*【軍】少尉

*subterfugio** *m.* 遁詞, 藉口

*subterráneo, a** *a.-m.* 地下的; 地洞, 地道

*subtítulo** *m.* 1. 小標題, 副標題 2.【電影】字幕

*suburbano, na** *a.-s.* 郊外的, 城郊的; 郊區居民

*suburbio** *m.* 郊外, 城郊, 郊區

*subvención** *f.* 1. 補助, 資助 2. 補助金, 津貼

subvencionar *tr.* 發補助金, 給予補貼

subvenir *intr.* 1. 救助, 援助 2. 補助, 資助

subversión *f.* 擾亂, 推翻, 破壞

subversivo, va *a.* 擾亂的, 推翻的, 破壞的

subvertir *tr.* 擾亂, 搞亂, 推翻, 破壞

subyacente *a.* 在下面的, 底下的

*subyugar** *tr.* 征服, 使屈服, 奴役

succión *f.* 吮吸, 吸取

sucedáneo, a *a.-m.* 代替的, 代用的; 代用品

*suceder **I.** *intr.* **1.** 接續, 接連 **2.** 接任, 繼承 **II.** *impers.* 發生; 結果是 **III.** *r.* 相繼發生

sucedido *m.*【口】事件, 事故

sucesión *f.* **1.** 接續, 連續, 連串 **2.** 交替 **3.** 繼承, 承襲 **4.** 遺產 **5.** 後裔, 後代 ◇ ~ forzosa 法定繼承 / ~ testada 遺囑繼承

*sucesivo, va *a.* **1.** 接連的, 連續的 **2.** 續後的, 後面的 ◇ en lo ~ 今後, 接下去

*suceso *m.* 事件, 事故

sucesor, ra **I.** *a.* 繼承的; 接替的 **II.** *s.* 繼承人, 繼任者

sucesorio, ria *a.* 有關繼承的

*suciedad *f.* **1.** 骯髒, 污穢, 污迹 **2.** 污物, 垃圾 **3.**【轉】卑鄙, 猥褻; 卑鄙下流的言行

sucinto, ta *a.* **1.** 簡括的, 扼要的 **2.** 極短小的 (衣服)

*sucio, cia *a.* **1.** 骯髒的, 污穢的, 邋遢的 **2.** 易髒的 (顏色) **3.** 渾濁的, 灰暗的 (顏色) **4.**【轉】卑鄙的, 猥褻的

suculento, ta *a.* 鮮美而富於營養的

*sucumbir *intr.* **1.** 投降, 屈服, 陷落 **2.** 屈從, 退讓 **3.** 慘死, 暴卒

*sucursal **I.** *a.* 分設的, 分支的 **II.** *f.* 分設的機構, 分店, 分行, 分公司

*sudar **I.** *intr.* **1.** 出汗, 流汗 **2.** (植物) 分泌液汁, 分泌樹脂 **3.** 滲水, 返潮 **4.**【轉, 口】賣力, 拚命幹 **II.** *tr.* **1.** 汗濕 **2.** 分泌 **3.**【轉, 口】費勁得到

sudario *m.* 裹屍布

sudeste *m.* **1.** 東南, 東南方 **2.** 東南風

sudoeste *m.* **1.** 西南, 西南方 **2.** 西南風

*sudor *m.* **1.** 汗, 汗水 **2.** (物體表面形成的) 水珠 **3.** (常用pl.)【轉】辛勞, 辛苦

sudorífero, ra *a.-m.* 發汗的; 發汗藥

sudoríparo, ra *a.* 分泌汗的

sudoroso, sa *a.* **1.** 汗流如注的, 出汗很多的 **2.** 易出汗的

*sueco, ca **I.** *a.-s.* 瑞典 (Suecia) 的, 瑞典人的; 瑞典人 **II.** *m.* 瑞典語 ◇ hacerse el ~ 裝作沒聽見, 假裝不懂, 裝傻

*suegra *f.* 婆婆; 岳母

*suegro *m.* 公公; 岳父

*suela *f.* **1.** 鞋底 **2.** 鞋底皮 **3.** (水龍頭等的) 皮墊圈, 皮錢 ◇ medias ~s ①修補用的鞋掌②【轉, 口】補救辦法 / de siete ~s 十足的, 徹頭徹尾的 / no llegar a la ~ del zapato 望塵莫及

*sueldo *m.* 工資, 薪金

*suelo *m.* **1.** 地面, 地板 **2.** 土地, 土壤 **3.** 領土, 國土 **4.** 路面 **5.** (器皿等的) 底 ◇ ~ natal (自己的) 祖國 / ~ vegetal 植被 / arrastrar por el ~ 詆毀, 誹謗 / arrastrarse por el ~ 低聲下氣, 低首下心 / besar el ~ ①臉朝下跌倒②跪下懇求 / dar consigo en el ~ 跌倒 / dar en el ~ con algo 使…落下 / echar al ~ (或 por el ~) 使失敗, 使落空 / echarse al ~ (或 por el ~) 跪下懇求 / estar por los ~s 受輕視 / venirse al ~ ①倒塌②失敗, 落空

suelta *f.* **1.** 放開, 鬆開 **2.** 無拘無束, 隨便

*suelto, ta **I.** *a.* **1.** 鬆開的, 散着的, 脫開的 **2.** 被釋放的 **3.** 無拘無束的, 隨便的 **4.** 部分的, 片斷的 **5.** 不成副的, 不配套的, 零散的 **6.** 寬鬆的, 肥大的 **7.** 放蕩的, 不莊重的 (女人) **8.** 流利的, 順當的 **9.** 蓬鬆的, 鬆軟的 **10.** 腹瀉的 **11.** 零碎的 (錢幣) **II.** *m.* 短訊, 短評

*sueño *m.* **1.** 睡, 睡眠 **2.** 睡意, 瞌睡 **3.** 夢, 夢境 **4.** 夢想, 幻想 **5.** 極美的事物 ◇ dulce ~ 情人, 戀人 / ~ dorado 一枕黃粱 / ~ eterno 死, 長眠 / ~ pesado 沉睡, 昏睡 / caerse de ~ 很睏 / coger (或 conciliar) el ~ 睡着, 入睡 / descabezar un ~ 打盹 / echar(se) un ~ 小睡片刻 / entregarse al ~ 不知不覺地入睡 / ni en ~s 或 ni por ~ (用於否定句) 做夢也想不到; 休想

suero *m.*【醫】1. 血清 2. 乳清 3. 生理
鹽水 4. 漿液

suerte *f.* 1. 命運; 運氣 2. 狀況, 境況
3. 種類 4. 方法, 方式 ◇ i Buena ～ !
祝您好運 / de otra ～ 否則, 不然 / de
～ que 因此, 從而 / echar a ～s 或
echar ～s 抽籤決定 / por ～ 碰巧, 僥
倖

suéter *m.* 運動衫, 絨衣

suficiencia *f.* 1. 充足, 足夠 2. 能力,
才幹 3. 自滿, 自負

suficiente *a.* 1. 充足的, 足夠的 2. 有
能力的, 有才幹的 3. 自滿的, 自負的

sufijo, ja *a.-m.*【語法】後綴的; 後綴

sufragáneo, a *a.* 從屬的, 輔助的

sufragar *tr.* 支付, 負擔; 資助

sufragio *m.* 1. 選舉, 投票; 選舉制度
2. 為煉獄中的靈魂祈禱

sufragista *s.* 主張婦女參政的人

sufrible *a.* 可忍受的, 可容忍的

sufrido, da *a.* 1. 忍耐的, 能忍受的 2.
禁髒的, 耐用的 (布等)

sufrimiento *m.* 1. 忍耐, 耐性 2. 痛
苦, 苦難

sufrir I. *tr.* 1. 忍受, 容忍 2. 遭受, 經
受 II. *intr.* 1. 受苦, 痛苦 2. 患…病, 因
…而痛苦

sugerencia *f.* 1. 提示, 啟示, 暗示 2.
建議, 意見

sugerir *tr.* 1. 提示, 啟示, 暗示 2. 使想
起, 使聯想到

sugestión *f.* 1. 提示, 啟示, 暗示 2. 建
議, 意見 3. 影響 4. 迷惑

sugestionar *tr.* 1. 影響 2. 迷惑, 迷住

sugestivo, va *a.* 1. 有影響的, 啟發性
的 2. 令人神往的, 誘人的

suicida *a.-s.* 自殺的, 自殺性的; 自殺
者

suicidarse *r.* 自殺, 自裁

suicidio *m.* 1. 自殺, 自殺事件 2.
【轉】危險步驟

suizo, za *a.-s.* 瑞士 (Suiza) 的; 瑞士
人的; 瑞士人 .

sujeción *f.* 1. 征服, 控制 2. 服從, 受支
配 3. 束縛, 約束

sujetar *tr.* 1. 征服, 控制 2. 束縛, 約束
3. 抓緊, 握住, 捆住, 釘牢, 夾住; 固定住

sujeto, ta I. *a.* 1. 抓緊的, 捆住的, 夾
住的; 固定住的 2. 從屬的, 受控制的,
受約束的 3. 有待…的 II. *m.* 1. 人, 傢
伙 2. 主題, 問題 3.【哲】主體, 自我; 主
觀意識 4.【語法】主語

sulfato *m.*【化】硫酸鹽 ◇ ～ de mag-
nesia 硫酸鎂, 瀉鹽

sulfhídrico, ca *a.* 氫硫化物的

sulfurar I. *tr.* 1.【化】使硫化 2.【轉,
口】使發怒, 激怒 II. *r.* 慍怒, 生氣

sulfúreo, a 【化】硫的, 硫磺的, 含硫
的

sulfúrico, ca *a.*【化】硫的, 六價硫的
◇ ácido ～ 硫酸

sulfuro *m.*【化】硫化物

sulfuroso, sa *a.*【化】亞硫的, 四價硫的

sultán *m.* 蘇丹 (古時土耳其君主及某些
伊斯蘭國家最高統治者的稱號)

suma *f.* 1.【數】加, 加法; 和 2. 總和,
總匯 3. 全集, 總集 4. (錢款的) 筆, 宗
◇ en ～ 總之 / ～ y compendio 集大
成

sumando *m.*【數】加數

sumar I. *tr.* 1. 加, 使加在一起 2. 總
計, 合計 II. *r.* 參加, 加入

sumario, ria I. *a.* 簡括的, 扼要的 II.
m. 1. 概要, 摘要 2. (刊物的) 目錄

sumergible I. *a.* 1. 可投入水中的 2.
可潛水的 II. *m.* 潛水艇

sumergir I. *tr.* 1. 使沉沒, 使浸入水中
2. 使陷入 II. *r.* 1. 沉沒, 淹沒 2. 沉浸
於…中; 專心於…

sumersión *f.* 1. 沉沒, 沉浸, 淹沒 2. 陷
入, 沉溺

sumidad *f.* 頂點, 頂端

sumidero *m.* 下水道, 陰溝

sumiller *m.* (宮廷某些部門的) 主管

suministrar *tr.* 供給, 供應

suministro *m.* 1. 供給, 供應 2. *pl.*

【軍】給養,軍需品

sumir I. *tr.* 1. 使沉没,使淹没 2.【轉】使陷於(困難等) 3.【轉】使沉浸在,使專心於… II. *r.* 1. (雨水等)排走 2.【轉】沉浸於,陷入…中,專心於…

*__sumisión__ *f.* 1. 屈服,降服,順從 2. 恭順,謙恭

sumiso, sa *a.* 順從的,恭順的,聽話的

sumo, ma *a.* 1. 最高的,至上的 2. 極端的,最大的 ◇ a lo ~ 至多,頂多 / de ~ 完全地

suntuario, ria *a.* 豪華的,奢侈的

suntuosidad *f.* 豪華,奢侈

*__suntuoso, sa__ *a.* 豪華的,奢侈的;華麗的

*__supeditar__ I. *tr.* 1. 使服從,使從屬於 2. 征服,奴役 II. *r.* 服從,聽從

superabundancia *f.* 過多,過剩

*__superar__ I. *tr.* 1. 超越,強於 2. 克服,戰勝 II. *r.* 做得更好,改善

superávit *m.* (財政上的)盈餘;順差

superchería *f.* 欺騙,詐騙

*__superestructura__ *f.* 1.【建】上部結構 2.【哲】上層建築

*__superficial__ *a.* 1. 面的;表面的,表層的 2. 面積的 3.【轉】膚淺的,淺薄的

*__superficie__ *f.* 1. 面,表面 2. 面積 3.【轉】外表,外觀

superfino, na *a.* 1. 非常精緻的 2. 極細的,極薄的

*__superfluo, a__ *a.* 多餘的,不必要的

superhombre *m.* 超人

superintendente *s.* 總負責人,主管人

*__superior__[1] I. *a.* 1. 上部的,上面的,上方的 2. 優質的,上等的 3. 優越的,勝於…的 4. 上級的 II. *m.* 1. 長輩 2. 上級,長官

superior, ra[2] *s.*【宗】修道院院長

*__superioridad__ *f.* 1. 優越 2. 優勢 3. 上級;上級機關

*__superlativo, va__ *a.* 1. 極端的,極大的 2.【語法】最高級的

supermercado *m.* 超級市場

supernumerario, ria *a.-s.* 編外的,定員外的;編外人員,冗員

superponer I. *tr.* 1. 擺,疊放 2. 重視,放在…之先 II. *r.* 1. 處於…之前,佔上風 2. 摻雜,混雜(某種感情等)

superpotencia *f.* 超級大國

*__superproducción__ *f.* 生產過剩

supersónico, ca *a.* 超音速的

superstición *f.* 迷信

supersticioso, sa *a.-s.* 迷信的;迷信的人

supervisar *tr.* 監督,檢查

supervivencia *f.* 1. 殘存,幸存 2. 殘餘

superviviente I. *a.* 1. 殘存的,幸存的 2. 殘餘的 II. *s.* 幸存者

supino, na *a.* 1. 仰臥的 2. 愚蠢的,無知的

suplantación *f.* 1. 排擠,取代 2. 篡改,偽造

suplantar *tr.* 1. 排擠,取代 2. 篡改,偽造

suplefaltas (*pl.* suplefaltas) *s.* 補缺者,頂替人

suplementario, ria *a.* 1. 補充的,增補的,追加的 2. 備用的,後備的

*__suplemento__ *m.* 1. 補充,增補;追加物,外加部分 2. (報刊等的)增刊,附頁 3.【數】補角;補弧

*__suplente__ I. *a.* 代替的;候補的 II. *s.* 代替人;候補者

supletorio, ria *a.* 備用的,後備的

súplica *f.* 1. 請求,懇求,哀求 2. 申請書,請求書 ◇ a ~(s) de *uno* 在(某人的)請求下

*__suplicar__ *tr.* 1. 請求,懇求,哀求 2.【法】上訴

*__suplicio__ *m.* 1. 嚴刑,肉刑 2.【轉】(精神或肉體上的)痛苦,折磨,活受罪

suplir *tr.* 1. 補充,補足 2. 頂替;代理 3. 代用

*__suponer__ I. *tr.* 1. 假定,假設 2. 猜測,料想 3. 意味著 4. 表明,說明 II. *intr.* 有權威,重要 ◇ que es de ~ 是可以

想見的

***suposición** *f.* 1. 假定,假設 2. 猜測,料想

supositorio *m.*【醫】栓劑,坐藥

suprarrenal *a.* 腎上的

***supremacía** *f.* 1. 至高 2. 最高權力,霸權

***supremo, ma** I. *a.* 1. 最高的,至高無上的 2. 極端的,最大的 3. 最重要的,最關鍵的 II. *m.* 最高法院

supresión *f.* 1. 取消,廢止,撤銷 2. 刪除,省略

***suprimir** *tr.* 1. 取消,廢除,撤銷 2. 刪除,略去

***supuesto, ta** I. *a.* 虛假的,所謂的 II. *m.* 假定,假設 ◇ dar por ~ 假定,以爲; 斷定 / ¡ Por ~! 當然 / ~ que ① 假如②既然

supuración *f.*【醫】化膿

***supurar** *intr.*【醫】化膿

supurativo, va *a.-m.* 化膿的,催膿的; 催膿藥

***sur** *m.* 1. 南,南方,南部 2. 南風

sura *m.* (《古蘭經》的)章

surá *m.* 斜紋軟綢

surcar *tr.* 1. 犁(地),開墾溝 2. 劃出凹痕,留下道道 3.【轉】在水上航行 4.【轉】(在上空)掠過,飛越

surco *m.* 1. 犁溝,壟溝 2. 凹痕,道道 3.【轉】航迹; 車轍 4.【轉】皺紋 ◇ echarse al ~ 甩手不幹

***surgir** *intr.* 1. 出現,產生 2. 噴出,湧出 3. 聳立,矗立

surrealismo *m.* 超現實主義

***surtido, da** I. *a.* 1. 供應充足的 2. 花色繁多的,各種各樣的 II. *m.* 各色商品

***surtidor** *m.* 1. 噴泉 2. (汽油加油器的)噴嘴,油槍; 汽化器噴管

surtir *tr.* 1. 供應,供給 2. 產生 II. *intr.* (水)噴出,湧出

susceptibilidad *f.* 1. 敏感;多心 2. 感受性,易感受性

susceptible *a.* 1. 敏感的;多心的 2. 易

感受…的,可以…的

***suscitar** *tr.* 引起,激起; 使產生

***suscribir** *tr.* 見 subscribir

***suscripción** *f.* 見 subscripción

suscriptor, ra *s.* 見 subscriptor

susodicho, cha *a.* 上述的,前面提到的

***suspender** *tr.* 1. 懸掛,弔起 2. 中止,暫停,中斷 3. 使考試不及格 4. 使驚獃,使愕然

suspensión *f.* 1. 懸掛,弔起 2. 中止,暫停,中斷 3. (某些機械的)懸弔,懸吊裝置 4.【化】懸浮; 懸浮液 5. 驚獃,愕然

suspensivo, va *a.* 1. 中止的,暫停的,中斷的 2. 懸而未決的

suspenso, sa I. *a.* 1. 懸掛着的,弔着的 2. 中止的,暫停的,中斷的 3. 驚獃的,愕然的 4. 不知所措的; 猶豫不決的 5. 不及格的 II. *m.* 考試不及格 ◇ en ~ 中斷的,擱置的

suspensorio, ria I. *a.* 懸掛用的,用於弔起的 II. *m.* 1. 懸掛用品 2.【醫】弔帶

suspicacia *f.* 懷疑,猜疑,疑心

***suspicaz** *a.* 多疑的,猜疑的,疑心的

***suspirar** *intr.* 1. 歎氣,歎息 2.【轉】渴望,希望 3.【轉】熱戀,鍾情

***suspiro** *m.* 1. 歎氣,歎息 2. 颼颼聲 3. 微弱的聲響

sustancia *f.* 見 substancia

sustentación *f.* 1. 支托,支撐 2. 維持,供養 3. 支持,維護 4. 支撐物 5. 食糧

sustentáculo *m.* 支撐物,支柱

sustentar *tr.* 1. 支托,支撐 2. 維持,供養 3. 支持,維護

sustento *m.* 1. 支撐物,支柱 2. 食糧; 生活必需品

***sustituir** *tr.* 見 substituir

***susto** *m.* 驚恐,驚慌,害怕 ◇ caerse del ~ 大吃一驚 / dar un ~ al miedo 奇醜無比

sustraer *tr.* 見 substraer

susurrar I. *intr.* 1. 簌簌作響; 潺潺作響 2. 竊竊私語,悄聲說話 II. *r.* (消息

等)流傳開來,傳播

susurro *m.* 1. 簌簌聲;潺潺聲 2. 竊竊私語聲,低語聲

***sutil; sútil** *a.* 1. 極細的,極薄的,精緻的 2. 微妙的,細微的 3. 沁人心脾的 4. 敏銳的,尖銳的,精明的

sutileza *f.* 1. 細薄,纖細,精緻 2. 微妙,細微 3. 敏銳,尖銳,精明

sutilizar *tr.* 1. 使細,弄薄,使精緻 2. 使微妙,使精細入微 3. 巧妙構思,深入思考

sutura *f.* 1.【醫】縫合 2.【解】骨縫

***suyo, ya** I. *a.* 他的,她的;他們的,她們的;您的,你們的 II. *m.pl.* 他家的人,她家的人,您家的人;他的同夥,您的同伴 ◇ cada cual (或 cada uno) a lo ~ 各不相干 / de ~ 本來,原本 / hacer ~ 贊成,同意 / salirse con la ~a 終於達到目的

svática *f.* 1. 卐(佛教用以象徵"萬德吉祥")2. 卐(德國納粹黨黨徽)

T

t *f.* 西班牙語字母表的第二十三個字母

taba *f.* 1.【解】距骨 2. 抓子兒遊戲(兒童用豬、羊距骨玩的一種遊戲)

tabacal *m.* 烟草田

tabacalero, ra I. *a.* 烟草的 II. *s.* 烟農;烟商,烟販

***tabaco** *m.* 1.【植】烟草 2. 烟葉;烟絲 3. 雪茄 4. 烟色,棕褐色 ◇ ~ de hebra 烟絲 / ~ de pipa 烟斗烟絲 / ~ en polvo 烟末,鼻烟 / hecho ~ ① 【口】非常累的②粉碎的

tabaiba *f.*【植】大戟

tabalada *f.* 手打,拳打,耳光

tabalear *intr.* 用手指連續敲敲

tabaleo *m.* 用手指連續的輕敲

tabanazo *m.*【口】手打,拳打,耳光

tabanco *m.* 食品攤

tábano *m.*【動】虻,牛虻

tabaque *m.* 小笆簍,針線笆簍

tabaquera *f.* 烟盒

tabaquería *f.* 烟店,烟攤

tabaquero, ra *a.-s.* 1. 捲烟的;捲烟工人 2. 賣烟的;烟販,烟商

tabardillo *m.*【口】1. 中暑,日射病 2.【轉】①好瘋鬧的人,令人討厭的人

tabardo *m.* 1. 粗呢長大衣 2. 一種號衣 3. 無袖呢外套,無袖皮外套

tabarra *f.*【口】討厭的東西,煩人的事物

taberna *f.* 酒店,酒館

tabernáculo *m.* 1. 聖幕(猶太人可移動的神堂)2. 神龕

tabernario, ria *a.* 1. 酒店的,酒館的 2.【轉】下流的,粗鄙的

tabernero, ra *s.* 酒店老闆,酒店老闆娘

tabica *f.*【建】1. 鑲板,嵌板 2. 梯級豎板

tabicar I. *tr.* 1. 砌牆堵住(門、窗)2.【轉】使堵塞 II. *r.* (鼻子等)堵塞

***tabique** *m.* 1. 薄牆,隔牆 2. 間隔,隔開物

***tabla** *f.* 1. 木板 2. 板,板狀物 3. (櫥、櫃的)擱板 4. 目錄;索引 5. 清單,表,圖表 6. *pl.* 舞台 7. 畦 8. (棋賽的)平局 ◇ ~ de lavar 搓板 / ~ de Pitágoras (或 de multiplicar) 乘法表 / a raja ~ 無論如何,不管怎樣 / escaparse en una ~ 僥倖脫險 / hacer ~ rasa de 不顧

tablado *m.* 1. 地板 2. 台;舞台 3. 床板,舖板

tablazón *f.*【集】(造船等用的)板材,木板構件

tablear *tr.* 1. (把木料)破成板材 2. (把園子的地)做成畦 3. (把地)耙平 4. (在布料或衣服上)打褶

***tablero, ra** I. *a.* 可以破成板材的 II. *m.* 1. 木板,拼合成的木板 2. 板狀物 3.

黑板 **4.** 畫板 **5.** 棋盤 **6.【動】**一種海燕
◇ ~ contador 算盤 / ~ de control
操縱台 / ~ de dibujo 畫板

tableta *f.* **1.** 藥片 **2.** 塊狀巧克力

tabletear *intr.* **1.** 擊板作響 **2.** 劈啪作
響

tableteo *m.* **1.** 擊板作響 **2.** 劈啪作響
3. 擊板聲, 嗒嗒聲

tablilla *f.* 小木板, 小板

tablón *m.* **1.** 大木板, 厚板 **2.** 廣告牌,
告示牌 **3.【口】**酒醉 ◇ ~ de anuncio
佈告牌, 廣告牌

tabú (*pl.* tabúes) *m.* **1.** 禁忌, 忌諱 **2.**
忌諱的事物

tabuco *m.* 陋室, 骯髒的小房間, 破屋

tabular **I.** *a.* **1.** 板狀的 **2.** 列成表的, 表
格式的 **II.** *tr.* 把…列成表

***taburete** *m.* 凳子, 小凳

tac *m.* (象聲詞, 疊用) 嗒嗒聲

tacada *f.* **1.** (枱球) 擊球 **2.** (枱球) 連擊

tacañería *f.* 吝嗇, 小氣

tacaño, ña *a.-s.* 吝嗇的, 小氣的; 吝嗇
的人, 小氣鬼

tacazo *m.* (枱球) 擊球

tácito, ta *a.* **1.** 沉默的 **2.** 不言而喻的

taciturno, na *a.* **1.** 沉默寡言的 **2.** 鬱
悶的, 憂鬱的

taco *m.* **1.** 塞子, 堵塞物 **2.** 楔子 **3.** 活
頁日曆本; 車票本, 票根簿 **4.** 枱球棍 **5.**
(槍炮的) 填塞材 **6.** 粗話, 髒話 **7.【轉,
口】**(某人言行引起的) 混亂 ◇ dejar
hecho (或 hacer) un ~ 駁倒, 使無言
答對 / hacerse un ~ 茫然, 不知所措

***tacón** *m.* 鞋跟

taconear *tr.* **1.** (快步走時) 鞋跟蹬地發
響 **2.【轉, 口】**張羅, 奔走

taconeo *m.* **1.** (快步走時) 鞋跟蹬地作
響 **2.** 鞋跟蹬地發出的響聲

***táctica** *f.* **1.** 戰術 **2.** 策略, 謀略

***táctico, ca** **I.** *a.* **1.** 戰術的 **2.** 策略的,
有謀略的 **II.** *s.* **1.** 戰術家 **2.** 策略家, 謀
士

táctil *a.* 觸覺的

***tacto** *m.* **1.** 觸覺 **2.** 觸摸 **3.** 接觸的感
覺 **4.【轉】**精明, 機靈 ◇ ~ de codos
【轉】緊密團結

tacha *f.* **1.** 缺點, 瑕疵 **2.** (聲譽方面的)
污點 ◇ sin ~ 無可挑剔的, 無可非議
的

tachable *a.* **1.** 可指責的, 可非難的 **2.**
可刪除的, 可抹掉的

***tachar** *tr.* **1.** 指責, 非難, 歸咎於 **2.** 刪
除, 抹掉

tachón¹ *m.* (文稿上的) 刪改痕迹

tachón² *m.* 泡釘, 飾釘

tachonar *tr.* **1.** 釘上泡釘, 用泡釘裝飾
2.【轉】散佈, 佈滿

tachuela *f.* **1.** 短的大頭釘

tafetán *m.* **1.【紡】**塔夫綢 **2.** 橡皮膏 ◇
~ inglés 橡皮膏

tafilete *m.* 摩洛哥山羊皮革

tagalo, la **I.** *a.* **1.** 他加祿的 **2.** 他加祿
人的 **II.** *s.* 他加祿人 (菲律賓土著) **III.**
m. 他加祿語 (菲律賓國語)

tagarnina *f.* **1.【植】**西班牙洋薊 **2.**
【轉, 口】劣等雪茄

tagarote *m.【動】**游隼

tahalí (*pl.* tahalíes) *m.* (佩刀劍等的)
肩帶

tahona *f.* 麵包房

tahonero, ra *s.* 麵包房老闆

tahúr, ura *s.* 賭徒, 賭棍

taifa *f.* **1.** 派系, 幫 **2.【轉, 口】**狐羣狗黨

tailandés, esa **I.** *a.-s.* 泰國 (Tailan-
dia) 的, 泰國人的; 泰國人 **II.** *m.* 泰語

taimado, da *a.* 狡詐的, 虛偽的

tajada *f.* (切下的食物的) 塊, 片

tajador, ra **I.** *a.* 切割的 **II.** *m.* 砧板

tajamar *m.* **1.** 船首的破浪材 **2.** 橋墩的
分水角

***tajar** *tr.* 切, 割, 削, 砍

***tajo** *m.* **1.** 切, 割, 削, 砍 **2.** 切口 **3.**
(刀等的) 刃, 鋒 **4.** 斷崖, 峭壁 **5.** 活計,
工作 **6.** 幹活的地方 **7.** 砧板, 剁肉案板
8. 斷頭台

***tal** **I.** *a.* **1.** 這樣的, 這種的; 類似的, 如

此的 **2.** 這個,那個 **3.** 某個 **II. pron.**
這人,那人;這事,那事;某人,某事 **III.**
ad. 這樣地,如此,這般 ◇ con ～ que
①只要②如果 / ¿ Qué ～ ? 你好嗎(問
候語) / ～ como ①如同②儘管如此③
諸如 / ～ cual ①同一一樣②少量的,
不多的③過得去的,馬馬虎虎的 / ～ o
cual 有人 / ～ para cual 彼此一樣,半
斤八兩 / ～ que 如同,有如 / ～ y
cual 或 ～ y ～ 這個那個

tala¹ *f.* 打杂杂,杂杂(兒童玩具)

tala² *f.* 1.(樹木的)砍伐 **2.** 破壞,摧毀

talabarte *m.* (佩劍等用的) 皮腰帶

talabartero *m.* 馬具皮匠

__talador *f.* 鑽;鑽床

__taladrar *tr.* 1. 鑽,鑽孔 **2.** 【轉】(尖聲)
使聽着難受,刺耳 **3.** 【轉】使(痛得)難
受

taladro *m.* 1. 鑽,鑽頭,鑽機 **2.** 鑽孔

tálamo *m.* 1. 洞房,新房 **2.** 雙人床

talán *m.* (鐘響的象聲詞,疊用)噹啷

talante *m.* 1. 情緒,心情 **2.** 心願,意願

talar¹ *a.* (衣服)長及腳的

talar² *tr.* 1. 砍伐(樹木) **2.** (災難、戰爭
等)摧毁,毀壞(莊稼、房屋等)

talco *m.* 滑石

talcualillo, lla *a.* 1.(病情)不好不壞
的,過得去的 **2.** 不十分好的

talega *f.* 1. 大布袋 **2.** *pl.*【口】錢財

talego *m.* 1. 細長的布袋 **2.**【轉,口】矮
胖的人

__talento *m.* 1. 才能,才幹 **2.** 天資

talentoso, sa; talentudo, da *a.* 1. 有
才能的,有才幹的 **2.** 天資聰穎的

talio *m.*【化】鉈

talismán *m.* 1. 護身符,避邪物 **2.** 法寶

Talmud *m.* 猶太教法典

__talón¹ *m.* 1. 腳跟;鞋跟;襪跟 **2.** (輪
胎的)著地部分 **3.** (帶存根的)單據,票證 **4.**
【建】上凸下凹的線腳 ◇ pisar los ～es
a uno 緊跟,尾隨(某人)

talón² *m.* 貨幣本位

talonario, ria **I.** *a.* 有存根的 **II.** *m.*

(單據等的)存根簿

talud *m.* 坡面,斜面

__talla *f.* 1. 雕刻,鏤刻 **2.** 雕刻品,浮雕
3. 身長,身高 **4.** 身高測量計

tallar *tr.* 1. 斜割(木、石) **2.** 雕刻,鏤刻
3. 琢磨(寶石) **4.** 量身高

tallarín *m.* 麵條

__talle *m.* 1.(人或衣服的)腰,腰部 **2.**
體形,身材

taller *m.* 1. 車間,工場;作坊 **2.** 畫室,
雕刻家工作室

tallista *s.* 雕刻家,雕刻師

__tallo *m.* 1.(植物的)莖,樹幹 **2.** 果脯
條 **3.**【轉】莖狀物

talludo, da *a.* 1. 莖高的,多莖的 **2.**
【轉】已經長高的,長大了的

tamañito, ta *a.* 茫然的,不知所措的

__tamaño, ña **I.** *a.* 1. 同樣大小的 **2.** 如
此的,非常大的,非常小的 **II.** *m.* 大小,
體積;尺寸 ◇ ～ natural 原大,原尺寸

támara *f.* 1.【植】椰棗樹 **2.** 椰棗林 **3.**
pl. 椰棗串

tamarindo *m.* 1.【植】羅望子樹 **2.** 羅
望子

tambaleante *a.* 搖晃的,晃動的;動搖
的

tambalear(se) *intr.-r.* 搖晃,晃動

tambaleo *m.* 搖晃,晃動;動搖

__también *ad.* 也,同樣;還

__tambor *m.* 1. 鼓 **2.**【軍】鼓手 **3.** (刺
繡)繃子 **4.** 電纜軸,絞盤 **5.**【印】滾筒
◇ ～ del freno(車輪的)閘箍 / a ～
batiente 大張旗鼓地

tamboril *m.* 手搖小鼓

tamborilear *intr.* 1. 敲鼓 **2.** (用手指
等)反覆輕敲使發出打鼓似的響聲

tamborilero *m.* 鼓手

tamiz *m.* 細篩,羅 ◇ pasar por (el) ～
【轉】①仔細檢查②細心挑選

tamizar *tr.* 1. 篩,過羅 **2.**【轉】挑選

tamo *f.* 1.(織物上脱落的)絨毛 **2.**
(傢具下面積存的)塵絮

__tampoco *ad.* 也不,也沒有,仍不

tampón *m.* 印台,印泥盒

tan[1] *m.* (鼓聲、錘擊聲等的象聲詞)噹噹,鼕鼕

***tan**[2] *ad.* (tanto 的詞尾省略形式,用在形容詞或副詞前面) **1.** 如此,這麼,這樣 **2.** 多麼 ◇ de … 因爲那麼… / … como 像…一樣… / ～ siquiera 至少,起碼

tanaceto *m.*【植】艾菊

tanda *f.* **1.** 輪流,次第 **2.** (輪流作業的)組,班,隊 **3.** (依次疊放的)層 **4.** 一連串,一陣

tanganillas:en ～不穩固的,不牢靠的

tangencia *f.*【數】正切;切線

tangencial *a.* 正切的;切線的

***tangente** 切線的;相切的 **II.** *f.*【數】正切;切線 ◇ escaparse (或 salirse) por la ～ 溜走;避開難題

tangible *a.* **1.** 可觸摸的;可感知的 **2.** 真實的,實在的

tango *m.* **1.** 探戈舞 **2.** 探戈舞曲

tánico, ca *a.* 鞣質的,丹寧的

tanino *m.*【化】丹寧;丹寧酸,鞣酸

***tanque** *m.* **1.** 坦克 **2.** 罐車 **3.** (車、船上供運輸用的)槽,罐

tantán *m.* **1.** 鑼 **2.** 非洲手鼓

tantear *tr.* **1.** 估計,掂量,比較 **2.** 試,試探 **3.**【體】(比賽中)計分

tanteo *m.* **1.** 估計,掂量,比量 **2.** 試,試探 **3.**【體】(比賽中的)得分

***tanto, ta** **I.** *a.* **1.** 這麼多的,這麼大的 **2.** 若干的 **II.** *ad.* 這麼;這麼多 **III.** *pron.* **1.** 這個;這事 **2.** 這麼久 **3.** 這種程度 **4.** 若干 **IV.** *m.* **1.** 一定數量 **2.** (比賽中的)得分 **3.** (賭博用的)籌碼 ◇ ～ por ciento ①利率②百分比 / algún ～ 一點,一些 / apuntarse un ～ a favor (或 en contra) 得(失)一分 / en (或 entre) ～ 與此同時,在…時 / estar al ～ de ①瞭解②關注 / las ～as 很晚,夜深 / otro ～ ①同樣的事情②加倍,更多 / por lo ～ 或 por ～ 因此,所以 / un ～ 有些,有點兒 / ¡Y ～ ~! 那

當然

tañedor, ra *s.* 打擊樂器或彈撥樂器演奏者

tañer **I.** *tr.* 演奏(打擊樂器或彈撥樂器) **II.** *intr.* 用手指連續輕敲

tañido *m.* (打擊樂器、彈撥樂器、鐘、鈴等的)響聲

taoísmo *m.* 道教;道家

***tapa** *f.* **1.** 蓋子,塞子 **2.** (木桶兩端的)底 **3.** 書的封面 **4.** 鞋後掌 **5.** (西服、大衣的)翻領 ◇ levantar la ～ de los sesos *a uno* 開槍擊中某人頭部致死

tapaboca *f.* **1.** 圍巾 **2.**【口】噎人的話,使人無可答對的話

tapacubos (*pl.* tapacubos) *m.* (車輪的)轂蓋

***tapadera** *f.* **1.** 蓋子,塞子 **2.**【轉】掩飾者,掩蓋物

tapadura *f.* **1.** 蓋,罩,堵,塞;遮,擋 **2.**【轉】掩飾

tapajuntas (*pl.* tapajuntas) *m.* (門框、窗框與牆壁接合處的)壓縫木條

***tapar** *tr.* **1.** 蓋,罩,堵,塞;遮,擋 **2.**【轉】掩飾,掩蓋

taparrabo *m.* **1.** 遮羞布 **2.** 游泳褲

tapete *m.* 桌布,枱布 ◇ ～ verde 賭桌 / estar *algo* sobre el ～ (某事)正在研討 / poner *algo* sobre el ～ (把某事)加以研討

tapia *f.* **1.** 磚石砌的圍牆 **2.** 土坯

tapial *m.* 坯模

tapiar *tr.* 用圍牆圍住

tapicería *f.* **1.** 織毯術 **2.** 織毯業 **3.** 壁毯商店 **4.**【集】壁毯,地毯

tapicero, ra *s.* **1.** 織毯工 **2.** 室內裝演師

tapioca *f.* 木薯澱粉

tapir *m.*【動】貘

***tapiz** *m.* 地毯,壁毯;壁掛

tapizar *tr.* **1.** 鋪地毯,掛壁毯,掛壁掛 **2.** (給椅子等)裝軟墊,加套

***tapón** *m.* **1.** 塞子 **2.**【醫】棉塞,紗布塞 **3.**【轉,口】矮胖的人

taponar *tr.* 塞上,堵上

taponazo *m.* 瓶塞迸出; 迸出的瓶塞的一擊

taponero, ra *a.-s.* 塞子的; 製塞子的人

tapujarse *r.* 【口】裹嚴實

tapujo *m.*【口】1. 掩飾,掩蓋,隱瞞 2. 暗地裏搞的事

taquicardia *f.*【醫】心搏過速

taquigrafía *f.* 速記,速記法

taquigrafiar *tr.* 速記

taquigráfico, ca *a.* 速記的

taquígrafo, fa *s.* 速記員

taquilla *f.* 1. 文件櫃 2. (車間等處的)分格存物櫃 3. 售票處,票房

taquillero, ra *s.* (火車站、劇院等的)售票員

taquimeca *f.*【口】女速記打字員

taquimecanógrafo, fa *s.* 速記打字員

tara *f.* 1. (貨物的)皮重 2. (車輛的)自重 3.【轉】缺點,瑕疵,缺陷

tarabilla *f.* 1. (門、窗等的)掛鈎,扣弔 2. (鋸的)摽棍 3.【轉】多話的人,愛嘮叨的人 4.【轉】嘮叨,多話

taracea *f.* 鑲嵌細工

taracear *tr.* 鑲嵌

tarado, da *a.* 1. 質次的(商品) 2. 有缺點的,有缺陷的

tarambana *s.* 1. 魯莽輕浮的人,沒頭腦的人 2. 碎嘴子

tarantela *f.* 塔蘭泰拉舞; 塔蘭泰拉舞曲

tararear *tr.-intr.* 哼唱

tarasca *f.* 1. (基督聖體節遊行中的)巨嘴龍模型 2.【轉,口】醜陋的潑婦

tarascada *f.* 1. (狗的)咬 2.【轉】粗暴的言詞

taray *m.*【植】法國檉柳

tardanza *f.* 耽擱,延誤,遲誤

tardar *intr.* 1. 花費(時間) 2. 耽擱,延誤,遲誤 ◇ a más ~ 至遲 / sin ~ 立即,馬上

tarde I. *f.* 下午,午後 II. *ad.* 1. 晚 2. 遲 ◇ a la ~ 在下午 / ¡ Buenas ~s ! 您好(問候語,用於午飯後) / de ~ en ~ 有時,偶爾 / más ~ o más temprano 遲早,早晚 / por la ~ 在下午 / ~, mal y nunca 又慢又差

tardecer *intr.* 天色變暗,天開始黑下來

tardío, a I. *a.* 1. 晚熟的 2. 遲的,晚到的 3. 遲緩的,緩慢的 II. *m.* 晚熟作物(尤指果類)

tardo, da *a.* 1. 遲緩的,慢騰騰的 2. 遲鈍的,笨拙的,不靈敏的

tardón, ona I. *a.* 1. 動作緩慢的,遲誤的 2. 遲鈍的,笨拙的 II. *s.* 1. 慢條斯理的,遲誤的人 2. 遲鈍的人

tarea *f.* 1. 工作,活計 2. 任務 ◇ ~ le (或 te …) mando 夠您(你…)忙的,您(你…)可不容易

tarifa *f.* 1. 價目表 2. 稅率

tarifar I. *tr.* 定價目,定稅率 II. *intr.* 爭吵,不和

tarima *f.* (略高於地面可移動的)木板台子

tarjeta *f.* 1. 卡片 2. 名片 3. 請帖 ◇ ~ de identidad 身份證 / ~ de visita 名片 / ~ navideña 聖誕卡片 / ~ perforada 打孔卡片 / ~ postal 明信片

tarjetero *m.* 名片夾,名片册

tarquín *m.* 淤泥

tarro *m.* 陶罐,瓷罐

tarso *m.* 1.【解】跗骨 2.【動】(昆蟲的)跗節

tarta *f.* 大糕點,大餡餅

tártago *m.*【植】續隨子

tartajear *intr.* 說話結巴

tartajeo *m.* 說話結巴

tartajoso, sa *a.-s.* 說話結巴的; 說話結巴的人

tartamudear *intr.* 口吃

tartamudeo *m.* 口吃

tartamudo, da *a.-s.* 口吃的; 口吃的人

tartán *m.* 格子花呢

tartana *f.* 有篷雙輪車

tartárico, ca *a.* 見 tártrico

tártaro¹ *m.*【詩】冥府,地獄

tártaro² *m.* 1. 牙垢 2.【化】酒石

tártaro, ra[3] I. *a.-s.* 韃靼 (Tartaria) 的, 韃靼人的; 韃靼人 II. *m.* 韃靼語

tartera *f.* (陶製的) 餅鐺

tártrico, ca *a.* 【化】酒石的

tarugo *m.* 1. 木塊 2. 木塊狀物

tarumba : volver *a uno* ~ 使惶惑, 使茫然 / volverse *uno* ~ 感到惶惑, 感到茫然

tasa *f.* 1. 定價 2. 評價, 估價 3. 價格; 價目表 4. 規範, 標準

tasación *f.* 1. 定價 2. 評價, 估價

tasador, ra *a.-s.* 1. 定價的; 定價人 2. 評價的, 估價的; 評價人

tasajo *m.* 乾醃肉

tasar *tr.* 1. (給商品) 定價 2. 評價, 估價 3. 限制, 節制

tasca *f.* 酒店, 酒館

tasto *m.* (食物的) 哈喇味, 陳味

tatarabuelo, la *s.* 高祖父, 高祖母; 高外祖父, 高外祖母

tataranieto, ta *s.* 玄孫, 玄孫女; 玄外孫, 玄外孫女

tate *interj.* 1. (可疊用) 慢點兒, 當心 2. 原來如此 3. 居然這樣

tatuaje *m.* 1. 文身 2. 刺在身上的花紋

tatuar I. *tr.* 給…文身 II. *r.* 文身

tau *m.* (希臘語字母 T, τ 的名稱)

taumaturgia *f.* 幻術, 魔術

taumatúrgico, ca *a.* 幻術的, 魔術的

taumaturgo, ga *s.* 幻術師, 魔術師

taurino, na *a.* 鬥牛的

Tauro *m.* 【天】1. 金牛座 2. 金牛宮

taurómaco, ca I. *a.* 1. 鬥牛術的 2. 對鬥牛術內行的 II. *s.* 鬥牛術的行家

tauromaquia *f.* 鬥牛術

tautología *f.* 【修辭】同義反復, 重複

taxáceo, a *a.-f. pl.* 【植】紫杉科的; 紫杉科

taxativo, va *a.* 有具體所指的, 專指的, 限定的 (詞義)

***taxi** *m.* 出租汽車

taxidermia *f.* 動物標本剝製術

taxímetro *m.* 1. (出租汽車的) 計程表

2. 出租汽車

taxista *s.* 出租汽車司機

taxonomía *f.* 【動, 植】分類學

***taza** *f.* 1. 杯子 2. 杯(量詞) 3. 噴水池 4. 杯狀物

tazón *m.* 大杯子; 碗

te[1] *f.* 1. 字母 t 的名稱 2. T 型鋼 ◇ doble ~ 工字鋼

***te**[2] *pron.* 你(單數第二人稱的賓格和與格, 用作補語)

***té** (*pl.* tés) *m.* 1.【植】茶 2. 茶葉 3. 茶水 4. 茶話會 ◇ ~ de los jesuitas 【植】巴拉圭茶 / ~ negro 紅茶 / ~ perla 珠茶 / ~ verde 綠茶 / dar el ~ 煩擾, 使厭煩

tea *f.* 松明

***teatral** *a.* 1. 戲劇的 2.【轉】戲劇性的, 誇張的, 矯飾的

***teatro** *m.* 1. 戲院, 劇場 2. 戲劇, 劇本 3. 戲劇藝術, 舞台工作 4.【轉】(發生事件的) 場所 ◇ ~ del mundo 世界舞台 / ~ de la guerra 戰場 / hacer (或 tener) ~ 裝模作樣, 做戲

teca *f.*【植】柚木

tecla *f.* 1. (鍵盤樂器, 打字機等的) 鍵, 按鍵 2.【轉, 口】關鍵, 難處 ◇ dar en la ~ (事情) 辦得妥帖, 做得很對 / dar en la ~ de *hacer algo* 慣於做某事 / tocar alguna ~ 或 tocar ~s 想方設法謀取

teclado *m.* (鍵盤樂器, 打字機等的) 鍵盤

teclear I. *intr.* 按動 (鍵盤樂器, 打字機等的) 鍵 II. *tr.* 想方設法謀取

tecleo *m.* 1. 按動鍵 2. 想方設法謀取

***técnica** *f.* 1. 技術 2. 本領, 技巧

tecnicismo *m.* 1. 技術性 2. (技術) 術語

***técnico, ca** *a.-s.* 技術的; 技術員, 技師

***tecnología** *f.* 1. 工藝學 2. 工藝, 技術 3.【集】(技術) 術語

techado *m.* 屋頂 ◇ bajo ~ 在室內

techar *tr.* (給房子) 上頂, 蓋屋頂

*techo m. 1. 天花板, 頂棚 2. 屋頂 3. 【轉】住所, 房屋 4. (飛機的)升限

techumbre f. 屋頂

Tedéum; Te deum m. 【宗】感恩讚美詩, 感恩頌歌

tedio m. 厭煩, 厭倦; 厭惡, 憎惡

tedioso, sa a. 令人厭煩的, 討厭的; 令人憎惡的

tegumento m. 【動, 植】皮, 外皮, 覆皮

teína f. 【化】茶碱, 咖啡因

teísmo m. 有神論; 一神論

teja f. 1. 瓦 2. 瓦形物 ◇ a ~ vana 無頂棚的 / a toca ~ 以現金支付 / de ~s abajo 在世上, 在塵世 / de ~s arriba 在天上

*tejado m. 瓦屋頂

tejar I. tr. (給房子)上瓦 II. m. 磚瓦廠

tejavana f. 棚子

tejedor, ra a. 織的, 編織的, 編結的 II. s. 織工, 編織者, 編結者

*tejer tr. 1. 織, 編織, 編結 2. (蠶)作繭, (蜘蛛)結網 3. 【轉】(為自己的行動)作準備, 作安排 4. 【轉】策劃 ◇ ~ y destejer 翻來覆去瞎折騰, 猶豫不定

*tejido, da I. a. 織的, 編織的, 編結的 II. m. 1. 織物, 編織名 2. 織物質地 3. 【生】(機體的)組織 ◇ ~ de punto 針織品

tejo m. (跳房子、擲鐵餅等兒童遊戲用的)瓦片, 陶片

tejón m. 【動】獾, 美洲獾

tejuelo m. 1. 小瓦片, 小陶片 2. (印在書脊的)書名 3.【機】軸承

*tela f. 1. 布, 布料 2. 布狀物 3. (蜘蛛等的)網 4. 膜, 薄膜 5. 皮, 薄皮 6. 【轉】(談話、爭論等的)題目, 内容 ◇ en ~ 布面裝訂的(書) / estar en ~ de juicio 有疑問, 有懷疑 / haber ~ que cortar 大有可談的話題 / llegar algo a uno a las ~s del corazón (某事使某人)大為傷感

*telar m. 1. 織布機 2. pl. 織布廠 3. (舞台頂部用以升降佈景的)構架

telaraña f. 1. 蜘蛛網 2. 薄雲, 淡雲 3. 小事

telecomunicación f. 電信; 電信學

teledirigido, da a. 遥控的, 制導的

teleférico m. 高架電動纜車

telefio m. 【植】紫花景天

*telefonear tr. (給人)打電話; 打電話通知

telefonema m. 電話通知

telefonía f. 1. 電話技術 2. 電話業務

telefonista s. 電話接線員, 話務員

*teléfono m. 1. 電話(系統) 2. 電話機 ◇ coger el ~ 接電話

telegrafía f. 1. 電報技術 2. 電報業務

*telegrafiar tr. (給人)打電報, 打電報通知

*telegrafista s. 電報發報員, 報務員

*telégrafo m. 1. 電報(系統) 2. 電報機

*telegrama m. 電報

telemando m. 遥控

telemetría f. 1. 測距術 2. 遥測術

telémetro m. 1. 測距儀 2. 遥測儀

teleología f. 【哲】目的論

telescópico, ca a. 1. 望遠鏡的 2. 須用望遠鏡才能看見的

*telescopio m. 望遠鏡

*televisión f. 1. 電視(系統) 2. 電視播送

*televisor m. 電視機

*telón m. 幕, 幕布 ◇ ~ corto 二道幕 / ~ de boca 大幕, 台口幕 / ~ de foro 背景幕 / ~ metálico 防火幕

telúrico, ca a. 地球的

*tema I. m. 1. 主題, 題材, 話題 2. 【樂】主題 3.【語法】詞幹 II. f. 1. 固執的念頭, 癖好 2. 反感

temático, ca a. 1. 主題的, 題材的, 話題的 2.【樂】主題的 3.【語法】詞幹的

*temblar intr. 1. 顫抖, 哆嗦; 抖動, 搖晃 2. 【轉】膽戰心驚, 害怕; 擔心 ◇ dejar algo temblando (使某物)耗掉大部 / estar temblando 擔心, 害怕 /

hacer ～ 使害怕

tembleque I. *a.* 顫抖的, 抖動的 II. *m.* 1. 猛颤 2. 颤抖着的人; 摇晃着的東西

temblón, ona *a.* 顫抖的, 哆嗦的; 抖動的, 摇晃的

temblor *m.* 顫抖, 戰慄; 抖動, 摇晃 ◇ ～ de tierra 地震

tembloroso, sa *a.* 發顫的, 發抖的; 抖動的

*temer** I. *tr.* 1. 害怕, 恐懼 2. 擔心, 憂慮 3. 懷疑, 猜測 II. *intr.* 1. 感到害怕 2. 擔心

*temerario, ria** *a.* 魯莽的, 冒失的, 輕率的

*temeridad** *f.* 魯莽, 冒失, 輕率

*temeroso, sa** *a.* 1. 可怕的, 嚇人的 2. 膽小的, 害怕的

*temible** *a.* 可怕的, 嚇人的

*temor** *m.* 1. 害怕, 恐懼 2. 擔心, 憂慮

tempano *m.* 1. 定音鼓 2. 小鼓 3. 鼓皮 4. (扁平物的)塊 5. 冰塊 ◇ quedarse como un ～ 凍僵

temperamento *m.* 1. 氣質, 稟性, 性格 2. 急躁, 容易激動

temperar *tr.* 1. 緩和, 減輕, 減弱 2. 【醫】使鎮靜

*temperatura** *f.* 1. 溫度 2. 氣溫 3. 體溫, 熱度 ◇ ～ crítica 臨界溫度

temperie *f.* 天氣, 氣候

tempero *m.* (好)墒情

*tempestad** *f.* 1. 暴風雨, 暴風雪 2. (海上的)大風浪 3. (感情的)爆發, 激動 4. 動亂, 風波 5. 強烈反應 ◇ ～ de arena 沙暴

tempestivo, va *a.* 適時的, 及時的

tempestuoso, sa *a.* 1. 有暴風雨的, 要起風暴的 2.【轉】緊張的, 激烈的

*templado, da** *a.* 1. 有節制的, 適度的 2. 温和的, 不冷不熱的 3.【地】温帶的 4.【口】有膽量的, 果敢的

templanza *f.* 1. 節制, 適度 2. (氣候等)温和, 冷暖宜人

*templar** I. *tr.* 1. 使緩和, 使減弱, 沖淡

2. 加温, 使暖和 3. 弄緊, 擰緊, 拉緊 4. 淬火, 回火 5.【樂】調音 II. *r.* 1. 節制, 克制 2. 變暖和

*temple** *m.* 1. 淬火, 回火 2. 天氣, 氣候 3. 氣温 4. 心情, 情緒 5. 勇氣, 果敢 6. 【美】膠畫顏料; 膠畫

templete *m.* 1. 小廟 2. 神龕 3. 亭子

*templo** *m.* 1. 廟宇, 寺院, 聖殿, 神堂 2.【轉】(從事精神、文化等活動的)神聖場所

*temporada** *f.* 1. (一週以上、數月以內的)時期, 一段時日 2. 季節 ◇ de ～ ① 臨時, 暫時②季節性的

*temporal** I. *a.* 1. 時間的 2. 臨時的, 暫時的 3. 世俗的, 塵世的 4.【語法】時間的 II. *m.* 1. 風暴, 暴風雨 2. 雨季 ◇ correr un ～【海】(船隻)遇上風暴 / de ～ 連綿的(陰雨天)

temporero, ra *a.-s.* 1. 季節的; 季節工 2. 臨時的; 臨時工, 臨時人員

tempranero, ra *a.* 1. 起早的 2. 提早的, 過早

*temprano, na** I. *a.* 早的; 早熟的; 提早的 II. *ad.* 1. 一早, 清晨 2. 早, 提早, 過早

*tenacidad** *f.* 1. 黏性, 固着性 2. 堅定性, 不屈不撓 3. 堅韌, 韌性

tenacillas *f. pl.* 夾鉗; 鑷子

*tenaz** *a.* 1. 黏的, 固着的 2. 堅定的, 不屈不撓的 3. 堅韌的, 韌性的

*tenazas** *f. pl.* 鉗子, 夾鉗; 鑷子 ◇ no poder sacarle *algo a uno* ni con ～ 無法從某人處得知或得到某些事情

tenazón : a (或 de) ～ ①不瞄準地②突然地

tenca *f.*【動】丁鱥

tendedero *m.* (衣物等的)晾曬場

tendejón *m.* 1. 小攤, 小舖 2. 茅舍, 茅棚

*tendencia** *f.* 傾向, 趨向, 趨勢

ténder *m.*【鐵路】煤水車

*tender** I. *tr.* 1. 攤開, 鋪開, 平展開 2. 晾曬(濕衣物) 3. 架設, 鋪設 4. 伸展 II.

intr. **1.** 傾向, 趨向 **2.** 近似 III. *r.* **1.** 平臥, 平躺 **2.** (莊稼) 倒伏 **3.**【轉, 口】鬆勁, 泄氣

tenderete *m.* **1.** (衣物等的) 晾曬場 **2.** 亂散在地上的東西 **3.** 小攤

tendero, ra *s.* (食品店) 店主; 店員

tendido, da I. *a.* 飛奔的 (馬) II. *m.* **1.** 攤開, 鋪開 **2.** 伸展 **3.**【集】晾曬的衣物 **4.** (鬥牛場的) 前排看台

tendinoso, sa *a.* **1.** 腱的 **2.** 多腱的

tendón *m.*【解】腱

tenducha *f.*; **tenducho** *m.* 簡陋的小店

tenebrosidad *f.* **1.** 黑暗, 暗淡 **2.** 陰險, 邪惡

*tenebroso, sa *a.* **1.** 黑暗的, 暗淡的 **2.** 陰險的, 邪惡的

*tenedor, ra I. *a.* 持有···的, 擁有···的 II. *s.* (有價證券等的) 持有者, 所有者 III. *m.* (西餐餐具) 叉 ◇ ～ de libros 簿記員

teneduría *f.* **1.** 簿記工作 **2.** 簿記員職務

tenencia *f.* **1.** 有, 擁有, 持有 **2.**【軍】中尉銜

*tener I. *tr.* **1.** 有, 擁有 **2.** 具有; 含有 **3.** 感到; 受到 **4.** 拿, 拿着 **5.** 過, 度過 **6.** 使停止, 使站住 **7.** 使處於 (某種狀態) **8.** 當作, 看成 **9.** 進行, 舉行 **10.** 評價, 估價 II. *r.* **1.** 站穩, 支持住 **2.** 停下來 **3.** 依靠, 仰仗 ◇ no ～ las todas consigo 擔心, 沒把握 / no ～ nada suyó 十分慷慨 / no ～ nada que ver con 與···不相干 / no ～ uno nada que ver *en algo* 與某事無關 / ～ a bien 敬請 / ～ de 【口】必須 / ～ en mucho 重視, 器重 / ～ para sí 想, 猜測 / ～ presente 記住, 記在心裏 / ～ que 必須, 須要

tenería *f.* 製革廠, 鞣皮作坊

tenia *f.*【動】縧蟲

*teniente I. *a.* **1.** 副 (職) 的 **2.**【口】煮得不很爛的 **3.**【口】耳背的, 有點聾的

II. *m.*【軍】中尉 ◇ ～ coronel 陸軍中校 / ～ de alcalde 副市長 / ～ general 陸軍中將

tenífugo, ga *a.-m.*【醫】驅縧蟲的; 驅縧蟲藥

*tenis *m.* **1.** 網球 **2.** 網球場 ◇ ～ de mesa 乒乓球

tenismesista *s.* 乒乓球運動員

tenista *s.* 網球運動員

tenor¹ *m.* (文章等的) 內容 ◇ a este ～ 照這樣 / a ～ de 根據

*tenor² *m.*【樂】**1.** 男高音 **2.** 男高音歌手

tenorio *m.* 花花公子, 好色之徒

*tensión *f.* **1.** 拉緊, 繃緊; 拉緊或繃緊狀態 **2.** (精神、局勢等) 緊張, 不安 **3.**【理】張力, 拉力 **4.**【理】(氣體的) 壓力 **5.**【電】電壓 **6.**【醫】血壓 ◇ alta ～ 【電】高壓 / ～ arterial【醫】血壓 / ～ superficial【理】表面張力

*tenso, sa *a.* **1.** 拉緊的, 繃緊的 **2.**【轉】緊張的

*tentación *f.* **1.** 誘惑, 引誘 **2.**【轉, 口】誘惑物, 引誘的人

tentáculo *m.* **1.**【動】角, 觸鬚, 觸手 **2.**【植】觸毛

tentadero *m.* 小牛試鬥場

*tentar *tr.* **1.** 觸, 摸 **2.** 摸索, 探索 **3.** 試圖 **4.** 引誘, 勾引 **5.** 吸引

*tentativa *f.* **1.** 企圖 **2.**【法】未遂罪

tentemozo *m.* **1.** 支撐物, 支棍 **2.** 支車棍

tentempié *m.* **1.** 小吃, 點心 **2.** 不倒翁

tenue *a.* **1.** 細的 **2.** 薄的 **3.** 微弱的, 輕微的

tenuidad *f.* **1.** 細, 纖細 **2.** 薄, 稀薄 **3.** 微弱, 輕微

*teñir *tr.* **1.** 染, 把···染色 **2.**【轉】使帶有···情調, 感染

teocracia *f.* 神權政治

teocrático, ca *a.* 神權政治的

teodolito *m.* 經緯儀

teología *f.* 神學

teológico, ca *a.* 神學的

teólogo, ga *s.* 神學家

*teorema** *m.* 1. 原理 2.【數】定理

*teoría** *f.* 理論，學説

*teórico, ca** *a.-s.* 理論的，理論上的；理論家

teosofía *f.* 通神論，神智學

tepe *m.* 草皮

*terapéutica** *f.*【醫】1. 治療學 2. 治療法

terapéutico, ca *a.* 1. 治療學的 2. 治療法的

*tercer** *a.* (tercero 的詞尾省略形式，用在陽性名詞前面)第三

tercería *f.* 1. 調解，調停 2. 拉皮條，撮合

tercero, ra I. *a.* 1. 第三 2. 三分之一的 3. 調解的，調停的 II. *s.* 1. 調解人，調停人 2. 拉皮條的人，撮合山

tercerola *f.* 馬槍

terceto *m.* 1. 三行詩 2.【樂】三重唱，三重奏

tercia *f.* 1. 三分之一 2. 午前(古羅馬人將白天分爲四等分，這是其中的第二等分) 3.【宗】(上午9時的)午前祈禱

terciado, da *a.* 1. 斜佩的，斜掛的，斜持的 2. 耗去三分之一的 3. 黑褐色的(糖)

tercianas *f. pl.*【醫】間日瘧

terciar I. *tr.* 1. 斜佩，斜掛，斜持 2. 把…一分爲三 II. *intr.* 1. 介入，參與 2. 調解，調停 III. *r.* 1. 有機會，有便 2. 偶然發生

terciario, ria I. *a.* 1. 第三 2.【質】第三紀的，第三系的 II. *m.*【質】第三紀，第三系

tercio, cia I. *a.* 1. 第三 2. 三分之一的 II. *m.* 三分之一，三分之一部分(連用的動詞可用複數) ◇ hacer buen ～ a uno 對(某人)有助益，對(某人)有好處 / hacer mal ～ a uno 對(某人)有妨害，對(某人)有壞處

*terciopelo** *m.* 天鵝絨，絲絨

*terco, ca** *a.* 1. 固執的，頑固的 2. 硬的，堅硬的

terebinto *m.*【植】篤耨香樹

tergiversación *f.* 歪曲，曲解

tergiversar *tr.* 歪曲，曲解

termal *a.* 1. 溫泉的 2. 溫泉浴的

termas *f. pl.* 1. 溫泉浴 2.(古羅馬的)公共浴室 3. 溫泉療養所

termes *m.*【動】白蟻

*terminación** *f.* 1. 結束，了結，完成 2. 結尾，結局 3.【語法】詞尾

terminal I. *a.* 1. 結尾的，最後的，終點的 2.【植】頂生的 II. *m.*【電】終端；接線頭 III. *f.* 航空集散站；(交通線的)終點站

terminante *a.* 1. 結束的，完成的 2. 斷然的，無可爭辯的

*terminar** I. *tr.* 結束，了結，完成 II. *intr.* 1. 終止，結束，完畢 2. 終於，終將

*término** *m.* 1. 結束，終點，末端 2. 結尾，結局 3.(交通線的)終點站，航空集散站 4. 疆界，界限 5. 轄區 6. 期限，期 7.(舞台的)景 8. 目標，目的 9. 術語，專門用語 10. *pl.*(合同等的)條款，條件 11. 措詞，言辭 12.【數，邏】項 ◇ ～ medio ①平均數②折衷 / ～ municipal 市區 / ～s habiles (獲取某物的)辦法，措施 / dar ～ a 結束 / en último ～ ①歸根結底②最後一手，在別無他法的情況下 / llevar a ～ algo 把(某事)進行到底，使(某事)圓滿完成 / poner ～ 制止

terminología *f.* 術語，專門用語

termodinámica *f.*【理】熱力學

termoelectricidad *f.*【理】熱電；熱電學

termoeléctrico, ca *a.* 熱電的

*termómetro** *m.* 溫度計 ◇ ～ centígrado 攝氏溫度計 / ～ clínico 體溫計 / ～ Fahrenheit 華氏溫度計

termonuclear *a.* 熱核的

termos *m.* 保溫瓶，暖水瓶

termosifón *m.* (廚房的)餘熱溫水裝

置,熱虹吸管

termostato *m.* 恒温器

terna *f.* 1. (一個職務的)三個候選人 2. (布匹的)幅面

ternario, ria *a.* 以三爲基數的;由三個組成的

terne *a.* 1. 健壯的,結實的 2. 固執的,頑固的

ternera *f.* 1. 小母牛,牝犢 2. 小牛肉

*__ternero__ *m.* 小公牛,牡犢

terneza *f.* 1. 柔軟,嫩,柔嫩 2. 親熱,温柔 3. *pl.* 【口】温存的話

ternilla *f.*【解】軟骨

ternilloso, sa *a.* 軟骨的

terno *m.* 1. (由三人或三件同類東西組成的)組,套 2. 三件一套的男服 3. 咒罵,粗話,下流話

*__ternura__ *f.* 1. 柔軟,嫩,柔嫩 2. 親熱,温柔 3. 温存的話

*__terquedad__ *f.* 固執,頑固,執拗

terrado *m.* 平屋頂

terraja *f.* 1. 板牙扳手 2. 型板

terral *a.* 陸上吹來的(風)

terramicina *f.*【醫】土霉素

*__terraplén__ *m.* 1. 土埂 2. 堤,路堤 ◇ ~ de ferrocarril 鐵路路基

*__terrateniente__ *s.* 地主,土地所有者

*__terraza__ *f.* 1. 屋頂平台,曬台 2. 梯田

*__terremoto__ *m.* 地震

*__terrenal__ *a.* 塵世的,人間的,世俗的

*__terreno, na__ I. *a.* 1. 地球的,陸地的 2. 見 terrenal II. *m.* 1. 土地,地面 2. 田地 3. 地皮 4. (學術活動、知識等的)領域,範圍,方面 5.【質】地層 ◇ ~ abonado【轉】温床 / ~ acotado【轉】禁區,禁地 / ~ del honor 決鬥場 / ganar ~ 取得進展 / minar (或 socavar) el ~ *a uno* 拆某人的台,暗中損害某人 / perder ~ 受挫,失利 / sobre el ~ ①當場,就地②臨時設法

*__térreo, a__ *a.* 1. 泥土的 2. 像泥土的

terrera *f.*【動】一種雲雀

terrero, ra *a.* 1. 泥土的 2. 裝土用的

3. 低賤的 II. *m.* 1. 土堆 2. 礦渣堆 III. *f.* 土筐

terrestre *a.* 1. 地球的 2. 陸地的,陸上的 3. 塵世的,人間的

*__terrible__ *a.* 1. 可怕的,恐怖的 2. 令人難以容忍的,要命的,過分的

terrícola *s.* 地球居民

terrífico, ca *a.* 可怕的,恐怖的

territorial *a.* 1. 領土的 2. 地區的,區域的

*__territorio__ *m.* 1. 領土 2. 地區,區域

terrizo, za *a.* 瓦盆,盆

terrón *m.* 1. 土塊,泥塊 2. (鹽、糖等東西的)塊狀物

*__terror__ *m.* 1. 恐怖,恐懼 2. 令人懼怕的人,引起恐怖的事物

terrorífico, ca *a.* 恐怖的,可怕的

terrorismo *m.* 恐怖主義;恐怖行爲

terrorista I. *a.* 恐怖主義的 II. *s.* 1. 恐怖主義者 2. 恐怖主義分子,暴徒

terroso, sa *a.* 1. 含土的,帶土的 2. 像泥土的 3. 土色的

terruño *m.* 1. 土塊 2. 園圃 3. 故鄉

terso, sa *a.* 1. 光潔的,明淨的 2. 光潤的 3. 純正的(語言等)

tersura *f.* 1. 光潔,明淨 2. 光潤 3. (語言等的)純正

*__tertulia__ *f.* 茶話會,聚談會

tertuliano, na; tertuliante *a.* 參加聚談的

tesis (*pl.* tesis) *f.* 1. 論題,論點,論斷 2. 學位論文;論文

tesitura *f.* 1.【樂】音域 2.【轉】心情,情緒

teso, sa I. *a.* 1. 拉緊的,綳緊的 2. 見 tieso II. *m.* 1. 小山的山頂 2. 突起

tesón *m.* 堅持不懈,堅定不移,不屈不撓

tesonero, ra *a.* 堅持不懈的,堅定不移的,不屈不撓的

tesorería *f.* 1. 出納職務,司庫職務 2. 出納或司庫的辦公處

*__tesorero, ra__ *s.* 出納員,司庫

*tesoro *m.* 1. 財寶,財富 2. 國庫,金庫 3. 寶庫 4. 寶貝(用作昵稱,也用以指有價值的人或物) 5. 珍貴文集,寶庫 ◇ ～ escondido 秘密寶藏 / ～ público 國庫,金庫 / valer un ～ 非常有價值,極寶貴

testa *f.* 1.【口】(人的)頭,腦袋 2.【口】(物體的)正面,前部 ◇ ～ coronada 君主

testáceo, a *a.-m.pl.*【動】有殼目的;有殼目

testador, ra *s.* 立遺囑人

testaferro *m.* 掛名的人,傀儡

testamentaría *f.* 1. 執行遺囑 2. 遺産

testamentario, ria *a.-s.* 遺囑的;遺囑執行人

*testamento *m.* 遺囑,遺言 ◇ ～ abierto 口頭遺囑 / ～ cerrado (或 escrito) 書面密封遺囑 / Antiguo Testamento【宗】《舊約全書》/ Nuevo Testamento【宗】《新約全書》

testar *intr.* 立遺囑,寫遺囑

*testarudez *f.* 固執,頑固

*testarudo, da *a.-s.* 固執的,頑固的;固執的人,頑固的人

testera *f.* (傢具等的)正面,前部

testero *m.* 1. (物件的)正面,前部 2. (房間的)牆壁

testículo *m.*【解】睾丸

testificación *f.* 1. 證明,證實 2. 作證

testifical *a.* 證人的

testificar *tr.* 1. 證明,證實 2. 作證 3. 表明,聲明

testificativo, va *a.* 證明性的,用以證明的

*testigo I. *s.* 證人;見證人,目擊者 II. *m.* 1. 見證;證據 2.【體】接力棒 ◇ ～ de cargo 原告證人 / ～ de descargo 被告證人 / ～ de vista 或 ～ ocular 見證人,目擊者 / poner por ～ a uno 讓某人作證

testimoniar *tr.* 證明,證實;作證

*testimonio *m.* 1. 證據,證明 2. 證明材

料 2. 證詞 ◇ ～ falso ①偽證②誣陷 / Le ofrece (a usted) el ～ de (信函結尾套語) 此致… / levantar falsos ～s 誣陷

testuz *m.* 1. (馬等的)前額 2. (牛等的)後頸

teta *f.* 乳房,奶頭 ◇ dar (la) ～ 餵奶 / de ～ 吃奶的,哺乳的 / quitar la ～ a un niño 給(孩子)斷奶

tetánico, ca *a.*【醫】1. 破傷風的 2. 強直性的

tétano *m.*【醫】1. 破傷風 2. (肌肉)強直

tetar *tr.* 餵奶,哺乳

tetera *f.* 茶壺

tetilla *f.* 1. 雄性動物乳頭 2. 奶嘴

tetraedro *m.*【數】四面體

tétrico, ca *a.* 1. 淒涼的,淒慘的 2. 憂鬱的,鬱悶的

teutón, ona *a.-s.* 1. 條頓的;條頓人 2.【口】德國的;德國人

teutónico, ca I. *a.* 1. 條頓的 2. 德國的 II. *m.* 1. 條頓語 2. 德語

*textil *a.* 1. 紡織的 2. 可紡織的

*texto *m.* 1. 原文,正文,本文 2. 課文;讀本,教科書 3. (文章等的)内容 4. (音樂、繪畫作品的)文字部分

*textual *a.* 1. 原文的,正文的,本文的 2. 按原文的,按正文的,按本文的

textura *f.* 1. 紡織,織造 2. (紡織品的)質地 3.【轉】組織,結構

tez *f.* 臉部的膚色,面色

theta *f.* 西塔(希臘字母 Θ, θ 的名稱)

*ti *pron.* 你(第二人稱單數的與格和對格,只用於前置詞之後;與 con 連用時寫作 contigo) ◇ de ～ para mí 你知我知 / por ～ 在你那方面 / por ～ mismo 靠你自己

*tía *f.* 1. 伯母,嬸母,姨母,姑母,舅母 2. (對年長婦女的稱呼)大媽,大嬸,阿姨 3.【口】娘兒們(一般表示輕蔑,有時含敬佩之意) ◇ Cuéntaselo a tu ～ (對別人説的話表示懷疑)一邊去吧,你

說的誰信啊 / no hay tu ~ 你死了這條
心吧 / ~ abuela 伯祖母, 叔祖母

tiara f. 1. (古波斯人的)高帽 2. 教皇
的三重冕

tiberio m. 【口】1. 混亂 2. 吵鬧, 嘈雜

tibetano, na I. a.-s. 西藏 (el Tibet)
的, 藏族的; 藏族人 II. m. 藏語

tibia f.【解】脛骨

tibieza f. 1. 溫和, 不冷不熱 2.【轉】不
很熱情, 不很起勁 3.【轉】不很融洽

__tibio, bia__ a. 1. 溫的, 不冷不熱的 2.
【轉】不很熱情的, 不很起勁的 3.【轉】
不很融洽的(關係) ◇ poner ~ 責罵;
非議

tibor m. 大瓷瓶

__tiburón__ m.【動】鯊魚

ticket m. 票, 券; 車票, 門票, 入場券

tictac m. (象聲詞, 表示鐘錶、打字機等
的)滴嗒聲

__tiempo__ m. 1. 時間, 歲月, 時候 2. (也
用 pl.)時期, 時代 3. (多指小孩的)年
歲, (物品的)年份 4. 空閑, 閑暇 5. 機
會, 時機 6. 天氣, 氣候 7.【語法】(動詞
的)時態 8.【樂】(作品或小節的)速度
9.【海】暴風雨, 風暴 ◇ de perro 壞
天氣 / ~s medios 中世紀 / ~s mo-
dernos 現代, 當代 / aclarar(se) (或
despejarse) el ~ 放晴 / acomodarse
al ~ 適應形勢, 識時務 / al correr del
~ 隨着時間的推移 / algún ~ atrás 不
久前 / al mismo ~ 同時 / a su ~ 適
時, 準時 / a ~ ①適時, 準時②及時 /
con el ~ 隨着時間的推移 / con ~ 提
前, 及早 / dar ~ al ~ 耐心等待 / de
~ 很久以來 / de ~ en ~ 有時, 間或,
偶爾 / en los ~s que corremos 當前,
如今 / en (su) ~ 適時, 準時 / fuera
del ~ 不合時宜 / gastar (el) ~ 浪費
時間 / matar el ~ 打發時間, 消遣 /
medir el ~ 精心安排時間(以便做好該
做的一切) / pasar (或 correr) el ~ 消
磨時間 / perder el ~ ①浪費時間②白
費時間 / sin perder ~ 立刻, 馬上 /

todo el ~ 始終, 一直

__tienda__ f. 1. 帳篷 2. 商店, 店鋪 ◇ ~
de campaña 帳篷 / ~ de coloniales
(或 comestibles, ultramarinos) 食品店
/ ~ de confecciones 婦女兒童服裝店
/ ~ de modas 婦女時裝店 / ~ de te-
jidos 布店

tienta f. 1. (對小牛進行的)試鬥 2.
【醫】探針 ◇ a ~s ①摸索着地②試探地
地

tiento m. 1. 觸摸, 摸索 2. (盲人的)探
路棍 3. (雜技演員的)平衡杆 4. 謹慎,
小心 ◇ a ~ ①摸索着地②試探地 /
dar un ~ a la bota 喝一口酒

__tierno, na__ a. 1. 軟的, 柔軟的 2. 嫩
的, 嬌嫩的 3.【轉】幼小的, 幼弱的 4.
【轉】易落淚的, 心軟的 5.【轉】溫柔的;
和藹的

__tierra__ f. 1. (大寫)地球 2. 陸地 3. 泥
土, 土壤 4. 地, 地面 5. (常用 pl.)地
面, 土地 6. 故土, 家鄉, 祖國 ◇ ~
campa 田野 / ~ firme 陸地 / ~ natal
家鄉, 故土 / ~ rara【化】稀土元素 /
~ vegetal 腐殖土 / besar la ~ 臉朝
下跌倒 / caer por ~ ①倒塌②【轉】破
滅 / dar consigo en ~ 跌倒 / echar a
~ 弄倒, 推倒 / echar a (或 por) ~ 使
失敗, 使落空 / echarse por ~ 卑躬屈
膝 / echar ~ a algo ①掩蓋②忘却 /
poner ~ por medio 躲開 / tomar ~
①【海】抵港, 到岸②【空】着陸 / venirse
a ~ ①倒塌②【轉】失敗, 落空

tieso, sa I. a. 1. 挺直的, 豎立的 2. 硬
挺的, 堅硬的 3.【轉】威嚴的, 傲慢的 4.
【轉】冷漠的 5.【轉, 口】硬朗的, 結實的
6.【轉】洋洋自得的 II. ad. 有力地 ◇
quedarse ~ 凍僵 / ~ que ~ 固執的,
頑固的

tiesto, ta I. a. 見 tieso II. m. 1. 花盆
2. pl. 瓦的碎片, 陶瓷器碎片

tiesura f. 1. 挺直, 豎立 2. 硬挺, 堅硬
3.【轉】威嚴, 傲慢 4.【轉】冷漠 5.【轉】
洋洋自得

tifico, ca I. *a.* 1. 斑疹傷寒的 2. 患斑疹傷寒的 II. *s.* 斑疹傷寒患者

tifoideo, a I. *a.* 1. 斑疹傷寒的 2. 傷寒的 II. *f.*【醫】傷寒

tifón *m.*【氣象】颱風

tifus (pl. tifus) *m.*【醫】斑疹傷寒 ◇ ~ abdominal （腸）傷寒 / ~ exantemático 斑疹傷寒 / ~ icterodes 黃熱病

tigre *m.* 1. 虎 2. *Amér.* 美洲豹 3.【轉】兇殘的人

tija *f.* 鑰匙柄

tijera *f.* 1. (常用 *pl.*)剪刀 2. 剪刀狀物 3. (鋸木等用的) X 形支架 4.【轉，口】閑話, 流言; 喜歡飛短流長的人 ◇ buena ~ 高明的栽縫, 出色的時裝剪栽師 / de ~ 摺疊 (式) 的 / echar (或 meter) la ~ 動手栽剪(衣料)

tijeretada *f.* ; **tijeretazo** *m.* (剪刀的)剪, 剪口

tijeretear *tr.* 亂剪

tila *f.* 1.【植】椴樹 2. 椴樹花 3. 椴樹花浸膏 (一種鎮靜劑)

tilburi *m.* 輕便雙座雙輪馬車

tildar I. *tr.* 1. (在字母上)加符號 2. 刪除, 抹掉 3. 指責, 責罵

tilde I. *s.* 1. (加在字母上的)符號 2.【轉】污點 II. *f.* 小事, 微不足道的事

tilín *m.* 丁零(象聲詞, 表示鈴等的響聲, 可疊用) ◇ hacer ~ 令人喜愛

tilo *m.*【植】椴樹

tímalo *m.*【動】茴魚

timar I. *tr.* 詐騙, 騙取; 欺騙 II. *r.* 送秋波, 眉來眼去

timba *f.*【口】賭場

timbal *m.* 1.【樂】定音鼓 2. 小鼓 3.【轉】包子

timbalero *m.* (定音鼓和小鼓的)鼓手

timbrar *tr.* (在文件上)蓋印, 打圖章

timbre *m.* 1. 印花, 稅票 2. 印章, 戳子 3. 鈴 4.【樂】音色 5.【轉】功勳, 光榮 ◇ ~ de gloria 豐功偉績

timidez *f.* 膽怯, 怯懦

tímido, da *a.* 膽怯的, 怯懦的

timo[1] *m.*【動】茴魚

timo[2] *m.* 詐騙, 騙取; 欺騙

timo[3] *m.*【解】胸腺

timón *m.* 1. 犁轅 2. 車轅, 轅杆 3. (船、飛機的)舵 4.【轉】領導, 掌管

timonear *intr.* 掌舵

timonel *m.* 舵手

timonera *f.* 1.【海】駕駛室 2.【動】尾羽

timonero *m.* 舵手

timorato, ta *a.* 1. 畏縮的, 膽怯的 2. 好大驚小怪的, 假正經的

tímpano *m.* 1. 小鼓 2.【解】鼓膜, 耳膜 3. (木桶的)桶底, 桶蓋

tina *f.* 1. 小木盆 2. 缸; 染缸

tinaja *f.* 甕, 罐子

tinajero *m.* 1. 做甕的人, 賣甕的人 2. 放甕的地方

tinglado *m.* 1. 棚子 2. (臨時性的)木台, 看台 3.【轉】陰謀, 圈套

tiniebla *f.* (常用 *pl.*) 1. 黑暗; 昏暗 2.【轉】無知

tino *m.* 1. (射擊或判斷事物的)準頭, 準確 2.【轉】(處事的)明智, 機巧 3.【轉】節制, 克制 ◇ perder el ~ 舉措不明智 / sacar de ~ 惹惱, 激怒 / sin ~ 無節制地

tinta *f.* 1. 顏料; 染料 2. 墨水 3. (烏賊等動物分泌的)黑色液體 4. *pl.* 色彩 ◇ ~ china 墨, 墨汁 / ~ de imprenta 油墨 / ~ simpática 密寫墨水 / medias ~s 模棱兩可 / correr la ~ 墨迹淜開 / de buena ~ 來源可靠的(消息) / recargar las ~s 誇大 / sudar ~ 費力氣

tintar *tr.*【口】染, 染色, 着色

tinte *m.* 1. 染, 染色 2. 染料 3. 洗染店 4.【轉】色彩, 色調

tintero *m.* 墨水瓶 ◇ dejar(se) *algo* en el ~ 或 quedársele *a uno algo* en el ~ ①忽略; 省略(某事)②忘記(某事)

tintín *m.* (象聲詞, 表示鈴聲和金屬等的

磕碰聲) 丁噹, 噹啷

tintinear *intr.* 噹啷響, 丁噹響

titineo *m.* 噹啷響, 丁噹響

tinto, ta *a.* 1. 染了色的 2. 暗紅色的 (葡萄、葡萄酒)

tintóreo, a *a.* 染色用的

tintorería *f.* 1. 染業 2. 染坊

tintorero, ra *s.* 染匠, 染工

tintura *f.* 1. 染, 染色 2. 染料 3.【醫】酊劑 ◇ ～ de tornasol (作試紙用的) 石蕊指示劑

tiña *f.* 1.【醫】癬 2.【轉】貧困, 窮苦 3.【轉】小氣, 吝嗇 ◇ más viejo que la ～ 非常老的

tiñoso, sa *a.* 1. 長癬的 2. 貧困的, 窮苦的 3. 小氣的, 吝嗇的 II. *s.* 1. 長癬的人 2. 窮人 3. 小氣鬼

*__*tío__ *m.* 1. 伯父, 叔父, 姨父, 姑父, 舅父 2. (對長者的稱呼) 叔叔, 大伯, 大叔, 大爺 3.【口】傢伙 (一般表示輕蔑, 有時含敬佩之意) ◇ ～ abuelo 伯祖父, 叔祖父 / Tío Sam 山姆大叔 (美國的綽號) / un ～ 或 un ～ con toda la barba 或 un ～ grande 了不起的人

tiovivo *m.* (兒童遊戲場的) 旋轉木馬

tipejo, ja *s.* 滑稽可笑的人

*__*típico, ca__ *a.* 1. 典型的, 代表性的 2. 獨特的, 特有的

tipismo *m.* 1. 典型性, 代表性 2. 獨特性 3. (一地的) 特色, 習俗

*__*tiple__ I. *m.* 最高音; 女高音 II. *s.* 高音歌手

*__*tipo__ *m.* 1. 典型, 典範 2. 型, 類型, 式樣 3. 特徵, 特點 4. 體型; 外表, 模樣 5.【口】人; 傢伙 6.【動, 植】門 7.【印】鉛字; 字體

*__*tipografía__ *f.* 1. 活版印刷術 2. 印刷廠

tipográfico, ca *a.* 1. 活版印刷術的 2. 印刷廠的

tipógrafo *m.*【印】排印工人

típula *f.*【動】沼澤大蚊

tiquismiquis *m.pl.* 1. 過慮; 不必要的

憂慮 2. 無端的爭吵, 小事引起的爭吵

tira *f.* (紙、布等多種材料的) 條, 帶, 細長片 ◇ ～ bordada 機綉

tirabotas *(pl. tirabotas) m.* 鞋拔子

tirabuzón *m.* 1. 開塞鑽 2. 髮鬈 ◇ sacar *algo a uno con* ～ 迫使某人說出某事

*__*tirada__ *f.* 1. 投擲, 抛, 扔 2. 射擊 3. 拉, 拖 4. 距離, 間隔 5. (一) 連串, 連續 6.【印】印刷; 印數

tirado, da *a.* 1. 充斥市場的; 便宜的 (商品) 2. 非常容易的, 毫無困難的 II. *m.*【印】印數

*__*tirador, ra__ I. *s.* 投擲者, 射手 II. *m.* 1. (門、抽屜等的) 拉手, 柄 2. 拉具, 拔具 3. 彈弓

tiralevitas *(pl. tiralevitas) m.*【口】馬屁精, 諂媚者

tiralíneas *(pl. tiralíneas) m.* (製圖用的) 鴨嘴筆

*__*tiranía__ *f.* 1. 專橫, 霸道 2. 專制, 暴政

tiranicida *a.-s.* 誅滅暴君的; 誅滅暴君的人

tiránico, ca *a.* 1. 專橫的, 霸道的 2. 專制的, 施暴政的 3. 暴君的

*__*tirano, na__ I. *a.* 1. 專橫的, 霸道的 2. 專制的, 施暴政的 II. *s.* 1. 暴君; 獨裁者 2.【轉】專橫的人, 霸王

*__*tirante__ I. *a.* 1. 拉緊的, 綳緊的 2.【轉】緊張的 II. *m.* 1. (馬車的) 鞍繩 2. *pl.* (褲子的) 揹帶

tirantez *f.* 1. 拉緊狀態, 綳緊狀態 2. 緊張, 緊張狀態

*__*tirar__ I. *tr.* 1. 投擲, 抛, 扔 2. 抛棄, 扔掉 3. 弄翻, 弄倒 4. 揮霍, 浪費 5. 射擊, 發射 6. 拉, 拖 7. (把金屬) 拉長, 拉成絲 8.【印】印刷, 印製 9. 劃(線) II. *intr.* 1. 拉, 拖 2. 吸引 3. 有吸引力, 感興趣 4. 拔出, 抽出, 掏出 5. 轉向, 朝…走去 6. 近似, 相像 7. 通氣, 冒烟 III. *r.* 1. 投向, 撲向 2. 躺倒, 卧下 3.【口】墮落, 變壞 ◇ a todo ～ 最多, 至多 / a matar 存心害人 / tira y afloja 軟硬兼

施

tirilla *f.* 1. 窄袖 2. (襯衫的)領口襯條

***tiritar** *intr.* 顫抖, 哆嗦

tiritón *m.* 顫抖, 哆嗦

***tiro** *m.* 1. 投擲, 抛, 扔 2. 射擊, 發射 3. 射擊聲, 槍炮聲 4. 槍傷, 彈痕 5. 射程 6. (炮的)射擊方式 7. 靶場 8. 套 (量詞, 指拉一輛車的全部牲口) 9. (爐子等産生的)氣流 10.【體】射門 ◇ ~ al blanco ①射擊(運動)②靶場 / ~ de gracia (爲使重傷號免受痛苦而給予的) 致命的一槍, 安樂槍 / a ~ ①在射程内 ②在可能的範圍内 / a ~ hecho ①很有把握地②故意地 / a ~s largos (爲參加節日活動等)衣着整齊的 / errar el ~ 失敗, 未達目的 / ni a ~s 決不 / pegar cuatro ~s *a uno* ①連續射擊(某人)②槍斃(某人) / salirle *a uno* el ~ por la culata 害人反害己

tiroides (*pl.* tiroides) *a.-m.*【解】甲狀腺的; 甲狀腺

tirón[1] *m.* (用力地)拉, 拽, 揪, 抻 ◇ de un ~ 一下子, 一口氣

tirón[2] *m.* 新手, 學徒

tirotear I. *tr.* 連續射擊 II. *r.* 互相射擊

***tiroteo** *m.* 連續射擊

tirria *f.* 反感, 憎惡

tirso *m.* 1. (酒神的標誌)葡萄杖 2.【植】聚傘圓錐花序

tisana *f.* 草藥湯劑

tísico, ca *a.-s.* 肺結核的, 癆病的; 肺結核病人, 癆病患者

tisis (*pl.* tisis) *f.*【醫】肺結核, 癆病

tisú (*pl.* tisúes) *m.*【紡】金銀線絲織品

titán *m.*【轉】1. 巨人; 大力士 2. 大型起重機

titánico, ca *a.* 巨大的; 力大的

titanio *m.*【化】鈦

títere *m.* 1. 木偶 2. *pl.* 木偶戲; 雜耍 3.【轉】傀儡 4.【轉】意志薄弱的人, 受人操縱的人 5.【轉】不嚴肅的人 ◇ no dejar ~ con cabeza 使完全毁壞

tití (*pl.* titíes) *m.*【動】狨

titilación *f.* 1. (身體的一部分)微顫 2. (光)閃爍

titilar; titilear *intr.* 1. (身體的一部分)微微顫動 2. (光)閃爍

titiritar *intr.* 見 tiritar

titiritero, ra *s.* 1. 木偶藝人 2.【口】雜耍藝人

titubear *intr.* 1. 搖擺, 晃動 2. (説話) 結結巴巴, 吞吞吐吐 3.【轉】猶豫, 躊躇

titubeo *m.* 1. 搖擺, 晃動 2. (説話)結結巴巴, 吞吞吐吐 3.【轉】猶豫, 躊躇

titulado, da I. *a.* 1. 標題爲…的, 有標題的 2. 有學位的; 有頭衝的 II. *s.* 有學位的人; 有頭衝的人

titular[1] I. *a.* 1. 有學位的; 有頭衝的 2. 正式(擔任某職)的 3. 作標題用的 II. *f.* 1. 標題字母 2. (醫生的)職稱 III. *s.* 1. 持有者 2. 正式任職者

titular[2] I. *tr.* 1. 命名 2. (給…)加標題 II. *intr.* 獲得爵位; 取得頭銜 III. *r.* 標題爲, 名爲

***título** *m.* 1. 標題, 題目, 名稱 2. 學位, 頭衝, 職稱 3. 文憑, 證書 4.【商】證券; 股票 5. 有爵位的人 6. 資格, 條件 7. 理由; 權利 8. 條款, 項目 ◇ a ~ de … 身份, 作爲…

***tiza** *f.* 1. 粉筆 2. 白堊

tiznar *tr.* 1. 燻黑; 弄黑 2. 弄髒

tizne *s.* 烟炱, 烟垢

tiznón *m.* (沾在臉上手上的)烟灰, 烟垢

tizón *m.* 1. 未燒透的柴 2.【轉】污點 3.【植】黑粉菌

tizona *f.*【口】劍

tizonazo *m.* 1. 用未燒透的柴的擊打 2.【轉, 口】(地獄的)火刑

***toalla** *f.* 1. 毛巾 2. 枕巾

toallero *m.* 毛巾架

toba *f.* 1. 水銹, 水垢 2. 牙垢

tobillo *m.*【解】踝

tobogán *m.* 1. (娛樂用的)滑梯 2. 平底雪橇

toca *f.* 1. 女用頭巾 2. 修女頭巾

tocado, da[1] I. *a.* 頭戴…的 II. *m.* (婦

女的)頭飾;帽子

tocado, da² *a.* 1. (水果)有傷的,開始腐爛的 2.【口】神經錯亂的,瘋癲的

tocador, ra¹ *a.-s.* 演奏的;演奏者

tocador² *m.* 1. 頭巾,頭飾 2. 梳妝枱 3. 梳妝室

tocante : ～ a 關於

tocar¹ I. *tr.* (爲某人)梳妝 II. *r.* 1. 蓋住頭頂 2. 戴(帽),包(頭巾)

***tocar²** I. *tr.* 1. 觸,碰,摸 2. 敲,擊,打 3. 彈奏,演奏 4. 吹響,拉響,打響 5. 貼近,挨着 6. 提及,談到 7. 打動,觸動(感情等) 8. (船)中途停靠 II. *intr.* 1. 輪到,攤到 2. 該是(做某事的)時候了 3. 相干,有關係 4. 有親戚關係

tocata *f.* 1.【樂】托卡塔曲 2.【口】痛打

tocayo, ya *s.* 同名人

tocinería *f.* 豬肉店,腌肉店

tocinero *m.* 賣豬肉的人,賣腌肉的人

***tocino** *m.* 1. 肥豬肉 2. 腌豬肉 ◇ ～ del cielo 蛋黃甜食 / ～ entreverado 五花肉

tocón *m.* 1. 樹椿 2. 殘肢

tocho *m.* 鐵錠

***todavía** *ad.* 1. 還,依然,仍舊 2. 更加 3. 可是,然而

***todo, da** I. *a.* 1. 全部的,整個的;所有的 2. 完全的,十足的 ◇ cada 每個 II. *m.* 1. 全部,整個 2. 一切 3. *pl.* 大家,所有的人 III. *ad.* 全部地;完全地 ◇ ante ～ 首先;尤其 / así y ～ 儘管如此 / a ～ esto 或 a ～as estas 與此同時 / con eso y ～ 或 con ～ 或 con ～ y con eso 儘管如此 / contra ～ 不顧一切地 / del ～ 完全地;全部地 / después de ～ 歸根結底 / en medio de ～ 歸根結底 / en ～ y por ～ 完全地;全部地 / jugarse el ～ por el ～ 孤注一擲 / por ～ lo alto ①極講究的,豪華的②極有價值的 / ser el ～ 是極重要的 / sobre ～ 尤其 / ～ lo más 至多,最多 / y ～ ①甚至②雖然

***todopoderoso, sa** I. *a.* 全能的,萬能

的 II. *m.* (大寫)【宗】上帝,造物主

toga *f.* (律師、教授等穿的)長袍

toilette *f.* 1. 梳妝,打扮 2. 梳妝室;盥洗室;廁所

tojo *m.*【植】荆豆

toldilla *f.* (船)的尾樓甲板

toldo *m.* 1. 帳篷,遮陽篷 2. 車篷

tole *m.*【口】1. 叫喊聲,喧嘩聲 2.【轉】反對聲

tolerable *a.* 1. 可容忍的,可忍受的 2. 過得去可將就的

tolerancia *f.* 1. 容忍;容許;寬容 2. 承受,經受 3.【技】公差

tolerante *a.* 容忍的;寬容的

***tolerar** *tr.* 1. 容忍;容許;寬容 2. 承受,經受

tolete *m.* (船的)槳架,槳叉

tolondro, dra; tolondrón, drona I. *a.-s.* 慌亂的,不知所措的,慌亂的人,手足無措的人 II. *m.* (外傷引起的)腫塊,包,疙瘩

tolueno; toluol *m.*【化】甲苯

tolva *f.* (磨上的)漏斗,進料口

tolvanera *f.* 沙暴,塵暴

tollo *m.*【動】角鯊

***toma** *f.* 1. 拿,取 2. 接受 3. 攻克,佔領 4. (藥等的)劑量,服用量 5. (水的)分流口;(電的)分接頭 ◇ ～ de corriente 電源插座

***tomar** I. *tr.* 1. 拿,取 2. 拿起,動用 3. 接受,收卜 4. 攻克,佔領 5. 吃,喝 6. 選取,挑選 7. 購買,買 8. 租用;雇用 9. 乘坐(車、飛機等) 10. 採用,採取 11. 沾染,養成(惡習等) 12. 模仿,仿傚 13. 採集,當成 14. 實行,作,進行 15. 攝卜,畫卜,記卜 16. 感到,產生(感情等) 17. 遭受,蒙受 18. 偷盜,竊取 19. 取道 II. *intr.* 1. 走向 2. (植物)扎根 III. *r.* 生銹 ◇ haberla tomado con *algo* ①擺弄②忙於 / ¡Toma! ①(表示驚訝)啊呀②(表示恍然大悟)原來如此 / ～la con *uno* 看不順眼 / ～ sobre sí *algo* 承擔

*tomate *m.* 1.【植】番茄 2. 西紅柿, 番茄 3.【轉, 口】(襪跟上的)破洞

tomavistas (*pl.* tomavistas) *m.* 電影攝影機

tómbola *f.* (具慈善目的的)摸彩

tomento *m.* 1. 蔴屑 2. (植物的)絨毛

tomillo *m.*【植】百里香

tomineja *f.* ; **tominejo** *m.*【動】蜂鳥

*tomo *m.* 1. (書籍的)卷, 冊 2. 體積 3.【轉】重要性 ◇ de ~ y lomo (表示輕蔑)巨大的, 極大的

ton (tono 的詞尾省略形式) : sin ~ ni son 無緣無故地, 莫名其妙地

tonada *f.* 歌謠, 歌曲

tonadilla *f.* (輕柔的)歌謠, 歌曲

tonalidad *f.* 1.【樂】調式 2.【美】色調

*tonel *m.* 1. 大木桶 2.【轉, 口】胖子, 大塊頭

*tonelada *f.* 1. 噸(重量單位, 合1,000公斤) 2.【海】登記噸(船隻登記的容量單位) ◇ ~ de arqueo【海】登記噸 / ~ métrica 公噸(重量單位, 合1,000公斤)

tonelaje *m.*【海】噸位

tonelería *f.* 1. 製木桶手藝 2. 木桶工場, 木桶店 3.【集】木桶

tonelero, ra *a.-m.* 1. 製木桶的; 桶匠

tonelete *m.* 1. 小木桶 2. 桶狀物

tonicidad *f.* (肌肉的)緊張狀態, 緊張性

tónico, ca I. *a.* 1.【語法】重讀的, 帶重音的 2. 聲調的 3.【樂】主音的 4.【醫】滋補的, 強壯的 II. *m.*【醫】補藥, 強壯劑 III. *f.*【樂】主音

tonificar *tr.* 滋補, 使強壯

tonillo *m.* 1. (説話等的)單調聲音 2. 譏諷聲調

tonina *f.*【動】1. 金槍魚 2. 海豚

*tono *m.* 1. 音調, 聲調 2. 語氣, 口吻, 腔調 3. 意思, 含義 4. 色彩, 色調 5. 高尚, 體面 6.【樂】音程 7.【樂】調式 8. (肌肉等的)緊張狀態 ◇ ~ de voz 語氣, 口吻 / ~ mayor【樂】大調 / ~ menor

【樂】小調 / a este ~ 以這種方式 / de buen ~ 高雅的 / de mal ~ 粗俗的 / bajar el ~ 把語氣緩和下來 / darse ~ 自負, 自命不凡 / estar·a ~ 合宜, 相稱 / no venir a ~ 不合時宜 / ponerse a ~ 適合, 適應 / subir el ~ 或 subirse de ~ ①提高嗓門②越來越闊氣

tonsila *f.*【解】扁桃腺

tonsura *f.* 1. 剪毛; 剪髮 2.【宗】削髮; 削髮儀式 3.【宗】削髮修士

tonsurar *tr.* 1. 剪毛; 剪髮 2.【宗】給…削髮, 爲…舉行削髮儀式

tontada *f.* 愚蠢言行

tontear *intr.* 1. 説傻話, 做蠢事 2.【口】調情, 打情罵俏

*tontería *f.* 1. 愚蠢, 獃傻 2. 傻話, 蠢事 3.【轉】小事, 微不足道的事物 ◇ dejarse de ~ 不再瞎扯, 不再胡鬧

*tonto, ta I. *a.* 1. 愚蠢的, 獃傻的 2. 天真的, 頭腦簡單的 II. *s.* 傻子, 笨蛋 III. *m.* (馬戲班的)小丑 ◇ ~ de capirote 大傻瓜 / a ~as y a locas ①胡亂地②無緣無故地 / hacerse el ~ 裝傻

tontuna *f.* 見 tontería

topacio *m.*【礦】黃玉, 黃晶

topar I. *tr.* 1. 碰, 撞 2. 碰到, 遇見 3. 找到 II. *intr.* 1. 碰到 2. (動物)用角頂撞 3.【轉】碰到, 遇到(困難等)

tope[1] *m.* 1. 防撞裝置 2. (火車車廂的)緩衝器 3. 障礙

tope[2] *m.* 頂端, 最高點; 末端 ◇ al ~ 或 a ~ ①(末端)相接的②滿滿的 / hasta los ~s ①滿載的(船)②滿滿的

topera *f.* 鼹鼠洞

topetada *f.* 1. 碰, 撞 2. (頭部施行或遭受的)撞擊, 頂撞

topetar *tr.* 1. 碰, 撞 2. (動物)用頭、角頂撞

topetazo *m.* 1. 碰, 撞 2. (動物用頭、角的)頂撞

tópico, ca I. *a.*【醫】1. 局部的 2. 外用的(藥) II. *m.* 1.【醫】外用藥 2. 陳詞濫調, 老生常談

topo *m.* 1.【動】鼴鼠 2.【轉,口】愚笨的人

topografía *f.* 1. 地形, 地勢 2. 地形測繪學

topográfico, ca *a.* 1. 地形的, 地勢的 2. 地形測繪學的

topógrafo, fa *s.* 地形學家; 地形測繪員

toponimia *f.* 1.【集】地名 2. 地名學

*toque *m.* 1. 觸碰, 摸 2. (用作信號的鐘等的) 敲擊聲; (樂器的) 彈奏聲 3. 試金, 試銀 4. 試金石 5.【轉】考驗, 試驗 6.【轉】關鍵, 要害 7.【轉】提醒, 警告 8.【美】潤色 ◇ ～ de atención 警告 / ～ de diana【軍】起床號 / ～ de difuntos 喪鐘 / ～ de queda ①宵禁鐘聲②【軍】回營號 / dar los primeros ～s 進行最後加工, 進行最後潤色 / dar un ～ ①警告, 提醒②試探

toquilla *f.* 1. 三角頭巾 2. 女用披肩; (小兒) 斗篷

torácico, ca *a.*【解】胸的, 胸廓的

torada *f.* 牛羣

toral I. *a.* 1. 最重要的 2.【建】主要的 II. *m.* 1. 銅鑄模 2. 銅錠

tórax (*pl.* tórax) *m.*【解, 動】胸, 胸部, 胸廓

torbellino *m.* 1. 旋風 2.【轉】漩渦 3.【轉】辦事忽忙草率的人

torcaz *a.* 頸部羽毛異色的 (鴿子)

torcedor, ra I. *a.* 使彎曲的 II. *m.*【轉】煩惱, 折磨人的事

torcedura *f.* 1. 弄彎 2. 扭傷

*torcer I. *tr.* 1. 弄彎, 使彎曲 2. 撚, 捻, 扭 3. 扭傷, 使彎曲 4. 使改變 (想法等) 5. 歪曲, 曲解 II. *intr.* 拐彎 III. *r.* 1. 變壞, 走上邪路 2. 落空, 失敗 3. 扭傷

torcida *f.* 燈芯

*torcido, da *a.* 1. 彎的, 彎曲的 2. 歪斜的 3. 不正直的, 不正派的 4. 不和的, 對立的

torcijón *m.* 1. 捲曲, 扭曲 2. 腸絞痛

tordillo, lla *a.* 黑白混色的 (馬)

tordo, da I. *a.* 黑白混色的 (馬) II. *m.*【動】鶇

torear I. *intr.* 鬥牛 II. *tr.* 1. 鬥牛 2.【轉, 口】愚弄, 嘲弄 3.【轉, 口】敷衍, 搪塞 4.【轉】煩擾, 折騰

toreo *m.* 1. 鬥牛; 鬥牛術 2.【轉, 口】愚弄, 嘲弄

torería *f.* 1.【集】鬥牛士 2. 鬥牛界

*torero, ra I. *a.* 1. 鬥牛的 2. 鬥牛士的 II. *s.* (步行的) 鬥牛士

torete *m.* 1. 小公牛 2.【轉】壯得像牛的人或小孩

toril *m.* 鬥牛場的牛欄

*tormenta *f.* 1. 暴風雨 2.【轉】災禍, 不幸 3.【轉】(情緒的) 激動, 衝動

tormento *m.* 1. 刑罰, 拷打 2. (肉體或精神上的) 痛苦, 苦惱 3. 使人痛苦的人或事, 拖累 ◇ darse ～ 受折磨, 煩惱

tormentoso, sa *a.* 1. 暴風雨的 2. 狂風暴雨般的, 激烈的

tormo *m.* 1. 巉岩 2. 硬塊, 疙瘩

torna *f.* 1. 歸還 2. 返回 ◇ volver las ～s 向相反方向發展

tornada *f.* 1. 返回 2. 舊地重遊

tornadizo, za *a.-s.* 變化不定的, 易變的; 易變的人, 動搖的人

tornado *m.*【氣象】陸龍捲

tornar I. *tr.* 1. 歸還 2. 改變, 使變成 II. *intr.* 1. 返回 2. 再, 重新, 繼續 3. 蘇醒 ◇ ～ en sí 恢復知覺, 蘇醒過來

tornasol *m.* 1.【紡】閃色, 閃光 2.【化】石蕊 3.【植】向日葵

tornasolado, da *a.*【紡】閃色的, 閃光的

tornavoz *m.* 共鳴板

tornear I. *tr.* 用車床鏇 II. *intr.* 1. 旋轉, 繞轉 2. 參加比賽

*torneo *m.* 1. 馬上比武 2. 比賽

tornería *f.* 1. 車工 (工種) 2. 車工車間

*tornero, ra *s.* 車床工人, 車工, 鏇工

tornillo *m.* 1. 螺釘; 螺栓 2. *Amér.*【轉, 口】(士兵) 開小差, 逃跑 ◇ ～ de

banco 柑鉗,虎頭鉗 / ～ sin fin 蝸桿 /
apretarle los ～s 約束,督促 / faltarle
un ～ *a uno*【轉,口】沒頭腦 / hacer
～【轉,口】(士兵)開小差

torniquete *m.* 1. (某些場所入口的)旋
轉柵欄 2. 曲柄 3.【醫】止血帶,壓脈器

torno *m.* 1. 車床,鏇床 2. 絞車,絞盤
3. (木工,陶工用的)轉盤 4. 紡紗機 ◇
a ～ 用車床加工的 / en ～ 周圍 / en
～ a 在…周圍

toro *m.* 1. 公牛 2.【轉】壯實的人;魁
梧的人 3. (大寫)【天】金牛座;金牛宮
4. *pl.* 鬥牛 ◇ ～ corrido【轉,口】不易
上當的老手 / echarle el ～ *a uno* 苛
責 / ver los ～s desde la barrera 坐山
觀虎鬥,隔岸觀火

toronja *f.* 1. 柚子 2. 香櫞果,枸櫞果

toronjo *m.*【植】1. 柚 2. 香櫞,枸櫞

torpe *a.* 1. 不靈便的,不輕巧的 2. 遲
鈍的,笨拙的 3. 下流的,卑劣的

torpedear *tr.* 向…發射魚雷

torpedeo *m.* 發射魚雷

torpedero, ra *a.-m.* 發射魚雷的;魚
雷艇

torpedo *m.* 1.【動】電鰩 2. 魚雷

torpeza *f.* 1. 遲鈍,笨拙 2. 愚蠢言行

torrar *tr.* 烤,烘

torre *f.* 1. 塔,塔樓 2. (國際象棋的)
車 3. (軍艦的)炮塔 4. (電台的)發射
塔 ◇ ～ de Babel 混亂吵鬧的地方 /
～ de control (或 mando) (機場的)指
揮塔 / ～ del homenaje (城堡的)主堡
/ ～ de marfil 象牙之塔(指文藝家脫離
現實的小天地)

torrefacción *f.* 烤,烘

torrefacto, ta *a.* 炒過的(咖啡)

torrencial *a.* 1. 激流的,洪流的 2. 猛
烈的,激烈的

torrente *m.* 1. 激流,洪流 2. 血流
3.【轉】人流 4.【轉】大量,源源而來 5.
【轉】猛烈,激烈 ◇ ～ circulatorio 體內
循環的血流 / ～ de palabras 說話如連
珠炮 / ～ de voz 嗓音洪亮

torrentera *f.* 1. 水流湍急的河道 2. 激
流,洪流

torreón *m.* 1. 高大的塔樓 2. 炮樓

torrero *m.* 1. 燈塔看守人 2. 瞭望塔看
守人

torrezno *m.* 炸肉條

tórrido, da *a.* 熱帶的;炎熱的

torrija *f.* 油炸雞蛋牛奶麵包片

torsión *f.* 1. 擰,扭,絞 2.【技】扭力

torso *m.* 1. 軀幹,軀體 2.【美】軀體雕
塑

torta *f.* 1. 餅;糕點 2.【口】耳光 ◇
costar la ～ un pan 得不償失 / ser
algo ～s y pan pintado ①容易②不算
最差

tortada *f.* 大餡餅;大甜餅

tortera *f.* 餅鐺

tortícolis; torticolis (*pl.* torticolis) *f.*
【醫】斜頸,挨頸

tortilla *f.* 1. 油煎蛋餅 2. *Amér.* 玉米
餅 ◇ hacer ～ 壓扁;打碎 / volverse
la ～ 背運;違反心願

tórtola *f.*【動】斑鳩

tortuga *f.*【動】龜 ◇ ～ carey 或 ～
de concha【動】玳瑁 / a paso de ～ 極
慢地(走)

tortuosidad *f.* 1. 彎曲,曲折 2.【轉】拐
彎抹角,不直截了當

tortuoso, sa *a.* 1. 彎曲的,曲折的 2.
【轉】拐彎抹角的,不直截了當的

tortura *f.* 1. 彎曲 2. 拷打,刑罰 3.
【轉】痛苦,折磨 4.【轉】令人痛苦的事
物

torturar *tr.* 1. 拷問,上刑 2. 使痛苦,折
磨

torvo, va *a.* 兇狠的,嚇人的

torzal *m.* 絲線

tos *f.* 咳嗽 ◇ ～ blanda 輕咳 / ～
bronca 重咳 / ～ convulsiva (或 con-
vulsa, ferina) 百日咳 / ～ perruna 犬
吠樣咳

tosco, ca *a.* 1. 粗糙的,不精細的 2.
【轉】粗魯的,粗野的

*toser *intr.* 咳嗽 ◇ no haber qien le tosa *a uno* ①沒人敢與之比試②沒人敢說他一句

tósigo *m.* 毒物, 毒藥

tosigoso, sa *a.* 有毒的

tosquedad *f.* 1. 粗糙, 不精細 2.【轉】粗魯, 粗野

tostada *f.* 烤麵包片

tostado, da I. *a.* 1. 烤過的 2. 曬黑的 3. 黝黑的 II. *m.* 烤麵包片

tostador, ra I. *a.-s.* 烘烤的; 烘烤的人 II. *m.* 烘烤器具

tostadura *f.* 烤, 烘

tostar *tr.* 1. 烤, 烘 2.【轉】(日曬、風吹) 使皮膚變黑 II. *r.* 1. 烤, 烘 2. (皮膚) 曬黑, 吹黑

tostón *m.* 1. 油炸麵包丁 (用作湯和菜的調料) 2. 烤過焦的東西 3. 乳豬 4.【口】討厭的東西

*total I. *a.* 總的, 全部的, 全體的 II. *m.* 1. 總體, 全部, 全體 2. 總數, 總計 III. *ad.* 總之 ◇ en ～ ①總之②總共

totalidad *f.* 1. 總體, 全部, 全體 2. 總數, 總計 ◇ en su ～ 總體上

totalizar *tr.* 共計, 合計

totalmente *ad.* 全部地, 完全地

toxicidad *f.* 毒性

tóxico, ca *a.-m.* 有毒的, 含毒的; 毒物, 有毒物質

toxicología *f.* 毒物學, 毒理學

toxicólogo, ga *s.* 毒物學者, 毒理學者

toxina *f.*【化】(微生物產生的) 毒素, 毒質

tozo *m.*【植】柔毛櫟

tozudo, da *a.* 固執的, 頑固的

tozuelo *m.* 後腦勺, 枕部

traba *f.* 1. (兩物之間的) 連接物, 固定物 2. (傢具腿的) 橫撐 3. (馬的) 蹄絆, 絆索 4.【轉】障礙, 羈絆

trabacuenta *f.* 1. 計算錯誤 2.【轉】爭論, 爭執

trabajado, da *a.* 1. 勞累的 2. 飽經風霜的 3. 精心加工的, 精心刻畫的

*trabajador, ra *a.-s.* 勤勞的, 勞動的; 勞動者, 工人 ◇ mal ～ 懶漢

*trabajar I. *intr.* 1. 勞動, 工作, 幹活 2. 努力, 用功 3. (機器) 運轉; (工廠) 生產 4. 收益, 生利 5. 從事, 營 6.【轉】起作用 II. *tr.* 1. 耕作, 耕種 2. 加工, 操作 3. 學習, 練習 4. 經營, 做…的買賣 5. 辦理, 處理

*trabajo *m.* 1. 勞動, 工作; 任務 2. 勞動力 3. 勞動成果; 著作, 作品 4. *pl.*【轉】艱辛, 困苦 5.【理】功 ◇ ～ de zapa 陰謀詭計 / ～s forzados (或 forzosos) 強制勞動 / con ～ 費勁地, 艱難地 / costar ～ ①費力②使感到困難 / de ～ ①勞動用的②供He供使的 (牲口)

trabajoso, sa *a.* 費力的, 艱難的

*trabar I. *tr.* 1. 連接, 接合; 固定 2. (用繩索) 絆住 (馬腿) 3. 抓住, 鈎住, 掛住 4.【轉】束縛, 妨礙 5.【轉】開始, 展開 II. *r.* 1. 連接起來, 被纏住 2. 口吃, 結巴 3. 爭吵, 爭執

trabazón *f.* 1. 連接, 接合 2.【轉】關聯, 聯繫; 連貫

trabilla *f.* 1. (衣服的) 繫帶, 帶子 2. 腰帶

trabucar *tr.* 1. 弄亂 (次序等), 使顛倒 2. 弄混, 搞錯 3. 讀錯, 寫錯 (字、音節等)

trabuco *m.* 1. 弩炮, 投石機 2. 大口徑火槍, 銃

traca *f.* 鞭炮

tracción *f.* 拖, 拽, 牽引

*tractor *m.* 拖拉機, 牽引車

*tractorista *s.* 拖拉機手, 牽引車駕駛員

*tradición *f.* 1. 傳統 2. 傳說 3.【法】交付

*tradicional *a.* 1. 傳統的 2. 傳說的

tradicionalismo *m.* 傳統主義; 因循守舊

tradicionalista I. *a.* 傳統主義的; 因循守舊的 II. *s.* 傳統主義者; 因循守舊的人

*traducción *f.* 1. 翻譯 2. 譯文, 譯本

3.【轉】解釋 ◇ ～ directa 由外語譯成
本國語 / ～ inversa 由本國語譯成外語
/ ～ libre 意譯 / ～ literal 直譯

*traducir I. tr. 1. 翻譯 2. 表達,表示
3.【轉】解釋,說明 II. r. 變成,成為

*traductor, ra a.-s. 翻譯的;譯者,翻譯

*traer I. tr. 1. 拿來,帶來,携帶;運來
2. 吸引,引來 3. 引起,導致,造成 4. 使
得,使處於(某種狀態) 5. 穿,戴 6.
【口】帶動 7.【轉】說服,使相信 8.
【轉】謀劃;進行 II. r. 謀劃;進行 ◇ ～
consigo 必然導致 / ～ y llevar ①折騰
②說長道短,撥弄是非

tráfago m. 1. 買賣,販賣 2. 忙碌,奔波

traficante a.-s. 做買賣的;買賣人,生意
人

traficar intr. 1. 做買賣,販賣 2. 做非法
買賣,倒賣

tráfico m. 1. 買賣,販賣;倒賣 2. 交通

tragacanta f. ; tragacanto m. 1.
【植】黃芪 2.【化】黃芪膠

tragaderas f. pl. 1. 喉嚨,咽喉 2. 輕信
3. 寬容

tragaldabas (pl. tragaldabas) s.【口】
貪吃的人

tragaleguas (pl. tragaleguas) s.【口】
飛毛腿,善走的人

tragaluz m. 天窗

tragantona f. 1. 大吃大喝,嘴饞 2. 強
吞,硬咽

*tragar tr. 1. 吞,咽 2. 狼吞虎咽地吃
3. 吸收 4.【轉】吞沒,吞噬 5.【轉】忍受
6.【轉】被迫聽 7.【轉】耗費

tragavirotes (pl. tragavirotes) s. 假正
經的人

*tragedia f. 1. 悲劇 2.【轉】悲慘事件,
不幸,災難

*trágico, ca I. a. 1. 悲劇的 2.【轉】悲
慘的,不幸的 II. s. 1. 悲劇演員 2. 悲劇
作家

tragicomedia f. 1. 悲喜劇 2.【轉】悲
喜事件

tragicómico, ca a. 1. 悲喜劇的 2.

【轉】又悲又喜的

*trago m. 1. (一次飲入的量)口 2. 少
量 3.【口】飲酒 4.【轉,口】逆境,背運
5.【解】耳屏 ◇ a ～s 一點一點地,慢慢
地 / echar(se) un ～ 喝一口(酒),喝一
盅

tragón, ona a.-s. 貪吃的;饞人

*traición f. 1. 背叛,背信棄義 2. 背叛
投敵,叛國 3. 暗算 ◇ alta ～ 叛國罪

*traicionar tr. 1. 背叛,叛變 2. 違背,
辜負 3. 背棄,使落空,使失敗 4. 使暴
露,泄露

traicionero, ra a.-s. 背叛的,背信棄義
的;叛徒

traída f. 1. 拿來,帶來,携帶;運來

traído, da a. 穿舊的,破舊的(衣服) ◇
～ y llevado 幾經反覆的,來回折騰的

*traidor, ra I. a. 1. 背叛的,背信棄義
的;叛變的 2. 陰險的 3. 不順從的 4.
【口】暴露實情的 II. s. 叛徒,背信棄義
的人

traína f. 拖網

trainera f. 拖網漁船

*traje m. 衣服,套裝;連衣裙 ◇ ～ de
baño 游泳衣 / ～ de casa 家裏穿的便
服 / ～ de ceremonia 禮服 / ～ de
luces 鬥牛服 / ～ de noche 女式晚禮
服 / cortar ～s 背後議論

trajeado, da a. 1. 穿着得好(壞)的 2.
衣着多(少)的

trajín m. 1. 運送,運輸 2.【口】忙碌,奔
忙 3. pl.【口】詭計,鬼鬼祟祟的活動

trajinante a.-s. 1. 運貨的;運貨人 2.
忙碌的;忙碌的人

trajinar I. tr. 運送,運輸 II. intr. 忙碌,
奔忙

trajinería f. 運送貨物

tralla f. 1. 鞭梢 2. 鞭子

trallazo m. 1. 鞭打;鞭響 2.【轉】斥責

trama f. 1.【紡,集】緯線 2.【轉】詭計,
陰謀 3.【轉】(文學作品的)情節 4.
【轉】(思想,事物等的)内在關係,聯繫

tramar tr. 1.【紡】織 2. 策劃,謀劃

tramitación *f.* 1. 辦理手續 2. 手續

tramitar *tr.* 辦理(手續)

trámite *m.* 1. 程序 2. 手續

tramo *m.* 1. (路、牆、樓梯等的)一段 2. 【轉】(文章等的)段落

tramontana *f.* 1. 北,北方 2. 北風 3. 【轉】自負,驕傲

tramoya *f.* 1.【劇】換景裝置 2.【轉】陰謀;騙局

tramoyista I. *a.* 狡詐的,說謊的 II. *s.* 1. 佈景員 2. 狡詐的人;騙子

*trampa *f.* 1. (狩獵用的)陷阱,捕機 2. (櫃枱、地窖、地板的)活板門 3. 詐騙術,圈套 4. 拖欠的賬 ◇ armar 〜 設圈套 / caer en la 〜 上當 / hacer 〜 行騙 / llevarse la 〜 ①因管理不善而花光(錢財)②落空,失敗

trampear I. *intr.* 1. 靠借貸度日;勉強度日 2. 凑合使用 II. *tr.* 【口】詐騙,欺騙

trampilla *f.* 1. (地板上的)窺視孔 2. 爐門 3. (褲子的)襟門

trampolín *m.* 1. (跳水等用的)跳板 2. 【轉】(用以達到目的的)台階,階梯

tranca *f.* 1. 棍,棒 2. (門、窗的)門 ◇ a 〜s y barrancas 跌跌撞撞地,艱難地,斷斷續續地

trancada *f.* 1. 大步,闊步 ◇ en dos 〜s 迅速地,馬上

trancar I. *tr.* 閂上 II. *intr.* 大步走

trancazo *m.* 1. 棍打,棒擊 2.【轉、口】流感

trance *m.* 1. 時機 2. 緊要關頭,危難時刻 ◇ postrer (或 último) 〜 臨終時刻,彌留之際 / a todo 〜 堅決地,不顧一切地 / en 〜 de muerte 九死一生的,在生死關頭的

tranco *m.* 1. 大步,闊步 2. 門檻 ◇ a 〜s y barrancos 跌跌撞撞地,艱難地,斷斷續續地 / en dos 〜s 迅速地,馬上

*tranquilidad *f.* 寧靜,安靜,寧静;鎮靜 ◇ perder la 〜 生氣,發怒

tranquilizar *tr.* 使平静,使安静,使放心;使鎮静

*tranquilo, la *a.* 1. 平静的,安静的,放心的;鎮静的 2.【轉】若無其事的,滿不在乎的

tranquillo *m.* 技巧,訣竅

transacción *f.* 1. 讓步,妥協 2. 交易,買賣

transalpino, na *a.* 阿爾卑斯山那邊的

transandino, na *a.* 1. 安第斯山那邊的 2. 橫越安第斯山的

*transatlántico, ca I. *a.* 1. 大西洋那邊的 2. 橫渡大西洋的,橫貫大西洋的 3. 遠洋的(船) II. *m.* 遠洋輪船

transbordador, ra *a.-m.* 轉載的;渡船,輪渡

*transbordar I. *tr.* 使换船,使换車;轉載 II. *r.* 换船,换車

transbordo *m.* 1. 轉載 2. 换船,换車

transcendencia *f.* 見 trascendencia

transcendente *a.* 見 trascendental

transcender *intr.* 見 trascender

transcribir *tr.* 抄寫,謄寫 2. 記録,記下 3.【樂】改編(樂曲)

transcripción *f.* 1. 抄寫,謄寫 2. 抄本,抄件 3. 記録,筆記 4.【樂】改編;改編曲

*transcurrir *intr.* (時間)流逝,過去

*transcurso *m.* 1. (時間的)流逝,過去 2. 期間

*transeúnte I. *a.* 1. 過路的 2. 暫住的 3. 暫時的 II. *s.* 過路人,行人

transferencia *f.* 轉讓,讓與,過户

transferible *a.* 可轉讓的,可讓與的

transferir *tr.* 轉讓,讓與,過户

transfigurar I. *tr.* 使改變容貌,使改樣,使改觀 II. *r.* 1. 改變容貌,變樣,改觀 2. 變成

transfixión *f.* (用武器)刺穿,扎透

*transformación *f.* 1. 變化,轉變 2. 改變,改革 3.【生】變態,轉化

transformador, ra I. *a.* 1. 使變化的,使變發的 2. 使改變的,使改革的 II. *s.* 改造者,改革者 III. *m.*【電】變壓器 ◇

〜 de alta frecuencia 高頻變壓器 / 〜 de frecuencia intermedia 中頻變壓器 / 〜 reductor 降壓變壓器

transformar *tr.* 1. 使變化, 使轉變, 使改觀 2. 改造, 改革 3.【電】使變壓

tránsfuga *s.* 1. 逃亡者 2. 改換黨派的人

transfundir *tr.* 1. (慢慢地)注入, 灌入 2. 傳播(消息等)

transfusión *tr.* 1. (緩慢的)注入, 灌入 2.【醫】輸血 ◇ hacer una 〜 輸血

transgredir *tr.* 違反, 觸犯(法律等)

transgresión *f.* (對法律等的)違反, 觸犯

transgresor, ra *a.-s.* 違法的; 違法者

trasición *f.* 1. 變化, 轉化 2. 過渡, 過渡時期

transido, da *a.* 遭受(精神或肉體上)折磨的

transigencia *f.* 1. 妥協, 讓步 2. 容忍, 寬容

transigir *intr.* 1. 妥協, 讓步 2. (多用於否定句)容忍, 寬容

transistor *m.* 1. 晶體管 2. 晶體管收音機, 半導體收音機

transitable *a.* 可通行的

transitar *intr.* 行走; 通行

*****transitivo, va** *a.* 1. 傳遞的, 傳導的 2.【語法】及物的(動詞)

*****tránsito** *m.* 1. 行走; 通行 2. 交通 3. 改換工作, 轉業 4.【宗】升天; 聖母升天節 ◇ de 〜 過路的

*****transitorio, ria** *a.* 1. 臨時的, 暫時的 2. 短暫的, 瞬息即逝的

translúcido, da *a.* 半透明的

transmigrar *intr.* 1. 移居國外 2.【宗】輪迴

*****transmisión** *f.* 1. 傳送, 傳達, 轉達(消息等) 2. 廣播; 傳播 3. 傳染, 感染 4. 留傳 5.【機】傳導, 傳動裝置 6. *pl.*【軍】通訊聯絡 ◇ 〜 de bienes ①留作遺產 ②遺產稅 / 〜 de dominio 所有權的轉讓

transmisor, ra I. *a.* 1. 傳送的, 傳達的, 轉達的 2. 廣播的; 傳播的 3. 傳染…的 II. *m.* 發報機; (電話)送話器; (電台的)發射機 III. *f.* 電台

*****transmitir** *tr.* 1. 傳送, 傳達, 轉達 2. 廣播; 傳播 3. 傳染, 感染 4. 流傳 5. 傳導, 傳動

transmutación *f.* 變化, 轉化

transmutar *tr.* 使變化, 使轉化

transparencia *f.* 1. 透明, 透明性, 透明度 2. 幻燈片

transparentar I. *tr.* 1. 使透出, 使顯露 2.【轉】流露, 透露 II. *r.* 1. 流露, 透露 2. 透明

*****transparente** I. *a.* 1. 透明的 2.【轉】明顯的, 顯著的 II. *m.* 窗紗, 薄窗簾

transpirar *intr.* 1. 出汗 2. (植物)散發, 排出(液體)

transpirenaico, ca *a.* 1. 比利牛斯山那邊的 2. 穿越比利牛斯山的

transponer I. *tr.* 1. 移動, 搬動 2. 移植 3. 繞過, 拐過(障礙物等) II. *r.* 1. (拐到某物後面而)消失 2. (太陽)落山 3. 有點瞌睡

*****transportar** I. *tr.* 1. 運輸, 輸送 2.【樂】使變調 II. *r.* 出神, 失神

*****transporte** *m.* 1. 運輸, 載運 2. 運輸船, 運輸艦 3. *pl.* 交通工具, 運輸工具

transposición *f.* 1. 移動, 搬動 2. 移植 3. 消失 4. 太陽落山 5.【修辭】詞序的變換 6.【數】移項, 移位 7.【樂】變調

transubstanciar *tr.-r.* 變質, (某物)變成另一物

transversal I. *a.* 1. 橫的, 橫向的 2. 橫穿的, 橫切的, 橫斷的 3. 旁系的(親屬) II. *f.* 橫路, 橫街

transverso, sa *a.* 橫的, 橫向的

*****tranvía** *m.* 有軌電車

tranviario, ria *a.-s.* 有軌電車的; 有軌電車職工

trapacería *f.* 欺騙, 騙局

trapacero, ra *a.-s.* 欺騙的, 設騙局的; 騙子

trapajoso, sa *a.* 1. 衣衫襤褸的 2. 口齒不清的

trápala I. *f.* 1. 馬蹄聲 2. 喧嘩聲, 嘈雜聲 3.【口】謊話, 騙局 II. *m.*【口】連篇廢話 III. *s.*【口】1. 愛講廢話的人 2. 騙子

trapatiesta *f.*【口】喧嘩聲, 嘈雜聲

trapaza *f.* 見 trapacería

trapecio *m.* 1.【數】梯形 2.(體操或雜技用的)高鞦韆, 弔杆 3.【解】大多角骨 4.【解】斜方肌

trapero, ra *s.* 1. 收購破爛的人 2. 撿破爛的人 3. 清潔工

trapezoide *m.* 1.【數】不規則四邊形 2.【解】小多角骨

trapiche *m.* 1. 搾油機 2. 甘蔗搾汁機

trapichear *intr.* 1. 搞陰謀詭計, 搗鬼 2. 做小買賣

trapicheo *m.* 陰謀詭計, 鬼把戲

trapisonda *f.* 1. 爭吵; 糾紛 2. 謊話

trapisondear *intr.* 使爭吵; 引起糾紛

trapisondista *s.* 引起爭吵的人, 製造糾紛的人

*trapo *m.* 1. 破布, 碎布 2. 抹布 3.【集】船帆 4. 鬥牛紅布 ◇ a todo ~ ①【海】張全帆地②全速地; 全力地 / dejar como ~ 使狼狽不堪 / poner como un ~ 辱罵 / sacar (或 salir) los (或 todos los) ~s a relucir 大肆發洩(牢騷) / soltar el ~ 縱聲大笑; 放聲痛哭

traque *m.* 1. 爆竹聲 2.(烟火的)引信

tráquea *f.* 1.【解】氣管 2.【動】(昆蟲的)呼吸管

traqueal *a.* 1. 氣管的 2. 呼吸管的

traquear *intr.* 見 traquetear

traqueotomía *f.*【醫】氣管切開術

traquetear I. *intr.* 發出響聲 II. *tr.* 1. 使發出響聲 2. 搖動, 使搖晃

traqueteo *m.* 1. 發出響聲 2. 爆竹聲 3. 搖晃

traquido *m.* 1. 槍聲 2. 爆裂聲

*tras I. *prep.* 1. 在…之後, 繼…之後 2. 在…的後面 3. 不僅, 不但, 還 4. 跟隨, 追逐, 謀求 II. *m.*【口】(委婉説法)臀部

trasalpino, na *a.* 見 transalpino

trasandino, na *a.* 見 transandino

trascendencia *f.* 1.(氣味的)散發 2. 擴散, 流傳 3. 重要意義, 深遠影響

trascendental *a.* 1. 散發的(氣味) 2. 擴散的, 流傳開來的 3. 有重大意義的, 影響深遠的 4.【哲】先驗的

trascendentalismo *m.*【哲】先驗論

trascendente *a.* 見 trascendental

trascender *intr.* 1.(氣味)散發出來 2. 擴散, 流傳 3. 產生影響 4. 超越, 超出

trasconejarse *r.*【轉, 口】(某物由於位置挪動或弄亂)找不到, 遺失

trascordarse *r.* 遺忘, 記不清

trascribir *tr.* 見 transcribir

trascripción *f.* 見 transcripción

trasegar *tr.* 1. 翻動, 弄亂 2. 移動, 搬動 3. 移注(液體), 倒入 4.【口】喝(酒), 飲(酒)

trasero, ra I. *a.* 後面的; 後部的 II. *m.*(委婉的説法)臀部 III. *f.*(房屋、車輛等的)後部

trasferir *tr.* 見 transferir

trasformar *tr.* 見 transformar

trasgo *m.* 1.(空屋中的)鬼怪 2.【轉】淘氣的孩子

trasgredir *tr.* 見 transgredir

trashojar *tr.* 翻閱, 瀏覽(書籍等)

trashumación *f.* 游牧

trashumante *a.* 游牧的(牲畜)

trashumar *intr.* 游牧

trasiego *m.* 1. 翻動, 弄亂 2. 移動, 搬動 3.(液體的)移注, 倒入

traslación *f.* 1. 移動, 搬動; 遷移 2.(地球的)公轉 3.【語法】(動詞時態的)轉用 4.【修辭】借喻

*trasladar *tr.* 1. 移動, 搬動; 遷移 2. 調動, 調任 3.(儀式、紀念活動等)改期 4. 翻譯 5. 轉述, 解釋 6. 表達 7. 抄寫, 縷錄 II. *r.* 搬遷, 遷移

*traslado *m.* 1. 移動, 搬遷 2. 調動, 調任 3. 抄件, 副本

traslaticio, cia *a.* 轉義的, 引伸的

traslúcido, da; trasluciente *a.* 半透明的

traslucirse *r.* 1. 半透明 2. (通過半透明物) 看得出 3.【轉】顯出 4.【轉】(感情等的) 流露

traslumbrar I. *tr.* 耀眼 II. *r.* 1. 目眩, 眼花 2. 閃現

trasluz *m.* 1. 透射光 2. 反射光 ◇ al ~ 對着光(查看)

trasmano : a ~ ① (手) 够不着的 ② 【轉】偏僻的

trasmitir *tr.* 見 transmitir

trasmutar *tr.* 見 transmutar

trasnochado, da *a.* 1. 隔夜的, 不新鮮的 2.【轉】陳舊的, 過時的(思想等)

trasnochador, ra *a.-s.* 有熬夜習慣的; 慣於熬夜的人

trasnochar I. *intr.* 1. 熬夜 2. (在某處) 過夜 II. *tr.* (把某事) 拖到第二天

trasoir *tr.* 聽錯

traspalar *tr.* 1. 用鍬移動 2. 挪動, 搬動

traspapelar I. *tr.* (把文件等) 放錯地方 II. *r.* (文件等因放錯地方) 找不到

traspasar *tr.* 1. 穿透, 刺穿; 滲透 2. 刺激 3. 走過(街道等); 渡過(河流) 4. 轉讓, 讓與(財産、權利等) 5. 超過(限度) 6. 違犯, 違反(法律等) 7. 移動, 搬動

traspaso *m.* 1. 轉讓, 轉讓物 2. 轉讓價格

traspié (*pl.* traspiés) *m.* 1. 絆脚, 磕絆 2.【轉】差錯, 失誤

traspirar *intr.* 見 transpirar

trasplantar I. *tr.* 移植, 移栽 II. *r.* 移居

trasplante *m.* 1. 移植, 移栽 2. 移居

trasponer *tr.* 見 transponer

traspontín *m.* 見 traspuntín

traspunte *s.*【劇】1. 催場員 2. 提詞員

traspuntín *m.* 1. (車輛、劇院等加座用的) 摺疊椅 2. (委婉說法) 臀部

trasquiladura *f.* 1. 剪(羊等牲畜的) 毛 2. (給人) 亂剪, 亂理(頭髮) 3.【轉】刪削, 減少

tasquilar *tr.* 1. (給羊等牲畜) 剪毛 2. (給人) 亂剪, 亂理(頭髮) 3.【轉】刪削, 減少

trasquilón *m.* (頭髮理後) 長短不齊 ◇ a ~es ① 理得長短不齊的(頭髮) ② 【轉】胡亂做的(事物)

trastada *f.* 1. 毀壞, 弄亂 2. 淘氣 3. 伎倆, 手脚

trastazo *m.* 摔倒; 碰撞

traste *m.*【樂】(撥弦樂器的) 品 ◇ dar al ~ con *algo* 使完蛋, 毀壞 / irse al ~ *algo* 失敗, 受挫折

trastear[1] *tr.* (給撥弦樂器) 安上品

trastear[2] *tr.* 1. 翻動 2. (鬥牛士) 引逗 (牛) 3.【轉, 口】擺佈(人)

trasteo *m.* 1. (對鬥牛的) 引逗 2. (對人的) 擺佈

trastero, ra *a.-s.* 堆放廢舊雜物的; 堆放廢舊雜物的房間

trastienda *f.* 店後, 店後房屋

trasto *m.* 1. 傢具, 傢什 2. 廢舊傢具, 破爛 3. *pl.* 用具, 器具 4.【轉, 口】無用的人 ◇ tirarse los ~s a la cabeza 爭吵, 吵架

trastornar I. *tr.* 1. 翻轉, 弄顛倒 2. 翻亂, 弄亂; 使混亂 3. 使忐忑不安, 使煩亂 4. 使着迷, 使神魂顛倒 II. *r.* 1. 被弄亂 2. 神魂顛倒, 着迷

trastorno *m.* 1. 翻轉, 顛倒 2. 翻亂, 弄亂; 混亂 3. 忐忑不安, 煩亂 4. (身體) 不適, 小毛病

trastrocamiento *m.* 使混淆, 搞錯, 弄亂

trastrocar *tr.* 使混淆, 搞錯, 弄亂

trasudar *intr.* 出虚汗

trasudor *m.* 出虚汗; 虚汗

trasunto *m.* 1. 抄件, 副本 2. 寫照, 縮影

trasvasar *tr.* 移注, 倒入

trasversal *a.* 見 transversal

trasverso, sa *a.* 見 transverso

trasverter *intr.* 漫出, 溢出

trasvolar *tr.* 飛越

trata *f.* 販賣人口 ◇ ～ de blancas 拐賣婦女爲娼 / ～ de negros 販賣黑奴

tratable *a.* 和藹的,親切的,隨和的

*****tratado** *m.* 1. 專著 2. 條約,協定

*****tratamiento** *m.* 1. 對待,待遇 2. 稱呼,尊稱 3. 治療,療法 4.【理,化】處理,處置

tratante *m.* (牲畜,土產等的)商販

*****tratar** I. *tr.* 1. 對待,接待 2. 處理,處置 3. 稱呼 4. 生意,貿易 5. 協議,合同 6. 使用,操縱 II. *intr.* 1. 論述,談及,關於 2. 力圖,設法,試圖 3. 做…生意 III. *r.* 說的是…,指的是…

trato *m.* 1. 對待,接待,待遇 2. 交往,來往 3. 稱呼 4. 生意,貿易 5. 協議,合同 ◇ ～ carnal (或 sexual) 性交 / ～ de gentes 交際手腕 / ～ de nación más favorecida 最惠國待遇 / ～ doble 口是心非 / cerrar un ～ 談妥,達成協議 / romper el ～ con uno 與人絕交

trauma *m.* 1.【醫】創傷,外傷 2. 精神創傷

traumático, ca *a.*【醫】創傷的,外傷的

*****través** *m.* 1. 傾斜,歪斜 2.【轉】災禍,不幸 ◇ al ～ ①通過,經過②橫著 / a ～ ①橫着,橫貫着②透過,穿過③通過,經過 / de ～ ①橫着②斜着③側着 / mirar de ～ 斜着眼看

travesaño *m.* 1. 橫掌,橫檔,橫梁 2. *Amér.*【鐵路】枕木

*****travesía** *f.* 1. 橫街,橫向馬路 2. (兩個地點之間的)距離,路程 3. 橫渡,穿越,飛越

*****travesura** *f.* 1. 調皮,淘氣 2.【轉】惡作劇

*****travieso, sa** I. *a.* 1. 橫的 2. 調皮的,淘氣的 3. 活躍的,好鬧的 4. 聰明的,機靈的 II. *f.* 1. (兩個地點之間的)距離 2.【鐵路】枕木

*****trayecto** *m.* 1. 路程,行程 2. 路線,路途 4. 路段

*****trayectoria** *f.* 1. 軌道,軌迹,彈道 2.【轉】行爲,所作所爲

traza *f.* 1. 描畫,繪製 2. 草圖,設計圖 3. 樣子,外觀 4. 手段,辦法 5. 本領,能力

trazado, da I. *a.* 外表好看(難看)的 II. *m.* 1. 描畫,繪製 2. 草圖,設計圖 3. 輪廓,線條 4. (道路,河流等的)走向

*****trazar** *tr.* 1. 描畫,繪製 2. 設計 3. 描述

trazo *m.* 1. 線條 2. 輪廓 3. 筆劃

trébedes *f.pl.* 三脚鐵架

trebejo *m.* (常用 *pl.*)用具,器具

trébol *m.*【植】三葉草

*****trece** *a.* 1. 十三 2. 第十三

*****trecho** *m.* 1. 距離,間隔 2. 時間 3.【口】段,塊,部分 ◇ a ～s 間斷地;斷斷續續地 / de ～ en ～ 有間隔地;時而

*****tregua** *f.* 1. 停戰,休戰 2. 間歇,暫休 ◇ dar ～(s) ①(疼痛)一陣一陣發作②不緊急

*****treinta** *a.* 1. 三十 2. 第三十

treintavo, va *a.-m.* 三十分之一的;三十分之一

treintena *f.* 1. 三十 2. 三十分之一

tremebundo, da *a.* 可怕的,嚇人的

tremedal *m.* 跳動沼,顫沼

*****tremendo, da** *a.* 1. 可怕的,恐怖的 2.【口】巨大的 3.【口】令人驚異的(人) 4.【口】頑皮的,淘氣的(孩子) ◇ echar la ～a 怒衝衝地說 / echar por la ～a (言行)不冷静

trementina *f.* 松節油

tremolar I. *tr.* 揮動,搖擺(旗幟等) II. *intr.* (旗幟等)飄動,招展

tremolina *f.* 1. 旋風 2.【轉,口】喧嘩,吵鬧

trémolo *m.*【樂】震音

trémulo, la *a.* 顫抖的,抖動的

*****tren** *m.* 1. 行李;輜重 2. 列車,火車 3. 成套設備,成套物品 4.【理】波列 ◇ correo 郵政列車 / ～ de aterrizaje 【空】飛機起落架 / ～ de vida 排場,奢侈 / ～ directo 直達快車 / ～ expreso 快車 / ～ ómnibus 普通列車,慢車 /

~ rápido 特別快車 / a todo ~ 鋪張地, 闊綽地

trencilla *f.* (棉、絲、毛的)辮帶, 編帶

treno *m.* 輓歌, 哀歌

***trenza** *f.* 1. 辮繩 2. 髮辮, 辮子

trenzar *tr.* 把…編成辮子

trepador, ra I. *a.* 1. 攀登的 2. 攀緣的 (植物) 3. 攀樹的(鳥) II. *m.pl.* (攀登電線杆用的)腳扣 III. *f.* 1. 攀禽 2. *pl.* 攀禽目

trepanar *tr.* 【醫】環鑽, 環鋸

***trepar** *intr.* 1. 攀登 2. (植物)攀緣

trepidación *f.* 震動, 顫動

trepidar *intr.* 震動, 顫動

***tres** *a.* 1. 三 2. 第三 ◇ como ~ y dos son cinco 無可爭辯的, 明確的 / ni ala ~ 決不; 根本不可能

***trescientos, tas** *a.* 1. 三百 2. 第三百

tresillo *m.* 1. 三件一套的沙發 2. 三人牌戲 3.【樂】三連音, 三連音符

tresnal *m.* (收割後臨時堆在地裏的)禾捆垛

treta *f.* 詭計, 圈套

tría *f.* 挑選, 選擇

triaca *f.* 1. (古代治毒蛇等咬傷的)解毒藥 2.【轉】預防措施, 解救辦法

***triangular** *a.* 三角形的

***triángulo, la** I. *a.* 三角形的 II. *m.* 1.【數】三角形 2. 三角形物 3.【樂】三角鐵

triar *tr.* 挑選, 選擇

triásico, ca *a.-m.*【質】三疊紀的, 三疊系的; 三疊紀, 三疊系

tribu *f.* 1. 部落 2.【生】(生物分類的)族

tribulación *f.* 苦惱, 憂傷

***tribuna** *f.* 1. 講台, 講壇 2. 看台, 觀禮台, 檢閱台 3.【轉】演講, 演說

***tribunal** *m.* 1. 法院, 法庭 2.【集】司法官員 3. (考試、比賽的)評判委員會 ◇ ~ de la conciencia 良心譴責 / ~ de la penitencia 懺悔; 懺悔室 / Tribunal Internacional 國際法院 / ~ local 地方法院

tribuno *m.* 1. (古羅馬的)護民官 2. 演說家

tributación *f.* 1. 進貢; 納稅 2. 貢品; 賦稅 3. 賦稅制

tributar *tr.* 1. 呈獻(貢品); 繳納(賦稅) 2.【轉】表示(某種感情等), 感受

tributario, ria I. *a.* 1. 貢賦的; 賦稅的 2. 應納貢的, 應繳稅的 3.【轉】支流的 II. *s.* 進貢者; 納稅人

tributo *m.* 1. 貢品; 賦稅 2.【轉】義務, 勞役 3.【轉】(某種感情的)表示

tríceps *a.-m.*【解】三頭肌的; 三頭肌

triciclo *m.* 三輪車; 三輪摩托車

tricolor *a.* 三色的

tricornio *m.* 三角帽

tricromía *f.* 三原色印刷術

tridente *m.* 1. 三齒魚叉 2.【神話】(海神的)三叉戟

trienal *a.* 1. 歷時三年的 2. 三年一次的

trienio *m.* 三年

trifásico, ca *a.*【電】三相的

trifulca *f.*【轉, 口】爭吵, 吵鬧

***trigal** *m.* (常用 *pl.*) 小麥田

trigésimo, ma I. *a.* 1. 第三十 2. 三十分之一的 II. *m.* 三十分之一

***trigo** *m.* 1. 小麥 2.【集】麥粒 3. *pl.* 小麥田 ◇ ~ otoñal (或 de invierno) 冬小麥 / ~ sarraceno 蕎麥 / ~ trechel (或 tremés, tremesino) 春小麥

trigonometría *f.*【數】三角, 三角學

trigonométrico, ca *a.*【數】三角學的

trigueño, ña *a.* 麥色的(皮膚)

trilingüe *a.* 1. 三種語言的 2. 用三種語文寫成的 3. 講三種語言的

trilítero, ra *a.* 三個字母的

trilogía *f.* 三部曲

trilla *f.* 1. 打穀, 脫粒 2. 打穀季節 3. 打穀器

trillado, da *a.*【轉】1. 平常的, 普通的 2. 人所共知的; 毫不困難的

***trilladora** *f.* 打穀機, 脫粒機

*trillar *tr.* 1. 打(穀),使(穀物)脫粒 2. 【轉,口】經常使用

trillo *m.* 打穀器,脫粒器,連枷

trillón *m.* 百億億(10^{18})

trimembre *a.* 三人的;三個組成部分的

trimestral *a.* 季度的,三個月的

*trimestre *m.* 1. 季度,三個月 2. 【集】季刊

trimielga *f.* 【動】電鰩

trimotor *a.-m.* 三發動機的;三引擎飛機

trinado *m.* 1. (鳥的)啼囀 2. 【樂】顫音

trinar *intr.* 1. (鳥)啼囀 2. 【樂】發顫音 ◇ estar *uno* que trina 發怒,光火

trinca *f.* 1. 三人組 2. 三件一組的東西 3. 【海】船索

trincar *tr.* 1. 捆緊,紮緊 2. 抓住(某人)

trincha *f.* (衣服的)束腰帶

trinchar *tr.* (進餐時把肉等食物)切開

*trinchera *f.* 1. 戰壕 2. 路塹

trinchero *m.* 餐具桌

trineo *m.* 雪橇

trinidad *f.* 1. (大寫)【宗】(聖父、聖子、聖靈)三位一體 2. 【口】三人幫

trinitaria *f.* 【植】三色堇

trino *m.* 1. 【樂】顫音 2. (鳥)的啼囀

trinomio *m.* 【數】三項式

trinquete *m.* 【海】1. 前桅 2. 前桅帆 3. 前桅帆桁

trío *m.* 【樂】三重奏,三重唱,三重奏組,三重唱組 2. 三重奏樂曲,三重唱歌曲 3. 【口】三人幫

tripa *f.* 1. 腸,腸子 2. 腹,肚子 3. (懷孕)大肚子 4. 内臟,下水 ◇ echar ~ 【口】長肚子 / echar las ~s 大吐特吐 / gruñir las (或 de) ~s 腸鳴 / hacer de ~s corazón 硬着頭皮幹,盡力而爲 / revolver *a uno* las ~ *algo* 或 *algo* revolvérsele las ~s *a uno con algo* 令人反感,使厭惡

tripería *f.* 1. 【集】内臟,下水 2. 賣下水的店舖

tripicallos *m.pl.* 牛肚,羊肚

triple I. *a.* 1. 三倍的 2. (只用單數)三重的;三個相同成分組合成的 II. *ad.* 三倍地 III. *m.* 三倍 ◇ ~ salto【體】三級跳遠

triplicar *tr.* 使增至三倍,用三倍

triplo, pla *a.-m.* 見 triple

trípode I. *s.* 三腿桌,三腿椅 II. *m.* 三脚架

tripón, ona *a.-s.* 大肚子的;大肚子的人

tríptico *m.* 1. 三摺寫板 2. 三聯畫 3. 由三部分組成的文學作品,三部曲

triptongo *m.* 【語法】三重元音

tripudo, da *a.-s.* 大肚子的;大肚子的人

*tripulación *f.* 【集】1. 全體船員 2. (飛機的)機組 3. (列車的)全體乘務員,包乘組

tripulante *s.* 1. 船員 2. 機組成員 3. 乘務員

tripular *tr.* 1. (在船上)當船員;(在飛機上)當機組成員,駕駛(船、飛機);開(汽車)

trique *m.* 【植】三尾花

triquina *f.* 【動】毛線蟲,旋毛蟲

triquinosis (*pl.* triquinosis) *f.* 【醫】毛線蟲病,旋毛蟲病

triquiñuela *f.* 1. 計謀,詭計,圈套 2. 藉口,託詞

triquitraque *m.* 1. 連續的撞聲,連續的撞擊聲 2. 連響爆竹

tris *m.* (象聲詞,表示輕微的碰擊聲和破裂聲)喀吧,咔嚓 ◇ estar en un ~ de 差一點兒就… / por un ~ 幾乎,險些

trisa *f.* 【動】一種鯡魚

triscar *intr.* 1. 蹦跳 2. (青少年或小動物)歡躍,歡鬧

trisílabo, ba *a.* 【語法】三音節的

*triste *a.* 1. 悲哀的,傷心的 2. 憂鬱的,憂愁的 3. 悲涼的,凄涼的 4. 陰暗的,昏暗的 5. 可憐的;微不足道的 6.【轉,口】凋謝的,乾枯的 ◇ ni un(a) ~ 連一

個…也沒有

*tristeza f. 1. 悲哀,傷心 2. 憂鬱,憂愁 3. 悲涼,淒涼 4. pl.【口】悲慘事件

tristón, ona a. 稍感悲傷的

tritón m. 1.【希神】人魚(上身爲男人、下身爲魚的海神) 2.【動】蠑螈

trituración f. 1. 破碎,弄碎 2. 嚼碎 3. 【轉】折磨,虐待

triturar tr. 1. 使破碎,弄碎 2. 嚼碎 3. 【轉】折磨,虐待

triunfal a. 勝利的,凱旋的

*triunfante a. 得勝的,獲勝的

*triunfar intr. 勝利,得勝,凱旋

*triunfo m. 1. 勝利,凱旋 2. (牌戲的) 王牌

triunvirato m. 1. (古羅馬的)三執政; 三執政官職務 2.【轉】(起領導作用的) 三人小組,三人委員會

trivial a. 1. (中世紀)語法、修辭、邏輯三學科 2.【轉】膚淺的,平凡的; 瑣碎的,不重要的

trivialidad f. 1. 膚淺,平凡; 瑣碎,不重要 2. 瑣事

triza f. 碎片,小碎塊 ◇ hacer ~s 弄碎,打破 / hacer ~s a uno 使人精疲力竭; 使人狼狽不堪

trocar I. tr. 1. 交換,調換 2. 使改變,使變成 II. r. 改變,發生變化

trocha f. 1. 小道,小徑 2. 近路,捷徑

trochemoche; troche y moche : a trochemoche 或 a troche y moche 【口】胡亂地,亂糟糟地

trofeo m. 1. 戰利品 2. 勝利紀念物 3. 武器裝飾

troglodita I. a.-s. 1. (史前)穴居的; 穴居人 2.【轉】野蠻的; 野蠻人 II. m. 【動】鷦鷯

troj f. (常用 pl.) 糧囤,穀倉

trola f.【口】謊言

trole m. (電車的)集電杆,受電器

trolebús m. 無軌電車

trolero, ra a.-s.【口】愛說謊的; 愛說謊的人

tromba f. 1.【氣象】水龍捲 2. 暴雨 ◇ ~ de agua【轉】暴雨

trombón m.【樂】1. 長號,拉管 2. 長號手,拉管手

trompa f. 1.【樂】圓號,陀螺 3. (大象的)長鼻子 4. (昆蟲的)吸管 5. 【轉】(人的)大鼻子 6.【轉,口】酒醉 II. m. 圓號手 ◇ ~ de Eustaquio【解】耳咽管 / ~ de Falopio【解】輸卵管

trompada f. 1. (二人)對面相撞 2. 拳打 3. 撞擊,猛撞

trompazo m. 撞擊,猛撞

*trompeta I. f.【樂】小號 II. m. 小號吹奏者,小號號手 ◇ ~ de amor【植】向日葵

trompetazo m. 不協調的號聲

trompetear intr. 吹小號

trompetería f.【集】(樂隊中的)小號

trompetero m. 1. 小號製作人 2. 小號號手 3.【動】烟管魚

trompetilla f. (一種喇叭狀的)助聽器

trompicar intr. 絆倒; 走路踉蹌絆絆

trompicón m. 絆倒; 磕絆 ◇ a ~es ① 斷斷續續地②艱難地

trompo m. 1. 陀螺 2.【轉】笨人,傻瓜

tronada f. 雷雨

tronado, da a. 1. 破舊的,陳舊的 2. 【口】破產的; 貧窮的

*tronar I. impers. 打雷 II. intr. 1. 發出雷鳴般的響聲,轟然作響 2.【口】破產 3.【轉,口】大肆攻擊,抨擊 ◇ por lo que pueda ~ 以防萬一

tronco m. 1. 樹幹 2. 胴,軀幹 3. 主體 4. 世系,家系 5.【數】截錐體 ◇ estar como (或 hecho) un ~ ①不能動②酣睡

tronchar tr. 1. 弄斷,折斷 2.【轉】斷送,使破滅 3.【口】使疲頓

troncho m. (菜蔬)多肉的莖

tronera I. f. 1. 射擊孔 2. 小窗 3. (枱球的)落袋口 II. s. 放蕩不羈的人

tronido m. 雷聲

*trono m. 1. 御座,寶座 2.【轉】王位

tronzar *tr.* 1. 使分成塊, 弄斷 2.【轉】使疲頓

tropa *f.* 1. 軍人, 兵士 2.【口】(多用於貶義)人羣 3. *pl.*【集】軍隊

tropel *m.* 1. 亂紛紛的人羣 2.【集】雜亂的東西

tropelía *f.* 濫用職權, 仗勢欺人

tropezar I. *intr.* 1. 撞上, 碰撞; 磕絆, 絆腳 2. 遇到, 碰到(人, 困難等) 3.【轉】弄錯, 失誤 4.【轉, 口】發生爭吵, 發生衝突 II. *tr.* 遇到, 碰到 III. *r.* 1. 相撞 2. 相遇

tropezón *m.* 1. 碰撞; 磕絆, 絆腳 2. 錯誤, 過失, 差錯 3.【轉, 口】(湯等食物中的)肉塊, 肉片 ◇ a ~es 斷斷續續地

tropical *a.* 1. 熱帶的 2. 回歸線的

trópico, ca I. *a.* 比喻的; 轉義的 II. *m.* 回歸線 ◇ Trópico de Cáncer 北回歸線 / Trópico de Capricornio 南回歸線

tropiezo *m.* 1. 碰撞; 磕絆, 絆腳 2. 錯誤, 過失, 差錯 3. 挫折, 不幸 4. 爭吵, 衝突

tropo *m.*【修辭】比喻; 轉義

troposfera *f.*【氣象】對流層

troquel *m.* 1. (硬幣等的)衝模 2. (板料的)剪裁機

trotar *intr.* 1. (馬)小跑 2. 騎馬小跑 3.【轉】奔波, 奔走

trote *m.* 1. (馬的)小跑 2. 騎馬小跑 3.【轉】奔波, 奔走 4.【轉】累活, 辛勞的工作 5.【轉】糾葛 ◇ al ~ ①小跑地 ②【轉】快速地, 忽忙地

trova *f.* 1. (中世紀行吟詩人的)抒情詩 2. 唱詞, 歌詞 3. 敘事詩

trovador, ra I. *a.* 1. (中世紀)吟唱詩歌的 2. 作詩的 II. *s.* 1. (中世紀的)行吟詩人 2. 詩人

trovar *intr.* 吟詩; 填詞

trozo *m.* 1. 塊, 段, 片 2. (文藝作品等的)片段 ◇ ~s escogidos (作品的)選段 / a ~s 分成段的, 一塊一塊地

truco *m.* 1. 計謀, 圈套 2. (魔術的)手法 3.【電影】特技 ◇ coger el ~ ①看穿(某人設的)圈套 ②找出(做某事的)竅門

truculencia *f.* 恐怖, 可怕

truculento, ta *a.* 恐怖的, 可怕的

trucha I. *f.*【動】河鱒 II. *s.* 狡猾的人, 奸詐的人

trueno *m.* 1. 雷聲, 霹靂 2. 轟鳴, 隆隆聲 3. 炮聲 4. 爆竹聲

trueque *m.* 1. 交換, 調換 2. 改變, 變化 ◇ a ~ de 以…作為交換

trufa *f.* 1. 塊菌 2.【轉】謊言

trufar I. *tr.* 加塊菌調味 II. *intr.* 說謊, 哄騙

truhán, ana *s.* 1. 無賴, 騙子 2. 滑稽的人, 逗人發笑的人

truhanería *f.* 1. 詐騙行爲 2. 逗人發笑, 滑稽言行 3.【集】騙子

trulla *f.* 1. 喧嘩, 嘈雜 2. 人羣

trullo *m.*【動】水鴨

truncar *tr.* 1. 截去末端, 削掉頂部 2. 使(文章, 意義等)不完整 3.【轉】斷送, 使中止

truncado, da *a.* 1. 截斷頂部的 2. 不完整的, 殘缺的

truquiflor *m.* (一種牌戲)同花順

trust (*pl.* trustes) *m.* 托拉斯

tú I. *pron.* 你 II. *interj.*【口】喂 ◇ de ~ 以"你"相稱

tu (*pl.* tus) *a.* (用於名詞之前)你的

tuba *f.*【樂】大號

tuberculizar *tr.* 使產生結核, 使感染結核菌

tubérculo *m.* 1.【植】塊莖 2.【解, 醫】結節, 突, 疣 3.【醫】結核

tuberculosis (*pl.* tuberculosis) *f.*【醫】結核, 結核病

tuberculoso, sa I. *a.* 1.【植】塊莖的 2.【解, 醫】結節的, 突的, 疣的 3.【醫】結核的, 患結核病的 II. *s.* 結核病患者

tubería *f.* 1.【集】管道 2. 管道系統

tuberosa *f.*【植】晚香玉

tuberoso, sa *a.*【醫】有粗隆的

*tubo m. 1. 管,管子 2. 管狀物 3. 導管
4.【電】電子管 ◇ ～ capilar 毛細管 /
～ de ensayo【化】試管 / ～ de escape
汽車排氣管 / ～ de rayos X X射線管
/ ～ electrónico 電子管 / ～ intestinal
【集】腸道

tubular a. 管的;管狀的

tucán m.【動】鶏鴗

tudel m. (大管等樂器)的吹嘴,哨管

tuerca f. 螺母,螺絲帽

*tuerto, ta a.-s. 瞎一隻眼的,獨眼的;
獨眼龍,瞎一隻眼的人

tuétano m. 1.【解】骨髓 2.【轉】精髓,
精華 ◇ hasta los ～s 極端地,完全地,
深深地 / sacar los ～s (威脅用語)打
斷骨頭

tufarada f. (飄到某處的)一股氣味

tufo¹ m. 1. 烟,氣 2. 臭味,怪味 3. pl.
【口】高傲,狂妄

tufo² m. (鬢角的)鬢鬢,額髮

tugurio m. 簡陋房屋,破房子

tul m. 絹網,薄紗

tulipa f. 郁金香形的玻璃燈罩

tulipán m.【植】郁金香

tullido, da a.-s. 癱瘓的;癱瘓的人

tullir I. tr. 使癱瘓 II. r. 癱瘓

*tumba f. 墳墓

*tumbar I. tr. 1. 弄倒,使倒下 2.【轉,
口】使考試不及格 3.【轉,口】(酒,氣味
等)使暈倒,使難以忍受 II. r. 1. 倒下,
躺下 2.【轉】鬆勁

tumbo m. 1. 顛簸 2. 轟鳴,巨響 ◇
dando ～s 艱難地

tumbón, ona a.-s. 懶惰的,游手好閑
的;懶漢

tumefacción f.【醫】腫脹,腫大

tumefacto, ta a. 腫脹的,腫大的

tumor m.【醫】腫瘤,腫大 ◇ ～ benig-
no 良性腫瘤 / ～ maligno 惡性腫瘤,
癌

túmulo m. 1. 墳墓,墳丘 2. 靈柩台

*tumulto m. 騷動,動亂;混亂

tumultuario, ria; tumultuoso, sa a.

1. 騷亂的,混亂的 2. 引起騷亂的,引起
混亂的

tuna f. 1.【植】仙人掌 2. 仙人掌果

tunantada f. 無賴行徑

tunante, ta a.-s. 無賴的,奸滑的;無賴

tunantería f. 1. 無賴行徑 2. 無賴品性

tunda f. 1. 毒打,狠揍 2.【轉】辛苦勞
累的工作

tundir tr. 1. 毒打,狠揍 2.【轉】使勞累,
使疲憊

tunecino, na a.-s. 突尼斯的;突尼斯
突尼斯人的;突尼斯人

*túnel m. 地道,隧道,坑道

tungsteno m.【化】鎢

túnica f. 1. (古希臘,羅馬人的)束腰長
外衣,長袍 2.【解】膜 3.【植】膜皮,鱗
莖皮

tuno I. a. 無賴的,奸滑的 II. s. 學生樂
隊隊員

tuntún: al (或 al buen) ～ ①輕率地②
沒有把握地

tupé m. 1. 額髮,劉海 2.【轉,口】放肆,
厚顏無恥

tupido, da a. 密實的,緊密的

tupir I. tr. 使密實,使緊密 II. r. 吃飽,
喝足

*turba¹ f. 泥炭,泥煤

*turba² f. (常用 pl.) 亂紛紛的人羣

turbamulta f. 亂紛紛的人羣

turbante m. (穆斯林的) 纏頭布

*turbar tr. 1. 弄亂,擾亂,使發生混亂
2. 攪渾,使渾濁 3.【轉】使不知所措,使
驚慌

turbera f. 泥炭田,泥煤田

turbina f. 葉輪機,渦輪機,透平機 ◇
～ de gas 燃氣輪機 / ～ de vapor 汽
輪機 / ～ hidráulica 水輪機

turbio, bia I. a. 1. 渾濁的 2.【轉】模
糊的,不清楚的 3.【轉】動亂的,騷動的
II. m.pl. (油,酒等的)底子,沉澱物

turbión m. 1. 夾風驟雨 2.【轉】大量湧
現的事,紛至沓來的事

turbonada f. 暴風雨,雷雨

turbulencia *f.* 1. 動亂, 騷動 2. 湍急

turbulento *a.* 1. 動亂的, 騷動的 2. 湍急的

turca *f.* 酒醉

*turco, ca I. *a.-s.* 土耳其 (Turquía) 的, 土耳其人的; 土耳其人 II. *m.* 土耳其語

túrdiga *f.* 皮條, 皮鞭

turgencia *f.* 【醫】腫脹, 腫大

turgente *a.* 腫脹的, 腫大的

turíbulo *m.* 香爐

*turismo *m.* 旅遊; 旅遊業

*turista *s.* 旅遊者, 遊客

turmalina *f.* 【礦】電氣石, 碧硾

*turnar *intr.-r.* 輪流, 替換

*turno *m.* 1. (排定的) 次序 2. (輪流的) 班次

turón *m.* 【動】一種鼬

turquesa *f.* 1. 鉛彈模 2. 【礦】綠松石

*turrón *m.* 果仁糖

turronero, ra *s.* 製或賣果仁糖的人

turulato, ta *a.* 【口】驚愕的, 驚獃的

tus *m.* 喚狗聲

tusilago *m.* 【植】款冬

tuso *m.* 【口】狗

tutear *tr.* 以"你"稱呼

tutela *f.* 1. 監護; 保護 2. 監護人職責; 保護人職責 3. 託管

tutelar I. *a.* 監護的; 保護的 II. *tr.* 監護; 保護

tuteo *m.* 用"你"稱呼

tutiplé; tutiplén : a ～【口】過分地; 大量地

tutor, ra I. *s.* 監護人; 保護人 II. *m.* (植物的) 支杆, 支架

tutoría *f.* 1. 監護; 保護 2. 監護人職責; 保護人職責

tuya *f.* 【植】金鐘柏

*tuyo, tuya (*pl.* tuyos, tuyas) *a.-pron.* 你的

U

u¹ *f.* 西班牙語字母表的第二十四個字母

*u² *conj.* (在以 o 或 ho 開頭的詞之前) 或, 或者

ubérrimo, ma *a.* 高度豐産的; 極其肥沃的

ubicación *f.* 1. 位置, 所在 2. 安放, 放置

ubicar I. *intr.* 在, 位於 II. *tr. Amér.* 1. 安放, 放置 2. 停放 (車輛)

ubicuidad *f.* 1. 無處不在 2. 普遍存在 3. 到處出現

ubicuo, cua *a.* 1. 無處不在的 2. 普遍存在的 3. 到處出現的

ubre *f.* (哺乳動物的) 乳房

ucraniano, na; ucranio, nia I. *a.-s.* 烏克蘭 (Ucrania) 的, 烏克蘭人的; 烏克蘭人 II. *m.* 烏克蘭語

uf *interj.* (表示疲倦, 厭惡, 反感等) 喲, 呸, 嘻

ufanarse *r.* 1. 驕傲 2. 自負; 洋洋自得

ufanía *f.* 1. 驕傲 2. 自負; 洋洋自得 3. (植物的) 茂盛, 葱蘢

ufano, na *a.* 1. 驕傲的 2. 自負的; 洋洋自得的 3. 茂盛的, 葱蘢的 (植物)

ujier *m.* (法院等的) 看門人, 門衛; 聽差

úlcera *f.* 1. 【醫】潰瘍 2. 【植】腐病

ulceración *f.* 【醫】1. 造成潰瘍 2. 潰爛

ulcerar I. *tr.* 1. 造成潰瘍, 使潰瘍 2. 【轉】(精神上) 挫傷, 使傷心 II. *r.* 形成潰瘍, 潰爛

ulceroso, sa *a.* 潰瘍的, 潰爛的, 潰瘍性的

ulmáceo, a *a.-f.pl.* 【植】榆科的; 榆科

*ulterior *a.* 1. 那邊的 2. 後來的, 以後的, 進一步的

ulteriormente *ad.* 後來, 以後

últimamente *ad.* 1. 最後,最終 2. 最近,不久前

ultimar *tr.* 1. 結束,完成 2. (談判後)達成,簽訂(協議等)

ultimátum *m.* 1. 最後通牒,哀的美敦書 2. 【口】最後決議

último, ma a. 最後的,末尾的 2. 最近的,最新的 3. 最遠的,最偏僻的 4. 決定性的,不可變更的 5. 最高的(出價),最低的(要價) ◇ a la ~a【口】時髦的,最時新的 / a lo ~ 快完了,正在結束 / estar en las ~as ①臨終,垂死 ②破產;拮据;匱乏 / lo ~ 最後價格;最高出價,最低要價 / por ~ 最後,終於

ultra *ad.* 除…之外

ultrajante *a.* 侮辱人的,(精神上)傷害人的

ultrajar *tr.* 1. 損壞,弄壞(東西) 2. 侮辱,(精神上)傷害 3. 輕視

ultraje *m.* 1. 損壞,弄壞 2. 侮辱,(精神上的)傷害

ultramar *m.* 海外,海外國家

ultramarino, na I. *a.* 海外的 II. *m.pl.* 舶來品;進口食品

ultramaro *m.*【化】群青,佛青

ultranza: a ~ ①死命地,拼命地 ②堅定不移地,堅決地 ③不讓步地,不退縮地

ultrarrojo, ja I. *a.*【理】紅外的 II. *m.*【理】紅外線

ultrasonido *m.* 超聲,超聲波

ultratumba *ad.* 死後,在陰間

úlula *f.*【動】灰林鴞

ulular *intr.* 1. (野獸)嗥,吼叫 2.【轉】(風)呼嘯,怒號

umbela *f.*【植】傘形花序

umbelífero, ra *a.-f.pl.*【植】傘形科的;傘形科

umbilical *a.* 臍的

umbráculo *m.* 遮陰棚,涼棚

umbral *m.* 1. 門檻 2.【轉】開端,開始,初期 3.【轉】邊緣

umbría *f.* 背陰處

umbrío, a *a.* 背陰的,陰暗的(地方)

umbroso, sa *a.* 1. 背陰的,陰暗的 2. 成蔭的,遮蔭的

un *a.* uno 的詞尾省略形式(用於以元音或以 h 開頭的名詞前)

un, una art. (用於不確指的事物) 1. 一個,某個 2. *pl.* 一些,某些

unánime a. 一致的,全體一致的

unanimidad f. 一致,一致性 ◇ por ~ 一致地,全體一致地

unciforme I. *a.* 鈎骨的 II. *m.*【解】鈎骨

unción *f.* 1. 塗油 2.【宗】塗聖油;塗油禮 3.【轉】虔誠;專注

uncir *tr.* 套(牲口)

undécimo, ma I. *a.* 1. 第十一 2. 十一分之一的 II. *m.* 1. 十一分之一 2. 第十一個

undécuplo, pla *a.-m.* 十一倍的;十一倍

undoso, sa *a.* 波動的,波浪起伏的

undular *intr.* 1. 飄盪,飄動 2. 成波浪形 3. 起伏;蜿蜒

ungido, da *a.-s.*【宗】受過塗油禮的;受過塗油禮的人

ungir *tr.* 1. 塗油 2.【宗】施塗油禮

ungüento *m.* 1. 油膏,軟膏 2. (常用 *pl.*)【轉】無效措施,不當措施

unguiculado, da I. *a.* 有爪的(哺乳動物) II. *s.* 有爪哺乳動物

ungulado, da *a.-m.pl.*【動】有蹄的;有蹄動物

unicidad *f.* 唯一性,獨一無二

único, ca a. 1. 唯一的,獨一無二的 2. 獨特的,罕見的 3. 統一的,聯合的

unicornio *m.* 1.【神話】馬身獨角獸 2.【動】獨角犀

unidad f. 1. 單一;個體 2. 單位;計量單位;單元 3. 團結,一致 4.【軍】小隊,分隊;部隊

unido, da a. 1. 連接的,連在一起的 2. 團結的,和睦的,一致的 3. 聯合的,統一的

unificación f. 聯合,統一;一致

unificar tr. 聯合,統一;使一致

uniformar tr. 1. 使一樣,使一致;使整齊劃一 2. 使穿制服

*__uniforme__ I. a. 1. 一樣的,一致的 2. 單一的,單調的;無變化的 II. m. 制服

uniformidad f. 1. 一樣,一致 2. 單一性,單調;無變化

unigénito, ta I. a. 獨生的(子女) II. m. 1. 獨生子 2. (大寫)上帝之子(耶穌基督)

*__unilateral__ a. 【植】單側的 2.【轉】片面的;一方的,單邊的

*__unión__ f. 1. 連接,接合 2. 團結,聯合 3. 聯盟,同盟;聯邦 4. 結婚 ◇ ~ consensual【法】姘居 / ~ conyugal (或 matrimonial) 婚姻 / ~ de palabras 詞的合成

unipersonal a. 1. 單人的,供一人使用的 2.【語法】單一人稱的(動詞)

*__unir__ I. tr. 1. 使連接,使接合 2. 混合,摻入 3. 使團結,使聯合 4. 使結為夫妻 II. r. 1. 連接,接合 2. 團結,聯合 3. 參加,加入

unisexual a.【動,植】單性的,雌雄異體的

unísono, na I. a. 同聲的,同音的,同調的 II. m. 同聲,同音,同調 ◇ al ~ ① 同聲地,齊聲地 ② 協調一致地

unitario, ria I. a. 1. 單一的,一元的 2. 主張統一的;主張中央集權的 II. s. 主張統一的人;主張中央集權的人

univalvo, va a.【生】單殼的

*__universal__ I. a. 1. 宇宙的 2. 全世界的 3. 普遍的,共同的,一般的 4. 萬能的,通用的 5. 多方面的,廣泛的 II. m.【哲】一般概念

*__universalidad__ f. 1. 普遍性,共性,一般性 2. 萬能性,通用性 3. 多方面性,廣泛性

universalizar tr. 使普遍化

universidad f. 1. 大學,綜合大學 2. 大學校舍

*__universitario, ria__ I. a. 大學的 II. s. 1. 大學教師 2. 大學生

*__universo, sa__ I. a. 見 universal II. m. 1. 宇宙 2. 全世界,天下 3. 大家,衆人 4.【轉】領域,世界,天地

*__uno, na__ I. a. 1. (在以元音或以 h 開頭的名詞前,用其詞尾省略形式 un) 2. 一;一個 2. 同樣的,一樣的 3. pl. 一些,幾個 4. pl. (用於數字之間)大約,左右 II. pron. 1. 某人;任何人 2. pl. 某些,某些人 III. m. 1. 大家,一個人(指說話人自己) ◇ a cada ~ (分)給每個人 / a ~a ① 一致地,齊心地 ② 一塊兒,同時 / cada ~ 每個人,每一個 / de ~ a ~ 一下子,一舉 / de ~ en ~ 或 por ~ 或 ~ a ~ 一個一個地 / ~a de dos 二者取一 / ~ a otro 相互地 / ~ que otro 少數的,很少的 / ~ tras otro 或 ~ detrás de otro ① 連續地,相繼地 ② 依次地 / ~ y otro 雙方

*__uña__ f. 1. 指甲 2. 爪 3. 蹄 ◇ ~ de caballo【植】款冬 / a ~ de caballo 騎馬飛馳 / comerse las ~s 大為光火,暴怒 / enseñar (或 mostrar) las ~s 恐嚇,威脅 / largo de ~s 愛偷盜的 / ser ~ y carne 非常親近,親昵

uñada f. 抓痕;抓傷

uñero m.【醫】1. 甲溝炎 2. 嵌甲

uñoso, sa a. 1. 指甲長的 2. 爪子長的

untadura f. 1. 塗油,抹油 2. 沾上油污 3. 油膏,油脂,軟膏

untamiento m. 1. 塗油,抹油 2. 沾上油污

untar I. tr. 1. 塗,抹,蘸(油等) 2.【轉,口】賄賂,收買 II. r. 1. 沾上油污,弄髒 2.【轉,口】揩油,貪污

unto m. 1. 油脂,油膏 2.【轉】寬解,緩和

untuosidad f. 油膩,滑膩

untuoso, sa a. 油膩的,滑膩的

untura f. 1. 塗油,抹油 2. 油脂,油膏

upa interj. (抬起重物或站起時的喊聲) 起,使勁

upupa *f.*【動】戴勝(鳥)

uranio[1] *m.*【化】鈾

uranio, nia[2] *a.* 天空的, 天體的

Urano *m.*【天】天王星

urbanidad *f.* 有教養, 文雅, 彬彬有禮

urbanismo *m.* 城市規劃

urbanista *a.-s.* 城市規劃的; 城市規劃專家

urbanización *f.* 1. 有教養, 文雅, 彬彬有禮 2. 城市化, 都市化

urbanizar *tr.* 1. 使有教養, 使文雅, 使彬彬有禮 2. 使城市化, 使都市化

urbano, na *a.* 1. 城市的, 都市的 2. 有教養的, 文雅的, 彬彬有禮的

urbe *f.* 大城市, 大都市

urce *m.*【植】帚狀歐石南

urchilla *f.* 1.【植】海石蕊 2.【化】苔素色(由海石蕊中提取的紅紫色染料)

urdidor, ra I. *a.* 整經的 II. *s.*【紡】整經工 III. *m.*【紡】整經機

urdimbre *f.*【紡】經線, 經紗

urdir *tr.* 1.【紡】整經 2.【轉】策劃, 密謀

urea *f.*【化】尿素, 尿

uremia *f.*【醫】尿毒症

uremico, ca *a.* 尿毒症的

urente *a.* 灼熱的; 辛辣的

uréter *m.*【解】輸尿管

uretra *f.*【解】尿道

urgencia *f.* 1. 緊急, 急迫 2. 急事 3. 急需, 迫切需要

***urgente** *a.* 急迫的, 緊急的, 刻不容緩的

urgir *intr.* 急迫, 緊急; 急需

úrico, ca *a.* 1. 尿的 2. 尿酸的

urinario, ria I. *a.* 泌尿的, 尿的 II. *m.* 小便池, 小便處

urna *f.* 1. (古時的)撲滿, 存錢罐 2. (古時的)骨灰盒, 骨灰罐 3. 投票箱 ◇ ～ cineraria 骨灰盒, 骨灰罐

uro *m.*【動】原牛

urogallo *m.*【動】細嘴松雞

urología *f.*【醫】泌尿學

urólogo, ga *s.* 泌尿科專家, 泌尿科醫生

uroscopia *f.*【醫】檢尿法

urraca *f.* 1.【動】喜鵲 2.【轉】愛好收藏東西的人

urticaria *f.*【醫】蕁麻疹, 風疹塊

***uruguayo, ya** *a.-s.* 烏拉圭 (Uruguay) 的, 烏拉圭人的; 烏拉圭人

***usado, da** *a.* 1. 用過的, 用舊的 2. 習慣的; 老練的, 有經驗的

usanza *f.* 習慣, 習俗; 方式

***usar** I. *tr.* 1. 用, 使用; 享用 2. 習慣做 …, 常做… 3. 穿戴 II. *intr.* 用, 利用, 採用

useñoría; usía *s.* 閣下, 大人

usina *f.* 工廠

***uso** *m.* 1. 使用, 利用 2. 行使, 施展 3. 用途, 用處 4. 習慣, 習俗 5. 方式, 式樣 ◇ al ～ 按…習慣, 照…習俗 / de ～ externo 外用的(藥) / en buen ～ 未用壞的, 仍然完好的 / en el ～ de la palabra 正在發言的 / estar en ～ 正在使用, 正在流行 / fuera de ～ 不用了的, 過時的 / hacer ～ de 使用, 運用

***usted** *pron.* 1. 您 2. *pl.* 你們

***usual** *a.* 慣常的, 常用的, 通常的

usuario, ria *a.* 1. 經常使用的 2.【法】有使用權的

usufructo *m.* 1. 用益權 2. 效益, 收益

usufructuar I. *tr.* 享有…的用益權, 享有…的收益 II. *intr.* 有效益, 有好處

usufructuario, ria I. *a.* 1. 享有…的 2. 享有…用益權的 II. *s.* 1. 享有…的人 2. 享有…用益權的人

usura *f.* 1. 利息 2. 高利, 暴利 3. 高利貸 ◇ pagar con ～ 加倍報答

usurario, ria *a.* 高利貸的; 高利貸的

usurero, ra *s.* 1. 高利貸者 2. 獲取暴利的人

usurpación *f.* 1. 強奪, 篡奪, 霸佔 2. 霸佔的東西, 篡奪的東西 3.【法】霸佔罪, 強奪罪

usurpador, ra *a.-s.* 強奪的, 篡奪的, 霸佔的; 篡奪者, 霸佔者

usurpar *tr.* 强奪,篡奪,霸佔

__utensilio__ *m.* 用具,工具

__útil__ **I.** *a.* **1.** 有用的,有益的 **2.** 能用的;還能活動的 **3.**【法】有效的 **II.** *m.* **1.** 用途,益處 **2.** *pl.* 用具,工具

__utilidad__ *f.* **1.** 用途,用處 **2.** 利益;好處 ◇ de ~ pública 公益的

utilitario, ria *a.* **1.** 功利的,注重實效的 **2.** 經濟實用的(轎車)

utilitarismo *m.* 功利主義

utilización *f.* 利用,使用

__utilizar__ *tr.* 利用,使用

utopía *f.* 烏托邦,空想

utópico, ca *a.* 烏托邦的,空想的

utopista *a.-s.* 烏托邦的,空想主義的;空想主義者,空想家

utrero, ra *s.* (兩三歲的)小牛

__uva__ *f.* 葡萄;葡萄串 ◇ ~s de mar【植】麻黄 / de ~s a peras 偶爾,很少

uve *f.* 字母 v 的名稱 ◇ ~ doble 字母 w 的名稱

úvea *f.*【解】眼色素層,葡萄膜

uvero, ra **I.** *a.* 葡萄的 **II.** *s.* 賣葡萄的人

úvula *f.*【解】懸雍垂,小舌

uxoricida *m.* 殺妻者

uxoricidio *m.* 殺妻,殺妻罪

V

v *f.* 西班牙語字母表的第二十五個字母

__vaca__ *f.* **1.** 母牛,牝牛 **2.** 牛肉 ◇ ~ de San Antón 黄七星瓢蟲 / ~ marina【動】海牛 / ~s flacas 荒年 / ~s gordas 豐年

__vacación__ *f.* **1.** (常用 *pl.*) 假期,休假 **2.** (職務的)缺額,空額

vacada *f.* 牛羣

vacante **I.** *a.* **1.** 空的,無人佔用的 **2.** 出缺的,無人任職的 **II.** *f.* **1.** (職務的)缺額,空額 **2.** 假期

vacar *intr.* **1.** (職位、位置等)空出來,出缺 **2.** 休假 **3.** 致力於,從事

vaciado *m.* **1.** 鑄造,模製 **2.** 鑄件,模製件

__vaciar__ **I.** *tr.* **1.** 使空,騰出;倒空 **2.** 把…弄空,挖空 **3.** 澆鑄,模製 **4.** 把…磨鋒利 **II.** *intr.* (河流)注入,流入 **III.** *r.* 和盤托出(不應說的事)

vaciedad *f.* **1.** 空,空洞無物 **2.**【轉】蠢話,廢話

__vacilación__ *f.* **1.** 摇擺,晃動 **2.**【轉】不牢靠,不穩當 **3.**【轉】猶豫,不堅決

__vacilante__ *a.* **1.** 摇擺的,晃動的 **2.**【轉】不牢靠的,不穩當的 **3.**【轉】猶豫不決的,不堅決的

__vacilar__ *intr.* **1.** 摇擺,晃動 **2.**【轉】不牢靠,不穩當 **3.**【轉】猶豫不決,不堅決 **4.**【轉】居於…之間

__vacío, a__ **I.** *a.* **1.** 空的,空着的,未佔用的 **2.** 没有人的,空盪盪的 **3.** 空虚的,空洞的,没有意義的 **4.** 輕浮的,浮誇的 **II.** *m.* **1.** 空,空處 **2.** 孔,洞,空隙 **3.** (職位等)空缺,空位 **4.** 空虚,空洞 **5.**【理】真空 **6.**【解】脅 ◇ caer en el ~ 石沉大海 / de ~ 空的 / hacer el ~ 使落空,使無結果

vacuidad *f.* **1.** 空,空處 **2.** (職位的)空缺,出缺 **3.** 空洞,空虚,無意義

__vacuna__ *f.* **1.**【醫】痘苗;疫苗;菌苗 **2.**【轉】預防措施

vacunación *f.*【醫】種痘,接種疫苗

__vacunar__ *tr.* **1.** 種痘,接種疫苗 **2.**【轉】使受鍛煉

__vacuno, na__ **I.** *a.* **1.** 牛的 **2.** 牛皮的 **II.** *m.*【集】牛

vacuo, cua *a.* **1.** 輕浮的,虚誇的 **2.** 空洞的,無内容的(作品等)

vadear *tr.* 蹚,涉渡(河川)

__vado__ *m.* (河川的)涉渡口,淺灘 ◇ al

～ o a la puente 必須下決心作出抉擇

vadoso, sa *a.* 多淺灘的,難以航行的

vagabundear *intr.* 流浪

vagabundeo *m.* 1. 流浪 2. 流浪生活

*** vagabundo, da** *a.-m.* 流浪的;流浪者,游手好閑的人

vagancia *f.* 1. 懶散,游手好閑 2. 流浪,游蕩 3.【口】懶惰

vagar[1] *m.* 1. 空閑,閑暇 2. 遲緩,從容

*** vagar**[2] *intr.* 1. 懶散,游手好閑 2. 流浪,游蕩

vagido *m.* (新生兒的)啼哭

vagina *f.*【解】陰道

*** vago, ga** I. *a.* 1. 懶散的,游手好閑的 2. 流浪的,游蕩的 3. 含糊的;模糊的 II. *s.* 1. 懶散的人,游手好閑的人 2. 流浪者 III. *m.*【解】迷走神經

*** vagón** *m.*【鐵路】車廂,車皮

*** vagoneta** *f.* 斗車

vaguada *f.* 谷底

vaguear *intr.* 1. 流浪,游蕩 2. 懶散,游手好閑

vaguedad *f.* 1. 含糊,不確切 2. 含糊的言詞

vaharada *f.* 1. 呵氣,哈氣 2. 一股氣味

vahído *m.* 昏厥,昏迷

vaho *m.* 1. 呵氣,哈氣 2. 蒸汽,水汽 3. *pl.*【醫】蒸汽療法

vaina *f.* 1. (刀槍等的)鞘,套子 2. 豆莢 3.【生,解】鞘

vainazas (*pl.* vainazas) *m.* 不修邊幅的人,邋遢的人

vainica *f.* 抽結(一種刺繡)

vainilla *f.* 1. 抽結(一種刺繡) 2.【植】香子蘭

*** vaivén** *m.* 1. 擺動,搖晃 2. (行人、車輛的)來來往往 3.【轉】(命運的)變化,轉變

*** vajilla** *f.*【集】餐具

valar *a.* 圍牆的,柵欄的

*** vale** *m.* 1. 代金券 2. 債單,借據 3. 贈券,免費入場券

valedero, ra *a.* 有效的

valedor, ra *s.* 保護人,後台

valencia *f.*【化】價

valenciano, na I. *a.-s.* (西班牙)巴倫西亞 (Valencia) 的,巴倫西亞人的;巴倫西亞人 II. *m.* 巴倫西亞方言

*** valentía** *f.* 1. 勇敢,膽量 2. 英雄行為,英勇舉動

valentísimo, ma *a.* 非常勇敢的,極有膽量的

valentón, ona *a.-s.* 逞強的,逞能的;逞強的人,逞能的人

valentonada *f.* 逞強,逞能

*** valer**[1] I. *tr.* 1. 保護,保祐 2. 造成,引起 3. 總計 4. 值,價格為 II. *intr.* 1. 有價值 2. 有用,有效 3. 值,價格為 4. 有長處,勝過 III. *r.* 1. 利用,憑藉 2. 求助於 3. 行使,使用

valer[2] *m.* (人的)價值

valeriana *f.*【植】纈草

*** valeroso, sa** *a.* 1. 勇敢的,有膽量的 2. 有效的 3. 有價值的

valetudinario, ria *a.* 多病的,體弱的

valía *f.* 1. (人的)價值 2. 影響,作用

validación *f.* 生效,有效

validar *tr.* 使生效,使有效

validez *f.* 1. 有效 2. 有效期 ◇ dar ～ a … 使…生效,使…有效

valido, da *a.-m.* 受寵的;寵臣

válido, da *a.* 1. 有效的 2. 強健的,有力的

*** valiente** I. *a.* 1. 勇敢的,有膽量的 2. 逞強的,逞能的 3. (用於表驚奇或諷刺)大的,過分的 II. *s.* 勇士

valija *f.* 1. 手提箱 2. 郵袋 3.【轉】郵件 ◇ ～ diplomática 外交郵袋,外交郵件

valijero *m.* 1. 郵差,郵遞員 2. (外交)信使

valimiento *m.* 1. 價值,用處 2. 寵愛;庇護;恩澤

*** valioso, sa** *a.* 有價值的,貴重的,寶貴的

*** valor** *m.* 1. 價值 2. 價格 3. 意義,重要性 4. 含義 5. 勇敢,勇氣 6.【樂】時

值 7.【數】值 8. pl. 證券, 股票 ◇ ～ adquisitivo 貨幣購買力 / ～ cívico 公民價值觀 / ～es declarados 申報價值 / ～es fiduciarios 信用證券 / armarse de ～ 鼓起勇氣 / conceder (或 dar) ～ a algo 重視, 關注 / quitar ～ a algo 貶低, 貶抑

valoración f. 1. 定價, 計價, 標價 2. 評價, 估價

valorar; valorear tr. 1. 定價, 計價, 標價 2. 評價, 估價 3. 重視

valorizar tr. 1. 定價, 計價, 標價 2. 漲價, 使增加價值

vals (pl. valses) m. 華爾茲舞; 華爾茲舞曲, 圓舞曲

valsar intr. 跳華爾茲舞

valuación f. 定價, 計價, 標價

valuar tr. 定價, 計價, 標價

valva f. 1.【植】(裂果的)裂瓣, 活瓣 2.【動】(貝殼的)瓣

válvula f. 1. 閥, 閥門 2.【解】瓣, 瓣膜 3.【電】電子管 ◇ ～ de escape ①排氣閥②藉口, 遁詞 / ～ electrónica【電】電子管 / ～ mitral【解】二尖瓣 / ～ tricúspide【解】三尖瓣

*__valla__ f. 1. 柵欄, 圍牆 2.【轉】障礙, 阻礙; 障礙物 3.【體】(賽馬、田徑等的)欄 ◇ romper〔或 saltar(se)〕la(s)～(s) 不顧社會常規, 越軌

valladar m.【轉】障礙, 阻礙; 障礙物

vallado m. 柵欄, 圍牆

vallar[1] a. 柵欄的, 圍牆的

vallar[2] tr. 立柵欄, 築圍牆

*__valle__ m. 1. 山谷, 河谷, 谷地 2. 流域 ◇ ～ de lágrimas 多災多難的塵世

vampiro m. 1. (迷信說法)吸血鬼 2.【轉】殘酷盤剝的人 3.【動】吸血蝠, 鼯蝠

vanadio m.【化】釩

vanagloria f. 自負, 自誇

vanagloriarse r. 自負, 自誇

vanaglorioso, sa a.-s. 自負的, 自大的; 自負的人, 愛誇耀的人

vanamente ad. 1. 徒然, 白白地 2. 沒有根據地; 不現實地 3. 自負地, 自大地

*__vanguardia__ f. 1.【軍】先頭部隊, 前衛 2.【轉】先鋒(隊), 前驅 ◇ a (或 en)～ 在前面, 帶頭

vanguardismo m. (文學、藝術的)先鋒派

*__vanidad__ f. 1. 空, 空虛 2. 虛榮, 浮華 3. 自負, 自大 4. 廢話, 空話

*__vanidoso, sa__ a.-s. 1. 自負的, 自大的; 自負的人, 自高自大的人 2. 虛榮的; 愛虛榮的人

vanilocuencia f. 說空話

vanílocuo, cua a.-s. 說空話的; 愛說空話的人

*__vano, na__ I. a. 1. 空的, 空虛的 2. 虛幻的, 不真實的 3. 徒然的, 無益的 4. 虛榮的, 浮華的 5. 自負的, 自大的 6. 無聊的, 無意義的 II. m.【建】洞, 孔, 口 ◇ en ～ 徒然, 白白地

*__vapor__ m. 1. 水氣, 蒸汽 2. 噴氣, 汽 3. 汽船, 輪船 ◇ al ～ 迅速地, 飛快地

vaporar tr. 使蒸發, 使揮發, 使汽化

vaporización f. 蒸發, 汽化

vaporizador m. 1. 汽化器 2. 噴霧器

vaporizar tr. 使蒸發, 使汽化

vaporoso, sa a. 1. 冒汽的; 含水氣的 2.【轉】輕柔薄的(織物等)

vapulear tr. 1. 抽打, 拍打 2.【轉】斥責, 呵斥

vapuleo m. 1. 抽打, 拍打 2.【轉】斥責, 呵斥

vaquería f. 1. 牛羣 2. 奶牛場, 養牛場

vaquerizo, za a.-s. 牛的; 牧牛人

*__vaquero, ra__ a.-s. 牧牛人的; 牧牛人

vaqueta f. 熟小牛皮

vaquilla f. 小牛

*__vara__ f. 1. 枝條 2. 長棍, 杆子 3. 權杖 4. 車轅 5. 巴拉(長度單位, 合855.9毫米) 6. 花莖 7. (四五十頭由一人牧放的)豬羣 8. (鬥牛用的)長扎槍 ◇ ～ alta 影響, 威望 / ～ de Jesé【植】晚香玉 / ～ mágica 或～ de (或 de las) virtudes 魔棍 / de 〜s 駕轅的(馬) / doblar la 〜 de la justicia (法官)偏袒一方 / ir en 〜s (馬)駕轅

varada *f.* 船擱淺

varadera *f.* 小船塢

varadura *f.* 船擱淺

varapalo *m.* **1.** 長棍, 杆子 **2.** 棍子的擊打; 毆打 **3.** 【轉】損失 **4.** 【轉】不幸, 不快

varar **I.** *tr.* 使(船)擱淺, 把(船)拖上淺灘 **II.** *intr.* **1.** (船)擱淺 **2.** (事務)擱置, 停頓, 沒有進展

varaseto *m.* 圍棚, 籬笆

varazo *m.* 棍子的擊打; 毆打

varbasco *m.* 【植】毒魚草

varear *tr.* **1.** 用長棍子打落(果實) **2.** 用棍子敲打 **3.** 用扎槍刺(牛)

varenga *f.* 船的肋板

vareo *m.* 用長棍子打落果實

vareta *f.* **1.** 黏鳥杆 **2.** (布上的)彩色條紋 **3.** 【轉】影射

varga *f.* 【動】一種康吉鰻

vargueño *m.* 雕花立櫃

variabilidad *f.* **1.** 可變性 **2.** 易變性 **3.** 【語法】有詞尾變化

***variable** **I.** *a.* **1.** 可變的 **2.** 易變的, 反覆無常的 **3.** 【語法】有詞尾變化的 **II.** *f.* 【數】變數, 變量

***variación** *f.* **1.** 變化, 變動 **2.** 【樂】變奏; 變奏曲 **3.** 【數】變分, 變差

***variado, da** *a.* **1.** 有變化的, 不單一的 **2.** *pl.* 各種各樣的, 不同的

***variante** **I.** *a.* 見 variable **II.** *f.* **1.** 變種 **2.** 變體; 差異, 不同 **3.** (同一作品的)不同稿本; (詞的)不同拼法; (歌的)不同唱法; 不同説法

***variar** **I.** *tr.* 使改變, 使不同, 使多樣化 **II.** *intr.* 有變化, 與…不同, 區別於…

varice; várice *f.* 【醫】静脈曲張

varicela *f.* 【醫】水痘

varicoso, sa *a.-s.* 静脈曲張的, 患静脈曲張的; 静脈曲張患者

***variedad** *f.* **1.** 變化, 多樣化, 各種各樣

2. 差異, 不同 **3.** 種類, 品種 **4.** 【生】變種 **5.** *pl.* 歌舞雜技演出會

varilla *f.* **1.** 長棍子, 長杆 **2.** 扇骨; 傘骨 **3.** 下頜骨支

varillaje *m.* 【集】扇骨; 傘骨

***vario, ria** *a.* **1.** 各種各樣的, 不同的 **2.** 易變的, 反覆無常的 **3.** *pl.* 若干, 數個

varioloso, sa **I.** *a.* **1.** 天花的 **2.** 患天花的 **II.** *s.* 天花患者

***varón** *m.* **1.** 男人 **2.** 成年男子 ◇ 〜 de Dios 品德高尚的人

***varonil** *a.* **1.** 男人的, 男子漢的 **2.** 像男人的 **3.** 【轉】勇敢堅定的, 剛强的

vasallo, lla **I.** *a.* 臣屬的, 附庸的, 從屬的 **II.** *s.* **1.** 諸侯 **2.** 臣民, 僕從 **3.** 【轉】下屬, 部下

vasar *m.* (廚房等用的)餐具架

***vasco, ca** **I.** *a.-s.* 巴斯克的; 巴斯克人的; 巴斯克人 **II.** *m.* 巴斯克語

vascón, ona *a.-s.* 巴斯克 (la Vasconia) 地區的; 巴斯克人

vascongado, da *a.-m.* 巴斯克地區的; 巴斯克語

vascuence *a.-m.* 巴斯克語的; 巴斯克語

vascular; vasculoso, sa *a.* **1.** 【植】維管的 **2.** 【解】血管的, 脈管的

vaselina *f.* 【化】凡士林, 礦脂, 石油凍

vasera *f.* **1.** 餐具架 **2.** 杯套 **3.** (放杯子的)托盤

vasija *f.* (裝液體或食物的)壺, 罐, 瓶, 缽, 甕等)器皿, 容器

***vaso** *m.* **1.** 杯 **2.** 杯子 (量詞, 一杯的量) **3.** 花瓶 **4.** 【解】管; 脈管 **5.** 【植】導管 ◇ 〜 capilar 【解】毛細管 / 〜 linfático 【解】淋巴管 / 〜 sanguíneo 【解】血管 / ahogarse en un 〜 de agua 動不動就煩惱

vástago *m.* **1.** 【植】(從根部發出的)新枝 **2.** 【轉】子孫, 後代 **3.** 【機】連杆

vastedad *f.* 廣袤, 遼闊; 寬廣, 寬敞

***vasto, ta** *a.* 廣袤的, 遼闊的; 寬廣的, 寬敞的

vate *m.* 詩人

vaticano, na Ⅰ. *a.* 梵蒂岡 (Vaticano)
的；羅馬教廷的 Ⅱ. *m.* (大寫) 梵蒂岡；
羅馬教廷

vaticinador, ra *a.-s.* 預言的, 預測的；
預言者

vaticinar *tr.* 預言, 預測

vaticinio *m.* 預言, 預測

vatio *m.* 【電】瓦, 瓦特(電的功率單位)

vaya *f.* 取笑, 戲弄, 嘲笑

ve *f.* 字母 v 的名稱

vecinal *a.* 1. 居民的；鄰居的 2. 市鎮的

vecindad *f.* 1.【集】鄰居 2. 鄰居關係
3.【集】居民 4. 鄰近

vecindario *m.* 1.【集】1. 居民 2. 鄰居

*vecino, na Ⅰ. *a.* 1. 附近的, 鄰近的 2.
鄰居的 3. 居民的 4.【轉】相近的, 相似
的 Ⅱ. *s.* 1. 鄰居 2. 居民, 住户

vector *m.*【數】矢量, 向量

veda *f.* 1. 禁獵, 禁漁 2. 禁獵期, 禁漁
期

vedado, da Ⅰ. *a.* 1. 被禁止的 2. 禁止
進入的 Ⅱ. *m.* 禁區；禁獵區

vedar *tr.* 1. 禁止 2. 阻止, 妨礙

vedegambre *m.*【植】蔾蘆

vedija *f.* 1. 羊毛絡 2. 亂毛, 亂髮

veedor, ra Ⅰ. *a.* 好窺視他人行動的, 好
奇的 Ⅱ. *s.* 好窺視他人行動的人 Ⅲ. *m.*
視察員, 監督員

veeduría *f.* 1. 視察員職務, 監督員職務
2. 視察員辦公室, 監督員辦公室

*vega *f.* 肥沃的低地, 肥沃的平原

*vegetación *f.* 1.【植物的】萌發, 發芽 2.【植
物的】萌發, 發芽 3.【集】植物, 植被 4.
pl.【醫】贅生物, 腺樣增殖體

vegetal Ⅰ. *a.* 1. 生長的 2. 植物的, 植物
性的 Ⅱ. *m.* 植物, 草木, 蔬菜

vegetar *intr.* 1.【植物】生長 2.【植物】
萌發, 發芽 3.【轉】勉强度日, 混日子

vegetarianismo *m.* 1. 素食, 素食主義
2.【動】食草習性

vegetariano, na Ⅰ. *a.* 1. 素食的, 素食
主義的 2.【動】食草的 Ⅱ. *s.* 1. 素食者,

素食主義者 2.【動】食草動物

veguero *m. Amér.* (用一片烟葉捲成
的) 粗製雪茄

vehemencia *f.* 1. 激烈, 强烈 2. 熱烈,
激昂 3. 衝動

vehemente *a.* 1. 激烈的, 强烈的 2. 熱
烈的, 激昂的 3. 衝動的

*vehículo *m.* 1. 運載工具；車輛, 船舶,
飛行器 2. 媒介, 媒介物 3.（思想等的）
傳達工具, 表達手段

veintavo, va Ⅰ. *a.* 1. 第二十 2. 二十分
之一的 Ⅱ. *m.* 二十分之一

*veinte *a.* 1. 二十 2. 第二十

veintena *f.* 二十, 二十個

veinticinco *a.* 1. 二十五 2. 第二十五

veinticuatro *a.* 1. 二十四 2. 第二十四

veintidós *a.* 1. 二十二 2. 第二十二

veintinueve *a.* 1. 二十九 2. 第二十九

veintiocho *a.* 1. 二十八 2. 第二十八

veintiseis *a.* 1. 二十六 2. 第二十六

veintisiete *a.* 1. 二十七 2. 第二十七

veintitrés *a.* 1. 二十三 2. 第二十三

veintiún *a.* veintiuno 的詞尾省略形式,
用於名詞之前

veintiuno, na *a.* 1. 二十一 2. 第二十
一

vejación *f.* 1. 虐待, 折磨 2. 侮辱, 凌
辱

vejamen *m.* 見 vejación

vejar *tr.* 1. 虐待, 折磨 2. 侮辱, 凌辱

vejatorio, ria *a.* 侮辱性的；折磨性的

vejestorio *m.* 老東西, 老傢伙

*vejez *f.* 老；老年, 晚年；老年期

vejiga *f.* 1.【解】膀胱 2.【解】囊 3. 囊
狀物 4. 泡；水泡；氣泡 ◇ ～ de la bilis
（或 hiel）【解】膽囊 / ～ de la orina
【解】膀胱 / ～ de perro【植】燈籠果

vejigatorio, ria *a.-m.* 起泡的；【醫】起
泡劑

vejiguilla *f.* 1.（皮膚上的）小泡 2.
【植】燈籠果

*vela¹ *f.* 1. 醒, 不眠；熬夜 2. 守夜, 值
夜 3. 加夜班 4. 蠟燭 5. *pl.*（拖在鼻孔

外邊的)鼻涕 ◇ a ～ y pregón 拍賣 /
como una ～ 挺直的,筆直的 / encen-
der una ～ a San Miguel y otra al dia-
blo 兩面討好 / en ～ 不眠的

*vela² f. 1. 帆 2. 帆船 ◇ ～ cangreja
尾斜桁帆 / ～ latina 三角帆 / ～
mayor 主帆 / a toda ～ ①全速地②全
力以赴地 / de ～ 用帆的 / estar a dos
～s 拮据,沒有錢 / hacer a la ～ 起航

velación f. 1. 不眠;熬夜 2. 加夜班 3.
守夜,值夜 3. pl. (教堂結婚儀式中的)
披紗禮

*velada f. 晚會;文娛晚會

velador, ra I. a. 1. 熬夜的,夜間工作
的 2. 失眠的;不眠的 3. 守夜的,值夜
的 II. s. 1. 熬夜的人,夜間工作的人 2.
失眠的人 3. 守夜人,值夜人 III. m. 單
腿小圓桌

veladura f. 1. 遮,罩,蓋 2. 遮蓋物

*velar¹ I. tr. 1. 守夜,值夜 2. 夜間守
護,夜間守靈 II. intr. 1. 不眠;熬夜 2.
加夜班 3.【轉】關心,注意

velar² tr.-r. 1. (用面巾,紗,幔等) 遮,
罩,蓋 2.【轉】掩飾,遮蓋 3.【攝】使(形
象等)模糊,使不清晰 4. (婚禮中)舉行
披紗禮

velar³ I. a.【解】軟腭的 II. f.【語法】軟
腭音

velatorio m. 1. 守靈 2. 守靈人

veleidad f. 1. 任性,一時興致 2. 變化
無常,無定見

veleidoso, sa a. 變化無常的,無定見的

velero, ra I. a. 1. 有帆的 2. (帆船)輕
快的 II. m. 帆船

veleta I. f. 風向標 II. s. 變化無常的
人,無定見的人

*velo m. 1. 帷,幔,帳 2. 面紗,紗巾 3.
【轉】遮蓋物,掩飾物 4.【轉】藉口,遁詞
◇ ～ del paladar【解】軟腭 / correr el
～ 揭示 / correr (或 echar) un tupido
～ sobre algo【轉】迴避,不涉及(某事
物)

*velocidad f. 1. 速度 2. 迅速,快速 3.

(汽車等的)排擋 ◇ a toda ～ 高速地 /
caja de ～ (汽車等的)變速箱 / car-
rera de ～【體】短跑 / gran ～【鐵路】
快運 / pequeña ～【鐵路】慢運

velocímetro m. 速度計

velódromo m. 自行車賽車場

velón m. (可以旋轉,升降的)油燈

velorio m. 1. 鄉間晚會 2. 守靈

*veloz a. 1. 飛快的,迅速的 2. 靈敏的,
敏捷的

vello m. 1. (人的) 汗毛,軟毛 2. (果
實,植物的) 茸毛,細毛

vellocino m. 1. (剪下的) 羊毛 2. 熟毛
皮 ◇ ～ de oro【希神】金羊毛

vellón m. 1. (從一隻羊身上剪下的) 羊
毛 2. 熟毛皮 3. (鑄造錢幣的) 銀銅合
金

vellorita f.【植】雛菊

vellosidad f. 多汗毛;多茸毛

velloso, sa a. 多汗毛的;多茸毛的

velludo I. a. 汗毛多的 II. m. 長毛絨

*vena f. 1.【解】静脈 2.【轉】(木,石等
的) 紋理 3.【礦】礦脈 4.【礦】水脈 5.
【植】葉脈 6.【轉】(詩的) 靈感 7.【轉】
情緒,心境 ◇ acostarse la ～【礦】礦
脈改變走向 / coger de (或 en) ～ a
uno 碰上(某人)情緒好 / coger (或
dar) a uno la ～ por algo 心血來
潮,突然想起… / estar en (或 de) ～
有興致,來情緒

venablo m. 短投槍,標槍 ◇ echar ～s
破口大罵

*venado m. 1.【動】鹿 2. 大獵物(指
熊,野豬,鹿等)

venal¹ a. 1. 静脈的 2. 脈絡的;紋理的

venal² a. 1. 可以賣的,出售的 2.【轉】
可以收買的,受賄的

venalidad f. 1. 可出售 2. 可收買,可賄
賂

venático, ca a. 有乖僻的;精神失常的

venatorio, ria a. 打獵的,狩獵的

vencejo m. (捆莊稼的) 要子

*vencer I. tr. 1. 戰勝,打敗;征服 2. 克

服, 制伏 3. 勝過, 超過, 壓倒 4. 壓彎;
使傾斜 II. *intr.* 1. 到期 2. 失效 3. 獲
勝, 得勝 ◇ dejarse ～ 洩氣, 認輸

vencido, da I. *a.* 1. 被戰勝的, 被打敗
的 2. 到期的; 過期的 II. *s.* 被戰勝的
人, 失敗者 ◇ darse por ～ 認輸 / ir
de ～a 緩解, 減弱

vencimiento *m.* 1. 戰勝, 打敗; 征服 2.
壓彎; 傾斜 3. 到期

*****venda** *f.* 繃帶

vendaje *m.*【醫, 集】(帶敷料的)繃帶

*****vendar** *tr.* 用繃帶包紮

vendaval *m.* 大風, 強風

*****vendedor, ra** I. *a.* 賣的, 出售的, 經售
的 II. *s.* 1. 商販, 販子 2. 售貨員

*****vender** *tr.* 1. 賣, 出售 2.【轉】背叛,
出賣 II. *r.* 1. 受賄 2. 賣身投靠 3. 冒
充; 自我吹噓 ◇ ～se caro 擺架子, 難
以接近

vendí (*pl.* vendíes) *m.* 發票

*****vendimia** *f.* 收摘葡萄; 葡萄收穫季節

vendimiar *tr.* 1. 收摘葡萄 2.【轉】(以
不正當手段)享用, 利用

*****veneno** *m.* 1. 毒品; 毒藥 2. 有害身心
健康的物品 3.【轉】惡意

*****venenoso** *a.* 1. 有毒的; 有害的 2.
【轉】惡毒的, 惡意的, 居心不良的

venera *f.* 1. 扇貝殼 2. 騎士章

*****venerable** *a.* 可敬的, 尊敬的, 令人敬
重的

veneración *f.* 尊敬, 敬重; 崇拜

venerador, ra *a.-s.* 尊敬…的, 崇拜…
的; 尊敬…的人, 崇拜…的人

venerar *tr.* 尊敬, 敬重; 崇拜

venéreo, a I. *a.* 1. 性感的; 性交的 2.
【醫】性病的 II. *m.*【醫】性病

venero *m.* 1. 源泉, 水源 2.【礦】礦脈

*****venezolano, na** *a.-s.* 委内瑞拉
(Venezuela) 的, 委内瑞拉人的; 委内瑞
拉人

*****vengador, ra** *a.-s.* 復仇的, 報仇的; 復
仇者, 報復者

*****venganza** *f.* 復仇, 報仇; 報復

*****vengar** *tr.-r.* 復仇, 報仇; 報復

*****vengativo, va** *a.-s.* 好報復的, 復仇心
強的; 好報復的人, 復仇心強的人

venia *f.* 1. 寬恕, 原諒 2. 允許, 許可

venial *a.* (罪過等)輕微的, 可寬恕的

venialidad *f.* (罪過等的)輕微, 可寬恕
性

*****venida** *f.* 1. 來, 來到, 來臨 2. 返回, 回
來 3. 洪水 4. 激烈舉動

venidero, ra *a.* 即將來到的, 後續的

*****venir** I. *intr.* 1. 來, 來到, 來臨 2. 發
生, 開始, 出現 3. (與 bien, mal 等連
用) (不)合適, (不)適宜 4. 結果, 終於
5. 出自, 源源於 6. 接着, 繼之 7. 將近,
大約 8. 一直在進行(某事) 9. (從
某地)來到 2. 發酵 ◇ en lo por ～ 在
將來 / hacer ～ *a uno* 約請, 叫來 /
por ～ 尚未發生的 / que viene 臨近
的, 緊接着的 / sin ～ a nada (或
a qué) 無緣無故地 / venga lo que
viniere 不管怎樣, 無論如何 / ～ a
menos 破落, 衰敗 / ～ a parar ①(經
討論等之後)得出, 作出(結論等)②(河
流, 道路等)終止, 伸展到③(結果)成
爲, 變成 / ～se a buenas *uno* 同意,
贊同 / ～se abajo 垮台; 倒塌

venoso, sa *a.* 1.【解】静脈的 2.【植】有
脈絡的, 多葉脈的

*****venta** *f.* 1. 賣, 出售 2. 出讓 3. 銷售量
3. 客棧 ◇ ～ postbalance (一月份)清
倉拍賣 / en ～ 供出售的

ventada *f.* 陣風

*****ventaja** *f.* 1. 優勢, 優越條件 2. 利益,
好處 3.【體】領先 4. 津貼, 額外收入 ◇
dar ～ (在比賽等中)讓 / sacar ～ de
利用…

ventajoso, sa *a.* 1. 佔優勢的, 優越的
2. 有利的, 有好處的

ventalla *f.* 1.【機】閥, 閥門 2.【植】莢

*****ventana** *f.* 1. 窗, 窗子 2. 窗扇 3. 鼻
孔 ◇ arrojar (或 echar, tirar) *algo*
por la ～ ①揮霍, 浪費②錯追時機

*****ventanilla** *f.* 1. 小窗 2. (收費、辦手

繳等的)小窗口 **3.** (信封上開的)透明
紙窗

*ventanillo *m.* **1.** 小窗 **2.** (門上的)窺
視孔

ventano *m.* 小窗

ventarrón *m.* 【口】大風

ventear I. *impers.* 颳風 **II.** *tr.* **1.** (狗等
動物)聞，嗅 **2.** 晾，透風 **3.** 【轉】打聽
III. *r.* 乾裂，裂開

ventero, ra *s.* 客棧老闆

*ventilación *f.* **1.** 通風 **2.** 通風設備；
通風口 **3.** (通風時的)氣流

*ventilar I. *tr.* **1.** 使通風，使通空氣 **2.**
晾，使透通風 **3.** 使(隱私)公開，把…張
揚開來 **4.** 【轉】商討，解決 **II.** *r.* **1.** (開
窗)透風 **2.** (到戶外)透空氣，散步

*ventisca *f.* 暴風雪

ventiscar *impers.* 起暴風雪

ventisco *m.* 見 ventisca

ventisquear *impers.* 見 ventiscar

ventisquero *m.* **1.** (山上)起暴風雪的
地方 **2.** (山上)長年積雪的地方 **3.** (山
上的)積雪

ventolera *f.* 颶陣風，颳大風 ◇ darle
a uno la (或 una) ～ de 突然決定做…

ventosa *f.* **1.** 通氣孔 **2.** 【動】吸盤 **3.**
【醫】拔火罐

ventosear *intr.* 放屁

ventosidad *f.* **1.** 屁 **2.** 【醫】腸胃氣脹

ventoso, sa I. *a.* **1.** 颶風的，多風的 **2.**
【醫】腸胃氣脹的 **II.** *m.* 風月(法國共和
曆的第六月，相當於公曆2月19—21日至
3月21—22日)

ventral *a.* 腹部的，腹腔的

ventregada *f.* (動物)一胎生的崽

ventrículo *m.* 【解】**1.** 室 **2.** 心室

ventrílocuo, cua *a. -s.* 會口技的；口技
演員，口技藝人

ventriloquia *f.* 口技

ventrudo, da *a.* 大肚子的，大腹便便的

ventura *f.* **1.** 幸福，幸運 **2.** 運氣，命運
3. 風險 ◇ a la (buena) ～ 碰運氣，聽
天由命 / por ～ ①幸運地，僥倖地②也

許，或許

venturo, ra *a.* 將來的，今後的

venturoso, sa *a.* 幸福的，幸運的

Venus I. *m.* 【天】金星，太白星 **II.** *f.* **1.**
【羅神】維納斯(愛和美的女神) **2.** (小
寫)【轉】美女

venusto, ta *a.* 非常漂亮的，長得很美的

ver¹ *m.* **1.** 視覺 **2.** 外表，樣子 **3.** 看法，
見解

*ver² **I.** *tr.* **1.** 看見，看到 **2.** 查看，觀察
3. 看望，訪問 **4.** 看出，發覺 **5.** 瞭解，明
白 **6.** 觀看(節目等) **7.** 預料，猜想，估
計 **8.** 【法】審理 **II.** *intr.* 有視力，能看見
東西 **III.** *r.* **1.** 處於(某種境地) **2.** 會
晤，相會 **3.** 照見自己 **4.** 看來 ◇ Allá
veremos 或 Veremos 等着瞧吧 / a (或
hasta) más ～ 再見 / a ～ ①(表示懷
疑)瞧瞧②(表示驚奇)說說看③(用於引
起注意)喂 / darse a ～ 露面 / echar
de ～ 覺察，發覺 / estar por ～ 還要看
看，還不一定 / ni visto ni oído 神不知
鬼不覺 / no poder ～ 不願看見，極其
憎惡 / no tener nada que ～ con 與…
無關 / Vamos a ～ ①(用於開始做某
事時)來吧②(用於引起注意)喂③(用於
請對方說話)講吧，談吧 / Ya lo veo 當
然 / Ya veo 我懂了

vera *f.* (河流等的)岸，邊 ◇ a la ～ de
①在岸邊②在…旁邊，挨近…

veracidad *f.* **1.** 誠實 **2.** 真實

veranadero *m.* 夏季牧場

veraneante *s.* 避暑的人

*veranear *intr.* 避暑，消夏

veraneo *m.* 避暑，消夏

veranero *m.* (動物)的夏棲地

veraniego, ga *a.* 夏季的，夏天的 ◇ ir
～ 穿夏裝

veranillo *m.* 秋老虎 ◇ ～ de San Mar-
tín 或 ～ de San Miguel 秋老虎

*verano *m.* **1.** 夏季，夏天 **2.** (熱帶地區
的)旱季

*veras *f. pl.* 真實 ◇ de ～ ①真的，確
實②認真地③誠懇地 ④如實地 / ir de

～ 真的,果真

*veraz *a.* 1. 誠實的 2. 真實的,如實的

verba *f.* 1. 口才,能言善辯 2. 饒舌,多話

verbal *a.* 1. 語言的;口頭的 2. 【語法】動詞的;從動詞變來的

verbena *f.* 1. 【植】馬鞭草 2. (某些宗教節日前的)狂歡晚會 3. 露天舞會

verberar *tr.* 1. 鞭打 2. 【轉】(風雨)吹打;(浪潮)沖擊

verbigracia; verbi gratia *ad.* 例如(常用其縮寫形 v. gr.)

*verbo *m.* 1. 言詞,語言 2. 【語法】動詞 ◇ en un ～ ①迅速地②立刻,馬上

verborrea *f.* 饒舌,多話

verbosidad *f.* 囉唆,煩瑣

verboso, sa *a.* 囉唆的,煩瑣的

*verdad *f.* 1. 真實性,準確性 2. 誠實,真誠 3. 真理 4. (常用 *pl.*) 實話,忠言 ◇ la pura ～ 大實話 / ～ de Perogrullo 老生常談 / a decir ～ 說真的,老實說 / a la ～ 實際上,其實 / bien es ～ que ～ 的確…… / de ～ ①實際上②真的,認真地③確實的,確 / en ～ 真的,確實

*verdadero, ra *a.* 1. 真實的,確實的 2. 真正的 3. 誠實的,真誠的

verdal *a.* 1. 青的,綠的(果實) 2. 長青色果實的(樹)

*verde I. *a.* 1. 綠的,綠色的 2. 尚未乾枯的 3. 新鮮的,鮮嫩的 4. 未熟的,青的(果實) 5.【轉】年青的,有朝氣的 6. 【轉】不成熟的;沒有經驗的 7.【轉】好色的,淫穢的 II. *m.* 1. 綠色 2.【集】青草 3. 青飼料 ◇ darse un ～ 飽餐;充分享受 / en ～ 未成熟的 / poner ～ a uno 辱罵;詆毀

verdeante *a.* 1. 發綠的 2. 長葉的(樹)

verdear *intr.* 1. 發綠,呈綠色;變綠 2. (樹木)長葉,吐綠

verdecer *intr.* (田野,樹木)發綠,變綠

verdecillo *m.*【動】一種碛鷯

verdel *m.*【動】鯖魚

verdemar *m.* 蔚藍色

verdete *m.* 1. 銅綠 2. 淺綠色顏料

verdín *m.* 1. 嫩綠色 2. 長滿剛長出的植物的土地 3. (植物在某處揉搓後留下的)綠痕

verdinegro, gra *a.* 墨綠的,深綠的

verdiseco, ca *a.* 半乾的(植物)

verdolaga *f.*【植】馬齒莧

verdor *m.* 1. 綠色;青翠 2.【轉】繁茂,蔥蘢茂盛

verdoso, sa *a.* 發綠的,略呈綠色的

*verdugo *m.* 1. 行刑手;劊子手 2.【轉】殘酷的人,兇殘的人

verdugón *m.* 1. 新枝,嫩枝 2. 鞭痕

verdulería *f.* 蔬菜水果店

verdulero, ra I. *s.* 賣菜人 II. *f.* 放肆的女人

*verdura *f.* 1. 綠色;青翠 2. 蔬菜,青菜

verecundia *f.* 害羞

verecundo, da *a.* 害羞的

vereda *f.* 1. 小徑,羊腸小道 2. *Amér.* 人行道 ◇ entrar en ～ 行為端正,守規矩

veredicto *m.* 1.【法】裁決,判決 2. (權威的)評定,判斷

verga *f.* 1. 長棍,杆子 2.【海】帆桁,橫桁 ◇ ～s en alto 【海】準備起航

vergajo *m.* 牛鞭(晾乾的牛陰莖,用作鞭子)

vergel *m.* 花園,果園

vergonzante *a.* 不好意思的,害羞的

vergonzoso, sa I. *a.* 1. 可恥的,丟臉的 2. 害羞的,羞愧的 II. *s.* 害羞的人 III. *m.*【動】犰狳

*vergüenza *f.* 1. 羞恥,羞愧,難為情 2. 恥辱;可恥的人或事 3. *pl.* (人的)陰部 ◇ perder la ～ 不顧廉恥 / poca ～ 無恥 / sacar *a uno* a la ～ ①(把犯人等)示眾 2. 公佈過失

vericueto *m.* (常用 *pl.*) 陡峭崎嶇的地方

verídico, ca *a.* 1. 可信的,如實的 2. 誠

實的, 真誠的

verificación f. 1. 檢驗, 核實 2. 實行, 實現

verificador, ra I. a.-s. 檢驗的; 檢驗員 II. m. 檢驗儀器

***verificar** I. tr. 1. 檢驗, 核實 2. 實行, 舉行, 進行 II. r. 1. 實現 2. 應驗, 證實

verificativo, va a. 用於檢驗的, 可資核實的

verija f. 陰部

veril m. (海灘等的) 邊緣

verisímil a. 見 verosímil

verismo m. 寫實主義

verja f. 鐵柵欄

verjurado, da a. 直紋的 (紙)

vermicida a.-m. 見 vermífugo

vermicular a. 1. 患腸蟲病的, 有蟯蟲的 2. 蟯蟲狀的

vermiforme a. 蟯蟲狀的

vermífugo, ga a.-m. 驅腸蟲的, 殺蟯蟲的; 驅蟯蟲藥, 殺腸蟲藥

vermut (pl. vermuts) m. 苦艾酒

vernáculo, la a. 本國的, 本地的 (語言)

vernier m. 游標, 游尺

verónica f. 【植】婆婆納, 藥用婆婆納

verosímil a. 可信的, 真實的

verosimilitud f. 可信, 真實

verraco m. 種豬

verraquear intr. (小孩) 號哭

verraquera f. (小孩) 的號哭

verruga f. 1. 【醫】疣, 肉贅, 瘊子 2. 【植】樹瘤, 樹包 2. 【轉】缺點, 毛病

verrugo m. 慳吝人, 吝嗇鬼

verrugoso, sa a. 1. 【醫】多疣的 2. 【植】多樹瘤的

versado, da a. 精通…的, (某方面) 諳練的, 懂行的

versal a. 【印】大寫的 (字母)

versalita I. a. 【印】小號大寫的 II. f. 【印】(與小寫字母同大的) 小號大寫字母

versar I. intr. 1. 環繞, 繞着轉 2. 論及, 涉及 II. r. 精通, 諳練

versátil a. 1. 容易翻轉的 2. 【轉】變化

不定的, 反覆無常的

versatilidad f. 變化不定, 反覆無常

versículo m. (《聖經》或《古蘭經》的) 節, 段

versificación f. 1. 寫詩, 賦詩 2. 詩體

versificador, ra a.-s. 寫詩的, 賦詩的; 寫詩的人, 賦詩者

versificar I. intr. 寫詩, 賦詩 II. tr. 把 …改寫成詩, 改編…爲詩歌體

***versión** f. 1. 翻譯 2. 譯文, 譯本 3. 說法; 解釋 4. 【醫】胎位倒轉術

***verso, sa** I. a. 1. 背面的, 雙數頁碼的 (書頁) 2. 【技】正的 II. m. 1. 詩; 韻文 2. 詩歌, 詩篇 ◇ hacer ～s 寫詩, 賦詩

vértebra f. 【解】椎骨, 脊椎骨 ◇ ～ abdominal 腰椎 / ～ cervical 頸椎 / ～ dorsal 胸椎

vertebrado, da I. a. 有椎骨的 II. m. 【動】脊椎動物

vertebral a. 椎骨的; 脊椎的

vertedero m. 1. 倒垃圾、廢料等的地方 2. 陰溝

vertedor m. 排水溝

***verter** I. tr. 1. 倒, 傾注 2. 使流出, 使淌下 3. 翻譯; 譯成 II. intr. (河流等) 注入, 匯入

vertible a. 1. 可傾倒的 2. 可改變的

vertical I. a. 垂直的, 豎的 II. f. 垂直線, 垂直平面 III. m. 【天】地平經圈

vértice m. 1. 【數】(錐體或角的) 頂點 2. 【轉】頭頂

verticilado, da a. 【植】輪生的

verticilo m. 【植】(葉、花等的) 輪生體

vertiente f. 1. 斜坡, 斜面 2. 屋頂斜面

vertiginoso, sa a. 1. 頭暈的; 令人頭暈目眩的 2. 飛速的, 高速的

vértigo m. 1. 頭暈, 眩暈 2. (一時的) 失去自制力, 精神失常 3. 【口】暈頭轉向, 眼花繚亂

vertimiento m. 1. 倒, 傾注 2. 流出, 淌下 3. 匯入, 注入

vesania f. 1. 瘋顛 2. 大怒, 暴跳如雷

vesánico, ca a.-s. 1. 瘋顛的; 瘋子 2.

大怒的,暴跳如雷的;大怒的人

vesical *a.* 1.【解】膀胱的 2.【醫】的 3. 泡的;水疱的;氣泡的

vesicante I. *a.* 起泡的,發泡的 II. *m.* 起泡劑,發泡藥

vesícula *f.* 1.【解,醫】泡;疱 2.【解】囊 3.(植物葉或莖上的)氣泡 ◇ ~ biliar 膽囊 / ~ seminal 精囊

vesicular *a.* 1. 泡的,泡狀的 2. 囊的,囊狀的

vesiculoso, sa *a.* 多泡的,長滿泡的

Véspero *m.*【天】長庚星,(傍晚出現的)金星

vespertilio *m.*【動】蝙蝠

vespertino, na *a.* 傍晚的,黃昏的

vestíbulo *m.* 1. 門廳;前廳 2.【解】耳前庭

__vestido__ *m.* 1. 衣服,服裝 2. 外衣 3. 女式長外衣,連衫裙

vestidura *f.* 1. 衣服,服裝 2. *pl.*(教士的)法衣

vestigio *m.* 1. 足迹;遺迹,殘餘 2.【轉】迹象,徵兆

vestiglo *m.* 鬼妖,妖魔

vestimenta *f.* 1.【集】衣服,服裝 2.(常用 *pl.*)(教士的)法衣

__vestir__ I. *tr.* 1. 給…穿衣服;穿上…衣服 2. 供給衣服 3. 給…做衣服 4. 覆蓋 5.【轉】掩飾,遮掩 6.【轉】做出…表情,擺出…面孔 II. *intr.* 1. 穿衣,穿戴 2.(衣服、衣料等)漂亮,像樣 III. *r.* 1. 穿衣 2. 擺出…樣子,作出…表情 3. 病癒起床

vestuario *m.* 1.(某人所有的)衣服 2.(某演員所有的)行頭 3.(一個兵士全套的)軍裝 4.(戲院的)化裝室

veta *f.* 1. 條;條紋,紋理 2.【礦】礦脈,礦層

vetar *tr.* 1. 否決 2. 禁止,反對

veteado, da I. *a.* 有條紋的,有紋理的 II. *m.* 條紋,紋理

vetear *tr.* 在…上畫木(石)紋

veterano, na I. *a.* 1. 老兵的,老戰士的 2. 老的,經驗豐富的 II. *s.* 1. 老兵,老戰士 2. 老手,經驗豐富的人

veterinaria *f.* 獸醫學

veterinario, ria *a.-s.* 獸醫的;獸醫

veto *m.* 1. 否決;否決權 2. 禁止,反對

vetustez *f.* 1. 年老,老邁 2. 古老,陳舊

vetusto, ta *a.* 1. 年老的,老邁的 2. 古老的,陳舊的

__vez__ *f.* 1. 回,次 2. 時候;時機 3. 倍 4.(輪到的)次序,機會 ◇ a la ~ ①同時 ②一下子 / algunas ~ces 或 a ~ces 有時候 / cada ~ 越來越… / cada ~ que 每次,每當 / de una ~ ①一下子 ②一口氣②最後地③出其不意地,突然地 / de ~ en cuando 或 de ~ en ~ 偶爾,有時 / en ~ de ①代替②非但不…,反而 / otra ~ ①又;重新②下次,下回 / rara ~ 難得,很少 / tal ~ 也許,或許 / una ~ 或 una ~ que 一旦;一…就… / una ~ u otra 終究,遲早

veza *f.*【植】巢菜

__vía__ *f.* 1. 路,道路 2. 路線,交通線 3. 鐵路,路軌 4.【解】管道 5.【轉】方法,途徑 ◇ ~ de agua(船上的)漏水洞 / ~ de comunicación 交通路線 / ~ de férrea 鐵路 / Vía Láctea【天】銀河 / en ~s de 正在進行(處理等)中 / por ~ de ①作爲②通過…途徑

viabilidad *f.*(計劃等的)可行性,現實性

viable *a.* 1. 可以成活的(嬰兒等) 2. 可行的,現實的(計劃等)

viaducto *m.* 高架橋,旱橋

viajante *s.*(某廠商派往各地的)推銷員,採購員

__viajar__ *intr.* 旅行,遊歷

__viaje__ *m.* 1. 旅行,遊歷 2. 旅程 3. 遊記 4. 往返,走動 5. 一次搬運的量 ◇ buen ~ ①一路順風,一路平安②請便 / feliz ~ 一路順風,一路平安 / rendir ~【海】到達航程終點 / ~ de ida y vuelta 來回,往返

*viajero, ra I. *a.* 1. 旅行的, 遊歷的 2. 【動】遷徙的 II. *s.* 1. 旅行者, 旅客 2. 遊記作者

vial I. *a.* 道路的 II. *m.* 林蔭道

vianda *f.* 1. 食物, 食品 2. (魚、肉等) 菜餚

viandante *s.* 行人, 過路人

viaticar *tr.* 給…做臨終聖事

viático *m.* 1. 旅行用品 2. (外交官等的) 旅差費 3. 臨終聖事 ◇ dar el ～ 做臨終聖事

*víbora *f.*【動】蝰蛇

viborezno *m.* 小蝰蛇

vibración *f.* 1. 顫動, 抖動 2. 振盪; 震動 3.【物】振動

vibrar I. *intr.* 1. 振盪; 震動 2. 激動 II. *tr.* 1. 使抖動, 使顫動 2. 投射, 放射

vibratorio, ria *a.* 顫動的, 振動的; 能振動的; 震動性的

viburno *m.*【植】櫻葉莢蒾

vicaría *f.* 副本堂神甫的職位、教區、辦公室或住宅

vicariato *m.* 副本堂神甫的職位、教區或任期

vicario, ria I. *a.-s.* 代理的; 代理者 II. *m.* 副本堂神甫

vicealmirante *m.* 海軍中將

vicecónsul *m.* 副領事

viceconsulado *m.* 副領事的職位或辦公室

vicepresidencia *f.* 副主席、副總統、副議長等的職位

*vicepresidente, ta *s.* 副主席, 副總統, 副議長, 副會長, 副主任

vicerrector, ra *s.* (學院的) 副院長, (大學的) 副校長

vicesecretario, ria *s.* 1. 副書記 2. 副秘書 3. 副部長, 次長

*viceversa *ad.* 反之亦然

viciar I. *tr.* 1. 使變壞, 損壞 2. 使走樣, 使變形 3. 使墮落, 敗壞 4. 使失效; 取消 5.【轉】篡改 II. *r.* 1. 受損壞, 變壞 2. 墮落, 染上惡習 3. 耽於, 熱衷

*vicio *m.* 1. 缺點, 毛病, 瑕疵 2. 惡習; 墮落 3. 走樣, 變形 ◇ de ～ 無緣無故地

*vicioso, sa *a.* 1. 有缺點的, 有毛病的 2. 有惡習的, 墮落的; 敗壞的 3. 有活力的, 旺盛的 4. 枝葉繁茂的(植物)

vicisitud *f.* 1. 變遷, 變化 2. *pl.* 變故, 波折, 興亡 3. 事故, 事件

*víctima *f.* 1. (祭祀用的) 犧牲 2. 犧牲者, 受難者, 犧牲品

victimario *m.* 害人者

víctor *interj.* 見 vítor

*victoria *f.* 1. 勝利, 戰勝; 成功, 成果 2. 四輪雙座有篷馬車 3. (大寫)【羅馬神話】勝利女神 II. *interj.* (歡呼用語) 勝利了 ◇ cantar la ～ 歡呼勝利 / cantar ～ 終於獲得成功

*victorioso, sa *a.* 勝利的, 得勝的; 獲得成功的

vicuña *f.* 1.【動】小羊駝 2. 小羊駝毛

*vid *f.*【植】葡萄

*vida I. *f.* 1. 生命, 性命 2. 壽命 3. 生活, 生存, 生計 4. 平, 人生 5. (社會等的) 活動 6.【轉】生動, 神采 7.【轉】稱心快事; 至要事物 ◇ buena (或 gran) ～ 安逸的生活 / la ～ pasada (不光彩的) 往事 / la ～ eterna 陰間 / perra ～ 或 ～ de perros 或 ～ perra 豬狗不如的生活 / abrirse a la ～ 出生 / amargar la ～ *a uno* 使…活受罪 / amargarse la ～ 發愁, 折磨自己 / buscarse la ～ 尋求生路 / complicarse la ～ 自找麻煩 / con la ～ en hilo 或 con la ～ pendiente de un hilo 千鈞一髮的, 極危險的 / con ～ 活着 / cortar la ～ 斷送性命 / costarle *a uno* la ～ 使…送命 / dar mala ～ *a uno* 虐待… / dar (la) ～ *a uno* 激勵…, 鼓舞… / dar (la) ～ *a algo* 創造… / de por ～ 在有生之年 / de toda la ～ 老早以前的 / en la ～ 從未 / entre la ～ y la muerte 瀕死的 / en ～ 在世時 / ganarse la ～ 謀生 / hacer por la ～

【口】吃飯 / meterse en ～s ajenas 管閒事 / partir de esta ～ 或pasar a mejor ～ 死亡,逝世 / perder la ～ 犧牲;死去 / ～ 或 ～ mía 心肝寶貝

vidente *a.-s.* 有預見的,有遠見的;有遠見的人,預言者

video I. *a.* 電視的,視頻的 II. *m.* 錄像

videocasete *m.* 盒式錄像磁帶;盒帶式錄像機

video tape *m.* 錄像磁帶

vidriado, da I. *a.* 1. 像玻璃的 2. 上釉的 II. *m.* 1. 上釉 2. 釉 3. 上釉陶器

vidriar *tr.* (給陶器)上釉

vidriera *f.* 1. 玻璃門,玻璃窗 2. *Amér.* 玻璃櫥窗 ◇ ～ de colores 彩色玻璃

vidriería *f.* 玻璃廠,玻璃商店

vidriero *m.* 1. 玻璃工人 2. 賣玻璃或玻璃製品的人

*****vidrio** *m.* 1. 玻璃 2. 玻璃製品,玻璃器皿 ◇ ～ armado 防彈玻璃 / ～ óptico 光學玻璃 / ～ templado 鋼化玻璃 / pagar los ～s rotos 代人受過

vidrioso, sa *a.* 1. (玻璃般)易碎的,脆的 2. (因冰凍)滑溜的(地面) 3. (日光)呆滯的,(眼睛)無神的 4.【轉】敏感的,易怒的

vidual *a.* 喪偶的,鰥居的,寡居的

*****viejo, ja** I. *a.* 1. 年老的,老邁的 2. 舊的,陳舊的 3. 古老的,年代久遠的 4. 資格老的 II. *s.* 老人,老年人 ◇ ～ verde 老色鬼 / de ～ 從事舊衣着修補的(工匠)

vienés, esa I. *a.* 維也納(Viena)的 II. *s.* 維也納人

*****viento** *m.* 1. 風 2. 空氣,大氣 3. (獵物的)臭迹 4. 拉索,牽索 5.【轉】自負 6.【口】屁 ◇ ～ de proa【海】逆風 / ～ en popa①【海】順風②【轉】順利 / a los cuatro ～s 四處張揚地,毫無保留地 / beber los ～s *por algo* 渴望… / como el ～ 一陣風似地,飛快地 / contra ～ y marea 不避風險地 / correr (或 hacer) ～ 颳風,有風 / ins-

trumentos de ～【樂】吹奏樂器,管樂器 / lleno de ～ ①空的,空虛的②自負的 / llevarse el ～ *algo* ①消失②飛快地耗盡,荒唐地花光 / refrescar el ～【海】風力加強 / saltar el ～【轉】風向驟變 / en popa 順順當當地

*****vientre** *m.* 1. 腹腔;腹部,肚子 2. 内臟;下水 3. 胎兒 4. (容器等的)鼓肚 ◇ bajo ～ 小腹,下腹部 / constiparse el ～ 便秘 / descargar el ～ 或 hacer el ～ 大便,解大手 / regir el ～ 定時大便

*****viernes** (*pl.* viernes) *m.* 星期五 ◇ Viernes Santo 耶穌受難日(復活節前的星期五)

viga *f.*【建】梁 2. 工字鋼梁

vigencia *f.* 1. 現行性,有效 2. 習俗

vigente *a.* 現行的,有效的(法律等)

vigésimo, ma I. *a.* 1. 第二十 2. 二十分之一的 II. *m.* 二十分之一

vigía I. *f.* 瞭望塔,望樓 II. *s.* 瞭望員,哨兵

*****vigilancia** *f.* 1. 看管,守護;監視 2. 警惕,戒備

*****vigilante** I. *a.* 1. 看管的,守護的;監視的 2. 警惕的,戒備的,警醒的 3. 未眠的 II. *m.* 看守,警衛員

*****vigilar** *tr.-intr.* 看守,警衛,看管;監視

vigilia *f.* 1. 不眠,未睡,醒 2. 值夜,值更 3. 熬夜,夜間幹活 4. (宗教節日等的)前夕 ◇ comer de ～ 吃素,吃齋

*****vigor** *m.* 1. 精力,活力;朝氣 2. 茁壯,旺盛 3. (法律等的)效力

vigorizador, ra; vigorizante *a.* 使精力充沛的,使有活力的;使健壯有力的

vigorizar *tr.* 使精力充沛,使有活力;使健壯有力

*****vigoroso, sa** *a.* 1. 精力充沛的,有活力的;朝氣蓬勃的 2. 茁壯的,旺盛的 3. 健壯的,強有力的

vigueria *f.*【集】(一座建築物的)梁

vigueta *f.*【建】小梁

vihuela *f.* 比韋拉琴,一種六弦琴

*****vil** *a.* 1. 卑鄙的,低賤的,惡劣的 2. 低

級的, 低劣的

vilano m.【植】冠毛

vileza f. 1. 卑鄙, 低賤, 惡劣 2. 卑鄙行徑, 惡劣勾當

vilipendiar tr. 侮辱, 辱罵

vilipendio m. 侮辱, 辱罵

vilipendioso, sa a. 侮辱的, 辱罵的

vilo : en ~ ①懸空的②【轉】不安的, 憂慮的

vilorta f.【植】寬葉葡萄葉鐵線蓮

*****villa** f. 1. 鎮, 小鎮 2. 別墅

Villadiego : coger (或 tomar) las de ~ 逃走, 逃之夭夭

villanaje m. 1.【集】村民 2. 粗野, 沒教養

villancico m. (宗教題材的)民謠

villanesco, ca a. 村民的, 鄉下人的

villanía f. 1. 卑微, 地位低下 2. 卑劣行徑 3.【轉】下流話, 粗話

villano, na I. a. 1. 村民的, 小鎮居民的 2. 村俗的, 粗野的 3. 卑鄙的, 卑劣的 II. s. 村民, 小鎮居民

villorrio m. 荒僻的小村

*****vinagre** f. 1. 醋 2.【轉, 口】暴躁的人, 愛發脾氣的人

vinagrera f. 1. (餐桌上的)醋瓶 2. pl. (餐桌上的)調味品瓶架

vinagrero, ra s. 釀醋的人; 賣醋的人

vinagreta f. 油, 醋, 葱頭末, 芹菜末拌製的調味品

vinagroso, sa a. 1. 醋味的, 酸味的 2.【轉, 口】暴躁的, 愛發脾氣的人

vinajera f.【宗】(做彌撒時用的)祭酒瓶

vinariego m. 葡萄園主; 葡萄種植人

vinario, ria a. 酒的

vinatería f. 1. 酒業, 酒商 2. 酒店, 酒家

vinatero, ra s. 酒商, 賣酒的人

vinazo m. 濃葡萄酒

vinculación f. 1. 聯繫, 緊密相連 2.【法】財產的限定繼承權

vincular tr. 1. 使聯繫起來, 使緊密相連; 使依附 2.【法】限定財產繼承權

vínculo m. 1. 關係, 聯繫 2.【法】(財產的)限定繼承權; 限定繼承的財產

vindicación f. 1. 報仇, 復仇 2. 辯護, 辯白 3.【法】要求恢復權利

vindicar tr. 1. 報仇, 復仇 2. 爲⋯辯護, 爲⋯辯白 3.【法】要求恢復(權利)

vindicativo, va a. 1. 報仇的, 復仇的 2. 辯護的, 辯白的

vindicta f. 報仇, 報復 ◇ ~ pública 法律制裁

vínico, ca a.【化】酒的

vinícola a. 釀酒的

vinicultor, ra s. 釀酒者, 葡萄酒釀造者

*****vinicultura** f. (葡萄酒)釀造業

viniebla f.【植】藥用琉璃草

vinificación f. 1. 葡萄酒釀造

*****vino** m. 葡萄酒, 果子酒; 酒 ◇ ~ generoso 陳年佳釀 / ~ tinto 紅葡萄酒 / dormir el ~ 醉後醒睡 / echar agua al ~ 沖淡, 緩和 / tener mal ~ 要酒瘋

vinolencia f. 嗜酒

vinolento, ta a. 嗜酒的

vinoso, sa a. (品質、顏色等)像葡萄酒的

*****viña** f. 葡萄園

viñador, ra s. 種植葡萄的人

viñedo m. 大葡萄園

viñeta f. 1. (書刊內章節首尾的) 花飾, 圖飾 2. (單位、會議、團體等的) 徽記

viola¹ I. f. 中提琴 II. s. 中提琴手

viola² f.【植】香菫菜

violáceo, a I. a. 1. 紫色的 2.【植】菫菜科的 II. f.pl.【植】菫菜科

*****violación** f. 1. 違犯, 違反 2. 強姦 3. 褻瀆 4. 侵犯, 強行闖入

violado, da a. 紫色的

*****violar** tr. 1. 違犯, 違反 2. 強姦 3. 褻瀆(聖地等) 4. 侵犯, 強行闖入

*****violencia** f. 1. 強烈, 猛烈, 激烈 2. 使勁, 強制 3. 暴力; 暴行

violentar I. tr. 1. 強迫, 強制 2. 撬開, 砸開; 闖入 3. 篡改, 歪曲 II. r. 勉強

violento, ta *a.* 1. 強烈的, 猛烈的, 激烈的 2. 用暴力的, 強迫的, 強制的 3. 勉強的, 不情願的 4. 爲難的, 尷尬的

*violeta** *f.* 1.【植】香菫菜 2. 紫色

*violín** *m.* 1. 小提琴 2. 小提琴手 ◇ primer ～ (樂隊的)第一小提琴手

*violinista** *s.* 小提琴手, 小提琴家

violón *m.* 1. 低音提琴 2. 低音提琴手 ◇ tocar el ～【轉, 口】亂插嘴, 胡打岔

violoncelista *s.* 大提琴手, 大提琴家

violoncelo *m.* 大提琴 2. 大提琴手

viperino, na *a.* 1. 蝰蛇的 2.【轉】毒蛇般的, 惡毒的

vira *f.* (鞋底和鞋面之間的)貼邊

virada *f.*【海】搶風調向

virador *m.*【攝】調色液

virago *m.* 男人氣的女人

*viraje** *m.* 1. 轉彎, 調向; 轉折 2. 轉彎處 3.【攝】調色

*virar** **I.** *intr.* 1. 調向, 轉彎 2.【轉】(思想等)轉變, 改變 **II.** *tr.*【攝】對…進行調色

*virgen** **I.** *a.* 1. 童貞的, 處女的 2. 未開墾的, 原始的 3.【轉】純淨的, 純潔的 **II.** *f.* 1. 處女 2. (大寫)聖母瑪利亞

virginal *a.* 1. 處女的, 童貞的 2. 聖母的 3.【轉】純淨的, 純潔的

virginidad *f.* 1. 童貞, 貞潔 2.【轉】純潔, 純淨

virgo *m.* 1. 童貞, 貞潔 2.【解】處女膜 3. (大寫)【天】室女宮; 室女座

vírgula *f.* (書寫中用的)斜形符號(如重音符號, 逗號等)

*viril** *a.* 1. 男的, 男性的; 男子漢的 2. 中年的, 壯年的 3.【轉】有男子氣概的

virilidad *f.* 1. 男性特徵 2. (男子的)壯年 3.【轉】男子氣概

virio *m.*【動】黃鸝

virola *f.* 金屬箍

virolento, ta *a.* 1. 患天花的 2. 有麻子的

virología *f.* 病毒學

virote *m.* 1. 弩矢 2.【轉, 口】裝腔作勢的人

virreina *f.* 1. 總督夫人 2. 女總督

virreinato; virreino *m.* 總督的職位、任期或轄區

virrey *m.* 總督

virtual *a.* 1. 潛在的, 可能的 2.【理】虛的

virtualidad *f.* 潛在性, 可能性

*virtud** *f.* 1. 美德, 德行 2. 貞操, 貞節 3. 效用, 能力 ◇ en ～ de ①依照, 根據 ②由於, 鑑於

virtuoso, sa **I.** *a.* 1. 有道德的, 有德行的 2. 貞潔的, 童貞的 3. 有效力的 **II.** *s.* (藝術方面)名手, 有造詣的人

viruela *f.* 1.【醫】天花 2.【轉】(物體的)麻點 ◇ ～ loca 水痘 / picado de ～s 有麻子的

virulencia *f.* 1. (病) 毒性, 毒力 2. 【轉】(言詞)辛辣, 尖銳, 猛烈

virulento, ta *a.* 1. 病毒的, 病毒性的 2. 化膿的, 感染的 3.【轉】辛辣的, 尖銳的(言詞), 猛烈的(批評)

virus *(pl. virus)* *m.* 1.【醫】病毒 2. 【轉】(精神的)毒素

viruta *f.* 1. 刨花 2. 金屬屑

visa *f. Amér.* 簽證

visado, da **I.** *a.* 簽發的 **II.** *m.* 簽證

visaje *m.* 1. 表情 2. 怪相, 鬼臉

visar *tr.* 1. 簽發, 給簽證 2. 驗看

víscera *f.*【解】內臟

visceral *a.*【解】內臟的

visco *m.* 黏鳥膠

viscosidad *f.* 1. 黏性 2. 黏性物質 3. 【理】黏滯度; 濃度

viscosilla *f.*【紡】黏膠纖維, 黏膠絲

viscoso, sa *a.* 黏的, 黏性的; 黏滯的

visera *f.* 1. (頭盔的) 護眼罩 2. 帽簷, 帽舌 ◇ calarse la ～ 放下護眼罩(準備衝殺)

visibilidad *f.* 1. 可見性; 清晰度 2. 能見度

*visible** *a.* 1. 可見的, 看得見的 2. 【轉】明顯的, 易覺察的

visigodo, da *a.-s.* 西哥特的,西哥特人的;西哥特人

visión *f.* 1. 看,視 2. 視覺,視力 3. 幻覺,幻象 4.【轉,口】怪物;醜八怪

visionario, ria *a.-s.* 有幻覺的;有幻想的人

visir *m.* (伊斯蘭君主國的)大臣

*****visita** *f.* 1. 訪問,探望 2. (醫生的)出診 3. 遊覽,參觀 4. 客人,來訪者 ◇ ~ de cortesía (或 cumplido, cumplimiento) 禮節性拜訪 / ~ de médico【轉,口】短暫的訪問 / devolver (或 pagar) la ~ 回訪 / pasar la ~ (醫生)出診;(在診所)看病

visitador, ra I. *a.-s.* 1. 喜歡探訪親友的;愛探訪親友的人 2. 喜歡參觀遊覽的;愛參觀遊覽的人 II. *m.* 視察員,檢查員

*****visitante** *s.* 1. 訪問者 2. 遊覽者,參觀者

*****visitar** I. *tr.* 1. 拜訪,探望 2. (醫生)出診 3. 遊覽,參觀 4. 朝拜(聖地等) II. *intr.* (醫生)看病 III. *r.* (病人)看病

vislumbrar *tr.* 1. 隱約看見 2. 預計到,看出,猜測到

vislumbre *f.* 1. 微光,微弱的閃光 2. 預感;苗頭

viso *m.* 1. 閃光;閃色 2. 光澤,色澤 3. 外表,樣子 ◇ de ~ ①顯要的,有地位的②華麗的

visón *m.*【動】水貂

visor *m.*【攝】取景鏡,取景器

visorio, ria I. *a.* 看的;用於看的 II. *m.* 視察,檢查

*****víspera** *f.* 1. (節日等的)前夜,前夕 2. *pl.*【宗】夕禱,晚禱

*****vista** I. *f.* 1. 視覺,視力 2. 看,瞥,審視 3. 視線,目光 4. 眼力,眼光 5. 外表,外貌 6. 景致,景色;風景圖片 7. 視野,視界 II. *m.* 海關檢查員 ◇ ~ cansada 遠視,老花眼 / ~ corta 近視 / ~ de águila ①能看清遠處物件的目力②遠見卓識 / aguzar la ~ 審視,凝視

/ a la ~ ①看上去②可以看到的 / 顯然的③目前,眼下,在望④【商】見票即付的 / a la ~ de ①見到⋯,面對⋯②鑑於,由於 / a primera (或 simple) ~ 粗略地(瞭解問題) / comerse (或 tragarse) con la ~ 死盯地盯住 / conocer de ~ a uno 面熟 / con ~s a 爲了 / en ~ de 鑑於,由於 / hacer la ~ gorda 假裝不知 / hasta la ~ 再見 / írsele la ~ a uno 頭暈眼花 / pasar la ~ por algo 掃視,瀏覽 / poner la ~ en ①看,瞧②看中 / tener ~ uno 有眼力 / tener ~s a (窗,陽台等)朝向

vistazo *m.* 掃視,瀏覽

vistillas *f.pl.* (可遠眺的)高處,高地

visto, ta *a.* 1. 看見的,見到的 2. 用過的,經很多人手的 3.【法】審理過的 ◇ bien ~ 得好評的 / mal ~ 評價不佳的 / ni ~ ni oído 或 ~ y no ~ 轉瞬間,極快地 / no (或 nunca) ~ 驚人的,稀罕的 / ~ bueno (公文批語)同意

vistosidad *f.* 鮮艷,悅目

vistoso, sa *a.* 鮮艷的,悅目的

visual *a.* 視覺的,視力的 II. *f.* 視線

visualidad *f.* 見 vistosidad

*****vital** *a.* 1. 生命的,有關生命的 2. 重要的,生死攸關的

vitalicio, cia I. *a.* 終身的 II. *m.* 1. 人壽保險 2. 終身年金

vitalidad *f.* 1. 生命力 2. 生氣,活力

vitamina *f.* 維生素,維他命

vitando, da *a.* 1. 應避免的,應避開的 2. 可惡的,可憎的

vitela *f.* (供畫畫用的,精製的)犢皮紙,羔皮紙

vitícola *a.* 葡萄栽植的

viticultor, ra *s.* 葡萄栽植者

viticultura *f.* 1. 葡萄栽植 2. 葡萄栽植業;葡萄栽植技術

vitola *f.* 1. (雪茄)的規格 2. (雪茄上環形彩色的)規格牌號籤 3.【轉】外表,外貌

vítor I. *interj.* (用於歡呼)好哇 II.

m.pl. 歡呼聲,喝彩聲

vitorear *tr.* 歡呼,喝彩

vitreo, a *a.* 玻璃的;玻璃質的

vitrificar *tr.* 使成玻璃,使玻璃化

vitrina *f.* 玻璃橱,玻璃櫃

vitriólico, ca 【化】礬的

vitriolo *m.* 【化】礬,某些金屬硫酸鹽的含水結晶 ◇ ～ azul 膽礬,硫酸銅

vitualla *f.* (常用 *pl.*) 食糧,口糧

vituperable *a.* 該斥責的,該駡的

vituperación *f.* 斥責,責駡

vituperar *tr.* 斥責,責駡

vituperio *m.* 斥責,責駡

vituperioso, sa *a.* 斥責的,責駡的

***viuda** *f.* 寡婦

viudal *a.* 喪偶的,鰥居的,守寡的

viudedad *f.* 寡婦撫恤金

viudez *f.* 鰥居,守寡

***viudo, da** Ⅰ.*a.* 喪偶的,鰥居的,守寡的 Ⅱ.*m.* 鰥夫

***viva** *interj.* (用於歡呼等) 萬歲;好哇

vivac *m.* 見 vivaque

vivacidad *f.* 1. 長壽 2. 活潑,有生氣 3. 聰明,機敏

vivaque *m.* 【軍】營地,兵營

vivaquear *intr.* 【軍】露營

vivar *m.* 養兔場

vivaracho, cha *a.* 活潑的,歡快的;淘氣的

vivaz *a.* 1. 長壽的 2. 活潑的,有生氣的 3.【植】多年生的

***víveres** *m.pl.* 食糧,食物

vivero *m.* 1. 苗圃 2. 養殖場 3.【轉】温床,策源地

viveza *f.* 1. 機靈,精明 2. 熱烈,强烈 3. 鮮艷,鮮明 4. 逼真

vividero, ra *a.* 可居住的,可住人的(地方)

vívido, da *a.* 親身經歷的

vividor, ra Ⅰ.*a.* 1. 活着的 2. 會過日子的 Ⅱ.*s.* 食客,專寄生生活的人

***vivienda** *f.* 住房,住宅;住處

viviente *a.* 1. 有生命的 2. 活着的,在

世的

vivificación *f.* 1. 賦予生命力,使有活力 2. 鼓舞,振作

vivificante *a.* 1. 賦予生命力的,使有活力的 2. 鼓舞人的,使人振作的

vivificar *tr.* 1. 賦予生命力,使有活力 2. 鼓舞,使振作

vivíparo, ra *a.* 胎生的(動物)

***vivir** *intr.* 1. 活,生存 2. 生活,過…生活 3. 居住 4. 靠…過活 ◇ no dejar ～ a uno 煩擾,折磨 / Quién vive【軍】(口令用語)是誰

vivisección *f.* 動物活體解剖

***vivo, va** Ⅰ.*a.* 1. 活的,有生命的;活着的 2. 現存的,現行的,仍有效的 3. 强烈的;極大的 4. 精明的;聰明的 5.【轉】敏捷的,輕快的 6.【轉】活潑的,生動的 7.【轉】(顏色) 鮮明的,鮮艷的 Ⅱ.*m.* (衣服的) 飾邊 ◇ a lo ～ ①積極地,熱烈地②生動地 / como de lo ～ a lo pintado 有天淵之別的 / lo ～ 痛處,要害

vizcacha *f.*【動】貉

vizcondado *m.* 1. 子爵的頭銜或地位 2. 子爵的領地

vizconde *m.* 子爵

vizcondesa *f.* 女子爵;子爵夫人

***vocablo** *m.* 詞

***vocabulario** *m.* 1. 詞彙 2. 詞彙表;詞典

***vocación** *f.* (對某種職業、學科的) 天賦,才能,愛好 ◇ errar la ～ 選錯職業

***vocal** Ⅰ.*a.* 1. 發聲的 2. 口頭的 3. 聲樂的 4.【語音】元音的 Ⅱ.*f.*【語音】元音,元音字母 Ⅲ.*s.* (機構、委員會等的) 成員,委員 ◇ ～ abierta 開元音 / ～ breve 短元音 / ～ cerrada 閉元音 / ～ larga 長元音

vocálico, ca *a.*【語音】元音的,元音字母的

vocalización *f.*【樂】1. 練聲 2. 練聲曲

vocalizar *intr.*【樂】練聲

vocativo *m.*【語法】呼格

vocear I. *intr.* 呼喊,大聲叫喊 II. *tr.* 1. 宣揚,張揚 2. 叫賣

vocería *f.* ; **vocerío** *m.* 喧嘩,嘈雜

vocero *m.* 發言人,代言人

vociferar I. *intr.* 叫喊 II. *tr.* 炫耀

vocinglero, ra *a.-s.* 1. 說話大聲的;說話大聲的人 2. 空話連篇的;多空話的人

vodka *m.* 伏特加酒

volada *f.* (短距離的)飛行

voladero, ra I. *a.* 1. 能飛的 2.【轉】短暫的 II. *m.* 懸崖

voladizo, za *a.*【建】突出牆外的,伸出房屋外的

volado, da *a.*【印】排在右上角的(字母等,如 Sʳ 中的 r, Dⁿ 中的 n 等)

volador, ra I. *a.* 1. 飛的;能飛的 2. 懸空的 II. *m.* 1. 爆竹 2.【動】飛魚

voladura *f.* 炸毀,炸飛

volandas : en ~ ① 懸空地,騰空地 ② 飛快地,迅速地

volandera *f.* 磨石,上磨盤

volandero, ra *a.* 1. 剛會飛的(鳥) 2. 懸空的;擺動的 3. 不固定在一處的 4.【轉】偶然的,意外的

volante I. *a.* 1. 飛的,飛行的 2. 不固定的;活動的 II. *m.* 1. 羽毛球;羽毛球運動 2. (鐘錶等機械中的)擺輪,飛輪 3. (機動車的)駕駛盤,方向盤 4. 便條

volantín *m.* 釣魚線

volantón, ona *a.-s.* 開始飛的;開始飛的鳥

volapié *m.*【鬥牛】(趁牛停住時的)奔刺

volar I. *intr.* 1. 飛,飛行 2. 飛揚,飄起 3. 飛奔,飛馳 4. 飛逝;迅速耗盡 5.【轉】(消息等)迅速傳播 6.【建】(建築物的一部分)突出,伸出 II. *tr.* 1. 炸毀,炸飛 2. 激怒,使惱怒 ◇ echar a ~ 傳播,散佈

volatería *f.* 1. 鷹獵 2.【集】飛禽

volátil I. *a.* 1. 飛的,能飛的 2.【轉】易變的,反覆無常的 3.【化】揮發性的 II.

m. 飛禽

volatilidad *f.*【化】揮發性

volatilizar *tr.*【化】使揮發

volatín *m.* 1. 雜技演員 2. 雜技

volatinero, ra *s.* 雜技演員

volatizar *tr.* 見 volatilizar

*volcán** *m.* 1. 火山 2.【轉】熾烈,火熱 ◇ estar sobre un ~ 處境極爲危險

volcánico, ca *a.* 1. 火山的 2.【轉】熾烈的,火熱的(感情)

*volcar** I. *tr.* 1. 弄翻,弄倒 2. 傾倒 II. *intr.* 翻車 III. *r.* 1. 翻車 2. 竭盡全力,全力以赴

volea *f.* (球落地之前的)攔截,截擊

voleibol *m. Amér.*【體】排球運動

voleo *m.* 1. 見 volea 2.【口】耳光 ◇ a (或 al) ~ ① 撒播地(播種) ② 胡亂地(分配) / del primer ~ 或 de un ~ ① 飛快地,迅疾地 ② 突然地

volframio *m.*【化】鎢

volición *f.*【哲】意志,意志力

volitivo, va *a.*【哲】意志的,意志力的

volquearse *r.* 翻轉;打滾

volquete *m.* 翻斗車,自卸車

volt (*pl.* volts) *m.*【電】伏特,伏

voltaico, ca *a.*【理】電流的,動電的,伏打的 ◇ arco ~ 電弧

voltaje *m.* 電壓,伏特數

voltariedad *f.* 反覆無常,易變

voltario, ria *a.* 反覆無常的,易變的(人)

voltear I. *tr.* 翻倒,翻轉,翻轉 II. *intr.* 翻筋斗,翻滾

voltereta *f.* 筋斗,翻滾

voltio *m.*【電】見 volt

volubilidad *f.* 1. 可捲性 2.【植】纏繞性 3.【轉】反覆無常,易變

voluble *a.* 1. 可以捲的 2.【植】纏繞的 3.【轉】反覆無常的,易變的

*volumen** *m.* 1. (書籍的)卷,册,部 2. 體積 3. 容積;容量 4.【轉】音量

voluminoso, sa *a.* 1. 多卷的,大部頭的,卷帙浩繁的 2. 大的,體積大的;容

積大的

*voluntad f. 1. 意志,意志力 2. 意向,志向,心願 3. 毅力,恒心 4.【口】好感,喜愛 ◇ buena ～ 好意;好感 / mala ～ 惡意;反感 / última ～ 遺願,遺囑 / divina 天意 / a ～ 任意地,隨意地 / a ～ de uno 按某人的意願 / ganar la ～ de uno 博得某人的好感,得到某人的同情 / hacer su ～ 隨心所欲 / quitarle a ～ a uno 說服某人放棄原來的打算

voluntariado m. 志願參軍

voluntariedad f. 1. 自願,志願 2. 任性

*voluntario, ria I. a. 自願的,志願的 II. s. 1. 自願參加者,志願工作者 2. 志願兵

voluntarioso, sa a. 1. 任性的,隨心所欲的 2. 熱心的,盡心的

voluptuosidad f. 1. 快感,愜意 2. 快樂,樂趣 3. 淫蕩

voluptuoso, sa I. a. 1. 産生快感的 2. 貪圖享樂的 3. 淫蕩的 II. s. 1. 貪圖享樂的人 2. 淫蕩的人

voluta f.【建】渦形裝飾 2. 渦形物,螺狀物

*volver I. tr. 1. 翻轉,弄翻 2. 轉動,轉向 3. 捲起 4. 還,歸還 5. 關上,掩上(門、窗) 6. 使變成 7. 使改變 8. 使恢復(原樣) 9. 報答,回報 10. 嘔吐 11. 反射;反彈 12. 重耕 II. intr. 1. 返回 2. 轉彎 3. 又,重新開始 III. r. 1. 轉身,扭頭 2. 變成,成爲 ◇ ～ atrás 後退 / ～ en sí 恢復知覺 / ～ sobre sí 信服,想通

vómer m.【解】犁骨

vómico, ca a. 催吐的

vomitar tr. 1. 吐,嘔吐 2.【轉】噴吐,噴射 3.【轉】盡情地説出(惡言) 4.【轉,口】傾吐(心事)

vomitivo, va a.-m.【醫】催吐的;催吐劑

vómito m. 1. 嘔吐 2. 嘔吐物 ◇ ～ negro (或 prieto) 黄熱病

vomitorio, ria I. a. 催吐的 II. m. 1.

【醫】催吐劑 2. (看台的)出入口

voracidad f. 1. 貪吃,狼吞虎咽 2.【轉】(火勢等的)迅猛,毀壞力大的

vorágine f. 漩渦

voraz a. 1. 貪吃的;狼吞虎咽的 2.【轉】迅猛的,毀壞力大的(火、火勢等)

vórtice m. 1. 漩渦 2. 颶風

vos pron. Amér. 你;你們

*vosotros, tras pron. 你們

*votación f. 1. 投票,表決 2. 投票總數 ◇ ～ nominal 記名投票 / secreta 無記名投票

*votar intr. 1. 投票,表決 2.【宗】許願;還願 3. 咒駡,詛咒

votivo, va a. 許願的;還願的

*voto m. 1. 投票,表決 2. 選票,(表決的)票 3. 投票權,表決權 4. 咒駡,詛咒 ◇ ～ de censura 不信任票 / ～ de confianza 信任票

*voz f. 1. 聲音;嗓音 2. (人的)喊聲;(動物的)叫聲 3. 詞,單字 4.【轉】歌手 5.【轉】發言權,(表決的)票 6.【轉】傳聞 7.【語法】語態 8.【轉】歌唱聲 ◇ ～ argentina (女人和小孩)銀鈴般的嗓音 / ～ cantante【樂】主旋律 / ～ de cabeza【樂】假聲,假嗓 / ～ de mando【軍】口令 / ～ pública 輿論 / ～ y voto 發言及表決權 / a media ～ 低聲地 / a una ～ 一致地 / a voces 大聲地 / a ～ en cuello (或 grito) 放開嗓門(喊) / cambiar (或 mudar) de (la) ～ (少年)變嗓音 / dar (或 echar) una ～ a uno 大聲喊某人 / estar pidiendo a voces algo 急需某物 / llevar la ～ cantante 充當主要角色

vozarrón m. ; vozarrona f. 强有力的聲音

vuecelencia; vuecencia s. 閣下

vuelco m. 1. 翻倒,弄倒 2.【轉】垮台,倒閉,破産

*vuelo m. 1. 飛,飛行 2. 飛行距離 3. (衣服等的)寬度 4. 山上的樹林 5.【建】伸出部分 ◇ ～ a ras de tierra 或

～ rasante 掠地飛行 / ～ a vela 滑翔 / al ～ ①立即,馬上②飛着的 / cortar los ～s 約束 / de (或 en) un ～ 一下子,飛速地

vuelta f. 1. 轉動,旋轉; 翻轉,翻倒 2. 彎曲,轉彎處 3. 圈,週; 一圈,一片 4. 返回,回來 5. 還,歸還 6. 次,回,遍,輪 7. 反面,背面 8. 改變,變化 9. 找頭 10. (衣服上的) 貼邊 11. 耕作 ◇ ～ atrás 後退,倒退 / ～ de campana 筋斗,跟斗 / ～.en redondo ①轉一圈② 轉身,掉頭③【轉】徹底變化 / a la ～ ① 回來時②在街角 / a la ～ de 過(多少時間)之後 / a la ～ de la esquina ① 在街角②在近處 / a la ～ de 通過…,藉助… / a ～ de correo 立即(回信) / a ～s 一再地,堅持地 / buscar las ～s a uno 找碴兒 / dar ～s ①轉動②反覆思索③到處尋覓 / dar ～s a (或 en) la cabeza 思考,動腦筋 / Hasta la ～ 回頭見 / no tener ～ de hoja 一目瞭然

vuelto, ta I. a. 1. 對着…放的,朝着…的 2. 翻轉的,倒放的 3.【口】重新(做)

…的,又…的 II. m. Amér. 找頭

vuestro, tra (vuestros, tras) a. 你們的 ◇ los ～s 你們的人

vulcanizar tr. 使(橡膠)硫化

vulgar a. 1. 平民的 2. 一般的,普通的 3. 通俗的 4. 粗俗的,庸俗的 5. 平庸的

vulgaridad f. 1. 一般,普通 2. 通俗 3. 粗俗,庸俗 4. 人所共知的事

vulgarización f. 通俗化,普及

.**vulgarizar** I. tr. 使通俗化,普及 II. r. 變得粗俗

vulgo m.【集】1. 平民,民衆 2. 門外漢,無專業知識的人

vulnerable a. 易受損傷的,脆弱的

vulnerar tr. 1. 違反,破壞(法律等) 2. 損害,傷害

vulnerario, ria a.-m. 治療創傷的;治傷藥

vulpeja f. 狐狸

vulpino, na a. 1. 狐狸的;像狐狸的 2.【轉】狡猾的,奸詐的

vultuoso, sa a.【醫】充血腫脹的(面部)

W

w f. 西班牙語中外來詞使用的字母

wagneriano, na I. a. (德國音樂家)瓦格納的 II. s. 瓦格納作品愛好者

wat m.【電】瓦,瓦特

watercloset m. 厠所(常用其縮略語

W.C.)

water-polo m.【體】水球

whisky m. 威士忌酒

wolfram; wolframio m. 【化】鎢

X

x f. 西班牙語字母表的第二十六個字母

xenofobia f. 仇外,排外

xenófobo, ba a. 仇外的,排外的

xerófilo, la a.【植】耐旱的,喜旱的

xi f. 克賽(希臘語字母 Ξ, ξ 的名稱)

xifoideo, a a.【解】劍突的

xifoides m.【解】劍突

xilófon; xilófono m.【樂】木琴

xilografía f. 1. 木刻 2. 木版印刷術

xilográfico, ca a. 1. 木刻的 2. 木版印刷的

Y

y¹ *f.* 西班牙語字母表的第二十七個字母

•y² *conj.* **1.** 和, 與, 及; 又, 而且 **2.** 那麼, 可是 **3.** 而, 却

•ya **I.** *ad.* **1.** 已經, 早就 **2.** 馬上, 立即 **3.** 總會, 終究 **4.** (用於否定句, 表示驚訝) 怎麼 **II.** *conj.* (疊用) 時而…; 或者… **III.** *interj.* **1.** 噢, 對了 **2.** 明白了; 够了; 想起來了 ◇ no ~ sino … 不僅…而且… / pues ~ 的確 / si ~ 如果, 只要 / ~ que 既然

yac *m.* 牦牛

yacente **I.** *a.* 躺卧的 **II.** *m.*【礦】礦脈底層

yacer *intr.* **1.** 躺, 卧 **2.** 安葬, 葬於 **3.** 處

yacija *f.* (簡陋的) 床舖, 卧處

•yacimiento *m.* 礦層, 礦床, 礦藏

yanqui *(pl.* yanquis*)* *a.-s.* 美國的; 美國佬

yarda *f.* 碼(英制長度單位, 合0.914米)

yatagán *m.* (土耳其人等用的) 彎月形刀

•yate *m.* 快艇, 遊艇

ye *f.* 字母 y 的名稱

yedra *f.*【植】洋常春藤

yegua *f.* 母馬, 牝馬

yeguada *f.* 馬羣

yeguar *a.* 母馬的

yegüerizo; yegüero *m.* 牧馬人

yelmo *m.* 盔, 頭盔

•yema *f.* **1.** 蛋黄 **2.** 蛋黄點心 **3.**【植】芽, 新芽 **4.**【轉】中點, 正中

yen *m.* 日元(日本貨幣單位)

•yerba *f.* ; **yerbajo** *m.* 草

yermo, ma **I.** *a.* **1.** 無人居住的, 無人烟的 **2.** 荒蕪的 **II.** *m.* 荒野; 没有人迹的地方

•yerno *m.* 女婿

yero *m.*【植】兵豆, 濱豆

yerro *m.* 過失; 差錯

yerto, ta *a.* 僵硬的, (因受驚、挨凍等而)僵住的, 不能動的

yesal; yesar *m.* 石膏礦; 石膏產地

yesca *f.* **1.** 火絨, 引火物 **2.**【轉】易燃物 **3.**【轉】容易激動的人; 一觸即發的形勢

yesera; yesería *f.* 石膏廠

yesero, ra *a.-m.* 石膏的; 製石膏的人, 賣石膏的人

yeso *m.* **1.** 石膏 **2.** 石膏製品 **3.** 石膏像 ◇ dar de ~ 用白灰刷(牆)

yesoso, sa *a.* **1.** 像石膏的 **2.** 產石膏的

yesquero, ra *a.-m.* 火絨的; 製火絨的人, 賣火絨的人

yeyuno *m.*【解】空腸

yezgo *m.*【植】矮接骨木

•yo **I.** *pron.* 我 **II.** *m.*【哲】自我

yodado, da *a.* 含碘的

•yodo *m.*【化】碘

yodoformo *m.*【化】三碘甲烷, 碘仿

yoduro *m.*【化】碘化物

yola *f.* 帆槳快艇

yuan *m.* 元(人民幣單位)

yuca *f.* **1.** 絲蘭 **2.** 木薯

yugada *f.* (一對耕牛的) 日耕地量

•yugo *m.* **1.** 軛 **2.** 鐘架 **3.**【轉】束縛, 桎梏, 枷鎖

•yugoeslavo, va; yugoslavo, va *a.-s.* 南斯拉夫 (Yugoslavia) 的, 南斯拉夫人的; 南斯拉夫人

yugular¹ **I.** *a.* 頸的, 頸部的 **II.** *f.*【解】頸靜脈

yugular² *tr.* 制止, 控制; 扼殺

•yunque *m.* **1.** 鐵砧 **2.**【轉】受人擺佈的地位, 逆來順受的處境 **3.**【解】砧骨

•yunta *f.* 一對役畜(牛、騾等)

yusera *f.* 卜磨, 磨盤

yute *m.* **1.**【植】黄蔴 **2.** 黄蔴纖維; 黄蔴

織品
yuxtaponer *tr.* 並置, 並列

yuxtaposición *f.* 並置, 並列

yuyuba *f.* 棗; 棗子

Z

z *f.* 西班牙語字母表的第二十八個字母

zabida; zabila *f.*【植】蘆薈

zabordar *intr.*【海】擱淺

zabullir *tr.* 見 zambullir

zacapela; zacapella *f.* 吵架, 爭吵

zacear *tr.* 驅趕, 轟(動物)

zafarse *r.* 1. 逃避, 逃脫 2. 擺脫 3. *Amér.*【醫】脫臼

zafarrancho *m.* 1.【海】(對船上某部位的)清理, 騰空 2.【轉】吵架, 爭吵

zafiedad *f.* 粗野, 粗魯

zafio, fia *a.* 粗野的, 粗魯的

zafíreo, a; zafirino, na *a.* 藍寶石色的

zafiro *m.* 藍寶石

***zafra** *f.* 1. (油料的)量油罐 2. 油桶

***zaga** *f.* 後面, 後部 ◇ a la ~ 或 a ~ 或 en ~ 在後面 / no ir uno en ~ a otro 不遜色於⋯, 不亞於⋯

***zagal, la** I. *s.* 少年, 少女 II. *m.* 1. 青年牧工 2. 青年車伕

zagalón, ona *s.* 高大健壯的少年, 高大健壯的少女

zagua *f.*【植】豬毛菜

zaguán *m.* 門廊, 門道兒

zaguero, ra I. *a.* 後面的, 在後部的 II. *m.*【體】(球類運動的)後衛

zahareño, ña *a.* 1. 難馴的(鳥) 2.【轉】不易相處的(人)

zaherimiento *m.* 挖苦, 譏刺

zaherir *tr.* 挖苦, 譏刺

zahína *f.*【植】高粱

zahón *m.* (常用 *pl.*)(獵人、農民穿的)套褲

zahorí (*pl.* zahoríes) *m.*【轉】目光敏銳的人

zahúrda *f.* 1. 豬圈 2.【轉】骯髒簡陋的

住所

zaida *f.*【動】養羽鶴

zaino, na *a.* 1. 奸詐的, 虛偽的 2. 狡猾的, 不老實的(馬) ◇ a lo ~ 或 de ~ 斜着眼睛地, 側目地(看)

zalagarda *f.* 1. 陷阱; 騙局 2. (嚇唬人的)喧嚷 3. 爭吵, 吵架

zalamería *f.* 恭維, 奉承, 諂媚

zalamero, ra *a.* 恭維的, 奉承的, 諂媚的

zalea *f.* 羊皮毛

zalear *tr.* 搖晃, 搖動

zalema *f.* 1. 恭敬行禮 2. 恭維, 奉承, 諂媚

zamacuco *m.* 不露聲色的人, 有城府的人

zamarra *f.* 1. 羊皮毛 2. 羊皮毛背心 3. 皮襖

zamarrear *tr.* 1. (狗及野獸等咬住獵物)甩動, 撕咬 2.【轉, 口】推搡着毆打 3.【轉, 口】(爭論等中)壓倒(對手)

zamarreo *m.* 1. (狗及野獸等咬住獵物)甩動 2.【轉, 口】推搡着毆打 3.【轉, 口】(爭論等中)壓倒(對手)

zamarrilla *f.*【植】石蠶

zambo, ba I. *a.* 1. 膝內翻的 2. *Amér.* 黑人和土著人的混血人的 II. *s.* 1. 膝內翻的人 2. *Amér.* 黑人和土著人的混血人 III. *m.*【動】蛛猴

zambomba *f.* 桑巴巴(一種土製樂器)

zambombo *m.* 笨拙的人

zambra *f.* 1. 歡鬧, 喧鬧 2. 吵鬧

zambucar *tr.* 急忙把⋯藏起

zambullida *f.* 1. 潛水 2. (擊劍的)刺

***zambullir** I. *tr.* 把⋯按入水中 II. *r.* 1. 潛入水中 2.【轉, 口】投身於, 埋頭於(某事等)

zampar I. tr. 1. 急忙把…藏起 2. 使陷入 3. 狼吞虎咽地吃 II. r. 1. 掉進, 跌入 2. 闖進, 鑽入 3. 狼吞虎咽

zampatortas (pl. zampatortas) s. 1. 貪吃的人 2.【轉】粗笨的人

zampeado m.【建】格排

zampear tr.【建】用格排加固

zampoña f. 排簫

*zanahoria f. 胡蘿蔔

zanahoriate m. 蜜餞胡蘿蔔

zanca f. 1. 鳥腿 2.【轉】長腿

zancada f. 大步 ◇ en dos ~s 很快地, 一下子

zancadilla f. 1. (用腿使的)絆 2.【轉】(整人的)奸計, 圈套 ◇ echar (或 poner) la (或 una) ~ ①(用腿)使絆②設圈套, 使詭計

zancajo m. 1. 脚後跟 2. (鞋, 襪)的後跟 ◇ no llegarle a uno a los ~s 望塵莫及

zancajoso, sa a. 1. 足外翻的 2. 襪後跟破的

zancarrón m. 1. (去肉的)動物腿骨 2.【轉, 口】乾瘦醜陋的老人

zanco m. 高蹺

zancudo, da I. a. 1. 腿長的(人, 畜) 2.【動】長脚的(禽鳥) II. f. pl.【動】涉禽 III. m. Amér. 蚊子

zandía f. 西瓜

zangamanga f. 詭計, 計謀

zanganada f. 愚蠢言行

zanganear intr. 1. 游手好閑 2. 做蠢事, 説蠢話

*zángano, na I. a. 1. 游手好閑的, 懶的 2. 不識時務的 II. m. 1.【動】雄蜂 2. 游手好閑的人, 懶漢

zangarriana f. 1. 鬱悶, 憂鬱 2. 小病痛 3. (羊等牲畜的)一種水腫病

zangolotear I. tr. 搖動, 搖晃 II. intr. 瞎忙; 亂動 III. r. 鬆動, 活動

zangoloteo m. 1. 搖動, 搖晃 2. 瞎忙; 亂動 3. 鬆動, 活動

zanguango, ga a. 懶惰的(人)

*zanja f. (爲播種、植樹、埋葬而開的)溝, 坑

zanjar tr. 1. 開溝, 挖坑 2.【轉】排解(難題等); 解決(分歧等)

zanquear intr. 1. 彎着腿走 2. 大步走; 疾走

zanquilargo, ga a.【口】腿長的(人)

zapa[1] f. 1. 鯊魚皮 2. 仿鯊魚皮皮革

*zapa[2] f. 1. 工兵鍬 2. (爲作戰而挖的)壕溝, 坑道

*zapador m. 工兵

zapapico m. 丁字鎬, 鶴嘴鎬

*zapar intr. (用鎬、鍬)挖掘(坑道)

zaparrastrar intr. 衣服拖地

zapata f. 1. 半高統靴 2.【建】柱頂, 柱頭

zapatazo m. 1. 鞋的擊打 2. 用力打, 猛擊

zapateado m. 1. 踩脚 2. 踩脚舞, 踢躂舞

zapatear tr. 1. 用鞋擊打 2. 踩脚 3. 虐待

zapateo m. 踩脚

*zapatería f. 1. 鞋廠 2. 鞋店 3. 製鞋業 ◇ ~ de viejo 修鞋舖

*zapatero, ra I. a. 没燒爛的, 咬不動的(菜餚) II. m. 製鞋工人; 修鞋匠

zapateta f. (跳舞時)跳躍拍脚

*zapatilla f. 便鞋

*zapato m. 鞋 ◇ saber donde le aprieta el ~ 知道哪裏難所在

zape interj. 1. (趕貓用語)去 2. (表示驚訝、害怕)哟, 哎呀

zapear tr. 轟趕(貓)

zapote m. 1.【植】人心果樹 2. 人心果

zapotillo m.【植】人心果樹

zaque m. (裝酒、油等的)小皮囊

zaquizamí (pl. zaquizamíes) m. 陋室, 小屋

*zar m. 沙皇

zarabanda f. 1. (古代西班牙的)薩拉班德舞; 薩拉班德舞曲 2.【轉】嘈雜, 喧鬧

zaragata *f.*【口】喧嚷; 吵鬧

zaragatero, ra *a.-s.* 1. 好喧嚷的; 好喧嚷的人 2. 愛吵鬧的; 愛吵鬧的人

zaragatona *f.* 1.【植】亞蔴籽車前 2. 亞蔴籽車前子

zaragüelles *m.pl.* 褲腿肥大的褲子

zaranda *f.* 篩子

zarandar; zarandear *tr.* 1. 過篩 2. 過濾 3.【轉, 口】搖晃 4.【轉, 口】使奔忙, 折騰

zarandeo *m.* 1. 過篩 2. 過濾 3.【轉, 口】搖晃 4.【轉, 口】奔忙, 折騰

zarandillo *m.* 1. 小篩子 2.【轉】不安生的(小孩)

zarapito *m.*【動】杓鷸

zaraza *f.* (滅狗、鼠等的) 毒藥

zarcillo *m.* 1. 耳環, 耳墜 2. (植物的) 捲鬚

zarco, ca *a.* 淺藍的, 淡藍色的

zarigüeya *f.*【動】負鼠

zarina *f.* 女沙皇; 沙皇皇后

*****zarpa** *f.* 1. 起錨 2. (貓、虎等動物的) 爪子 3. (褲腿等上的) 泥點

zarpada *f.* 爪子抓

zarpar *tr.-intr.* 起錨; 起航

zarpazo *m.* 見 zarpada

zarposo, sa *a.* 濺滿泥點的

zarracatería *f.* 恭維, 奉承

zarramplín *m.* 毛手毛腳的人, 笨手笨腳的人

zarrapastroso, sa *a.-s.* 邋遢的, 衣衫襤褸的; 邋遢的人, 衣服破爛的人

zarria *f.* 1. (濺上的) 泥點 2. 破衣服 3. (涼鞋的) 皮鞋帶

zarriento, ta *a.* 濺滿泥點的

zarza *f.*【植】歐洲黑莓

zarzagán *m.* 寒風

zarzal *m.* 歐洲黑莓叢生地

zarzamora *f.* 歐洲黑莓果

zarzaparrilla *f.* 1.【植】菝葜 2. 菝葜飲料

zarzaperruna *f.*【植】犬薔薇

zarzarrosa *f.* 犬薔薇花

zarzo *m.* (柳條、蘆葦等編的) 笆籠

zarzoso, sa *a.* 歐洲黑莓叢生的

*****zarzuela** *f.* 1. 西班牙通俗歌劇 2. 西班牙通俗歌劇劇本 3. 西班牙通俗歌劇音樂

zas *interj.* (象聲詞) 喀嚓, 啪嗒

zascandil *m.* 不穩重的人, 輕浮的人

zebra *f.*【動】斑馬

zeda *f.* 字母 z 的名稱

zeta *f.* 1. 字母 z 的名稱 2. 截塔 (希臘語字母 Ζ, ζ 的名稱)

zigzag (*pl.* zigzags) *m.* 1. 之字形, Z形 2. 曲折, 蜿蜒

zigzaguear *intr.* 1. 成之字形, 成Z形 2. 蜿蜒曲折地行進

*****zinc** (*pl.* cines, zines) *m.*【化】鋅

zipizape *m.*【口】爭吵, 吵鬧

zis, zas *interj.* (象聲詞) 喀嚓喀嚓

zoca *f.* 廣場

zócalo *m.*【建】1. 台基, 座石 2. 一種柱腳 3. 牆裙

zocato, ta *a.-s.* 左撇子的; 左撇子

zoclo *m.* 木屐

zoco¹ *m.* (摩洛哥的) 市場, 集市

zoco, ca² *a.-s.* 左撇子的; 左撇子

zodiacal *a.*【天】黃道的

Zodiaco; Zodíaco *m.*【天】黃道帶

zollipar *intr.* 抽泣, 抽噎

*****zona** *f.* 1. 地區, 區域 2. 領域, 範圍 3.【地】地帶 4.【醫】帶狀疱疹

zonzo, za I. *a.* 1. 笨的, 蠢的 2. 乏味的 II. *s.* 1. 笨人, 傻子 2. 乏味的人

zoo *m.* 動物園

zoófago, ga *a.* 食肉的(動物)

zoófito *m.*【動】植形動物, 植蟲

zoografía *f.* 動物誌

*****zoología** *f.* 動物學

*****zoológico, ca** *a.* 動物學的; 動物的

zoólogo, ga *s.* 動物學家

zootecnia *f.* 家畜飼養學

zopas (*pl.* zopas) *s.*【口】把 s 讀爲 c 的人

zopenco, ca *a.-s.* 蠢笨的; 蠢笨的人

zopilote *m.*【動】一種兀鷲

zoquete *m.* 1. 不規整的大麵包塊 2. 大木塊 3.【轉,口】矮胖的人 4.【轉,口】愚蠢的人

zoquetudo, da *a.* 粗製濫造的

*****zorra** *f.* 1. 牝狐 2.【動】赤狐, 狐狸 3.【轉,口】酒醉

zorrastrón, ona *a.* 狡詐的(人)

zorrera *f.* 狐穴, 狐貍窩

zorrería *f.* 狡猾, 奸詐

*****zorro** *m.* 1. 雄狐 2. 狐皮 3. 狡猾的人 4. *pl.* 撢子 ◇ hecho un ～ 非常睏倦 / hecho unos ～s 精疲力盡

zorruno, na *a.* 狐貍的; 狐貍般的

zorzal *m.* 1.【動】田鶇 2.【轉】狡猾的人

zote *a.-s.* 笨拙的; 笨拙的人

zozobra *f.* 1. (船隻的)遇險 2. 頂風 3. 擔憂, 憂慮

zozobrar *intr.* 1. (船隻)遇險 2. (船隻)沉沒 3.【轉】失敗, 落空 4.【轉】擔憂, 憂慮

zueco *m.* 1. 木屐 2. 軟木底或木底皮鞋

zulaque *m.* (管道的)密封膠泥

zulla *f.*【植】冠狀岩黃芪

zullarse *r.* 1. 大便, 出恭 2. 放屁

zumaque *m.*【植】漆樹

zumaya *f.*【動】1. 灰林鴞 2. 夜鷺

zumba *f.* 1. 響片(玩具) 2. 取笑, 打趣

zumbador, ra I. *a.* 嗡嗡響的 II. *m.* 蜂音器, 電蟬

*****zumbar** I. *intr.* 嗡嗡響 II. *tr.* 1. 打, 揍 2.【轉】取笑, 打趣 ◇ ir zumbando 快步如飛

*****zumbido** *m.* 1. 嗡嗡聲 2. 打, 揍

zumbo *m.* 嗡嗡聲

zumbón, ona *a.-s.* 愛取笑人的; 愛取笑人的人

zumiento, ta *a.* 溢汁的

zumillo *m.*【植】龍木芋

*****zumo** *m.* (花、草、水果等的)汁, 漿液

zumoso, sa *a.* 多汁的, 多漿液的

zunchar *tr.* 箍住, 箍緊

zuncho *m.* 箍, 鐵箍

zunzún *m.* 一種蜂鳥

zupia *f.*【轉】渣滓, 廢物(也用於指人)

zurcido *m.* 1. 織補 2. 織補處

zurcidor, ra I. *a.* 織補的 II. *s.* 織補工

zucir *tr.* 1. 織補 2.【轉,口】編造(謊言)

zurdo, da *a.-s.* 用左手的; 左撇子 ◇ a ～as 用左手 / no ser ～ 機靈, 靈敏

zurear *intr.* (鴿子)咕咕叫

zurito, ta *a.* 野生的(鴿子)

zuro, ra¹ *a.* 野生的(鴿子)

zuro² *m.* 玉米芯

zurra *f.* 1. 鞣皮 2.【轉,口】痛打, 揍

zurrapa *f.* 1. (渣滓、糞便等)污穢, 髒物 2.【轉,口】沒價值的東西

zurrapiento, ta; zurraposo, sa *a.* 污穢的, 骯髒的

zurrar *tr.* 1. 鞣製(皮革) 2.【轉,口】痛打, 揍

zurriaga *f.* 皮鞭

zurriagar *tr.* 鞭打

zurriagazo *m.* 1. 鞭打 2.【轉】意外不幸

zurriago *m.* 皮鞭

zurriar *intr.* 見 zurrir

zurribanda *f.* 1. 痛打, 揍 2. 打架, 鬥毆

zurriburri *m.* 烏合之眾; 雜亂的人羣

zurrido *m.* 1. 雜亂刺耳的響聲 2. 窸窣

zurrir *intr.* 1. 發出雜亂刺耳的響聲 2. 窸窣作響

zurrón *m.* 1. (牧人、獵人用的)大皮囊 2. (植物、果實等的)外皮, 外殼

zurrona *f.* 妓女, 女流氓, 女小偷

zurullo; zurullón *m.* (柔軟物質中的)硬塊, 蠕塊

zutano, na *s.* 某人, 某某

zuzo *interj.* (趕狗用語)去

zuzón *m.*【植】千里光

附　錄

動詞變位表

（一）規則動詞變位表

（二）動詞的正字法變化表

    1. 以 -cer, -cir; -ger, -gir; -guir, -quir 結尾的動詞

    2. 以 -car, -gar, -zar, -guar, -eer 結尾的動詞

    3. 以 -iar, -uar 結尾的動詞

    4. 倒數第二音節的元音為 -ai-, -au-, -en- 的動詞

（三）不規則變位動詞

(一) 規則動詞變位表

第一變位	第二變位	第三變位	
-ar	-er	-ir	
簡　單　式 不　定　式			複　合　式 不　定　式
amar	comer	vivir	haber＋過去分詞
副　動　詞			副　動　詞
amando	comiendo	viviendo	habiendo＋過去分詞
過　去　分　詞			
amado	comido	vivido	
陳述式現在時			陳述式現在完成時
amo amas ama amamos amáis aman	como comes come comemos coméis comen	vivo vives vive vivimos vivís viven	he has ha ⎰amado, hemos ⎱comido, habéis ⎰vivido han
陳述式過去未完成時			陳述式過去完成時
amaba amabas amaba amábamos amabais amaban	comía comías comía comíamos comíais comían	vivía vivías vivía vivíamos vivíais vivían	había habías había ⎰amado, habíamos ⎱comido, habíais ⎰vivido habían
陳述式簡單過去時			陳述式先過去時
amé amaste	comí comiste	viví viviste	hube hubiste

amó	comió	vivió	hubo	amado,
amamos	comimos	vivimos	hubimos	comido,
amasteis	comisteis	vivisteis	hubisteis	vivido
amaron	comieron	vivieron	hubieron	

陳述式將來未完成時			陳述式將來完成時	
amaré	comeré	viviré	habré	
amarás	comerás	vivirás	habrás	
amará	comerá	vivirá	habrá	amado,
amaremos	comeremos	viviremos	habremos	comido,
amaréis	comeréis	viviréis	habréis	vivido
amarán	comerán	vivirán	habrán	

簡單可能式			複合可能式	
amaría	comería	viviría	habría	
amarías	comerías	vivirías	habrías	
amaría	comería	viviría	habría	amado,
amaríamos	comeríamos	viviríamos	habríamos	comido,
amaríais	comeríais	viviríais	habríais	vivido
amarían	comerían	vivirían	habrían	

命 令 式		
—	—	—
ama	come	vive
ame	coma	viva
amemos	comamos	vivamos
amad	comed	vivid
amen	coman	vivan

虛擬式現在時			虛擬式現在完成時	
ame	coma	viva	haya	
ames	comas	vivas	hayas	
ame	coma	viva	haya	amado,
amemos	comamos	vivamos	hayamos	comido,
améis	comáis	viváis	hayáis	vivido
amen	coman	vivan	hayan	

虛擬式過去未完成時			虛擬式過去完成時	
amara	comiera	viviera	hubiera	
amaras	comieras	vivieras	hubieras	
amara	comiera	viviera	hubiera	amado,
amáramos	comiéramos	viviéramos	hubiéramos	comido,
amarais	comierais	vivierais	hubierais	vivido
amaran	comieran	vivieran	hubieran	
amase	comiese	viviese	hubiese	
amases	comieses	vivieses	hubieses	
amase	comiese	viviese	hubiese	amado,
amásemos	comiésemos	viviésemos	hubiésemos	comido,
amaseis	comieseis	vivieseis	hubieseis	vivido
amasen	comiesen	viviesen	hubiesen	
虛擬式將來未完成時			**虛擬式將來完成時**	
amare	comiere	viviere	hubiere	
amares	comieres	vivieres	hubieres	
amare	comiere	viviere	hubiere	amado,
amáremos	comiéremos	viviéremos	hubiéremos	comido,
amareis	comiereis	viviereis	hubiereis	vivido
amaren	comieren	vivieren	hubieren	

(二)動詞的正字法變化表

1. 以 -cer, -cir; -ger, -gir; -guir, -quir 結尾的動詞

	陳述式現在時	虛擬式現在時	命令式
vencer	venzo	venza	—
	vences	venzas	vence
副動詞	vence	venza	venza
venciendo	vencemos	venzamos	venzamos
過去分詞	vencéis	venzáis	venced
vencido	vencen	venzan	venzan

zurcir	zurzo	zurza	—
	zurces	zurzas	zurce
副動詞	zurce	zurza	zurza
zurciendo	zurcimos	zurzamos	zurzamos
過去分詞	zurcís	zurzáis	zurcid
zurcido	zurcen	zurzan	zurzan
coger	cojo	coja	—
	coges	cojas	coge
副動詞	coge	coja	coja
cogiendo	cogemos	cojamos	cojamos
過去分詞	cogéis	cojáis	coged
cogido	cogen	cojan	cojan
exigir	exijo	exija	—
	exiges	exijas	exige
副動詞	exige	exija	exija
exigiendo	exigimos	exijamos	exijamos
過去分詞	exigís	exijáis	exigid
exigido	exigen	exijan	exijan
extinguir	extingo	extinga	—
	extingues	extingas	extingue
副動詞	extingue	extinga	extinga
extinguiendo	extinguimos	extingamos	extingamos
過去分詞	extinguís	extingáis	extinguid
extinguido	extinguen	extingan	extingan
delinquir	delinco	delinca	—
	delinques	delincas	delinque
副動詞	delinque	delinca	delinca
delinquiendo	delinquimos	delincamos	delincamos
過去分詞	delinquís	delincáis	delinquid
delinquido	delinquen	delincan	delincan

2.以 **-car, -gar, -zar, -guar, -eer** 結尾的動詞

	陳述式簡單過去時	虛擬式現在時	命令式
sacar	saqué	saque	—
	sacaste	saques	saca
副動詞	sacó	saque	saque
sacando	sacamos	saquemos	saquemos
過去分詞	sacasteis	saquéis	sacad
sacado	sacaron	saquen	saquen
pagar	pagué	pague	—
	pagaste	pagues	paga
副動詞	pagó	pague	pague
pagando	pagamos	paguemos	paguemos
過去分詞	pagasteis	paguéis	pagad
pagado	pagaron	paguen	paguen
alzar	alcé	alce	—
	alzaste	alces	alza
副動詞	alzó	alce	alce
alzando	alzamos	alcemos	alcemos
過去分詞	alzasteis	alcéis	alzad
alzado	alzaron	alcen	alcen
menguar	mengüé	mengüe	—
	menguaste	mengües	mengua
副動詞	menguó	mengüe	mengüe
menguando	menguamos	mengüemos	mengüemos
過去分詞	manguasteis	mengüéis	menguad
menguado	menguaron	mengüen	mengüen

	陳述式簡單過去時	虛擬式過去未完成時		虛擬式將來未完成時
leer	leí	leyera	leyese	leyere
	leíste	leyeras	leyeses	leyeres
副動詞	leyó	leyera	leyese	leyere
leyendo	leímos	leyéramos	leyésemos	leyéremos
過去分詞	leísteis	leyerais	leyeseis	leyereis
leído	leyeron	leyeran	leyesen	leyeren

3. 以 **-iar, -uar** 結尾的動詞

	陳述式現在時	虛擬式現在時	命令式
cambiar	cambio	cambie	—
	cambias	cambies	cambia
副動詞	cambia	cambie	cambie
cambiando	cambiamos	cambiemos	cambiemos
過去分詞	cambiáis	cambiéis	cambiad
cambiado	cambian	cambien	cambien
enviar	envío	envíe	—
	envías	envíes	envía
副動詞	envía	envíe	envíe
enviando	enviamos	enviemos	enviemos
過去分詞	enviáis	enviéis	enviad
enviado	envían	envíen	envíen
auxiliar	auxilio	auxilie	—
	auxilias	auxilies	auxilia
副動詞	auxilia	auxilie	auxilie
auxiliando	auxiliamos	auxiliemos	auxiliemos
過去分詞	auxiliáis	auxiliéis	auxiliad
auxiliado	auxilian	auxilien	auxilien
	auxilío	auxilíe	—
	auxilías	auxilíes	auxilía
	auxilía	auxilíe	auxilíe
	auxiliamos	auxiliemos	auxiliemos
	auxiliáis	auxiliéis	auxiliad
	auxilían	auxilíen	auxilíen
adecuar	adecuo	adecue	—
	adecuas	adecues	adecua
副動詞	adecua	adecue	adecue
adecuando	adecuamos	adecuemos	adecuemos
過去分詞	adecuáis	adecuéis	adecuad
adecuado	adecuan	adecuen	adecuen

actuar	actúo	actúe	—
	actúas	actúes	actúa
副動詞	actúa	actúe	actúe
actuando	actuamos	actuemos	actuemos
過去分詞	actuáis	actuéis	actuad
actuado	actúan	actúen	actúen

4. 倒數第二音節的元音爲 -ai-, -au-, -eu- 的動詞

	陳述式現在時	虛擬式現在時	命令式
airar	aíro	aíre	—
	aíras	aíres	aíra
副動詞	aíra	aíre	aíre
airando	airamos	airemos	airemos
過去分詞	airáis	airéis	airad
airado	aíran	aíren	aíren
aullar	aúllo	aúlle	—
	aúllas	aúlles	aúlla
副動詞	aúlla	aúlle	aúlle
aullando	aullamos	aullemos	aullemos
過去分詞	aulláis	aulléis	aullad
aullado	aúllan	aúllen	aúllen
reunir	reúno	reúna	—
	reúnes	reúnas	reúne
副動詞	reúne	reúna	reúna
reuniendo	reunimos	reunamos	reunamos
過去分詞	reunís	reunáis	reunid
reunido	reúnen	reúnan	reúnan

(三) 不規則變位動詞

時態略語表

現	陳述式現在時	虛現	虛擬式現在時
過	陳述式過去未完成時	虛過	虛擬式過去未完成時
簡	陳述式簡單過去時	虛將	虛擬式將來未完成時
將	陳述式將來未完成時 。	副	副動詞
可	簡單可能式	分	過去分詞
命	命令式		

A

abastecer → parecer

abnegarse → comenzar

abolir (只用詞尾帶字母i的時態和人稱)
現 abolimos, abolís; 過 abolía, abolías,
etc.; 簡 abolí, aboliste, abolió, etc.; 將
aboliré, abolirás, etc.; 可 aboliría, abo-
lirías, etc; 命 abolid; 虛過 aboliera,
etc. 或 aboliese, etc.; 虛將 aboliere,
etc.; 副 aboliendo; 分 abolido

aborrecer → parecer

absolver → volver

abstenerse → tener

abstraer → traer

acaecer → parecer

acertar → comenzar

acollar → contar

acontecer → parecer

acordar → contar

acostar → contar

acrecentar → comenzar

acrecer → nacer

adherir → sentir

adolecer → parecer

adormecer → parecer

adquirir 現 adquiero, adquieres, etc.; 虛
現 adquiera, adquiramos, adquiráis,
etc.; 命 adquiere, adquiera, adquirás,
etc.; 虛過 adquisiera, etc. 或 adquisiese, etc.

aducir 現 aduzco, aduces, aducís, etc.;
簡 adujimos, adujisteis, etc.; 命 aduce,
aduzca, aducid, etc.; 虛現 aduzca,
aduzcas, aduzcáis, etc.; 虛過 adujera, etc. 或
adujese, etc.; 虛將 adujere, etc.; 副
aduciendo; 分 aducido

advenir → venir

advertir → sentir

aferrar → cerrar

afluir → huir

aforar → agorar

agorar → contar (當 o 變爲 ue 時應爲 üe)

agradecer → parecer

agredir → abolir

aguerrir → abolir

alentar → comenzar

aliquebrar → comenzar

almorzar → contar

amanecer → parecer

amarillecer → parecer

amolar → contar

amortecer → parecer

amover → mover

andar 簡 anduve, anduviste, anduvo,
anduvimos, anduvisteis, anduvieron;
虛過 anduviera, etc.; 虛將 anduviere,
etc.

anochecer → parecer

antedecir → decir
anteponer → poner
apacentar → comenzar
aparecer → parecer
apetecer → parecer
apostar → contar（"駐紮" 和 "埋伏" 兩義爲規則變位）
apretar → comenzar
aprobar → contar
arborecer → parecer
argüir → huir
arrecir → abolir
arrendar → comenzar
arrepentirse → sentir
ascender → hender
asentar → comenzar
asentir → sentir
aserrar → comenzar
asir 現 asgo, ases, asimos, asís, etc.; 命 ase, asga, asgamos, asid, etc.; 虛現

asga, asgas, asgáis, etc.
asolar → contar
astreñir → teñir
astriñir → gruñir
atañer → tañer
atender → hender
atenerse → tener
aterirse → abolir
aterrar → comenzar（"使恐怖" 和 "凌辱" 兩義爲規則變位）
atestar → comenzar（"證實" 一義爲規則變位）
atraer → traer
atravesar → confesar
atribuir → huir
atronar → contar
avenir → venir
aventar → comenzar
avergonzar → contar
azolar → contar

B

balbucir → abolir
beldar → comenzar
bendecir → decir
bienquerer → querer

blandir → abolir
blanquecer → parecer
bruñir → mullir
bullir → mullir

C

caber 現 quepo, cabes, cabe, cabéis, etc.; 簡 cupe, cupiste, cupo, cupieron; 將 cabré, cabrás, cabréis, etc.; 可 cabría, cabrías, etc.; 命 cabe, quepa, quepamos, etc.; 虛現 quepa, quepas, quepáis, etc.; 虛過 cupiera, etc. 或 cupiese, etc.; 虛將 cupiere, etc.
caer 現 caigo; 虛現 caiga, caigas, caiga, caigamos, caigáis, caigan
calentar → comenzar
carecer → parecer
cegar → comenzar
ceñir → teñir

cerner → hender
cernir → discernir
cerrar → comenzar
cimentar → comenzar
circuir → huir
circunferir → sentir
clarecer → parecer
coadquirir → adquirir
cocer 現 cuezo, cueces, cuece, etc.; 虛現 cueza, cuezas, cueza, etc.; 命 cuece, cueza, cozamos, etc.
colar → contar
colegir → pedir

colgar → contar

colorir → abolir

comedirse → pedir

comenzar 現 comienzo, comienzas, comienza, comenzamos, etc.; 虛現 comience, comencemos, etc.; 命 comienza, comience, comencemos, etc.

compadecer → conocer

comparecer → parecer

competir → pedir

complacer → parecer

componer → poner

comprobar → contar

concebir → pedir

concernir 現 concierne, conciernen; 虛現 concierna, conciernan; 命 concierna, conciernan; 副 concerniendo

concertar → comenzar

concluir → huir

concordar → contar

condescender → hender

condolerse → volver

conducir → aducir

conferir → sentir

confesar → comenzar

confluir → huir

conmover → mover

conocer 現 conozco, etc.; 命 conoce, conozca, conozcamos, conozcan; 虛現 conozca, conozcas, etc.

conseguir → pedir

consentir → sentir

consolar → contar

constituir → huir

constreñir → teñir

construir → huir

contar 現 cuento, cuentas, cuenta, contamos, contáis, cuentan; 虛現 cuente, cuentes, cuente, contemos, etc.

contender → hender

contener → tener

contradecir → decir

contraer → traer

contrahacer → hacer

contraponer → poner

contravenir → venir

contribuir → huir

controvertir → sentir

convalecer → parecer

convenir → venir

convertir → sentir

corregir → regir

corroer → roer

costar → contar

crecer → parecer

creer 簡 creyó, creyeron; 虛過 creyera, creyeras, etc. 或 creyese, creyeses, etc. 虛將 creyere, creyeres, etc.; 副 creyendo

D

dar 現 doy, das, dais, etc.; 簡 di, diste, dio, disteis, etc.; 虛過 diera, etc. 或 diese, etc.; 虛將 diere, dieres, etc.

decaer → caer

decentar → comenzar

decir 現 digo, dices, dice, decimos, decís, dicen; 簡 dije, dijiste, dijo, etc.; 將 diré, dirás, diréis, etc.; 虛現 diga, digas, digáis, etc.; 虛過 dijera, etc. 或 dijese, etc.; 虛將 dijere, etc.; 可 diría, dirías, etc.; 命 di, diga, digamos, decid, etc.; 副 diciendo; 分 dicho

decrecer → parecer

deducir → aducir

defender → hender

deferir → sentir

degollar → contar

demoler → volver

demostrar → contar

denegar → comenzar

denostar → contar

dentar → comenzar

deponer → poner

derretir → pedir

derruir → huir

desacertar → comenzar

desacordar → contar

desadormecer → parecer

desaferrar → cerrar

desaforar → contar

desagradecer → parecer

desalentar → comenzar

desandar → andar

desaparecer → parecer

desapretar → comenzar

desaprobar → contar

desarrendar → comenzar

desasir → asir

desasosegar → comenzar

desatender → hender

dasavenir → venir

desbravecer → parecer

descaecer → parecer

descender → hender

descolgar → contar

descolorir → abolir

descollar → contar

descomedirse → pedir

descomponer → poner

desconcertar → comenzar

desconocer → conocer

desconsolar → contar

descontar → contar

desconvenir → venir

descordar → contar

descornar → contar

desdecir → decir

desdentar → comenzar

desembravecer → parecer

desempedrar → comenzar

desenfurecer → parecer

desenmohecer → parecer

desenmudecer → parecer

desentenderse → hender

desenterrar → comenzar

desentorpecer → parecer

desenvolver → volver

desfallecer → parecer

desfavorecer → parecer

desgobernar → comenzar

desguarnecer → parecer

deshacer → hacer

deshelar → comenzar

desherbar → comenzar

desherrar → comenzar

deshumedecer → parecer

desleír → reír

deslucir → lucir

desmedirse → pedir

desmembrar → comenzar

desmentir → sentir

desmerecer → parecer

desobedecer → parecer

desobstruir → huir

desoír → oír

desolar → contar

desollar → contar

desosar 現 deshueso, deshuesas, deshuesa, etc.; 命 deshuesa, deshuese, etc.; 虛現 deshuese, deshueses, etc.

despavorirse → abolir

despedir → pedir

desperecer → parecer

despernar → comenzar

despertar → comenzar

desplacer → placer

desplegar → comenzar

despoblar → contar

desteñir → teñir

desterrar → comenzar

destituir → huir

destorcer → torcer

destrocar → contar

destruir → huir

desvanecer → parecer

desvergonzarse → contar

desvestir → pedir

detener → tener

detraer → traer

devenir → venir

devolver → volver

diferir → sentir

difluir → huir

digerir → sentir

diluir → huir

discernir 現 discierno, disciernes, discierne, discernimos, discernís, disciernen; 虛現 discierna, disciernas, discernamos, etc.; 命 discierne, discierna, discernid, etc.

disconvenir → venir

discordar → contar

disentir → sentir

disminuir → huir

disolver → volver

disonar → contar

displacer → nacer

disponer → poner

distender → hender

distraer → traer

distribuir → huir

divertir → sentir

dolar → contar

doler → volver

dormir 現 duermo, duermes, duerme, dormís, etc.; 簡 dormí, dormiste, durmió, durmieron; 命 duerme, duerma, durmamos, dormid, etc.; 虛現 duerma, etc.; 虛過 durmiera, etc. 或 durmiese, etc.; 虛將 durmiere, etc.; 副 durmiendo

E

eflorecerse → parecer

elegir → pedir

embastecer → parecer

embebecer → parecer

embravecer → parecer

embrutecer → parecer

emparentar → comenzar

empecer → parecer

empedernir → abolir

empedrar → comenzar

empequeñecer → parecer

empezar → comenzar

emplastecer → parecer

emplumecer → parecer

empobrecer → parecer

enaltecer → parecer

enardecer → parecer

encalvecer → parecer

encallecer → parecer

encandecer → parecer

encanecer → parecer

encarecer → parecer

encarnecer → parecer

encender → hender

encerrar → comenzar

enclocar → contar

encloquecer → parecer

encomendar → comenzar

encontrar → contar

encordar → contar

encrudecer → parecer

endentar → comenzar

endurecer → parecer

enflaquecer → parecer

enfurecer → parecer

engrandecer → parecer

engreír → reír

engrosar → contar

engrumecerse → parecer

engullir → mullir

enhestar → comenzar

enlobreguecer → parecer

enloquecer → parecer

enlucir → lucir

enmarillecerse → parecer
enmelar → comenzar
enmendar → comenzar
enmohecer → parecer
enmollecer → parecer
enmudecer → parecer
ennegrecer → parecer
ennoblecer → parecer
enorgullecer → parecer
enrarecer → parecer
enriquecer → parecer
enrojecer → parecer
enronquecer → parecer
ensandecer → parecer
ensangrentar → comenzar
ensoberbecer → parecer
ensordecer → parecer
entallecer → parecer
entender → hender
entenebrecer → parecer
enternecer → parecer
enterrar → comenzar
entontecer → parecer
entorpecer → parecer
entrecerrar → comenzar
entrelucir → lucir
entreoír → oír
entretener → tener
entrever → ver
entristecer → parecer
entullecer → parecer
entumecer → parecer
envanecer → parecer
envejecer → parecer
enverdecer → parecer

envilecer → parecer
envolver → volver
equivaler → valer
erguir 現 irgo, irgues, irgue, erguimos, erguís, irguen 或 yergo, yergues, yergue, yerguen; 簡 erguí, erguiste, irguió, erguimos, erguisteis, irguieron; 命 irgue, irga, irgamos, etc. 或 yergue, yerga; 虛現 irga, irgas, irga, irgamos 或 yerga, yergas, yerga, etc.; 虛 過 irguiera, etc. 或 irguiese, etc.; 虛 將 irguiere, etc.; 副 irguiendo
errar 現 yerro, yerras, yerra, etc.; 虛現 yerre, yerres, etc.; 命 yerra, yerre, erremos, etc.
escabullirse → mullir
escarmentar → comenzar
escarnecer → parecer
esclarecer → parecer
escocer → parecer
establecer → parecer
estar 現estoy, estás, etc.; 簡estuve, estuviste, estuvo, estuvimos, etc.; 命 está, esté, etc.; 虛現 esté, estés, etc.; 虛過 estuviera, etc. 或estuviese, etc.;虛將 estuviere, etc.
estatuir → huir
estregar → comenzar
estremecer → parecer
estreñir → teñir
excluir → huir
expedir → pedir
exponer → poner
extender → hender
extraer → traer

F

fallecer → parecer
favorecer → parecer
fenecer → parecer
florecer → parecer
fluir → huir

fortalecer → parecer
forzar → contar
fosforecer → parecer
fregar → comenzar
freír → reír

G

gañir → tañer

garantir → abolir

gemir → pedir

gobernar → comenzar

gruñir 簡 gruñí, gruñiste, gruñó, etc.; 虛 過 gruñera, etc. 或 gruñese, etc.; 虛 將 gruñere, etc.; 副 gruñendo

guarecer → parecer

guarnecer → parecer

H

haber 現 he, has, ha, hemos, habéis, han; 簡 hube, hubiste, hubo, hubimos, hubisteis, hubieron; 將 habré, habrás, etc.; 命 he, haya, hayamos, habed, etc.; 可 habría, habrías, etc.; 虛 現 haya, hayas, etc.; 虛 過 hubiera, etc. 或 hubiere, etc.; 虛 將 hubiere, etc.; 副 habiendo; 分 habido (當作爲無人稱動詞時，陳述式現在時爲 hay)

hacendar → comenzar

hacer 現 hago, haces, hace, etc.; 簡 hice, hiciste, hizo, etc.; 將 haré, harás, hará, haremos, etc.; 命 haz, haga, hagamos, etc.; 可 haría, harías, etc.; 虛 現 haga, hagas, etc.; 虛 過 hiciera, etc. 或 hiciese, etc.; 虛 將 hiciere, etc.; 副 haciendo; 分 hecho

heder → hender

helar → comenzar

henchir 現 hincho, hinches, hinche, henchimos, henchís, etc.; 簡 henchí, henchiste, hinchió, etc.; 命 hinche, hincha, henchid, etc.; 虛 現 hincha, hinchas, etc.; 虛 過 hinchiera, etc. 或 hinchiese, etc.; 虛 將 hinchiere, etc.; 副 hinchiendo

hender 現 hiendo, hiendes, hiende, hendemos, hendéis, hienden; 命 hiende, hienda, hendamos, etc.; 虛 現 hienda, hiendas, etc.

hendir → sentir

herbar → comenzar

herbecer → parecer

herir → sentir

herrar → comenzar

hervir → sentir

holgar → contar

hollar → contar

huir 現 huyo, huyes, huye, huimos, huís, huyen; 簡 huí, huíste, huyó, etc.; 命 huye, huya, huid, etc.; 虛 現 huya, huyas, huya, etc.

humedecer → parecer

I

imbuir → huir

impedir → pedir

imponer → poner

incensar → comenzar

incluir → huir

indisponer → poner

inducir → aducir

inferir → sentir

influir → huir

ingerir → sentir

inhestar → comenzar

injerir → sentir

inquirir → adquirir

instituir → huir

instruir → huir
interferir → sentir
interponer → poner
intervenir → venir
introducir → aducir
intuir → huir
invernar → comenzar
invertir → sentir

investir → pedir
ir 現voy, vas, va, vamos, vais, van; 簡fui, fuiste, fue, etc.; 過iba, ibas, etc.; 命ve, vaya, vayamos, id, vayan; 虛現vaya, vayas, etc.; 虛過 fuera, etc. 或 fuese, etc.; 虛將 fuere, fueres, fuere, fuéremos, etc.; 副yendo; 分ido

J

jugar → contar

L

languidecer → parecer
licuefacer → hacer
lividecer → parecer
lobreguecer → parecer

lucir 現 luzco, luces, luce, etc.; 命 luce, luzca, luzcamos, lucid, etc.; 虛現 luzca, luzcas, etc.

LL

llover → volver

M

maldecir → decir
malherir → sentir
malquerer → querer
maltraer → traer
mancornar → contar
manifestar → comenzar
manir → abolir
mantener → tener
medir → pedir
melar → comenzar
mentar → comenzar
mentir → sentir
merecer → parecer

merendar → comenzar
mohecer → parecer
moler → volver
morder → mover
morir → dormir
mostrar → contar
mover 現muevo, mueves, mueve, movemos, movéis, mueven; 虛現 mueva, muevas, etc.; 命mueve, mueva, movamos, etc.; 副moviendo; 分movido
mullir 簡mullí, mulliste, mulló, etc.; 虛過mullera, etc. 或 mullese, etc.; 虛將mullere, mulleres, etc.; 副mullendo

N

nacer 現 nazco, naces, nace, etc.; 虛現 nazca, nazcas, etc.; 命 nace, nazcamos, etc.

negar → comenzar
negrecer → parecer
nevar → comenzar

O

obedecer → parecer
obstruir → huir
obtener → tener
ocluir → huir
ofrecer → parecer
oir 現 oigo, oyes, oye, oímos, oís, oyen; 虛現 oiga, oigas, etc.; 簡 oí, oíste, oyó, etc.; 命 oye, oiga, etc.; 副 oyendo

oler 現 huelo, hueles, huele, olemos, oléis, huelen; 命 huele, huela, olamos, oled, huelen; 虛現 huela, huelas, etc.

oponer → poner
oscurecer → parecer

P

pacer → nacer
padecer → parecer
palidecer → parecer
parecer 現 parezco, pareces, etc.; 命 parece, parezca, etc.; 虛現 parezca, parezcas, etc.

pedir 現 pido, pides, pide, pedimos, pedís, piden; 簡 pedí, pediste, pidió, etc.; 命 pide, pida, pidamos, etc.; 虛現 pida, pidas, etc.; 虛過 pidiera, etc. 或 pidiese, etc.; 虛將 pidiere, etc.; 副 pidiendo

pensar → comenzar
perder → hender
perecer → parecer
permanecer → parecer
perniquebrar → comenzar
perquirir → adquirir
perseguir → pedir
pertenecer → parecer
pervertir → sentir
pimpollecer → parecer
placer 現 plazco, places, place, etc.; 簡 plací, placiste, plació 或 plugo, placimos, placisteis, etc.; 命 place, plazca, placed, etc.; 虛現 plazca, plazcas, plazca 或 plegue 或 plega, etc.; 虛過 placiera 或 placiese 或 pluguiera 或 pluguiese, etc.; 虛將 placiere, placieres, placiere 或 pluguiere, etc.

plañir → mullir
plastecer → parecer
plegar → comenzar
poblar → contar
poder 現 puedo, puedes, puede, podemos, podéis, pueden; 簡 pude, pudiste, pudo, etc.; 將 podré, podrás, podrá, etc.; 可 podría, podrías, etc.; 命 puede, pueda, podamos, etc.; 虛現 pueda, puedas, pueda, etc.; 虛過 pudiera, etc. 或 pudiese, etc.; 虛將 pudiere, etc.; 副 pudiendo

poner 現 pongo, pones, pone, etc.; 簡 puse, pusiste, puso, etc.; 將 pondré, pondrás, etc.; 可 pondría, pondrías. etc.; 命 pon, ponga, pongamos, etc.; 虛現 ponga, pongas, etc.; 虛過 pusiera, etc. 或 pusiese, etc.; 虛將 pusiere, etc.;

副 poniendo; 分 puesto
posponer → poner
predecir → decir
predisponer → poner
preferir → sentir
presuponer → poner
preterir → sentir
prevalecer → parecer
prevaler → valer
prevenir → venir

prever → ver
probar → contar
producir → aducir
proferir → sentir
promover → mover
proponer → poner
proseguir → pedir
prostituir → huir
provenir → venir

Q

quebrar → comenzar
querer 現 quiero, quieres, quiere, queremos, queréis, quieren; 簡 quise, quisiste, quiso, etc.; 將 querré, querrás, querrá, etc.; 命 quiere, quiera, etc.; 可 querría, querrías, etc.; 虛現 quiera, quieras, etc.; 虛過 quisiera, etc. 或 quisiese, etc.; 虛將 quisiere, etc.

R

raer 現 raigo 或 rayo, raes, etc.; 命 rae, raiga 或 raya, raigamos 或 rayamos, etc.; 虛現 raiga 或 raya, raigas 或 rayas, etc.
rarefacer → hacer
reaparecer → parecer
reargüir → huir
reblandecer → parecer
rebullir → mullir
recaer → caer
recalentar → comenzar
recentar → comenzar
recluir → huir
recocer → cocer
recolar → contar
recomendar → comenzar
recomponer → poner
reconducir → aducir
reconocer → conocer
reconstituir → huir
reconstruir → huir
recontar → contar
reconvalecer → parecer
reconvenir → venir

reconvertir → sentir
recordar → contar
recostar → contar
recrecer → parecer
recrudecer → parecer
redargüir → huir
reducir → aducir
reelegir → pedir
reexpedir → pedir
referir → sentir
reflorecer → parecer
refluir → huir
reforzar → contar
refregar → comenzar
refreir → reir
regar → comenzar
regimentar → comenzar
regir → pedir
reguarnecer → parecer
rehacer → hacer
rehenchir → henchir
rehervir → sentir
rehuir → huir

rehumedecer → parecer

reír 現 río, ríes, ríe, reímos, reís, ríen; 簡 reí, reíste, rió, etc.; 命 ríe, ría, etc.; 虛現 ría, rías, ría, riamos, etc.; 虛過 riera, etc.或riese, etc.; 虛將 riere, etc.; 副 riendo

rejuvenecer → parecer

relucir → lucir

remedir → pedir

remendar → comenzar

remoler → volver

remorder → mover

remover → mover

remullir → mullir

renacer → nacer

rendir → pedir

renegar → comenzar

renovar → contar

reñir → teñir

repetir → pedir

replegar → comenzar

repoblar → contar

reponer → poner

reprobar → contar

reproducir → aducir

requebrar → comenzar

requerir → sentir

resembrar → comenzar

resentirse → sentir

resolver → volver

resollar → contar

resplandecer → parecer

restablecer → parecer

restituir → huir

restregar → comenzar

restriñir → teñir

retemblar → comenzar

retener → tener

retoñecer → parecer

retorcer → torcer

retostar → contar

retraducir → aducir

retraer → traer

retribuir → huir

retrotraer → traer

revejecer → parecer

reventar → comenzar

reverdecer → parecer

revertir → sentir

revestir → pedir

revolcar → contar

revolver → volver

robustecer → parecer

rodar → contar

roer 現 roo 或 roigo 或 royo, etc.; 命 roe, roa 或 roiga 或 roya, etc.; 虛現 roa, roas, etc. 或 roiga, roigas, etc. 或 roya, royas, etc.; 副 royendo

rogar → contar

S

saber 現 sé, sabes, sabe, etc.; 簡 supe, supiste, supo, etc.; 將 sabré, sabrás, sabrá, etc.; 命 sabe, sepa, sepamos, etc.; 可 sabría, sabrías, etc.; 虛現 sepa, sepas, etc.; 虛過 supiera, etc. 或 supiese, etc.; 虛將 supiere, etc.; 副 sabiendo; 分 sabido

salir 現 salgo, sales, etc.; 將 saldré, saldrás, saldrá, etc.; 命 sal, salga, salgamos, etc.; 可 saldría, saldrías, etc.; 虛 現 salga, salgas, etc.; 副 saliendo; 分 salido

salpimentar → comenzar

salpullir → mullir

sarmentar → comenzar

sarpullir → mullir

satisfacer 現 satisfago, satisfaces, etc.; 簡 satisfice, satisficiste, satisfizo, etc.; 將 satisfaré, satisfarás, satisfará, etc.; 命 satisfaz 或 satisface, satisfaga, satisfagamos, etc.; 可 satisfaría, satisfarías, etc.; 虛過 satisfaga, satisfagas, etc.; 虛過 satisficiera, etc. 或 satisficiese, etc.; 虛將 satisficiere, etc.; 分 satisfecho

seducir → aducir

segar → comenzar

seguir → pedir

sembrar → comenzar

sentar → comenzar

sentir 現 siento, sientes, siente, sentimos, sentís, sienten; 簡 sentí, sentiste, sintió, sentimos, sentisteis, sintieron; 命 siente, sienta, sintamos, etc.; 虛現 sienta, sientas, etc.; 虛過 sintiera, etc. 或 sintiese, etc.; 虛將 sintiere, etc.; 副 sintiendo

ser 現 soy, eres, es, somos, sois, son; 簡 fui, fuiste, fue, etc.; 過 era, eras, etc.; 命 sé, sea, etc.; 虛現 sea, seas, etc.; 虛過 fuera, etc. 或 fuese, etc.; 虛將 fuere, etc.; 副 siendo; 分 sido

serrar → comenzar

servir → pedir

sobreentender → querer

sobreponer → poner

sobresalir → salir

sobresembrar → comenzar

sobrevenir → venir

sofreír → reír

solar → contar

soldar → contar

soler → mover

soltar → contar

sonar → contar

soñar → contar

sosegar → comenzar

sostener → tener

soterrar → comenzar

subarrendar → comenzar

subseguirse → pedir

subvenir → venir

sugerir → sentir

superponer → poner

suponer → poner

sustituir → huir

sustraer → traer

T

tañer 簡 tañí, tañiste, tañó, etc.; 虛過 tañera, etc. 或 tañese, etc.; 虛將 tañere, etc.; 副 tañendo; 分 tañido

temblar → comenzar

tender → hender

tener 現 tengo, tienes, tiene, tenemos, tenéis, etc. 簡 tuve, tuviste, tuvo, etc.; 將 tendré, tendrás, etc.; 命 ten, tenga, tengamos, etc.; 可 tendría, tendrías, etc.; 虛現 tenga, tengas, etc.; 虛過 tuviera, etc. 或 tuviese, etc.; 虛將 tuviere, etc.; 副 teniendo; 分 tenido

tentar → comenzar

teñir 現 tiño, tiñes, tiñe, teñimos, teñís, tiñen; 簡 teñí, teñiste, tiñó, etc.; 命 tiñe, tiña, etc.; 虛現 tiña, tiñas, etc.; 虛過 tiñera, etc. 或 tiñese, etc.; 虛將 tiñere, etc.; 副 tiñendo; 分 teñido 或 tinto

torcer 現 tuerzo, tuerces, etc.; 命 tuerce, tuerza, etc.; 虛現 tuerza, tuerzas, etc.; 副 torciendo; 分 torcido 或 tuerto

tostar → contar

traducir → aducir

traer 現 traigo, traes, trae, etc.; 簡 traje, trajiste, trajo, etc.; 命 trae, traiga, traigamos, etc.; 虛現 traiga, traigas, etc.; 虛過 trajera, etc. 或 trajese, etc.; 虛將 trajere, etc.; 副 trayendo; 分 traído

transferir → sentir

transgredir → abolir

transponer → poner

trascender → hender

trascolar → contar

trasegar → comenzar

traslucirse → lucir
trasoñar → soñar
trastocar → contar
trastrocar → contar
trasverter → hender
travestir → pedir

trocar → contar
tronar → contar
tropezar → comenzar
tullecer → parecer
tullir → mullir

V

valer 現 valgo, vales, vale, etc.; 將 valdré, valdrás, valdrá, etc.; 命 vale, valga, valgamos, valed; 可 valdría, valdrías, etc.; 虛現 valga, valgas, etc.; 副 valiendo; 分 valido

venir 現 vengo, vienes, viene, venimos, venís, vienen; 簡 vine, viniste, vino, etc.; 將 vendré, vendrás, etc.; 命 ven, venga, vengamos, etc.; 可 vendría, vendrías, etc.; 虛現 venga, vengas, etc.; 虛過 viniera, etc. 或 viniese, etc.; 虛將 viniere, etc.; 副 viniendo; 分 venido

ver 現 veo, ves, ve, etc.; 過 veía, veías, etc.; 命 ve, vea, etc.; 虛現 vea, veas, etc.; 副 viendo; 分 visto
verdecer → parecer
verter → hender
vestir → pedir
volar → contar
volcar → contar
volver 現 vuelvo, vuelves, vuelve, etc.; 簡 volví, volviste, etc.; 命 vuelve, vuelva, etc.; 虛現 vuelva, vuelvas, etc.; 副 volviendo; 分 vuelto

Y

yacer 現 yazco 或 yazgo 或 yago, yaces, yace, etc.; 命 yace 或 yaz, yazca 或 yaga, yazcamos 或 yazgamos, yaced,

yazcan; 副 yaciendo; 分 yacido
yuxtaponer → poner

Z

zaherir → sentir

zambullir → mullir

數　詞　表

基數詞 **numeral cardinal**	序數詞 **numeral ordinal**

	numeral cardinal	numeral ordinal
0	cero	
1	uno, una	primero
2	dos	segundo
3	tres	tercero
4	cuatro	cuarto
5	cinco	quinto
6	seis	sexto
7	siete	séptimo
8	ocho	octavo
9	nueve	noveno, nono
10	diez	décimo
11	once	undécimo
12	doce	duodécimo
13	trece	decimotercio, decimotercero
14	catorce	decimocuarto
15	quince	decimoquinto
16	dieciséis	decimosexto
17	diecisiete	decimoséptimo
18	dieciocho	decimooctavo
19	diecinueve	decimonono, decimonoveno
20	veinte	vigésimo
21	veintiuno	vegésimo primero
30	treinta	trigésimo
40	cuarenta	cuadrogésimo
50	cincuenta	quincuagésimo
60	sesenta	sexagésimo
70	setenta	septuagésimo
80	ochenta	octogésimo
90	noventa	nonagésimo
100	ciento	centésimo
101	ciento y uno	centésimo primero
200	doscientos	ducentésimo
300	trescientos	tricentésimo
400	cuatrocientos	cuadringentésimo
500	quinientos	quingentésimo

600	seiscientos	sexcentésimo
700	setecientos	septingentésimo
800	ochocientos	octingentésimo
900	novecientos	noningentésimo
1000	mil	milésimo
100000	cien mil	cienmilésimo
1000000	un millón	millonésimo

計 量 單 位 表

(一) 公制

1. 長度

micra	微米	=0.000001米
centimilímetro (cmm)	忽米	=0.00001米
decimilímetro (dmm)	絲米	=0.0001米
milímetro (mm)	毫米	=0.001米
centímetro (cm)	厘米	=0.01米
decímetro (dm)	分米	=0.1米
metro (m)	米	
decámetro (dam)	十米	=10米
hectómetro (hm)	百米	=100米
kilómetro (km)	公里	=1000米

1 厘米=0.3937英寸
1 米= 3 市尺=3.2808英尺=1.0936碼
1 公里= 2 市里=0.6214英里

2. 面積和地積

centímetro cuadrado (cm^2)	平方厘米	=0.0001平方米
decímetro cuadrado (dm^2)	平方分米	=0.01平方米
metro cuadrado (m^2)	平方米	
área (a)	公畝	=100平方米
hectárea (ha)	公頃	=100公畝
kilómetro cuadrado (km^2)	平方公里	=100公頃

1 平方米= 9 平方市尺=10.7639平方英尺=1.1960平方碼
1 公畝=0.15市畝=0.0247英畝
1 公頃=15市畝=2.4711英畝
1 平方公里= 4 平方市里=0.3861平方英里

3. 體積

centímetro cúbico (cm^3)	立方厘米	=0.000001立方米

| decímetro cúbico (dm³) | 立方分米 | =0.001立方米 |
| metro cúbico (m³) | 立方米 | |

    1立方米=27立方市尺=35.3147立方英尺=1.3080立方码

4. 容積

milílitro (ml)	毫升	=0.001升
centílitro (cl)	厘升	=0.01升
litro (l) .	升	
decálitro (dal)	十升	=10升
hectólitro (hl)	百升	=100升
kilólitro (kl)	千升	=1000升

    1升=1.7598品脱(英)=0.2200加侖(英)

5. 重量

milígramo (mg)	毫克	=0.000001千克
centígramo (cg)	厘克	=0.00001千克
decígramo (dg)	分克	=0.0001千克
gramo (g)	克	=0.001千克
decágramo (dag)	十克	=0.01千克
hectógramo (hg)	百克	=0.1千克
kilógramo, kilo (kg)	千克, 公斤	
quintal (q)	公担	=100千克
tonelada (t)	公噸	=1000千克

    1克=15.4324格令   1百克=2市两=3.5274盎司(常衡)
    1千克=2市斤=2.2046磅(常衡)
    1公噸=2000市斤=0.9842英噸(長噸)=1.1023美噸(短噸)

(二)英美制

1. 長度

pulgada	英寸	=2.5400厘米
pie	英尺	=12英寸=0.3048米
yarda	碼	= 3 英尺=0.9144米
milla terrestre	英里	=1760碼=5280英尺=1.6093公里

2. 水程長度

braza	噚	=6英尺=1.8288米
cable	鏈	=1000噚=185.2米
milla marina	海里	=10鏈=1.852公里

3. 面積和地積

| pulgada cuadrada | 平方英寸 | =6.4516平方厘米 |
| pie cuadrado | 平方英尺 | =144平方英寸=0.0929平方米 |

yarda cuadrada	平方碼	= 9 平方英尺=0.8361平方米
acre	英畝	=4840平方碼=40.4686公畝
milla terrestre cuadrada	平方英里	=640英畝=2.5900平方公里

4. 體積

pulgada cúbica	立方英寸	=16.3866立方厘米
pie cúbico	立方英尺	=1728立方英寸=0.0283立方米
yarda cúbica	立方碼	=27立方英尺=0.7646立方米

5. 重量(常衡)

grano	格令	=0.0001428磅
dracma	打蘭	=27.34375格令
onza	盎司	=16打蘭=28.3496克
libra	磅	=16盎司=0.4539千克
tonelada larga	英噸, 長噸	=2240磅=1016.0470千克
tonelada corta	美噸, 短噸	=2000磅=907.1849千克

6. 乾量

pinta	品脱	=0.5682升(英), 0.55升(美)
cuarto	夸脱	= 2 品脱=1.1365升(英), 1.101升(美)
peck	配克	= 8 夸脱=9.0917升(英), 8.809升(美)
bushel	蒲式耳	= 4 配克=36.3677升(英), 35.238升(美)

7. 液量

gill	及耳	=0.142升(英), 0.118升(美)
pinta	品脱	= 4 及耳=0.5682升(英), 0.473升(美)
cuarto	夸脱	= 2 品脱=1.1356升(英), 0.946升(美)
galón	加侖	= 4 夸脱=4.546升(英), 3.785升(美)

世界地名簡表

Aaiún, El 阿尤恩(西撒哈拉首府)
Abidján 阿比向(象牙海岸首都)
Abu Dhabi 阿布達比(阿拉伯聯合大公國首都)
Acapulco 阿卡普爾科(墨西哥)
Accra 阿克拉(迦納首都)
Aconcagua, Cerro 阿空加瓜山(阿根廷，智利)
Addis Abeba 亞的斯亞貝巴(衣索比亞首都)
Adén 亞丁(葉門)
Adriático, Mar 亞得里亞海(歐洲)
Afganistán 阿富汗
África 非洲
África del Sur 南非
Alaska 阿拉斯加(美國)
Albania 阿爾巴尼亞
Alemania 德國
Alma Ata 阿拉木圖(蘇聯)
Alpes 阿爾卑斯山脈(歐洲)
Altay 阿爾泰山脈(亞洲)
Amarillo, Mar 黃海(亞洲)
Amazonas 亞馬遜河(南美洲)
América 美洲
América del Norte 北美洲
América del Sur 南美洲
América Latina 拉丁美洲
Ammán 安曼(約旦首都)
Amsterdam 阿姆斯特丹(荷蘭首都)
Amur, Río 阿穆爾河(即黑龍江)
Andalucía 安達盧西亞(西班牙)
Andamán, Islas 安達曼羣島(印度)
Andes, Los 安第斯山脈(南美洲)
Andorra 安道爾
Angola 安哥拉
Ankara 安卡拉(土耳其首都)
Antártida 南極洲
Antillas 安的列斯羣島(美洲)
Apia 阿皮亞(西薩摩亞首都)

Arabia Saudita 沙烏地阿拉伯
Aragón 阿拉貢(西班牙)
Aral, Mar de 鹹海(蘇聯)
Arauca, Río 阿勞卡河(南美洲)
Argel 阿爾及爾(阿爾及利亞首都)
Argelia 阿爾及利亞
Argentina 阿根廷
Ártico 北冰洋
Asia 亞洲
Asturias 阿斯圖里亞斯(西班牙)
Asunción 阿松森(巴拉圭首都)
Atenas 雅典(希臘首都)
Atlántico 大西洋
Australia 澳大利亞
Austria 奧地利
Azores, Islas 亞速爾羣島(葡萄牙)

Badajoz 巴達霍斯(西班牙)
Bagdad 巴格達(伊拉克首都)
Bahamas 巴哈馬
Bahrein 巴林
Balcanes 巴爾幹(歐洲)
Baja California 下加利福尼亞(墨西哥)
Baleares, Islas 巴利阿里羣島(西班牙)
Báltico, Mar 波羅的海(歐洲)
Bamako 巴馬科(馬里首都)
Bandar Seri Begawan 斯里巴加灣港(汶萊首都)
Bandung 萬隆(印度尼西亞)
Bangkok 曼谷(泰國首都)
Bangla Desh 孟加拉國
Bangui 班基(中非共和國首都)
Barbados 巴貝多斯
Barcelona 巴塞隆那(西班牙)
Barranquilla 巴蘭基利亞(哥倫比亞)
Beirut 貝魯特(黎巴嫩首都)
Bélgica 比利時

Belgrado 貝爾格萊德(南斯拉夫首都)
Belice 貝里斯
Belmopan 貝爾莫潘(貝里斯首都)
Benin 貝寧
Berlín 柏林(德國首都)
Bermudas, Islas 百慕達羣島
Berna 伯爾尼(瑞士首都)
Bhután 不丹
Bielorrusia 白俄羅斯(蘇聯)
Bilbao 畢爾巴鄂(西班牙)
Birmania 緬甸
Bissau 比紹(幾內亞比紹首都)
Blanco, Monte 勃朗峯(瑞士)
Bogotá 波哥大(哥倫比亞首都)
Bolívar 博利瓦爾(委內瑞拉,厄瓜多爾,哥倫比亞)
Bolivia 玻利維亞
Bonn 波恩(德國)
Botswana 波札那
Brasil 巴西
Brasilia 巴西利亞(巴西首都)
Brazzaville 布拉薩市(剛果首都)
Brunei 汶萊
Bruselas 布魯塞爾(比利時首都)
Bucaramanga 布卡拉曼加(哥倫比亞)
Bucarest 布加勒斯特(羅馬尼亞首都)
Budapest 布達佩斯(匈牙利首都)
Buena Esperanza, Cabo de 好望角(非洲)
Buenos Aires 布宜諾斯艾利斯(阿根廷首都)
Bujumbura 布瓊布拉(蒲隆地首都)
Bulgaria 保加利亞
Burkina Faso 布基納法索
Burundi 蒲隆地

Cabinda 卡賓達(安哥拉)
Cabo Verde 佛得角
Cachemira 克什米爾(亞洲)
Cádiz 加的斯(西班牙)

Cairo, El 開羅(埃及首都)
Camerún 喀麥隆
Calcuta 加爾各答(印度)
Callao 卡亞俄(秘魯)
Camagüey 卡馬圭(古巴)
Canadá 加拿大
Canarias, Islas 加那利羣島(西班牙)
Cantábrica, Cord. 坎塔布連山脈(西班牙)
Caracas 加拉加斯(委內瑞拉首都)
Caribe, Mar 加勒比海(美洲)
Cartagena 卡塔赫納(哥倫比亞,智利,西班牙)
Caspio, Mar 裏海(亞洲)
Castellón de la Plate 卡斯特利翁(西班牙)
Castilla la Nueva 新卡斯蒂亞(西班牙)
Castilla la Vieja 舊卡斯蒂亞(西班牙)
Cataluña 加泰羅尼亞(西班牙)
Cáucaso 高加索(蘇聯)
Cayena 開雲(法屬圭亞那首府)
Centroafricana (Rep.) 中非共和國
Chaco 查科(阿根廷,巴拉圭)
Chad 查德(非洲)
Checoslovaquia 捷克斯洛伐克
Chicago 芝加哥(美國)
Chiclayo 奇克拉約(秘魯)
Chihuahua 奇瓦瓦(墨西哥)
Chile 智利
China 中國
China Meridional, Mar de 南海,南中國海(亞洲)
China Oriental, Mar de 東海(亞洲)
Chipre 塞浦路斯(亞洲)
Chuquisaca 丘基薩卡(玻利維亞)
Cienfuegos 西恩富戈斯(古巴)
Cochabamba 科恰班巴(玻利維亞)
Colombia 哥倫比亞
Colombo 科倫坡(斯里蘭卡首都)
Colonia 科隆(德國)

Comores 科摩羅
Conakry 科納克里(幾內亞首都)
Concepción 康塞普西翁(智利)
Concepción del Uruguay 烏拉圭河畔康塞普西翁(阿根廷)
Congo 剛果
Copenhague 哥本哈根(丹麥首都)
Corea 朝鮮(韓國)
Corrientes 科連特斯(阿根廷)
Costa del Marfil 象牙海岸
Costa Rica 哥斯達黎加
Croacia 克羅埃西亞(南斯拉夫)
Cuba 古巴
Cuenca 昆卡(厄瓜多爾,西班牙)
Cuzco 庫斯科(秘魯)

Dacca 達卡(孟加拉國首都)
Dakar 達喀爾(塞內加爾首都)
Damasco 大馬士革(叙利亞首都)
Danubio, Río 多瑙河(歐洲)
Dar es Salaam 達萊薩蘭(坦桑尼亞首都)
Detroit 底特律(美國)
Dinamarca 丹麥
Djibuti 吉布地(非洲)
Doha 杜哈(卡達首都)
Dominica, Commonwealth de 多米尼克聯邦
Dominicana (Rep.) 多明尼加共和國
Don, Río 頓河(蘇聯)
Dublín 都柏林(愛爾蘭首都)
Duero, Río 杜羅河(西班牙,葡萄牙)
Durango 杜蘭戈(墨西哥)

Ebro, Río 埃布羅河(西班牙)
Ecuador 厄瓜多爾
Egipto 埃及
Emiratos Arabes Unidos 阿拉伯聯合大公國
Entre Ríos 恩特雷里奧斯(阿根廷)
Escandinavia 斯堪的納維亞(歐洲)
Escocia 蘇格蘭(英國)

Eslovenia 斯洛文尼亞(南斯拉夫)
España 西班牙
Estados Unidos de América 美利堅合衆國,美國
Estocolmo 斯德哥爾摩(瑞典首都)
Estonia 愛沙尼亞
Etiopía 衣索比亞
Europa 歐洲
Extremadura 厄斯特列馬杜拉(西班牙)

Fiji 斐濟
Filadelfia 費城(美國)
Filipinas 菲律賓
Finlandia 芬蘭
Florencia 佛羅倫薩(義大利)
Florida 佛羅里達(美國)
Formosa 福莫薩(阿根廷)
Francia 法國
Freetown 自由城(獅子山國首都)
Funafuti 富納富提(吐瓦魯首都)

Gaberones 加博羅內(波札那首都)
Gabón 加彭
Gales 威爾斯(英國)
Galicia 加利西亞(西班牙)
Gamberra 堪培拉(澳大利亞首都)
Gambia 甘比亞
Ganges 恒河(印度,孟加拉國)
Gdansk 格但斯克(波蘭)
Génova 熱那亞(義大利)
Georgetown 喬治敦(蓋亞那首都)
Georgia 喬治亞(蘇聯)
Gerona 赫羅納(西班牙)
Ghana 迦納
Gilbratar, Estrecho de 直布羅陀海峽(歐洲)
Ginebra 日內瓦(瑞士)
Granada 格拉納達(西班牙)
Grecia 希臘
Grenada 格瑞納達
Groenlandia 格陵蘭(丹麥)
Guadalajara 瓜達拉哈拉(西班牙,

墨西哥)
Guadalupe 瓜達盧佩(墨西哥)
Guadaquivir, Río 瓜達爾基維爾河(
　西班牙)
Guadiana, Río 瓜的亞納河(西班牙)
Guajira 瓜希拉(哥倫比亞)
Guanajuato 瓜納華托(墨西哥)
Guantánamo 關塔那摩(古巴)
Guatemala 瓜地馬拉
Guatemala, Ciudad de 瓜地馬拉城
　(瓜地馬拉首都)
Guayana 蓋亞那
Guayaquil 瓜亞基爾(厄瓜多爾)
Guerrero 格雷羅(墨西哥)
Guinea 幾內亞
Guinea Bissau 幾內亞比紹
Guinea Ecuatorial 赤道幾內亞

Habana, La 哈瓦那(古巴首都)
Haití 海地
Hamburgo 漢堡(德國)
Hanói 河內(越南首都)
Hawai 夏威夷(美國)
Helsinki 赫爾辛基(芬蘭首都)
Himalaya 喜馬拉雅山(亞洲)
Hiroshima 廣島(日本)
Ho Chi Minh, Ciudad de 胡志明市(
　越南)
Hokkaido 北海道(日本)
Holanda 荷蘭
Honduras 宏都拉斯
Hong Kong 香港
Honiara 霍尼亞拉(所羅門首都)
Honolulú 檀香山(美國)
Honshu 本州(日本)
Houston 休斯頓(美國)
Hungría 匈牙利
Huehuetenango 韋韋特南戈(瓜地
　馬拉)
Huelva 韋爾瓦(西班牙)

Ibérica, Península 伊比利亞半島(
　歐洲)

India 印度
Índico 印度洋
Indochina 印度支那(亞洲)
Indonesia 印度尼西亞
Inglaterra 英格蘭；英國
Irak 伊拉克
Irán 伊朗
Irlanda 愛爾蘭
Islambad 伊斯蘭堡(巴基斯坦首都)
Islandia 冰島
Israel 以色列
Istanbul 伊斯坦布爾(土耳其)
Italia 義大利

Jaen 哈恩(西班牙)
Jalisco 哈利斯科(墨西哥)
Jamaica 牙買加
Japón 日本
Jerusalén 耶路撒冷(巴勒斯坦)
Jordania 約旦

Kabul 喀布爾(阿富汗首都)
Kampala 坎帕拉(烏干達首都)
Kampuchea 柬埔寨(高棉)
Karachi 卡拉奇(巴基斯坦)
Karakorum, Cord. 喀喇昆侖山脈(亞
　洲)
Katar 卡達
Katmandú 加德滿都(尼泊爾首都)
Kenia 肯尼亞(肯亞)
Khartum 喀土穆(蘇丹首都)
Kiev 基輔(烏克蘭)
Kigali 基加利(盧安達首都)
Kingston 京斯敦(牙買加首都)
Kinshasa 金夏沙(薩伊首都)
Kuala Lumpur 吉隆坡(馬來西亞首
　都)
Kuwait 科威特
Kyushu 九州(日本)

Lagos 拉哥斯(奈及利亞首都)
Laos 老撾(寮國)
La Pampa 拉潘帕(阿根廷)

La Paz　拉巴斯(玻利維亞首都)
La Plata　拉普拉塔(阿根廷)
La Plata, Río　拉普拉塔河(南美洲)
La Rioja　拉里奧哈(哥倫比亞)
Leipizig　萊比錫(德國)
Leningrado　列寧格勒(蘇聯)
León　萊昂(西班牙,墨西哥)
Lesotho　賴索托
Lhasa　拉薩(中國)
Líbano　黎巴嫩
Liberia　賴比瑞亞
Libia　利比亞
Libreville　自由市(加彭首都)
Liechtenstein　列支敦士登
Lilongwe　利隆圭(馬拉威首都)
Lima　利馬(秘魯首都)
Linares　利納雷斯(智利,西班牙)
Lisboa　里斯本(葡萄牙首都)
Lituania　立陶宛(蘇聯)
Lomé　洛美(多哥首都)
Londres　倫敦(英國首都)
Loreto　洛雷托(玻利維亞,哥倫比亞)
Los Ángeles　洛斯安赫萊斯(智利)
Los Ángeles　洛杉磯(美國)
Luanda　羅安達(安哥拉首都)
Lusaka　盧薩卡(尚比亞首都)
Luxemburgo　盧森堡

Macao　澳門
Macedonia　馬其頓(南斯拉夫,保加利亞,希臘)
Madagascar　馬達加斯加
Madeira, Isla de　馬德拉島(葡萄牙)
Madre, Sierra　馬德雷山脈(墨西哥)
Madrid　馬德里(西班牙首都)
Maestra, Sierra　馬埃斯特臘山脈(古巴)
Magallanes, Estrecho de　麥哲倫海峽(南美洲)
Malabo　馬拉博(赤道幾內亞首都)
Malaca, Estrecho de　馬六甲海峽(亞洲)

Málaga　馬拉加(西班牙)
Malasia　馬來西亞
Malawi　馬拉威
Maldivas　馬爾地夫
Male　馬累(馬爾地夫首都)
Malí　馬利
Malta　馬爾他
Malvinas　馬爾維納斯羣島(福克蘭羣島)
Managua　馬納瓜(尼加拉瓜首都)
Manama　麥納瑪(巴林首都)
Manila　馬尼拉(菲律賓首都)
Maputo　馬普托(莫桑比克首都)
Maracaibo　馬拉開波(委內瑞拉)
Marruecos　摩洛哥
Marsella　馬賽(法國)
Martinica　馬提尼克
Masaya　馬薩亞(尼加拉瓜)
Mascate　馬斯喀特(阿曼首都)
Maseru　馬塞盧(賴索托首都)
Matanzas　馬坦薩斯(古巴)
Mauricio　模里西斯
Mauritania　茅里塔尼亞
Mbabane　姆巴巴納(史瓦濟蘭首都)
Medellín　麥德林(哥倫比亞)
Mediterráneo　地中海(歐洲)
Mekong, Río　湄公河(亞洲)
Melanesia　美拉尼西亞(大洋洲)
Mendoza　門多薩(阿根廷,秘魯)
México　墨西哥
México, Ciudad de　墨西哥城(墨西哥首都)
Miami　邁阿密(美國)
Micronesia　密克羅尼西亞(大洋洲)
Misiones　密西昂內斯(阿根廷,巴拉圭)
Misisipí, Río　密西西比河(美國)
Mogadiscio　摩加迪休(索馬利亞首都)
Mónaco　摩納哥
Mongolia　蒙古
Monrovia　蒙羅維亞(哥倫比亞)
Montenegro　蒙特內格羅(賴比瑞亞

首都)
Monterrey 蒙特雷(墨西哥)
Montevideo 蒙得維亞(烏拉圭首都)
Montreal 蒙特利爾(加拿大)
Morelos 莫雷洛斯(墨西哥)
Moroni 莫羅尼(科摩羅首都)
Moscú 莫斯科(俄羅斯首都)
Mozambique 莫桑比克
Murcia 木爾西亞(西班牙)

Nagasaki 長崎(日本)
Nagoya 名古屋(日本)
Nairobi 內羅畢(肯亞首都)
Namibia 納米比亞
Nápoles 那不勒斯(義大利)
Nassau 拿騷(巴哈馬首都)
Nauru 諾魯
Navarra 納瓦拉(西班牙)
Ndjamena 恩賈梅納(查德首都)
Negro, Río 內格羅河(阿根廷,巴西)
Nepal 尼泊爾
Niamey 尼亞美(尼日首都)
Nicaragua 尼加拉瓜
Nicaragua, Lago 尼加拉瓜湖(中美洲)
Nicosia 尼科西亞(塞浦路斯首都)
Níger 尼日
Nigeria 奈及利亞
Nilo 尼羅河(非洲)
Noruega 挪威
Nouakchott 努瓦克肖特(茅里塔尼亞首都)
Nueva Caledonia 新喀里多尼亞
Nueva Delhi 新德里(印度首都)
Nueva York 紐約(美國)
Nueva Zelanda 紐西蘭

Oaxaca 瓦哈卡(墨西哥)
Oceanía 大洋洲
O'higgins 奧伊金斯(智利)
Okinawa 沖繩(琉球,日本)

Omán 阿曼
Orinoco 奧里諾科河(南美洲)
Orizaba 奧里薩巴火山(墨西哥)
Osaka 大阪(日本)
Oslo 奧斯陸(挪威首都)
Ottawa 渥太華(加拿大首都)
Oxford 牛津(英國)

Pacífico 太平洋
Pakistán 巴基斯坦
Palestina 巴勒斯坦
Palma 帕爾馬(西班牙,巴西)
Pamir 帕米爾(亞洲)
Panamá 巴拿馬
Panamá, Ciudad de 巴拿馬城(巴拿馬首都)
Papúa y Nueva Guinea 巴布亞新幾內亞
Paraguay 巴拉圭
Paramaribo 帕拉馬里博(蘇里南首都)
Paraná 巴拉那(阿根廷,巴西)
Paraná, Río 巴拉那河(南美洲)
París 巴黎(法國首都)
Patagonia 巴塔戈尼亞(阿根廷)
Patagónica, Cord. 巴塔戈尼亞山脈(南美洲)
Pekín (Beijlng) 北京(中國首都)
Pérsico, Golfo 波斯灣(亞洲)
Perú 秘魯
Phnom Penh 金邊(柬埔寨首都)
Pinar del Río 比那爾德里奧(古巴)
Pirineos, Cord. 比利牛斯山脈(歐洲)
Polinesia 波利尼西亞(大洋洲)
Polonia 波蘭
Port Louis 路易港(模里西斯首都)
Port Moresby 莫萊斯比港(巴布亞新幾內亞首都)
Porto Novo 波多諾伏(貝寧首都)
Portugal 葡萄牙
Potosí 波多西(玻利維亞)
Praga 布拉格(捷克斯洛伐克首都)

Praia　普拉亞(佛得角首都)
Pretoria　普勒陀利亞(南非)
Puebla　普埃布拉(墨西哥)
Puerto España　西班牙港(千里達和多巴哥首都)
Puerto Príncipe　太子港(海地首都)
Puerto Rico　波多黎各
Pyongyang　平壤(朝鮮首都)

Quito　基多(厄瓜多爾首都)

Rabat　拉巴特(摩洛哥首都)
Rangún　仰光(緬甸首都)
Rawalpindi　拉瓦爾品第(巴基斯坦)
Reikiavik　雷克雅未克(冰島首都)
Reino Unido de Gran Bretaña e Irlanda del Norte　大不列顛及北愛爾蘭聯合王國，英國
Reunión　留尼旺
Rin　萊茵河(歐洲)
Río de Janeiro　里約熱內盧(巴西)
Riohacha　里奧何怡(哥倫比亞)
Riyadh　利雅得(沙烏地阿拉伯首都)
Rocosas, Montañas　落磯山脈(北美洲)
Roma　羅馬(義大利首都)
Rosario　羅薩里奧(阿根廷，委內瑞拉)
Roseau　羅索(多米尼克聯邦首都)
Ruanda　盧安達
Rumania　羅馬尼亞
Rusia　俄羅斯(蘇聯)

Sabah　沙巴(馬來西亞)
Sahara Occidental　西撒哈拉
Salamanca　薩拉曼卡(西班牙)
Salisbury　索爾茲伯里(辛巴威首都)
Salomon　所羅門
Salta　薩爾塔(阿根廷)
Salto　薩爾托(烏拉圭)
Salvador, El　薩爾瓦多
Samoa Occidental　西薩摩亞
Sana　薩那(葉門首都)

Sancti Spíritus　桑克蒂斯皮里圖斯(古巴)
San Francisco　舊金山(美國)
San José　聖約瑟(哥斯達黎加首都)
San Juan　聖胡安(波多黎各首府)
San Luis Potosí　聖路易斯波托西(墨西哥)
San Marino　聖馬利諾
San Pedro Sula　聖佩德羅蘇拉(宏都拉斯)
San Salvador　聖薩爾瓦多(薩爾瓦多首都)
Santa Ana　聖安娜(薩爾瓦多，阿根廷，玻利維亞)
Santa Cruz　聖克魯斯(阿根廷，玻利維亞)
Santa Fe　聖大菲(阿根廷，美國)
Santander　桑坦德(西班牙，哥倫比亞)
Santiago de Cuba　聖地亞哥(古巴)
Santiago de Chile　聖地亞哥(智利)
Santo Domingo　聖多明各(多明尼加共和國首都)
Santo Tomás　聖托馬斯(秘魯，瓜地馬拉)
Sao Paulo　聖保羅(巴西)
Sao Tomé y Príncipe　聖多美和普林西比
Senegal　塞內加爾
Servia　塞爾維亞(南斯拉夫)
Seúl　漢城(南韓)
Sevilla　塞維利亞(西班牙)
Seychelles　賽昔爾
Siberia　西伯利亞(蘇聯)
Sicilia　西西里(義大利)
Sierra Leona　獅子山
Singapur　新加坡
Siria　叙利亞
Sofía　索非亞(保加利亞首都)
Somalia　索馬利亞
Sri Lanka　斯里蘭卡
St. Denis　聖但尼(留尼旺)
St. Helena　聖赫勒拿

Suazilandia　史瓦濟蘭

Sucre　蘇克雷(玻利維亞法定首都)

Sudán　蘇丹

Suecia　瑞典

Suez, Canal de　蘇伊士運河

Suiza　瑞士

Surinam　蘇里南

Suva　蘇瓦(斐濟首都)

Tahití　大溪地(大洋洲)

Tailandia　泰國

Tampico　坦皮科(墨西哥)

Tananarive　塔那那利佛(馬達加斯加首都)

Tanzania　坦桑尼亞

Tarija　塔里哈(玻利維亞)

Tegucigalpa　特古西加爾巴(宏都拉斯首都)

Teherán　德黑蘭(伊朗首都)

Tel Aviv　特拉維夫(以色列)

Teruel　特魯埃爾(西班牙)

Thimphu　廷布(不丹首都)

Tibet　西藏(中國)

Tierra del Fuego　火地島(阿根廷)

Tirana　地拉那(阿爾巴尼亞首都)

Titicaca　的的喀喀湖(南美洲)

Tlaxcala　特拉斯卡拉(墨西哥)

Togo　多哥

Tokio　東京(日本)

Toledo　托萊多(西班牙)

Toluca　托盧卡(墨西哥)

Tonga　東加

Trinidad y Tobago　千里達和多巴哥

Trípoli　的黎玻里(利比亞首都)

Trujillo　特魯希略(西班牙，宏都拉斯，秘魯，委內瑞拉)

Tucumán　圖庫曼(阿根廷)

Túnez　突尼斯

Turín　都靈(義大利)

Turquía　土耳其

Tuvalu　吐瓦魯

Uagadugu　瓦加杜古(布基納法索首都)

都)

Ucrania　烏克蘭(蘇聯)

Uganda　烏干達

Ulan Bator　烏蘭巴托(蒙古首都)

Unión Soviética　蘇聯

Urales　烏拉爾山脈(蘇聯)

Uruguay　烏拉圭

Vaduz　瓦杜茲(列支敦士登首都)

Valencia　巴倫西亞(西班牙)

Valetta　瓦萊塔(馬爾他首都)

Valparaíso　瓦爾帕萊索(智利)

Valladolid　巴利亞多里德(西班牙)

Varsovia　華沙(波蘭首都)

Vaticano　梵蒂岡

Venezuela　委內瑞拉

Veracruz　維拉克魯斯(墨西哥)

Viena　維也納(奧地利首都)

Vientiane　永珍(寮國首都)

Viet Nam　越南

Vizcaya　比斯開(西班牙)

Vizcaya, Golfo de　比斯開灣(西班牙)

Volga　伏爾加河(蘇聯)

Washington　華盛頓(美國首都)

Wellington　惠靈頓(紐西蘭首都)

Windhoek　溫得和克(納米比亞首都)

Yakarta　雅加達(印度尼西亞首都)

Yaoundé　雅溫得(喀麥隆首都)

Yemen　葉門

Yucatán, Península　尤卡坦半島(墨西哥)

Yugoslavia　南斯拉夫

Zacatecas　薩卡特卡斯(墨西哥)

Zaire　薩伊

Zambia　尚比亞

Zanzibar　桑給巴爾(坦桑尼亞)

Zaragoza　薩拉戈薩(西班牙)

Zimbabwe　辛巴威

實用西班牙語圖説

(1) Cuerpo humano 人體

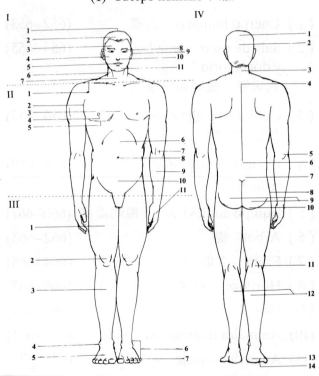

I

1
2
3
4
5
6
7

II

1
2
3
4
5

III

1

2

3

4
5

6
7

IV

1
2

3

4

5
6
7

8
9
10

11

12

13
14

8
9
10
11

6
7
8
9
10
11

V

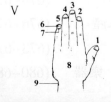

3
4
2
5
6
7
1
8
9

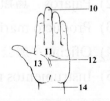

10
11
12
13
14

I. cabeza 頭

1. coronilla	頭頂
2. cabello	髮
3. frente	額
4. mejilla	煩
5. boca	口
6. cuello	頸
7. garganta	喉(嚨)
8. ojo	眼
9. oreja	耳
10. nariz	鼻
11. mentón	頦
cara	面

II. tronco 胴，軀幹

1. hombro	肩
2. axila	腋窩
3. pecho	胸
4. pezón	乳頭
5. seno	乳房
6. vientre	腹
7. brazo	上臂
8. ombligo	臍
9. antebrazo	下臂
10. ingle	腹股溝
11. mano	手

III. pierna 腿

1. muslo	股，大腿
2. rodilla	膝
3. parte inferior de la pierna	脛，小腿
4. tobillo	踝
5. empeine	跗，足背
6. pie	足，腳
7. dedo del pie	腳趾

IV. espalda 背面

1. occipucio	枕骨部
2. parte posterior de la cabeza	頭後部
3. nuca	項(部)
4. espalda	背
5. codo	肘
6. región del sacro	腰，骶骨部
7. cintura	腰部
8. cadera	髖，胯骨
9. nalgas	臀部，屁股
10. nalga	臀
11. corva	膕，膝彎
12. pantorrilla	腓，腿肚
13. talón	踵，腳後跟
14. planta del pie	跖，腳掌

V. mano 手

1. pulgar	拇指
2. dedo índice	食指
3. dedo de corazón	中指
4. dedo anular	無名指
5. dedo meñique	小指
6. uña	指甲
7. lúnula	(指甲的)新月形白斑
8. dorso de la mano	手背
9. muñeca	腕
10. pulpejo del dedo	指頭肚兒
11. palma	手掌
12. línea de la vida	生命線
13. región tenar	大魚際，拇指，腕，掌
14. arteria del pulso	脈

(2) Sala de estar, comedor y dormitorio
起居室、飯廳和臥室

1. mueble combinado	組合櫃
2. planta en tiesto	盆栽
3. busto	半身人像
4. televisor	電視機
5. sillón	扶手椅
6. mesita de té	茶几，咖啡枱
7. alfombra	地毯
8. taburete	櫈
9. canapé	長沙發
10. lámpara de mesa	枱燈
11. mesita	小几
12. bar	酒吧
13. pintura	畫
14. cortina	簾
15. lámpara colgante	吊燈
16. armario de pared	吊櫃
17. buffet	碗櫥，餐具櫥
18. mesa	飯桌

19. plato giratorio	旋轉面
20. mantel	枱布，桌布
21. silla de comedor	餐椅
22. cortina de ventana	窗簾
23. tocador	梳粧枱
24. espejo	鏡子
25. cajón	抽屜
26. taburete de to cador	梳粧椅
27. armario	衣櫃
28. lámpara de cabecera	牀頭燈
29. armario de cabecera	牀頭櫃
30. cabecera	牀頭板
31. almohada	枕頭
32. manta	被子
33. cubrecama	牀罩
34. cama	牀
35. colchón	牀墊

Referencias 備考

salón	起坐室
sala de recepción	接待室
zaguán	門廊，小門廳
cocina	廚房
sala de estudio	書房
sofá	沙發
papel pintado	牆紙
calendario de pared	掛曆
termómetro	溫度計
lámpara de pie	落地燈
cojín	墊子

librería	書櫃
sujetalibros	書檔
cenicero	煙灰缸
florero	花瓶
alfombrilla de la cama	牀前小地毯
frazada	毛毯
muelle	彈簧
sábana	牀單
funda de la almohada	枕套
plantas de apartamento	室內植物
teléfono	電話

(3) Cubiertos y alimentos　餐具和食物

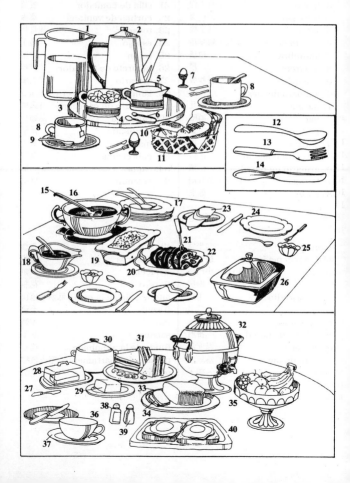

1. jarra de agua	水壺	22. tajada de carne	肉片
2. cafetera	咖啡壺	23. servilleta	餐巾
3. plato	盤子	24. plato salvamanteles	餐碟
4. azucarero	糖缸	25. postre	餐後點心，甜品
5. lechera	牛奶壺	26. plato para patatas	馬鈴薯盤
6. tenacillas para el azúcar cuadradillo	塊糖夾	27. cuchillo para queso	乾酪(芝士)刀
7. huevera	蛋杯	28. queso	乾酪，芝士
8. taza	杯子	29. mantequilla	奶油，黃油
9. cucharilla de té	茶匙	30. azucarero	糖缸(罐)
10. pan	麵包	31. sandwich	三明治
11. cestilla del pan	麵包籃	32. samovar	茶炊
12. cuchara	湯匙	33. plato de pan	麵包盤
13. tenedor	叉	34. rebanada de pan	麵包片
14. cuchillo	餐刀	35. frutero	果盤
15. cucharón de sopa	湯勺	36. taza de té	茶杯
16. sopera	(有蓋)大湯碗	37. platillo de taza	淺碟，茶碟
17. plato sopero	湯盤	38. pimentero	胡椒瓶
18. salsera	(船形)調味汁杯	39. salero	鹽瓶
19. ensaladera	色拉(沙律)盆	40. huevo jamón y pan	鷄蛋、火腿和麵包
20. fuente	大盤子		
21. tenedor para servir carne	肉叉		

Referencias 備考

desayuno	早餐	helado	冰淇淋，雪糕
almuerzo	午飯	frutos cocidos	燉水果
cena	晚餐，正餐	salchicha	香腸，紅腸
ensalada	色拉，沙律	tocino ahumado	燻肉
sopa	湯	tostada	吐司(麵包)
pollo asado	燒鷄	patatas fritas a la inglesa	薯條
bisté	牛排	milanesa de cerdo	炸豬排

(4) Utencilios de hogar　家用器具

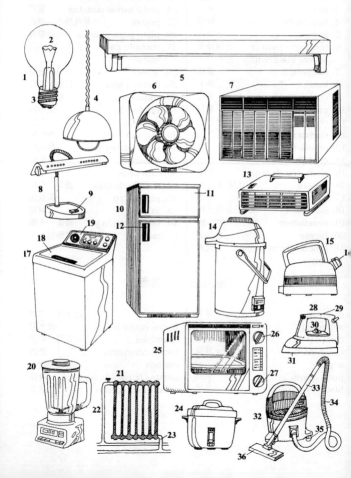

1. bombilla	電燈泡	20. mezclador	摻和器
2. filamento de volframio	鎢絲	21. radiador	暖氣片
3. zócalo de la bombilla, con rosca	螺旋	22. tubo de alimentación	供水管
		23. tubo de retorno	回水管
4. lámpara colgante	吊燈	24. olla eléctrico	電飯鍋
5. lámpara fluorescente	光管	25. horno eléctrico	電烤爐
6. ventilador	抽風機	26. mando de temperatura	溫度選擇器
7. acondicionador de aire	冷氣機，空調機		
		27. dispositivos de tiempo	定時裝置
8. lámpara de mesa	枱燈		
9. interruptor	開關	28. plancha eléctrico	電熨斗
10. refrigerador	電冰箱、雪櫃	29. puño de plancha	熨斗手把
11. congelador	冰藏箱	30. selector de temperatura	溫度選擇器
12. puño	把手		
13. radiador eléctrico	電暖爐	31. suelo	底板
14. termo eléctrico	電暖水瓶	32. aspirador	吸塵器
15. hervidor	燒開水的壺	33. alargadera	伸縮管
16. pito	汽笛	34. tubo flexible	軟管
17. lavador automático	自動洗衣機	35. rueda	腳輪
18. tapa de lavador	洗衣機蓋	36. boquilla aspiradora	吸塵嘴
19. tablero de mandos	程序選擇表板		

Referencias 備考

plancha de vapor	蒸汽熨斗	secador de platos	乾碗機
armadura de plancha	熨燙架	lavaplatos	洗碗機
tabla de planchar	熨燙板	cafetera	咖啡壺
cepillo	刷子	sartén	平鍋
cubo	水桶	exprimidor	榨汁器
secadora	烘衣櫃	exprimidor eléctrico	(柑橘) 榨汁機
secador	晾衣架，(洗衣房的) 乾燥裝置		
		molinillo	絞肉機
escoba	掃帚	batidor	攪拌器
hornillo eléctrico	電爐	horno de pan	烤麵包箱
hornillo de gas	煤氣爐	olla de presión	壓力鍋

(5) Equipo audiovisual　視聽器材

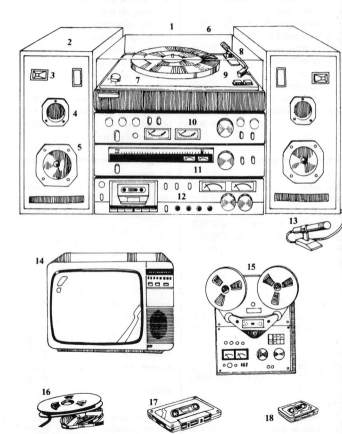

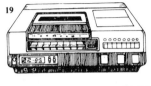

1. estereofonía	立體聲系統	13. micrófono	傳聲器，麥克風
2. altavoz	揚聲器，喇叭	14. televisor	電視機
3. altavoz de agudos	高音喇叭	15. magnetófono	開卷式錄音機
4. altavoz medio	中音喇叭	16. bobina	開卷式錄音帶
5. altavoz de graves	低音喇叭	17. casete	盒式錄音帶
6. tocadiscos	唱機	18. mini-casete	微型盒式錄音帶
7. plato giratorio	轉盤	19. registador	磁帶錄像機
8. brazo de fonocaptor	唱臂	videocasete	
9. fonocaptor	唱頭	20. video casete	盒式錄像帶
10. amplificador	放大器，擴音器	21. disco	唱片
11. sintonizador	調諧器	22. radio grabadora	收音錄音機
12. compartimiento del casete	錄音座		

(6) Árbol 樹

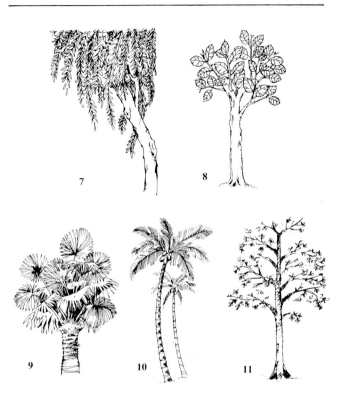

1. pino	松樹	
2. ciprés	柏樹	
3. abeto	冷杉，樅樹	
4. árbol del caucho	橡膠樹	
5. plátano	法國梧桐	
6. banian hoguera loca	榕樹	
7. sauce		柳樹
8. morera		桑樹
9. palma		棕櫚，棕樹
10. cocotero		椰子樹
11. kapok		木棉

(7) Fruta 水果

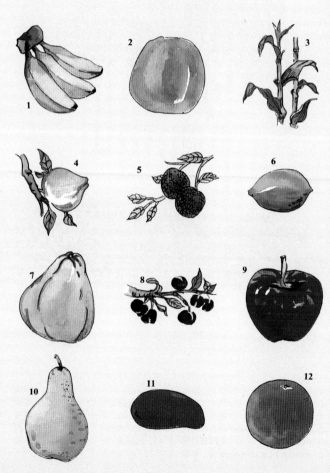

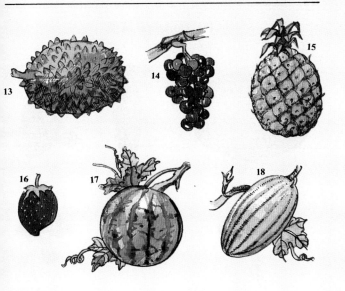

1. banana	香蕉	10. pera		梨
2. coco	椰子	11. mango		芒果
3. caña de azúcar	甘蔗	12. naranja	橙，橘子	
4. melocotón	桃	13. duren		榴蓮
5. litchi chino	荔枝	14. uva		葡萄
6. limón	檸檬	15. ananá		菠蘿
7. toronja	柚子	16. fresa		草莓
8. ciruela	李子	17. sandía		西瓜
9. manzana	蘋果	18. melón	蜜瓜，甜瓜	

(8) Hortaliza 蔬菜

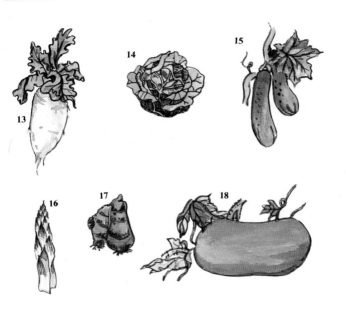

1. calabaza	南瓜	10. guisante	豌豆
2. zanahoria	胡蘿蔔	11. jengibre	薑
3. pimiento morrón	柿子椒， 燈籠椒	12. apio	芹菜
4. espinaca	菠菜	13. nabo	蘿蔔
5. tomate	蕃茄，西紅柿	14. col	捲心菜，椰菜
6. hongo	蘑菇	15. pepino	黃瓜
7. rábano	水蘿蔔，小紅蘿蔔	16. espárrago	蘆筍
8. brote de bambú	竹筍	17. colocasia	芋頭
9. cebolla	洋葱	18. benincasa	冬瓜

(9) Flor 花

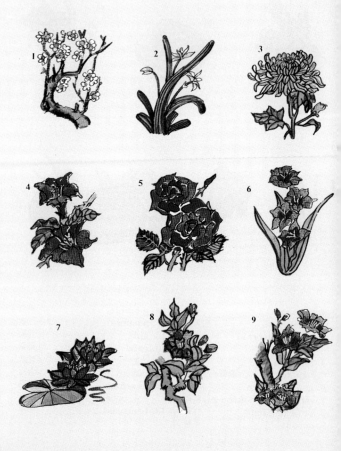

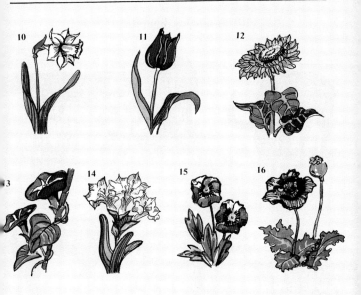

1. flor de ciruelo	梅花	9. flor del melocotonero	桃花
2. orquídea	蘭花	10. narciso	水仙
3. crisantema	菊花	11. tulipán	鬱金香
4. azalea	杜鵑花	12. girasol	向日葵
5. rosa	致瑰	13. convólvulo	牽牛花
6. gladiolo	菖蘭	14. lirio	百合花
7. loto	荷花	15. pensamiento	三色菫
8. flor del cerezo	櫻桃花	16. adormidera	罌粟花

(10) Animales domésticos 家畜

1. búfalo		水牛
2. buey		公牛
3. vaca		母牛
4. carnero		綿羊
	carnero padre	公羊
	oveja	母羊
	cordero	羔羊
5. cabra		山羊
6. caballo		馬
	caballo padre	公馬
	yegua	母馬
	potro	小馬
7. cerdo		豬
	chancho	公豬
	chancha	母豬
	lechón	小豬
8. gato		貓
	gato	雄貓
	gata	雌貓
9. pato		鴨，雄鴨
	pata	雌鴨
	patito	小鴨
10. ánsar		鵝
	ganso	公鵝
	gansa	母鵝
	ansarón	小鵝
11. gallina		雞
	gallo	公雞
	gallina	母雞
	polluelo	小雞
12. perro ganadero		牧羊犬
13. lebrel		獵兔狗
14. bul dog		牛頭犬，喇叭狗
15. perro pekinés		小獅子狗

(11) Animales salvajes 野獸

1. león	獅子	12. leopardo	豹
2. tigre	虎	13. lobo	狼
3. zorro	狐狸	14. morsa	海象
4. pangolín	穿山甲	15. ardilla	松鼠
5. panda (gigante)	(大)熊貓	16. foca	海豹
6. oso	熊	17. conejo	兔子
7. gorila	大猩猩	18. zebra	斑馬
8. elefante	象	19. jirafa	長頸鹿
9. camello	駱駝	20. ciervo	鹿
10. mono	猴子	21. canguro	袋鼠
11. erizo	刺猬	22. hipopótamo	河馬

(12) Pájaros 鳥類

1. águila	鷹	9. garza real	蒼鷺
2. golondrina	燕子	10. martín pescador	翠鳥
3. loro	鸚鵡	11. pingüino	企鵝
4. búho	貓頭鷹	12. avestruz	駝鳥
5. gorrión	麻雀	13. pájaro cucú	杜鵑
6. pelicano	鵜鶘	14. pájaro carpintero	啄木鳥
7. cisne	天鵝	15. cuervo	烏鴉
8. gaviota	海鷗		

(13) Producto marítimo 水產

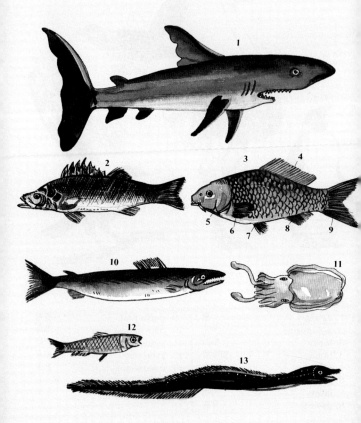

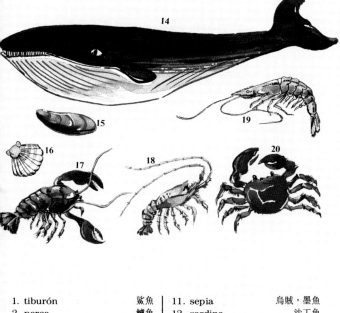

1. tiburón	鯊魚	11. sepia	烏賊，墨魚
2. perca	鱸魚	12. sardina	沙丁魚
3. carpa	鯉魚	13. anguila	鰻魚
4. aleta dorsal	背鰭	14. ballena	鯨魚
5. agalla	鰓	15. mejillón	貽貝，淡菜
6. aleta pectoral	胸鰭	16. vieira	扇貝
7. aleta ventral	腹鰭	17. cangrejo de río	小龍蝦
8. aleta anal	臀鰭	18. langosta	龍蝦
9. aleta caudal	尾鰭	19. camarón	蝦
10. salmón	鮭魚	20. cangrejo	蟹

(14) Oficina 辦公室

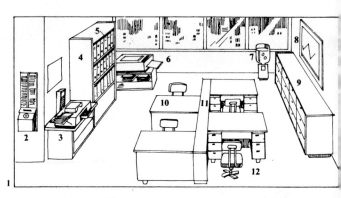

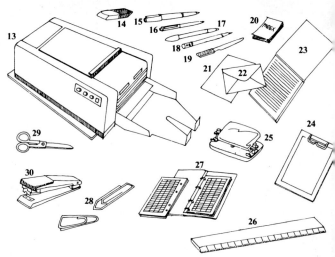

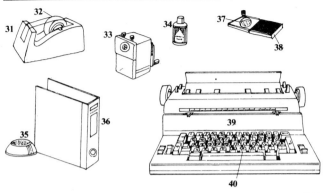

1. oficina	辦公室，寫字樓	22. sobre	信封
2. reloj reġistador	出勤記錄鐘	23. papel de escribir	書寫紙
3. máquina para reproducir direcciones	地址複製機	24. tablero de escribir	書寫板
		25. perforador	打孔機
4. archivador	檔案櫃	26. regla graduada	直尺
5. carpeta de documentos	文件夾，卷宗	27. carpeta con cuatro ojales	四孔文件夾
6. telautógrafo	傳真電報機	28. clip sujetapapeles	回型針，曲別針
7. agua destilada	蒸餾水		
8. diagrama	圖表	29. tijeras cortapapeles	剪刀
9. archivador bajo	矮櫃	30. máquina de coser papeles	釘書機
10. esrritorio	辦公桌		
11. tabique	分隔板，隔牆	31. devanadera de papel engomado	膠紙座
12. silla de oficina	辦公椅		
13. máquina de fotocopiar	自動複印機	32. papel engomado	膠紙
		33. sacapuntas	轉筆刀
14. goma	橡皮	34. liquido corrector	塗改液
15. estilográfica	墨水筆	35. mojador	濡濕器
16. bolígrafo	圓珠筆	36. carpeta	文件夾
17. fieltros	氈尖筆	37. sello	圖章，戳子鋼印
18. lápiz	鉛筆	38. tampón	印台
19. plegadera	裁紙刀	39. máquina de escribir	打字機
20. bloc de notas	記事紙	40. teclado	鍵盤
21. papel de cartas	信紙		

(15) Instrumentos músicos 樂器

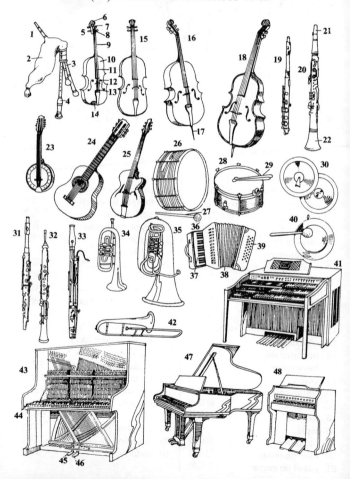

1. cornamusa escocesa	風笛	25. guitarra de jazz	爵士樂吉他
2. saco	風囊	26. bombo	大鼓
3. bordones para el acompañamiento	低音管	27. mazo	(大鼓的)鼓槌
4. caramillo melódico	指管	28. tambor	(扁平)小軍鼓
5. violín	小提琴	29. baqueta	鼓槌
6. voluta	琴頭	30. címbalo	鈸,大鑼
7. clavija	弦軸	31. flauta	長笛
8. clavijero	弦軸箱	32. oboe	雙簧管
9. mástil	琴頸	33. fagot	巴松,大管
10. tapa armonica	(小提琴的)面板	34. corneta	小號
11. cuerdas	琴弦	35. tuba	次中音號
12. ranura en forma de efe	音孔	36. acordeón	手風琴
13. puente	琴馬	37. tecla	琴鍵
14. barbada	腮托	38. fuelle	風箱
15. viola	中提琴	39. botones del bajo	低音鍵鈕
16. violoncelo	大提琴	40. gongo	鑼
17. puntal	支柱	41. órgano electrónico	電子琴
18. contrabajo	低音大提琴	42. trombón	長號
19. flautín	短笛	43. piano recto	立式鋼琴,豎式鋼琴
20. clarinete	單簧管	44. tecla	琴鍵
21. boquilla	吹口	45. pedal izquierdo	左踏板
22. pabellón	喇叭口	46. pedal derecho	右踏板
23. banjo	班卓琴	47. piano de cola	(演奏用)大鋼琴
24. guitarra	吉他	48. armonio	風琴,簧風琴